Otto Steche

Grundriss der Zoologie

Otto Steche

Grundriss der Zoologie

Unveränderter Nachdruck der Originalausgabe von 1922.

1. Auflage 2022 | ISBN: 978-3-36826-884-8

Verlag: Outlook Verlag GmbH, Zeilweg 44, 60439 Frankfurt, Deutschland
Vertretungsberechtigt: E. Roepke, Zeilweg 44, 60439 Frankfurt, Deutschland
Druck: Books on Demand GmbH, In de Tarpen 42, 22848 Norderstedt, Deutschland

GRUNDRISS

DER

ZOOLOGIE

Eine Einführung in die Lehre vom Bau
und von den Lebenserscheinungen der Tiere

für Studierende der Naturwissenschaften und der Medizin

von

OTTO STECHE

Dr. med. et phil.

a. o. Prof. an der Universität Frankfurt a. M.

Zweite unveränderte Auflage

Mit 6 Abbildungen im Text und 40 mehrfarbigen Doppeltafeln

BERLIN UND LEIPZIG 1922

VEREINIGUNG WISSENSCHAFTLICHER VERLEGER

WALTER DE GRUYTER & CO.

vormals G. J. Göschen'sche Verlagshandlung · J. Guttentag, Verlags-
buchhandlung · Georg Reimer · Karl J. Trübner · Veit & Comp.

Druck von Metzger & Wittig in Leipzig.

Vorwort.

Wer die an unseren Hochschulen üblichen Vorlesungen über „Allgemeine Zoologie" und „Vergleichende Anatomie" hält, wird immer in Verlegenheit kommen, wenn er den Hörern ein zusammenfassendes Werk empfehlen soll, in dem sie sich zu Hause über diese Gebiete unterrichten können. So vorzüglich unsere Lehrbücher der Zoologie sind, so bieten sie doch gerade dem, der nach einem allgemeinen Überblick über das Gebiet strebt, nicht das, was er sucht. Sie sind geschrieben für den Fachzoologen und enthalten daher eine Menge von Tatsachen, mit denen der Fernerstehende wenig anfangen kann und aus denen er das für ihn Wichtige mit unverhältnismäßiger Mühe hervorsuchen muß. Denn mit Rücksicht auf den Raum sind die allgemeinen Probleme hier so überaus knapp behandelt, daß man die Belege dazu oft erst im speziellen Teil suchen muß. Erst wer sich schon sehr eingehend mit dem Stoff vertraut gemacht hat, ist imstande, zu würdigen, wie scharf und klar z. B. in R. Hertwigs Lehrbuch die allgemeinen Fragen im ersten Abschnitt behandelt sind; der Anfänger wird an vielem achtlos vorübergehen.

Aus diesem Gefühl eines Bedürfnisses der Studierenden entstand der Wunsch, einen Grundriß der Zoologie zu schreiben, der die großen Linien der Architektur dieses Wissensgebietes nachziehen sollte. Er ist demgemäß bestimmt, eine Einführung zu geben und wendet sich vor allem an solche, die, wie Mediziner, Lehramtskandidaten und die Spezialarbeiter in den anderen Fächern der Naturwissenschaften, mehr eine klare Vorstellung der Hauptpunkte unserer Wissenschaft suchen, als Einzelkenntnisse. Für den Zoologen selbst soll das Buch keineswegs die bewährten Lehrbücher verdrängen, sondern auf sie vorbereiten.

Der Stoff ist demgemäß in wesentlich anderer Weise angefaßt, als in den vorliegenden Werken. Dem Leser wird eine möglichst knappe Auswahl konkreter Tatsachen geboten. Sie sollen vor allem dazu dienen, die innere, gedankliche Gliederung des Stoffes deutlich zu machen. Eine wirklich plastische Vorstellung der Einzelformen kann ja doch kein Lehrbuch geben, sondern nur das Betrachten der Objekte und die praktische Arbeit. Dafür ist versucht worden, den Gedankenzusammenhang möglichst lückenlos durchzuführen. Daraus ergibt sich, daß ich Hypothesen durchaus nicht mit der in Lehrbüchern üblichen Scheu behandelt habe. Wohl aber habe ich mich bemüht, scharf die Grenzen des Feststehenden und des nur Angenommenen aufzuzeigen, die Probleme zu stellen und die zu ihrer Lösung eingeschlagenen Wege deutlich zu machen. Dabei mußte ich natürlich unter den Antworten des öfteren die mir wahrscheinlichste auswählen, das Buch hat dadurch einen stark subjektiven Charakter, was besonders bei so umstrittenen Gebieten wie Artbildung und Vererbung hervortritt.

Die Einteilung ist die gleiche, die ich meinen Vorlesungen über allgemeine Zoologie und vergleichende Anatomie in Frankfurt während dreier Jahre zugrunde gelegt habe. Ja, ich habe mich bemüht, auch inhaltlich über das darin Behandelte nicht hinauszugehen, um einen Maßstab dessen zu geben, was m. E. einem jungen Studenten in zwei Vorlesungen geboten werden kann.

Unmittelbar aus den Vorlesungen sind auch die Tafeln entstanden, die dem Buche in verhältnismäßig reicher Zahl beigegeben sind. Sie geben Reproduktionen der Zeichnungen an der Wandtafel. In den letzten Vorlesungen habe ich die Zeichnungen in Umrissen auf Bogen vervielfältigt den Hörern ausgeteilt, die dann die Ausführung mit Farbstiften nach dem Fortschreiten des Bildes an der Tafel einzutragen hatten. Auch in der Buchform habe ich absichtlich das skizzenhaft Schematische beibehalten, bin sogar oft im Schematisieren bis zum äußersten gegangen. Dabei habe ich mit Vorbedacht immer die gleichen Tiertypen wiederholt; nach meiner Erfahrung prägt sich durch die fortgesetzte Betrachtung und den allmählichen Ausbau des gleichen Tierschemas der Typus der Organisation besser ein, als durch Verwendung zahlreicher, im einzelnen manchmal geeigneterer Unterformen. Aus demselben Grunde habe ich mich auch nicht gescheut, wichtige Tatsachen im Text mehrfach, dann aber in verschiedener Beleuchtung zu bringen. Das Ganze soll ja ein Gerüst sein, dessen wichtigste Stützpunkte nicht fest genug gegründet werden können. Die Zusammenfassung der Bilder auf herausklappbaren Tafeln, die nach Möglichkeit jeweils das Anschauungsmaterial für einzelne Kapitel umfassen, so daß der Leser sie ständig beim Studium neben dem Text vor Augen haben kann, wird sich hoffentlich trotz mancherlei technischer Bedenken bewähren.

Zum Text wie zu den Abbildungen habe ich das Gute genommen, wo ich es fand. Die Figuren gehen meist, wenn auch vielfach modifiziert, auf Abbildungen der Lehr- und Handbücher zurück. Besonders viel verdanke ich der großartigen vergleichenden Anatomie von Bütschli, die allgemeine Morphologie ist stark von dem glänzenden Aufsatz Heiders über die Morphologie und Entwicklungsgeschichte der Wirbellosen in der „Kultur der Gegenwart" beeinflußt worden. In dem Kapitel über die Biologie der Fortpflanzung leben in der Gliederung des Stoffes Anregungen aus dem bei den Studenten berühmten Kolleg meines verehrten Lehrers Chun fort, die bei ihm wieder zum Teil auf Leuckarts Vorlesung zurückgingen. So habe ich mich nicht bestrebt, um jeden Preis originell zu sein; ich hoffe, daß man trotzdem das Ganze nicht für reine Kompilation erklären wird.

Neben dem Wunsche, ein für die Studierenden nützliches Buch zu schreiben, lag für mich aber noch ein stärkerer Anreiz vor. Ich wollte versuchen, an der Lösung des Problems mitzuarbeiten, ob man nicht den Unterricht in der Zoologie etwas wirkungsvoller gestalten könnte, als dies jetzt geschieht. Wir haben in unserem Lehrplan eine ziemlich scharfe Scheidung zwischen allgemeiner Zoologie und vergleichender Anatomie einerseits und spezieller Zoologie andererseits. Meist werden ja auch beide Teile von verschiedenen Dozenten vorgetragen. Vielleicht gerade infolge dieser Trennung wird aber auch in die allgemeinen Kollegs, die ja in erster Linie die Grundlage für die Prüfungen bilden, eine übergroße Menge von Tatsachen hineingeheimnist. Der Erfolg ist, daß der Hörer davon erdrückt wird und es ihm nicht gelingt, eine klare Auffassung von den Grundformen der Tiere wie von den Problemen der Biologie zu gewinnen. Man kann dies nur allzu leicht bei den Prüfungen, besonders beim Physikum der Mediziner feststellen. Dies führt dazu, daß die Bedeutung der Zoologie gerade für den Mediziner sehr verkannt wird, geht doch in medizinischen Kreisen das Bestreben dahin, die Zoologie als Prüfungsfach ganz abzuschaffen. Und dabei sollten eigentlich die zoologischen Vorlesungen für den jungen Mediziner die Grundlage für die speziellen morphologischen und biologischen Probleme bieten, die ihm beim Menschen entgegentreten! Es ist für ihn sehr unwesentlich, die Klassen der Stachelhäuter aufzählen zu können oder zu wissen, wieviel Beine ein Krebs hat, aber von allergrößter Bedeutung, die möglichen Konstruktionsprinzipien der tierischen Maschinen und ihre Funktionsweise kennen zu lernen, ebenso wie die grundlegenden Vorstellungen über die zeitliche Entwicklung der Lebensformen und die Gesetze ihrer Umgestaltung. Erst diese allgemeinen Kenntnisse ermöglichen ihm, den Menschen und seine Lebensäußerungen im Zusammenhange mit dem gesamten Naturgeschehen zu betrachten und so eine vertieftere Auffassung seines eigentlichen Berufs zu gewinnen. Sie würden wohl auch am ersten geeignet sein, der geradezu erschreckenden Verflachung des philosophischen Geistes entgegenzuarbeiten, die man jetzt bei den Medizinern so häufig trifft.

Was hier für den Mediziner im besonderen ausgeführt wurde, gilt in ganz ähnlicher Weise auch für den Lehramtskandidaten und seine Vorbereitung für den Unterricht in den naturwissenschaftlichen Fächern. Denn diese ganze Auffassung vom Zwecke der allgemeinen zoologischen Vorlesungen steht in engem Zusammenhange mit der Richtung, welche die Ausgestaltung des biologischen Unterrichts an den höheren Schulen nimmt. Es sollen diese akademischen Vorlesungen das unter großen Gesichtspunkten zusammenfassen, was dem Schüler in Einzeldarstellungen in seiner Jugendzeit geboten wurde. Dort fehlt ihm noch die geistige Reife zum klaren Erfassen der Probleme, aber es können ihm, wenn der Unterricht nicht in öder Systematik erstickt, eine Menge wichtiger Tatsachen schon in geeigneter biologischer Beleuchtung geboten werden. Gerade hierfür ist natürlich ein gutes Ineinandergreifen beider Unterrichtsformen und eine entsprechende Schulung der Lehrer durch die Universität von höchster Bedeutung. Die so in den Vorlesungen der ersten Semester gewonnenen Richtlinien würden dann für den den Naturwissenschaften Fernerstehenden den Abschluß bilden, für den künftigen Fachzoologen dagegen die Grundlage, auf der er in speziellen Vorlesungen und Arbeiten weiterbauen soll.

Unter diesen Gesichtspunkten ist im vorliegenden Buche die morphologisch deskriptive Behandlung der Tierformen auf das geringste Maß beschränkt, dagegen sehr breiter Raum ihrer Lebensweise sowie den Problemen der Stammesgeschichte, Artbildung und Vererbung gewidmet. Gerade letztere sind Fragen, deren Bedeutung für den Gebildeten von Tag zu Tag wächst; hier ist die Zoologie im Begriff, richtunggebend in unsere ganze Kulturentwicklung einzugreifen. In einem besonderen Abschnitt sind — was bei der kläglichen Vernachlässigung der Physiologie in unserer Disziplin sonst niemals geschieht — allgemein physiologische Fragen behandelt, aber nicht ganz in der Art, wie es der medizinische Physiologe zu tun gewohnt ist, sondern unter Hervorkehrung der zoologisch-biologischen Gesichtspunkte. Das ganze Buch steht überhaupt unter dem Zeichen des Primats der Funktion gegenüber dem Bau der Organe.

Ob dieser Versuch im Prinzip Anklang findet, muß die Zeit lehren; m. E. ist eine Verlegung des Schwerpunktes in dies Gebiet für unsere Wissenschaft auch als Unterrichtsfach unbedingt notwendig. Hat doch schon das preußische Ministerium bei Ausgestaltung des neuen Lehrplans für Lehramtskandidaten mit weitschauendem Blick der vergleichenden Physiologie und Biologie eine sehr erhöhte Aufmerksamkeit zugewendet.

Wie weit es mir gelungen ist, in der Auswahl aus dem ungeheuren Stoff das Richtige zu treffen und ein, wenn auch knappes, doch nicht allzu lückenhaftes Bild der Probleme der tierischen Organisation zu geben, wird hoffentlich die Kritik zeigen. Jeder Beurteiler wird dabei nach seinen subjektiv vorwiegenden Interessen wohl in den einzelnen Abschnitten bald ein Zuviel, bald ein Zuwenig feststellen. Mit innerem Widerstreben habe ich selbst ja viele wichtige Punkte fallen lassen müssen, wenn ich den durch die beschränkte Stundenzahl der Vorlesungen gezogenen Rahmen nicht überschreiten wollte.

Für manchen guten Rat und unermüdliche Hilfe bei der Ausarbeitung bin ich meinem Schüler und Freund, Dr. von Frankenberg, von Herzen dankbar, ebenso wie dem Chef der Verlagsfirma, Herrn Dr. Curt Thesing. Sehr verpflichtet bin ich ferner Herrn Privatdozenten Dr. Schmitz und Herrn Dr. Schneider für ihre Durchsicht der Korrekturen. Dem Verlag Veit & Comp. endlich gebührt besonderer Dank für die Hingabe und Sorgfalt, durch welche er trotz der unendlichen Nöte der Kriegszeit das Erscheinen des Werkes in so trefflicher Ausstattung ermöglicht hat.

Frankfurt, im Juli 1918. **O. Steche.**

Inhaltsverzeichnis.

Erster Teil. **Allgemeine Morphologie.**

Seite

Zweiter Teil. **Die stammesgeschichtliche Entwicklung der Organismen. Deszendenztheorie, Vererbung und Artbildung.**

Dritter Teil. **Die Fortpflanzung.**

Vierter Teil. **Allgemeine Physiologie.**

Fünfter Teil. **Vergleichende Anatomie.**

Erster Teil.

Allgemeine Morphologie.

1. Die lebende Substanz.

Gegenstand der Zoologie ist die tierische Organismenwelt in ihrer Gestalt und ihren Lebensäußerungen. Sie bietet eine überwältigende Fülle von Erscheinungen; die Form der Lebewesen reicht von kleinsten Einzellern, teilweise ohne feste Gestalt wie die Amöbe, andererseits von künstlerisch feiner Durchbildung wie die Radiolarien zu den mannigfachen Formen der Vielzeller, die ebensogut im kleinsten Raum wunderbar fein wie Präzisionsinstrumente ausgearbeitet sein können wie die Insekten oder eine riesige Größe und Massigkeit erreichen können wie die fossilen Dinosaurier und die jetzt lebenden Dickhäuter. In seiner Anpassung an die verschiedensten Bedingungen erfüllt das Leben die ganze Erde; wir finden es in den größten Tiefen der Ozeane und in der Höhe des Luftmeeres, weder die Kälte der Polargegenden und der Hochgebirge noch die Hitze und Dürre der Wüste vermögen es völlig zu verdrängen. Dazu kommt weiterhin eine für das Leben besonders bedeutungsvolle Erscheinung, die Entwicklung. Wenn wir ein einzelnes Tier ins Auge fassen, so bemerken wir an ihm eine fortwährende Veränderung, zuerst ein Heranwachsen und immer zunehmende Differenzierung von Organen und Geweben, dann einen Stillstand in der Form bei dauerndem Wechsel der Substanz, endlich einen allmählichen Rückgang bis zum Erlöschen des individuellen Daseins. Damit ist aber gleichzeitig eine Erhaltung der Form über dies individuelle Dasein hinaus verbunden durch die Erzeugung von Nachkommenschaft in irgendeiner Weise, die Fortpflanzung. Verfolgen wir endlich das Leben durch die Erdgeschichte, so sehen wir eine andere Art der Entwicklung; ein breiter Strom von Lebewesen dringt aus den tiefsten Schichten empor und verzweigt sich in allerlei Bahnen, die z. T. nach verschieden langem Fluß versickern, z. T. zu überraschender Fülle anschwellen. Innerhalb des Stromes beobachten wir ein fortlaufendes Wechseln der Gestalten und dabei eine immer zunehmende Vervollkommnung in der Durcharbeitung der Einzeltypen.

Es kann naturgemäß in einem kurzen Grundriß nur versucht werden, die Gesetze darzulegen, welche diese Vorgänge und Erscheinungsformen beherrschen, ohne daß ein Eingehen auf Einzelheiten möglich wäre. Leider ist unsere Erkenntnis dieser Gesetze noch sehr lückenhaft; wir haben kaum einen Einblick in den feineren Bau der heute lebenden Tierwelt, von den Gesetzen ihrer Lebensführung kennen wir noch wenig, und ganz unvollkommen ist unsere Vorstellung von den Entwicklungsvorgängen, die sich während der Erdgeschichte abgespielt haben.

Will man an die Erforschung der angedeuteten Probleme herantreten, so ist die erste Aufgabe, das Substrat des tierischen Lebens, so wie es uns jetzt vorliegt, kennen zu lernen. Hier ist durch die Fortschritte der Physik und Chemie in den letzten Jahrzehnten ein sehr bedeutender Aufschwung erzielt worden. Zwar kennen wir auch jetzt noch nicht genau den Aufbau der lebenden Substanz, wir sind aber in der Lage, darüber einige wichtige Aussagen zu machen. Die erste lautet dahin, daß das Material, an dem sich die Lebensprozesse abspielen, sich aus den gleichen chemischen Elementen aufbaut, wie die uns umgebende, sog. unbelebte, anorganische Natur. Ein Unterschied liegt nur in der Komplikation der Zusammensetzung der Verbindungen in den Organismen. Die zweite, noch wichtigere Feststellung ist die, daß die Vorgänge im lebenden Organismus, soweit sie bisher analysiert sind, den gleichen physikalischen und chemischen Gesetzen gehorchen, wie die anorganische Welt. Im besonderen gelten auch hier die Sätze von der Konstanz der Materie und der Energie, die Gesetze der Thermodynamik usw. Man kann also auf den Gebieten, welche physikalischer und chemischer Untersuchung zugänglich sind, keinen qualitativen, sondern nur einen quantitativen Unterschied der organischen von der anorganischen Welt feststellen.

Eine Untersuchung lebender Objekte zeigt, daß überall dort, wo Lebensprozesse sich abspielen, eine eigenartige Substanz vorhanden ist, die man jetzt allgemein als Protoplasma, Urbildungsstoff, bezeichnet. Der Name wurde ihr 1861 von dem Botaniker H. v. Mohl gegeben, früher war sie oft unter der Bezeichnung Sarkode beschrieben worden. Die Untersuchung dieses Protoplasmas ist insofern mit großen Schwierigkeiten verknüpft, als es kaum gelingt, es rein zu erhalten, frei von allerlei Einschlüssen, Reservestoffen oder Produkten des Stoffwechsels, von denen es schwer zu sagen ist, ob sie wirklich „lebendig“ sind.

Die chemischen Körper, welche wir bei der Analyse lebender Objekte erhalten, lassen sich in mehrere große Gruppen ordnen. Die erste umfaßt die sog. organischen Verbindungen. Der Name stammt aus der Zeit, als man annahm, daß diese Körper eine spezifische Eigentümlichkeit der Organismen seien und nur durch den Lebensprozeß hervorgebracht werden könnten. Obwohl sich dieser Unterschied in zunehmendem Maße als unhaltbar herausgestellt hat, seit Wöhler 1828 zum ersten Male eine typisch

„organische" Substanz, den Harnstoff, aus anorganischer Materie synthetisch darstellte, hält man auch jetzt noch aus praktischen Gründen an dieser Einteilung fest. Diese organischen Verbindungen kennzeichnen sich durch ihren Gehalt an Kohlenstoff (C); ihre Vertreter in den Lebewesen werden selbst wieder allgemein in drei Hauptgruppen geteilt, die Kohlehydrate, Fette und Eiweiße.

Die Kohlehydrate sind Verbindungen von Kohlenstoff mit Wasserstoff und Sauerstoff, in denen letztere Elemente im gleichen Verhältnis wie im Wasser, nämlich 2H : 1O enthalten sind. Chemisch charakterisieren sie sich als Aldehyde oder Ketone mehrwertiger Alkohole. Ersetzt man in dem einfachsten gesättigten Kohlenwasserstoff, dem Methan, ein H-Atom durch eine Hydroxyl- (OH-) Gruppe, so erhält man den Methylalkohol. Aus diesem gelangt man durch Entfernung von zwei H-Atomen zum Formaldehyd

$$\begin{array}{c} H \\ | \\ H-C-H \\ | \\ H \end{array} \rightarrow \begin{array}{c} H \\ | \\ H-C-OH \\ | \\ H \end{array} \rightarrow \begin{array}{c} H \\ | \\ H-C=O \\ \\ \end{array}$$

Geht man vom nächsthöheren Kohlenwasserstoff, dem Äthan, aus, so gelangt man durch Einführung von zwei OH-Gruppen zum zweiwertigen Alkohol, dem Glykol. Dessen Aldehyd, die Glykolose, ist ein einfachstes Kohlehydrat.

$$\begin{array}{c} H \\ | \\ H-C-H \\ | \\ H-C-H \\ | \\ H \end{array} - \begin{array}{c} OH \\ | \\ H-C-H \\ | \\ H-C-H \\ | \\ OH \end{array} \rightarrow \begin{array}{c} OH \\ | \\ H-C-H \\ | \\ C-H \\ \| \\ O \end{array}$$

Nach dem Besitz von zwei C-Atomen bezeichnet man es auch als Biose. In analoger Weise lassen sich Verbindungen mit drei C-Atomen herstellen, die Triosen, solche mit vier C-Atomen, die Tetrosen, usw. Von diesen sind bei weitem am wichtigsten die mit sechs C-Atomen, die Hexosen, von der Zusammensetzung $C_6H_{12}O_6$. Man bezeichnet sie auch

$$\begin{array}{c} H \\ | \\ H-C-OH \\ | \\ H-C-OH \\ | \\ H-C-OH \\ | \\ H-C-OH \\ | \\ H-C-OH \\ | \\ H-C=O \end{array}$$

oft als Zucker im engeren Sinne oder Saccharide, da zu ihnen der weitaus größte Teil der volkstümlich als Zucker bezeichneten Stoffe gehört.

Solche Verbindungen mit gleicher empirischer Zusammensetzung gibt es eine größere Anzahl, da, wie die Strukturformel zeigt, mehrere, vier, asymmetrische Kohlenstoffatome vorhanden sind. Je nach der Stellung der Anhangsgruppen an diesen entstehen sog. isomere Verbindungen mit gleicher Zahl der aufbauenden Atome, aber verschiedenen Eigenschaften. Ihre Zahl steigt, wie eine einfache Anwendung der Permutationsregel zeigt, mit der Zahl der asymmetrischen C-Atome in Potenzen von 2, beträgt also hier $2^4 = 16$. Die weitaus wichtigste von diesen ist der *Traubenzucker, Dextrose*. Wo Kohlehydrate in löslicher Form in tierischen Zellen vorkommen, erscheinen sie fast immer als Traubenzucker, bei den Pflanzen finden wir dagegen eine viel größere Mannigfaltigkeit, allerdings handelt es sich dabei nicht immer um Bestandteile des lebenden Protoplasmas.

Die einfachen Hexosen, auch *Monosaccharide* genannt, haben nun die Fähigkeit, zu mehreren Molekülen zur Bildung einer höheren Einheit zusammenzutreten. Dabei wird von jedem in die Verbindung eintretenden Molekül $C_6H_{12}O_6$ ein Molekül Wasser abgegeben. Durch Zusammentritt von zwei Monosacchariden entsteht ein *Disaccharid*: $2C_6H_{12}O_6 = C_{12}H_{22}O_{11} + H_2O$. Unter diesen ist das bekannteste der *Rohrzucker*, der in erster Linie im Zuckerrohr vorkommt; er entsteht durch Zusammentritt eines Moleküls Traubenzucker und eines Moleküls Fruchtzucker. In analoger Weise können nun eine größere Anzahl von Molekülen zusammentreten, dann entstehen die *Polysaccharide*. Unter diesen besitzen zwei besondere Bedeutung, das *Glykogen* und die *Stärke*. Ersteres findet sich vorwiegend in tierischen, letztere in pflanzlichen Geweben. Da sie in Wasser unlöslich sind, so stellen sie die Form dar, in der Kohlehydrate im Organismus als Reservestoffe gespeichert werden, bei Bedarf werden sie dann unter Wasseraufnahme wieder in Einzelmoleküle, meist von Traubenzucker, zerlegt. Wieviel Gruppen $C_6H_{12}O_6$ ein Molekül Glykogen enthält, ist bisher noch nicht festgestellt, vermutlich werden sich die Körper bei verschiedenen Tierarten auch in der Zusammensetzung unterscheiden.

Die zweite Klasse der organischen Plasmabestandteile, die *Fette*, entstehen durch Vereinigung mehrwertiger Alkohole mit organischen Säuren, den *Fettsäuren*. Der Alkohol, der im tierischen Gewebe die Hauptrolle spielt, ist das *Glyzerin*, als Säuren kommen wesentlich drei in Betracht, die Olein-, Stearin- und Palmitinsäure. Die Vereinigung vollzieht sich auch hier unter Wasseraustritt nach dem Schema:

$$\begin{array}{l} H_2CO\,|H \\ \;\;| \\ HCO\,|H \\ \;\;| \\ H_2CO\,|H \end{array} + \left\{ \begin{array}{l} HO|\,OCH_{31}C_{15} \\ \\ HO|\,OCH_{31}C_{15} \\ \\ HO|\,OCH_{31}C_{15} \end{array} \right.$$

1 Molekül Glyzerin + 3 Moleküle Palmitinsäure = 1 Molekül Tripalmitin. Es können auch an ein Molekül Glyzerin verschiedene Fettsäureradikale

herantreten, so daß gemischte Neutralfette entstehen, z. B. Mono-Olein-Di-Stearin u. ä. Der Schmelzpunkt des Oleins liegt niedriger als der der beiden anderen Fette, je mehr also ein Gewebe davon enthält, desto flüssiger, ölartiger ist es.

In die Verwandtschaft der Fette gehört noch eine Gruppe von Substanzen, die in den Organismen weit verbreitet sind und große biologische Bedeutung haben, die Lipoide. Sie spielen u. a. wahrscheinlich bei dem Stoffaustausch durch die Zellmembran eine wichtige Rolle, man hat wenigstens nachgewiesen, daß solche Substanzen in die Zellen einzudringen vermögen, die in Lipoiden löslich sind (vgl. S. 275).

Die Gruppe der Eiweißkörper hat unter den organischen Verbindungen stets eine Sonderstellung eingenommen. Sie erwiesen sich als besonders kompliziert zusammengesetzt und haben am längsten der Analyse Widerstand geleistet. Sie galten daher ganz besonders als „organisch", d. h. als Produkt der lebenden Organismen, und es ist von besonderer Bedeutung, daß wir besonders durch die Untersuchungen von Emil Fischer jetzt auch den Weg gefunden haben, Eiweißkörper synthetisch darzustellen. Chemisch charakterisieren sich diese Verbindungen zunächst durch die Gegenwart von Stickstoff im Molekül. Zerlegt man einen natürlichen Eiweißkörper in seine Bestandteile, so findet man, daß er sich aus einer Anzahl Molekülen organischer Säuren aufbaut, die durch den Besitz des Radikals NH_2 ausgezeichnet sind, die sog. Aminosäuren. Zu ihrer Ableitung kann man wieder vom Äthan ausgehen; durch Einführung einer Hydroxylgruppe erhält man daraus den Äthylalkohol und aus diesem die einfachste organische Säure, die Essigsäure. Fügt man in deren Molekül die Gruppe NH_2 ein, so entsteht die einfachste Aminosäure, Aminoessigsäure oder Glykokoll. Durch Ausgehen

$$
\begin{array}{ccc}
\text{Äthan} & & \text{Äthylalkohol} \\
\begin{array}{c} H \\ | \\ H-C-H \\ | \\ H-C-H \\ | \\ H \end{array} & \rightarrow & \begin{array}{c} H \\ | \\ H-C-H \\ | \\ H-C-OH \\ | \\ H \end{array} \\
 & \swarrow & \\
\begin{array}{c} H \\ | \\ H-C-H \\ | \\ C-OH \\ \| \\ O \end{array} & \rightarrow & \begin{array}{c} H \\ | \\ H-C-NH_2 \\ | \\ C-OH \\ \| \\ O \end{array} \\
\text{Essigsäure} & & \text{Glykokoll}
\end{array}
$$

von verschiedenen Kohlenwasserstoffen und Einführung einer verschiedenen Zahl von Säure- und NH_2-Radikalen lassen sich eine große Zahl von Aminosäuren bilden, die man etwa in folgende Gruppen einteilen kann:

1. Mono-amino-mono-karbonsäuren, mit einer NH_2- und einer COOH-Gruppe. Dahin gehört von den im Protoplasma vorkommenden Verbindungen u. a. das Glykokoll, das Leucin und das Tyrosin.

$$\underset{\text{Leucin}}{\begin{matrix}CH_3\\CH_3\end{matrix}\!\!>CH-CH_2-CH(NH_2)-COOH} \qquad \underset{\text{Tyrosin}}{C_6H_4OH-CH_2-CH(NH_2)-COOH}$$

2. Mono-amino-di-karbonsäuren, mit einem Amino- und zwei Säureradikalen; dahin gehören die Asparagin- und die Glutaminsäure.

$$\underset{\text{Asparaginsäure}}{COOH-CH(NH_2)-CH_2-COOH} \qquad \underset{\text{Glutaminsäure}}{COOH-CH(NH_2)-CH_2-CH_2-COOH}$$

3. Di-amino-mono-karbonsäuren, mit zwei NH_2- und einer COOH-Gruppe; hierher das Lysin.

$$\begin{matrix}CH_2-CH_2-CH_2-CH_2-CH-COOH\\ | \qquad\qquad\qquad\qquad\quad |\quad\\ NH_2 \qquad\qquad\qquad\quad NH_2\end{matrix}$$

Lysin

4. Di-amino-di-karbonsäuren, mit zwei NH_2- und zwei COOH-Gruppen; ein Beispiel dafür sei das Cystin.

$$\begin{matrix}CH_2-S-S-CH_2\\ | \qquad\qquad |\\ CH(NH_2) \quad CH(NH_2)\\ | \qquad\qquad |\\ COOH \qquad COOH\end{matrix}$$

Cystin

Von der großen Zahl der theoretisch denkbaren Verbindungen kommen im Organismus nur verhältnismäßig wenige, etwa 15—20, mit einer gewissen Regelmäßigkeit vor. Trotzdem läßt sich durch ihre Vereinigung eine fast unvorstellbare Mannigfaltigkeit erzielen. Einmal enthalten nämlich alle höheren Aminosäuren mit Ausnahme des Glykokolls asymmetrische Kohlenstoffatome, können also in verschiedenen Isomeren auftreten, und zweitens ergibt die Kombination schon einer relativ geringen Anzahl von Bausteinen eine sehr große Zahl von Möglichkeiten.

Wie aus den Syntheseversuchen von E. Fischer, Abderhalden u. a. hervorgeht, lassen sich die einzelnen Aminosäuren miteinander vereinigen, und zwar genau nach dem gleichen Prinzip, wie die Monosaccharide unter den Kohlehydraten; jedes neue Molekül geht in die Verbindung unter Abgabe eines Moleküls Wasser ein. Zwei Moleküle Glykokoll vereinigen sich z. B. miteinander nach der Formel:

$$C_2H_5O_2N + C_2H_5O_2N = C_4H_8O_3N_2 + H_2O$$

zu 1 Molekül Glyzyl-glyzin + 1 Molekül Wasser. Ganz allgemein gilt offenbar die Formel:

$$n\,(\text{Aminosäuren}) = [1\ \text{Aminosäure} + (n-1)\,(\text{Aminosäure} - H_2O)] + (n-1)\,(H_2O).$$

Man hat dementsprechend auch analoge Bezeichnungen eingeführt wie bei den Sacchariden; wie dort von Di- und Polysacchariden, so spricht man hier von Di- und Polypeptiden. Nur sind diese Peptide viel mannigfaltiger gebaut, da sie eben nicht nur aus Molekülen der gleichen empirischen Zusammensetzung ($C_6H_{12}O_6$), sondern aus den verschiedensten Aminosäuren aufgebaut sein können. Die dadurch gegebene Kombinationsmöglichkeit schafft eine praktisch unendliche Fülle von Polypeptiden und Eiweißkörpern. Trotz der relativ geringen Menge der Bausteine ist es daher denkbar, daß nicht nur jede Tier- und Pflanzenart ihre spezifischen Eiweiße enthält, sondern sogar die Individuen einer Art sich in dieser Beziehung unterscheiden, was die neueren Ergebnisse der Immunitätsforschung als möglich hinstellen.

Trotz dieser großen Mannigfaltigkeit der Einzelbausteine ist aber die quantitative Zusammensetzung der Eiweißkörper aus Elementen eine sehr gleichmäßige. Analysen für eine große Zahl von Tieren und Pflanzen wie ihrer Produkte haben für die einzelnen Elemente der Eiweißkörper etwa folgende Zahlen ergeben:

1. C . . . 50 —55 %
2. O . . . 19 —24 %
3. N . . . 15 —19 %
4. H . . . 6,5— 7,5%
5. S . . . 0,4— 2,0%

Es besteht also auch in dieser Beziehung eine bemerkenswerte Übereinstimmung zwischen Tier- und Pflanzenreich, ein Unterschied läßt sich höchstens insoweit wahrnehmen, als die Pflanzen im allgemeinen etwas mehr Stickstoff, im Durchschnitt etwa 17% enthalten.

Im Organismus sind nun die Körper der drei eben besprochenen Gruppen keineswegs scharf voneinander getrennt, wir finden vielmehr in den komplizierten Molekülen Verbindungen aller drei Typen aneinandergekettet, dadurch steigt natürlich die Mannigfaltigkeit noch weiter.

Neben diesen organischen Verbindungen hat man die anorganischen Bestandteile des Protoplasmas lange Zeit nur wenig gewürdigt. Die Pflanzenphysiologen waren allerdings seit langem von ihrer Wichtigkeit überzeugt, denn bei Kulturversuchen mit verschiedenen Böden oder Nährlösungen zeigte sich, daß die Pflanze zu ihrem Gedeihen stets einer bestimmten Menge anorganischer Stoffe bedarf, wenn sie überhaupt leben und wachsen soll. Allgemein bekannt ist ja der Kalibedarf der Pflanzen, der für die künstliche Düngung eine so wichtige Rolle spielt. Auch für das tierische Protoplasma gilt nun im Prinzip das gleiche: ohne eine gewisse Anzahl von anorganischen Salzen ist der Bestand des Protoplasmas unmöglich. Es handelt sich dabei wieder um eine verhältnismäßig kleine

Auswahl, hauptsächlich um die Chloride und Sulfate von Natrium, Kalium, Kalzium und Magnesium, sowie Phosphor- und Eisenverbindungen. In der Zahl dieser notwendigen Verbindungen und in ihren Mengenverhältnissen unterscheiden sich Tiere und Pflanzen wesentlich stärker als in den organischen Verbindungen; unter den Pflanzen finden wir dabei die größere Mannigfaltigkeit, wohl entsprechend den wechselnden Wegen ihrer Ernährung. Für beide Organismengruppen gilt aber das gleiche Gesetz, daß immer bestimmte Verbindungen in gewissen Mengen vorhanden sein müssen. Geht für eine unter ihnen die Konzentration unter diesen Wert herunter, so wird das Wachstum gehemmt und das Leben beeinträchtigt, selbst wenn die anderen in noch so großem Überschuß zu Gebote stehen. Man bezeichnet diese physiologisch überaus wichtige, zuerst von Liebig gewonnene Erkenntnis als das Gesetz des Minimums.

Nach den jetzt geltenden Anschauungen ist die Bedeutung dieser anorganischen Salze für das Leben nicht nur eine chemische, sondern ebensosehr eine physikalische. So ist eine anorganische Verbindung die unentbehrliche physikalische Grundlage der Lebensvorgänge, das Wasser. Das Protoplasma enthält 70—90% Wasser, d. h. ein sehr großer Teil seiner Verbindungen befindet sich in wäßriger Lösung. Die Art dieser Lösung hat sich ganz besonders bedeutungsvoll für den Ablauf der Lebensvorgänge erwiesen.

Als man sich zuerst mit der Physik des Protoplasmas zu beschäftigen begann, hielt man es ziemlich allgemein für eine Flüssigkeit. Tatsächlich stimmt es auch in seinen physikalischen Eigenschaften weitgehend mit einer solchen überein. Man kann in Pflanzenzellen oder bei Amöben im Plasma der lebenden Zelle Strömungserscheinungen beobachten, die durchaus denen in einer Flüssigkeit entsprechen. Verletzt man Zellen, so daß ihr Plasma in eine indifferente Flüssigkeit austritt, so kugelt es sich darin ab, genau wie eine im Gleichgewicht schwebende Flüssigkeit. Das gleiche tun auch nackte lebende Zellen. Bei genauerer Untersuchung zeigen sich aber auch Unterschiede von echten Flüssigkeiten. Läßt man Protoplasma in eine Schale fließen, so dauert es ziemlich lange, bis es sich gleichmäßig ausgebreitet und überall auf das gleiche Niveau eingestellt hat; drückt man eine Plasmakugel oder eine Eizelle unter dem Deckglas platt und hebt nach einiger Zeit den Druck auf, so bedarf es geraumer Zeit, bis die Kugelform wieder hergestellt ist. Das Protoplasma ist also nicht vollkommen elastisch, sondern erscheint zäh und plastisch; bei der Berührung erregt es auch ein schleimiges, klebriges Gefühl.

Die neuere Physik bezeichnet Körper dieses eigentümlichen Aggregatzustandes, die in gewisser Hinsicht eine Mittelstellung zwischen flüssig und fest einnehmen, als Kolloide. Bei Kolloiden sind die Elementarteilchen nicht so klein, wie die Ionen oder Moleküle der echten Lösungen, aber auch nicht so groß, wie die Aggregate in den festen Körpern. Demgemäß sind auch ihre Teilchen in einem Lösungsmittel nicht so fein verteilt, wie bei einer echten Lösung, aber auch nicht so enggedrängt, wie bei einem festen Körper. Innerhalb der Kolloide gehören nun die Bestandteile des Protoplasmas zum weitaus überwiegenden Teile den Emulsionskolloiden an, bei denen die Elementarteilchen selbst flüssig sind, so daß es sich also um ein Gemenge zweier Flüssigkeiten handelt. Es entsteht eine Emulsion, wie sie etwa die Fettröpfchen in der Milch darstellen. Sind die beiden Bestandteile einer solchen Emulsion äußerst fein untereinander gemengt, so entsteht eine sehr charakteristische Anordnung. Die Tröpfchen der einen Flüssigkeit sind zwischen Lamellen der anderen eingelagert, die ein Kammersystem wie die Waben eines Bienenstockes bilden. Das beste Anschauungsmittel einer solchen Verteilung bietet der Bierschaum, bei dem in Flüssigkeitswaben Luft eingelagert ist. Durch die Oberflächenspannung nehmen die Flüssigkeitslamellen dabei ganz bestimmte Flächen- und Winkelbeziehungen an, die von Plateau festgelegt sind. Es ist physikalisch nicht unbedingt notwendig, daß ein Emulsionskolloid Schaumstruktur zeigen muß, die Bedingungen dafür scheinen aber relativ oft gegeben zu sein. So ist es den Bemühungen Bütschlis und seiner Vorgänger gelungen, aus verschiedenen Flüssigkeiten, wie Olivenöl und Seifenlösung, mikroskopische Schäume herzustellen. Eine Untersuchung des Plasmas wenig differenzierter Zellen, wie der Protozoen einerseits, der Eizellen andererseits, hat nun dort die gleiche Schaumstruktur nachweisen lassen.

Man kann daher wohl mit Wahrscheinlichkeit sagen, daß für undifferenziertes Protoplasma eine schaumartige (spumoide) Struktur typisch ist.

Die eigentümliche kolloidale Lösung, die das Protoplasma darstellt und die wesentlich auf seinem Gehalt an Eiweißkörpern und Lipoiden beruht, hat nun, genau wie andere Kolloide, die Fähigkeit, ihren Aggregatzustand in ziemlich weiten Grenzen zu ändern. Unter bestimmten Einwirkungen schließen sich die Elementarteilchen zu größeren Komplexen zusammen, die dann Kerne von festerer Beschaffenheit bilden, das Kolloid geht aus dem Sol- in den Gelzustand über. Diese Umwandlung ist in vielen Fällen umkehrbar, es kann ein ständiger Wechsel zwischen den beiden Zuständen stattfinden, durch weitere Steigerung der Gelbildung, die Gerinnung, können sogar feste Strukturen gebildet werden, die jederzeit wieder auflösbar sind. Gerade diese Veränderlichkeit der physikalischen Beschaffenheit ist für die Lebensvorgänge jedenfalls von größter Bedeutung; wird sie aufgehoben, gerinnt das Eiweiß ohne die Möglichkeit der Umkehr, wie z. B. unter der Einwirkung von Temperaturen zwischen 40 und 70°, so erlischt damit das Leben. Auf diese physikalischen Vorgänge haben nun die anorganischen Salze den größten Einfluß, deren Elemente vielfach als freie Ionen sich im Plasma in Lösung befinden. Eine minimale Änderung in der Konzentration dieser freien Ionen genügt oft, um sehr erhebliche physikalische Veränderungen an den Plasmakolloiden hervorzurufen, und da die Ionenkonzentration sich ihrerseits unter allerlei chemischen Einwirkungen sehr leicht ändert, so liegt hierin ein wesentlicher Faktor für den Ablauf der Lebensvorgänge.

Die physikalisch bedingte Schaumstruktur des Protoplasmas hat nun wieder eine wesentliche Rückwirkung auf den Ablauf der chemischen Vorgänge. Zunächst wird durch die feine Verteilung der einzelnen Bestandteile eine riesige innere Oberfläche geschaffen, die Reaktionen sehr begünstigt. Durch die Einschaltung der Zwischenlamellen werden die gelösten Substanzen des Protoplasmas auf einzelne Räume verteilt, die untereinander nur durch Diffusion durch die Wabenwände in Verbindung treten können. Je nach seiner Diffusionsfähigkeit kann also ein Stoff leicht oder schwer innerhalb des Plasmas wandern, unter Umständen auch ganz in seiner Wabe festgehalten werden. Die Diffusion ist nun bei den in Betracht kommenden Substanzen äußerst verschieden; die hoch zusammengesetzten Verbindungen unter den Kohlehydraten und besonders den Eiweißen sind sehr schwer oder gar nicht diffusibel, die niederen Spaltprodukte viel leichter. Durch abwechselnden Ab- und Aufbau ihrer Verbindungen kann die Zelle sie also bald isolieren, bald wandern lassen, und eine jede Wabe des Plasmas stellt nach Hofmeisters hübschem Vergleich ein Laboratorium dar, das unabhängig von seinen Nachbarlaboratorien arbeiten, aber doch jederzeit das Resultat seiner Umsetzungen an die Umgebung weiterleiten kann.

Zusammenfassend können wir also das Protoplasma definieren als eine Substanz von sehr komplizierter Zusammensetzung aus labilen organischen Verbindungen in kolloidaler Lösung. Die chemische und physikalische Labilität ist für den Lebensprozeß von größter Wichtigkeit, sie wird vorwiegend beeinflußt von den anorganischen Salzen und ihren freien Ionen. Auch die Bewegungserscheinungen und die Reizvorgänge beruhen zum guten Teil auf den Konzentrationsänderungen der freien anorganischen Verbindungen. Wird aus irgendeinem Grunde die Labilität im Aufbau der Plasmaelemente aufgehoben, so tritt der Tod ein.

2. Die Zelle. (Taf. I.)

Die lebende Substanz tritt uns im ganzen Organismenreich mit merkwürdiger Gleichförmigkeit in einer Grundform entgegen, als Zelle, Cellula. Ihren Namen verdankt diese Einheit einer an sich ganz belanglosen Beobachtung des englischen Arztes Hooke, der 1665 den wabenartigen

Aufbau der Korkrinde beschrieb und ihn mit den Zellen eines Bienenstockes verglich. Die erste Erkenntnis der Bedeutung dieser Strukturelemente finden wir wohl bei dem großen Forscher Malpighi, der Schläuche, utriculi, als allgemeines Bauelement der Pflanzen nachwies. Die Zelle klar als Grundelement aller Pflanzengewebe bezeichnet zu haben, ist das große Verdienst von Schleiden (1838), schon ein Jahr später wurden diese Anschauungen von Schwann auch auf die Tiere übertragen. Seitdem steht die Zelle im Mittelpunkte morphologischer und physiologischer Forschung.

Die Berechtigung, die Zelle als elementare Lebenseinheit anzusehen, leitet sich aus verschiedenen Gründen her. Einmal finden wir sie, wie schon gesagt, als Baustein aller pflanzlichen und tierischen Gewebe. Wie die Entwicklung lehrt, geht der Aufbau eines neuen Organismus, wenigstens bei der geschlechtlichen Fortpflanzung, stets von einer Zelle, der Eizelle, aus. Sie vermehrt sich durch Teilung in andere Zellen und dies setzt sich während des Wachstums fort. Wohl treten uns in den Organismen auch Strukturen entgegen, die keinen zelligen Aufbau erkennen lassen, aber die Entwicklung zeigt, daß sie doch immer aus Zellen hervorgegangen sind. Dabei können diese interzellularen Strukturen eigenen Stoffwechsel und eigenes Wachstum zeigen, also durchaus lebendig sein, sie vermögen aber nur ihren einmal ausgebildeten Typus einige Zeit zu erhalten, im besten Falle an Ort und Stelle durch Spaltung zu vermehren, eine wirkliche Neubildung solcher Elemente geschieht immer auf dem Wege über Zellen.

Neben der morphologischen stellt die Zelle auch die physiologische Einheit dar; wir kennen keine Organismen, die freilebend eine niedrigere Struktur aufwiesen als die einer Zelle. Hierbei entstehen allerdings insofern Schwierigkeiten, als man zweifelhaft sein kann, was man zur Struktur einer Zelle als wesentlich hinzurechnen soll. Stellt man sich auf den Standpunkt der Deszendenztheorie, wonach alles Leben aus einfacheren Formen hervorgegangen ist, so müssen wir erwarten, auch für die Zelle Vorstufen zu finden. Die Lebensformen, die man als Protozoen bezeichnet, lassen alle Merkmale einer Zelle erkennen, besonders die Teilung in Kern und Zelleib. Bei den niedersten Protophyten, den Bakterien, wird die Sache aber zweifelhaft, von einer scharfen Trennung von Kern und Plasma ist dort noch nicht die Rede. Neuerdings hat man als Erreger wichtiger Krankheiten, der Pocken u. a., winzige Lebewesen gefunden, die man als Chlamydozoen bezeichnet hat, weil sie im Gewebe von einer besonderen Hüllsubstanz umgeben auftreten. Ihre Struktur ist noch nicht näher erforscht, sie entzieht sich auch wegen ihrer Dimensionen den augenblicklich zur Verfügung stehenden Hilfsmitteln. So mag es in diesem Sinne Vorstufen der Zelle gegeben haben und vielleicht noch geben, deren Bau einfacher als der der typischen Zelle erscheint. Anders steht es mit dem Versuch, innerhalb der Zelle selbst kleinere selbständige Einheiten aufzufinden. Man hat auf Grund mikroskopischer

Beobachtungen wie theoretischer Spekulationen oft das Bestehen solcher kleineren Einheiten (Biophoren, Granula u. a.) behauptet, es muß aber daran festgehalten werden, daß wir diese Teile als außerhalb des Zellverbandes lebensfähig niemals beobachtet haben, ihnen also das wesentlichste Merkmal der Selbständigkeit fehlt.

Die Grundeinheit der Zelle tritt nun im Pflanzen- und Tierreich in den mannigfachsten Typen auf. Bald ist ihre Form wechselnd, wie bei den Amöben oder den weißen Blutkörperchen des Menschen, bald scharf ausgeprägt und festgelegt. Dann kann sie kugelig sein, wie bei Eiern, kubisch, zylindrisch oder abgeplattet, wie bei Epithelzellen, band- oder spindelförmig, wie bei Muskeln, verästelt und sternförmig, wie bei Bindegewebs-, Pigment- und Nervenzellen, fadenförmig oder korkzieherartig gewunden, wie bei Samenfäden.

In viel engeren Grenzen als die Form schwankt die Größe der Zellen. Wenn wir von den winzigen Bakterien und manchen sehr kleinen Samenzellen einerseits, den riesigen Eiern, sowie den Muskel- und Nervenfasern der großen Säugetiere andererseits absehen, die einseitige Spezialisierungen darstellen, so schwankt die Größe der Zellen etwa zwischen 0,005 und 0,5 mm. Es handelt sich also fast immer um mikroskopische Gebilde. Der Grund hierfür ist jedenfalls ein physiologischer. Die Zelle ist zur Erfüllung ihrer Lebensleistungen auf Stoffaustausch mit der Umgebung angewiesen. Die Intensität dieses Prozesses wird bedingt durch das Verhältnis von Oberfläche zu Volumen. Nun wächst das Volumen nach bekannten Gesetzen in der dritten, die Oberfläche aber nur in der zweiten Potenz. Es muß also bei ständiger Größenzunahme ein Punkt erreicht werden, wo der Stoffaustausch gehemmt wird. Von den oben angeführten extrem großen Zellen haben die Muskel- und Nervenzellen durch ihre gestreckte und verzweigte Form eine relativ sehr große Oberfläche, die Eizellen enthalten nur eine kleine Menge wirklich lebender Substanz, zum größten Teil Reservestoffe, daher reicht ihre Oberfläche zum Stoffwechsel aus. Für die meisten Zellen ist aber in diesem physiologischen Faktor eine scharfe Grenze des Größenwachstums gegeben, über diese hinaus wachsen sie unter Teilung, wodurch die Oberfläche wieder vergrößert wird. Einen Versuch zur höheren Organisation größerer Plasmakomplexe hat uns die Natur gewissermaßen hinterlassen, die Siphoneen, seltsame Algen, die nur aus einer riesigen Zelle bestehen, die sich in ähnlicher Weise in Wurzel, Stengel und Blätter gliedert, wie dies der Zellverband der höheren Pflanzen zu tun pflegt. Doch führt dieser Anlauf nicht über eine Größe von einigen Zentimetern hinaus.

Untersuchen wir eine lebende Zelle unter dem Mikroskop, so finden wir meist ein Bläschen, erfüllt mit einer strukturlosen, durchscheinenden oder milchig getrübten Flüssigkeit. In dieser suspendiert erscheint gewöhnlich ein kleineres, scharf begrenztes Bläschen, der Kern, Nucleus.

Nur in seltenen Fällen lassen sich außerdem im Zelleib wie im Kern noch feinere Strukturen wahrnehmen. Um diese zur Anschauung zu bringen, bedient sich die mikroskopische Technik der Fixierungs- und Färbemittel. Es handelt sich dabei um mikrochemische Reaktionen, die zunächst das Protoplasma zur Gerinnung bringen, fällen, und dann einzelne Bestandteile davon dadurch hervorheben, daß sie sich mit zugesetzten Farbstoffen besonders leicht und fest verbinden. Durch diese Verfahren läßt sich in der scheinbar homogenen Zellsubstanz eine überraschende Fülle von Strukturen nachweisen, man muß aber immer im Gedächtnis behalten, daß es sich dabei um Kunstprodukte handeln kann, die durch Ausfällung gelöster Substanzen hervorgerufen sind. Tatsächlich kann man oft erleben, daß bei Anwendung verschiedener Fixierungsmittel die gleiche Zellart ein ganz verschiedenes Aussehen gewinnt. Es bedarf also bei Verwendung dieser Methoden großer Übung und scharfer Kritik; in den Diskussionen der Zytologen spielt die Frage der Kunstprodukte eine große Rolle, und gar manches scheinbar gesicherte Ergebnis hat sich nachträglich als Täuschung herausgestellt. Wünschenswert bleibt daher immer die Kontrolle am lebenden Objekt, sie ist durch die reiche Ausgestaltung der technischen Verfahren jetzt über Gebühr in den Hintergrund getreten.

Fragt man nun, welchen Anblick auf Grund der verschiedenen Methoden uns eine Zelle zu bieten pflegt, so ist der wesentlichste Punkt die Gliederung in Zellkern (Nucleus) und Zelleib (Cytoplasma) (Fig. 1). Nur die niedersten Organismen, wie viele Bakterien, lassen einen morphologisch abgesetzten Kern vermissen, sonst finden wir ihn meist in der Einzahl, seltener treten zwei, noch spärlicher mehrere bis viele Kerne auf. Die Lage des Kernes ist ebensowenig allgemeinen Gesetzen unterworfen, wie seine Form, doch finden wir ihn sehr häufig bläschenförmig, seltener stabartig gestreckt, wurstförmig, gelappt, verzweigt oder rosenkranzartig eingeschnürt. Wie die Zelle kann auch der Kern wechselnde Gestalt annehmen. Seine Größe entspricht meist ungefähr der der zugehörigen Zelle, auch dies offenbar aus physiologischen Gründen, da Kern und Zelle in regem Stoffaustausch stehen. Bei sehr großen Zellen finden wir daher nicht selten statt eines großen zahlreiche kleine Kerne. Bei den großen Eizellen ist der Kern manchmal so riesig, daß man ihn mit bloßem Auge wahrnehmen kann. Meist ist er durch eine deutliche Membran vom Zelleib abgesetzt, gelegentlich ist diese so fest, daß man den Kern aus der Zelle herauspräparieren kann.

Bei feinerer Untersuchung bietet uns der Zelleib (Fig. 1 *Cy*) einfacher Zellen das oben geschilderte Bild der Waben- oder Schaumstruktur. Diese zeigt sich unter dem Mikroskop in der Form eines feinen Netzwerkes mit einem Durchmesser der Maschen von etwa 0,001 mm oder weniger, in dessen Knotenpunkten häufig feste Körnchen, die Granula liegen. Sie sind zum Teil wohl abgelagerte Reservestoffe, zum

Teil feste lebendige Plasmabestandteile, häufig aber auch bei der Fixierung entstandene Kunstprodukte. Unter dem Zwange der Oberflächenspannung müssen sie sich auf den Wabenwänden in den Knotenpunkten anordnen, bieten daher gewöhnlich das Bild einer sehr regelmäßigen Verteilung. Bei den höher differenzierten Zellen treten zur Verrichtung bestimmter Leistungen die allermannigfaltigsten Strukturen auf, Fibrillen, wie in Bindegewebs-, Muskel- und Nervenzellen, Körner und Schollen, wie in Pigment-, Epithel- und Drüsenzellen. Ihre nähere Erforschung ist eine der wichtigsten Aufgaben der Lehre vom feineren Bau der Gewebe, der Histologie. Vielfach enthalten die Zellen auch Einschlüsse: Flüssigkeitsvakuolen, Chromoplasten, Stärkekörner und andere Reservestoffe.

Auch der Kern (Fig. 1 *N*) bietet uns oft das Bild einer Schaumstruktur, die ganz mit der des Plasmas übereinstimmt. Meist läßt er aber im mikroskopischen Bilde ein feines Fadenwerk erkennen, das aus einer schwach färbbaren Substanz, dem Linin (Fig. 1 *L*), besteht. Diesem Gerüstwerk liegen stärker färbbare Stoffe als kleine Kugeln oder Brocken auf, das Chromatin (Fig. 1 *Ch*). Die Zwischenräume sind mit einer farblosen Flüssigkeit, dem Kernsaft, erfüllt. Häufig bemerkt man noch ein rundes oder unregelmäßig geformtes Körperchen, das Kernkörperchen oder den Nucleolus (Fig. 1 *n*). Es färbt sich ebenfalls intensiv, aber mit anderen Stoffen und in anderen Tönen wie das Chromatin. Man hat auf diese verschiedene Färbbarkeit großen Wert gelegt, da man in ihr ein Mittel sieht, Aufschluß über die chemische Natur der einzelnen Kernsubstanzen zu erhalten. Die Resultate, über die man bisher verfügt, sind noch recht unvollkommen. Eine isolierte Untersuchung von Kernen ist natürlich noch viel schwieriger zu erreichen, als die des Plasmas. Reife Spermatozoen bestehen aber in den meisten Fällen fast nur aus Kernsubstanz; durch ihre Analyse hat man festgestellt, daß im Kern Eiweißkörper besonderer Natur vorhanden sind, die Nukleoproteide, die sich durch ihren Reichtum an einer phosphorhaltigen Eiweißverbindung, der Nukleinsäure, auszeichnen.

Über die physiologischen Beziehungen von Kern und Plasma vermögen wir etwas mehr Angaben zu machen. Es hat sich gezeigt, daß der Kern das wichtigste, unbedingt lebensnotwendige Organ der Zelle ist. Zerlegt man sie in Teile, von denen nur einer den Kern enthält, so bleibt nur dieser am Leben und kann seinen Verlust ersetzen, die anderen arbeiten noch einige Zeit weiter, zersetzen die in ihnen aufgespeicherten Stoffe, gehen dann aber zugrunde, weil sie unfähig sind, den Aufbau neuer Lebensbausteine durchzuführen. Die Beteiligung des Kernes an den Stoffwechselvorgängen in der Zelle kann man auch gelegentlich direkt daran erkennen, daß er nach den Stellen lebhaften Getriebes Fortsätze aussendet, oder daran, daß Stoffe aus dem Kern in die Zelle übertreten. Wie man sich die Einwirkung im einzelnen vorstellen soll, ist noch recht unsicher; man hat vielfach an die Ausscheidung von Fermenten durch den Kern gedacht, die dann die Umsetzungen im Zelleib hervorrufen sollen. Natürlich müssen auch umgekehrt Stoffe aus dem Zelleib in den Kern übertreten zum Aufbau seiner eigenen Substanz beim Wachstum; man glaubt speziell die Bildung der Nukleoproteide, deren Sitz in das Chromatin verlegt wird, durch verschiedene Stadien der Färbbarkeit verfolgen zu können. Der Nucleolus wird dabei bald als eine Art Reservestoffbehälter, bald als eine Anhäufung von Abfallsprodukten des Kernstoffwechsels aufgefaßt; jedenfalls spielt er im Getriebe des Zellhaushalts keine wichtige aktive Rolle.

Gelegentlich beobachtet man, daß der Kern seine scharfe Begrenzung gegen den Zelleib verliert und seine Substanz sich über die ganze Zelle verteilt. Dies geschieht besonders bei Einzelligen im Laufe der Fortpflanzungstätigkeit, doch hat man auch bei höheren Organismen ähnliche Vorgänge beobachtet. Es treten dann im Plasma stark färbbare, offenbar dem Chromatin entsprechende Körner auf, die man als Chromidien bezeichnet. Ihre Natur und Bedeutung ist im einzelnen wohl sehr verschieden, bald sind es reine Abfallprodukte, die dem Untergang geweiht sind, bald stehen sie zu bestimmten Leistungen der Zelle in Beziehung, besonders zur Fortpflanzung. Ähnliche Chromidien glaubt man nun vielfach im Körper solcher Zellen nachweisen zu können, die niemals einen morphologisch deutlichen Kern zeigen, wie die meisten Bakterien. Es liegt nahe, hierin einen ursprünglichen Zustand zu sehen: Es differenzierten sich im Laufe der Stammesgeschichte der Zelle zunächst bestimmte chemische Körper, die als Chromidien über den ganzen Leib der Zelle verteilt waren. Später sonderten sie sich dann und bildeten das erste und wichtigste Zellorgan, den Kern. Zu einer genaueren Durchführung dieses Gedankens sind aber die Zustände bei den niedersten Organismen noch zu wenig klargestellt.

Eine ganz besondere Bedeutung hat der Kern bei der Vermehrung der Zelle durch Teilung; wir werden auf diesen Prozeß an anderer Stelle noch ausführlich einzugehen haben (vgl. S. 128).

3. Die Protozoen. (Taf. I.)

Die Lebenseinheit der Zelle tritt uns im Tier- wie im Pflanzenreich in zwei Typen entgegen: als selbständiges Lebewesen oder eingegliedert in einen größeren Verband. Wir pflegen danach zwei große Organismengruppen in beiden Reichen zu unterscheiden: Die Protozoen und Protophyten einerseits, gemeinsam auch Protisten genannt, die zu allen Zeiten des Lebens nur aus einer einzigen Zelle bestehen, und die Metazoen bzw. Metaphyten, die vielzelligen Tiere und Pflanzen. Die Einzelligen sind in vieler Hinsicht besonders geeignet, uns einen Begriff von den Leistungen der Zelle zu geben. Allerdings darf man bei ihnen nicht erwarten, auf besonders einfache Verhältnisse zu stoßen. Geht man von den uns heute geläufigen Vorstellungen der Stammesgeschichte aus, so erblickt man in den Protisten die einfachsten Formen, die dem Ausgangspunkte der gesamten Entwicklungslinie noch am nächsten stehen. Man darf aber dabei nicht übersehen, daß die heute lebenden Einzelligen selbst ein uralter Stamm sind, der uns nur deshalb so ursprünglich erscheint, weil er die Höherentwicklung durch Zusammenschluß der Zellen nicht mitgemacht hat. In der langen Entwicklungszeit haben sich aber die Zellen selbst in der verschiedensten Weise verändert, so daß wir unter den Protozoen jetzt außerordentlich verschiedene Formen treffen, die in der Höhe der Zellorganisation den Vergleich mit den Vielzelligen nicht zu scheuen brauchen. Ja, in gewisser Hinsicht sind sie diesen sogar überlegen: Während dort nämlich die Gesamtleistungen des Organismus auf viele Zellen verteilt sind, von denen jede für ihre Teilfunktion besonders ausgerüstet ist, muß hier eine Zelle alles zugleich leisten. Der Physiologe macht daher die Erfahrung, daß es bei den Einzelligen oft viel schwerer ist, über eine besondere Funktion ins klare zu kommen, da man diese im Versuch nicht so klar aus den übrigen Tätigkeiten der Zelle herausschälen kann wie bei den Spezialisten unter den Gewebszellen. Dagegen zeigt uns dieser Typus sehr gut, welche Leistungen eine selbständige Zelle verrichten muß und welche Strukturen dazu notwendig sind.

Unter den heute lebenden Formen treten uns die einfachsten ohne Zweifel in der Gruppe der *Wurzelfüßer* oder **Rhizopoden** entgegen. Sie haben ihren Namen von der Fähigkeit des Plasmas, Fortsätze auszusenden, die zur Fortbewegung dienen und davon den Namen Scheinfüßchen oder Pseudopodien tragen. Bei den niedrigsten Arten, wie bei den bekannten Wechseltierchen *Amoeba* (Fig. 2), gehen diese Fortsätze von einem formlosen Klümpchen Protoplasma aus. Im Inneren bemerken wir einen großen, bläschenförmigen Kern; der Plasmaleib zeigt wenig Differenzierung; sein Innenteil, das Entoplasma (Fig. 2 *En*), sieht etwas dichter, trüber und körniger aus, während die Randschicht, das Ektoplasma (Fig. 2 *Ek*), heller, homogener und zäher erscheint. Beide Schichten sind aber nicht scharf getrennt, sondern können jederzeit ineinander übergehen. Dies kann man bei manchen Arten gut bei der Aussendung von Pseudopodien beobachten. Dabei durchbricht nämlich das Entoplasma an einer Stelle die Außenschicht und ergießt sich nun wie ein zäher Strom durch die Lücke. Sehr schnell gehen aber seine Randpartien in Ektoplasma über, während umgekehrt das ins Innere verlagerte Ektoplasma an der Durchbruchsstelle sich sofort in Entoplasma auflöst. Zahlreiche Beobachtungen und experimentelle Untersuchungen haben gelehrt, daß die Bildung der Pseudopodien weitgehend von dem Zustande der Umgebung abhängt, daß z. B. Herabsetzung der Oberflächenspannung an einer Stelle ein Vorströmen des Plasmas hervorruft. Der Körper dieser einfachen Zellen hat also noch gar keine konstante Form, sondern ändert sie jeden Augenblick unter dem Einfluß innerer oder äußerer Faktoren. Eine bestimmte Gestalt gehört demnach nicht zu den Grunderfordernissen der Zelle. Daß aber auch innere Einflüsse für die Formgebung bedeutungsvoll sein müssen, geht daraus hervor, daß die verschiedenen Amöbenarten sich in den Umrissen ihrer Pseudopodien typisch unterscheiden. Doch hat sich andererseits zeigen lassen, daß eine Änderung des Mediums, in dem ein Tier lebt, die Form seiner Pseudopodien vollständig umgestalten kann. Sie beruht also offenbar auf der Wechselwirkung der beiden Faktoren und die typische Gestalt der einzelnen Arten hat ihren Grund in der besonderen chemischen und physikalischen Natur ihres Plasmas.

Die Ernährung der Amöben, die etwa eine Größe von 0,02—0,5 mm haben, erfolgt durch Aufnahme fester organischer Körper, anderer Protozoen, Algenzellen, Bakterien u. ä. Das Plasma einer umherkriechenden Amöbe, das einen Nahrungskörper berührt, legt sich ihm dicht an und umfließt ihn schließlich ganz. Die Nahrung wird im Plasmaleibe von einer Flüssigkeit umgeben, es bildet sich eine Nahrungsvakuole (Fig. 2 *V*); in diese werden Fermente abgeschieden und es erfolgt die Verdauung. Der Rückstand gelangt dann einfach dadurch nach außen, daß sich das Plasma von ihm zurückzieht. Es ist besonders Rhumbler gelungen, auch diesen Prozeß großenteils auf den Einfluß der Oberflächenspannung zurückzuführen; wir sehen also eine weitgehende Abhängigkeit dieser primitiven Organismen von der Umgebung, deren Wirkungen sie oft widerstandslos folgen müssen. Genauere Untersuchungen über das Verhalten der Amöben, wie sie besonders von Jennings angestellt worden sind, haben aber gezeigt, daß sie sich in ihren Reaktionen je nach der Art des Nahrungskörpers recht verschieden benehmen, die Reaktionen also keineswegs so einfach rein physikalisch zu erklären sind.

Die nackten Amöben sind weitverbreitete Bewohner des Süßwassers wie des Meeres, manche Arten kommen auch in feuchter Erde vor. Neuere Forschungen haben eine immer größer werdende Zahl von Arten kennen gelehrt, die parasitisch im Inneren von Tieren leben. Sie halten sich dort meist im Darmkanal auf und ernähren sich mit von den Nahrungsstoffen ihres Wirtes. So beherbergt auch der Mensch vielfach eine Amöbenart, die *Entamoeba coli*, die als harmloser Bewohner des Dickdarms gilt. Eine dieser nahe verwandte Form, die *Entamoeba dysenteriae* (*histolytica*) (Figg. 3, 4), verursacht dagegen eine schwere tropische Infektionskrankheit, die tropische Ruhr. Dies geschieht dadurch, daß der Parasit die Wand des Darmkanals angreift, vielleicht besonders dann, wenn diese durch eine anderweitige Entzündung gereizt ist. Die Amöben drängen mit ihren breiten, zähen Pseudopodien die Darmzellen auseinander, bringen sie zum Abfallen und bohren sich auch in die tieferen Lagen der Schleimhaut ein, so daß umfangreiche Geschwüre entstehen. In deren Grunde findet man dann die Amöben oft wie in Reinkultur. Diese Dysenterieamöben zeigen uns nun sehr klar die bei vielen Protozoenzellen entwickelte Fähigkeit, in ein längeres Ruhestadium überzugehen. Sie ziehen ihre Pseudopodien ein, kugeln sich ab und umgeben sich mit einer festen Hülle. Man bezeichnet diesen Vorgang allgemein als Enzystierung. Als Zysten können Protozoenzellen ungünstige Lebensperioden überstehen, z. B. oft die Austrocknung ihrer Wohngewässer; vielfach dienen solche Stadien auch zur Verbreitung. So wird auch bei der Dysenterieamöbe die Übertragung von Mensch zu Mensch durch solche Zysten (Fig. 4) bewirkt, die mit dem Darminhalt entleert werden und frisch oder ausgetrocknet auf die Nahrung oder Gebrauchsgegenstände des Menschen gelangen können. In diesen Zysten teilt sich die Amöbe in vier Tochterzellen, die nach der Aufnahme in den Darm aus der Hülle ausschlüpfen und die neue Infektion herbeiführen. Es wird angegeben, daß auch die Amoeba coli gelegentlich ähnliche Krankheitserscheinungen hervorrufen kann.

Die Bedeutung der Amöben als Krankheitserreger hat uns jetzt auch gelehrt, sie in Reinkultur zu züchten; dies geschieht auf künstlichen Nährböden mit Bakterienkulturen. Davon nähren sich dann die Amöben; eine direkte Verarbeitung von Nährlösungen scheint ihnen allgemein unmöglich zu sein.

Den echten Amöben nahe verwandt sind nun Formen, deren Plasmakörper durch eine Schale umhüllt wird. Damit tritt uns die erste Lösungsart des Formproblems entgegen, eine äußerliche feste Umhüllung, die den weich bleibenden Körper in typische Gestalt preßt. Diese Schale kann aus einer elastischen organischen Substanz bestehen oder dadurch zustande kommen, daß einer gallertartigen Grundsubstanz Fremdkörper an- oder eingelagert werden. Ein häufiger Vertreter dieser Formen in unseren Tümpeln ist *Arcella vulgaris* (Fig. 5). Sie hat noch vollkommenen Amöbentypus in der Ausbildung der Pseudopodien, aber auf dem Rücken des Plasmaleibes sitzt eine runde, schildartig gewölbte Schale mit rings nach unten umgebogenen Rändern. Aus dem Loch, das diese in der Mitte lassen, streckt der Plasmaleib seine Pseudopodien heraus.

Im Meere treffen wir nun zahlreiche Vertreter dieser schalentragenden Wurzelfüßer, der ***Thalamophoren,*** bei denen die Schale durch Einlagerung von kohlensaurem Kalk eine größere Festigkeit gewinnt. Es sind die ***Foraminiferen,*** eine ungemein formenreiche Gruppe. Bei ihnen erlangen die Gehäuse dadurch eine höhere Entwicklung, daß sie sich aus mehreren Kammern (Fig. 6) zusammensetzen. Ist das Plasma durch Wachstum für die erste Kammer zu groß geworden, so fließt ein Teil davon heraus und umgibt sich mit einer neuen Schale, die mit der ersten nach ganz bestimmten Gesetzen unter bestimmten Winkeln zusammenstößt. Wie Rhumbler gezeigt hat, lassen sich diese Winkel auf die Wirkung der Oberflächenspannung des Plasmas gegen das umgebende Wasser zurückführen; wir sehen also hier wieder für die Formbildung einen einfachen physikalischen Faktor wirksam werden.

Die Foraminiferen zeichnen sich nun vor den Amöben auch durch die Gestalt der Pseudopodien aus. Sie sind nicht mehr so breit und lappig, sondern lang und spitz ausgezogen (Filopodien). Bei den meisten Formen werden sie durch zahlreiche Poren der Schale nach allen Seiten ausgestreckt, so daß sie wie ein zierliches Netz den ganzen Körper umgeben. Die meisten Foraminiferen sind Bewohner des Meeresbodens, vor allem auf flachem, sandigem Grunde sind sie reich entwickelt. Das Netz der Pseudopodien erstreckt sich oft mehrere Zentimeter weit um den Körper, der gewöhnlich wenige Millimeter Durchmesser hat. Mit den Ausläufern fangen die Tiere allerlei andere kleine Organismen wie die Amöben; da sie diese aber gewöhnlich nicht durch die engen Öffnungen in die Schale hineinziehen können, so bildet sich durch Zusammenfließen mehrerer Pseudopodien ein Plasmaklumpen, und darin geht die Verdauung vonstatten. Die Foraminiferen können unter günstigen Bedingungen in ungeheuren Mengen auftreten; in Ablagerungen früherer Erdperioden bilden sie ganze Schichten. Deren bekannteste ist der *Nummulitenkalk*, zusammengesetzt aus den Schalen scheibenförmiger Foraminiferen von 1 cm und mehr Durchmesser (Fig. 7). Auch heute noch treten die Foraminiferen gesteinsbildend auf. In den kalten Gebieten des Meeres, besonders auf der südlichen Halbkugel, ist das Wasser oft auf große Strecken ganz erfüllt von Schwärmen freischwebender, kugelförmiger Foraminiferen, deren Schalen zur Verminderung der Sinkgeschwindigkeit im Wasser mit langen Stacheln besetzt sind. Nach dem Absterben sinken die Hüllen dieser *Globigerinen* (Fig. 8) in die Tiefe hinab und häufen sich dort in dicker Schicht an. In bestimmten Meeresgebieten besteht der Boden der Tiefsee fast rein aus solchem Globigerinenschlick.

Finden wir bei den Foraminiferen eine äußere Kalkschale, so macht uns eine andere Gruppe der Wurzelfüßer mit dem zweiten, prinzipiell entgegengesetzten Verfahren bekannt, dem Zellkörper Stütze und Form zu geben. Bei den **Radiolarien** entwickelt sich ein inneres Skelett, das bei den meisten Arten aus Kieselsäure besteht. Es nimmt ungemein zierliche Formen an, gewöhnlich setzt es sich aus einer Kugel zusammen, die den Mittelteil der Zelle mit dem Kern umschließt; von jener gehen dann Stacheln nach allen Richtungen aus, oder die Hauptstacheln treffen sich im Mittelpunkt (Fig. 9). Meist ist das Skelett allseitig symmetrisch, oft aber auch zweiseitig. Die Formenfülle dieser Organismengruppe ist ganz überwältigend; sie gibt uns einen guten Anhaltspunkt für die Mannigfaltigkeit im Aufbau des Protoplasmas schon bei so niedrig organisierten Geschöpfen. Denn da das Material der Skelette fast überall das gleiche ist, so können die Unterschiede des Baues nur auf Verschiedenheiten im Plasma beruhen. Wir haben allen Grund, anzunehmen, daß gerade so wie für die Bildung der äußeren Schale auch für die Anordnung dieser inneren Skelette die Oberflächenspannungsverhältnisse innerhalb des Plasmas maßgebend sind. Sie gehorchen daher auch einfachen mechanischen Prizipien und machen oft den Eindruck, als seien sie von einem Ingenieur konstruiert worden, um größte Festigkeit mit größter Leichtigkeit zu vereinigen. Zwischen den äußeren Teilen dieses Gerüstes ist das Plasma in feinen Strängen ausgespannt, die Zwischenräume werden von Flüssigkeitsvakuolen ausgefüllt. Das dichtere Innenplasma mit dem Kern wird von einer besonderen Membran, der Zentralkapsel (Fig. 9 *Ck*), abgegrenzt. In den Außenschichten haben sich bei vielen Formen andere einzellige Wesen eingenistet, gelbe oder seltener grüne Algen, *Zooxanthellen* (Fig. 9 *Zn*), die mit den Radiolarien regelmäßig vergesellschaftet sind. Sie genießen dabei Schutz, vielleicht auch Vorteil für ihre Ernährung, während umgekehrt ihre Stoffwechselprodukte, in erster Linie der Sauerstoff, den Radiolarien zugute kommt. Man bezeichnet eine solche Gesellschaftsbildung zu gegenseitigem Nutzen als *Symbiose.*

Im Süßwasser werden die Radiolarien durch verwandte Formen vertreten, die Sonnentierchen oder ***Heliozoen.*** Sie haben gleichfalls einen kugeligen Körper, der aber gar nicht oder nur schwach durch ein Kieselskelett gestützt ist und ähnlich wie der der Amöben eine Trennung in Ekto- und Entoplasma erkennen läßt. Von diesem Körper gehen nach allen Seiten wie die Strahlen einer Sonne lange und dünne Pseudopodien aus. Diese sind dadurch bemerkenswert, daß sie in der Achse einen festeren Stützstab, den Achsenfaden, enthalten. Dennoch sind diese Pseudopodien vergängliche Bildungen, die nach Bedarf ausgestreckt und wieder eingezogen werden. Man sieht dabei das Plasma ganz in der gewohnten Weise als dünnen Fortsatz vorfließen, in dessen Mitte bildet sich aber sehr schnell ein fester, stärker lichtbrechender Stab. Bei der Einziehung sieht man diesen sich erweichen und restlos im übrigen Plasma auflösen. Offenbar handelt es sich hier um einen besonders typischen Fall des Wechsels von Sol- und Gelzustand in einem kolloidalen System, und wir sehen, wie leicht sich dies zur Bildung fester Stützapparate verwenden läßt. Dies Verfahren hat nicht nur bei den Einzelligen, sondern auch bei den Körperzellen der Metazoen weiteste Verbreitung. Eines der zierlichsten dieser Sonnentierchen, das *Actinosphaerium eichhorni,* trifft man verbreitet in ruhigen, klaren Waldtümpeln; es wird etwa 1 mm groß (Fig. 10).

Einen ganz anderen Typus der Zelle finden wir in der zweiten großen Gruppe der Einzelligen, den ***Sporozoën.*** Sie können morphologisch mit der Formenfülle der Rhizopoden keinen Vergleich aushalten; meist sind sie kugelig oder elliptisch gestaltet und weisen im Plasma keine besonderen

Differenzierungen, Schalen oder Skelettbildungen auf. Dies hängt damit zusammen, daß sie alle unter ähnlichen, biologisch einfachen Bedingungen leben. Sie sind nämlich ausschließlich Parasiten im Inneren anderer Tiere. Dafür bietet ihre Lebensweise vieles Interessante; sie sollen uns in erster Linie dazu dienen, uns die Fortpflanzung bei den Einzelligen etwas näher zu betrachten.

Die verschiedenen Vertreter der Sporozoen leben an verschiedenen Stellen im Körper höherer Tiere. Die harmlosesten sind freie Bewohner der Darmhöhle. Hierhin gehören die **Gregarinen** (Fig. 13). Es sind im erwachsenen Zustande recht stattliche Zellen, die mehrere Millimeter, in besonderen Fällen sogar über 1 cm lang werden können. Ihre Form ist langgestreckt, der Bau oft ziemlich verwickelt. Wir erkennen ein deutliches, helles Ektoplasma (Fig. 13 *Ek*), das sich scharf von dem dunkleren, körnigen Entoplasma (Fig. 13 *En*) absetzt. In diesem liegt der bläschenförmige Kern. Oft gliedert sich der Körper in zwei Abschnitte, einen kleinen vorderen und längeren hinteren, den Proto- und Deutomeriten (Fig. 13 *Pm*, *Dm*), die durch eine Scheidewand von Ektoplasma gegeneinander abgesetzt sind. Die erwachsenen Zellen liegen meist frei im Darmlumen und ernähren sich osmotisch von dem flüssigen Darminhalt. Schreiten sie zur Fortpflanzung, so sieht man sich zwei Tiere aneinander ketten. Sie bleiben längere Zeit ohne Veränderung der Form und der Lebensweise in diesem Zustande, den man als Syzygie (Fig. 13 *a*) bezeichnet. Dann umgeben sie sich gemeinsam mit einer Zystenhülle, in deren Innerem die Partner wie zwei Halbkugeln aneinandergepreßt liegen (Fig. 13 *b*). Nun setzt eine lebhafte Teilung ein, die zum Zerfall beider Hälften in viele kleine Teilstücke (Fig. 13 *c*) führt. Es teilen sich zunächst die Kerne rasch hintereinander, so daß zwei Zellen mit mehreren hundert Kernen entstehen. Diese rücken dann an die Peripherie und umgeben sich mit kleinen Plasmahöfen. Die so entstandenen winzigen Keime lösen sich nun voneinander, wobei oft ein Teil der ursprünglichen Zelle als sog. Restkörper zurückbleibt. Dieser Vorgang der rasch aufeinander folgenden Teilungen, der bei den Protozoen weit verbreitet ist, wird als Schizogonie bezeichnet. Nun verschmilzt je ein Keimling der einen Zelle mit einem solchen der anderen (Fig. 13 *d*). Die Vereinigungsprodukte, die sog. Zygoten (Fig. 13 *e*), umgeben sich wieder mit einer Zystenhülle, in der eine weitere Teilung in acht sichelförmige Keime, die Sporozoiten (Fig. 13 *f*), stattfindet. Nun wird durch Quellung des Restkörpers der Ausgangszellen die Hauptzyste gesprengt, die Tochterzysten gelangen dadurch frei in den Darm des Wirtes; dort wird ihre Hülle aufgelöst und die ausschlüpfenden Sporozoiten dringen in eine Epithelzelle des Darmes ein. Dort durchlaufen sie den Anfang ihrer Entwicklung, verlassen dann die Zelle und wachsen im Lumen des Darmes zur reifen Form heran. Wie bei den Entamöben dient auch hier das Zystenstadium zur

Verbreitung, indem die Zysten mit dem Kot entleert werden und in den Darm anderer Tiere der gleichen Art gelangen.

Es erfolgt also hier in regelmäßigem Zyklus ein Vorgang, den wir, wie ohne weiteres einleuchtend ist, dem Geschlechtsprozeß der höheren Tiere und Pflanzen gleichsetzen können. In beiden Fällen vereinigen sich zwei Zellen, und von ihnen geht durch weitere Teilung die Fortpflanzung der Art aus. Man bezeichnet diese der geschlechtlichen Fortpflanzung dienenden Zellen ganz allgemein als Gameten. Sehr bemerkenswert ist nun, daß wir unter den Gregarinen Arten finden, bei denen sich die beiden Zellen, die sich zur Zygote vereinigen, äußerlich gar nicht unterscheiden. Man nennt sie demgemäß Isogameten. Ihnen stehen andere Arten gegenüber, bei denen beide Gameten schon äußerlich deutlich voneinander abweichen. Die eine Form ist rund und bewegungslos, die andere länger gestreckt und mit einer Geißel versehen, durch deren Schlag sie sich fortbewegt. Solche ungleichen Vereinigungszellen bezeichnet man dann als Anisogameten (Fig. 13 *d*). Es bringt nun von den in Syzygie zusammentretenden Zellen jede nur einen Typus hervor, sie nähern sich dadurch also noch mehr den männlichen und weiblichen Formen, wie wir sie bei den Vielzelligen zu finden gewohnt sind. Diese Betrachtung lehrt also, daß Vorgänge, die mit den Geschlechtsprozessen der höheren Formen im Prinzip weitgehend übereinstimmen, schon bei den physiologisch selbständigen Zellen vorkommen. Sie sind dort so weit verbreitet, daß man die periodische geschlechtliche Vereinigung geradezu als eine Grundeigenschaft der Zellen überhaupt bezeichnen kann. Die Deutung dieser Verhältnisse wird uns später noch zu beschäftigen haben.

Viel gefährlicher als diese frei im Darme lebenden Schmarotzer sind diejenigen Sporozoen, die dauernd in Zellen hausen. Als Beispiel für diese Gruppe mögen uns die **Coccidien** dienen. Es sind kleine Zellen, im ausgewachsenen Zustand rund oder oval, mit einfach wabigem Protoplasma und großem, bläschenförmigem Kern. Sie leben als Schmarotzer in den Epithelzellen des Darmes von Wirbeltieren und Wirbellosen, besonders Gliedertieren. Ein Coccidium dringt in eine Darmzelle ein (Fig. 14 *a*), ernährt sich osmotisch von ihren Säften und wächst dadurch so heran, daß es endlich die ganze Zelle erfüllen und sie zum Absterben bringen kann (Fig. 14 *b*). Dann teilt sich der Parasit und zwar wieder schnell hintereinander in eine Anzahl sichelförmiger Keime (Fig. 14 *c*). Diese verlassen ihre bisherige Wirtszelle und bohren sich in eine neue Zelle ein, wo sich der gleiche Vorgang wiederholt. So breitet sich die Infektion über den ganzen Darm aus und kann oft schwere Störungen hervorrufen. Daneben tritt nun aber periodisch wieder geschlechtliche Fortpflanzung auf. Es entwickeln sich Anisogameten, die man wegen ihres bedeutenden Größenunterschiedes als Makro- und Mikrogameten zu bezeichnen pflegt. Die Mikrogameten (Fig. 14 *d Mi*) sind die beweglichen Formen, sie entsprechen auch physiologisch durchaus den Spermatozoen der höheren Tiere. Die Makrogameten (Fig. 14 *d Ma*) sind groß, rund und unbeweglich, gleichen also den Eiern. Ein Mikrogamet dringt in einen Makrogameten ein und verschmilzt mit ihm, aus der Zygote entstehen dann wieder acht Sporozoite; sie können in neue Epithelzellen eindringen und den Zyklus von neuem beginnen, oder, in eine gemeinsame Zyste eingeschlossen, auf ein anderes Tier der gleichen Art übertragen werden.

Unter den Coccidien sind zahlreiche unangenehme Parasiten, auch solche unserer Haustiere; weit gefährlicher wird aber eine weitere Gruppe der Sporozoen, die **Hämosporidien.** Sie haben ihren Namen davon, daß die Parasiten in den Blutzellen leben. Die bekannteste Form aus dieser Gruppe ist der Erreger des Sumpf- oder Wechselfiebers, der Malaria. Der Zeugungskreis dieser Form stimmt im Prinzip ganz mit dem der Coccidien überein. Wir finden sichelförmige Keime, die in rote Blutkörperchen des Menschen eindringen, dort heranwachsen und sie zerstören (Fig. 15 *a*). Sie vermehren sich durch Zerfallsteilung und liefern Keime, die nach der Auflösung der ersten Wirtszelle frei werden und in neue Erythrozyten eindringen, wo sich der gleiche Prozeß wiederholt (Fig. 15 *b*). Nach einiger Zeit treten auch hier abweichend gestaltete Zellformen, die Anlagen der Gameten, auf (Fig. 15 *c*). Um sich aber weiter entwickeln zu können, müssen diese von einer Stechmücke, ***Anopheles***, aufgesogen werden. Im Magen der Mücke vollzieht sich dann die Ausbildung von Makro- und Mikrogameten und die Befruchtung (Fig. 15 *d*). Die so entstandene Zygote, der Ookinet, bildet keine Zyste, sondern dringt in die Darmwand ein und lagert sich unter die Bindegewebsschicht, die den Darm umgibt. Dort teilt sie sich lebhaft, es entsteht so eine weit in die Leibeshöhle vorspringende Geschwulst (Fig. 15 *e, f*). Diese platzt endlich und die darin enthaltenen sehr zahlreichen Sporozoite wandern in die Speicheldrüsen der Mücke ein, wo sie sich in den Zellen in dichten Haufen ansammeln (Fig. 15 *g*). Beim Stich kann nun die Mücke die Erreger wieder auf den Menschen übertragen und der Zyklus beginnt von neuem (Fig. 15 *h*). Hier ist also mit dem Wechsel zwischen zwei Arten der Vermehrung noch ein regelmäßiger Übergang zwischen zwei verschiedenen Tieren verbunden, ein sog. Wirtswechsel.

Die Malaria äußert sich beim Menschen durch typische Fiebererscheinungen. Ihr Merkmal besteht darin, daß in regelmäßigem Abstand einige Stunden sehr erhöhte Temperatur auftritt, in den Pausen zwischen den Anfällen ist der Kranke ganz normal. Es hat sich ergeben, daß die Fieberanfälle sich immer dann einstellen, wenn rote Blutkörperchen zerfallen. Dadurch gelangen die Stoffwechselprodukte der Parasiten ins Blut, ihre Toxine reizen das Nervensystem und erzeugen so das Fieber. Die Zeit, welche vom Befall bis zur Zerstörung eines roten Blutkörperchens vergeht, ist bei den einzelnen Malariaerregern verschieden. Man unterscheidet danach die Tertianaform, erzeugt vom *Plasmodium vivax Grassi* und *Feletti*, und die Quartana, deren Erreger das *Plasmodium malariae Lav.* ist. Bei ersterem dauert die Zeit bis zur Zerstörung eines Erythrozyten 48 Stunden, die Anfälle treten also jeden zweiten Tag ein, bei der Quartana sind es entsprechend 72 Stunden. Legen sich mehrere Infektionen übereinander, so daß der Anfall der einen auf den fieberfreien Tag der anderen fällt, so erhalten wir tägliches Fieber, die Quotidiana. In den Tropen endlich kommt eine besonders schwere und oft tödliche Form der Malaria vor, die Tropica, erregt vom *Plasmodium praecox Gr. u. Fel.*, ausgezeichnet durch langdauernde und schwere Fieberanfälle. Die drei Malariaformen sind in ihren Verbreitungsgebieten einigermaßen geschieden: Der Tropicaparasit findet sich vorwiegend in den Tropen, geht aber auch in die subtropischen Gebiete; die Tertiana ist in den Tropen, daneben aber besonders in den Subtropen zu Hause, und die Quartana ist die Krankheitsform der gemäßigten Zone; sie kommt auch in Deutschland an verschiedenen Stellen vor. Dies hängt mit der verschiedenen Temperaturempfindlichkeit der Parasiten während ihres Aufenthaltes in der Mücke zusammen. Die Tropica bedarf der größten Wärme, ihr Optimum liegt bei 28—30°, unterhalb 18° gehen die Erreger zugrunde. Für die Tertiana liegt das Optimum bei 24—30°, das Minimum bei 16°; der Erreger der Quartana kann sich noch bei 14° entwickeln, erträgt aber 30° nicht mehr.

Seit man den Entwicklungsgang der Erreger dieser gefürchteten Krankheit entdeckt hat, die manche Gegenden völlig unbewohnbar machte, sind für ihre Bekämpfung die Richtlinien gegeben. Sie bestehen in Verhinderung des Stechens durch die Mücken. So hat man in der römischen Campagna durch dichten Gitterabschluß der Bahnwärterhäuschen und durch Ausrüstung der Arbeiter mit Handschuhen und Schleiern sehr gute Erfolge erzielt. Wirksamer ist natürlich die Vernichtung der Stechmücken durch Austrocknen der stehenden Gewässer, in denen die Larven nach Art unserer gemeinen Stechmücken (Culex) sich entwickeln, oder das Überziehen der Tümpel mit einer dünnen Schicht Petroleum oder Saprol, welches den Larven die Atemröhren verklebt. Andererseits haben wir im Chinin ein spezifisches Arzneimittel, das die Parasiten im Blute abtötet. Doch scheint es vorzukommen, daß Makrogameten dem Chinin widerstehen, sich im Körper lebend erhalten und durch direkte Zerfallsteilung unter günstigen Umständen ein Wiedererwachen der Krankheit hervorrufen. So erklärt man wenigstens die Fälle, in denen bei Vermeidung einer Neuinfektion doch Rückfälle auftraten. Es würde sich hier um einen Vorgang handeln, der der Parthenogenese höherer Tiere gleich zu setzen wäre, eine Entwicklung von Keimzellen ohne Befruchtung.

Die Verbreitung der Malaria in den Flußniederungen der Tropen hat vermutlich einen wesentlichen Anteil an der eigenartigen Bauweise der Ansiedlungen der dortigen Eingeborenen gehabt. Sie werden nämlich auf Pfählen mehrere Meter über dem Wasserspiegel errichtet. Dadurch entsteht ein ziemlich wirksamer Schutz gegen die Infektion, da die Anophelesmücken nur dicht über dem Wasser fliegen. Es sind Dämmerungstiere, die am Tage kaum stechen, so daß man leidlich geschützt ist, wenn man kurz vor Sonnenuntergang sich in die hochgelegenen Häuser zurückzieht. Interessant sind die Beobachtungen, die man beim Bau des Panamakanals gemacht hat. Dort erfolgten viele Malariaerkrankungen, obwohl der Boden, durch den die Strecke führte, trocken gelegt war. Man fand aber die Brutstätten der Malariamücken in den Wasseransammlungen, die an den Stämmen der Urwaldbäume in den Blattwirteln und den Polstern der Epiphyten sich ständig halten.

Erwies sich bei den Sporozoen der Zellbau durch Parasitismus vereinfacht, so finden wir in der dritten Klasse der Einzelligen, bei den ***Ziliaten,*** wohl die höchstdifferenzierten Formen, in denen freilebende Zellen auftreten. Man bezeichnet die Ziliaten auch häufig als Infusorien, weil man sie jederzeit in Infusionen, Aufgüssen von allerlei Pflanzenmaterial, finden kann. Es ist eine ungemein formenreiche Gruppe von winzig kleinen bis zu relativ stattlichen Arten; die größten können einige Millimeter lang werden. Hier haben wir wieder Zellen mit konstanter Eigenform. Sie wird aber nicht durch Abscheidung einer toten Schale erzielt, sondern durch Verfestigung der äußeren Körperschicht zu einer zähen, elastischen Haut, der Pellicula (Fig. 17 *P*), die zierlich ornamentiert und mit allerhand Skulpturen geschmückt sein kann. Diese Verfestigung des Ektoplasmas bedingt, daß die Nahrungsaufnahme nicht mehr an jeder beliebigen Stelle der Oberfläche erfolgen kann. Es bildet sich ein besonderer Zellmund, Zytostom (Fig. 16 *Ct*), der in das weiche Entoplasma hineinführt. Daneben tritt manchmal auch ein Zellafter, Zytopyge, auf, sonst werden die Abfälle wieder durch den Zellmund ausgeschieden. Ihren Namen leiten die Ziliaten von ihrem Bewegungsapparat her, den Wimpern oder Zilien. Über die Pellicula erheben sich haardünne, glasklar durchsichtige Plasmafortsätze. Sie stehen in Spiralreihen über den ganzen Körper verteilt oder ordnen sich in einzelnen Streifen und Kreisen. Mit einem Stiel durchsetzen sie die Hautschicht und enden darunter mit einer knopfartigen Verdickung, dem Basalkorn. Die Wimpern haben die Fähigkeit, sich zu beugen und zu strecken; dadurch, daß dies mit ziemlicher Geschwindigkeit in harmonischer Zusammenarbeit aller Einzelelemente geschieht, kommt die Bewegung der Zelle zustande. Der Zilienschlag wird gern mit der Bewegung der Ähren auf einem Kornfelde verglichen; das Bild veranschaulicht sehr gut das wellenförmige Fortschreiten des Schlages von einer Wimper zur anderen. Die Richtung des wirksamen Schlages kann auf verschiedene Reize hin wechseln, die Bewegung wird dadurch recht verwickelt und die

Tiere erlangen die Fähigkeit, Hindernissen auf ihrem Wege auszuweichen. Teile dieses Wimperapparates gewinnen zur Erfüllung besonderer Aufgaben gelegentlich eine höhere Ausbildung. So finden wir vielfach eine adorale Wimperspirale um die Mundöffnung (Fig. 16 *Ws*). Sie setzt sich aus besonders langen und kräftigen Zilien zusammen, durch deren Schlag ein Strudel im Wasser erzeugt wird, der dem Infusor allerlei kleine Organismen als Nahrung zuführt. Diese Wimperspiralen sind besonders bei festsitzenden Formen ausgebildet, für deren Ernährung sie naturgemäß sehr wichtig sind. In diesen Spiralen verkleben oft benachbarte Wimpern und bilden so eine breitere, gemeinsame Ruderfläche, eine Membranelle. Bei anderen Arten, die an Pflanzen oder auf dem Grunde der Gewässer herumlaufen, entwickeln sich die Wimpern der Bauchseite durch Verschmelzung einzelner Gruppen zu Borsten oder Zirren, mit denen die Tiere oft kräftige Sprünge ausführen.

Neben diesem äußeren Bewegungsapparat entwickeln die Infusorien noch einen inneren, eine Muskulatur. Unter der Pellicula treten feine, lichtbrechende Streifen auf, die in parallelen Reihen meist spiralig vom Vorder- zum Hinterende ziehen. Sie besitzen die eigentümliche Fähigkeit der Kontraktilität, d. h. der Verkürzung in der Längsrichtung der Elemente, genau wie die Muskelfibrillen der höheren Tiere. Durch ihre Bewegung erfolgt eine rasche und ausgiebige Formveränderung des ganzen Körpers. Besonders hoch ausgebildet sind sie bei den festsitzenden Glockentierchen, *Vorticella*. Dort laufen sie von der Basis des glockenförmigen Körpers zu einem Stielmuskel zusammen, den das Tier blitzschnell verkürzen und in enge Spiralen legen kann (Fig. 16 *a*, *b*).

Ein anderes sehr auffallendes Organell der Infusorien — als Organellen bezeichnet man alle ausgeprägten Differenzierungen der Einzelligen zur Unterscheidung von den vielzelligen Organen der Metazoen — ist die kontraktile Vakuole. Man bemerkt bei mikroskopischer Untersuchung des lebenden Objekts leicht einen hellen kreisrunden Fleck, der sich langsam vergrößert und mit einem plötzlichen Ruck verschwindet. Oft sieht man in der Umgebung mehrere rinnenartige Zufuhrkanäle, die sich gleichfalls rhythmisch erweitern und verengern (Figg. 16, 17 *Cv*). Das Ganze bildet ein primitives Ausscheidungsorgan: Aus dem ganzen Zelleib sammelt sich Flüssigkeit, beladen mit Exkretstoffen, in die Kanäle. Sie ergießen ihren Inhalt in die Vakuole, bringen sie dadurch zum Anschwellen, und in rhythmischen Intervallen entleert sich diese, die dicht unter der Pellicula gelegen ist, ihrerseits nach außen. Außer der Beseitigung der Abfallstoffe hat diese Vakuole noch eine wichtige, rein physikalische Aufgabe zu erfüllen. Das Protoplasma als salzhaltige Lösung zieht nämlich aus der umgebenden Flüssigkeit Wasser an, das den Zelleib zum Quellen bringen würde, wenn es nicht immer wieder nach außen entfernt würde. Wir finden die kontraktile Vakuole daher bei vielen Einzelligen, z. B. den Rhizopoden (Figg. 2, 10), aber bemerkenswerterweise fast nur bei Bewohnern des süßen Wassers. Bei den Meerestieren ist nämlich die Konzentration des Seewassers genau der des Protoplasmas gleich, hier besteht also kein solcher Flüssigkeitsaustausch. Dasselbe gilt für die Parasiten im Darm und in tierischen Geweben, die ebenfalls mit ihrer Umgebung im osmotischen Gleichgewicht sind. Wo aber ein solcher Parasit in einer Lösung von abnorm geringem osmotischen Druck lebt, tritt sofort wieder die kontraktile Vakuole auf. Dies zeigt uns sehr hübsch ein Rhizopode, *Chlamydophrys stercorea.* Er lebt gewöhnlich im Darm, ist aber gelegentlich in der Aszitesflüssigkeit bei der Bauchwassersucht des Menschen beobachtet worden. Im Darm hat er keine, im Aszites, der fast keine Salze enthält, eine deutliche kontraktile Vakuole.

Unsere besondere Aufmerksamkeit verdienen die Infusorien nun auch wegen ihrer Kernverhältnisse. Wir finden bei ihnen nämlich regelmäßig den Kernapparat in zwei Teile gesondert, die man als Groß- und Kleinkern, Makro- und Mikronucleus, bezeichnet. Die Aufgabe beider Teile ist sehr verschieden. Der Großkern (Figg. 16, 17 *Man*) hat die Hauptarbeit während des Stoffwechsels und des Wachstums der Zelle, er wird danach auch als Stoffwechsel- oder vegetativer Kern bezeichnet. Der Mikronucleus (Figg. 16, 17 *Min*) liegt während dieser ganzen Zeit als ein winziges Körnchen meist dicht der Wand des Großkerns angeschmiegt. Teilt sich die Zelle, so strecken sich beide Kerne in die Länge und schnüren sich wie die Zelle in der Mitte durch. Ganz anders aber wird das Bild, wenn ein Infusor zur geschlechtlichen Fortpflanzung schreitet. Dann löst sich der Makronucleus auf und verschwindet schließlich ganz im Plasma. Der Kleinkern dagegen beginnt sich zu teilen und zerfällt durch zwei Teilungsschritte in vier Tochterkerne (Fig. 18 *a*, *b*). Während dies geschieht, haben sich zwei Zellen aneinandergelegt und sind mit einem Teile ihres Plasmas verschmolzen (Konjugation). Nun gehen von den vier Kleinkernen in jeder Zelle wieder drei zugrunde, der vierte teilt sich noch einmal (Fig. 18 *c*). Von den beiden Teilstücken bleibt jeweils das eine in der Zelle liegen, das andere, der Wanderkern, wandert durch die Plasmabrücke in die Partnerzelle hinüber und verschmilzt dort mit dem zurückgebliebenen, stationären Kern der anderen Zelle (Fig. 18 *d*, *e*). Nun lösen sich die Zellen wieder voneinander und jede ergänzt ihren Kernapparat, indem durch Teilung des Verschmelzungskernes ein Groß- und Kleinkern gebildet wird (Fig. 18 *f*). Darauf setzt die gewohnte Vermehrung durch Querteilung wieder ein. Wir haben also hier einen sehr eigenartigen Typus der Befruchtung, bei dem keine dauernde Vereinigung zweier Zellen, sondern nur ein Austausch von Kernsubstanz stattfindet. Hierin liegt einer der wichtigsten Hinweise für die später noch eingehend zu erörternde überragende Bedeutung der Kerne bei der Befruchtung. Wegen seiner Beteiligung an diesen Vorgängen nennt man den Mikronucleus auch wohl den generativen oder Geschlechtskern.

Der hochdifferenzierte Organismus der Infusorien hat auch oft Anlaß zu Untersuchungen über die Empfindlichkeit der Einzelligen gegen äußere Reize gegeben. Es zeigt sich dabei, daß die Reaktionsfähigkeit eine recht hohe ist. Wir finden die Zellen empfindlich gegen chemische (Sauerstoff, Kohlensäure, Zusammensetzung der Nahrung), mechanische (Berührung, Erschütterung), Licht-, Wärme-, Schwere-, elektrische und andere Reize. Die Reaktion besteht wesentlich in einem Hin- bzw. Wegwenden von der Reizquelle. Man bezeichnet diese Reaktionen als Tropismen und unterscheidet je nach der Anziehung oder Abstoßung durch die Reizquelle positiven und negativen Chemo-, Photo-, Geotropismus usw. Diese Reaktionsfähigkeit kommt, wenn auch in der Empfindlichkeit abgestuft, wohl allen Einzelligen zu, es handelt sich dabei offenbar um eine Grundeigenschaft der Zellen und des Plasmas überhaupt.

Wie die übrigen Protozoen besitzen auch die Infusorien die Fähigkeit, sich zu enzystieren. Auf diese Weise verbreiten sie sich durch die Luftströmungen und entziehen sich beim Austrocknen ihrer Wohngewässer dem Untergang. Innerhalb dieser Zysten ruhen die Stoffwechselvorgänge fast völlig, so daß die Tiere darin jahrelang liegen können, ohne abzusterben. Wir werden dieser Fähigkeit zu latentem Leben als einer vorzüglichen Schutzanpassung noch häufig begegnen.

Wie für die Ziliaten, so ist auch für die letzte Klasse der Protozoen, die ***Flagellaten,*** die Ausbildung eines besonderen Bewegungsapparates das kennzeichnende Merkmal. Die Geißeln oder Flagellen unterscheiden sich von den Zilien durch ihre größere Länge, geringe Zahl und die Stellung am Körper. Meist finden wir nur eine oder zwei Geißeln, die vom gewöhnlich etwas zugespitzten Vorderende des Tieres entspringen. Bei der Bewegung beschreibt die Geißel etwa einen Kegelmantel und schraubt so den Plasmakörper nach Art eines Propellers in Spirallinien vorwärts. Ist eine zweite Geißel vorhanden, so schleppt sie oft bei der Bewegung nach und dient als Steuer. Die eigentümlich taumelnde Fortbewegung ist für die meist recht kleinen Flagellaten im mikroskopischen Bilde sehr charakteristisch. Die Gruppe ist außerordentlich formenreich und unendlich mannigfaltig in morphologischen und biologischen Typen, so daß sich schwer etwas Allgemeines über sie sagen läßt. Vielleicht sind es die stammesgeschichtlich ältesten aller Protozoen, so ließe es sich wenigstens deuten, daß bei Rhizopoden wie bei Sporozoen oft geißeltragende Jugendformen auftreten.

Unter den morphologisch hochentwickelten Flagellatenformen seien kurz die ***Dinoflagellaten*** erwähnt. Es sind vorwiegend Bewohner des Meeres, ausgezeichnet durch einen derben Panzer aus Zellulose, der aus einer Anzahl asymmetrisch zusammengesetzter Platten besteht. Besondere Erwähnung verdient unter ihnen die Gattung *Ceratium*. Wie der Name besagt, handelt es sich um Formen mit langen, hornartigen Fortsätzen (Fig. 12). Die Ceratien sind charakteristische Vertreter des sog. Planktons, d. h. einer Gemeinschaft von Lebewesen, die ohne nennenswerte Eigenbewegung sich im Wasser schwebend erhalten und von den Strömungen passiv hin und her getrieben werden. Bei den Ceratien ist biologisch bemerkenswert die sehr wechselnde Länge der Hörner. Diese hängt offenbar mit den physikalischen Eigenschaften des umgebenden Wassers zusammen. Wir finden nämlich, daß in den verschiedenen Meeresströmen, die sich durch Temperatur und Salzgehalt unterscheiden, die Ceratien in der Länge der Fortsätze differieren, und zwar so, daß die Hörner um so länger sind, je wärmer und salzärmer das Wasser ist. Dies erklärt sich so, daß die Tragfähigkeit des Wassers für schwebende Organismen, in der Hauptsache bedingt durch die sog. innere Reibung, d. h. den Widerstand, den die Wasserteilchen ihrer Verdrängung entgegensetzen, um so größer ist, je kälter und salzreicher das Wasser ist. Eine Abnahme der Tragfähigkeit müssen daher die Planktonorganismen durch eine Vergrößerung der Oberfläche ausgleichen, die den Reibungswiderstand des Wassers erhöht. Bei den weit verbreiteten Ceratien geschieht diese Formänderung so gesetzmäßig, daß man sie als Leitformen für die Beschaffenheit des Wassers der verschiedenen Meeresströme verwenden kann.

Eine andere biologisch wichtige Flagellatenform des Meeres ist *Noctiluca miliaris*, der hauptsächliche Erzeuger des Meerleuchtens in unseren Breiten. Es ist ein ziemlich stattliches Tier von etwa 1 mm Durchmesser (Fig. 11); eine Gallertkugel, die nur von wenigen Plasmasträngen durchzogen wird. Diese Flagellaten vermehren sich zuzeiten durch Zerfallsteilung zu ungeheuren Schwärmen, die das Wasser dicht erfüllen. Werden sie durch Bewegung der Wellen gereizt, so leuchtet ihr Körper in zartem bläulichgrünem Lichte auf, so daß die ganze Meeresoberfläche von mildem Glanz erfüllt scheint. Besonders intensiv ist das Licht um den Bug eines Schiffes oder an den von den Rudern getroffenen Stellen, ein Zeichen, daß mechanische Reizung das Leuchten verstärkt. Über die eigentliche Natur der Erscheinung ist noch immer keine volle Klarheit erzielt, doch handelt es sich wohl immer bei diesem Vorgang, der im Tier- und Pflanzenreiche weit verbreitet ist, um einen Oxydationsprozeß.

Unter den Flagellaten treffen wir auch zahlreiche Parasiten, von denen einige Formen für den Menschen direkt oder indirekt eine besonders unheilvolle Bedeutung gewonnen haben. Es handelt sich dabei in erster Linie um die Gruppe der **Trypanosomen.** Dies sind kleine Tiere von gestreckter, an beiden Enden zugespitzter Gestalt. Wesentlich für ihre Form ist die sog. undulierende Membran. Sie kommt dadurch zustande, daß die Geißel am hinteren Körper entspringt, an der Seite nach vorn zieht und dort erst frei zutage tritt. Sie zieht bei diesem Verlauf aus der Körperwand das Plasma zu einer dünnen Falte aus, die bei der Bewegung der Geißel mitschwingt (Fig. 19). An der Geißel läßt sich hier besonders leicht eine bei vielen Flagellaten beobachtete Tatsache feststellen, daß nämlich dieser Bewegungsapparat von einem rundlichen oder langgestreckten Körperchen seinen Ursprung nimmt. Man hat festgestellt, daß dieser Körper, der Blepharoplast (Fig. 19 *Bl*), durch Teilung aus dem Kern hervorgeht und seinerseits durch eine ungleiche Teilung die Geißel entwickelt. Wir finden also auch hier eine Sonderung der Kernbestandteile, aber in anderer Weise als bei den Infusorien, nämlich in einen Stoffwechsel- und einen Bewegungskern. Ob dieser Blepharoplast dem Mikronucleus der Infusorien verwandt ist, besonders ob er bei der geschlechtlichen Fortpflanzung eine ähnliche Rolle spielt, ist noch strittig.

Die Trypanosomen sind Parasiten des Blutes von Wirbeltieren, leben aber im Gegensatz zu den Malariaplasmodien nicht in den roten Blutkörperchen, sondern im Blutplasma. Sie vermehren sich dort durch Zerfallsteilungen und erzeugen schwere fieberhafte Erkrankungen. Von diesen befällt den Menschen die sog. Schlafkrankheit oder das Trypanosomenfieber, erzeugt von dem *Trypanosoma gambiense*. Die Krankheit hat ihren Namen von der allgemeinen Ermattung und Schlafsucht, die meist auftritt und sich mehr und mehr steigert, bis der Kranke in einer solchen Schlafperiode zugrunde geht. Doch kann die Infektion auch anders, mit heftigen Fiebererscheinungen verlaufen; auch dieses Trypanosomenfieber geht auf den gleichen Erreger zurück. Ähnlich wie die Malaria wird auch die Schlafkrankheit durch den Stich eines Insekts übertragen; es handelt sich in der Hauptsache um eine Stechfliege, *Glossina palpalis*, die in Form, Größe und Lebensweise unserem bekannten Wadenstecher, *Stomoxys calcitrans*, sehr nahe steht. Ob auch hier in dem Zwischenwirt Fortpflanzungsvorgänge stattfinden, ist noch nicht sicher festgestellt; eigenartig ist jedenfalls, daß eine Fliege, die Trypanosomen von einem Kranken gesogen hat, die Krankheit nicht sofort übertragen kann, sondern erst nach etwa 20 Tagen. Dies spricht natürlich sehr dafür, daß die Parasiten erst irgendeine Entwicklung durchmachen müssen. Die Schlafkrankheit war ursprünglich nur in Westafrika verbreitet, ist aber von da auf den Karawanenstraßen durch ganz Zentralafrika verschleppt worden und hat besonders im Kongogebiet und an den großen Seen verheerend gewirkt; ihre Bekämpfung ist wohl zurzeit das wichtigste Problem für die Besiedelung Mittelafrikas.

Ähnlich, wie der Mensch unter der Schlafkrankheit, leiden eine Anzahl der wichtigsten Haustiere unter anderen Trypanosomenkrankheiten. Unter diesen ist eine der verhängnisvollsten die Nagana, die in Südafrika fast den ganzen Bestand eingeführter Rinder und Pferde ausgerottet hat. Die Krankheit wird auch als Tse-Tse-Krankheit bezeichnet, weil man bei ihr frühzeitig die Übertragung durch die Tse-Tse-Fliegen erkannte; diesen Namen geben die Eingeborenen dort den *Glossina*-Arten, eine sehr bezeichnende Nachbildung ihres Summens. Es handelt sich hauptsächlich um die *Glossina morsitans*, doch kommen noch verschiedene andere Arten in Frage. Ebensowenig wie der Zwischenwirt ist auch der definitive Wirt, in dessen Blut sich die Parasiten entwickeln, streng spezifisch. Es kommen vielmehr fast alle größeren Säugetiere in Frage, experimentell sind die Erreger sogar auf Vögel und Schlangen übertragen worden. Diese Verbreitung hat eine sehr wesentliche biologische Bedeutung; es scheint nämlich, daß die Parasiten ursprünglich in den wilden Säugetieren Afrikas zu Hause waren, den Antilopen und Zebras, die in so großen Scharen die Steppen bevölkerten. In diesen erzeugten sie keine Krankheitserscheinungen, sie lieferten aber die Quelle für die Infektion der eingeführten Haustiere, die dann tödlich erkrankten. Diese Beobachtung, daß ein Parasit beim Übergang auf einen neuen Wirt seine Gefährlichkeit, Virulenz, ungemein steigern kann, ist oft gemacht, z. B. auch bei Bakterien. Der Erreger der Nagana ist das *Trypanosoma brucei*. Andere ähnlich gefährliche Krankheiten sind in Asien und Südamerika an Pferden, Eseln und Maultieren beobachtet worden.

In neuester Zeit mehren sich die Fälle, wo bei schweren, besonders tropischen Infektionskrankheiten Flagellatenformen als Erreger gefunden werden; sie bilden in pathogener Beziehung wahrscheinlich die allerwichtigste Gruppe der Protozoen.

4. Die Entstehung der Metazoen. Die Furchung. (Taf. II.)

Bei vielen Gruppen der Protozoen finden wir verstreut die Eigentümlichkeit, daß sich mehrere Zellen vorübergehend oder dauernd zu einem Verbande vereinigen. Solche koloniebildende Arten gibt es unter den Radiolarien, den Heliozoen, den Infusorien, ganz besonders aber unter den Flagellaten. In den meisten Fällen handelt es sich um einen ganz losen Verband, bei dem die Einzeltiere durch das Zusammenleben mit ihren Geschwistern kaum in ihren Gewohnheiten beeinflußt werden. Gelegentlich kommen aber Typen vor, wo dieser Verband ein viel innigerer wird. So gibt es unter den Flagellaten eine Gruppe, die man wegen des merkwürdigen Protoplasmakragens, den die Individuen um den Ansatz der Geißel tragen, als ***Choanoflagellaten*** bezeichnet (Fig. 4). Dieser Kragen ist eine Bildung des Ektoplasmas, die nach Bedarf eingeschmolzen und neugebildet werden kann; sie steht im Dienste der Nahrungsaufnahme. Die Choanoflagellaten sind festsitzende Formen, die mit ihrer langen Geißel Fremdkörper herbeistrudeln; diese werden an die Außenwand des Kragens geschleudert und dort vom Plasma festgehalten und aufgenommen. Unter diesen Kragengeißlern finden wir nun zahlreiche koloniebildende Typen. Das Bezeichnende ist aber, daß die Kolonien hier jeweils eine ganz bestimmte Form haben (Figg. 1 bis 3). Die Einzeltiere vereinigen sich nach ganz bestimmten Gesetzen, die Formbildung greift vom Individuum auf den Verband über. Wir finden da verästelte, baumförmig verzweigte, fächerartige, in einer Ebene ausgebreitete Kolonien. Hier bahnt sich offenbar die Entwicklung eines höheren Typus an.

Eine parallele, wenn auch etwas andersartige Entwicklungsreihe treffen wir unter den ***Phytomonadinen.*** Diese Gruppe verdient auch in anderer biologischer Hinsicht unsere Aufmerksamkeit. Sie gehört zu den Flagellaten, bei denen die Ernährung nach Art der höheren Pflanzen erfolgt. Es bilden sich im Plasma Chromatophoren aus (Fig. 5 *Chp*), ein Chlorophyllapparat, mit dessen Hilfe Kohlensäure assimiliert wird. Diese Fähigkeit kommt verschiedenen Gruppen der Flagellaten zu, sie werden danach auch von den Botanikern wie von den Zoologen in ihre Systeme einbezogen. Eine ganze Menge von Formen sind in ihrer Stellung überhaupt kaum zu definieren; sie haben nämlich die Fähigkeit, bald nach Art der Tiere, bald nach der der Pflanzen zu leben. Hält man sie im Licht, so decken sie ihren Stoffbedarf hauptsächlich durch Assimilation; dagegen vermögen sie im Dunklen sich bei Anwesenheit geeigneter Nährstoffe ganz nach der Weise der Tiere zu erhalten. Nichts läßt deutlicher als diese Verhältnisse erkennen, daß die in ihren Wipfeln so weit getrennten Stämme des Tier- und Pflanzenreiches doch einer gemeinsamen Wurzel entspringen. Bei unseren Phytomonadinen finden wir auch eine bisher noch nicht besprochene Differenzierung des Plasmas ausgebildet, ein einfachstes Sinnesorganell. Am Vorderende des Körpers, neben der Geißelbasis, liegt ein schüsselförmiger Pigmentfleck, das Stigma (Fig. 5 *Stg*), meist durch seine rote Farbe auffallend. Verfolgt man einen solchen Flagellaten bei seinem Umherschwimmen unter dem Mikroskop, so beobachtet man, daß ein Zurückfahren und Umkehren eintritt, wenn das Vorderende aus dem Hellen ins Dunkle kommt. Das Vorderende ist also in besonders hohem Maße lichtempfindlich — daß das Plasma an sich lichtempfindlich ist, haben wir bei Besprechung des Phototropismus gesehen —; das Pigment dient nun offenbar dazu, diesen Lichtsinn für die Orientierung der Zelle in besonderer Weise auszunutzen. Durch den Pigmentbecher wird das Licht abgeblendet, so daß nur aus bestimmter Richtung Strahlen zu dem besonders empfindlichen Plasma gelangen können, das in den Becher eingeschlossen ist. Dadurch entsteht ein primitiver Richtungssinn, eine Lichtquelle ist nur dann wirksam, wenn die Zelle ihr gegenüber eine bestimmte Lage einnimmt. Das Stigma ist also der Vorläufer eines einfachsten Auges.

Bei diesen Phytomonadinen nun finden wir neben einzeln lebenden Formen zahlreiche koloniebildende Arten. Unter diesen läßt sich eine ganze Stufenleiter aufstellen, die eine immer tiefer greifende Beeinflussung der

Einzelzellen durch den Verband erkennen läßt. Zunächst finden wir Arten, deren Verband ziemlich formlos bleibt, 8—16 Zellen bilden einen losen, klumpenartigen Haufen (Fig. 6). Sehr bemerkenswert ist aber, daß die Zahl der Einzelzellen hier schon festgelegt ist. Verfolgt man die Vermehrung, so sieht man, wie nach einiger Zeit jede der Zellen des Verbandes durch 4 schnell folgende Teilungen in 16 Zellen zerfällt; diese Tochterkolonien lösen sich dann aus dem Verbande und wachsen als neue Einheit bis zur nächsten Teilung heran. Bei anderen Arten tritt nun eine charakteristische, oft recht verwickelte Form der Kolonie hervor. Sie kommt dadurch zustande, daß die Einzelzellen eine Gallertsubstanz ausscheiden, die unter dem Einfluß des Ganzen eine typische Gestalt annimmt. So entstehen kugelige, abgeplattete, tafelförmige Kolonien, deren Umrisse gelegentlich in Zacken ausgezogen und asymmetrisch werden können (Fig. 7). Dabei ist immer die Zahl der Individuen für die Art konstant. Unter diesen Teilnehmern am Verbande bahnen sich nun — und das ist ein überaus bedeutungsvoller Schritt — physiologische und morphologische Ungleichheiten an. In der Gattung *Pleodorina* haben wir zwei Arten; eine setzt ihre Kolonie aus 32, die andere aus 128 Zellen zusammen. Diese sind aber unter sich ungleich, bei der *Pl. illinoisensis* (Fig. 8) finden wir 4, bei *Pl. californica* 64 abweichende Zellen. Diese sind viel kleiner als die übrigen, auch kleiner als die Zellen der verwandten Arten in der Gruppe, die unter sich gleich gebaut sind. Bemerkenswert ist, daß sie dabei in anderer Hinsicht höher differenziert erscheinen. Bei *Pl. californica* haben nämlich die kleinen Zellen allein ein Stigma. Diese kleineren Zellen nehmen nun den einen Pol, bzw. bei *Pl. californica,* wo beide Formen an Zahl gleich sind, die eine Hälfte der Kolonie ein, und zwar die, welche bei der Bewegung vorangeht. Der typischste Unterschied tritt nun aber bei der Fortpflanzung der Kolonie zutage. Die kleinen Zellen beteiligen sich dabei überhaupt nicht, die großen lassen durch Zerfallsteilung neue Kolonien aus sich hervorgehen; löst sich dabei der alte Verband auf, so gehen die kleinen Zellen zugrunde. Sie haben also ihre unbeschränkte Fortpflanzungsfähigkeit und physiologische Selbständigkeit verloren. Man bezeichnet sie danach auch als somatische oder Körperzellen, im Gegensatz zu den generativen oder Keimzellen, den übrigen Gliedern des Verbandes. Wir sind so zu einer Differenzierung innerhalb des Reiches der Einzelligen gelangt, die durchaus dem bei den Vielzelligen herrschenden Gegensatz von Körper und Geschlechtsanlage entspricht. Ist die Zahl der Körperzellen im Verhältnis zu den Geschlechtszellen in den angeführten Beispielen noch gering, so nähert sich die Gattung *Volvox* (Fig. 9) noch mehr den Metazoen. Denn bei ihr sind 10—20000 somatische Zellen vorhanden, denen nur etwa 6—8 Geschlechtszellen gegenüberstehen. Die somatischen Zellen ordnen sich in der Oberfläche einer großen, mit Flüssigkeit erfüllten Hohlkugel, die Geschlechtszellen rücken zur Vermehrung ins Innere, die jungen Tochterkolonien sprengen dann die Hülle. Neben dieser Vermehrungsform durch einfache Zerfallsteilung begegnet uns bei den Phytomonadinen allgemein die Befruchtung. Es kommt dabei fast stets zur Bildung von Anisogameten; bei den höheren Formen erinnert der ganze Vorgang auffallend an die Fortpflanzung der Metazoen. Die Kolonien sind getrenntgeschlechtlich. Es bilden sich einerseits große, plasmareiche Zellen aus, die ins Innere der Kolonie rücken. Bei anderen Kolonien entstehen durch mehrfache Teilung Bündel kleiner, beweglicher, geißeltragender Zellen. Sie schwärmen aus der Kolonie aus, suchen andere Kolonien mit den großen Zellen auf, bohren sich in das Innere, und je eine kleine Zelle dringt zur Befruchtung in eine große ein. Man weiß nicht, ob man hier von Mikro- und Makrogameten oder von Spermatozoen und Eiern reden soll, so sehr gehen beide Begriffe ineinander über.

Diese Formenreihe der Phytomonadinen ist deshalb so bedeutungsvoll, weil sie geeignet erscheint, uns eine Vorstellung von dem Wege zu geben, auf dem sich in der Erdgeschichte vielzellige aus einzelligen Formen entwickelt haben. Dies braucht nicht so verstanden zu werden, daß gerade die heute lebenden Volvocineen die Vorfahren der Vielzelligen seien, aber ähnlich wird man sich den hypothetischen Entwicklungsprozeß vorzustellen haben. Dies wird besonders deutlich, wenn man die individuelle Entwicklung der Metazoen, ihre Ontogenese, mit der Entstehung der einzelnen Volvoxkolonie vergleicht. Man sieht nämlich in beiden Fällen, daß eine Zelle beginnt, sich zu teilen. Die Teilungsschritte folgen schnell und rhythmisch ohne Ruhepause aufeinander. Durch diesen Prozeß, die Furchung, entsteht zunächst ein Haufen von Zellen. Diese rücken dann bald auseinander, so daß in ihrer Mitte ein Hohlraum, die Furchungshöhle, entsteht und alle Zellen in der Oberfläche einer Kugel angeordnet sind (Fig. 9). Dieses Stadium der jungen Volvoxkolonie kehrt in der Ontogenese der Vielzelligen mit großer Regelmäßigkeit wieder, es wird dort als Blastula bezeichnet (Fig. 10). Während nun aber beim Volvox diese Zellkugel mehr und mehr heranwächst, setzen bei der Entwicklung der Mehrzelligen verwickeltere Vorgänge ein. Sie lassen sich jedoch auf das gleiche Grundprinzip zurückführen, das der Arbeitsteilung. Sobald einmal mehrere Zellen zu einem Verbande vereinigt waren, ergab es sich aus der Sachlage, daß die Lebensbedingungen nicht für alle die gleichen bleiben konnten. Bei der durchs Wasser rotierenden Kugel etwa waren die Zellen, die den vorderen Pol bildeten, für Sinnesreize und für Ernährung anders gestellt als die am Hinterende. Es liegt nahe, anzunehmen, daß diese verschiedenen biologischen Bedingungen auch die morphologische Ausgestaltung der Zellen in verschiedener Richtung beeinflussen mußten. So entstanden die ersten Ungleichheiten, wie wir sie etwa bei Pleodorina fanden. Beim Volvox hat diese Entwicklung Fortschritte gemacht. Die zur Bewegung und Reizaufnahme besonders geeigneten somatischen Zellen nehmen jetzt den ganzen Umfang der Kugel ein, die Fortpflanzungszellen haben sich in das geschützte Innere zurückgezogen. Der gleiche Prozeß der Arbeitsteilung hat nun bei den Metazoen weitergewirkt in dem Sinne, daß auch die Somazellen unter sich wieder verschieden werden in Anpassung an die Erfüllung verschiedener Aufgaben. Dies kann man bei der Entwicklung oft noch sehr gut verfolgen. Das Hohlkugelstadium der Entwicklung, die Blastula, entspricht auch biologisch durchaus einem Volvox; wie dieser rotiert sie durch den Schlag von Geißeln, die auf den äußeren Zellen sitzen, durchs Wasser. Sehr oft aber bemerkt man, daß die Zellen an den verschiedenen Stellen der Kugelwand eine verschiedene Beschaffenheit gewinnen. Die am vorderen Pol, der bei der Bewegung vorangeht, erscheinen verhältnismäßig kleiner und schmäler, die am Hinterende werden plumper und dicker und springen tiefer in den Hohlraum der Kugel vor. An diesem Hinterende beobachtet man dann bald eine Abflachung der Kugelwölbung, die schließlich in eine Vertiefung übergeht; es senken sich die hinteren Zellen in das Innere der Kugel ein. Mehr und mehr schreitet der Prozeß fort, den man sehr gut mit dem Eindrücken eines Gummiballs vergleichen kann; der ursprüngliche Hohlraum, die Furchungshöhle, wird allmählich verdrängt, und endlich lagert sich die eingestülpte Zellage von innen der vorderen Schicht an. Es hat sich eine Faltung vollzogen, ein Vorgang, den wir bei den Wachstumsprozessen außerordentlich häufig finden. Er läßt sich mechanisch sehr leicht begreifen: Durch die fortgesetzte Zellteilung dehnt sich der Verband aus; das würde bei ständigem Verbleiben in der gleichen Fläche schließlich zu übermäßigen Spannungen führen, und ihnen weicht der Organismus dadurch aus, daß er durch Faltung die gleiche Oberfläche auf einen engeren Raum nebeneinander legt. Alle starken Oberflächenvergrößerungen, die im tierischen Organismus aus physiologischen Gründen erforderlich sind, werden nach diesem Prinzip der Faltung ausgeführt.

Durch diese erste Faltung im Embryonalleben wird nun eine äußerst bedeutungsvolle Differenz zweier Zellschichten herbeigeführt. Aus der einschichtigen Blastula ist ein zweischichtiger Keim hervorgegangen, die Gastrula (Fig. 11). Jede dieser beiden Schichten übernimmt nun in der weiteren Entwicklung verschiedene Aufgaben. Die eine ist nach außen gewendet, sie bildet die Außenhaut, das Ektoderm des Tieres. Ihr sind daher in erster Linie die Beziehungen zur Außenwelt übertragen: der passive Schutz durch Bildung einer festen Hülle, der aktive durch Verteidigungsorgane, die Bewegung und die Reizaufnahme durch Sinnesapparate und Nervensystem. Die innere Schicht dagegen, das Entoderm, steht mit der Außenwelt nur durch eine Öffnung in Verbindung, die Stelle, an der sie sich eingefaltet hat. Man bezeichnet diese Öffnung als den Blastoporus oder den Urmund, deswegen, weil die Innenzellen in erster Linie die Verdauung der Nahrung übernehmen; sie bilden den Urdarm des Tieres, wozu sie durch ihre Lage ja sehr gut geeignet erscheinen.

Die zweischichtige Gastrula ist ein in der Entwicklung der Metazoen immer wiederkehrendes Stadium; der Weg, auf dem es erreicht wird, kann aber recht verschieden sein. Nicht immer erfolgt eine Einfaltung nach dem eben geschilderten Typus der Einstülpung (Invagination) (Fig. 13), sondern es rücken Zellen aus der Außenschicht ins Innere und ordnen sich dort zum Entodermverband (Immigration) (Fig. 15). In anderen Fällen teilen sich die Außenzellen quer und die inneren Hälften bilden das Entoderm (Abspaltungs-, Delaminationsgastrula) (Fig. 14). In sehr seltsamer Weise kommt die Gastrula bei der Umwachsung (Epibolie) (Fig. 16) zustande: Die Zellen des vorderen Pols der Blastula vermehren sich schnell durch Teilung, werden dabei ziemlich klein und schieben sich über die hinteren Zellen herüber, deren Teilungsrhythmus viel langsamer ist und die infolgedessen größer bleiben. Durch diese Umwachsung werden sie in das Innere verschoben und bilden dort das Entoderm. Ein besonders eigenartiger Typus ist endlich die Planula (Fig. 12), eine zweischichtige Larve, der eine Urdarmhöhle zunächst völlig fehlt; die Innenschicht bildet eine kompakte Zellmasse, der das Ektoderm unmittelbar aufliegt.

Man hat vielfach darüber diskutiert, welche von diesen Formen der Gastrulation als die ursprüngliche anzusehen sei, ohne zu einer Einigung zu kommen. Es ist fraglich, ob überhaupt in der Stammesgeschichte die Gastrulation von einem Typus ausgegangen ist oder ob nicht verschiedene Typen unabhängig voneinander sich herausgebildet haben. Diese Frage hängt mit der anderen zusammen, ob man eine Entstehung des Metazoenreiches aus einer Wurzel (monophyletisch) oder aus mehreren, vielleicht vielen (polyphyletisch) annehmen soll, ein Problem, das uns noch an anderer Stelle beschäftigen wird. Sehr großen Einfluß hat unter diesen Spekulationen die Ableitung der Invaginationsgastrula durch Haeckel gehabt, die sog. Gastraeatheorie. Sie hat den Vorzug, den Prozeß physiologisch verständlich zu machen. Haeckel geht aus von der Blastaea, einer freilebenden Urform, die auf dem Stadium der Blastula stand. Wenn eine solche Form nach Art eines Volvox mit ihren Geißeln durchs Wasser rotierte, so entstand dadurch eine Strömung, die an den Seiten um das Tier herumlief und am hinteren Pol einen Wirbel bildete. Man kann sich davon leicht experimentell überzeugen, wenn man eine Holzkugel oder eine Scheibe langsam durchs Wasser zieht. Durch diese Wirbelbildung wird bewirkt, daß für die Nahrungskörper nicht, wie man erwarten sollte, das Vorderende, sondern im Gegenteil das Hinterende die beste Aufnahmestelle wird. Es bilden sich also die dort gelegenen Zellen zu Ernährungszellen, einem primitiven Entoderm, um. Noch günstiger werden nun die Bedingungen, wenn sich an diesem Hinterende eine Vertiefung bildet, die die herbeigestrudelten Nahrungskörper wie in einer Schüssel auffängt. So entsteht eine physiologisch zweckmäßige Einbuchtung, die tiefer und tiefer wird und schließlich eine Einfaltungsgastrula liefert.

Ausgehend von diesen phylogenetischen Spekulationen hat man unter der heute lebenden Tierwelt nach Formen gesucht, die das Stadium der Herausbildung des zweischichtigen Zustandes repräsentieren. Tatsächlich gibt es auch Tiere, die diesem Schema in gewisser Hinsicht genügen; man hat sie danach oft als Mitteltiere, *Mesozoa*, bezeichnet, wegen dieser eigenartigen Zwischenstellung zwischen Protozoen und echten Metazoen. Es ist aber sehr zweifelhaft, sogar recht unwahrscheinlich, daß es sich dabei um wirklich ursprüngliche Formen handelt; viel näher liegt es, ihren einfachen Bau durch Rückbildung aus höher differenzierten Formen zu erklären. Wir stoßen dabei zum ersten Male auf eine Schwierigkeit, die bei der Betrachtung vieler sog. Übergangsformen auftritt, daß sich ihre Organisation je nach dem allgemeinen Standpunkt des Betrachters in ganz verschiedener, meist diametral entgegengesetzter Weise auffassen läßt. Daher haftet vielen dieser theoretischen Betrachtungen über die stammesgeschichtliche Entwicklung, bei all der großen prinzipiellen Bedeutung, die ihnen zukommt, doch eine erhebliche Unsicherheit an, die ihren Wert ziemlich einschränkt. So sind in unserem Falle in einem Teile der Mesozoen wohl mit Bestimmtheit Larven echter Metazoen zu erblicken, die auf diesem Stadium geschlechtsreif geworden sind, eine Umwandlung, Neotenie genannt, die uns noch häufiger begegnen wird.

Dagegen kennen wir sehr wohl eine große Klasse von Organismen, die in den Grundprinzipien ihres Baues auf dem zweischichtigen Gastrulastadium stehen. Es sind die *Zölenteraten.*

5. Die Zölenteraten. Die Stockbildung. Die Spongien. (Taf. II.)

Der Grundzug der Cölenteratenorganisation ist der Aufbau aus zwei Keimblättern, dem Entoderm und Ektoderm. Der Ausdruck Keimblätter wurde für diese Schichten eingeführt, weil sie wie die Keimblätter der Pflanze die ersten Differenzierungen, Organe, des sich entwickelnden Keimes bilden. Diese Keimblätter sind bei den einfachsten Cölenteraten noch völlig nach dem Schema der Gastrula geordnet. Ein Polyp hat die einfache Grundform des Sackes, in den eine Öffnung am einen Pol hineinführt und dessen Wand aus zwei Schichten gebildet wird. Diese werden durch eine dünne, strukturlose Membran, die Stützlamelle, voneinander getrennt. Im Inneren finden wir einen einheitlichen Hohlraum, der nach Entstehung und Funktion dem Urdarm der Gastrula entspricht, wie seine Öffnung dem Blastoporus. Dieser einheitliche innere Hohlraum erfüllt sowohl die Aufgaben des Darmes, die Verdauung, als die der Leibeshöhle der höheren Tiere, die in der Verteilung der resorbierten Nahrungsstoffe und der Fortschaffung der Exkrete bestehen. Diese Eigenschaft hat dem niedersten Tierkreise der Metazoen nach dem Vorgange Leuckarts eben ihren Namen Cölenteraten, Darm-Leibeshöhlentiere, eingetragen.

Bleibt somit der morphologische Grundtypus bei ihnen auf der Stufe der Gastrula stehen, so entwickeln sich als wesentlicher Fortschritt in beiden Keimblättern Unterschiede der einzelnen Zellen. Es tritt das auf, was man als histologische Differenzierung zu bezeichnen pflegt. Sie strebt dahin, in jedem Keimblatt die verschiedenen Aufgaben besonderen Zelltypen zuzuweisen. So entstehen im Ektoderm Vorrichtungen zum passiven Schutz, eine feste Hüllschicht, das Periderm. Es besteht aus einer Ausscheidung der zu einem festgeschlossenen Epithelverbande geordneten Oberflächenzellen des Ektoderms, die eine organische, chitinähnliche Substanz absondern (Fig. 24 *P*). Daneben entwickeln sich aktive Verteidigungsapparate in einer für die Hauptgruppe der Cölenteraten charakteristischen Gestalt, die Nesselzellen, Cnidae. Es sind große, kolbige, im Epithelverbande liegende Drüsenzellen, die ein Bläschen mit elastischer Wandung, die Nesselkapsel, enthalten. In dieser liegt eingestülpt ein langer, haardünner Schlauch, der Nesselfaden. Mit einem Sinnesfortsatz, dem Cnidocil, ragt die Nesselzelle aus dem Epithel heraus; trifft das Cnidocil ein Reiz, so springt die Nesselkapsel auf, und der Faden wird explosionsartig herausgeschleudert (Fig. 22 *Cn*). Mit stilettartigen Widerhaken vermag er sich in fremde Körper einzubohren; die giftige Flüssigkeit, die aus der Kapsel in den Faden emporsteigt, lähmt dann das angeschossene Beutetier. Durch die Zusammenwirkung zahlloser solcher mikroskopischer Waffen vermögen die Cölenteraten selbst relativ große Beutetiere zu überwältigen; wie unangenehm die Nesselkapseln brennen, kann man ja beim Baden an unseren Meeresufern durch Berührung mit den Quallen am eigenen Leibe erfahren. Weiterhin entwickelt das Ektoderm Sinneszellen (Fig. 22 *s*), fadenförmige Elemente, die mit einem Stiftchen nach Art des Cnidocils nach außen ragen und so besonders geeignet sind, Reize aufzunehmen. Sogar ein reizleitender Apparat ist schon entwickelt; unter den hohen Epithelzellen zieht sich ein System flacher Nervenzellen hin, die in der ganzen Körperoberfläche des Polypen durch ein Netz von Ausläufern in Verbindung stehen (Fig. 22 *n*). Daß die histologische Sonderung bei den Cölenteraten erst im Entstehen ist, zeigen sie uns sehr charakteristisch in der Ausbildung ihres Bewegungsapparates. Wir finden bei ihnen eine richtige, oft sehr hoch entwickelte Muskulatur, aber noch keine speziellen Muskelzellen. Vielmehr scheiden die Deckzellen des Epithels, die Nesselzellen und ebenso die Epithel- und Drüsenelemente des Entoderms an ihrer Basis, mit der sie der Stützlamelle aufruhen, langgezogene, dünne, stark lichtbrechende Fibrillen aus, die wie echte Muskelfibrillen die Fähigkeit der Kontraktion besitzen (Fig. 22 *mf*). Sie ordnen sich im Ektoderm meist einander parallel in der Längsrichtung des Tieres, im Entoderm verlaufen sie ringförmig; so entsteht ein wohlgeordnetes und recht leistungsfähiges Bewegungssystem.

Auch das Entoderm differenziert sich: Es bildet einerseits ein hohes Epithel, dessen Zellen mit Geißeln zum Umtrieb der Ernährungsflüssigkeit versehen sind (Fig. 22 *ep*). Zwischen ihnen entstehen vielfach besondere Drüsenzellen, die die Verdauungsfermente, sowie Schleim zum Einhüllen der Nahrungskörper ausscheiden (Fig. 22 *dr*). Die Beteiligung der Entodermzellen an der Muskelbildung hatten wir eben schon berührt.

In der einfachsten Gestalt tritt uns der Cölenteratentypus bei den *Hydropolypen* entgegen, wie sie durch unseren Süßwasserpolypen, *Hydra*, verkörpert werden. Bei diesen etwa 5—10 mm langen Geschöpfen ist der Körper ein langer Schlauch von rundem Querschnitt, der sich von einer Gastrula nur dadurch unterscheidet, daß an seinem Vorderende um die Mundöffnung sich ein Kranz von Ausstülpungen entwickelt hat, die Fangarme oder Tentakel (Fig. 17). Sie sind besonders beweglich und reich mit Nesselkapseln besetzt und dienen dem Polypen zum Fange der Beute, kleiner Würmer, Wasserflöhe, selbst junger Fische. Dieser einfache Typ kompliziert sich durch Faltung. Es entstehen vier Wülste des Entoderms, Täniolen (Fig. 18 *T*), die in das Innere vorspringen und den Urdarm in vier Magentaschen (Fig. 18 *M*) teilen. Dies finden wir bei den ausschließlich im Meere lebenden *Scyphopolypen*. Schreiten wir in dieser Richtung fort, so kommen wir zum Typus der *Korallenpolypen*, *Anthozoen*, den uns die echten Korallen einerseits, die Seerosen und Seeanemonen andererseits verkörpern. Hier hat sich die Zahl der Einbuchtungen, der Septen oder Scheidewände, stark vermehrt (Fig. 19 *s*). Zugleich hat sich von der Mundöffnung her das Ektoderm trichterförmig zur Bildung eines Schlundrohres eingesenkt (Fig. 19 *sr*). An dieses setzen sich die Septen mit ihrem oberen Teile an, so daß dort der Innenraum in eine Anzahl von Kammern zerfällt; über jeder von diesen erhebt sich als Ausstülpung ein hohler Tentakel. In der unteren Hälfte des Körpers bleibt dagegen ein gemeinsamer mittlerer Hohlraum, der Zentralmagen (Fig. 19 *Z*) bestehen, in dem die eigentliche Verdauung vor sich geht.

Ein wesentlich verwickelteres Bild bietet uns der zweite Grundtyp der Cölenteraten, die Meduse. Sie steht biologisch im Gegensatz zu den Polypen dadurch, daß sie nicht festsitzt, sondern frei im Wasser schwebt. Ihr Körper ist scheibenartig abgeplattet oder glockenförmig gewölbt; an der unteren Fläche findet sich die Mundöffnung, die meist auf einem schlauchartig verlängerten Mundkegel, dem Manubrium (Fig. 25 *Mn*), liegt. Sie führt hinein in den Zentralmagen, von dem aus taschenförmige Aussackungen, die Radiärkanäle (Fig. 25 *Rk*), nach der Peripherie der Scheibe ziehen. Dort stehen sie untereinander durch einen Ringkanal (Fig. 25 *Rg*) in Verbindung.

Mit dieser morphologischen Differenzierung des entodermalen Hohlraums geht auch eine Teilung seiner Funktionen Hand in Hand. Der Zentralmagen übernimmt die eigentliche Zerlegung und Verarbeitung der Nahrung, das Radiär- und Ringkanalsystem die Verteilung der Nahrungsflüssigkeit. So entsteht physiologisch ein Gefäßsystem als Teil des Urdarms; dies kommt in der Bezeichnung Gastrovaskularsystem zum Ausdruck.

Das Ektoderm der Medusen weist, abgesehen von einer höheren Ausgestaltung der Sinnesapparate, keine besonderen Fortschritte auf; wichtig für die Gestalt der Meduse ist dagegen die Weiterbildung der Stützlamelle. Aus der dünnen Membran der Polypen entwickelt sich im Schirm der Medusen eine breite Gallertscheibe (Fig. 25 *Gl*), die den Medusen ihre charakteristische Massigkeit und weichelastische Konsistenz verleiht. Sie dient als elastisches Widerlager bei der Schwimmbewegung; diese kommt dadurch zustande, daß die kräftige Ringmuskulatur des Ektoderms der Schirmunterseite (Subumbrella, Fig. 25 *sub*) sich zusammenzieht, dadurch die Schirmwölbung verengt und das darin eingeschlossene Wasser nach hinten ausstößt. Durch einen ektodermalen Ringsaum, das Velum, wird bei vielen Medusen das Wasser nach der Mitte gedrängt und so die Kraft des Rückstoßes erhöht, der das Tier vorwärts treibt.

Mit dieser höheren Organisation verbinden die Medusen oft eine Größenzunahme; neben wenigen fast mikroskopischen Formen kommen Tiere von 50 cm Schirmdurchmesser und darüber vor.

Trotz der charakteristischen Abweichungen läßt sich die Organisation der Meduse doch in ihren Grundzügen ohne Schwierigkeiten auf die einfachere des Polypen zurückführen (Figg. 24 u. 25). Denkt man sich eine Meduse umgekehrt, so erkennt man ohne weiteres, daß ihre Mundöffnung der des Polypen entspricht. Der Zentralmagen vertritt den Magensack des Polypen, das Kanalsystem läßt sich ohne Schwierigkeit als eine Weiterbildung der Magentaschen verstehen. Die obere Fläche des Medusenschirmes, die Exumbrella, setzen wir der verbreiterten Fußscheibe eines Polypen, die Subumbrella der Mundscheibe gleich, dann entsprechen cish ohne weiteres die die Mundscheibe umsäumenden Tentakel.

Diese morphologischen Beziehungen zwischen Polyp und Meduse werden um so leichter verständlich und zugleich um so bedeutungsvoller, wenn wir erfahren, daß diese beiden Organismen in gesetzmäßiger Wechselbeziehung im Zeugungskreise einer Art stehen. Wir finden in den Fortpflanzungsverhältnissen der Cölenteraten eine völlige Parallele zu dem, was wir bei vielen Protozoen kennen gelernt haben. Wie dort die Einzelzelle sich durch Teilung in frei weiterlebende Tochterelemente vermehrt, so besitzen auch die Cölenteraten die Fähigkeit, durch Absonderung vielzelliger Komplexe neue freilebende Einheiten zu bilden. Dies geschieht entweder durch Teilung, d. h. Durchschnürung eines ausgebildeten Tieres, oder durch Knospung, indem aus der Seitenwand des Körpers eine Ausbuchtung hervorwächst, die sich zu einem voll ausgebildeten Individuum entwickelt und endlich ablöst. So können sich zahlreiche Polypengenerationen durch ungeschlechtliche Vermehrung bilden, endlich setzen aber auch hier, geradeso wie bei den Protozoen, geschlechtliche Fortpflanzungsprozesse ein. Dazu werden männliche und weibliche Geschlechtszellen gebildet; diese entwickeln sich aber oft auf besonderen Individuen, den Medusen, die also in dieser morphologischen Sondergestaltung den Gameten der Protozoen entsprechen würden. Der biologische Grund dafür läßt sich vielleicht darin erblicken, daß diese frei schwimmenden Geschlechtsindividuen eine Verbreitung der Art über größere Strecken ermöglichten. Auch hier handelt es sich letzten Endes offenbar um das Prinzip der Arbeitsteilung, das zur Erfüllung besonderer Aufgaben auch besondere Organisationstypen schuf. Solche besondere Geschlechtsindividuen kommen daher nicht allen Cölenteraten zu, sie fehlen u. a. bei unserem Süßwasserpolypen und der ganzen Gruppe der Korallentiere; dort bringen die Polypen selbst von Zeit zu Zeit Geschlechtszellen zur Entwicklung.

Setzen wir nun die verschiedenen Polypengenerationen den Teilungsgenerationen der Protozoen, die Medusen ihren Gameten gleich, so können wir die Parallele noch weiter führen. Wie bei den Protozoen sich die durch Teilung entstandenen Einzelzellen zu Kolonien zusammenschließen konnten, so geschieht es auch mit den vielzelligen Einzelindividuen der Polypen. So entstehen die großen Verbände der Korallenstöcke und Hydropolypenkolonien des Meeres, die sich aus Hunderten, Tausenden und Millionen von Individuen aufbauen können. Wie bei den Protozoen eine gallertige oder chitinöse Hüllsubstanz die Einzelzellen zusammenhielt, so verbindet hier das Periderm das Ganze. Und wie dort die Formgebung vom Einzelindividuum auf das Ganze übergriff und bestimmt gestaltete Kolonien schuf, so geschieht es auch hier. Auf diese Weise entstehen zierliche, baumförmig verästelte Kolonien, so bei den Hydroiden. Sie wiederholen bis ins kleinste die Wachstumsgesetze, nach denen wir die Pflanzenstöcke aufgebaut finden, die ja auch in ganz ähnlicher Weise durch Knospung entstehen. Oder es bilden sich massige Stöcke wie bei den Korallen. Dort lagert sich in das Periderm Kalk ein, eine Erscheinung, die wir auch bereits von den Einzelligen her kennen. So entstehen im Laufe ungezählter Zeiträume die ungeheuren Korallenriffe als Produkte der Zusammenarbeit fast mikroskopischer Baumeister.

Und an diesen Individuenverbänden wirkt nun das Prinzip der Arbeitsteilung weiter. Es entstehen wieder somatische und generative Elemente.

Letztere bezeichnet man als die Blastostyle; sie können ihre Ernährungs- und Verteidigungsapparate weitgehend zurückbilden und einfache Schläuche bilden, an denen durch Knospung die Geschlechtsindividuen, die Medusen, ihren Ursprung nehmen. Aber auch unter den somatischen Elementen geht die Sonderung weiter, ein Prozeß, der in unserem Vergleich der histologischen Differenzierung in den Einzeltieren entsprechen würde. Auf diese Art entstehen Kolonien, deren Einzeltiere alle zur Erfüllung bestimmter Einzelleistungen so weit spezialisiert sind, daß sie ebensowenig zu dauerndem selbständigem Leben mehr fähig sind wie die einzelnen Somazellen einer Volvoxkolonie. Es wiederholt sich hier also gewissermaßen ein Stockwerk höher im Verbande der Vielzelligen der gleiche Prozeß, dessen Entwicklung wir bei den Einzelligen verfolgt haben. So entstehen eigenartige Typen, bei denen der Begriff der Individualität in seltsam schillerndem Lichte erscheint. Wie bei den Metazoen allgemein der Körper sich aus einem Zellenstaat aufbaut, dessen Einzelelemente nur eine beschränkte Selbständigkeit besitzen, so bildet sich hier ein übergeordnetes Individuum durch einen Verband von Zellverbänden, Einzelindividuen, die selbst wieder ihre Unabhängigkeit zur Erhöhung der Leistungsfähigkeit des Verbandes aufgegeben haben. Den vollendetsten Ausdruck gewinnt diese Lebensform in der Gruppe der Röhrenquallen, *Siphonophoren* (Fig. 23). Dort finden wir eine freischwimmende Tierkolonie, die sich in bunter Mischung aus polypen- wie medusenartigen Einzeltieren zusammensetzt. Einige, wie die Schwimmglocken (Fig. 23 *sg*), übernehmen nach Medusenart die Fortbewegung, eine andere Meduse bildet sich zu einer lufterfüllten Flasche, Pneumatophore (Fig. 23 *l*), an der Spitze des Stammes aus. Von polypenartigen Individuen dienen die Freßpolypen (Fig. 23 *p*) mit großen, trichterförmigen Mäulern der Ernährung. Ihnen wird durch besondere Fangfäden (Fig. 23 *f*) die Beute zugeführt; umgewandelte, mundlose Polypen, die Taster (Fig. 23 *t*), sind die Hauptträger der Sinneswahrnehmung. Deckstücke (Fig. 23 *d*), deren Bau so stark vereinfacht ist, daß man nicht entscheiden kann, ob sie aus Medusen oder Polypen hervorgegangen sind, legen sich schützend über die Einzeltiere, die in langer Reihe einem gemeinsamen, schlauchförmigen, vom Nahrungskanal durchzogenen Stamme ansitzen. Die Fortpflanzung wird in gewohnter Weise durch Medusenformen (Fig. 23 *go*) besorgt. So entstehen meterlange, physiologisch sehr leistungsfähige Individuenketten, die mit ihrer Durchsichtigkeit und ihrer blütenähnlichen Zartheit und Formenfülle das Entzücken aller Naturbeobachter erregen.

Diesen echten Cölenteraten vom Polypen- und Medusentypus, welche man wegen ihrer Bewaffnung auch als Nesseltiere, ***Cnidaria***, zusammenfaßt, stellt sich scharf eine andere Tiergruppe entgegen, die man nach alter Gewohnheit noch oft in den gleichen Tierkreis eingeordnet findet, obwohl ihr ganzer Habitus ihr unbedingt eine Sonderstellung zuweist. Es sind die Schwämme, **Spongiae.** Stellen die echten Cölenteraten dünnwandige Formen dar, deren Zellen gewöhnlich im Ektoderm wie Entoderm in einschichtigem Verbande angeordnet sind, so haben wir es bei den Schwämmen mit ausgesprochen massigen Gebilden zu tun. Bei ihnen ist die Abgrenzung der Keimblätter zu Epithellagen gar nicht so scharf ausgeprägt, wir finden vielmehr zwischen äußerer und innerer Körperwand ein dichtgefügtes, zellhaltiges Zwischengewebe, das Mesenchym. Die Entwicklungsgeschichte lehrt, daß seine Elemente vorwiegend vom Ektoderm abstammen; schon sehr zeitig wandern daraus Zellen in eine gallertige Grundsubstanz ein und differenzieren sich darin in der mannigfaltigsten Weise.

Der Grundtypus des Schwammes ist ebenso die Sackform wie beim Polypen (Fig. 20). Ein sehr charakteristischer Unterschied tritt aber sofort darin zutage, daß der Schwammkörper mehrere Öffnungen besitzt. Seine Seitenwand ist von zahlreichen feinen Poren durchsetzt. Durch diese strömt das Wasser ein, durchläuft ein Kanalsystem, in dem ihm von den Entodermzellen die Nahrungskörper entzogen werden und tritt endlich zu einer weiten Öffnung, dem Osculum, wieder aus, die am vorderen Körperpol des festgewachsenen Tieres liegt. Dieses Osculum entspricht also physiologisch nicht der Mundöffnung des Polypen, da es nur als After Verwendung findet, eine Funktion, die der Mund der Polypen allerdings auch mit zu versehen hat. Die breite Grundmasse, durch die das Kanalsystem von der Haut zum zentralen Hohlraum führt, wird nun vom Mesenchym gebildet. Darin treffen wir neben Bindegewebszellen (Fig. 21 *b*) vor allem Skelettelemente (Fig. 21 *na*). Das Stützgerüst des Körpers ist also hier ein inneres, gleicht in dieser Hinsicht etwa dem Verhalten der Radiolarien unter den Protozoen. Das Skelett besteht häufig nur aus organischer Grundsubstanz, die sich zu einem Netzwerk hornartiger Fibrillen zusammenlegt. So entsteht das Sponginger üst, das bei den Badeschwämmen, *Euspongia*, nach Entfernung des Weichkörpers vom Menschen in Benutzung genommen wird. Bei den meisten anderen Schwämmen schlägt sich in die organische Grundsubstanz wieder anorganische Materie nieder, entweder Kalk (Kalkschwämme) oder Kieselsäure (Kieselschwämme). Die so gebildeten Skelettelemente liegen im Mesenchym als zierliche Nadeln, die ein-, drei- oder vierachsig sein können (Fig. 26). Sie bilden meist eine besonders feste Schicht in der Rinde des Schwammes und lagern sich dann zwischen den Kanälen als ein System von T-Trägern, das mit möglichster Leichtigkeit große Festigkeit und Elastizität vereinigt. Die komplizierteste Architektonik findet sich bei den Kieselgerüsten der sog. Glasschwämme (*Hexaktinelliden*).

Im Mesenchym entwickeln sich bei den Schwämmen auch die Geschlechtszellen (Fig. 21 *ks*). Die Eier werden oft schon im Körper durch

Spermatozoen befruchtet, die mit dem Wasser durch die Poren eindringen; sie machen dann die erste Entwicklung im Schutze des mütterlichen Organismus durch und schwärmen als bewimperte Larven aus. Diese durchlaufen das Blastula- und Gastrulastadium und setzen sich endlich mit dem Blastoporus fest; das Osculum entspricht also nicht der Einstülpungsöffnung, sondern bricht erst nachträglich bei der Larve am ursprünglich hinteren, aboralen Pol durch. Neben der geschlechtlichen steht auch hier die ungeschlechtliche Fortpflanzung; sie führt durch Knospung oder unvollständige Teilung zur Koloniebildung. An jedem unserer Badeschwämme kann man ja an der Mehrzahl größerer Öffnungen, der Oscula, die Zusammensetzung aus mehreren Individuen erkennen. Diese Art der Vermehrung trägt noch besonders zur Ausbildung des massigen Typus dieser Tiergruppe bei.

Die Lebensweise der Schwämme ist ungemein primitiv. Dem oberflächlichen Beobachter werden sie überhaupt kaum als lebende Wesen erscheinen, denn von Bewegung oder Reaktionen auf äußere Reize ist nichts an ihnen zu bemerken. Nur durch Zusatz von Farbkörnchen zum umgebenden Wasser gelingt es, den langsamen Strom anschaulich zu machen, der zu den Poren hinein, zum Osculum herausläuft. Entsprechend dieser niedrigen biologischen Stufe ist auch die histologische Differenzierung bei den Schwämmen viel weniger durchgeführt als bei den Polypen. Es fehlen besonders alle Sinnes- und Bewegungsapparate. Histologisch interessant sind die Schwämme aber durch die Ausgestaltung ihrer Entodermzellen. Hier finden wir hohe Zylinderzellen mit langer Geißel, um deren Basis ein Protoplasmakragen verläuft. Der Typus dieser Zellen entspricht vollkommen dem, den wir bei den Choanoflagellaten unter den Geißeltierchen kennen gelernt haben. An diese Übereinstimmung haben sich bemerkenswerte phylogenetische Schlußfolgerungen geknüpft. Bei der Besprechung der Koloniebildung unter den Protozoen sahen wir, daß gerade die Choanoflagellaten vielfach Neigung zu solcher Vereinigung zeigten. Der morphologische und biologische Gegensatz der Schwämme zu den übrigen Cölenteraten einerseits, die frappante Übereinstimmung ihrer Entodermzellen mit den Kragengeißlern andererseits legt nun den Gedanken nahe, zwischen diesen beiden Gruppen eine stammesgeschichtliche Beziehung anzunehmen. In der Tat kennen wir unter den Flagellaten Formen, die sich gut als Übergangstypen verwerten lassen. Bei der *Protospongia* (Fig. 3) finden wir den für die Schwämme so bezeichnenden massigen, nichtepithelialen Bau angebahnt dadurch, daß im Verbande dieser Protozoenkolonie Zellen aus der oberflächlichen Lage in die Tiefe rücken, dort ihre Geißeln einziehen und sich zu bindegewebsartigen Massen anhäufen. Neigt man sich dieser Anschauung zu, so ergibt sich die Konsequenz, daß die Reihe der höheren Tierformen nicht aus einer gemeinsamen Wurzel, sondern polyphyletisch entstanden zu denken wäre.

Die Schwämme bewohnen in großer Artenzahl die Küsten der Meere, wo sie sich in ruhigem, flachem bis mäßig tiefem Wasser mit Vorliebe entwickeln. Dort überziehen sie rasen- oder krustenartig die Steine, auch wohl die Schalen anderer Tiere, oder erheben sich zu säulen- oder becherähnlichen Gebilden. Eine Anzahl von Arten kommt auch im Süßwasser unserer Teiche vor. Sie zeigen neben der gewohnten noch eine besonders merkwürdige Art der ungeschlechtlichen Vermehrung. Wenn im Herbst Temperatur- und Ernährungsbedingungen ungünstig werden, sterben die Schwämme ab; aus ihrem Körper sondern sich aber kleine Zellgruppen, die sich mit einer chitinigen Hülle umgeben und so den Winter überstehen. Wird das Wasser im Frühjahr wieder warm, so sprengen diese Brutknospen, die Gemmulae, (Fig. 27), die Hülle und wachsen zu neuen kleinen Schwämmen aus.

6. Die Echinodermen. Die radiäre Symmetrie. (Taf. III.)

Mit den Polypen und Medusen vereinigte der Vater der vergleichenden Anatomie, der große Cuvier, eine zweite Tiergruppe, die Stachelhäuter oder ***Echinodermata,*** zu dem Tierkreise der Radiärtiere, Radiata. Diese Bezeichnung bringt sehr gut die charakteristischen Lagebeziehungen zum Bewußtsein, die bei diesen Tierformen zwischen den einzelnen Körperteilen bestehen. Es gilt nämlich für sie der Satz, daß alle oder fast alle Gewebe und Körperteile allseitig symmetrisch um eine Hauptachse angeordnet sind. Sehen wir uns darauf einen Polypen an, so finden wir diese Hauptachse in der Längsrichtung des Körpers vom Munde zum aboralen Pol verlaufend. Um diese Achse sind alle übrigen Körperbestandteile in allseitiger Symmetrie angeordnet. Man kann durch die Hauptachse beliebig viele Längsebenen legen, alle teilen den Körper in zwei gleiche Teile. Aus dieser allseitigen Symmetrie heben sich bei den Cölenteraten bereits einige Ebenen als bevorzugt heraus. Bei den Medusen beispielsweise (Fig. 1) finden wir gewöhnlich 4 Radiärkanäle, die in zwei aufeinander senkrecht stehenden Ebenen vom Zentralmagen zur Peripherie verlaufen; an ihren Enden erheben sich dann die Tentakel. Zerlegt man den Körper entsprechend diesen zwei Ebenen, so erhält man 4 Teile, die unter sich gleich sind. Solche Teilstücke bezeichnet man als Antimeren. Nach der Zahl der hervorstechenden Radien spricht man bei den Medusen von vierstrahliger Symmetrie. Bei anderen Cölenteratengruppen sind die Grundzahlen anders, so bei den Steinkorallen 6, bei den Weichkorallen 8, wonach man diese Gruppen auch oft als Hexa- bzw. Oktokorallen (Figg. 2, 3) bezeichnet. Hier spricht sich die Symmetrie besonders deutlich in der Zahl und Anordnung der Septen aus. Diese brauchen sich aber durchaus nicht immer auf die Grundzahl zu beschränken, vielmehr können sich weitere Septen zwischen die Hauptradien einschieben. Dann entstehen

Septenkränze zweiter, dritter Ordnung usw. (Fig. 3 *sp I, II, III*). In all diesen Fällen aber ist wenigstens im Prinzip die Zahl der Zwischensepten ein Vielfaches der Grundzahl, nur bei sehr hohen Zahlen verwischt sich das Gesetz. Die gleichen Zahlenverhältnisse gelten für die Tentakel, von denen auch oft mehrere Kränze gebildet werden. Wie Figg. 3 und 4 zeigen, ist bei den Korallen die radiäre Symmetrie keine absolute. Das Schlundrohr (Figg. 2, 3 *sr*) ist in die Länge gezogen und so nähert sich der Bau der zweiseitigen Symmetrie. Dies hängt z. T. wohl mit der Ausbildung von zwei Schlundrinnen zusammen, die durch Flimmerbewegung einen Wasser- und Nahrungsstrom den Mundwinkeln zu bzw. von ihnen wegleiten.

Eine ähnlich geartete Symmetrie finden wir nun auch bei den Stachelhäutern, aber hier ist die Grundzahl immer f ü n f. Am leichtesten erkennt man das bei Formen wie den Seesternen, die fünf Arme besitzen (Fig. 4).

Eine genauere Untersuchung lehrt aber, daß trotz dieser äußeren Ähnlichkeit zwischen Cölenteraten und Stachelhäutern tiefgreifende Verschiedenheiten bestehen. Es war daher ein großes Verdienst Leuckarts, als er in der Mitte des vorigen Jahrhunderts die beiden Gruppen trennte und damit die Ordnung der Tierkreise herstellte, die wir auch jetzt noch anzunehmen gewohnt sind. Mit der Betrachtung der Echinodermen treten wir an die höheren Tierformen heran, die sich alle von den Cölenteraten in sehr charakteristischer Weise unterscheiden. Diese Gruppe der Metazoen hat gewissermaßen ein eigenes Konstruktionsprinzip entwickelt, um zu höheren Leistungen zu gelangen. Es beruht, wie wir schon sahen, auf der Stockbildung mit Arbeitsteilung unter den einzelnen Individuen. Alle höheren Tiere sind einen anderen Weg gegangen; sie haben nämlich die histologische Differenzierung weiter ausgestaltet, die wir ja auch bereits bei den Polypen angebahnt fanden. Dies geschah nicht nur durch feinere Differenzierung der einzelnen Zellen, sondern vor allem durch Zusammenschluß der verschiedenen Zelltypen zu Verbänden. So entstehen die Organe. Bei dieser Organbildung finden wir wieder ein uns schon bekanntes Prinzip wirksam, die Faltenbildung; sie ermöglicht ein Zusammendrängen zahlreicher gleichartiger Zellelemente auf möglichst engen Raum. Damit läßt sich aber das bei den Polypen durchgeführte Verfahren der Anordnung aller Elemente in einfachen Epithelschichten nicht vereinigen, die Organanlagen sinken in die Tiefe und bilden dort kompakte Massen. Zu ihrer Aufnahme entsteht zwischen äußerer Haut und Darm ein geräumiger Hohlraum, die Leibeshöhle, in der die Organe an besonderen Bändern, den Mesenterien, aufgehängt sind. Ein solcher massiger werdender Körper bedarf zum Zusammenhalt seiner Gewebe einer Stütze und zur Fortbewegung besonderer Elemente. Beides liefert eine Zellschicht, die sich während der Embryonalentwicklung zwischen Ekto- und Entoderm einschiebt. So entsteht das mittlere Keimblatt, das Mesoderm, die Quelle des Bindegewebes und der Muskulatur. Seine Anlage und die Entwicklung der Leibeshöhle wird uns an anderer Stelle noch länger zu beschäftigen haben.

Die Ausbildung der Zellen zur Erfüllung spezieller Aufgaben bedingt wichtige Veränderungen ihrer Struktur. Aus dem formlosen Klümpchen Protoplasma, als das uns die Zelle in einfachster Gestalt bei den Amöben entgegentrat, sind Elemente von ganz bestimmter Gestalt und kompliziertem inneren Bau geworden. In dem Wabenwerk des Protoplasmas haben sich die verschiedenartigsten Differenzierungen vollzogen, die letzten Endes wohl darauf hinauslaufen, daß Teile aus dem flüssigen Sol- in den festeren Gelzustand vorübergehend oder dauernd übergetreten sind. Dadurch bilden sich die mannigfachen Fäden und Kornstrukturen, die wir in den Muskel- und Nervenfibrillen, den Schollen und Granula der Drüsenzellen vor uns haben. So entstehen innerhalb des Plasmas durch den Lebensprozeß selbst Teile, die an den allgemeinen Lebensfunktionen dann unter Umständen nur beschränkten Anteil haben, Hilfsmittel darstellen, mit denen die Zelle ihre Spezialarbeit leistet. Sie können dabei in der Zelle selbst abgelagert werden, wie etwa die Muskelfibrillen, oder nach außen abgeschieden, wie es mit den Cuticularsäumen der Epithelzellen, den Bindegewebsfibrillen oder der Grundlage des Knorpel- und Knochengewebes geschieht. So entstehen neben und zwischen den intra- auch interzelluläre Strukturen, die für die Leistungsfähigkeit des Körpers oft die größte Bedeutung gewinnen. Je nach dem Grade, in dem sie sich von ihrer Bildungszelle emanzipieren, ist die Beteiligung dieser Gebilde am allgemeinen Stoffwechsel recht verschieden; manche, wie die Muskelfibrillen, zeigen noch selbständige Teilungsfähigkeit, andere, wie viele Skelettgebilde, machen mehr den Eindruck inaktiver Ausscheidungen. Immer zeigt sich aber ihre geringere Lebensfähigkeit darin, daß sie nicht dauernd selbständig zu funktionieren vermögen, sondern auf Ernährung und Neubildung durch das unveränderte Plasma angewiesen sind. Das Studium dieser mannigfachen Zellprodukte ist der Hauptgegenstand der Gewebelehre, Histologie.

Unter diesen höheren Tieren nehmen die Echinodermen eine seltsam abseitige Stellung ein. Sie sind eine sehr urtümliche Gruppe, die schon in den ältesten Erdperioden zahlreiche und hoch differenzierte Vertreter hatte, vielleicht haftet ihnen daher noch etwas Vorweltliches in Bau und Lebensweise an.

Die Form der Stachelhäuter wird bedingt durch ein Kalkskelett, das ähnlich wie bei den Schwämmen von Zellen des Zwischengewebes gebildet wird. Es setzt sich aus Platten zusammen, die beim Seestern, den wir unserer Betrachtung zugrunde legen können (Fig. 6 *ap*, *rpl*), durch Gelenke verbunden sind und durch Muskeln gegeneinander bewegt werden können. Auf den Platten erheben sich Stacheln (Fig. 6 *sta*) als Verteidigungsapparate, auf dem Rücken ist die Haut weicher; dort stehen kleinere Skelettkörnchen, Paxillen, durch unverkalktes Gewebe getrennt (Fig. 6 *px*). Alles wird von einer Epithelschicht überzogen; in dieser finden wir Tastzellen und an der Spitze der Arme primitive Augenflecke (Figg. 6, 7 *au*). Die Nervenzellen haben sich zu Strängen zusammengeschlossen und bei den meisten Stachelhäutern aus dem Epithelverbande in die Tiefe gesenkt. Dort bilden sie einen Ring um den Schlund, von ihm aus gehen fünf Längsstränge in die Arme (Figg. 6, 7 *n*).

In der Mitte des Körpers liegt der Darmkanal. Er beginnt mit der Mundöffnung, die auf der Unterseite der Scheibe liegt, in der die fünf Arme zusammenstoßen. Ein kurzer Schlund führt in einen sehr geräumigen Magen (Figg. 6, 7 *M*), von dem aus paarige Blindsäcke weit in die Arme hineinreichen. In diese Blindsäcke (Figg. 6, 7 *mdd*) gelangt die Nahrung mit hinein, sie sind also Teile der verdauenden Oberfläche, die wieder durch Faltenbildung vergrößert ist. Man pflegt solche Bildungen, die wir bei vielen Tieren wieder treffen werden, wegen ihres reichen Gehalts an Fermentdrüsenzellen als Mitteldarmdrüsen zu bezeichnen. Aus dem Mitteldarm führt ein kurzer Enddarm nach oben und mündet in der Mitte des Rückens nach außen. Wir finden also hier den Cölenteraten gegenüber auch insofern einen Fortschritt, als der Darmkanal zwei Öffnungen besitzt.

Zwischen Körperwand und Darm liegt eine sehr geräumige Leibeshöhle (Fig. 7 *lh*), in welche die verflüssigte und verdaute Nahrung aufgenommen und den übrigen Geweben zugeführt wird. In die Leibeshöhle hinein hängen von der Rückenseite fünf verzweigte Säcke, die Geschlechtsdrüsen (Figg. 6, 7 *go*); sie münden in den Winkeln zwischen den Armen durch enge Poren nach außen.

Das seltsamste und bezeichnendste für die Stachelhäuter ist die Ausbildung ihres Bewegungsapparates. Sie haben dafür einen Typus, der in der ganzen Tierreihe einzig dasteht, das Wassergefäß- oder Ambulakralsystem. Es besteht aus einer Menge kleiner Schläuche, den Füßchen (Fig. 7 *af*), die auf der Unterseite der Arme in Gruben liegen und mit einem Längskanal in Verbindung stehen, der den ganzen Arm durchzieht. In der Scheibe vereinigen sich die fünf Längsstämme wieder zu einem Ringkanal, der den Schlund umgreift. Dieses System ist mit Flüssigkeit gefüllt, im wesentlichen Seewasser. Es wird ihm zugeführt durch den Steinkanal (Fig. 7 *stk*), so genannt wegen Kalkeinlagerungen in seiner Wand; einem Rohr, das vom Ringkanal nach oben steigt und in einem Winkel zwischen zwei Armen nach außen mündet. Diese Mündung liegt unter einer von feinen Poren durchsetzten Skelettplatte, der Madreporenplatte (Figg. 6, 7 *mp*). Die Bewegung erfolgt nun durch abwechselndes Ausstrecken und Zusammenziehen der schlauchförmigen

Füßchen. Jedes Füßchen geht an seiner Wurzel im Inneren des Körpers nach dem Durchtritt zwischen den Skelettplatten der Armunterseite in eine Ampulle (Figg. 6, 7 *amp*), ein Bläschen, über. Die Wand des Füßchens wie der Ampulle ist muskulös. Kontrahiert sich die Muskulatur der Ampulle, so wird das Wasser in das Füßchen gepreßt, und dies streckt sich aus. An seiner Spitze liegt eine schröpfkopfartige Haftscheibe, mit der sich das Füßchen festsaugt. So setzt sich eine ganze Füßchenreihe an, nun kontrahieren sich die Muskeln der Füßchen und treiben das Wasser wieder in die Ampulle zurück; die Füßchen verkürzen sich und ziehen dadurch den Körper an ihre Anheftungsstelle heran. Nun lassen die Saugscheiben los, die Ampullen ziehen sich wieder zusammen, die Füßchen strecken sich und saugen sich an einem neuen Platze fest, und durch dieses Wechselspiel bewegt sich der Seestern langsam vorwärts. Die Richtung spielt dabei keine Rolle, jeder Arm kann in der Bewegung vorangehen. Natürlich fördert diese Bewegungsart nicht sehr, dafür können die Tiere aber auf allen festen Unterlagen klettern, auch an senkrechten Glaswänden sich hinaufziehen, wie man in Aquarien sehr hübsch beobachten kann.

Die Echinodermen erweisen sich also bei näherer Prüfung ihrer Organisation als von den Cölenteraten vollkommen verschieden. Die systematische Zusammenfassung, die Cuvier auf Grund der radiären Symmetrie zwischen diesen beiden Gruppen vornahm, war durchaus ungerechtfertigt, wir werden später noch genauer sehen, daß den Echinodermen im Stammbaum der Tiere eine weit von den Cölenteraten entfernte Stelle zukommt. Die Ähnlichkeit in der Anordnung der Körperteile bildet gar kein wirklich tiefgreifendes Merkmal für die beiden Tiergruppen, die Bedeutung der radiären Symmetrie ist vielmehr in beiden vermutlich eine völlig verschiedene. Es läßt sich nämlich recht wahrscheinlich machen, daß diese Lagerung nichts anderes darstellt als eine Anpassung an die Lebensweise. Lebt ein Organismus unter Bedingungen, in welchen ihn Reize von allen Seiten gleichmäßig treffen, so wird sein Körper nach allen Richtungen gleichartig ausgebildet sein. Dies finden wir beim Volvox und bei seinem Abbild, der Blastula. Bildet sich an dieser eine Seite durch stets gleichmäßige Richtung des Schwimmens als bevorzugt aus, so erhalten wir eine Hauptachse, die mit dieser Hauptrichtung zusammenfällt. Diesen Fall verwirklicht uns die Gastrula und in ähnlicher Weise der festsitzende Polyp. Für die festsitzenden Tiere ist diese allseitige Symmetrie das Gegebene, denn wenn sie den Mund am Ende der Hauptachse nach oben richten, so ist von den übrigen Körperachsen keine biologisch bevorzugt. Das gleiche gilt, wie leicht einzusehen, auch für die frei im Wasser schwebenden Medusen. So mußten sich bei diesen Tieren alle neu entstehenden Differenzierungen allseitig symmetrisch um die Hauptachse anordnen.

Kann man hier die radiäre Symmetrie als eine ursprüngliche

Einrichtung von der Entstehung der Metazoen her verfolgen, so ist doch einleuchtend, daß die gleiche Organisation unter Umständen als eine sekundäre Anpassung auftreten kann, wenn Organismen höherer Differenzierung nachträglich wieder unter Bedingungen kommen, die ihnen die Reize von allen Seiten gleichmäßig zuführen. Dies geschieht immer dann, wenn ursprünglich frei bewegliche Formen wieder zur festsitzenden Lebensweise übergehen. Das ist offenbar bei den Echinodermen der Fall gewesen. Ein sehr interessanter Hinweis darauf liegt in der Gestaltung ihrer Larven. Aus dem Ei der Echinodermen entwickelt sich zunächst eine Blastula und daraus durch Einstülpung in der ganz typischen Weise eine Gastrula. An dieser entsteht außer der Blastoporusöffnung bald noch eine zweite dadurch, daß das blinde Ende des eingestülpten Urdarms sich der Ektodermwand anlegt und an dieser Stelle ein Durchbruch erfolgt, der die Anlage des späteren Mundes darstellt (vgl. Taf. VII, Fig. 4). Um den Körper der Larve entwickeln sich an besonders kräftig ausgebildeten Epithelzellen Wimpern, die als Streifen den Körper umziehen. Sie weisen eine ausgesprochen zweiseitig-symmetrische Anordnung auf. Der Körper streckt sich in die Länge, und in seinem Inneren bildet sich aus eingewanderten Mesenchymzellen eine Skelettanlage in Form von Kalkstäben, die gleichfalls keine Spur von radiärer Symmetrie aufweisen, sondern ausgesprochen bilateral sind (Fig. 9 *sk*). So entstehen Formen, die frei umherschwimmen und mit den ausgebildeten Tieren nicht die geringste äußere Ähnlichkeit haben. Durch einen sehr verwickelten Umformungsprozeß, eine Metamorphose, entsteht erst aus der Larve das ausgebildete Tier, eine Erscheinung, die weit im Tierreich verbreitet ist und der wir hier zum ersten Male begegnen. Diese definitive Form senkt sich nun auf den Grund des Meeres herab und führt dort ein träges, wenig bewegliches Leben. Aber sie ist nicht festgewachsen, wir erkennen also noch keinen Grund für das Auftreten der radiären Symmetrie. Hier ist es nun von größter Bedeutung, daß uns die Wissenschaft von den Tierarten früherer Erdperioden, die Paläontologie, lehrt, die ursprünglichsten Formen der Echinodermen, von denen uns Reste überliefert sind, seien festsitzend gewesen. Schon in den ältesten Schichten der versteinerungshaltigen Erdrinde finden wir zahlreiche Vertreter von Stachelhäutern, und diese waren ohne Ausnahme mit einem gegliederten Stiel, der von der aboralen Körperseite ausging, am Grunde festgewachsen. In den mittleren Erdperioden, Trias und Jura, treten diese festsitzenden Formen, die **Haarsterne** oder **Seelilien**, ***Crinoidea***, stellenweise in ungeheuren Massen auf. Es war eine der aufregendsten Überraschungen der modernen Tiefseeforschung, als sie uns zeigte, daß an manchen Stellen der Erde auch heute noch in größeren Meerestiefen diese Seelilien in riesigen Mengen, zu ganzen Wiesen zusammengedrängt, leben, zum Teil in Arten, die vollkommen mit den versteinert gefundenen übereinstimmen. Ein solcher Crinoid (Fig. 8) zeigt nun in den Hauptzügen seiner Organisation durchaus radiäre Symmetrie, an einigen Punkten kann man aber noch deutlich Reste einer anderen Anordnung der Organe erkennen. So beschreibt der Darm eine Spirale, die von dem nach oben gerichteten Munde zu dem gleichfalls auf der Oberseite gelegenen After herumführt (Fig. 8 *m*, *a*). Dies ist eine ganz offenbare Folge der Festsetzung. Sicher lag der After ursprünglich auf der aboralen Seite. Setzte sich das Tier nun mit dieser fest, so mußte der After herumrücken und schließlich auf die Mundseite gelangen; die so entstandene Spiralkrümmung des Darmes ist ein charakteristisches Merkmal sehr vieler festsitzender Tiere.

Der Körper einer Seelilie ist kelchförmig und bedeckt von mehreren Reihen regelmäßig symmetrisch gestellter Platten. Von ihm gehen fünf Arme ab, die sich noch mehrfach gabeln können. Auf der Oberseite dieser Arme verläuft eine Rinne, in der die Ambulakralfüßchen (Fig. 8 *af*) liegen. Ein besonderes Kennzeichen der Crinoiden sind Seitenzweige der Arme, die Pinnulae (Fig. 8 *p*), in denen die Geschlechtszellen heranreifen.

Unter den heute lebenden Haarsternen ist die bekannteste Form, *Antedon*, dadurch merkwürdig, daß sie im erwachsenen Zustande nicht mehr festsitzend ist. Ihre Larvenentwicklung durchläuft Stadien, in denen ein richtiger Stiel ausgebildet wird, später wirft das Tier ihn ab und behält an seinem aboralen Pol nur einen Kranz von hakenartig gebogenen Fortsätzen, mit denen es sich an Felsen, Wasserpflanzen, Polypenkolonien u. a. festklammern kann. Zwischendurch vermag es durch rhythmisches Schlagen seiner langen Arme auch zu schwimmen. So sehen wir hier in der Entwicklung einer einzelnen Art den Übergang vom festsitzenden zum freilebenden Zustande. Einen ähnlichen Weg haben nun vermutlich in der Stammesentwicklung die übrigen Gruppen der Echinodermen eingeschlagen. Sie nehmen bei der Bewegung die umgekehrte Stellung ein wie die Haarsterne; der Mund und damit auch die Furchenseite der Arme ist dem Boden zugekehrt. In dieser Weise kriechen die **Seesterne,** ***Asteroidea,*** und die ihnen biologisch nahestehenden **Schlangensterne,** ***Ophiuroidea,*** langsam über den Boden hin. Die letzteren haben ihren Namen von der schlangenartigen Beweglichkeit ihrer langen Arme, die scharf von der kleinen Körperscheibe abgesetzt sind und sich dadurch auszeichnen, daß die Armrinne völlig von Skelettplatten überdacht ist.

Während bei diesen Formen die fünfstrahlige Symmetrie ohne weiteres an den Armen zu erkennen ist, muß man bei den **Seeigeln,** ***Echinoidea,*** genauer zusehen. Dort bildet der Körper eine Kugel mit abgeplatteter Unterseite. Man kann sich ihr Zustandekommen am leichtesten so vorstellen, daß sich die Arme eines Seesterns nach oben umgeschlagen haben und mit den Spitzen verwachsen sind. Man versteht dann ohne weiteres, warum über den Körper des Seeigels fünf Doppelreihen von durchbohrten

Platten verlaufen, zwischen denen fünf andere undurchbohrte Doppelreihen liegen. Die ersteren, die Ambulakralplatten (Fig. 10 *ap*), dienen zum Durchtritt der Ambulakralfüßchen, sie entsprechen den Platten im Grunde der Armrinnen des Seesterns; die Interambulakralplatten (Fig. 10 *ip*) entsprechen den Randplatten des Seesternarmes, die sich aneinandergelegt und verbunden haben. So wird es auch nicht wunderbar erscheinen, daß wir den Augen (Fig. 10 *au*), die bei den Seesternen an der Spitze der Arme lagen, hier auf den Ozellarplatten in der Mitte der Oberseite begegnen; dort haben sich ja die Armspitzen vereinigt. Zwischen ihnen liegen die Genitalplatten (Fig. 10 *gp*), die zum Durchtritt der Keimzellen dienen, ebenso interradial wie bei den Seesternen. Eine dieser Genitalplatten ist besonders groß, es ist die Madreporenplatte. In der inneren Organisation finden wir die gleiche Darmspirale wie bei den Crinoiden, nur macht sie hier eine doppelte Windung und kehrt so wieder zu einer Mündung des Afters auf der aboralen Seite zurück, entsprechend der freibeweglichen Lebensweise.

Unter den Seeigeln finden wir neben der Hauptgruppe, den sog. regulären, auch irreguläre Formen. Sie zeichnen sich dadurch aus, daß Mund und After ihre Lage verändern. Der After rückt aus der Mitte der Oberseite nach dem einen Rande der stark abgeflachten Scheibe, der Mund von der Mitte der Unterseite nach dem entgegengesetzten. Beobachten wir solche Formen im Leben, so erkennen wir, daß ihre Bewegung nicht mehr gleichmäßig nach allen Richtungen erfolgt. Die Tiere schieben ihren flachen Körper durch den Sand so, daß die Mundseite vorangeht. Es findet also ein Kriechen mit bestimmtem Vorder- und Hinterende statt. Offenbar ist diese Änderung der Lebensgewohnheiten die Ursache der Abänderung der Symmetrieverhältnisse geworden, die hier von radiärer zu ausgesprochen zweiseitiger, bilateraler Symmetrie sich umgebildet haben. Noch viel stärker finden wir dies bei der letzten Gruppe der Stachelhäuter ausgeprägt, den **Seewalzen, *Holothurioidea*.** Sie haben einen langgestreckten, gurkenförmigen Körper (Fig. 11), an dessen vorderem Ende die Mundöffnung, am entgegengesetzten der After liegt. Um diese Pole sind die Körperteile nicht in radiärer Symmetrie angeordnet, sondern schon äußerlich läßt sich eine abgeflachte, meist heller gefärbte Bauchseite und eine dunklere, stärker gewölbte Rückenseite unterscheiden. Das Wassergefäßsystem mit seinen Füßchen ist hier stark rück- und umgebildet, es funktionieren von ihm hauptsächlich ein Kranz schlauchförmiger Ausstülpungen, die Fühler (Fig. 11 *f*), die den Mund umgeben. Sie dienen zum Einschaufeln nahrungshaltigen Sandes oder zum Fangen kleinster Beutetiere. Die Fortbewegung geschieht weniger durch die rückgebildeten Füßchen, als durch die kräftige Körpermuskulatur, die als starke Ringmuskeln und fünf breite Bänder von Längsmuskeln entwickelt ist. Durch ihre wechselnde Zusammenziehung vermag sich das Tier wurmartig zu krümmen. Dies setzt naturgemäß voraus, daß die Leibeswand nicht starr gepanzert ist; wir finden so hier auch eine weitgehende Rückbildung des Skeletts zu kleinen anker- und plattenartigen Gebilden, die lose in der zähen, lederartigen Haut liegen.

Biologisch ist die Gruppe der Stachelhäuter dadurch bemerkenswert, daß sie allein von allen Tierkreisen rein auf das Meer beschränkt ist. Jedem, der unsere Küsten besucht hat, sind ja Seesterne und Seeigel vertraute Gestalten; man findet sie in Mengen sowohl am flachen Sandstrande wie im zerklüfteten Felsenufer. Dort halten sich besonders die Seeigel gern auf; viele von ihnen haben die Fähigkeit, sich mit ihren Stacheln und Mundzähnen tiefe Gruben ins Gestein zu bohren. Viele Echinodermen steigen auch in große Tiefen hinab; die Grundfauna der Tiefsee erhält ihr Gepräge zum guten Teil durch solche Formen, besonders Crinoiden und Holothurien.

Die meisten Gruppen der Stachelhäuter leben von pflanzlicher oder kleinster tierischer Nahrung. Viele Holothurien und Seeigel nehmen einfach Meeressand in den geräumigen Darm auf und entziehen ihm beim Durchpassieren die organischen Substanzen. Andere Seeigel schaben den Algenüberzug der Felsen ab; sie haben dazu eine besondere Mundbewaffnung, die sog. Laterne des Aristoteles. Sie besteht aus fünf spitzen Kalkzähnen, die an einem inneren Gerüst verankert sind und durch Muskeln auf- und zugeklappt werden können. Die Seelilien und manche Seewalzen halten die Arme bzw. Fühler ausgebreitet regungslos nach oben, so daß kleinste Organismen sich darauf festsetzen; diese führen sie dann durch Flimmerbewegung zum Munde oder stecken von Zeit zu Zeit die Tentakel direkt in den Mund und lecken sie gleichsam ab. Die Seesterne dagegen sind kräftige Räuber, die Muscheln, Schnecken, sowie besonders gern ihre Vettern, die Seeigel, fressen. Sie legen sich mit dem ganzen Körper über die Beute, saugen sich ringsum am Boden fest und zerknacken durch Anziehen des Körpers gegen die Füßchen die festesten Schalen.

7. Die niederen Würmer. Die bilaterale Symmetrie. (Taf. III.)

Bei den Holothurien unter den Echinodermen sahen wir durch Anpassung an eine kriechende Lebensweise aus der radiären Symmetrie sich die bilaterale entwickeln. Was dort gewissermaßen auf einem Umwege zustande kam, ist vermutlich auch direkt geschehen; aus den ursprünglich radiären Cölenteraten haben sich durch Übergang zur kriechenden Lebensweise gestreckte bilaterale Tiere entwickelt, die Würmer. Versucht man sich Rechenschaft zu geben, welche Gruppe etwa als Ausgangspunkt für eine solche Entwicklung in Frage käme, so richtet sich der Blick auf eine bisher noch nicht betrachtete Abteilung dieses Tierkreises, die **Rippen-**

quallen, ***Ctenophora.*** Es ist ein kleiner Formenkreis von sehr eigenartigem Bau, der aber doch mannigfache Beziehungen zu den Cnidariern aufweist. Wie diese sind die Rippenquallen vorwiegend Epitheltiere mit wohl ausgebildetem, histologisch reich differenziertem Ekto- und Entoderm. Ihren Namen verdanken sie der Ausbildung ihres Bewegungsapparates: im Ektoderm haben sich acht Reihen von Wimperplättchen, die Rippen, entwickelt (Fig. 5 *rp*). Jede besteht aus einigen großen Epithelzellen, die mehrere kräftige Wimpern tragen. Diese verschmelzen untereinander zu einer breiten Wimperplatte. Durch die Schläge dieser Ruder treiben sich die nach Art der Quallen frei im Wasser schwebenden Tiere langsam vorwärts. Mit den Cnidariern stimmen die Rippenquallen auch im Besitz eines Gastrovaskularsystems überein; vom Zentralmagen (Fig. 12 *zm*) aus gehen jederseits zwei Gefäße, die sich bald zwiefach gabeln und acht Längskanäle bilden, die unter den Rippen entlang ziehen (Fig. 5, 12 *rig*). Außerdem gehen noch zwei Kanäle an den Ansatzpunkt zweier Tentakel, die aus tiefen Taschen (Figg. 5, 12 *tt*) entspringen. Sie tragen ähnlich wie die der Röhrenquallen Seitenzweige, besetzt mit eigentümlichen Klebzellen, die in Bau und Funktion Anklänge an die Nesselzellen aufweisen (Figg. 5, 12 *t*). Ferner ziehen sich vom Zentralmagen noch zwei Gefäße (Fig. 12 *mg*) am ektodermalen Schlundrohr (Figg. 5, 12 *sr*) entlang, das ähnlich wie bei den Anthozoen tief ins Körperinnere eingesenkt ist. Eine Besonderheit der Rippenquallen ist ein Sinnesorgan, das am aboralen Körperpol liegt und der Erhaltung des Gleichgewichts dient (Fig. 12 *st*). Die Verzweigungen des Gastrovaskularsystems sind ähnlich wie bei den Medusen in eine breite Gallertschicht eingesenkt; in dieser finden wir aber auch Bindegewebe in reicher Entwicklung, daneben auch Muskel- und Nervenzellen, sie stellt also ein kompliziertes Mesenchym dar. Die Symmetrieverhältnisse der Ctenophoren sind sehr eigenartig. Die Ausbildung des Verdauungssystems bedingt nämlich, daß sich der Körper durch zwei aufeinander senkrechte Ebenen jeweils in zwei spiegelbildlich gleiche Hälften teilen läßt, eine rechte und linke bzw. eine vordere und hintere. Dies ist gewissermaßen ein Übergang zwischen radiärer und bilateraler Symmetrie.

Unter diesen Rippenquallen, die im allgemeinen frei schwimmende, zarte und durchsichtige Planktontiere sind, gibt es nun auch einige Formen, die zur kriechenden Lebensweise auf dem Meeresboden übergegangen sind (Fig. 13, Coeloplana). Dabei hat sich die Mundseite zu einer Scheibe abgeflacht, in deren Mitte die Mundöffnung in das Schlundrohr hineinführt. Diese ganze Fläche ist mit Zilien besetzt, durch deren Schlag sich das Tier langsam gleitend über die Unterlage bewegt. Dafür bilden sich die Tentakel und die Wimperstreifen, wohl auch der Sinneskörper, mehr und mehr zurück, lauter Apparate, die nur für freies Schwimmen Bedeutung haben.

Solche Formen können uns eine Vorstellung geben, wie sich etwa aus den Cölenteraten die niedersten zweiseitig symmetrischen Kriechtiere, die Würmer, herausgebildet haben mögen. Die einfachsten Vertreter dieser Gruppe, die **Plattwürmer, *Plathelminthes,*** weisen nämlich im Bau mit den Ctenophoren eine merkwürdige Ähnlichkeit auf (Fig. 14). Wir finden eine einfache äußere Epithelschicht, in der als Verteidigungsapparate Drüsenzellen mit stabförmigen Bildungen, den Rhabditen, liegen, die sehr an Nesselkapseln erinnern. Sie wirken dadurch, daß sie beim Austritt verquellen und eine giftige Schleimhülle um das Tier bilden. Im Inneren finden wir einen Verdauungsapparat, der in den wesentlichsten Zügen mit einem Gastrovaskularsystem übereinstimmt (Fig. 14*d*). Ein ektodermales Schlundrohr (Fig. 14 *sr*) führt in einen Zentralmagen, von dem allseitig Äste ausgehen. Der Mund liegt bei vielen Formen auf der abgeplatteten bewimperten Bauchseite, er dient ebenso wie bei den Cölenteraten zugleich als After; doch kann man innerhalb der Gruppe beobachten, wie der Mund ans vordere Körperende rückt. Damit streckt sich der Körper in die Länge und verschmälert sich, das Vorderende spitzt sich zu, und wir erhalten die typisch bilateralsymmetrische Gestalt eines Wurmes.

Der wesentlichste Unterschied der Plattwürmer von den Ctenophoren besteht nun in der viel reicheren Entwicklung des Mesenchyms. Der ganze Raum zwischen Epithel und Darmzweigen wird von einem dicht verfilzten Bindegewebe ausgefüllt, in das die übrigen Organe eingebettet liegen. Unter der Haut bildet sich ein System von Längs- und Ringmuskeln aus, die dem Körper die wurmartige Beweglichkeit verleihen; zu ihnen gesellen sich noch Züge, die vom Rücken zur Bauchseite verlaufen. Zwischen den Bindegewebsbalken bleiben unregelmäßige Lücken offen, die zum Durchlaß ernährender Flüssigkeit dienen. Dagegen hat sich ein selbständiges Exkretionssystem zur Ausführung der Abfallstoffe herausgebildet (Fig. 18 *ex*). Es besteht aus Längskanälen mit eigener Wandung, die sich mehrfach verästeln. An der Spitze jedes Seitenzweiges liegt eine große Zelle mit amöboiden Fortsätzen, die den Kanal abschließt. Sie trägt an ihrer inneren Oberfläche ein Büschel langer Geißeln, die in den Kanal hineinschlagen und so eine Strömung erzeugen, welche die durch die Zelle hindurch diffundierenden Stoffe nach außen ableitet. Wir bezeichnen diesen einfachsten Nierentypus als Protonephridium.

In das Mesenchym hinein ist auch das Nervensystem verlagert (Figg. 14, 18 *n*). Es setzt sich aus mehreren Längssträngen zusammen, die durch ringförmige Querschlingen untereinander in Verbindung stehen. Von diesen ist die vorderste besonders stark ausgebildet; sie umgreift den Schlund und wird danach als Schlundring bezeichnet. Von den Nervensträngen gehen Fasern zu den Sinnesapparaten: Tastzellen, die über die ganze Körperoberfläche verteilt sind, und zu becherförmigen Augen, die in zwei Reihen am Kopfende liegen (Fig. 18 *au*). Im

Mesenchym liegen endlich auch die Geschlechtsorgane. Die Geschlechtsdrüsen selbst stellen Haufen von Keimzellen dar, die von dem umgebenden Bindegewebe nur unscharf abgegrenzt sind. Von ihnen gehen Ausführungsgänge aus, von den Hoden, Testes (Fig. 18 *h*), die Samenleiter, Vasa deferentia. Sie sind paarig und vereinigen sich zu einer gemeinsamen Mündung, deren Endstück muskulös ist und als Kopulationsapparat ausgestülpt werden kann, der sog. Zirrusbeutel (Fig. 18 *cb*). Von den Eierstöcken, Ovaria (Fig. 18 *ov*), gehen ebenfalls paarige Eileiter, Ovidukte (Fig. 18 *od*), aus, die sich gleichfalls zu einem gemeinsamen Endstück, der Vagina (Fig. 18 *vg*), vereinigen. Diese mündet bei den fast durchweg zwittrigen Tieren gemeinsam mit dem männlichen Apparat oder dicht dahinter aus. An der Vagina entwickelt sich häufig noch eine taschenförmige Ausbuchtung, das Receptaculum seminis; es dient bei der Begattung zur Aufnahme des Spermas (Fig. 18 *rs*).

Die Plattwürmer sind im allgemeinen kleine Formen. Die eben geschilderte Organisation zeigen uns am typischsten die **Strudelwürmer, *Turbellaria*.** Sie leben frei im Meere oder im süßen Wasser, wo sie auf dem Grunde mit Hilfe der Zilien ihrer Bauchseite dahingleiten. Es sind meist räuberische Tiere, die ihr kräftiges muskulöses Schlundrohr, den Pharynx, ausstülpen und damit selbst größere Tiere packen können. In unseren klaren Bächen leben zahlreiche Arten der Gattung *Planaria*, meist dunkel gefärbte Tiere von 1—3 cm Länge, bei denen der Darm eine charakteristische Dreiteilung in einen vorderen und zwei rückwärts gewendete Schenkel zeigt (Fig. 18 *d*). Daneben kommen im Süßwasser zahlreiche einfacher gestaltete, mikroskopisch kleine Vertreter der Gruppe vor, von denen einige dadurch bemerkenswert sind, daß in ihrem Mesenchym sich Algenzellen angesiedelt haben, die mit ihren Wirten in regelmäßiger Symbiose leben.

Unter den Turbellarien treffen wir auch zum erstenmal in der bisher durchlaufenen Tierreihe Landformen. In den Tropen kommen zahlreiche oft recht stattliche Landplanarien vor, die gelegentlich auch in unsere botanischen Gärten verschleppt werden. Das Leben auf dem Lande bringt die Gefahr der Austrocknung mit sich; solange es sich daher um Formen handelt, die nicht durch eine feste Haut gegen die Trockenheit geschützt sind, können sie nur in feuchter Umgebung gedeihen. Sehr natürlicher Weise treffen wir daher auch diese ersten Landtiere im feuchten tropischen Urwald. Bei ihnen ist die Haut wohl mit einer Cuticula bekleidet, die aber noch dünn und wenig widerstandsfähig ist.

Eine merkwürdige biologische Eigenschaft der Turbellarien ist ihre große Regenerationsfähigkeit. Man kann sie ähnlich wie die Polypen in viele kleine Stücke zerschneiden, jedes von ihnen wächst unter günstigen Bedingungen wieder zu einem normalen Tiere heran. Dabei treten sehr interessante Umgestaltungen auf (Fig. 15). Jedes Bruchstück gestaltet sich nämlich zunächst zu einem verkleinerten Abbilde des ganzen Tieres aus und wächst erst dann zur vollen Größe heran. Dieser Vorgang setzt eine komplizierte Umordnung, Regulation, des vorhandenen Körpermaterials voraus, für die uns einstweilen eine rechte Erklärung fehlt.

Die übrigen Vertreter der Plattwürmer verdanken ihre morphologische Sonderstellung der biologischen Eigentümlichkeit, daß sie zum parasitischen Leben übergegangen sind. Der Parasitismus, das Schmarotzertum an oder in anderen Tieren bringt durchgehends in der Tierreihe charakteristische Folgeerscheinungen mit sich. Ein parasitisches Tier erleidet fast immer Rückbildungen an seinem Sinnesapparat und Nervensystem, da ja die Beziehungen zur Außenwelt sehr vereinfacht sind. Ebenso schwinden die Organe der aktiven Bewegung, dafür entwickeln sich aber besondere Befestigungsapparate zur Verankerung an dem Wirtstier. Was durch diese Vereinfachung gespart wird, kommt dem Geschlechtsapparat zugute, der sich meist riesenhaft entwickelt. Dies ist auch eine Notwendigkeit, denn die biologischen Bedingungen des Schmarotzertums bringen es mit sich, daß von den befruchteten Eiern nur ein ungewöhnlich kleiner Teil das Glück hat, wieder zur Entwicklung an bezw. in einem neuen Wirt zu gelangen.

Die Plattwürmer zeigen uns die Entwicklung dieses Parasitismus sehr anschaulich. In der Gruppe der **Saugwürmer,** ***Trematodes,*** finden wir Arten, die als äußerlich anhaftende Schmarotzer, Ektoparasiten, auf dem Körper von Wassertieren leben. Sie unterscheiden sich von den Strudelwürmern wesentlich nur durch die Rückbildung des Wimperkleides und durch Entwicklung kräftiger Saugnäpfe am vorderen und hinteren Körperende. Mit ihnen halten sie sich an ihren Wirtstieren fest, sind aber durchaus in der Lage, sich auch frei im Wasser zu bewegen. Ihnen steht eine andere Gruppe gegenüber, die zu Innenschmarotzern, Entoparasiten, geworden ist. Sie hausen besonders im Darmkanal und seinen Anhängen bei Wirbeltieren, auch solchen, die auf dem Lande leben. Zwischen beiden vermitteln gewissermaßen Formen, die zeitweilig ektoparasitisch etwa an den Kiemen und später entoparasitisch, z. B. in der Harnblase des gleichen Wirtes leben. Besonders die Innenschmarotzer weisen nun die übermäßige Entwicklung des Geschlechtsapparates auf. Ein besonderer Grund dafür liegt wohl darin, daß solche Formen im Darmkanal ihres Wirtes ständig von Nahrungssäften umspült sind und daher ohne eigene Anstrengung über unbegrenztes Nährmaterial verfügen, das sie zum größten Teil in Geschlechtsprodukte umsetzen. Wir finden den Körper eines solchen Tieres (Fig. 19) fast ganz vom Geschlechtsapparat erfüllt. Während die männlichen Geschlechtsorgane durchaus denen der Turbellarien gleichen, sind die weiblichen noch komplizierter geworden. Dort haben sich nämlich neben den Eierstöcken noch besondere Dotterstöcke (Fig. 19 *ds*) entwickelt. Sie sondern Zellen ab, die das Ei umgeben und ihm bei der Entwicklung als Nährmaterial dienen. Wie man Schritt für Schritt schon von den Turbellarien an verfolgen kann (Fig. 18, *ds*), sind diese Dotterstöcke nichts anderes als ursprüngliche Ovarien, deren Keimzellen aber nicht mehr zur selbständigen Entwicklung gelangen, sondern zur Ernährung ihrer begünstigteren Geschwister Verwendung finden. Wir werden diesem Prinzip noch mehrfach in der Tierreihe begegnen. Das Ei mit dem Kranz von Dotterzellen wird endlich von einer festen Schale umgeben, und dies geschieht in einer besonderen Erweiterung der Ausleitungswege, der Schalendrüse (Fig. 19 *sd*), Ootyp, in der die Mündungen von Eier- und Dotterstöcken zusammenlaufen. Die befruchteten Eier verweilen oft lange in dem starkgewundenen Endabschnitt des Eileiters, dem Uterus (Fig. 19 *ut*), und durchlaufen bei manchen Formen darin die Embryonalentwicklung.

Noch einen Schritt weiter im Parasitismus sind die **Bandwürmer**, ***Cestodes***, gegangen. Unter ihnen finden wir ausschließlich Innenschmarotzer, die im erwachsenen Zustande im Darmkanal höherer Tiere leben. Dies hat dazu geführt, daß bei ihnen der eigene Darm vollständig rückgebildet worden ist. Die Ernährung erfolgt einfach auf osmotischem Wege durch die Haut. Ebenso ist das Nervensystem und die Muskulatur hier sehr stark vereinfacht. Die Entwicklung des Geschlechtsapparates erreicht bei den Bandwürmern ein Extrem. Der Körper besteht aus einem kleinen Kopfende, dem Scolex (Fig. 17 *sc*), der Saugnäpfe und Hakenkränze zur Befestigung trägt. An ihn schließt sich eine große Anzahl von Gliedern an, die Proglottiden (Fig. 17 *pg*), die durch Einschnürungen gegeneinander abgesetzt sind. Sie entwickeln sich durch eine Art Sprossungsvorgang am Hinterende des Scolex, und so entsteht eine oft meterlange Kette. Diese Proglottiden enthalten eigentlich nur Geschlechtsorgane, und zwar jede vollständig den männlichen und weiblichen Teil (Fig. 16). Es hat sich also gewissermaßen der Geschlechtsapparat vervielfacht, und dadurch steigt natürlich auch die Zahl der gebildeten Eier ins ungeheure. Im einzelnen läßt sich aber in den Geschlechtsorganen einer solchen Proglottis ohne weiteres die gleiche Anordnung aller Bestandteile wieder erkennen wie bei den Trematoden. Der Zusammenhang wird noch augenscheinlicher dadurch, daß auch heute noch einfachste Cestodenformen leben, bei denen die Vervielfältigung des Geschlechtsapparates noch nicht eingetreten ist (Fig. 20).

Während wir bei den Saugwürmern noch häufig Jugendstadien finden, die kürzere oder längere Zeit frei leben, sind bei den Bandwürmern auch die Larven durchweg zum Parasitismus übergegangen und diesem in sehr eigenartiger Weise angepaßt. Die komplizierten Entwicklungsvorgänge in dieser Gruppe der Würmer werden wir an anderer Stelle noch eingehend zu erörtern haben.

Von den sehr vielgestaltigen anderen Gruppen der niederen Würmer, deren Beziehungen zueinander zum Teil noch unklar sind, seien hier als besonders bedeutungsvoll noch die **Rundwürmer**, ***Nemathelminthes***, hervorgehoben. Sie unterscheiden sich von den Plattwürmern hauptsächlich dadurch, daß bei ihnen zwischen Haut und Darm an Stelle des kompakten Mesenchyms eine geräumige Leibeshöhle (IV 1 *lh*) liegt. Sie entspricht der alten Furchungshöhle, die bei der Bildung der Gastrula zwischen Ekto- und Entoderm erhalten bleibt. Der äußere Rand dieser Leibeshöhle, worin die inneren Organe liegen, wird gebildet von einem System von Ring- und Längsmuskeln, die sich unmittelbar dem Ektoderm anlegen. Dadurch entsteht eine einheitliche äußere Körperwand, der sog. Hautmuskelschlauch. Die Körpergestalt dieser Tiere ist typisch wurmförmig, langgestreckt und drehrund. Am vorderen Körperende liegt bei den wichtigsten Vertretern dieser Gruppe, den **Rundwürmern**, *Nematodes*, der enge Mund (IV, 2 *m*), der in einen gerade von vorn nach hinten verlaufenden Darm (IV, 1, 2 *d*) führt. Dieser endet, wie das bei den bilateralsymmetrischen Tieren die Regel ist, am Hinterende mit dem After (IV, 2 *af*). In der inneren Organisation finden wir die typischen Organsysteme, ein Nervensystem (IV, 1, 2 *n*) mit Schlundring und mehreren Längsstämmen, ein Exkretionssystem (IV, 1, 2 *ex*), das zu zwei eigentümlichen langen Röhren umgebildet ist, die in den Hautmuskelschlauch eingebettet liegen, endlich vielgewundene, röhrenförmige Geschlechtsdrüsen (IV, 1, 2 *go*), die in einfach gestaltete Ausführungsgänge übergehen. Bei den Nematoden ist der Körper von einer dicken, elastischen Cuticula (IV, 1 *c*) überzogen, unter der sich die Ektodermzellen zu einer einheitlichen Plasmamasse, der Subcuticula (IV, 1 *sc*), vereinigt haben. In Verdickungen dieser Schicht liegen die Exkretionskanäle und die Längsnerven eingebettet. Auch die Nematoden sind großenteils Parasiten, was auch bei ihnen oft zu verwickelten Fortpflanzungsverhältnissen geführt hat, die wir später noch genauer kennen lernen werden.

Histologisch bieten die Nematoden in vieler Hinsicht recht eigenartige Verhältnisse. Ihre Zellen sind nämlich durchweg auffallend groß, sie haben entsprechend oft zu Studien über die feinere Struktur, besonders auch über den Verlauf der Zellteilung gedient. Namentlich der Spulwurm *Ascaris* ist ein klassisches Objekt histologischer Forschung geworden. Hand in Hand mit der ungewöhnlichen Zellgröße geht die geringe Zahl der Einzelzellen, welche die Organe zusammensetzen. Sie hat es ermöglicht, für die verschiedenen Organsysteme die Zellenzahl festzustellen. Das ganze Exkretionssystem besteht nur aus zwei Zellen, auch die Muskulatur und das Nervensystem setzen sich selbst bei einem so stattlichen Tiere wie Ascaris, das etwa 30 cm lang wird, nur aus wenigen hundert Einzelzellen zusammen. Eine genaue Untersuchung ergab nun, daß die Zahl dieser Elemente und ihre Anordnung bei allen Einzeltieren der Art die gleiche ist. Wir sind also hier in der Lage, den Aufbau eines höheren Organismus auch quantitativ bis in die Einzelheiten zu verfolgen. Geht man nun in Verfolg dieser Beobachtungen in der Entwicklung rückwärts bis zur Furchung, so ergibt sich, daß schon hier eine auffallende Gesetzmäßigkeit herrscht. Man hat vom befruchteten Ei die Zellteilungen durch viele Generationen verfolgt (cell-lineage) und festgestellt, daß sie immer in genau der gleichen Weise verlaufen. Man kann angeben, welche Stelle die Abkömmlinge einer bestimmten Zelle der ersten Furchungsstadien im Körper des ausgewachsenen Tieres einnehmen werden und hat immer wieder gefunden, daß es sich hierbei um ein unumstößliches Gesetz handelt. Daher hat man den Aufbau des Körpers bei derartigen Tieren mit einer Mosaikarbeit verglichen, bei der aus lauter einzelnen Steinchen ein harmonisches Bild zusammengesetzt wird. Jedem dieser Steinchen ist nun von Anbeginn genau sein Platz angewiesen. Dies kommt am deutlichsten zum Ausdruck, wenn man den normalen Ablauf der Entwicklung stört. Tötet man während der Furchung einzelne Zellen ab, was in sehr schonender Weise z. B. durch Bestrahlung mit Radium geschehen kann, so entwickeln sich die übrigen Zellen weiter, als sei nichts geschehen, und es entstehen Teilbildungen. Der Organismus macht hier also nicht den Versuch, den Eingriff dadurch auszugleichen, daß er andere Zellen für die ausfallenden Teile heranzieht. Dies muß man wohl so deuten, daß jede einzelne Zelle schon von Anbeginn genau auf eine Aufgabe festgelegt ist. Sie kann also nicht als Ersatz für ein fehlendes Element unter Änderung ihrer Struktur einspringen. Man drückt dies auch so aus: Die Furchung ist determiniert.

Hierin stellen sich die Nematoden der Mehrzahl der übrigen Tiergruppen gegenüber. Bei diesen findet auf solche künstliche Störung der Entwicklung ein Ausgleich statt, indem sich nach längerer oder kürzerer Zeit der Defekt schließt und Zellen mit normal anderer Bestimmung die Rolle der getöteten übernehmen. Am deutlichsten ergibt sich der Gegensatz bei Eingriffen in den ersten Furchungsstadien. Tötet man bei solchen Formen z. B. eine der beiden ersten Zellen ab, so entsteht nicht ein halber Embryo, sondern ein ganzer, aber von halber Größe. Die eine Furchungszelle hat also allein die Leistungen vollbracht, die normal von beiden ausgeführt werden. Bei vielen Formen kann man noch weiter gehen und noch aus einer Zelle des Vier- oder sogar des Achtzellenstadiums eine verkleinerte Ganzbildung erhalten. In diesem Falle besteht also ein Unterschied zwischen der absoluten Leistungsfähigkeit der einzelnen Zellen und der relativen Rolle, die sie bei der normalen Gestaltung spielen. Sie vermögen gegebenenfalls die mannigfaltigsten Leistungen zu vollbringen; wie Driesch es ausgedrückt hat: Ihre „prospektive Potenz" ist größer als ihre „prospektive Bedeutung".

Die gleichen Gegensätze, die wir hier im Verlauf der Furchung auftreten sehen, machen sich auch bei der Regeneration bemerkbar. Ein Nematode vermag Verletzungen auch als ausgebildetes Tier so gut wie gar nicht auszugleichen. Andere Formen dagegen regenerieren ausgezeichnet, wie wir schon am Beispiel der Planarien sahen. Hier haben sich die Zellen ihre größere Leistungsfähigkeit bis ins Alter bewahrt und vermögen auch dann noch die verschiedensten Aufgaben zu übernehmen.

Der ganze Prozeß läuft offenbar auf eine verschieden hohe Spezialisierung hinaus. Vergegenwärtigen wir uns wieder die Ableitung eines Metazoons von einer Protozoenkolonie, so waren deren Teilhaber ursprünglich alle unter sich gleichwertig, konnten sich also ohne weiteres gegenseitig vertreten. Nun setzt die Arbeitsteilung ein und verändert die Einzelelemente in Anpassung an bestimmte Leistungen. Es ist leicht einzusehen, daß der höchste Grad dieser Spezialisierung dann erreicht wird, wenn eine Zelle nur eine eng umschriebene Aufgabe erfüllen kann und von vornherein nur auf diese angelegt ist. Das ist der Fall der Nematoden. Bei den übrigen Tieren ist meist die Arbeitsteilung nicht soweit gegangen, aber die Verteilung der Elemente durch die gesetzmäßig verlaufende Furchung bringt es mit sich, daß jede Zelle normalerweise nur bestimmte Arbeiten verrichtet. Erst ein Eingriff in diesen normalen Ablauf der Lebensvorgänge bringt die schlummernden Fähigkeiten der Einzelzellen zum Vorschein. Es leuchtet ohne weiteres ein, daß unbeschränkte Leistungsfähigkeit und völlige Spezialisierung durch alle Übergänge verbunden sein werden, und so finden wir tatsächlich bei der Regeneration wie bei der künstlich abgeänderten Entwicklung das verschiedenst abgestufte Verhalten in den verschiedenen Tiergruppen.

8. Die gegliederten Würmer. Die Metamerie. Das Zölom.

(Taf. IV.)

Von den niederen zu den höheren Würmern macht die Organisation der Tiere einen mächtigen Sprung. Sehen wir uns etwa einen Regenwurm als Vertreter dieser Tiergruppe an oder noch besser einen seiner Verwandten aus dem Meere, so bemerken wir an dem typisch wurmförmigen Körper als wichtigstes neues Merkmal eine Gliederung in hintereinander gelegene Abschnitte. Sie spricht sich schon äußerlich in der charakteristischen Ringelung der **„Ringelwürmer“**, ***Annelides***, aus. Betrachten wir die Organisation näher (IV, 3, 4), so finden wir außen eine hohe, manchmal mehrschichtige Lage von Epithelzellen. Sie scheiden eine dünne und elastische Cuticula (IV, 4 *c*) ab, die aus organischer Substanz, dem Chitin, besteht. Innen legt sich dem Epithel eine Schicht von Ring- und Längsmuskeln (IV, 4 *rm*, *lm*) an, wir haben also wieder einen echten Hautmuskelschlauch, eines der bezeichnendsten Merkmale der gesamten Wurmgruppe. Unter der Muskulatur liegt eine geräumige Leibeshöhle (IV, 4 *lh*) und im

Mittelpunkte der Darm, der als einfaches Rohr vom Munde vorn zum After hinten zieht (IV, 3, 4 *d*).

Soweit würde alles etwa mit dem Bau eines Nematoden übereinstimmen. Sehen wir uns die Leibeshöhle aber näher an, so bemerken wir, daß sie gekammert ist. An jedem äußeren Einschnitt spannt sich eine innere Scheidewand, ein Dissepiment (IV, 3 *dp*), quer von der Körperwand zum Darm. So zerfällt das ganze Tier in zahlreiche, hintereinander gelegene Abschnitte. Jeder von diesen enthält nun eine Reihe von Organen in gleichmäßiger Wiederholung. In jede Kammer der Leibeshöhle öffnet sich trichterförmig die Mündung eines vielgewundenen Kanals, der durch eine seitliche Öffnung nach außen führt. Er dient zur Ableitung der Abfallstoffe, ist also ein Exkretionsorgan, ein Nierenkanälchen, Nephridium (IV, 3, 4 *nph*). Wegen ihrer regelmäßig paarigen Anordnung in jedem der hintereinander gelegenen Abschnitte, Segmente, des Körpers werden diese Organe auch als Segmentalorgane bezeichnet. Ferner kommen jedem dieser Abschnitte Geschlechtsanlagen (IV, 3 *go*) zu. Sie bilden bruchsackartige Vorwölbungen der Wand der Leibeshöhle; in ihnen reifen die Geschlechtszellen und werden dann einfach durch Platzen der Wand nach innen entleert. Auch die das ganze Tier der Länge nach durchziehenden Organe zeigen in jedem Segment eine gleichartig sich wiederholende Ausbildung. Der Darm ist an dem Ansatz eines Dissepiments ringförmig nach außen gezogen, in dem freien Zwischenraum etwas eingeschnürt, so daß eine rosenkranzähnliche Figur in der Längsansicht zustande kommt. Sehr bezeichnend für die Anneliden ist die Ausbildung des Nervensystems (IV, 3, 4 *n*). Wir finden wieder einen Schlundring, von dem Längsstämme ausgehen, wie bei den niederen Würmern. Hier sind es nur zwei, die auf der Bauchseite dicht nebeneinander liegen. In jedem Segment schwellen nun diese Stränge zu einem Knoten an, in dem sich die Nervenzellen konzentrieren, während das Zwischenstück wesentlich nur Nervenfasern enthält. So gliedert sich das ganze Gebilde in segmental angeordnete Ganglien; von diesen strahlen dann die Nerven aus, welche die Organe des Segments versorgen. Die beiden Ganglien jedes Segments stehen durch eine quere Kommissur in Verbindung; zusammen mit den durchlaufenden Längsbahnen, den Konnektiven, geben diese das für die Anneliden charakteristische Bild des „Strickleiternervensystems“ (IV, 11).

Endlich schiebt sich zwischen Leibeshöhle und Darm noch ein weiteres Organsystem ein, dem wir hier zum ersten Male begegnen, das Gefäßsystem. Dorsal und ventral läuft am Darm ein Rohr entlang, beide stehen in jedem Segment durch Querschlingen miteinander in Verbindung. In diesem Gefäßsystem zirkuliert die ernährende Flüssigkeit, das Blut, es hat sich also neben der Leibeshöhle noch ein zweites Hohlraumsystem herausgebildet. Das Blut wird darin umgetrieben dadurch, daß die dorsale Röhre kontraktil ist, sie treibt den Inhalt ständig von hinten nach vorn. Hier treffen wir also auf die erste Anlage eines Herzens.

So folgen sich im Körper eines Anneliden zahlreiche, manchmal mehrere hundert Segmente, die alle die gleichen Organe in derselben Ausbildung wiederholen. Der Körper läßt sich also durch Querschnitte in eine große Anzahl unter sich gleicher Teile zerlegen. Diese Anordnung bezeichnet man als Metamerie, sie stellt den augenfälligsten Fortschritt in der Organisation dieser Tiergruppe dar. Im wesentlichen sind diese Segmente durch den ganzen Körper unter sich gleich, homonom, aber am Vorderende treffen wir auf eine Abweichung: dem Rumpf stellt sich der Kopf entgegen. Die Mundöffnung liegt nicht genau am Vorderende, sondern ventral, sie wird überwölbt vom sog. Kopflappen (IV, 3 *kl*). Dieser enthält als wichtigsten Bestandteil den dorsalen Teil des Schlundringes, in dem sich besonders zahlreiche Ganglienzellen konzentriert haben. So entsteht das Oberschlundganglion (IV, 3 *os*), die Anlage eines Gehirns. Die große Zahl von Nervenzellen dort rechtfertigt sich dadurch, daß das Vorderende besonders mit Sinnesorganen ausgestattet ist. Sehr natürlich, da es ja bei der Kriechbewegung vorangeht und zuerst mit irgendwelchen Reizen in Berührung kommt. So finden wir dort vor allem Tastzellen, die häufig auf Vorragungen der Kopfwand, den Tentakeln (IV, 3, V, 9 *t*), liegen, daneben napf- oder becherförmige Augen (V, 9 *au*) von manchmal schon recht hoher Leistungsfähigkeit, die vielleicht sogar schon das Wahrnehmen von Bildern der Umgebung gestattet. Vom Oberschlundganglion ziehen sich zwei Nervenstränge, die Schlundkommissuren (IV, 3 *sk*), um den Schlund zum Unterschlundganglion (IV, 3 *us*), dem ersten Glied der Bauchstrangkette. Es ist meist auch besonders kräftig entwickelt, da von ihm Nerven zu den chemischen Sinnesorganen an der Mundöffnung ziehen.

Wie erklärt sich nun die Herausbildung eines so abweichenden, komplizierteren Typus aus der Organisation der niederen Würmer? Die Aufklärung gibt in sehr überraschender Weise die Betrachtung der Entwicklung, wie wir sie besonders klar bei den Meeresanneliden verfolgen können. Wir sehen dort, daß aus dem Ei zunächst in üblicher Weise eine Blastula und aus dieser eine typische Einstülpungsgastrula entsteht. Diese wandelt sich dann durch weiteres Wachstum zu einer frei schwebenden Larvenform um, die dem ausgebildeten Annelid noch gar nicht gleicht, dafür aber augenfällig die Merkmale eines niederen Wurmes an sich trägt. Diese charakteristische Larve, die Trochophora, ist ein kugelförmiges, wenige Millimeter großes Gebilde (IV, 6). Außen ist es überzogen von einem dünnen Epithel, innen liegt der sackförmige Darm (IV, 6 *d*). Er hat zu seiner ursprünglichen Einstülpungsöffnung, die dem späteren Munde entspricht, am hinteren

Körperende noch eine zweite Öffnung erhalten, den späteren After. Zwischen Darm und Körperwand erhält sich die alte Furchungshöhle in weiter Ausdehnung als Leibeshöhle (IV, 6 *lh*). Darin finden wir Bindegewebe, Muskel- und Nervenzellen, die sich vom oberen Pol des Larvenkörpers ausspannen, wo ein Schopf besonders langer Wimpern, die Scheitelplatte (IV, 6 *sp*), entwickelt ist. In der Leibeshöhle liegt auch ein Paar Exkretionsorgane mit Wimperflammen, ganz von dem Typus, den wir bei den Plattwürmern kennen lernten (IV, 6 *ex*). Um den Äquator der Kugel ziehen sich zwei Kränze kräftiger Wimperzellen, einer vor, der andere hinter der Mundöffnung, die auf die Ventralseite des Tieres gerückt ist.

Wie leicht zu erkennen, gleicht dieses Geschöpf in allen wesentlichen Punkten durchaus einem niederen Wurm. Zur völligen Ausbildung als solcher fehlen ihm nur noch die Geschlechtsorgane. Wir kennen nun wirklich Würmer, die völlig mit diesen Larven im Bau übereinstimmen und dazu Geschlechtsorgane ausbilden. Es sind die **Rädertiere, *Rotatoria*.** Eine primitive Meeresform dieser Gruppe, die *Trochosphaera* (IV, 7), wiederholt in Form und Anordnung der inneren Teile frappant den Typus der Trochophora, nur besitzt sie dazu eine sackförmige Geschlechtsdrüse. Bei den übrigen Rädertieren, die ebenfalls durchweg mikroskopisch klein bleiben, verschieben sich die einzelnen Teile etwas, besonders bilden sich die beiden Wimperkränze zu einem Strudelorgan (IV, 8 *ro*) um, mit dem sich die Rädertiere ihre Nahrung, kleinste Pflanzen und Tiere, zustrudeln. Ferner entwickelt sich am Hinterende ein Haftapparat, der Fuß (IV, 8 *f*), mit dem viele Arten ganz oder zeitweise festsitzen. Die Übereinstimmung dieser Tiere mit der Trochophora ist so groß, daß sie den Gedanken nahelegt, es möchten die Rädertiere nichts anderes sein, als geschlechtsreif gewordene Larven von Anneliden. Wir hätten dann hier wieder einen Fall von Neotenie vor uns, wie wir ihn schon bei Besprechung der Mesozoen kurz erwähnten.

Bei unserer Trochophora geht nun aber die Entwicklung weiter, aus der Larve entsteht der fertige Ringelwurm. Die Art, wie das geschieht, ist höchst merkwürdig. Am hinteren Körperende der Larve bildet sich ein zapfenförmiger Auswuchs, der im einfachsten Falle nach außen vorwächst, in anderen nach innen in den Körper zunächst eingefaltet wird. Im Inneren dieses Zapfens erstreckt sich der Darm bis zu dem am Ende liegenden After, ferner entsteht das Nervensystem auf der Ventralseite aus zwei verdickten Ektodermstreifen, den Anlagen des Bauchstranges. Mit diesem setzen sich dann zwei Stränge, die von dem unter der Scheitelplatte gelegenen Nervenknoten der Larve ausgehen, in Verbindung (IV, 9 *n*). Die Hauptmasse der Wucherung aber geht aus von zwei Zellen, die sich schon auf frühen Embryonalstadien zu beiden Seiten des Afters zwischen Ekto- und Entoderm eingeschoben haben, den Urmesodermzellen. Sie beginnen sich lebhaft zu teilen und erzeugen zwei Gewebsstreifen (IV, 6 *ms*), die unter und neben dem Darm sich in den Zapfen hineinschieben. Diese Streifen erhalten nun bald segmentale Einschnürungen, und es treten in ihnen hintereinander gelegene Hohlräume auf (IV, 5 *ms*). Sie dehnen sich mehr und mehr aus und ergeben die Kammern der Leibeshöhle des fertigen Tieres. Ihre Wandungen verdünnen sich in der Zwischenschicht zu den Dissepimenten, nach außen sondern sie die Muskulatur des Hautmuskelschlauches, nach innen eine entsprechende Muskelschicht um den Darm ab. So entsteht die Leibeshöhle des definitiven Tieres als eine Neubildung aus dem Mesoderm während der Metamorphose. Wir bezeichnen sie daher auch als sekundäre Leibeshöhle, weil sie die primäre, die ursprüngliche Furchungshöhle schließlich völlig verdrängt und ersetzt. Die andere viel gebrauchte Bezeichnung für diese Bildung ist Zölom.

Bei der Ausdehnung dieses Zöloms wird aber die Furchungshöhle nicht vollständig verdrängt; in der Umgebung des Darmes bleiben Spalträume von ihr offen, die dann von der Muskulatur der Zölomwand umwachsen werden. Sie liefern das Gefäßsystem; dieser zweite Hohlraum des erwachsenen Tieres ist also entwicklungsgeschichtlich ein Rest der primären Leibeshöhle. Dadurch wird auch seine Füllung mit der ernährenden Flüssigkeit, dem Blut, die ja bei den niederen Würmern nach dem Durchtritt durch die Darmwand in der Furchungshöhle zirkuliert, ohne weiteres verständlich.

Durch diese Wachstumsprozesse wird die Trochophora schwerer und schwerer, bis endlich die Wimpern das Gewicht des Körpers nicht mehr schwebend zu erhalten vermögen. Langsam senkt sich die Larve zu Boden und wandelt sich dort in den kriechenden Wurm um. Dies geschieht unter Ausstoßung eines großen Teils des Larvenkörpers. Der gesamte kugelförmige Teil mit seinen Wimperreifen wird gewissermaßen nach außen gequetscht dadurch, daß sich Darm und Nervensystem verkürzen und die Scheitelplatte dicht an den Rumpfzapfen heranziehen. Damit werden auch die larvalen Exkretionsorgane entfernt, sie sind inzwischen durch die Entwicklung der Segmentalorgane im Rumpfkeim überflüssig geworden. Von dem ganzen Larvenkörper bleibt also wesentlich die Scheitelplatte mit dem Nervenknoten übrig. Sie liefert den Kopflappen, der Nervenknoten das Oberschlundganglion. Jetzt wird auch klar, warum im ausgebildeten Tiere der Kopf dem Rumpfe so scharf gegenübersteht. Der junge Wurm bildet nun weitere Segmente aus einer Art Knospungszone, die dicht vor dem After liegt. So wächst er zur Geschlechtsreife heran.

Die Organisation eines Plattwurms, der die Larve entspricht, wird also hier durch eine grundstürzende Umwandlung, eine Metamorphose, in die eines Ringelwurms übergeführt. Es ist klar, daß stammesgeschichtlich die Entwicklung nicht so verlaufen sein kann, vielmehr muß sich hier der Vorgang etappenweise vollzogen haben. Denn jedes dieser Übergangsstadien mußte zu dauerndem selbständigen Leben fähig sein. Die Ontogenie, die Entwicklung des Einzeltiers, gibt uns den phylogenetischen Entwicklungsprozeß gewissermaßen im Auszuge, in der Verkürzung wieder. Das ist eine Erscheinung, der wir recht oft begegnen und die die Tragweite der Parallele zwischen Ontogenie und Phylogenie, des berühmten biogenetischen Grundgesetzes Häckels, manchmal sehr beeinträchtigt. Trotzdem können wir in dieser Entwicklung der Anneliden wohl mit gutem Recht einen Hinweis darauf sehen, daß sie sich in der Stammesgeschichte aus plattwurmartigen Vorfahren durch Erwerbung der Metamerie entwickelt haben. Und diese Metamerie ist wieder, wie wir hier deutlich sehen, an die Ausbildung des Mesoderms mit der sekundären Leibeshöhle geknüpft.

Sehen wir uns nun nach Anknüpfungspunkten um, die eine solche Entwicklung verständlich machen könnten, so bemerken wir, daß sich auch unter den niederen Würmern gelegentlich Ansätze zu solcher Metamerie bemerkbar machen. Unter den Strudelwürmern finden wir sie oft ganz deutlich ausgeprägt (IV, 12). Dort ordnen sich nämlich die einzelnen Geschlechtsdrüsen in Reihen zwischen den Ästen des Darmes an, ebenso gewinnen die Verzweigungen des Exkretionsapparates eine mehr oder weniger regelmäßige Anordnung. Fast noch ausgesprochener tritt uns die metamere Symmetrie in einer anderen Gruppe der niederen Würmer entgegen, bei den **Schnurwürmern,** ***Nemertini.*** Diese fast ausschließlich marinen, fadendünnen, aber dabei oft sehr langen Würmer haben einen von vorn nach hinten durchlaufenden Darm (IV, 14 *d*), der in regelmäßigen Abständen seitliche Aussackungen trägt. Zwischen diesen entwickeln sich ebenfalls in metamerer Anordnung die Geschlechtsdrüsen in Form hohler Säcke, die bei der Reife ihren Inhalt einfach durch eine temporäre Öffnung nach außen entleeren (IV, 14 *go*). In diesen beiden sackförmigen Bildungen könnte die Anlage zur sekundären Leibeshöhle gegeben sein. Erweiterten sich die Gonadensäcke, so entstanden paarige Hohlräume zu beiden Seiten des Darmes, in deren Wand die Geschlechtsprodukte reiften. Es läßt sich leicht vorstellen, daß die dazwischen im Bindegewebe verlaufenden Exkretionskanäle sich mit ihnen durch eine innere trichterförmige Mündung in Verbindung setzten, so würden die Segmentalorgane entstanden sein. Andererseits ließe sich auch denken, daß die seitlichen Darmdivertikel, denen hauptsächlich die Verteilung der Nahrungsflüssigkeit zu den Seiten des Körpers zufiel, sich ganz abschnürten und so die Anlage des Zöloms lieferten. Dann müßten Geschlechtsorgane und Nephridien sekundär mit diesem Hohlraum in Verbindung getreten sein. Es lassen sich in der Tat beide Anschauungen mit guten Gründen des morphologischen Verhaltens und der Entwicklungsgeschichte stützen. Vielleicht haben sich beide Wege gangbar erwiesen, und das Zölom ist wirklich in der Tierreihe auf zwei verschiedene Arten entstanden. Für unsere Anneliden erscheint, wenn wir die Vorgänge bei der Trochophora berücksichtigen, der Weg über die Gonadenhöhle, das Gonozöl, als der wahrscheinlichere, da der Darm mit dem ganzen Entwicklungsprozeß nichts zu tun hat.

Unter den Anneliden erscheint die metamere Gliederung am einfachsten und ursprünglichsten in der Gruppe der freilebenden **Ringelwürmer des Meeres,** den *Polychaeta.* Dort sind so gut wie alle Segmente des Körpers tatsächlich unter sich vollkommen gleich, homonom (V, 9). Bei den anderen Gruppen schränken einige Organsysteme ihren Bereich ein. Dies gilt besonders für den Geschlechtsapparat. Bei den **Blutegeln,** *Hirudinei,* sehen wir diesen Vorgang gewissermaßen in der Entwicklung (IV, 13). Die Blutegel sind stattliche, etwas abgeplattete Würmer des süßen Wassers und des Landes; bezeichnenderweise finden wir die Landformen auch hier wieder im feuchten Urwald der Tropen. Sie zeichnen sich aus durch eine kräftige Bewaffnung des Mundes mit Rüsseln oder Kiefern, mit denen sie die Haut höherer Tiere zu durchbohren vermögen; der muskulöse Vorderdarm bildet dann ein Pumpwerkzeug zum Blutsaugen. Im Inneren treffen wir, eingebettet in dichtes Bindegewebe, das das Zölom fast ganz verdrängt, den Darm mit segmentalen Seitenzweigen. Zwischen diesen liegen regelmäßig angeordnet Hodenbläschen, in jedem Segment der mittleren Körperregion ein Paar. Von ihnen geht jederseits ein Ausführgang nach vorn, beide vereinigen sich und münden im vorderen Drittel auf der Mittellinie des Bauches. Von weiblichen Organen finden wir dagegen bei den zwittrigen Tieren nur ein Paar Ovarien im vorderen Körper, ihre Ausführgänge münden nach kurzem Verlauf vereinigt dicht hinter der männlichen Geschlechtsöffnung. Noch weiter haben sich in dieser Richtung die *Oligochaeta* differenziert, zu denen unser Regenwurm, *Lumbricus,* gehört. Auch hier handelt es sich um Bewohner des süßen Wassers und des Landes; die größten darunter leben wieder im Urwald der Tropen, unsere Formen, wie bekannt, in feuchter Erde, wo sie den Boden durchwühlen und sich von verwesenden pflanzlichen Stoffen nähren. Der typisch wurmförmige Körper des Regenwurms zeigt eine recht homonome Segmentierung, nur die Geschlechtsorgane sind hier noch einseitiger entwickelt, als bei den Blutegeln (IV, 10). Von den zahlreichen Segmenten enthalten nur zwei, das 10. und 11., Hoden, und nur eins, das 13., Ovarien; die Geschlechtsgänge münden hintereinander in umgekehrter Reihenfolge im 14. und 15. Segment. Die reifenden Samenzellen gelangen in abgekapselte Zölomtaschen, die Samenkapseln (IV, 10 *skp*), aus denen sie durch weite Trichter der Samenleiter abgeführt werden. Bei der Befruchtung wird das Sperma in zwei Receptacula seminis (IV, 10 *rs*) mit gesonderter Mündung im 9. und 10. Segment aufgenommen. So bahnt sich unter den ursprünglich gleichartigen Segmenten wiederum durch Arbeitsteilung eine Differenzierung an, aus der homonomen entsteht eine heteronome Gliederung.

Einer Eigentümlichkeit der Anneliden müssen wir noch etwas ausführlicher gedenken, die bei den Polychäten besonders stark ausgeprägt ist. Wie der Name besagt, tragen diese Tiere Borsten. Das sind besonders entwickelte Chitinteile, die als lange Zapfen von einer Epithelzelle ausgeschieden werden und über die Haut hervorragen. Sie stehen zu Büscheln vereinigt auf seitlichen Fortsätzen des Körpers, die breite Lappen bilden und mit ihren Borsten als Ruder dienen. Mit diesen vermögen die Polychäten recht gewandt entweder auf dem Grunde zu kriechen oder im freien Wasser zu schwimmen. Von dem Hautmuskelschlauch haben sich Fasern abgezweigt, die an diese Ruderlappen, die Parapodien (V, 9 *pa*), herantreten und auch die Borsten bewegen. Bei guten Schwimmern gewinnen diese Parapodien eine recht hohe Entwicklung; sie teilen sich in eine obere und untere Hälfte, auf denen jeweils ein Büschel recht verschieden gestalteter Borsten steht. Diese Anneliden sind größtenteils Räuber, die ihre Beute mit zwei kräftigen Chitinhaken packen, welche sich im Vorderdarm entwickelt haben. Dieser ganze muskulöse Darmabschnitt kann beim Zupacken rüsselartig weit aus der Mundöffnung vorgestülpt werden.

Bei den Süßwasseranneliden, den Oligochäten, ist der ganze Apparat der Borsten und Parapodien rückgebildet. Doch kann man sich leicht überzeugen, daß auch unser Regenwurm noch kurze Borsten besitzt, man braucht nur von hinten nach vorn an den Körperseiten entlangzustreichen, um den Widerstand der nach hinten gerichteten Borsten zu fühlen. Sie dienen dem Regenwurm zum Anstemmen beim Kriechen in seinen Röhren; wer einmal versucht hat, einen Regenwurm aus seinem Loche hervorzuziehen, weiß, wie fest er sich damit halten kann, so daß er eher zerreißt, als nachgibt. Nach dem gemeinsamen Besitz von Borsten faßt man Poly- und Oligochäten auch als **Borstenfüßer, *Chaetopoda*,** zusammen.

Eine ähnliche Rückbildung wie bei den Oligochäten können wir auch unter den Polychäten verfolgen. Von diesen wohnen nämlich viele am Meeresgrunde im Sande oder zwischen Felsen in Röhren, die sie aus einer zähen, filzartigen Sekretmasse oder durch Verkleben von Fremdkörpern herstellen. In diesen Röhren bleiben sie meist zeitlebens wohnen und strecken nur das Vorderende heraus. Dadurch hat sich eine eigentümliche Zweiteilung des Körpers entwickelt; der hintere Teil hat die Parapodien verloren und nur Borsten in der Art des Regenwurms zur Verankerung behalten. Dafür hat sich am Vorderende um die Mundöffnung der Tiere ein Kranz langer Tentakel entwickelt, die z. T. Parapodien, hauptsächlich aber den Kopftentakeln der übrigen Polychäten entsprechen. Diese sind mit Zilien bedeckt und dienen zum Herbeistrudeln kleiner Nahrungskörper; wir finden also hier wieder die charakteristische Ernährungsart festsitzender Tiere, die uns schon die Crinoiden und Holothurien unter den Echinodermen und ebenso die Rädertiere gezeigt haben. Außerdem übernehmen diese Tentakel aber noch eine andere Funktion. Bei manchen dieser festsitzenden Formen, z. B. der großen *Spirographis*, die an den Küsten des Mittelmeeres häufig und auch nicht selten in Seewasseraquarien anzutreffen ist, beobachtet man an diesen Tentakeln rhythmische Farbenänderungen. Sie beruhen darauf, daß das Blut periodisch in die Tentakel gepumpt wird. Es läuft dort dicht unter der zarten Haut hin und hat so gute Gelegenheit, sich aus dem umgebenden Wasser mit Sauerstoff zu sättigen. In diesen Tentakeln treten uns also zum ersten Male Atmungsorgane entgegen, sie funktionieren auch als Kiemen. Die Notwendigkeit dazu war bei den niederen Tieren bisher deshalb nicht gegeben, weil die Körperoberfläche so dünn blieb, daß überall ohne Schwierigkeit der Sauerstoff Zutritt fand. Jetzt mit Ausbildung der stärkeren Cuticula ändert sich das; wir finden auch schon bei den frei schwimmenden Polychäten solche Kiemen als gefiederte Anhänge der Parapodien. Bei den Röhrenbewohnern, wo ein großer Teil des Körpers von dem Gasaustausch mit frischem Wasser ausgeschlossen ist, war das Bedürfnis nach Atemapparaten naturgemäß besonders groß. Sehr bezeichnender Weise sehen wir in dieser Gruppe im Blut auch bereits einen roten Farbstoff auftreten, der mit dem Hämoglobin unseres Blutes übereinstimmt und wie bei uns als Sauerstoffüberträger dient.

9. Die Arthropoden. (Taf. IV, V.)

Die weitere Ausgestaltung der Annelidenorganisation führt uns ungezwungen in den Kreis der **Gliedertiere, *Arthropoda*.** Es sind gleichfalls metamer segmentierte Formen, bei denen aber die homonome Gliederung der Anneliden sich viel deutlicher zum heteronomen Typus differenziert hat. Dies prägt sich schon äußerlich darin aus, daß der Körper in mehrere abweichend gestaltete Abschnitte zerfällt, die wir als Kopf (Caput), Brust (Thorax) und Hinterleib (Abdomen) zu bezeichnen gewohnt sind (IV, 17 *C*, *Th*, *Abd*). Nicht selten sind Kopf und Brust zu einer Einheit, dem Cephalothorax, verbunden (IV, 15, 16 *Cth*), gelegentlich vom Abdomen das letzte Stück als Postabdomen abgegliedert (V, 5, 6).

Die scharfe äußere Ausprägung der Gliederung beruht zum wesentlichen Teil mit darauf, daß die leichten Ringel an den Segmentgrenzen der Anneliden bei den Arthropoden zu tiefen Falten werden. Hier ist nämlich die dünne Chitincuticula der Würmer zu einem festen Panzer erstarrt. Er besteht entweder rein aus dickem Chitin oder wird durch Einlagerung von Kalk noch mehr verfestigt. Soll sich das Tier in dieser festen Hülle bewegen können, so müssen zwischen den harten Gliederringen weichere Gelenkfalten eingesenkt bleiben. So setzt sich ein solcher Arthropodenpanzer aus ringförmigen Stücken zusammen, die durch dünnere Gelenkfalten getrennt sind. In diesen lassen sich die Segmente fernrohrartig zusammenschieben und auseinanderziehen.

Diese höhere Ausbildung des Skeletts bedingt eine neue Art der Bewegung. Das wurmförmige Schlängeln des ganzen Leibes zerlegt sich in die Drehung der einzelnen Segmente in ihren Gelenken. Zugleich können die Bewegungen viel kräftiger werden, da die Muskeln an den Panzerplatten starke Ansatzpunkte finden. Der durchlaufende Hautmuskelschlauch der Anneliden zerlegt sich hierdurch in eine große Zahl von einzelnen Muskelbündeln, die von einer Segmentplatte zur anderen ziehen und sie hebelartig bewegen.

Die Leistungsfähigkeit dieses Systems wird nun dadurch noch wesentlich gesteigert, daß sich aus den lappenförmigen Parapodien der Polychäten echte Gliedmaßen, Extremitäten, entwickeln. Sie bedecken sich gleichfalls mit einem Chitinpanzer, der nach demselben Grundsatz wie der Körper gegliedert wird. So entstehen lange, geschmeidige Hebelketten, die den Körper mit großer Gewandtheit und Kraft fortbewegen. Diese echten Beine erhalten ihre beste Ausbildung am Brustabschnitt, der den Hauptbewegungsapparat der Tiere liefert. Seine Ringe verbinden sich daher oft zu einem starren Widerlager für die gelenkig angesetzten Beine. Deren Ausbildung kann im einzelnen sehr mannigfaltig sein, je nach der Art der Bewegung: Im Wasser bilden sie breite Ruder, auf dem Boden lange und schlanke Laufbeine, in der Erde kurze kräftige Grabschaufeln. Der Hinterleib nimmt an der aktiven Bewegung wenig teil, daher schwinden oft seine Beinpaare, soweit sie nicht als Begattungsglieder oder Eierträger eine neue Aufgabe erhalten. Am Kopfe finden wir dagegen immer Beine, nur dienen sie nicht zur Fortbewegung, sondern sind zu Kauladen zum Zerkleinern der Nahrung geworden. Das vorderste Paar tritt als Fühler, Antennen, in den Dienst der Sinneswahrnehmung. Schon hieraus ergibt sich, daß der Teil, den wir bei den Arthropoden als Kopf bezeichnen, nicht dem Kopflappen der Anneliden entspricht. Er umfaßt vielmehr außer dem alten Kopflappen noch eine größere Zahl von Segmenten, die aber zu einer einheitlichen Chitinkapsel verschmelzen. Nur die Zahl der Gliedmaßenpaare gibt uns dann noch einen Anhalt über die ursprüngliche Gliederung. Wir finden als Mundgliedmaßen meist ein eigentliches Kieferpaar, die Mandibeln, die zum Zerkleinern der Nahrung dienen. Ihnen folgen zwei Paar Maxillen, die schwächer sind und mehr Schüsselform haben, um die aus den Mandibeln herabfallenden Brocken aufzufangen (IV, 15, 17). Bei den Krebsen treten dazu meist noch eine Anzahl Kieferfußpaare, die, wie der Name sagt, im Bau zwischen Kiefern und echten Beinen die Mitte halten und uns sehr gut die allmähliche Umbildung durch Anpassung an die veränderte Funktion veranschaulichen (V, 15 *mxf*).

In der inneren Organisation treffen wir deutlich erkennbar wieder die Grundzüge der Anneliden, aber auch hier durch fortschreitende Heteronomie umgestaltet. Der Darm zieht sich von der ventral am Kopf gelegenen Mundöffnung durch den ganzen Körper bis hinten zum After. Er gliedert sich deutlich in einen Vorderdarm (IV, 15, 16, 17 *vd*), der dem der Anneliden entspricht und wie bei diesen als Ektodermeinstülpung entsteht. Er stellt also eigentlich ein ektodermales Schlundrohr dar, wir können diese Bildung demnach durch die ganze Metazoenreihe bis hierher verfolgen. Er ist entsprechend seiner Abstammung auch mit Chitin ausgekleidet und dient oft zum Zerkleinern und Filtrieren der von den Mundwerkzeugen nur grob verarbeiteten Nahrung. Ihm folgt der eigentlich verdauende Mitteldarm und diesem der Enddarm, der gleichfalls dem Ektoderm entstammt (IV, 15, 16, 17 *md*, *ed*). Am Mitteldarm entsteht zur Vergrößerung der resorbierenden Oberfläche eine oft mächtige Mitteldarmdrüse (IV, 15, 16 *mdd*).

Von dem Gefäßsystem, das bei den Ringelwürmern den Darm begleitete, hat sich hier im wesentlichen nur der dorsale Längsstamm erhalten; er bildet einen langen, muskulösen Herzschlauch (IV, 15, 16, 17 *hz*). Das nach vorn getriebene Blut ergießt sich frei in die Leibeshöhle, umspült die Organe und kehrt durch seitliche Spaltöffnungen in das segmental gekammerte Herz zurück.

Das Nervensystem bildet die typische Strickleiter, doch macht sich auch hier die Heteronomie geltend. Die Ganglienkette verkürzt sich nämlich dadurch, daß zunächst im Abdomen die hinteren Ganglien an die vorderen heranrücken und mit ihnen verschmelzen. Die Nerven, die zu den einzelnen Segmenten gehen, haben dann einen entsprechend längeren Weg zurückzulegen. Die Verkürzung kann so weit gehen, daß im Abdomen nur noch ein einziger Nervenknoten übrig bleibt, ja dieser kann sogar in die Brustringe verlagert werden und im extremsten Falle bleibt neben dem Oberschlundganglion nur eine mächtige Nervenmasse im Thorax übrig, die der ganzen verschmolzenen Strickleiter entspricht. So ist es z. B. bei Krabben und bei Spinnen (IV, 16 *n*).

Die Geschlechtsorgane sind bei den durchweg getrennt geschlechtlichen Tieren nur ein Paar von Drüsen, die im hinteren Teil des Thorax oder im Abdomen liegen (IV, 15, 16, 17 *go*). Auch die Nephridien werden von der Heteronomie ergriffen. Von den zahlreichen Paaren der Anneliden bleibt meist nur ein einziges erhalten, das dafür um so stattlicher heranwächst. Es liegt im Segment der zweiten Antenne oder der Maxille bei den Krebsen (IV, 15 *nph*). Bei den Landarthropoden verschwinden die Segmentalorgane ganz und werden durch eine Anzahl Schläuche ersetzt, die sich durch Ausstülpung an der Grenze von Mittel- und Enddarm bilden; es sind die nach ihrem Entdecker benannten Malpighischen Gefäße (IV, 16, 17 *mpgh*).

Der so geschaffene Tiertypus erweist sich als hervorragend leistungsfähig. Die Arthropoden sind elegante und kräftige Tiere, die an Gewandtheit und Vielseitigkeit der Lebensleistungen turmhoch über den schwerfälligen und plumpen niederen Tieren stehen, selbst über ihren Ahnenformen, den Ringelwürmern. Wie immer bei lebhaften Tieren, finden wir auch hier hoch organisierte Sinnesorgane. Krebse wie Insekten sind durch einen eigenartigen Typus von Augen, die zusammengesetzten Facettenaugen, ausgezeichnet, die ein recht gutes Bildersehen und besonders sehr feine Wahrnehmung von Bewegungen ermöglichen. Besonders hoch ist daneben der chemische Sinn der Geruchsorgane ausgebildet. Zum ersten Male stoßen wir bei den Insekten auch auf Gehörorgane, sie sind aus Organen des statischen Sinnes, den sog. Chordotonalorganen, hervorgegangen, die in dieser Form ebenfalls den Arthropoden allein zukommen.

Diese hohe Lebenskraft äußert sich auch in einem ungeheuren Formenreichtum: Die Arthropoden allein übertreffen die bekannte Artenzahl aller übrigen Tierkreise um das Mehrfache. Die große Schar sondert sich ungezwungen in wenige große Gruppen.

Im Wasser treffen wir das Heer der **Krebse, *Crustacea.*** Ihr wichtigstes morphologisches Kennzeichen ist der Besitz zweier Fühler oder Antennen. Von diesen entspricht die erste vielleicht keiner echten Extremität, sondern den Tentakeln der Anneliden, sie gehört also dem alten Kopflappen an. Die zweite dagegen ist ein echtes Bein; dies zeigt die Entwicklungsgeschichte deutlich. Sie legt sich nämlich in einer Reihe mit den übrigen Extremitäten auf der Bauchseite an und rückt erst später auf den Scheitel des Kopfes herauf. Als Wassertiere atmen die Krebse durch Kiemen — daß sie besonderer Atmungsorgane bedürfen, kann uns bei dem undurchlässigen Panzer nicht verwundern. Denken wir an die Lage der Kiemen bei den Anneliden zurück, so wird es uns nicht überraschen, sie hier an der Basis der Beine wiederzufinden (V, 2, 4*k*).

Die Krebse erfüllen das Meer wie das Süßwasser mit einer Fülle verschiedener Formen. Unter den kleineren und einfacher organisierten Formen, die man wohl als *Entomostraca* zusammenfaßt, sind von besonderem Interesse die Wasserflöhe, *Daphnidae*, und die Hüpferlinge, *Copepoda*. Beides sind kleine Tiere, meist zwischen 1 und 5 mm lang. Gemeinsam ist beiden die eigentümlich stoßweise, hüpfende Art der Bewegung, die ihnen auch den Namen verschafft hat. Sie wird bei den Daphniden durch den Schlag der mächtigen zweiten Antenne, bei den Copepoden durch gemeinsames Arbeiten der Ruderfüße am Thorax hervorgebracht.

Rhizopoden. Flagellaten. Sporozoen. Ciliaten.

1) Schema der Zelle. **2)** Amoeba proteus. **3)** Entamoeba dysenteriae. **4)** Zyste von Entam. dys. (nach Viereck). **5)** Arcella (nach Bütschli). **6)** Foraminifere, Schema, Längsschnitt und Aufsicht. **7)** Nummulit (nach Lang). **8)** Globigerina, schematischer Schnitt. **9)** Radiolar, Schema. **10)** Actinosphaerium (nach R. Hertwig). **11)** Noctiluca (aus Hertwig). **12)** Ceratium. **13)** Gregarinenzyklus (z. T. verändert aus Hertwig), a) Syzygie, b) Encystierung, c) Zerfallsteilung, d) Befruchtung, e) Zygote, f) Sekundärcyste mit Sporozoiten. **14)** Coccidienzyklus (nach Schaudinn), a) Befall einer Darmepithelzelle durch ein Coccidium, b) Erwachsener Zellparasit, c) Schizogonie, d) Befruchtung. **15)** Malariazyklus (z. T. nach Grassi, Schema), a, b) Entwicklung und Schizogonie in Erythrozyten des Menschen, c, d) Gametenbildung und Befruchtung, e, f) Wachstum der Zygote, g) Speicheldrüse von Anopheles mit Sporozoiten, h) Neuinfektion des Menschen. **16)** Vorticella, ausgestreckt und kontrahiert. **17)** Paramaecium, Schema der Organisation. **18)** Konjugation bei Ciliaten (Paramaecium), Schema. **19)** Trypanosoma, Schema der Organisation.

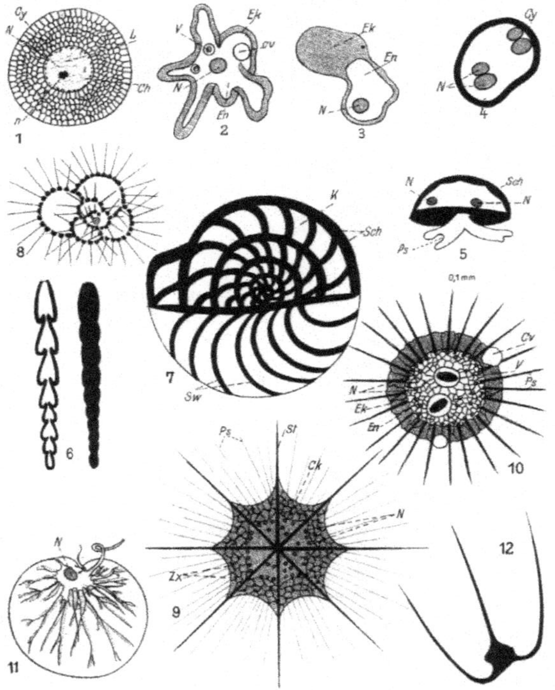

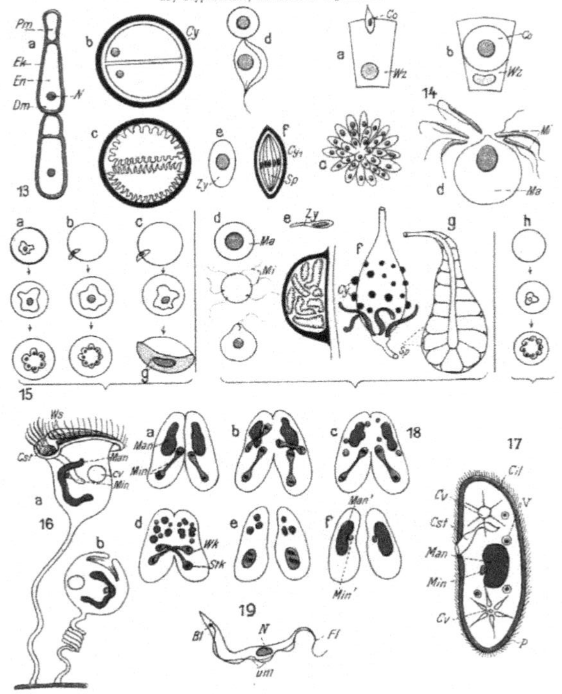

Ch = Chromatin *Cil* = Cilien *Ck* = Zentralkapsel *Co* = Coccidium *Cp* = Zytoplasma *Cst* = Zytostom *Cv* = Kontraktile Vakuole *Cy* = Zyste *Cy₁* = Zyste der Gregarinensporen *Dm* = Deutomerit *Ek* = Ektoplasma *En* = Entoplasma *Fl* = Geißel *G* = Gamet *K* = Kammer *L* = Liningerüst *Ma* = Makrogamet *Man* = Makronucleus *Man'* = neuer Makronucleus nach der Konjugation *Mi* = Mikrogamet *Min* = Mikronucleus *Min'* = neuer Mikronucleus nach der Konjugation *N* = Kern *n* = Kernkörperchen *P* = Pellicula *Pm* = Protomerit *Ps* = Pseudopodien *Sch* = Schale *Sp* = Sporozoit *St* = Stachel *Stk* = stationärer Kern *Sw* = Scheidewand *V* = Nahrungsvakuole *Wk* = Wanderkern *Ws* = adorale Wimperspirale *Wz* = Wirtszelle *Zx* = Zooxanthellen *Zy* = Zygote

Verlag von VEIT & COMP. in Leipzig.

Entstehung der Metazoen. Furchung. Gastrulation.

1) Dinobryon (nach Senn). 2) Codonocladium (nach Stein). 3) Protospongia (nach Saville Kent). 4) Choanoflagellat. 5) Euglena. 6) Spondylomorum (nach Stein). 7) Platydorina (nach Kofoid). 8) Pleodorina illinoisensis (nach Kofoid). 9) Volvox, Schema der Entwicklung. 10) Blastula. 11) Gastrula. 12) Planula. 13) Invagination. 14) Delamination. 15) Immigration. 16) Epibolie.

Coelenteraten.

17) Hydropolyp, a) längs, b) quer. 18) Scyphopolyp. 19) Korallenpolyp. 20) Schwamm. 21) Schwamm, Längsschnitt (nach F. E. Schulze). 22) Hydra, Längsschnitt, Schema. 23) Siphonophore, Schema (nach Hertwig). 24) Hydropolyp, Schema. 25) Hydromeduse, Schema. 26) Nadeln von Schwämmen.

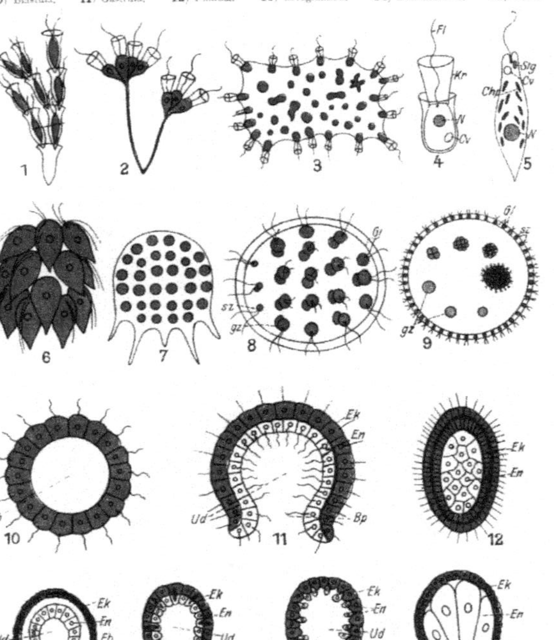

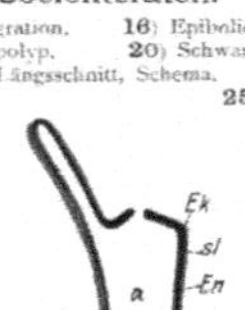

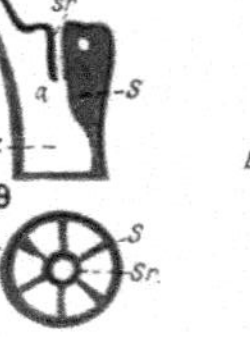

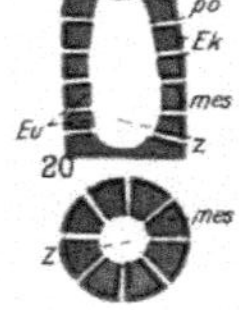

Bp = Blastoporus *b* = Bindegewebe *Cv* = Kontraktile Vakuole *Chp* = Chromatophoren *cn* = Nesselzellen *d* = Deckstück *dr* = Drüsenzellen *Ek* = Ektoderm *En* = Entoderm *ep* = Epithelzellen *ex* = Exumbrella *f* = Fangfaden *Fh* = Furchungshöhle *Fl* = Geißel *Gl* = Gallerte *go* = Gonophor *gZ* = generative Zellen *Kr* = Kragen *kz* = Keimzellen *l* = Luftflasche *M* = Magentasche *mes* = Mesenchym *mf* = Muskelfibrille

Mn = Manubrium *N* = Kern *n* = Nervenzelle *na* = Nadeln *os* = Osculum *P* = Periderm *p* = Freßpolyp *po* = Poren *Rg* = Ringkanal *Rk* = Radiärkanal *S* = Septen *s* = Sinneszellen *sg* = Schwimmglocke *sl* = Stützlamelle *sr* = Schlundrohr *st* = Stamm *Stg* = Stigma *sub* = Subumbrella *sZ* = somatische Zellen *T* = Taeniole *t* = Taster *Te* = Tentakel *Ud* = Urdarmhöhle *Z* = Zentralmagen

Verlag von VEIT & COMP. in Leipzig.

Symmetrieverhältnisse. Echinodermen. Ctenophoren. Plattwürmer.

1) Meduse. 2) Oktokoralle. 3) Hexakoralle. 4) Echinoderm. 5) Ctenophore (nach Chun). 6) Seestern. 7) Seestern, Längsschnitt (nach Pfurtscheller). 8) Seelilie. 9) Seeigellarve (Pluteus). 10) Seeigel. 11) Seewalze. 12) Ctenophore. 13) Coeloplana (nach Kowalewsky). 14) Polyclades Turbellar. 15) Regeneration bei Turbellarien. 16) Proglottide von Taenia (nach Sommer, schematisiert). 17) Taenia echinococcus. 18) Triclades Turbellar. 19) Trematode (Distomum). 20) Ungegliederter Bandwurm, Caryophyllaeus (nach Carus).

a = After *af* = Ambulacralfüßchen *amp* = Ampulle *ap* = Ambulacralplatten *ar* = Arme *au* = Augen *cb* = Cirrusbeutel *d* = Darm *ds* = Dotterstock *ex* = Protonephridien *f* = Fühler *fs* = Fußscheibe *go* = Gonade *gö* = Geschlechtsöffnung *gp* = Genitalplatte *h* = Hoden *hk* = Hakenkranz *h. sg.* = hinterer Saugnapf *ip* = Interambulacralplatten *lh* = Leibeshöhle *lk* = Laurerscher Kanal *M* = Magen *m* = Mundöffnung *mdd* = Mitteldarmdrüse *mg* = Magengefäß *mp* = Madreporenplatte *n* = Nervensystem *od* = Ovidukt *ov* = Ovarium *p* = Pinnulae *pg* = Proglottiden *pl* = Kalkplatten *px* = Paxillen *ra* = Radiärkanal *rg* = Ringkanal *rig* = Rippengefäße *rp* = Rippen *rpl* = Randplatten *rs* = Receptaculum seminis *sc* = Scolex *sd* = Schalendrüse *sg* = Saugnapf *sk* = Skelettstäbe *sr* = Schlundrohr *sp I* = Septen I. Ordnung *St* = Statisches Organ *st* = Stiel *sta* = Stacheln *stk* = Steinkanal *t* = Tentakel *tt* = Tentakeltasche *ut* = Uterus *vd* = Vas deferens *vg* = Vagina *v. sg* = vorderer Saugnapf *zm* = Zentralmagen

Verlag von VEIT & COMP. in Leipzig.

Nematoden. Anneliden. Ableitung der Anneliden. Arthropoden.

1) Querschnitt, **2)** Längsschnitt eines Nematoden (Schema nach Heider). **3)** Längsschnitt, **4)** Querschnitt eines Anneliden (Schema, z. T. nach Heider). **5)** Trochophora mit Mesodermsäckchen (nach Heider). **6)** Trochophora. **7)** Trochosphaera (nach Semper). **8)** Rotator (Schema nach Heider). **9)** Ältere Trochophora von Polygordius (nach Hatschek). **10)** Regenwurm, Genitalsegmente (aus Hesse-Doflein). **11)** Strickleiternervensystem (Schema). **12)** Turbellar (Procerodes, Schema nach Lang). **13)** Hirudinee, Schema. **14)** Nemertine (Schema). **15)** Crustazee (Schema nach Heider). **16)** Spinne (Schema z. T. nach Leuckart). **17)** Insekt, Schema.

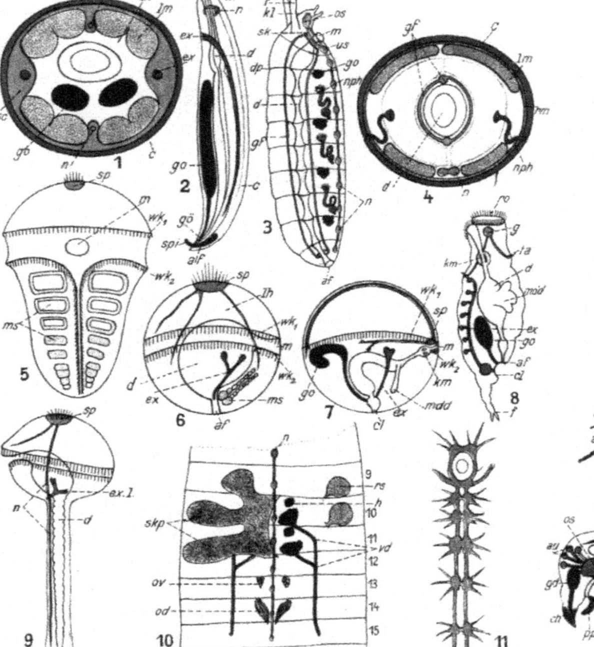

Abd = Abdomen *ad* = Vorderdarm *af* = After *at₁* = 1. Antenne *au* = Auge *c* = Cuticula *cb* = Cirrusbeutel *ch* = Chelicere *cl* = Cloake *Cth* = Cephalothorax *d* = Darm *dp* = Dissepiment *ed* = Enddarm *ex* = Protonephridien *ex. l.* = larvale Protonephridien *f* = Fuß *f. au* = Facettenauge *fl* = Flügel *g* = Ganglion *gd* = Giftdrüse *gf* = Gefäße *go* = Gonade *gö* = Geschlechtsöffnung *h* = Hoden *hz* = Herz *K* = Kopf *k* = Kiefer *kl* = Kopflappen *km* = Kaumagen *l* = Fächerlunge *lh* = Leibeshöhle *lm* = Längsmuskeln *m* = Mund *Md* = Mandibel *md* = Mitteldarm *mdd* = Mitteldarmdrüse *mpgh* = Malpighische Gefäße *ms* = Mesoderm *Mx₁* (*Mx₂*) = 1. Maxille (2. Maxille) *n* = Nervensystem *nph* = Nephridien *od* = Ovidukt *os* = Oberschlundganglien *ov* = Ovar *pp* = Pedipalpen *rm* = Ringmuskeln *ro* = Räderorgan *rs* = Receptaculum seminis *sc* = Subcuticula *sdr* = Spinndrüsen *sk* = Schlundkommissur *skp* = Samenkapseln *sp* = Scheitelplatte *spi* = Spicula *sw* = Spinnwarzen *t* = Tentakel *ta* = Taster *Th* = Thorax *us* = Unterschlundganglion *vd* = Vas deferens *vg* = Vagina *wk₁, ₂* = Wimperkränze

Verlag von VEIT & COMP. in Leipzig.

Die Copepoden sind gestreckte, etwa keulenförmig gestaltete Tiere; der Körper verjüngt sich nach hinten und läuft in eine Schwanzgabel, Furca, mit langen Steuerborsten aus (V, 1). Ihre Organisation ist äußerst einfach; bei der Kleinheit des Körpers, der an die Verteilung der Nahrungsstoffe keine großen Ansprüche stellt, fehlt ein Herz oft völlig, auch die Kiemen können rückgebildet werden, da die Chitindecke an großen Teilen des Körpers sehr dünn bleibt. Bei vielen Formen durchlaufen die Eier ihre erste Entwicklung in paarigen oder unpaaren Eisäcken, die an der Wurzel des Abdomens getragen werden..

Trotz ihrer geringen Größe ist die Bedeutung der Copepoden im Haushalte der Natur recht beträchtlich. In unseren Seen und Teichen erfüllen sie zur warmen Sommerszeit das Wasser in dichten Schwärmen und sind dann die Hauptnahrung für unsere Nutzfische. In noch viel großartigerem Maße findet solche Schwarmbildung im Meere statt. Besonders in den kalten Zonen ist das Wasser oft in vielen Kilometern Ausdehnung mit einem dichten Brei dieser kleinen Kruster erfüllt. Es herrscht dort ein ganz regelmäßiger Kreislauf. Aus der Nährlösung des Wassers und der Kohlensäure bilden einzellige Pflanzen das einfachste lebende Plasma. In ungeheuren Mengen erfüllen *Diatomeen*, *Peridineen* und andere einzellige, nach Art der Pflanzen assimilierende Organismen die oberflächlichen Wasserschichten, da sie ja für die Verarbeitung der Kohlensäure zu Kohlehydraten auf das Sonnenlicht angewiesen sind. So entsteht die Urnahrung. Diese wird nun wieder von den Tieren ausgenutzt und in erster Linie von den Copepoden, die mit den Pflanzen zusammen planktonisch leben. Sie sind aber nicht mehr auf die Oberfläche beschränkt, sondern halten sich selbst in großen Tiefen, mit Vorliebe scheinbar dicht über dem Meeresgrunde auf. Dort ernähren sie sich von den absterbenden Pflanzenzellen, die langsam wie ein unaufhörlicher Nahrungsstrom in die Tiefe herabrieseln. Und sie selbst vermitteln nun wieder die Ernährung der höheren Wassertiere. Unsere wichtigsten Nutzfische, besonders die Heringe, folgen in ungezählten Scharen den Schwärmen dieser Krebschen und mästen sich an ihnen heran, bis sie ihrerseits größeren Raubfischen oder den Netzen des Menschen zum Opfer fallen. Ja, die größten aller lebenden Tiere, die Walfische, sind z. T. rein auf solche winzige Nahrung angewiesen. Mit dem Riesenmaul, in dem die Barten wie ein engmaschiges Filter stehen, durchfischen sie das Wasser und schlingen die kleinen Krustentiere zentnerweise hinab. So setzt sich die Urnahrung in immer höhere Organisationsformen um; die Leichen der Großen werden dann wieder durch die winzigsten von allen, die Bakterien, zersetzt, und ihre Elemente von neuem dem Kreislauf zurückgegeben.

Neben den Copepoden treffen wir im Süßwasser vor allen die Daphniden oder Cladocera an (V, 2). Sie unterscheiden sich sofort dadurch, daß ihr Körper von einer zweiklappigen Schale umhüllt wird, etwa wie eine Muschel.

Am Rücken klafft zwischen Schale und Körperwand eine Lücke, der Brutraum, in dem bei den Weibchen die Entwicklung der Jungen vor sich geht. Die Beine der Daphniden sind zu breiten Ruderplatten geworden, die durch den Schalenraum von hinten nach vorn Wasser hindurchstrudeln, das die Nahrung und den Sauerstoff zur Atmung enthält. Hier finden wir sackförmige Kiemen an den Thorakalbeinen, auch ein Herz ist entwickelt, wenn auch in ziemlich vereinfachter Form. Am Darm bemerken wir vorn am Anfang des Mitteldarmes zwei gebogene Aussackungen, die sog. Leberhörnchen; es sind Mitteldarmdrüsen von ähnlichem Typus, wie wir ihn bereits bei den Seesternen fanden.

Beachtenswert ist die Entwicklung dieser niederen Krebse. Bei keinem Arthropoden finden wir mehr die Trochophora der Anneliden. Ihre Eier sind immer sehr dotterreich, und so geht die Entwicklung darin so weit, daß ein Tier ausschlüpft, das schon in wesentlichen Punkten mit dem erwachsenen übereinstimmt. Die Larve der Entomostraken, der Nauplius (V, 13), hat einen etwa eiförmigen Körper, an dem noch nichts von Gliederung in Kopf, Brust und Hinterleib zu sehen ist. Die Zahl der Segmente ist nämlich noch sehr gering, demgemäß finden wir auch nur drei Paare von Anhängen. Von ihnen entspricht das vorderste den Tentakeln der Anneliden und liefert hier also die erste Antenne. Das zweite und dritte haben die Form eines ganz normalen Schwimmfußes, wie die Brustbeine der Erwachsenen. Eine solche Larve wandelt sich nun allmählich in das geschlechtsreife Tier um, und zwar geschieht dies unter zahlreichen Häutungen. Dieser Vorgang ist charakteristisch für die Arthropoden überhaupt, seine Notwendigkeit leuchtet sofort ein, wenn wir uns vergegenwärtigen, daß einem in einen festen Panzer eingeschlossenen Organismus natürliche Grenzen des Wachstums gesetzt sind, über die hinaus die Haut nicht nachgibt. Sie muß also von Zeit zu Zeit gesprengt und abgeworfen werden; ehe die neue Cuticula dann wieder erstarrt, streckt sich der Körper auf einen größeren Umfang. Bei diesen Häutungen kommen bei den Larven der niederen Krebse nun mehr und mehr Segmente zum Vorschein, sie vermehren sich also noch durch eine Art Knospungsprozeß, ganz wie bei den Anneliden. Die ersten Segmente des aus dem Ei geschlüpften Nauplius bilden nur Teile des Kopfes. Das geht sehr deutlich daraus hervor, daß ihre Anhänge sich bei den weiteren Häutungen in die zweite Antenne und die Mandibeln umwandeln. Auch die Entwicklung des Einzeltieres liefert uns also den klaren Beweis, daß die Mundwerkzeuge nichts anderes sind als umgewandelte Beine. Allmählich sproßt nun der hintere Teil des Kopfes, dann die Thorakalsegmente und endlich das Abdomen hervor (V, 14, 15). Diese neuen Segmentanlagen treten dicht vor dem After auf, so daß die jüngsten immer am weitesten hinten liegen, auch hierin völlige Übereinstimmung mit den Anneliden. So zieht sich die Entwicklung bei den

Copepoden durch etwa ein Dutzend Larvenstadien hin, bis endlich die geschlechtsreife Form erreicht ist. Bei den Daphniden ist der Vorgang sehr abgekürzt. Die Eier sind nicht nur sehr dotterreich, sondern sie werden im Brutraum des Weibchens auch noch oft von einer ernährenden Flüssigkeit umspült. So schlüpft aus dem Ei ein Tier, das dem erwachsenen schon in allen wesentlichen Stücken gleicht. Der Dotterreichtum der Eier rührt daher, daß im Eierstock sich die Keimzellen zu Gruppen von je vier zusammenlegen. Von diesen wird nur eine zum fertigen Ei, die drei anderen werden zu Nährzellen; in etwas anderer Form also der Vorgang, den wir bereits bei den Plattwürmern kennen lernten.

Den Entomostraken stellen sich die höheren Krebse, die *Malacostraca*, ziemlich scharf gegenüber, die für uns am besten der Flußkrebs, *Astacus fluviatilis*, verkörpert. Hier haben wir meist stattliche Tiere vor uns, deren Panzer noch dadurch verfestigt ist, daß sich kohlensaurer Kalk eingelagert hat. Charakteristisch ist für diese Tiere auch, daß Kopf und Thorax zu einer Einheit, dem Cephalothorax, verschmolzen sind. Bei unserem Flußkrebs sitzen daran noch zwei halbkreisförmig nach unten gebogene Seitenfalten, die die großen gefransten Kiemen (V, 4 *k*) überdecken. Bei allen höheren Krebsen ist die Zahl der Segmente die gleiche, nämlich 20. Die innere Organisation zeigt den typischen Arthropodenbau. Sehr umfangreich sind hier die Mitteldarmdrüsen geworden, sie erfüllen beim Flußkrebs als fransen- oder zottenartige Anhänge den Hauptteil des Brustraums. Stark entwickelt ist auch der Vorderdarm; darin liegen Kalkplatten zum Zerreiben der Nahrung und ein sehr komplizierter Filterapparat. Von den fünf Gangbeinpaaren des Thorax sind die ersten besonders kräftig entwickelt und tragen die bekannten Scheren.

Die im Meere lebenden Verwandten des Flußkrebses, z. B. der Hummer und die Krabben durchlaufen eine ähnliche Metamorphose, wie die niederen Krebse. Sie beginnt aber nicht beim Nauplius, sondern einer schon weiter entwickelten Form, der Zoëa (V, 16), die bereits eine größere Zahl von Segmenten besitzt. Während die erwachsenen Malakostraken zum guten Teil Bodenformen sind, die mit ihren langen Gangbeinen ziemlich schwerfällig auf dem Grunde herumstolzieren oder in der bekannten Weise der Krabben seitwärts laufen, sind die Larven freischwimmend. Sie erhalten oft lange und bizarre Stacheln und Dornen, Schwebefortsätze, welche die relativ großen Tiere vor dem Herabsinken schützen.

In der Gruppe der Arthropoden vollzieht sich nun in großem Stile der Übergang aufs Land. Der feste Panzer, der vor Verdunstung schützt, macht die Tiere dazu ausgezeichnet geeignet. In einer Gruppe läßt sich der Übergang noch gut verfolgen, bei den **Spinnentieren, *Arachnoidea*.** Wie ihr Bau lehrt, stammen sie nämlich von stattlichen Wassertieren ab, den Schwertschwänzen, *Xiphosura*, deren Vertreter in der heutigen Fauna nur noch die wenigen Arten der Gattung *Limulus* sind, die Mollukkenkrebse. In früheren Erdperioden waren diese Tiere bedeutend zahlreicher, sie leiten ihrerseits ihren Stammbaum wahrscheinlich von einer seht ursprünglichen Gruppe krebsartiger Tiere her, den Trilobiten, *Trilobita*, die in großer Formenfülle schon die Meere der ältesten Erdzeit erfüllten. Die Mollukkenkrebse (V, 5) sind gekennzeichnet durch einen mächtigen, schildförmig gewölbten Rückenpanzer, der Kopf und Brust deckt. Auch ein großer Teil des beweglichen, gegliederten Hinterleibes liegt darunter geschützt, und nur ein stachelförmiges Postabdomen ragt hinten vor. Ein wichtiges Merkmal ist, daß am Kopf keine Antennen stehen, sondern ein Paar kurze, kräftige Anhänge, die in eine Schere auslaufen, die Cheliceren (V, 5 *ch*). Ihnen folgen ein paar beinartige Gebilde, die Pedipalpen (V, 5 *pp*), daran schließen sich am Thorax vier Paar kräftige eigentliche Gangbeine; sie laufen ebenso wie die Pedipalpen in Scheren aus (V, 5 *thb*). Besondere Mundgliedmaßen sind hier also gar nicht vorhanden; das Zerkleinern der Nahrung wird durch Kauladen (V, 5 *kl*) besorgt, die an der Basis der Pedipalpen sich entwickelt haben. Sie vertreten die Mandibeln, ähnliche Bildungen an den Gangbeinen ersetzen die Maxillen.

Bei den Mollukkenkrebsen als Wassertieren finden wir natürlich Kiemen. Sie sitzen am Abdomen als fächerförmige Anhänge (V, 5 *k*); die zugehörigen Beine, an denen sie ursprünglich saßen, sind rückgebildet. Bei den Spinnentieren finden wir nun die Atemapparate an der gleichen Stelle (IV, 16; V, 6 *l*). Sie zeigen denselben fächerförmigen Bau, ragen aber nicht nach außen, sondern wenden sich nach innen in eine Tasche der Haut. So entsteht zum ersten Male ein Atemwerkzeug, das man als eine Lunge bezeichnen kann, d. h. ein Sack mit einer vergrößerten dünnwandigen inneren Oberfläche, durch welche der Gasaustausch zwischen der Luft und dem Blute stattfinden kann, das in reich verästelten Gefäßen den Fächer durchströmt. Durch diese Taschenbildung wird es ermöglicht, die Atemfläche in einem wasserdampfgesättigten Raume feucht zu halten, an der äußeren Körperfläche würden sie in der Luft einfach eintrocknen.

Unter den Spinnentieren gleichen die Skorpione, *Scorpionidea* (V, 6), noch am meisten dem *Limulus*. Denkt man sich deren mächtiges Rückenschild weg, so ist die Ähnlichkeit sogar frappant, besonders, wenn man beide Tiere im Leben in ihren Bewegungen beobachtet. Bei den Skorpionen haben wir auch noch ein wohlgegliedertes Abdomen; das Postabdomen ist zu einer dünnen, beweglichen Rute geworden, an deren Ende der Stachel mit einer großen Giftdrüse liegt.

Bei den echten Spinnen, *Araneidea*, rundet sich der Körper mehr und mehr ab (V, 7). Das Abdomen wird zu einem dicken, ungegliederten Sack, auch Kopf und Brust schließen sich zu einer einheitlichen Kapsel zusammen. Bei den Milben, *Acarina*, endlich, kleinen, oft ektoparasitischen Formen, verschwindet jede Spur von Gliederung (V, 8).

Die Blüte der Landformen ist in der Gruppe der **Tracheaten, *Tracheata,*** vereinigt. Sie tragen ihren Namen von dem einzig dastehenden Bau ihrer Atmungsorgane, der Tracheen. Über deren Entwicklung gibt uns eine sehr merkwürdige kleine Formengruppe Aufschluß, die Krallenträger, *Onychophoren*, wegen ihrer angenommenen Beziehungen zu den Tracheaten auch wohl als *Protracheata* bezeichnet. Sie sind vertreten durch die Gattung *Peripatus*. Deren Arten kommen verstreut in Australien, Neuseeland, dem Kapland, Süd- und Mittelamerika vor. Diese eigenartige geographische Verbreitung spricht für ein hohes erdgeschichtliches Alter der Tiere. Wahrscheinlich ist sie so zu verstehen, daß peripatusartige Tiere früher allgemein verbreitet waren, sich aber bei Änderung der Lebensbedingungen nur an wenigen geeigneten Stellen halten konnten. Wir finden die gleichen verstreuten Wohnplätze bei einer Reihe urtümlich erscheinender Formen wieder.

Diese Peripatusarten machen äußerlich durchaus den Eindruck von Ringelwürmern (V, 10). Wie diese sind sie ziemlich homonom gegliedert und die einzelnen Segmente durch schwache Einschnitte der weichen Haut gegeneinander abgesetzt. Am Körper sitzen stummelförmige Extremitäten, die sehr an Parapodien erinnern, aber durch Ringelung einen Übergang zur Gliederung erkennen lassen und am Ende eine Kralle tragen, wie die Beine der echten Tracheaten. Mundgliedmaßen sind noch gar nicht differenziert, der Kopf überhaupt noch ganz annelidenartig mit einem Paar richtiger Tentakel. Im Inneren finden wir einen glatt und gleichmäßig durchlaufenden Darm, aber Speicheldrüsen, wie sie den Anneliden fehlen, dagegen für Tracheaten charakteristisch sind. Das Nervensystem ist eine sehr gleichmäßig ausgebildete Strickleiter, dadurch merkwürdig, daß die beiden Längsstränge sehr weit auseinander stehen. In fast allen Metameren treffen wir typische Segmentalorgane. Die Geschlechtsorgane, nur ein Paar, nähern sich in mancher Hinsicht dem Bau bei den Tracheaten. So stellt dieser seltsame Organismus eine Mischung zwischen Anneliden- und Tracheatencharakteren dar. Das Auffallendste ist nun, daß sich in der Haut zahlreiche kurze, röhrenförmige Einstülpungen finden, die mit Chitin ausgekleidet sind. Sie machen den Eindruck von eingesenkten Hautdrüsen. Auf jedem Segment stehen Massen solcher kurzer Schläuche. Die gleichen Bildungen finden wir nun bei den Tracheaten wieder. Dort trägt aber jedes Segment nur eine Einstülpung, die sich an der Seite mit einem Porus, dem Stigma, öffnet. Aus dem kurzen Schlauch ist eine lange, vielfach verästelte Röhre geworden, die tief ins Innere reicht und die Organe, Darm, Nervenstrang, Geschlechtsdrüsen mit ihren Ausläufern umspinnt. In diese Schläuche tritt von außen

Luft ein, sie sind Atemröhren. Die Luft wird hier also nicht in eine Lunge gebracht, sondern direkt den Geweben zugeleitet, welche den Sauerstoff verarbeiten. Die Tracheenatmung geht so vor sich, daß durch Muskeldruck die Atemröhren zusammengepreßt und die Luft ausgetrieben wird. Läßt der Druck nach, so dehnen sich die elastischen Chitinwände wieder aus und saugen neue Luft an. Ein feines Haarsieb in den Stigmen schützt vor Eindringen von festen Teilchen.

Dem Peripatus in der äußeren Erscheinung recht ähnlich und vielleicht auch stammesgeschichtlich ihm nahestehend sind die **Tausendfüße**, *Myriapoda* (V, 11). Sie haben gleich ihm wurmförmige Gestalt und eiue große Zahl von homonomen Segmenten, sind aber echte Arthropoden mit festem Chitinpanzer und gegliederten Beinen, von denen die vorderen zu Mundwerkzeugen umgebildet sind. Die Segmentalorgane sind geschwunden und durch Malpighische Gefäße ersetzt. Das eine Antennenpaar des Kopfes entspricht, wie die Entwicklungsgeschichte lehrt, auch hier einem echten Beinpaar. Auch in der Lebensweise ähneln die Tausendfüße dem Peripatus, sie sind nächtliche Tiere, die sich unter Steinen und in modernden Pflanzenteilen verborgen halten. Während eine Gruppe von ihnen, die *Diplopoda*, harmlose Pflanzenfresser sind, besteht die Abteilung der *Chilopoda* aus gefährlichen Räubern. Sie haben ein Kieferfußpaar zu mächtigen Klauen ausgebildet, die eine große Giftdrüse bergen; der Biß der großen tropischen Arten kann selbst dem Menschen gefährlich werden.

Alle anderen Gruppen der Arthropoden übertrifft an Fülle der Formen und Reichtum der Gestaltung wie an biologischer Bedeutung weitaus das Heer der **Kerbtiere**, *Insecta;* man kann sie neben den Wirbeltieren mit gewissem Recht als die Blüte des Tierreichs überhaupt bezeichnen. Typisch für sie ist die scharf durchgeführte Gliederung in Kopf, Thorax und Abdomen (V, 12). Von diesen trägt der Kopf ein Paar Antennen, Mandibeln und zwei Paar Maxillen. Der Thorax setzt sich aus drei Segmenten zusammen, trägt also drei Paar Beine. Dem verdanken die Insekten ihren Namen *Hexapoda*; die sechs Beine unterscheiden sie in zweifelhaften Fällen von den Spinnentieren, deren Beinzahl durchweg acht ist. Das Abdomen ist mit ganz wenigen Ausnahmen beinlos; es baut sich im Prinzip aus 11 Segmenten auf. Da, wie die Entwicklungsgeschichte lehrt, in die Bildung des Kopfes außer dem Kopflappen fünf Segmente eingehen, so ist die Gesamtzahl 19 sehr ähnlich der der höheren Krebse.

Zu diesen Anhängen gesellen sich nun noch als wichtige Neuerwerbungen die Flügel. Sie sitzen am zweiten und dritten Brustring, falls, wie gewöhnlich, zwei Paare vorhanden sind. Gelegentlich kann sich auch eines davon rückbilden, meist die hinteren, sehr selten die vorderen. Bei niederen Formen arbeiten beide Flügelpaare unabhängig voneinander, bei den guten Fliegern verbinden sie sich durch Haken oder Borsten zu einer physiologischen Einheit; dabei treten die Hinterflügel an Größe stets zurück. Soweit man sich ein Bild über die stammesgeschichtliche Entstehung der Flügel machen kann, scheint die Annahme am besten begründet, daß sie aus seitlichen Anhangsplatten der Brustringe hervorgegangen sind, die vielleicht den Urformen als Fallschirme bei weiten Sprüngen dienten.

Die Eroberung des Luftreiches durch den Flug war nur möglich für Tiere mit einer aufs höchste gesteigerten Leistungsfähigkeit aller Organe. Besonders deutlich spricht sich dies in der Muskulatur aus. Sie ist nicht nur aus sehr zahlreichen Muskelbündeln zusammengesetzt, die eine vielseitige und ausgiebige Bewegung des Skeletts ermöglichen, sondern die histologische Durchbildung und physiologische Wirksamkeit der einzelnen Muskelzelle erreicht hier eine Höhe, wie wohl in keiner anderen Tiergruppe. Alle Muskeln der Insekten sind quergestreift, d. h. sie setzen sich aus regelmäßig wechselnden Querschichten von verschiedener Lichtbrechung zusammen, und diese Querstreifung ist im mikroskopischen Bilde sogar komplizierter als bei den Wirbeltieren. Und die Zuckungsgeschwindigkeit übertrifft bei Bienen und Fliegen die der leistungsfähigsten Wirbeltiere, der Vögel, um das Zwei- bis Dreifache.

Der großen Beweglichkeit entspricht die hohe Ausbildung der Sinnesorgane. Die Facettenaugen (IV, 17; V, 12 *fau*) entwickeln sich zu riesigen Komplexen, die fast die ganze Oberseite des Kopfes einnehmen, ihre Sehschärfe ist eine recht gute, auf kleinsten Abstand erreicht sie vielleicht die unserer Mikroskope. Das Geruchsvermögen ist von einer fast unvorstellbaren Feinheit, es übermittelt den Tieren auf Kilometer Entfernung Eindrücke, die wir kaum bei unmittelbarer Berührung wahrzunehmen imstande sind.

Sehr auffallend ist, daß diese so hoch organisierten Formen durchweg recht klein bleiben. Die Länge geht kaum über 15 cm, die Spannweite der Flügel selten über 25 cm hinaus, viele Formen dagegen sind fast mikroskopisch klein. Dabei macht es den Eindruck, als nehme diese Kleinheit im Laufe der Stammesgeschichte zu; unter den ältesten Insekten aus der Steinkohlenzeit finden wir jedenfalls merkwürdig viele Riesenformen. Es scheint fast, als habe die Natur hier gewissermaßen Präzisionsinstrumente des Lebens schaffen wollen.

Der hohen körperlichen Ausbildung entsprechen auch hervorragende geistige Leistungen. Wir werden noch Gelegenheit haben, uns ausführlich mit den komplizierten Reaktionsformen zu beschäftigen, die man als Instinkte bezeichnet; sie sind kaum in einer anderen Tiergruppe so hoch und mannigfaltig ausgebildet wie bei den Insekten. Daneben kommt aber, wie eine Reihe von Beobachtungen recht wahrscheinlich macht, eine Beeinflussung der Handlungsweise durch die Nachwirkung früherer Sinneseindrücke vor, ein Lernen aus Erfahrung, die höchste psychische Leistung, zu der Tiere überhaupt vielleicht fähig sind. So hat seit alters her keine Tiergruppe neben den Wirbeltieren die Aufmerksamkeit von Forschern und Liebhabern so sehr auf sich gezogen, wie die Insekten.

Eine kurze Betrachtung verlangt noch die Entwicklung dieser Tiere. Die Eier sind durchweg sehr reich an Dotter. Dadurch wird die Furchung tiefgehend beeinflußt. Wenn sich die befruchtete Eizelle zu teilen beginnt, so führt das nicht zur Bildung einer Blastula im gewöhnlichen Sinne. Der Dotter überwiegt nämlich an Masse so sehr das eigentliche Bildungsplasma, daß dies sich zunächst gar nicht teilen kann. Nur die Kerne vermehren sich im Inneren des Eies durch fortgesetzte Teilungen (V, 17). Endlich rücken sie an die Oberfläche und nun grenzen sich die einzelnen Portionen Bildungsplasma, die jeden Kern umgeben, durch oberflächlich einschneidende Furchen gegeneinander ab (V, 18). Eine Furchungshöhle kommt also gar nicht zustande, sondern im Mittelpunkte der Zellschicht, Blastoderm, die etwa der kugelförmigen Zellage einer gewöhnlichen Blastula entspricht, liegt der Dotter. So kann auch keine Gastrulation im gewöhnlichen Sinne erfolgen. Wohl tritt eine Einsenkung von Zellen ein, dies geschieht aber nur an einer Seite, die der späteren Bauchseite entspricht. Dort spielen sich auch zunächst alle weiteren Entwicklungsvorgänge ab; es bildet sich ein sog. Keimstreif (V, 19). Dieser senkt sich dann etwas in die Tiefe und wird von Falten der oberflächlichen Zellschicht überwachsen; der so gebildete Hohlraum trägt den Namen Amnionhöhle (V, 19 *amh*). In dem Keimstreif vollzieht sich die Bildung des Mesoderms und der Leibeshöhle in prinzipiell ähnlicher Weise wie bei den Anneliden. Es legen sich aber von vornherein die Segmente in der definitiven Zahl an, und an allen bilden sich vielfach zunächst Extremitäten, die aber am Hinterleib später wieder schwinden. Erst wenn der Dotter mehr und mehr verbraucht wird, greifen die Entwicklungsvorgänge auch auf die Rückenseite des Keimes über, indem die verschiedenen Schichten den Dotter umwachsen und im Rücken zusammenstoßen.

Dank dem Dottervorrat läuft die Ausbildung im Ei so weit, daß ein Tier ausschlüpft, das bereits in den Grundzügen mit der ausgewachsenen Form übereinstimmt. Bei den niederen Insekten geht nun die Entwicklung nach dem Ausschlüpfen in direkter Linie weiter. Durch mehrere Häutungen nähert sich die Jugendform mehr und mehr dem geschlechtsreifen Tier. So sind etwa bei den Heuschrecken (V, 21 *a*, *b*, *c*) die Jungen wesentlich nur durch den Mangel der Flügel von den Ausgewachsenen zu unterscheiden, diese treten dann zuerst als kleine Stummel auf und bilden sich von Häutung zu Häutung besser aus. Man kann diesen Typus der postembryonalen Entwicklung gut als Epimorphose, Hinzugestaltung, bezeichnen. Bei den höheren Insekten schlägt aber die Entwicklung zunächst eine ganz andere Bahn ein. Es bildet sich eine typische Larve aus, die in Anpassung an besondere Lebensbedingungen eine wesentlich andere Organisation besitzt, als die erwachsene Form. Man braucht zum Verständnis dieser Verhältnisse nur an die Maden der Fliegen oder die Raupen der Schmetterlinge (V, 22 *a*) zu denken, die nicht nur unvollkommener sind als das erwachsene Tier, sondern sich durch eine Reihe positiver Merkmale, besondere Haft- und Spinnapparate, anders ausgebildete Mundwerkzeuge und durch eine ganz andere Lebensweise völlig von ihm unterscheiden. Jugendstadien und Erwachsene laufen hier gewissermaßen in zwei ganz verschiedenen Entwicklungsrichtungen auseinander, und dies führt dazu, daß sie sich endlich gar nicht mehr einfach ineinander verwandeln lassen. Es muß ein Zwischenstadium eintreten, die Puppe (V, 22 *b*), in dem Bewegung und Nahrungsaufnahme stockt und in tiefgreifender Umprägungsarbeit die Larve in die geschlechtsreife Form, die Imago (V, 22 *c*), übergeführt wird. Dabei wird der größte Teil des Larvenkörpers aufgelöst, und die Organe der Imago entwickeln sich aus Anlagen, den Imaginalscheiben, die schon in den Larvenstadien als eng zusammengefaltete, nach innen gestülpte Keime aufgetreten sind. Wir erhalten also bei den Insekten mit „vollkommener Verwandlung" eine komplizierte Metamorphose, Umgestaltung, vom Ei über die Larve und die Puppe zur Imago. Man kann die Herausbildung dieser Metamorphose noch einigermaßen bei den verschiedenen Ordnungen der Insekten verfolgen. Ein solches nachträgliches Verschiedenwerden von Jugendstadien und Erwachsenen liegt wohl auch bei den Larvenformen und der Metamorphose der Krustazeen vor.

10. Die Weichtiere. (Taf. VI.)

Der Formenkreis der **Weichtiere**, ***Mollusca***, bildet, äußerlich betrachtet, den größten Gegensatz zu den Arthropoden. Hatten wir dort langgestreckte, elegant umrissene und fein gegliederte Formen vor uns, so ist hier alles auf die Masse gestellt. Fast durchweg sind die Weichtiere plumpe, ungegliederte, schwerfällige Formen; jeder verbindet ja unwillkürlich mit dem Bilde der Schnecken oder Muscheln diesen Eindruck. Dieser Unterschied gegen die Arthropoden beruht zum guten Teil auf der Beschaffenheit der Körperwand. Wie schon der Name Weichtiere sagt, bleibt bei ihnen die Körperoberfläche weich, es ist eine stark wasserhaltige, reich mit Schleimdrüsen durchsetzte dünne Haut. Dennoch erzeugt auch diese Tiergruppe Hartgebilde, sogar von besonderer Festigkeit. Sie gehen aus von einem besonderen Organ, dem Mantel (VI 3 *M*). Er entsteht als Hautfalte, die ihren Ursprung von der Rückenseite nimmt und umhüllt mehr oder weniger vollständig den ganzen Körper. Auf seiner Außenfläche scheidet nun dieser Mantel die Schale (VI, 3 *Sch*) aus. Sie besteht aus einer organischen Grundsubstanz, in die sich kohlensaurer Kalk niederschlägt. Während aber die Chitindecke der Arthropoden, selbst wenn sie nachträglich verkalkt, in engen Beziehungen zum Stoffwechsel des Tieres bleibt, wird die Schale nach ihrer Absonderung zu einer toten Hülle. Sie erreicht eine oft gewaltige Dicke dadurch, daß sich der Kalk Lage auf Lage abscheidet. Dabei entsteht eine verwickelte Struktur. Außen liegt die dünne, organische Grundschicht, das Konchiolin (VI, 1 *Co*), nach innen folgen die Kalklagen mit verschiedener Anordnung der Elemente. Während nach außen der Kalk sich in schräg gestellten prismatischen Säulen abscheidet, Prismenschicht (VI, 1 *pr*), bildet er innen sehr dünne, wellenförmig gegeneinander abgegrenzte Schichten. Die Reflexion an diesen bedingt den schönen Perlmutterglanz, der so vielen Molluskenschalen Schönheit und Wert gibt, danach heißt sie Perlmutterschicht (VI, 1 *pm*). Diese dicke Schale gliedert sich bei den Weichtieren im allgemeinen nicht, sondern dient als schützende Kapsel, in die sich der weiche Körper bei Gefahr zurückziehen kann.

Auch physiologisch ist der Gegensatz zwischen Arthropoden und Mollusken scharf ausgeprägt. Die Schnecke ist uns ja das Symbol der Trägheit, äußerster Langsamkeit in der Bewegung. Wir finden auch in dieser Gruppe eine ganz andere Form der Muskelarbeit, was sich wieder schon darin ausspricht, daß die Querstreifung der Muskelelemente ganz zurücktritt. Das Muskelsystem ist hier nicht auf Schnelligkeit eingestellt, sondern auf Ausdauer. Eine Muschel hält ihre Schale geschlossen durch den Zug der Schließmuskeln, die dem elastischen Schloßbande entgegenwirken. Sie vermag tage-, ja wochenlang die Schale gleichmäßig fest geschlossen zu halten, selbst wenn man sie noch durch ein erhebliches Gewicht auseinander zu ziehen sucht. Äußerst träge ist auch der Stoffwechsel der Weichtiere; eine Flußmuschel kann tagelang in sauerstofffreiem Wasser leben, ohne ersichtlich darunter zu leiden. Der Nervenphysiologe findet bei den Mollusken die geringste Leitungsgeschwindigkeit der Nerven, die überhaupt in der Tierreihe beobachtet ist. Entsprechend der geringen Beweglichkeit ist auch die Ausbildung der Sinnesorgane nicht hervorragend, obwohl Augen, Geruchs- und Gleichgewichtsorgane allgemein verbreitet sind.

Eine Ausnahme müssen wir uns bei dieser Charakteristik aber immer gegenwärtig halten, das sind die Tintenfische. In ihnen hat der Molluskentypus seine Blüte erreicht; hier finden wir große, gewandte Tiere mit hoch entwickeltem Nervensystem, trefflichen Sinnesorganen und erheblichen psychischen Leistungen.

Da die Haut der Mollusken weich und ungeschützt ist, so erscheint es selbstverständlich, daß wir unter ihnen fast nur Wassertiere finden. Eine Ausnahme machen die Landschnecken, aber auch bei ihnen zeigt sich noch sehr deutlich die Abhängigkeit von der Feuchtigkeit. Die meisten von ihnen, besonders die kleineren Formen, leben im dämmerigen, feuchten

Walde, in Moospolstern oder an berieselten Felswänden. Und für den Schneckensammler ist warmes, sommerliches Regenwetter, wenn alles von Nässe trieft, das Ideal. Dann findet er seine Lieblinge in höchster Lebensfrische, während sie sich bei trockenem Sonnenschein in dunkle Spalten zurückziehen. Gegen starke Austrocknung schützen sich alle Gehäuseschnecken dadurch, daß sie sich in ihr Haus zurückziehen und die Mündung mit einem Schleimdeckel verschließen. Einige Arten haben aber die Anpassung an die Trockenheit zu einer so hohen Vollkommenheit gebracht, daß sie selbst in sehr sonniger, trockener Umgebung dauernd gedeihen.

Verfolgen wir den Weg, auf dem sich dieser eigenartige Tiertypus herausgebildet haben mag, so stoßen wir zu unserer Überraschung auf nahe Beziehungen zu den Arthropoden und ihren Stammeltern, den Anneliden. Auch bei den Mollusken finden wir nämlich als Larvenform die Trochophora, oft in einer Ausbildung, die der bei den Ringelwürmern aufs Haar gleicht (VI, 13). Von gemeinsamer Stammform müssen also hier zwei recht verschiedene Entwicklungsäste abgegangen sein; die Formen der einen Reihe erwarben die Segmentierung und wurden Anneliden und Arthropoden, die anderen blieben ungegliedert und lieferten die Mollusken. Betrachten wir daraufhin die innere Organisation der Weichtiere (VI, 3), so finden wir tatsächlich viele Gemeinsamkeit mit den Arthropoden. Sie wird nur äußerlich dadurch verwischt, daß sich der Hautmuskelschlauch hier in ganz anderer Weise entwickelt hat. Er beschränkt sich nicht auf eine relativ dünne Lage unter dem Epithel, sondern schiebt sich weit in das Innere des Körpers vor. Besonders auf der Bauchseite entsteht eine mächtige Muskelmasse, zusammengesetzt aus mannigfach sich kreuzenden Faserzügen; sie bildet den Fuß (VI, 3, 4, 7, 12 *F*), das Hauptbewegungsorgan der Weichtiere, das gleich gut zum Schwimmen, Kriechen und Graben Verwendung findet. Zwischen die Muskelfasern schieben sich Bindegewebszüge ein, und das Ganze wird durchsetzt von einem System von Spalträumen, die auf die Furchungshöhle zurückgehen. Demgegenüber wird das Zölom sehr eingeschränkt; es legt sich in prinzipiell gleicher Weise an wie bei den Gliedertieren, bleibt aber bald in der Entwicklung zurück. Die inneren Organe drängen sich, eingeengt durch die Ausbildung des Fußes, auf einen Klumpen, den Eingeweidesack zusammen. Dort finden wir zunächst den Darm (VI, 3 *d*). Er beginnt mit der Mundöffnung und zieht nach hinten zum After. Sein erster Teil ist wieder das ektodermale Schlundrohr, in dem ein chitinöser Reibapparat zur Zerkleinerung der Nahrung liegt, die Radula (VI, 3, 9 *rd*). Darauf folgt der eigentliche Mitteldarm, der als Anhang eine äußerst umfangreiche Mitteldarmdrüse (VI, 3 *mdd*) entwickelt hat. Das Nervensystem kann hier natürlich keine Strickleiter bilden, da die Segmentierung fehlt; es baut sich auf aus einem Schlundring, in dessen dorsalem Teil sich ein Zerebralganglienpaar (VI, 3 *ce*) entwickelt hat, das den Oberschlundganglien der Anneliden durchaus entspricht. Vom Schlundring laufen Konnektive in den Fuß zu paarigen Pedalganglien (VI, 3 *pe*) und durch den unteren Teil des Eingeweidesacks nach hinten zu den Viszeralganglien (VI, 3 *vi*). Neben diesen typischen drei Paaren können sich noch einige Sonderbildungen, besonders Pleuralganglien (VI, 3 *pl*), entwickeln. Dorsal vom Darm — wenigstens meist — liegt ein schlauchförmiges Herz (VI, 3 *h*), wie bei den Gliedertieren. Ein besonderes Merkmal der Mollusken ist, daß sich seitlich an den Herzschlauch zwei Vorhöfe ansetzen (VI, 4, 12 *at*), die nichts anderes sind als Zufuhrkanäle zu den Spaltöffnungen, durch welche das aus dem Körper zurückkehrende Blut in das Herz eintritt. Von den Segmentalorganen (VI, 3 *nph*) hat sich ähnlich wie bei den Krebsen ein Paar erhalten, das recht umfangreich wird und als schleifenförmig gebogener Kanal von der Leibeshöhle nach außen führt. Zur Atmung finden wir Kiemen (VI, 3 *k*) ausgebildet, die zwischen Mantel und Körperwand herabhängen. Die Geschlechtsdrüsen (VI, 3 *go*) sind paarige, oft stark verästelte Schläuche. Als Reste des Zöloms finden wir gewöhnlich zwei größere Hohlräume, eine Gonadenhöhle, in deren Wand sich die Keimzellen entwickeln und aus der sie durch paarige Ausführgänge entleert werden; ferner einen Herzbeutel, Perikard, in dem das muskulöse Herz an einem Mesenterium aufgehängt ist. Erfassen wir die Entstehung dieses Perikards als Zölomteil, so wird es weniger verwunderlich erscheinen, daß es einerseits oft mit der Gonadenhöhle in Verbindung steht und daß andererseits aus ihm die Nephridien nach außen führen (VI, 3).

Die Entwicklung der Weichtiere verläuft verhältnismäßig einfach. Eine Trochophora, die genau der der Anneliden gleicht, finden wir nur in wenigen Fällen. Meist ist sie etwas umgestaltet und wird als Veligerlarve (VI, 10) bezeichnet. Der Name rührt daher, daß sich aus dem vorderen Wimperkranz der Trochophora ein segelartiges Gebilde entwickelt hat, das bewimpert ist und das Hauptbewegungsorgan der Larve darstellt. Die Körperform ist anfangs annähernd kugelig, wie bei der Trochophora, und die innere Organisation entspricht dieser durchaus. An der Rückenseite bildet sich schon früh die Anlage der Schale (VI, 13 *Sch*). Bei den Meeresformen sind die Veligerlarven gewöhnlich freischwimmende Planktonformen. Viele Schnecken legen ihre Eier in Schnüren ab, in denen die einzelnen Eier in eine gallertige Grundmasse eingebettet sind. Dann bleiben die ausschlüpfenden Veligerlarven oft in diesen Gallertkapseln und rotieren darin lebhaft herum. Bei unseren Süßwasserschnecken, *Limnaea* und *Physa*, kann man sich leicht unter dem Mikroskop dies reizende Bild verschaffen. Aus der Gallerte kommt dann erst eine junge Schnecke hervor, die im wesentlichen die Form der erwachsenen hat. Während dieser Entwicklung wird die Gallerte verflüssigt und zur Ernährung verwendet.

Von den verschiedenen Molluskengruppen sind die primitivsten die **Käferschnecken** oder *Amphineura* (VI, 2). Es sind mäßig große, wurmförmig gestreckte, meist platte Tiere, die zum größten Teil an den Küsten in der Brandung leben. Um dem Wellenschlag zu widerstehen, haben sie ihren Fuß zu einem Saugorgan umgebildet; sie können sich damit wie mit einem Schröpfkopf an die Felsen ansaugen und sitzen so fest, daß man sie nur durch Unterschieben eines Messers loslösen kann. Der Mantel legt sich wie eine Kapuze über Kopf und Rücken, er scheidet eine Schale aus, die meist aus acht hintereinander gelegenen Platten besteht. Die losgelösten Tiere können sich zusammenkugeln wie die Igel und sind dann durch die Schalenplatten gut geschützt. Die Furche zwischen Mantel und Körperwand ist flach, darin hängen die Kiemen als eine Reihe fransenartiger Fäden. Die Käferschnecken sind Pflanzen- und Kleintierfresser, die mit ihrer kräftig entwickelten Radula die Algenrasen der Uferklippen abweiden.

Die große Gruppe der **Muscheln**, *Lamellibranchiata*, wird charakterisiert durch die Ausbildung der Schale. Diese ist groß und zweiklappig, ihre freien Ränder können sich fest aufeinander pressen und das ganze Tier hermetisch von der Außenwelt abschließen. Wie immer, geht die Bildung der Schale auch hier vom Rücken aus, dort bleibt aber bei den Muscheln ein länglicher Streifen unverkalkt; er bildet das Schloßband (VI, 12 *sb*) und hält die beiden seitlich den Körper umgreifenden Schalenhälften zusammen. Dieses Schloßband ist elastisch gespannt und bestrebt sich, die Schalenhälften auseinander zu ziehen; ihm entgegen wirken die Schließmuskeln (VI, 4 *sm*), kräftige, quer von Schale zu Schale ziehende Muskelsäulen, die entweder paarig vorn und hinten oder nur einfach angelegt werden. Stirbt die Muschel ab, so klaffen durch den Zug des Schloßbandes die Schalen. Die beiden Schalenhälften sind oft zum besseren Zusammenhalt ineinander gefalzt und verzahnt, so entsteht das Schloß.

Die Umwachsung des ganzen Körpers mit Mantellappen und Schale hat zur Folge, daß der eigentliche Kopfabschnitt ganz rückgebildet wird; danach werden die Muscheln auch oft als Kopflose, *Acephala*, bezeichnet. Besondere Sinnesorgane, wie Augen und Tastfühler, sind dadurch verloren gegangen; wir finden an dem abgerundeten Vorderende etwas bauchwärts verschoben die Mundöffnung, umstellt von zwei segelförmigen bewimperten Lappen, Vela. Die Muscheln erwerben ihre Nahrung dadurch, daß sie einen Wasserstrom von hinten nach vorn durch die Schalen laufen lassen, der ihnen allerlei Kleinzeug als Nahrung herbeistrudelt. Die Erzeugung dieses Wasserstromes geschieht durch Flimmerhaare, die auf der Innenseite des Mantels und auf den riesigen Kiemen sitzen, die in den tiefen Falten zwischen Fuß und Mantel wie ein doppelter Vorhang herunterhängen (VI, 12 *ak*, *ik*). So wird der frische Wasserstrom gleich an den Atmungsorganen vorbeigeführt. Die Muscheln leben großenteils halb oder ganz im

Sand oder Schlamm des Grundes vergraben; der Fuß ist beilförmig geworden und läuft nach vorn etwas spitz zu, so daß das Tier den Grund mit ihm gleichsam durchpflügen und sich mit ziemlicher Geschwindigkeit eingraben kann. Bei den Formen, die sich tief vergraben, ziehen sich die hinteren Mantelränder in zwei oft mehr als körperlange Röhren aus, die Siphonen. Durch die untere wird das Wasser eingestrudelt und durch die obere wieder ausgestoßen, wobei die Exkrete und zur Zeit der Fortpflanzung die Keimzellen der getrenntgeschlechtlichen Tiere nach außen entleert werden. Diese Zirkulation des Wassers macht es auch verständlich, daß die Geruchsorgane der Muscheln an einer sehr absonderlichen Stelle liegen, nämlich nahe dem hinteren Körperende, dicht unter dem hinteren Schließmuskel. Dort muß ja das einströmende Wasser zuerst vorbei und kann auf seine Brauchbarkeit chemisch geprüft werden.

In der großen Gruppe der **Schnecken,** ***Gastropoda,*** finden wir einen deutlich abgesetzten Kopf, der in mancher Hinsicht an den der Anneliden erinnert. Die Mundöffnung liegt auf der Ventralseite und wird überdacht von einem Kopflappen, der wie bei den Ringelwürmern Tentakel trägt; in seinem Inneren finden wir das Zerebralganglion. Durch eine halsartige Einschnürung setzt sich der Körper ab, dessen Bauchseite von dem mächtig entwickelten Fuße eingenommen wird. Er trägt unten eine breite Kriechsohle, auf der die Schnecken langsam unter wellenförmiger Bewegung der Sohlenmuskeln vorwärts gleiten. Durch diese starke Fußentwicklung wird der Eingeweidesack nach oben gedrängt und wölbt sich bruchsackartig vor, nur von dünner Haut bedeckt. Um die Lage des Schwerpunkts nicht zu weit nach hinten zu verschieben, klappt der Eingeweidesack nicht einfach nach hinten, sondern rollt sich in eine meist rechts gewundene Spirale. Dadurch entsteht eine Asymmetrie des ganzen Körpers, die für die Schnecken besonders bezeichnend ist. Sie prägt sich schon äußerlich in der Aufwindung der Schale zu dem bekannten spiralig gedrehten „Schneckenhaus" aus. Die Windungen können ganz flach liegen wie bei der Posthornschnecke unserer Teiche, *Planorbis*, oder turmartig aufsteigen wie bei vielen Meeresschnecken; unsere bekannte Weinbergschnecke, *Helix pomatia*, nimmt etwa eine Mittelstellung ein. So entsteht eine ungemeine Formenfülle, von der eine Konchyliensammlung den besten Begriff gibt. Wegen der Mannigfaltigkeit der Form, der schönen Zeichnung und Färbung hat neben den Insekten kaum eine andere Tiergruppe die Leidenschaft der Sammler so gereizt wie die Gehäuseschnecken; besonders in vergangenen Jahrhunderten sind phantastische Preise für Raritäten gezahlt worden.

In der inneren Organisation prägt sich die Asymmetrie in der Überkreuzung der Konnektive aus, die vom Zerebral- zum Eingeweideganglion ziehen (VI, 5, 6, 7). Ferner werden die Kiemen, die ursprünglich hinten neben dem After lagen, mit diesem zusammen nach vorn verlagert. Daher hat die Gruppe der Schnecken, welche die Asymmetrie in typischer Ausprägung zeigt, den Namen Vorderkiemer, *Prosobranchia*, erhalten. Der Darm beschreibt bei diesen Tieren also eine Schleife, und der After mündet vorn, über und etwas seitlich von der Mundöffnung in eine tiefe Mantelbucht. In diese öffnen sich auch die Ausführgänge der Nieren und der Geschlechtsorgane. Während sie bei primitiven Schnecken noch paarig sind, wird bei den übrigen Arten die rechte (ursprünglich linke) Hälfte zurückgebildet infolge des Druckes der Einrollung, es erhält sich so nur die linke (ursprünglich rechte) Niere, die rechte wird zum Ausführgang der Geschlechtsdrüse. Auch das Herz wird von dieser Umgestaltung betroffen, dadurch, daß die rechte (ursprünglich linke) Vorkammer sich gleichfalls zurückbildet im Zusammenhang mit dem Schwunde der rechten Kieme. Bei einer großen Gruppe der Schnecken wird diese Spiraldrehung nachträglich wieder rückgängig gemacht, After und Kiemen liegen dann wieder hinten, Hinterkiemer, *Opisthobranchia*. Diese Formen büßen großenteils die Schale ein und ergeben die sog. Nacktschnecken, von denen das Meer eine Fülle schön gefärbter und eigentümlich gestalteter Arten birgt. Da die Schale fehlt, so brauchen die Kiemen nicht die schwer zugängliche Lage in der Mantelfalte zu behalten, sie werden daher vielfach ersetzt durch Hautkiemen, die als fransenartige Anhänge auf dem Rücken stehen und den Tieren ihr bizarres Aussehen verleihen.

Die Schnecken sind eine der artenreichsten Klassen des Tierreichs, besonders weit über alle Meere verbreitet, ihre höchste Entwicklung und Formenfülle erreichen sie in den Tropen. Während die meisten Arten langsam bewegliche Grundformen sind, haben einige, die *Pteropoda* und *Heteropoda*, das Schwimmen erlernt (VI, 11); sie verwenden dazu den Fuß, der sich in breite seitliche Lappen oder ein unpaares, senkrecht stehendes Ruder auszieht.

Eine Gruppe ist endlich zum Landleben übergegangen, die Lungenschnecken, *Pulmonata*. Sie schließen sich in ihrem Bau wesentlich den Vorderkiemern an, zeichnen sich aber aus durch die andere Art der Atmung. Die Kiemen mußten natürlich schwinden; sie werden dadurch ersetzt, daß im Dach der Mantelhöhle, die nach vorn gedreht ist, sich ein reiches Gefäßnetz entwickelt. Durch eine enge Öffnung, das Atemloch, wird Luft in die Mantelhöhle aufgenommen, und diese gibt dann ihren Sauerstoff durch die dünne Haut an die Gefäße ab. So entsteht hier ein ganz eigener Typus einer Atemhöhle, physiologisch eine echte Lunge.

In viel weiterer Ausdehnung als bei den Schnecken hat sich die Anpassung an das Schwimmen bei den **Tintenfischen, *Cephalopoda*,** vollzogen, darauf weist ja schon ihr deutscher Name hin. Der Mechanismus ihrer Schwimmbewegung ist sehr eigenartig. Wieder ist der Fuß das Ausgangsorgan; er krümmt seine Seitenränder nach unten ein, bis die beiden Hälften der Sohle verwachsen und so ein Rohr bilden (VI, 8, 9 *Tr*). Der

Mantel umschließt den Körper wie gewöhnlich als Ringfalte und steht an der Hinterseite weiter ab, so daß sich dort ein größerer Hohlraum bildet, in den wie bei den Schnecken der Darm, die Nieren und die Geschlechtswege münden. In ihm liegen auch die paarigen, gefiederten Kiemen. Der Mantelhöhle wird das Wasser durch den breiten Spalt zwischen Mantel und Körper zugeführt. Dieser kann aber durch Anpressen des Mantels verschlossen werden und dann bleibt dem Wasser kein anderer Ausweg als durch den „Trichter", den rohrartig umgestalteten Fuß, dessen hintere Öffnung in die Mantelhöhle hineinragt. Wird das Wasser mit Gewalt durch diesen Trichter ausgepreßt, so schwimmt der Tintenfisch durch den Rückstoß mit dem Hinterende voran in kräftigen Stößen durchs Wasser. Manche Arten erreichen dabei eine Geschwindigkeit, die der der echten Fische durchaus nichts nachgibt. Wohl mit in Anpassung an diese Bewegung hat sich die Form des Körpers stark verändert. Das Tier hat gewissermaßen einen riesigen Katzenbuckel gemacht. Der Eingeweidesack ist turmartig hochgewölbt, dafür der Fuß sehr verkürzt und Kopf und Hinterende stark genähert. An dem langgestreckten Körper eines Tintenfisches ist also das spitze Hinterende vergleichend morphologisch eigentlich die dorsale Spitze des Eingeweidesacks. Der Fuß hat bei dieser Umwandlung die merkwürdigste Veränderung erfahren. Ein Teil von ihm ist zum Trichter geworden, ein anderer ist bei dem ventralen Zusammenklappen des Körpers an und auf den Kopf verschoben und bildet den Kranz der Arme. Daher der griechische Name Cephalopoden, Kopffüßer. Diese Arme spielen in der Biologie der Tintenfische eine sehr wichtige Rolle. Sie sind das Fangorgan der Tiere; zum Packen der Beute tragen sie Reihen von mächtigen Saugnäpfen (VI, 9 *t*). Während bei der einen Untergruppe der Tintenfische acht gleichgebildete Arme vorhanden sind, *Oktopoda*, besitzt die andere außerdem noch zwei stark verlängerte keulenförmige Arme, die weit vorgeschleudert werden können, *Dekapoda*.

Es erscheint verständlich, daß bei den freischwimmenden Tieren die Kalkschale rückgebildet wurde, da sie eine unnötige Belastung bedeutete. Wir können diesen Vorgang in der Stammesreihe der Cephalopoden gut verfolgen. Die fossilen Ammonshörner, *Ammoniten*, besaßen noch eine gewundene, vielgekammerte Schale, in deren vorderste Kammer sich das Tier bei Gefahr zurückziehen konnte. Ähnliches sehen wir heute noch bei dem sonderbaren *Nautilus*, dem letzten Vertreter der durch zwei Paar Kiemen ausgezeichneten *Tetrabranchiata* (VI, 8). Bei der heute lebenden *Spirula*, einer Tiefseeform, finden wir noch einen Rest davon, fast ganz vom Mantel umwachsen. Durch diese Umwachsung gerät die Schale in eine dorsale Tasche, dort finden wir sie als den verkalkten „Schulp" der *Sepia*, bei den *Loligo*-Arten ist nur noch ein durchsichtiger, horniger Schulp vorhanden, die Oktopoden haben ihn ganz verloren.

Entsprechend der gesteigerten Beweglichkeit finden wir wieder ein hoch entwickeltes Nervensystem. Die Ganglien haben sich alle um den Schlund konzentriert — auch hier also mit einiger Modifikation das gleiche Prinzip wie bei den Arthropoden — und bilden dort ein massiges, hoch differenziertes Gehirn. Von den Sinnesorganen haben besonders die Augen eine solche Vervollkommnung erfahren, daß sie in ihren Leistungen denen der meisten Wirbeltiere wohl kaum nachstehen. Entsprechend finden wir auch wieder eine Steigerung der psychischen Fähigkeiten, welche die Reaktionen der Tintenfische weit über die der anderen Mollusken erhebt.

Die meisten Tintenfische leben räuberisch. Sie fassen die Beute mit den ungemein muskelkräftigen Armen, ziehen sie an den Mund und töten sie durch den Biß zweier Kiefer (VI, 9 *kf*), die wie Vogelschnäbel über und unter der Mundöffnung stehen. Der Biß wirkt sofort lähmend durch das Gift der hinteren Speicheldrüsen (VI, 9 *spd*); es ist physiologisch bemerkenswert, daß dies Gift ein Produkt des Eiweißstoffwechsels ist, ein sog. Diamin, das sich von dem Tyrosin, einer der häufigsten Aminosäuren, ableitet. Wir haben also hier einen Fall, wo ein Stoffwechselzwischenprodukt, das sonst wegen seiner Giftigkeit sofort weiter verarbeitet werden muß, zu bestimmten Zwecken gespeichert wird.

Schon die im seichten Wasser unserer Küsten lebenden Tintenfische erreichen z. T. recht stattliche Dimensionen, wahre Riesen leben aber in der Tiefsee. Gelegentlich wird der Kadaver eines solchen Tieres durch die Fäulnisgase nach oben getragen und an die Küste geworfen; man hat Exemplare gefunden, die mit ausgestreckten Armen 18 m lang waren. Sie sind jedenfalls die größten aller wirbellosen Tiere; ihre Länge wird allerdings noch übertroffen von Schnurwürmern der Gattung *Lineus*, die über 20 m lang werden sollen; sie sind aber dabei fadendünn. Auf solche an der Oberfläche treibende Riesenformen gehen vielleicht auch die Angaben über die berühmte Seeschlange zurück; die wellenförmig gekrümmten Arme können ganz gut das Bild einer sich windenden Schlange vortäuschen.

Die Funde der neueren Tiefseeexpeditionen, besonders der deutschen, haben uns eine Fülle kleinerer Tintenfische kennen gelehrt, die in großen Tiefen planktonisch schweben. Sie sind dadurch besonders bemerkenswert, daß sie an Körper und Armen reich mit Leuchtorganen ausgestattet sind, deren Licht durch den Bau der Reflektoren sogar farbig erscheint.

Bei den Tintenfischen finden wir, wie auch bei anderen Mollusken, z. B. den Lungenschnecken, sehr große, dotterreiche Eier. Dadurch ist die Entwicklung bei ihnen eigentümlich abgeändert worden (VI, 14, 15, 16). Das Bildungsplasma sammelt sich nämlich an einem Ende des Eies an, dort spielt sich demgemäß auch allein die Furchung ab. Dadurch entsteht eine flach ausgebreitete Ansammlung von Embryonalzellen, die Keimscheibe. Aus dieser erheben sich als Falten die Anlagen der einzelnen

Organe. So sitzt die Keimanlage zuerst kappenartig der mächtigen Dotterkugel auf, später, wenn schon ein guter Teil des Dotters verarbeitet ist, hebt sie sich mehr und mehr ab, bis schließlich der Rest des Dotters durch die Mundöffnung in den Darm aufgenommen wird.

11. Die Deuterostomier. Die Zwischenformen. (Taf. VII.)

In den bisher betrachteten Tiergruppen ließ sich eine einheitliche Organisationslinie verfolgen, die von den Plattwürmern zu den Anneliden und von diesen zu den Arthropoden und den Mollusken hinaufführte. So verschieden die einzelnen Typen auch waren, so konnten wir doch bei genauerem Zusehen im Bau und der Entwicklung Züge finden, die eine innere Zusammengehörigkeit nahelegten.

Dieser Reihe steht nun im Tierreich eine zweite gegenüber; auch in ihr vereinigen sich Formenkreise von recht verschiedenem Habitus, die aber doch in einer Anzahl von Merkmalen Übereinstimmung aufweisen. Um die ganze Tragweite dieser Gegensätze zu erfassen, müssen wir noch einmal etwas tiefer in die Entwicklungsgeschichte eindringen.

Die Furchung, Blastulabildung und Gastrulation ist beiden Reihen gemeinsam. Der erste entscheidende Unterschied ergibt sich bei der Ausgestaltung der Gastrula. Wir entsinnen uns, daß die Bildung des zweiten Keimblattes häufig durch Einstülpung erfolgt; gerade bei den höheren Tierkreisen ist dieser Modus weit verbreitet. Dabei bildet die Gastrula einen Becher, dessen Öffnung wir schon als Urmund oder Blastoporus kennen lernten. Das Schicksal dieser Mündung gestaltet sich nun bei den beiden großen Reihen verschieden. Betrachten wir daraufhin einen Plattwurm, etwa die Larve eines marinen Strudelwurms, *Stylochus* (VII, 1), so sehen wir, wie in der weiteren Entwicklung diese Öffnung sich erhält und schließlich in den definitiven Mund des Tieres übergeht. Wohl verschiebt sich die Übergangsstelle von Ekto- und Entoderm noch meist dadurch, daß ein ektodermales Schlundrohr entsteht (VII, 1 *sr*) und den Urmund ein Stück in die Tiefe schiebt, aber er bleibt doch als die in den Darm führende Öffnung dauernd erhalten.

Bei den Strudelwürmern hat der Darm nur eine Öffnung, die zugleich als Mund und After dient. Sehen wir uns nun die Verhältnisse bei der Trochophora an (VII, 2, 3), so finden wir dort den gleichen Urmund. Hier erhält aber der Darm noch eine zweite Öffnung. Dies geschieht so, daß der Urdarm sich krümmt. Dabei rückt der Urmund vom Hinterende an der Bauchseite des Tieres nach vorn, bis er zwischen die beiden Wimperkränze zu liegen kommt. Das blinde Ende des Darmes wendet sich nach hinten und legt sich endlich dem Ektoderm an. Dort bricht nach einiger Zeit eine Öffnung durch und diese ergibt den After. Der ursprüngliche Blastoporus dagegen behält stets seine Durchgängigkeit und geht in den Mund des erwachsenen Tieres über.

Dem gleichen Typus folgen nun auch die Arthropoden und Mollusken, wenn auch im einzelnen die Entwicklung etwas abgeändert sein kann. Man hat daher diese Bildungsart der Mundöffnung benutzt, um alle Tiere dieses Typus als Protostomier zusammenzufassen.

Ihnen stellt sich nun die zweite Gruppe der Deuterostomier entgegen. Schon aus diesem Worte können wir abnehmen, daß hier der Mund eine Neubildung sein wird. Wie dies geschieht, zeigen uns besonders deutlich die Echinodermen (VII, 4, 5). Wir finden bei ihnen Gastrulationsvorgänge, die denen bei der Trochophora sehr ähnlich sind. Auch hier entsteht eine Larve mit weitem Blastoporus. Auch hier krümmt sich das blinde Ende des Urdarms dem Ektoderm entgegen, aber in entgegengesetzter Richtung: nach vorn und bauchwärts. So entsteht dort eine zweite Öffnung, die in ganz ähnlicher Weise wie bei der Trochophora zwischen zwei Wimperkränzen zu liegen kommt. Sie wird nun zur Mundöffnung. Der alte Blastoporus hat während des ganzen Vorgangs seine Stellung am hinteren Pol der Larve beibehalten, er wird zum After. Trotz des recht ähnlichen Aussehens des fertigen Darmkanals der Larven ist also seine Lagerung in den beiden Formen eine gerade umgekehrte.

Der Entwicklung der Echinodermenlarven gleicht aufs Haar die einer eigenartigen kleinen Wurmgruppe, der Eichelwürmer, *Enteropneusta* (VII, 8). Die Übereinstimmung ist so groß, daß der erste Beobachter dieser Larve, der *Tornaria*, der große Johannes Müller, sie ohne Bedenken für eine Stachelhäuterlarve erklärte. Wir erhalten hier einen deutlichen Hinweis, daß die Echinodermen sich wirklich von wurmähnlichen Formen ableiten, wie wir dies schon früher wahrscheinlich gemacht hatten.

Endlich finden wir denselben Darmbildungstypus noch an einer dritten Stelle wieder, bei einem Tiere, dem in vergleichend entwicklungsgeschichtlicher Beziehung eine besonders hohe Bedeutung zukommt, dem *Amphioxus*. Auch hier eine becherförmige Gastrula mit breitem Urmund (VII, 11); durch Umlagerung gerät er allmählich ans Hinterende und geht nach vorübergehendem Verschluß schließlich in der Bildung des Afters auf, der Mund dagegen bildet sich neu am anderen Pol des Tieres (VII, 13).

Man würde an sich vielleicht nicht geneigt sein, diesem scheinbar untergeordneten Vorgang in der Entwicklung eine so hohe Bedeutung beizulegen. Das weitere Studium der Formen zeigt aber, daß sie auch in einigen anderen Punkten auffällig unter sich übereinstimmen und in ebenso scharfem Gegensatz zu den Protostomiern stehen. Einer dieser Punkte betrifft die Bildung des Mesoderms und des Zöloms. Wir haben diesen Vorgang bei der Trochophora schon erörtert. Dort schoben sich zu beiden Seiten des Urdarms zwei Zellen ein, die Urmesodermzellen. Aus ihrer Vermehrung geht das Mesoderm hervor und darin bilden sich die Zölomräume als metamere Höhlenpaare. Wie der Vorgang bei den Deuterostomiern sich abspielt, zeigt uns sehr hübsch eine andere isoliert stehende Gruppe der Würmer, die Pfeilwürmer, *Sagitta*, wegen der Chitinhaken um den Mund auch als ***Chaetognathen*** bezeichnet (VII, 14, 15, 16). Dort streckt sich nämlich die Gastrula in die Länge und der Urdarm treibt seitlich taschenartige Aussackungen. Diese buchten sich mehr und mehr aus, ihr Verbindungsstück mit dem eigentlichen Darm schnürt sich mehr und mehr ein, und endlich lösen sie sich ganz los. So entstehen neben dem Darm paarige Hohlräume, die Anlagen der sekundären Leibeshöhle.

Erinnern wir uns hier der theoretischen Betrachtungen, die wir früher über die Ableitung der Zölomanlagen angestellt haben. Wir führten sie entweder auf sackförmig erweiterte Gonaden zurück, Gonozöl, oder auf Divertikel des Darmes. Während der Bildungsmodus bei der Trochophora eher für den ersten Weg zu sprechen schien, kann hier die Ableitung vom Darm keinem Zweifel unterliegen, es handelt sich um ein echtes Enterozöl. Von größter Bedeutung ist nun, daß der gleiche Modus auch bei den übrigen Deuterostomiern wiederkehrt. Sehen wir uns daraufhin die Vorgänge bei der *Tornaria* an, so beobachten wir, daß sich vom Urdarm nacheinander ein unpaares und vier paarige Bläschen abschnüren (VII, 8, 9, 10). Sie ordnen sich hintereinander und ergeben die drei Leibeshöhlenräume der erwachsenen Form. Die ausgebildeten Enteropneusten, die man wegen der Form des Vorderendes auch als Eichelwürmer bezeichnet, enthalten drei durch Dissepimente geschiedene Hohlräume; der vorderste, unpaare liegt in der zugespitzten, schwellbaren „Eichel" (VII, 10 *ecö*), mit der sich die Tiere in den Sand einbohren, das zweite Paar im „Kragen", der die Mundöffnung trägt (VII, 10 *kcö*), das dritte Paar bildet die Leibeshöhle des eigentlichen Rumpfes (VII, 10 *rcö*). Von ihnen mündet der vorderste Hohlraum durch eine Öffnung, den Eichelporus, nach außen.

Mit diesem Entwicklungsgang zeigen nun die Echinodermen eine sehr auffällige Übereinstimmung. Auch dort treten durch Abschnürung vom Urdarm drei Bläschenpaare auf, von diesen erhält das vorderste ebenfalls eine unpaare Mündung (VII, 6, 7 *p*). Das weitere Schicksal der Anlagen ist aber höchst überraschend. Nur das hintere Paar ergibt nämlich die Leibeshöhle des erwachsenen Tieres (VII, 7 *rcö*). Von den vorderen beiden verkümmern die der rechten Seite und aus denen der linken geht das Ambulakralsystem hervor. Dabei öffnet sich der Porus auf der Madreporenplatte, und der Verbindungsgang zwischen vorderem und mittlerem Bläschen, die hier durch Teilung aus einer gemeinsamen Anlage hervorgehen, liefert den Steinkanal (VII, 7 *stk*). Diese Befunde der Entwicklungsgeschichte geben uns also eine Erklärung für die Entstehung des absonderlichen Wassergefäßsystems und gestatten uns nun auch, die

Stachelhäuter schärfer in die Tierreihe einzuordnen — wir sehen, daß sie dabei weit von den Zölenteraten entfernt zu stehen kommen.

Gleichzeitig lassen uns die bisherigen Betrachtungen erkennen, daß unter den Formen, die man früher in den großen Kreis der „Würmer" stellte, in Wirklichkeit recht verschiedene Elemente zusammengeworfen wurden; gerade dieser Punkt der Zölombildung sichert uns eine erste scharfe Scheidung in zwei große Gruppen.

Dabei bleiben aber einige Formen übrig, die sich diesem Schema nicht fügen wollen, sondern in manchen Punkten mit der einen, in anderen mit der anderen Gruppe Beziehungen haben. So finden wir bei ihnen durchweg die Bildung des Mundes nach dem Protostomiertypus, in der Anlage des Mesoderms folgen aber einige, besonders die Brachiopoden, den Deuterostomiern. Man wird dies Verhalten wohl am ersten so deuten können, daß zur Zeit, als sich die Proto- und Deuterostomier sonderten, noch andere Stammreihen ihre Entwicklung begannen, die es aber nicht zu so hoher Blüte brachten. Etwas der Art sehen wir bei den **Armfüßern,** ***Brachiopoda.*** Sie erinnern in ihrer Form etwas an Muscheln, haben aber keine rechte und linke, sondern eine obere und untere Schale (VII, 21 *Sch*). Ihren Namen tragen sie von einem spiraligen Armgerüst, das innerhalb der Schale vor dem Munde liegt und auf dem zwei Flimmerstreifen aufgereiht sind, die kleine Organismen als Nahrung herbeistrudeln (VII, 21 *Ag*). Ein Vergleich mit verwandten Formen zeigt, daß dieser eigenartige Apparat aus einem Tentakelkranz (VII, 20 *Tk*) hervorgegangen ist. Die Brachiopoden sind mit dem Hinterende auf dem Meeresgrunde befestigt; wir finden daher bei ihnen wieder das typische Verhalten, daß der Darm eine Schleife beschreibt und der After vorn liegt, wenn er nicht ganz fehlt. Diese Armfüßer gehören zu den ältesten Tieren, die wir auf der Erde kennen; schon in den frühesten Schichten finden wir sie in großer Formenfülle, aber bereits gegen das Ende des Paläozoikums, des Altertums der Erde, treten sie ganz zurück, und heute leben nur noch sehr wenige Arten, die sich meist in größeren Meerestiefen finden. Eine von diesen, die Gattung *Lingula,* kann auf besondere Ehrfurcht Anspruch erheben. Die heute lebende Art gleicht nämlich, soweit man das aus der Gestalt der Schale abnehmen kann, genau den Formen, die schon im Kambrium lebten. Hier hat sich also eine Form unverändert durch ungezählte Jahrmillionen erhalten, während neben ihr ein ungeheuer mannigfaltiger Entwicklungsdrang sich entfaltete.

Diesen Brachiopoden nahe steht eine heute noch blühende Gruppe kleiner Tiere, die **Moostiere,** ***Bryozoa.*** Sie bilden Kolonien, die sich aus vielen mikroskopischen Einzeltieren aufbauen und überziehen rasenartig Steine und Holzteile im Meere wie im süßen Wasser. Sie tragen noch einen echten Tentakelkranz (Taf. VII, Fig. 20 *Tk*), haben denselben schleifenförmigen Darm und auch sonst die gleichen Grundzüge der Organisation wie die

Brachiopoden. Die Einzeltiere sind von einem chitinigen Gehäuse umhüllt, aus dem das Vorderende mit der Tentakelkrone vorgestreckt werden kann. So erlangen sie äußerlich große Ähnlichkeit mit den Hydroidpolypen. Wie bei diesen entstehen die Kolonien durch Knospung; dabei zeigen sich insofern eigentümliche Verhältnisse, als die Bildung des Darmes vom Ektoderm aus vor sich geht. Es hat also durch die abweichende Art der Vermehrung eine Änderung in den Aufgaben der Keimblätter stattgefunden.

Kehren wir nach dieser Abschweifung zur Mesodermbildung bei den Deuterostomiern zurück, so finden wir die Anlage des Züloms als Enterozöl auch bei der dritten hierher gehörigen Gruppe, dem *Amphioxus*, und den Formen, die sich von ihm ableiten. Auch hier bilden sich an der Gastrula seitliche Darmtaschen (VII, 12 *cö*), die sich abschnüren und zu selbständigen Zölomanlagen werden. Hier zeigt sich aber eine merkwürdige Ähnlichkeit mit den Anneliden darin, daß sich viele metamer geordnete Anlagen dieser Art bilden. So entsteht auch hier eine typische Segmentierung, man bezeichnet diese Bildungen direkt als Ursegmente (VII, 13 *us*). Der Prozeß verläuft ebenso wie bei den Anneliden unter dem Bilde einer Knospung, fortschreitend werden am Hinterende neue Segmente vor dem After angelegt. Man hat darin eine tiefere Übereinstimmung zwischen dem Amphioxus und den Ringelwürmern sehen wollen, wohl sicher ohne Grund. Die endgültige Anordnung der Körperschichten wird trotz der verschiedenen Bildungsweise des Zöloms eine im wesentlichen gleiche, wie ein Blick auf Taf. VII, Figg. 16—19, lehrt.

Noch einen dritten eigentümlichen Charakterzug finden wir dem Kreise der Deuterostomier vorbehalten, die Bildung der Atmungsorgane. Die Echinodermen atmen allgemein durch die Haut bzw. durch die dünne Wand der Wassergefäßschläuche; sie scheiden also hierfür aus. Die seltsamen Enteropneusten (= Darmatmer) verdanken aber diesen Organen ihren Fremdnamen. Reift nämlich die Tornarialarve heran und wandelt sich in den definitiven Wurm um, so brechen an den Seiten des Vorderdarmes eine Reihe von Spalten nach der äußeren Haut durch (VII, 10 *ks*). Durch diese strömt das in den Mund aufgenommene Wasser ab und findet dabei Gelegenheit, seinen Sauerstoff an Gefäße abzugeben, die in der Wand dieser „Kiemenspalten" verlaufen. Das gleiche Verhalten zeigt der *Amphioxus*, nur wird bei ihm die Zahl dieser Kiemenspalten entsprechend der metameren Gliederung des ganzen Körpers eine recht stattliche.

Diese mannigfachen Übereinstimmungen lassen es, wie zuerst Hatschek betonte, berechtigt erscheinen, in den Deuterostomiern trotz ihrer so verschiedenen äußeren Erscheinung eine einheitliche Stammesreihe zu sehen. Sie lassen zugleich scharf die große Bedeutung des vergleichenden Studiums der Entwicklungsgeschichte erkennen; sie allein hat uns den leitenden Faden geliefert, um uns in dem Formenlabyrinth des Tierreiches zurechtzufinden.

12. Die Chordaten. (Taff. VII, VIII.)

Von der Reihe der Deuterostomier haben für uns zweifellos das größte Interesse die Chordatiere, ***Chordata,*** da zu ihnen die uns am nächsten stehenden Tiere gehören, die Wirbeltiere. Wir machen uns mit den Grundzügen des Baues der Chordatiere am besten vertraut an ihrem einfachsten Vertreter, dem Lanzettfischchen, *Amphioxus* (*Branchiostoma*). Die Grundzüge seiner Entwicklung, die ihm den Deuterostomiertypus aufprägen, haben wir schon kennen gelernt; die sekundäre Anlage des Mundes und die segmentierte Bildung des Enterozöls. Der Zug, der den Tieren dieser engeren Gruppe der Deuterostomier nun den Namen gegeben hat, ist der Besitz eines inneren Skeletts, der Rückensaite, Chorda dorsalis. Ihre Bildung geht wieder vom Entoderm aus. Zur Zeit, wo sich die beiden seitlichen Enterozölfalten abheben, schlägt das Entoderm auch nach oben eine Falte (VII, 12 *ch*). Aus ihr geht nach der Abtrennung vom Darm ein massiver Stab großer Zellen hervor, der dicht über dem Darm liegt. Seine Zellen sind prall mit Flüssigkeit gefüllt und haben dicke, elastische Wände. So bilden sie durch Flüssigkeitsdruck (Turgor) einen festen, elastischen Stab, der den Körper etwa in gleicher Dicke durchzieht und vorn und hinten zugespitzt ist. Dadurch erhält der ganze Körper eine doppelspitzige Form, die im deutschen wie im fremden Namen des Tieres zum Ausdruck kommt. Auch für diese Bildung finden wir bei den seltsamen Enteropneusten schon einen Anklang, hier schiebt sich ein massives Darmstück nach vorn in die Eichel ein, dessen Zellen an Chordaelemente erinnern (VII, 10 *ch*).

Besonders charakteristisch für diese Chordaten ist nun weiterhin die Anlage des Nervensystems. Schon frühzeitig bildet sich auf der späteren Rückenseite des Embryos eine rinnenförmige Vertiefung, Neuralrinne. Sie senkt sich mehr und mehr ein, ihre Ränder neigen sich von beiden Seiten zusammen und schließen sich endlich zum Rohr. So entsteht das Neuralrohr, die Anlage des Rückenmarks. Der Name weist darauf hin, daß das Zentralnervensystem hier auf der Rückenseite liegt, in scharfem Gegensatz zum Bauchmark der Gliedertiere. Die Überwachsung der Neuralrinne zum Rohr geht nicht nur von den Seiten aus, sondern auch von hinten. Die Falten, welche diesen Verschluß bilden sollen, erheben sich bereits hinter dem Urmund. So kommt es, daß durch ihr Zusammenwachsen auch der Blastoporus überdeckt und ein zeitweiliger Verschluß der späteren Afterstelle herbeigeführt wird (VII, 13 *af*). Durch diese Überwachsung wird der Urmund wohl von der Außenwelt abgeschlossen, behält aber eine Verbindung zu der Neuralrinne, die sich bei der Anlage bis dicht an ihn heran erstreckte. Auf diese Art kommt das seltsame Bild zustande, daß einige Zeit während der Entwicklung das Nervenrohr und der Darm in offener Verbindung stehen. Der so entstandene Canalis neurentericus

(VII, 13 *cn*) kehrt in der Entwicklung aller Wirbeltiere bis hinauf zum Menschen wieder. Am vorderen Ende des Körpers bleibt das Neuralrohr noch längere Zeit offen, Neuroporus (VII, 13 *np*).

Der Darm des *Amphioxus* ist ein ziemlich gerades, von vorn nach hinten verlaufendes Rohr. Daß sein vorderes Stück von Kiemenspalten durchsetzt wird, haben wir schon früher gesehen. Am Vorderende bildet sich eine ektodermale Einstülpung, die Mundbucht, die umgeben wird von einer Reihe von Hakenborsten, den Zirren, die als Tastapparate sowie zum Fangen kleiner Beutetiere Verwendung finden. Eine bemerkenswerte Eigentümlichkeit des Amphioxus ist, daß während der Entwicklung an den Seitenkanten des Bauches sich zwei Falten erheben, die nach unten zusammenwachsen und einen Hohlraum bilden, dessen Mündung hinten ein Stück vor dem After liegt. Er wird als Atrium oder Peribranchialraum bezeichnet (VIII, 1, 2 *pb*); letzteren Namen trägt er mit Rücksicht darauf, daß er die Kiemenregion umgreift. Die Kiemenspalten öffnen sich so nicht frei nach außen, sondern das Atemwasser strömt durch den Atrialporus (VIII, 1 *ap*) hinten ab. Dabei nimmt es zur Zeit der Geschlechtsreife die Keimzellen mit. Diese bilden sich in metamerer Anordnung in Aussackungen des Zöloms, die in den Peribranchialraum hineinhängen (VIII, 1, 2 *go*); durch einfaches Platzen dieser Wand werden die Geschlechtsprodukte frei. Ebenso münden in den Atrialraum die Exkretionsorgane. Sie sind auch regelmäßig segmental angeordnet und bestehen interessanterweise aus Büscheln geschlossener Zellen mit Wimperflammen, die die Exkrete durch einen kurzen Kanal in das Atrium strudeln. Wir finden also hier denselben primitiven Typus der Protonephridien, wie wir ihn zuerst bei den Plattwürmern kennen lernten, vielleicht ein Hinweis darauf, daß der Abzweigungspunkt der Chordatenreihe sehr tief im Stammbaum der Tiere liegt. Das Gefäßsystem (VII, 22) erinnert in seiner Anordnung an das der Ringelwürmer. Wir finden wieder zwei Längsstämme, von denen der eine über, der andere unter dem Darm entlang zieht. Physiologisch verhalten sie sich aber ganz anders. Hier ist nämlich nicht der obere, sondern der untere Stamm kontraktil, entspricht also einem Herzen. Dies Herz stellt beim Amphioxus noch ein ganz gleichmäßig durch den Körper verlaufendes Rohr dar, woher auch ein für diese Tiere viel gebrauchter Ausdruck, Leptocardier, Röhrenherzen, stammt. Das Blut wird im unteren Längsstamm von hinten nach vorn getrieben und kehrt im oberen zurück, die Strömungsrichtung ist also der der Anneliden gerade entgegengesetzt. Wie dort, hängen auch hier die Längsgefäße durch Querschlingen zusammen. Von diesen gewinnen die vorderen besondere Bedeutung. Sie verlaufen nämlich in den Bindegewebsbalken zwischen den Kiemenspalten, in ihnen wird also der Sauerstoff des Blutes erneuert. Dies sind die Kiemenbogengefäße (VII, 22 *kg*).

Der Amphioxus verfügt über eine kräftig entwickelte Muskulatur. Sie entsteht aus der Wand des Zöloms (VII, 17 *mu*) und ist daher ursprünglich metamer gegliedert; das ist auch später noch kenntlich an queren Bindegewebssepten, welche einzelne Muskelkästchen, die Myokommata, voneinander scheiden. Die Entwicklung der Muskelelemente ist insofern eigenartig, als sie im wesentlichen von den dorsalen Teilen, Myozöl, der einzelnen Zölombläschen ausgeht. Diese setzen sich schon zeitig durch eine Einschnürung von den ventralen Teilen ab, welche die definitive Leibeshöhle bilden. Ihr Hohlraum wird dadurch mehr und mehr eingeengt, daß sich die innere Wand stark verdickt; endlich entsteht auf diese Weise eine kompakte Muskelmasse. Mit ihr kann sich das Lanzettfischchen durch seitlich schlängelnde Bewegungen durchs Wasser schnellen oder in den Sandgrund eingraben. Besonders regelmäßig ist diese Muskulatur im hinteren Teile des Körpers ausgebildet. Der After liegt nämlich in etwa zwei Drittel der Körperlänge, und so bleibt hinter ihm ein Stück, in das die Leibeshöhle nicht hineinreicht, der Schwanz. Dort sind die Muskelblätter über und unter der Chorda ganz symmetrisch ausgebildet.

Dieses seltsame Lanzettfischchen, die berühmte Ahnenform der Wirbeltiere, ist ein unscheinbares, halbdurchsichtiges, bleichgelbliches Geschöpf von etwa 5 cm Länge, das in mehreren Arten die Küsten fast aller Meere bevölkert. Es liebt schlammigsandigen Grund, dort liegt es halb vergraben, so daß nur der Vorderkörper mit dem Reusenapparat der Zirren hervorragt. Die Larven leben freischwimmend und senken sich erst ziemlich spät auf den Grund. Die halb vergrabene, schräge Lage des erwachsenen Tieres hat wahrscheinlich Anlaß zu allerhand schwer verständlichen Asymmetrien gegeben. Entsprechend dieser trägen, versteckten Lebensweise sind Sinnesorgane nur schwach ausgebildet. Sie beschränken sich wesentlich auf Tastzellen an den Zirren und becherförmige, pigmentierte Lichtsinnesorgane, die längs des Rückenmarks liegen.

Von dieser primitivsten Form der Chordaten gehen zwei Entwicklungswege aus. Der eine führt uns zu den Manteltieren, ***Tunicata.*** Hier ist ein Typus entstanden, dem von vornherein niemand Beziehungen zum Amphioxus ansehen würde. Die Hauptvertreter der Manteltiere, die Seescheiden, ***Ascidiacea,*** sind massige, plumpe, unsegmentierte, festsitzende Geschöpfe. Ihren Namen haben sie davon, daß der Körper lose in einer dicken, gelblichbraunen oder gallertig durchscheinenden, lederartig zähen Hülle steckt, dem Mantel. Er besteht chemisch aus einem Stoff, der der pflanzlichen Zellulose zum mindesten sehr nahe steht. Diese Entdeckung machte seinerzeit großes Aufsehen; seit man aber jetzt weiß, daß zwischen der Zellulose und dem Chitin enge chemische Beziehungen bestehen, hat die Sache viel von ihrer Merkwürdigkeit verloren. Das Festsitzen hat wieder zur Bildung der charakteristischen Darmschleife geführt. Wir finden daher (VIII, 5) am nach oben gerichteten Pole des Tieres zwei Öffnungen, zur einen strömt das Wasser ein, zur anderen heraus, Ingestions- und Egestionsöffnung. Die letztere führt aber nicht direkt in den Enddarm, sondern in einen geräumigen Hohlraum, in den auch die Geschlechtswege münden, eine Kloake. Von ihr gehen zwei Flügel aus, die ventral den Vorderdarm umgreifen; sie bilden den Peribranchialraum (VIII, 3 *pb*), in den sich gerade wie beim Amphioxus die Kiemenspalten öffnen. Ihre Zahl ist bei den meisten Tunikaten sehr groß, zu vielen Hunderten durchsetzen sie in mehreren Reihen die Wand des faßförmig erweiterten Vorderdarms. Entsprechend der festsitzenden Lebensweise ist das Nervensystem sehr reduziert; es beschränkt sich auf einen dorsalen Knoten neben dem Vorderdarm (VIII, 5 *n*), von dem Fasern zu den einzelnen Organen ziehen. Ebenso sind Sinnesorgane außer Tast- und Schmeckzellen an der Ingestionsöffnung ganz verschwunden.

Erst die Entwicklung dieser seltsamen Geschöpfe läßt ihre Chordatennatur hervortreten. Sie verläuft prinzipiell genau wie beim Amphioxus. Auch hier entsteht eine langgestreckte Larve, deren Körper von einem Chordastab durchzogen wird. Bemerkenswert ist, daß das Mesoderm nicht als hohle Darmaussackung sich anlegt, sondern als kompakte Gewebsmasse zwischen Ekto- und Entoderm sich einschiebt. Offenbar ist das eine spätere Abänderung des ursprünglichen Verfahrens; wir begegnen ihr in gleicher Weise wieder bei den Wirbeltieren. Dementsprechend erscheint auch die Segmentierung des Körpers von vornherein nicht so ausgesprochen.

An diesen Larven vollzieht sich nun eine Metamorphose, die mit deutlichen Rückbildungserscheinungen einhergeht. Das junge Tier (VIII, 6) schwimmt frei umher und bedient sich dabei seines Schwanzendes als Ruder, etwa wie eine winzige Kaulquappe. Schon bald senkt es sich aber auf den Grund und heftet sich mit dem Vorderende fest. Der ganze Schwanz und mit ihm die Chorda wird abgeworfen, das Nervensystem verliert seine Röhrenform und reduziert sich zu einem Knoten, die Anlagen von Augen und Gleichgewichtsorganen bilden sich zurück, der Darm krümmt sich zur Schleife und so entsteht die geschlechtsreife Form. Es verdient Erwähnung, daß wir unter den Tunikaten eine Formengruppe finden, welche noch deutliche Larvencharaktere, besonders den Ruderschwanz, bewahrt haben (VIII, 7). In anderen Punkten, besonders dem Bau des Vorderkörpers, zeigen sie schon unverkennbare Übereinstimmung mit den festsitzenden Formen, den Aszidien. Dies legt den Gedanken nahe, daß wir es in diesen *Appendikularien* wieder mit geschlechtsreif gewordenen Larven zu tun haben, wäre dann also ein weiterer Fall von Neotenie.

Daneben finden wir unter den Tunikaten noch andere freischwimmende Formen, die Salpen, *Thaliacea* (VIII, 8). Sie haben aber keinen Ruderschwanz, sondern schwimmen etwa nach Art der Medusen oder der

Tintenfische, indem sie das Wasser durch plötzliche Zusammenziehung der ringförmigen Muskeln aus der Egestionsöffnung des faßartigen Körpers herauspressen und durch den Rückstoß fortgeschnellt werden. Die charakteristische Darmschleife, die Bildung der Körperöffnungen und die Übereinstimmung des ganzen Baues mit den Aszidien macht es sehr wahrscheinlich, daß sie sich von festsitzenden Formen ableiten. Dafür spricht auch vor allem ihre Vermehrung. Neben der geschlechtlichen Fortpflanzung zeigen sie nämlich durchweg Knospung. Wir wissen, daß diese ein besonderes Merkmal festsitzender Formen ist und finden sie auch tatsächlich weit verbreitet bei den Aszidien, die zum Teil echte Kolonien bilden. Es würde danach zwischen Aszidien und Salpen etwa die gleiche Beziehung bestehen wie zwischen Hydropolypen und Siphonophoren.

Alle Tunikaten sind Bewohner des Meeres. Die Aszidien besiedeln in großen Scharen unsere flachen Küsten, steigen aber auch in große Meerestiefen herab. Die pelagischen Appendikularien und Salpen trifft man oft in ungeheuren Schwärmen im Plankton an. Alle Tunikaten ernähren sich von kleinsten Organismen, die sie durch Wimperschlag zur Ingestionsöffnung hereinstrudeln. Im Kiemendarm findet sich eine Rinne von Flimmerzellen und Schleimdrüsen, der Endostyl (VIII, 3, 5, 8 *es*), dessen Sekret die Beute festhält und dem eigentlich verdauenden Darmabschnitt zuführt. Die Appendikularien lassen ihren gallertigen Mantel zu einem weiten Gehäuse aufquellen, in dem eine Reuse ausgespannt ist. Während das Tier das Gehäuse durch Ruderschläge langsam durchs Wasser treibt, fischt die Reuse selbst die allerwinzigsten Organismen und führt sie dem Munde zu. Durch das Studium des Reuseninhalts haben wir zuerst eine Gruppe winziger Protozoen kennen gelernt, die Kokkolithophoriden, die als wichtige Urnahrung in Riesenmassen die Meere erfüllen, aber sich unseren viel zu groben Fangapparaten entzogen hatten.

Ganz entgegengesetzt der Tunikatenreihe verläuft der zweite Entwicklungsweg, der vom Amphioxus zu den Wirbeltieren, ***Vertebrata,*** emporführt. Man kann die Stellung dieser letzten beiden Tiergruppen mit Nutzen der der Arthropoden zu den Anneliden vergleichen. Hier wie dort geht durch höhere Differenzierung die homonome in heteronome Segmentierung über. Dies erkennen wir zunächst am Skelett. Auch bei den Wirbeltieren legt es sich zuerst als Chorda an (VII, 19; VIII, 4). Bald treten aber im umgebenden Bindegewebe skelettbildende Zellen auf, welche die für die Wirbeltiere so charakteristischen Stützgewebe, den Knorpel und später den Knochen, liefern. So entsteht ein inneres Bindegewebsskelett; es sei in diesem Zusammenhange darauf hingewiesen, daß die einzige Gruppe der höheren Metazoen, in der wir das gleiche finden, die Echinodermen sind — also auch hier wieder die Beziehungen innerhalb der Deuterostomierreihe.

Dieses Bindegewebsskelett gewinnt nun zunächst eine streng metamere Anordnung um die Achse des Körpers, die Chorda. Es zerlegt sich dabei in einzelne hintereinander geordnete Abschnitte. So bildet sich die Wirbelsäule (VIII, 9, 10 *W*), das wesentlichste Attribut der Wirbeltiere. An diesem macht sich aber sofort die heteronome Differenzierung geltend. Der vordere Abschnitt gewinnt eine höhere Entwicklung, er wird zum Schädel, Cranium (VIII, 9, 10 *Cr*). Etwas Derartiges fehlt dem Amphioxus noch ganz, wonach sein Typus auch als der der Schädellosen, ***Acrania,*** bezeichnet wird.

In die Bildung des Schädels gehen nun außer dem Achsenskelett auch Stützelemente aus der Umgebung des Vorderdarmes ein, die Kiemenbogen. Wie der Name sagt, sind sie zunächst nur zur Stütze der Balken zwischen den Kiemenspalten bestimmt. Bald aber gewinnen die vorderen von ihnen Beziehungen zum Munde; sie umgreifen den Mundrand und bilden die Kiefer (VIII, 9, 10 *K*). Auf Grund dieses Verhaltens scheiden sich zwei große Gruppen der Wirbeltiere, die ursprünglicheren Rundmäuler, ***Cyclostomata,*** vertreten durch die Neunaugen, *Petromyzon*, und ihre Verwandten, und die fortgeschritteneren Kiefermäuler, ***Gnathostomata.***

Parallel dieser Entwicklung des Skeletts geht die des Nervensystems. Auch hier haben wir ursprünglich einen streng metamer gegliederten Gewebskomplex, wie sich am deutlichsten aus dem regelmäßig segmentierten Austritt der Nervenwurzeln aus dem Rückenmark des Amphioxus ergibt. Bei den Wirbeltieren erhält sich diese Gleichartigkeit aber nur in den mittleren und hinteren Körperregionen. Vorn gestaltet sich daraus durch reiche Vermehrung und Differenzierung der Ganglienzellen das Gehirn (VIII, 9, 10 *Gh*), zunächst hauptsächlich im Zusammenhang mit der Entstehung sehr leistungsfähiger Sinnesorgane, später besonders im Dienste höherer psychischer Leistungen.

Eine auffallende Analogie mit den Arthropoden ergibt die Ausbildung der Muskulatur. Beim Amphioxus haben wir eine Anordnung, die sich ohne Schwierigkeit dem Hautmuskelschlauch der Anneliden vergleichen läßt, ein durchlaufendes System von Längs- und Ringfasern. Gerade wie bei den Arthropoden durch das Auftreten des Außenskeletts, so bricht bei den Wirbeltieren diese Einheit durch die Bildung des Innenskeletts auseinander. An den Wirbeln und den von ihnen ausgehenden Rippen gewinnen die Muskeln neue Ansatzpunkte. So entwickelt sich eine gegliederte Stammuskulatur. Diese vervollkommnet sich nun weiter dadurch, daß gerade wie bei den Arthropoden Extremitäten zur Entwicklung kommen, die hauptsächlich die Fortbewegung übernehmen. In diesen bildet sich ein besonderes gegliedertes Innenskelett, und zu seiner Bewegung zweigen sich von der Rumpfmuskulatur zahlreiche Muskelgruppen ab. Obwohl die Lage von Muskeln und Skelettelementen bei Glieder- und Wirbeltieren eine gerade umgekehrte ist — im einen Falle hohle Skelettröhren mit inneren Muskelsträngen, im anderen massive Skelettstäbe mit einem Mantel von Muskelfasern — ist die Art der Hebelbewegung in Gelenken bei beiden doch sehr ähnlich. Nur finden wir bei den Wirbeltieren keine Gelenkfalten, sondern überknorpelte Gelenkflächen der einzelnen Knochenstäbe, an denen sie durch Gelenkkapseln zusammengehalten werden.

Am Darm der Wirbeltiere verkürzt sich die Kiemenregion, es treten bei den Wasserformen höchstens 15, meist nur 4—5 Kiemenspalten auf. Im eigentlichen Darm entwickelt sich ein geräumiger Magensack, dahinter stülpen sich zwei Drüsen aus, die Leber und die Bauchspeicheldrüse, Pankreas, die funktionell zusammen etwa der Mitteldarmdrüse der Wirbellosen entsprechen. Eine ektodermale Einstülpung bildet die Mundhöhle, in der sich ein muskulöser Zungenapparat und aus Hautverknöcherungen die Zähne entwickeln.

Die zahlreichen Gonadenpaare des Amphioxus reduzieren sich bei den Wirbeltieren auf ein einziges. Dafür entstehen besondere Ausführgänge, die die Geschlechtsprodukte nach hinten leiten, wo sie meist gemeinsam mit dem After und den Nierengängen in eine Kloake münden. Es ist nicht unmöglich, daß die Bildung dieser Geschlechtsgänge auf den Peribranchialraum zurückgeht; als selbständige Bildung kommt dieser bei keinem Wirbeltier mehr vor. Die Nierenanlagen weisen noch deutlich Beziehungen zu den segmentalen Bildungen des Amphioxus auf. Protonephridien finden wir allerdings nie mehr, an ihre Stelle sind offene Verbindungen mit der Leibeshöhle durch Nephrostome getreten. Die lange Kette der Segmentalorgane erhält sich bei keinem Wirbeltiere, merkwürdigerweise lösen sich die einzelnen Teile in der Stammesgeschichte von vorn nach hinten ab. Zuerst finden wir den vordersten Abschnitt als Vorniere ausgebildet bei den Zyklostomen, ihm schließt sich der mittlere als Urniere an bei Fischen und Amphibien, und zuletzt bildet sich der hinterste als Nachniere aus bei Reptilien, Vögeln und Säugetieren. Auch in der Ontogenese der höheren Wirbeltiere kann man diese allmähliche Ablösung gut verfolgen.

Am Gefäßsystem entwickelt sich aus dem langen, schlauchförmigen, kontraktilen Ventralgefäß des Amphioxus das Herz. Seine Muskelwand wird besonders kräftig, zugleich zerlegt es sich durch eine Querwand in zwei Teile, die Vorkammer, Atrium, (VIII, 9 *at*) und die Kammer, Ventrikel (VIII, 9 *vt*). Das Netz der Blutgefäße gliedert sich viel reicher, zwischen die größeren Stämme schieben sich in Menge feinste Haargefäße, Kapillaren, ein, entsprechend dem gesteigerten Stoffaustausch der Wirbeltiere mit ihrem lebhaften Stoffwechsel.

Ebenso wie die Arthropoden erobern sich nun auch die Wirbeltiere in größtem Maße das Land. Ihr Verfahren, sich gegen die Austrocknung zu schützen, ist aber ein anderes. Sie bilden nicht durch Ausscheidung eine

Schutzhülle, sondern die obersten Zellschichten des vielschichtig gewordenen Epithels wandeln sich im ganzen in eine schützende Decke um, sie verhornen. Diese Hornschicht ist weit elastischer und dehnbarer als das Chitin, aber auch hier finden wir als Folgeerscheinung das Auftreten von Häutungen, wie es besonders die Reptilien, Schlangen und Eidechsen zeigen.

Das Landleben bedingt nun wieder einen Wechsel der Atmungsart, es entstehen Lungen (VIII, 10 *Lu*). Sie bilden sich als Aussackungen des Vorderdarmes, liegen also tief in den Körper versenkt, und die Luft wird ihnen durch die Mundöffnung zugeführt. Bei den höheren Formen gliedert sich von der Mundhöhle sogar ein besonderer Atmungsweg ab, die Nasenhöhle (VIII, 10 *Na*), die zugleich die chemische Prüfung der Atemluft übernimmt. Wir können die Entwicklung der Lungen sehr gut bei der Gruppe der Amphibien verfolgen, die in der Jugend noch durch Kiemen atmen, diese aber beim Übergang aufs Land rückbilden und durch Lungen ersetzen. Diese neue Art der Atmung gewinnt Einfluß auf das Gefäßsystem. Der einfache Kreislauf, wie er den Fischen (VIII, 9) im engen Anschluß an den Amphioxus noch zukommt, bei dem das Blut vom Herzen in die Kiemenbögen getrieben wird und dann im Rückengefäß, der Aorta, nach hinten läuft, um sich im Körper zu verteilen, muß sich jetzt ändern. Neben dem großen Körperkreislauf entsteht ein besonderer Lungenkreislauf (VIII, 10), der sauerstoffarmes Blut zur Lunge hin und sauerstoffreiches zum Herzen zurückführt. So bahnt sich eine Scheidung des Herzens in ein doppeltes Längssystem von zwei Kammern und Vorkammern an, wie wir es bei Vögeln und Säugetieren voll durchgeführt sehen.

Sehr wesentlich äußert sich der Einfluß der Bewegung auf dem Lande auch an den Gliedmaßen. Aus den breiten Rudern der Fische bilden sich lange, schlanke Hebelketten heraus, die den Körper hoch über den Boden erheben und ihm rasche Beweglichkeit verleihen. Ähnlich den Arthropoden erobern sich auch die Wirbeltiere das Luftmeer, aber nicht durch Bildung neuer Anhänge, sondern durch Umformung der Extremitäten. Wir finden die Anläufe zu solchen Bildungen, auch hier wohl immer ausgehend von Fallschirmen, in den verschiedensten Gruppen, bei den Flugfischen, Flugfröschen, den Flugechsen, den Vögeln und den Fledermäusen. Doch nur in den beiden letzten Gruppen werden Leistungen erzielt, die sich denen der Insekten an die Seite stellen lassen.

So entsteht in den Wirbeltieren ein zweiter besonders leistungsfähiger Typus der tierischen Organisation. Wie die Gliedertiere erlangt er eine allgemeine Verbreitung; die Erwerbung gleichmäßig hoher Körpertemperatur in seinen vollkommensten Vertretern, den Vögeln und Säugetieren, befähigt ihn sogar zur Besiedelung der kalten, polaren Regionen. Seine Angehörigen entwickeln sich zu ausgesprochener Dominanz über die andere Tierwelt. Der

Grund dafür liegt wohl darin, daß sie nicht, wie die Insekten, klein bleiben, und dies wieder ist letzten Endes auf den anderen Typus des Skeletts zurückzuführen. Das stabförmige Innenskelett nimmt bei der Vergrößerung nicht so sehr an Masse zu, wie der an die Oberfläche gebundene Panzer der Arthropoden. Die Wirbeltiere erreichen daher erst bei viel höheren Werten die Grenze, über die hinaus das Wachstum den Körper schwerfällig und weniger leistungsfähig macht.

Der Lebhaftigkeit und Gewandtheit der Wirbeltiere entspricht die hohe Ausbildung der Sinnesorgane. Wir finden besonders vollkommene Augen, gute chemische Apparate und bei den Landformen auch recht leistungsfähige Hörorgane. Auch die psychischen Fähigkeiten erheben sich zur höchsten Stufe, die überhaupt in der Tierwelt erreicht wird. Sie gipfeln in dem Denkvermögen des Menschen, den gerade sein hoch entwickelter psychischer Apparat, lokalisiert in dem reich differenzierten Großhirn, weit über die anderen Wirbeltiere erhebt, denen ihn sein Körperbau sonst vollkommen zuordnet.

Die Entwicklung der Wirbeltiere läßt sich in ihren Grundzügen ohne allzu große Schwierigkeiten auf die des Amphioxus zurückführen. Sie wird nur, auch hierin ähnlich der der Gliedertiere, durch die Anhäufung von Dottermaterial abgeändert. Dabei konzentriert sich das Bildungsplasma am einen Pol des Eies, es entsteht dort eine Keimscheibe (VIII, 11), wie wir sie schon bei den Tintenfischen kennen lernten. Dadurch verkümmert die Gastrulation, sie sinkt zu einer unbedeutenden Einstülpung der Keimscheibe herab. Die Mesodermbildung erfolgt wie bei den Tunikaten als solide Einwucherung, in der erst sekundär die gekammerten Hohlräume der Zölomanlage auftreten. Durch die metamere Ausbildung der Segmente entsteht auch hier, wie bei den Arthropoden, ein Keimstreif. Er liegt aber im Gegensatz zu diesen dorsal; dort spielen sich alle wesentlichen Entwicklungsvorgänge ab, und nach Umwucherung des Dotters schließt sich die Körperwand ventral (VII, 19; VIII, 12). Wie bei den Gliedertieren wird der Keimstreif auch bei den höheren Formen der Wirbeltiere von Falten der äußeren Keimschicht umwachsen und in eine Amnionhöhle eingeschlossen (VIII, 13). Durch das Auftreten dieses Entwicklungstypus stellen sich die höheren Wirbeltierklassen, die Kriechtiere, *Reptilia*, Vögel, *Aves*, und Säugetiere, *Mammalia*, als *Amniota* den niederen Formen, Fischen, *Pisces*, und Lurchen, *Amphibia*, den *Anamnia*, gegenüber. Bei den Säugetieren schwindet der Dotter nachträglich wieder, seine Nährkraft wird ersetzt durch direkte Ernährung des heranwachsenden Embryos im Körper der Mutter. Dazu bildet sich im erweiterten Endstück des Eileiters, dem Uterus, jene innige Verbindung mütterlichen und kindlichen Gewebes heraus, die als Mutterkuchen, Plazenta, bezeichnet wird.

Zweiter Teil.

Die stammesgeschichtliche Entwicklung der Organismen. Deszendenztheorie, Vererbung und Artbildung.

1. Die historische Entwicklung der Deszendenztheorie.

Aus der Übersicht der Organisationsformen des Tierreichs ergibt sich zunächst, daß die gesamte Mannigfaltigkeit sich in einzelne große Gruppen ordnen läßt, die wir als Tierstämme oder -kreise kennen gelernt haben. Bei der Betrachtung wurde aber Wert darauf gelegt, besonders unter Heranziehung der Entwicklungsgeschichte darauf hinzuweisen, daß diese einzelnen Gruppen eine aufsteigende Höhe der Entwicklung zeigen und daß sich Züge finden, die mehreren von ihnen gemeinsam sind, so daß sie sich in Reihen ordnen lassen. Wir fassen heutzutage diese Übereinstimmung als Folge einer gemeinsamen Abstammung auf (Deszendenz) und stellen uns gern das Tierreich in Form eines Stammbaums mit vielfach verzweigten Ästen dar. Der Ursprungsort am gemeinsamen Stamm gibt dann den Beginn der selbständigen Differenzierung und die benachbarte Stellung der Äste den Grad der Verwandtschaft an. Es erhebt sich nun die Frage: Wie ist man überhaupt zur Aufstellung dieser Formenkreise gelangt und wieweit läßt sich die vielumstrittene, heute fast allgemein anerkannte Deszendenztheorie begründen?

Der Ausgangspunkt aller Systematik, d. h. aller Gliederung der organischen Reiche, war die einfache Beschreibung. Es wurden zunächst Formen, die entweder besonders merkwürdig waren oder ein biologisches Interesse für den Menschen, meist durch Nutzen oder Schaden, hatten, beschrieben; etwa in der Art, wie ein primitiver Mensch oder ein Kind es auch jetzt tut, indem besonders auffallende Merkmale in längerer oder kürzerer Aufzählung angeführt wurden. Dazu trat aber sehr bald das Element der Vergleichung, indem man bei der Beschreibung neuer Formen an bekannte anknüpfte und Ähnlichkeiten und Unterschiede hervorhob. Durch Belegung der ähnlichen Formen mit gemeinsamen Namen entwickelte sich die erste Einteilung des Tierreiches. Sie erreichte schon im Altertum bei Aristoteles

Arthropoden. Entwicklung der Arthropoden.

1) Copepode (Cyclops). **2)** Phyllopode (Daphnia). **3)** Isopode (Assel). **4)** Dekapode (Flußkrebs). **5)** Limulus (aus Claus-Grobben). **6)** Skorpion. **7)** Spinne. **8)** Milbe. **9)** Annelid. **10)** Peripatus. **11)** Tausendfuß (Lithobius). **12)** Insekt. **13)** Nauplius eines Cyclops (nach Claus). **14)** Metanauplius. **15)** Copepoditstadium von Copepoden. **16)** Zoea (nach Claus). **17—20)** Insektenentwicklung. 17) Kernteilung im Dotter, 18) Blastodermbildung, 19) Keimstreif, 20) Embryo in der Amnionhöhle (z. T. aus Heider). **21a—c)** Epimorphose einer Heuschrecke. **22)** Metamorphose eines Schmetterlings (nach Burgeß).

Abd = Abdomen *af* = After *amh* = Amnionhöhle *At₁ At₂* = 1., 2., Antenne *au* = Auge *bl* = Blastoderm *br* = Brutraum *C* = Kopf *ch* = Chelicere *Cth* = Cephalothorax *d* = Darm *es* = Eisäckchen *f. au* = Facettenauge *f.* = Furca *fl* = Flügel *fl. a.* = Flügelanlage *go* = Gonade *h* = Herz *k* = Kieme *kl* = Kauladen *ks* = Keimstreif *l* = Lunge *md* = Mandibel *mdd* = Mitteldarmdrüse *mpgh* = Malpighische Gefäße *mw* = Mundwerkzeuge *mx₁ mx₂* = 1., 2. Maxille *n* = Nervensystem *n. au* = Naupliusauge *nph* = Nephridium *nn* = Kerne *pa* = Parapodien *Pabd* = Postabdomen *pp* = Pedipalpen *rf* = Ruderfüße *S* = Schale *sch* = Schwanzfächer *st* = Stacheln *t* = Tentakel *Th* = Thorax *thb* = Thorakalbeine

Verlag von VEIT & COMP. in Leipzig.

Mollusken.

1) Muschelschale (Durchschnitt). 2) Chiton (Schema). 3) Mollusk (Schema nach Heider). 4) Muschel (Schema). 5–7) Entwicklung der Asymmetrie bei Schnecken (nach Grobben und Heider). 8) Nautilus (Schema nach Lang). 9) Cephalopod (Schema). 10) Veliger. 11) Pteropode. 12) Muschel quer (Schema nach Lang). 13) Molluskentrochophora (Schema nach Heider). 14–16) Cephalopodenentwicklung (Loligo) (nach Korschelt und Heider).

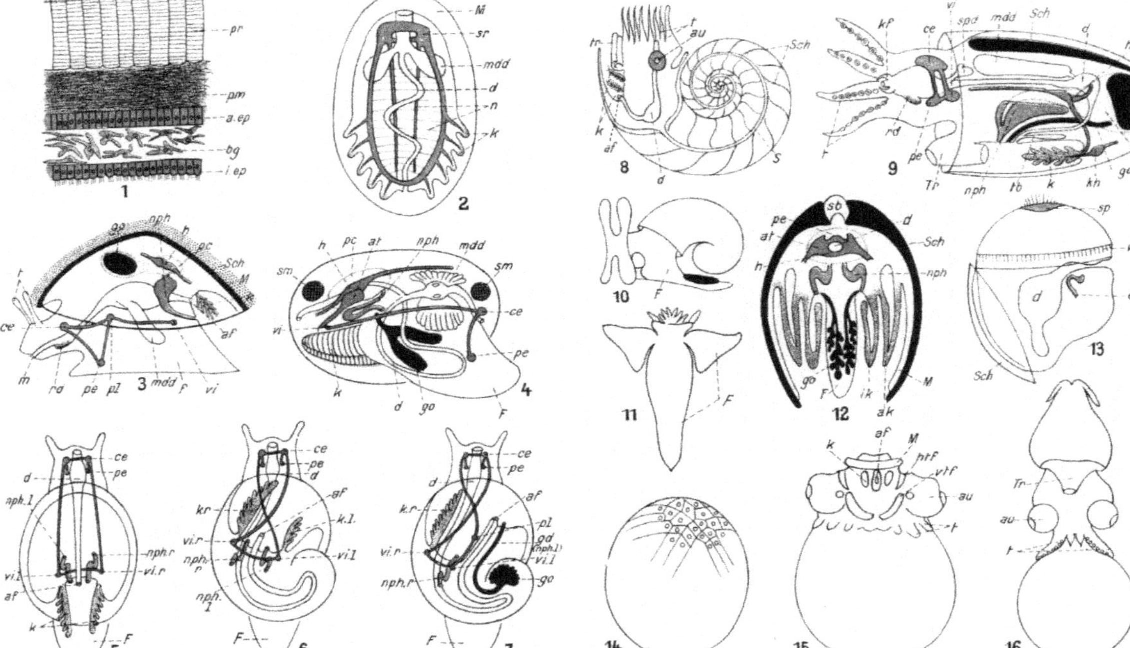

a. ep = äußeres Mantelepithel *af* = After *a. k* = äußere Kieme *at* = Vorhof *au* = Auge *bg* = Bindegewebe *ce* = Cerebralganglion *co* = Conchiolinschicht *cö* = Coelom *d* = Darm *ex* = Protonephridium *F* = Fuß *gd* = Gonodukt *go* = Gonade *h* = Herz *htf* = hintere Trichterfalten *i. ep* = inneres Mantelepithel *i. k* = innere Kieme *k* = Kieme *kf* = Kiefer *kh* = Kiemenherz *M* = Mantel *m* = Mund *mdd* = Mitteldarmdrüse *n* = Nervensystem *nph* = Nephridium *pc* = Pericard *pe* = Pedalganglion *pl* = Pleuralganglion *pm* = Perlmutterschicht *pr* = Prismenschicht *rd* = Radula *s* = Sipho *sb* = Schloßband *Sch* = Schale *sm* = Schließmuskel *sp* = Scheitelplatte *spd* = Speicheldrüse *sr* = Schlundring *t* = Tentakel (Arme) *tb* = Tintenbeutel *Tr* = Trichter *vi* = Visceralganglion *vtf* = vordere Trichterfalten *wk* = Wimperkranz

Verlag von VEIT & COMP. in Leipzig.

Entwicklung der Protostomier und Deuterostomier. Bryozoen und Brachiopoden.

1) Turbellarienlarve (nach Heider). **2, 3**) Annelidenentwicklung. **4—7**) Echinodermenentwicklung (z. T. nach Heider). **8—10**) Enteropneustenentwicklung (nach Heider). **11—13**) Amphioxusentwicklung (nach Hatschek). **14—16**) Sagittaentwicklung (nach O. Hertwig). **17**) Querschnitt durch jungen Amphioxus (Schema nach Hatschek). **18**) Annelidenquerschnitt (Schema). **19**) Wirbeltierembryo, Querschnitt (Schema). **20**) Bryozoon (Schema). **21**) Brachiopode (Schema). **22**) Amphioxus (Schema).

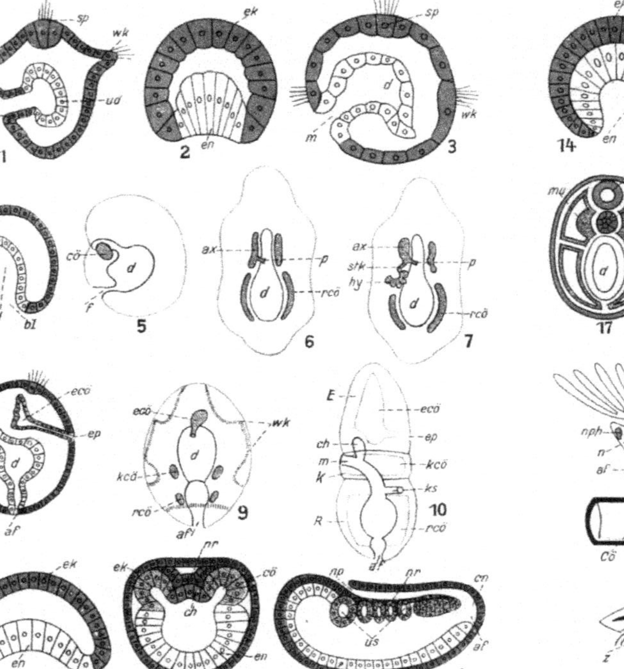

af = After *Ag* = Armgerüst *ax* = Axocoel *bl* = Blastoporus *bm* = Bauchmark *ch* = Chorda dorsalis *cn* = Canalis neurentericus *cö* = Coelom *D* = Dotter *d* = Darm *E* = Eichel *ecö* = Eichelcoelom *ek* = Ektoderm *en* = Entoderm *ep* = Eichelporus *fu* = Funiculus (Keimstrang) *go* = Gonade *h* = Herz *hy* = Hydrocoel *K* = Kragen *kcö* = Kragencoelom *kg* = Kiemengefäß *ks* = Kiemenspalte *l* = Leber *M* = Mantel *m* = Mund *mb* = Mundbucht *mcö* = Myocoel *mdd* = Mitteldarmdrüse *mu* = Muskelanlage *n* = Nervensystem *np* = Neuroporus *nph* = Nephridium *nr* = Nervenrohr *p* = Porus *R* = Rumpf *rcö* = Rumpfcoelom *rg* = Rückengefäß *Sch* = Schale *sp* = Scheitelplatte *sr* = Schlundrohr *St* = Stiel *stk* = Steinkanal *Tk* = Tentakelkranz *ud* = Urdarm *us* = Ursegment *wk* = Wimperkranz *z* = Mundzirren

Verlag von VEIT & COMP. in Leipzig.

Systematische Übersicht der größeren Gruppen des Tierreichs.

(Die im Text nicht berücksichtigten Gruppen sind auch hier fortgelassen.)

- **Protozoa.**
  - Rhizopoda.
    - Amoebozoa.
    - Thalamophora.
    - Heliozoa.
    - Radiolaria.
  - Sporozoa.
    - Gregarinida.
    - Coccidia.
    - Haemosporidia.
  - Ciliata.
    - Euciliata.
    - Suctoria.
  - Flagellata.
    - Dinoflagellata.
    - Cystoflagellata.
    - Euflagellata.
- **[Mesozoa.]**
- **Metazoa.**
  - **Coelenterata.**
    - Spongiae.
    - Cnidaria.
      - Hydrozoa.
      - Scyphozoa.
      - Anthozoa.
    - Ctenophora.
  - **Scolecida.**
    - Plathelminthes.
      - Turbellaria.
      - Trematodes.
      - Cestodes.
    - Nemathelminthes.
      - Nematodes.
    - Nemertini.
    - Rotatoria.
  - **Coelomata.**
    - **Protostomia.**
      - Annelides.
        - Chaetopoda.
        - Hirudinei.
        - Gephyrea.
      - Arthropoda.
        - Trilobita.
        - Crustacea.
          - *Phyllopoda.*
          - *Copepoda.*
          - *Cirripedia.*
          - *Amphipoda.*
          - *Isopoda.*
          - *Decapoda.*
        - Arachnoidea.
          - *Scorpionidea.*
          - *Araneida.*
          - *Acarina.*
        - Protracheata.
        - Tracheata.
          - *Myriapoda.*
          - *Apterygota.*
          - *Insecta.*
      - Mollusca.
        - Amphineura.
        - Lamellibranchiata.
        - Gastropoda.
        - Cephalopoda.
    - **Tentaculata.**
      - Brachiopoda.
      - Bryozoa.
    - **Deuterostomia.**
      - Enteropneusta.
      - Echinodermata.
        - Crinoidea.
        - Asteroidea.
        - Ophiuroidea.
        - Echinoidea.
        - Holothurioidea.
      - Chaetognatha.
      - Tunicata.
        - Appendicularia.
        - Ascidiacea.
        - Thaliacea.
      - Acrania.
      - Vertebrata.
        - Anamnia.
          - Cyclostomata.
          - Pisces.
            - *Selachii.*
            - *Ganoidei.*
            - *Teleostei.*
            - *Dipnoi.*
          - Amphibia.
            - *Stegocephali.*
            - *Urodela.*
            - *Anura.*
            - *Gymnophiones.*
        - Amniota.
          - Reptilia.
            - *Rhynchocephalia.*
            - *Chelonia.*
            - *Crocodilia.*
            - *Lacertilia.*
            - *Ophidia.*
          - Aves.
          - Mammalia.
            - *Monotremata.*
            - *Marsupialia.*
            - *Monodelphia.*

Stammbaum des Tierreichs.

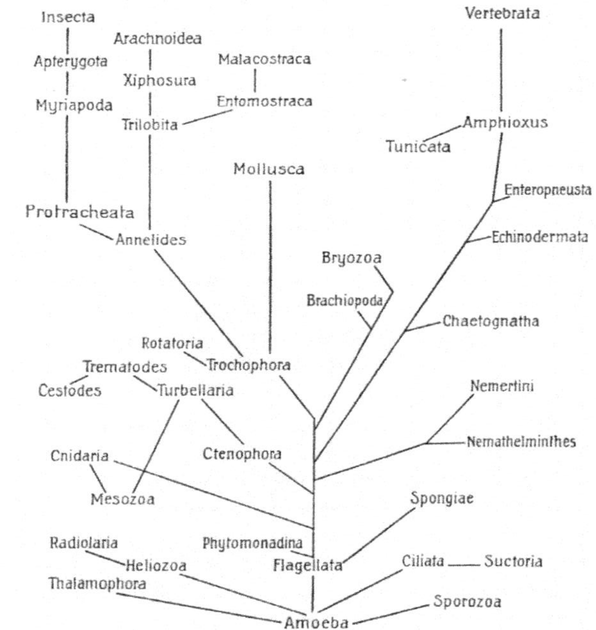

Verlag von VEIT & COMP. in Leipzig.

eine hohe Klarheit und Übersichtlichkeit; manche seiner Gruppen, wie seine Bluttiere (= heutige Wirbeltiere) und Kerbtiere (= Insekten + Myriapoden + Arachnoidea) entsprechen noch modernen systematischen Gruppen.

Als sich mit der Erweiterung unserer Kenntnis der Erdoberfläche die Zahl der zu beschreibenden Formen häufte, entstand zunächst ein großes Chaos, da die vorhandenen Beschreibungen zu wenig präzis und in der Auswahl ihrer Merkmale zu willkürlich waren, um ein sicheres Wiedererkennen der Formen zu gewährleisten. Es ist das große Verdienst von Linné, durch Einführen kurzer, scharfer Diagnosen und durch seine berühmte binäre Nomenklatur eine feste Grundlage zur weiteren Arbeit geschaffen zu haben. Linné war selbst vorwiegend Botaniker, allein gestützt auf frühere systematische Arbeiten besonders von John Ray, teilte er auch das Tierreich in Arten ein, von denen jede mit zwei Namen belegt wurde. Der eine, das Adjektiv, bezeichnete die Art (Species), das Substantiv die übergeordnete Einheit der Gattung (Genus).

Hierbei mußte sich die Notwendigkeit ergeben, die Berechtigung zu prüfen, mit der man überhaupt scharf geschiedene Arten aufstellen kann. Linné findet sie in Übereinstimmung mit einigen seiner Vorgänger besonders in zwei Punkten: einmal dem Vorhandensein von scharf definierbaren, bei allen Individuen konstanten Merkmalen, und zweitens in der Fruchtbarkeit bei Paarung von Zugehörigen der gleichen Art. Linné kannte sehr wohl die besonders für den Botaniker leicht festzustellende Tatsache, daß nicht alle Individuen seiner „Arten" sich völlig gleichen. Ergibt doch besonders bei Pflanzen jede Änderung in Klima und Ernährung oft sehr auffällige Abweichungen im Habitus. Er vertrat aber den Standpunkt, daß diese kleineren Abweichungen, die er Varietäten nannte, nicht konstant seien und bei Änderung der Bedingungen ineinander übergingen, also für die Systematik ohne Bedeutung seien (varietates non curat botanicus). In den Arten dagegen sah er scharfe, unveränderliche und nicht durch Übergänge verbundene Einheiten. Er betrachtete sie als gegebene Größen, deren Zahl sich von Anbeginn der Schöpfung nicht vermehrt habe. Durch Zusammenfassung gemeinsamer Merkmale ähnlicher Arten ergaben sich die Gattungen, diese bildeten nach dem gleichen Prinzip der gemeinsamen Merkmale Familien, diese Ordnungen, Klassen und Stämme.

Die so geschaffene Einteilung des Tierreichs nach vorwiegend äußeren Merkmalen wurde wesentlich vertieft durch das Studium des inneren Baues, der Anatomie. Auch dort führte der Weg von der Betrachtung der Einzelformen zum Vergleich, es entstand die „vergleichende Anatomie". Ihre Begründung erhielt sie durch die Arbeiten Cuviers im Anfange des 19. Jahrhunderts. Seine Untersuchungen ergaben teils Bestätigung der Zusammengehörigkeit äußerlich ähnlicher Formen auch im inneren Bau, teils wiesen sie diesen eine ganz verschiedene systematische Stellung an. Besonders im Kreise der wirbellosen Tiere ergab sich erst auf diesem Wege eine wirklich brauchbare Einteilung. Es zeigte sich nämlich, daß trotz der Fülle der äußeren Erscheinungen den Formen nur verhältnismäßig wenige Organisationsprinzipien, Baupläne, zugrunde lagen. So verschieden etwa eine Schnecke, eine Muschel und ein Tintenfisch äußerlich sein mögen, die anatomische Untersuchung zeigt bei ihnen die gleichen Organe in wesentlich gleicher Lagebeziehung. Diese Grundschemata, Typen, entsprechen im allgemeinen den großen systematischen Einteilungen der heutigen Tierkreise.

Die vergleichenden Anatomen in der ersten Hälfte des 19. Jahrhunderts behandelten mit großem Eifer die Frage der Ausgestaltung der einzelnen „Typen" je nach den Lebensbedingungen der einzelnen Arten. Sie stellten sich das Verhältnis von Typus zu Einzelart etwa nach dem Vorbilde der Platoschen Ideenlehre vor; wie seine „Ideen" sich in den Formen der Erscheinungswelt mehr oder weniger deutlich verkörpern, so treten auch die Grundzüge des Typus mehr oder weniger deutlich unter den Abwandlungen zutage, welche die Anpassung an bestimmte Lebensbedingungen der Einzelform aufgenötigt hat. Oder, um ein anderes Bild zu brauchen, die Einzelformen sind Variationen über das gleiche Thema, den Typus. In diesem Sinne ist auch die viel erörterte Metamorphosenlehre Goethes zu verstehen. Seine „Urpflanze" ist der Typus, und die einzelnen Gestaltungsformen, z. B. der Blätter, sind die Metamorphosen, in denen er uns entgegentritt. Dabei sind Typus wie Einzelform etwas durchaus Gegebenes; wie ein schaffender Künstler hat die Natur ihre „Ideen" in den mannigfaltigsten Einzelformen verkörpert und ihnen bestimmte Lebensbedingungen zugewiesen, in denen sie sich unverändert erhalten. Die Arten sind also auch für diese Forscher konstant.

Einer solchen Auffassung mußten sich mit fortschreitender Enthüllung der Erdgeschichte Schwierigkeiten in den Weg stellen. Es zeigte sich einmal, daß die versteinert erhaltenen Reste aus früheren Erdperioden nicht mit den heute lebenden Arten übereinstimmen, und zweitens, daß die Lebensbedingungen, z. B. die Verteilung von Land und Wasser, früher ganz andere gewesen waren als jetzt. Diesen Schwierigkeiten suchte man durch die Katastrophen- oder Kataklysmentheorie zu entgehen. Sie besagte, daß die einzelnen Erdperioden durch große Revolutionen getrennt gewesen seien, bei denen die alte Flora und Fauna zugrunde gegangen und durch eine neue ersetzt worden sei. Der einmalige Schöpfungsakt wurde also in mehrere zerlegt.

Schon von Beginn der vergleichend anatomischen Forschung machte sich aber neben diesem idealistischen Standpunkt in der Lehre von der Mannigfaltigkeit der Tierformen ein zweiter geltend: der historische. Dieser faßt die heute existierende Lebewelt nicht als etwas von Anbeginn Gegebenes, sondern als etwas Veränderliches auf. Für ihn sind also die Arten nicht konstant, sondern sie bezeichnen den augenblicklich erreichten Stand in der Entwicklung der gesamten Lebewelt. Dieser Standpunkt hat den großen Vorteil, daß ihm die Zweckmäßigkeit der Organisation keine Schwierigkeiten macht. Sind die Arten konstant, so ist es schwer vorzustellen, wie für die im Laufe der Erdgeschichte wechselnden Lebensbedingungen immer die passenden Formen gewissermaßen von der Natur vorrätig gehalten werden und zwar in einer bis ins feinste gehenden Ausarbeitung. Wirken dagegen die Lebensbedingungen selbst umgestaltend ein, so ist leicht einzusehen, daß dies zu einer „Anpassung" der Organismen führen muß. Diese Anpassung kann auf zwei Wegen erfolgen. Einmal wirkt das Medium, also Änderung des Klimas, der Nahrung, direkt auf den Organismus; ein Tier, das aus dem Feuchten ins Trockene kommt, erhält z. B. eine hornige Haut als Schutz gegen die Verdunstung. Bei dieser „direkten" Anpassung unterliegt der Organismus passiv den äußeren Einflüssen, er kann aber auch aktiv zu seiner Umwandlung beitragen, indem sich der Gebrauch seiner Organe in Anpassung an die Lebensbedingungen ändert und dadurch Umgestaltungen hervorgerufen werden („indirekte" Anpassung). So entstehen aus dem Bedürfnis der Verfolgung schneller Beute die langen und behenden Beine der Wölfe, die Giraffe entwickelt ihren langen Hals zur Erreichung der Mimosenäste, von deren Laub sie sich nährt, usw.

Diese historische Auffassung wurde zum ersten Male klar ausgesprochen von Cuviers Zeitgenossen und Kollegen in Paris Lamarck. Er ist der Hauptforscher der vergleichenden Anatomie der Wirbellosen. Die im Studium ihrer Formenfülle gewonnenen Anschauungen legte er in einem rein theoretischen Werke, der „Philosophie zoologique", 1809 nieder. Er ist somit als eigentlicher Begründer des Deszendenzgedankens in der naturwissenschaftlichen Literatur anzusehen. Seine Arbeit fand aber bei den Zeitgenossen gar keine Anerkennung. Einmal, weil Lamarck es unterließ, seine Spekulationen ausführlich mit Beispielen zu belegen und daher das Ganze dem nicht mit einer so umfassenden Formenanschauung Ausgestatteten zu phantastisch erschien. Besonders aber deshalb, weil man mit seiner Theorie der Veränderlichkeit der Formen die praktisch zweifellos vorhandene große Konstanz der Arten nicht vereinigen konnte. Die Arbeit der Systematiker lehrte ja täglich, daß es eben scharfe und für zahlreiche Individuen gleichmäßige Formunterschiede gibt und keine verschwimmenden Übergänge, wie man nach Lamarcks Auffassung erwarten sollte. So vermochte sich seine Anschauung nicht durchzusetzen, und auch die große Disputation vor der Pariser Akademie im Jahre 1830, bei der Cuvier den idealistischen, Etienne Geoffroy de Saint Hilaire den historischen Standpunkt vertrat, endete mit einer entschiedenen Niederlage der Deszendenztheoretiker.

Erst Darwin gelang es, diese Schwierigkeit zu beseitigen und dem Deszendenzgedanken zu allgemeiner Anerkennung zu verhelfen. Durch Beobachtungen während einer dreijährigen Reise als Naturforscher auf einem englischen Vermessungsschiff um die Küsten Südamerikas studierte er besonders das Problem der Anpassung von Flora und Fauna an die Lebensbedingungen ihres jeweiligen Wohnorts. Besonders bedeutungsvoll wurden seine Beobachtungen auf der der Westküste von Südamerika vorgelagerten kleinen Inselgruppe der Galapagos. Dort fand er eine Fauna, deren enge Verwandtschaft mit der der benachbarten Küste keinem Zweifel unterlag, die aber trotzdem ganz charakteristische Veränderungen aufwies, so daß ihre Formen artlich von denen des Festlandes scharf geschieden waren. Die Lösung, die sich aufdrängte, war die, daß sich die eingewanderten Tiergruppen unter dem Einfluß des Inselmilieus in die neuen Formen umgewandelt hätten. Nach England zurückgekehrt, begann Darwin das Problem der Bildung neuer Arten im großen zu studieren. Er sammelte zu diesem Zwecke ein riesiges Material über Variationen und ihre Schicksale, wie es besonders die Erfahrungen und Aufzeichnungen der Pflanzen- und Tierzüchter boten. Daraus gewann er die Überzeugung, daß die Bedeutung der Variabilität eine weit größere sei, als allgemein angenommen wurde, und daß zwischen Varietäten und Arten keine scharfe Grenze existiere, erstere vielmehr allmählich in letztere übergehen könnten.

Zur Erklärung der Tatsache, daß dennoch zwischen den lebenden Arten charakteristische konstante Unterschiede bestehen, verhalf ihm der Begriff der Selektion, der Zuchtwahl oder des Kampfes ums Dasein, der im besonderen mit seiner Lehre verknüpft ist. Die Anregung dazu erhielt er aus dem in jener Zeit viel gelesenen Buche seines Landsmannes Malthus „Über die Bevölkerung". Dieser suchte darin den Nachweis zu führen, daß die natürliche Vermehrung der Bevölkerung stets weit größer sei, als für eine gedeihliche Entwicklung aller Nachkommen zuträglich und daß sich daraus ein Wettbewerb mit schädlichen nationalökonomischen Folgen ergäbe. Diese Überproduktion von Nachkommen ist nun im Tierreich in noch weit höherem Maße als beim Menschen der Fall. Von den Hunderten, Tausenden oder Hunderttausenden von Keimen, die ein Tierpaar hervorbringt, ist stets der weitaus größte Teil der Vernichtung geweiht, ehe sie selbst wieder fortpflanzungsfähig werden. Viele dieser vernichtenden Faktoren, wie besonders klimatische Einflüsse, sind so durchgreifend wirksam, daß ihnen gegenüber kleine Unterschiede der Keime bedeutungslos sind. In vielen Fällen können aber kleine Verschiedenheiten in der Veranlagung der einzelnen Geschwister von ausschlaggebender Bedeutung werden. Denn stets findet in irgendeiner Form ein Wettbewerb um Ernährung und Fortpflanzung statt, und bei diesem können unter sonst gleichen Bedingungen kleine individuelle Vorzüge ausschlaggebend werden. Sie müssen dazu führen, daß ihre Träger den Konkurrenten überlegen sind, in erster Linie zur Fortpflanzung gelangen und ihre vorteilhaftere Organisation auf die Nachkommen übertragen. So findet durch den „Kampf ums Dasein" eine Auswahl (Selektion) unter der gesamten Nachkommenschaft statt, und es erhält der Geeignetste, den Bedingungen am besten Angepaßte sich selbst und seine Fähigkeiten für die Nachwelt. In der nächsten Generation wiederholt sich derselbe Ausleseprozeß, und so können, vorausgesetzt, daß die nötigen Varietäten auftreten, sich die Tierarten schrittweise vervollkommnen und ihrer Stammart mehr und mehr unähnlich werden. Dadurch, daß die Zwischenstufen, die weniger gut angepaßt sind, allmählich ausgemerzt werden, entstehen Lücken, die uns die jetzt lebenden Formen trotz ihrer Entwicklung auseinander als getrennte „Arten" erscheinen lassen.

Das Prinzip, das Darwin hier wirksam sein läßt, ist durchaus analog dem, das der Mensch bei seinen Haustieren und Nutzpflanzen anwendet, um Rassen von bestimmten Eigenschaften herauszuzüchten. Von dieser Übereinstimmung mit der künstlichen Zuchtwahl des Menschen gab ihm Darwin auch den Namen der „natürlichen Zuchtwahl" (Natural selection). Er gab eine zusammenfassende Darstellung seiner Untersuchungen in seinem berühmten Werke über die „Entstehung der Arten durch natürliche Zuchtwahl", das 1859 erschien. Es hatte einen überraschend schnellen Erfolg und hat dem Deszendenzgedanken in verhältnismäßig sehr kurzer Zeit zu allgemeiner Anerkennung verholfen. Mit besonderer Begeisterung wurde es in Deutschland aufgenommen, und besonders durch die Tätigkeit Häckels verbreitete sich der Deszendenzgedanke rasch. Bereits 1866 versuchte Häckel in seiner großzügigen „Generellen Morphologie" einen Entwurf zum Stammbaum des Tierreichs zu geben, der sich trotz mancher Irrtümer im einzelnen doch in den Grundlagen durchaus bewährt hat. Die Arbeit der ideellen Morphologie erwies sich für diese Zwecke sehr bedeutungsvoll, denn in ihren Untersuchungen über die Ausgestaltung der einzelnen Typen in Anpassung an besondere Lebensverhältnisse hatte sie vielfach das gleiche Problem behandelt, das nur jetzt gewissermaßen in eine andere Sprache übersetzt zu werden brauchte.

2. Zeugnisse für die Selektionstheorie Darwins. Schützende Ähnlichkeit und Mimikry.

Unter den Gebieten, auf denen die Bedeutung der natürlichen Zuchtwahl besonders augenfällig ist, steht in erster Linie die Anpassung der Tiere in Form und Färbung an ihre Umgebung. Sie bezweckt, das Tier möglichst wenig auffällig zu machen, sei es, um es vor Verfolgern zu verbergen oder umgekehrt, um ihm zu erlauben, sich möglichst unbemerkt seiner Beute zu nähern. Die Zahl der Fälle solcher schützenden Ähnlichkeit ist fast unbegrenzt. Unter den prägnantesten Beispielen finden wir die schützende Übereinstimmung in der Farbe mit der Landschaft, worin das Tier lebt. Im ewigen Schnee des Polargebietes treffen wir den Eisbären, den Eisfuchs, in den Hochgebirgen den Schneehasen und das Schneehuhn, die durch ihre weiße Färbung sich von der Umgebung gar nicht abheben. Besonders deutlich wird diese Schutzwirkung, wenn die weiße Farbe nur zur Winterszeit angelegt wird wie beim Schneehuhn oder beim Hermelin, die im Sommer ein dunkleres, der Färbung des schneefreien Bodens angepaßtes Gewand tragen. Eine gleiche Übereinstimmung mit der Umgebung finden wir bei der Wüstenfauna. Der Löwe, der Wüstenfuchs, die Wüstenspringmaus, der Skink (eine Wüsteneidechse), alle zeichnen sich durch eine fahle, gelbbraune Färbung aus. Die im Grün der Baumkronen lebenden Formen kleiden sich in ein grünes Gewand: Wir finden es bei zahlreichen Vögeln, z. B. Papageien und Taubenarten, bei vielen Baumschlangen, Chamäleons, unter den Amphibien bei den Laubfröschen. Die Bodentiere unserer Fauna sind vielfach durch eine eigentümliche, aus Flecken und Streifen von dunklerem Braun auf hellem Sandgrunde bestehende Zeichnung geschützt. Man denke z. B. an das Kleid unserer Lerchen und Rebhühner. Selbst ein so großer Vogel wie die Trappe ist dank dieser Färbung bei ruhiger Haltung kaum zu bemerken. In sehr charakteristischer Weise ist diese Zeichnung bei der Rohrdommel ausgeprägt. Dort wird der Körper durch ein eigenartiges Muster von dunklen Längsstreifen gleichsam aufgelöst; wenn der Vogel mit hochgestrecktem Halse ruhig zwischen den Rohrstengeln seiner Umgebung steht, ist er selbst aus nächster Nähe kaum wahrzunehmen. Er scheint sich dieser Tatsache auch gleichsam bewußt zu sein, denn ungleich anderen Formen sucht er bei Gefahr sein Heil nicht in der Flucht, sondern in völliger Bewegungslosigkeit. Diesen Instinkt finden wir bei vielen durch ihre Färbung und Zeichnung geschützten Tieren wieder. In den Tropen treffen wir solche auflösenden Streifenmuster noch in vergrößertem Maße. Dahin gehört die Zeichnung der großen Katzen wie der Tiger- und Pantherarten; auch das Zebra mit der grellen, schwarz und weißen Zeichnung ist in den scharfen Schlagschatten der afrikanischen Parklandschaft keineswegs so auffallend, wie man nach seinem Eindruck in unseren Tiergärten meinen möchte. In etwas anderer Modifizierung zeigen ähnliche Färbungselemente die Dämmerungstiere, wie Eulen, Nachtschwalben, Schnepfen u. v. a. Hier wird durch die seltsam unbestimmte Zeichnung und Färbung ein Verschwimmen der Umrisse im Halbdunkel der Umgebung begünstigt.

Unter den wirbellosen Tieren zeichnet sich der Stamm der Insekten durch eine ungemeine Mannigfaltigkeit von Schutzfärbungen aus. Sie sind hier fast noch interessanter, insofern, als es sich nicht so sehr um allgemeine Anpassung, sondern um oft ganz spezialisierte Angleichung an bestimmte Gegenstände der Umgebung handelt. Besonders bemerkenswert ist ferner, daß die Schutzfärbung sich oft ganz scharf nur auf die Teile des Tieres beschränkt, die in seiner natürlichen Ruhelage den Blicken ausgesetzt sind. Bei unseren Ordensbändern, *Catocala*, sind die Unterflügel lebhaft blau, gelb oder rot gefärbt, die Oberflügel dagegen graubraun mit gelblich verwaschenen Flecken und schwärzlicher Bindenzeichnung. Die Tiere sitzen tagsüber ruhig an Baumstämmen mit dachförmig zusammengelegten Oberflügeln, unter denen die Unterflügel völlig verborgen sind, sie sind so selbst für ein geübtes Auge kaum zu bemerken. In ähnlicher Weise haben viele unserer lebhaft gefärbten Tagfalter aus der Gattung *Vanessa*, wie das Pfauenauge, der Admiral, der Distelfalter, eine einfarbig dunkle oder sandfarben verwaschene Färbung der Unterseite. Sie sitzen dann in der Ruhe mit zusammengelegten Flügeln, so daß die bunte Oberseite völlig verdeckt ist. In einzelnen Fällen ist diese Schutzfärbung in ganz raffinierter Weise ausgestaltet, so bei dem berühmten indischen Blattschmetterling *Kallima*. Dort gleicht die Unterseite einem trockenen Blatt mit Mittelrippe und Seitenadern; die Mittelrippe setzt sich in einen Stiel fort, der von einem Schwanzanhang des Unterflügels gebildet wird und in der Ruhestellung dem Aste anliegt, an dem der Schmetterling sitzt. Durchscheinende Flecke und dunklere wolkige Stellen vervollständigen in verblüffender Weise den Eindruck eines trockenen, im Zerfall begriffenen Blattes. Sehr merkwürdig ist auch die Schutzfärbung mancher Heuschrecken, die sich ihrer grünen Umgebung angepaßt haben. Das Grün ist aber auf Ober- und Unterflügeln nur an den Teilen entwickelt, die in der Ruhe frei liegen. So ist z. B. der vordere Teil des Unterflügels in seiner Außenhälfte grün, die Innenhälfte, die vom Oberflügel gedeckt wird, ist gelb und setzt sich vom grünen Teil mit einem scharfen Rande ab, der genau der Grenze des Oberflügels in der Ruhelage entspricht.

Neben der Farbe spielt auch die Form bei der Schutzanpassung eine wesentliche Rolle. Wir fanden sie schon bei dem Blattschmetterling, bei dem die Täuschung nicht nur auf der Zeichnung, sondern auch auf der Form und Stellung der Flügel beruht. Besonders wirksam ist die Form bei den sog. Stabheuschrecken, *Phasmidae*, von denen man jetzt bei uns häufig *Dixippus* gezogen sieht. Hier ist der Körper lang und schlank, stabartig, die Beine sind gestreckt und dünn und stehen wie Seitenzweige von dem astartigen Körper ab. Die vordersten Beine werden in der Ruhe an den Kopf angelegt und stehen in der Verlängerung des Körpers, wodurch die Ähnlichkeit des Tieres mit einem trockenen Aste noch erhöht wird. Auch hier stimmen die Lebensgewohnheiten mit der merkwürdigen Tracht gut überein. Die Tiere sitzen im allgemeinen vollkommen ruhig. Reizt man sie durch Berührung oder durch Schütteln ihrer Unterlage, so laufen sie nicht fort, sondern schaukeln den Körper auf den langen Beinen seitlich hin und her, wie ein Zweig, der vom Winde bewegt wird. Etwas Ähnliches liegt vor bei dem berühmten wandelnden Blatte *Phyllium*. Bei ihm sind der Leib und die mittleren Glieder der Beinpaare zu dünnen Platten verbreitert, die grün bzw. weiß gefärbt sind und dem Tiere das Aussehen eines Zweiges mit Blättern oder Blüten geben.

Solche schützende Ähnlichkeit kommt auch unter den Insekten in gleicher Weise dem Verfolger wie dem Verfolgten zugute. Ebenso wie die grünen Raupen, Feldheuschrecken usw. ist auch die Laubheuschrecke, *Locusta viridissima*, die sich durch Erhaschen anderer Insekten im Sprunge ernährt, durch ihre grasgrüne Färbung geschützt. Völlig grün ist auch die eigentümliche Gottesanbeterin, *Mantis religiosa*, bei der die Vorderbeine zu einem gefährlichen Fangapparat umgebildet sind, dadurch, daß die Tarsenglieder wie die Klinge eines Taschenmessers gegen die mit Dornen besetzte Tibia eingeschlagen werden können. Diese Vorderbeine werden in der Lauerstellung mit geöffneten Klingen wie anbetend erhoben, was dem Tiere seinen seltsamen Namen verschafft hat. In raffinierter Weise ist bei einer tropischen Mantide, *Idolum diabolicum*, die Färbung und Form ausgestaltet. Prothorax und Femur der Raubbeine sind verbreitert und bunt gefärbt. Sie gleichen in der Fangstellung einer Blüte. Kommt ein Insekt, durch die Ähnlichkeit getäuscht, heran, so wird es unfehlbar von den Fangbeinen erhascht. Reich an solchen Anpassungen sind auch die Spinnen; die Krabbenspinnen der Gattung *Tomisus*, die mit ausgespreizten Beinen an oder in Blüten auf Beute lauern, sind diesen Blüten gleich lebhaft gelb oder weiß gefärbt. Eine Spinne dieser Gruppe gleicht, wie Forbes in Sumatra feststellte, in täuschender Weise durch Färbung und Haltung einem Häufchen Vogelkot auf der Spitze eines Blattes und veranlaßt dadurch Tagfalter, die gern an Exkrementen saugen, sich darauf niederzulassen.

Fast noch überraschender als die Fälle von schützender Ähnlichkeit sind die der echten Mimikry. Man versteht darunter jetzt lediglich die Nachahmung einer Tierform durch eine andere. Das Verständnis für die Zweckmäßigkeit einer solchen Nachahmung ergibt sich daraus, daß vielfach in der Tierreihe Farben auftreten, die einen der Schutzfärbung scheinbar ganz entgegengesetzten Zweck verfolgen, nämlich ihren Träger möglichst auffällig und leicht sichtbar zu machen. Dennoch handelt es sich auch hier um eine Schutzwirkung. Die so gefärbten Tiere sind nämlich entweder wehrhaft, wie unsere bestachelten Wespen oder Hornissen, oder mit widrig riechenden oder schmeckenden Säften ausgestattet. Die Warn- oder Schreckfarben sollen nun offenbar erreichen, daß die Vögel, die hier hauptsächlich als Verfolger in Frage kommen, von vornherein ein Signal erhalten, ein solches Tier sei nicht gut zu fressen. Man beobachtet tatsächlich, daß z. B. junge Hühner, denen man derartige Tiere zum Fraß vorwirft, sie zuerst wohl aufpicken, nach kurzer Zeit aber die Zeichnung und Farbe beachten lernen und so geschützte Tiere nicht mehr anrühren. Derartige Warnfarben bestehen vielfach im Wechsel von leuchtendem Gelb oder Schwarz, wie es unsere stechenden Hymenopteren vielfach tragen oder wie es aus einer ganz anderen Tiergruppe der bekannte Feuersalamander aufweist. Oft ist es auch ein lebhaftes Rot bis Braunrot, z. B. bei den sog. Blutströpfchen, *Zygaena*, kleinen Schmetterlingen, die man im Sommer oft auf unseren Wiesenblumen sitzen sieht und die durch leuchtend blutrote Flecke auf stahlblauem Grunde sehr auffällig sind. Diese Tiere zeigen eine für viele mit Schreckfarben ausgestatteten Formen sehr bezeichnende Eigenschaft, daß sie nämlich äußerst träge sind und in keiner Weise sich bemühen, einem Verfolger zu entgehen. Es scheint, als vertrauten sie auf den Schutz durch ihre Färbung, auch hier also wieder die interessante Korrelation zwischen körperlichem und psychischem Merkmal.

Solche durch Warnfarben geschützte Formen werden nun wieder durch andere in Färbung und Zeichnung kopiert, die dadurch, ohne selbst giftig oder widrigschmeckend zu sein, den gleichen Schutz genießen. Bekannt sind solche Mimikryfälle besonders unter den Schmetterlingen, deren lebhafte und wechselvolle Flügelfärbung und Zeichnung besonders reichliche Gelegenheit zu solchen Angleichungen gibt. So werden in den Tropen die Familien der Danaiden und Akräen von Schmetterlingen der verschiedensten Gruppen, Papilioniden und Pieriden unter den Tagfaltern und auch verschiedenen Nachtschmetterlingen nachgeahmt. Gelegentlich finden wir die Erscheinung, daß schlecht schmeckende Schmetterlinge aus verschiedenen Familien, die an den gleichen Gegenden vorkommen, die gleiche Warnfärbung und -zeichnung annehmen und auch gemeinsam fliegen. Dies bedeutet für alle an einem solchen Schutzring Beteiligten insofern einen Vorteil, als die unvermeidlichen Verluste durch unerfahrene Vögel sich auf einen größeren Kreis verteilen, die einzelne Art also weniger treffen. An solche Schutzringe schließen sich nun entsprechende Mimikryringe an, indem die gemeinsame Warnzeichnung wieder von verschiedenen harmlosen Formen in ähnlicher Weise nachgeahmt wird. Am ausgeprägtesten ist vielleicht der Ring, der sich um die lebhaft gelb, rot und schwarz gebänderte südamerikanische Tagfalterfamilie der Helikoniden gruppiert. Er umfaßt etwa ein halbes Dutzend andere geschützte Gattungen und noch mehr harmlose Arten aus den verschiedensten Familien, die alle gemeinsame Zeichnungen aufweisen und zusammen fliegen. Bei uns gruppiert sich ein ähnlicher Mimikryring um die gelb und schwarz geringelten Hymenopteren aus den Gruppen der Falten- und Grabwespen. Unter den Nachahmern finden wir besonders zahlreiche Fliegen, vor allem Schwebfliegen, *Syrphidae*, daneben auch einige Mücken, *Ctenophora*, ferner von Schmetterlingen die Glasflügler, *Sesiidae*, einige Bockkäfer, *Clytus*, die mit ihren gebänderten Flügeldecken die Zeichnung des Wespenleibes wiedergeben und endlich Hymenopteren, die nicht stechen, wie zahlreiche Blattwespen, *Tenthredinidae*.

Bei den nachahmenden Schmetterlingsformen verdient noch der Umstand besondere Erwähnung, daß die Schutzfärbung sich manchmal auf beide Geschlechter ungleich verteilt. Nur das Weibchen trägt die Warnzeichnung, das Männchen hat sie gar nicht oder nur unvollständig. Vom Standpunkte der Zweckmäßigkeit ist dies wohl begreiflich: Das Weibchen bedarf in viel höherem Maße des Schutzes, da es nach der Kopula noch länger leben muß, um die Eier abzusetzen. Dies pflegt gerade bei den in Frage kommenden Tagfaltern einzeln und in weiter Verteilung über viele Futterpflanzen zu geschehen, nimmt also geraume Zeit in Anspruch. Das Männchen dagegen hat mit der Befruchtung seine Aufgabe für die Erhaltung der Art erfüllt und bedarf darum keines weiteren Schutzes. So tritt uns bei diesen Formen ein ausgeprägter Dimorphismus der Geschlechter entgegen, der sich gelegentlich zu einem Polymorphismus steigert wie bei dem berühmten *Papilio dardanus*. Bei diesem Tiere, das über ganz Afrika verbreitet vorkommt, ist das Männchen ein typischer Papilio mit Schwalbenschwanz und von bleichgelber Grundfarbe mit schwarzer Zeichnung. Zu ihm gehören außer einem gleichgefärbten Weibchen noch eine ganze Anzahl höchst verschieden aussehender, durchweg ungeschwänzter Weibchenformen, die je nach der Örtlichkeit verschiedene dort vorkommende geschützte Danaiden kopieren.

In solchen Fällen drängt sich dem Beobachter der Gedanke der Zuchtwahl ganz unwillkürlich auf. Es dürfte sich schwer ein anderes Prinzip finden lassen, das diese auffallende Übereinstimmung ganz fernstehender Arten zu erklären imstande wäre. Auf eine Periode, in der das Prinzip der schützenden Ähnlichkeit und der Mimikry recht kritiklos auf alle möglichen Fälle auffallender Form und Färbung angewandt wurde, folgte ein starker Rückschlag, der diesen Faktoren überhaupt jede Wirkung absprechen wollte. Man schob, und sicher mit gutem Recht, gegenüber der rein morphologischen Vergleichung die physiologische Betrachtung in den Vordergrund. Es ließe sich durchaus denken und hat sich zum Teil sogar experimentell erweisen lassen, daß die allgemeinen Verhältnisse der Umgebung auf die Färbung des Tierkörpers zurückwirken. So ist es möglich, daß die Kälte direkt das Weiß von Federn und Haaren infolge Änderung des Stoffwechsels hervorruft; man hat auch wahrscheinlich gemacht, daß die glasartige Durchsichtigkeit vieler Planktontiere, die sie fast völlig unsichtbar macht, eine direkte chemische Wirkung der Bestrahlung sei. Ebenso mögen die Pigmentierungen der Baum- und Wüstentiere in Abhängigkeit von der gleichmäßigen Färbung der Umgebung stehen.

Sehr viel schwieriger erscheint eine solche Lösung in Fällen, wo keine Anpassung an einen allseitig einwirkenden allgemeinen Faktor vorliegt, sondern eine Färbungs- und Zeichnungsanpassung bestimmter Körperteile an einzelne Gegenstände der Umgebung. Besonders kompliziert ist die Frage bei der Mimikry. Auch hier mögen gelegentlich physiologische Faktoren im Spiele sein. Man hat z. B. daran gedacht, daß etwa gleichartige Ernährung von Vorbild und Nachahmer im Körper ähnliche Stoffe erzeugen könnte, die zu gleicher Färbung Veranlassung geben. Das Auftreten gleicher Zeichnung, speziell bei Schmetterlingen, erscheint vielleicht insofern weniger wunderbar, als es sich oft um stammesgeschichtlich alte Muster handelt, die von den fortgeschrittenen Formen verlassen, von einigen, und besonders den immer konservativeren Weibchen, beibehalten wurden, weil sie schützend wirkten.

Sicherlich reichen aber alle diese Faktoren ohne die Zuchtwahl zur Erklärung des tatsächlichen Verhaltens nicht aus. Will man irgendeine Färbung und Form als Mimikry deuten, so genügt zu dieser Annahme natürlich nicht die einfache Konstatierung der Übereinstimmung zwischen Vorbild und Nachahmer. Vielmehr müssen die biologischen Verhältnisse der zu vergleichenden Formen eingehend berücksichtigt werden. Besonders lehrreich ist in dieser Hinsicht ein Beispiel aus dem Stamme der Wirbeltiere. Unter den Schlangen gibt es zahlreiche giftige Formen mit Warnfarben, unter denen besonders die in Südamerika weit verbreiteten Korallenschlangen, *Elaps*, bekannt sind. Sie tragen eine sehr auffallende Zeichnung aus Gruppen von ein bis drei schwarzen Ringen auf rotem Grunde. Diese Tiere werden von einer großen Zahl harmloser Schlangen in Färbung und Zeichnung mehr oder weniger vollkommen nachgeahmt. In manchen Gattungen der Nachahmer läßt sich die Herausbildung der Schutzzeichnung Schritt für Schritt an verwandten Arten verfolgen. Es hat sich nun zeigen lassen, daß einmal die geographische Verbreitung von Vorbild und Nachahmer genau übereinstimmt und daß überhaupt in der nachahmenden Gattung die charakteristische Färbung nur dort auftritt, wo auch Elaps vorkommt. An allen anderen Verbreitungsgebieten haben sie eine indifferente, gleichmäßige oder gefleckte Färbung und Zeichnung. Weiterhin haben aber auch im gleichen Verbreitungsgebiet nur diejenigen Nachahmer die Elapszeichnung, die mit dem Vorbild an Größe übereinstimmen. Diese schwankt bei den Elaps im allgemeinen zwischen 40 und 100 cm; unter den Familien, aus denen die Nachahmer stammen, gibt es aber teils kleinere, teils wesentlich größere Formen. Gerade dieses Herausfallen einzelner nachahmender Formen aus dem Habitus ihrer Verwandten ist für echte Mimikry ungemein charakteristisch, denn in einem solchen Falle versagt, wie mir scheint, die physiologische Erklärung vollständig, da in Ernährung und Lebensweise keine Abweichung der geschützten Arten von den ungeschützten Verwandten besteht.

Je mehr Fälle in so eingehender Weise vom biologischen, physiologischen und tiergeographischen Standpunkt durchgearbeitet werden, desto festeren Grund werden wir für die Abschätzung der Reichweite der natürlichen Zuchtwahl gewinnen. Wird dadurch auch die anfängliche Überschätzung dieses Prinzips stark eingeschränkt, so werden doch, wie ich glaube, zahlreiche Fälle bleiben, in denen man ohne diese Erklärung nicht auskommt.

3. Zeugnisse für die Deszendenztheorie. Die Paläontologie.

Die Diskussion über die Frage der Artumwandlung im Laufe der Erdgeschichte, die Deszendenztheorie im eigentlichen Sinne, kann heute wohl als abgeschlossen gelten. Es liegt eine solche Fülle von Tatsachen vor, daß man ohne prinzipielle Voreingenommenheit sich der Bündigkeit des daraus gezogenen Schlusses kaum entziehen kann.

Sehr bedeutungsvoll ist zunächst, was in der Erdgeschichte an wirklichen historischen Daten über dieses Problem vorliegt. Die Wissenschaft von den Tierformen der Vorzeit, die Paläontologie oder spezieller die Paläozoologie, verfügt bereits über ein sehr stattliches Material, sind doch gegen hunderttausend fossile Tierarten bisher beschrieben. Trotz dieses Reichtums ist unsere Kenntnis über die Tierwelt früherer Erdperioden recht lückenhaft und wird es in mancher Beziehung immer bleiben müssen. Eine wirklich brauchbare Erhaltung toter Tiere ist stets ein Glückszufall. Denken wir daran, was geschieht, wenn jetzt in der freien Natur etwa ein großes Wirbeltier zugrunde geht. Von Vögeln und Raubtieren werden die Weichteile verzehrt und die Knochen verschleppt, und auch diese festeren Bestandteile werden in wenigen Jahren zersetzt, wenn sie dem Einfluß der atmosphärischen Verwitterung zugänglich bleiben. Es müssen schon besondere Umstände eintreten, um eine Erhaltung möglich zu machen: ein Versinken in Sumpf und Moor, wo die Oxydation ausgeschaltet wird, ein Überdecken mit einer Sandschicht bei einem Wüstensturm oder einer Schlammdecke bei einer Überschwemmung, ein Einfrieren im Eise, wie bei den halbfossilen Mammutresten u. ä. Dann kann unter Umständen nicht nur das Skelett erhalten bleiben, sondern die Weichteile oder wenigstens die Haut können uns überliefert werden. Tatsächlich weisen die Fundstellen der meisten fossilen Landwirbeltiere Kennzeichen auf, die auf ähnliche Vorgänge bei der Einbettung der Tierreste schließen lassen.

Wesentlich günstiger liegen die Erhaltungsbedingungen im Ozean. Der Meeresboden gleicht einem großen Friedhof, in dessen weichen Schlamm alle absterbenden Tiere niedersinken, soweit sie nicht an der Oberfläche oder unterwegs aufgezehrt werden. So spielen die marinen Versteinerungen auch in der Paläontologie eine unverhältnismäßig große Rolle; ganze Schichten von vielen Metern Dicke bauen sich auf aus Resten von Muscheln und Echinodermen, Foraminiferen und Radiolarien.

Aber auch hier liegt eine Grenze für die Verwertung der fossilen Funde darin, daß sie uns allermeist nur Hartgebilde überliefern. Und nach deren Beschaffenheit läßt sich oft nur wenig über die innere Organisation ihres Trägers sagen. Wie geringen Aufschluß geben uns die vielen Muschel- und Schneckenschalen trotz ihrer mannigfaltigen Unterschiede über die anatomischen Verhältnisse der Weichkörper, die doch vor allem für Verwandtschaftsfragen maßgebend sein müßten!

Wo keine harten Skelette gebildet werden, liegen fossile Funde überhaupt nur in den seltensten Fällen vor. So vermissen wir von Protozoen alle Gruppen außer Foraminiferen und Radiolarien; von Zölenteraten sind Schwämme und Steinkorallen reichlich vertreten, aber die weicheren Hydroidenformen und Medusen fehlen fast ganz. Nur in besonders günstigen Fällen wie im weichen Schlamme des Solnhofener Jurameeres haben sich Steinkerne als Ausgüsse der Glockenhöhle von Medusen erhalten. Von Würmern kennen wir vorwiegend nur die kräftig chitinisierten Kiefer räuberischer Anneliden, auch die Krebstiere sind trotz ihres Panzers nur in verhältnismäßig geringer Zahl erhalten. Am günstigsten liegen die Verhältnisse noch bei den Wirbeltieren. Das gegliederte Innenskelett ist ein sehr ausdrucksvolles System, an dessen selbst unscheinbaren Modifikationen sich für den Kenner die biologischen Verhältnisse des lebenden Tieres deutlich ablesen lassen. So kann man mit einiger Wahrscheinlichkeit die Körperform und Haltung der fossilen Tiere aus ihren Resten rekonstruieren, aber wieviele anatomische Fragen bleiben selbst unter diesen günstigen Umständen unlösbar!

Dazu kommt weiterhin, daß auch nach ihrer günstigen Einbettung die fossilen Reste durch die Veränderungen der Erdschichten selbst gefährdet sind. Der zunehmende Druck weiterer Überlagerungen preßt nachgiebige Schichten zusammen und quetscht die Tierreste darin zu Platten, wie im Solnhofener Schiefer. Wird der Druck weiter gesteigert, so ändern die Gesteine selbst ihre physikalische Beschaffenheit, sie werden plastisch, später kristallin, und die darin enthaltenen Fossilien fallen diesen Veränderungen zum Opfer. Dies geschieht mit jüngeren Schichten gelegentlich durch den Druck sich faltender Gebirge, in sehr alten Schichten ist es ein ganz allgemeiner Prozeß. Daraus folgt, daß wir die Lebewelt nicht durch die ganze Erdrinde verfolgen können. Vielmehr hören die Fossilien schon in Schichten auf, unter denen noch mächtige Lagen sekundär veränderter Gesteine liegen. Die neuere Forschung hat die Grenze der fossilhaltigen Schichten über die früher älteste Schicht, das Kambrium, bis weit in das Präkambrium verschoben, aber es ist keine Aussicht, daß wir den Stammbaum des Lebens bis an seine Wurzel verfolgen können. Schon in den ältesten Perioden treten uns vielmehr die Tierkreise deutlich gesondert und in voller Blüte entgegen. Wir finden Foraminiferen, Schwämme, Korallen, Brachiopoden, Muscheln und Tintenfische, Echinodermen, und als Vertreter der Gliedertiere die merkwürdigen Trilobiten, von denen sich die modernen Krebse, Spinnentiere und vielleicht auch Insekten ableiten. Nur die Entwicklung des Wirbeltierstammes können wir ziemlich verfolgen. Zuerst treten uns Fische entgegen, haiartige Formen und mächtige plattengepanzerte, ganz abweichend gebaute Typen, die Ostrakodermen. Dazu gesellen sich im Karbon die Amphibien, die in den Stegozephalen eigenartige, zum Teil riesige Vertreter erhalten. Das Mittelalter der Erde ist die Blütezeit der Reptilien, die eine Fülle eigenartiger, zum Teil mächtiger Formen, wie die berühmten Dinosaurier, hervorbringen. In der Kreidezeit setzt die Entwicklung der Vögel ein, und erst vorwiegend im Tertiär entfaltet sich die höchste Gruppe, die Säugetiere.

Trotz ihrer Lückenhaftigkeit bezeugen die Funde der Paläontologie aber doch mit großer Klarheit eine allmähliche Entwicklung des Tierlebens auf der Erde. Wir finden, wie zuerst Lyell hervorhob, nicht nur keine Konstanz, sondern auch keine Spur von Katastrophen, durch die eine Schöpfung nach der anderen vernichtet worden wäre. Die allgemein angenommenen Perioden der Erdgeschichte stellen keineswegs Scheidewände in einem scharfen Sinne dar, höchstens Zeiträume veränderter klimatischer Bedingungen, vielleicht aus kosmischen Ursachen, vielleicht durch starke vulkanische Tätigkeit, Gebirgsbildung u. ä. Häufig sind auch die Grenzen durch Änderung der Beziehungen von Festland und Meer, Überflutung und Trockenlegung großer Gebiete bestimmt. Je genauer wir die Erdgeschichte kennen lernen, desto deutlicher zeigt sich, daß es sich dabei um lokale Erscheinungen handelt. Dementsprechend treffen wir in einer Gegend auf scharfe Gegensätze, während in anderen Gebieten eine gleichmäßige Schichtenfolge abgelagert wurde. In diesen geht dann auch die Tierwelt zweier Perioden ohne scharfe Grenze ineinander über. Die Änderung der Formen erfolgt ganz allmählich, sie ist also offenbar durch Faktoren bedingt, die über lange Zeiträume hin gleichmäßig einwirken.

Und mit dieser Änderung ist deutlich eine fortschreitende Differenzierung verknüpft. Am besten erkennen wir dies wieder bei den Wirbeltieren. Dort treten neue Gruppen zuerst in eigentümlichen Sammeltypen auf, so genannt, weil sie Merkmale verschiedener, später scharf getrennter Formenkreise in sich vereinigen. Wir können die allmähliche Herausdifferenzierung dann oft ziemlich genau verfolgen; die Systematik der rezenten Wirbeltierformen hat eine außerordentliche Klärung und Vertiefung durch das Studium der fossilen Funde erhalten. So entwickeln sich ganze Formenreihen, z. B. die der Elefanten, der Walfische, der Huftiere. Von diesen hat keine eine größere Berühmtheit erlangt als die Stammesreihe unseres Pferdes. Vom Eozän, der ältesten Tertiärformation an, finden wir in Europa und Nordamerika eine Reihe von Huftieren, die in deutlich aufsteigender Entwicklung zum heutigen Pferde hinführen. Dies zeigt sich in der allmählichen Größenzunahme, die ausgeht von der etwa eines mittleren Hundes, weiterhin in der Ausgestaltung des Gebisses, in dem die Backzähne sich vom einfachen Typus mit vierhöckeriger Krone zu dem kompliziert gefalteten Schmelzleistensystem des heutigen Pferdes erheben. Besonders überzeugend ist die Entwicklung der Beine. Sie geht aus vom normalen Säugetierbein mit fünf Zehen und je zwei selbständigen Knochen im Unterarm und Unterschenkel. Bald verlieren sich die äußeren Zehen eins und fünf, dann erheben sich auch zwei und vier vom Boden und verkümmern mehr und mehr. Diese Rückbildung erstreckt sich nicht nur auf die Fingerglieder, sondern erfaßt auch die Knochen der Mittelhand bzw. des Mittelfußes; von diesen bleiben nur die mittleren leistungsfähig, während die äußeren zu den sog. Griffelbeinen rückgebildet werden. Gleichzeitig verkümmern Ulna und Fibula mehr und mehr und sind zuletzt nur noch Anhängsel an Radius und Tibia, die allein den Fuß tragen. So entsteht schrittweise das in höchster Vollkommenheit an den flüchtigen Lauf über die freie Steppe angepaßte Bein unseres Pferdes.

Betrachtet man aber die Reihe genau, so zeigt sich, daß alle fossilen Formen sich nicht etwa in einer geraden Linie ordnen, bei der von einer zur anderen ein gleichmäßiger Fortschritt eintritt. Vielmehr weist jede von ihnen ihre Besonderheiten auf, die sich bei den jüngeren nicht wiederzufinden brauchen. Jede stellt also nicht ein einfaches Durchgangsstadium, sondern einen Typus für sich dar. Vielfach läßt sich zeigen, daß innerhalb der großen Reihe sich einzelne Typen zu Sonderreihen zusammenschließen, die gewissermaßen Nebenzweige darstellen, an welche die Weiterentwicklung nicht direkt anknüpft. Sie greift vielmehr auf eine ursprünglichere Form zurück. Dies kommt besonders deutlich zum Ausdruck, wenn ein solcher Sonderzweig seinen Wohnsitz verändert. So hat bei den Pferden im Pliozän eine Einwanderung nach Südamerika stattgefunden, und dort haben sie sich zu Sonderarten entwickelt, die ausgestorben sind, ohne mit den rezenten Pferden in direkter Beziehung zu stehen.

Je gründlicher das Studium der fossilen Funde wird, desto mehr lösen sich die zunächst einfach aussehenden Entwicklungsreihen in solche Sonderkreise auf, deren Beziehungen zueinander keineswegs klar sind. Man kann also nach dem jetzigen Stande unserer Kenntnisse wohl sagen, daß die Paläontologie ein überwältigendes Material für die Deszendenztheorie liefert, daß sie aber über die Wege, welche die historische Entwicklung im einzelnen eingeschlagen hat, nur sehr unsichere Auskunft gibt. An sich kann das nicht überraschen, verfolgen wir doch die Änderungen nur an dem einen uns erhaltenen Organsystem, dem Skelett. Und wie viele langsame anatomische Änderungen in den inneren Organen, der Muskulatur usw. müssen sich vollzogen haben, ehe sie am Skelett zur Ausprägung gelangten!

4. Die Zeugnisse der vergleichenden Anatomie, Tiergeographie und Entwicklungsgeschichte.

Die Ausprägung solcher Entwicklungsreihen in der Paläontologie läßt uns die historische Entwicklung des Tierreichs tatsächlich unter dem Bilde eines Baumes erscheinen, dessen Äste vom Hauptstamm in verschiedener Höhe abgehen und sich nach allen Seiten feiner und feiner verzweigen. Versucht man, sich unter dieser Annahme eine Vorstellung zu machen, wie das Bild der heute lebenden Tierwelt aussehen müßte, so stellt dies gewissermaßen einen Querschnitt durch die oberste Schicht der Verzweigungen dar, die bis zur Gegenwart fortgeführt sind. Es werden sich dann die Arten, die erst in jüngerer Zeit sich von einer Ausgangsform losgelöst haben, im Kreise um diese Stammform gruppieren. Alle werden unter sich etwas verschieden sein, aber eine große Zahl gemeinsamer Züge aufweisen. In ihrer Nachbarschaft werden andere Formenkreise auftreten, welche die Endzweige eines anderen Entwicklungsastes darstellen. Je nach der Tiefe, in welcher die beiden Äste auseinandergingen, werden ihre Endzweige mehr oder weniger gemeinsame Züge besitzen. Nach der Zahl der Verzweigungen werden die Formenkreise größer oder kleiner sein; manche werden nur durch wenige Arten vertreten sein, da der betreffende Ast sich entweder überhaupt nur wenig verzweigt hat oder viele seiner Zweige schon abgestorben sind.

Man erkennt ohne weiteres, wie gut diese Vorstellung sich mit dem Bilde deckt, das uns die systematische Arbeit von den heute lebenden Tieren gibt. Auch sie läßt auf Grund der Vergleichung äußerer und innerer Merkmale Gruppenbildungen erkennen. Die Formen mit geringen Abweichungen und zahlreichen übereinstimmenden Merkmalen bilden die Gattungen, diese vereinigen sich wieder zu Familien, Ordnungen, Klassen und Stämmen, je nach der Zahl ihrer gemeinsamen Eigenschaften. Diese Beziehungen lassen sich also als Ausdruck eines mehr oder weniger weit zurückreichenden Ursprunges vom Hauptstamme auffassen. Gelegentlich werden dabei Formen auftreten, die Eigenschaften mehrerer großer Äste in sich vereinigen. Diese besonders interessanten sog. Übergangstypen wären dann aufzufassen als Formen, die ziemlich unverändert in der Gestalt erhalten sind, in der sich vor langer Zeit die Vorfahren großer Gruppen voneinander trennten. Solche Formen stehen dann gewöhnlich ganz isoliert wie fremdartige „vorweltliche" Reste in der heutigen Fauna. Dahin gehört z. B. *Peripatus*, die

Übergangsform zwischen Anneliden und Myriapoden, die Lungenfische, *Dipnoi*, Zwischenformen zwischen Fischen und Amphibien, *Coeloplana* und *Ctenoplana* auf der Grenze von Ktenophoren und Turbellarien u. a. m.

Das „natürliche System" stellt also gewissermaßen die Projektion des Stammbaumes auf eine Querschnittsebene dar. Ist diese Vorstellung begründet, so liegt darin die Berechtigung, aus der systematischen Verwandtschaft der heute lebenden Formen Schlüsse über ihren historischen Zusammenhang zu ziehen. Tatsächlich ist denn auch die vergleichende Morphologie und Anatomie die Hauptquelle für unsere Rekonstruktionen der Stammbäume geworden, da wir hier eben über das Material in der Ausgestaltung der Weichteile verfügen, das uns bei der Paläontologie fehlt.

Unterstützt werden die Schlüsse der vergleichenden Anatomie in wesentlichen Punkten durch die vergleichende Betrachtung der Verbreitung der Tiere, die Tiergeographie. Nimmt man eine unveränderliche Schöpfung von Arten mit bestimmter Anpassung an klimatische und sonstige Lebensbedingungen an, so sollte man erwarten, auf der Erdoberfläche an Orten mit gleichen äußeren Verhältnissen auch annähernd gleiche Formen zu treffen. Tatsächlich ist das keineswegs der Fall. Die Fauna der Arktis und Antarktis zeigt zwar vielfach die gleichen Anpassungen an Schnee und Kälte, besteht aber aus anatomisch und systematisch ganz verschiedenen Gruppen. Den Alken und Lummen des Nordens entsprechen die Pinguine des Südens, Eisbären und Polarfüchse gibt es nur in der Arktis, Albatrosse nur in der Antarktis. Der tropische Urwald von Mittelafrika stimmt in klimatischer Hinsicht ganz auffallend mit dem im Amazonasgebiet Südamerikas überein. Trotzdem sind die ihn zusammensetzenden Pflanzenformen ganz verschieden und er wird an beiden Punkten von einer ganz anderen Fauna belebt. Vom Standpunkt der historischen Entwicklung ist dies leicht verständlich. Es brauchen nur im Laufe der Erdgeschichte verschiedene Äste des Stammbaumes in diese verschiedenen Gegenden durch Wanderung oder Verschleppung gelangt zu sein. Dann wird jeder von ihnen sich gesondert in Anpassung an die gleichen äußeren Verhältnisse entwickelt haben, und so werden Formen entstehen, die äußerlich oft eine gewisse Ähnlichkeit zeigen, in ihren Grundmerkmalen aber die Zugehörigkeit zu ganz verschiedenen Stammesgruppen deutlich erkennen lassen. Wir werden im allgemeinen erwarten können, nahe verwandte Formen auch in geringer Entfernung voneinander zu treffen, weil sie sich seit ihrer Entstehung aus einer gemeinsamen Stammform noch nicht weit voneinander entfernt haben. Dies trifft auch vielfach zu, selbst bei marinen Formen, wo man in dem verhältnismäßig wenig veränderlichen Medium des Wassers eine raschere Verteilung erwarten könnte. Besonders deutlich sieht man es bei Inselfaunen, bekannt ist ja die höchst eigenartige Fauna z. B. von Australien. Die größeren Verbände dagegen werden weitere Verbreitungsgrenzen haben, und die Übergangstypen werden wir über die ganze Erdfläche verteilt an solchen Stellen anzutreffen erwarten können, wo sich für sie ein günstiges Plätzchen fand, um den Veränderungen zu entgehen, welche die Umwandlung ihrer Nachkommen veranlaßt haben. Tatsächlich kennen wir z. B. Peripatusarten aus Australien und Neuseeland, vom Kap und aus Südamerika, Lungenfische ebenfalls aus Australien, Südamerika und Zentralafrika, die altertümlichen Beuteltiere aus Australien und Südamerika.

Die Gesetze, nach denen sich die Tierverbreitung vollzogen hat, sind noch wenig erforscht. Wohl kennen wir den verschiedenen Bestand der einzelnen Gebiete gut genug, um danach tiergeographische Provinzen und Reiche zu errichten, z. B. das paläarktische, das Europa und Nordasien umfaßt, das neotropische in Südamerika, das indomalaiische in Indien und dem Sundaarchipel u. a. Alle sind durch den mehr oder weniger ausschließlichen Besitz bestimmter Tiergruppen charakterisiert. Mit Vorliebe verwendet man dazu wenig bewegliche Tierformen, Süßwasserfische, Landschnecken, Amphibien, während die gut laufenden Säuger oder gar die Vögel in vieler Hinsicht nicht so scharfe Grenzen ergeben. Die Gesetze aber, nach denen die Verbreitung und Artenentwicklung erfolgt, sind noch kaum aufzustellen versucht worden. In den letzten Jahren ist eine Hypothese aufgetaucht, die, zuerst viel angegriffen, vielleicht bestimmt ist, eine wichtige Rolle zu spielen: die Pendulationstheorie, in geophysikalischer Hinsicht begründet von Reibisch, in tiergeographischer von Simroth. Sie geht von der noch durchaus unbewiesenen Annahme aus, daß außer der Rotation der Erde um die Nordsüdachse noch eine zweite Bewegung um eine dazu senkrechte Achse stattfinde. Diese soll dazu führen, daß die feste Erdkruste sich gewissermaßen in pendelnder Bewegung über dem flüssigen Erdkern verschiebt, so daß Nord- und Südpol ihre Lage auf der Erdoberfläche in periodischen Bahnen ändern. Die Achse, um die diese Pendelbewegung stattfindet, geht durch einen äquatorialen Durchmesser und verbindet etwa Ekuador mit Sumatra. Die Ausschläge sind am stärksten auf einem dazwischen gelegenen größten Kreise, dem Schwingungskreis, der durch Mitteleuropa, Sardinien, Afrika, auf der Gegenhalbkugel durch den Stillen Ozean geht. Die hier lebenden Arten werden infolge dieser Pendelbewegung, die sich in sehr großen Zeiträumen, welche etwa mit den Erdperioden zusammenfallen, vollzieht, fortgesetzt in andere klimatische Bedingungen geraten. Schwingt der Nordquadrant der europäischen Hälfte nach Süden, so werden alle seine Formen in wärmeres Klima gelangen. Zugleich werden die sich dem Äquator nähernden Festlandsteile bestrebt sein, unter das Wasser zu tauchen, da der äquatoriale Halbmesser größer ist als der polare. An den Schwingpolen dagegen herrscht gleichmäßige Ruhe. Die Formen unter dem Schwingungskreise sind also gezwungen, sich in Anpassung an die wechselnden Bedingungen umzuwandeln oder gegen die Schwingpole hin auszuwandern bzw. auf Bahnen sich zu verschieben, wo sie ihre gewohnten Lebensbedingungen beibehalten können. Daraus ergeben sich einige Postulate, die in verschiedener Hinsicht mit den Tatsachen auffallend übereinstimmen. Einmal finden wir im Umkreis der Schwingpole eine recht altertümliche Fauna, und deren Reste treten in der Erdgeschichte fossil zuerst unter dem Schwingungskreise auf. Dort wären sie demnach entstanden und hätten sich dann bei weiterer Veränderung nach den Schwingpolen verschoben, wo sie zum Teil noch heute leben. Zweitens sind viele Formen auf ihrer Flucht aus dem Schwingungsbereich nach symmetrischen Punkten östlich und westlich vom Schwingungskreise gelangt. Dies ist in der Tat sehr auffallend. Daraus ließe sich z. B. das gleichzeitige Vorkommen der Beuteltiere in Australien und Südamerika erklären; ebendort finden wir Peripatiden und Lungenfische. Von den Löffelstören, höchst altertümlichen, großen Fischen, kommt eine Art im Mississippi, die andere im Yangtsekiang vor, und solche Beispiele ließen sich aus Tier- und Pflanzenreich noch in großer Zahl anführen. Drittens spricht zugunsten der Hypothese die Tatsache, daß unter dem Schwingungskreise in Europa besonders häufige Schwankungen im Meeresniveau stattgefunden haben. Wenn auch die Hypothese in ihrer jetzigen Form viele Angriffspunkte bietet, so scheinen die tiergeographischen Verhältnisse auf eine Erklärung hinzuweisen, die in ähnlicher Richtung liegt.

In Fällen, wo die vergleichende Anatomie uns scheinbar völlig getrennte Gruppen zeigt, weist das Studium der Entwicklungsgeschichte oft deutliche Zusammenhänge auf. Wir haben in der systematischen Übersicht schon öfter auf solche Fälle hingewiesen. So ergibt sich der Zusammenhang der Mollusken mit den Anneliden durch das Auftreten der charakteristischen Trochophoralarve. Die eigentümliche Entwicklung des Mesoderms und des Zöloms durch Abfaltung vom Entoderm bringt die Chätognathen und Enteropneusten in Beziehung zu den Chordaten, und das gleiche gilt auch für die im ausgebildeten Zustande so weit abseits stehenden Echinodermen. Oft treten Organe, die in ihrer fertigen Form ganz abweichend gebaut sind, in der ersten Anlage in viel ursprünglicherer Gestalt auf. So werden die Antennen und Mundteile der Krustazeen beim Nauplius als typische Schwimmfüße angelegt und verwandeln sich erst bei späteren Häutungen in die besondere Form. Ebenso ist beim Embryo der Insekten die Gestalt der Extremitätenanlagen zunächst viel gleichmäßiger. Es treten dort auch noch Beinanlagen am Abdomen auf, welche den ausgeschlüpften Tieren meist völlig fehlen. Wir können ihren Schwund in der Tracheatenreihe auch vergleichend anatomisch verfolgen. Die Myriapoden haben noch sehr gleichmäßige Segmentierung mit gleichartigen Extremitäten. Bei den Symphylen, einer eigentümlichen Gruppe kleiner Formen, welche sich durch die geringe Zahl der Segmente den Insekten nähern, sind noch überall Beine vorhanden. An diesen sitzen eigentümliche sporenartige Anhänge, die Koxalgriffel, und neben ihnen vorstülpbare Säckchen, die Ventralsäcke, welche wahrscheinlich der Atmung dienen. Unter den vielleicht ursprünglichsten Insektenformen, den Apterygoten, treten Beine am Hinterleib nur noch ganz selten auf, z. B. bei *Campodea* ein Paar, aber weit verbreitet finden sich Koxalgriffel und Ventralsäcke. Bei den höheren Insekten fehlen auch diese, und Beinanlagen zeigen sich nur noch beim Embryo.

Ähnliche Erscheinungen sind weit verbreitet. So finden wir bei den Wirbeltieren fast immer in der Mundhöhle Zähne. Bei manchen Gruppen werden sie durch andere Bildungen ersetzt, so bei den Schildkröten und Vögeln durch Hornschnäbel. Bei den Vögeln können wir in der Paläontologie den Übergang noch verfolgen; die ältesten Formen, der berühmte *Archaeopteryx* und die ersten echten Vögel aus der Kreideperiode, hatten noch richtige Reptilienzähne. später schwanden diese vollständig. Eine parallele Reduktion tritt unter den Walfischen auf. Dort werden die Zähne durch die sog. Barten ersetzt, lange Hornlamellen, die von der Gaumenhaut des Munddaches gebildet werden und als Reusenapparate dienen. Wir können paläontologisch die Rückbildung der Zähne in der Walfischreihe genau verfolgen. Daneben finden wir aber auch heute noch bei den Embryonen der Bartenwale typische Zahnanlagen in zwei Reihen im Ober- und Unterkiefer, sie bleiben aber funktionslos und werden schon vor der Geburt resorbiert.

Nicht immer geht die Rückbildung so weit, sondern wir finden bei zahlreichen Tieren Organe, die anatomisch noch wohl ausgebildet sind, aber ersichtlich keine physiologische Bedeutung mehr haben. Diese „rudimentären Organe" sind ein wichtiger Stützpunkt für die Deszendenztheorie. Denn wären die Tierformen unveränderlich nach einem bestimmten Schöpfungsplane angelegt, so läßt sich kein Grund ersehen, warum bei ihnen zwecklose Bildungen auftreten sollten. Bedenken wir aber, daß diese Bildungen Organen entsprechen, die bei ähnlich gebauten Formen noch eine wohl erkennbare Funktion ausüben, so wird der Schluß sehr nahe gelegt, daß sie nur bei der stammesgeschichtlichen Umwandlung mit übernommen sind und allmählich mehr und mehr schwinden werden bis zu dem Stadium, wo sie uns nur noch die Entwicklungsgeschichte in Spuren zeigt. Nach solchen rudimentären Organen hat man gerade beim Menschen viel gesucht, da seine Ableitung von anderen Säugetieren ja ein besonders wichtiges und viel umstrittenes Kapitel der Abstammungslehre bildet. Tatsächlich finden sich bei uns eine ganze Anzahl solcher Gebilde; unter den bekanntesten sind die Muskeln der Ohrmuschel, die nur noch von verhältnismäßig wenigen Menschen zur Bewegung des äußeren Ohres gebraucht werden können. Diese hat sicher keine biologische Bedeutung mehr, während bei vielen anderen Säugern die Wahrnehmung von Feinden durch das Gehör eine wichtige Rolle spielt, und damit die Fähigkeit, die Ohrmuschel nach verschiedenen Richtungen einzustellen, für das Tier sehr wertvoll ist. Ähnlich stellt die Plica semilunaris, eine Falte im inneren Augenwinkel, den Rest eines bei niederen Formen vielfach ausgebildeten dritten Augenlides, der Nickhaut, dar; sie ist besonders dadurch interessant, daß die einzelnen Menschenrassen in ihrer Ausbildung stark abweichen. Das berühmteste Beispiel ist der Blinddarm mit seinem Wurmfortsatz, dem Rest eines oft sehr langen, für die Verdauung wichtigen Teiles des Darmrohrs niederer Säuger. Bei uns ist er völlig bedeutungslos und kann ohne Schaden operativ entfernt werden, wozu er durch Entzündungsprozesse häufig genug Veranlassung gibt.

Verfolgt man ganz im allgemeinen die Entwicklung eines Tieres, etwa eines Säugetieres, so bemerkt man folgendes: Nach den ersten Entwicklungsprozessen beginnt sich zunächst die allgemeine Körperform und die Gestalt der einzelnen Organe in großen Umrissen anzulegen. Es ist auf diesem Stadium noch kein wesentlicher Unterschied zwischen den verschiedenen Säugetierstämmen vorhanden; die Embryonen etwa eines Schweines, einer Katze und eines Affen gleichen sich so weitgehend, daß kaum der Fachmann sie richtig unterscheiden kann. Je weiter die Entwicklung fortschreitet, desto mehr spezialisiert sich der Typus; es treten nacheinander die Merkmale der Familie, der Gattung und schließlich der Art hervor. Hierin liegt eine sichtbare Übereinstimmung mit den Ergebnissen der Stammesgeschichte. Dort erscheinen in Übergangs- und Sammeltypen zuerst die allgemeinen Merkmale einer Gruppe, und erst im Laufe der Zeiten kristallisieren die feineren Differenzierungen heraus. Diese Beziehungen bringt das berühmte, von Fritz Müller zuerst erfaßte, von Häckel scharf formulierte „biogenetische Grundgesetz" zum Ausdruck, wenn es sagt, die Einzelentwicklung, Ontogenie, sei eine Wiederholung der Stammesentwicklung, Phylogenie. Um ein Gesetz im exakt naturwissenschaftlichen Sinne kann es sich dabei nicht handeln, sondern um eine Regel, die im allgemeinen zutrifft, aber auch zahlreiche Ausnahmen erleidet. Diese sind dadurch bedingt, daß die sich entwickelnde ontogenetische Anlage unter ganz anderen biologischen Bedingungen lebt, als das phylogenetische Parallelstadium. Der im Uterus eingeschlossene Säugetierembryo kann von dem Merkmalskomplex der freilebenden Fischahnen etwa nur einen Teil zur Entfaltung bringen, da er sich selbst wieder an seine besonderen Lebensbedingungen anpassen muß. So werden die phylogenetischen Reminiszenzen überwuchert, verwischt oder verzerrt durch sekundär erworbene Eigentümlichkeiten der Ontogenese, ein Prozeß, den man als Zänogenese bezeichnet hat. Daraus ergibt sich, daß die Durchführung der Parallele im einzelnen auf große Schwierigkeiten stößt, oft ganz unmöglich wird, z. B. wenn die betreffende Form während ihrer Ontogenese komplizierte Umwandlungen, Metamorphosen, durchmacht. So kann man nicht etwa im Raupenstadium eines Schmetterlings den Typus eines Annelidenahnen erkennen, denn diese Raupe weist selbst eine Menge ganz spezifischer, von ihr nachträglich erworbener Anpassungsmerkmale auf. Dennoch lassen sich viele Beispiele solcher Parallelerscheinungen bringen. Hier sei nur an das berühmteste erinnert, das Auftreten von Kiemenspalten bei allen Wirbeltieren bis zum Säugetier und zum Menschen. Sie treten bei den niederen Formen in Funktion, dauernd bei Fischen, vorübergehend bei Amphibienlarven, bei den höheren werden sie schon beim Embryo früher oder später rückgebildet, bei den Säugern oft ehe sie voll ausgestaltet waren. Eine physiologische Erklärung für ihre Anlage läßt sich nicht geben, wir können sie also nur historisch, deszendenztheoretisch begreifen.

Nicht selten tritt die merkwürdige Erscheinung ein, daß eine solche Anlage einen anderen Entwicklungsweg einschlägt, einen Funktionswechsel erleidet. Dann kann sie erhalten bleiben und zu selbständiger Entwicklung kommen. So erhält sich die erste Kiemenspalte zwischen Kiefer- und Zungenbeinbogen, die bei den Fischen das sog. Spritzloch bildet, auch bei den Landformen. Dort findet sie aber eine ganz andere Verwendung, nämlich als Zugang zum Gehörorgan; sie wird zum Gehörgang und zur Paukenhöhle, ihr innerer Teil, der in die Rachenhöhle mündet, liefert die Tuba eustachii. Ähnliche Beispiele für den Funktionswechsel ließen sich auch von den Wirbellosen in Menge beibringen.

5. Die Vererbung. Die Zellteilung, die Reifungsteilungen und die Befruchtung. (Taf. IX.)

Alle bisher besprochenen Tatsachen machen eine historische Entwicklung der Tierarten auseinander im höchsten Maße wahrscheinlich, stellen letzten Endes aber doch nur logische Schlußfolgerungen, Indizienbeweise, dar. Es fragt sich, ob es nicht möglich ist, auch an den jetzt lebenden Tieren unter natürlichen oder künstlichen Bedingungen Umwandlungsvorgänge zu beobachten, die zur Bildung neuer Arten führen. Die Entwicklung dieser Forschung, die experimentelle Artbildungslehre, hat erst in den letzten Jahrzehnten eingesetzt. Eigentlich hatten derartige Untersuchungen den Ausgangspunkt von Darwins Theorie gebildet; er hatte ein großes Material von Abänderungsvorgängen an lebenden Tieren zusammengebracht und versucht, die Gesetze zu bestimmen, nach denen sich die Veränderungen vollzogen und erhielten. Bei

Darwins Nachfolgern überwog aber zunächst das oft rein spekulative Interesse an der Verfolgung und Rekonstruktion der historischen Entwicklung der heutigen Lebewelt, und erst nachdem dieses Ideengebäude in seinen Grundrissen feststand, wandte man sich wieder der Frage der Umgestaltung jetzt lebender Formen zu. Die hier sich entwickelnde Forschung hat zu recht überraschenden Ergebnissen geführt und ist noch in lebhaftem Fluß, so daß eine allgemein anerkannte, abschließende Übersicht über ihre Erfolge sich einstweilen nicht geben läßt.

Treten wir an das Problem der Veränderung der Arten heran, so ergibt eine kurze Überlegung, daß zu seiner Erforschung die Lösung von zwei Grundfragen nötig ist. Einmal müssen überhaupt Veränderungen, neue Merkmale auftreten, und dann müssen diese sich bei den Nachkommen der abgeänderten Tiere erhalten. Das erste Problem ist das der Variabilität, das zweite das der Vererbung.

Wie ohne weiteres ersichtlich, stehen diese beiden Formen des Geschehens in direktem Gegensatz. Die Variabilität ist das fortschrittliche Prinzip, sie schafft dauernd Neues, unter Umständen Besseres, die Vererbung das konservative, sie erhält die bestehenden Formen. Daraus ergibt sich weiterhin, daß die Vererbung der umfassendere Begriff ist, dessen Bedeutung uns bei jeder Übertragung der Eigenschaften auf die nächstfolgende Generation entgegentritt. Ehe wir also an die Frage herantreten können, wie sich neue Arten bilden, müssen wir die Vorfrage erörtern: Was wissen wir überhaupt von der Vererbung der normalen Merkmale? Das Studium dieses Problems hat sich selbst im Laufe der letzten Jahrzehnte zu einem umfangreichen Arbeitszweige der Biologie, der Vererbungswissenschaft, entwickelt. Ihre Ergebnisse sind nicht nur theoretisch, sondern auch praktisch von allerhöchster Bedeutung. Sie greift weit über den Rahmen der engeren Naturwissenschaft, wo sie Tier- und Pflanzenzüchtung aufs tiefste beeinflußt, hinaus und gewinnt durch ihre Anwendung auf den Menschen das regste Interesse der Pädagogen, der Mediziner und der Juristen. Es müßten eigentlich jedem gebildeten Menschen die Grundtatsachen dieser Wissenschaft geläufig sein.

Offenbar handelt es sich bei der Vererbung um ein sehr verwickeltes Problem. Jeder Organismus besitzt eine ungemein große Zahl für seine Art charakteristischer Merkmale, nicht nur anatomische, sondern auch physiologische und psychische. Insektenarten unterscheiden sich beispielsweise nicht nur durch den Bau, sondern auch durch ihre Instinkte, die gesetzmäßig ablaufenden Handlungen, die sie bei Nahrungserwerb, Fortpflanzung, Brutpflege u. a. betätigen. Beim Menschen, dem in dieser Hinsicht am besten bekannten Objekt, ist die Zahl der Merkmale ganz ungeheuer; in diesen unterscheiden sich ja die einzelnen Individuen, und solche Unterschiede sind, wie bekannt, im höchsten Maße „erblich". Man kann oft sehr scharf erkennen, wie bei einer Person ein Merkmal mit Vater oder Mutter, eventuell auch mit einem der Großeltern oder einem noch älteren Gliede der Ahnenreihe übereinstimmt.

Dieser an sich schon merkwürdige Vorgang der genauen Übertragung so geringfügiger Unterschiede wird noch rätselhafter, wenn wir uns die Entwicklung der Einzelindividuen vor Augen halten. In ganz überwiegendem Maße entstehen diese bei höheren Tieren aus einer einzigen Zelle, der befruchteten Eizelle. Aus dieser entwickelt sich im Laufe der Ontogenese die ganze Mannigfaltigkeit der Eigenschaften; wollen wir also nicht annehmen, daß irgendeine rätselhafte Kraft ohne ein materielles Substrat nachträglich während der Entwicklung die gleichen Eigenschaften der Eltern wieder hervorbringt, so müssen wir irgendeinen Mechanismus erwarten, der schon in der Eizelle vorhanden ist und diese Übertragung sichert. In diesem Sinne muß der ausgebildete Organismus mit allen seinen Eigenschaften in der Eizelle schon in der „Anlage" vorhanden, präformiert sein. Dies braucht nicht in dem groben Sinne zuzutreffen, wie die Präformisten des 17. und 18. Jahrhunderts sich die Sache dachten, daß der ganze Körper mit allen Teilen, nur in winzig verkleinertem Maßstabe, schon in der Eizelle darin stäke; es genügt, wenn ein Apparat vorhanden ist, der die Entwicklungsprozesse so regelt, daß dadurch unter fortschreitender Differenzierung der fertige Organismus mit seinen ererbten Eigenschaften wieder ersteht.

Der Weg, auf dem die Entwicklung aus der befruchteten Eizelle vor sich geht, ist, wie wir früher sahen, ganz allgemein der der Zellteilung. Es fragt sich also, ob wir hierbei irgendwelche Vorgänge beobachten können, die für unser Problem bedeutungsvoll erscheinen. Dies ist in der Tat der Fall.

Der Vorgang der Zellteilung hat sich, je mehr wir in seine Einzelheiten eingedrungen sind, als ein äußerst verwickelter herausgestellt. Bei allen Verschiedenheiten im einzelnen bleibt dabei aber überall eine Gruppe von Erscheinungen im wesentlichen konstant, die sich am Zellkern abspielen. Dieser fundamental bedeutungsvolle Vorgang der Kernteilung, Karyokinese, verläuft nun wesentlich nach folgenden Regeln:

Im sog. „ruhenden" Kern, d. h. dem, der in normaler Weise sich am Stoffwechsel der Zelle beteiligt, also physiologisch durchaus nicht ruht, sondern im Gegenteil intensiv tätig ist, finden wir das Chromatin, die für den Kern charakteristische, stark färbbare Substanz, scheinbar regellos in feinen Körnchen über den ganzen Kern verteilt, aufgereiht wahrscheinlich auf den Fäden des sog. Liningerüstes (IX, 1). Schickt sich der Kern zur Teilung an, so konzentrieren sich die Chromatinteile und ordnen sich zu einem langen, vielfach gewundenen Faden. Nach dieser Fadenbildung trägt die ganze Kernteilung auch den Namen Mitose. Dieser Faden ist zuerst mit seitlichen Zacken versehen, anscheinend Enden der

Lininfäden, die sich allmählich nach dem Hauptfaden zusammenziehen (IX, 2). Später wird er ganz glatt, ist überall von gleichem Durchmesser und in vielfachen Schleifen innerhalb der Kernmembran aufgewunden (IX, 3). Man bezeichnet danach dieses Stadium als das Knäuel- oder Spiremstadium. Jetzt beginnt ein besonders bedeutungsvoller Vorgang: Der Chromatinfaden zerfällt in eine Anzahl schleifenförmiger Stücke, die „Chromosomen" (IX, 4).

Während dieser Vorgänge, die zusammen den als Prophase bezeichneten Abschnitt der Kernteilung umfassen, hat sich die Kernmembran aufgelöst, so daß die Chromosomen jetzt frei im Plasma gelegen erscheinen. Zugleich ist außerhalb des Kerns (wenigstens fast stets dort) ein scharf färbbares, oft sehr kleines Körperchen aufgetreten, der Zentralkörper oder das Centrosoma. Von ihm geht offenbar eine chemisch-physikalische Einwirkung auf das umgebende Protoplasma aus, welche es veranlaßt, sich in einer Figur anzuordnen, die wie die Strahlung einer Sonne aussieht, deren Mittelpunkt das Centrosoma ist (IX, 3).

Im zweiten Abschnitt, der Metaphase, teilt sich nun das Centrosoma mit seiner Strahlung, und beide Teile rücken nach entgegengesetzten Polen der Zelle auseinander (IX, 4). Die Strahlung bildet sich besonders auf den einander zugekehrten Seiten der Zentralkörper aus; die Strahlen beider Sonnen vereinigen sich und so entsteht eine charakteristische spindel- oder tonnenförmige Figur, die sog. Kernspindel. Dieser ganze Apparat nimmt die Kernfarbstoffe wenig an und wird danach wohl auch als achromatische Figur bezeichnet. Im Gegensatz dazu setzt sich die chromatische Figur aus den Chromosomen zusammen. Diese rücken nämlich in die Kernspindel ein und ordnen sich in ihrer Mitte in einer Ebene zur sog. Äquatorialplatte (IX, 5). Meist nehmen sie dabei V-Form an und legen sich so, daß die freien Enden der beiden Schenkel nach außen, die gebogenen Mittelstücke einander zugekehrt sind. Nun geschieht wieder etwas ungemein Wichtiges: Jedes dieser Chromosomen teilt sich durch einen Längsspalt genau in zwei Hälften. Dieser Vorgang kann sich gelegentlich schon früher vollziehen, wird aber meist während der Metaphase deutlich.

In der nun folgenden Anaphase rücken die beiden Teile jedes Chromosoms auseinander, meist in der Mitte beginnend, so daß die Enden der Schenkel am längsten zusammen bleiben (IX, 6). Die beiden Hälften rücken jeweils nach den entgegengesetzten Polen der Kernspindel, so daß sich dort um jedes Zentrosom eine Rosette von Chromosomen ansammelt, der sog. Doppelstern oder Dyaster, auch Tochterstern genannt im Gegensatz zur Äquatorialplatte, dem Mutterstern, Monaster. Um jedes Zentrosom vereinigt sich also die Hälfte des Gesamtchromatins und zwar als Hälften jedes einzelnen Chromosoms.

Damit ist das Wesentliche an der Kernteilung erledigt; im letzten Abschnitt, der Telophase, wird der Apparat wieder in den Ruhezustand übergeführt. Die achromatische Kernspindel löst sich früher oder später auf, nachdem ihre Strahlen manchmal noch an der Bildung der Scheidewand bei der Teilung der Zelle teilgenommen haben (IX, 7). Auch das Zentrosom verliert seine Färbbarkeit und wird unsichtbar; ob es sich auflöst oder nur in einen anderen Zustand übergeht, ist ungewiß. Es sei erwähnt, daß manchen tierischen Zellen und unter den Pflanzen allen Blütenpflanzen überhaupt kein morphologisch nachweisbares Zentrosom zukommt, die Kernspindel hat dann meist eine breite Tonnenform. Die Chromosomen jedes Tochtersterns verschmelzen wieder miteinander zum Knäuel des Dispirems, und dies löst sich zum diffusen Netz der ruhenden Kerne, um die sich wieder eine Membran bildet (IX, 8). Währenddessen hat sich im Äquator des Zelleibes eine Einschnürung gebildet; diese greift tiefer und tiefer und trennt endlich das Protoplasma in zwei annähernd gleiche Hälften, die beiden Tochterzellen.

Im einzelnen kann dieser Vorgang der Mitose die mannigfaltigsten Variationen aufweisen, die in zahllosen Einzelarbeiten der Zytologen erforscht worden sind. Über den Mechanismus des ganzen Vorgangs, besonders die Rolle der achromatischen Spindel, herrscht noch durchaus keine Klarheit. Man hat einerseits in den Strahlen des Zentrosoms feste, elastische Gebilde gesehen, die an die Chromosomen sich ansetzen und durch ihre Verkürzung sie nach den Zentrosomen, ihren Verankerungspunkten, hinziehen sollten. In dieser Form ist die Vorstellung wohl sicher unhaltbar, aber auch die andere Auffassung, welche in den Strahlen keine festen Strukturen, sondern den Ausdruck von Strömungserscheinungen im Protoplasma sieht, vermag keine völlig befriedigende Lösung zu geben. Trotz dieser Schwierigkeiten bleibt der für unser Problem wichtigste Punkt über allen Zweifel erhaben, daß nämlich bei dem ganzen Vorgange bestimmte Bestandteile des Kernes, die Chromatinelemente, in mathematisch genauer Halbierung auf beide Zellhälften übertragen werden.

Nach manchen Untersuchungen, besonders den Forschungen Boveris am Pferdespulwurm, *Ascaris*, scheint es, daß die Chromatinelemente, welche bei der Teilung sich zu einem Chromosom zusammenschließen, auch während der Zwischenzeit gewisse Beziehungen wahren. Bei der Verfolgung mehrerer Teilungen der gleichen Zelle bemerkte nämlich Boveri, daß sich die Einzelchromosomen immer wieder in charakteristischer Weise aus dem gleichen Kernbezirk bildeten, in dem sie sich am Schluß der vorhergehenden Teilung aufgelöst hatten. Es würden danach die Chromosomen dauernd selbständige, individuelle Teile des Kernapparates sein. Ob dies allgemein zutrifft, ist noch unsicher, wenn auch wahrscheinlich. Dagegen steht fest, daß bei jeder Teilung irgendeiner Zelle einer Tierart die Zahl der Chromosomen jeweils die gleiche ist. Meist ist sie ziemlich klein und stets eine gerade, also etwa 4, 6, 8, 10, 12, 16, selten mehr als 32, und nur in Ausnahmefällen über 100. Verwandte Arten unterscheiden sich oft durch ihre Chromosomenzahl. Immer ist diese aber für eine Tierart spezifisch und im allgemeinen in allen Zellen konstant, nur selten kommen geringfügige Schwankungen um einen Mittelwert vor.

Neben dem komplizierten Verfahren der mitotischen, indirekten Kern- und Zellteilung finden wir noch ein einfacheres, die direkte Kernteilung, Amitose. Bei dieser strecken sich Zelleib und Kern in die Länge, schnüren sich hantelförmig ein und zerfallen schließlich in zwei Teile. Chromosomen treten dabei in der Regel nicht auf. Unter den Metazoen finden wir diesen Vorgang nur selten und zwar meist bei Zellen, die nur noch eine kurze Lebensdauer vor sich haben. So teilen sich z. B. die roten Blutkörperchen der Säugetiere an ihren Bildungsstätten zuletzt amitotisch, ehe sie ihren Kern verlieren und in den Blutstrom übergehen, wo sie nach kurzer Zeit abgenutzt zerfallen. Auch bei krankhaften Veränderungen beobachten wir häufig Amitose, so z. B. bei den Krebszellen; sie läßt sich auch experimentell durch Schädigung der Zellen mittels chemischer Eingriffe hervorrufen.

Viel häufiger ist dieser einfache Teilungsmodus bei den Protozoen. Dies entspricht der natürlichen Annahme, daß die komplizierte, indirekte sich aus der einfacheren, direkten Teilungsform entwickelt hat. Doch zeigen neue Untersuchungen immer deutlicher, daß Mitosen oder wenigstens mitosenähnliche Teilungen schon bei Einzelligen aller Gruppen weitverbreitet sind. Besonders wichtig ist, daß man auch bei Protozoen vielfach Chromosomen in artlich konstanter Zahl bei der Teilung auftreten sieht.

Der durch die Befunde bei der mitotischen Zellteilung nahegelegte Schluß auf die Bedeutung der chromatischen Elemente wird noch gestützt durch die eigenartigen Verhältnisse, die sich bei den zur Reifung der Geschlechtszellen führenden Teilungen ergeben. Verfolgt man die Vorgänge in einer Keimdrüse, so sieht man die Entwicklung der Keimzellen sich in mehreren Absätzen vollziehen. In der jungen Geschlechtsdrüse trifft man auf die undifferenzierten Urkeimzellen, Spermatogonien bzw. Oogonien. Aus diesen gehen durch eine Reihe ganz normaler Mitosen eine Anzahl von Samen- bzw. Eimutterzellen, Spermatozyten bzw. Oozyten erster Ordnung hervor. Nach diesen Teilungen (IX, 9a, 10a) folgt eine Ruheperiode, während der die einzelnen Keimzellen unter Umständen noch stark an Größe zunehmen. Besonders gilt dies für die Oozyten, die während dieser Wachstumsperiode ihren Hauptvorrat an Nahrungsdotter aufspeichern (IX, 10b). Am Ende der Ruheperiode machen sich am Kernapparat die ersten ungewöhnlichen Erscheinungen bemerkbar. Das Chromatin sammelt sich nämlich an einem Pole des Kernes an und verklumpt dort zu einem kompakten Haufen, in dem sich meist keine einzelnen Elemente mehr unterscheiden lassen. Nach einiger Zeit löst sich der Klumpen auf, und aus diesem wichtigen Stadium, der Synapsis, erscheint das Chromatin in ganz anderer Form, in Vierergruppen oder Tetraden. Der Name rührt daher, daß die Chromatinelemente in Einheiten zusammengeschlossen sind, die jeweils zu vier eine Gruppe bilden. Die äußere Form der Tetraden kann sehr wechselnd sein: Kreuze, Ringe oder Gruppen von vier kurzen zylindrischen Chromatinstäbchen. Die Zahl der Tetraden ist wieder für jede Tierart konstant, und zwar beträgt sie die Hälfte der normalen Chromosomenzahl. Diese Tetraden werden nun durch zwei unmittelbar aufeinander folgende Teilungen (IX, 9d, 10d) so zerlegt, daß in jede der vier entstehenden Enkelzellen je eine Einheit aus jeder Tetrade übergeht. Jede aus diesen „Reifungsteilungen" hervorgegangene, befruchtungsfähige Keimzelle, Spermatide bzw. Eizelle, enthält demnach halb so viel Einheiten, als die Chromosomenzahl in den Körperzellen der betreffenden Art beträgt. Dies gibt uns einen Anhaltspunkt für die Deutung dieser eigenartigen Chromatinformation. Jede Tetrade entsteht nämlich durch Aneinanderlegen von zwei Chromosomen — dies ist in vielen Fällen direkt beobachtet — und jedes dieser Chromosomen hat sich vorzeitig in seine Längshälften zerlegt. Folgen sich jetzt zwei Teilungen, ohne daß eine weitere Spaltung an den Chromosomen auftritt, so müssen durch die eine Teilung die Längshälften der beiden Chromosomen getrennt, durch die andere die beiden vereinigten Chromosomen wieder auseinander gezogen werden. Bezeichnen wir in einer Tetrade die beiden Chromosomen mit 1 und 2, ihre Längshälften mit 1 *a* und 1 *b*, bzw. 2 *a* und 2 *b*, so würde die Tetrade folgende Formel haben:

$$\begin{matrix} 1\,a & 2\,a \\ 1\,b & 2\,b \end{matrix}$$

Die beiden Teilungen können nun entweder so trennen, daß in die eine Tochterzelle 1 *a* 2 *a*, in die andere 1 *b* 2 *b* gelangt, dann trennt die zweite Teilung 1 *a* von 2 *a* bzw. 1 *b* von 2 *b*. Oder es erfolgt zuerst die Sonderung in 1 *a* 1 *b* und 2 *a* 2 *b* und der zweite Schritt trennt 1 *a* von 1 *b* bzw. 2 *a* von 2 *b*. In jedem Falle ist das Endergebnis das gleiche, daß von den zwei Chromosomen 1 und 2, die beide zum normalen Bestande der Art gehören, nur die Hälfte, nämlich 1 oder 2, in die reife Keimzelle übergeht. Von den beiden Reifungsteilungen vollzieht also die eine die übliche Längsspaltung (Trennung von *a* und *b*), die andere setzt dagegen die Chromosomenzahl auf die Hälfte herab. Dies bezeichnet man allgemein als die Reduktion der Chromosomen und nennt danach die Reifungsteilungen auch vielfach Reduktionsteilungen. Eigentlich ist nur eine davon, die

Trennung von 1 und 2, eine wirkliche Reduktion, die andere, welche die Chromosomenhälften *a* und *b* trennt, heißt Äquationsteilung. Je nachdem, in welcher Reihenfolge die Trennung der Einheiten in den Tetraden erfolgt, spricht man von Präreduktion (1 *a* 1 *b*: 2 *a* 2 *b*) oder Postreduktion (1 *a* 2 *a*: 1 *b* 2 *b*). Es hat sich gezeigt, daß beide Typen scheinbar regellos über das ganze Tierreich verbreitet sind.

Der Sinn der ganzen Einrichtung wird klar, wenn wir bedenken, daß bei der Befruchtung sich eine Samenzelle mit einer Eizelle vereinigt. Hätte jede ihren vollen Chromatinapparat, so würde die befruchtete Eizelle die doppelte Chromosomenzahl haben; in der nächsten Generation stiege sie auf das Vierfache und so fort. Durch diese Halbierung bei der Reifung wird der normale Chromatinbestand der Art garantiert, indem jede Keimzelle die halbe Chromosomenzahl mitbringt (IX, 11 *a*—*c*).

Während bei den Reifungsteilungen der Chromatinbestand stets gleichmäßig bei Samen- wie bei Eizellen auf die Enkelzellen verteilt wird, ist dies mit dem Protoplasma nicht der Fall. Die vier Spermatiden sind unter sich völlig gleich, nicht aber die Eizellen. Von diesen ist vielmehr stets eine sehr viel größer als die drei anderen (IX, 10d). Sie erhält das ganze Reservematerial im Protoplasma, die anderen erscheinen nur als winzige Tröpfchen, die aus der großen Eizelle ausgestoßen worden sind. Man kannte sie schon lange und bezeichnete sie als Richtungs- oder Polkörperchen, geleitet von der Vorstellung, daß der Ort ihrer Bildung die Richtung für das Einschneiden der ersten Furche am befruchteten Ei angäbe. Im Lichte unserer jetzigen Kenntnisse erweisen sich aber diese unscheinbaren Polzellen als echte Schwesterzellen der Eizelle, nur hat unter ihnen eine ungleiche Verteilung der Reservestoffe stattgefunden. Die Polzellen sind dotterarme, verkümmerte Eizellen, die nicht befruchtet werden und zugrunde gehen. Es gibt manche Tiere, z. B. gewisse Würmer, bei denen die Ungleichheit noch nicht so groß ist; dort kann in Ausnahmefällen auch ein Richtungskörper befruchtet werden und beginnt sich dann auch zu furchen, führt aber nie zur Bildung eines lebensfähigen Embryos. Offenbar handelt es sich um eine zweckmäßige Einrichtung zur Materialersparung, da, wenn jede Endzelle der Reifungsteilung das nötige Reservematerial enthalten sollte, in der Oozyte am Ende des Wachstums die vierfache Vorratsmenge angehäuft werden müßte.

Die zur Befruchtung zusammentretenden Zellen, das Spermatozoon, das durch Umformung aus der Spermatide, hervorgeht und die Eizelle sind an Masse und Gestalt des Plasmakörpers meist so verschieden wie möglich (IX, 11a). Das einzige, worin sie übereinstimmen, sind die Kerne. Beobachtet man den Vorgang der Befruchtung genauer, so sieht man, daß häufig nur ein Teil des Spermatozoons, nämlich der Kopf mit dem Kern und das Mittelstück mit dem Centrosoma, in das Ei eindringt, der

Schwanzfaden mit dem größten Teile des Protoplasmas bleibt draußen. Im Inneren der Eizelle quillt der sehr kompakte Spermakern auf, bis er an Größe dem Eikern gleicht (IX, 11 b), so daß beide, wenn sie sich zum Furchungskern vereinen (IX, 11 c), meist nicht zu unterscheiden sind. Dies beweist schlagend die überragende Bedeutung des Kernes für die Befruchtung. Sehen wir nun darin den Chromosomenapparat mit seiner gesetzmäßigen Verteilung und eigenartigen Reduktion, so weist dies alles fast zwingend darauf hin, in den Chromosomen die wichtigsten Bestandteile des Kernes zu sehen. Hier führt die ganze Betrachtung wieder zu unserem Ausgangspunkte zurück: Der einzige Sinn, den wir der merkwürdigen, mathematisch genauen Übertragung von Kernbestandteilen bei jeder Teilung einerseits und ihrer gleichmäßigen Übertragung vom väterlichen wie mütterlichen Organismus in Samen- und Eizellen andererseits unterlegen können, ist der, daß in diesen Elementen die Grundlagen enthalten sind, welche das Wiederauftreten der elterlichen Eigenschaften bei den Nachkommen herbeiführen. Die Chromosomen gelten also ganz allgemein als Träger der Vererbung.

6. Die experimentellen Grundlagen der Vererbungslehre. Die Mendelschen Regeln. (Taf. IX.)

Wie man sich im einzelnen die Vererbungsträger vorstellen soll, ist eine noch ganz ungelöste Frage. Viele Befunde, vor allem die gleich zu besprechenden Kreuzungsexperimente, drängen zu der Vorstellung, in ihnen räumlich getrennte Teilchen zu sehen. Ihre Zahl muß aller Voraussicht nach eine viel größere sein, als die der Chromosomen, in denen sie sich nur bei der Teilung in Verbänden zusammenordnen. Ob sie etwa mit den einzelnen Chromatinkörnchen identisch sind, wird ebenso lebhaft behauptet wie bestritten. Es ist, genau genommen, überhaupt ungewiß, ob in dem, was wir am gefärbten Material wahrnehmen, wirklich das Wichtige steckt, oder ob sich die eigentlichen Vererbungssubstanzen durch Farblosigkeit unseren Blicken entziehen. Man hat die hypothetischen Vererbungseinheiten mit einer Unzahl verschiedener Namen belegt, jetzt genießt die Bezeichnung „Gen" fast allgemeine Anerkennung.

Soweit führen uns die Betrachtungen der Histologen an den Zellen. Das Material, das hier in Einzeluntersuchungen aufgehäuft wurde, ist ganz ungeheuer; es bestätigt aber immer wieder die Grundtatsachen, wenn auch über einzelne Punkte, z. B. das Verhalten der Chromosomen in der Synapsis und bei den Reifungsteilungen, manche Meinungsverschiedenheiten bestehen. Es fragt sich nun, ob man die hieraus für die Vererbung gezogenen theoretischen Folgerungen irgendwie experimentell prüfen kann. Werden tatsächlich Merkmale der ausgebildeten Organismen durch „Anlagen“, Gene, in den Keimzellen übertragen und sind Tatsachen bekannt, die für die Verteilung dieser Gene nach bestimmten Regeln sprechen?

Tatsächlich besitzen wir ein überreiches Material, aus dem, was sehr wesentlich ist, die entsprechenden Folgerungen schon gezogen wurden, ehe man etwas von Chromosomen und ihrer Verteilung wußte. Will man die Übertragung eines Merkmals von väterlicher oder mütterlicher Seite feststellen, so ist dies für gewöhnlich bei Paarung von Tieren der gleichen Art nicht möglich; die Merkmale sind ja bei beiden Eltern gleich ausgebildet. Ein sehr einfacher Kunstgriff führt aber zum Ziel. Man nimmt nämlich Formen, die sich in einigen oder in einem Merkmale unterscheiden. Dies können entweder getrennte Arten sein, oder, was viel häufiger ausgeführt wird, Individuen der gleichen Art, aber verschiedener „Rasse“. Bei genauerem Studium zeigt sich nämlich, daß innerhalb der gleichen Art Gruppen von Individuen auftreten, welche sich durch gewisse Merkmale unterscheiden. Besonders deutlich sieht man dies bei den vom Menschen gezüchteten Tieren und Pflanzen, wo oft eine Unmenge einzelner Rassen aus einer Art herausgezüchtet worden sind (Hunde-, Tauben-, Getreiderassen). Diese haben gegenüber den Arten den Vorzug, daß sie sich meist fruchtbar miteinander paaren lassen. Stellt man nun solche Kreuzungen her, so werden von den beiden Eltern neben überwiegend gleichen auch einige verschiedene Eigenschaften übertragen, und es ist zu erwarten, daß sich dann bei den Nachkommen die Art ihrer Verteilung ableiten läßt. Solche Kreuzungsexperimente sind zuerst schon 1860—1870 von dem Benediktinerabt Gregor Mendel in Brünn zielbewußt angestellt worden; er hat auch bereits die wesentlichen Gesetze der Vererbung bei solchen „Bastarden“ oder „Hybriden“ gefunden. Man bezeichnet sie daher auch nach ihm als die Mendelschen Regeln. Seine grundlegenden Untersuchungen blieben aber, obwohl Mendel sie mehrfach dem großen Botaniker Naegeli unterbreitete, in jener Zeit der phylogenetischen Spekulation völlig unbeachtet und wurden erst 1900 wieder entdeckt. Seitdem hat sich auf dieser Grundlage eine sehr bedeutungsvolle Arbeitsrichtung der Biologie, die Bastardforschung, entwickelt.

Die Regeln, um die es sich bei solchen Kreuzungen handelt, lassen sich am besten von einem Falle ableiten, bei dem sich die beiden Eltern nur in einem Merkmale auffallend unterscheiden. Kreuzt man z. B. zwei Rassen der japanischen Wunderblume, *Mirabilis jalapa*, miteinander, deren Blüten weiß bzw. rot sind, so erhält man Nachkommen mit gleichmäßig rosa Blütenfarbe. Hieraus würde sich der Schluß ergeben, daß vom Vater etwa die Anlage für Rot, von der Mutter die für Weiß stammt und daß beide durch Zusammenwirken eine Zwischenfarbe ergeben. Hier treten also in der ersten Kreuzungsgeneration, die allgemein als F_1 (erste Filialgeneration) bezeichnet wird, sog. intermediäre Bastarde auf. Befruchtet man nun aber diese F_1-Generation untereinander zur Erzielung der zweiten Bastardgeneration F_2, so tritt etwas zunächst ganz Unerwartetes auf. An Stelle von gleichmäßig rosa Blüten erhält man Pflanzen mit drei Blütenfarben, nämlich rot, rosa und weiß. Es erscheinen also Pflanzen, welche die Merkmale der Eltern neben den Bastardmerkmalen wieder zur Erscheinung bringen, die Nachkommen „spalten auf". Und zwar treten die drei Formen in einem ganz bestimmten Zahlenverhältnis auf: 25% sind rot, 25% weiß und 50% rosa.

Schon Mendel selbst hat für diese Tatsache die richtige Deutung gegeben. Er erklärte sie so: Das Merkmal, welches der Bastard zeigt, erscheint zwar äußerlich gemischt, in Wirklichkeit bleiben aber die Anlagen, die von den Eltern überkommen sind, getrennt, nur ihre Wirkung liefert das Mischprodukt. Schreitet der Bastard seinerseits zur Fortpflanzung, so sondern sich in seinen Keimzellen wieder die Anlagen, und je nach ihrer Kombination bei der Befruchtung treten bei der nächsten Generation Pflanzen mit rein väterlichen, rein mütterlichen oder Bastardeigenschaften in bestimmten Verhältnissen auf. Am besten läßt sich die Sache durch eine Formel veranschaulichen. In unserem Falle werde die rote Blütenfarbe der einen Pflanze übertragen durch ein Gen *a*, die weiße der anderen durch ein Gen *b* (IX, 12)[1]). Die befruchtete Eizelle enthält dann *ab*. Der daraus entstehende Bastard entwickelt die Mischfarbe rosa, weil *a* und *b* in gleicher Stärke zur Wirkung zu gelangen suchen. Trotzdem bleiben die Anlagen unverschmolzen nebeneinander bestehen; bildet der Bastard nun Keimzellen, so weichen sie wieder auseinander, da jede Eigenschaft darin nur durch ein Gen vertreten wird. Es wird also eine Keimzelle entweder nur *a* oder nur *b* enthalten und zwar müssen offenbar *a* und *b* in gleicher Menge vorhanden sein. Paare ich jetzt einen solchen Bastard mit einem anderen, der gleichfalls Keimzellen mit den Genen *a* oder *b* enthält, so sind vier Kombinationen möglich, nämlich:

	a ♀	*b* ♀
a ♂	$a + a$	$a + b$
b ♂	$b + a$	$b + b$

$a + a =$ rot,
$a + b =$ rosa,
$b + a =$ rosa,
$b + b =$ weiß.

Es wird demnach ein Viertel der F_2-Pflanzen in seinem Anlagebestand nur *a* enthalten, also völlig dem Vater der Ausgangsgeneration gleichen, ein Viertel nur *b* enthalten, also der Mutter gleichen, und zwei Viertel werden wieder *a* und *b* enthalten, also Bastarde sein. Züchtet man die roten Pflanzen für sich weiter, so werden sie immer nur rote Nachkommen hervorbringen, ebenso die weißen nur weiße, da sie ja nur eine Sorte von Genen für das betreffende Merkmal enthalten; sie sind reinrassig, homozygot. Die rosa Pflanzen werden dagegen in

[1]) Auf Taf. IX sind der besseren Sichtbarkeit halber statt rot und weiß andere Farben gewählt.

der nächsten Generation wieder nach dem gleichen Schema in ein Viertel rote, ein Viertel weiße und zwei Viertel rosa aufgespalten usf. Denn sie enthalten verschiedene Gene, sind heterozygot. Das Charakteristische dieses Vorganges ist also, daß nach einer Kreuzung, die in der ersten Generation lauter gleiche Formen liefert, in der zweiten ein Zerfall, eine Aufspaltung in mehrere Formen auftritt. Man bezeichnet diesen Prozeß auch häufig kurzweg als „mendeln".

Nicht immer gleicht das Ergebnis äußerlich dem hier geschilderten Falle (IX, 13). Verwendet man z. B. an Stelle der Wunderblume zwei Erbsenrassen, die sich ebenfalls durch rote bzw. weiße Blüten unterscheiden, so ist die F_1-Generation rein rot wie die eine Stammform. Hier ist das andere Gen gar nicht zum Ausdruck gekommen, es hat sich gewissermaßen im Wettbewerb mit seinem Partner nicht durchsetzen können. Man bezeichnet in solchem Falle die wirksamen Gene als „dominant" gegenüber den unsichtbar bleibenden „rezessiven". In der F_2-Generation tritt aber auch hier eine Spaltung auf, in rote und weiße Blüten, im Verhältnis 3 : 1. Der Grund ist nach unserem Schema leicht einzusehen:

	a♀	b♀
a♂	$a + a$	$a + b$
b♂	$b + a$	$b + b$

$a + a$ = rot,
$a + b$ = rot,
$b + a$ = rot,
$b + b$ = weiß.

Die äußerlich gleich aussehenden rotblühenden Pflanzen sind also innerlich verschieden: ein Drittel sind homozygot, sie werden demnach bei Selbstbestäubung nur rote Nachkommen liefern, zwei Drittel sind heterozygot, sie werden bei Weiterzucht in sich wieder im Verhältnis 3 : 1 aufgespalten.

Die gleichen Experimente lassen sich nun bei Rassen durchführen, die sich in zwei Merkmalen unterscheiden (IX, 14). Correns kreuzte beispielsweise Maispflanzen, die glatte Samenschale und gelbes Endosperm hatten, mit anderen mit runzliger Samenschale und blauem Endosperm. Die F_1-Generation hatte nur Samen mit glatter Schale und blauem Endosperm. Es war also glatt dominant über runzlig und blau dominant über gelb. Bei der Weiterzucht kamen in F_2 aber alle vier Merkmale wieder zum Vorschein und zwar in vier Kombinationen in ganz bestimmtem Zahlenverhältnis. Auch hier gibt eine Formel das beste Bild. Bezeichnen wir jeweils das dominante Merkmal mit einem großen, das rezessive mit dem entsprechenden kleinen Buchstaben, so enthält die eine Rasse die Gene G (glatt) und b (gelb), die andere g (runzlig) und B (blau)[1]. Im Bastard vereinigen sich alle vier zu $Gg\ Bb$. In seinen Keimzellen wird wieder jedes Merkmal nur durch ein Gen vertreten. Verteilen sich diese

[1]) In dem auf Taf. IX dargestellten Schema der Mendelspaltung bei Dichybriden sind statt dessen die Buchstaben A, B, C, D gewählt und die dominanten unterstrichen

gleichmäßig, so erhalten wir gleich viele Keimzellen mit den Kombinationen: *GB*, *Gb*, *gB* und *gb*.

Wenn jede von diesen als Samenzelle mit jedem Typus als Eizelle zusammenkommen, so ergeben sich 16 Möglichkeiten:

	GB♀	*Gb*♀	*gB*♀	*gb*♀
GB♂	*GB* + *GB* = *GB*	*GB* + *Gb* = *GB*	*GB* + *gB* = *GB*	*GB* + *gb* = *GB*
Gb♂	*Gb* + *GB* = *GB*	*Gb* + *Gb* = *Gb*	*Gb* + *gB* = *GB*	*Gb* + *gb* = *Gb*
gB♂	*gB* + *GB* = *GB*	*gB* + *Gb* = *GB*	*gB* + *gB* = *gB*	*gB* + *gb* = *gB*
gb♂	*gb* + *GB* = *GB*	*gb* + *Gb* = *Gb*	*gb* + *gB* = *gB*	*gb* + *gb* = *gb*

Von diesen 16 Kombinationen werden, wie die Tabelle lehrt, neun die Gene *G* und *B* enthalten, ihre Samen werden also glatt und blau sein; drei werden *G* und *b* enthalten, also glatt und gelb, drei umgekehrt *g* und *B* enthalten, also runzlig und blau sein, und nur in einem Falle werden *g* und *b*, die beiden rezessiven Merkmale, allein zusammentreffen, die Samen werden also gelb und runzlig sein. An diesem Beispiel ist besonders hübsch, daß man gar nicht die F_2-Generation abzuwarten braucht, um die Natur der neuen Pflanzen zu erkennen. Man sieht ja bereits im Fruchtkolben der F_1-Bastarde die verschiedenen Samen der nächsten Generation nebeneinander liegen; er erhält dadurch ein geschecktes Aussehen, und schon eine oberflächliche Betrachtung läßt die verschiedene Häufigkeit der einzelnen Kombinationen erkennen.

Fragen wir, ob auch hier Nachkommen mit homozygoten Keimzellen auftreten, so ergibt sich aus der Tabelle ohne weiteres, daß die in der Diagonale von links oben nach rechts unten stehenden vier Befruchtungskombinationen rein sind; sie werden also bei Selbstbefruchtung nur wieder die gleichen Merkmale entwickeln. Wie man sieht, kann jede Merkmalskombination rein herausgezüchtet werden.

Ein entsprechendes Beispiel aus der Tierreihe sind die Kreuzungen beim Seidenspinner, *Bombyx mori*, die Toyama ausgeführt hat. Er kreuzte eine Rasse, die weiße Raupen hat, welche sich bei der Verpuppung in gelbe Kokons einspinnen, mit einer anderen, deren Raupen gestreift sind und weiße Kokons herstellen. Die Raupen der Bastardgeneration F_1 waren gestreift und spannen gelbe Kokons: gestreift ist also dominant über weiß und gelbe Kokons über weiße. Die Rasse *A* enthält demnach die Gene *g* (= nicht gestreift) und *Y* (= gelber Kokon), die Rasse *B* enthält *G* (= gestreift) und *y* (= nicht gelber Kokon). Die möglichen Kombinationen in F_2 sind *GY*, *Gy*, *gY*, *gy*; daraus ergeben sich 16 Möglichkeiten befruchteter Eizellen, von denen neun beide dominante Gene, je drei ein dominantes und ein rezessives und eine beide rezessive Gene enthält. In seinen sehr umfangreichen Zuchten erhielt Toyama in F_2 unter 11320 Exemplaren:

Gestreifte Raupen mit gelben Kokons . .	6383
„ „ „ weißen „ . .	2147
ungestreifte Raupen mit gelben Kokons .	2099
„ „ „ weißen „ .	691

In Prozenten ausgedrückt, ergeben sich:

	berechnet:	gefunden:
GY:	9/16 = 56,25%	6383/11320 = 56,38%
Gy:	3/16 = 18,75%	2147/11320 = 18,96%
gY:	3/16 = 18,75%	2099/11320 = 18,53%
gy:	1/16 = 6,25%	691/11320 = 6,1%

Die Übereinstimmung ist also auffällig gut, wenn man bedenkt, daß von den befruchteten Eizellen immer nur ein gewisser Prozentsatz bis zum Ende der Raupenperiode sich entwickelt, die gefundenen Zahlen daher nur eine zufällige Auswahl darstellen.

In gleicher Weise wie Rassen mit zwei Merkmalspaaren kann man nun solche mit drei und mehr kreuzen und erhält dann anstatt „Dihybriden" Tri- bzw. Polyhybride. Praktisch stößt die Durchführung solcher Versuche auf große Schwierigkeiten. Mit der Zahl der unterschiedenen Merkmale steigt nämlich die der möglichen Kombinationen in geometrischer Progression. Bei Monohybriden, die sich nur in einem Merkmale unterscheiden, haben die Keimzellen nur zwei Möglichkeiten der Genverteilung:

nämlich *A* oder *a* $= 2^1$
bei Dihybriden 4 (*AB*, *Ab* *aB*, *ab*) $= 2^2$
bei Trihybriden 8 (*ABC*, *ABc*, *AbC*, *Abc*, *aBC*, *aBc*, *abC*, *abc*) $= 2^3$
bei Tetrahybriden 16 $= 2^4$
usf.

Aus den vier Keimzelltypen der Dihybriden können wieder hervorgehen:

16 Kombinationen $= (2^2)^2$
bei Trihybriden 64 $= (2^3)^2$
bei Tetrahybriden 256 $= (2^4)^2$
usf.

Unterscheiden sich zwei Rassen in 10 Merkmalen, so bilden sie demnach $2^{10} = 1024$ verschiedene Keimzellen in F_1 und diese würden in F_2 $1024^2 = 1048576$ mögliche Kombinationen ergeben. Ein solcher Versuch wäre praktisch wohl kaum noch durchzuführen.

Aus diesen Zahlenwerten versteht man auch, warum solche Kreuzungsexperimente sich bei Pflanzen weitaus besser durchführen lassen als bei Tieren. Dort ist 1. die Fruchtbarkeit gewöhnlich viel größer, 2. die Generationsfolge meistens schneller, 3. die Massenzucht viel bequemer, 4. durch

Selbstbestäubung weit leichter reines Material zu erhalten. Denn eine sehr wichtige Voraussetzung aller solchen Versuche ist, daß vor Beginn des eigentlichen Experiments in einer Reihe von Generationen die Stammformen darauf geprüft sind, ob sie „rein" sind, d. h. in sich fortgepflanzt lauter gleiche Nachkommen ergeben.

Eine weitere Verfolgung der ungemein verwickelten Ergebnisse der Bastardforschung kann hier nicht gegeben werden. Zwei wichtige Punkte sind aber festzuhalten. Je tiefer die Analyse eindringt, desto allgemeiner stellt sich heraus, daß die Gene, die Anlagen der einzelnen Merkmale, dauernd in den Zellen der verschiedenen Generationen selbständig bleiben. Dabei haben sich allerdings im Laufe der Versuche mancherlei Besonderheiten bemerkbar gemacht, die das Verständnis der Vorgänge sehr erschwerten und oft eine Art der Vererbung vortäuschten, die nach ganz anderen Prinzipien zu erfolgen schien. Ein oft beobachteter Fall ist der, daß sich in den Keimzellen nicht alle möglichen Kombinationen von Genen in gleicher Häufigkeit bilden, was zu erwarten wäre, wenn sie vollkommen unabhängig wären. Haben wir etwa zwei Merkmalspaare AB und ab, so sollte man erwarten, daß vier Kombinationen mit der Häufigkeit: $1\,AB : 1\,Ab : 1\,aB : 1\,ab$ auftreten. Statt dessen kommt es oft vor, daß einzelne Kombinationen zahlenmäßig überwiegen. Es tritt also etwa das Verhältnis $1\,AB : 3\,Ab : 3\,aB : 1\,ab$ oder gar $1\,AB : 15\,Ab : 15\,aB : 1\,ab$ auf, allgemein $1 : n : n : 1$. Oder es kann umgekehrt das Verhältnis $3\,AB : 1\,Ab : 1\,aB : 3\,ab$, allgemein $n : 1 : 1 : n$ auftreten. Dies erweckt den Eindruck, als ob von den Merkmalen bestimmte Kombinationen lieber gebildet werden als andere. Es ziehen sich gewissermaßen bestimmte Gene an, sie treten leicht „gekoppelt" auf, wie man sich ausdrückt. Sehr bemerkenswert ist dabei, daß diese Koppelung verschieden ausfällt je nach der Zusammensetzung der Merkmalspaare in den Eltern. Kombiniere ich z. B. die Merkmale $AaBb$, so kann dies geschehen durch Kreuzung von AB mit ab oder von Ab mit aB. Man findet nun oft, daß im ersten Falle die Kombinationen AB und ab bevorzugt sind, es bilden sich Nachkommen etwa im Verhältnis $7\,AB : 1\,Ab : 1\,aB : 7\,ab$. Beim anderen Ausgangsmaterial entstehen umgekehrt $1\,AB : 7\,Ab : 7\,aB : 1\,ab$. Es werden also die Kombinationen bevorzugt, die schon im Ausgangsmaterial vorhanden waren. Unter Umständen kann diese Koppelung so weit gehen, daß einzelne Kombinationen praktisch gar nicht mehr gebildet werden: die Bindung ist so fest, daß sie kaum noch gesprengt werden kann.

Bei anderen Versuchen erwiesen sich bestimmte Kombinationen als nicht lebensfähig, sie fielen dann in der Nachkommenschaft aus oder konnten sich wenigstens nicht weiter fortpflanzen.

Durch diese Abweichungen erleiden die einfachen Kombinationsregeln der Mendelschen Vererbung die mannigfaltigsten Umgestaltungen und Verschleierungen, ebenso wie durch das oft wechselnde Spiel von Dominanz und Rezession. Es erfordert also im einzelnen Falle oft lange und mühsame Untersuchungen, um die Art der Vererbung festzustellen, prinzipiell scheint aber zum mindesten für die Rassenkreuzungen niemals ein Fall mit Sicherheit nachgewiesen, in dem ein Gen mit einem anderen zu einer neuen Einheit verschmolzen wäre. Die Vererbung bei solchen Bastarden ist also ein Mosaikspiel mit unveränderlichen Bausteinen, die sich nach Art eines Kaleidoskops zu immer neuen Gruppierungen zusammen- finden können.

Und dabei treten, dies ist der zweite wichtige Punkt, Formen auf, die scheinbar ganz neu sind. Schon bei zwei Merkmalspaaren konnten, wie wir sahen, vier homozygote Rassen auftreten. Von diesen waren zwei mit den Stammformen identisch (IX, 14) (im Beispiele des Maises *Gb* und *gB*, glatt-gelb und runzlig-blau), zwei dagegen neu (*GB*, glatt-blau, und *gb*, runzlig-gelb). Die Zahl der Homozygoten ist natürlich auch bei Polyhybriden gleich der der möglichen Genkombinationen in einer Keimzelle; unter den acht Homozygoten bei Trihybriden sind dann sechs neue Formen, unter den 16 der Tetrahybriden 14, unter den 1024 der Dekahybriden wären es 1022, allgemein $n - 2$, wenn n die Zahl der Homozygoten angibt. So haben wir in der Kreuzung ein Mittel, neue Formen zu schaffen. Durch fortgesetzte Mischung kann aus Formen, die sich in relativ wenigen Merkmalen unterscheiden, eine ungemeine Mannigfaltigkeit neuer Typen entstehen, ohne daß dabei in Wirklichkeit etwas geschaffen würde, was vorher nicht da war. So etwas kommt innerhalb einer Art offenbar im größten Maßstabe vor. Hier können wir die Verhältnisse beim Menschen am genauesten übersehen. Zwei Individuen sind sich ja nie vollkommen gleich, sondern unterscheiden sich in zahlreichen Merkmalen. In ihren Keimzellen, besonders den zahllosen Spermatozoen des Mannes, werden diese Merkmale in beliebigen Kombinationen auftreten. Bei der Befruchtung vereinigen sie sich mit den gleichfalls sehr wechselnd gebauten Eizellen und ergeben so Nachkommen, die weder den Eltern noch einander völlig gleichen. Die Befruchtung ist also ein Mittel, um fortgesetzt durch Umgruppierung individueller Eigentümlichkeiten innerhalb der Art neue Formen zu schaffen. Auf diese Tatsache hat zuerst Weismann eindringlich hingewiesen und sie mit dem Namen Amphimixis belegt.

7. Die Beziehungen zwischen Zellforschung und Bastardforschung. Die praktische Bedeutung der Vererbungslehre.

Lassen sich nun diese Ergebnisse der Kreuzungsversuche mit den Befunden der Zytologen über den Kernteilungsmechanismus in Beziehung setzen? Es liegt sehr nahe, die aus Versuchen erschlossene Verteilung der Gene mit der beobachteten Verteilung der Chromosomen in Verbindung zu bringen. Man müßte sich etwa vorstellen, daß bei allen Zellteilungen von der befruchteten Eizelle an die Gene wie die Chromosomen sich jedesmal halbierten und zur Hälfte in jede Tochterzelle übergingen — was bei ihnen Stoffwechsel und Wachstum voraussetzen würde —. So könnten sie von Zelle zu Zelle bis zum Ort der Aktivierung weitergegeben werden. Bei der Befruchtung überträgt der Vater das Gen *A* für die Eigenschaft *x* in einem Chromosom, die Mutter ebenso; die befruchtete Eizelle enthält also zwei Gene für jede Eigenschaft in zwei Chromosomen. Bei der Reifung wird die Zahl der Chromosomen halbiert, es gelangt also in jede Keimzelle wieder nur ein Chromosom mit einem Gen. So ließen sich die Ergebnisse der Kreuzung bei Monohybriden gut darstellen:

Der Vater erhält von seinen Eltern zweimal das Chromosom *x* mit dem Gen *A*.

Die Mutter erhält ebenso zweimal das Chromosom *y* mit dem Gen *B*.

In die Keimzellen gehen beim Vater ein Chromosom *x* mit *A*, bei der Mutter ein Chromosom *y* mit *B*.

Bei der Befruchtung ergibt sich jeweils die Kombination $xy = AB$. In den Reifungsteilungen der Bastarde trennen sich die beiden Chromosomen wieder, es werden also gebildet Keimzellen vom Typus *x* mit *A* und *y* mit *B*. Bei der Befruchtung kann sich vereinigen:

	♀ *x*	♀ *y*
♂ *x*	$x + x$	$x + y$
♂ *y*	$x + y$	$y + y$

d. h. die befruchtete Eizelle enthält entweder nur väterliche oder nur mütterliche oder gemischte Chromosomen im Verhältnis 1 : 1 : 2.

In dieser Parallele der Reduktionsteilungen mit dem Auseinanderweichen der Chromosomen und der Aufspaltung der Merkmale bei der Bildung der F_2-Generation liegt ein besonders bestechender Vorzug dieses Vergleichs.

Entsprechend läßt sich die Rechnung auch für mehrere Merkmalspaare durchführen. Dies hätte aber zur Voraussetzung, daß jedes Merkmal in einem besonderen Chromosom lokalisiert ist, da sie nur so sich unabhängig voneinander verteilen können. Der Vater müßte etwa zwei Chromosomen *x* und *p* für die Gene *A* und *B* enthalten, die Mutter entsprechend *y* und *q* für *a* und *b*. Dann ergäbe sich bei der Befruchtung die Kombination *xypq*, die bei der Reifung der Keimzellen von F_1 aufgeteilt würde in $xp = AB$, $xq = Ab$, $yp = aB$ und $yq = ab$. Hieraus folgen dann die früher entwickelten 16 Kombinationen.

Zweifellos ist nun aber die Zahl der Merkmale und damit der Gene viel größer als die der Chromosomen; es ergibt sich daher aus den Vererbungstatsachen das Postulat, daß irgendwann vor der Bildung der Keimzellen die Gene in den Chromosomen neu gruppiert werden

Kernteilung. Reduktionsteilung. Befruchtung.

1—8) mitotische Kernteilung, 1) ruhender Kern. 2) Bildung des Spirems, 3) Spirem; Auflösung der Kernmembran; Centrosoma und Strahlung. 4) Chromosomen- und Spindelbildung. 5) Äquatorialplatte; Längsspaltung der Chromosomen, 6) Doppelstern. 7) Dispirem; Rückbildung der Spindel; Beginn der Protoplasmateilung. 8) 2 Zellen mit ruhenden Kernen. **9**) Spermatogenese. **10**) Oogenese, a) Teilungszone, b) Wachstumszone; Synapsis, c) Tetradenbildung, d) Reifungsteilungen mit Präreduktion.

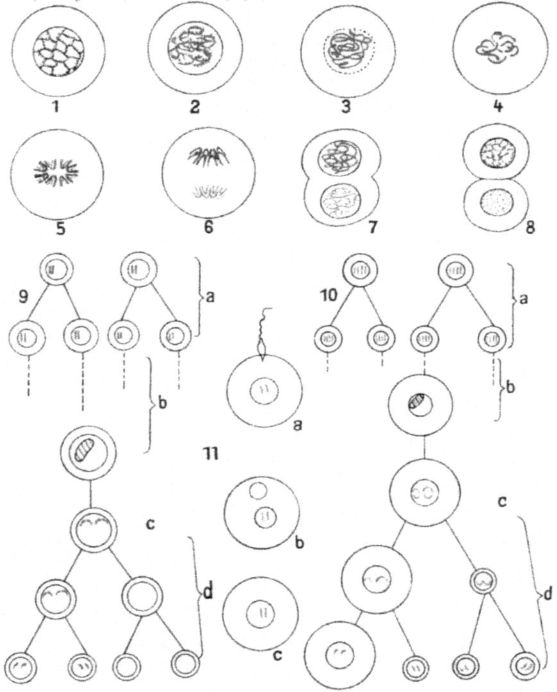

Mendelsche Gesetze bei Mono- und Dihybriden.

11) Befruchtung, a) Eindringen des Spermatozoons, b) Entwicklung des Spermakerns, c) Vereinigung der Kerne. **12**) Kreuzung von Monohybriden mit intermediären Bastarden (Fall des Mirabilis jalapa nach Correns). **13**) Kreuzung von Monohybriden mit Dominanz von A über B (Fall der Erbsenrassen nach Mendel). **14**) Kreuzung von Dihybriden mit Dominanz von A über B und D über C (Fall des Mais nach Correns).

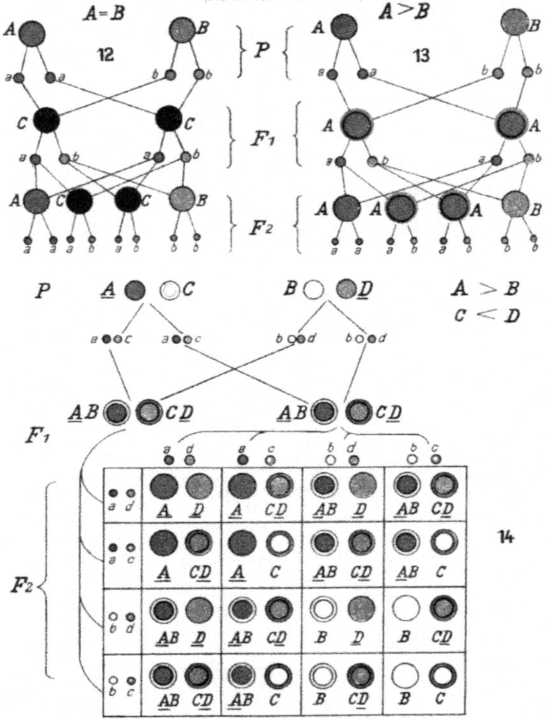

große Kreise = ausgebildetes Merkmal
kleine Kreise = Gene

dominante Merkmale und Gene = volle Kreisflächen
rezessive Merkmale und Gene = Farbenringe

Verlag von VEIT & COMP. in Leipzig

müssen, so daß väterlich und mütterlich übertragene Eigenschaften sich neu ordnen können. Auch hierfür vermag uns die Zytologie einen Anhaltspunkt zu bieten, nämlich die Synapsis. Wir sahen früher, daß bei diesem Vorgang das Chromatin sich in einen dichten Klumpen zusammendrängt, aus dem dann die Chromosomen in charakteristischer Neuformation als Tetraden herauskommen. Es liegt nahe, anzunehmen, daß während dieser engen Zusammenlagerung und Durchmischung ein Austausch der Einzelelemente stattfindet und die neuen Chromosomen ein neu kombiniertes Anlagensortiment enthalten.

Diese Hypothese, die durch Befunde in letzter Zeit sehr gut gestützt ist, würde uns zugleich das Verständnis für die oben erwähnte Koppelung eröffnen. Man braucht nur anzunehmen, daß bei diesem Austausch bestimmte Gruppen fester zusammenhalten und schwerer zu trennen sind, so werden sie in den sich bildenden Neukombinationen öfter zusammen vorkommen, als den Wahrscheinlichkeitsgesetzen entspricht. So erklärt sich — und dies macht den Vergleich besonders wertvoll —, daß die Art der Koppelung abhängt von der Kombination in den Eltern; es bleiben eben die schon von Anfang an vereinigten Gruppen mit Vorliebe zusammen. Der zytologisch zunächst rätselhafte Vorgang der Synapsis gewinnt so im Lichte der Vererbungstatsachen eine hohe Bedeutung.

Die hier durchgeführte Parallele zwischen den Ergebnissen der Vererbungsversuche und den Befunden der Zellforschung drängt dem Betrachter die Neigung auf, in den Genen morphologisch faßbare Repräsentanten bestimmter Merkmale der ausgebildeten Form zu sehen. Man fühlt sich versucht, etwa für die rote Blütenfarbe auch ein „rotes Gen" sich vorzustellen. Mit solcher Betrachtungsweise muß man aber sehr vorsichtig sein. Dies lehrt eine einfache Beobachtung. Die viel von Gärtnern gezogene chinesische Primel kommt in mehreren Rassen vor, darunter eine rot und eine weiß blühende. Zieht man aber die rotblühende im Treibhaus bei 30^0, so bringt sie weiße Blüten hervor und unterscheidet sich äußerlich in nichts von der normal weiß Blühenden. Bringt man sie in kühlere Räume zurück, so tritt bei neu entstehenden Blüten die rote Farbe wieder auf. Gewinnt man von den bei hoher Temperatur weißen Blüten Samen, so bringen diese doch Pflanzen hervor, die bei normaler Temperatur rot blühen. Es hat sich also durch diesen Eingriff nicht das Geringste an den Genen geändert, sehr wohl aber am Aussehen der fertigen Pflanze.

Wir erkennen hier sehr deutlich, daß die Ausbildung der Merkmale einer Pflanzen- und Tierform nicht einfach ihrem Genbestand entspricht. Es müssen vielmehr auch bestimmte äußere Bedingungen erfüllt sein, um das betreffende Merkmal in die Erscheinung treten zu lassen. Die Ausbildung der erwachsenen Form beruht also auf dem Zusammenwirken zweier Gruppen von Faktoren, den Genen einerseits, den äußeren Bedingungen andererseits. Je nach deren Zusammentreffen können bei gleichem Genbestand oft recht verschiedene Formen auftreten. Das, was in den Genen vererbt wird, der „Genotypus", ist also eigentlich nicht die Summe der Merkmale, sondern die Fähigkeit, so zu reagieren, daß bei bestimmten „normalen" äußeren Einwirkungen bestimmte Merkmale zum Vorschein kommen. Wir haben also zu unterscheiden zwischen zwei Gruppen von Faktoren. Den „determinierenden" einerseits. Sie geben dem Ablauf des Vorgangs die charakteristische Färbung. Ihnen stehen gegenüber die „realisierenden", das sind die allgemeinen äußeren Einflüsse, Ernährung, Klima, Belichtung, Schwerkraft usw. Beide zusammen bedingen die Erscheinung der ausgebildeten Form, den „Phänotypus" der Art.

Diese Betrachtung gestattet uns ein etwas tieferes Erfassen des Entwicklungsgeschehens. Seit man sich überhaupt theoretische Vorstellungen über diesen rätselvollen Vorgang des Hervorgehens einer geordneten Mannigfaltigkeit aus einem scheinbar sehr einfachen Ausgangsmaterial gemacht hat, stehen sich zwei Anschauungen gegenüber. Die Lehre von der Präformation betrachtete alle Merkmale des Erwachsenen als schon im Keim gegeben; sie sah in der extremen Form, die sie bei den ersten Mikroskopikern des 17. und 18. Jahrhunderts annahm, im Ei oder in der Samenzelle den Menschen als winzig verkleinertes Individuum vorgebildet. Die Anhänger der Epigenese umgekehrt hielten den Ausgangsstoff für eine formlose Bildungsmasse, die unter der Einwirkung äußerer Kräfte während der Entwicklung sich differenzierte. Die heutige Auffassung der Vererbung steht zwischen diesen Extremen. Sie erkennt in den Genen spezifische Erzeuger der Artmerkmale, welche den Keimzellen vom elterlichen Organismus mitgegeben werden. Diese Gene enthalten aber nicht die Merkmale unabänderlich körperlich präformiert, sondern sie machen unter dem Einfluß der äußeren Faktoren eine Epigenese durch, und erst das Zusammenwirken dieser beiden Kräfte erzeugt die ausgebildete Form. Dabei ist aber klar, daß die Bedeutung beider für den Ablauf der Entwicklung einer bestimmten Art sehr verschieden ist. Die Gene sind das Spezifische, sie bedingen, daß aus einem Menschenkeim ein Mensch, aus einem Hundeei ein Hund und keine Katze wird. Die realisierenden Faktoren sind demgegenüber die allgemeinen, die nötig sind, damit der Hund sich überhaupt entwickelt, sie können dabei seine Gestalt im einzelnen mannigfach beeinflussen, aber nicht ihres spezifischen Artcharakters entkleiden. Um diesen Unterschied recht einzusehen, braucht man nur an die Unmenge verschiedener tierischer Eier zu denken, die sich freischwebend, planktonisch, in den oberflächlichen Schichten des Meeres entwickeln. Hier sind die äußeren, realisierenden Einflüsse praktisch die gleichen, um so deutlicher tritt die Differenz der spezifischen präformierten Anlagen hervor.

Das Gen erscheint im Lichte dieser Betrachtung nicht als morphologisches Abbild einer fertigen Eigenschaft, sondern als ein die Entwicklungsvorgänge in bestimmter Richtung lenkendes Agens, es gibt die „Reaktionsnorm" eines Organismus unter bestimmten, normalen äußeren Verhältnissen an, wie viele moderne Vererbungsforscher sagen.

Eine genaue Verfolgung der Entwicklungsvorgänge lehrt nun aber, daß die Ausbildung der erwachsenen Form nicht einfach von der Summation der determinierenden und deren Aktivierung durch die realisierenden Faktoren abhängt, sondern daß zwischen den Genen selbst eine sehr merkwürdige Wechselwirkung besteht. Sie kann sich so äußern, daß die Anwesenheit eines Gens der realisierende Faktor für die Wirkung eines anderen Gens ist. Wir kennen jetzt zahlreiche solche Beispiele, besonders von den auf mehrere Merkmale hin analysierten Kreuzungen. Einer der bestbekannten Fälle ist die Ausbildung der Blüten beim Löwenmaul, *Antirrhinum maius*, die von Baur in jahrelangen, äußerst mühevollen Untersuchungen meisterhaft analysiert worden ist. Baur hat gefunden, daß Form und Farbe der Blüten von zahlreichen, mehreren Dutzend, Genen abhängig ist. Unter diesen ist nun zunächst eins, welches bedingt, daß überhaupt Farbe auftritt. Fehlt dieses Gen, so blüht die Pflanze unter allen Umständen weiß. Tritt aber auf Grund dieses ersten Gens überhaupt Färbung auf, so hängt es von einem zweiten Gen ab, ob Rot gebildet wird. Ist die Möglichkeit für Rot da, so bedingen andere Gene die Verteilung und die Intensität der roten Farbe. Es kann also eine Pflanze ein ganzes Sortiment von Genen für die Ausgestaltung der Färbung besitzen, fehlt das Gen für Farbe überhaupt, so bleiben sie alle wirkungslos, ganz gleichgültig, ob sie an sich dominant oder rezessiv sind. Das kann praktisch in den Kreuzungen sehr seltsame Folgen haben. Bringt man nämlich eine weiß blühende Pflanze mit einer einfach rot blühenden zum Fruchtansatz, so kann unter den Nachkommen eine Fülle der verschiedensten Färbungen und Zeichnungen auftreten. Einfach deswegen, weil die weiße Pflanze ein ganzes Sortiment dominanter Färbungsgene enthielt, die jetzt durch Einführung des Färbungsfaktors mit der roten Pflanze sich entfalten können.

Ähnlich verwickelt liegen die Verhältnisse auch bei Tieren. Hier besitzen wir sehr ausgedehnte Untersuchungen verschiedener Forscher an Nagetieren: Mäusen, Ratten und Kaninchen. Aus diesen geht hervor, daß z. B. die Färbung der wilden grauen Mäuse oder Kaninchen abhängt von nicht weniger als neun Genen, die alle zusammen wirken müssen und sich ganz ähnlich bedingen wie bei den Pflanzen. Sehr eigentümlicher Weise ist die Verflechtung dieser Gene für alle drei Nagetiere im wesentlichen die gleiche. Dazu kommen dann noch eine große Anzahl anderer Gene, welche die mannigfache Zeichnung und Fleckung des Fells bedingen, andere beeinflussen die Körpergröße, die Länge und Haltung der Ohren usw.

Sehen wir hier, daß eine Eigenschaft der ausgebildeten Form häufig, man kann sagen, meistens, von mehreren Genen abhängig ist, so ergibt sich in anderen Versuchen umgekehrt, daß ein und dasselbe Gen seine Wirkung an sehr verschiedenen Stellen äußert. Das Gen, welches (bei Anwesenheit der notwendigen anderen Gene, siehe oben) die Wildfarbe des Kaninchenfells auslöst, bewirkt z. B. auch, daß die Tiere einen weißen Bauch und weiße Unterseite des Schwanzes haben; wo dies Gen fehlt, sind diese Teile wie der übrige Pelz gefärbt. Die Anwesenheit eines Gens bewirkt hier also, und das ist in allgemeiner Hinsicht von Bedeutung, das Ausbleiben einer Färbung. Beim Löwenmaul geht mit dem Fehlen der Blütenfarbe eine unvollständige Ausbildung der Blattfarbstoffe, eine Wachstumshemmung und geringere Widerstandsfähigkeit gegen Krankheiten Hand in Hand. Je tiefer die Untersuchungen dringen, desto allgemeiner zeigt sich dies Verhalten. Dies eröffnet die Aussicht, daß die Vererbungserscheinungen, die augenblicklich so ungeheuer verwickelt erscheinen, sich einmal als relativ einfach herausstellen werden. Es handelt sich dabei vielleicht gar nicht um so viele Faktoren, wie man jetzt annimmt, sondern um eine relativ geringe Anzahl. Denken wir etwa an die Verhältnisse bei den Eiweißkörpern, wie sie uns die einleitenden Betrachtungen über die Zusammensetzung der lebenden Substanz kennen lehrten. Dort fanden wir eine unabsehbare Fülle von Verbindungen, sie ließen sich aber auf Kombinationen aus einer sehr geringen Zahl von Bausteinen, den Aminosäuren, zurückführen. Setze ich in einem solchen Eiweißkörper für eine Aminosäure eine andere, so ändere ich nicht nur eine Eigenschaft, sondern eine ganze Anzahl. In ähnlicher Weise beruht vielleicht bei der Vererbung die unübersehbare Mannigfaltigkeit der äußeren Merkmale auf wechselnden Kombinationen verhältnismäßig weniger Gene; auch hier kann eine geringfügige Änderung im Genbestand große Unterschiede im Phänotypus hervorrufen. Eine Lösung des Vererbungsproblems würde demnach auf chemischem Gebiete, durch eindringende Analyse der Bausteine der Organismen, zu erwarten sein. Einstweilen sind wir davon noch weit entfernt; ist diese Auffassung aber berechtigt, so zeigt sie deutlich, wie falsch es wäre, sich unter den „Anlagen" körperliche Vertreter bestimmter „Eigenschaften" vorzustellen. Es handelt sich bei der Entwicklung vielmehr um ein verwickeltes Getriebe chemisch-physikalischer Umsetzungen. Die Faktoren, welche deren Gang bestimmen, sind in keiner Weise direkt mit den körperlichen Merkmalen, den Ergebnissen des ganzen Prozesses, vergleichbar.

Betrachtet man mit dem durch die Kreuzungsversuche geschärften Blick die Arten in der freien Natur, so erkennt man, daß dieser Linnésche Grundbegriff der Systematik im strengen Sinne gar keine Einheit darstellt. Eine Prüfung großer Individuenzahlen zeigt vielmehr häufig, daß unter ihnen nicht unerhebliche Unterschiede bestehen, die sich zurückführen lassen auf verschiedene Genkombinationen. Kommt die Art in zahlreichen Individuen nebeneinander vor, so kreuzen sich diese verschiedenen Rassen, und es entsteht ein Gemisch von Heterozygoten, in denen die Elementareigenschaften in der verschiedensten Weise kombiniert sind.

Etwas anders liegen die Verhältnisse dann, wenn die Individuen sich nicht durch Paarung, sondern vorwiegend durch Selbstbefruchtung fortpflanzen, wie dies bei vielen Pflanzen der Fall ist. Dann treten zahlreiche Formen nebeneinander auf, die in sich homozygot sind. Ein größerer Bestand solcher Pflanzen, etwa einer unserer Getreidearten, stellt also eine Mischung zahlreicher Unterrassen, Elementararten, vor, die, bunt durcheinander stehend, eine „Population" bilden, wie man dies nach dem Vorschlag von Johannsen nennt. Kommen unter diesen Elementararten Kreuzungen vor, was natürlich bei dem Durcheinanderwachsen leicht geschehen kann, so werden sich diese doch nach einigen Generationen wieder voneinander trennen. Kreuze ich Formen, die sich in einem Merkmal unterscheiden, so mendeln diese bereits in der zweiten Generation wieder auseinander in 1 väterlich homozygoten : 1 mütterlich homozygoten : 2 heterozygote Nachkommen. Von diesen geben die Heterozygoten in der nächsten Generation bei Selbstbefruchtung wieder 50% Homozygote : 50% Heterozygoten usw. Ist die Zahl der Merkmalspaare größer, so dauert der Entmischungsvorgang entsprechend länger.

Der Versuch hat das Vorhandensein solcher Elementararten oder „reinen Linien" tatsächlich ergeben. Man braucht nur von einer Anzahl Pflanzen einer solchen Art Samen zu sammeln und diesen von jedem Exemplar getrennt auszusäen, so wird man jeweils eine im wesentlichen konstante Nachkommenschaft erhalten. Man hat damit eine homozygote reine Linie isoliert. Dieses Verfahren ist von größter praktischer Bedeutung. Es gibt uns ein Mittel, in wenigen Generationen aus einer Population sehr verschiedene Rassen herauszuzüchten, die, was von ganz besonderem Werte ist, sofort in sich konstant sind, weil sie homozygot sind. Unter diesen Rassen kann man dann diejenige auswählen, die für irgendwelche praktischen Zwecke am besten geeignet ist und diese allein weiter vermehren; man erhält dann in wenigen Generationen ein verbessertes, reines Saatgut. Nach diesem Verfahren sind unsere Getreidearten in letzter Zeit mit dem größten Erfolge veredelt worden.

Eine ähnliche Methode kann man zur Erlangung neuer Formen anwenden. Man kreuzt zunächst verschiedene Rassen einer Art, mit Vorliebe z. B. geographische Unterarten, miteinander. Dadurch entstehen eine Menge neuer Kombinationen. Aus diesen muß man dann die Homozygoten herausfinden und isolieren und erhält damit neue, sofort rein weiterzüchtende Spielarten. Auf diese Art entstehen jetzt gewöhnlich die zahlreichen neuen Rassen unserer Zierpflanzen in der Gärtnerei. In der Tierwelt, wo Selbstbefruchtung recht selten ist, läßt sich dies Verfahren natürlich weniger gut anwenden, daher gelingt auch dort die Isolierung reiner Linien viel schwerer; sie setzt ja voraus, daß zwei Homozygoten zur Paarung kommen.

Eine ganz besonders hohe Bedeutung hat die Bastardforschung für das Verständnis der Erblichkeitsverhältnisse beim Menschen gewonnen. Bei keiner anderen Form können wir ja so deutlich Unterschiede innerhalb der Art an den einzelnen Individuen feststellen; ist es doch eine allgemein bekannte Erscheinung, daß alle Menschen sich deutlich voneinander unterscheiden, selbst die nächsten Verwandten. Wir haben hier offenbar infolge der ständigen Kreuzungen lauter Heterozygoten vor uns, falls die Mendelschen Regeln auch auf den Menschen anwendbar sind. Dies hat sich tatsächlich nachweisen lassen. Für zahlreiche körperliche Merkmale, z. B. die Haar- und Augenfarbe, ist festgestellt, daß ihre Vererbung den Mendelschen Gesetzen folgt; es hat sich sogar gezeigt, daß ähnlich wie bei den Tieren auch hier für ein Merkmal mehrere Gene zusammenwirken. Besonders bedeutungsvoll ist nun, daß dieser Vererbungstypus offenbar auch für die psychischen Eigenschaften gilt. Es ist ja eine alte Erfahrung, daß hervorragende geistige Eigenschaften erblich sind und sich unter den Nachkommen ganz verschieden verteilen. Eingehende Untersuchungen an den Stammbäumen geistig hervorragender Menschen haben gelehrt, daß die Verteilung solcher Eigenschaften den gleichen Gesetzen gehorcht, wie die der körperlichen Merkmale. Die Spezies *Homo sapiens* ist also im Sinne der Vererbungsforschung eine Population sehr kompliziert gemischter Heterozygoten. Der wachsende Verkehr zwischen den einzelnen Völkern und Rassen hat in den letzten Generationen die Durchmischung noch ganz außerordentlich gesteigert.

Die Erkenntnis dieser Tatsache drängt natürlich zu praktischen Maßnahmen. Es hat sich, besonders bei Engländern und Amerikanern, ein eigener Wissenszweig entwickelt, die Eugenik, welche sich die Erforschung der erblichen Struktur des Menschen und auf dieser Grundlage die körperliche und geistige Verbesserung der Rasse zur Aufgabe setzt. Hier liegen Probleme vor, welche in erster Linie den Mediziner fesseln. So die Frage, wieweit pathologische Zustände erblich sind. Für einige Krankheitsformen, z. B. die Farbenblindheit und die Bluterkrankheit, Hämophilie, ist mendelnde Vererbung festgestellt. Dabei hat sich eine auch sonst bei Tieren und Pflanzen beobachtete Beziehung der Verteilung der Gene zum Geschlecht der Nachkommen ergeben, die sog. „geschlechtsbegrenzte" Vererbung. Ganz besonders wichtig ist das Problem, inwieweit Rassenmischung vorteilhaft oder schädlich wirkt. Ein bei uns in diesem Zusammenhange viel diskutiertes Problem ist die Frage nach den Wirkungen der Kreuzung von Juden mit ihren Wirtsvölkern; man ist dabei bisher nur zu sehr geneigt, sich von rein äußerlichen Ergebnissen solcher Kreuzungen beeinflussen zu lassen, während über die Bedeutung für die psychischen Eigenschaften noch wenig klares Material vorliegt, besonders bei Verfolgung der Kreuzung durch mehrere Generationen. Ganz besonders wichtig ist die Frage der Bastardierung der weißen Rasse mit anderen Stämmen, man denke nur an die Verhältnisse in den Kolonien oder das Negerproblem in den Vereinigten Staaten. Auch hier liegen einwandfreie Ergebnisse noch kaum vor, sicher scheint nur, daß die einzelnen Rassen sich in Dominanz oder Rezession ihrer Gene recht verschieden zueinander verhalten. Bei der Behandlung der Erblichkeit psychischer Merkmale hat man sich bisher hauptsächlich mit starken, in sozialer Hinsicht bedeutungsvollen Abweichungen beschäftigt. Besonders die Vererbung von Geisteskrankheiten und von Veranlagung zu Verbrechen ist viel untersucht worden. Praktisch ergibt sich aus derartigen Überlegungen das Verlangen nach sorgfältiger Auswahl der zur Fortpflanzung zuzulassenden Menschen. Es ist eine aus sozialen und rassehygienischen Gesichtspunkten wohl zu begründende Forderung, daß Heiratserlaubnis nur solchen Personen zu erteilen sei, bei denen durch ärztliche Untersuchung die Freiheit von groben körperlichen oder geistigen Schäden festgestellt ist. In Amerika ist man dabei zu sehr weitgehenden Eingriffen in die persönliche Freiheit gekommen, wie die zwangsweise Sterilisation von Geisteskranken und Verbrechern. Hält man sich gegenwärtig, wie außerordentlich verwickelt die Verhältnisse bei vielfachen Heterozygoten liegen, so ist es klar, daß eine einigermaßen sichere Basis für ein solches Vorgehen noch fehlt. Wie tiefgreifend die Änderungen durch kleine Umstellung der Genkombinationen sind und ein wie wertvolles Material für die Menschheit man durch allzu rücksichtslose Maßnahmen ausschalten könnte, zeigen die viel beobachteten Beziehungen zwischen „Genie und Wahnsinn".

Nicht weniger bedeutungsvoll als für den Arzt und den Rassenhygieniker ist für den Pädagogen eine gründliche Kenntnis der Vererbungsverhältnisse. Das Material für seine Erziehung, die geistigen Anlagen, der Charakter, ist ja gleichfalls erblich bedingt. Es muß für ihn von höchster Bedeutung sein, die psychische Struktur in ihren Bestandteilen schärfer zu erfassen und die erblich unterscheidbaren Grundzüge festzustellen. Eine genauere Kenntnis hierin bietet natürlich die sichersten Handhaben zur erzieherischen Beeinflussung, d. h. der Auswahl der realisierenden Faktoren. Auch für den Juristen sind gründliche Kenntnisse auf diesem Gebiete unbedingte Notwendigkeit, nicht nur für die extreme Frage der Verantwortlichkeit eines Verbrechers, sondern ganz allgemein für die richtige Beurteilung der Beweggründe einer Handlung aus der Kenntnis der Veranlagung des Handelnden.

Es müßte ganz allgemein auf allen Gebieten menschlichen Lebens eine genaue Kenntnis der determinierenden Faktoren angestrebt werden, denn nur auf dieser Grundlage ist eine richtige Auswahl der realisierenden möglich. Und diese ist nicht nur für die körperlichen Leistungen der Menschen, durch geeignete Auswahl der Nahrung, des Klimas und der Lebensführung, von größter Bedeutung, sondern gestattet auf geistigem Gebiete durch die Erziehung tiefgreifenden Einfluß auf die werdende Persönlichkeit. Auch die geistigen Eigenschaften Erwachsener haben einen starken epigenetischen Einschlag. Demgemäß muß man sich hier ganz besonders hüten, die erbliche Übertragung solcher ausgebildeter Merkmale zu erwarten; eine ähnliche genotypische Struktur kann unter dem Einfluß verschiedenen Milieus bei Vater und Sohn sehr abweichende Resultate liefern. In dem Ausbau der Vererbungslehre in ihrer Anwendung auf den Menschen liegt eine der wichtigsten Aufgaben der Biologie, hier erscheint sie berufen, der Vervollkommnung unserer Rasse die wesentlichsten, von innen heraus wirkenden Dienste zu leisten.

8. Die Variabilität und ihre Bedeutung für die natürliche Zuchtwahl.

Beobachtet man in der Natur einen größeren Bestand von Tieren oder Pflanzen oder zieht man viele Individuen einer Art im Versuch, so wird man stets finden, daß unter ihnen zahlreiche kleine Unterschiede auftreten. Es erweist sich, daß einzelne Eigenschaften in verschieden hohem Grade ausgebildet sind, so die Höhe des Wuchses, die Färbung, die Länge der Haare, die Größe und Zahl der Blätter und Samen usw. Im allgemeinen wird man erkennen, daß die Einzelformen sich in Reihen ordnen lassen, die eine kontinuierliche Verbindung zwischen zwei Extremen darstellen.

Hat man zahlreiche Individuen zur Verfügung, so läßt sich die Häufigkeit der einzelnen „Variation“ zahlenmäßig feststellen. Faßt man die Ergebnisse so zusammen, daß man die Werte in ein Koordinatensystem einträgt, dessen Abszissenachse die Unterschiedsstufen, und dessen Ordinaten die Zahl der für jede Stufe gefundenen Individuen geben, so erhält man ein sog. Variationspolygon. Die Länge der Abszissenachse, d. h. der Abstand zwischen den extremen Formen, gibt dabei die Variationsbreite der Art an. Je größer die Zahl der untersuchten Exemplare ist, desto mehr nähert sich die Umgrenzung dieses Polygons einer sehr charakteristischen Kurve, der Gaußschen Fehlerkurve. Die extremen Werte sind nur spärlich vertreten, nach der Mitte hin steigt die Individuenzahl von beiden Seiten gleichmäßig an.

Man hat die zahlenmäßige Verteilung quantitativ unterscheidbarer Merkmalsstufen in vielen Fällen nach den Methoden der „Variationsstatistik" untersucht; es seien hier einige Beispiele für das Verfahren und seine Ergebnisse angeführt:

Die Zahl der Zähnchen am Kieferrande des Polychäten *Nereis limbata* betrug nach Hefferan:

Zahl der Zähne:	2	3	4	5	6	7	8
Zahl der Exemplare:	7	30	80	148	98	29	6

Die Zeichnung des Halsschildes beim Kartoffelkäfer, *Leptinotarsa multitaeniata*, verteilte sich nach Tower auf:

Klasse:	1	2	3	4	5	6	7	8	9	10	11
Exemplare:	1	4	7	12	13	26	14	12	7	3	1

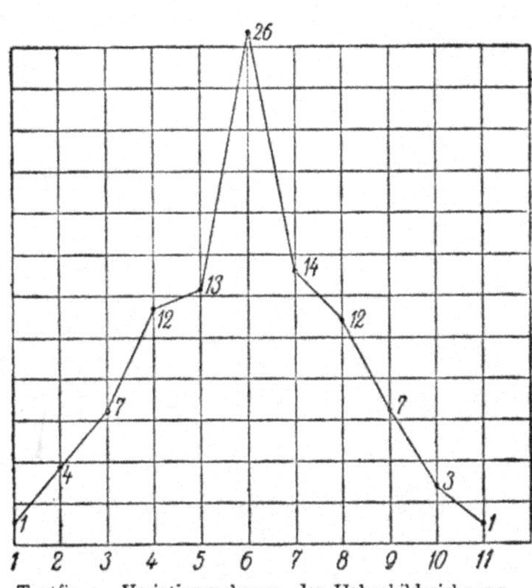

Textfig. 1. Variationspolygon der Halsschildzeichnung bei Leptinotarsa (vgl. Text).

Wie scharf die Übereinstimmung der gefundenen Werte mit den aus den Koeffizienten der Produkte in der binomischen Formel $(a+b)^n$, der mathematischen Formulierung der Gaußschen Fehlerkurve sich ergebenden Abweichungen ist, wenn die Zahl der Individuen hinreichend groß wird, sei an dem von Quetelet, einem der Begründer der Variationsstatistik, untersuchten Material der Körpergröße einer großen Zahl von amerikanischen Heeresangehörigen gezeigt. Es ergab sich:

Größenklassen:	60	61	62	63	64	65	66	67	68	69	70	71	72	73	74	75	76
Individ. gefunden:	2	2	20	48	75	117	134	157	140	121	80	57	26	13	5	2	1
Individ. berechnet:	2	9	21	42	72	107	137	153	146	121	86	53	28	13	5	2	0

Die Tatsachen lehren also, daß alle Arten in mehr oder weniger hohem Grade variabel sind und daß diese Abweichungen gewissen Gesetzen folgen. Die Ursache dafür liegt zu einem Teile in der Verschiedenheit der realisierenden Faktoren bei der Entwicklung, in zufälligen Beeinflussungen des Wachstums und der Ernährung. Säen wir z. B. Bohnen gleicher Herkunft nebeneinander auf ein Feld aus, so gelingt es trotz aller Sorgfalt sicher nie, vollständig gleiche Wachstumsbedingungen für alle herzustellen. Die chemische und physikalische Beschaffenheit des Bodens wird immer etwas schwanken, und ebenso wird die Verteilung von Licht und Luft für die wachsenden Pflanzen durch den etwas verschiedenen Abstand, die Stellung und Zahl der Blätter etwas verschieden sein. Diese Faktoren werden die Ausbildung der einzelnen Merkmale quantitativ beeinflussen und können sich addieren oder subtrahieren. Nach den Regeln der Wahrscheinlichkeit wird eine einseitige Förderung oder Schädigung, die zu extrem kräftig oder schwach ausgebildeten Individuen führt, sehr selten sein, meist werden sich die Einflüsse durchkreuzen und weitaus am häufigsten eine mittlere Ausbildung der Merkmale herbeiführen (vgl. Textfig. 1).

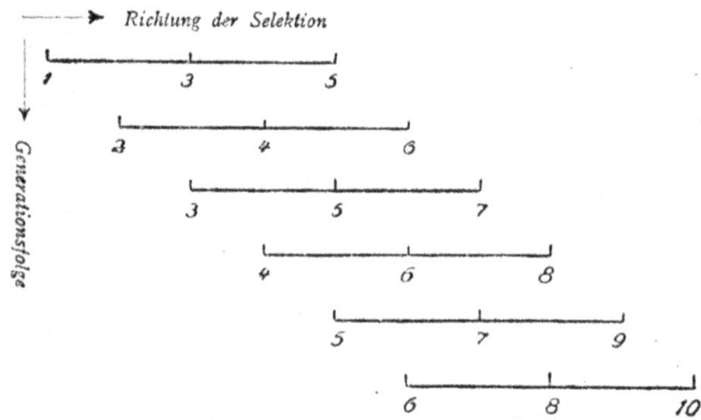

Textfig. 2. Schema der erwarteten Merkmalsverschiebung durch Selektion.

Es fragt sich nun weiter, welche Bedeutung diesen allmählich ineinander übergehenden, „fluktuierenden" Variationen für die Artbildung zukommt. Darwin und seine Nachfolger waren geneigt — und der Gedanke liegt sehr nahe —, in ihnen das geeignete Material für eine Auslese zu sehen. Es erschien möglich und wahrscheinlich, daß natürliche wie künstliche Zuchtwahl aus ihnen extreme, besonders geeignete Formen auswählte. Wenn diese dann, zur Fortpflanzung gebracht, in gleicher Weise, aber um einen anderen Mittelwert variierten, der in der Richtung der Auswahl verschoben war, so konnte unter den Nachkommen die Züchtung sich fortsetzen und so schrittweise ein Merkmal zu immer stärkerer Ausbildung herangezüchtet werden, bis sich der Typus der Form so weit geändert hatte, daß man eine neue Art vor sich zu haben glaubte. Hätten wir etwa (Textfig. 2) eine Form, die in der Größe um die Stufenwerte 1—5 mit dem Mittelwerte 3 schwankte, so würde eine Bevorzugung großer Nachkommen sie auf den Mittelwert 4 mit der Variationsbreite 2—6 verschieben usf., wie das Schema zeigt, bis eine Art mit dem Mittelwert 8 und der Variationsbreite 6—10 erreicht wäre, die sich von der Ausgangsform im Merkmal der Größe scharf getrennt zeigte.

Führt man eine solche Auswahl praktisch im Versuch aus, so gestaltet sich das Ergebnis jedoch wesentlich anders. Erntet man z. B. (Textfig. 3) von einem Felde Bohnensamen mit der Variationsbreite 1—9 und verwendet nur die größten zur Aussaat, so ist in der nächsten Generation allerdings das Verhältnis der großen zu den kleinen Individuen verschoben, der Mittelwert nähert sich dem großen Extrem. Es treten aber keine oder nur spärliche Exemplare auf, die über dieses Extrem hinausgehen. Setzt man den Versuch fort, so gelingt es noch eine Zeitlang, den Mittelwert mehr und mehr hinaufzutreiben und eine Auswahl von Bohnen zu erzielen, die sich mehr

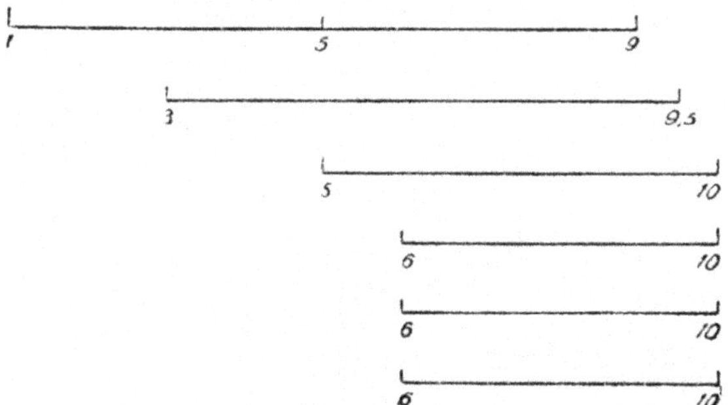

Textfig. 3. Schema des Verlaufs eines Selektionsversuchs bei einer Population.

und mehr der größten Klasse nähert; darüber geht aber die Form nicht wesentlich hinaus, und *es gelingt im allgemeinen nicht, ein Merkmal auf diese Weise wirklich zu steigern.*

Die Erklärung dieser eigenartigen Erscheinung liegt in dem Mischcharakter der Bevölkerung eines solchen Bohnenfeldes. Die verschiedenen Samen, von denen der Versuch ausging, bildeten eine Population, entweder von Heterozygoten oder von reinen Linien. *Die gesamte Variationsbreite ist in Wirklichkeit also die Summe einzelner Variationsbreiten.* Denn bei jeder einzelnen reinen Linie, jedem Genotypus, werden die einzelnen Individuen, die Phänotypen, in ihrer Ausbildung nach Gunst und Ungunst der äußeren Umstände etwa um einen Mittelwert variieren. Nahmen wir etwa an (Textfig. 4), die Gesamtpopulation variiere in den Größenklassen 1—9 um den Mittelwert 5, so daß sich ein Variationspolygon wie Textfig. 1 ergäbe, so ließe sich dies Ergebnis erklären aus der Summation von fünf reinen Linien, die jeweils nur in fünf Größenklassen variieren. Sind diese alle in gleicher Menge vorhanden, so muß sich, wie das

Schema zeigt (Textfig. 4, II), ein regelmäßiges Polygon ergeben. Dabei ist zur Verienfachung angenommen, daß in jeder reinen Linie die extremen Phaenotypen in gleicher Zahl, nämlich 1, vorkommen, wie die mittleren. Wähle ich jetzt aus einer solchen Population ein Individuum mit besonders großen Samen aus, so kann ich entweder eins getroffen haben, das aus einer genotypisch großsamigen reinen Linie stammt, oder eins aus einer mittleren Linie, bei dem durch günstige Ernährungsverhältnisse zufällig (phänotypisch) die Samen besonders groß geworden sind. Im ersten Falle werden die Nachkommen im Durchschnitt auch große Samen haben, im zweiten nicht. Je öfter diese Auslese fortgesetzt wird, desto mehr steigt die Aussicht, Angehörige großsamiger Linien zu treffen, und schließlich werden nur diese allein übrig bleiben. Man wird dann finden, daß in der Zucht die Variationsbreite kleiner geworden ist, daß aber die Größe der Einzelsamen nicht wesentlich über das schon anfänglich vorhandene Extrem hinausgeht.

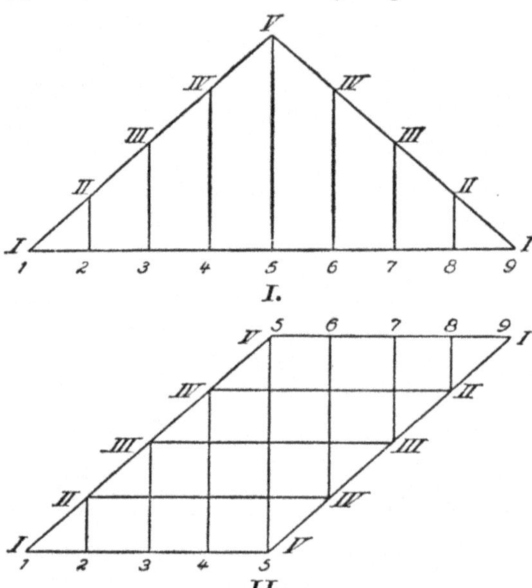

Textfig. 4. Schema eines Variationspolygons einer Population mit regelmäßig verteilten gleich zahlreichen reinen Linien (I) und seine Entstehung durch Summation (II).
Arabische Ziffern = Größenklassen.
Römische Ziffern = Zahl der Individuen jeder Klasse.

Die geringen Überschreitungen der Höchstgrenze erklären sich dadurch, daß jetzt die extremen Werte der größten reinen Linie in relativ größerer Häufigkeit auftreten, je mehr diese isoliert wird. War die untersuchte Individuenzahl der Ausgangsform nicht sehr groß, so sind unter diesen die größtmöglichen Samen der größten Klasse vielleicht gar nicht vertreten gewesen und stellen sich erst während des weiteren Versuchs ein, dadurch die anfängliche Variationsbreite noch etwas nach oben erweiternd.

Das Ergebnis unseres Versuches ist also in Wirklichkeit, daß wir aus dem Gemisch zahlreicher reiner Linien eine (oder einige — denn diese können sich ja in anderen Merkmalen als der Samengröße ganz verschieden verhalten —) extrem großsamige ausgewählt haben. Dies läßt sich aber viel einfacher und kürzer nach dem schon früher erwähnten Verfahren erreichen, daß man aus der Gesamtbevölkerung von vornherein einzelne Linien isoliert, indem man die Samen einzelner Pflanzen gesondert aufzieht. Die Linie, welche dabei die im Durchschnitt größten Samen ergibt, wird allein weiter vermehrt; sie zeigt von vornherein das gewünschte Merkmal in höchster Ausbildung und völlig konstant. Bei dem früher üblichen Ausleseverfahren dagegen zeigte das Saatgut so lange Rückschläge zu kleineren Samen, als es nicht nur großsamige Linien enthielt.

Die Erkenntnis dieser Tatsachen, die wir in erster Linie dem dänischen Forscher Johannsen verdanken, ist neben der praktischen auch von größter theoretischer Bedeutung. Sie zeigt uns nämlich ganz unerwartete Grenzen für die Wirkung der natürlichen Zuchtwahl. Es ergibt sich deutlich, daß die Selektion nicht, wie Darwin annahm, wirklich fortschreitend Neues schafft, sondern daß sie nur sichtend auf schon gegebenes Material einwirkt, dessen Beschaffenheit aber nicht zu verändern vermag. Kurz und prägnant formuliert, läßt sich sagen: Die Selektion wirkt nur auf die Phänotypen, ist aber den Genotypen gegenüber machtlos. Hat sie einmal eine reine Linie isoliert, so kann noch solange fortgesetzte Züchtung an dieser nichts ändern, solange nicht aus irgendwelchen Gründen der Genbestand verändert wird. Die fluktuierenden, auf verschiedener Wirkung der realisierenden Faktoren beruhenden Variationen an den Phänotypen sind also für die Artbildung durch Selektion wertlos.

Man sieht sofort, wie sehr dadurch die Bedeutung der natürlichen Zuchtwahl vermindert wird. Es wird ihr das Progressive genommen, die Fähigkeit, wirklich Neues zu schaffen. Infolge dieser Erkenntnis hat die Selektionstheorie in neuerer Zeit bei vielen Forschern sehr an Bedeutung verloren, manche glauben, ihr jeden Wert für die Artbildung absprechen zu müssen. Dies ist wohl sicher übertrieben. Denn auch als negativer Faktor ist sie von großer Wichtigkeit. Dadurch, daß sie unermüdlich und schonungslos die ungeeigneten Varianten ausmerzt, schafft sie für die besser veranlagten den nötigen Entwicklungsraum. Man hat sehr hübsch gesagt, die Selektion wirke wie eine Falle auf die nützlichen, d. h. die Erhaltungsfähigkeit der Organismen fördernden Varietäten. Daß schon darin eine sehr wesentliche Bedingung für den Fortschritt liegt, wird bei einigem Nachdenken einleuchten, sonst wäre eine Vervollkommnung durch Summation vieler nützlicher Varianten kaum vorstellbar. Wir erkennen jetzt auch klar den Grundfehler in Darwins Gedankengebäude: Die Idee der Selektion war richtig, ebenso die der Variabilität als Quelle der Selektion. Falsch war aber Darwins Einschätzung der Wirkungsmöglichkeit dieses Faktors.

Nicht seine Prinzipien sind also damit als falsch nachgewiesen, nur seine Kenntnisse als unzureichend.

Die bisher betrachteten fluktuierenden Variationen erweisen sich also für die Artbildung durch Selektion ungeeignet. Denn sie beruhen teils auf Mischung von Genotypen, unter denen wohl Selektion möglich ist, aber keine progressive, teils auf rein phänotypischen Abweichungen, deren Selektion erfolglos bleiben muß. Wollen wir also an Darwins Prinzipien festhalten, so müssen wir uns nach einer anderen Quelle der Variabilität umsehen. Den Ansatz dazu finden wir auch bereits bei Darwin selbst. Er unterschied nämlich bei seinen Erörterungen über die Varietäten neben den fluktuierenden, durch allmähliche Übergänge verbundenen Abweichungen die „single variations“. Darunter verstand er einzeln auftretende Variationen, die meist dadurch auffielen, daß sie sich plötzlich sehr erheblich vom gewohnten Typus der Art entfernten. Wurde eine solche Form der Zuchtwahl unterworfen, so erwies sie sich als konstant und lieferte den Ausgangspunkt einer neuen Rasse. Schon Darwin führt zahlreiche Fälle solcher Einzelvariationen oder „Sports“ aus den Büchern der Tier- und Pflanzenzüchter an. Das Charakteristische dabei ist immer, daß sich eine Rasse zurückführen läßt auf ein einziges Exemplar einer Abweichung, die plötzlich und ohne ersichtlichen äußeren Grund unter ganz normalen Formen aufgetreten war. So läßt sich für viele der berühmtesten Nutzrassen unserer Kulturpflanzen und Haustiere genau Ort und Jahr der Entstehung angeben. Wohl die älteste solche „Sprungvariation“ ist eine geschlitztblättrige Form des Schöllkrauts, *Chelidonium maius f. laciniata*, die im Jahre 1590 im Garten des Apothekers Sprenger in Heidelberg entstand. Unter den Tieren sind auf diese Weise die mannigfachen Rassen hornloser Schafe und Ziegen entstanden. Einwandfrei festgestellt ist Sprungvariation auch für eine berühmte, lange Zeit eifrig gezüchtete Rasse von Merinoschafen, die sich durch lange, seidenartige Haare, daneben noch durch glatte Hörner, großen Kopf und verschiedene andere Abweichungen auszeichnete. Sie trat in einem Exemplar 1828 bei dem Züchter Mauchamp auf. Auf gleiche Weise sind sicher auch die abnorm kurzbeinigen Tierformen entstanden. Unser Dackel war schon den alten Ägyptern bekannt, man weiß aber von plötzlichem Auftreten krumm- und kurzbeiniger Pferde und Schafe. Eins der letzteren, das sog. Otter- oder Ankonschaf, wurde in Amerika, wo es 1791 auftrat, sogar gezüchtet, weil die Tiere mit ihren kurzen Beinen nicht über die Grenzzäune springen konnten und daher auf den weitläufigen Farmen leichter zusammenzuhalten waren.

Diese Form der Varietätenbildung, die früher mehr nebensächlich behandelt wurde, hat neuerdings eine große theoretische Bedeutung erlangt, seit sie von de Vries experimentell untersucht wurde. Er beobachtete zunächst gelegentlich unter einer Population der Nachtkerze, *Oenothera lamarckiana*, die auf einem Felde verwildert war, einige abweichende Formen, die bisher noch nicht bekannte Rassen dieser Art darstellten. Darauf nahm er die Pflanze in Kultur, und es zeigten sich nun in wenigen Generationen eine größere Zahl neuer Formen, denen allen gemeinsam war, daß sie plötzlich ohne Übergang aus der Stammform hervorgingen, sich von dieser in einer Anzahl von Merkmalen unterschieden und bei Selbstbefruchtung fast durchweg konstant waren. De Vries bezeichnete diese Sprungvariationen mit dem Namen Mutationen, der sich seitdem allgemein in dieser Bedeutung eingebürgert hat.

Seit man auf die Bedeutung der Mutationen aufmerksam geworden ist, haben sie sich auch bei anderen Pflanzen nicht selten nachweisen lassen. So treten die gefüllten Blüten vieler Kulturrassen unvermittelt als Mutationen auf, auch die sog. Pelorie, der Übergang von der zweiseitig symmetrischen Blütenform der Lippenblütler zu einer fünfstrahlig radiären, ist beim Löwenmaul und dem Leinkraut, *Linaria*, sprunghaft aufgetreten.

Auch unter den Tieren ist Mutation verschiedentlich beobachtet und experimentell erzeugt worden. Wohl die wichtigsten Versuche in dieser Richtung sind die des Amerikaners Tower am Kartoffelkäfer, *Leptinotarsa*. Zahlreiche Arten dieser Käfergattung kommen in den wärmeren Gebieten Nordamerikas weit verbreitet vor, viele von ihnen treten gelegentlich in abweichender Färbung, als sog. Aberrationen, auf. Tower zeigte nun in ausgedehnten, über viele Jahre fortgeführten Zuchten, daß diese Aberrationen sich auch im Versuch künstlich hervorrufen ließen, und zwar durch Änderung der Temperatur und der Feuchtigkeit während der Entwicklung. Besonders bei sehr hoher Wärme und großer Feuchtigkeit war ein größerer Prozentsatz der ausschlüpfenden Käfer in der Färbung und Zeichnung der Flügeldecken und des Halsschildes verändert. Bei der Weiterzucht erwiesen sich diese Veränderungen in manchen Fällen als erblich, stellten also typische Mutationen dar, in anderen traten sie bei den Nachkommen nicht wieder auf, waren also nur Variationen. In einem dritten Falle endlich erwiesen sich die ausschlüpfenden Käfer selbst nicht als verändert, unter ihren Nachkommen erschienen aber die Abweichungen als scheinbar spontane Mutationen. Durch eindringendere Analyse gelang es Tower, die Gesetzmäßigkeiten aufzudecken, welche dies Verhalten beherrschen; wir werden in anderem Zusammenhange darauf zurückzukommen haben (vgl. S. 166).

Wichtig ist, daß solche Mutationen nicht immer zuerst an den Keimzellen erscheinen müssen. Die Blutbuche und die anderen rotgefärbten Formen unserer Laubbäume sind nach Art echter Mutationen plötzlich aufgetreten, aber nicht an einer Samenpflanze, sondern an einem Zweige eines erwachsenen Individuums, als sog. Knospenvariation. Wird ein solcher

Zweig gesondert weitergezüchtet und bringt Keimzellen hervor, so kann aus diesen eine ganze Pflanze mit dem neuen Merkmal hervorgehen. Dieser Punkt ist von erheblicher theoretischer Tragweite. Fragen wir uns nämlich, worin sich die Mutationen von den bisher betrachteten Variationen unterscheiden, so ist der wichtigste Punkt ohne Zweifel der, daß sie bei reiner Weiterzucht sofort konstant sind. Werden sie mit der Stammart oder einer anderen verwandten Form gekreuzt, so mendeln sie ganz typisch. Dies läßt nur den Schluß zu, daß bei ihnen eine Änderung im Anlagenbestand, eine Umwandlung des Genotypus eingetreten ist. Kann dies nun auch an Gewebsmaterial, wie bei der Bildung einer abweichenden Knospe, auftreten, so lehrt dies klar, daß die Gene nicht etwas auf die Keimzellen Beschränktes sind, sondern sich in allen Körperzellen finden können.

Diese genotypischen Umgestaltungen sind nun, das ist der zweite wesentliche Punkt, richtungslos. In den Mutationen der Nachtkerze traten in de Vries' Kulturen Abweichungen nach den verschiedensten Richtungen ein, die teils die Pflanze schwächer, teils kräftiger machten; es wogen dabei allerdings die schwächenden vor. Durch diese Richtungslosigkeit erscheinen die Mutationen als wertvolles Material für die Selektion. Sie treten an die Stelle der fluktuierenden Variationen. In diesem Sinne ist also die sog. „Mutationstheorie" von de Vries nur eine Modifikation der Darwinschen Selektionstheorie, denn sie sucht den Fortschritt gleichfalls durch die Auslese günstig gerichteter Abweichungen zu erklären. Es fragt sich nur, ob ihre Basis dazu breit genug ist. Zunächst wissen wir sehr wenig darüber, in welcher Häufigkeit in der freien Natur Mutationen auftreten. Zu ihrer Beobachtung gehört ein sehr scharfes Auge und eine ganz genaue Kenntnis der betreffenden Pflanze, denn es ist keineswegs nötig, daß die Abweichung von der Stammart sehr stark ist, sie kann sich durchaus im Rahmen einer gewöhnlichen Variation halten. Dann wird der Nachweis einer Mutation aber nur durch Züchtung zu erbringen sein, der charakteristische Unterschied liegt ja eben in den Erblichkeitsverhältnissen. Es ist also außerordentlich schwierig, über diesen Punkt etwas auszusagen. Bemerkt muß aber werden, daß das Auftreten der Mutationen in Kulturen entschieden durch den Vorgang der Kultivierung selbst beeinflußt wird. Die Erfahrung hat gelehrt, daß man das Auftreten von Mutationen sehr fördern kann, wenn man Pflanzen unter abnorme Bedingungen bringt. Entweder, wenn man ihren Standort ändert — so war die Oenothera selbst eine von Amerika eingeschleppte Art —, oder wenn man sie unter extrem günstigen, eventuell auch sehr ungünstigen Bedingungen hält. Solche plötzlichen schroffen Änderungen in den Lebensbedingungen rufen offenbar in der Pflanze eine Art Revolution hervor, die sich in Mutationen äußert. Wie oft so etwas bei den im allgemeinen gleichmäßigeren Bedingungen am natürlichen Standort vorkommt, läßt sich natürlich schwer schätzen. Aber selbst eine relative Häufigkeit der Mutationen vorausgesetzt, ist für ihre Zuchtfähigkeit ungünstig, daß sie meist nur in einem oder in wenigen Exemplaren auftreten. Nimmt der Mensch eine auffallende Mutation in Kultur, so ist sie dadurch in viel höherem Maße bevorzugt, als es bei der natürlichen Zuchtwahl möglich ist, selbst wenn die neue Form einen hohen Selektionswert hat. Denn neben den speziell auswählenden wirken so viele allgemein vernichtende Faktoren auf die freilebenden Individuen ein, daß es schon ein glücklicher Zufall sein muß, wenn ein einzelnes Stück diesen entgeht und zur Fortpflanzung kommt. Vermehrt sich die Pflanze dann nicht durch Selbstbefruchtung, so muß unter allen Umständen eine Kreuzung eintreten; es wird dann sehr wichtig sein, ob die neuen Eigenschaften dominant oder rezessiv sind. Nur im ersten Falle haben sie Aussicht, sich weiter durchzusetzen, und erst wenn aus den Kreuzungen der nächsten Generationen eine homozygote Nachkommenschaft der neuen Rasse erwachsen ist, kann ihr Bestand als einigermaßen gesichert gelten. Man wird bei unbefangener Beurteilung jedenfalls zugeben müssen, daß durch Zurückgreifen auf die Mutationen die Ansprüche der Selektionstheorie, als allein herrschendes Prinzip bei der Artbildung zu gelten, nicht gerade gestärkt worden sind.

9. Die Anpassung als artbildendes Prinzip. Der Lamarckismus. Die Vererbung erworbener Eigenschaften.

Beobachtet man Tiere und Pflanzen in der freien Natur, so wird einem bei näherem Zusehen immer wieder auffallen, wie vortrefflich sich alle ihre Strukturen und ihre Lebensäußerungen in Übereinstimmung mit den Bedingungen der Umgebung befinden. Der Organismus erweist sich als zweckmäßig für die Bedingungen seines Daseins konstruiert. Diese Tatsache, die wesentliche Voraussetzung für eine gedeihliche Lebensführung, läßt sich am leichtesten verstehen unter der Annahme der Anpassungsfähigkeit der Organismen. Die äußeren Umstände wirken als Reiz auf die lebende Substanz, die dadurch in Bau und Leistungen verändert wird, so daß sie sich in Übereinstimmung mit der Umgebung setzt. Dieses Prinzip der „direkten Bewirkung“ wurde von Lamarck zur Erklärung der Artumwandlung herangezogen; man bezeichnet daher auch jetzt die Richtung, die solche Anschauungen vertritt, als Lamarckismus.

Die Wirksamkeit dieses Prinzips erscheint auf den ersten Blick sehr einleuchtend. Wir sind ja gewohnt, zu sehen, daß sich die Organismen tatsächlich in ihrem individuellen Dasein den Veränderungen der Lebensbedingungen in oft sehr weitgehendem Maße anzupassen vermögen. Wir wissen, daß quantitativ verschiedene oder einseitig zusammengesetzte Nahrung einen tiefgreifenden Einfluß auf die Körperbildung hat, daß Gebrauch oder Nichtgebrauch die Entwicklung und Leistungsfähigkeit der Organe stark verändert. Nehmen wir an, daß diese Fähigkeit zu zweckmäßiger Reaktion allgemein verbreitet ist, so läßt sich damit die Umwandlung der Arten leicht begreiflich machen, da, wie wir sahen, die Lebensbedingungen auf der Erde sich in fortwährendem Fluß befinden. Es hat dies Erklärungsprinzip sogar einige wichtige Vorteile vor der Zuchtwahltheorie voraus. Wie leicht einzusehen, bewegen sich bei der Artumwandlung durch direkte Bewirkung die Veränderungen in bestimmter Linie, sie stellen zweckmäßige Reaktionen dar, welche darauf hinarbeiten, die notwendigen und brauchbaren Strukturen hervorzurufen. Der Darwinismus dagegen setzt richtungslose Abänderungen voraus, unter denen die Zuchtwahl die brauchbaren aussucht. Sehen wir uns nun einen Organismus genauer an, so finden wir, daß er eine Unmenge zweckmäßiger Strukturen aufweist, deren Zusammenwirken erst seine Eignung für das Leben hervorbringt. Am auffallendsten wird solche Anpassung natürlich bei Pflanzen oder Tieren, die besonders extremen Lebensbedingungen genügen müssen. So finden wir etwa bei Wüstenpflanzen den Bau aller Organe unter den Gesichtspunkten des Schutzes gegen zu intensive Bestrahlung und gegen Austrocknung und übermäßige Verdunstung umgestaltet. Unter den Tieren bieten ein vorzügliches Beispiel extremer einseitiger Anpassung die Vögel. Hier sind alle Organe auf den Flug zugeschnitten. Nicht etwa nur die unmittelbaren Flugapparate, die Flügel, deren Bau bis ins einzelne den mechanischen Bedingungen der Bewegung durch die Luft angepaßt ist. Wir finden das ganze Knochensystem abnorm leicht, um das Gesamtgewicht des Körpers herabzusetzen. Im besonderen wird der Kopf erleichtert, dadurch, daß die Zähne schwinden und durch den leichten Hornschnabel ersetzt werden. Dies ist nötig, um den Schwerpunkt des Körpers nicht zu weit nach vorn zu verschieben; er muß möglichst nahe an der Achse liegen, welche die Ansatzpunkte der Flugmuskeln am Brustbein verbindet. So wird der Apparat zur feineren Zerkleinerung der Nahrung in den Magen verlegt, der eine Reibplatte und kräftige Muskeln erhält. Ebenso rückt ein Nahrungsbehälter, der Kropf, dicht an die Körpermitte heran. Auch die Muskulatur der Beine rückt so hoch als möglich am Schenkel hinauf und nur dünne Sehnen laufen am unteren Teile des Beines entlang. Die hintere Extremität verschiebt ihre Befestigung an der Wirbelsäule durch Ausbildung eines riesigen Kreuzbeins möglichst weit nach vorn, damit der Drehpunkt nicht zu weit hinter den Schwerpunkt fällt. Die Rippen erlangen eine besondere Beweglichkeit; von der Lunge aus entsteht ein System von Blasebälgen, das durch die

Tätigkeit der Flugmuskeln direkt die Atmung unterhält. Die Augen entwickeln sich zu besonderer Leistungsfähigkeit, um den in der Luft schwebenden Tieren die Wahrnehmung der Gegenstände auf dem Boden zu ermöglichen. Man kann wohl sagen, daß kein Körperteil des Vogels sich dem umgestaltenden Einfluß hat entziehen können, den die Ausbildung des Fliegens übte. Und ähnlich, nur nicht ganz so auffällig, liegen die Dinge für alle Organismen; es bedarf nur eines genaueren Zusehens, um überall die Anpassungsmerkmale in Fülle zu finden.

Stellen wir uns nun vor, daß alle diese Merkmale durch zufällige Mutation entstanden seien, so würde dies eine außerordentliche Häufigkeit der Abänderungen voraussetzen, denn wir müssen naturgemäß annehmen, daß auf die erhaltenen vorteilhaften weit zahlreichere unzweckmäßige Mutationen kamen, die von der Selektion ausgerottet wurden. Es ist sehr schwer einzusehen, wie etwa alle die nützlichen Abänderungen, die zusammen den Bau des Vogels ausmachen, am gleichen Objekt nacheinander aufgetreten sind. Selbst die von den Selektionisten gern in unbegrenztem Maße in Anspruch genommene Zeit erscheint kaum ausreichend, die Häufung einer solchen Fülle zufälliger Abweichungen zu erklären, die alle in der gleichen Richtung nützlich waren.

Und das Problem wird noch dadurch verwickelt, daß eine einfache Summation nacheinander auftretender, unabhängiger Variationen offenbar nicht genügt. Wir sehen nämlich vielfach, daß der Nutzwert einer Struktur und damit ihre Aussicht, durch natürliche Zuchtwahl erhalten zu werden, erst jenseits einer bestimmten Schwelle beginnt. Es ist nun sehr schwer zu begreifen, aus welchem Grunde sich kleine, schrittweise fortschreitende Abweichungen bis zu diesem niedrigsten wirksamen Grade zufällig gehäuft haben sollen, solange die Selektion an ihnen nicht arbeiten konnte. Besonders bedenklich wird dieser Einwand bei der Entstehung verwickelter Gebilde. Die Fähigkeit des Auges, scharfe Bilder wahrzunehmen, beruht auf dem Zusammenwirken sehr zahlreicher Apparate: der durchsichtigen Hornhaut, der Linse, des Glaskörpers, der Retina, der Irisblende und des Akkommodationsapparates. Hierzu kommen noch die Augenmuskeln mit ihrer großen Bedeutung für die Erweiterung des Blickfeldes und die Schätzung der Entfernung, die Schutzvorrichtungen der Lider, Tränendrüsen usw. Alle diese Einrichtungen greifen zweckmäßig ineinander, ein Fortschritt ist nur dann denkbar, wenn das neu auftretende Merkmal sich organisch in das bestehende Gefüge eingliedert, eine an sich noch so treffliche Verbesserung kann nicht zur Geltung kommen, wenn sie gewissermaßen außer der Reihe auftritt. Es erscheint die Vorstellung sehr schwierig, daß immer zur richtigen Zeit gerade die vorteilhafte Veränderung rein zufällig aufgetreten sein soll.

Das so einleuchtend erscheinende Prinzip der Artumwandlung durch direkte Bewirkung hat nach dem Siege der Deszendenztheorie neben der

Selektion eine wichtige Rolle gespielt. Darwin erkannte durchaus die Wirksamkeit dieses Faktors neben der natürlichen Zuchtwahl an, und in den Arbeiten der Deszendenztheoretiker in der ersten Zeit nach Darwin finden wir überall lamarckistische Gedankengänge.

Nach unseren Erörterungen über die Vererbung erkennen wir jetzt aber leicht, daß für die Annahme der Artbildung durch Anpassung eine wesentliche Schwierigkeit besteht. Anpassung ist ja Reaktion auf äußere Reize, diese sind aber im Entwicklungsgeschehen realisierende Faktoren, sie wirken nur auf den Phänotypus, und daher sind sie nicht vererbbar. Soll also der Lamarckismus seine Bedeutung behalten, so muß er zunächst das Problem lösen, ob und wie phänotypische Veränderungen in genotypische verwandelt werden können. Daß der Phänotypus für die Selektion bedeutungslos ist, haben wir eben gesehen, seine Stellung zur Anpassung ist aber eine wesentlich andere. Bei den phänotypischen Modifikationen, die für die Zuchtwahl in Frage kamen, handelte es sich um individuelle Verschiedenheiten, beruhend auf der zufällig etwas günstigeren oder ungünstigeren Kombination realisierender Faktoren. Für die Anpassung aber handelt es sich um die über viele Generationen durch sehr lange Zeiträume in gleicher Richtung fortdauernde Wirkung eines bestimmten äußeren Reizes. Die Frage ist also die: Kann gleichsinnige, über lange Zeit wirkende Beeinflussung phänotypische Abänderungen in genotypische überführen und damit erblich machen?

Dieses wichtige Problem in voller Schärfe erkannt zu haben, ist ein wesentliches Verdienst Weismanns. Er kam dazu gewissermaßen auf einem Umwege. Sein Ziel war eine bis in die Einzelheiten durchgeführte Theorie der Vererbung. Dazu arbeitete er den Begriff der Anlagen scharf aus und bildete die Vorstellung des sog. Keimplasmas als einer Vererbungssubstanz, die in den Keimzellen lokalisiert sei. In dieses Keimplasma verlegte er nun Repräsentanten aller an der ausgebildeten Form zutage tretenden Merkmale, die er in einer vollständigen Hierarchie, als Biophoren, Determinanten, Ide und Chromosomen so angeordnet sein ließ, daß ihre allmähliche Entfaltung während der Ontogenese die Merkmale der definitiven Form in der richtigen Reihenfolge automatisch hervorbrächte. Es handelt sich also bei Weismann um eine reine Präformationstheorie. Eine befruchtete Eizelle enthält nun nicht nur die Anlagen für alle Körperzellen, sondern natürlich auch die für die Keimzellen der neuen Generation. Auch diese erhalten ihre Eigenschaften automatisch durch die Zellgenerationen der Keimbahn von der Eizelle aus übertragen, und diese Eigenschaften bestehen in der Fähigkeit, eine weitere Generation mit allen Merkmalen der Art hervorzubringen. Zu diesem Zweck muß die befruchtete Eizelle den Keimzellen das gesamte Anlagenmaterial übertragen; es besteht, wie Weismann es ausdrückt, eine „Kontinuität des Keimplasmas" durch die Kette der Generationen. An dieser ohne Unterbrechung verlaufenden Vererbungslinie sitzen gewissermaßen als Seitenzweige die Individuen der einzelnen Generationen mit der Ausgestaltung der Anlagen zu individuellen Merkmalen. Ihr gesamter Körper, das Soma, geht nach Erfüllung seiner Lebensleistung restlos zugrunde. Veränderungen, die während des Lebens an diesem Soma auftreten, müssen also augenscheinlich bedeutungslos sein, da die Bildung der nächstfolgenden Generation ja von dem bereits präformierten Keimplasma der Keimbahn ausgeht. So kommt Weismann ganz konsequent dazu, eine Vererbung erworbener Eigenschaften zu bestreiten. Alle neuen Eigenschaften können nach seiner Auffassung nur „blastogen" entstehen, d. h. durch primäre Veränderung des Keimplasmas. Eine Vererbung erworbener, „somatogener" Eigenschaften ist also höchstens in dem Sinne möglich, daß während einer Generation das in ihr enthaltene Keimplasma direkt von Reizen getroffen wird, die in ihm Veränderungen hervorbringen. Aber gerade die spezifische Abänderung einzelner Teile des Organismus durch Einflüsse während des Einzeldaseins erscheint für ihn nicht übertragbar. Mit logischer Konsequenz mußte daher Weismann die Quelle von Neubildungen in Veränderungen des Keimplasmas sehen, die ohne erkennbare Ursache spontan und richtungslos aufträten und an denen die Zuchtwahl ihre Auslese üben könnte. Er trieb somit die Selektionstheorie auf die Spitze und verkündete die „Allmacht der Naturzüchtung".

Räumt man bei der Entwicklung der Epigenese einen weiteren Spielraum ein und sieht in den Anlagen nicht so sehr morphologische Vertreter der einzelnen Eigenschaften, als Reaktionsnormen des Organismus, die unter normalen Bedingungen wieder die Merkmale der Art hervorbringen, so erscheint es leichter vorstellbar, daß eine durch lange Zeit immer wiederholte Ablenkung des Ergebnisses dieser Reaktionsnorm in bestimmter Richtung endlich die Norm selbst beeinflussen und damit eine erblich andere Einstellung des Entwicklungsgeschehens herbeiführen könnte. Die Entscheidung über diese Frage kann natürlich nur das Experiment bringen, demgemäß finden wir in der neueren Literatur zahlreiche experimentelle Untersuchungen über die „Vererbung erworbener Eigenschaften". Eine exakte Durchführung solcher Versuche stößt aber auf ganz besondere Schwierigkeiten. Zunächst erfordert sie sehr lange Zeit, da der Reiz ja offenbar über lange Zeit wirken muß, um erbliche Abweichungen hervorzubringen. Zweitens ist es oft schwer, zu sagen, ob eine wirklich neu erscheinende Eigenschaft auf Vererbung einer erworbenen Abänderung beruht. Es kann ja auch sein, daß eine extreme Verschiebung der äußeren Bedingungen, die man zur Beschleunigung des Ergebnisses natürlich anstreben wird, im Organismus latente genotypische Fähigkeiten hervortreten läßt und daß diese als für die Versuchsbedingungen geeignet von der Selektion gefördert werden und somit eine erblich konstante Rasse herausgezüchtet wird, deren Eigenschaften in Wirklichkeit aber gar nicht neu erworben sind. Dementsprechend schwankt auch die Einschätzung der bisherigen Versuchsergebnisse sehr, und es wird noch langer Arbeit bedürfen, ehe eine Übereinstimmung in dieser Frage herbeigeführt ist. Doch mehren sich in letzter Zeit die Forscher, die eine Vererbung erworbener Eigenschaften in größerem oder geringerem Umfang als bewiesen ansehen.

Zur Ausführung solcher Versuche scheinen sich zunächst die Pflanzen sehr zu empfehlen, weil bei ihnen die Modifizierbarkeit eine sehr hohe ist. Eine Pflanzenart kann durch Veränderung der Ernährung und des Klimas so beeinflußt werden, daß man kaum noch ihre Zugehörigkeit zu der Ausgangsart erkennen kann. Berühmt sind in dieser Hinsicht die Versuche über Versetzung von Pflanzen der Ebene ins Gebirge und umgekehrt. Sie verändern dabei ihren Habitus vollständig. Ein Löwenzahn etwa, den man ins Gebirge versetzt, bekommt in kurzer Zeit eine Rosette kleiner, flach an den Boden gedrückter, behaarter Blätter, einen kurzen Blütenstiel und eine große, intensiv gelbe Blütenscheibe, sowie eine tief eindringende mächtige Pfahlwurzel. Bei Kultur im fetten Boden der Ebene entwickelt sich eine üppige Rosette langer, weit vom Boden abstehender, haarloser Blätter, die Blütenstiele werden lang, die Farbe der Blumen verhältnismäßig heller und die Wurzel schwächer verankert. Alle diese Umwandlungen lassen sich ohne Schwierigkeit als Anpassungen an die besonderen Bedingungen der beiden Wohngebiete erklären. Bringt man aber die Gebirgspflanze in die Ebene zurück, so schlägt die äußere Erscheinung sehr bald wieder in den Typus des Flachlandes um. Dieser starke Einfluß der realisierenden Faktoren auf den Habitus der Pflanzen mag wohl damit zusammenhängen, daß die Merkmale des Wuchses und der äußeren Gestalt bei den Pflanzen viel weniger genotypisch festgelegt sind als bei den Tieren. Der ganze Wuchs der Pflanze ist ja viel lockerer und weitläufiger als der der Tiere, entsprechend der ganz anderen Anordnung und Ausbildung der Organsysteme. Es mußte auch, teleologisch gesprochen, für die Pflanze nur vorteilhaft sein, eine möglichst weitgehende Anpassungsmöglichkeit an die individuell verschiedenen Wachstumsbedingungen zu haben, da so ihr Gedeihen an den verschiedensten Plätzen möglich ist. Dennoch hat man auch bei solchen Versuchen Andeutungen einer Vererbung erworbener Eigenschaften gefunden. Es zeigte sich nämlich, daß nach lange fortgesetzter Kultur im Gebirge es längerer Zeit bedurfte, bis die Pflanzen in der Ebene wieder zum alten Typus zurückschlugen. Unter Umständen waren dazu mehrere Generationen notwendig. Hier hat also eine Nachwirkung des modifizierenden Reizes stattgefunden, die man, wenn sie über die Reproduktion der Art durch die Keimzellen hinaus anhält, sich kaum anders erklären kann, als so, daß eine Beeinflussung der Gene selbst stattgefunden hat.

Ähnliche Versuche liegen nun auch an Tieren vor. Besonders bedeutungsvoll sind unter ihnen die Experimente von Kammerer an Amphibien geworden. In unseren Wäldern der Ebene und der Mittelgebirge lebt der Feuersalamander, *Salamandra maculosa*, kenntlich an den leuchtend gelben Flecken auf schwarzem Grunde. Im Hochgebirge wird er durch eine kleinere, rein schwarze Form vertreten, den Bergsalamander, *Salamandra atra*. Diese beiden Formen unter cheiden sich nun auch in der Fortpflanzung. Der Feuersalamander bringt 20—40 Junge zur Welt, die oft noch in die Eihülle eingeschlossen sind. Sie werden ins Wasser abgesetzt, leben dort wie die Kaulquappen der Frösche und verlassen nach Rückbildung der Kiemen das Wasser, um auf dem Lande weiter zu leben. Beim Bergsalamander finden wir nur 1—2 Junge, die in einem viel weiter entwickelten Zustande geboren werden. Sie haben schon fertig entwickelte Extremitäten, die Kiemen sind verschwunden, und die Tierchen können sogleich nach Art der Alten auf dem Lande leben. Dieser Unterschied ist biologisch wohl verständlich, da im Gebirge die langsam fließenden oder stehenden Gewässer weit spärlicher sind, die für das Larvenstadium allein geeignet sind. Zustande kommt die Abkürzung der Entwicklung dadurch, daß im Uterus des Weibchens von den angelegten Eiern sich nur 1—2 entwickeln. Die anderen zerfallen zu einem Dotterbrei, der von den jungen Larven gefressen wird, so daß sie die genügende Ernährung haben, um die ganze Metamorphose im Körper des Muttertieres zu durchlaufen. Kammerer hielt nun Bergsalamander unter den Bedingungen der Ebene, warm und feucht, Feuersalamander dagegen kühl und trocken, wie im Gebirge. Er beobachtete dabei, wie die Fortpflanzung der Bergsalamander sich mehr und mehr der des Feuersalamanders näherte. Das gleiche Weibchen brachte bei hintereinander folgenden Würfen eine immer zunehmende Zahl von Jungen zur Welt, die auf einem immer früheren Entwicklungsstadium geboren wurden, so daß sie schließlich als richtige Kaulquappen eine Metamorphose im Wasser durchmachen mußten. Umgekehrt ging beim Feuersalamander die Zahl der Jungen immer mehr zurück, und ihre Entwicklung im Uterus wurde immer vollkommener, so daß sie endlich imstande waren, sofort auf dem festen Lande nach Art der Erwachsenen zu leben. Brachte Kammerer nun so modifizierte Tiere in normale Verhältnisse zurück, so wirkte bei ihnen die erzwungene Abänderung der Fortpflanzung noch einige Zeit nach, wie sich aus der Zahl und der Entwicklungshöhe der Jungen deutlich nachweisen ließ. Wir haben also hier in Parallele mit den Pflanzen eine weitgehende Modifizierbarkeit, die schon nach kurzer Zeit die erbliche Übertragung der Merkmale beeinflußt. Dabei bezog sich die Modifikation nur auf die Fortpflanzung, in den äußeren Merkmalen blieben Feuer- und Bergsalamander durchaus verschieden.

Einen Schritt weiter führen uns Kammerers Versuche an der Geburtshelferkröte, *Alytes obstetricans.* Diese Art ist bekannt durch ihre merkwürdige Fortpflanzung. Bei der Eiablage wickelt sich nämlich das Männchen die befruchteten Laichschnüre um die Hinterbeine und trägt sie mit sich herum, bis die Jungen reif zum Ausschlüpfen sind. Dann geht das Männchen ins Wasser, dort schlüpfen die Jungen in einem schon weit vorgeschrittenen Stadium aus, durchlaufen aber noch ihre Metamorphose im Wasser. Kammerer beeinflußte nun dies Verhalten nach zwei Richtungen. Einmal hielt er die Tiere sehr warm und ohne Wasser. Dabei wurde die Ausbildung der Larven im Ei verlängert, und es schlüpften endlich fertig entwickelte junge Kröten aus, die zwerghaft klein waren, da sie die ganze Entwicklung von dem Dottermaterial des Eies hatten bestreiten müssen. Eine zweite Serie wurde gleichfalls sehr warm, aber dabei feucht gehalten. Hier gingen zur Laichzeit die alten Tiere ins Wasser, und dort wurden die Eier ganz nach Art der übrigen Kröten als gallertiger Laichklumpen abgesetzt, die Brutpflege seitens des Männchens fiel also ganz fort. Die Jungen schlüpften als kleine Kaulquappen aus, durchliefen eine gewöhnliche Metamorphose im Wasser und gingen als relativ stattliche junge Kröten zum Landleben über. Diese Veränderung erhielt sich nun auch bei den Nachkommen, wenn diese unter normalen Bedingungen aufgezogen wurden. Paarte nun Kammerer Tiere aus der im Wasser laichenden Rasse mit normalen Stücken, so ergab sich eine regelrechte Mendelspaltung. Es erwies sich dabei merkwürdigerweise nicht die eine Ausbildung des Merkmals ständig als dominant, sondern die Dominanz folgte dem Geschlecht, so daß stets das Männchen seine Eigenschaft zur vorherrschenden machte. War also in der P-Generation das Männchen aus der normal brutpflegenden Rasse, so war die F_1-Generation rein brutpflegend, in der F_2-Generation waren drei Viertel brutpflegend, ein Viertel kopulierte im Wasser. Im umgekehrten Falle enthielt F_1 reine Wasserlaicher, F_2 drei Viertel Wasserlaicher und ein Viertel normale Tiere. Hier finden wir also das Kennzeichen genotypischer Veränderungen, das Mendeln, ein Hinweis darauf, daß hier wirklich eine Veränderung in den Genen eingetreten sein muß. Hier haben also wenige Generationen genügt, um eine erworbene Eigenschaft erblich zu machen.

Im Anschluß hieran greifen wir noch einmal auf die früher besprochenen Versuche Towers über Farbänderungen bei Leptinotarsa zurück (vgl. S. 157). Bei diesem Käfer hatten sich durch extreme klimatische Einwirkungen Mutationen in der Färbung des Halsschildes und der Flügeldecken erzielen lassen, die bei den Nachkommen erblich konstant waren und im Kreuzungsversuch mendelten. Eine genauere Analyse ergab aber, daß die Erblichkeit der Veränderung von dem Zeitpunkt der Einwirkung des Reizes abhängig war. Wurde die Einwirkung, etwa starke Hitze, auf die Tage kurz vor dem Ausschlüpfen der Käfer aus der Puppe beschränkt, so zeigten sich viele Tiere verändert, bei der Fortpflanzung ergaben sie aber normale Nachkommen. Dauerte die Einwirkung aber so lange, bis die Eier abgesetzt waren, so traten auch an den daraus hervorgegangenen Tieren die gleichen Abweichungen auf. Wurde endlich die Hitze erst nach dem Ausschlüpfen angewendet, so traten erst bei den Nachkommen der unverändert bleibenden Tiere die charakteristischen Farbänderungen auf. Wir haben also je nach der Einwirkungszeit und -dauer erzielt entweder eine Modifikation, d. h. nicht erbliche somatische Veränderung, oder eine spontan auftretende Mutation, d. h. erbliche Veränderung, oder eine Kombination von beiden. Die Erscheinung läßt sich leicht erklären, wenn man annimmt, daß für die Einwirkung des Reizes auf die Körper- und die Keimzellen nur bestimmte Perioden in Frage kommen, in denen die betreffenden Teile „sensibel" sind. Dies ist für die Flügeldecken, wie sich zeigen läßt, die letzte Zeit der Puppenruhe, in der die Pigmente gebildet und abgelagert werden. Nur ein zu dieser Zeit einwirkender Reiz kann also die Färbung des ausgebildeten Tieres verändern, später bleibt er wirkungslos. Die Keimzellen dagegen haben ihre sensible Periode kurz nach dem Ausschlüpfen des Käfers, denn dann finden die letzten Reifungsvorgänge vor der Eiablage an ihnen statt. Trifft also der Reiz die sensible Periode des Pigments, so erhalten wir eine reine Modifikation ohne Erblichkeit, denn die Keimzellen sind zu dieser Zeit nicht zu beeinflussen; wirkt er dagegen später, so trifft er nur die Keimzellen, und wir erhalten eine reine Mutation bei der nächsten Generation. Wirkt er während beider sensibler Perioden, so kombinieren sich Modifikation und Mutation.

Diese Versuche Towers lehren, daß die Keimzellen ebenso wie Körperzellen äußeren Reizen zugänglich sind und dadurch verändert werden können. Das Ergebnis ist von den Anhängern der Weismannschen Richtung vielfach so gedeutet worden, daß hier eine allgemeine Einwirkung auf die Keimzellen stattgefunden habe, die von der Einwirkung auf die Pigmente der Flügel ganz unabhängig sei. Daß allgemeine Reize gelegentlich auch bis zu den Keimzellen vordringen können, wird auch von den Vertretern dieser Anschauungen nicht geleugnet, das Problem ist nur, wie Abänderungen bestimmter Körperteile bei den Nachkommen wieder erscheinen können. Auch in unserem Falle wäre es nicht leicht zu verstehen, daß der allgemeine Reiz der Temperatur die Keimzellen gerade so beeinflußt hätte, daß später bei der Entwicklung der Imagines die gleichen Veränderungen im Pigment der Flügeldecken auftreten wie bei den direkt betroffenen Tieren. Näher liegt jedenfalls der Gedanke, daß sich zuerst in den somatischen Zellen der Flügel unter der Einwirkung des Reizes Veränderungen vollziehen, die dann zu den Keimzellen fortgeleitet werden. Nur in letzterem Falle handelt es sich wirklich um eine Übertragung eines am Soma erworbenen Merkmals. Es kann dann, wie in unserem Falle, geschehen, daß die Umgestaltung an den Produkten dieser somatischen Zellen, den Flügeldecken, gar nicht mehr in die Erscheinung treten kann, da diese zur Zeit der Reizeinwirkung schon fertig ausgebildet und unveränderlich sind. Dennoch können die Zellen den Reiz weitergeben und die Keimzellen beeinflussen, falls diese ihre sensible Periode haben.

Um diese Frage zu entscheiden, hat man den Kunstgriff gewählt, Soma und Keimzellen künstlich zu trennen. Kammerer hat an Feuersalamandern folgenden Versuch gemacht: Es war ihm gelungen, durch Einwirkung gelben Untergrundes, zusammen mit allgemeinen Faktoren, besonders Feuchtigkeit, das gewöhnliche Kleid dieser Tierart so zu verändern, daß an Stelle der gelben Flecken Längsstreifen traten. Diese Veränderung entwickelte sich langsam durch Vermehrung des gelben Pigments und erwies sich auch bei den Nachkommen wirksam, indem sie auch auf gewöhnlichem Boden, sogar auf besonders dunklem, die Neigung zur Gelbfärbung zeigten. Wurden solche künstlich gestreift gemachte Tiere mit normal gefleckten gekreuzt, so traten bei den Nachkommen die gelben Flecke in Reihen auf, es ergab sich also eine intermediäre Ausbildung des Merkmals, ein Zeichen, daß die veränderten Formen ihre neue Eigenschaft zur Geltung zu bringen vermochten. Kammerer nahm nun aus normalen gefleckten Salamandern, die aus der Freiheit stammten die Ovarien, und pflanzte sie künstlich gestreiften an Stelle ihrer eigenen Keimdrüsen ein. Dieser Eingriff läßt sich bei Salamandern relativ leicht ausführen. Diese Tiere wurden nun ebenfalls mit normal gefleckten gepaart, und die Nachkommenschaft war reihenfleckig. Hier hat also der Reiz zur Umfärbung ohne Zweifel nur das Soma getroffen; wenn also jetzt Veränderungen in seiner Richtung an den Nachkommen auftreten, so läßt sich dies nur dadurch erklären, daß diese veränderten Somazellen ihrerseits die eingepflanzten fremden Keimzellen umgestimmt haben. Wurden solche künstlich gestreiften Tiere mit Ovarien normal gefleckter mit gestreiften Tieren gekreuzt, die aus der Natur stammten — es gibt in manchen Gegenden auch gestreifte natürliche Rassen —, so waren die Nachkommen alle gestreift, während gewöhnliche gefleckte mit naturgestreiften eine Mendelsche Spaltung ergaben, bei der Fleckung dominant über Streifung war.

Diese Versuche hatten noch ein bemerkenswertes Nebenresultat. Pflanzt man nämlich die Ovarien gefleckter Tiere in gestreifte, die aus der Natur stammen, so sind die Nachkommen bei der Kreuzung mit gefleckten Tieren gefleckt. Die Streifung hat hier also ihren Einfluß nicht in demselben Grade geltend machen können, wie bei den künstlich veränderten Tieren. Kammerer zieht hieraus den wohl berechtigten Schluß, daß ein frisch erworbenes Merkmal in seinem Einfluß auf den übrigen Körper aktiver ist, als ein schon lange bestehendes. Im letzteren Falle hat sich die Abweichung gewissermaßen schon in den Betrieb des Organismus eingepaßt und wirkt durch diese Gewöhnung nicht mehr als Reiz.

Derartige Versuche, deren Bestätigung von anderer Seite aber noch aussteht, sprechen sehr stark für eine wirkliche Übertragung erworbener Eigenschaften auf die Keimzellen. Wie man sich diese vorzustellen hat, ist eine im einzelnen noch keineswegs gelöste Frage; immerhin bieten auch hierfür physiologische Befunde der letzten Zeit den Weg zum Verständnis. Es hat sich nämlich gezeigt, daß viele Zellen und Organe bei ihrer Tätigkeit Stoffe bilden, die in den Kreislauf übergehen und auf andere Organe einwirken. Immer deutlicher stellt sich heraus, daß diese chemische Beeinflussung eine wichtige Rolle für das Zusammenarbeiten aller Körperteile spielt, daß die Erscheinungen, die man als Regulationen bezeichnet, zum guten Teile darauf zurückzuführen sind. Man hat diese Stoffe als Hormone bezeichnet. Sie bieten uns die Möglichkeit, auch die Beeinflussung der Keimzellen durch das Soma zu begreifen; auch die Geschlechtsdrüsen nehmen ja an dem allgemeinen Stoffwechsel teil. Es lebt hier in veränderter Form ein Gedanke auf, den wir auch bei Darwin finden: Er stellte sich zur Erklärung der Vererbung vor, daß von allen Körperteilen sich kleinste Partikelchen, gemmules, ablösten, die sich am Aufbau der Keimzellen beteiligten und so die Eigenschaften übertrügen.

Alle diese Versuche und Überlegungen laufen darauf hinaus, uns den Unterschied zwischen Soma und Keimzellen weit weniger tiefgreifend erscheinen zu lassen, als ihn sich Weismann vorgestellt hatte. Die Begründung dieser Auffassung kann man auch noch auf einem anderen Wege versuchen. Entsinnen wir uns der früheren Betrachtungen über die Entstehung der vielzelligen Organismen (vgl. S. 33), so sahen wir, daß sie durch kolonialen Zusammenschluß von Protozoen zu denken ist. Diese waren ursprünglich gleichwertig, ebensowohl zu somatischen Funktionen als zur Fortpflanzung befähigt. Erst allmählich bildeten sich unter ihnen Differenzierungen heraus, die bei den einen die Ausführung bestimmter Lebensleistungen im Interesse der Gesamtheit förderten, den anderen allein die Bildung der neuen Generationen übertrugen. Waren so die somatischen Zellen von der Fortpflanzung ausgeschlossen, so erloschen damit ihre reproduktiven Fähigkeiten nicht ohne weiteres. Dies zeigt sich deutlich in der Tatsache der Regeneration. Jede solche Wiederherstellung verloren gegangenen Gewebes ist ja ein partieller Fortpflanzungsvorgang, eine fortdauernde Zellteilung mit Differenzierung der Teilstücke; es wird dabei oft in ganz ähnlicher Weise wie bei der Ontogenese neues Körpermaterial verschiedener Art geschaffen. Nur geht die Herstellung hier nicht von den Keimzellen aus, sondern von den somatischen Zellen. Wie früher ausgeführt (vgl. S. 61), ist die Regenerationsfähigkeit in der Tierreihe sehr verschieden ausgebildet; je früher und durchgreifender die Sondergestaltung der einzelnen Körperzellen einsetzt, desto geringer ist ihr Regenerationsvermögen, d. h. desto mehr haben sie sich von dem alten Protozoentypus entfernt. Bei vielen niederen Tieren ist die Regenerationsleistung noch eine so hohe, daß sie praktisch der normalen Entwicklung kaum nachsteht. Hierbei können, etwa bei einem Zölenteraten oder einer Planarie, von einem relativ sehr kleinen Zellkomplex aus alle Körpergewebe neu gebildet werden. Ja sogar, und das ist für uns besonders wichtig, die Keimdrüsen. Man kann z. B. einem Regenwurm das ganze Vorderende entfernen, in dem allein die Geschlechtsanlagen sich befinden, das Hinterende ersetzt den Verlust, und es legen sich neue Keimdrüsen an, die völlig normale Nachkommen erzeugen können. Hier ist also das Keimplasma, dessen Kontinuität unterbrochen war, vom Soma neu gebildet; ein besserer Beweis für die ursprüngliche Gleichwertigkeit aller Zellelemente des Körpers läßt sich wohl kaum erbringen. Gleichzeitig läßt uns diese enge Beziehung zwischen Regeneration und Fortpflanzung klar erkennen, wie wenig es gegen die Vererbung erworbener Eigenschaften beweist, daß Verstümmelungen nicht erblich übertragbar sind. Diese werden ja nach Möglichkeit durch Regeneration ausgeglichen; ist das Individuum dazu nicht völlig imstande, so wird der durchgreifendste aller Regenerationsprozesse, der von einer einzigen Zelle ausgeht, die Fortpflanzung, jedenfalls den Verlust ausgleichen, und es ist schlechterdings nicht einzusehen, wie in dem Ablauf dieses durch unzählige Generationen festgelegten Vorgangs durch Ausfall von Teilen des zuletzt auf die gleiche Weise gebildeten Individuums irgend etwas geändert werden sollte.

Anders liegen die Verhältnisse, wenn eine Verletzung nicht eine unvollkommene, sondern eine übermäßige Regeneration auslöst. Hier wirkt sie als Reiz, der eine Überproduktion von Material veranlaßt. Einen solchen Fall hat in allerjüngster Zeit wiederum Kammerer untersucht. Bei der Seescheide, *Ciona intestinalis*, wird das Abschneiden der Ein- und Ausfuhröffnungen dadurch beantwortet, daß sie verlängert regeneriert werden. Schneidet man sie wiederum ab, so wachsen sie noch länger nach, und durch mehrmalige Wiederholung des Versuchs kann man röhrenartig verlängerte Öffnungen erzielen. Nachdem Kammerer dies erreicht hatte, schnitt er die Seescheiden der Quere nach in zwei Hälften. Das Vorderende mit den verlängerten Öffnungen mußte dabei das Hinterende und mit ihm den ganzen Geschlechtsapparat ersetzen. Wurden derart regenerierte Tiere zur Fortpflanzung gebracht, so ergaben sie Nachkommen, die von vornherein verlängerte Öffnungen hatten. Hier ist auf anderem Wege das gleiche erzielt, wie in dem oben geschilderten Versuche an den Salamandern. Die neu sich bildenden Keimzellen standen unter dem Einfluß der übermäßig regenerierten Körperöffnungen und bildeten daraufhin Anlagen, aus denen wieder verlängerte Öffnungen hervorgingen. Bemerkenswert ist, daß Kammerer auch Nachkommen mit verlängerten Öffnungen erhielt, wenn er die Geschlechtsdrüsen nicht entfernt hatte. Es hatte also der Reiz des stärkeren Wachstums an den Öffnungen genügt, um auch die in den normalen Drüsen sich bildenden Keimzellen mit den veränderten Eigenschaften auszustatten. Es wäre aber wohl denkbar, daß man durch geeignete Abstufung der Versuche einen Punkt fände, wo die alten Keimdrüsen noch unveränderte Nachkommen erzeugten, die neugebildeten aber veränderte.

Was hier bei den Tieren durch den Versuch erzwungen wurde, die Erneuerung der Geschlechtsanlagen aus Körperzellen und dabei die Übertragung der von diesen neu erworbenen Eigenschaften, kann offenbar bei Pflanzen viel leichter geschehen. Dort haben wir nämlich gar keine so scharfe Trennung von Soma und Keimzellen, gar keine Keimbahn in Weismanns Sinne, die direkt von Keimzelle zu Keimzelle führte. Die Pflanze hat keine einheitlich lokalisierte Geschlechtsdrüse, es entstehen die Keimzellen vielmehr über das ganze Gewächs verstreut in den Blüten aus indifferentem Zellenmaterial, das daneben dauernd somatische Elemente hervorbringt. Die Formen der Fortpflanzung sind hier gewissermaßen noch nicht scharf getrennt, die Sprossung bringt durch einen Vorgang, der der Regeneration ähnelt, periodisch neue Teile des Soma hervor, daneben sondern sich aus der gleichen Anlage einzelne Zellen, die als Keimzellen die Neubildung von Grund auf anfangen. Damit hängt wohl auch die Tatsache zusammen, daß bei den Pflanzen vielfach die geschlechtliche Fortpflanzung vollkommen durch die vegetative Vermehrung ersetzt werden kann (vgl. S. 245). Daß auch bei den Pflanzen fertig ausgebildete Gewebe die Fähigkeit besitzen, neues Keimmaterial zu erzeugen, geht am deutlichsten aus den bekannten Erfahrungen bei *Begonia* hervor, bei der einzelne Blätter, ja sogar Teile von solchen, neue Pflanzen zu erzeugen vermögen.

Ein umgestaltender Reiz kann sich nun hier ebensowohl an den Keimzellen wie an dem somatisch werdenden Material zuerst äußern. Im ersten Falle entstehen die Keimmutationen, im anderen die früher erwähnten Knospenvariationen (vgl. S. 157). Bei ihnen treten morphologische Veränderungen, besonders Abweichungen in der Pigmentbildung, in vegetativen Teilen auf; bilden diese dann Keimzellen, so zeigen auch sie die neuen Eigenschaften.

Diese Überlegungen führen zu der Erkenntnis, daß vegetative und propagative Zellen keineswegs scharfe Gegensätze sind. In beiden finden wir vielmehr die gleichen Fähigkeiten, eventuell in abgestuftem Maße. Beide sind während ihres Lebens äußeren Reizen ausgesetzt, die auf sie umgestaltend wirken können. In erster Linie werden diese natürlich die vegetativen Elemente treffen, die an den Lebensfunktionen in weit höherem Maße beteiligt sind. Die von diesen erlittenen Veränderungen wirken aber auf das innere Getriebe, den Stoffwechsel, ein, gelangen so auch zu den

Keimzellen und vermögen unter Umständen auch diese zu beeinflussen. Ist dies geschehen, so ist eine neu erworbene Eigenschaft erblich geworden, ein realisierender Faktor hat sich in einen determinierenden verwandelt.

Diese Formulierung des Vorgangs läßt aber erkennen, daß aller Wahrscheinlichkeit nach nicht alle beliebigen äußeren Einwirkungen vererbbare Resultate liefern. Die determinierenden Faktoren bilden ja im Getriebe des Organismus ein geschlossenes System, das den gesetzmäßig gleichartigen Ablauf gewisser Vorgänge besonders bei der Entwicklung garantiert. Dieses System ist nun nicht beliebig veränderlich, sondern es hat, physikalisch-chemisch gesprochen, nur gewisse „Freiheiten", deren Zahl sich nach der Komplikation des Systems richtet. Ein realisierender Faktor kann sich also nur dann in einen determinierenden verwandeln, wenn er sich diesem System irgendwie einordnen kann. Ist dies unmöglich, so kann der betreffende Reiz beliebig lange einwirken, ohne sichtbare Ergebnisse in der Vererbung zu zeitigen. Vielleicht ist folgendes Beispiel geeignet, diese Vorstellung deutlicher zu machen. Alle Tiere sind während ihres Lebens der Einwirkung verschiedener Temperaturen ausgesetzt. Wir finden Tierleben über die ganze Erde unter sehr wechselnden durchschnittlichen Temperaturen verbreitet. Zu „Anpassungen", etwa an die Kälte, ist es aber nur bei warmblütigen Tieren gekommen. Wirkt auf einen Kaltblüter niedere Temperatur, so setzt sie einfach seine Stoffwechselprozesse, wie andere chemische Prozesse, entsprechend dem Temperaturkoeffizienten herab (vgl. S. 283). Auf den Warmblüter aber wirkt die Kälte als „Reiz", denn er besitzt ein System, welches die Erhaltung einer bestimmten Temperatur anstrebt und zu diesem Zwecke allerlei Ausgleichsmechanismen ausgebildet hat. Eine Spannung zwischen Innen- und Außentemperatur setzt diese in Tätigkeit, es erfolgt eine physiologische Veränderung, etwa der der Kälte ausgesetzten Haut. Anhaltende Kältewirkung kann diese physiologischen Ausgleichsveränderungen schließlich in morphologische umwandeln, der dauernd geänderte Hautstoffwechsel führt etwa zu stärkerer Fettablagerung oder zur Bildung von Haaren. Diese so geschaffenen Veränderungen können sich in das bestehende System einordnen, dieses dabei modifizierend, es bildet sich eine erbliche andere Hautbeschaffenheit heraus.

Durch diese beschränkte Aufnahmefähigkeit lebender Systeme für die Fixierung äußerer Reize mag sich z. T. die Erscheinung erklären, daß wir bei verschiedenen Tiergruppen das Fortschreiten der Veränderung in bestimmter Richtung beobachten, eine viel diskutierte Tatsache, die man oft als Orthogenese bezeichnet. Sie würde sich in unserem Sinne als eine zwangsläufige, durch den Aufbau des lebenden Systems bedingte Auswahl der äußeren Reize darstellen. Vielleicht ist die Orthogenese aber auch ein

Ausdruck tiefer liegender Grundeigenschaften der lebenden Substanz. Um dies deutlich zu machen, müssen wir den Begriff der Anpassung noch einmal von einer anderen Seite betrachten.

10. Entwicklung und Anpassung. Vererbung und Artbildung als Entwicklungsvorgänge. Mutation, Kreuzung und Orthogenese.

Bei der Besprechung der Artbildung war uns der Begriff der Zweckmäßigkeit entgegengetreten. Wir sahen, daß es eine allgemeine Eigenschaft der Lebewesen ist, in Bau und Funktion in Übereinstimmung mit den Bedingungen der Umgebung zu stehen. Fassen wir nun einmal diesen Begriff der Zweckmäßigkeit schärfer ins Auge und legen uns die Frage vor: Läßt sich diese Zweckmäßigkeit durch Umbildung der Organismen, sei es durch Anpassung, sei es durch Auswahl der passenden Mutationen, restlos erklären?

Die Morphologen sind immer geneigt gewesen, diese Frage zu bejahen. Bei der vergleichenden Betrachtung des tierischen Körperbaus läßt sich leicht nachweisen, wieso gerade eine bestimmte Länge der Beine, eine bestimmte Ausbildung der Sinnesorgane, ein bestimmter Aufbau des Darmkanals mit den speziellen Lebensbedingungen eines Tieres übereinstimmt. Daraus ergibt sich dann ohne Zwang der Gedanke, es sei diese Übereinstimmung etwas sekundär durch Anpassung oder Auslese aus etwas weniger Passendem heraus Entwickeltes.

Anders steht der Physiologe der Frage gegenüber. Für ihn hat die Zweckmäßigkeit eine viel umfassendere Bedeutung. Sie ist für ihn eine Kardinaleigenschaft alles Lebendigen; es gibt keine Reaktion, die nicht den Stempel der Zweckmäßigkeit trüge. Wenn ein Gegenstand die Haut eines Tieres berührt und es antwortet mit einer Muskelbewegung zur Abwehr oder Flucht, so ist das zweckmäßig. Wenn eine Speise in den Magen eintritt und die Drüsen beginnen, Verdauungssaft zu sezernieren, so ist diese Reaktion zweckmäßig. Wenn Bakterien in eine Wunde eindringen und die Leukozyten ballen sich als Eiter darum zusammen, so ist das zweckmäßig. Wenn auf den Verlust eines Körperteils die umliegenden Gewebe in neues Wachstum zur Regeneration oder Narbenbildung eintreten, so ist das zweckmäßig. Zweckmäßigkeit ist, physiologisch genommen, eine Grundeigenschaft alles Lebens. Sie ist also etwas Primäres, ohne das das Leben selbst undenkbar wäre. Daraus ergibt sich ohne weiteres, daß die Zweckmäßigkeit nicht durch sekundäre Vervollkommnung entstanden sein kann. In der Diskussion über die stufenweise Vervollkommnung im Organismenreich wird gern zweierlei verwechselt: Zweckmäßigkeit und Höhe der Differenzierung. Eine Amöbe ist ebenso zweckmäßig eingerichtet, wie ein Mensch, d. h. ihre Reaktionen stimmen ebensogut mit den Bedingungen ihres Milieus überein, wie die des hochdifferenzierten Vielzellers. Wäre das nicht der Fall, so wäre sie eben nicht lebens- und erhaltungsfähig. Dagegen ist der Mensch durch die Höhe seiner Organisation und die Mannigfaltigkeit seiner Reaktionsmöglichkeiten der Amöbe unendlich überlegen, muß diese Überlegenheit aber auch mit manchen Einschränkungen seiner Erhaltungsfähigkeit bezahlen — es fehlt ihm z. B. die Fähigkeit des latenten Lebens und der Enzystierung als Schutz gegen Hunger und Austrocknung.

Ist die Zweckmäßigkeit also etwas Primäres, so fragt es sich, woher sie stammt und was darunter eigentlich zu verstehen ist. Dies läßt sich vielleicht am besten klar machen, wenn wir dem Begriff Zweckmäßigkeit eine andere Definition geben: Zweckmäßigkeit ist die Eigenschaft der Organismen, nach Erhaltung eines Gleichgewichtszustandes zu streben. Mit dieser Definition gewinnt der Begriff Anschluß an Erscheinungen, die wir auch in der anorganischen Natur finden. Wenn ich irgendeinen Körper zusammendrücke, so entsteht Wärme. Wärme bedingt Ausdehnung; diese steht im Gegensatz zu der Wirkung des Zusammendrückens. Das Ganze strebt einem Gleichgewicht zu, es ist eine Reaktion, die im entgegengesetzten Sinne zur Aktion verläuft. Wenn es kalt ist, fällt das Wasser bekanntlich in der Form von Schnee. Bei seiner Bildung wird Wärme frei. Auf den „Reiz" der Abkühlung antwortet das Wasser mit der Produktion von Wärme, also mit einer ausgleichenden Reaktion. Das gleiche wie für physikalische gilt auch für chemische Vorgänge. Der Satz vom Gleichgewicht spielt in der modernen Chemie eine große Rolle. Eine jede chemische Reaktion löst automatisch eine Gegenreaktion aus. Wenn wir zwei Körper a und b haben, die sich verbinden zu c, so erfolgt der Vorgang so, daß die Vereinigung von a und b anfangs schnell verläuft, aber wenn eine gewisse Menge c gebildet ist, so verlangsamt sich der Vorgang dadurch, daß gleichzeitig mit zunehmender Geschwindigkeit c wieder in seine Komponenten a und b zerfällt ($a + b \rightleftarrows c$). So bleiben immer nebeneinander bestehen eine gewisse Menge c und daneben die Spaltprodukte a und b. Das prinzipiell Wichtige daran ist, daß es sich um ein Gleichgewicht handelt, das je nach den Verhältnissen der Umgebung an verschiedener Stelle liegen kann.

Das, was wir nun in einem lebenden Organismns sich abspielen sehen, sind chemische und physikalische Vorgänge von außerordentlicher Komplikation. Diese rührt daher, daß es sich einmal um sehr verwickelt gebaute chemische Verbindungen, andererseits um komplizierte physikalische Systeme kolloidaler Natur handelt (vgl. S. 9). Je komplizierter ein Körper gebaut ist, desto mannigfaltiger sind für ihn die Möglichkeiten, sein Gleichgewicht wieder herzustellen. Da im lebenden Organismus dieses Gleichgewicht dauernd gestört wird, sind in ihm ständige Prozesse im Gange, dieser

Störung die Wage zu halten. Das Protoplasma ist ja ständig Einwirkungen der Umgebung ausgesetzt, physikalischen Einflüssen der Temperatur, des Lichtes, der Schwerkraft u. a., chemischen durch die Aufnahme fremder Stoffe mit der Nahrung. So fließt ein ständiger Strom von Materie und Energie durch den Organismus, seine Zusammensetzung ändert sich fortwährend, was aber gleich bleibt, ist seine Organisation, seine Reaktionsnorm. Diese schafft ein System, das innerhalb der dauernden Veränderungen ein Gleichgewicht anstrebt und so zu arbeiten sucht, daß die Einwirkungen von außen ausgeglichen oder abgelenkt werden. Auf diese Art erhält sich das Leben ständig in seiner typischen Form. Wenn die Zufuhr von außen sehr reichlich ist, so vergrößert sich die Summe des Materials, der Organismus wächst, dabei werden die neu hinzukommenden Teile nach dem alten Plan organisiert.

Was ist nun die Vererbung, wenn wir sie vom Standpunkt solcher physiologischer Überlegungen betrachten? Sie ist nichts anderes, als ein Teil dieses Organisationsprozesses, der sich abspielt an Teilen, deren Wachstum über den Verband des Individuums hinausgeht. Sei es, daß Sprossung oder Teilung stattfindet, wobei Teile des Systems unter etwas geänderten Bedingungen die gleichen Reaktionen fortsetzen, oder daß Keimzellen gebildet werden, welche die Bedingungen des Systems an einer neuen Generation zur Entfaltung bringen.

Aus dieser Überlegung ergibt sich eine wichtige Erkenntnis: Die Gesetze, welche die Vererbung beherrschen, sind keine anderen, als die, welche auch für die übrigen Lebensvorgänge gelten. Es ist verkehrt, die Vererbung als ein von den übrigen Lebensvorgängen losgelöstes Sonderproblem zu betrachten. Eine wirkliche Erkenntnis ihrer Mechanismen wird man erst dann gewinnen, wenn man den Lebensprozeß selbst verstehen gelernt hat.

Was Leben eigentlich ist, wissen wir zurzeit nicht. Wir haben aber die Möglichkeit, die Gesetzmäßigkeiten zu erforschen, unter denen der Lebensprozeß verläuft. Dies tut ganz allgemein die Physiologie; für das Teilproblem der Erforschung der Entwicklungsvorgänge hat sich ein besonderer Zweig dieser Wissenschaft herausgebildet, die Entwicklungsphysiologie, oder, wie sie ihr Begründer, Roux, genannt hat, die Entwicklungsmechanik.

Von diesem Gesichtspunkt betrachtet, wird die Vererbung ein physiologisches Problem, dessen Lösung in der Erkenntnis der chemisch-physikalischen Zustandsbedingungen während der Entwicklung gesucht werden muß. Sie ist ein Spiel von Energien, keine Übertragung von festen Körpern. Deutlich sehen wir hier, wie unzureichend es ist, wenn man sich zur Erklärung der Vererbung mit der Übertragung der Chromosomen zufrieden gibt. Das Ausschlaggebende ist eben doch das System, worin diese Körperchen stecken und das sie zwingt, sich in bestimmter Weise zu ordnen und zur rechten Zeit aus dem latenten in den aktiven Zustand überzugehen.

Wenn wir somit Vererbung zurückführen auf ein ständiges Wachstum von Generation zu Generation unter den gleichen Gesetzen, so finden wir nun auch eine neue Antwort auf die Frage: Was ist Artbildung? Artbildung ist eine Ausgleichsreaktion auf die Störung der normalen Vererbung. Sie kommt dann zustande, wenn die Zustandsbedingungen gestört werden, welche die normale Vererbung ergeben. Diese Störung ruft eine Ausgleichsreaktion hervor und sie bezeichnen wir als Anpassung. Es entsteht eine Schwiele auf der Haut, eine andere Anordnung der Skelettelemente, ein anderer Bau der Blätter u. ä. So führen die Veränderungen in der Umgebung dazu, daß Teile des lebendigen Systems eine neue Gleichgewichtslage einnehmen. Dauert die Veränderung der Umgebung, der Reiz, an, so vertieft sich sein Einfluß auf das System, bis endlich der ganze Mechanismus auf die neue Gleichgewichtslage eingestellt ist; die Anpassung ist erblich fixiert.

Muß nun eine solche erbliche Veränderung des Systems immer eine allmähliche, durch Anpassung vorbereitete sein? Daß der Vorgang auch anders verlaufen kann, ist vielleicht die Erklärung für das, was wir Mutation nannten. Sie war charakterisiert dadurch, daß sie plötzlich auftrat und den Habitus gewöhnlich auffallend und immer erblich konstant veränderte. Berücksichtigen wir die Erkenntnis, daß Anpassungen und Mutationen wahrscheinlich keine Gegensätze, sondern nur graduelle Abstufungen des gleichen Vorgangs sind, so ließe sich die Mutation etwa so erklären: Es hat ein Reiz eingewirkt, der so stark war oder für den das System eine so günstige Angriffsfläche bot, daß er besonders tief wirken konnte. Dadurch wurde eine Gegenreaktion ausgelöst, die das ganze Gefüge des Systems veränderte. De Vries hat für diesen Vorgang einen sehr anschaulichen Vergleich geprägt. Er verglich ihn mit dem Umfallen eines Würfels. Wenn man einen Würfel auf einer Fläche liegen hat, so ist er im Gleichgewicht. Wird er auf eine Kante aufgerichtet, so wird er nach Aufhören dieser Einwirkung wieder in die alte Gleichgewichtslage zurückkehren, solange die Ablenkung einen gewissen Wert nicht überschreitet. Ist die Verschiebung aber so stark, daß der Schwerpunkt aus der ursprünglichen Unterstützungsfläche herausfällt, so kippt der Würfel um und legt sich auf eine neue Fläche. Dann hat er eine völlig neue Gleichgewichtslage; es ist eine Mutation eingetreten.

Muß nun eine solche Mutation immer für den betreffenden Organismus eine Verbesserung bedeuten? Sie muß natürlich erhaltungsgemäß sein, denn es ist ja die Ausgleichsreaktion, durch die der Organismus sich der neu geschaffenen Lage anpaßt. Er tut das aber, so gut er es eben infolge seiner Struktur vermag. Daß dabei nicht immer eine Verbesserung herauskommt, geht schon daraus hervor, daß allzu starke Eingriffe überhaupt nicht ausgeglichen werden können. Bei allen Versuchen, Mutationen zu erzeugen, macht man die Erfahrung, daß ein großer Teil der Versuchsobjekte zugrunde geht. Was die schwere Belastungsprobe überstanden hat, hat sich eben mit den neuen Bedingungen so gut als möglich abgefunden. Dabei wird die allgemeine Leistungsfähigkeit des Organismus entweder gefördert oder geschwächt worden sein; es ist eigentlich zu erwarten, daß dabei eher eine Schädigung als ein Fortschritt erzielt wird. Halten wir uns gegenwärtig, wie kompliziert das System des Organismus ist, so wird auch einleuchten, daß der Ausgleich nach verschiedenen Richtungen angestrebt werden kann. Es erscheint danach die Tatsache begreiflich, daß solche plötzliche, tiefgehende Einwirkungen zu richtungslosen Mutationen führen, die häufiger eine Schwächung als eine Stärkung des Organismus bedeuten.

Auf diese Weise wird die Mutation eine Quelle von Formen, die noch nicht völlig auf die Bedingungen der Umgebung eingespielt, ihr angepaßt sind. Was wird nun aus ihnen im Laufe der weiteren Generationen? Zunächst greift die Selektion ein und merzt diejenigen aus, bei denen der Ausgleichsvorgang nicht vermocht hat, die Leistungsfähigkeit auf einer gewissen Minimalhöhe zu erhalten. Auf die übrigbleibenden aber wirken nun die Bedingungen der Umgebung ein, und es setzt sich das Ausgleichsbestreben des lebendigen Systems fort. Die Spannungen und Unebenheiten in den Beziehungen zur Außenwelt wirken als Reize, und diese modeln langsam am Gefüge des Systems weiter, bis es wieder vollkommen in Harmonie mit der Umgebung steht. So werden sich an eine Mutation allmähliche Veränderungen anschließen, die in einer Richtung, scheinbar einem bestimmten Anpassungsziele zustreben. Dies ist die Orthogenese. Sie arbeitet etwa so wie der Mensch, wenn er eine Maschine nach einem neuen System baut. Natürlich ist sie nicht von vornherein vollkommen, sondern wird erst nach und nach durch allmähliche Verbesserungen ausgestaltet, bis sie den reibungslosesten Lauf und die größte Wirksamkeit erzielt. Dann ist die Entwicklung abgeschlossen, bis nach einer grundlegenden neuen Erfindung das Spiel von neuem anhebt. Es löst somit die einmalige Veränderung, die Mutation, eine ganze Kette von Reaktionen aus.

Diese Reaktionen erscheinen in einer das Gedeihen des Organismus fördernden Richtung orientiert, zielstrebig. Dieser Eindruck hat die Orthogenese vielfach in Mißkredit gebracht, weil man darin den Ausdruck mystischer, den Rahmen der bekannten Naturgesetze überschreitender Kräfte sah. So wurde diese Anschauung als „vitalistisch“ in Verruf gebracht. Schon der große Pflanzenphysiologe Nägeli hat aber in seiner mechanisch-physiologischen Theorie der Abstammungslehre, die 1884 erschien und mit deren Gedanken sich die hier vorgetragenen Anschauungen vielfach berühren, gezeigt, daß das durchaus nicht notwendig ist. Der richtende Einfluß liegt ja in dem lebendigen System selbst, das sich bestrebt, seine Spannungen auszugleichen. Daß keine übernatürlichen Hilfskräfte dabei im Spiele sind, zeigt uns die Natur gelegentlich selbst sehr deutlich. Es kommt nämlich vor, daß das Streben nach innerer Harmonie, das zwangsläufig die Umgestaltungen hervorruft, die äußere Harmonie nicht, wie gewöhnlich, fördert, sondern nach einer gewissen Verlaufszeit stört. Es tritt dann eine Anpassung auf, die über das Ziel gewissermaßen hinausschießt. Dies führt schließlich zur Vernichtung der betreffenden Form, wenn die äußeren, hemmenden Einflüsse der Umgebung keinen Weg finden, sich in das System einzufügen und seine unheilvolle Richtung abzulenken. So sterben die betreffenden Tierformen aus; die Paläontologie bewahrt uns eine ganze Anzahl solcher eigentümlicher, dem Untergang schon verfallener oder ihm zustrebender Entwicklungslinien. Etwas Derartiges hat offenbar vorgelegen bei den Kreideformen der Ammoniten. Dort treten in Bau und äußerer Form abweichende Typen auf, welche in rascher Entwicklung durch die Schichtenfolge immer einseitigere und bizarrere Ausbildung erlangen und schließlich erlöschen. Unter den Raubtieren entwickelt sich in den unteren Abteilungen des Tertiär ein Stamm, der durch riesenhafte Ausbildung der Eckzähne ausgezeichnet ist. Sie bilden so zunächst vortreffliche Fangapparate und Waffen; im weiteren Fortschreiten sehen wir aber mit Staunen, wie diese Zähne immer länger und gewaltiger werden, so daß sie endlich wie ungeheure krumme Säbel aus dem Maule herausragen. Dann bricht die Reihe ab; offenbar waren die Tiere gar nicht mehr fähig, Nahrung zu fangen und zu fressen, weil sie das Maul überhaupt nicht mehr in normaler Weise gebrauchen konnten. In ganz ähnlicher Weise sehen wir die Stoßzähne der Elefantenreihe sich entwickeln. Zuerst mäßig lange, fast gerade Hauer, die als Waffe jedenfalls sehr brauchbar waren, wachsen sie mehr und mehr und krümmen sich dabei spiralig ein, wie man es am groteskesten beim Mammut sehen kann. Und damit erlischt wieder der Stamm; als letzter Rest führen die beiden heute noch lebenden Elefantenarten ein dem Untergang geweihtes Dasein. Solche Erscheinungen erschließen sich unserem Verständnis nur, wenn wir in der Orthogenese keine bewußt richtende Kraft, sondern eine aus inneren Ursachen zwangsläufig fortschreitende Reaktionskette sehen.

Wie groß die Bedeutung dieses Entwicklungsfaktors im Gesamtgetriebe der fortschreitenden Differenzierung ist, läßt sich schwer abschätzen. Von den meisten Autoren wird sie ganz vernachlässigt, ich glaube aber, daß sie mit fortschreitender Erkenntnis wieder weit mehr zur Geltung kommen wird.

Außer in den Mutationen hat diese Orthogenese noch eine zweite wichtige, vielleicht sogar viel bedeutungsvollere Quelle in den Kreuzungen. Bei diesen Kreuzungen kommen ja zwei nicht aufeinander abgestimmte lebende Systeme zur Zusammenarbeit. Es ist logisch gar nicht anders zu erwarten, als daß hierbei Störungen auftreten müssen. Wir können sie Schritt für Schritt verfolgen: In sehr vielen Fällen ist die Kreuzung ohne Erfolg, d. h. die beiden Systeme können überhaupt nicht miteinander zurechtkommen. In anderen tritt Entwicklung ein, aber die Formen bleiben kümmerlich. Besonders oft versagt bei ihnen die Fortpflanzung; es wird der feine Mechanismus, der das Wachstum über das Individuum hinaus regelt, am ersten unter diesen inneren Spannungen leiden. Unter den Formen endlich, die den schweren Eingriff ohne Vernichtung der Lebens- und Fortpflanzungsfähigkeit überstehen, sind wieder die mannigfaltigsten Möglichkeiten gegeben, die erzeugten Spannungen im Laufe der Generationskette durch Orthogenese auszugleichen.

11. Die Entstehung des Lebens. Die Urzeugung.

Mit dem Problem der Umwandlung der Lebewesen wird gern die Frage nach dem Ursprung des Lebens überhaupt verknüpft. Genau betrachtet, haben diese Punkte gar nichts miteinander gemein, denn die Frage der Umwandlung setzt das Bestehen des Lebens schon voraus, und die hier gewonnenen Erfahrungen gestatten durchaus nicht, etwas über seine Entstehung auszusagen.

Das Problem der Entstehung lebender Materie selbst gliedert sich wieder in mehrere Teilfragen. Daß anorganisches Material in „lebendes" verwandelt werden kann, erleben wir täglich. Hierauf beruht ja der ganze Stoffwechsel, zumal der der Pflanzen, bei dem aus der Kohlensäure der Luft und den anorganischen Salzen des Bodens das lebende Protoplasma der Zellen aufgebaut wird. Diese Synthese gelingt aber eben nur den lebenden Pflanzen, sie ist gebunden an das Vorhandensein lebender Einheiten, denen die aufgenommenen Stoffe angeglichen, assimiliert werden. Ist eine solche Erzeugung lebender Einheiten nun auch spontan möglich?

Früher glaubte man daran und ließ selbst hoch organisierte Wesen unbedenklich auf diesem Wege entstehen. Nach Aristoteles z. B. entstehen aus dem Schlamm des Meeresufers Würmer und aus diesen weiterhin Aale, es findet also eine fortschreitende Organisation der Materie statt, wobei zwischen anorganischer und schon organisierter nur ein gradueller Unterschied besteht. Diese Anschauung erhielt sich durch das ganze Mittelalter bis weit in die Neuzeit. So entstehen beispielsweise noch bei van Helmont (1577—1644) in einem Gefäß, das Mehl und ein schmutziges Hemd enthält, Mäuse von selbst.

Mit den fortschreitenden Erkenntnissen der Entwicklungsgeschichte wurde der Bereich dieser Urzeugung mehr und mehr eingeschränkt. Einer der letzten wichtigen Schritte darin war, daß Redi 1677 nachwies, daß die Entstehung von Fliegenmaden in faulendem Fleisch verhindert werden kann, wenn man es durch ein übergespanntes Tuch den Fliegen unmöglich macht, ihre Eier an das Fleisch heranzubringen. Darüber hinaus und am längsten für vielzellige Tiere überhaupt erhielt sich der Glaube an die Urzeugung für die Eingeweidewürmer, kein Wunder, da hier die Entwicklungsvorgänge besonders schwer durchsichtig und außerdem die Beziehungen der Parasiten zu anderer lebender Materie besonders nahe waren.

Einen letzten großen Aufschwung erlebte die Lehre von der Urzeugung, generatio spontanea, aequivoca, mit der Erfindung des Mikroskops. Nun fand man allerorten winzig kleine, anscheinend sehr niedrig organisierte Lebewesen, die sich unter den Augen des Beobachters auch in Flüssigkeiten entwickelten, die zuvor kein Leben gezeigt hatten. Nichts lag näher, als hier eine spontane Entstehung für möglich zu erklären. Schrittweise wurde auch hier die Urzeugung zurückgedrängt, bis zuletzt Pasteur in seiner berühmten Untersuchung „Über die in der Atmosphäre vorhandenen organisierten Körperchen" nachwies, daß auch hier die Entwicklung der Lebewesen ausbleibt, wenn man die Lösungen wirklich keimfrei macht, sterilisiert und durch geeignete Abschlußvorrichtungen dafür sorgt, daß nicht von außen neue Keime als Bakteriensporen oder Protozoenzysten hineingelangen können.

Seitdem ist kein Fall mehr beobachtet, in dem sich bei Einhaltung aller Vorsichtsmaßregeln die spontane Entwicklung organischer Wesen einwandfrei hätte nachweisen lassen. Damit ist aber die Möglichkeit der Urzeugung an sich theoretisch noch keineswegs widerlegt. Zweifellos sind auch die einfachsten Lebewesen, die wir mikroskopisch untersuchen können, schon recht hoch organisiert. Wenn es unwahrscheinlich ist, daß solche spontan durch Zusammenfügung anorganischer Materie entstehen, so ließe sich doch sehr wohl die Möglichkeit denken, daß viel einfachere und kleinere Lebenseinheiten auf diese Weise entständen, die sich unserer Beobachtung entzögen. Daß die bisher bekannten Organismen noch nicht die einfachsten lebenden Gebilde darstellen, wird uns dadurch klar gemacht, daß wir eine Anzahl weit verbreiteter Krankheiten, Masern, Scharlach, Pocken u. a. kennen, von denen wir sicher sagen können, daß sie durch Lebewesen erzeugt werden, ohne daß diese bisher mit Sicherheit nachgewiesen wären. Erst in allerjüngster Zeit hat man auch bei diesen Krankheiten teilweise eigentümliche mikroskopische Strukturen gefunden, in denen man die Erreger, nach v. Prowazek Chlamydozoen genannt, bzw. die Reaktionsprodukte des Organismus auf ihren Reiz hin erblickt.

Es ist also genau genommen nur bewiesen, daß in sonst für die Entwicklung organischen Lebens geeigneten Nährlösungen, die sterilisiert und hinreichend von der Außenwelt abgeschlossen sind, keine Lebewesen entstehen. Dies schließt aber nicht völlig aus, daß auch heutzutage noch Leben in einfachster Form unter anderen Bedingungen sich bildet. Es fehlt gerade in letzter Zeit nicht an Versuchen, diese Bedingungen, besonders auch die physikalischen, näher zu ergründen. Man bemüht sich dabei, allerlei Vorstufen des Lebens herauszuarbeiten (flüssige Kristalle Lehmanns, osmotisches Wachstum Leducs), ohne daß man bisher, wie mir scheint, über allgemeine Analogien wesentlich hinausgekommen wäre.

Noch weniger sicher ist die Antwort auf die Frage: Aus welcher Quelle hat sich denn historisch das Leben auf unserem Planeten entwickelt? Hier sind logischerweise drei Annahmen möglich. Entweder ist das Leben durch eine übernatürliche Gewalt, einen Schöpfungsakt „geschaffen". Diese Möglichkeit ist naturwissenschaftlich nicht diskutierbar, es läßt sich nur sagen, daß wir in jetziger Zeit keine solchen Schöpfungen beobachten können. Dann bleibt zweitens die Möglichkeit, daß Leben zu irgendeiner Zeit in irgendeiner Form aus dem Anorganischen entstanden sei. Nach den allgemein gültigen Anschauungen über den Entwicklungsgang der Erde können wir es als sicher ansehen, daß früher auf unserem Planeten wesentlich andere Bedingungen, andere Temperatur, andere Zusammensetzung der gelösten Stoffe geherrscht haben. In dieser Zeit müssen auch ganz andere Bedingungen für die Bildung organischer Verbindungen bestanden haben. Der berühmte Physiologe Pflüger hat als erster, von solchen Überlegungen ausgehend, schon vor Jahrzehnten seine Zyanhypothese aufgestellt. Danach konnten sich während des stark erhitzten Zustandes der Erdoberfläche Bausteine des Eiweißes, vor allem Zyanverbindungen, Kohlenwasserstoffe, Alkohole, spontan bilden. Im Laufe der allmählichen Abkühlung entstanden durch ihre Zusammenfügung und Polymerisation komplizierte, sehr labile Verbindungen, die schließlich zur Bildung lebender Materie führten. Wenn die Hypothese in ihrer ursprünglichen Form auch durch das Fortschreiten unserer chemischen Kenntnisse überholt ist, so hat eine solche Vorstellung doch viel für sich, da alle Organismen sich ja aus den gleichen Elementen aufbauen wie die anorganische Materie. Doch sind unsere Kenntnisse über die lebende Substanz und ihre Synthese noch viel zu gering, um eine genauer durchgearbeitete Vorstellung über ihren Entwicklungsgang aufzustellen. In neuerer Zeit ist, besonders nachdrücklich von Henderson, darauf hingewiesen worden, daß die Erscheinungen des Lebens auf das Innigste mit der jetzigen Zusammensetzung der Erdoberfläche und dem Aggregatzustand ihrer Verbindungen verknüpft sind. Besonders hervorzuheben ist, daß keine andere Verbindung das Wasser in flüssiger Form in seiner Rolle im Ablauf der Lebensvorgänge zu ersetzen vermag. Es scheint danach sehr zweifelhaft, ob eine Zurückverlegung der Entstehung des Lebens unter ganz andere Bedingungen wirklich einen Gewinn bedeutet.

Es bleibt als dritte Möglichkeit die Vorstellung, daß das Leben durch den Weltraum auf die Erde gelangt sei. Früher stellte man sich die Meteoriten als Lebensträger vor, eine Möglichkeit, die von so bedeutenden Physikern, wie Will. Thomson und Helmholtz, ernsthaft diskutiert wurde. In letzter Zeit hat Arrhenius im Strahlungsdruck eine Kraft kennen gelehrt, die kleinste Stoffteilchen gegen die Schwerkraft aus der Anziehungssphäre eines Weltkörpers in den Weltraum hinausbefördern kann. Seit wir wissen, daß Bakterien und vor allem ihre Sporen einen langen Aufenthalt im Vakuum und bei — 250^0 ohne Verlust der Lebensfähigkeit ertragen können, schließen die physikalischen Verhältnisse des Weltraums die Möglichkeit einer solchen Übertragung nicht mehr absolut aus. Natürlich würde diese Lösung nicht die Entstehung des Lebens erklären, es wäre ja damit schon als gegeben vorausgesetzt; Anhänger dieser Anschauung könnten etwa mit Fechner u. a. das „Leben" als eine von Anbeginn gegebene, dem Kosmos immanente Form der Materie oder der Energie ansehen, die, im ganzen Weltraum verbreitet, überall dort zur Entwicklung käme, wo die äußeren Bedingungen sich günstig gestalten.

Jedenfalls sind wir nach dem heutigen Stande unserer Kenntnisse nicht in der Lage, die Frage nach der Entstehung des Lebens eindeutig zu beantworten.

Dritter Teil.

Die Fortpflanzung.

---

1. Die zweigeschlechtliche Fortpflanzung. Die sekundären Geschlechtscharaktere der Männchen.

Unter den heutigen Verhältnissen auf der Erde erscheint die Entstehung neuen Lebens immer unmittelbar an schon vorhandenes geknüpft: Omne vivum e vivo, wie man diese Erkenntnis formuliert hat. Wir bezeichnen einen solchen Prozeß als Fortpflanzung und können diesen ganz allgemein definieren als Loslösung einzelner Zellen oder Zellkomplexe aus dem Verbande eines Organismus, mit der Fähigkeit und der Bestimmung, ein selbständiges Lebewesen zu bilden, das im wesentlichen die Eigenschaften seines Erzeugers wiederholt.

Unter den Formen dieser Fortpflanzung, die also eine Grundeigenschaft alles Lebens darstellt, finden wir als allgemeinste die sog. geschlechtliche Fortpflanzung. Sie besteht darin, daß die sich ablösenden Teile auf der Stufe einfacher Zellen stehen (Geschlechtszellen) und erhält ihren besonderen Typus dadurch, daß jeweils zwei solcher Zellen sich miteinander vereinigen und erst nach dieser Vereinigung, der Befruchtung, die Bildung eines neuen Organismus durch Zellteilung einsetzt. Befruchtung gehört also an sich nicht zur Fortpflanzung, sondern nur zur geschlechtlichen Form dieser Fähigkeit und kann auch dort, wie wir sehen werden, in manchen Fällen fehlen.

Die Geschlechtszellen entstehen bei niederen Formen wie den Zölenteraten und Plattwürmern zwischen den übrigen Gewebszellen ohne scharfe Abgrenzung, oft ohne bestimmte Anordnung im Gesamtkörper. Bei den höheren Formen bilden sich die sog. Geschlechtsorgane, Gonaden, Gewebskomplexe von drüsenartigem Bau, welche gewissermaßen die Geschlechtszellen sezernieren. Zu ihnen gesellen sich oft, aber nicht immer, ausleitende Apparate, Gonodukte, welche die Entfernung der Keimzellen aus dem Körper übernehmen. Bei allen höheren Tieren und Pflanzen treten uns die Geschlechtszellen in zwei Formen entgegen, als Eier, Ova, und

Samenzellen, Spermatozoa. Bei den Einzelligen braucht, wie wir früher (vgl. S. 22) sahen, diese Differenzierung zum mindesten äußerlich nicht durchgeführt zu sein. Wir sprachen dann von Isogameten (Gamet = Geschlechtszelle allgemein) und sahen, wie sich über die Anisogameten (Makrogameten = Eier, Mikrogameten = Spermatozoen) der Übergang zu den höheren Tieren anbahnte. Bei diesen besteht nun weiterhin ein Unterschied darin, ob beide Arten von Geschlechtszellen von einem Individuum hervorgebracht werden oder ob sie sich auf zwei verteilen. Im ersteren Falle sind die Organismen zwitterig (hermaphrodit), im zweiten getrenntgeschlechtlich (gonochoristisch). Während bei den Pflanzen das Zwittertum in einer Blüte oder auf einer Pflanze (Monözie) sehr häufig ist, überwiegt bei den Tieren weitaus die Trennung der Geschlechter in männliche und weibliche Individuen (Diözie der Pflanzen).

Männchen und Weibchen sind naturgemäß zunächst unterschieden durch die Ausbildung der Geschlechtsdrüsen, die beim Männchen als Hoden (Testis), beim Weibchen als Eierstock (Ovarium) bezeichnet werden. Zu diesen sogenannten primären Geschlechtscharakteren treten meist noch sekundäre, die sich an den verschiedensten Stellen des Körpers entwickeln können. Oft sind Männchen und Weibchen dadurch schon äußerlich verschieden, es entwickelt sich ein geschlechtlicher Dimorphismus; gelegentlich geht er so weit, daß man beide Geschlechter gar nicht für artlich zusammengehörig halten würde. Oft hat es tatsächlich längerer Beobachtung, etwa des Auffindens der Tiere in Kopula oder des Studiums der Entwicklungsgeschichte bedurft, um ihre Zusammengehörigkeit festzustellen. Meist treten die sekundären Geschlechtsmerkmale besonders beim Männchen hervor, entsprechend der aktiven Rolle, die dieses beim Zusammenfinden der Geschlechter und bei der Paarung spielt. Wo nichts Derartiges vorkommt, wo, wie bei vielen Wassertieren, die Geschlechtszellen einfach ins umgebende Medium ausgestoßen werden und es dem Zufall überlassen bleibt, ob sie sich zur Befruchtung zusammenfinden, kann man daher die Geschlechter äußerlich nicht unterscheiden. Dies gilt für viele Zölenteraten, für Anneliden, Muscheln, Bryozoen, Echinodermen u. a. Suchen dagegen die Männchen die Weibchen auf, so sind sie dafür mit allerlei Hilfsapparaten ausgestattet. So besitzen viele Formen bessere Sinnesorgane im männlichen Geschlecht. Bei den Daphniden ist die erste Antenne beim Männchen viel länger und mit viel zahlreicheren Sinneszellen ausgestattet, die offenbar chemische Reize wahrnehmen sollen. Unter den Insekten finden wir weitverbreitet im männlichen Geschlecht größere Fühler mit mehr Sinneszellen als beim Weibchen. Jedem Kind bekannt ist der Unterschied beim Maikäfer, *Melolontha vulgaris*, wo das Männchen zahlreichere und längere Blätter an der Fühlerkeule trägt. Ebenso erkennen wir die Männchen unserer Stechmücken, *Culex*, an den dichtbebuschten

Fühlern, während die der Weibchen nur mit kürzeren, in einzelnen Quirlen stehenden Haaren besetzt sind. Unter den Schmetterlingen ist die Gruppe dickleibiger Nachtfalter, die man gemeinhin als Spinner bezeichnet und als deren Typus etwa die Nachtpfauenaugen, *Saturnia*, gelten können, durch einen sehr auffallenden Dimorphismus der Fühler ausgezeichnet. Hier haben wir eines der auffallendsten Beispiele für die Leistungsfähigkeit dieser chemischen Sinnesapparate. Bei vielen Spinnern rühren sich die Weibchen, nachdem sie aus der Puppe geschlüpft sind, kaum vom Fleck; sie kriechen höchstens an einem Grashalm oder Baumstamm ein Stück in die Höhe und erwarten dort die Ankunft der Männchen. Schlüpft ein solches Weibchen in einem Zuchtkasten aus, so ist es eine alte Erfahrung aller Schmetterlingssammler, daß sich um diesen Kasten die Männchen oft in großer Zahl sammeln. Selbst mitten in der Großstadt, an Stellen, die kilometerweit von den normalen Fundstätten der Art entfernt sind, fliegen dann die Männchen an, so daß man diese Eigenschaft direkt benutzt hat, um die Männchen zu ködern. Die Weibchen bringen aus Drüsen am hinteren Körperende einen Duftstoff hervor, der, obwohl er für unsere Geruchsorgane nicht wahrnehmbar ist, doch die Männchen aus so weiter Entfernung herbeizieht. Dies läßt sich leicht dadurch beweisen, daß man mit einem Stück Fließpapier, auf dem ein frisches, unbefruchtetes Weibchen längere Zeit gesessen hat, den gleichen Erfolg erzielen kann wie mit dem Tiere selbst. Durch Versuche, die der berühmte Insektenforscher Fabre u. a. angestellt haben, hat sich gezeigt, daß man die Weibchen in eine Atmosphäre von allerhand für unser Geruchsorgan intensiven und abstoßenden Gerüchen bringen kann, ohne daß die Männchen deshalb weniger kämen. Der spezifische Geruch der Weibchen wird also offenbar durch die anderen Gerüche nicht verdeckt, d. h. die Sinnesorgane des Männchens sind ganz speziell auf die Wahrnehmung dieses einen Reizes eingestellt, eine Eigenschaft, die wir bei den Sinneswerkzeugen der Insekten weitverbreitet finden.

Bei anderen Tieren sind die Augen das hauptsächlichste Sinnesorgan zum Auffinden der Weibchen und dementsprechend bei den Männchen höher entwickelt. Bei den Leuchtkäfern, *Lampyris*, z. B., wo die umherfliegenden Männchen das ruhig am Grashalm sitzende Weibchen durch sein Leuchten erkennen, hat das Männchen in jedem Seitenauge 2500 Facetten, das Weibchen nur 300. Ebenso sind bei dem Männchen der Honigbiene, *Apis mellifica*, den sog. Drohnen, die Augen so groß, daß sie auf dem Scheitel zusammenstoßen, was bei der Königin und bei den Arbeitsbienen nicht der Fall ist. Hier müssen die Drohnen der Königin bei dem Hochzeitsfluge, der sie hoch in die Lüfte führt, folgen.

Bei manchen Insekten hat sich bei den Männchen nicht nur eine Vergrößerung, sondern eine funktionelle Differenzierung innerhalb der Seitenaugen herausgebildet. So entstanden die „Doppelaugen". Am frühesten sind sie bekannt geworden bei den Eintagsfliegen, *Ephemeridae.* Bei diesen Insekten spielt sich das Larvenleben im Wasser ab; zu bestimmten Zeiten des Sommers erheben sich an lauen, windstillen Abenden große Schwärme frischgeschlüpfter Tiere und führen, in der Luft auf- und absteigend, ihre Tänze auf. Diese Schwärme bestehen nur aus Männchen, die Weibchen dagegen steigen steil vom Boden auf und erheben sich über die Männchen in die Luft. Um diese über ihnen schwebenden Weibchen zu bemerken, haben die Männchen Doppelaugen, bei denen die nach oben gerichteten Facetten verlängert und ärmer an Pigment sind. Sie sind dadurch speziell zur Wahrnehmung von Bewegungen befähigt. Werden sie durch das Bild eines Weibchens gereizt, so steigt das Männchen in die Höhe, packt das Weibchen und senkt sich mit ihm zur Kopula auf den Boden.

Neben diesen Einrichtungen zur Wahrnehmung der Weibchen finden wir weiterhin solche zur Anlockung. Hierhin gehören einmal Duftapparate. Bei vielen Wirbeltieren existieren Drüsen, die ein stark riechendes Moschussekret absondern, das auf die Weibchen nicht nur anlockend, sondern auch erregend wirkt. Hierin liegt ja zum guten Teil auch der Grund für die Verwendung des Moschusparfüms beim Menschen. Solche Moschusdrüsen liegen in der Umgebung der Geschlechtsöffnung oder des Afters bei vielen Säugetieren, z. B. dem Moschusochsen und dem Moschushirsch. Ähnliches finden wir unter den Vögeln bei der Moschusente, unter den Reptilien bei den moschushaltigen Unterkieferdrüsen des Krokodils. Weit verbreitet sind solche anlockenden Gerüche auch bei den Insekten. Unser bekannter Totenkopf, *Acherontia atropos,* hat auch einen moschusartigen Geruch. Ähnlich verhalten sich andere Schwärmer. Bei vielen Tagfaltern finden wir besondere poröse Duftschuppen; unter ihnen liegt eine Drüsenzelle, die ein flüchtiges, wohlriechendes Sekret absondert. Sie stehen auf Streifen oder Flecken der Flügel, z. B. beim Männchen des bekannten Kaisermantels, *Argynnis paphia,* oder bei den Kohlweißlingen, *Pieris.* Bei vielen Schwalbenschwänzen, *Papilio,* liegen Dufthaare in je einer tiefen Tasche am Innenrande der Hinterflügel. Diese sind für gewöhnlich geschlossen, um den Duftstoff nicht unnötig zu verschwenden, werden aber in Gegenwart der Weibchen ausgestülpt. Ähnliche Duftbüschel liegen bei den tropischen Tagfaltern der Gattung *Danais* in Taschen neben dem After, sie können gleichfalls zu langen Pinseln ausgestülpt werden.

Was hier ein chemischer Reiz, das leistet in anderen Fällen der Schall. Viele Tiere besitzen Lautapparate, die dem Männchen in vollkommenerem Maße als dem Weibchen zukommen und ganz zweifellos im Dienste der Geschlechtsfunktion stehen. Hierzu brauchte man eigentlich nur an die vollendetste dieser Einrichtungsart zu erinnern, den Gesang der Vögel. Die eigentlich sangeskundigen Tiere sind auch hier stets die Männchen;

zwar können auch die Weibchen Töne hervorbringen, diese dienen aber hauptsächlich zum Anlocken der Jungen und Warnen bei Gefahr. Die Zeit des Gesanges fällt, wie jeder weiß, mit der Paarung und dem Brüten zusammen. Daher verstummt in der zweiten Hälfte des Sommers dieser liebliche Klang in unseren Wäldern fast völlig.

Sind die Vögel durch den Wohllaut ihrer Stimme und die Mannigfaltigkeit ihres Gesanges allen anderen Tieren überlegen, so finden wir doch prinzipiell die gleichen Anlockungsmittel auch in anderen Gruppen. Erinnert sei nur an das „Röhren" der Hirsche, jene mächtig schallenden, dumpf brüllenden Töne, die die Männchen zur Brunftzeit ausstoßen. Quantitativ die höchsten Leistungen vollbringen unter den Säugetieren vielleicht die Brüllaffen, *Alouatta.* Bei ihnen ist der Körper des Zungenbeins ausgehöhlt und zu einer mächtigen Trommel aufgetrieben, die den von den Stimmbändern erzeugten Schall verstärkt. Die Beziehungen zum Geschlechtsleben liegen hier nicht mehr so einfach. Die in Herden beisammenlebenden Brüllaffen singen nämlich im Chor. Morgens, wenn der erste Hunger gestillt ist und die Sonne noch nicht zu heiß brennt, versammelt sich die ganze Gesellschaft auf einem großen Urwaldbaum, und nun beginnt nach dem Muster eines Vorsängers ein wahrhaft ohrenzerreißendes Konzert. Dabei ist ein altes Männchen der Vorsänger, und die Hauptleistung wird überhaupt von den ausgewachsenen Männchen hervorgebracht, doch stimmen auch die Weibchen und die Jungen mit kürzeren, helleren Lauten ein. Ganz das gleiche erleben wir bei uns in den Sangesleistungen der Frösche. Auch hier sind es nur die Männchen, die zur Verstärkung der Stimme zwei paarige oder eine unpaare Schallblase in der Wand der Mundhöhle besitzen. Auch sie singen mit Vorliebe im Chor. Dabei zeigt sich aber die Beziehung zum Geschlecht deutlich darin, daß die Hauptleistungen in die Paarungszeit, bei uns also in die Frühlingsmonate, fallen. Selbst unter den stummen Fischen gibt es einige Arten, bei denen die Männchen beim Liebesspiel brummende oder knurrende Töne erzeugen, so der danach benannte knurrende Gurami, *Osphromenus,* ein tropischer Labyrinthfisch, den man gelegentlich in den Aquarien unserer Liebhaber antrifft.

Reich an Tönen sind wieder die Insekten. Allbekannt sind die Leistungen unserer Laub- und Feldheuschrecken, deren Zirpen im Sommer und Herbst unsere Wiesen erfüllt. Hier wird das Geräusch durch das Reiben gezahnter Leisten an vorspringenden Flügeladern erzeugt. Bei den Laubheuschrecken, zu denen als bekanntester Vertreter unser großes grünes Heupferd, *Locusta viridissima,* gehört, geschieht dies durch Reiben des rechten Deckflügels, an dessen Grunde die Schrillader sitzt, über den linken; bei den Feldheuschrecken, *Acridiern,* durch Reiben der Hinterbeine gegen die Deckflügel. In anderer Weise, durch schwingende Membranen innerhalb des ersten Hinterleibsringes, erzeugen die subtropischen und tropischen Zikaden ihr betäubendes Geräusch. In allen Fällen sind es aber die Männchen, welche Töne hervorbringen, und durch exakte Versuche, beispielsweise telephonische Übertragung des Zirpens, ist erwiesen, daß die Weibchen wirklich durch diese Töne angelockt werden.

Eine sehr eigenartige Gruppe von sekundären Geschlechtsmerkmalen bilden die Einrichtungen der Männchen zum Wettbewerb um die Weibchen und zum Kampf untereinander. Hierhin gehören eine große Anzahl allgemein bekannter Dinge: die Geweihe der Hirsche und Rehböcke, die Sporen der Hähne, die mächtig vergrößerten Mandibelzangen des männlichen Hirschkäfers, *Lucanus cervus*. In all diesen Fällen finden wir, daß tatsächlich zwischen den Männchen Kämpfe um den Besitz einzelner Weibchen oder eines ganzen Harems ausgefochten werden. Merkwürdigerweise sind aber die „Waffen" fast immer so eingerichtet, daß sie zu keinen schweren Verletzungen führen. Der Kampf läuft mehr auf eine Kraftprobe hinaus, bei der der Besiegte freiwillig dem Stärkeren das Feld räumt. Gefährliche Verletzungen kommen eigentlich nur durch unglückliche Zufälle oder unter abnormen Bedingungen vor. So wenn ein starker Hirsch abnorm ein unverzweigtes „Spießergeweih" aufsetzt, dann kann er seine Gegner leicht zu Tode „forkeln". Auch bei den Hähnen verlaufen die Kämpfe meist unblutig, wenn nicht der Mensch eingreift und bei seinen Hahnenkämpfen durch Anschnallen metallener Sporen tödliche Waffen schafft. Ebenso geht bei den Fischen, unter denen die Stichlinge, *Gasterosteus*, und die tropischen Kampffische, *Betta*, durch ihre erbitterten Streitigkeiten mit Stacheln und Zähnen bekannt sind, der Kampf unter normalen Bedingungen wohl selten tödlich aus, desgleichen bei den Kampfläufern, *Machetes*, und vielen anderen Vögeln.

Außer dem eigentlichen Kampf spielt der Wettbewerb um die Gunst der Weibchen eine große Rolle. Hierhin gehört zunächst das „Balzen" vieler Vögel, besonders Hühnervögel. Die Männchen paradieren vor den Weibchen mit der Pracht ihres Gefieders, wie das radschlagende Pfauen, Truthähne oder Trappen zeigen, indem sie mit eigenartig ruckweisen, tanzenden Bewegungen unter höchster Entfaltung ihres Schmuckes vor dem Weibchen einherstolzieren. Die Birkhähne und andere versammeln sich dazu an bestimmten Balzplätzen, wo zahlreiche Männchen nach- oder nebeneinander ihre Künste zeigen; dabei wird auch der Gesang mit zu Hilfe genommen. Die Tiere sind bei diesen Tänzen so eifrig, daß sie ihre sonstige Scheu vollständig vergessen und den Jäger dicht herankommen lassen. Ähnliche Werbetänze führen unter den Amphibien die Molcharten, *Triton*, ferner zahlreiche Fische aus. Unter den Wirbellosen zeigen die eigenartigsten Verhältnisse die Springspinnen, *Salticidae*. Hier führt das Männchen die seltsamsten Stellungen und Tänze vor dem Weibchen aus, aber nicht so sehr, um es sich geneigt zu machen, als um es in eine Art hypnotischen

Starrkrampfes zu versetzen, währenddessen das Männchen ohne Gefahr die Kopula vollziehen kann.

Bei all diesen Werbungseinrichtungen spielen die lebhaftere, für unser Auge schönere Färbung und Zeichnung, sowie mannigfaltige Schmuckformen der Männchen eine große Rolle. Solche Unterschiede findet man vielfach nun auch da, wo von besonderer Werbung nichts bekannt ist. Unter den Käfern sind z. B. die Blatthornkäfer, *Lamellicornia*, im männlichen Geschlecht durch mannigfaltige, oft bizarre Hörner und Dornen an Kopf und Thorax ausgezeichnet. Bei Schmetterlingen und ähnlich bei Vögeln sind die Männchen bunter und glänzender gefärbt, als die oft einförmig grauen oder braunen, schmucklosen Weibchen. Bei den Fischen tritt zur Fortpflanzungszeit ein lebhaftes, metallisch buntes „Hochzeitskleid" auf, bei den Molchen schmückt sich das Männchen mit einem Zackenkamm auf dem Rücken und lebhaften blauen oder rötlichen Farben. Ähnlich sind bei den Eidechsen oft Männchen und Weibchen zur Paarungszeit wesentlich verschieden gefärbt. Man hat in allen diesen Einrichtungen Mittel gesehen, die die Auswahl der Männchen durch die Weibchen bestimmen sollten. Seit Darwin spricht man viel von einer „geschlechtlichen Zuchtwahl" in dem Sinne, daß durch die ständige Auswahl der buntesten, am reichsten verzierten oder sangeskundigsten Männchen allmählich diese Eigenschaften emporgezüchtet seien. Diese Auffassung dürfte nur in sehr begrenztem Maße zu halten sein. Bei den Insekten einfach deshalb nicht, weil hier der grundlegende Faktor, nämlich die Auslese seitens der Weibchen, wohl kaum jemals in Frage kommt, da die Männchen beim ganzen Paarungsprozeß die aktive Rolle spielen. Denkbar wären solche Vorgänge viel eher bei den Vögeln, obwohl auch hier positive Angaben, daß tatsächlich die buntesten oder sonstwie bevorzugtesten Männchen vom Weibchen ausgewählt würden, nicht vorliegen. Wo ein Wettbewerb der Männchen stattfindet, steht die Sache viel eher so, daß die Männchen den Streit unter sich ausmachen und das Weibchen dann ohne eigene Meinung dem Sieger folgt. Es scheint sich bei diesen Zeichnungs- und Färbungsunterschieden vielmehr um zwei Faktoren zu handeln. Einmal erweist sich überall das Männchen als das fortschrittlichere, eher Neuerungen hervorbringende Geschlecht, das Weibchen dagegen als das konservativere. Dies geht z. B. daraus hervor, daß bei Vögeln das Jugendkleid der Männchen ganz mit der dauernden Tracht der Weibchen übereinstimmt. Erst gegen die Zeit der Geschlechtsreife entwickeln sich dann bei ihm die spezifisch männlichen Merkmale. Ebenso stimmen in vielen Schmetterlingsfamilien die Weibchen zahlreicher Arten unter sich weitgehend überein, zeigen also deutlich die Herkunft von gemeinsamer Stammform, die Männchen dagegen entfernen sich in viel höherem Maße davon. Diese höhere Variabilität der Männchen und die größere Intensität ihrer Färbung mag wieder mit dem allgemein erhöhten

Stoffwechsel zusammenhängen, der ihnen als den aktiveren, beweglicheren Formen zukommt. In diesem Sinne läßt sich vielleicht verwenden, daß es gelungen ist, durch künstliche Steigerung des Stoffwechsels bei weiblichen Eidechsen die lebhaftere Färbung der Männchen hervorzurufen.

Zweitens spielt aber vielleicht die Zuchtwahl bei dem ganzen Prozeß wirklich eine Rolle, nur in ganz anderem Sinne: Sie züchtet nämlich nicht die geschmückten Männchen, sondern die schmucklosen Weibchen. Während die Rolle des Männchens mit der Übertragung des Spermas für die Erhaltung der Art ausgespielt ist, hat das Weibchen dann noch für die Ablage der Eier, vielfach auch noch für die Bewachung und Aufzucht der Brut zu sorgen. Es muß also bedeutend länger am Leben bleiben und zur Herabsetzung der während dieser Zeit drohenden Gefahren ließe sich sehr wohl die Auslese einer Schutzfärbung denken, wie sie gerade bei Vögeln und Schmetterlingen viele Weibchen ganz ausgesprochen tragen.

Neben diese zahllosen männlichen Charaktere zum Aufspüren und zur Gewinnung der Weibchen treten endlich solche, die bei der eigentlichen Paarung eine Rolle spielen. Dahin gehören zunächst einmal Organe zum Fangen und Festhalten der Weibchen. Als solche dienen beispielsweise die Haken, Spicula, am Hinterende der Nematodenmännchen, die zangenförmigen Cerci am achten oder neunten Hinterleibsring vieler niederen Insekten, z. B. der Libellen, die Haftscheiben, die sich an den Tarsen des ersten Beinpaares beim männlichen Gelbrandkäfer, *Dytiscus*, ausgebildet haben. Ähnlich wirken die Daumenschwielen, die bei dem Froschmännchen zur Laichzeit auftreten. Sie dienen dazu, bei der Kopula das Weibchen fest zu umklammern. Bei den Copepoden unter den niederen Krebsen sind die Antennen der Männchen merkwürdig hakenförmig gekrümmt; sie fassen bei der Kopula das vorbeischwimmende Weibchen um die Gabel des Hinterleibes.

Eine letzte Gruppe männlicher Charaktere kommt endlich nur bei solchen Formen zur Ausbildung, wo eine innere Begattung stattfindet, nämlich besondere Kopulationsapparate. Sie entstehen oft aus Vorstülpungen des Endstückes der samenleitenden Ausführwege, wie der Penis der Wirbeltiere oder der Zirrusbeutel der Würmer und der ihm verwandte sogenannte Penis der Schnecken. In anderen Fällen werden Gliedmaßen zu Begattungsorganen umgewandelt. So entwickelt sich bei den männlichen Haien und Rochen jederseits am Innenrande der Bauchflosse ein zapfenförmiger Fortsatz, an dem entlang eine fast zum Kanal geschlossene Rinne das Sperma von der Geschlechtsöffnung bis zur Spitze leitet. Die gleiche Einrichtung besitzen unter den Knochenfischen viele Zahnkarpfen, *Cyprinodontidae*, nur ist es hier die Afterflosse, die in einen langen Kopulationsstachel ausgezogen ist. Ähnlich werden bei vielen Krebstieren die Extremitäten verwendet. Beim Flußkrebs z. B. besitzt nur das Männchen am ersten Hinterleibsring Beine, die löffelförmig zur Übertragung des Spermas ausgehöhlt sind, dem Weibchen fehlen sie völlig. Besonders merkwürdig liegen die Verhältnisse bei den Spinnen. Dort dienen die weit von der Geschlechtsöffnung entfernten zweiten Kopfgliedmaßen, die Pedipalpen, zur Samenübertragung. Sie tragen einen sehr komplizierten, bei jeder Art verschieden gestalteten, flaschenförmigen Anhang, in den das aus der Geschlechtsöffnung austretende Sperma gefüllt wird. Ist durch die oben erwähnten Werbetänze das Weibchen widerstandslos geworden, so wird das Sperma schnell mit den Pedipalpen in die weibliche Geschlechtsöffnung gestopft, und das Männchen zieht sich darauf schleunigst zurück, um nicht von dem aus der Hypnose erwachenden Weibchen gepackt und verzehrt zu werden.

Bei den Tintenfischen ist meist einer der acht bzw. zehn Arme zum Begattungsapparat umgebaut. Seine Saugnäpfe sind rückgebildet, in der Mitte des Armes läuft eine Rinne, die das in Samenpatronen, Spermatophoren, verpackte Sperma aufnimmt und bis zur Spitze leitet. Oft ist dieser Arm auffallend verlängert und weicht auch in seiner Entwicklung von den übrigen ab; bei dem Papiernautilus, *Argonauta*, z. B. ist er während des Wachstums von einer Hautblase umhüllt, die erst beim geschlechtsreifen Tiere platzt und den mehrfach körperlangen Arm freigibt. Die Kopula erfolgt so, daß der Begattungsarm in die Mantelhöhle des Weibchens eingeführt wird und dort an den Geschlechtsöffnungen die Spermatophoren anheftet. Bei manchen Arten löst sich dabei der Arm los und bleibt in der Mantelhöhle des Weibchens zurück. Er behält dort noch einige Zeit Lebensfähigkeit, kann sich krümmen und winden wie ein Wurm, so daß er von seinem ersten Beobachter für einen höchst rätselhaften parasitischen Wurm gehalten wurde, der wegen seiner vielen Saugnäpfe den Namen *Hectocotylus* erhielt. Nachdem der wahre Sachverhalt festgestellt war, blieb der Name für den Kopulationsarm erhalten, man spricht also von einem hektokotylisierten Arm der Männchen. Nach einigen Angaben geht die physiologische Selbständigkeit des losgelösten Hektokotylus so weit, daß er mehrere Weibchen befruchten, also selbständig durchs Wasser schwimmen und in die Mantelhöhle eindringen kann.

2. Die sekundären Geschlechtscharaktere der Weibchen. Eiablage und Viviparität.

Gegenüber den zahllosen Veränderungen des männlichen Organismus, die in Beziehung zur Geschlechtsfunktion stehen, treten die sekundären Geschlechtscharaktere der Weibchen sehr zurück. Oft bestehen sie nur in Rückbildungen, nämlich in Einschränkung der Bewegungsfähigkeit. So kennen wir bei einer ganzen Anzahl von Schmetterlingen Weibchen mit rückgebildeten Flügeln. In der Gruppe der Spanner, *Geometridae*, läßt sich in der Gattung *Hibernia* eine ganze Reihe aufstellen, die von Weibchen mit normalen Flügeln über solche mit zunehmender Verkümmerung zu völlig flügellosen Formen führt. Ähnlich liegen die Verhältnisse unter den Käfern, z. B. für die Glühwürmchen, *Lampyris*; auch unter den Hymenopteren gibt es Formen mit flügellosen Weibchen, z. B. die Gattung *Mutilla*, die Ameisenbienen, so genannt eben wegen der Ähnlichkeit, welche die Weibchen in Bau und Benehmen mit den flügellosen Arbeitern der Ameisen haben. Ganz besonders weit geht die morphologische und physiologische Verkümmerung bei den Sackträgern, *Psychidae*, einer primitiven Gruppe der Lepidopteren. Dort spinnen die Larven aus Pflanzenteilen ein Gehäuse, das sie dauernd mit sich herumschleppen und in dem sie sich auch verpuppen. Das aus der Puppe schlüpfende Weibchen ist flügellos und gleicht fast völlig einer Larve; es verläßt das Gehäuse überhaupt nicht, sondern wird darin vom Männchen begattet (falls es sich nicht, was häufig vorkommt, parthenogenetisch fortpflanzt) und setzt auch die Eier darin ab. Ähnlich liegen die Verhältnisse für eine sehr eigentümliche, meist in die Nähe der Käfer gestellte Gruppe von Insekten, die Fächerflügler, *Strepsiptera*. Diese schmarotzen als Larven in verschiedenen Wespen- und Bienenarten, in denen sie sich auch verpuppen. Das Männchen verläßt dann das Wirtstier und sucht mit seinem sehr eigenartigen, nur von den breiten, fächerförmigen Hinterflügeln gebildeten Flugapparat die Weibchen auf. Diese bleiben im Körper des Wirtes in der Puppenhülle stecken und drängen nur das Vorderende zwischen den Hinterleibsringen ihres Trägers hervor. So werden sie befruchtet, die Eier setzen sie dann ebenfalls in der Wespe ab in einem Brutraum, der zwischen dem Körper des Weibchens und der alten Puppenhülle liegt, und erst die jungen, winzig kleinen und sehr beweglichen Larven schwärmen aus, um sich einen neuen Wirt zu suchen.

Das einzige Merkmal, in dem die Weibchen für gewöhnlich den Männchen überlegen sind, ist die Größe. Dies steht direkt mit der Ausbildung der umfangreichen Eier in Beziehung und führt gleichzeitig naturgemäß dazu, daß die Weibchen schwerer und unbehilflicher sind als die Männchen. So wie also eine Arbeitsteilung zwischen den Geschlechtszellen selbst, den kleinen und beweglichen Spermatozoen und den großen, unbeweglichen Eiern eintrat, hat sich dies auch für ihre Träger herausgebildet. Nur verhältnismäßig selten erleidet diese Regel eine Ausnahme. So sind unter den Käfern z. B. die Männchen des Heldbocks, *Cerambyx cerdo* und des Hirschkäfers sowie vieler anderen Blatthornkäfer größer als die Weibchen. Unter den Spinnen gilt das gleiche für die Wasserspinne, *Argyroneta*, unter den Säugern für die Robben, *Pinnipedia*, oft in extremem Grade, sowie für viele Affen und den Menschen. Umgekehrt kann sich der Größenunterschied dadurch sehr steigern, daß die Männchen ganz verkümmern. Sie sind dann zu längerem selbständigen Leben ganz unfähig, in ihrem Bau sehr vereinfacht, oft bis zu spermaerfüllten Schläuchen, die nach Erfüllung der Begattungsaufgabe zugrunde gehen. Solche „Zwergmännchen" kommen bei vielen Rädertieren, *Rotatoria*, vor, ferner bei dem merkwürdigen Wurm *Bonellia* und bei den Rankenfüßern, *Cirripedia*, primitiven Krebsen. Dort sind die Männchen fast ganz in Wegfall gekommen, und die Weibchen haben sich zu Zwittern umgebildet, nur gelegentlich kommen zwerghafte „komplementäre" reine Männchen vor, wie zuerst von Darwin festgestellt wurde. Bei Bonellia, einem Vertreter der isoliert stehenden Gruppe der Brückenwürmer, *Gephyrea*, sind die Männchen mikroskopisch klein im Gegensatz zum Weibchen, dessen Rumpf etwa die Größe und Form einer Eichel besitzt. Sie leben parasitisch in den Geschlechtsgängen der Weibchen und zwar in größerer Zahl bei einem Weibchen.

Eigenartige morphologische Anpassungen zeigen endlich die Geschlechtswege solcher Weibchen, bei denen eine innere Befruchtung stattfindet. Entsprechend der Bildung des männlichen Kopulationsgliedes finden wir dort eine taschenförmige Erweiterung des weiblichen Geschlechtsganges, eine Vagina oder Bursa copulatrix. Gelegentlich tritt diese als selbständige Bildung auf wie bei den Schmetterlingen; zur Weiterleitung des Spermas setzt sie sich dann durch einen besonderen Gang mit dem Eileiter in Verbindung.

Sehr weitgehende Veränderungen in Bau und Lebensgewohnheiten erleidet der weibliche Organismus dagegen durch die Fürsorge für die Nachkommenschaft. Auch diese fehlen in den Fällen, wo, wie bei vielen Meerestieren, die Eier einfach ins Wasser entleert werden. Meist werden aber die Eier an geschützten Punkten untergebracht und oft noch besonders gehütet und gepflegt. So hüllen viele niedere Tiere, z. B. die Strudelwürmer, die Blutegel, die Spinnen und viele Schnecken die Eier in Kokons ein, die von Drüsen der Geschlechtswege ausgeschieden werden. Das gleiche tun unter den Insekten die Schaben, *Blattidae*, und ihre Verwandten, die Gottesanbeterinnen, *Mantidae*; manche Spinner unter den Schmetterlingen bedecken sie mit der durch Drüsensekret zusammengeleimten Wolle ihres Hinterleibes. Genau genommen gehören unter solche Schutzeinrichtungen schon die mannigfaltigen Eischalen, die entweder aus Chitin bestehen, wie bei den Insekten, oder aus hornartiger Masse, wie bei Selachiern, oder pergamentartig sind, wie bei Schnecken und Reptilien, oder verkalken, wie bei den Vögeln. Alle diese Bildungen sind Produkte der Wandzellen des Eileiters oder bei den Insekten besonderer sogenannter Follikelzellen, die das heranwachsende Ei umhüllen. Die Eischalen sind glatt oder zierlich skulptiert, wie bei Wanzen und Schmetterlingen, mit Aufhängebändern versehen, wie bei den Selachiern, einfarbig oder mannigfach gemustert, oft zum Zwecke der Schutzanpassung, wie bei vielen Vögeln: Möven, Rebhühnern, Kiebitzen u. a.

Der Ort der Eiablage richtet sich nach den Bedürfnissen der jungen Brut. So legen die Mücken und Eintagsfliegen die Eier aufs Wasser, in dem die Jungen leben, die Schmetterlinge legen sie an die Futterpflanzen der Raupen. In anderen Fällen ist das Schutzbedürfnis maßgebend: die Blattläuse legen sie zur Überwinterung in Spalten und Risse der Baumrinde, die Schildkröten und Schlangen verstecken sie im Sande oder in der Erde, ebenso tut unsere Weinbergschnecke, die Feldheuschrecken, viele Käfer u. a. m. Andere Insekten legen sie in Pflanzenteile, so die Laubheuschrecken, die Zikaden; bekannt sind die Gallwespen, *Cynipidae*, und Gallmücken, *Cecidomyidae*, die Pflanzen anstechen und mit dem Ei zugleich einen besonderen Reizstoff einführen, der ein abnormes Wachstum der Pflanze, die Bildung einer „Galle" anregt. In allen solchen Fällen besitzen die weiblichen Tiere eine Legeröhre oder einen Legebohrer, bei den Insekten zusammengesetzt aus drei Paar Anhängen am achten und neunten Hinterleibssegment. Sie bilden eine Röhre zum Durchgleiten des aus der Geschlechtsöffnung austretenden Eies und einen Bohrapparat zum Anbohren des Unterbringungsortes. Mit solchen Legebohrern ausgerüstet sind auch die Schlupfwespen, *Ichneumonidae*, welche ihre Eier in den lebenden Körper anderer Tiere, besonders anderer Insekten, versenken, damit sie sich darin entwickeln.

Oft werden die Eier gar nicht abgelegt, sondern entwickeln sich an oder in dem mütterlichen Körper. So sind bei vielen Krebstieren die Abdominalfüße zu „Brutbeinen" geworden, zwischen denen die Eier getragen werden. Oder es sitzen an ihrer Basis besondere Brutlamellen, die schüsselförmig die abgelegten Eier umschließen, so bei dem Flohkrebs, *Gammarus*, und dem Spaltfußkrebs, *Mysis*. Bei unseren Teich- und Flußmuscheln, *Anodonta* und *Unio*, gelangen die Eier in den äußeren Kiemengang und entwickeln sich innerhalb des Kiemengitters zu Larven, *Glochidien*. Bei den Daphniden bildet sich ein besonderer Brutraum zwischen dem Rücken des Tieres und der Schale, in den die Eier gelangen und bis zum Ausschlüpfen der fertig ausgebildeten Jungen verbleiben. Bei den Maulbrütern, *Cichlidae*, unter den Knochenfischen werden die Eier nach der Ablage ins Maul genommen und durchlaufen dort ihre ganze Entwicklung, so daß das Muttertier während dieser Zeit gar keine Nahrung zu sich nehmen kann; bei der Laubfroschart *Rhinoderma darwini* erfolgt die Entwicklung in einem mächtigen Kehlsack; die Wabenkröte, *Pipa*, streicht sich die Eier auf den Rücken, wo sie von gefäßreichen Hautwucherungen eingehüllt und ernährt werden. In manchen solchen Fällen wird auch das Männchen herangezogen, so bei der Geburtshelferkröte, *Alytes obstetricans*. Dort wickelt sich das Männchen nach der Eiablage die Laichschnüre um die Hinterbeine und trägt sie bis zum Ausschlüpfen der jungen Kaulquappen mit sich herum. Bei den Seepferdchen, *Hippocampus*, legt das Weibchen seine Eier in eine Bruttasche am Bauch des Männchens, in der die Jungen von eiweißreichen Sekreten ernährt werden. Man hat lange gebraucht, um sich in dieser eigentümlichen Vertauschung der geschlechtlichen Leistungen zurecht zu finden.

Die höchste Stufe der Brutpflege am eigenen Körper stellt das sogenannte Lebendgebären, die Viviparität, dar. Hier werden die Eier in einer besonderen Erweiterung der Geschlechtswege, dem Uterus, weit seltener im Ovarium selbst, zurückgehalten, bis sie ein längeres oder kürzeres Stück ihrer Embryonalentwicklung durchlaufen haben. Der Feuersalamander z. B. legt Eier, in denen aber bereits fertig entwickelte Embryonen eingeschlossen sind, die sofort nach dem Absetzen ins Wasser als kaulquappenartige Larven die Eihülle sprengen. Sein naher Verwandter, der Bergsalamander, bringt dagegen fertig entwickelte junge Molche hervor die ihre ganze Metamorphose schon im Uterus durchlaufen haben. Ähnliches finden wir bei den Insekten. Die Ichneumoniden sind meist ovipar, eierlegend, einige, wie die Gattung *Paniscus*, dagegen ovovivipar, d. h. sie legen Eier, aus denen sofort nach der Ablage die Larven ausschlüpfen. Viele Fliegen, z. B. die Fleischfliege, *Sarcophaga*, sind vivipar, d. h. sie setzen ausgeschlüpfte Maden ab. Diese müssen aber im freien Leben noch ihre ganze Metamorphose durchlaufen. Die merkwürdigen, auf Vögeln und Fledermäusen schmarotzenden Lausfliegen dagegen sind pupipar, d. h. sie gebären Larven, die schon am Ende ihrer Entwicklung stehen und sich sofort verpuppen. Endlich gibt es eine bei Termiten schmarotzende Fliege, *Termitomyia*, bei der die ganze Entwicklung im Uterus durchlaufen und eine fertig ausgebildete Fliege geboren wird.

3. Die Brutpflege.

Wesentlich anders gestalten sich die Verhältnisse dort, wo das Muttertier die Pflege und Versorgung der frei abgelegten Eier und der Jungen übernimmt. Hier finden wir keine morphologischen Veränderungen, dafür aber höchst merkwürdige Lebensgewohnheiten, die das verwickeltste darstellen, was wir an zweckmäßigen, ohne bewußte Überlegung ausgeführten Handlungen kennen. Solche Form der Brutpflege tritt uns in besonders typischer Weise bei den Vögeln entgegen. Dort werden die Eier nur in seltenen Fällen einfach auf den Boden abgelegt, so z. B. bei den Möven, *Larus*, die auf den Sandbänken unserer Küsten zwischen den mannigfach gefärbten Steinen und Sandkörnern ihre buntgesprenkelten Eier in eine flache Grube legen. Durch ihre Färbung sind sie so gut geschützt, daß es selbst einem scharfen Beobachter schwer fällt, das Gelege von der Umgebung zu unterscheiden. Ebenso legen die Strauße, *Struthio*, ihre großen sandfarbenen Eier einfach in eine flach ausgescharrte Grube im Wüstensande. Bei den weitaus meisten Vögeln aber bauen die Weibchen, oft unter Mithilfe der Männchen, Nester, die von einfachen Formen zu äußerst kunstvollen Gebilden aufsteigen. Die meisten Raubvögel errichten kunstlose Horste durch Zusammentragen von dürren Zweigen, die so aufeinander geschichtet werden, daß in der Mitte eine Mulde für die Eier bleibt. Ähnlich bauen Krähen, *Corvus*, und Reiher, *Ardea*, ihre meist in Gruppen zusammenstehenden Horste, unter den Bodenbrütern begnügt sich das Rebhuhn, *Perdix*, mit wenigen lose zusammengesteckten Halmen. Ganz anders arbeiten die eigentlichen Nestbauer, die überwiegend zu den Sperlingsvögeln, *Passeriformes*, gehören. Sehen wir z. B. das Nest eines Buchfinken, *Fringilla coelebs*, oder einer Grasmücke, *Sylvia*, an, so finden wir es aus einer Menge trockener Halme zusammengefügt, die kunstvoll mit dem Schnabel verflochten sind. Beim Bauen duckt sich der weibliche Vogel im Inneren des werdenden Nestes und dreht sich oftmals im Kreise, wodurch er die schöne Rundung zur Aufnahme der Eier erzeugt. Mit Moosflocken, Wollfetzen u. a. wird dann der Innenraum warm und weich ausgepolstert. Die Amseln, *Turdus*, streichen das Innere mit Lehm aus, den sie mit Speichel zu einer zähen Masse verkneten. Ähnliche fast reine Lehm- und Speichelnester sind die bekannten Bauten unserer Schwalbenarten, *Hirundo*. In Ausnahmefällen dient der Speichel allein als Baumaterial, bei den berühmten eßbaren Schwalbennestern der Salangane.

Unter den Erbauern der Gras- und Moosnester bringen einige erstaunliche Leistungen hervor, so unser winziger Zaunkönig, *Troglodytes*, sein verhältnismäßig riesenhaftes kugelrundes Moosnest, oder sein Verwandter, die Wasseramsel, *Cinclus aquaticus*, eine in die Uferwände eingebaute mächtige Moosburg. Ganz besonders kunstvoll sind die beutelförmigen, aus feinsten Fasern gewobenen Nester mancher Meisen, *Parus*, wie der Beutelmeise, *Aegithalus pendulinus*, einer unserer zierlichsten Arten. Sie nähern sich bereits in der Vollendung ihrer Bauten den Meistern unter den Vögeln, den Weberfinken, *Ploceus*. Diese konstruieren lange schlauch- oder beutelförmige Halmnester, die an schwankem Schilfrohr oder den Spitzen schwacher Zweige aufgehängt werden, damit kein vierfüßiger Räuber zu ihnen gelangen kann. Das enge Einschlüpfloch liegt auf der Unterseite. Von ihm führt eine enge Röhre hinauf in den eigentlichen weichgepolsterten Brutraum.

Einen ganz anderen Weg haben die Höhlenbrüter eingeschlagen. Die Uferschwalben, *Clivicola riparia*, z. B. graben armlange Gänge in die senkrechten Lehmwände der Flüsse, ebenso der Eisvogel, *Alcedo ispida*, der metallglänzende Edelstein unserer Flußläufe; die Spechte, *Picus*, hämmern morsche Astlöcher oder andere schadhafte Baumstellen aus und zimmern sich so einen geräumigen Brutplatz. Ähnlich verfahren unter den tropischen Vögeln die Nashornvögel, *Buceros*, mit ihren mächtigen Schnäbeln. Hier komplizieren sich die Gewohnheiten noch in eigenartiger Weise: Wenn nach Vollendung des Nestes das Weibchen zu brüten beginnt, wirdes vom Männchen eingemauert. Der Eingang wird mit Lehm verklebt bis auf eine enge Öffnung, durch die das Männchen beim Füttern gerade den Schnabel stecken kann.

In das Nest werden nun die Eier, meist eine mäßige Zahl, zwei bis zehn, abgelegt und, wie allbekannt, vom Weibchen bebrütet. Der Zweck des Brütens ist die Zufuhr von Wärme, die schon der Embryo dieser warmblütigen Tiere zur Entwicklung notwendig braucht. Um Wärmeverluste zu vermeiden, wird das Nest möglichst dicht gefügt und oft noch mit wärmehaltenden Stoffen, wie Wolle oder Moos, ausgepolstert. Vielfach verwenden die Vögel dazu auch ihre eigenen Federn und zwar die weichen, zerschlitzten Daunenfedern, die unter den Deckfedern liegen. Besonders bekannt dafür sind die Enten und unter ihnen die berühmteste die Eiderente, *Somateria mollissima*. Sie brütet im hohen Norden Norwegens und Lapplands, wie fast alle Enten auf dem Boden und ohne kunstvollen Nestbau. Mit dem Menschen ist sie eine Art Symbiose eingegangen, indem sie zur Brutzeit die Nähe der menschlichen Wohnungen aufsucht und dort künstlich hergerichtete geschützte Nistplätze annimmt, auch wohl ohne Scheu in die Behausungen eindringt.

Die Männchen beteiligen sich während des Brütens hauptsächlich dadurch, daß sie dem Weibchen Nahrung zutragen, in manchen Fällen lösen sie auch das Weibchen für kürzere Zeit im Brüten ab, wenn dies selbst zur Futtersuche ausfliegt. Sind dann die Jungen ausgeschlüpft, so haben meist beide Eltern reichlich zu tun, um sie mit Nahrung zu versorgen. Dabei sind die Ansprüche der Jungen sehr verschieden; die „Nestflüchter", z. B. die Hühner, verlassen das Ei schon mit wohlentwickelten Federn und sind imstande, herumzulaufen und sich selbst Futter zu suchen; die „Nesthocker" dagegen, zu denen die meisten Singvögel gehören, sind noch wenig entwickelt, fast nackt, blind und bewegungsunfähig. Sie sind noch sehr wärmebedürftig, müssen daher besonders während der Nacht von der Mutter bedeckt werden und brauchen mehrere Tage bis Wochen Pflege und Fütterung, ehe sie „flügge" sind.

Bei den Brutpflegehandlungen der Vögel kann man aufs deutlichste erkennen, daß es sich hier um keine bewußten, überlegten Maßnahmen handelt. Man hat die Vögel mit allen edelsten Tugenden: Mutterliebe, Selbstlosigkeit, Aufopferung, Heldenmut u. a. m. ausgestattet, die nüchterne Beobachtung lehrt aber, daß es sich überall um zwangsläufige „Instinkte" handelt. Bei einem legereifen Vogel kann man z. B. den Brutreflex ebenso wie durch seine eigenen auch durch fremde Eier auslösen — es ist eine oft erwähnte Tatsache, daß Hühner Gänse- oder Enteneier ausbrüten und die Jungen wie ihre eigenen pflegen. Sie vermögen also ihre eigenen Eier nicht von anderen zu unterscheiden, ja man kann ihnen selbst faule Eier oder sogar glatte, runde Kieselsteine unterlegen, sie werden mit der gleichen

Hingebung bebrütet. Auch in der Sorge für die Jungen läßt sich vieles glatt auf zwangsläufige Instinkte zurückführen, wie sich besonders hübsch an dem berühmten Beispiele des Kuckucks zeigen läßt. Unser Kuckuck, *Cuculus canorus*, hat bekanntlich die merkwürdige Gewohnheit angenommen, kein eigenes Nest mehr zu bauen, sondern seine Eier einzeln in fremden Nestern unterzubringen. Diese eingeschmuggelten Kuckuckseier werden nun von ihren Pflegeeltern, meist irgendeiner Singvogelart, bebrütet und gepflegt wie ihre eigenen, ohne daß die bedeutendere Größe und die meist etwas abweichende Färbung der Eier sie irgendwie irre machte. Auch der ausschlüpfende junge Kuckuck wird gepflegt und versorgt, ja merkwürdigerweise reichlicher gefüttert als die eigene Brut. Diese eigentümliche Vorliebe hat für die eigenen Jungen tragische Folgen. Sie bleiben im Wachstum gegenüber dem prächtig gedeihenden Schmarotzer zurück; dieser nimmt bald den größten Teil des Nestes ein und verdrängt nach und nach seine Pflegegeschwister, indem er sie eins nach dem anderen durch geschickte Manipulationen über den Rand des Nestes wirft. Die Eltern aber kümmern sich gar nicht um den elenden Untergang ihrer Nachkommen, sondern verschwenden alle Liebe und Sorgfalt an den Kuckuck, obwohl das fast flügge Tier ganz anders aussieht als die Pflegeeltern und sie an Größe oft weit übertrifft. Mit bewußter Überlegung ist eine solche Handlungsweise schwer zu erklären, dagegen sehr leicht durch einen Fütterungsinstinkt. Dieser veranlaßt die Alten, das Futter am ersten und reichlichsten den Jungen zuzustecken, die am lautesten schreien und den Schnabel am weitesten aufreißen. Diese akustischen und optischen Eindrücke wirken als auslösender „Reiz" für das Füttern. In beiden Künsten ist nun der junge Kuckuck, schon durch seine Größe, den Pflegegeschwistern meist bedeutend überlegen. Zudem wirkt das lebhaft orangerote Innere des Schnabels als besonders intensiver Reiz, und so erhält er rein automatisch die reichlichsten Futtergaben. Diese Beobachtungen unter abnormen Verhältnissen lassen wohl ohne Zwang Rückschlüsse auf das Verhalten der Eltern bei der gewöhnlichen Fütterung zu — auch hier bekommen die stärksten und lautesten Kinder das meiste, und die Folge ist, daß man nicht selten Kümmerlinge beobachtet, die von den Eltern schmählich vernachlässigt werden.

Noch bei einer zweiten Gruppe der Wirbeltiere beobachten wir hochentwickelte Brutpflegeinstinkte, die ganz auffällig mit denen der Vögel übereinstimmen: bei den Fischen. Je mehr sich in der letzten Zeit Züchter und Liebhaber mit diesen sehr vernachlässigten Tieren beschäftigten, desto überraschender wurde die Fülle interessanter biologischer Züge bei den für so langweilig und stumpfsinnig erklärten Geschöpfen. Weit verbreitet ist bei ihnen der Nestbau. Die *Salmonidae*, unsere Lachse und Forellen, wühlen zur Laichzeit im sandigen Flußbett eine flache Grube aus, die bei großen Lachsen oft mannslang sein kann, und setzen darin die Eier ab;

nach der Besamung durch das Männchen werden sie mit Sand überdeckt. Unser Stichling, *Gasterosteus aculeatus* und sein Verwandter, der Meerstichling, bauen richtige Nester, indem sie Pflanzenteile mit dem Maule zusammentragen und sie mit Nierensekret, das zu zähen Fäden erhärtet, umschnüren. Hier ist das Männchen der Baumeister und zwar ganz allein. Ist das Werk vollendet, so wird ein Weibchen umworben und, oft mit sanfter Gewalt, veranlaßt, seine Eier im Neste abzusetzen. Darauf treibt das Männchen ein zweites Weibchen herzu und so noch mehr, bis das Nest ganz voll Eier ist. Schon während dieser Zeit und weiterhin bis zum Ausschlüpfen der Jungen wird das Nest vom Männchen aufs schärfste bewacht und eifrig verteidigt, besonders gegen Überfälle der Weibchen, die sehr lüstern nach den Eiern sind. Sind die Jungen ausgeschlüpft, so werden sie vom Männchen behütet und zusammengehalten; noch wochenlang sieht man den besorgten Vater mit seiner Schaar umherziehen, bis die Jungen groß genug sind, sich selbst zu versorgen. Ganz ähnlich handeln die Arten der Meergrundeln, *Gobius.* Auch hier ist es das Männchen, das sein Nest baut, indem es eine Felsennische säubert oder unter einer halben Herzmuschel seine Kinderstube herrichtet. Durch Versuche ist hier festgestellt, daß das Männchen den Ort seines Nestes genau kennt, daß es aber, ebenso wie die Vögel, sich die Unterschiebung eines fremden Geleges gefallen läßt. Ja, wenn man einem Männchen, das bisher noch ein leeres Nest hatte, ein gefülltes unterschiebt, so genügt dieser Anreiz, um es von der Werbung um die Weibchen abzubringen und zum Hüter der fremden Nachkommenschaft werden zu lassen.

Sehr eigentümlich sind die Nester, die die *Osphromenidae* unter den Labyrinthfischen anfertigen. Zur Laichzeit begibt sich das Männchen an die Oberfläche des Wassers, nimmt einen Schluck Luft ins Maul und speit ihn als von einer Schleimhülle umgebene Luftblase wieder aus. Durch Zusammenfügen zahlreicher solcher Luftblasen entsteht an der Wasseroberfläche ein sog. Schaumnest; unter dieses werden die Eier gebracht, einfach dadurch, daß das Weibchen sie unter dem Nest ausstößt. Sie sind leichter als Wasser und steigen in die Höhe. Die Osphromeniden sind in sumpfigen Gewässern Indiens zu Hause; der Zweck des Schaumnestes ist offenbar der, einmal die Eier wegen der nötigen Sauerstoffzufuhr möglichst dicht an die Oberfläche zu bringen, sie aber andererseits vor zu starker Besonnung zu schützen. Dies wird im Schaumnest vorzüglich erreicht: Durch Reflexion werden nämlich an jeder Luftblase alle Randstrahlen abgeblendet; die durch die Mitte der oberen Schicht gelangenden, sogar durch Linsenwirkung konzentrierten Strahlen treffen aber schon in der nächsten Schicht wohl meist auf den Rand von Blasen, so daß durch das ganze Schaumnest kaum Licht hindurch kommt.

Zu ganz besonders verwickelten Instinkten, die sich denen der Wirbeltiere vollwertig an die Seite stellen, hat die Brutpflege in dem großen Heere der Insekten geführt. Die mannigfachen Verfahren zur zweckmäßigen und geschützten Ablage der Eier lernten wir schon früher kennen, hier sollen uns nur die Einrichtungen beschäftigen, die zur aktiven Versorgung der Larven mit Nahrung und zu ihrer Pflege getroffen sind. Wir wollen uns dabei im wesentlichen nur an den Stamm der Hautflügler, *Hymenoptera*, halten. Unter ihnen lernten wir bereits die Cynipiden mit ihrer eigentümlichen Gallenerzeugung kennen, sowie die Schlupfwespen, die ihre Eier anderen lebenden Insekten einimpfen. Ähnlich verfährt die große Gruppe der Grab- oder Mordwespen, *Sphegidae*, und Verwandte. Dort legen die befruchteten Weibchen im Boden oder in trockenem Holz Gänge an. In diese werden Beutetiere eingetragen, dann ein Ei dazu gelegt und das Nest verschlossen. Die ausschlüpfende Larve ernährt sich von den Vorräten und spinnt sich dann zur Verpuppung in der Larvenkammer einen Kokon. Schon hier walten sehr merkwürdige Instinkte, die z. B. die Menge der eingetragenen Vorräte genau regeln; von kleineren Tieren werden eine größere Zahl eingetragen als von großen. Die Sache kompliziert sich aber innerhalb des Sphegidenstammes zu ganz außerordentlichen Leistungen, Die primitiven Formen überwältigen ihre Beute und töten sie einfach mit den Mandibeln oder dem Giftstachel, der fast allen Hymenopterenweibchen als umgewandelter Legebohrer zukommt. Die zugehörige Giftdrüse ist wohl aus einer auch sonst ausgebildeten Drüse entstanden, deren Sekret den Legebohrer zum Durchgleiten der Eier einschmieren oder auch die abgelegten Eier ankleben soll. Bei ganz ursprünglichen Formen füttert das Weibchen während der ganzen Entwicklung der Larven, das Nest bleibt also offen, beziehentlich wird von Zeit zu Zeit wieder geöffnet. Bei den höheren dagegen bleibt es nach der Eiablage geschlossen. Wenn nun lauter tote Tiere eingetragen werden, so können die letzten leicht in Fäulnis übergehen, ehe die Larve an sie kommt und sind dann nicht mehr zur Ernährung geeignet. Daher finden wir bei den am höchsten in dieser Richtung spezialisierten Formen die Gewohnheit, die Beutetiere nicht zu töten, sondern nur durch den Stich des Giftstachels zu lähmen. Dazu wird der Stich ganz methodisch gegen die Ganglien gerichtet, so daß das getroffene Tier bewegungslos wird, aber noch Reste von Leben aufweist. Man kann ein derartig von einem *Sphex* oder einer *Ammophila* „operiertes" Tier wochen- und monatelang aufheben. Es liegt da, ohne sich zu rühren, doch kann man durch starke Reize noch schwache Zuckungen, besonders der Extremitäten, auslösen. Allmählich werden diese Lebenserscheinungen schwächer und erlöschen schließlich ganz: der Scheintod geht in den wahren Tod über. Durch dieses Lähmungsverfahren wird erreicht, daß selbst sehr große, saftreiche Beutetiere eingetragen und nach und nach von der Larve verspeist werden können, ohne in Fäulnis überzugehen. Voraussetzung ist dabei allerdings, daß auch die Larve das Aufzehren ihrer Opfer ökonomisch einrichtet, indem sie die lebenswichtigen Organe solange als möglich verschont. Einer der größten Meister der experimentellen Biologie, Fabre, hat gezeigt, daß dies tatsächlich der Fall ist, und auch mancherlei Berichtigungen, die nachträglich an seinen Ergebnissen vorgenommen wurden, lassen diese Tatsache zu Recht bestehen. So auffallend diese, zweifellos wieder „instinktive" Fähigkeit der Larve an sich ist, so steht sie doch keineswegs so einzig da. Auch bei den Schlupfwespen müssen wir ganz ähnliche Regulationseinrichtungen in der Auswahl der Nahrung — für die wir vielleicht chemotaktische Reize verantwortlich machen können — annehmen, denn wir beobachten bei ihnen das gleiche: Das befallene Insekt bleibt lange Zeit lebens- und bewegungsfähig, obwohl sich im Innern der oder die Parasiten entwickeln. Man braucht sich nur das bekannte Bild zu vergegenwärtigen, das im Spätsommer so oft die Raupen unserer Kohlweißlinge, *Pieris brassicae*, bieten. Man sieht sie in Scharen an Bäumen oder Zäunen hochkriechen und sich festsetzen, wie sie es machen, wenn sie zur Verpuppung schreiten wollen. Aber statt der Puppe bohren sich aus der Haut Mengen erwachsener Larven einer Schlupfwespe, *Microgaster glomeratus*, heraus, die neben und auf der Raupe ihre gelben, eiförmigen Kokons spinnen. Die Raupe selbst ist so gut wie völlig ausgefressen, nur die Muskulatur und das Nervensystem sind bis zuletzt erhalten geblieben.

Die Art der Operation, die die Grabwespen an ihren Opfern vornehmen, ist je nach dem Bau der Beute verschieden. Fabre hat gezeigt, daß sie von der Anordnung der Ganglien des Nervensystems abhängt. Eine Sandwespe, *Ammophila sabulosa*, z. B., die Raupen einträgt, macht mehrere Stiche zuerst in die Brust, dann in die Bauchringe, weil hier die Ganglienkette sehr ursprünglich und lang auseinandergezogen ist. Ein *Sphex maxillosus*, der seine Larven mit Heuschrecken ernährt, greift zuerst das dritte Thoraxsegment an, um die gefährlichen Sprungbeine außer Funktion zu setzen. Eine *Cerceris* sticht die von ihr eingetragenen Käfer in die weiche Kehlhaut zwischen Kopf und Prothorax. Fabre hat nachgewiesen, daß die von ihm untersuchten Cercerisarten nur Käfer aus zwei Familien eintragen, nämlich Rüsselkäfer, *Curculionidae*, und Prachtkäfer, *Buprestidae*. Beide Familien haben sonst gar nichts miteinander zu tun, weisen aber die gleiche anatomische Eigentümlichkeit auf, daß die Ganglien der drei Thorakalsegmente zu einem Knoten verschmolzen sind: Ein Stich in die Kehle schaltet also sofort sämtliche Beinpaare aus und macht das Opfer bewegungslos. Ähnlich mannigfaltige Instinkte, auf die einzugehen hier nicht der Raum ist, regeln auch die Eiablage: Sie erfolgt immer an einer Stelle des Beutetieres, wo mögliche Bewegungen desselben keine Gefahr für das Ei bedeuten und an völlig gelähmten Segmenten, so daß das Einbohren der Larve nicht gefühlt wird und keine Reaktion hervorruft.

Daß es sich auch bei all diesen so nützlich und zweckmäßig erscheinenden Handlungen, die der naive Beobachter auf bewußte Überlegung zurückzuführen geneigt wäre, um zwangsläufige Reflexverkettungen handelt, läßt sich leicht dadurch dartun, daß man im Versuch den Ablauf der Vorgänge so abändert, daß eine für gewöhnlich sinnvolle Handlung jetzt unzweckmäßig oder überflüssig wird. Eines der hübschesten Beispiele hat uns Fabre von dem großen *Sphex maxillosus* geliefert. Dieser trägt, wie wir sahen, Heuschrecken ein. Fabre beobachtete, daß die Grabwespe, wenn sie mit ihrer Beute vor dem — wie bei fast allen Grabwespen — vorher fertiggestellten Erdneste ankam, zunächst die Heuschrecke einen Augenblick hinlegte, im Bau verschwand, sofort wieder hervorkam und nun die Beute hereinzog. Diese Gewohnheit erscheint sehr zweckmäßig; die Wespe vergewissert sich offenbar zunächst, ob in ihrem Bau alles in Ordnung geblieben ist. Fabre nahm nun, während der Sphex verschwunden war, die Heuschrecke mit einer Pinzette und zog sie ein Stückchen beiseite. Die Wespe kam heraus, lief zu dem Fleck, wo die Heuschrecke gelegen hatte, suchte in der Gegend herum, bis sie ihr Opfer wieder gefunden und zog es wieder zum Neste. Anstatt nun aber gleich mit ihr darin zu verschwinden, wo sie sich doch vor wenigen Augenblicken überzeugt hatte, daß alles in Ordnung sei, schlüpfte sie wieder allein hinein. Der Beobachter ergriff wieder die Heuschrecke und zog sie beiseite, die Wespe kam wieder heraus und das gleiche Spiel wiederholte sich zehn-, zwanzig-, dreißigmal, bis Fabre als der Klügere nachgab. Man kann aus diesem Vorgange zunächst mit Sicherheit schließen, daß irgendetwas der menschlichen Überlegung Ähnliches dabei nicht im Spiele sein kann. Die nächstliegende, mit unseren sonstigen Erfahrungen übereinstimmende Deutung ist die einer „Reflexkette": Jeder Schritt der Gesamthandlung löst automatisch als „Reiz" den nächsten Schritt aus. Ankommen vor dem Nest bedingt Hinlegen der Beute, dies wiederum das Hineinschlüpfen, und dieses ist wieder die Vorbedingung für das Hereinziehen. Es gelingt nur sehr schwer, diesen festgefügten Mechanismus im Einzelversuch dahin abzuändern, daß auf das Ankommen gleich das Hereinziehen folgt.

Von den Grabwespen, die ihre Larven mit Fleisch ernähren, leiten sich stammesgeschichtlich mit großer Wahrscheinlichkeit die Erdbienen, *Apidae*, ab, die zur vegetarischen Lebensweise übergegangen sind. Sie bauen gleichfalls in Holz oder Erde Gänge mit Larvenkammern. In diese tragen sie dann aber Honig und Blütenstaub ein, die zu einem zähen Brei verknetet werden. Auf diesen wird dann ein Ei gelegt und die Zelle verschlossen; die Larve hat dann genügend Vorrat bis zur Verwandlung. Auch hier beobachten wir eine Fülle von Instinkten; jede Art hat ihr besonderes Material und ihre besondere Bauweise. Ich führe hier nur einiges an, was sich mit dem früher bei den Wirbeltieren Besprochenen berührt. Die Mörtelbiene, *Chalicodoma muraria*, baut aus Lehm und Speichel Zellen, die an Steinen oder Mauern angeklebt werden. Eine solche Biene hat einen haarscharfen Orientierungssinn für den Platz ihres Nestes. Fabre entfernte einen Neststein, während die Biene auf der Nahrungssuche war; er sah sie dann schnurgerade zurückkommen und genau auf der Stelle landen, auf der das Nest früher gewesen war. Lag das Nest in der Nähe und die Chalicodoma stieß zufällig darauf, so erkannte sie es nicht als ihr eigenes; legte Fabre aber an ihren ursprünglichen Nistplatz einen fremden Neststein, so wurde daran ohne die geringste Störung weiter gebaut, also genau das Verhalten, wie wir es oben für den *Gobius* kennen lernten.

4. Die Staatenbildung. Hummeln, Wespen, Bienen.

In dieser Gruppe der Bienen sehen wir nun einen bedeutungsvollen Schritt in der Brutpflege sich vollziehen, den Übergang zu gemeinsamer Arbeit, die Staatenbildung. Der Entwicklungsweg, der zu ihr geführt hat, läßt sich abzweigen von Formen, bei denen das mütterliche Tier nicht bald nach der Eiablage und Versorgung der Nachkommen abstarb, sondern bis zum Ausschlüpfen der nächsten Generation lebte. Wir finden dies schon bei einzelnen der „solitären" Apiden, z. B. bei *Halictus sexcinctus.* Dort baut das Weibchen eine Gruppe von Zellen, die gemeinsam in einer sorgfältig ausgearbeiteten Erdhöhle untergebracht werden. Während der ganzen Entwicklungszeit der Larven wird der Bau vom Weibchen bewacht. Denken wir uns nun eine Form, bei welcher das Weibchen immer langlebiger wird und zugleich fortwährend neue Zellen anlegt, so werden die Bewohner der zuerst vollendeten mittlerweile ausschlüpfen. Der entscheidende Schritt geschieht dann, wenn diese jungen Imagines, anstatt auszuschwärmen und für sich zu leben, zunächst an der Arbeit des Muttertieres teilnehmen. Auch für solche Übergänge haben wir Anhaltspunkte. Wir wissen, daß bei manchen Grabwespen die frischgeschlüpften Männchen und Weibchen im Herbst zusammenbleiben und zur gemeinsamen Nachtruhe in den alten Bau zurückkehren. Erst im Frühjahr, nach der oft gemeinsamen Überwinterung, gehen die befruchteten Weibchen an den Bau des eigenen Nestes. Von hier aus ist die Entstehung einer Kolonie, wie die der Hummeln, *Bombus,* nicht schwer abzuleiten. Hier wird sie gegründet von einem befruchteten Weibchen, das den Winter in einem Erdloch oder unter Moos versteckt zugebracht hat. Es legt in einer Erdhöhle ein Nest an, bestehend aus ziemlich unregelmäßigen, großen, mit Honig gefüllten Zelltöpfen, in die Eier abgelegt werden. Die erwachsenen Larven verpuppen sich dann in den Zellen in Seidenkokons. Das Weibchen baut unermüdlich Zelle an Zelle und versorgt sie mit Nahrung und Eiern. Nach einiger Zeit schlüpfen aus den ersten Kokons die Imagines aus, und diese bleiben nun im Neste, helfen beim Bauen und Futtereintragen. Die weitaus größte Zahl dieser Nachkommen sind Weibchen, gegen den

Hochsommer treten dann auch Männchen auf. So wird der Staat ziemlich volkreich, alles sind aber Nachkommen von einer Mutter. Gegen den Herbst erfolgt die Befruchtung, die Männchen sterben dann ab, und wenn die Kälte kommt, so zerstreuen sich die jungen Weibchen und suchen Winterquartiere auf, aus denen sie im Frühjahre hervorkommen, um ein eigenes Nest zu bauen. Die Beziehungen zu den Verhältnissen bei den Grabwespen sind also noch sehr enge, denn auch hier nehmen die Tochterweibchen nicht an der geschlechtlichen Tätigkeit des Mutterweibchens teil, sie legen keine Eier, sondern tun dies erst im nächsten Frühjahr als selbständige „Königinnen".

In einem solchen einjährigen Hummelstaat bahnen sich nun aber unter den jungen Weibchen schon eigenartige Differenzierungen an. Zunächst haben sie wohl ihren Grund in der verschiedenen Ernährung. Die ersten Zellen, die die Königin allein zu bauen und zu versorgen hatte, ergeben kleinere, oft winzige Imagines. Später, wenn zahlreiche Mitarbeiter vorhanden sind, werden die Zellen größer, die Nahrung reichlicher, und es entwickeln sich größere Tiere. Die ersten erleiden nun gleichzeitig mit ihrer allgemeinen Verkleinerung eine besondere Reduktion ihres Geschlechtsapparates, eine physiologische Reaktion auf Nahrungsmangel, die wir auch sonst nicht selten finden. Ihre Eierstöcke entwickeln sich nur unvollkommen, und sie sterben nach einigen Wochen Imaginallebens ab, ohne ein selbständiges Dasein zu führen und ohne befruchtet zu werden — sie werden zu „Arbeiterinnen". Bei den Hummeln ist der Gegensatz zwischen echten Weibchen und Arbeiterinnen noch schwankend und morphologisch wenig ausgeprägt, außer in der Größe. Es ist interessant, daß im hohen Norden, in Norwegen und Spitzbergen, die Hummeln infolge des kurzen Sommers wieder solitäre Tiere geworden sind. Jedes Weibchen baut ein Nest von mehreren Zellen, aus denen erst im nächsten Frühjahr die neue Generation sofort zu selbständiger Arbeit hervorkommt.

Schärfer ist der Unterschied zwischen Königin und Arbeiterin schon durchgeführt bei der Familie der Faltenwespen, *Vespidae*. Auch diese zweigen sich von den Grabwespen ab, denen sie insofern ähneln, als sie ihre Larven vorwiegend mit toten oder gelähmten Tieren versorgen. Auch hier gibt es solitäre Gattungen, die in Erde oder Holz Gänge ausnagen oder aus Lehm krugförmige Bauten aufführen, wie *Odynerus* und *Eumenes*. Neben ihnen stehen die sozialen Arten der Gattung *Vespa*, deren größte die bekannte und gefürchtete Hornisse, *Vespa crabro*, ist. Hier hat die Baukunst eine besondere Vollendung erreicht. Es wird zerkautes Holzmaterial verwendet — man kann ja im Sommer die Wespen leicht beobachten, wie sie an den Pfählen oder Telegraphenstangen sitzen und eifrig mit ihren kräftigen Mandibeln Holzstückchen abnagen. Diese werden dann mit Speichel zu einer leichten und dabei zähen grauen Papiermasse verknetet. Daraus werden Zellen geformt, die schon den regelmäßigen sechseckigen

Grundriß der Bienenzellen zeigen und wie bei diesen zu Waben vereinigt sind. Die Einzelzellen in der horizontal hängenden Wabe sind nach abwärts gerichtet, die sich entwickelnden Larven hängen mit dem Kopf nach unten. Die Wespennester werden entweder wie bei den Hummeln in Erdhöhlen angelegt oder frei an Bäumen oder am Holzwerk von Dachböden aufgehängt. Auch hier beginnt den Bau ein einzelnes Weibchen, das befruchtet überwintert hat. Es baut zuerst eine kleine Wabe aus wenigen Zellen, wobei immer die neuen im Kreise am Rande angebaut werden. Die Larven werden mit zerkauten Insekten, gelegentlich und bei manchen Arten sogar vorzugsweise auch mit Honig und Pollen gefüttert. Auch hier schlüpfen nach einigen Wochen Tochterweibchen aus, die typische Arbeitstiere mit verkümmertem Geschlechtsapparat darstellen. Unter ihrer Mitwirkung wächst das Wespennest schnell heran. Die Königin verläßt jetzt den Bau gar nicht mehr und wird von den Arbeiterinnen mit Nahrung versorgt. Unter der ersten Wabe wird eine zweite gebaut, verbunden durch einen mittleren oder mehrere unregelmäßig angeordnete Balken aus Papiermasse; der Abstand ist gerade so groß, daß die Arbeiterinnen zwischen den Waben durchkriechen können. Die zweite Wabe ist im Durchmesser größer, ihr folgt eine dritte noch breitere, darauf eine vierte, fünfte bis sechste, die allmählich wieder schmäler werden. Gleichzeitig wird das ganze Nest mit einer Papierhülle aus mehreren schuppenförmig übereinandergreifenden Lagen umhüllt; sie dienen als Schutz gegen Feinde und besonders, durch die eingeschlossenen Schichten stehender Luft, zur Wärmeisolation in kühlen Nächten. So entwickelt sich in günstigen Sommern eine Bevölkerung von 1000 und mehr Individuen. Gegen den Herbst treten dann vollentwickelte Weibchen und zugleich Männchen auf, letztere kenntlich an den längeren Fühlern. Mit Eintritt des Frostes löst sich auch hier der Staat auf. Die letzten Larven werden merkwürdigerweise von den Arbeiterinnen selbst getötet.

Diesen Staaten gegenüber stellt der der Honigbiene, *Apis mellifica,* insofern einen wichtigen Fortschritt dar, als er sich über Jahre hinaus erhält. Die wilden Bienen legen ihre Bauten in hohlen Bäumen an, die zahmen erhalten vom Menschen Bienenkörbe oder Stöcke zugewiesen. In diesen geschützten Räumen überdauert die Königin mit ihrem ganzen Gefolge den Winter. Die Tiere drängen sich dicht zu einem Klumpen zusammen, in dessen Innerem durch den Stoffwechsel der Einzeltiere mit seiner Wärmeerzeugung eine Temperatur herrscht, die selbst im Winter nicht unter 10^0 herabgeht. Die Einzeltiere wechseln dabei ständig die Plätze, die äußeren drängen sich in die Tiefe, wo sie gegen die Abkühlung besser geschützt sind. Während dieser Zeit leben die Bienen von ihren eingetragenen Honigvorräten; bei der Zucht, wo ihnen der Honig weggenommen wird, müssen sie statt dessen Zucker oder Sirup erhalten. Im Frühjahr, sobald warme Tage kommen, schwärmen die Bienen aus, und nun beginnt die lebhafte Trachtzeit, bei der

Honig und Pollen eingesammelt wird. Der Honig wird mit dem Rüssel, den sehr verlängerten zweiten Maxillen, um die sich die Taster der ersten Maxille wie Scheiden legen, aufgesogen. Den Pollen sammeln die Bienen mit den Hinterbeinen. Das erste Tarsalglied des dritten Beinpaares ist sehr verbreitert und mit langen Haaren besetzt, die in Querreihen auf der Innenfläche stehen. Außen auf der Tibia ist eine glattwandige, am Rande mit Haaren eingefaßte Vertiefung. Durch einen sinnreichen Knet- und Schiebeapparat am Gelenk zwischen Tibia und erstem Tarsalglied wird der mit Honig durchfeuchtete Pollen von unten in die Vertiefung der Außenseite, das sog. Körbchen, hineingeschoben und sammelt sich dort zu dicken bunten Wülsten an, die Biene trägt „Hosen". Aus Honig und Pollen wird unter Zusatz von Speichel das „Bienenbrot" bereitet, mit dem die Larven gefüttert werden. Seine Zusammensetzung wechselt je nach der Art der Larven. Arbeiterinnen und Männchen erhalten weniger Pollen, also eiweißärmere Kost, als die zukünftigen Königinnen. Durch Verfütterung von Königinfutter können die Bienen aber aus nicht zu alten Arbeiterinnenlarven vollentwickelte Weibchen erzeugen, wie es zum Ersatz einer gestorbenen Königin geschieht — ein Hinweis auf die ursprüngliche Gleichwertigkeit von Königinnen und Arbeiterinnen. Während die „Trachtbienen" die Vorräte herbeischleppen, baut eine andere Kategorie von Arbeiterinnen neue Zellen. Das Material ist Wachs, das Sekret besonderer Hautdrüsen auf der Bauchseite des Hinterleibes. Es tritt zwischen den Gelenkringen des dritten bis sechsten Segments als dünne Platten heraus, die mit den Hinterbeinen hervorgezogen, mit den Mandibeln erfaßt und geknetet werden. Aus dem Wachs werden die bekannten sechseckigen Zellen in Waben hergestellt, die im Gegensatz zu denen der Wespen senkrecht stehen. Die Arbeiterzellen sind kleiner, die für die Männchen, die Drohnenzellen, größer; für die Königinnen werden an den Rändern der Waben unregelmäßig klumpige, an die Topfzellen der Hummeln erinnernde „Weiselwiegen" angelegt. Für die Honigbiene wurde zuerst vom Pfarrer Dzierzon festgestellt, dann von Siebold und Leuckart bestätigt und gegen alle späteren Einwände festgehalten, daß die Drohnen sich aus unbefruchteten Eiern entwickeln. Es entscheidet also hier die Befruchtung über das Geschlecht. Die Königin, die nur einmal befruchtet wird, speichert ihren Samenvorrat im Receptaculum seminis auf; beim Durchtritt des Eies durch die Vagina werden einige Spermatozoen ausgestoßen, von denen eines durch eine vorgebildete Öffnung der Eischale, die Mikropyle, eindringt und das Ei befruchtet. Unterbleibt die Zufuhr der Spermatozoen, was von der Königin willkürlich geregelt werden kann, so entstehen Drohnen; ist das Receptaculum leer, so können nur noch Männchen erzeugt werden, der Stock wird „drohnenbrütig". Die Entwicklung der verschiedenen Stände dauert verschieden lange, die der Weibchen trotz ihrer bedeutenderen Größe am kürzesten,

16 Tage, infolge des königlichen Futters, die der Arbeiterinnen 21, die der Männchen 24 Tage.

Wenn in den Weiselwiegen die jungen Königinnen heranreifen, bemächtigt sich des Stockes eine eigentümliche Erregung, die sich in einem lauten, summenden Geräusch, dem „Schwarmton", äußert. Nach einiger Zeit sieht man mehr und mehr Bienen herauskommen und sich geschäftig auf dem Stock um das Flugloch herumtreiben. Plötzlich erscheint unter ihnen die alte Königin; sie fliegt nach kurzem Zögern vom Flugloch ab, gefolgt von dem ganzen Schwarm. Meist setzt sich das schwerfällige Weibchen schon nach kurzem Fluge an einem Baumast fest und auf und um sie drängen sich die Arbeitsbienen zu einer „Schwarmtraube" zusammen. Der Bienenzüchter, der in dieser Zeit, Ende Mai bis Juni, den Vorgängen im Bienenstock genau folgen muß, fängt den Schwarm ein, indem er ihn in einen untergehaltenen Kasten streicht und bringt ihn in einen neuen Stock, wo das Volk bald von frischem zu bauen und die Königin zu legen beginnt. In der Wildnis muß die Königin natürlich einen geeigneten neuen Nistplatz suchen, wozu besondere Arbeiter, die „Spurbienen", zu Beginn des Schwärmens ausgesandt werden.

Inzwischen ist im alten Stock die erste der jungen Königinnen ausgeschlüpft; ihr erstes Geschäft ist, die Weiselwiegen ihrer Geschwister aufzusuchen, um diese umzubringen. Ist das Volk noch sehr zahlreich, so belagern die Arbeitsbienen die Weiselwiegen und schützen sie so vor der Mordlust der Erstgeborenen. Nach einigem vergeblichen Bemühen verläßt diese dann mit einem Teile des Volkes als „Nachschwarm" den Stock und sucht sich ein eigenes Heim. Bei sehr volkreichen Stämmen kann noch ein zweiter und dritter Nachschwarm ausgesandt werden; schließlich bleibt jedenfalls eine junge Königin im Stocke und die anderen werden abgetötet. Denn bei unserer *Apis mellifica* ist im Gegensatz zu anderen Hymenopteren, z. B. den Ameisen und Wespen, die Alleinherrschaft eines Weibchens streng durchgeführt.

Die junge Königin verläßt nach wenigen Tagen den Stock zum Hochzeitsflug. Sie steigt hoch in die Luft empor, gefolgt von einem Schwarm von Drohnen, von denen sie eine oben erreicht und in der Luft kopuliert. Die Drohne stirbt bei der Ausstülpung des Kopulationsapparates ab, das Weibchen senkt sich zur Erde, beißt oder reißt das anhängende tote Männchen ab und kehrt in den Stock zurück. Hier wird nun die Bau- und Sammeltätigkeit eifrig aufgenommen; es entstehen Brutwaben, die von der Königin mit Eiern „bestiftet" werden, und Vorratswaben, in die der Honig für den Winter eingetragen wird. Durch die zweckmäßige Ausgestaltung der Bienenstöcke, besonders die Erfindung der beweglichen Waben, ist es dem Züchter möglich, nach Bedarf Honig- und Brutwaben ohne besondere Störung des Volkes zu entnehmen und eine rationelle Bewirtschaftung durchzuführen.

Gegen den Herbst hin erfolgt dann als letztes großes Ereignis im Bienenstock die „Drohnenschlacht“. Die nach der Befruchtung der Königin überflüssigen Männchen, die ein faules Genießerleben führten und sich noch von den Arbeiterinnen füttern ließen, werden aus dem Stock vertrieben; weniger direkt umgebracht, als am Wiedereinfliegen verhindert, wenn sie einmal den Stock verlassen, so daß sie in den kühlen Nächten im Freien zugrunde gehen.

Bei den Bienen finden wir die funktionelle Trennung von echten Weibchen und Arbeiterinnen auch morphologisch scharf durchgeführt. Die Königin kennzeichnet sich nicht nur durch bedeutende Größe und volle Entwicklung des Geschlechtsapparates, sondern sie weicht von den Arbeitern in der Ausbildung des Sammelapparates, der Augen, des Gehirns und zahlreichen anderen Punkten ab. Auch die nervenphysiologischen Mechanismen, die Instinkte, sind bei beiden Formen ganz verschieden entwickelt. Die Königin nimmt nach dem Hochzeitsfluge an den Arbeiten des Stockes gar nicht teil, sondern beschränkt sich allein aufs Eierlegen. Die Arbeiterinnen sind morphologisch und physiologisch ohne Zweifel bedeutend höher organisiert als die Königinnen, und man hat das Problem viel erörtert, wie es möglich sei, daß diese neuen Eigenschaften der Arbeiterinnen sich gebildet haben, da die erbliche Übertragung doch allein durch die Königin vor sich geht. Hierin liegt woihl insofern ein Fehlschluß, als die Differenz zwischen Königin und Arbeiter nnen nicht allein durch Neuerwerbungen seitens der Arbeiterinnen, sondern in vielleicht recht hohem Maße durch Rückbildung bei der Königin entstanden ist. Die ursprünglichen Bienenköniginnen besaßen offenbar, ähnlich wie die Weibchen der solitären Arten, viele der Fähigkeiten des Nahrungserwerbes und der Brutpflege, die sich allein bei den Arbeitern erhalten haben, bei den echten Weibchen aber durch Rückbildung verkümmert sind.

5. Die Staaten der Ameisen und Termiten.

Noch schärfer haben sich die Kastenunterschiede bei der letzten Gruppe der Hymenopteren entwickelt, der Familie der Ameisen, *Formicidae*. Die Ameisen sind eine sehr zahlreiche, besonders in den Tropen hoch entwickelte Familie, ausgezeichnet dadurch, daß nur die Geschlechtstiere Flügel besitzen, während die Arbeiter dauernd flügellos bleiben. In der Lebensweise herrscht in den einzelnen Gruppen eine ungemeine Mannigfaltigkeit. Niemals werden Nester mit Waben nach Art der Bienen und Wespen angelegt. Manche Arten haben überhaupt keine ständige Wohnung, sondern ziehen in ungeheuren Schaaren von einem guten Weideplatz zum anderen. Hierhin gehören die berüchtigten Treiberameisen der Tropen, *Dorylus* und *Eciton*, vor deren Zügen nicht nur alles Getier eiligst die Flucht ergreift, sondern die auch der Mensch möglichst vermeidet, weil sie durch ihren Massenüberfall auch ihm lästig und gefährlich werden können.

Wo Nester vorkommen, bilden sie entweder die bekannten großen Haufen von Tannennadeln und Erde, wie die Bauten der Gattung *Formica* in unseren Nadelwäldern, oder sie werden in Erdgängen unter Steinen angelegt, wie bei den *Myrmica*-Arten und der kleinen schwarzen Rasenameise, *Tetramorium caespitum.* Andere, wie *Lasius* und die große Roßameise, *Camponotus*, leben im Holz morscher Baumstämme, die *Lasius*-Arten fertigen aus zerkauten, mit Speichel vermischtem Holz eine eigenartige graue Kartonmasse. Wieder andere leben auf Bäumen, wie die tropischen *Oecophylla*-Arten, die mit Hilfe ihrer puppenreifen Larven, die als lebendige Spinnapparate benutzt werden, kugelförmige Nester aus Blättern zusammen spinnen. Die *Atta*-Arten Brasiliens bauen ganze unterirdische Städte von vielen Quadratmetern Fläche, in denen Hunderttausende von Bürgern leben.

In diesen großen Ameisenstaaten vollzieht sich nun innerhalb der Arbeiterkaste noch eine weitere Arbeitsteilung und morphologische Differenzierung. Zunächst treten neben echten Arbeitern „Soldaten" auf, Tiere von stattlicher Größe mit mächtigen Köpfen und starken Mandibeln, die beim Angriff die Kolonie verteidigen, auch wohl Raubzüge machen und außerdem eine Art Polizeigewalt über die Arbeiter ausüben. Unter den Arbeitern selbst können sich wieder mehrere Typen herausbilden, deren jedem eine bestimmte Leistung innerhalb der Kolonie, Nahrungsbeschaffung, Brutpflege, Pilzzucht und anderes zugewiesen ist. So entsteht eine Vielgestaltigkeit unter den Bewohnern gleicher Nester, die als Polymorphismus bezeichnet wird. Die mannigfaltigen und verwickelten Leistungen eines Ameisenvolkes, die wegen der Ähnlichkeit mit dem Getriebe im Menschenstaat vielfach die Aufmerksamkeit nicht nur der Zoologen, sondern auch der Psychologen und Philosophen erweckt haben, können hier natürlich nicht eingehend geschildert werden. Es muß genügen, auf einige besonders merkwürdige Einrichtungen hinzuweisen.

Die Ernährung der Ameisen ist vorwiegend vegetabilisch. Mit großer Vorliebe tragen sie honigartige Säfte ein, die sie aber nicht aus Blüten sammeln, sondern z. B. von Gallen oder anderen Pflanzenteilen, wo derartige Sekrete auftreten. Mit besonderer Vorliebe gewinnen sie den Saft, den die Blattläuse von sich geben. Diese saugen mit ihrem Stechrüssel Pflanzensäfte, die sie nach Durchgang durch den Darm wenig verändert als „Honigtau" wieder von sich geben — man findet ja oft an reich mit Blattläusen besetzten Pflanzen alle Blätter mit einem glänzenden, klebrigen Überzug bedeckt, dem Saft, den die Blattläuse aus dem After ausgespritzt haben. Man kann bei uns im Sommer leicht beobachten, wie die Ameisen sich dies zunutze machen. An blattlausbesetzten Pflanzen ziehen sich ganze Straßen in die Höhe, auf denen fortgesetzt Ameisen auf und ab wandern. Verfolgt man eine aufsteigende Ameise, so sieht man sie zu einem Zweige mit Blattläusen laufen. Dort stellt sie sich hinter eine Blattlaus und beklopft ihren Rücken sanft trillernd mit ihren geknieten Fühlern. Auf dies Signal hebt die Blattlaus den Hinterleib und läßt aus dem After einen glashellen Tropfen austreten, der von der Ameise gierig aufgesogen wird. So geht sie trillernd von einer Blattlaus zur anderen, bis ihr Kropf mit Honigsaft gefüllt ist. Dann geht es in das Nest zurück, wo der Saft zur Fütterung der Larven verwendet wird. Bei manchen Formen, z. B. tropischen Camponotusarten, wird er auch in Vorratskammern gespeichert, und zwar werden einzelne Tiere, die sich an bestimmten Stellen des Nestes unbeweglich an die Decke hängen, so mit Saft gefüttert, daß ihr ganzer Leib wie ein Honigfaß aufgetrieben wird — die sog. Honigtöpfe. Nach Bedarf geben dann diese lebenden Vorratskammern wieder an die übrigen Mitglieder des Staates ab.

Die Anpassung zwischen Blattläusen und Ameisen hat sich so weit entwickelt, daß einerseits manche Blattläuse ihren Saft nicht mehr freiwillig ausspritzen, sondern erst auf die Betrillerung der Ameisen warten. Andererseits sind Arten der Gattung Lasius, z. B. die gelbe Kartonameise, *Lasius flavus*, so völlig auf die Blattläuse eingestellt, daß sie überhaupt kaum andere Nahrung zu sich nehmen. Diese treiben dann mit den Blattläusen regelrechte Viehzucht. Nicht nur werden sie regelmäßig „gemolken", sondern sie haben besondere Ställe. Meist handelt es sich um unterirdisch an Wurzeln lebende Blattlausarten. Diese werden dann von den Ameisen an Wurzeln in der Nähe ihres Nestes angesetzt, und diese Ställe sind durch besondere Gänge mit dem Nest verbunden. Für die Blattläuse entsteht durch die Gemeinschaft mit den Ameisen ein vorzüglicher Schutz, da kein tierischer Feind so leicht mit den wehrhaften Ameisen anbindet. Gelegentlich werden aber die Blattläuse direkt gezüchtet. Wenn sie im Herbst Dauereier zur Überwinterung ablegen, so werden diese von den Ameisen ins Nest getragen, wie ihre eigene Brut gepflegt und im Frühjahr die Jungen wieder an die Wurzeln geschafft. In einem Falle hat der Mensch durch diese Gemeinschaft erheblichen Schaden erlitten; es hielt äußerst schwer, eine in Amerika an Getreidewurzeln lebende Laus auszurotten, weil die Eier in Ameisennestern gepflegt wurden.

Hat sich hier regelrechte Viehzucht entwickelt, so lehren uns andere, nicht minder berühmte Fälle einen richtigen Acker- oder Gemüsebau kennen. Zwar die Beobachtung, daß körnersammelnde Formen in der Nähe ihrer Nester regelrechte Felder anlegten, auf denen sie Getreide bauten, hat sich als irrtümlich erwiesen. Genau festgestellt ist dagegen die Arbeitsmethode der berühmten Blattschneiderameisen, *Atta*, die besonders im tropischen Amerika zu Hause sind. Aus den unterirdischen Riesenstädten dieser Arten ziehen meist des Nachts von Soldaten bewachte und geleitete Arbeiterscharen aus. Sie steigen auf Bäume und zwar mit Vorliebe gerade auf eingeführte Nutzbäume des Menschen, z. B. Orangen; jede schneidet dort mit kreisförmigem Sägeschnitt der Mandibeln ein Blattstück aus und trägt es ins Nest zurück. Durch die gemeinsame Tätigkeit vieler Tausende können in einer Nacht ganze Bäume völlig entlaubt werden. Die eingetragenen Blätter kommen in besondere Kammern, die Pilzgärten. Dort werden sie von kleineren Arbeitern zerkaut und zu Kuchen geformt. Auf diesen entwickelt sich in der warmen, feuchten Atmosphäre des unterirdischen Nestes eine Hutpilzart, *Rhozites gongylophora*, zu einem dichten Myzel. Alle anderen etwa aufsprießenden Pilze werden sorgfältig ausgejätet und die Gärten eifrig mit den Exkrementen gedüngt. Aber auch der kultivierte Pilz darf nicht frei wuchern, sondern die vorsprossenden Fruchtanlagen werden ständig abgebissen. Unter dieser Behandlung treibt der Pilz kleine, knollenförmige, eiweißreiche Körper, die sog. Kohlrabi, die nun von den Ameisen hauptsächlich an ihre Larven verfüttert werden. Die ganze Ernährung der Attaarten baut sich ausschließlich auf der Pilzzucht auf. Wenn die Geschlechtstiere zum Hochzeitsflug die Kolonie verlassen, so nimmt das Weibchen in einer Tasche der Mundhöhle einen Ballen Pilzmyzel mit; geht es nach der Befruchtung an die Anlage des eigenen Nestes, so wird sofort ein kleiner Pilzgarten hergerichtet, mit dessen Erträgen schon bald die Larven großgezogen werden.

Die Gründung der Kolonie erfolgt bei den Ameisen fast stets durch ein einzelnes befruchtetes Weibchen. Es treten im Sommer im Staate große Mengen geflügelter Geschlechtstiere auf, welche die Arbeiter manchmal um ein Vielfaches an Größe übertreffen. Sie schwärmen bei günstiger Witterung aus dem Neste aus, erheben sich in die Luft, legen aber meist nur kurze Strecken zurück, und die Kopula erfolgt auf dem Boden. Nach der Befruchtung gehen die Männchen bald zugrunde, die Weibchen werfen die Flügel an präformierten Bruchstellen der Basis ab und gründen ein eigenes Nest. Gelegentlich kommt es auch vor, daß ein solches junges Weibchen von Arbeitern eines Stockes, der seine Königin verloren hat, eingeholt wird und nun sofort an deren Stelle tritt. Dies führt bei manchen Arten zur Bildung sog. gemischter Kolonien. In unseren Wäldern tritt z. B. die rote Waldameise, *Formica rufa*, vielfach in gemeinsamem Bau mit ihrer Verwandten, *Formica fusca*, auf. Beide sind sehr verschieden: die F. rufa groß, kräftig, kriegerisch, die F. fusca kleiner, schwächer und friedsamer. Als man diese gemischten Kolonien entdeckte, bezeichnete man sie als Sklavenstaaten, bei denen die Rufa die Herren, die Fusca die Sklaven seien. Dies gründete sich auf die folgende merkwürdige, schon 1809 von dem Vater der Ameisenkunde, Peter Huber, bei Genf beobachtete Tatsache. Man sieht aus solchen Kolonien die Rufasoldaten in großer Schar ausziehen und eine benachbarte Fuscakolonie angreifen. Nach Überwindung des Widerstandes der schwächeren Fuscasoldaten dringen die Räuber in das Nest ein und kehren bald zurück, jeder eine Larve oder Puppe zwischen den Kiefern. Diese werden in das eigene Nest getragen und dort von den Fuscaarbeitern großgezogen. So versorgt sich die Kolonie, in der ein Rufaweibchen als Königin lebt, dauernd mit Fuscaarbeitern zum Ersatz für die allmählich absterbenden. Jetzt hat man erkannt, daß dies merkwürdige Verhältnis von Fusca zu Rufa im Anfang ein viel weniger feindliches ist. Eine solche Kolonie entsteht nämlich ursprünglich durch „Adoption". Eine junge Rufakönigin wird in ein Fuscanest aufgenommen das seine Königin verloren hat und dort als Königin behandelt. So entsteht aus einer zunächst reinen Fuscakolonie allmählich beim Ausschlüpfen der Rufalarven eine gemischte. Sterben die Fusca aus Mangel an Nachwuchs aus, so wird sie wieder zu einer reinen Kolonie, jetzt aber von Rufa.

Während nun bei manchen Arten, wie z. B. eben Rufa-Fusca, das Adoptionsverhältnis mehr ein gelegentliches ist, sind andere vollkommen darauf angewiesen. Die berühmte Amazonenameise, *Polyergus rufescens*, bringt Weibchen hervor, die überhaupt nicht mehr zur Gründung eines eigenen Nestes fähig sind. Sie dringen vielmehr in eine Fuscakolonie ein, werden dort friedlich aufgenommen, töten die Königin und setzen sich an ihre Stelle. Aus ihren Eiern entstehen Soldaten mit kolossalen Köpfen und haarscharfen säbelartigen Mandibeln. Durch einen Druck dieser furchtbaren Zangen durchbohren sie den Kopf und das Gehirn jeder anderen Ameise. Sie sind zu einer reinen Kriegerkaste geworden, die auf Sklaven angewiesen sind; wir finden sie also nur in gemischten Kolonien, bei denen die Arbeitstiere fortgesetzt durch Raub ergänzt werden. Die Polyergussoldaten vermögen sich nicht einmal mehr allein zu ernähren, sondern müssen von ihren Sklaven gefüttert werden. Diese einseitige Anpassung, die wir unter den Ameisen Schritt für Schritt bei verschiedenen heute noch lebenden Arten vollzogen sehen, führt letzten Endes zu Formen, die jede Selbständigkeit verloren haben und wie Parasiten in fremden Staaten leben. *Anergates atratulus* bringt überhaupt keine Arbeiter und Soldaten mehr hervor, sondern nur noch Geschlechtstiere, die als verkümmerte, farblose Schmarotzer bei *Formica*-Arten ernährt und aufgezogen werden.

Als Ganzes betrachtet, stellt ein Ameisenstaat — und im geringeren Maße auch die der übrigen sozialen Hymenopteren — mit seinen wundervollen Anpassungen und Instinkten einen einheitlichen Organismus dar, in dem jedes einzelne Individuum nur die Rolle eines Organs spielt. Zweck des Ganzen ist der Staat, das Individuum nur ein Mittel; es hat auf jede Freiheit und Selbständigkeit verzichtet, opfert sich ohne Besinnen für das Ganze und übernimmt Aufgaben — man denke nur an die Honigtöpfe —, die zu völliger Verkümmerung seines Einzeldaseins führen. Es dokumentiert sich hier in einseitigster Vollendung das Prinzip gegenseitiger Hilfe, das wir in den mannigfachsten Formen als Wohngemeinschaft, Symbiose, Herdentrieb in der Tierreihe auftauchen sehen. Solche sozialen Triebe steigern die Leistungen der Gesamtheit weit über das Maß des Einzelindividuums hinaus. Durch Ausbildung besonderer Instinkte wird die Funktion der Gesamtmaschinerie gesichert. Jede solche Gemeinschaft hat besondere Erkennungszeichen. Setzt man in einen Bienenstock oder in einen Ameisenhaufen ein Tier aus einer anderen Kolonie der gleichen Art, so wird es sofort angefallen und ohne Gnade umgebracht. Wahrscheinlich beruht das Erkennen auf besonderen chemischen Eindrücken. Man kann z. B. ein Tier aus der Kolonie ohne weiteres dadurch zum Fremdling machen, daß man es badet und so seines Nestgeruches beraubt; umgekehrt läßt sich ein Fremdling durch Bestreichen mit dem Saft von Nesttieren sofort zum Freunde machen. Soll in einem Bienenstock eine neue Königin eingesetzt werden, so wird sie zunächst durch einen Käfig geschützt eingebracht, erst nach einigen Tagen, wenn sie den Nestgeruch angenommen hat, kann sie ohne Gefahr mit den Arbeiterinnen zusammengelassen werden.

Ferner besteht zweifellos innerhalb der Kolonie die Fähigkeit zur Übertragung von Wahrnehmungen. Stellt man irgendwo eine Schale mit Honig in die Nähe eines Bienenstocks und es hat erst einmal eine Biene den Platz entdeckt, so sammelt sich bald ein ganzer Schwarm darum; ebenso sieht man ganze Ameisenstraßen nach bestimmten Stellen hinziehen. Bienen- wie Ameisenbauten haben an den Eingängen Wachen ausgestellt, die Eindringlinge abwehren und bei besonderen Gefahren durch Signale die Verteidiger aus dem Inneren herbeirufen. Unternehmen die *Atta*-Ameisen einen Blattschneidezug, so stehen zu den Seiten des Weges in regelmäßigen Abständen Soldaten, nicht nur um Feinde zu bekämpfen, sondern auch, um die Richtung und Schnelligkeit des Zuges zu regeln.

Biologisch ist kaum ein Unterschied zwischen den Funktionen der einzelnen Individuen einer Siphonophorenkolonie, die körperlich miteinander verbunden sind, und den Einzeltieren eines Insektenstaates, die nur instinktive Bande zusammenhalten.

Denn auch diese wunderbaren Leistungen müssen wir fast durchweg als zwangsläufige Instinkthandlungen ansehen. Eine Abänderung der Handlungsweise beim Einzeltier unter der Einwirkung vorhergegangener Erlebnisse, ein „Lernen aus Erfahrung" kommt, wenn überhaupt, nur als seltene Ausnahme vor. Man hat in zahlreichen Versuchen gezeigt, daß selbst die scheinbar intelligentesten Ameisen unfähig waren, eine Aufgabe zu lösen, die eine geringe Abänderung ihrer gewohnten Handlungsweisen voraussetzte. Das Gebiet ist ungemein schwierig, weil die richtige Anwendung und Deutung des Experiments eine gründliche Kenntnis der normalen Bio ogie der Tiere voraussetzt, von der wir trotz eingehender und liebevoller Beobachtung noch immer nur Bruchstücke besitzen.

Ein so hoch ausgebildeter, leistungsfähiger sozialer Organismus übt auch auf die übrige Tierwelt einen großen Einfluß aus. Ihre Wehrhaftigkeit und ihr Zusammenhalt schützt die Ameisen nicht nur vor fremden Angriffen, sondern hat auch eine Menge von anderen Tieren veranlaßt, ihren Schutz aufzusuchen. So finden wir in den Nestern zahlreiche „Gäste". Man kennt jetzt über tausend Arten, meist Käfer und andere Insekten, aber auch Schlangen, Vögel, sogar Säugetiere, die dauernd oder in einzelnen Entwicklungsstadien den Schutz der gefürchteten Hymenopteren in Anspruch nehmen. Die Beziehung zwischen Wirten und Gästen sind eines der reizvollsten und lehrreichsten Kapitel der Biologie — sie gehen von bloßer Raumgemeinschaft zu echtem Gesellschaftsleben. Hierbei haben die Gäste fast alle Eigenschaften angenommen, die sie bei ihren Wirten beliebt machen sollen. Dazu gehört in erster Linie die Erzeugung wohlschmeckender und -riechender Drüsensekrete. So finden wir an den echten Insektengästen fast immer „Trichome", d. h. Haarbüsche von meist auffallender gelber Farbe, zwischen denen Drüsen münden. Trifft eine Ameise mit einem solchen Gast zusammen, so sieht man, wie sie ihn betrillert, etwa wie eine Blattlaus, und dann die Trichome durch die Mandibeln zieht und ableckt, offenbar um den angenehmen Saft zu saugen. Solche echten Gäste nehmen dann bei ihrem ständigen Zusammensein mit den Ameisen den Nestgeruch an, und da sie zudem in Form, Körperhaltung und Bewegung den Wirten sich oft täuschend angleichen, so werden sie von diesen freundlich behandelt, ja oft mit besonderer Liebe gepflegt und auch ihre Eier und Larven aufgezogen. Für die Ameise hat dies oft üble Folgen, denn wenn auch viele der Gäste harmlose Hausgenossen sind, die sich höchstens von den Abfällen des Getriebes nähren, so sind andere schlimme Schmarotzer, die Eier und Larven aussaugen und, wenn sie überhandnehmen, den Bestand der Kolonie gefährden können. Besonders Käfer aus der Familie der Kurzflügler, *Staphylinidae*, bei uns die Gattungen *Lomechusa*, *Atemeles* und *Dinarda*, gehören zu diesen inneren Feinden. Hier haben wir eins der lehrreichsten Beispiele, wie ein zweifellos sehr nützlicher Instinkt, die gegenseitige Fütterung und Pflege, ausgelöst durch chemische Reize, bei Übertragung auf einen fremden Organismus verhängnisvoll werden kann.

So hervorragend die Künste der Ameisen sind, so werden sie in mancher Hinsicht noch von einer anderen Gruppe staatenbildender Insekten übertroffen. Dies sind die Termiten oder „weißen Ameisen". Je mehr wir in die Biologie dieser fast rein tropischen Tiere eindringen, desto erstaunlicher erscheinen ihre Leistungen. Sie gehören einer anderen, viel primitiveren Insektenordnung an, den Isopteren, die nahe Verwandte unserer Küchenschaben, *Blattidae*, sind. Mit ihnen teilen sie die Vorliebe für feuchte, warme, dunkle Orte — so sind alle Termitenbauten unterirdisch, beziehentlich im Innern von Baumstämmen oder Bauwerken angelegt —, gleich ihnen haben sie kein ausgesprochenes Larven- und Puppenstadium, sondern eine allmählich von Häutung zu Häutung fortschreitende Entwicklung bis zur geschlechtsreifen Form. Um so auffallender ist, daß in vielen Punkten der Biologie eine ganz merkwürdige Übereinstimmung mit den Ameisen herrscht, die eben zur Bezeichnung „weiße Ameisen" Anlaß gegeben hat.

Auch hier sind nur die Geschlechtstiere geflügelt, und die Arbeitstiere zerfallen in echte Arbeiter und Soldaten, wobei beide Kategorien wieder in mehreren Formen und Größen auftreten können. Die Arbeiter sind hier aber nicht geschlechtlich rückgebildete Weibchen, sondern es sind Jugendformen, die auf einer Entwicklungsstufe vor Erlangung der Geschlechtsreife stehen bleiben; Männchen und Weibchen durchlaufen fünf Häutungen, die Arbeiter nur vier. Wir finden hier dementsprechend nicht nur weiblich, sondern auch männlich veranlagte Arbeiter.

Da die Termiten nicht zu den Hymenopteren gehören, so fehlt ihnen Stachel und Giftdrüse; sie verteidigen sich mit den Mandibeln, die bei einigen Arten, wie *Termes bellicosus*, sehr groß und messerscharf sind und auch dem Menschen tiefe, blutende Wunden beibringen können. Bei anderen Arten sind die Soldaten sog. „nasuti", Tiere ohne beißkräftige Mandibeln, aber mit einem Stirnhorn, auf dessen Spitze eine Drüse mündet, mit deren klebrigem, ätzenden Sekret sie den Feind beschmieren.

Wie bei den Ameisen, schwärmen die geflügelten Geschlechtstiere aus, nach kurzem Fluge fallen sie zu Boden und werfen die Flügel ab. Männchen wie Weibchen sind aber beim Ausschwärmen noch ganz unreif, eine Kopula kann also noch nicht stattfinden. Trotzdem finden sich die Paare beim Hochzeitsflug und halten von nun an treu zusammen, bis oft erst nach Monaten die Befruchtung erfolgt. Beide gründen dann auch gemeinsam das Nest, und das Männchen, der König, bleibt neben der Königin am Leben, da hier eine öftere Befruchtung nötig ist. Die Eiproduktion der Termiten ist nämlich eine so erstaunliche, daß der Spermavorrat von einer Befruchtung unmöglich ausreichen kann. Escherich hat beobachtet, daß ein Weibchen alle zwei Sekunden ein Ei legt, das sind am Tage ungefähr 40000. Man hat keine Anhaltspunkte, daß die Eiablage etwa periodisch aussetzt, und ein Weibchen kann 10 Jahre und mehr alt werden; das würde also etwa hundert Millionen Eier ergeben! Durch diese enorme Ausbildung der Geschlechtsdrüsen schwillt die Königin zu einem unförmlichen, fast bewegungslosen, brotlaibartigen Klumpen an. Sie wird in einem besonderen Raume des Nestes, der Zentralkammer, von den Arbeitern gepflegt, gefüttert, gereinigt, die Eier werden mit maschinenmäßiger Pünktlichkeit beim Austreten aufgefangen und in die Larvenkammern getragen. Entsprechend dieser Fruchtbarkeit zählen die Termitenstaaten Millionen von Bewohnern und übertreffen weitaus alle anderen tierischen Gemeinschaften. Zu ihren Bauten verwenden sie Erde und vor allem Holz, das fein zerkaut wird und wahrscheinlich immer vor der Verwendung als Baumaterial den Darm passiert. Durch ihre Holzfresserei werden sie dem Menschen in den Tropen äußerst lästig, kein Bauholz, keine Kisten, Koffer, Bilder, Bücher, Telegraphenstangen usw. sind vor ihnen sicher. Dabei wird ihre Zerstörung oft erst spät bemerkt, weil sie die Gewohnheit haben, alle Gegenstände von innen und vom Boden her anzugreifen. So fressen sie die Pfeiler eines Baues von innen bis auf eine Rinde von wenigen Millimetern aus, und plötzlich bricht ein ganzes Gebäude zusammen. So ist der Regierungspalast in Kalkutta fast ganz von ihnen zerstört worden; in La Rochelle in Südfrankreich, wo eine Termitenart durch den Schiffsverkehr eingeschleppt war, hat sie mehrere Häuser zum Einsturz gebracht; in jüngster Zeit war die Nationalbibliothek in Washington schwer von ihnen bedroht. Bücher sollen in den Tropen selten älter als 30 Jahre werden, dann fallen sie sicher den gefräßigen Zwergen zum Opfer.

Während zahlreiche Termitenarten weit verzweigte, rein unterirdische Städte anlegen, errichten andere hohe Hügel und Türme dadurch, daß die im Innern ausgegrabene Erde nach oben transportiert wird. Diese Hügel können mehrere Meter Umfang und 6—7 m Höhe erreichen; wo die Termiten häufig sind, gruppieren sie sich zu ganzen Städten und geben oft der Landschaft, z. B. den Parklandschaften Australiens, den Charakter.

Im Inneren spielt sich das Leben ganz ähnlich wie bei den Ameisen ab. Auch hier finden wir eine bis ins kleinste geregelte Arbeitsteilung, wobei wieder die Soldaten als Aufseher und Polizisten fungieren. Es gibt Tierzucht, Blattschneiderinstinkt und Pilzkultur, allerdings an einem anderen Pilz, *Volvaria eurhiza*, gegenseitige Fütterung und Larvenpflege und ebenso wie bei den Ameisen zahlreiche Gäste, die wenn möglich noch seltsamere morphologische und biologische Anpassungen zeigen. Das ganze Getriebe muß aber trotz dieser Übereinstimmungen genetisch von dem der Ameisen völlig unabhängig sein, denn verwandtschaftlich haben beide Gruppen gar nichts miteinander zu tun. Es handelt sich um einen der weitest gehenden Fälle von Angleichung, Konvergenz, d. h. Ausbildung ähnlicher Eigenschaften und Merkmale unter ähnlichen biologischen Bedingungen.

6. Parthenogenese, zyklische Parthenogenese und Pädogenese.

Wenn geschlechtliche Fortpflanzung stattfindet, so ist sie weitaus in der Mehrzahl der Fälle mit Befruchtung, d. h. mit der Vereinigung männlicher und weiblicher Keimzellen verbunden. Bei manchen Tieren besitzen aber auch unbefruchtete Keimzellen die Fähigkeit, sich zu entwickeln. Allerdings nur die weiblichen; diese Beschränkung erklärt sich daraus, daß die Spermatozoen nur eine minimale Plasmamenge enthalten und daher für die Entwicklung nicht genug Material besitzen. Die Entwicklung unbefruchteter Eier, Parthenogenese, Jungfernzeugung, genannt, finden wir in den verschiedensten Gruppen des Tierreichs, mit Ausnahme der Wirbeltiere. Dabei läßt sich eine gewisse Steigerung in ihrer Ausbildung beobachten. Bei manchen Insekten, die für gewöhnlich nur befruchtete Eier zur Entwicklung bringen, kann gelegentlich Parthenogenese auftreten. Solches hat man öfter bei der Zucht des Seidenspinners, *Bombyx mori*, beobachtet. Unbefruchtete Eier begannen sich zu entwickeln, einige nur bis zu den ersten Embryonalstadien, andere bis zur Raupe, einige wenige sogar bis zum Ausschlüpfen des Schmetterlings. Bei einem anderen Schmetterling, dem wegen seiner Baumverwüstung gefürchteten Schwammspinner, *Lymantria dispar*, hat man solche Parthenogenese sogar durch drei Generationen verfolgt. Die Nachkommen waren aber jedesmal schwächlicher und geringer an Zahl, und bei der dritten Generation war die Fortpflanzungsfähigkeit erloschen, ein Zeichen, daß es sich bei dem ganzen Vorgang um eine abnorme Erscheinung handelt.

Bei anderen Insekten ist die Häufigkeit parthenogenetischer Entwicklung sehr gesteigert, so daß dieser Prozeß ständig, aber in unregelmäßigen Intervallen in die Fortpflanzung eingreift. Unter den Schmetterlingen gehören hierhin die Sackträger, *Psychidae*. Bei ihnen ist das Männchen geflügelt, das Weibchen bleibt flügellos und verläßt den Sack, in dem sich die Larve und Puppe entwickelt hat, kaum mehr. Schon von Siebold hat beobachtet, daß diese Weibchen auch ohne Befruchtung entwicklungsfähige Eier ablegten, und genauere Zuchten haben ergeben, daß bei manchen Arten die Befruchtung die Ausnahme bildet, Parthenogenese die Regel. Ähnlich liegt die Sache bei den Blattwespen, *Tenthredinidae*, Hymenopteren mit eigentümlich sägeartigem Legebohrer, deren Larven nach Raupenart von Blättern leben und sich von echten Schmetterlingslarven nur durch die größere Zahl von Abdominalfüßen unterscheiden. Bei ihnen kennen wir von manchen Arten die Männchen überhaupt noch nicht, weil sie offenbar nur in großen Zwischenräumen auftreten. Besonders schön läßt sich die stammesgeschichtliche Entwicklung der Parthenogenese bei den Stabheuschrecken, *Phasmidae*, verfolgen, eigentümlichen, dünnen und langgestreckten, oft flügellosen Insekten wärmerer Gegenden, die in Farbe, Form und Haltung grüne oder dürre Zweige nachahmen. Unter ihnen gibt es Arten, bei denen die Männchen weit zahlreicher sind als die Weibchen, wo also vermutlich ausschließlich Befruchtung herrscht. Bei anderen sind die Männchen bedeutend seltener; bei dem in Südeuropa nicht seltenen *Bacillus rossii* hat man durch Zuchten nachgewiesen, daß nur jeweils nach mehreren Generationen Männchen auftreten. Bei dem aus Indien eingeschleppten, jetzt vielfach gezüchteten *Dixippus morosus* sind Männchen nur als seltene Ausnahme beobachtet, und von anderen Arten der meist tropischen Ordnung kennt man sie überhaupt noch nicht. Unter den Krebstieren ist ein Beispiel für das gleiche Verhalten der Blattfußkrebs, *Apus*. Dies stattliche, bis etwa 5 cm lang werdende Tier, das in seiner Form seltsam an die alten fossilen Trilobiten erinnert, tritt in unseren Teichen und Tümpeln im Frühjahr gelegentlich in Massen auf, um dann wieder für viele Jahre zu verschwinden. Der Volksglaube erklärte sich die Erscheinung der auffallenden Tiere damit, sie seien „vom Himmel gefallen". Genauere Untersuchungen haben gezeigt, daß es sich bei diesen Apus bei uns fast ausschließlich um Weibchen handelt; sie legen unbefruchtete Eier ab, die jahrelang im Schlamm ruhen und austrocknen können und sich entwickeln, wenn günstige Lebensbedingungen eintreten. Diese selbe Tierart, die in Mitteldeutschland fast rein parthenogenetisch ist, bringt weiter nach Osten, in Ungarn und Rußland, regelmäßig Männchen hervor und pflanzt sich mit normal befruchteten Eiern fort.

Solche Erscheinungen weisen darauf hin, daß die Parthenogenese, die bei den höheren Tieren sicher niemals einen ursprünglichen Zustand darstellt, sondern sich aus der gewöhnlichen zweigeschlechtlichen Fortpflanzung entwickelt hat, in Anpassung an besondere Lebensbedingungen erworben ist. Besonders deutlich wird dies bei anderen Blattfußkrebsen, Phyllopoden, den Wasserflöhen, *Daphnidae*. Diese kleinen, wenige Millimeter langen Krebschen, umschlossen von einer muschelartig zweiklappigen Schale und ausgestattet mit kräftigen Ruderantennen, durch deren Schlag sie sich hüpfend durchs Wasser bewegen, erfüllen im Sommer unsere stehenden Gewässer in ungeheuren Mengen. Bei der Untersuchung findet man meist nur Weibchen, in deren auf dem Rücken unter der Schale gelegenem Brutraum sich parthenogenetisch die Jungen entwickeln. Im Sommer geht die Entwicklung im warmen Wasser in wenigen Tagen vor sich; jedes Tier ist in kurzem wieder fortpflanzungsfähig und bringt mehrere Würfe von Jungen hervor. Werden die Lebens- und Ernährungsbedingungen gegen den Herbst hin ungünstiger, so sehen wir Männchen auftreten, und gleichzeitig bringen die Weibchen andere Eier hervor, die mehr Dotter und eine festere Schale besitzen. Diese müssen befruchtet werden, dann werden sie bei der nächsten Häutung des Muttertieres, umhüllt von einer besonders verstärkten Schalenpartie, dem Ephippium, abgelegt, setzen während des Winters ihre Entwicklung aus und ergeben erst im Frühjahr, wenn die Bedingungen günstiger werden, Weibchen, die sich dann wieder parthenogenetisch fortpflanzen. Hier ist die Parthenogenese also offenbar eine Einrichtung zur Ausnutzung günstiger Verhältnisse; denn dadurch, daß die Männchen fortfallen, wird Material gespart, und die Entwicklung ohne Befruchtung kann alle Eier ausnutzen, während sonst viele verloren gehen, die zufällig unbefruchtet bleiben.

Das Charakteristische an dieser Art der Fortpflanzung ist der regelmäßige Wechsel zwischen Befruchtung und Parthenogenese, man hat danach diese Form als zyklische Parthenogenese bezeichnet. In unseren größeren Seen und Teichen fällt das Auftreten der Männchen meist nur in den Herbst, in den kleineren Gewässern, die dem Austrocknen ausgesetzt sind, sind die Perioden kürzer und wiederholen sich im Laufe des Sommers mehrfach, eine sehr verständliche biologische Anpassung. Ganz ähnlich wie für die Daphniden liegen die Verhältnisse für ihre Wohngenossen, die *Rotatoria*, Rädertiere. Auch bei ihnen treffen wir meist parthenogenetische Weibchen, dazwischen seltener Männchen, die, wie Zuchtversuche gelehrt haben, auch hier in regelmäßigem Zyklus nach Ablauf einiger Generationen auftreten. Sehr interessant ist, daß man durch geeignete Versuchsbedingungen das Auftreten von Männchen und Dauereier erzeugenden Weibchen bei beiden Tiergruppen beeinflussen kann. Durch gute Ernährung und hohe Temperatur kann man die Männchenbildung hinausschieben, durch Hunger und Kälte beschleunigen. Beides geht aber nur in gewissen Grenzen, schließlich setzt sich der normale Zyklus doch fast immer durch. Man kann in diesem Verhalten, dessen experimentelle Erforschung im einzelnen noch nicht abgeschlossen ist, wohl einen Hinweis auf die Entstehung der ganzen Einrichtung sehen. Die ursprünglich unter dem Einfluß günstiger äußerer Bedingungen eingeführte Parthenogenese war zunächst von diesen äußeren Einflüssen abhängig, mehr und mehr setzte sich aber der zyklische Wechsel in den Erbanlagen der Art fest, so daß er jetzt auch von inneren Faktoren ausgelöst wird und selbst durch entgegengerichtete äußere Faktoren kaum mehr dauernd unterdrückt werden kann.

Eine völlige Übereinstimmung mit diesen Wassertieren zeigen unter den Insekten die Blattläuse, *Aphidae*. Diese Gruppe der Schnabelkerfe, *Rhynchota*, lebt auf Bäumen und Sträuchern, in deren weiche Gewebe sie ihren Rüssel einsenken, um den zuckerhaltigen Saft zu saugen. Auch bei ihnen beobachtet man im Sommer eine enorme Vermehrung; in wenigen Tagen bedecken sich die Triebe unserer Zierpflanzen, z. B. der Rosen, mit dichten Kolonien von Blattläusen. Bei der Untersuchung erweist sich eine solche Kolonie aus lauter Weibchen zusammengesetzt, die in Pausen von weniger als 24 Stunden ohne Befruchtung lebende Junge erzeugen; diese sind wieder in ein bis zwei Tagen fortpflanzungsfähig. Meist sind alle Tiere flügellos, von Zeit zu Zeit beobachtet man aber Formen, die wohl entwickelte, glasklar durchsichtige Flügel besitzen. Die Flügellosigkeit ist eine Hemmungsbildung, die sich, ähnlich wie wir es bei den Termiten sahen, im Ausfall einer Häutung ausdrücken kann. Die geflügelten Tiere dienen zur Verbreitung der Art; sie fliegen auf andere Pflanzen über und gründen dort neue Kolonien, sind aber genau so parthenogenetisch wie die ungeflügelten Weibchen. Bei manchen Arten befallen diese Geflügelten Pflanzen anderer Art. So ist die Blattlaus *Tetraneura ulmi* auf der Ulme zu Hause, ihre Geflügelten gehen aber im Sommer auf Grasarten über und gründen dort Kolonien, von diesen kehrt eine zweite geflügelte Generation im Herbst auf die Ulme zurück. Man bezeichnet in solchen Fällen die ersten geflügelten Formen als Emigrantes, die auf den Gräsern lebenden als Exules, die zurückkehrenden als Remigrantes. Im Herbst erfolgt dann wie bei den Daphniden die zweigeschlechtliche Fortpflanzung; es treten Männchen und befruchtungsbedürftige Weibchen auf, letztere legen dickschalige Eier an geschützte Stellen der Rinde, wo sie den Winter über liegen und im Frühjahr neue, parthenogenetisch sich fortpflanzende Weibchen ergeben.

In Versuchen ist es gelegentlich gelungen, bei Blattlausarten durch Halten in der gleichmäßigen Temperatur eines Warmhauses die zweigeschlechtliche Fortpflanzung zu unterdrücken. Kyber hat solche Versuche schon zu Beginn des 19. Jahrhunderts über mehrere Jahre ausgedehnt. In der Natur kommt bei manchen Arten etwas Ähnliches vor. Die schädliche Blutlaus, *Schizoneura lanigera*, die an unseren Obstbäumen in Kolonien lebt, welche durch Wachsausscheidung wie mit weißem Pelz überdeckt erscheinen, bringt im Herbst Weibchen hervor, die befruchtete Eier legen. Daneben bleiben aber auch parthenogenetische Weibchen am Leben; sie wandern an die Wurzeln, überwintern dort und setzen im Frühjahr die parthenogenetische Vermehrung fort. Ähnliches gilt für den gefährlichsten Vertreter dieser Insektengruppe, die Reblaus, *Xerampelus (Phylloxera) vastatrix*. Dies Tier ist ursprünglich in Amerika zu Hause und wurde um 1860 mit amerikanischen Reben nach Europa eingeschleppt. Unter den veränderten Bedingungen hat es hier neue Lebensgewohnheiten angenommen, eine Erscheinung, die man bei vielen solchen verschleppten Formen beobachten kann. In Amerika lebt die Reblaus hauptsächlich auf den Blättern des Weinstocks. Dort erzeugt sie durch ihren Stich auf der Unterseite gallenartige Wucherungen, in deren Höhlung die Weibchen mit ihrer Nachkommenschaft geborgen sitzen. Im Herbst werden die Wintereier in die Ritzen der Rinde gelegt. Durch diesen Befall entsteht den Reben zwar ein gewisser Saftverlust, aber kein nennenswerter Schaden. In Europa dagegen setzt sich die aus dem Winterei ausschlüpfende Laus an die Wurzeln und erzeugt dort Knoten; die parthenogenetischen Nachkommen, die bei der Reblaus allgemein aus Eiern entstehen, verbreiten sich über das ganze Wurzelsystem und stören die Ernährung der Pflanze sehr erheblich. Nach einigen flügellosen Wurzelgenerationen treten auch hier Geflügelte auf, die auf andere Reben hinüberfliegen und dort Blattgallen erzeugen. Deren Insassen bringen dann im Herbst verschieden große Eier hervor; aus den kleineren entwickeln sich Männchen, aus den größeren Weibchen. Beide Geschlechter sind flügellos und verkümmert, Darm und Mundwerkzeuge rückgebildet, das Weibchen hat nur eine Eiröhre, in der nur ein im Verhältnis riesengroßes Ei zur Entwicklung kommt. In unserem kühleren Klima wird die Ausbildung der Blattgallen und die zweigeschlechtliche Fortpflanzung oft gehemmt, daher verbreitet sich die Krankheit nicht so leicht wie im Süden; dafür erhalten sich aber die parthenogenetischen Weibchen an den Wurzeln über den Winter und richten so die befallenen Stöcke leicht völlig zugrunde.

Einen eigenartigen Fall von zyklischer Parthenogenese mit besonders regelmäßigem Wechsel der Fortpflanzungsart zeigen die Gallwespen, *Cynipidae.* Bei ihnen sticht das Weibchen mit seinem langen, spitzen und elastischen Legebohrer Knospen oder Blätter von Bäumen, mit besonderer Vorliebe von Eichen, an und legt ein Ei in das Pflanzengewebe. Durch den Reiz eines gleichzeitig ausgeschiedenen chemischen Stoffes wird die Pflanze zur Bildung einer Wucherung, der Galle, angeregt, von deren nährstoffreichem Gewebe die Larve zehrt. Durch die Zuchtversuche von Adler 1890 wurde nun festgestellt, daß die allermeisten unserer Gallwespen in zwei morphologisch ganz verschiedenen Formen vorkommen, so verschieden, daß man sie vor Erkenntnis des Zusammenhanges in getrennte Gattungen gestellt hatte. Im Sommer findet man z. B. an unseren Eichen häufig große, gelbe, rotbackige Äpfelgallen an den Blättern. Aus ihnen entwickelt sich im März eine schwarze, geflügelte Gallwespe, etwa 0,5 cm lang, *Dryophanta scutellaris.* Alle Exemplare sind weiblichen Geschlechts; sie stechen Knospen an, und daraus erwachsen ganz anders aussehende violette Knospengallen. Aus diesen schlüpft im Juni eine Gallwespe mit ganz anderen Merkmalen, die im System als *Spathegaster taschenbergi* beschrieben worden ist. Hier gibt es Männchen und Weibchen; nach der Kopula legen die Weibchen ihre befruchteten Eier in Blätter, und daraus entstehen wieder die Gallåpfel von *Dryophanta scutellaris.* So wechselt hier ganz regelmäßig eine parthenogenetische mit einer zweigeschlechtlichen Generation. In mühevollen Zuchten hat man für die meisten unserer Arten die Generationsfolge aufgeklärt und prinzipiell das gleiche Verhalten gefunden; dabei ist die Lebensweise der einzelnen Formen oft sehr abweichend, einzelne flügellose Formen legen ihre Eier z. B. an Wurzeln und erzeugen dort große, vielkammerige Wurzelgallen.

Man pflegt ganz allgemein alle Entwicklungsformen, bei denen zwei Fortpflanzungstypen miteinander abwechseln, als Generationswechsel zu bezeichnen. Den Typus, bei dem zwei Formen geschlechtlicher Fortpflanzung, so in den bisher angeführten Fällen zweigeschlechtliche Fortpflanzung mit eingeschlechtlicher, Parthenogenese, wechselt, nennt man Heterogonie.

Dieser Typus kann nun noch weiter dadurch verändert werden, daß die Parthenogenese auf frühere Entwicklungsstadien zurückgeschoben wird. Es eilt also die Entwicklung der Geschlechtsdrüsen der des übrigen Körpers voraus, so daß ein Tier schon in der Jugendform bzw. im Larvenstadium fortpflanzungsfähig wird. Dies Verhalten kommt, wie wir schon früher gesehen haben (vgl. S. 37), auch ohne den Zusammenhang mit der Parthenogenese vor und wird dann als Neotenie bezeichnet. Der bekannteste Fall ist der des Axolotl, *Siredon pisciformis.* Man kannte dies Amphibium lange Zeit nur in einer kaulquappenartigen Wasserform, die aber fortpflanzungsfähig war; erst später wurde nachgewiesen, daß dies Tier eigentlich die Larve eines Landsalamanders, *Amblystoma mexicanum,* sei und daß es gelingt, die Tiere im Versuch zu veranlassen, aufs Land zu gehen und sich dort zu verwandeln. Ähnliches kommt als seltene Ausnahme auch bei unseren Fröschen und Salamandern vor.

Wird bei der Heterogonie die parthenogenetische Fortpflanzung in das Larvenstadium verlegt, so entsteht die sog. Pädogenese. Sie zeigt uns u. a. die Mücke *Miastor metraloas.* Die Larven leben bei diesen Tieren unter Baumrinde in faulendem Holz und zeigen durchaus den gewohnten Typus von Mückenlarven. In ihrem Innern reifen jedoch die Geschlechtszellen schon vorzeitig heran und entwickeln sich im Körper des Muttertieres selbst wieder zu Larven. Diese ernähren sich von den Geweben der Mutterlarve und fressen sie schließlich vollständig aus, so daß nur die Chitinhülle übrig bleibt. In ihnen wiederholt sich dann der gleiche Vorgang, und so folgen sich eine Reihe von parthenogenetischen Larvengenerationen. Im Juni-Juli hört dieser Prozeß auf, eine Generation von Larven entwickelt sich normal zur Puppe und Imago mit Männchen und Weibchen, und in deren Larven beginnt dann der Zyklus von neuem. Es ist klar, daß auch hier durch die Pädogenese eine schnelle Erzeugung zahlreicher Nachkommen in Ausnutzung günstiger Lebensbedingungen ermöglicht wird.

Noch weiter zurückverlegt sehen wir die Parthenogenese bei einer Reihe parasitischer Hymenopteren aus der Familie der *Chalcididae,* Verwandten der Schlupfwespen, *Ichneumonidae.* Als Beispiel sei die Entwicklung von *Encyrtus fuscicollis* geschildert, der in den Raupen der Spindelbaummotte, *Hyponomeuta evonymella,* lebt. Die *Hyponomeuta* sind zierliche, kleine, weiße Motten mit schwarzer Punktzeichnung, die man im Frühjahr häufig an den Stämmen unserer Waldbäume sitzen sieht; die Raupen der hier genannten Art leben gesellig an *Evonymus,* dem Pfaffenhütchen, dessen Zweige sie mit lockeren weißen Gespinsten überziehen. Die Eier werden in Haufen unter einer Gespinstdecke an den Ästen abgelegt. Diese Gelege nun werden von dem Parasiten angestochen. Wenn die Raupen ausgeschlüpft sind, beginnt sich in ihnen auch der Parasit zu entwickeln; es entstehen aber keine Larven, sondern ein Keimballen, bestehend aus einer Gruppe hellerer und dunklerer Zellen. Von den dunkleren, die der Geschlechtsanlage entsprechen, schnürt sich ein Teil ab und entwickelt sich unter Zellvermehrung wieder zu einem Keimballen mit beiden Zellgruppen. An diesem wiederholt sich der gleiche Vorgang, und so entsteht eine ganze

Kette von Keimballen, die, von einer gemeinsamen Hülle umgeben, wie die Perlen eines Rosenkranzes hintereinander im Körper der Hyponomeutaraupe liegen. Diese wird dadurch in ihrem Wachstum zunächst nicht beeinträchtigt; erst wenn sie sich verpuppt, beginnen die Keimballen des Parasiten zu richtigen Larven heranzuwachsen, die dann die Raupe ausfressen. Aus einer Hyponomeuta können sich bis 100 Imagines von Encyrtus entwickeln, auch hier haben wir also die Ausnutzung eines gegebenen Nahrungsvorrates zur Erzeugung möglichst zahlreicher Tiere.

7. Die parasitischen Würmer. (Taf. X.)

Diese Tatsachen eröffnen uns das Verständnis für die merkwürdigen Verhältnisse, die in einer ganz anderen Tiergruppe vorliegen und deren richtige Deutung große Schwierigkeiten gemacht hat. Es sind die Saugwürmer oder *Trematoden*, eine parasitische Gruppe der Plattwürmer. Betrachten wir gleich einen der verwickeltsten Fälle, den des Leberegels, *Fasciola hepatica*, aus der Familie der *Distomeen*. Der Geschlechtsapparat der ausgebildeten Tiere ist zwittrig, es erfolgt Selbst- oder Kreuzbefruchtung. Die befruchteten Eier werden nach außen entleert und gelangen mit dem Kot der Schafe, in deren Leber der Parasit lebt, ins Wasser. Dort schlüpft aus ihnen eine bewimperte Larve, das *Miracidium* (X, 1). Sie bohrt sich in kleine Wasserschnecken, *Limnaea truncatula* (X, 6), ein und wächst in ihnen aus zur *Sporozyste* (X, 4), einem formlosen, unorganisierten Keimballen. Die darin angelegten Geschlechtszellen beginnen sich nun zu entwickeln und erzeugen einfach organisierte, larvenartige Formen, die *Redien*, mit wenig entwickeltem Darm, rückgebildetem Nervensystem und Sinnesorganen (X, 3). In diesen Redien entsteht wieder durch Pädogenese eine zweite Generation von Redien; sie können aus dem Wirtstiere auswandern und in neue Schnecken der gleichen Art eindringen. Nach einer verschieden großen Zahl von Rediengenerationen entsteht in der letzten wieder durch Pädogenese eine andere Larvenform, die *Zerkarie* (X, 4), ausgezeichnet durch den Besitz eines Ruderschwanzes. Sie verläßt die Schnecke, schwimmt einige Zeit frei umher und enzystiert sich dann an Grashalmen (X, 5). Werden nun Schafe auf feuchte, zeitweilig überschwemmte Wiesen getrieben, so fressen sie mit dem Gras die Zysten, diese lösen sich in ihrem Magen auf, die Zerkarie wandert durch den Gallengang in die Leber ein und wächst dort zum geschlechtsreifen Leberegel (X, 7) heran. Ist die Infektion sehr stark, so wird die Funktion der Leber gestört, und die Schafe gehen an der sog. Leberfäule zugrunde. Seit man den biologischen Zusammenhang kennt, ist die Krankheit sehr eingeschränkt, dadurch, daß man das Weiden der Schafe auf Plätzen vermeidet, wo sie der Infektion leicht ausgesetzt sind; in manchen Gegenden, z. B. in Ungarn, spielt die Krankheit aber noch immer eine wesentliche Rolle.

Nicht immer braucht aber die Entwicklung so kompliziert zu verlaufen. Bei vielen anderen Distomeen, den nächsten Verwandten des Leberegels, entstehen in der Sporozyste sofort Zerkarien, die Rediengeneration fällt also ganz fort. Diese Zerkarien verlassen die Schnecke, in der sich die Sporozyste entwickelt hatte, und dringen in ein anderes Wirtstier, eine Schnecke, Krebs, Wurm, Fisch u. a. ein; mit dessen Fleisch gelangen sie dann in den endgültigen Wirt des erwachsenen Distomum. Oder die Zerkarie verläßt die Sporozyste gar nicht, sondern wird mit ihr direkt vom letzten Wirt aufgenommen. So liegt der Fall bei dem seltsamen *Leucochloridium paradoxum*. Man findet in manchen Gegenden die kleine, in feuchten Waldgegenden lebende Bernsteinschnecke, *Succinea*, nicht selten mit einem eigentümlich umgestalteten Fühler. Er ist aufgetrieben und durch die dünne Haut scheint ein grün und gelb geringelter Schlauch durch, der sich rhythmisch bewegt. Dies ist die Zerkarie einer Distomee, *Urogonimus macrostomus*. Die Sporozyste sitzt im Körper der Schnecke und treibt von da Sprossen in die Fühler, in denen sich die Zerkarien entwickeln. Der Schlauch, der in Farbe und Beweglichkeit etwas an eine Insektenlarve erinnert, wird mit dem Schneckenfühler von Singvögeln abgerissen und verschluckt. Sie infizieren sich so mit dem Distomum. Die Schnecke erträgt den Verlust des Fühlers und regeneriert bald einen neuen, in den dann von der Sporozyste aus ein neuer Keimschlauch einwandern kann.

Bei den ursprünglichsten Saugwürmern finden wir noch keine Pädogenese. Bei dem in der Harnblase des Frosches lebenden *Polystomum integerrimum* z. B. werden die Eier durch die Kloake des Frosches ins Wasser entleert; aus ihnen entwickeln sich Larven, die einige Zeit frei im Wasser leben und dann durch die Kiemenspalten in die Kiemenhöhle der Kaulquappen eindringen. Wandelt sich die Kaulquappe zum Frosch, so wandert das Polystomum in die Rachenhöhle und von da durch den Darm in die Harnblase, wo es geschlechtsreif wird. Bei einer nahe verwandten Gattung, *Gyrodactylus*, finden wir dagegen schon Verhältnisse, die sehr an *Miastor* erinnern. Dort entsteht nämlich im Körper des lebenden Tieres, wohl sicher durch pädogenetische Entwicklung der Keimzellen, eine zweite Generation. Noch während diese im mütterlichen Körper eingeschlossen ist, bringt sie ihrerseits Junge zur Entwicklung, und in diesen kann sich bereits die Anlage einer vierten Generation entfalten. Wir sehen hier ein lebendes Beispiel für die berühmte Einschachtelungstheorie der Präformisten des 17. Jahrhunderts. Zu dieser typischen Heterogonie gesellt sich dann bei den höchsten Trematoden noch der Wirtswechsel, wie ihn mehr oder weniger verwickelt alle Distomeen haben. Diese leben als erwachsene Tiere alle in Wirbeltieren, viele in unseren Haustieren, Hunden, Katzen, Schafen. Der Leberegel kommt gelegentlich auch in der Leber des Menschen vor, weit häufiger ist dies bei mehreren Arten, die im tropischen Asien und Japan vorkommen. Gefährlich sind sie im allgemeinen nicht, dagegen erzeugt eine den Distomeen nahestehende Form, die in Ägypten besonders verbreitet ist, eine ernste Erkrankung. Es ist *Schistosomum haematobium*, früher nach seinem Entdecker, dem Arzte Bilharz, als *Bilharzia* bezeichnet. Dies Tier unterscheidet sich von den Distomeen dadurch, daß es getrenntgeschlechtlich ist. Männchen und Weibchen leben immer paarweise zusammen, wobei das Männchen das Weibchen in einer Rinne auf der Bauchseite eingeschlossen trägt. Die Tiere leben in den Unterleibsvenen des Menschen; ihre Eier, die in großen Mengen ins Blut entleert werden, verstopfen die Haargefäße der Harnblase und erzeugen dadurch Entzündungen, die sich in Blutharnen, Hämaturie, äußern.

Ähnlich komplizierte biologische Verhältnisse finden wir auch bei der Fortpflanzung der anderen Parasiten der Wirbeltiere aus der Gruppe der Würmer, sie mögen deshalb gleich im Anschluß an die Trematoden besprochen sein. Bei den nächsten Verwandten der Saugwürmer, den Bandwürmern, *Cestodes*, treffen wir gleichfalls einen Wirtswechsel und die Ausbildung zweier morphologischer Formen, die allerdings nicht in Heterogonie aufeinander folgen. Die ursprünglichsten Bandwürmer, wie z. B. der im Darm von Süßwasserfischen lebende Nelkenwurm, *Caryophyllaeus*, gleichen im Bau sehr weitgehend den Saugwürmern (vgl. Taf. III, 20), nur sind sie in noch höherem Maße dem parasitischen Leben angepaßt, haben den Darm völlig, Nervensystem und Sinnesorgane fast ganz rückgebildet. Dafür entwickelt sich bei den Cestoden am vorderen Körperende der Saugapparat besser, damit sie sich an der Darmwand festhalten können. Fast alle Bandwürmer leben als geschlechtsreife Tiere im Darm von Wirbeltieren. Bei den höheren Formen gliedert sich der Körper durch Einschnürungen in den Kopf, Scolex, und eine Reihe von Gliedern, Proglottiden. Der Kopf enthält den Hauptteil des Nervensystems und trägt Saugnäpfe und oft noch Hakenkränze zur Befestigung. Die Glieder sind in der Hauptsache vom zwittrigen Geschlechtsapparat erfüllt, der sich in jeder Proglottis wiederholt. Die Glieder durchlaufen zuerst die männliche, dann die weibliche Reife, meist findet Selbstbefruchtung statt. Die befruchteten Eier werden von einer festen Schale umhüllt und mit den Proglottiden nach außen entleert. Sie müssen dann von einem anderen Tiere aufgenommen werden; in dessen Darm löst sich die Schale, und es wird ein Embryo mit drei Hakenpaaren frei, die *Oncosphaera* (X, 8, 11). Diese bohrt sich durch die Darmwand und gelangt in die Blutgefäße, mit dem Blutstrom wird sie im Körper fortgetrieben, setzt sich irgendwo fest und wächst aus zur Finne oder dem Blasenwurm, *Cysticercus*. Bei niederen Bandwürmern gleicht dieser noch sehr der Zerkarie der Trematoden, vor allem im Besitze eines Schwanzanhanges (X, 10); bei den höheren ist das Endstück blasenartig aufgetrieben und das Vorderende in diese Blase eingestülpt (X, 12). Diese Finne muß nun wieder in den Darm eines anderen Tieres gelangen, dort löst sich die Blase auf, das Vorderende wird frei (X, 13), heftet sich als Scolex an der Darmwand fest und läßt die lange Kette der Proglottiden aus sich hervorsprossen. Es ergibt sich aus diesen Darlegungen, daß die beiden Wirtstiere der Bandwürmer untereinander selbst in regelmäßigen biologischen Beziehungen stehen müssen. Meist sind es die von Verfolger und Beutetier. So lebt die *Taenia serrata* als ausgebildeter Bandwurm im Darm des Hundes, der zugehörige Blasenwurm *Cysticercus pisiformis* in der Leber des Hasen und des Kaninchens; die *Taenia crassicollis* im Darm der Katze, ihre Finne, *Cysticercus fasciolaris*, in der Hausmaus. Andererseits beherbergt der Darm des Hundes einen Bandwurm, *Dipylidium caninum*, dessen zerkarienähnliche Finne in der Leibeshöhle der Hundelaus und des Flohes vorkommt. Hier infiziert sich der Hund, wenn er seine Quälgeister wegschnappt, und umgekehrt die Flöhe, wenn sie die mit dem Kot an das Fell gelangenden Bandwurmeier aufnehmen.

Unter den Bandwürmern sind eine ganze Anzahl auch für den Menschen wichtiger und gefährlicher Formen. Aus der Familie der *Bothriocephalidae* beherbergt er den breiten Grubenbandwurm, *Dibothriocephalus latus.* Er ist ausgezeichnet durch zwei flache, seitliche Sauggruben am Scolex, sowie dadurch, daß die Geschlechtsöffnung auf der Mitte der Ventralfläche des Gliedes liegt (X, 9). Der Abschnitt des Geschlechtsapparats, der die befruchteten Eier enthält, der Uterus, ist hier unverzweigt, in Schleifen gelegt, die seit alters mit der Figur einer Wappenlilie verglichen werden, und besitzt eine Öffnung nach außen. Der Grubenbandwurm kann bis zu 9 m lang werden. Man findet ihn nicht selten in den Ostseeprovinzen, Rußland und Polen, in Mitteldeutschland fehlt er im allgemeinen, tritt dann aber wieder im Gebiet der Schweizer Seen auf und geht von da durch Südfrankreich bis nach Italien. Dies merkwürdige Verhalten wurde erklärlich, als man feststellte, daß seine Eier sich im Wasser zu einer mit langen Wimpern frei schwimmenden Oncosphaera (X, 8) entwickeln und seine Larven zunächst in Copepoden eindringen, mit denen sie in den Darm von Fischen gelangen, so daß also Fischnahrung Bedingung für seine Verbreitung ist.

Besonders wichtig ist die Familie der *Taeniidae*, da zu ihr eine Anzahl recht unangenehmer Schmarotzer des Menschen gehören. Zwei von ihnen kommen auch bei uns nicht allzu selten im Darm vor, der Schweinebandwurm, *Taenia solium*, und der Rinderbandwurm, *Taenia saginata.* Letzterer ist länger, bis zu 10 m, und hat größere Proglottiden von etwa 18 mm Länge und 7—8 mm Breite; der Schweinebandwurm wird nur 3 m lang, seine Proglottiden sind 5 mm breit und 10 mm lang. Der Uterus ist bei beiden in den reifen Gliedern verzweigt, aber bei Saginata (X, 15) viel stärker als bei Solium (X, 14), dort teilt sich dafür wieder jeder Seitenzweig in zahlreiche Äste. Besonders wichtig ist, daß Taenia solium außer vier Saugnäpfen noch einen doppelten Hakenkranz, Rostellum, am vorderen Ende des Scolex trägt (X, 16). Obwohl Taenia saginata diese doppelte Verankerung fehlt (X, 17), sitzt sie dank ihrer sehr kräftigen Saugnäpfe mindestens ebenso fest wie Taenia solium. Während Saginata, abgesehen von dem Entzug eines Teils der aufgenommenen Nahrung, für den Träger meist keine nennenswerten Beschwerden mit sich bringt, kann Solium zu ernsten Erkrankungen Anlaß geben, da sie giftige Stoffwechselprodukte bildet, die von der Darmwand resorbiert werden und schwere Allgemeinerscheinungen machen können. Wie der deutsche Name besagt, lebt die Finne von Solium im Schwein, die von Saginata im Rind. Eine Infektion der Tiere erfolgt dann, wenn sie Gelegenheit haben, in der Nähe menschlicher Wohnungen Kot aufzunehmen, sie ist daher bei uns durch die Verbesserung der hygienischen Verhältnisse auf dem Lande viel seltener geworden. In Gegenden aber wie Abessynien, wo die Einwohner der Dörfer die Gewohnheit haben, ihre Fäzes an den Plätzen abzusetzen, über die das Vieh zur Weide getrieben wird, sind fast alle Leute mit Taenia saginata behaftet.

In ganz anderer Weise wird eine weitere Taeniaart dem Menschen gefährlich, der Hülsenwurm, *Taenia echinococcus.* Hier lebt der erwachsene Bandwurm, ein kleines Tier mit nur wenigen Proglottiden, im Darm des Hundes, der Mensch dagegen ist Träger der Finne. Diese siedelt sich besonders gern in der Leber an und richtet dort schwere Zerstörungen an. Sie wird nämlich ganz abnorm groß, über kindskopfgroß, weil sich in ihr ein ungeschlechtlicher Vermehrungsprozeß abspielt (X, 18). Aus der Wand der ursprünglichen Finnenblase sprossen weiter Blasen nach innen wie nach außen hervor, in denen jeweils mehrere Köpfe zur Ausbildung kommen können. Diese Kopfanlagen wandeln sich dann z. T. wieder in Blasen um, an deren Wand sich der Knospungsvorgang wiederholt. So entsteht ein mächtiges, vielkammeriges Gebilde mit Hunderten von Köpfen, das einen großen Teil des Lebergewebes verdrängt und so fest damit verwächst, daß es operativ nur unter großer Blutungsgefahr zu entfernen ist. Die Infektion kann sich natürlich nur dort einstellen, wo Menschen und Hunde eng zusammenleben, wie es bei der Landbevölkerung in einigen Gegenden Deutschlands noch geschieht. Immerhin gehört der Echinococcus bei uns zu den seltenen Krankheiten, auf Island dagegen, wo die Hunde mit den Menschen in den gleichen Räumen wohnen, ist die sog. Hydatidenseuche allgemein verbreitet. Biologisch ganz ähnlich wie der Echinococcus verhält sich die *Taenia coenurus*, die ebenfalls als erwachsener Bandwurm im Darm des Hundes lebt. Die zugehörige Finne ist *Coenurus cerebralis*, der Drehwurm der Schafe, gleichfalls vielkammerig mit zahlreichen Köpfen, aber im Gehirn sitzend, wo sie durch Zerstörung gewisser Bahnen Bewegungsstörungen hervorruft. Da ebenso wie von Taenia echinococcus auch von dieser Bandwurmart zahlreiche Exemplare in einem Hunde leben können, so kann durch einen Schäferhund eine ganze Herde infiziert werden.

Wir finden bei den Zestoden also den gleichen Wirtswechsel wie bei den Trematoden. Die Vergrößerung der Individuenzahl, die einem Keime entstammt, wird hier aber nicht durch Parthenogenese, sondern durch einen merkwürdigen Knospungsprozeß, die Proglottidenbildung, erreicht. Über die theoretische Deutung dieses Vorgangs wird bald näheres zu sagen sein.

Wieder wesentlich anders liegen die Verhältnisse bei der dritten Gruppe von Würmern, die vorwiegend als Schmarotzer leben, den Rundwürmern, *Nematodes.* Es handelt sich um Formen mit ganz anderem Bau als die Plattwürmer, die sich auch dadurch unterscheiden, daß sie getrenntgeschlechtlich sind. Die Geschlechter unterscheiden sich, wie wir schon früher sahen, dadurch, daß das Hinterende der Weibchen mehr oder weniger spitz ausläuft (X, 20), das der Männchen dagegen einen Klammerapparat zum Festhalten der Weibchen bei der Kopula bildet. Entweder ist es hakenförmig umgebogen und trägt neben der Geschlechtsöffnung zwei spitze Chitinhaken, die Spicula, oder zwei fleischige Zapfen (X, 19), oder es ist zu einer gewölbten Scheibe verbreitert, einer Bursa copulatrix, die wie die Glocke eines Regenschirms von Chitinleisten gestützt wird.

Im Stamme der Nematoden läßt sich noch die allmähliche Entwicklung der parasitischen Lebensweise mit ihren morphologischen Umbildungen verfolgen. Die einfachste und ursprünglichste Familie, die der Älchen, *Anguillulidae,* enthält hauptsächlich freilebende Formen. Sie finden sich im Erdboden, im Wasser, sowie in allerhand faulenden und gärenden Flüssigkeiten, selbst stark sauren Charakters, wie das Essigälchen, *A. aceti,* in unserem Essig. Es findet innere Befruchtung statt, die Eier entwickeln sich schon im Eileiter und werden in verschieden weit fortgeschrittenem Stadium nach außen entleert; dort wachsen sie in kurzer Zeit wieder zu geschlechtsreifen Formen heran, die den Erzeugern vollkommen gleichen. Gelegentlich können nun solche Bodenformen auch in Tiere einwandern, die am oder im Boden leben. So findet man *Pelodera teres* nicht selten in Regenwürmern; sie hält sich dort in der Leibeshöhle, besonders gern auch in den Samentaschen auf, die sie oft zwischen den Spermatozoenbündeln ganz erfüllt. Die Jungen wandern durch die Nierenkanäle wieder nach außen in den Boden. Ähnlich findet man Arten der großen Gattung *Rhabditis* in Schnecken, andere in faulenden Pilzen. Aus dem gelegentlichen Parasitismus kann dann ohne wesentliche morphologische Veränderung ein ständiger werden. So gehören zu den Anguilluliden zwei wichtige Schmarotzer unserer Nutzpflanzen. Das Weizenälchen, *A. tritici* (*Tylenchus scandens*), erzeugt die Gichtkrankheit des Weizens. Man findet bei der

Getreideernte verfärbte Weizenkörner, in deren Innerem junge Nematoden zusammengerollt eingeschlossen liegen. Werden die Körner trocken im Speicher aufbewahrt, so bleiben die Weizenälchen darin in einem Ruhezustand, der Trockenstarre, selbst jahrelang unverändert lebensfähig, eine Eigenschaft, die auch vielen anderen Formen der gleichen Gruppe zukommt. Werden aber solche Körner mit ausgesät, so erwachen die Schmarotzer, bohren sich aus dem Korn heraus und dringen in die jungen Pflanzen ein, die sich aus gesunden Körnern entwickelt haben. Handelt es sich um Wintersaat, so überwintern sie in den jungen Pflanzen, legt sich dann im Frühjahr die Ähre an, so dringen sie in diese ein, wachsen darin zur Geschlechtsreife heran, kopulieren und setzen ihre Eier ab. Die Jungen dringen dann in die frischen Körner ein, höhlen sie aus und kapseln sich in ihnen bis zur neuen Aussaat ein. Bei *Heterodera schachti*, einer verwandten Form, bohren die Weibchen die Wurzeln der Rübe an und erzeugen daran Mißbildungen, die die Pflanze entwerten, die sog. Rübenmüdigkeit. Die befruchteten Weibchen wandeln sich infolge dieser festsitzenden Lebensweise zu stark rückgebildeten, mit Eiern erfüllten, unförmigen Säcken um.

Bei den Anguilluliden, die in Tieren schmarotzen, wird gewöhnlich nicht der ganze Kreis im Wirtstier durchlaufen, sondern ein Teil des Lebens frei im Boden. Damit verknüpft sich ein oft sehr merkwürdiger Formwechsel, den in höchster Ausbildung *Sphaerularia bombi*, ein Schmarotzer unserer Hummelarten, zeigt. Dort ist die geschlechtsreife Form eine typische Rhabditisform; sie lebt frei im Boden während des Sommers, dort erfolgt auch die Begattung. Das befruchtete Weibchen aber dringt im Herbst in die Hummelweibchen ein, die sich ein Erdversteck zur Überwinterung suchen. Mit der Reifung der Eier stülpt sich der schlauchförmige Geschlechtsapparat völlig nach außen um und wächst gleichzeitig kolossal heran, bis etwa $1^1/_2$ cm Länge, der eigentliche Körper hängt dann nur als kümmerliches Anhängsel daran. Die im Frühjahr herumschwärmenden Hummelweibchen sind oft mit einem Dutzend solcher Parasiten erfüllt, die ihren Leib dick auftreiben, die Ausbildung der Eiröhren unterdrücken und sie endlich zugrunde richten. Inzwischen sind die jungen Nematoden ausgeschlüpft, gelangen in die Leibeshöhle der Hummel, von da wahrscheinlich durch den After ins Freie und leben nun im Boden bis zur Geschlechtsreife und Befruchtung.

Weiter fortgeschritten ist die Anpassung an das Schmarotzerleben bei *Leptodera appendiculata*. Hier haben wir bereits einen richtigen Wechsel zweier morphologisch verschiedener Generationen. Die eine ist eine normale Rhabditisgeneration; sie lebt bis zur Geschlechtsreife in feuchter Erde. Die aus ihren befruchteten Eiern entstandenen Larven aber dringen in die Wegschnecke, *Arion empiricorum*, ein und wachsen dort zu einer mundlosen, durch zwei Anhänge am Hinterende ausgezeichneten Form heran. Hier gibt es ebenfalls Männchen und Weibchen, die bei Erlangung der

Geschlechtsreife die Schnecke verlassen und sich in der Erde begatten; aus deren Eiern geht dann wieder die Rhabditisform hervor.

Hieran schließen sich die Verhältnisse eines der merkwürdigsten Parasiten, *Allantonema mirabile.* Leuckart, der berühmte Erforscher der tierischen Parasiten unter den Würmern, fand in der Leibeshöhle des Fichtenrüsselkäfers, *Hylobius pini,* seltsame, wurstförmige Schläuche. Sie lagen, von einer Bindegewebshülle, die der Wirt produziert hatte, umgeben und von Tracheen fest umsponnen in der Leibeshöhle, waren vollkommen unbeweglich, der Darm und fast alle inneren Organe waren rückgebildet, das Ganze nur mit zwittrigen Geschlechtsprodukten erfüllter Säcke. Aus diesen schlüpften junge Nematoden aus, die, wie Leuckart feststellen zu können glaubte, den Rüsselkäfer verließen und sich in der Erde zu einer normalen, getrenntgeschlechtlichen Rhabditisform entwickelten. Deren Junge müssen dann offenbar wieder in den Rüsselkäfer eindringen. Falls diese Angaben Leuckarts, die in letzter Zeit bestritten wurden, richtig sind, hätten wir hier auch eine Heterogonie mit Alternieren von zwittriger und getrenntgeschlechtlicher Form. Sicher besteht dies Verhalten bei dem Schmarotzer eines Wirbeltieres, *Angiostoma* (*Rhabdonema*) *nigrovenosum.* Auch hier haben wir eine kleine, frei im Schlamm lebende Rhabditisgeneration. Ihre Jungen wandern in Frösche ein und entwickeln sich in deren Lunge zu einer abweichend gebauten, wesentlich größeren (3,5 mm) Form. Sie ist hermaphrodit, ihre Eier gelangen mit dem Kot der Frösche nach außen und ergeben wieder die getrennt geschlechtliche Rhabditisform.

Sahen wir sich hier Schritt für Schritt eine Heterogonie entwickeln, wie bei den Trematoden, so gleichen die Verhältnisse in anderen Familien der Rundwürmer denen der Zestoden; es besteht ein Wechsel zwischen zwei Wirtstieren, von denen das eine die Jugendform — entsprechend der Finne —, das andere den erwachsenen Wurm beherbergt. Unter ihnen treffen wir wieder einige Arten, die auch beim Menschen schmarotzen und oft recht unangenehme Krankheiten erzeugen; die meisten dieser Parasiten sind in wärmeren Klimaten zu Hause. Aus der Familie der Fadenwürmer, *Filariidae,* gehört dazu der Guineawurm, *Filaria medinensis.* Wie sein lateinischer Artname besagt, ist er zuerst aus Medina bekannt geworden, wo aus dem ganzen tropischen Gebiet der alten Welt die mohammedanischen Pilger zusammenströmen. Man sieht dort oft Leute, die an den Beinen über den Knöcheln, seltener an den Armen, große Geschwüre tragen. In ihrem Grunde, im Unterhautbindegewebe, liegt ein fadenartiger Wurm. Die Araber haben eine sehr eigenartige Methode erfunden, ihn herauszuholen; sie fassen das Vorderende, klemmen es in ein Holzstäbchen und wickeln den Wurm soweit auf, bis der Körper scharf gespannt ist. Unter diesem Zug bohrt sich das Tier ein Stück weit heraus, in der nächsten Sitzung wird wieder ein Stück aufgewickelt und so allmählich der ganze Wurm, der bis

80 cm lang werden kann, herausgeholt. Wird er gewaltsam abgerissen, so entstehen sehr unangenehme Entzündungen. Diese Würmer erweisen sich stets als geschlechtsreife Weibchen. Sie setzen ihre Eier in der Wunde ab, beim Auswaschen gelangen sie ins Wasser. Dort dringen sie, soweit wir unterrichtet sind, wahrscheinlich in kleine Krebstiere, Cyclopsarten, ein. Diese werden dann vom Menschen mit dem Trinkwasser aufgenommen; im Darm werden die Nematoden frei, wachsen zu geschlechtsreifen Männchen und Weibchen heran und begatten sich. Dann sterben die Männchen ab, die Weibchen bohren sich durch die Darmwand und wandern durch die Leibeshöhle in die Haut, wobei sie ganz enorm an Größe zunehmen. Ganz einwandfrei ist der Zusammenhang, der naturgemäß sehr schwierig zu untersuchen ist, noch nicht festgestellt, doch kennt man andere Formen, die in Fischen schmarotzen, und kann aus deren Entwicklung Analogieschlüsse ziehen. Sehr bemerkenswert sind einige tropische Blutparasiten, da ihr Lebenszyklus ähnlich verläuft wie bei den Erregern der Malaria. Die *Filaria immitis* lebt in den Venen des Hundes im östlichen Asien, erreicht aber auch Südeuropa, besonders Italien. Die reifen Weibchen setzen ins Blut lebendige Junge ab, diese werden von Mücken mit dem Stich aufgesogen, wandern aus deren Darm in die Malpighischen Gefäße ein, entwickeln sich dort und bohren sich schließlich in die Leibeshöhle und von da in die Speicheldrüsen ein, so daß sie mit dem Stich wieder auf den Hund übertragen werden können. Ähnlich liegen die Sachen bei der *Filaria bancrofti* des Menschen, die erwachsen in den Lymphgefäßen lebt. Die Embryonen werden auch hier ins Blut abgesetzt, von Culexarten aufgesogen und entwickeln sich in deren Brustmuskeln.

Eine Weiterentwicklung in der Richtung der Fadenwürmer stellen die Haarwürmer, *Trichotrachelidae*, dar, bei denen der Vorderkörper haardünn und der Vorderdarm zu einem einfachen Zellstrang rückgebildet ist. Dahin gehört der Peitschenwurm, *Trichocephalus trichiurus*, der im Blind- und Dickdarm des Menschen lebt. Er bohrt sein haardünnes Vorderende wie eine Nadel in die Darmwand und verankert sich auf diese Weise. Die Eier werden mit dem Kot entleert, durchlaufen ihre erste Entwicklung im Wasser oder in feuchtem Boden und gelangen dann ohne Zwischenwirt wieder in den menschlichen Darm. Viel bedeutungsvoller als dieser im allgemeinen harmlose Schmarotzer ist die berühmte Trichine, *Trichinella spiralis*. Die geschlechtsreifen, winzig kleinen, 1,5—3 mm langen Würmer (X, 19, 20) leben im Dünndarm des Menschen oder des Schweines; nach der Begattung bohrt sich das Weibchen durch die Darmwand, gelangt in die Lymphgefäße der Darmzotten und setzt dort zahlreiche lebende Junge ab. Diese werden mit dem Lymphstrom in das Blut und mit diesem durch den ganzen Körper verschleppt, sie bohren sich dann aktiv in die Fasern eines Muskels ein (X, 21). Unter dem Reiz des Eindringlings gerät die Muskelsubstanz in einen eigenartigen Zerfallsprozeß, bei dem die Querstreifung verloren geht und das Muskelbündel zu einem blasig hellen Schlauch aufgetrieben wird (X, 22). Das bindegewebige Sarkolemm dagegen beginnt zu wuchern und bildet eine feste, zunächst glasklar durchsichtige Kapsel, etwa geformt wie eine Zitrone. In dieser rollt sich die junge Trichine spiralig zusammen, allmählich wird die Kapsel gelblich, zuletzt durch Kalkeinlagerung fest und undurchsichtig (X, 23). In diesem Zustand kann die Muskeltrichine jahrelang ruhen, bis das Fleisch ihres Trägers in den Darm des Schweines oder des Menschen gelangt. Dann wird die Kapsel vom Magensaft gelöst, die Trichine wird frei und wächst in wenigen Tagen zur geschlechtsreifen Darmtrichine heran. Die ursprünglichen Träger der Parasiten sind ohne Zweifel die Ratten. Dadurch, daß diese die Gewohnheit haben, tote Tiere der eigenen Art zu verzehren, erhält sich die Infektion bei ihnen von Geschlecht zu Geschlecht. Frißt nun ein Schwein einen Rattenkadaver, so tritt in seinem Fleisch die Muskeltrichine auf, und mit dieser kann dann der Mensch infiziert werden. Bei starkem Befall — und ein Weibchen der Darmtrichine kann gegen 1000 Embryonen erzeugen — führt das Einwandern in die Muskeln zu schwerer Erkrankung, die ähnlich einem Muskelrheumatismus verläuft, mit schwerem Fieber und Allgemeinerscheinungen, daneben Schmerzen und Steifheit in den befallenen Muskeln. In schweren Fällen tritt der Tod ein, in leichteren gehen nach einiger Zeit, wenn die Muskeltrichinen eingekapselt sind, die Erscheinungen zurück, und es bleibt nur eine geringere Leistungsfähigkeit und größere Brüchigkeit der Muskeln zurück. Es ist besonders das Verdienst L e u c k a r t s, diesen Krankheitszustand, den man sich früher gar nicht erklären konnte, erkannt und seinen Zusammenhang mit der Trichine durch Versuche bewiesen zu haben. Nach Erkenntnis des Sachverhalts wurde im Deutschen Reiche die Fleischbeschau eingeführt, bei welcher von jedem geschlachteten Schwein die mit Vorliebe befallenen Muskeln, Zwerchfell u. a. in Stichproben auf Trichinen untersucht werden. So ist es gelungen, unterstützt durch bessere Einrichtung der Ställe, die die Infektion der Schweine von den Ratten aus verhindert, die Krankheit fast zum Verschwinden zu bringen.

Den fadenförmig dünnen Filariiden und Trichotracheliden stehen morphologisch die kürzeren und gedrungeneren *Strongyliden* gegenüber; sie zeichnen sich außerdem durch verhältnismäßig große und kräftige Lippen aus, mit denen sie sich an der Darmwand festsaugen können. Im Inneren der Mundkapsel liegen Chitinzähne, mit denen die Tiere Blutgefäße anschneiden und recht erhebliche Blutungen erzeugen können. Für uns hat in neuerer Zeit aus dieser Gruppe eine Art große Bedeutung erlangt, der H a k e n w u r m, *Ancylostoma duodenale.* Zuerst beim Bau des Gotthardttunnels, später im rheinisch-westfälischen wie im schlesischen Bergrevier, trat seuchenartig eine eigentümliche Erkrankung der Arbeiter auf, die sich in starker Blutarmut und in Kräfteverfall äußerte. Man bezeichnete sie zuerst als Tunnel-, dann als Bergarbeiterkrankheit, bis man erkannte, daß sie identisch sei mit der sog. ägyptischen Chlorose, die in den Nilländern schon lange herrscht. Als deren Erreger stellte sich der kleine, nur etwa 15 mm erreichende Hakenwurm heraus, der in großen Mengen im Dünndarm lebt und aus den zahlreichen Wunden, die er dort schlägt, schwere Blutverluste hervorruft, weil er ähnlich wie der Blutegel aus Munddrüsen ein gerinnungshemmendes Sekret in die Wunde bringt, so daß Nachblutungen auftreten. Durch italienische Arbeiter wurde der Parasit nach Norden verschleppt und fand hier nur in Tunnels und Bergwerken günstige Lebensbedingungen. Seine Eier werden nämlich mit dem Kot nach außen entleert, gelangen ins Wasser und entwickeln sich dort zu rhabditisförmigen Larven, die dann entweder mit der Nahrung oder durch die Haut wieder in den Darm des Menschen einwandern. Die Entwicklung im Freien kann nur bei ziemlich hoher und gleichmäßiger Temperatur erfolgen, wie sie bei uns im allgemeinen nicht gegeben ist. Unter den Bergarbeitern hat die Krankheit ernste Schädigungen hervorgerufen und eingreifende hygienische Maßnahmen nötig gemacht. Nahe verwandte Formen erzeugen sehr gefährliche Krankheiten in den Südteilen der Vereinigten Staaten.

Zu der letzten Familie der Rundwürmer, den Spulwürmern oder *Ascaridae*, gehören gleichfalls einige bekannte menschliche Parasiten. Die Spulwürmer sind ziemlich stattliche, drehrunde Würmer mit wohl ausgebildetem Darm und Nervensystem, ausgezeichnet durch dreilippigen Mund. Sie leben alle im Darm von Wirbeltieren; der Mensch beherbergt von der Gattung Ascaris selbst den *Ascaris lumbricoides*, der 20—40 cm Länge erreicht. Er hält sich im Dickdarm auf, greift aber die Darmwand trotz seiner kräftigen Mundpapillen nicht nennenswert an und ernährt sich nur vom Darminhalt. Dadurch kann er aber auch unangenehme Erscheinungen hervorrufen, weil bei seiner Zersetzung der Nährstoffe, die in physiologisch sehr eigenartiger Weise nach Art einer Gärung verläuft, giftige Produkte entstehen, die resorbiert werden und allgemeine Störungen im menschlichen Organismus hervorrufen können. Unter diesen Giften haben auch die Forscher zu leiden gehabt, die sich mit der Entwicklung des Spulwurms beschäftigt haben. Die großen, äußerst widerstandsfähigen und dabei glasklar durchsichtigen Eier sind nämlich eines der günstigsten Objekte zum Studium der Kernverhältnisse bei der Befruchtung und ersten Entwicklung. Alle Teile des mitotischen Apparates sind groß und klar ausgebildet, dazu die Chromosomenzahl sehr gering, vier bzw. zwei, man hat also hier in die feinsten Details dieses Vorgangs eindringen können. Auch das Verhalten der Zellen bei der Furchung ist viel untersucht, Ascaris ist ein vorzügliches Beispiel einer „determinierten“ Entwicklung, bei der jede Zelle von vornherein ganz bestimmte Aufgaben in der Ausbildung der Teile des Körpers zu erfüllen hat (vgl. S. 60). Fast alle Forscher aber, die sich diesen Problemen eindringend gewidmet haben, litten schwer unter Vergiftungserscheinungen, die sich in Reizung der Nasen- und Augenschleimhaut, Kopfschmerzen und Störungen des Allgemeinbefindens äußerten. Bemerkenswerterweise milderten sich diese Leiden nicht durch Gewöhnung, sondern steigerten sich im Gegenteil zu solcher Unerträglichkeit, daß nach jahrelanger Beschäftigung mit dem Spulwurm die Weiterarbeit unmöglich wurde.

Biologisch ist das Verhalten der Ascaris sehr einfach. Die Befruchtung findet im Darm statt, die Eier werden mit dem Kot entleert und müssen wieder in den Darm aufgenommen werden, wo sie nach Sprengung der Hülle direkt zum Spulwurm auswachsen. Dabei muß sich aber die Embryonalentwicklung im Freien, in Wasser oder feuchter Erde abspielen, sie beansprucht mehrere Monate, je nach der Temperatur.

Dem großen Spulwurm steht der kleine Pfriemenschwanz, *Oxyuris vermicularis*, nahe, der nur wenige Millimeter lang wird. Er verdankt seinen Namen dem pfriemenartig zugespitzten Hinterende des Weibchens; beim Männchen ist, wie bei allen Ascariden, das Schwanzende hakenförmig aufgebogen und trägt Spicula. Der Pfriemenschwanz lebt gleichfalls im Dickdarm des Menschen und ist bei uns ein häufiger Schmarotzer der Kinder, richtet aber kaum Schaden an. Die reifen Würmer haben die Gewohnheit, in der Bettwärme aus dem After auszuwandern; dabei erzeugen sie auf der Haut ein lebhaftes Jucken, die Kinder kratzen sich im Schlafe, zerdrücken den Wurm, bekommen Eier an die Finger und können sich so direkt von neuem infizieren.

Bei der Besprechung der Parasiten ist verschiedentlich von Zwittrigkeit die Rede gewesen. Es ist kein Zufall, daß diese zweite, im Tierreich verbreitete Form der zweigeschlechtlichen Fortpflanzung gerade bei den Schmarotzern erwähnt wird. Wie wir schon früher sahen, ist für die Tiere jedenfalls die Fortpflanzung mit getrennten Geschlechtern das normale Verhalten, während bei den Pflanzen das Zwittertum weit verbreiteter ist. Bei den beweglichen Tieren macht es im allgemeinen keine besonderen Schwierigkeiten, daß sich zwei Tiere zusammenfinden, damit aus der Vereinigung ihrer Keimzellen ein neues Individuum hervorgeht. Bei den festgewachsenen Pflanzen liegen die Bedingungen dafür ungünstiger, und daher sind bei ihnen männliche und weibliche Organe auf einem Stock vereinigt. Wird bei den Tieren das Zusammenkommen der Geschlechter erschwert, so tritt, biologisch verständlich, auch bei ihnen der Hermaphroditismus auf. Demgemäß finden wir zwittrige Formen abhängig von biologischen Bedingungen, ganz unregelmäßig über das Tierreich verstreut. Besonders ungünstig liegen in der Hinsicht naturgemäß die Sachen für die Parasiten, die, oft einzeln im Körper eines Wirtstieres eingeschlossen, gar keine Möglichkeit zur Vereinigung haben. Daher die allgemeine Zwittrigkeit der Bandwürmer und Trematoden, bei Rhabdonema und Allantonema unter den Nematoden. Die übrigen Nematoden leben entweder in großen Mengen gemeinsam im Darm eines Wirtes oder sie treffen sich als geschlechtsreife Tiere in freier Erde, da ist also getrenntes Geschlecht durchaus nicht unzweckmäßig. Ähnliche Verhältnisse finden wir aber auch bei freilebenden Formen, in um so höherem Maße, je mehr sie sich der Lebensweise der Pflanzen nähern. Träge, wenig bewegliche Tiere, bei denen eine unmittelbare Übertragung der Keimzellen stattfindet, neigen daher zum Zwittertum. In dieser Lage sind z. B. die Regenwürmer, während ihre Verwandten, die frei im Meere schwimmenden Anneliden, meist getrennten Geschlechts sind. Ebenso finden wir unter den Schnecken viele Zwitter, z. B. fast alle Landschnecken (vgl. Taf. XXXIII, 19). Die Muscheln dagegen, die doch noch viel weniger beweglich sind, haben Trennung der Geschlechter. Die Erklärung dieses scheinbaren Widerspruchs liegt darin, daß die Muscheln ihre Keimzellen einfach ins Wasser entleeren, das sie zusammenführt; sie sind hier etwa in der Lage der Pflanzen, bei denen die Bestäubung durch den Wind vermittelt wird. Aus dem gleichen Grunde finden wir auch unter den Pflanzentieren, den Zölenteraten, neben Zwittern auch viele Formen getrennten Geschlechts, viele Hydroidenkolonien z. B. sind rein männlich oder weiblich. Besonders lehrreich ist der Fall der Zirripedien unter den Krebsen. Dies ist die einzige Gruppe der sonst sehr beweglichen Arthropoden, die zur festsitzenden Lebensweise übergegangen ist. Im Zusammenhange damit haben sie den Hermaphroditismus erworben, wie sich noch sehr gut feststellen läßt. Neben den zwittrigen Individuen kommen nämlich bei einigen Arten noch reine Männchen vor. Sie sind sehr viel seltener und biologisch ja überflüssig — Darwin, ihr Entdecker, hat sie als komplementäre Männchen bezeichnet —, deuten also offenbar auf eine Zeit zurück, wo die Arten noch getrenntgeschlechtlich waren. Die ursprünglichen Weibchen haben sich durch Ausbildung männlicher Keimdrüsen zu Zwittern entwickelt, die Männchen wurden abgeschafft. Dies bahnt sich bereits bei den wenigen Arten, die noch getrenntgeschlechtlich sind, durch einen auffallenden Dimorphismus an; die Weibchen sind groß und wohl ausgebildet, die Männchen verkümmert, ohne Darm und Beine, sie sitzen wie Schmarotzer den Weibchen an.

Eine ganz ähnliche Entwicklung begegnet uns übrigens da, wo die Parthenogenese vorherrschend wird. So sind die Männchen der Rädertiere durchweg verkümmerte, kurzlebige Geschöpfe, das gleiche gilt für die Blattläuse, besonders z. B. für die Reblaus.

8. Ungeschlechtliche Fortpflanzung. Knospung und Teilung.

Neben der geschlechtlichen Fortpflanzung mit ihrem komplizierten Apparat der Reifungsteilungen und der Vereinigung zweier Keimzellen erhält sich im Organismenreich weit verbreitet der einfachere Modus der ungeschlechtlichen Fortpflanzung. Ganz allgemein findet derartiges bei den Einzelligen statt, bei denen durch Zweiteilung aus einem Individuum zwei entstehen. Dabei können die beiden Teilstücke gleichwertig sein, die gleiche Menge Plasma enthalten und zu zwei völlig gleichen Individuen auswachsen. So geht es, wie wir sahen bei den Amöben, vielen Flagellaten, den Paramäzien usw. Daneben kommt aber auch Zerfall in zwei ungleiche Stücke vor, bei der ein Tier ein kleineres Teilstück abschnürt, das sich dann morphologisch und physiologisch anders verhält. Das finden wir z. B. bei der Schwärmerbildung der Vortizellen und der Sauginfusorien, *Suctoria*. Dort löst sich durch ungleiche Teilung oder durch Hervorwachsen und Abschnürung einer bruchsackartig ausgestülpten Plasmapartie ein kleineres Individuum los, das besondere Bewegungsapparate erhält und im Gegensatz zu den gewöhnlichen Individuen der Art frei herumschwimmt. Bei den Sauginfusorien setzt es sich nach einiger Zeit fest und wächst zu der gewohnten Form aus, stellt also ein morphologisch abweichendes Jugendstadium, eine Art Larve, dar. Bei den Vortizellen dienen die Schwärmer der Geschlechtsfunktion, indem diese kleineren Tiere die größeren, festsitzenden aufsuchen und mit ihnen konjugieren. Eine solche Abschnürung zunächst kleinerer Individuen bezeichnen wir allgemein als Knospung.

Der Name Knospung ist den Vorgängen im Pflanzenreiche entnommen. Wir finden bei dieser Organismengruppe durchaus nicht das feste, gedrungene Gefüge des Tierkörpers, sondern eine flächenhafte Ausbreitung sich vielfach wiederholender Organe. Diese entstehen dadurch, daß an vielen Stellen der aus dem Samen erwachsenen Keimpflanze sich embryonales Zellmaterial erhält, in den Vegetationspunkten. Diese treten periodisch in lebhafte Teilung ein und liefern die Knospen. Aus diesen gehen durch weitere Teilung und Differenzierung einerseits vegetative Organe hervor, wie die Wurzeln und die Blätter. Andere aber, die Blütenknospen, erzeugen an modifizierten Blättern die Fortpflanzungszellen, mit deren Vereinigung zur Bildung der Keimpflanze der Zyklus aufs neue beginnt. Dieser über viele Jahre, selbst Jahrhunderte und Jahrtausende sich ausdehnende Knospungsprozeß gibt den einzelnen Individuen etwa unserer Bäume erst ihre ungeheure Ausdehnung und das charakteristische Gepräge, es ist eine Art der Vermehrung des lebenden Materials, die der durch Bildung neuer Individuen fast gleichwertig an die Seite tritt. Für diese Art des Wachstums haben wir im tierischen Individuum kein

Homologon; einigermaßen ließen sich nur die Regenerationsvorgänge, die ja aber im allgemeinen kein Teil des normalen Wachstums sind, damit vergleichen.

Das, was man im Tierreich als Knospung bezeichnet, ist insofern von der Knospung bei den Pflanzen verschieden, als die tierische Knospung selbständige Individuen erzeugt, während bei den Pflanzen nur Teile des übergeordneten Gesamtindividuums entstehen. Denn man muß einen Baum durchaus als Individuum ansehen, die Blätter, Zweige und Wurzeln sind trotz ihrer Entstehung durch Knospung und trotz ihrer oft weitgehenden physiologischen Selbständigkeit nur seine Teile, seine Organe.

Es kann sich aber auch im Tierreich aus einer Modifikation des einfachen Knospungsvorganges ein zusammengesetztes Gebilde entwickeln, das mit dem Aufbau eines Baumes eine sehr weitgehende Analogie zeigt. Am typischsten finden wir diese Entwicklung im Tierkreis der Zölenteraten — ihr alter Name Pflanzentiere bringt die dadurch entstandene Ähnlichkeit klar zum Ausdruck.

Schon unser einfachster heimischer Vertreter der Zölenteraten, der Süßwasserpolyp *Hydra*, zeigt Knospung. Hält man Hydren bei reichlicher Ernährung, so beobachtet man leicht, wie an der Seitenwand des Körperschlauches eine Ausbuchtung auftritt. Zuerst gleicht sie einer Halbkugel, dann streckt sie sich mehr und mehr in die Länge, am Vorderende bricht die Mundöffnung durch, darum sprossen die Tentakel, und die „Knospe" gleicht so völlig dem Muttertier. Nach einiger Zeit schnürt sich die Verbindung zwischen beiden ein, endlich löst sie sich ganz, und das junge Tier führt ein selbständiges Dasein. Ist das Wasser hinreichend warm und die Ernährung reichlich, so kann fast jeden Tag eine Knospe gebildet werden, die selbst sofort wieder Knospen treibt. Auf diese Art erfüllt sich ein Tümpel oft mit Unmengen von Hydren, es wird also der gleiche Erfolg erzielt wie durch die Parthenogenese der Daphniden und Rotatorien. Nach einiger Zeit bilden dann zahlreiche Tiere Geschlechtsanlagen; die Eier werden befruchtet, fallen vom Körper ab und entwickeln sich in der Schale zu jungen Polypen, die nach mehreren Monaten ausschlüpfen, sich festsetzen und den Zyklus von neuem beginnen. Wir erhalten also auch hier eine mehr oder weniger regelmäßige zyklische Veränderung der Fortpflanzungsart, einen Wechsel zwischen zweigeschlechtlicher und ungeschlechtlicher Fortpflanzung. Dies wird allgemein als Metagenese bezeichnet.

Eigentlich pflanzenähnlich wird die Sache erst bei den marinen Verwandten der Hydra, den Hydroidpolypen. Dort beginnt ebenfalls der aus dem befruchteten Ei geschlüpfte Polyp zu knospen, die Tochtertiere lösen sich aber nicht ab, sondern bilden mit dem Muttertier einen Ernährungsverband, dadurch, daß ihre inneren Hohlräume in ständigem Zusammenhang bleiben (vgl. S. 41). So entstehen Tierstöcke,

Kolonien, die durchaus einem Baume gleichen. Wie dieser haben sie meist einen Stamm mit Ästen und Zweigen, an denen die Einzeltiere wie Blätter und Blüten sitzen. Denn auch hier tritt die gleiche Differenzierung wie bei den Knospen des Baumes ein: Der größte Teil begnügt sich damit, an der Ernährung der Kolonie mitzuwirken, nur ein kleiner entwickelt Fortpflanzungsorgane. Beide unterscheiden sich morphologisch ganz charakteristisch, wie wir schon früher sahen; die Geschlechtstiere lösen sich von der Kolonie ab und verbreiten, als Medusen frei umherschwimmend, die Art. Während die Knospung von Polypen das ganze Jahr mehr oder weniger rege ist — abgesehen von zu niedriger Temperatur im Winter —, werden Medusen nur zu bestimmten Zeiten gebildet. Die Hydroidenkolonien haben also ihre „Blütezeit" ganz wie die Pflanzen.

Bei vielen Hydroiden wird die Pflanzenähnlichkeit sogar noch weiter dadurch erhöht, daß die „Blüten" am Stock sitzen bleiben: Die Medusen verlieren ihre Selbständigkeit und werden zu Gonophoren, die die Einrichtungen zu freier Bewegung einbüßen und mehr und mehr zu mit Keimzellen erfüllten Säcken sich umbilden, an denen nur noch bei der Entwicklung der Medusentypus hervortritt. Diese Gestaltung der Geschlechtsindividuen wechselt bei sehr nahestehenden Formen; wir kennen Arten, die sich im Bau der Polypen fast gar nicht unterscheiden, von denen aber die einen freie Medusen, die anderen Gonophoren erzeugen.

Der Zusammenschluß vieler vegetativer Generationen zu einem Tierstock beeinflußt nun die Ausgestaltung der Einzeltiere sehr weitgehend. Bei Hydra gleichen alle sich ablösenden Knospen dem Muttertier und somit auch einander, in den Tierstöcken wechselt das Aussehen der Einzeltiere mit der Aufgabe, die sie für die Gesamtheit zu erfüllen haben. Auch hier die Parallele mit der Pflanze, die Laub-, Hoch-, Nieder-, Deck-, Kronen- und Fruchtblätter aus den einzelnen Knospen je nach der Bestimmung entstehen läßt. So bildet sich eine Kolonie, die durchaus einem einfachen Individuum mit zahlreichen verschiedenen Organen gleicht; oft sind einzelne Anhänge der Kolonie so stark umgebildet, daß es strittig ist, ob man sie als ursprünglich selbständige Individuen betrachten soll. Die Folgen dieser Differenzierung haben wir bereits S. 42 kennen gelernt.

Ein weiteres Beispiel für Knospungsprozesse bietet uns eine sehr viel höher stehende Tiergruppe aus dem Verwandtschaftskreise der Wirbeltiere, die Manteltiere, *Tunicata*, und unter ihnen besonders die Salpen. Als man mit diesen durchsichtigen, oft in ungeheuren Schwärmen in den Meeresströmungen treibenden Tönnchen näher vertraut wurde, fand man sie meist in zwei verschiedenen Formen, die als Kettensalpen und solitäre oder Einzelsalpen bezeichnet werden. Schon einer der ersten Bearbeiter, der als Dichter bekannte Chamisso, der um 1820 eine russische Weltumsegelung als Naturforscher mitmachte, sprach den Gedanken aus, daß diese beiden Formen in einem gesetzmäßigen Zeugungskreis zusammenhängen. Diese erste Formulierung des Generationswechsels erschien aber seinen Zeitgenossen so unglaublich, daß sie Chamisso nur den Namen eines „wissenschaftlichen Peter Schlemihl" eintrug. Erst nach der Mitte des 19. Jahrhunderts wurde Chamisso glänzend gerechtfertigt. Es ergab sich nämlich, daß nur die in Ketten vereinigten Salpen Geschlechtsprodukte ausbilden. Sie sind Zwitter; am Eierstock entsteht nur ein einziges Ei, das sich nach der Befruchtung noch im Muttertier entwickelt. Später wird der Embryo ausgestoßen und wächst nun zur Solitärform oder „Amme" heran, die gewöhnlich um ein Mehrfaches größer wird, als das Geschlechtstier. Die Amme hat keine Geschlechtsdrüsen, treibt aber aus der Mitte der Bauchfläche einen Fortsatz, den Stolo prolifer, zu dessen Bildung Zellstränge von den meisten Organen her zusammentreten. An diesem Stolo wachsen satzweise aneinander gereiht die Kettensalpen hervor. Zunächst liegt der ganze Apparat spiralig eingerollt im Hinterteile des Ammentieres; später tritt das Ende des Stolo hervor und stößt Satz für Satz die herangewachsenen Knospen ab, die dann zusammen als Kette weiterschwimmen.

Während hier also ein einfaches Alternieren zweier Fortpflanzungsarten stattfindet, vergleichbar den zwei Jahresgenerationen der Gallwespen, verwickelt sich der Vorgang weiter bei einer verwandten Gattung, *Doliolum*. Auch hier haben wir große, geschlechtslose Ammentiere mit ventralem Stolo prolifer. An diesem entwickeln sich ebenfalls satzweise Knospen dadurch, daß der Stolo sich in einzelne Stücke auflöst. Jedes dieser Stücke wird von zwei bis vier Epithelzellen der Körperwand umfaßt. Sie ziehen sich, wie bei den Amöben, in Pseudopodien aus und wandern mit der Knospe an der linken Rumpfseite schräg gegen das Hinterende der Amme empor. Dort setzen diese Tragzellen, Phorozyten, ihre Last auf einen nach hinten gerichteten Rückenfortsatz ab. Die ankommenden Knospen werden in vier Längsreihen geordnet, wobei jedesmal die jüngeren Knospen weiter nach rückwärts sich ansetzen. Die beiden äußeren Reihen werden zu sog. Ernährtieren, die nur der Nahrungsaufnahme dienen, die inneren zu Pflegtieren. Keine von diesen Knospen, die den Geschlechtstieren der übrigen Salpen entsprechen, entwickelt Geschlechtsorgane, sie sind also etwa steril bleibenden Medusen zu vergleichen. An der Basis der Pflegtiere setzt sich nun eine dritte Knospengruppe fest, die Geschlechtsurknospen. Sie erlangen gar keine besondere Differenzierung, sondern beginnen sofort wieder zu knospen, und jede von ihnen erzeugt einen Ring von 30—40 Geschlechtstieren. Diese lösen sich später einzeln los, und aus ihren Eiern gehen dann wieder Ammentiere hervor.

Neben dem Auswachsen von Knospen kommt unter den Metazoen auch eine Durchschnürung des Körpers vor, die mehr der Teilung der Protozoen entspricht. Auch dieser Typus ist unter den Pflanzentieren weit verbreitet, besonders in der Gruppe der Skyphozoen und Anthozoen. Bei den Skyphozoen finden wir ganz ähnlich wie bei den Hydroiden Polypen und Medusen. Die Polypen bilden aber nur selten Kolonien, meist erzeugen sie sofort oder nach wenigen Polypengenerationen Medusen. Bei diesem Prozeß, Strobilation genannt, bekommt der Polyp eine Anzahl ringförmiger Einschnürungen, so daß er etwa aussieht wie ein Satz aufeinandergestellter Teller. Die einzelnen Teller lösen sich nacheinander los, als Ephyrae, und wachsen in monatelangem freiem Umherschwimmen zu geschlechtsreifen Medusen von oft riesiger Größe heran. Diese Skyphomedusen unterscheiden sich von den Hydromedusen besonders durch den gelappten Schirmrand und den Mangel des Velums, wonach sie auch Acraspedoten genannt werden. Das biologische Verhältnis ist hier gegenüber den Hydrozoen umgekehrt: Die Polypengeneration ist klein und wenig zahlreich gegenüber der sehr auffallenden Medusenform.

Dagegen treffen wir bei den Anthozoen, den Korallenpolypen, nur Polypenformen, welche auch die Geschlechtsprodukte erzeugen. Durch fortgesetzte Teilung entwickeln sich diese zu außerordentlich umfangreichen Kolonien, besonders bei der Familie der Steinkorallen, die um das Ektoderm eine Kalkhülle ausscheiden. Durch das ungezählte Jahre fortdauernde Wachstum entstehen die bekannten riesigen Korallenriffe. Sie bedürfen zu ihrem Gedeihen warmen Wassers und einer Tiefe von 30—60 m, wir treffen sie daher jetzt lebend als Küstensäume tropischer Meere. Senkt sich der Untergrund langsam, so wachsen die Korallen ständig nach oben fort und halten immer den gleichen Abstand vom Wasserspiegel ein. Tritt beim Sinken des Landes die Küste von der Korallenbank mehr und mehr zurück, so entstehen die Saum- oder Barriereriffe, die wir in den australischen Gewässern so weit verbreitet finden. War die Grundlage der Korallenbauten eine Insel, die schließlich ganz versunken ist, so bleiben endlich nur kreisförmige, niedrige Korallenringe, die Atolle, mit einer Lagune im Innern übrig. Solche Atolle liegen als einzige Reste versunkener Festländer im Indischen Ozean in ganzen Gruppen, z. B. die Malediven. Bei Bohrungen durchstößt man dann Hunderte von Metern Korallenfels, die in jahrtausendelangem Wachstum von Generationen über Generationen getürmt worden sind. Solche Korallenriffe in fossilem Zustande sind die berühmten Dolomitfelsen Südtirols, eines der schönsten Beispiele für die direkt gebirgsbildende Tätigkeit tierischer Lebewesen. Im flacheren Wasser hinter den Steinkorallenriffen siedeln sich dann gern die Weichkorallen mit lederartigem Körper an, während die Hornkorallen mit elastischem, hornartigen Skelett größere Tiefen lieben. Beide Gruppen unterscheiden sich von den Steinkorallen, die sechs Tentakel oder ein Vielfaches davon haben, Hexakorallen, durch den Besitz von acht zierlich gefiederten Fangarmen, Oktokorallen.

Sehr reich entwickelt ist die Teilungsfähigkeit auch bei den Anneliden, besonders den Polychäten des Meeres. Hier können wir auch mit ziemlicher Wahrscheinlichkeit die phylogenetische Entwicklung dieser Fortpflanzungsart verfolgen. Bei den Anneliden entstehen die Geschlechtsprodukte in sackförmigen Ausbuchtungen der Zölomwände. Meist beteiligen sich, abgesehen von den vordersten Kopfsegmenten, alle Ringe an der Fortpflanzung. Bei manchen Arten bleibt aber der Vorderkörper steril, und nur das Hinterende ist prall mit Keimzellen erfüllt. Dies tritt z. B. bei den am Meeresgrunde in Röhren lebenden Arten der Gattung *Nereis* ein. Werden die Tiere geschlechtsreif, so ändern die hinteren Segmente ihre Form, sie erhalten breitere Parapodien mit kräftiger Muskulatur. Nun löst sich das Tier vom Boden, steigt freischwimmend zur Meeresoberfläche empor, dort erfolgt die Ausstoßung der Keimzellen und die Befruchtung; aus den Larven geht dann wieder die Bodenform hervor. Man hat diese Unterschiede durch besondere Namen festgehalten, indem man die Bodenform als Nereis, die freischwimmende Geschlechtsform als Heteronereis bezeichnet.

Weiter entwickelt ist der Vorgang bei der zur gleichen Form zugehörigen Gattung *Eunice*. Dort bildet sich gleichfalls ein mit Geschlechtszellen erfülltes, abweichend gebautes Hinterende (X, 24). Dies löst sich aber bei der Reife ganz vom Vorderende ab und steigt allein zur Meeresoberfläche empor, um die Keimzellen zu verbreiten. Den Südseeinsulanern ist der Vorgang gut bekannt, sie wissen auch, daß das Auftauchen der Würmer zu bestimmter Jahreszeit (September-Oktober) in ganz gesetzmäßiger Abhängigkeit vom Mondwechsel erfolgt. Dann sammeln sich z. B. in Samoa die Eingeborenen am Ufer, fahren nachts heraus und fischen den „Palolowurm" in großen Mengen, denn die fetten Tiere geben eine sehr beliebte Speise.

Von hier schreiten wir zu Verhältnissen vor, wo die physiologische Selbständigkeit der geschlechtsreifen Segmente noch größer wird. Sie erhalten nämlich bei der Teilung ein neugebildetes Kopfende und führen nun längere Zeit ein unabhängiges Dasein. So gehören zu den am Boden lebenden Arten der Gattung *Syllis* entsprechende pelagische *Heterosyllis*-Formen, die sich morphologisch scharf unterscheiden und in Generationswechsel stehen. Bei der Gattung *Autolytus* (X, 25) wird die Sache noch verwickelter dadurch, daß bei der geschlechtsreifen Form Männchen und Weibchen so verschieden sind, daß sie vor der Erkenntnis des Zusammenhanges in weit getrennte Gattungen gestellt wurden.

Noch weiter geht die Gattung *Myrianida*. Dort wird nicht nur ein Hinterende abgestoßen, sondern der Wurm erzeugt einen ganzen Satz von Tochtertieren, die jedes einen Kopf erhalten und zu selbständig lebensfähigen Formen auswachsen. Das weitest Entwickelte sitzt ganz hinten, vorn liegt eine Teilungszone, von der fort und fort neue Junge abgeschnürt werden, die schon Kopf und Augen ausbilden, während sie noch mit dem Muttertiere zusammenhängen. Hier ist also ein Verhalten erreicht, das große Ähnlichkeit mit der Strobilation der Skyphopolypen aufweist. Wir finden das auch unter den Süßwasseroligochäten weit verbreitet, z. B. bei den in unseren Tümpeln häufigen *Nais-* und *Stylaria*-Arten. Hier braucht nicht immer mit der Teilung die Bildung der Geschlechtsprodukte verknüpft zu sein. Vielmehr kann diese ungeschlechtliche Fortpflanzung das ganze Jahr hindurch fortgehen, während nur zu bestimmten Zeiten irgendwelche Teilstücke Keimzellen ausbilden. Offenbar hat sich so wieder eine Einrichtung zur schnellen Ausnutzung günstiger Lebensbedingungen entwickelt, und es ist kein Zufall, daß dies gerade wieder bei Süßwasserformen geschehen ist, die unter sehr wechselnden Verhältnissen leben und darauf angewiesen sind, die Gunst der Umstände wahrzunehmen. Wir finden vielleicht aus diesem Grunde die gleiche Fähigkeit bei den Turbellarien unter den Plattwürmern wieder, die ebenfalls Bewohner unserer Teiche und Bäche sind. Die Gattung *Microstomum* aus der Gruppe der Rhabdozölen mit geradem, unverzweigtem Darm pflanzt sich vorwiegend in dieser Weise fort (X, 26); so kommt es, daß man Aquarien gelegentlich dicht mit diesen Tieren besetzt findet. Jedes bildet eigentlich eine Kette von vier, acht bis sechzehn Individuen, zum Teil schon völlig ausgebildet und im Begriff sich abzulösen, zum Teil noch mitten in der Entwicklung der inneren Organe. Geschlechtliche Fortpflanzung trifft man dagegen sehr selten; dies erinnert uns wieder an die Verhältnisse bei der Parthenogenese z. B. der Phasmiden.

Auf Grund solcher Beobachtungen wird es uns auch nicht schwer werden, ein Verständnis für die eigentümliche Fortpflanzung der Bandwürmer zu gewinnen. Skolex und Proglottiden stehen dort offenbar in ähnlichem Verhältnis, wie das sterile Vorderende und die geschlechtsreifen Endsegmente der Anneliden (X, 27). Auch hier führt der Teilungsprozeß nicht zur Bildung vollkommen selbständiger Tiere, denn die Proglottiden, die sich nach und nach abschnüren, erhalten keinen Kopf. Sie bleiben aber längere Zeit lebensfähig, können sich zum Teil sogar fortbewegen, bis sie sich ihrer Geschlechtsprodukte entledigt haben. Da wir schon bei den Turbellarien, die sicher die Ahnenformen der parasitischen Plattwürmer darstellen, die Teilung ausgebildet finden, so erscheint es leicht begreiflich, daß die Bandwürmer in Anpassung an ihre besonderen Lebensverhältnisse, welche die Ausbildung massenhafter Keimzellen und ihre Verteilung auf zahlreiche selbständige Träger sehr wünschenswert erscheinen ließen, diese Fähigkeit ins Extrem gesteigert haben.

Die mannigfachen und verwickelten Verhältnisse, die durch die beiden Typen des Generationswechsels, die Heterogonie und die Metagenese, ent-

I. Wechsel zweigeschlechtlicher und parthenogenetischer Fortpflanzung. Heterogonie.

a) Unregelmäßige Heterogonie

Phasmiden
Tenthrediniden

A ♂♀
|
⋮
Ax ♂♀
|

A ♂♀

b) Regelmäßige (zyklische) Heterogonie

1. Daphniden, Rotatorien, Aphiden

A ♂♀
|

A ♂♀

2. Cynipiden

A ♂♀ Spathegaster
|
Dryophanta

A ♂♀ Spathegaster

c) Paedogenese

1. Miastor, Encyrtus

A ♂♀
|
Larve

Larve

A ♂♀

2. Trematoden

A ⚥ Distomum
|
Miracidium-Sporozyste

Redie

A ⚥ Cercarie-Distomum

d) Heterogonie der Nematoden

Rhabdonema

A ♂♀ Rhabditis
|
B ⚥ Rhabdonema
|
A ♂♀ Rhabditis

II. Wechsel geschlechtlicher und ungeschlechtlicher Fortpflanzung. Metagenese.

A. Die ungeschlechtliche Fortpflanzung ist eine Knospung.

1. Hydrozoen

A ♂♀ Meduse
|
Polyp

A ♂♀ Meduse

2. Siphonophoren

A ♂♀
|
Primärpolyp der Kolonie

A_1 A_2 A_3 ♂♀

3. Salpen

A ⚥ Kette
|
Solitärform

A ⚥ Kette

4. Doliolum

A ⚥
|
Amme

A_1 A_2 A_3

A ⚥

B. Die ungeschlechtliche Fortpflanzung ist eine Teilung.

1. Skyphozoen

A ♂♀ Meduse
|
Polyp

A ♂♀ Meduse

2. Anneliden

a) Eunice. Nereis

A ♂♀ Heteronereis
|
Nereis

A ♂♀ Heteronereis

b) Myrianida

A ♂♀
|
Steriles Vordertier

A_1 ♂♀ A_2 ♂♀ A_x ♂♀

3. Plathelminthen

a) Turbellarien

A ⚥
|

A ⚥

b) Cestoden

A ⚥ Proglottide
|
Scolex

A_1 ⚥ A_2 ⚥ A_x ⚥ Proglottiden

Fortpflanzung der parasitischen Würmer. Generationswechsel. Teilung.

1—8) Entwicklung von Fasciola hepatica (nach Leuckart). **8—10)** Entwicklung von Dibothriocephalus latus (10 Plerocercoid einer verwandten Form; 8 nach Rosen, 9 nach Sommer, 10 nach Leuckart). **11—17)** Entwicklung von Taenia solium und saginata (11, 12, 16, 17 nach Leuckart, 13 nach Claus-Grobben, 14, 15 nach Sommer aus Claus-Grobben).

18) Schema der Knospung bei T. echinococcus (aus Hertwig). **19—23)** Entwicklung von Trichinella spiralis (nach Leuckart). **24—27)** Formen der Teilung bei Würmern, 24) Eunice viridis (nach Woodworth), 25) Autolytus cornutus (nach Al. Agassiz), 26) Microstomum lineare (nach v. Graff), 27) Taenia solium (nach Leuckart).

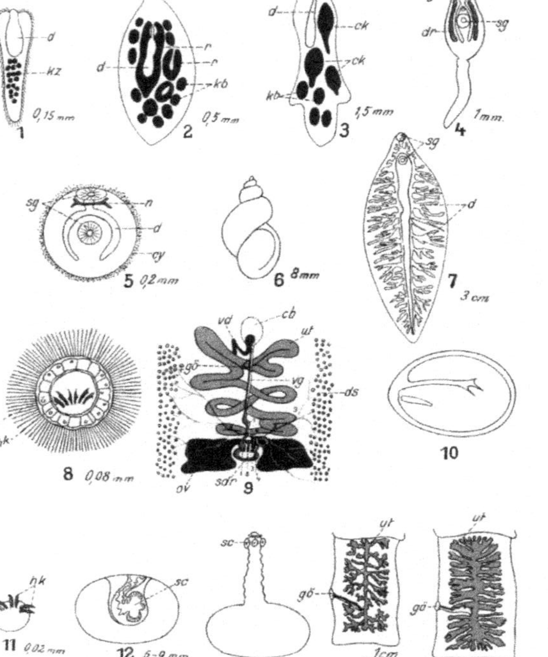

akn = äußere Blasenknospen *cb* = Zirrusbeutel *ck* = Zerkarie *cy* = Zystenhülle *d* = Darm *dr* = Drüsenzellen, welche die Zystenhülle bilden *ds* = Dotterstock *gö* = Geschlechtsöffnung *gt* = Hinterende mit Keimzellen *h* = Hoden *hk* = Haken *hz* = Hüllzellen *ikn* = innere Blasenknospen *kb* = Keimballen *kp* = Kapsel *kz* = Keimzellen *n* = Nervensystem *od* = Ovidukt *ov* = Ovarium *p* = Kopulationspapillen *r* = Redie *ro* = Rostellum *sc* = Scolex *sdr* = Schalendrüse *sg* = Saugnäpfe *st* = steriles Vorderende *tr* = junge Muskeltrichine *ut* = Uterus *vd* = Vas deferens *vg* = Vagina

Verlag von VEIT & COMP. in Leipzig.

stehen können, seien zur besseren Übersicht nochmals in einer Tabelle aufgeführt (vgl. Tab. bei S. 242).

In Kürze sei noch einer eigentümlichen Fortpflanzungsform gedacht, der Erzeugung von Dauerknospen. Wir finden sie bei zwei Gruppen von Süßwassertieren, den Schwämmen und den Moostierchen, *Bryozoa*. Bei unseren Süßwasserschwämmen *Spongilla* und *Ephydatia* findet während des Sommers sowohl geschlechtliche Fortpflanzung wie Koloniebildung durch Knospung statt. So überziehen sich gegen den Herbst geeignete Stellen, Pflanzenstengel, Baumstämme u. ä. mit einem dünnen Überzug gelblichbrauner, formloser Schwammsubstanz. In dieser treten zu Beginn der kalten Jahreszeit massenhaft stecknadelkopfgroße, gelbliche Kugeln auf, die sog. Gemmulae. Sie bilden sich durch Zusammenschluß von großen, plasmareichen, undifferenzierten Schwammzellen und werden umgeben von einer festen Schicht von verkalkten Skelettgebilden, den Amphidisken, die etwa wie eine Garnrolle geformt sind (vgl. Taf. II). Stirbt im Herbst die Schwammkolonie ab, so fallen die Gemmulae heraus, werden ans Teichufer geschwemmt und liegen dort den Winter über, ohne durch Kälte und Trockenheit zu leiden; im Gegenteil ist Frost eine Vorbedingung für spätere Entwicklung. Erwärmt sich im Frühjahr das Wasser wieder, so platzt die Hülle an einer vorgebildeten Stelle, der eingeschlossene Keim schlüpft heraus und erzeugt durch rege Teilung einen neuen Schwamm.

Ganz ähnlich liegt die Sache bei den Moostierchen. Sie haben wie die Schwämme zahlreiche Gattungen im Meere, aber auch einige Vertreter im süßen Wasser. Dort pflanzen sie sich gleichfalls durch Knospung fort und erzeugen zierliche, rasenartige Kolonien in stehenden Gewässern. Daneben findet von Zeit zu Zeit Bildung von Keimzellen statt. Gegen den Winter bilden sich auch hier im Inneren des Körpers an einem besonderen Strang, dem Funiculus (vgl. Taf. VII, 20), durch ungeschlechtliche Vermehrung Zellhaufen, die sich mit einer Chitinrinde umgeben, in welche seitliche Luftkammern eingeschlossen sind. Durch diesen Schwimmring getragen, wird die Dauerknospe, der Statoblast, nach dem Absterben der Kolonie ans Land geworfen und liegt dort bis zum Steigen des Wassers im Frühjahr, wo er ausschlüpft und zum Ausgangspunkt einer neuen Kolonie wird.

9. Die Bedeutung der Befruchtung.

Im Anschluß an die mannigfaltigen Arten der Fortpflanzung bedarf noch eine Frage einer kurzen Besprechung, die mit diesem Vorgang aufs innigste verknüpft ist, die Befruchtung. Von den Erfahrungen an den weitaus meisten Tieren ausgehend, war man lange Zeit geneigt, die Befruchtung als eine selbstverständliche Voraussetzung für die Entwicklung anzusehen. Nach den vorausgegangenen Erörterungen bedarf es kaum noch der Begründung, daß diese Auffassung unhaltbar ist. Bei allen Arten der ungeschlechtlichen Fortpflanzung kann von Befruchtung, d. h. Vereinigung von Zellen zweier Individuen zur Hervorbringung eines neuen, keine Rede sein. Aber auch bei der geschlechtlichen Fortpflanzung kann bei der Parthenogenese die Befruchtung ausbleiben. Ja, wir wissen jetzt, daß man auch bei Tieren, die sich normal nur nach Befruchtung fortpflanzen, künstlich eine Entwicklung unbefruchteter Eier auslösen kann. Die Versuche über künstliche Parthenogenese sind in den letzten Jahrzehnten an den verschiedensten Tieren durchgeführt worden. Es hat sich gezeigt, daß die mannigfaltigsten chemischen und physikalischen Methoden dafür herangezogen werden können. Durch geeignete Kombination der Verfahren ist es gelungen, aus unbefruchteten Eiern vollkommen normale Larven zu erhalten, die sich in ihrer Lebensfähigkeit durchaus nicht von solchen aus befruchteten Eiern unterschieden. Als besonders bevorzugte Objekte für solche Versuche haben sich die Echinodermen und Ringelwürmer erwiesen, in neuer Zeit ist es sogar bei Wirbeltieren, den Fröschen, gelungen, durch mechanische Eingriffe normale Entwicklung ohne Befruchtung zu erzielen.

Bildet also die Befruchtung keine notwendige Voraussetzung für die Fortpflanzung, so erhebt sich die Frage, welche Bedeutung ihr überhaupt zukommt. Eine wichtige Aufgabe der Befruchtung haben wir bereits früher kennen gelernt, die Amphimixis. Durch das Zusammentreten zweier Keimzellen zur Erzeugung eines neuen Individuums kann bei diesem eine neue Kombination der Gene eintreten, die Befruchtung liefert also wichtiges Material für die individuelle Variation, sie wird damit zu einer bedeutungsvollen Quelle der Umgestaltung der Arten.

In dieser Amphimixis vermögen wir wohl einen wichtigen Zweck der Befruchtung zu erkennen, aber noch keinen Grund; sie zeigt uns noch nicht das physiologische Bedürfnis, aus dem die Einrichtung ihre Entstehung genommen haben könnte. Daß ein solches Bedürfnis offenbar vorliegt, geht aus der allgemeinen Verbreitung der Befruchtung hervor. Sie ist Tieren und Pflanzen gemeinsam und, wie wir sahen, kehrt sie auch bei Formen mit ungeschlechtlicher oder parthenogenetischer Fortpflanzung von Zeit zu Zeit wieder. Man hat in jüngster Zeit die Frage viel erörtert, ob überhaupt eine dauernde Entwicklung einer Lebensform ohne Befruchtung möglich sei. Im Versuch ist es gelungen, die Befruchtung weit über die gewohnte Zeit hinauszuschieben. So hat man niedere Krebse, Daphniden und Ostrakoden, Jahre und Jahrzehnte lang rein parthenogenetisch fortgepflanzt, ohne daß dabei eine Schädigung eingetreten wäre. Ebenso ist es gelungen, Protozoen durch Tausende von Teilungsgenerationen zu züchten, ohne daß Verschmelzungsvorgänge stattgefunden hätten. Besonders bei den Pflanzen scheint die Befruchtung sehr lange ausbleiben zu können. So werden manche unserer Zierpflanzen, z. B. Rosen, seit Jahrhunderten ausschließlich durch Stecklinge vermehrt. In noch viel höherem Maße gilt dies für viele Nutzpflanzen. So werden die Bananen, *Musa sapientium*, die Yamswurzel, *Dioscorea batatas*, der Feigenbaum, *Ficus carica*, das Zuckerrohr, *Saccharum officinarum*, seit Urzeiten rein vegetativ durch Stecklinge vermehrt. Auch in der freien Natur gibt es eine ganze Anzahl Pflanzen, welche nur sehr selten oder überhaupt nicht mehr reife Samen erzeugen und sich rein vegetativ durch Ausläufer oder Brutknospen vermehren. Dahin gehören einige Alpengräser der Gattungen *Poa* und *Festuca*, die Feigwurz, *Ranunculus ficaria*, der Kalmus, *Acorus calamus*, auch für eine Anzahl Laubmoose wird das gleiche Verhalten angegeben (vgl. auch S. 171).

Kann man unter Berücksichtigung dieser Tatsachen auch nicht sagen, daß die periodische Verschmelzung von Keimzellen bei der Befruchtung ein für alle Organismen unbedingt notwendiger Vorgang sei, so ist sie doch für die weitaus überwiegende Zahl eine so regelmäßig wiederkehrende Erscheinung, daß man darin wohl ein physiologisches Bedürfnis zu sehen versucht ist.

Den Grund dieses Bedürfnisses aufzuzeigen, hat in letzter Zeit vor allen R. Hertwig versucht. Er ging dabei aus von Versuchen an Protozoen. Bei Kulturen von Infusorien und dem Sonnentierchen *Actinosphaerium eichhorni*, die unter möglichst günstigen Bedingungen lange fortgesetzt wurden, beobachtete Hertwig eigentümliche Krankheitszustände, die er Depressionen genannt hat. Die Tiere hörten auf zu fressen, sanken unbeweglich auf den Boden des Gefäßes herab, die Aktinosphärien zogen ihre Pseudopodien ein. So lagen die Tiere längere Zeit, viele gingen dabei zugrunde; die anderen erholten sich nach einiger Zeit und nahmen ihre gewohnte Lebenstätigkeit wieder auf. Nach einiger Zeit folgte eine neue Depression, darauf wieder Erholung, und so ging die Sache rhythmisch weiter. Dabei wurden aber die Intervalle zwischen den Depressionen immer kürzer und die Krankheitserscheinungen immer schwerer. Schließlich starb bei einer Depression die ganze Kultur aus, oder es trat Befruchtung, Konjugation, ein. Untersuchte Hertwig die Tiere histologisch genauer, so erwies sich, daß während der Zwischenräume zweier Depressionen ein Ansteigen der Menge der Kernsubstanz im Verhältnis zum Zytoplasma stattfand, die Tiere bekamen eine Kernhypertrophie. Erreichte diese einen gewissen Grad, so trat die Depression ein. Während der Ruheperiode wurde dann ein großer Teil der Kernsubstanz in Form von Chromidien in das Plasma ausgestoßen und ging dort zugrunde. War so das normale Mengenverhältnis von Kern und Protoplasma wieder hergestellt, so setzten wieder die gewöhnlichen Lebensvorgänge ein. Nach neuer Hypertrophie der Kerne folgte eine neue Depression usf. Durch die

Reduktion der Kerne wurde aber die Störung offenbar nur unvollkommen ausgeglichen, denn schließlich wurde das Übermaß an Kernsubstanz so groß, daß die Zelle es nicht mehr auszugleichen vermochte. Hier konnte dann nur die Konjugation helfen, bei welcher ja, wie wir wissen, der ganze Kernapparat des Makronukleus aufgelöst und vom Mikronukleus aus ein neuer Kernapparat geschaffen wird (vgl. S. 27, Taf. I, 18).

Diese Beobachtungen führten Hertwig zu der Vorstellung, daß durch ein ununterbrochenes Ablaufen vegetativer Vorgänge in den Zellen eine Störung des Gleichgewichts der beiden wichtigsten Zellbestandteile, des Kernes und des Zytoplasmas, herbeigeführt werde. Die „Kernplasmarelation" wird zugunsten des Kernes verschoben. Wird diese Störung nicht ausgeglichen, so tritt Schädigung, endlich Stillstand des Stoffwechsels, der Zelltod, ein. Den Ausgleich liefert die Befruchtung, bei der eine völlige Umwälzung und Reorganisation des Kernes stattfindet. Hertwig sieht also in der Befruchtung eine Art Verjüngungs- oder Wiederherstellungsvorgang, der die Lebensfähigkeit der durch den Betrieb geschwächten Zelle wieder steigern soll.

Diese Anschauungen Hertwigs sind von vielen Seiten bekämpft worden. Sie leiden an der Schwäche, daß sie vorwiegend auf Befunden an Protozoen basieren. Die Versuche, die hier gewonnenen Anschauungen auf die Metazoen zu übertragen, haben keine eindeutigen Resultate ergeben. Aber auch auf dem Ausgangsgebiete Hertwigs, bei den Einzelligen, hat sich zeigen lassen, daß nicht unbedingt ein Untergang der Kulturen durch Depression oder ihr Ausgleich durch Befruchtung stattzufinden braucht. So hat vor allen der Amerikaner Woodruff in jahrelangen mühevollen Kulturen Paramäzien durch mehrere tausend Generationen gezogen und durch sorgfältigste Kulturmethoden erreicht, daß sie am Schluß noch genau so lebensfrisch waren wie am Anfang, ohne daß Befruchtung stattgefunden hätte. Wohl traten auch hier von Zeit zu Zeit Depressionen auf, sie wurden aber durch Ausstoßung von Kernmaterial, Vorgänge, die zum Teil eine auffällige Ähnlichkeit mit Parthenogenese haben, ohne Befruchtung glatt überwunden und steigerten sich im Laufe der Kultur keineswegs. Es kommt also bei den Ergebnissen Hertwigs und seiner Schüler offenbar ein wesentlicher Teil auf die Kulturmethoden, besonders wohl auf die Anhäufung von Stoffwechselprodukten in der Kulturflüssigkeit, die schädigend wirken.

Wenn also auch die Lehre Hertwigs in ihrer ursprünglichen Form vermutlich nicht haltbar ist, so steckt in seiner Vorstellung der Befruchtung als einer Regulations- und Ausgleichsvorrichtung doch wohl ein richtiger Kern. Sie begegnet sich darin mit einer älteren, bereits von Bütschli ausgesprochenen Anschauung, die später auf Grund tatsächlicher Befunde von dem großen Protozoenforscher Schaudinn in anderer Form wieder aufgenommen und entwickelt wurde. Diese geht aus von der Auffassung, daß durch den Lebensprozeß eine gewisse Änderung in der Organisation der Zelle eintritt. Es stecken in jeder Zelle gewissermaßen zwei Tendenzen, eine fortschrittliche und eine konservative. Die eine bedingt Steigerung der Umsätze, Zunahme der Teilungsgeschwindigkeit, lebhafte Bewegung und Veränderlichkeit der Form. Die andere erstrebt Anhäufung von Material, sie bedingt Größenzunahme, Verlangsamung der Teilung, träge Bewegung, Konstanz der Form. *Durch den Lebensprozeß selbst gelangt nun von diesen beiden Tendenzen jeweils eine zur Vorherrschaft*; dieses aus zufälligen Ursachen — und daher etwa zu gleichen Teilen nach entgegengesetzter Richtung — entstandene Vorwiegen einer Differenz wirkt, einmal aufgetreten, während des ganzen weiteren Lebensbetriebes der Zelle in gleichem Sinne, und so entstehen zwei zunächst *physiologisch verschiedene Zelltypen*. Diese Verschiedenheit erzeugt aber automatisch eine Spannung innerhalb der Zelle, die auf einen Ausgleich drängt; dieser wird erreicht durch *Verschmelzung mit einer anderen Zelle von entgegengesetzt entwickelter Tendenz, die Befruchtung*. Dadurch entsteht wieder der indifferente Ausgangszustand und das Spiel kann von neuem beginnen.

Die hier entwickelte Anschauung sieht also in dem Lebensprozeß selbst von vornherein die Tendenz zu zwei entgegengesetzten Ausprägungen. Es ist leicht einzusehen, daß diese dem entsprechen, was man als *männlich* und *weiblich* zu bezeichnen gewohnt ist. Dabei erscheint das männliche Element als das kleinere, lebhaftere, veränderlichere, das weibliche ihm gegenüber als das größere, trägere, konservativere. Es ist also hiernach die *geschlechtliche Differenzierung gewissermaßen eine Grundfunktion des Lebens selbst* und die Befruchtung von vornherein an das Auftreten zweier physiologisch verschiedener Typen geknüpft.

Es ist zu erwarten, daß diese *physiologische* Ungleichheit der zur Verschmelzung gelangenden Zellen sich auch *morphologisch* ausdrücken wird. Tatsächlich finden wir bereits bei den Protozoen die verschmelzenden Individuen, die *Gameten*, oft verschieden, als *Anisogameten*, ausgebildet (vgl. S. 22). Es ist bemerkenswert, daß solche Differenzierung unabhängig von den systematischen Gruppen überall vorkommt, oft finden wir bei nahe verwandten Formen nebeneinander Iso- und Anisogamie. Man hat oft die Anschauung vertreten, daß die *Anisoga ie eine sekundäre Erscheinung sei*, entstanden als *zweckmäßige Anpassung*. Die kleinen, zahlreichen, beweglichen männlichen Gameten suchen die großen, spärlicheren unbeweglichen weiblichen Gameten auf. Diese speichern dafür die Reservestoffe, welche für die weitere Entwicklung notwendig sind. Von unserem Standpunkte aus müßte man eine von Anbeginn vorhandene Ungleichheit erwarten, es ist aber nicht gesagt, daß sich diese auch morphologisch ausprägen muß. In diesem Zusammenhang ist es interessant, daß man gelegentlich an *Isogameten physiologische Differenzierung* beobachtet hat. Eins der schlagendsten Beispiele ist zuerst von Blackeslee an Schimmelpilzen festgestellt worden. Diese entwickeln aus Sporen Zellstränge von vollkommen gleichem Aussehen, die sich aber trotzdem ganz verschieden verhalten, indem ihre Zellen im einen Falle zur Verschmelzung gebracht werden können, im anderen nicht. Man hat sie danach als + und —-Kulturen bezeichnet, es vereinigen sich jeweils nur Zellen aus Strängen mit dem entgegengesetzten Vorzeichen. Trotz äußerlich vollkommener Gleichheit deckt also die Einleitung zu den Befruchtungsvorgängen an diesen Zellen fundamentale physiologische Differenzen auf. Etwas Ähnliches liegt unter den einzelligen Tieren offenbar bei den Gregarinen vor. Dort legen sich vor der Befruchtung, wie wir früher sahen (S. 21), jeweils zwei Tiere hintereinander, enzystieren sich gemeinsam und bilden Fortpflanzungszellen. Es verschmelzen dann jeweils die Sprößlinge des einen Partners mit denen des anderen. In vielen Fällen sind sie morphologisch gleich, Isogameten, in anderen ungleich. Stets sind aber die ursprünglich zusammentretenden Zellen äußerlich gleich, dennoch müssen wir auch bei ihnen offenbar eine physiologische Ungleichwertigkeit annehmen; eine Anziehung auf Grund physiologischer Gegensätze läßt jedenfalls am leichtesten die Zusammenlagerung verstehen. Bei der nahe verwandten Gruppe der Coccidien finden wir dann auch an den durch einfache Teilung, ohne Befruchtung sich vermehrenden Zellgenerationen die morphologische Differenzierung gelegentlich deutlich ausgeprägt.

Bei den vielzelligen Organismen wird der Ausgleich der Spannungen bestimmten Zelltypen, den Geschlechtszellen, übertragen, die gleichzeitig die Fortpflanzung der Art übernehmen. In dieser Wirkung der Arbeitsteilung liegt also der Grund, warum jetzt die ursprünglich ganz getrennten Vorgänge der Fortpflanzung und der Befruchtung sich an der gleichen Stelle vereinigt finden. Logischerweise können sich bei den Metazoen die Verhältnisse einerseits so entwickeln, daß in einem und demselben Organismus beide geschlechtliche Tendenzen nebeneinander zur Ausprägung kommen. Dann bildet das Tier Samenzellen und Eier, es entsteht ein Zwitter. Die Verschmelzung dieser beiden Zelltypen, die Selbstbefruchtung, würde dem Ausgleichsbedürfnis an sich völlig Genüge tun, nicht aber, wie ohne weiteres ersichtlich, der Amphimixis. Es vereinigen sich ja bei der Selbstbefruchtung Zellen der gleichen Herkunft, also mit gleichen Anlagen, dadurch kann nichts Neues entstehen. Aus diesem Grunde offenbar finden wir vielfach Einrichtungen, die die Selbstbefruchtung der Zwitter verhindern sollen. Entweder reifen die beiden Sorten von Geschlechtszellen zu verschiedener Zeit, oder es treten physiologische Gegensätze auf. Bei vielen Tieren und Pflanzen läßt sich feststellen, daß Eizellen, die mit Samenzellen des gleichen Tieres befruchtet sind, sich schlechter entwickeln als bei Kreuzbefruchtung.

Unter den Tieren ist dies z. B. für die Seescheide, *Ciona intestinalis*, nachgewiesen.

Weit sicherer wird dieses Ziel natürlich dann erreicht, wenn beide Arten von Geschlechtszellen auf verschiedene Individuen verteilt werden. Bei diesen getrenntgeschlechtlichen Organismen ist also der ganze Keimzellkomplex einseitig entwickelt. Diese einseitige Differenzierung greift dann aber oft auf die Körperzellen über, so treten zu den primären die sekundären Geschlechtsmerkmale. In extremen Fällen führt dies dazu, daß offenbar alle somatischen Zellen auch je nach dem Geschlecht des Tieres verschieden ausgebildet sind. So hat sich bei Schmetterlingsraupen durch die verschiedene Färbung des Blutes zeigen lassen, daß die Darmzellen der beiden Geschlechter verschieden sind; beim Weibchen lassen sie das Chlorophyll der Nahrung unverändert passieren, beim Männchen bauen sie es ab.

Selbst in diesem Falle wäre aber die Vorstellung falsch, daß ein solches Tier nun ein reines Männchen oder Weibchen wäre. Das Geschlecht verhält sich vielmehr etwa wie ein Mendelsches Merkmalspaar, dessen eine Ausprägung dominant über die andere ist. Obwohl also etwa ein Tier äußerlich rein als Männchen erscheint, enthält es doch die Anlagen für die weibliche Ausprägung des Typus latent in sich. Dies ergibt sich aufs deutlichste bei der Fortpflanzung. Uns allen ist ja die Erscheinung geläufig, daß etwa durch die Mutter auf den Sohn Eigenschaften ihres Vaters übertragen werden können. Im Versuch hat sich das bei Kreuzungen auch exakt an Tieren zeigen lassen. Paare ich etwa zwei Schmetterlingsformen, die im weiblichen Geschlecht annähernd gleich, im männlichen aber in der Färbung stark verschieden sind, so werden unter den Nachkommen auch die Färbungsmerkmale derjenigen Männchen auftreten, die bei der Paarung nur durch das weibliche Geschlecht vertreten waren. Gelegentlich kann die reine Dominanz des einen Geschlechts durch Zufall gestört sein, dann erhalten wir Formen, deren Körper ein Gemisch männlicher und weiblicher Eigenschaften aufweist (Gynandromorphismus), Beobachtungen, wie sie besonders unter Insekten nicht allzu selten gemacht werden.

10. Die Geschlechtsbestimmung.

Aus der Erkenntnis der Tatsache, daß die geschlechtliche Differenzierung nur in dem Überwiegen der einen Geschlechtstendenz besteht, ergibt sich sofort die Frage, welche Faktoren denn bei den zweigeschlechtlichen Organismen darüber entscheiden, welche Tendenz sich durchsetzt. Dies Problem der Geschlechtsbestimmung hat bei seiner großen praktischen Bedeutung natürlich Anlaß zu vielen Theorien und Versuchen gegeben. Man war ursprünglich geneigt, die Differenzierung der Geschlechter auf äußere Faktoren zurückzuführen, die während der Entwicklung die eine Tendenz fördern, die andere zurückdrängen sollten. Neuere Untersuchungen ergeben aber immer deutlicher, daß dies Verhalten sehr selten ist, daß vielmehr gewöhnlich schon in den Keimzellen eine bestimmte Tendenz für ein Geschlecht besteht. Es enthält die Keimzelle gewissermaßen die „Anlage" für ein bestimmtes Geschlecht geradeso wie für irgendein körperliches Merkmal. Gelegentlich kann man parthenogenetisch sich entwickelnden Eiern diese Geschlechtstendenz schon äußerlich ansehen. Bei den Rebläusen werden, wie wir sahen (S. 220), während des ganzen Sommers unbefruchtete Eier abgesetzt, die sich durchweg zu Weibchen entwickeln. Die Eizellen haben also hier alle weibliche Tendenz. Im Herbst aber entstehen aus solchen unbefruchteten Eiern einerseits Männchen, andererseits Weibchen, deren Eier befruchtet werden müssen, um sich zu entwickeln. Die Eier, welche Männchen ergeben werden, unterscheiden sich nun bereits während der Ausbildung von den weiblich gerichteten durch ihre geringere Größe. In ähnlicher Weise bringt auch der Strudelwurm *Dinophilus apatris*, wie schon seit langem von Korschelt festgestellt wurde, kleine männliche und große weibliche Eier hervor. Beide Sorten können in sich etwas in der Größe schwanken, aber nicht so sehr, daß die kleinsten Weibcheneier kleiner wären als die größten Männcheneier.

Treffen nun bei der Befruchtung zwei Keimzellen mit verschiedener Geschlechtstendenz zusammen, so erhebt sich unter ihnen gewissermaßen ein Wettkampf, welche ihre Tendenz durchsetzen wird. Es verhalten sich diese Geschlechtstendenzen dabei genau wie irgendwelche andere Merkmale bei einer Mendelschen Kreuzung. Man hat dies experimentell verfolgen können und dabei gefunden, daß anscheinend immer ein Geschlecht nur Keimzellen der gleichen Tendenz hervorbringt, das andere dagegen beide. Das eine ist also in bezug auf den Geschlechtsfaktor homozygot, das andere heterozygot. Correns hat dies in sehr eleganter Weise durch einen Kunstgriff bei zwei Arten der Zaunrüben, *Bryonia*, nachgewiesen. Er kreuzte *Bryonia dioica*, die, wie der Name sagt, zweigeschlechtlich ist, mit der zwittrigen *Bryonia alba*. Seine Versuche ergaben folgendes Resultat:

Br. dioica ♀ × Br. dioica ♂ = 50% ♀ + 50% ♂
Br. dioica ♀ × Br. alba ♂ = 100% ♀
Br. alba ♀ × Br. dioica ♂ = 50% ♀ + 50% ♂

Dieses Ergebnis erklärt sich sehr einfach unter folgenden Voraussetzungen: Alle Eizellen von Br. dioica haben weibliche Tendenz. Die Pollenkörner dagegen sind zur Hälfte männlich, zur Hälfte weiblich gestimmt. Dabei dominiert beim Zusammentreffen der Anlagen die männliche über die weibliche Richtung. Br. alba hat als Zwitter gar keine einseitige Geschlechtstendenz, da sie ja eben beide Geschlechter nebeneinander hervorbringt. Unter diesen Voraussetzungen können wir die Versuche auch so schreiben (wobei w = weiblich und rezessiv, M = männlich und dominant, z = zwittrig sei):

1. $ww \times Mw = Mw + ww =$ 50% ♂ + 50% ♀
2. $ww \times zz \;\; = wz \; + wz =$ 100% ♀
3. $zz \;\; \times Mw = Mz \; + wz =$ 50% ♂ + 50% ♀

Es verläuft also hiernach die Geschlechtsbestimmung nach dem Schema der Rückkreuzung eines Bastards mit seiner einen Stammform. Dieser Befund erklärt auch die an sich bemerkenswerte Tatsache, daß unter den Nachkommen bei der geschlechtlichen Fortpflanzung meist beide Geschlechter in etwa gleicher Anzahl vertreten sind. Ergeben sich Abweichungen davon, so werden wir sie nach dieser Auffassung am ersten darauf zurückführen können, daß eine der beiden Anlagenkombinationen weniger leicht gebildet wird bzw. daß die so entstandenen Keime weniger lebensfähig sind, ein Verhalten, das wir ja auch sonst häufig bei Mendelscher Vererbung finden (vgl. S. 140). Tatsächlich hat man in mehreren Fällen feststellen können, daß die Bildung rein weiblicher Nachkommenschaft darauf beruhte, daß von den beiden Sorten von Spermatozoen die männlich determinierten nicht lebensfähig waren. Wie leicht ersichtlich, lassen sich auf Grund solcher Annahmen und Erfahrungen alle beliebigen Abweichungen vom normalen Zahlenverhältnis der Geschlechter nach beiden Seiten ohne weiteres verstehen.

In letzter Zeit haben unsere Erkenntnisse über dies Problem der Geschlechtsbestimmung besondere Fortschritte gemacht, seit man festgestellt hat, daß sich in vielen Fällen die Geschlechtstendenz an den Keimzellen mikroskopisch erkennen läßt, nämlich am Verhalten der Chromosomen. Man beobachtete, zuerst bei Insekten, daß bei einem Geschlecht, meist beim Männchen, besonders deutlich bei den Zellteilungen in den Gonaden, unter den Chromosomen abweichende Typen auftraten. Entweder sah man ein einzelnes Gebilde, das durch Form, Größe und Verhalten bei der Teilung von den übrigen abwich, oder es trat ein ungleiches Paar auf, das ebenfalls während der Teilungsvorgänge ein besonderes Benehmen zeigte. Bei den Weibchen dagegen trat ein Paar abweichend gebauter Chromosomen auf, oder es waren in den entsprechenden Stadien der Eibildung alle Chromosomen unter sich völlig gleich. Verglich man die Zahl, so hatten die Männchen einschließlich der abweichenden Formen, der Heterochromosomen, wie man sie nannte, entweder die gleiche Zahl wie die Weibchen oder eins weniger. Diese Tatsache läßt sich nun ohne Schwierigkeit zur Geschlechtsbestimmung in Beziehung setzen (vgl. Textfig. 5). Bei der Reifung der Keimzellen wird bekanntlich durch den Reduktionsprozeß die Zahl der Chromosomen auf die Hälfte herabgesetzt. Geschieht dies nun bei den Samenzellen mit den Heterochromosomen, so ist klar, daß dadurch ungleichwertige Keimzellen entstehen müssen. Ist nur ein Heterochromosom da (Textfig. 5b), so kann es nur in eine Tochterzelle gelangen, sind zwei verschieden große Elemente da, so wird die eine Tochterzelle das große, die andere das kleine Heterochromosom erhalten (Textfig. 5a). Die Eizellen dagegen werden unter sich alle gleich sein, da, wie allgemein gültig, die Zahl der Chromosomen immer eine gerade, durch zwei teilbare ist. Und es wird ihre Chromosomenzahl stets gleich der Maximalzahl der Spermatozoen-Chromosomen sein. Kommt es jetzt zur Befruchtung, so gelangt entweder eine Samenzelle mit dem vollwertigen Chromosomensatz in das Ei oder eine mit dem reduzierten, sei es an Zahl oder Qualität eines Chromosoms. Im ersten Falle enthält die befruchtete Eizelle die normale Chromosomenzahl und wird zum Weibchen, dessen Keimzellen dann wieder alle unter sich gleich sein müssen, im anderen entsteht ein Männchen mit unvollständigem Chromosomensatz, was sich dann wieder durch Ungleichheit bei der Keimzellenbildung geltend macht. Die Zahl und Ausbildung der Chromosomen ist also ein Merkmal für die geschlechtliche Bestimmung einer Keimzelle, danach hat sich die Gewohnheit herausgebildet, von den Heterochromosomen als den „geschlechtsbestimmenden Chromosomen" zu sprechen.

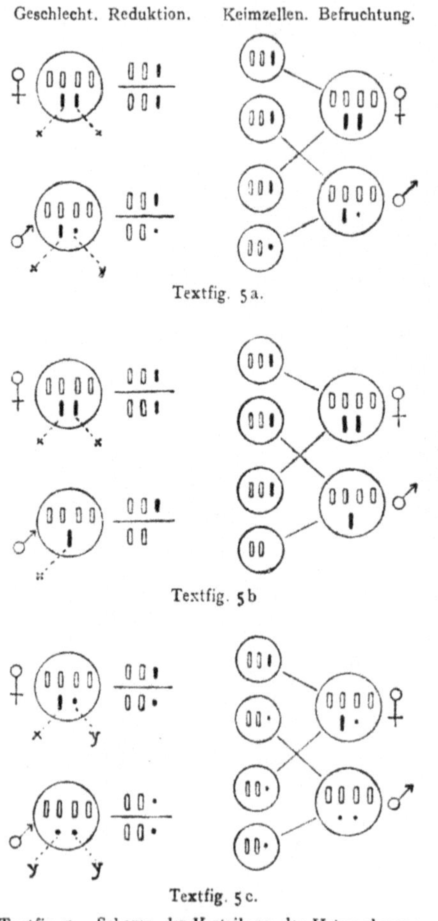

Textfig. 5. Schema der Verteilung der Heterochromosomen bei der Keimzellenbildung und Befruchtung.

Die Verhältnisse der Geschlechtsbestimmung durch die Heterochromosomen lassen sich sehr leicht und übersichtlich in Zahlen ausdrücken. Jede Keimzelle enthält zunächst eine in beiden Geschlechtern gleiche Zahl unter sich gleicher normaler Chromosomen (n). Dazu kommen die Heterochromosomen, von diesen enthält das Weibchen ein unter sich gleiches Paar ($2x$), das Männchen entweder nur eins (x) oder ein ungleiches Paar (xy). Erfolgt nun die Reduktion, so wird der Chromosomenbestand aller Eizellen halbiert zu $\frac{n}{2} + x$, bei den Männchen dagegen entstehen 50% $\frac{n}{2} + x$ und 50% $\frac{n}{2}$ bzw. $\frac{n}{2} + y$. Die Befruchtung ergibt demnach in 50% $n + 2x$ und 50% $n + x$ bzw. $n + xy$.

Für die Bedeutung dieser Chromosomenverhältnisse sind außerordentlich bezeichnend die Befunde, die in jüngster Zeit von Morgan und anderen bei Blattläusen erhoben worden sind. Dort haben wir bekanntlich zyklische Parthenogenese, nur im Herbst treten Männchen und befruchtungsbedürftige Weibchen auf; aus deren Eiern gehen dann immer nur Weibchen hervor. Es hat sich nun nachweisen lassen, daß bei der Bildung der Männchen liefernden Eier mit dem Richtungskörper ein Heterochromosom ausgestoßen wird, so daß nur eins übrig bleibt. Demgemäß werden bei den Männchen auch zwei Sorten von Spermatozoen gebildet, eine mit und eine ohne Heterochromosom. Von diesen geht aber die letztere zugrunde, alle befruchteten Eier erhalten also den vollen Chromosomensatz mit zwei Heterochromosomen und werden dementsprechend Weibchen.

Während in den weitaus überwiegenden Fällen das männliche Geschlecht durch unpaare oder ungleiche Paare von Heterochromosomen ausgezeichnet ist, kennen wir auch vereinzelte Fälle, in denen das Weibchen das heterozygote Geschlecht ist. Bei den Seeigeln hat in einigen Fällen in der Gattung *Echinus* das Männchen zwei abweichend gestaltete, aber unter sich gleiche Chromosomen, das Weibchen aber zwei verschiedene. Hier hätte das Weibchen etwa die Formel $n + xy$, das Männchen $n + 2y$, und es entständen Weibchen immer dann, wenn ein Spermatozoon mit $\frac{n}{2} + y$ ein Ei mit $\frac{n}{2} + x$ befruchtete (Textfig. 5c).

Die auffallenden Beziehungen zwischen der im Versuch beobachteten Verteilung des Geschlechts und der beobachteten Ungleichheit im Chromosomenbestand haben natürlich den Gedanken nahe gelegt, in den Heterochromosomen wirklich die Träger bestimmter Geschlechtstendenzen zu sehen, sie also als geschlechtsbestimmend im wahren Sinn des Wortes aufzufassen. Bei dem Versuch, diese Hypothese mit den tatsächlichen Beobachtungen in Einklang zu bringen, ist man aber auf sehr große Schwierigkeiten gestoßen. Es ist nicht gelungen, eine Formel zu finden, nach der die Heterochromosomen die Tendenz für ein bestimmtes Geschlecht enthalten; immer lassen sich Fälle aufzeigen, welche mit dieser Annahme in Widerspruch stehen. Man hat sich daher der quantitativen Hypothese zugeneigt, welche besagt, daß ein Plus an Chromatin eine Keimzelle in der Richtung der weiblichen Tendenz beeinflußt. Auch diese Vorstellung, deren rohe Bewertung des Chromatins nach der Masse sehr in Widerspruch steht zu den Anschauungen über die feine Differenzierung der Chromosomen mit ihren Genen, wie sie sonst in der Vererbungslehre vertreten wird, hat wenig Befriedigendes. Es erscheint daher angebrachter, in den Chromosomenunterschieden nicht so sehr die Ursache der Geschlechtsverschiedenheit zu sehen, als vielmehr eine Begleiterscheinung einer aus anderen Ursachen auftretenden Differenzierung. Die Heterochromosomen wären also lediglich ein Signal, ein Index für eine aus vorläufig unbekannten inneren Ursachen aufgetretene Differenzierung. Eine solche Annahme empfiehlt sich auch im Hinblick auf Verhältnisse, wie wir sie oben von den Blattläusen kennen gelernt haben. Dort gehen während des Sommers aus unbefruchteten Eiern immer Weibchen hervor, diese sind also weiblich determiniert. Im Herbst treten aber daneben auch Männchen auf, ebenfalls aus unbefruchteten Eiern; es hat also hier eine Umstimmung der Geschlechtstendenz stattgefunden. Bei der Bildung dieser Männchen entsteht durch Verlust eines Chromosoms die Ungleichwertigkeit der Keimzellen, offenbar ist aber doch hier die Festlegung des Geschlechts das Primäre und die Ausbildung der Heterochromosomen erst das Sekundäre.

Ausgedehnte vergleichende Untersuchungen besonders amerikanischer Forscher haben nachgewiesen, daß die durch Heterochromosomen kenntlich gemachte Differenzierung der Keimzellentendenz in den verschiedensten Tiergruppen weit verbreitet ist. Besonders häufig treffen wir sie bei den Insekten, daneben aber auch bei Tausendfüßern und Spinnen. Unter den Krebsen hat man sie bei den Kopepoden, unter den Würmern in besonders typischer Ausbildung bei den Nematoden gefunden. Unter den Mollusken haben die Schnecken verschiedene Beispiele geliefert. Besonders interessant ist das Auftreten von Heterochromosomen bei den Wirbeltieren. Dort sind sie bei Vögeln, z. B. dem Haushuhn und der Taube, nachgewiesen, und unter den Säugern scheinen sie weit verbreitet zu sein. Auch der Mensch hat wahrscheinlich unter seinen 22 Chromosomen ein Heterochromosom.

Je mehr solche Beobachtungen gemacht wurden, desto mehr wurde der Bereich derjenigen Art von Geschlechtsbestimmung eingeengt, die man früher für die verbreitetste zu halten geneigt war, nämlich die Festlegung des Geschlechts erst nach der Befruchtung, während der Embryonalentwicklung. Wir kennen bis jetzt erst ganz wenige Fälle, in denen ein solches Verhalten mit Sicherheit nachgewiesen ist. Wahrscheinlich liegt so etwas vor bei einem kleinen Kopepoden, *Haemocera*, der als Schmarotzer in den

Blutgefäßen eines Ringelwurms lebt. Dort findet man nämlich dann, wenn nur ein Parasit in einem Wirtstier lebt, entweder ein Männchen oder ein Weibchen. Sind es aber zwei oder mehr, so sind es fast stets Männchen. Es läßt sich vorstellen, daß hier die Ernährung auf die lange zwittrig bleibende Geschlechtsanlage einwirkt in dem Sinne, daß knappe Nahrung Männchen, reichliche Weibchen erzeugt. Man könnte also in diesem Falle einen Beleg für die oft ausgesprochene Ansicht sehen, daß die Männchen Kümmerformen seien. Bestärkt würde man darin noch durch die Beobachtung, daß dann, wenn viele Parasiten in einem Wirtstier leben, also die Bedingungen besonders ungünstig sind, ihre Keimdrüsen verkümmert bleiben. Daß die Beziehung aber nicht immer so einfach ist, lehrt ein anderer, besonders merkwürdiger Fall. Manche Krabbenarten werden gelegentlich von einem seltsamen Parasiten aus der Gruppe der Zirripedien, der *Sacculina*, befallen, die wurzelartige Ausläufer durch den ganzen Körper schickt und ihrem Träger die Säfte entzieht. Unter der Einwirkung dieses Schmarotzers verkümmern die Geschlechtsorgane, die Tiere erleiden eine „parasitäre Kastration". Während aber beim Weibchen damit die Sache erledigt ist, tritt beim Männchen im weiteren Verlaufe eine Umstimmung des Geschlechts ein. Sie beginnt bei den sekundären Geschlechtsmerkmalen; die Form des Hinterleibes und die Ausbildung der Scheren, in denen sich beide Geschlechter typisch unterscheiden, schlägt vom männlichen zum weiblichen Habitus um, und endlich bilden sich sogar Eianlagen. Das Tier ist also hier im voll entwickelten Zustande noch geschlechtlich umgestimmt worden und zwar offenbar dadurch, daß vom Parasiten irgendwelche chemischen Einflüsse auf den Wirt ausgeübt wurden.

In mancher Hinsicht ähnlich liegt der in jüngster Zeit bekannt gewordene, am besten erforschte Fall „epigamer" Geschlechtsbestimmung. Er betrifft einen merkwürdigen Meereswurm, *Bonellia*, aus der kleinen Gruppe der Gephyreen, ausgezeichnet durch die starke Ungleichheit der Geschlechter. Das Weibchen ist ziemlich stattlich, etwa von der Größe und Form einer Eichel; es fällt durch einen langen, vorn in zwei Blätter auseinandergehenden Rüssel auf. Das Männchen dagegen ist winzig, mikroskopisch klein, zahlreiche Männchen leben als Schmarotzer im Uterus des Weibchens. Baltzer konnte nun zeigen, daß die Differenzierung des Geschlechtes davon abhängt, ob die jungen, frei schwimmenden Larven Gelegenheit finden, sich am Rüssel eines Weibchens festzusetzen. Geschieht dies, so nehmen sie aus dem Rüssel, woran sie 4—5 Tage angesaugt sitzen, offenbar Stoffe auf und werden dadurch zu Männchen. Diese verlassen dann ihren Sitz und kriechen durch die Speiseröhre in den Körper des Weibchens, wo sie schließlich in den Geschlechtsapparat gelangen. Hielt Baltzer nun die jungen Larven von den Weibchen abgesperrt, so trat zunächst ein längerer Stillstand in der Entwicklung ein und nach dessen Überwindung wurden die Tiere zu

Weibchen. Bei diesen bildeten sich aber vielfach zuerst noch Spermatozoen aus, die dann wieder rückgebildet wurden, ein Hinweis darauf, daß die ursprüngliche Tendenz männlich ist, aber allmählich durch eine weibliche verdrängt wird. Ließ nun Baltzer seine Larven sich bei einem Weibchen ansaugen, spülte sie aber nach $^1/_2$—$1^1/_2$ Tagen durch einen kräftigen Wasserstrom von der Ansatzstelle los, so erhielt er Zwitter, die sich um so mehr dem männlichen Typus näherten, je länger sie gesaugt hatten. Nach mehr als $1^1/_2$ Tagen Saugens entstanden reine Männchen.

Fragen wir uns auf Grund der hier kurz dargelegten Verhältnisse, welche Aussichten eine experimentelle Beeinflussung des Geschlechts hat, so leuchtet ohne weiteres ein, daß der Erfolg am wahrscheinlichsten bei Formen mit epigamer Geschlechtsbestimmung ist. Dort kann man hoffen, durch Änderung der Temperatur und der Ernährung, der beiden am leichtesten zu beeinflussenden Variablen, eventuell auch durch Einwirkung besonderer chemischer Substanzen, den Ausschlag für die Festlegung des Geschlechts während der Larvenentwicklung zu geben. Dort, wo das Geschlecht schon in den Keimzellen bestimmt wird, muß ein Eingriff offenbar früher einsetzen, nämlich an dem Tiere, das die betreffenden Keimzellen hervorbringt. Tatsächlich ist dieser komplizierte Weg in manchen Fällen gangbar. Man hat über diese Fragen ganz besonders viel an Tieren mit zyklischer Fortpflanzung experimentiert, indem man versuchte, diesen Zyklus abzukürzen oder hinauszuziehen. Dabei hat sich das interessante Resultat ergeben, daß die Weibchen in verschiedenen Perioden ganz verschieden leicht zu beeinflussen sind. Ein aus einem normalen Dauerei geschlüpftes Weibchen etwa einer Daphnide wird stets Sommereier absetzen, aus denen wieder parthenogenetische Weibchen hervorgehen. Ebenso ist es sehr schwer, bei den letzten Weibchen des Zyklus die Tendenz zu unterdrücken, Männchen oder Dauereier hervorzubringen. In den mittleren Generationen ist dagegen der Einfluß äußerer Faktoren oft sehr deutlich. Dabei wirken Hunger und Kälte im allgemeinen auf die Abkürzung, Wärme und reichliche Ernährung auf die Verlängerung des Zyklus hin. In einigen Fällen ist es sogar gelungen, die parthenogenetische Fortpflanzung über mehrere Jahre auszudehnen, vielleicht sogar den Zyklus ganz aufzuheben, im allgemeinen halten die Arten aber zähe an ihren Gewohnheiten fest. Bei einem Rädertier, *Hydatina senta*, hat sich ergeben, daß chemische Einflüsse stark auf die Geschlechtsbestimmung einwirken. Durch Zusatz von Harnstoff und Ammoniumsalzen ist es gelungen, die Bildung von Männchen mehr oder weniger vollständig zu unterdrücken. Genau genommen handelt es sich bei diesen Versuchen nicht immer um Geschlechtsbestimmung, denn es wird nicht nur der Wechsel zwischen Männchen und Weibchen, sondern auch zwischen Weibchen mit parthenogenetisch sich entwickelnden Sommereiern und solchen mit befruchtungsbedürftigen Wintereiern beeinflußt; letzterer läuft aber im allgemeinen der Erzeugung von Männchen parallel.

Gegenüber diesen relativ klaren Ergebnissen sind die Erfolge bei anderen Tiergruppen noch recht wenig befriedigend. Im besonderen die praktisch so wichtigen Versuche, das Geschlechtsverhältnis bei den Wirbeltieren, vor allem den Haustieren, und in letzter Linie auch beim Menschen zu beeinflussen, sind ohne greifbare Resultate geblieben. Wir haben eine Unmenge von Theorien über die Geschlechtsbestimmung bei solchen Formen, von denen aber keine durch klares Tatsachenmaterial gestützt ist. Von Zeit zu Zeit tauchen immer wieder, besonders in der medizinischen Presse, Berichte über gelungene Versuche zur Beeinflussung des Geschlechts auf; es empfiehlt sich, ihnen gegenüber äußerst skeptisch zu bleiben, ebenso wie bei den mancherlei Angaben, die gerade jetzt über den Einfluß des Krieges auf das Verhältnis der Geschlechter durch die Presse gehen. Die Fehlerquellen bei experimenteller Bearbeitung des Gebietes sind fast unabsehbar, und die reine Statistik, auf welche die meisten Angaben sich stützen, ist selbst bei relativ großem Material sehr trügerisch.

Vierter Teil.

Allgemeine Physiologie.

1. Allgemeine Charakteristik des Lebens.

In den vorhergehenden Abschnitten haben wir die Form der Lebewesen, ihre Entstehung und Differenzierung während der Erdgeschichte und ihre Erhaltung von Generation zu Generation besprochen. Wir wenden uns nun den Erscheinungen zu, die sich an den Tieren während ihres Daseins als Individuen abspielen, den Lebensvorgängen im engeren Sinne. Der Komplex von Vorgängen, den wir Leben nennen, ist trotz aller Fortschritte der Wissenschaft noch immer in seiner Besonderheit unerkannt, man möchte fast sagen, unzugänglich. Es ist also auch unmöglich, eine exakte Definition des Lebens zu geben, alles, was wir tun können, ist, seine Besonderheiten gegenüber den Zuständen der leblosen Natur zu charakterisieren. Bei diesem Versuch treten uns drei Tatsachen als bezeichnend für das Leben entgegen.

Beobachtet man irgendein Lebewesen, so sieht man, daß es in fortgesetztem Substanzaustausch mit seiner Umgebung steht. Ständig werden Stoffe aus der Umwelt aufgenommen und an sie abgegeben. Auch in der leblosen Natur vollziehen sich solche Umsetzungen, aber es ist bezeichnend, daß alle Veränderungen im Anorganischen einem Gleichgewicht zustreben, nach dessen Erreichung Ruhe eintritt, bis es durch eine äußere Veränderung wieder gestört wird. Beim Lebewesen treten solche Störungen aus inneren Ursachen dauernd ein, es wird niemals ein Gleichgewicht erreicht, infolgedessen finden dauernd Umsetzungen statt, es fließt ein ständiger Strom von Substanzen durch den Organismus. Man bezeichnet diesen charakteristischen Vorgang als Stoffwechsel. Dieser bewegt sich nun in zwei gegenläufigen Richtungen. Einerseits werden von außen aufgenommene Substanzen den Körperbestandteilen angeglichen, assimiliert, andererseits körpereigene Stoffe umgewandelt und abgegeben, dissimiliert. Beide Seiten des Stoffwechsels können sich quantitativ sehr verschieden verhalten. Überwiegt die Assimilation, so wird mehr Körpersubstanz gebildet als verbraucht, der Organismus wächst; ist das Umgekehrte der Fall, so nimmt er ab. Dazwischen liegt ein stationärer Zustand, in dem sich beide Prozesse im wesentlichen die Wage halten. Für diese Periode des Lebens ist bezeichnend, daß trotz der ständigen Änderung der Zusammensetzung die Form des Organismus konstant bleibt.

Mit dieser Umsetzung von Substanz ist nun auch eine ständige Umwandlung von Energie verbunden. Vom Tier wird mit der Nahrung chemische Energie aufgenommen, zum Teil im Inneren verbraucht, zum anderen Teil nach außen abgegeben. Der Organismus ist also ein Energietransformator. Diese Umsetzungen folgen, wie durch relativ recht genaue Messungen festgestellt ist, durchaus den gleichen Gesetzen wie in der anorganischen Welt. Es bleibt bei allen Lebensvorgängen Materie wie Energie konstant. Das, was aber auffallend und für das Leben bezeichnend ist, ist die Richtung dieser Energietransformation. Wir sind in den anorganischen Vorgängen auf unserem Erdball gewohnt, daß sie, soweit sie „freiwillig" verlaufen, wenigstens bei normalen Temperaturen unter Abnahme der inneren, potentiellen Energie vor sich gehen. Alles Geschehen der anorganischen Welt strebt einer Entwertung der potentiellen, ihrer Umwandlung in kinetische Energie zu, einem Ausgleich der Spannungen, den man bekanntlich als Entropie bezeichnet. Er verwandelt letzten Endes alle Energie in Wärme, das Weltall strebt, wie die Physiker sagen, dem Wärmetode zu. Die Organismen folgen hierin einem anderen Gesetz. Sie bilden dauernd freiwillig Verbindungen mit hoher potentieller Energie aus solchen mit niederer, ein Vorgang, den man danach auch wohl als Ektropie bezeichnet hat. Diese merkwürdige Richtung der Umsetzungen ist der Kernpunkt der Assimilation, auf ihr beruht die Sonderstellung des Lebens weit mehr, als auf den äußerlich viel auffallenderen Lebensäußerungen, die mit Dissimilation verbunden sind. Diese abweichende Richtung der Energieumsätze ist wesentlich maßgebend für das, was man als Autonomie der Lebensvorgänge zu bezeichnen pflegt, sie entzieht sich bisher jeder Erklärung und jedem aus dem Anorganischen genommenen Vergleich. Besonders bemerkenswert ist dabei, daß die Stärke dieser ektropischen Tendenz in den Organismen selbst während des Lebens sich periodisch ändert. Sie ist stark während des Wachstums, sinkt dann während des stationären Zustandes allmählich ab und geht schließlich unter den Betrag der Dissimilation herunter. Dies führt endlich zum Stillstand des Betriebes, zum Tode; vorher haben sich aber Zellen aus dem Verbande gelöst, welche die assimilatorische Kraft im höchsten Maße besitzen, die Keimzellen; von ihnen aus geht durch einen neuen Organismus hindurch eine neue Lebenswelle. Diese ständige Erneuerung der ektropischen Fähigkeit ist wohl das tiefste und zurzeit noch ganz unzugängliche Problem des Lebens. Es sei nochmals ausdrücklich betont, daß dabei die Energiegesetze vollkommen gelten, die Bildung potentieller Energie erfolgt auf Kosten von außen zugeführter Spannkräfte, gegensätzlich zum Anorganischen ist nur die Richtung der Umsetzungen.

So stellt sich das Leben als ein in sich abgeschlossenes, eigenen Gesetzen gehorchendes, kompliziertes Arbeitssystem dar. Wie es von außen Energie aufnimmt, so gibt es auch nach außen Energie ab, und diese erscheint uns — das ist der zweite charakteristische Punkt — beim Tier hauptsächlich als mechanische Energie, als Bewegung. Man hat danach die Bewegungsfähigkeit, Motilität, als zweite Grundeigenschaft des Lebens bezeichnet. Dieser Charakterzug ist längst nicht so scharf wie der erste, denn er hebt nur eine der produzierten Energieformen wegen ihrer Auffälligkeit besonders hervor, und diese Auffälligkeit gilt auch nur für das tierische Leben, obwohl Bewegungsfähigkeit an sich der Pflanze ebensogut zukommt.

Wenn auch der Ablauf der Lebensvorgänge im wesentlichen seinen eigenen Gesetzen folgt, ist er doch Einflüssen der Außenwelt zugänglich. Veränderungen in der Umgebung wirken als Reize, welche Richtung und Intensität der Lebensvorgänge beeinflussen können. Hierin liegt der dritte Grundzug des Lebens, seine Reizbarkeit, Irritabilität. Dabei ist aber die Reaktion des Organismus wieder charakteristisch vom Leblosen unterschieden. Es besteht nämlich keine einfache Beziehung zwischen Reiz und Reaktion im Sinne der kausalen Gleichheit von Ursache und Wirkung. Vielmehr handelt es sich um verwickelten Gesetzen folgende funktionelle Beziehungen, bei denen die Wirkung des Reizes nicht nur von seiner Intensität, sondern auch von der spezifischen Beschaffenheit und dem jeweiligen Zustande des lebenden Systems abhängig ist. Man braucht nur daran zu denken, daß man sich an einen Reiz „gewöhnen" kann, wodurch er wirkungslos oder stark abgeschwächt wirksam wird, obwohl er in unverminderter Stärke fortbesteht.

2. Der Stoffwechsel. Die Verdauung.

Verfolgen wir nun von den Grundfunktionen des Lebens zunächst den Stoffwechsel etwas im Einzelnen. Er zerlegt sich naturgemäß in mehrere Etappen; von diesen ist die erste die Aufnahme der Substanz aus der Umgebung, die Ernährung. Sie erfolgt beim Tier in der großen Mehrzahl der Fälle durch Einverleibung pflanzlicher oder tierischer Substanz, die Tiere sind Pflanzen- oder Fleischfresser. In beiden Fällen handelt es sich um hoch zusammengesetzte organische Verbindungen, die als Nahrungsquelle dienen. Sie müssen vom Organismus zunächst weiter verarbeitet werden; dies geschieht durch die Verdauung. Sie erfolgt bei den meisten

Metazoen in einem besonderen inneren Hohlraum, dem Darmkanal. Dort wird die Nahrung verflüssigt und chemisch verändert. Die Prozesse, die sich dabei abspielen, laufen auf einen Abbau der organischen Verbindungen zu einfacheren Bausteinen hinaus. Es lassen sich dabei — und das ist äußerst charakteristisch — Schritt für Schritt die gleichen Vorgänge verfolgen, die wir im Anfange unserer Betrachtungen bei den Erörterungen über den Aufbau der organischen Substanz kennen lernten, nur im umgekehrten Sinne. Dort sahen wir, daß sich Fette, Kohlehydrate und Eiweißkörper bildeten durch Zusammentritt einfacherer Bausteine unter Abgabe von Wasser. So entstanden aus Glyzerin und Fettsäuren die Neutralfette, aus Monosacchariden die Polysaccharide, aus Aminosäuren die Polypeptide und Eiweiße, immer unter Austritt von einem Molekül Wasser für jeden neu eingefügten Baustein. Die Aufspaltung im Darm geht nun den umgekehrten Weg; sie spaltet von den komplizierten Molekülen der höheren Verbindungen Baustein um Baustein ab, immer unter entsprechender Aufnahme von Wasser. Danach wird dieser Vorgang als hydrolytische Spaltung bezeichnet. So entstehen als Endprodukte der Fettverdauung wesentlich Glyzerin und Fettsäuren, aus den Polysacchariden Monosaccharide, vorwiegend Hexosen, aus den Eiweißkörpern Aminosäuren.

Man kann diesen Vorgang auch außerhalb des Körpers im Reagenzglas ablaufen lassen. Dann bedarf es aber hoher Temperaturen oder kräftiger chemischer Eingriffe, wie starker anorganischer Säuren. Der Organismus erreicht das gleiche Ziel mit Hilfe eigenartiger Verbindungen, der Fermente. Es handelt sich um Körper, deren chemische Natur noch wenig geklärt ist, die aber jedenfalls ziemlich hoch zusammengesetzte organische Verbindungen darstellen. Sie werden bei den meisten Tieren von besonderen Fermentdrüsenzellen der Darmwand in das Lumen abgeschieden und greifen dort die Nahrungsstoffe an. Ihre Wirkung ist einmal dadurch charakterisiert, daß sehr kleine Mengen genügen, um sehr große, in manchen Fällen theoretisch vielleicht unbegrenzte Mengen von Nahrungsstoffen zu zersetzen. Der Vorgang verläuft wahrscheinlich so, daß sich zwischen dem Ferment und dem zu zerlegenden Körper zunächst eine lockere chemische Bindung herstellt. Diese zerfällt aber sofort wieder, wobei das Ferment regeneriert wird, der Nahrungskörper aber unter Wasseraufnahme in einfachere Teilstücke zerfällt. Mit diesen reagiert dann das Ferment von neuem, etwa nach folgendem Schema für die Zerlegung eines Polysaccharids:

$$Pol_1 + F = Pol_1 \cdot F$$
$$Pol_1 \cdot F + H_2O = Pol_2 + C_6H_{12}O_6 + F$$
$$Pol_2 + F = Pol_2 \cdot F$$
$$Pol_2 \cdot F + H_2O = Pol_3 + C_6H_{12}O_6 + F \text{ . . . usf. bis:}$$
$$Pol_x + F = Pol_x \cdot F$$
$$Pol_x \cdot F + H_2O = C_6H_{12}O_6 + C_6H_{12}O_6 + F.$$

Nach dieser Fähigkeit, sehr große Substanzmengen umzusetzen, ohne selbst verbraucht zu werden, reiht man die Fermente in die Gruppe der Katalysatoren ein. Für diese gilt zweitens als typisch, daß ihre Wirkung nur in Veränderung der Geschwindigkeit einer Reaktion besteht, die auch ohne ihre Gegenwart, nur in anderem Tempo, ablaufen würde. Tatsächlich kann man auch feststellen, daß manche Verdauungsvorgänge, z. B. die eben angezogene Spaltung der Polysaccharide, im Reagenzglas ohne Gegenwart von Fermenten auch bei gewöhnlicher Temperatur vor sich gehen, nur außerordentlich langsam.

Sehr wichtig ist, daß diese organischen Katalysatoren, die Fermente, wie man zu sagen pflegt, spezifisch sind. Das heißt: Jedes von ihnen greift nur eine eng begrenzte Gruppe von Verbindungen an. Danach teilen sich die Verdauungsfermente in fettspaltende, Lipasen, kohlehydratspaltende, Karbohydrasen, und eiweißspaltende, Proteasen. In jeder dieser Gruppen finden wir wieder eine größere oder geringere Zahl von Einzelfermenten, je nach der Komplikation der Zusammensetzung der abzubauenden Stoffe. So verläuft z. B. die Zersetzung eines Polysaccharids, wie des Glykogens, nicht, wie vorhin der Einfachheit wegen angenommen, unter der Einwirkung nur eines Fermentes, sondern mehrerer, die nacheinander die neu freiwerdenden Bausteine angreifen. So wird der Abbau langsam und stufenweise durchgeführt, ein Faktor, dem, wie wir bald sehen werden, große Bedeutung zukommt. Dieser stufenweise Abbau kann sich auch räumlich getrennt in verschiedenen Abschnitten des Darmkanals vollziehen. So wirken in unserem Darm auf die Eiweißkörper zunächst die Protease des Magens, Pepsin, dann im Duodenum die der Bauchspeicheldrüse, Trypsin, im unteren Teil des Dünndarms endlich die der Darmwand, Erepsin.

Dieser Vorgang der Verdauung verläuft in der Tierreihe, soweit bisher Untersuchungen vorliegen, offenbar wesentlich nach den gleichen Gesetzen. Inwieweit die dabei wirksamen Fermente identisch oder spezifisch verschieden sind, läßt sich bei unserer Unkenntnis ihrer Zusammensetzung einstweilen noch nicht sagen. Das Ergebnis des Prozesses ist jedenfalls, daß an Stelle der hoch zusammengesetzten Nahrungskörper, die zur Mundöffnung eingeführt wurden, im Darm ein Gemenge flüssiger, relativ einfacher Bausteine tritt. Da, wie wir wissen, die organischen Körper trotz ihrer Mannigfaltigkeit nur aus wechselnden Kombinationen relativ weniger Bausteine zusammengesetzt sind, so ergibt sich, daß durch diese Zerlegung die Nahrung ihrer spezifischen Eigenschaften weitgehend entkleidet wird. So verstehen wir, wie es möglich ist, daß ein Tier sehr verschiedene Nahrungsstoffe aufnehmen und doch aus ihnen seinen Körperbestand gleich gut erhalten kann.

Bei den Protozoen fehlt entsprechend der Zusammensetzung des Körpers aus nur einer Zelle ein Darm; wie wir bei den Amöben sahen, wird die Nahrung dort in fester Form in das Zellinnere aufgenommen. Dennoch verläuft die Verdauung in prinzipiell gleicher Weise; es bildet sich nämlich um den zu verdauenden Stoff gewissermaßen ein temporärer Darm, eine Nahrungsvakuole. In diesen vom Plasma scharf getrennten Hohlraum werden Fermente abgeschieden, die die Nahrung verflüssigen, und erst in dieser Form tritt sie eigentlich in das Plasma ein. Der Unterschied zwischen intra- und extrazellulärer Verdauung ist also eigentlich unwesentlich; wir können in der Tierreihe verfolgen, wie die extrazelluläre Zerlegung im Darmlumen sich allmählich herausbildet. Noch die Zölenteraten nehmen von der Nahrung nach oberflächlicher Zerlegung ganze Brocken in die Entodermzellen auf, in ähnlicher Weise wird selbst bei viel höheren Tieren noch ein Teil der Nahrungskörper verdaut, bei den Schnecken z. B. wahrscheinlich die Eiweißkörper, bei den Wirbeltieren vielleicht die Fette.

Man ist geneigt, die Ernährung der Tiere in scharfen Gegensatz zu der der Pflanzen zu stellen. Dort die Aufnahme hoch zusammengesetzter organischer Körper, hier ein Aufbau aus Nährlösungen einfacher anorganischer Verbindungen. Wie wir jetzt erkennen, ist der Unterschied in Wirklichkeit nicht so groß. Denn der Darmkanal ist für das Tier eigentlich noch ein Stück Außenwelt, die wirkliche Aufnahme von Stoffen beginnt erst mit ihrem Durchtritt durch die Darmwand. Und was da hindurchgeht, sind relativ einfach zusammengesetzte Körper. Allerdings bleibt der wichtige Unterschied bestehen, daß die Pflanze mit anorganischen Nährlösungen arbeiten kann, das Tier nur mit organischen, da ihm die Fähigkeit zu den ersten erforderlichen Synthesen fehlt. Der Sprung ist aber kein so sehr großer, zumal wenn man sich gegenwärtig hält, wie verschieden innerhalb des Pflanzenreiches die Ernährungsverhältnisse sind. Während grüne, chlorophyllhaltige Pflanzen mit rein anorganischen Substanzen auskommen können, bedürfen viele Pilze organischer Verbindungen, wenn auch in sehr einfacher Form. Solchen in Nährlösungen kultivierten Pilzen sehr ähnlich verhalten sich viele tierische Parasiten. Sie leben ja, etwa im Darmkanal ihrer Wirte, in einer fertig bereiteten Nährlösung, können sich also eigene Verdauungsarbeit sparen. Damit hängt es zusammen, daß bei ihnen oft der Darm ganz rückgebildet wird, die Nährlösung wird einfach durch die Körperwand aufgenommen. Manche Parasiten, wie die seltsamen *Rhizocephala* unter den niederen Krebsen aus der Klasse der *Cirripedia*, entwickeln zu diesem Zwecke ein Netz wurzelartiger Ausläufer wie die Pflanzen.

Bei den Parasiten ist die Nährlösung, in der sie leben, sehr konzentriert; es wäre aber möglich, daß auch wesentlich verdünntere Lösungen ausgenutzt werden könnten. Der lebende Organismus hat die Fähigkeit, auch aus sehr verdünnten Lösungen gelegentlich Stoffe herauszuziehen und zu speichern, man denke nur etwa an manche Meeresalgen, die ihren reichen Gehalt an

Jod der außerordentlich verdünnten Lösung dieses Stoffes im Meerwasser entnehmen. Von diesem Gedanken ausgehend, hat Pütter die Frage aufgeworfen, ob nicht etwa auch Tiere die im Meerwasser gelösten organischen Verbindungen als Nahrungsquelle zu verwenden vermöchten. Er stützt sich dabei auf die Tatsache, daß man ziemlich große Tiere mit einem relativ lebhaften Stoffwechsel kennt, wie manche Medusen und die Oktokorallen, für die eine Aufnahme geformter Nahrung nicht nachgewiesen ist. In anderen Fällen ist der in den Darm aufgenommene Nahrungsvorrat nach seinen Berechnungen zu gering, um den Stoffumsatz zu decken. Endlich weist er darauf hin, daß viele Meerestiere riesig vergrößerte Kiemenflächen haben, die für die Deckung des gerade bei diesen Formen oft sehr geringen Sauerstoffbedarfs überflüssig wären, aber verständlich werden, wenn man sie als Durchtrittsstellen gelöster Nahrungsstoffe betrachtet. Dies gilt z. B. für viele Muscheln und für die Aszidien. Die Versuche, durch die Pütter seine Hypothese gestützt hat, sind nicht unwidersprochen geblieben, so daß es vorläufig nicht möglich ist, über die Frage ein abschließendes Urteil zu fällen; theoretisch erscheint die Sache aber weniger unwahrscheinlich, wie es auf den ersten Blick aussieht. Die Kluft zwischen pflanzlicher und tierischer Ernährungsart würde sich damit noch mehr verengern.

3. Die Resorption. Die Bildung arteigener Stoffe.

An die Zerlegung der Nahrungsstoffe im Verdauungskanal schließt sich ihre Aufnahme in den eigentlichen Betrieb des Organismus, die Resorption. Sie erfolgt durch Eintritt der gelösten Stoffe in die Darmwand. Letzten Endes ist die Resorption eine Funktion der Oberfläche. Dementsprechend finden wir bei allen Tieren mit lebhaftem Stoffwechsel das Bestreben, diese Oberfläche zu vergrößern. Bei den Zölenteraten und den Plattwürmern geschieht dies durch Verzweigung des verdauenden Hohlraums, die Bildung des Gastrovaskularsystems. Bei den höheren Würmern, den Arthropoden, Mollusken und Echinodermen entwickeln sich sackförmige, oft reich verzweigte Ausstülpungen des Entoderms, die sogenannten Mitteldarmdrüsen, wie sie etwa ein Flußkrebs oder eine Weinbergschnecke im größten Maßstabe zeigen (vgl. Taf. XXVII, S. 414). In diese tritt bei der Verdauung die schon mehr oder weniger verflüssigte Nahrung direkt ein, wird darin eventuell noch weiter zerlegt und endlich resorbiert. Dadurch unterscheiden sich diese Darmanhänge typisch von der Leber der Wirbeltiere, mit der sie sonst viele funktionelle Verwandtschaft zeigen. Bei den Wirbeltieren wird im allgemeinen ein anderes Prinzip eingeschlagen, nämlich eine Vergrößerung der inneren Oberfläche durch Faltenbildung. So entsteht die für niedere Fische charakteristische Spiralfalte, wie sie am typischsten die Haifische besitzen; bei den höheren Wirbeltieren treten an ihre Stelle die Zotten des Dünndarms, finger- oder fransenförmige Vorstülpungen der Darmschleimhaut. Dadurch wird erreicht, daß etwa beim Menschen auf 1 qcm der äußeren Darmfläche 30 qcm der Innenfläche kommen.

Die resorbierten Stoffe durchwandern die Darmwand und gelangen entweder direkt an den Verbrauchsort oder in eine verteilende Flüssigkeit, das Blut. Bei diesem Durchtritt vollziehen sich an ihnen wichtige und charakteristische Veränderungen. Es geschieht ein teilweiser Aufbau der im Darm gespaltenen organischen Verbindungen, besonders der Eiweißkörper. Diese erscheinen infolgedessen im Blute wieder in höherer Zusammensetzung, und zwar ist diese spezifisch verschieden je nach der Tierart. Die Darmzellen erfüllen mit diesem Aufbau eine für den Gesamtorganismus ungemein wichtige Leistung. Aus dem Blute, d. h. der Nährlösung, welche die Darmwand passiert hat, entnehmen alle anderen Gewebszellen die Stoffe für ihre eigene Lebenstätigkeit. Die Arbeit der Darmzellen leistet nun die Gewähr, daß unter normalen Verhältnissen die Zusammensetzung dieser Flüssigkeit allezeit die gleiche ist. Dadurch wird eine ungeheure Vereinfachung des Betriebes erreicht, denn die Zellen brauchen nun nicht Anpassungsfähigkeiten an verschiedene Nahrungsstoffe zu entwickeln, sondern können sich unveränderlich auf die eine, spezifisch zusammengesetzte Nährlösung einstellen. Hierin liegt auch die Lösung des Problems, wieso eine Tierart die verschiedensten Nährstoffe aus dem Tier- und Pflanzenreiche aufnehmen kann, wie dies omnivore Tiere, etwa das Schwein, im weitesten Maße tun. Alle diese Stoffe werden ja im Darmkanal ihrer spezifischen Eigenschaften entkleidet, und was die Darmwand passiert, ist, falls nur die nötigen Ausgangsmaterialien, etwa die unentbehrlichen Aminosäuren, gegeben sind, stets die gleiche Nährlösung für die Gewebszellen. Wie außerordentlich wichtig diese vorbereitende Tätigkeit der Darmwand ist, sieht man aus den Fällen, wo Stoffe an die Gewebszellen herankommen, welche diese Kontrolle nicht passiert haben. Der bekannteste Fall ist das Eindringen von Bakterien in den Körper bei einer Infektionskrankheit. Diese haben ihren eigenen Stoffwechsel und geben dabei Substanzen an das Blut ihrer Träger ab, die von dessen normaler Zusammensetzung abweichen, die sogenannten Toxine. Durch die Zirkulation gelangen diese Toxine mit allen Gewebszellen in Berührung und rufen an ihnen schwere Krankheitserscheinungen hervor. Besonders die bei fast allen Infektionskrankheiten auftretenden Allgemeinerscheinungen, Fieber, Kopfschmerz, Benommenheit usw. sind Reaktionen der sehr empfindlichen Gehirnzellen auf die abnorme Zusammensetzung ihrer Nährlösung.

Man könnte nach diesen Erscheinungen geneigt sein, die Wirkung der Toxine stets auf besondere Giftstoffe zurückzuführen. Daß dies nicht immer der Fall zu sein braucht, lehrt folgende Beobachtung. Man kann dem Organismus auf direktem Wege, etwa durch Einspritzen in ein Blutgefäß, hochwertige Nahrungsstoffe zuführen, etwa Proteine, Hühnereiweiß oder ähnliches; Stoffe also, die bei der Aufnahme in den Darmkanal eine vorzügliche, in keiner Weise giftige Nahrungsquelle darstellen. Bei dieser direkten „parenteralen“ Zufuhr wirken sie aber wie schwere Gifte, die den Organismus unter Umständen völlig zugrunde richten können, lediglich, weil seine Gewebszellen auf die Verarbeitung dieser Stoffe nicht eingerichtet sind.

Macht man einen derartigen Versuch, so beobachtet man in vielen Fällen eine charakteristische Reaktion des Organismus. Es treten nämlich im Blute Fermente auf, welche diese Fremdstoffe spalten, genau so, wie dies sonst im Darmkanal geschieht. Der Organismus besonders der Wirbeltiere, an denen vorwiegend derartige Versuche angestellt sind, verfügt über eine bemerkenswerte Vielseitigkeit in der Bildung derartiger „Abwehrfermente“, so daß er mit den verschiedenartigsten Fremdstoffen fertig zu werden vermag. Als Quelle dieser Fermente sieht man vor allem die ständig im Blute kreisenden weißen Blutkörperchen, Leukozyten, an. Diese, die morphologisch eine weitgehende Übereinstimmung mit den primitiven Amöben bewahrt haben, gleichen ihnen also auch chemisch in einer erstaunlichen Verdauungsfähigkeit für die verschiedensten Fremdkörper.

Das Abwehrferment, das in solchen Fällen gebildet wird, ist, wie wir anzunehmen Grund haben, jeweils spezifisch auf den abzubauenden Körper eingestellt. Auf der Erkenntnis dieser Tatsache beruht ein in jüngster Zeit von dem Physiologen Abderhalden erdachtes Verfahren zur Diagnose, eventuell zur Bekämpfung von Krankheiten. Entnimmt man einem Menschen, der sich durch Bildung von Abwehrfermenten gegen Fremdstoffe in seinem Körper wehrt, Blut, so enthält dieses Blut die Abwehrfermente. Es muß also gelingen, wenn man dies Blut außerhalb des Körpers mit den gleichen Fremdstoffen zusammenbringt wie innerhalb, an ihnen Verdauungserscheinungen zu beobachten, genau so, wie man im Reagenzglas Eiweißkörper durch Proteasen oder Kohlehydrate durch Karbohydrasen des Darmes verdauen kann. Nehmen wir nun etwa an, ein Mensch sei von der gefürchteten Krebskrankheit befallen. Diese beruht auf einer Entartung von Epithelzellen, welche einen veränderten Stoffwechsel und ein gesteigertes, wucherndes Wachstum gewinnen. Der Organismus setzt sich dagegen nach Möglichkeit durch Bildung von Abwehrfermenten in Verteidigung. Entnehme ich nun einem krebsverdächtigen Menschen Blut und bringe es im Reagenzglas mit Krebszellen zusammen, so werden sich, falls wirklich Krebs vorhanden war, Abwehrfermente vorfinden, welche die Krebszellen verdauen. Nach den erst in der Entwicklung begriffenen Untersuchungen scheint es auf diese Weise möglich, nicht nur bereits auf sehr frühen Stadien mit Sicherheit die Diagnose auf Krebs zu stellen, sondern sogar den bedonderen Sitz der Krankheit zu finden. Je nach der Art der veränderten Epithelzellen, ob Magen-, Haut-, Brust- oder sonstiger Krebs, sind nämlich die Abwehrfermente verschieden und ergeben im Versuch unterschiedliche Verdauung mit den verschiedenen Krebsgeweben. In gleicher Weise entstehen auch bei anderen Krankheiten, bei welchen entzündliche Prozesse in irgendwelchen Geweben sich abspielen, im Blute Abbaufermente für diese Gewebsart. Wir haben also offenbar im Blute einen sehr feinen Indikator für krankhafte Veränderungen im Organismus, und vermutlich wird ein weiterer Ausbau dieser Forschungsrichtung für die Heilkunde von großer Bedeutung sein. Vielleicht wird es auch gelingen, durch Übertragung von Blut, welches Abwehrfermente enthält, direkte Heilerfolge zu erzielen.

Die Anschauung, daß durch die Tätigkeit der Darmwand die ins Blut übergehenden Nährstoffe eine für jede Art spezifische Zusammensetzung erlangen, läßt sich im weitesten Umfange experimentell erweisen mit Hilfe einer Reaktion, die mit der der eben besprochenen Abwehrfermente gewisse prinzipielle Ähnlichkeit hat. Es zeigt sich nämlich, daß ins Blut gebrachte Fremdstoffe nicht immer durch Abbau unschädlich gemacht werden, sondern durch Bildung von sogenannten Antikörpern, d. h. Verbindungen, welche die Fremdkörper gewissermaßen an sich fesseln und so verhindern, daß sie schädlich auf die Gewebe wirken. Besonders durch die Forschungen Ehrlichs sind diese Antikörper und die Art ihrer Verkettung mit den Fremdstoffen theoretisch wie praktisch dem Verständnis erschlossen worden. So ist eine medizinisch wichtige Tatsache, daß gegen die Giftstoffe der Bakterien, die Toxine, im befallenen Organismus Antitoxine gebildet werden. Auf ihrer Anreicherung in Tieren und ihrer Einführung im Beginn einer Infektionskrankheit beruht das Verfahren der Schutzimpfung mit Antiserum, wie es zuerst von Behring für die Diphtherietoxine ausgearbeitet wurde und jetzt bei einer ganzen Anzahl von Infektionskrankheiten Anwendung findet. Ähnliche Antikörper entstehen nun auch im Blute, wenn man einem Tiere Blut- oder Gewebsextrakt einer anderen Tierart einspritzt. Erzeugt man auf diese Art etwa im Blute eines Kaninchens Antikörper gegen die Eiweißstoffe eines anderen Tierblutes, etwa einer Raupe, und bringt dann im Reagenzglas Blutserum eines so vorbehandelten Kaninchens mit dem Blute der betreffenden Raupe zusammen, so entsteht durch Bindung der Eiweiß- und der Antikörper eine Fällung, eine Präzipitinreaktion. Diese Reaktion ist so fein, daß sie selbst bei vieltausendfacher Verdünnung der betreffenden Sera noch deutlich zu beobachten ist. Nun zeigt sich die Spezifität der Eiweißkörper einer Tierart darin, daß eine Fällung in voller Stärke nur mit dem Blute der gleichen Art zu erreichen ist, gegen die das Antiserum hergestellt wurde. Ein gegen Katzenblut hergestelltes Antiserum wirkt

z. B. nicht auf Froschblut, dies bleibt im Versuch vollkommen klar. Nimmt man statt der gleichen Tierart aber eine sehr nahe verwandte, so tritt die Fällung auch ein, aber in geringerem Grade. Es sind hier offenbar in dem Eiweißgemisch des Blutplasmas auch die gleichen Verbindungen, aber in geringerer Zahl, vorhanden. Je entfernter die Verwandtschaft, desto schwächer die Präzipitinreaktion. Wir haben hier also ein Verfahren, das uns gestattet, in sehr feinen Abstufungen die Verwandtschaftsverhältnisse im Tierreich festzustellen. Tatsächlich hat sich die stammesgeschichtliche Forschung dieses Verfahrens in zweifelhaften Fällen mit großem Erfolge bedient. So hat sich z. B. zeigen lassen, daß die seltsamen, im Meere lebenden Molukkenkrebse, *Limulus*, Verwandtschaftsreaktionen mit Skorpionen und Spinnen geben, aber nicht mit den höheren Krebsen, wodurch eine vergleichend-anatomisch gewonnene Vermutung physiologisch erhärtet wurde. Sehr bedeutungsvoll ist auch die Beobachtung, daß das Serum der sogenannten Menschenaffen, Orang-Utan, Gorilla und Schimpanse, mit dem gegen Menschenblut gebildeten Antiserum eine sehr deutliche Reaktion gibt, viel schwächer oder gar nicht aber mit dem der niederen Affen, z. B. Meerkatzen und Paviane. Auch in dem Chemismus seines Blutes zeigt also der Mensch deutlich seine nahe Verwandtschaft mit diesen Affen. Die gleichen Versuche lassen sich übrigens auch im Pflanzenreiche ausführen, indem man eiweißreiche Gewebsextrakte zur Gewinnung des Serums verwendet. So hat man mit diesen Methoden beispielsweise die stammesgeschichtlichen Beziehungen der Getreidearten zueinander mit Erfolg untersucht.

Die Spezifität geht aber wahrscheinlich sogar über die Art hinaus, selbst einzelne Rassen scheinen sich in der Zusammensetzung der Eiweißkörper ihres Blutes zu unterscheiden. Ja nach Ergebnissen beim Menschen geht die Feinheit der Differenzierung noch weiter. Man hat bei starken Blutverlusten, etwa nach Verwundungen, zum Hilfsmittel der Bluttransfusion gegriffen, d. h. dem Patienten direkt aus den Adern eines anderen Menschen Blut übergeleitet. Hierbei sind nicht selten Störungen aufgetreten, die auf die toxischen Wirkungen der fremden Eiweißkörper zurückzuführen waren; diese Störungen blieben aus, wenn die Transfusion von nächsten Blutsverwandten ausgeführt wurde. Anscheinend sind also sogar familienweise Unterschiede in der Blutzusammensetzung vorhanden. In jüngster Zeit hat sich gelegentlich auch ein Blutunterschied nach dem Geschlecht ergeben. Bringt man das Blut männlicher Raupen, Heuschrecken, Käferlarven oder anderer Insekten mit dem der Weibchen zusammen, so entsteht direkt ein der Präzipitinreaktion vergleichbarer Niederschlag, ganz ebenso, wie wenn man Blut zweier verschiedener Arten miteinander mischt. Bei Tieren des gleichen Geschlechtes bleibt dagegen die Mischung ganz klar.

4. Das Blut. Die Regulierung des osmotischen Druckes.

Bei den in einfachen Epithelschichten angeordneten Geweben der Zölenteraten kommt die durch die Darmwand resorbierte Nährlösung unmittelbar den anstoßenden Ektodermzellen zugute. Kompliziert sich der Bau innerhalb dieser Tiergruppe, wie etwa bei der Koloniebildung, so verzweigt sich der die Verdauung besorgende Hohlraum des Entoderms selbst und vermittelt durch ein Gastrovaskularsystem die Verteilung der Nährstoffe im ganzen Tierstock. Ähnliche Wege schlagen auch noch die niederen Würmer ein, bei denen das entodermale Hohlraumsystem durchaus den gastrovaskulären Typus trägt. Zur Versorgung des vielschichtigen kompakten Mesenchyms zwischen den Epithelblättern entwickeln sich aber Spalträume, in welche die ernährende Flüssigkeit übertritt. So entsteht die erste Anlage von Blutbahnen. Je massiger nun die Körper der höheren Tiere werden und je reger gleichzeitig ihr Stoffwechsel, um so größere Bedeutung erlangt dies Gefäßsystem. Durch die Ausbildung der sekundären Leibeshöhle werden dem Blut feste Bahnen angewiesen, und es entsteht ein besonderer Bewegungsapparat, das Herz (vgl. S. 65, Taf. IV). Meist schaltet sich zwischen die vom Herzen abführenden und die zu ihm zurückführenden großen Gefäße eine Strecke ein, in welcher das Blut frei in den Lücken der Leibeshöhle sich bewegt; bei den Wirbeltieren wird durch die Bildung der Kapillaren ein völlig geschlossener Kreislauf hergestellt. Durch Einführung von Ventilklappen im Herzen und den großen Gefäßen wird zugleich dem Blutstrom eine ständig gleiche Richtung angewiesen. Hiervon gibt es bei den höheren Tieren eine sehr merkwürdige Ausnahme: Bei den Manteltieren wird die Richtung des Herzschlages rhythmisch umgeschaltet, so daß das Blut abwechselnd nach vorn gegen den Kiemenkorb oder nach hinten gegen die Eingeweide getrieben wird.

Neben der durch die Darmzellen regulierten ständig gleichen Zusammensetzung an organischen Nährstoffen zeigt nun dies Blut auch eine bemerkenswerte Konstanz an anorganischen Salzen. Die Rolle dieser Stoffe ist offenbar in erster Linie eine physikalische. Es handelt sich um Einhaltung einer bestimmten Höhe des osmotischen Druckes. Osmotischer Druck zeigt sich am klarsten dort, wo eine Salzlösung gegen Wasser oder eine andere verdünntere Salzlösung durch eine Membran abgesperrt ist, die ihre Moleküle nicht zu durchdringen vermögen. Die Salzlösung hat das Bestreben, sich zu verdünnen; da sie dies nicht durch Verteilung ihrer Moleküle über beide Lösungen zu befriedigen vermag, so hilft sie sich gewissermaßen durch Hereinziehen von Wassermolekülen, welche die Grenzmembran passieren können. Verbindet man eine in solcher halbdurchlässigen, semipermeablen Membran eingeschlossene Salzlösung mit einem Steigrohr und hängt sie in ein Gefäß mit Wasser, so kann man am Steigen der Flüssigkeit direkt die Höhe des osmotischen Druckes ablesen. Bei Pflanzengeweben bietet sich dafür eine oft recht brauchbare andere Methode, die Plasmolyse. Man bringt unverletzte Zellen in Salzlösungen verschiedener Konzentration und bestimmt den Wert, bei dem die Zelle zu schrumpfen beginnt. Er gibt den Augenblick an, wo der osmotische Druck außen größer wird als innen; dadurch wird der Innenlösung Wasser entzogen, und die Spannung der Zellwand nimmt ab. Der osmotische Druck spielt in vielen Zellen, besonders bei Pflanzen, eine wichtige mechanische Rolle, als sogenannter Turgor. Die Salzlösung des Protoplasmas zieht Wasser an und spannt dadurch die feste und elastische Zellulosemembran. Auf diese Art werden die Gewebe gestrafft. Das Welken der abgeschnittenen Zweige beruht auf Abnahme dieser Turgorspannung durch Verdunstung. Auch bei Tieren spielt der Turgor gelegentlich eine Rolle, so in den Zellen der Tentakelachse von Hydroiden und des Chordagewebes.

Im Blut kann man diese physikalische Eigenschaft, wie bei anderen Salzlösungen, am bequemsten auf einem Umwege bestimmen durch die Gefrierpunktserniedrigung, d. h. die Anzahl von Graden, um die eine solche Flüssigkeit unter den Gefrierpunkt des reinen Wassers abgekühlt werden muß, ehe sie gefriert. Die gefundene Zahl läßt sich dann in für alle Salze im Prinzip gleicher, von der molaren bzw. Ionenkonzentration abhängiger Gesetzmäßigkeit auf die Höhe des osmotischen Druckes in Atmosphären umrechnen. Vergleicht man die auf diese Weise gefundenen Werte, so ergeben sich folgende bemerkenswerte Tatsachen: Die im Meere lebenden Wirbellosen und niederen Wirbeltiere zeigen alle annähernd unter sich Übereinstimmung, nämlich eine Gefrierpunktserniedrigung von etwa $-2{,}3^{0}$.

Tierart	Gefrierpunktserniedrigung (Δ)
Alcyonium (Koralle)	$-2{,}196^{0}$
Holothuria (Echinoderm)	$-2{,}315^{0}$
Sipunculus (Wurm)	$-2{,}31^{0}$
Homarus (Hummer)	$-2{,}29^{0}$
Octopus (Tintenfisch)	$-2{,}24^{0}$
Mustelus (Hai)	$-2{,}36^{0}$
Torpedo (Rochen)	$-2{,}26^{0}$
Meerwasser	$-2{,}3^{0}$

Dieser Wert entspricht genau dem des umgebenden Meerwassers. Es liegt demnach die Annahme nahe, daß die Salzkonzentration hier tatsächlich in unmittelbarer osmotischer Abhängigkeit von der Zusammensetzung der Umgebung steht. Dies bestätigt der Versuch. Bringt man Seetiere, etwa die Seespinne, *Maja squinado*, einen höheren Krebs, in Seewasser von künstlich erhöhter oder erniedrigter Konzentration, so stellt sich nach kurzer Zeit auch der Druck im Blute auf den gleichen Wert ein.

	Δ		Δ
Wasser konzentriert . .	$-2{,}96^0$	Maja. .	$-2{,}94^0$
Wasser verdünnt . . .	$-1{,}38^0$	Maja. .	$-1{,}40^0$

Die höheren Wirbeltiere des Meeres zeigen aber in dieser Hinsicht ein wesentlich anderes Verhalten.

Tierart	Gefrierpunkts-erniedrigung (Δ)
Charax (Knochenfisch)	$-1{,}04^0$
Crenilabrus (Knochenfisch)	$-0{,}74^0$
Thalassochelys (Schildkröte) . . .	$-0{,}61^0$
Cetaceen (Walfische)	$-0{,}65^0$

Ihr osmotischer Druck ist wesentlich niedriger und strebt einem gewissen Normalwert zu, der etwa bei $\Delta = -0{,}6^0$ liegt. Es müssen hier also offenbar Kräfte am Werke sein, welche den osmotischen Austausch mit der Umgebung in Schranken halten und eine zunehmende Unabhängigkeit von der Umgebung herbeiführen. Dies zeigt sich auch im Versuche. Bringt man etwa eine Scholle, *Pleuronectes*, in Seewasser wechselnder Konzentration, so folgt der Salzgehalt des Blutes diesen Änderungen nur in sehr engen Grenzen. Bei einer Veränderung des Druckes im Medium von $\Delta = 1{,}09^0$ bis $1{,}9^0$ stieg der Innendruck nur von $\Delta = 0{,}655^0$ bis $0{,}787^0$.

Ähnliche Erscheinungen bieten nun die Bewohner des Süßwassers.

Tierart	Gefrierpunkts-erniedrigung (Δ)
Anodonta (Muschel)	$-0{,}08$—$0{,}1^0$
Daphnia (niederer Krebs).	$-0{,}25$—$0{,}4^0$
Astacus (höherer Krebs)	$-0{,}80^0$
Dytiscus (Käfer)	$-0{,}57^0$
Libellenlarven	$-0{,}60^0$
Anguilla (Aal)	$-0{,}58$—$0{,}69^0$
Leuciscus (Weißfisch)	$-0{,}45^0$
Trutta (Forelle)	$-0{,}62^0$
Rana esculenta (Wasserfrosch) . .	$-0{,}47^0$
Emys europäea (Sumpfschildkröte)	$-0{,}47^0$
Süßwasser	$-0{,}02^0$—$0{,}04^0$

Man sollte etwa erwarten, daß diese sich in ähnlicher Weise wie die niederen Seetiere auf den hier sehr geringen osmotischen Druck der Umgebung eingestellt hätten. Dies zeigt aber von allen untersuchten Formen nur die Teichmuschel, *Anodonta*, alle anderen haben einen beträchtlich höheren Druck und streben sichtlich wieder einem Normalwert zu, der etwa zwischen $-0{,}45^0$ und $-0{,}7^0$ liegt. Ähnlich wie im Seewasser zeigen auch hier die Arten, die den Druckverhältnissen der Umgebung am nächsten stehen, noch eine weitgehende Abhängigkeit von Schwankungen des Außendrucks. Dies ist speziell für *Anodonta* und *Daphnia* festgestellt. Untersuchen wir endlich die Salzkonzentration im Blute der landlebenden Tiere, so finden wir dort ebenfalls Werte, die in engen Grenzen zwischen $\varDelta = -0{,}5^0$ und $-0{,}64^0$ schwanken:

Tierart	Gefrierpunkts-erniedrigung ($\varDelta$)
Mensch	$-0{,}526^0$
Pferd	$-0{,}564^0$
Hund	$-0{,}571^0$
Katze	$-0{,}638^0$

Es ergibt sich daraus die bemerkenswerte Tatsache, daß die höheren Tiere, gleichgültig, in welcher Umgebung sie sich aufhalten, bestrebt sind, in ihrem Blute einen konstanten Druck von etwa acht Atmosphären aufrechtzuerhalten.

Zu dieser phylogenetischen Festlegung des osmotischen Druckes läßt sich eine sehr hübsche ontogenetische Parallele bringen. Die Eier der Knochenfische des Meeres sind nämlich im Beginn ihrer Entwicklung noch weitgehend abhängig von der Salzkonzentration der Umgebung; je weiter die Entwicklung fortschreitet, desto schwächer wird dieser Einfluß und desto mehr strebt der Druck dem Werte von acht Atmosphären zu. Wir haben hier einen ausgezeichneten physiologischen Fall des vorwiegend morphologisch verwerteten „biogenetischen Grundgesetzes".

Die Erhaltung dieses konstanten osmotischen Druckes setzt natürlich die Einführung gewisser Regulationsmechanismen voraus. Deren Sitz ist, soweit Versuche darüber vorliegen, einerseits die Haut. Sie nimmt bei den Süßwasserformen die Eigenschaft einer semipermeablen Membran an, welche die Salze des Blutes nicht mehr nach außen treten läßt. Die Niere andererseits entnimmt je nach der Konzentration des Blutes ihm mehr oder weniger Salze und stellt auf diesem Wege automatisch ein ständig gleiches Druckniveau her. Daß dabei die osmotische Wirkung besonders angestrebt wird, zeigen solche Fälle, wo der Druck innen und außen gleich ist, aber die chemische Zusammensetzung der Salzlösung verschieden. So ist das Selachierblut dem Meerwasser isosmotisch, enthält aber eine große Menge Harnstoff, dafür weniger anorganische Salze.

Fragen wir uns nach der Bedeutung dieser Erscheinung, so ergeben sich offenbar die gleichen Überlegungen, wie für die Regulation der organischen Nährstoffe. Es muß für die Zellen, welche ihren Stoffbedarf aus dem Blute zu decken haben, eine wesentliche Vereinfachung des Betriebes bedeuten, wenn sie ständig bei diesem Austausch den gleichen physikalischen Faktoren gegenüberstehen. Bei den Meerestieren war dies sehr leicht zu erreichen, wenn die Körperflüssigkeit der im allgemeinen sehr gleichmäßig zusammengesetzten Salzlösung des Meerwassers entsprach. So finden wir dort fast durchgehend Körperflüssigkeiten, die nicht nur im osmotischen Druck, sondern auch in der chemischen Zusammensetzung der Lösung dem Meerwasser entsprechen; die Organe werden gewissermaßen auch von innen von Seewasser umspült. Warum bei Land- und Süßwassertieren eine durchgehende Einstellung auf den wesentlich niedrigeren Druck von etwa acht Atmosphären eingetreten ist, läßt sich schwer sagen. Vermutlich wird die Lösung des Problems darin zu suchen sein, daß diese Salzkonzentration die Plasmakolloide besonders reaktionsfähig erhält, doch ist die physikalische Chemie der Organismen noch zu wenig entwickelt, um diesen Gedanken im einzelnen einigermaßen widerspruchslos durchzuführen.

Bemerkenswert ist, daß unter den Salzen der Blutflüssigkeiten auch bei Land- und Süßwassertieren mit großer Regelmäßigkeit die im Meerwasser enthaltenen Elemente und Verbindungen wiederkehren, besonders NaCl, KCl, $MgCl_2$, $CaCl_2$. Blut ist also in gewisser Annäherung verdünntes Seewasser. Daraus ergibt sich eine Erklärung für die bekannte medizinische Tatsache, daß bei starken Blutverlusten das beste Ersatzmittel für die verlorene Flüssigkeit entsprechend verdünntes Seewasser ist, besser noch als die sogenannte „physiologische" Kochsalzlösung. Neuere Forschungen haben gezeigt, daß die Anwesenheit und das Mengenverhältnis der verschiedenen Salze in den Flüssigkeiten, welche die Gewebe von innen oder außen umspülen, von größter Bedeutung ist. Eine reine, mit dem Blut isosmotische Kochsalzlösung wirkt unter Umständen tödlich, wird aber durch Zusatz geringer Mengen von KCl oder $MgCl_2$ „entgiftet". Zu den allgemein physikalischen treten also offenbar noch spezifisch chemische bzw. kolloidchemische Einwirkungen.

Die Ähnlichkeit der chemischen Zusammensetzung von Blut und Meerwasser legt den Gedanken nahe, hier eine stammesgeschichtliche Beziehung zu sehen. In der Tat lassen sich hieraus gute Gründe für die Anschauung gewinnen, daß die Land- und Süßwassertiere sich von Meeresformen ableiten; unser Blut gemahnt uns gleichsam handgreiflich noch an die Zeit, in der die Zellen unserer Ahnen rings von Seewasser umspült wurden.

5. Der Stoffwechsel der Gewebszellen. Physikalische und physiologische Permeabilität.

Aus der chemisch und physikalisch relativ konstanten Blutflüssigkeit schöpfen nun die Zellen der Gewebe ihre Nahrung. Diese Zellen haben entsprechend der Arbeitsteilung sehr verschiedenen Bau und Betriebsaufgaben. Daraus ergibt sich, daß die Stoffe, die sie dem Blut entnehmen, recht verschieden sein werden. Eine Leberzelle stellt ganz andere Ansprüche als etwa eine Muskel- oder eine Gehirnzelle. Es erhebt sich das Problem, worauf die Fähigkeit der Zellen beruht, eine spezifische Auswahl unter den Bestandteilen des Blutes zu treffen. Diese für ein wirkliches Verständnis der Stoffwechselvorgänge grundlegende Frage vermögen wir einstweilen nur recht unvollkommen zu beantworten. Sicher ist, daß dabei zum Teil einfache physikalische Faktoren eine Rolle spielen. Zellprotoplasma und Blut stellen ein System von zwei Lösungen dar, die voneinander durch eine Scheidewand, die Zellmembran, getrennt sind. Durch diese erfolgt nun nicht ein ungehinderter Austausch durch Diffusion, sondern sie weist stets die Natur einer halbdurchlässigen, semipermeablen Membran auf. Wie oben dargelegt, bedeutet dies, daß manche Stoffe, so in erster Linie Wasser, glatt hindurchdiffundieren können, andere aber, wie viele Salze, zurückgehalten werden. Dadurch wird natürlich eine gewisse automatische Auswahl der die Zellwand passierenden Stoffe herbeigeführt. Diese Eigenschaft der Halbdurchlässigkeit kommt den Zelloberflächen ganz allgemein zu. Sie ist nicht etwa an eine präformierte, morphologisch deutlich abgesetzte Membran gebunden, sondern stellt sich z. B. sogleich ein, wenn man eine Zelle zerdrückt, so daß einige Tropfen lebenden Plasmas austreten. Sie kugeln sich sofort ab und verhalten sich Lösungen gegenüber genau so wie eine unverletzte Zelle. Offenbar steht diese Eigenschaft mit der Struktur des Plasmas in direktem Zusammenhang; man könnte sich z. B. vorstellen, daß die äußersten Wabenwände des Plasmaschaumes diese Rolle spielen. Diese müssen sich ja natürlich in jedem Plasmatropfen sofort durch die Oberflächenspannung automatisch wieder herstellen.

Es fragt sich nun, von welchen Faktoren der Durchtritt durch diese Plasmamembran abhängig ist. Für eine Gruppe von Substanzen hat sich zeigen lassen, daß Löslichkeitsverhältnisse eine wichtige Rolle spielen. Es gibt eine Anzahl Farbstoffe, die man als vitale bezeichnet, weil sie die Fähigkeit haben, in die lebende Zelle einzudringen und sie zu färben. Dahin gehört z. B. das Methylenblau und das Neutralrot. Für diese ganze Gruppe von Substanzen ist nun besonders von Overton gezeigt worden, daß sie deshalb in die Zellen eindringen, weil sie sich in bestimmten Zellbausteinen, den Lipoiden, lösen. Diese sind, wie wir früher (S. 5) gesehen haben, den Fetten nahestehende Verbindungen, von denen besonders die Lezithine weit in den Organismen verbreitet sind. Nimmt man nun an, wofür vieles spricht, daß diese Lipoide in der Zellmembran besonders angereichert sind, so ist das Eindringen der Farbstoffe leicht zu verstehen. Sie lösen sich zunächst in den Zellhautlipoiden und verbreiten sich auf diese Art in der Grenzmembran. Dadurch kommen sie in Berührung mit der Innenlösung und können nun, wenn sie in dieser überhaupt löslich sind, entsprechend dem Diffusionsgefälle nach innen abgegeben werden. In dem Maße, wie die Plasmahaut Farbstoff nach innen abgibt, nimmt sie von außen neuen auf, und so färbt sich allmählich das Protoplasma, bis zwischen außen und innen Gleichgewicht herrscht. Wird dann die Zelle in eine farbstofffreie Lösung gebracht, so gibt sie nach dem gleichen Verfahren langsam ihren Farbstoff wieder ab. Dieser Mechanismus gilt nicht nur für die vitalen Farbstoffe, sondern auch für eine medizinisch wichtige Gruppe von Substanzen, die sogenannten Narkotika. Die meisten von diesen, wie Alkohol, Äther, Chloroform, lösen Fette und Lipoide; bringt man sie also ins Blut, so werden sie daraus von den Gewebszellen aufgenommen. Hier ist die Beziehung zu den Lipoiden dadurch besonders deutlich, daß sich im Versuch eine auffallend schnelle Lähmung der Ganglienzellen durch diese Narkotika herausgestellt hat, worauf ja eben ihre medizinische Verwendung beruht. Die Analyse zeigt nun, daß Ganglienzellen ganz auffällig reich an Lezithin sind. Es lassen sich aber im Prinzip alle Zellen narkotisieren. Besonders hübsch kann man das im Versuch an den Flimmerzellen irgendeines Epithels zeigen, bei denen Verlangsamung, Aussetzen und Wiederbelebung des Zilienschlages sehr deutlich die Zu- und Abnahme der Narkose erkennen lassen.

Wollte man die Zellhaut aber als eine reine Lipoidmembran auffassen, so würde man der Lösung des Problems nicht näher kommen. Denn es zeigt sich, daß gerade die wichtigsten Körper, wie die anorganischen Salze, Zucker, Polypeptide u. a. m. nicht lipoidlöslich sind. Man ist daher zu der Vorstellung gekommen, daß die Plasmahaut mosaikartig aus Lipoiden und anderen Verbindungen zusammengesetzt sei, von denen jede besondere Stoffe durchtreten lasse. Eine wichtige Rolle wird von vielen Seiten auch einem anderen physikalischen Faktor zugeschrieben, nämlich der Größe der diffundierenden Teilchen. Die Zellhaut soll wie ein Filter wirken, das große Moleküle zurückhält, kleine durchtreten läßt. Auch diese Anschauung von der „Ultrafiltration“ vermag das Phänomen jedoch nicht restlos zu erklären, denn gerade die einfachen anorganischen Salze wie NaCl und KCl mit ihren kleinen Molekülen werden vielfach nicht durchgelassen.

Das Problem wird aber dadurch noch weit komplizierter, daß der Durchtritt oft überhaupt gar nicht nach den durch die Semipermeabilität komplizierten Diffusionsgesetzen erfolgt. Die

Konzentration des Harnstoffs ist z. B. im Nierensekret stets größer als im Blut, und doch wird Harnstoff vom Blut an den Harn abgegeben, denn er wird nicht in der Niere gebildet, sondern in der Leber. In ähnlicher Weise ist die Konzentration der verschiedensten Stoffe im Blut gegenüber den Sekreten von mancherlei Drüsen stark verschieden und der Austausch erfolgt oft entgegen dem Konzentrationsgefälle. Dies legt die Annahme nahe, daß hierbei eine aktive Tätigkeit der Zellen eine Rolle spielt, eine besondere Triebkraft, die unter Energieaufwand den Stofftransport besorgt. Dafür spricht unter anderem auch die Tatsache, daß der Energieumsatz in solchen Filtrationsorganen, z. B. der Niere, recht beträchtlich ist.

Mit diesen Fragen hängt aufs engste zusammen die wichtige Erscheinung, daß die Durchlässigkeit der einzelnen Zellen sich zeitweilig ändert. Neben die physikalische stellt sich also eine „physiologische" Permeabilität. Auch dies läßt sich am besten an der Niere nachweisen. Die Regulation des Salzgehaltes im Blute beruht auf solchen physiologischen Permeabilitätsänderungen. Ebenso erhält die Niere im Blut eine in engen Grenzen schwankende Konzentration von Traubenzucker aufrecht — steigt diese etwa durch starke Zuckerzufuhr, so erscheint der Überschuß sofort im Harn. Ähnlich wechselnde Durchlässigkeit zeigt in besonders bedeutungsvollem Maße auch die Leber.

Alle diese Tatsachen, so unvollkommen wir sie bisher auch zu durchschauen vermögen, lassen jedenfalls klar erkennen, daß diese Vorgänge an den Grenzflächen für den Stoffwechsel der Zellen von allerhöchster Bedeutung sind.

6. Bau- und Betriebsstoffwechsel. Wachstum, Altern und Tod.

Die aus dem Blute aufgenommenen Substanzen werden von den Gewebszellen zu zwei prinzipiell verschiedenen Zwecken verwendet. Einmal bauen sie daraus ihre eigene Masse auf und ersetzen die mit ihrer Lebenstätigkeit verbundene Abnutzung, andererseits gewinnen sie daraus Energie zur Verrichtung ihrer Stoffwechselarbeit. Man unterscheidet danach Bau- und Betriebsstoffwechsel. Das Verhältnis dieser beiden Abteilungen ist sehr wechselnd und ihr Betrag nicht scharf gegeneinander abzugrenzen. Ist der Baustoffwechsel sehr intensiv, so wird mehr Protoplasma gebildet als verbraucht; solche Teile des Körpers nehmen dann an Masse zu, sie wachsen. Dies ist bekanntlich im stärksten Maße im Anfang der Einzelentwicklung der Fall, später sinkt der Betrag des Baustoffwechsels, und es stellt sich ein gewisser Gleichgewichtszustand her, bei dem gerade so viel neugebildet, wie durch den Lebensprozeß zersetzt wird. Im Alter sinkt der Anteil des Baustoffwechsels noch weiter, und der Körper beginnt zu schwinden.

Dabei ist aber zu bedenken, daß die Intensität des Baustoffwechsels in verschiedenen Geweben des gleichen Organismus sehr verschieden sein kann. Wir sehen die einzelnen Bauelemente des Körpers ihren Entwicklungskreis in sehr verschiedenem Tempo durchmessen. Die Ganglienzellen des Nervensystems verlegen den Schwerpunkt ganz in die Embryonalentwicklung. Es ist erstaunlich, welch großen relativen Umfang in den Embryonen der verschiedensten Tierklassen die Anlage des Nervensystems einnimmt. Dafür steht aber das Wachstum sehr bald still. Für den Menschen ist nachgewiesen, daß in nachembryonaler Zeit keine Teilung von Ganglienzellen mehr stattfindet. Die einzelnen Zellen haben also eine ganz ungewöhnlich lange Lebensdauer, während der der Baustoffwechsel ihren Bestand erhält, bis sie endlich der Abnutzung erliegen. Umgekehrt dehnen die Zellen der Haut ihr Wachstum ungemein lange aus; beim Menschen gehen die Teilungen im Stratum germinativum des Epithels bis zum Lebensende weiter, um Ersatz für die sich fortwährend abstoßenden Zellen der Hornschicht zu liefern. Eine ganz eigenartige Kurve haben die Keimzellen. Sie durchlaufen im Embryo eine Anzahl von Teilungen und stellen dann das Wachstum fast völlig ein. Erst zur Zeit der Geschlechtsreife beginnt eine sehr lebhafte Vermehrung; sie hält längere oder kürzere Zeit an und kommt in vielen Fällen schon lange vor dem Abschluß des Gesamtlebens zum Stillstand.

Es ist eine äußerst interessante, bisher aber noch kaum in Angriff genommene Aufgabe, die Gesetze zu erforschen, von denen dies verschiedene Verhalten der einzelnen Gewebe bestimmt wird, und vielleicht die Abhängigkeiten aufzuzeigen, in denen die Wachstumskurven der verschiedenen Organe untereinander stehen. Damit steht in engstem Zusammenhang die bedeutungsvolle und auch praktisch wichtige Frage des natürlichen Todes. Jeder Organismus verfällt schließlich dem Untergang, weil sein Baustoffwechsel unter ein Minimum hinabgeht. Da aber, wie wir sahen, die einzelnen Organe verschieden schnell altern, so fragt es sich: Das Versagen welches Organs führt eigentlich den Stillstand der ganzen Maschine herbei? Aller Wahrscheinlichkeit nach sind es die Ganglienzellen. Wie oben gezeigt, haben sie ein ungemein langes individuelles Leben. Der Stoffwechsel während dieser Zeit hinterläßt in ihnen Schlacken, die in Gestalt feiner, brauner Körnchen und Schollen sich im Zellkörper einlagern. Man kann beobachten, wie mit zunehmendem Alter des Individuums die Zahl dieser Körner zunimmt, und der Schluß scheint naheliegend, daß eine übermäßige Anhäufung dieser Schlacken endlich den ganzen Betrieb zum Stehen bringt. Da die Zusammenarbeit aller Organe wesentlich an die Leistungen des Nervensystems gebunden ist, so kann es nicht Wunder nehmen, daß seine Ausschaltung den Untergang des Ganzen herbeiführt. Damit ist aber noch keineswegs gesagt, daß die übrigen Organe nicht mehr lebensfähig seien. Man kann sich im Versuch sehr leicht davon überzeugen, daß viele Körperteile noch nach Ausschaltung aus dem Gesamtbetrieb weiterfunktionieren. Bekannt ist die Erscheinung des überlebenden Froschherzens, das nach Abtötung des Frosches noch stunden- und tagelang weiterschlagen kann. Auch das Herz der warmblütigen Säugetiere läßt sich trotz seiner größeren Empfindlichkeit unter geeigneten Maßnahmen stundenlang lebend erhalten. Die Körpermuskulatur stellt ihre Tätigkeit mit dem Erlöschen des Gesamtlebens auch nicht sofort ein: Bei geschossenem Wild etwa kann man noch nach vielen Stunden durch Beklopfen lebhafte Zuckungen der Muskeln auslösen. Die inneren Organe arbeiten gleichfalls noch lange weiter. So kann man an herausgenommenen Nieren oder Lebern bei Durchspülung mit geeigneten Flüssigkeiten sehr gut die chemischen Umsetzungen in den Zellen verfolgen. Bei wirbellosen Tieren geht die Selbständigkeit der einzelnen Teile noch sehr viel weiter. Hier läßt sich durch mechanische Zerstörung des Zusammenhanges oft der Tod der Teile überhaupt nicht mehr herbeiführen; eine Hydra oder ein Strudelwurm regenerieren selbst aus kleinsten Stücken wieder den ganzen Körper. Dennoch tritt auch hier durch Abnahme des Baustoffwechsels ein natürlicher Tod ein, wenn wir auch über die Altersgrenzen der niederen Tiere noch recht unvollkommen unterrichtet sind. In manchen Fällen liegt sie jedenfalls recht hoch und geht wesentlich über das Alter des Menschen hinaus. Die höchsten, bei Tieren sicher bestimmten Werte betragen einige hundert Jahre, stehen also wesentlich zurück hinter dem Alter der Pflanzen. Für manche Bäume sind Werte von mehreren tausend Jahren mit Sicherheit nachgewiesen, dort ist aber auch der Begriff der Individualität und des Wachstums infolge der Vermehrung durch Knospen ein recht verschiedener.

Die chemischen Vorgänge, welche sich bei dem Baustoffwechsel abspielen, sind einstweilen noch recht unvollkommen erforscht. Es handelt sich ja dabei um den Aufbau der verwickeltsten organischen Verbindungen, deren Zusammensetzung uns noch nicht einmal bekannt ist. Man kann allgemein nur sagen, daß sich dieser Aufbau wahrscheinlich in ähnlichen Stufen vollziehen wird, wie der Abbau der verschiedenen Gruppen bei der Verdauung. Es liegen auch bereits einige Befunde vor, welche darauf hinweisen, daß beim Aufbau die Fermente eine ähnlich wichtige Rolle spielen, wie bei der Zerlegung der Plasmaverbindungen. Durch das verschiedenartige Aneinanderreihen der einfachen Bausteine, durch Verkoppelung von Verbindungen aus der Eiweiß-, Kohlehydrat- und Fettreihe zu höheren Komplexen vollzieht sich jedenfalls die Synthese des „lebenden" Protoplasmas. Eine Klarstellung dieser Vorgänge würde uns der Lösung des Lebensrätsels erheblich näher bringen, einstweilen aber fehlen selbst die ersten Ansätze dazu. Wir können nur feststellen, daß das spezifisch gesonderte Plasma der einzelnen Gewebszellen die wunderbare Fähigkeit besitzt, aus dem einheitlichen Material des Blutes jeweils spezifisch verschiedene Zellprotoplasmen aufzubauen.

Wesentlich weiter fortgeschritten sind wir in den Erfahrungen über die Abwicklung des Betriebsstoffwechsels. Hier handelt es sich darum, die in den Verbindungen der Nahrungskörper enthaltene potentielle Energie möglichst vollständig freizumachen und in kinetische Energie überzuführen. Der Weg dazu ist die fortschreitende Aufspaltung der Verbindungen unter Einfügung von Sauerstoff in den Molekülverband, die Oxydation. Dadurch wird erst die Hauptmenge der Energie frei, während die hydrolytische Spaltung bei der Verdauung nur einen sehr geringen Energieverlust bedeutet. Auch dieser Vorgang vollzieht sich unter der Einwirkung von Fermenten, den Oxydationsfermenten, und geht ebenso wie die Verdauung stufenweise vor sich. Die fortschreitende Kenntnis der Spaltungsvorgänge hat uns eine überraschende Fülle je nach Zellart und Bau der anzugreifenden Substanzen spezifischer Fermente kennen gelehrt. Je nach ihren Leistungen im Gesamtbetrieb beteiligen sich die einzelnen Zellen in quantitativ und qualitativ verschiedener Weise an diesen Spaltungsvorgängen. Das Endresultat der im einzelnen noch keineswegs völlig klargestellten Prozesse ist jedenfalls, daß die Nahrungsstoffe bis zu den einfachsten Endprodukten abgebaut werden.

7. Die Aufnahme und Übertragung des Sauerstoffs.

Der zur Oxydation nötige Sauerstoff wird dem Körper von außen zugeführt durch einen Vorgang, der allgemein als Atmung bezeichnet wird. Er besteht in einer Diffusion des Sauerstoffs durch die Körperwand. Bei kleinen und weichhäutigen Tieren, wie vielen wirbellosen Bewohnern des Meeres, genügt dazu die allgemeine Körperoberfläche. Wird diese durch Panzerbildung undurchlässig und nimmt die Masse des Körpers im Verhältnis zur Oberfläche zu, so tritt das uns bekannte Prinzip der Oberflächenvergrößerung wieder in Kraft. Es bilden sich an geeigneten Stellen Falten der Oberhaut, die entweder nach außen oder nach innen gerichtet sind. Die nach außen gewendeten ergeben gemeinhin die Bildung von Kiemen, die nach innen gelagerten die von Lungen. Dieser Unterschied hängt mit dem Medium zusammen, aus dem der Sauerstoff entnommen werden soll. Die Kiemen tauchen in Flüssigkeit, die Lungen enthalten Luft. Eine nach außen verzweigte, frei dem Luftstrom ausgesetzte Luftkieme würde sehr schnell austrocknen und unbrauchbar werden; in den Lungensäcken erhält sich durch Verdunstung von der Wand ständig eine mit Wasserdampf gesättigte Atmosphäre. Lage und Gestalt der Atmungsorgane können in der Tierreihe sehr wechseln (vgl. S. 423, Taf. XXIX, XXX), das Grundprinzip ihrer Funktion bleibt aber immer dasselbe. Fast stets finden wir, daß der durch die Oberfläche hineindiffundierende Sauerstoff vom Blute aufgenommen und von ihm an die einzelnen Gewebe weitergeleitet wird. Hiervon machen nur die durch Tracheen atmenden Tiere, Insekten, Myriapoden und ein großer Teil der Spinnen eine Ausnahme. Dort gelangt die Luft durch zahlreiche Öffnungen, die Stigmen, in das Röhrensystem der Tracheen und wird von diesen unmittelbar an den Verbrauchsort geleitet. Damit hängt auch zusammen, daß bei diesen Tieren das Zirkulationssystem eine verhältnismäßig geringe Ausbildung erlangt.

Die Gesetze, nach denen der Sauerstoff ins Blut übertritt, sind die gewöhnlichen der Diffusion. Der Partialdruck des Sauerstoffs in Luft und Wasser ist im allgemeinen größer als der im Blut, da diesem durch die arbeitenden Gewebe ja ständig Sauerstoff zur Oxydation entzogen wird. Infolgedessen diffundiert entsprechend dem Diffusionsgefälle dauernd Sauerstoff ins Blut. Die Menge, die auf diesem Wege aufgenommen werden kann, ist aber relativ gering. 100 ccm Blutflüssigkeit vermögen bis zur Sättigung nur etwa 0,27 ccm O_2 aufzunehmen. Ist der Sauerstoffverbrauch sehr groß, d. h. wird der Stoffwechsel lebhaft, so reicht diese Menge nicht aus. Ganz allgemein greifen in diesem Falle die Tiere zu einem Verfahren, das ihnen die Speicherung größerer Sauerstoffmengen gestattet. Es bilden sich respiratorische Farbstoffe. Dies sind Verbindungen von Eiweiß mit einem Schwermetallsalz, welche die Fähigkeit haben, große Mengen Sauerstoff locker zu binden. Der in den Atmungsorganen aufgenommene Sauerstoff tritt also aus dem Blutplasma an diese Körper über bis zu deren Sättigung. Die Bindung ist aber eine so lockere, daß an den Verbrauchsstellen in dem Maße, wie die Gewebe der Blutflüssigkeit den gelösten Sauerstoff entziehen, aus der Bindung neuer frei gemacht wird. Unter diesen respiratorischen Farbstoffen ist der verbreitetste und wirksamste das Hämoglobin, eine Verbindung eines Albumins, des Globins, mit dem organischen Eisensalz Hämatin. Auf der Anwesenheit dieser Verbindung beruht die rote Farbe des Blutes, wie sie für die Wirbeltiere so charakteristisch, aber auch unter den Wirbellosen weit verbreitet ist. 1 g Hämoglobin vermag 1,27 ccm O_2 zu binden. Da das menschliche Blut etwa 14% Hämoglobin enthält, so binden 100 ccm etwa 18 ccm Sauerstoff, also mehr als 60mal soviel wie gewöhnliche Blutflüssigkeit.

Bei den Wirbeltieren ist der Blutfarbstoff an in der Flüssigkeit schwimmende Zellen, die roten Blutkörperchen, Erythrozyten, gebunden. Bei den Wirbellosen findet er sich dagegen vielfach in der Blutflüssigkeit gelöst. Derartiges rotes Blut haben z. B. die Regenwürmer und viele andere Anneliden, so die Röhrenwürmer des süßen Wassers, *Tubifex*, eine Anzahl Muscheln und Schnecken wie die Posthornschnecke, *Planorbis*, und manche Insektenlarven wie die roten Mückenlarven der Gattung *Chironomus*. Bei diesen liegt die Bedeutung des Hämoglobins nicht so sehr in der Sauerstoffübertragung bei schnellem Verbrauch, als in der Speicherung. Viele von diesen Tieren leben nämlich an Orten, wo die Sauerstoffzufuhr sehr wechselt. Die im Schlamm unserer Gewässer vergrabenen Tubifex und Mückenlarven haben zeitweilig infolge der Sauerstoffzehrung des faulenden Schlammes nur sehr wenig Atemgas zur Verfügung, zu anderen Zeiten steht es ihnen durch die lebhafte Assimilation der Pflanzen im Sonnenlicht sehr reichlich zu Gebote. Die Tiere beladen dann in guten Zeiten ihr Hämoglobin reichlich mit Sauerstoff und zehren davon bei Knappheit im äußeren Medium. Dies läßt sich in manchen Fällen sehr hübsch im Experiment zeigen. Die Chironomuslarven sind in den ersten Stadien noch frei von Hämoglobin und ganz farblos, erst etwa von der dritten Häutung an werden sie rot. Bringt man frisch gefangene junge Tiere unter Luftabschluß in sauerstofffreies Wasser, so gehen sie nach 10 bis 12 Stunden zugrunde, alte, rote Tiere halten darin 3—4 Tage aus, weil sie aus ihrem Hämoglobinspeicher den Sauerstoffbedarf decken können.

Bei vielen Mollusken, besonders den Tintenfischen, und bei den höheren Krebsen tritt an Stelle des Hämoglobins das Hämozyanin, ein kupferhaltiger Farbstoff. Er ist in sauerstoffreichem Zustande, als Oxyhämozyanin, blau, im reduzierten dagegen farblos. Sein Sauerstoffbindungsvermögen ist geringer als das des Hämoglobins, nur etwa 8 ccm O_2 in 100 ccm Blut, immerhin ermöglicht auch dies schon recht stattliche Stoffwechselleistungen, wie wir an den beweglichen, muskelkräftigen Tintenfischen besonders deutlich sehen. Bei anderen Mollusken ist eine noch weniger leistungsfähige, farblose Mangan-Eiweißverbindung im Blut gefunden worden. Den lebhaftesten und leistungsfähigsten aller Wirbellosen, den Insekten, fehlen respiratorische Farbstoffe so gut wie ganz, ihnen steht ja durch die Tracheenatmung Sauerstoff im Körper in unbegrenzten Mengen zur Verfügung, wenn nur der Atemmechanismus hinreichend durchgebildet ist.

8. Energieproduktion der Organismen. Wärme und Wärmeregulation.

Die durch Oxydation gewonnene Energie findet im Organismus die verschiedenartigste Verwendung. Zunächst dient sie dazu, die bei der Synthese des Baustoffwechsels zu leistende Arbeit zu bestreiten. Darauf fällt sicher ein erheblicher, aber schwer abzugrenzender Betrag. Ein anderer Teil wird von den Drüsen zum Aufbau ihrer mannigfaltigen Sekrete gebraucht. Die Drüsen der Haut, Schleim-, Schweiß- und Talgdrüsen, sowie die Milchdrüsen scheiden hoch zusammengesetzte Stoffe nach außen ab, deren Aufbau ganz ähnliche Arbeit erfordern dürfte wie der der Plasmakörper. Ebenso steht es bei den Drüsen des Verdauungskanals, den Speichel-

und Fermentdrüsen und den Anhangsdrüsen des Geschlechtsapparats. Fällt bei diesen Prozessen der Energieumsatz ins Innere des Körpers, so wird in anderen Fällen direkt kinetische Energie nach außen abgegeben. Hierhin gehört die Produktion von strahlender Energie in den Leuchtorganen, ferner die von elektrischer Energie in den elektrischen Organen. Letztere ist nur ein Spezialfall der Erzeugung von elektrischen Strömen, die als Nebenprodukt bei den verschiedensten Reaktionen des Organismus regelmäßig auftreten. Die weitaus größte Energiemenge wird aber nach außen in Form mechanischer Energie abgegeben in den mannigfaltigen Typen von Bewegungsorganen, über die fast alle Tiere verfügen.

Wie die vom Menschen konstruierten Maschinen, so arbeitet auch die des Organismus mit einem gewissen Verlust; ein guter Teil des Umsatzes verläuft nicht in der gewünschten Richtung, sondern geht in Wärmeenergie über. Wir sind gewohnt, bei menschlichen Maschinen einen recht hohen Betrag für diesen Verlust einzusetzen, beträgt doch der Nutzeffekt bei ihnen im Durchschnitt nur 20%. Im Vergleich damit arbeiten die organischen Maschinen noch recht günstig, denn man kann bei ihnen mit 30—40% Nutzen rechnen. In vielen Fällen steigt der Nutzeffekt sogar noch höher, bei der Muskelmaschine der Säugetiere ist der Nutzeffekt am Orte der Muskelkontraktion auf etwa 67% berechnet worden.

Wie bei den künstlichen Maschinen geht die als Nebenprodukt entstehende Wärme auch den Organismen oft nutzlos verloren, da die Temperaturerhöhung durch Strahlung und Leitung sofort nach außen ausgeglichen wird. Dabei liegt hier ein Produkt vor, dessen Verwertung für die Tiere sehr erhebliche Vorteile bringen könnte. Wie groß dieser Verlust ist, davon kann man sich leicht durch einen Versuch überzeugen. Man sperre einige Frösche in ein luftdicht verschlossenes Glas und reize sie durch Schütteln zu Sprüngen. Öffnet man nach einiger Zeit das Gefäß, so wird man mit Erstaunen eine sehr erhebliche Temperaturerhöhung feststellen. Wird durch äußere Umstände der Temperaturausgleich mit der Umgebung verhindert, so treten oft bedeutende Erwärmungen auf. In Haufen abgefallener Blätter und in Heuhaufen können die zu Ende gehenden Stoffwechselprozesse, unter Umständen auch die Lebenstätigkeit sich ansiedelnder Bakterien eine so erhebliche Temperatursteigerung erzeugen, daß das Heu sich entzündet. Wird ein kräftiger Fisch, etwa ein Schellfisch, an der Angel gefangen und sofort nach dem Heraufziehen seine Körpertemperatur gemessen, so steht sie mehrere Grad über der des umgebenden Wassers. Bei dem Abzappeln an der Angel hat das Tier so erhebliche Muskelarbeit geleistet, daß die erzeugte Wärme nicht sogleich nach außen abgegeben werden konnte. Bei großen Fischen mit dementsprechend relativ kleiner Oberfläche können diese Temperaturunterschiede recht erheblich werden. So erklären die italienischen Fischer ganz allgemein den Tunfisch für ein warmblütiges Tier, weil sein Blut unmittelbar nach dem Fang infolge der Anstrengungen des Kampfes ums Leben bis zu 37° warm ist.

Ähnlich wie bei künstlichen Maschinen diese Abfallwärme gelegentlich nutzbar gemacht wird, etwa zur Vorwärmung des Speisewassers der Kessel durch den Abdampf oder zur Beheizung der ganzen Fabrikanlage, so findet auch bei manchen Tieren diese beiläufig produzierte Wärme eine regelmäßige Verwendung. Dabei handelt es sich um einen sehr wesentlichen Vorteil. Die Temperatur hat bekanntlich auf die Geschwindigkeit, mit der chemische und physikalische Reaktionen ablaufen, einen bedeutenden Einfluß. Meist in dem Sinne, daß die Geschwindigkeit mit zunehmender Temperatur steigt. Der Temperaturkoeffizient, d. h. der Faktor, welcher angibt, um welcher Betrag sich die Geschwindigkeit einer Reaktion bei der Temperatur t von der bei der Temperatur 0 unterscheidet, ist größer als 1. Dabei gilt recht allgemein, daß dieser Koeffizient für das Intervall von 10° zwischen 2 und 3 liegt. Diesen im Anorganischen geltenden Regeln folgen auch die Reaktionen im Organismus. Bestimmt man die Gesamtumsätze eines Tieres durch Messung des Sauerstoffverbrauchs oder der Kohlensäureabgabe bei verschiedenen Außentemperaturen, so sieht man, daß die Werte mit zunehmender Temperatur steigen.

Die CO_2-Ausscheidung in Milligramm pro Kilogramm und Stunde beträgt bei:

	2°	10°	15°	20°	25°	30°
Regenwurm (Lumbricus)	20	40	46	56	94	228 mg CO_2
Weinbergschnecke (Helix)	37	75	116	164	189	182 ,, ,,
Küchenschabe (Periplaneta)	89	197	302	466	970	1274 ,, ,,
Frosch (Rana)	62	80	101	139	196	548 ,, ,,
Blindschleiche (Anguis)	17	41	52	63	137	198 ,, ,,

Betrachtet man diese Tabelle im ganzen, so ist die Zunahme der Reaktionsgeschwindigkeit mit steigender Temperatur sehr deutlich, und an vielen Stellen findet man auch den typischen Wert von etwas über 2 für das Intervall von 10°. Sehr häufig bemerkt man aber auch Abweichungen, oft nach unten, seltener nach oben. Diese sind recht interessant, denn sie weisen uns darauf hin, wie verwickelt der Reaktionsablauf im Organismus ist. Der in der Kohlensäureausscheidung erkennbare Gesamtumsatz ist ja das Resultat zahlreicher physikalischer und chemischer Vorgänge, die kettenartig ineinander greifen. Auf die einzelnen Glieder dieser Kette kann nun die Temperaturerhöhung verschieden einwirken. Nehmen wir z. B. eine chemische Reaktion A, welche zum Zerfall eines Körpers in zwei Spaltprodukte führt. Diese werde durch die Anhäufung der Spaltprodukte gehemmt, sie geht also nur so lange mit voller Geschwindigkeit vor sich, als diese Verbindungen etwa durch Diffusion rechtzeitig entfernt werden. Erhöht sich jetzt die Temperatur um 10°, so sei etwa der Temperaturkoeffizient der chemischen Reaktion 2,5, der der Diffusion dagegen nur 1,5. Dann kann der Fall eintreten, daß die Spaltprodukte nicht mehr schnell genug entfernt werden, infolgedessen kann sich auch der Temperaturkoeffizient der ersten Reaktion nicht voll auswirken, weil sie gehemmt wird. Durch eine solche Sperre an einer Stelle werden dann unter Umständen eine ganze Reihe von Reaktionen unter ihr zu erwartendes Geschwindigkeitsmaß herabgedrückt und der Gesamtumsatz erniedrigt. Oder es können bei höheren Temperaturen gewisse Reaktionen, wie Fermentspaltungen, gehemmt werden, weil sich der Zustand des kolloidalen Systems des Plasmas ändert. Bei starker Erwärmung, etwa über 40°, fallen ja viele Eiweißkörper aus, sie gerinnen. Dadurch kann, statt einer Steigerung, unter Umständen sogar eine Verlangsamung des Stoffwechsels bei der Erwärmung eintreten. Diese Betrachtung lehrt, daß es für den Organismus nicht nur vorteilhaft sein muß, bei relativ hoher Temperatur zu arbeiten, sondern auch bei gleichbleibender; denn dann fallen alle diese möglichen Reibungen innerhalb des Betriebes weg. Die Befreiung von den Temperaturschwankungen der Umgebung und die Einstellung auf eine gleichmäßige, ziemlich hohe Körpertemperatur bedeutet also für die Organismen eine wesentliche Erleichterung des Betriebes und Erhöhung der Leistungsfähigkeit. Auf dieser beruht der charakteristische biologische Unterschied, den wir zwischen den kaltblütigen oder besser wechselwarmen, poikilothermen, und den warmblütigen oder gleichwarmen, homoiothermen Tieren beobachten. Zu der Konstanz in der chemischen und physikalischen Natur der Körperflüssigkeit gesellt sich hier ein dritter, dem Einfluß der Außenwelt sich entziehender Faktor, die Körpertemperatur. Die Unabhängigkeit hierin haben aber nur die höchst entwickelten Gruppen der Wirbeltiere erreicht, die Vögel und Säugetiere; hierauf beruht nicht zum wenigsten ihre biologische Überlegenheit gegenüber allen anderen Tieren. Man braucht nur etwa eine Eidechse mit dem morphologisch sehr nahe verwandten Vogel zu vergleichen, um die Größe des Unterschiedes zu erkennen. Hier ein Tier, das seine volle Lebenskraft nur in den Strahlen der Mittagssonne entfalten kann, die Kühle der Nacht macht es träge und unbeweglich, die kalte Jahreszeit lähmt es völlig, so daß es nur durch Winterschlaf in geschützten Winkeln sein Dasein fristen kann. Der Vogel dagegen ist allezeit auf der Höhe seiner Leistungsfähigkeit und zur Ausnutzung der verschiedensten Lagen der Umgebung befähigt.

Diese biologisch so bedeutungsvolle Herstellung gleichmäßiger hoher Körperwärme ließ sich aber nicht ohne Schwierigkeiten und Gefahren erreichen. Homoiotherme Tiere müssen zunächst ihren Stoffumsatz erheblich steigern, um die nötige Wärme aufzubringen. Dies erfordert einmal reichliche Nahrungszufuhr. Ein Mensch muß pro Tag etwa $^1/_{30}$ seines Körpergewichts als Nahrung aufnehmen, um bestehen zu können. Läßt man eine Taube hungern, so verliert sie pro Tag $^1/_{14}$ ihres Gewichts. Kleine Singvögel, wie Meisen und Finken, brauchen pro Tag sogar $^1/_3$ bis $^1/_2$ ihres Gewichts an Nahrung. Das hat natürlich die Schattenseite, daß solche Tiere viel schneller verhungern, als wechselwarme. Eine Schlange kann Monate, selbst Jahre hungern, ein warmblütiges Tier geht schon nach wenigen Tagen, höchstens Wochen zugrunde.

Das reiche Nahrungsbedürfnis bedingt eine starke Vergrößerung der resorbierenden Oberfläche des Darmkanals. Beim Menschen steigt die innere Oberfläche des Dünndarms allein auf etwa 40 qm, ein Wert, der nur durch die starke Faltenbildung in den Zotten ermöglicht wird. Besonders gesteigert ist natürlich bei Warmblütern die Verbrennung und demgemäß die Sauerstoffaufnahme. Dies bedingt wieder eine Zunahme der Atemfläche; die innere Lungenfläche des Menschen beträgt etwa 90 qm. Sehr hoch ausgebildet ist auch bei den Warmblütern die Sauerstoffübertragung. Alle haben rotes Blut und zeichnen sich durch relativ kleine, dafür ungeheuer zahlreiche Erythrozyten aus, denn dadurch wird die Oberfläche gegen die Blutflüssigkeit, durch welche der Sauerstoff an das Hämoglobin herandiffundiert, erhöht. Ein Vergleich der roten Blutkörperchen in der Reihe der Wirbeltiere zeigt diese Abnahme der Größe mit Steigerung des Stoffwechsels sehr deutlich.

Neben der Erhöhung der Wärmeproduktion spielt die Herabsetzung des Wärmeverlustes eine wesentliche Rolle. Hier kommt zunächst die relative Größe der Körperoberfläche in Betracht. Um sie möglichst klein zu halten, ist der Körper der Warmblüter ungemein kompendiös gebaut; alle Organe sind eng zusammengedrängt und die Oberfläche möglichst abgerundet. Mit Abnahme der Gesamtgröße steigt bekanntlich die relative Oberfläche. Ein kleiner Warmblüter ist also in seinem Wärmehaushalt wesentlich ungünstiger gestellt als ein großer. Damit hängt der oben angeführte abnorm hohe Nahrungsbedarf der kleinen Vögel zusammen. Dem sind aber gewisse Grenzen gesetzt, und damit mag es zusammenhängen, daß die kleinsten Vögel wie die Kolibris nur in den Tropen leben, wo der Temperaturunterschied gegen die Umgebung geringer ist. Die kleinsten Säugetiere haben sich in anderer Weise geholfen, sie sind, wie die Mäuse und besonders die Spitzmäuse, *Sorex*, die kleinsten von allen, zum Leben in Höhlen unter der Erde übergegangen, da auch hier eine gleichmäßigere, höhere Temperatur herrscht.

Zur Herabsetzung des Wärmeverlustes an der Körperoberfläche haben sich nun bei den Warmblütern einige charakteristische Einrichtungen herausgebildet. Sie sind verschieden, je nach der Natur des umgebenden Mediums. Dabei sind allgemein die im Wasser lebenden Tiere schlechter daran als die an der Luft, da Wasser ein weit besserer Wärmeleiter ist. Die Folge davon ist offenbar, daß wir nur sehr wenige Warmblüter dauernd im Wasser finden. Diese, wie die Robben und Wale, haben sich dann durch eine dicke, im Unterhautbindegewebe eingelagerte Speck- und Transchicht von der Umgebung isoliert. Bei den Lufttieren dienen dazu die Haare und Federn. Die inneren Schichten des Pelzes, die Wollhaare bzw. die Dunenfedern, halten zwischen sich eine stehende Luftschicht fest, die als schlechter Wärmeleiter die Isolation besorgt. Die Grannenhaare bzw. die Deckfedern bilden eine derbe, glatte Außenhülle, die Wind und Regen vom Eindringen abhält. Die Stellung und Anordnung dieser Deckgebilde ist genau den Lebensbedingungen angepaßt. Darum sind z. B. am Rücken der Säuger die Haare mit den Spitzen nach hinten und abwärts gerichtet, damit der Regen leicht abläuft; bei den Faultieren, die ständig mit dem Bauche nach oben an den Zweigen hängen, sind die Haare dort lang und fallen nach den Seiten über. Je nach den Temperaturverhältnissen der Umgebung sind Haar- und Federkleid verschieden dicht ausgebildet. Die tropischen Dickhäuter, Elefant, Rhinozeros und Flußpferd, sind fast haarlos, das in der Eiszeit bis weit nach Norden wandernde Mammut hatte dagegen einen dichten Pelz. Der Wechsel von Sommer- und Winterpelz bei so vielen Säugern der gemäßigten Zone ergibt sich ohne weiteres als Anpassungserscheinung an diese Bedürfnisse.

Der Körper der Warmblüter verfügt aber über viel feinere Regulationsverfahren, um auch bei stark abweichenden Außentemperaturen seinen Wärmehaushalt instand zu halten. Wird ein solches Tier stark abgekühlt, so beginnt es am ganzen Leibe zu zittern, wir kennen dieses vor Frost Klappern ja von uns selbst. Der Sinn dieses Vorgangs ist der, durch Verstärkung der Muskelarbeit die Bildung von Wärme zu steigern. Dazu dient auch die bekannte Gänsehaut, bei deren Erzeugung zahllose kleine Muskeln des Unterhautbindegewebes, die sogenannten *Arrectores pilorum*, in Tätigkeit versetzt werden. Auf anderem Wege wird das gleiche Ziel erreicht durch Zusammenziehung der Gefäße der Körperoberfläche, worauf das Blaßwerden bei Kälte beruht. Auf diese Weise wird die Menge des durch die Hautgefäße strömenden Blutes verringert und dadurch die Abkühlung der zirkulierenden Flüssigkeit und damit des ganzen Körpers herabgesetzt. Die Erkenntnis dieser wichtigen Schutzmaßregel erklärt, warum bei der Möglichkeit des Erfrierens der Genuß von Alkohol so gefährlich ist. Alkohol lähmt nämlich die gefäßverengernden Nerven der Haut; dadurch wird diese stärker durchblutet, es entsteht ein subjektiv angenehmes Wärmegefühl, das aber unter Umständen teuer bezahlt werden muß, denn der Wärmeverlust des Körpers wird sehr erhöht. Es ist wichtig, bei Touren im Hochgebirge oder im Winter sich dieser Tatsachen bewußt zu sein, dann werden manche Unglücksfälle vermieden werden.

Wird der Körper übermäßig erwärmt, so vermag er umgekehrt seine Wärmeabgabe zu steigern, und zwar durch stärkere Durchblutung der Haut, daher der rote Kopf bei großer Hitze oder starker körperlicher Anstrengung. Die Hauptwirkung wird dabei erzielt durch Steigerung der Verdunstung infolge vermehrter Sekretion der Schweißdrüsen. Es ist sehr zu beachten, daß die Schweißdrüsen ausschließlich bei den Säugetieren vorkommen, ja ihre Entwicklung läßt sich noch innerhalb dieses Stammes verfolgen. Den Monotremen, Schnabeltier und Ameisenigel, fehlen sie noch; demgemäß vermögen sich diese Tiere vor Überhitzung schlecht zu schützen. Man kann sie zugrunde richten, wenn man sie schutzlos intensiver Sonnenbestrahlung aussetzt. Auch bei den Beuteltieren sind die Schweißdrüsen noch wenig entwickelt. Manche Tiere steigern die Verdunstung daneben auch an anderen Stellen. So erklärt sich die bekannte Erscheinung, daß Hunde, die in der prallen Sonne liegen, beschleunigt atmen und die Zunge weit aus dem Halse hängen lassen. Bei ihnen geschieht die Verdunstung hauptsächlich durch die Lunge und die Schleimhaut der Mundhöhle.

Auch bei Kaltblütern kommen übrigens in seltenen Fällen solche Schutzeinrichtungen gegen Überhitzung zur Ausbildung. Der Dornschwanz, *Uromastix*, eine stattliche, in heißen Wüstengegenden lebende Eidechse, benutzt dazu die Farbzellen der Haut. Scheint die Sonne, so breitet das Tier seine schwarzen Farbzellen aus und wird ganz dunkel, um so möglichst viel Wärmestrahlen zu absorbieren. Steigt dadurch die Körpertemperatur über 41°, so ziehen sich plötzlich die Farbzellen zusammen und das Tier wird ganz hell, bei Abkühlung werden sie wieder ausgebreitet.

Alle diese Regulationen werden nur durch relativ grobe Schwankungen der Außentemperatur in Tätigkeit versetzt. Daneben verfügt der Körper über weit feinere Einrichtungen, die es ihm ermöglichen, seine Temperatur innerhalb sehr enger Grenzen automatisch konstant zu erhalten. Verfolgt man nämlich die Kohlensäurebildung, also die Höhe der Stoffwechselumsätze, bei verschiedenen Außentemperaturen, so erhält man folgende merkwürdige Werte:

CO_2-Bildung eines Meerschweinchens für die Gewichtseinheit in der Zeiteinheit:

0°	2,91 ccm CO_2	30°	1,32 ccm CO_2
11°	2,15 „ „	33°	1,27 „ „
21°	1,77 „ „	40°	1,45 „ „
26°	1,54 „ „		

Es zeigt sich dabei, daß das Gesetz von der Zunahme des Umsatzes mit Steigerung der Außentemperatur, das wir bei den Kaltblütern allgemein gültig fanden, hier in sein Gegenteil verkehrt ist. Mit anderen Worten: Mit zunehmender Außentemperatur setzt der Warmblüter seinen Stoffwechsel herab, weil er weniger Wärme zu bilden braucht, um die Innentemperatur auf der normalen Höhe zu erhalten. Dies gelingt ihm in sehr weiten Grenzen, aber, sehr bezeichnend, wenn die Wärme bis 40⁰ steigt, so setzt wieder eine Zunahme des Umsatzes ein; hier tritt der Temperaturkoeffizient wieder in seine Rechte ein, die Grenze der Regulation ist überschritten. Noch überraschender sind die Ergebnisse, wenn man versucht, ein Tier durch Abkühlung aus dem Temperaturgleichgewicht zu bringen. Bringt man ein Kaninchen in ein kaltes Bad und entzieht ihm so durch Leitung mehr Wärme, als es ersetzen kann, so beobachtet man bei abnehmender Körpertemperatur folgende Stoffwechselwerte, gemessen an dem O_2-Verbrauch für die Gewichtseinheit in der Zeiteinheit:

39,2⁰	794 ccm O_2	37,6⁰	888 ccm O_2
38,3⁰	738 ,, ,,	28,6⁰	859 ,, ,,
37,8⁰	763 ,, ,,	24,0⁰	608 ,, ,,
37,3⁰	839 ,, ,,	20,0⁰	457 ,, ,,

Auch hier folgt die Kurve durchaus nicht der bei den Kaltblütern gültigen Regel. Vielmehr beobachten wir zunächst mit abnehmehnder Temperatur eine Zunahme der Umsätze. Der Sinn ist leicht einzusehen: Der Organismus wehrt sich gegen die Abkühlung durch erhöhte Wärmebildung. Das vermag er lange fortzusetzen; selbst bei der Temperatur von 28,6⁰, also 10⁰ unter der Norm, ist der Stoffwechsel noch bedeutend gesteigert. Dann aber wird die Grenze der Regulationsfähigkeit überschritten und wir sehen einen ganz regelmäßigen Abfall; das Tier verhält sich wie ein Kaltblüter.

Weitere Untersuchungen haben gezeigt, daß dieser wichtige Regulationsmechanismus auf nervösen Bahnen läuft und seinen zentralen Sitz, das Wärmezentrum, in der Medulla oblongata, vielleicht auch im Mittelhirn hat. Durchschneidet man das Rückenmark unterhalb der Medulla, so wird der ganze Apparat ausgeschaltet und das Tier erscheint poikilotherm.

Auch hier läßt sich wieder zeigen, daß diese Regulationsfähigkeit im Laufe der Stammesgeschichte erworben worden ist. Beim Ameisenigel, *Echidna*, ist die Körpertemperatur noch verhältnismäßig niedrig und wenig konstant; schwankt die Außentemperatur zwischen 4⁰ und 35⁰, so steigt die Innenwärme entsprechend von 25⁰ bis 37⁰. Etwas günstiger gestellt ist das Schnabeltier, *Ornithorhynchus*, und einen wesentlichen Fortschritt zeigen die Beuteltiere; bei ihnen schwankt die Körpertemperatur zwischen 34⁰ und 37⁰, ist also noch immer verhältnismäßig niedrig, aber ziemlich konstant. Auch bei den höchsten Formen ist die Temperatur nicht absolut gleichmäßig, kann sogar manchmal ziemlich stark schwanken; bei der Meerkatze, *Macacus rhesus*, sind Werte zwischen 36° und 40° gemessen worden. Immer aber liegen sie recht hoch, bei den Säugetieren im allgemeinen um 38—39°, bei den Vögeln zwischen 40 und 43°. Der Mensch mit seinen 37° hat also eine relativ niedrige Temperatur. Bemerkenswert ist, daß gewöhnlich eine gewisse Tagesperiode beobachtet wird, die mit der Lebhaftigkeit der Bewegung, wohl auch mit der Nahrungsaufnahme und Verdauung zusammenhängt. Das Maximum wird bei den Tagtieren bald nach Mittag, bei den Nachttieren, z. B. den Eulen, entsprechend nach Mitternacht erreicht.

Eine besonders auffallende Tatsache ist nun, daß bei manchen Säugetieren die Konstanz der Körperwärme zeitweilig unterbrochen wird. Dies sind die Winterschläfer. Meist handelt es sich um kleine, primitiven Gruppen angehörende Arten. Von bekannten Tieren gehört dahin der Igel, *Erinaceus europaeus*, ein Insektenfresser, sowie viele Nagetiere: der Hamster, *Cricetus frumentarius*, der Ziesel, *Spermophilus citillus*, die Haselmaus, *Muscardinus muscardinus*, der nach seinem siebenmonatlichen Winterschlaf benannte Siebenschläfer, *Myoxus glis*, und das Murmeltier unserer Alpen, *Marmota marmota*. Auch die in kälteren Gegenden lebenden Fledermäuse, *Chiroptera*, halten einen Winterschlaf. Alle diese Tiere ziehen sich mit Eintritt der kalten Jahreszeit an geschützte Plätze, meist selbst gegrabene Höhlen, zurück und versinken in einen starren, schlafartigen Zustand. Währenddessen sind alle Lebensfunktionen, Atmung, Herzschlag, Ausscheidung, auf ein Minimum herabgesetzt. Mißt man die Körpertemperatur, so stimmt sie völlig mit der der Umgebung überein und folgt allen ihren Schwankungen. Die Tiere sind also in diesem Zustande vollkommen poikilotherm. Erweckt man ein solches Tier durch starke Reize, so beobachtet man, wie die Temperatur unter heftigem Zittern in kurzer Zeit bis zur normalen Warmblüterhöhe ansteigt; das Tier wird lebhaft, nimmt auch wohl Nahrung zu sich, sinkt aber, sich selbst überlassen, bald wieder in Schlaf. Sehr eigentümlich ist die Erscheinung, daß zu starke Abkühlung, bis gegen 0°, den Regulationsmechanismus wieder in Tätigkeit setzt. Die Tiere erwachen, erwärmen sich und haben nun wohl in der freien Natur die Möglichkeit, ihre Höhle zu vertiefen oder sich einen anderen Schlupfwinkel zu suchen, an dem sie vor dem Erfrieren besser geschützt sind. Aus dieser Beobachtung geht hervor, daß der Winterschlaf auf einer vorübergehenden Ausschaltung der Wärmeregulation beruht, eine zweckmäßige Anpassung an die Bedingungen der kalten Jahreszeit, wo bei knapper Nahrung die Aufrechterhaltung hoher Körperwärme eine zu große Energiemenge kosten würde. Da bei größeren Tieren infolge der relativ kleineren Oberfläche die Verhältnisse günstiger liegen, so verfallen sie nicht in echten Winterschlaf; bei Bären und Dachsen, die sich ja auch in Höhlen zurückziehen, sinkt die Temperatur nicht ab, die Tiere schlafen auch nicht fest, sondern erscheinen bei günstiger Witterung im Freien, um ihren Kot abzusetzen, auch wohl Nahrung aufzunehmen. Sie vermögen die lange Fastenzeit zu überstehen dank eines Fettpolsters, das sie in der guten Jahreszeit angehäuft haben. Bei den Bären fällt in diese Zeit merkwürdigerweise sogar die Trächtigkeitsperiode und das Absetzen der Jungen.

Wie bei der Konstanz des Salzgehaltes, so läßt sich auch bei der der Temperatur zeigen, daß sie sich während der Einzelentwicklung des Individuums allmählich herausbildet. Der Embryo im Hühnerei ist zunächst völlig poikilotherm, während der Entwicklung erlangt er aber eine immer zunehmende Selbständigkeit in der Erhaltung seiner Körpertemperatur. Das ausgeschlüpfte Küken ist schon ganz homoiotherm, anders liegt die Sache aber bei vielen Vögeln, deren Junge sogenannte Nesthocker sind wie alle unsere Singvögel. Bei ihnen sind die Jungen, hauptsächlich wegen des unentwickelten Federkleides, noch außerstande, sich warm zu halten, und müssen von den Alten bedeckt und gewärmt werden. Daher finden wir auch bei solchen Arten dichte, oft innen mit Federn ausgepolsterte Nester als Wärmeschutz. Ähnliches kommt auch bei den Säugern vor; man braucht nur auf das ständige Zittern junger Hunde zu achten, die man der Alten wegnimmt, so sieht man, wie schwer es ihnen fällt, ihre Temperatur auf der Höhe zu halten. Bei kleinen Säugern mit großer Oberfläche werden daher die Jungen in Höhlen und richtigen Nestern aufgezogen wie bei vielen Mäusen.

9. Biologische Beziehungen der Organismen zur Temperatur der Umgebung.

Durch ihre Homoiothermie sind die Warmblüter in hohem Maße von den Bedingungen der Umgebung unabhängig geworden. Vor allem wird ihr Verbreitungsgebiet dadurch weit in die kalten Gegenden gerückt. Während Amphibien und Reptilien bei uns nur spärlich vertreten sind, beherrschen Vögel und Säugetiere das Bild unserer Großtierfauna. Die Verbreitung der Fische ist dadurch weniger beeinflußt, weil im Wasser die Temperatur viel gleichmäßiger ist und nicht so tief sinken kann. Praktisch bildet die Kälte kaum ein Hindernis für die Ausbreitung der Warmblüter, dicht am Pol wie in den höchsten Gebirgen haben sie sich angesiedelt; Eisbären fanden die Polarreisenden bei der grimmigsten Kälte und Entenarten brüten noch auf dem 83. Grade nördlicher Breite. Eine Schranke setzt ihnen nur der Nahrungsmangel. Dadurch fällt auch für sie meist die knappe Zeit mit dem Winter zusammen, denn dann verschwindet das Grün der Pflanzen wie die meisten niederen Tiere, die als Futter in Frage kommen. Diesen ungünstigen Bedingungen entgehen die Warmblüter entweder, indem sie die schlechte Zeit verschlafen, wie wir das eben schon von Dachs und

Bären sahen, oder indem sie ihren Nahrungsquellen nachziehen. So entstehen mehr oder weniger regelmäßige Wanderzüge. Die Gemse unserer Berge zieht im Winter in niedere Lagen und ebenso wandern die Bergschafe und -ziegen der asiatischen Hochgebirge. Das im Norden wohnende Rentier wandert im Winter, wenn der Schnee ihm das Futter zudeckt, nach Süden. Die Lemminge, kleine nordische Nagetiere, ziehen gelegentlich in großen Scharen wenn die Nahrung durch schlechtes Wachstum oder infolge übermäßiger Vermehrung der Fresser knapp wird. In besonders charakteristischer Art finden wir diesen Wandertrieb bei den Vögeln ausgebildet. Einerseits fehlt ihnen die Fähigkeit des Winterschlafs, trotz allen Fabeln, die gelegentlich über winterschlafende Schwalben verbreitet werden, andererseits bietet ihr Flugvermögen ihnen die günstigsten Bedingungen für ausgedehnten Ortswechsel. So finden wir überall die Vögel als Wandertiere. Auch in den warmen Zonen entgehen sie auf diese Weise Nahrungsmangel und anderen ungünstigen Bedingungen, wie der Dürre der Trockenzeit. Während manche Arten streng an ihren Wohnplätzen festhalten, die sogenannten Standvögel, bei uns etwa Rebhühner, Zaunkönig und Goldammer, unternehmen die Strichvögel, z. B. Meisen und Finken, mehr oder weniger weite Reisen, deren Richtung und Ausdehnung mit der zu Gebote stehenden Nahrung wechselt. So begegnet es uns, daß sich gelegentlich fremdartige Formen bei uns einfinden; der Seidenschwanz oder der sibirische Tannenhäher streichen in großen Schwärmen aus dem nordöstlichen Waldgebiet zu uns herüber, wenn die Nadelholzsamen, die ihre Nahrung bilden, schlecht geraten sind, oder aus Innerasien erscheinen große Flüge der zierlichen rebhuhnartigen Steppenhühner und durchziehen ganz Mitteleuropa bis zum äußersten Westen Englands. Besonders große Ausdehnung und regelmäßige Richtung gewinnen diese Wanderungen aber in den kalten Zonen, wo der Wechsel der Jahreszeiten besonders tief in die Ernährungsbedingungen einschneidet. Dort ist die Heimat der eigentlichen Zugvögel, die regelmäßig im Herbst dem Äquator näher rücken und im Frühling ihrer Heimat wieder zustreben, um dort zu brüten und ihre Jungen aufzuziehen. Schon in unserem Klima sind viele Arten Zugvögel, die uns im Herbst verlassen und nach Südeuropa oder Afrika ziehen. Dafür treffen nordische Formen als Wintergäste bei uns ein; unsere Flüsse und Seen beherbergen eine Menge nordischer Wasservögel, die zu uns kommen, wenn das Eis ihnen die Nahrungsquelle zu verschließen droht. Aufbruch und Rückkehr der einzelnen Arten ist je nach ihren Bedürfnissen sehr verschieden und wird Jahr für Jahr mit überraschender Regelmäßigkeit eingehalten, so daß man fast einen Kalender nach der Beobachtung der Zugzeit anlegen könnte. Sehr kurze Gäste sind bei uns z. B. der Pirol und der Mauersegler, die erst Mitte Mai kommen und Anfang August uns schon wieder verlassen. Andere, wie der Star und manche Finkenarten, sind nur kurz, vom November bis Februar, abwesend, bleiben in milden Wintern auch wohl ganz da. Die Ankunft mancher Vogelarten, die erste Schwalbe oder der erste Kuckucksruf, gehört ja seit alters her zu den volkstümlichen Frühlingszeichen.

Die Art, wie Vögel wandern, bietet viel biologisch Interessantes. Meist reisen sie in großen Schwärmen; von Staren und Schwalben kann man ja oft beobachten, wie sie sich schon längere Zeit vor dem Fluge zu Gesellschaften zusammentun, die gewissermaßen gemeinsame Flugübungen abhalten, bis eines Tages die ganze Gesellschaft verschwunden ist. Oft zieht Alt und Jung zusammen, selten die Geschlechter getrennt, wie bei unseren Buchfinken, häufiger Erwachsene und Jährlinge für sich. Dabei können entweder die Alten oder die Jungen voranziehen, oft in wochenlangem Abstand. Gerade der letzte Punkt ist bemerkenswert, weil hier das Problem besonders schwierig ist, wie die Tiere ihren Weg finden. Zahlreiche Beobachtungen haben gelehrt, daß die Reise meist auf bestimmten Zugstraßen geht. Mit Vorliebe folgen die Vögel den Küstenlinien, ziehen z. B. von Skandinavien an der Nordseeküste Deutschlands und Frankreichs entlang und folgen der spanisch-portugiesischen Küstenlinie bis Afrika. Andere Zugstraßen gehen entlang den großen Flußtälern. So ziehen viele deutsche Vögel den Rhein aufwärts, umgehen die Alpen und folgen der Rhone zum Mittelmeer. In Asien gehen wichtige Zugstraßen an den großen nordsibirischen Strömen hin, in Amerika ist das Tal des Mississippi der Hauptweg nach dem Süden. Dies Verfahren der Vögel erklärt sich wohl zum Teil daraus, daß an diesen Stellen die Orientierung besonders leicht ist. Dank ihrer vorzüglichen Augen vermögen die Vögel ein weites Gesichtsfeld zu beherrschen und sich daher nach den Wasserläufen oder den Landmarken der Küsten zu richten. Die meisten Zugvögel, besonders die rasch wandernden, ziehen in erheblicher Höhe, 300—1000 m, selten höher. Bei unsichtigem Wetter kommen sie tiefer herunter oder stellen den Zug ganz ein, ein deutlicher Hinweis auf die Wichtigkeit der Orientierung durch das Auge. Daneben mögen aber auch andere Gründe eine Rolle spielen. Einmal finden die Tiere auf diesen Zugstraßen am leichtesten Nahrung, wenn sie eine Rast machen müssen, deshalb werden unwirtliche Ebenen oder höhere Gebirge nach Möglichkeit gemieden. Vielleicht spielen auch günstige Luftströmungen, die sich dank der verschiedenen Erwärmung der Luft über Festland und Wasser bilden, eine fördernde Rolle. Vielleicht kommen auch allgemein meteorologische Bedingungen ins Spiel; man hat festgestellt, daß die Zugstraßen oft mit den Wegen der barometrischen Maxima und Minima zusammenfallen. Gelöst ist das Orientierungsproblem noch keineswegs, doch liegt wohl kein Grund vor, an eine geheimnisvolle magnetische oder sonstige Richtkraft zu denken. Die öfter gemachten Beobachtungen, daß alte Vögel schnell und sicher ziehen, die allein reisenden Jungen dagegen unsicher und mit vielen Unterbrechungen, spricht jedenfalls für die Bedeutung des Gesichtssinnes. Daß das Ortsgedächtnis der Vögel hoch genug ausgebildet ist, um selbst die Erinnerung an die Hauptpunkte einer so langen Reise festzuhalten, erscheint weniger unglaublich, wenn man an die Erfahrungen bei Brieftauben denkt, die ja auch mit erstaunlicher Sicherheit selbst nach langer Zeit den Weg zum heimatlichen Schlage finden.

Die Strecken, die bei diesen Wanderflügen zurückgelegt werden, sind ganz ungeheure. Viele unserer Vögel ziehen bis Mittel- und Südafrika, die nördlichen Formen legen dabei Wege von 20000 km zurück. Dabei ergibt sich nicht selten, daß die vom höchsten Norden stammenden am weitesten nach Süden ziehen; dies mag vielleicht damit zusammenhängen, daß sie am spätesten in den Winterquartieren ankommen und die näher gelegenen schon voll besetzt finden. Durch Markierungsversuche, wobei den in Deutschland gefangenen Vögeln Ringe umgelegt werden, hat man z. B. festgestellt, daß die Störche unserer norddeutschen Tiefebene bis ins Kapland ziehen.

Die Ursache der Entwicklung des großartigen Wanderphänomens sieht man vielfach in der Einwirkung der Eiszeit. Durch sie wurden zahlreiche nordische Formen aus ihrer Brutheimat nach Süden gedrängt. Dies geschah allmählich, die Nahrungssuche trieb sie weiter und weiter, es war ein Strichflug in großem Maßstabe, wie wir ihn auch heutzutage gelegentlich beobachten. Dadurch, daß sich am Rande der Eiszone zahlreiche Tiere aus einem früher viel weiteren Gebiet zusammendrängten, wurden die von Norden kommenden wahrscheinlich erst recht weit nach Süden getrieben, so daß sie ihre ursprünglich südlicher lebenden Stammesgenossen überwanderten. Die bei den Vögeln wie bei den meisten Tieren sehr ausgeprägte Anhänglichkeit an die alte Brutheimat trieb sie zur Fortpflanzungszeit wieder nach Norden. Sehen wir doch auch jetzt, wie die aus den Winterquartieren zurückkehrenden Vögel sich immer wieder an der alten Niststätte einfinden; durch Beobachtungen an verletzten oder sonst leicht kenntlichen Stücken ist das für die Störche und viele andere Arten festgestellt. Diese zuerst durch die Klimaverhältnisse erzwungenen Züge mögen dann allmählich immer schärfer ausgeprägt und endlich erblich fixiert worden sein. Durch die Wiederausdehnung des Brutgebietes gegen Norden nach dem Abschmelzen des Eises wurden die Strecken der Wanderung immer größer bis zu den heutigen Verhältnissen, zugleich drängten sich die Wege immer mehr auf die günstigsten Stellen zusammen. Gibt diese Hypothese auch keine restlose Erklärung, so läßt sie die ganze Erscheinung doch einigermaßen begreiflich werden. Wir kennen ja auch in anderen Tiergruppen solche Wanderungen nach den Laichplätzen, am merkwürdigsten bei den Fischen. Die Lachse steigen aus den nordischen Meeren in die Flüsse auf und ziehen darin Tausende von Kilometern bis in die Quellbäche, um die Eier abzusetzen. Umgekehrt wandert unser Flußaal bis zur Sargassosee, der Mitte des atlantischen

Ozeans zwischen Europa und Amerika in fast ein Jahr umfassendem Zuge, und die dort geborenen Jungen kehren, von den Strömungen getrieben, den gleichen weiten Weg zurück, ehe sie als Glasaale in unseren Flüssen aufsteigen.

Eine kurze Erwähnung verdient im Zusammenhang mit den eben behandelten Fragen das Problem, wie denn die Kaltblüter die ungünstigen Zeitverhältnisse überstehen. In unserer Fauna halten die größeren von ihnen alle einen Winterschlaf. Die Eidechsen und Schlangen verkriechen sich in Höhlen und Spalten des Bodens, die Frösche im Schlamm der Gewässer, selbst viele Fische ziehen sich mit Eintritt der Kälte in die Tiefe zurück. Je tiefer die Temperatur sinkt, desto weiter gehen naturgemäß alle Lebensfunktionen zurück, und endlich geraten die Tiere in einen starren, schlafartigen Zustand, aus dem sie erst die Wärme des Frühjahrs erweckt. In ähnlicher Weise verkriechen sich unsere Weinbergschnecken und verschließen während der Winterruhe ihr Gehäuse mit einem festen Kalkdeckel. Auch manche Insekten überwintern versteckt als Larven oder Imagines; wie manches Mal lockt ein wärmender Sonnenstrahl in einem kühlen Raume unserer Wohnungen einen Zitronenfalter oder ein Pfauenauge hervor, das sich dorthin hinter einen Vorhang zur Winterruhe zurückgezogen hatte. Meist aber benutzen diese Formen solche Stadien ihres Lebenskreises zur Überwinterung, in denen sie keine Nahrung brauchen und durch festen Abschluß nach außen gegen die Kälte geschützt sind. Dazu dient vielfach das Puppenstadium, so bei den meisten Schmetterlingen, in anderen Fällen die Eier. Wir haben früher gesehen, daß zu diesem Zwecke besondere Eier gebildet werden können, die Wintereier der Blattläuse, der Daphniden und Rotatorien. Es tritt dabei eine interessante Übereinstimmung mit den Pflanzen zutage. Auch diese haben vielfach besondere Anpassungen an die schlechte Jahreszeit gebildet. Hierhin gehört als bekannteste der Laubfall unserer höheren Bäume. Es werden damit die Organe entfernt, die in erster Linie den Stoffwechsel unterhalten, so daß dieser auf ein Minimum herabgesetzt werden kann. Sie überdauern den Winter als Knospen, d. h. in unfertiger, durch besondere Hüllen vor Kälte und Austrocknung geschützter Entwicklungsstufe. Daneben dienen den Krautgewächsen, soweit sie sich nicht durch unterirdische Teile erhalten, die Samen zur Überwinterung. Sie gleichen den Eiern der Wirbellosen und zwar in bemerkenswerter Weise auch darin, daß in beiden nicht die undifferenzierte Eizelle überwintert. Vielmehr beginnt in beiden Fällen die Furchung und liefert einen Embryo, dann aber bleibt die Entwicklung stehen und wird erst nach längerer, oft sehr langer Pause zu Ende geführt. Es ist ein sehr interessantes Problem, worin denn eigentlich die Ursachen für diese Unterbrechung der Lebensvorgänge liegen. Die Kälte allein kann es nicht sein, denn vielfach werden diese Dauerstadien schon in der warmen Jahreszeit gebildet. So hören unsere Bäume schon im Frühsommer mit der Blattbildung auf — es ist eine fast pathologische Erscheinung, wenn sie später noch eintritt (Johannistrieb). Ebenso werden die Samen noch in der Wärme gebildet. Auch die Insekten bilden ihre überwinternden Puppen oft schon im Juni bis August, und auch die Dauereier der Daphniden werden durchaus nicht erst angelegt, wenn die winterliche Abkühlung des Wassers schon eingetreten ist.

Es ist bekannt, daß sich bei den Pflanzen diese Ruheperiode künstlich unterbrechen läßt. Man kann sie treiben, im einfachsten Falle durch Wärme. So kann man durch Einstellen ins warme Zimmer schon um Weihnachten blühende Obstbaumzweige erhalten. In ähnlicher Weise werden im großen Maiblumen und Flieder getrieben. Dabei hat man in der letzten Zeit erfahren, daß der Erfolg sich steigert, wenn man die Pflanzen vorher narkotisiert, mit Äther oder Chloroform, oder sie längere Zeit ganz in heißes Wasser legt. Ganz das gleiche gilt auch für die Tiere; Insektensammler wissen seit langem ihre Puppen und Eier durch Wärme vorzeitig zum Ausschlüpfen zu bringen, und vielleicht wird sich auch hier eine ähnliche Wirkung der Narkotika feststellen lassen. In anderen Fällen, z. B. für die Wintereier der Daphniden, hat sich als notwendig erwiesen, daß sie vor dem Ausschlüpfen einige Zeit strengem Frost ausgesetzt werden; auch hierfür liegen Parallelen aus dem Pflanzenreiche vor. Es macht den Eindruck, als ob es sich bei der ganzen Erscheinung um eine Art Sperre handelte, die auf irgendeinem Wege durchbrochen werden muß, damit die Entwicklung wieder in Gang kommt.

In diesen Ruhezuständen können nun Pflanzen- wie Tiergewebe sehr lange verweilen, ohne zugrunde zu gehen. Schmetterlingspuppen liegen gelegentlich nicht nur einen, sondern mehrere Winter, ehe sie schlüpfen. Ebenso können Knospen nach jahrelanger Ruhe austreiben, z. B. die sogenannten Adventivknospen, die gleichsam als Reserve angelegt werden und nur auf besondere Reize hin sich entwickeln. Besonders geeignet für solche Dauerruhe sind aber Eier und Samen. Der Schlamm von Tümpeln, in denen Daphniden leben, kann vollkommen austrocknen und jahre-, selbst jahrzehntelang trocken liegen. Wird er dann wieder unter Wasser gesetzt, so schlüpfen die darin enthaltenen Dauereier völlig lebensfrisch aus. Auf diese Art kann man die Krebstierfauna aus fernen Ländern studieren, indem man von Expeditionen solche Schlammproben mitnimmt und zu Hause die Dauereier zur Entwicklung bringt. Genau so können bei den Pflanzen viele Samen lange Zeit liegen, ohne ihre Keimkraft zu verlieren. Durch Versuche ist festgestellt, daß z. B. Bohnen und Tabaksamen noch nach über 100 Jahren gekeimt haben. Versuche, den in altägyptischen Gräbern gefundenen sogenannten Mumienweizen zum Keimen zu bringen, sind allerdings ebenso fehlgeschlagen, wie die mit den

Getreidekörnern aus den prähistorischen Pfahlbauten; hier waren die Samenkörner durch das lange Liegen versteinert bzw. asphaltiert.

Derartig lange Erhaltung der Lebensfähigkeit setzt voraus, daß während dieser Ruheperioden der Stoffwechsel auf ein Minimum herabgeht, sonst müßte der Organismus ja an Materialverlust zugrunde gehen. Tatsächlich ist an solchen ruhenden Keimen kein Lebenszeichen zu bemerken, Stoffumsatz und Gaswechsel sind so gut wie ganz eingestellt. Der Organismus ist in den Zustand des sogenannten latenten Lebens übergegangen. Bei austrocknenden oder ausfrierenden Samen und Eiern läßt sich dies ohne weiteres verstehen; es wird dem Protoplasma dabei Wasser entzogen und so der Ablauf der chemischen Reaktionen gehemmt. Die Erscheinung schließt sich vom physiologischen Gesichtspunkt unmittelbar an die Dauerfähigkeit vieler niederen Tiere an, die man als Trocken- bzw. Kältestarre bezeichnet. Eine Anzahl niederer Würmer, wie viele Nematoden und die merkwürdigen, in Moospolstern lebenden Bärtierchen, *Tardigrada*, können als völlig ausgebildete Organismen ohne Schaden austrocknen. Sie schrumpfen dann ganz zusammen, die feste Cuticula bildet eine schützende Kapsel; so überstehen diese Tiere jahrelange Trockenheit. Befeuchtet man sie, so quillt in kurzer Zeit das Plasma wieder auf, und das Tier bewegt sich, als sei nichts geschehen. Auf dem gleichen Prinzip beruht die bei so vielen Protozoen ausgebildete Fähigkeit der Enzystierung. Es handelt sich um ein sehr vollkommenes Schutzmittel kleiner und sonst hinfälliger Formen, das ihnen gestattet, heil aus Lagen hervorzugehen, denen viel kräftigere und besser ausgerüstete Tiere zum Opfer fallen. Die Widerstandsfähigkeit während des latenten Lebens geht außerordentlich weit. Man kann solche Organismen in ein Vakuum bringen oder kann sie weit unter den Gefrierpunkt abkühlen; Bakteriensporen haben längere Zeit eine Temperatur von -230^0 ausgehalten. Sie sind also praktisch auf diese Weise überhaupt nicht umzubringen. Der Grund liegt wohl darin, daß die letzten Spuren von Wasser, die zur Erhaltung des Lebens notwendig sind, durch Kapillarwirkung in den Waben des Plasmas mit äußerster Zähigkeit festgehalten werden. Diese Versuche haben eine hohe Bedeutung dadurch erlangt, daß sie es möglich erscheinen lassen, daß Keime niederster Lebewesen selbst der Luftleere und Kälte des Weltraumes trotzen. Das Problem der Übertragung des Lebens von einem Weltkörper zum anderen erscheint hiernach in gewissem Sinne gelöst.

10. Die Endprodukte des Stoffwechsels. Die Exkretion.

Der Betriebsstoffwechsel hatte, wie wir sahen, die Aufgabe, den zugeführten Nahrungsmitteln möglichst viel Energie zu entziehen. Durch Einfügung von Sauerstoff werden die Moleküle mehr und mehr zersetzt, der Rest wird als wertloses Abfallprodukt ausgeschieden. Der Weg, auf dem sich dieser Zerfall im einzelnen vollzieht, ist noch nicht völlig klargestellt, dagegen läßt sich das Endergebnis sehr leicht angeben. Die stickstofffreien Substanzen werden vollständig zersetzt und liefern als Endprodukte Kohlensäure, CO_2, und Wasser, H_2O. Die Eiweißverbindungen würden als einfachstes Endglied der Kette Ammoniak, NH_3, ergeben. Dieser wirkt aber giftig und kann daher im Organismus nicht geduldet werden. Dies wird dadurch vermieden, daß am Schluß eine kurze Synthese einsetzt, die den Ammoniak in Harnstoff, das Diamid der Kohlensäure $CO(NH_2)_2$ umwandelt. Diese Synthese ist dadurch merkwürdig, weil sie zuerst von allen organischen im Reagenzglas nachgeahmt wurde; der Harnstoff war die erste außerhalb des Organismus erzeugte organische Verbindung, ihre Darstellung daher eine entscheidende Widerlegung der vitalistischen Lehre, daß solche Verbindungen nur durch die geheimnisvolle Lebenskraft gebildet werden könnten. Als Harnstoff verläßt der größte Teil des Stickstoffs wenigstens bei den Wirbeltieren den Organismus. Daneben treten uns noch eine Reihe höher zusammengesetzter Verbindungen entgegen, unter denen die Harnsäure und ihre Verwandten die wichtigste Rolle spielen. Ihre Verteilung im einzelnen braucht uns hier nicht zu beschäftigen; Erwähnung verdient, daß diese Verbindungen vor allem von den Nukleoproteiden der Kerne sich herleiten. Von allgemeiner Bedeutung ist nur die Tatsache, daß die Stickstoffverbindungen als Energiequelle nicht ganz so ergiebig sind wie Kohlehydrate und Fette, da ein Teil ihres Energiegehalts ungenutzt ausgeschieden wird.

Die Bildung dieser Endprodukte des Stoffwechsels geschieht natürlich etappenweise in den Geweben. Bei den Wirbeltieren ist die Leber offenbar der Hauptsitz der letzten Verbrennungen und der Harnstoffbildung. Um zur Ausscheidung zu gelangen, müssen die Abfälle den umgekehrten Weg gehen wie die Nahrungsstoffe, sie treten aus den Geweben ins Blut über und werden von ihm der Körperoberfläche zugeführt. Der Durchtritt erfolgt zum Teil durch die gleichen Flächen, welche die Aufnahme der Nahrungsstoffe besorgt haben. So verlassen die gasförmigen Endprodukte, Kohlensäure und Wasserdampf, den Körper durch die Atmungsorgane. Daneben spielt auch die Haut eine wichtige Rolle, durch sie tritt ein guter Teil des Wassers — wir haben die Bedeutung, welche dieser Vorgang gelegentlich gewinnen kann, bei Besprechung der Abkühlung durch Verdunstung kennen gelernt —. Daneben gehen durch die Haut auch stickstoffhaltige Endprodukte, auch anorganische Salze, wie etwa das im Schweiß enthaltene Kochsalz. Bei niederen Tieren kann die Haut wie die Aufnahme, so auch die Ausscheidung aller den Stoffkreislauf passierenden Verbindungen übernehmen. Eine verhältnismäßig geringe Rolle spielt der Darm, neben etwas

Wasser scheidet er vor allem anorganische Salze ab, bei den Wirbeltieren allein die Metallsalze. Bei manchen Wirbellosen hat er auch Anteil an der Kohlensäureabgabe. Der Hauptteil der flüssigen Exkrete wird überall von besonderen Nierenorganen abgeschieden. Auch sie sind gebaut nach dem Prinzip der Oberflächenvergrößerung. Fast immer stellen sie lange, dünne, vielfach gewundene Kanälchen dar, die Nephridien, durch deren Wand der Durchtritt der Exkrete erfolgt. Oft haben sie freie Verbindung mit der Leibeshöhle durch die Nephrostome, Wimpertrichter, welche Flüssigkeit direkt in den Kanal hineinstrudeln können (vgl. Taf. XXXII, XXXIII, S. 440). Bei Wirbellosen finden wir nicht selten sogenannte Speichernieren, Zellhaufen, oft in unmittelbarer Nachbarschaft des Darmes, welche sich mit Exkreten in fester Form beladen. Sind sie ganz damit vollgestopft, so fallen sie in die Leibeshöhle und gehen zugrunde; es wäre nicht undenkbar, daß die Bildung der Nephrostome zur Beseitigung solcher Abfallzellen sich entwickelt hätte, denn wir finden diese Bildungen erst bei Tieren mit Zölom, bei denen auch die Speichernieren besonders verbreitet sind. Die Zellwände der Nephridien haben natürlich wieder die Eigenschaften semipermeabler Membranen; der Vorgang des Durchtritts der Exkrete ist noch ebensowenig klargestellt wie die Aufnahme der Nahrungsstoffe. Gerade an den Nieren läßt sich, wie wir oben sahen, mit aller Deutlichkeit zeigen, daß neben rein physikalischen Austauschbedingungen auch spezifische Zellkräfte eine Rolle spielen.

11. Die Motilität. Plasmaströmung, Geißeln und Zilien. Das Plankton.

Von den verschiedenen Formen, in denen die im Körper umgesetzte Energie nach außen abgegeben wird, hat praktisch bei weitem die größte Bedeutung die mechanische. Sie ist die Quelle der Bewegungserscheinungen. Die alte Auffassung, daß Beweglichkeit ein besonderes Kennzeichen der Tiere gegenüber den Pflanzen sei, ist längst verlassen. Wir wissen jetzt, daß Produktion mechanischer Energie, die sich in Bewegungserscheinungen äußert, eine Grundeigenschaft der lebendigen Substanz ist. Dagegen bestehen sehr erhebliche quantitative Unterschiede in beiden Reichen des organischen Lebens. Sie hängen wohl in erster Linie damit zusammen, daß infolge der ganz anders gestalteten Ernährung für die Pflanze die Bewegungsmöglichkeit eine viel geringere Bedeutung hat. Die Pflanze zieht mit dem Wurzelgeflecht das Wasser und die Nährsalze aus dem Boden, mit der weit ausgebreiteten Fläche der Blätter gewinnt sie die Kohlensäure aus der Luft. Sie findet also alles, was sie zum Leben braucht, in der nächsten Umgebung; Ortsveränderung ist für sie im allgemeinen überflüssig, für die allein notwendige Beweglichkeit der Fortpflanzungselemente ist in anderer

Übersicht der Stoffwechselvorgänge im tierischen Organismus.

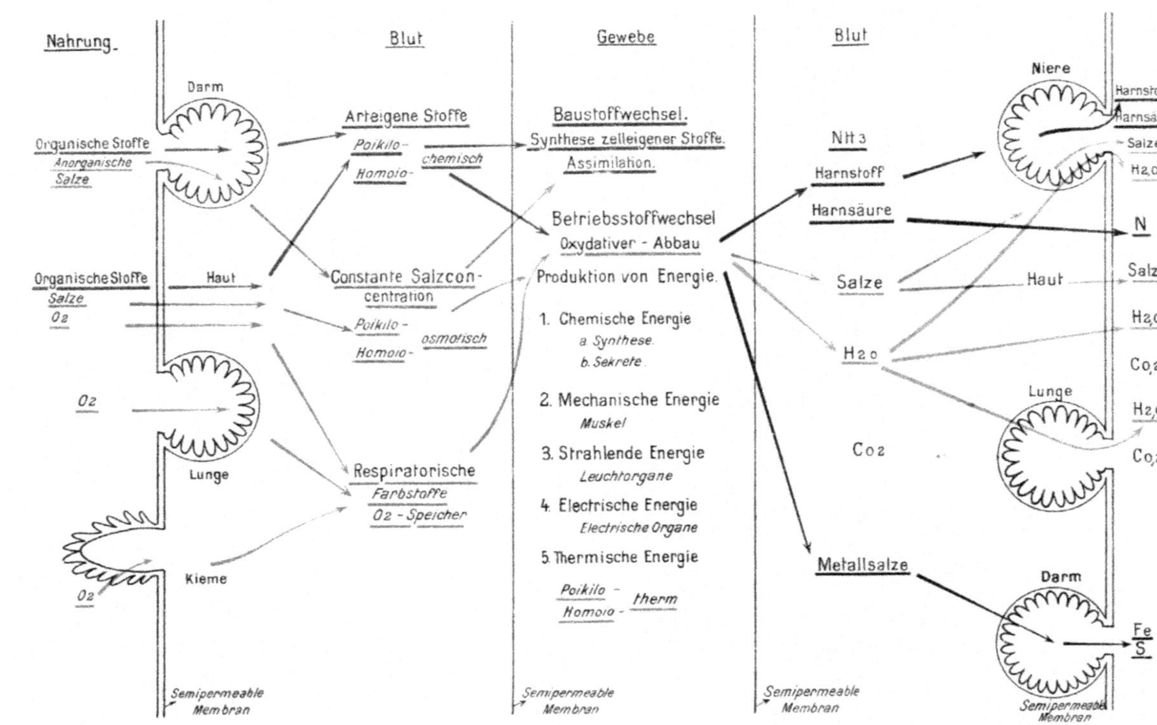

Verlag von VEIT & COMP. in Leipzig.

Weise Fürsorge getroffen. Das Tier dagegen muß wenigstens im allgemeinen seine Nahrung aufsuchen und dazu Ortsveränderungen ausführen, wo bei den festsitzenden Tieren dies Bedürfnis schwindet, sehen wir auch die Motilität sich rückbilden.

Gemäß dieser Überlegung finden wir als Grundform der Motilität ein beiden Reichen und allen Zellen überhaupt gemeinsames Verfahren, die Verschiebung der Plasmateilchen innerhalb der Zelle. Sie führt zu Strömungen innerhalb des Zelleibes, die wir an manchen pflanzlichen wie tierischen Objekten sehr schön beobachten können. Ist dabei die Zelle von einer festen Membran umschlossen wie meist bei den Pflanzen, so sehen wir nur eine Verschiebung der Teilchen ohne Veränderung der äußeren Gestalt und demgemäß auch ohne Ortsbewegung. Solche Zirkulations- und Rotationsströmungen sind bei Pflanzen aller Gruppen zu beobachten. Untersuchungen bei verschiedenen Temperaturen zeigen, daß Erwärmung die Bewegung beschleunigt, Abkühlung sie verlangsamt, und zwar mit einem Temperaturkoeffizienten, der durchaus der durchschnittlichen der chemischen und physikalischen Reaktionen entspricht. Ist die Zelle nicht starr begrenzt, wie das bei den Tieren meist der Fall ist, so können solche Strömungen natürlich leicht zu Änderungen der äußeren Form führen. Es entsteht dann der bekannte Typus der amöboiden Bewegung. Hierbei ändert die Zelloberfläche dauernd ihre Gestalt, zieht sich bald mehr zur Kugel zusammen, bald sendet sie kürzere oder längere, breitere oder spitzere Fortsätze aus. Am schönsten zeigen diesen primitivsten Bewegungstypus die Rhizopoden unter den Protozoen; die einfachsten Vertreter dieser Gruppe, die Amöben, haben ja von dieser ständigen Formveränderung ihren Namen „Wechseltierchen" erhalten. Wir finden die gleiche Beweglichkeit aber auch bei vielen Zellen höherer Tiere, sowohl im Gewebsverbande, wie bei Furchungszellen und Darmepithelien, als ganz besonders bei frei in Flüssigkeiten schwebenden Zellen. So stehen die weißen Blutkörperchen, Leukozyten, an Formveränderlichkeit durchaus nicht hinter den Amöben zurück.

Beobachtet man eine solche Zelle genauer, so sieht man in ihr das Plasma in ganz der gleichen Weise strömen wie in den Pflanzenzellen. Dadurch, daß aber die Zellmembran in der Strömungsrichtung nachgibt und sich vorbuchtet, treibt die Zelle Fortsätze, die Pseudopodien. Je mehr Plasma in diese einströmt, desto länger werden sie. Schließlich kann es dazu kommen, daß die Hauptmenge des Plasmas in ein Pseudopodium eintritt. Dann zieht sich die Zellmembran an anderen Stellen zurück, der Körper verlegt seinen Schwerpunkt in das Pseudopodium, und es ist eine Ortsbewegung erfolgt. Diese verschiedenen Bewegungsformen gehen also ohne scharfe Grenze ineinander über. Versuche haben gezeigt, daß man solche amöboide Bewegung künstlich hervorrufen kann, wenn man an der Zellmembran die

Oberflächenspannung gegen die umgebende Flüssigkeit verändert. Ist die Spannung im Inneren der Zelle überall gleich und in der Umgebung nur eine Flüssigkeit vorhanden, so wird, falls die Kohäsion des Plasmas größer ist als die Adhäsion, die Gestalt der Zelle eine Kugel sein. Setze ich aber an einer Stelle durch Heranbringen einer anderen Flüssigkeit die Oberflächenspannung herab, so muß an dieser Stelle eine Ausbuchtung der Zellmembran und ein Vorströmen des Plasmas stattfinden. Eingehende Versuche haben gezeigt, daß die lebendige Substanz sich hierin durchaus wie eine andere Flüssigkeit verhält. Man hat durch geeignete Flüssigkeitskombinationen künstliche Amöben erzeugt, die in verblüffender Weise die Bewegungserscheinungen dieser primitiven Zellen nachzuahmen gestatten. Es liegt nach diesen Versuchen nahe, auch für die Bewegungen innerhalb der Zelle Veränderungen der Oberflächenspannung heranzuziehen, doch sind wir über die Art der dazu notwendigen Umsetzungen und über die Größe der dabei auftretenden Kräfte noch durchaus nicht unterrichtet.

Aus diesem einfachsten Bewegungstypus, bei dem Kraft und Geschwindigkeit sehr gering sind, haben sich nun höhere Formen entwickelt. Der wichtigste Fortschritt dabei ist der, daß die bei der amöboiden Bewegung allseitig mögliche Formveränderung auf bestimmte Richtung eingestellt, polarisiert wird. Dadurch unterscheiden sich die Zilien- und Geißelbewegung wie die Muskelbewegung am deutlichsten von der amöboiden Bewegung. Unter ihnen wieder ist die erstere die primitivere. Sie kommt dadurch zustande, daß am Zellkörper sich Anhänge bilden, welche als Bewegungsorganellen funktionieren. Sie haben die Gestalt feiner Fäden von größerer oder geringerer Länge. Vielfach bemerkt man im Inneren eine stärker lichtbrechende, manchmal doppelt brechende Differenzierung, den Achsenfaden. Er ist im Plasma an einem stark färbbaren Körperchen, dem Basalkorn, verankert. Die Bewegung erfolgt bei den Zilien gewöhnlich in einer Ebene. Dabei biegt sich die senkrecht abstehende Wimper gegen die Körperwand und richtet sich wieder auf. Die zahlreichen, in Reihen geordneten Wimpern folgen sich dabei im Fortschreiten der Bewegung; so entsteht ein sehr bezeichnendes Phänomen, das man in einem alten, sehr guten Bilde mit dem Wogen eines vom Winde bestrichenen Ährenfeldes verglichen hat. Dadurch, daß die Bewegung der Zilie in einer Richtung schneller erfolgt — der wirksame Schlag —, während die Rückkehr zur Ausgangslage langsam geschieht, kommt eine fortschreitende Bewegung des ganzen Organismus zustande. Sie braucht nicht immer gleichsinnig zu sein, sondern die Schlagrichtung kann sich auf äußere Reize auch umkehren.

Bei den Geißeln ist die Bewegung verwickelter. Es sind davon an einer Zelle meist nur wenige vorhanden, die an dem bei der Bewegung vorangehenden Körperpol stehen. Ihre Schwingung verläuft im allgemeinen auf einem Kegelmantel, durch diese Rotation kommt eine schraubenartige Fortbewegung wie durch einen Propeller zustande.

Auch bei der Zilien- und Geißelbewegung sind wir über die Energieumsetzungen und über die Kräfteverteilung in dem Arbeit leistenden System noch sehr unvollkommen unterrichtet. Jedenfalls ist die dabei erzielte Leistung recht gering. Messungen haben ergeben, daß ein Paramäzium noch eben das Neunfache seines Eigengewichts mit Hilfe des Wimperschlags zu heben vermag. Paramäzien haben etwa eine Länge von 0,25 mm. Nimmt die Länge auf das Neunfache, 2,25 mm, zu, so würde bei gleichbleibender Gestalt die Oberfläche das 9^2-fache, das Volumen das 9^3-fache betragen. Das Volumen wäre also im Verhältnis zur Oberfläche, von der die Leistung der Zilien abhängt, um das Neunfache vermehrt und damit auch das Gewicht, das Tier wäre also gerade an der Grenze seiner Tragfähigkeit angelangt. Daraus ergibt sich der Grund, warum wir Zilien und Geißeln als Bewegungsapparate nur bei kleinen Formen finden. So sind sie weit verbreitet unter den Einzelligen. Bei den Metazoen finden wir sie bei Zellen, die funktionell Einzelligen gleichzusetzen sind, nämlich den Spermatozoen, und da sowohl bei den niederen Pflanzen wie den Tieren. Im Gewebsverband sind Zilien als Bewegungsorgane auf kleine Organismen beschränkt. Wir finden sie eigentlich nur bei Rippenquallen. Dort wird ihre Leistung dadurch erhöht, daß zahlreiche Einzelwimpern der Quere nach zu einer Wimperplatte verkleben. Sonst kommen Wimpern nur noch bei der Bewegung der Strudelwürmer in Betracht; dort handelt es sich aber nicht mehr um freies Schwimmen, sondern nur noch um Gleiten über den Boden. Dagegen sind Wimpern häufig bei Larvenformen anzutreffen, deren Größe ja gering zu sein pflegt. So finden wir Zilien auf dem Ektoderm der Planulalarven der Knidarier, wo sie den ganzen Körper überdecken. Bei der Trochophora der Anneliden und Mollusken beschränken sie sich auf zwei Wimperkränze, ähnlich finden wir Wimperschnüre bei den Larven der Stachelhäuter. Sehr charakteristisch macht sich hier zur Erhöhung der Leistung wieder das Prinzip der Oberflächenvergrößerung geltend, indem mit zunehmender Größe der Larven sich die Wimperschnüre in Falten legen. Von einer gewissen Größe aber reicht die Tragfähigkeit trotzdem nicht mehr aus, und die Larven sinken zu Boden, um dort ihre Metamorphose zu vollenden.

Versagen die Geißeln und Wimpern bei größeren Organismen für die Ortsbewegung, so werden sie vielfach herangezogen, wo es gilt, Fremdkörper gegen die eigene Oberfläche zu bewegen. So gewinnen sie große Bedeutung für die Strudelapparate. Bei den meisten festsitzenden Tieren bilden sich Ernährungsorgane zur Aufnahme kleiner im Wasser schwebender Organismen heraus. Diesem Zwecke dienen die Wimperrinnen auf der Mundscheibe der Aktinien und die Zilien auf den Tentakeln der Korallenpolypen, die Räderorgane der Rotatorien und die Tentakelkrone der Bryozoen; die dauernd in Röhren lebenden Anneliden haben Wimperstreifen auf den Tentakeln, und unter den Echinodermen finden wir das gleiche auf den Armen der Seelilien. Ein vom Zilienbesatz des Mantels und der Kiemen erzeugter Wasserstrom führt den im Grunde vergrabenen Muscheln das Atemwasser und die Nahrung zu, auf die gleiche Weise gelangt die Nahrung in die Ingestionsöffnung der festsitzenden Tunikaten. Da auch schon unter den Protozoen die festsitzenden Formen, wie die Vortizellen unter den Infusorien, solche Strudelapparate aus besonders kräftigen Zilien ausgebildet haben, so sehen wir hier dasselbe funktionelle Prinzip durch die ganze Tierreihe zur Befriedigung des gleichen Bedürfnisses wiederkehren.

Damit sind aber die Verwendungsmöglichkeiten dieser Bewegungsapparate noch nicht erschöpft. Wir finden sie auch im Inneren des Körpers allgemein zur Bewegung von Flüssigkeiten in Hohlräumen oder Kanälen verwendet. Fast überall, wenigstens bei niederen Formen, ist der Verdauungskanal bewimpert. Wimperflammen strudeln das von den Verschlußzellen der Protonephridien ausgeschiedene Sekret in die Nierenkanäle, die selbst überall mit Zilien ausgekleidet sind. Auch der Geschlechtsapparat trägt fast überall zur Fortbewegung der Geschlechtszellen Wimperbesatz.

Ehe wir uns dem höchsten Bewegungssystem, der Muskulatur, zuwenden, sei in Kürze der eigenartigen Einrichtungen gedacht, die vielen niederen Tieren eine ausgiebige und biologisch bedeutungsvolle passive Bewegung ermöglichen. Es handelt sich um sehr mannigfaltige Anpassungen, die den Tieren das Schweben im Wasser ermöglichen sollen. Wir finden sie bei einer biologisch scharf umschriebenen Gruppe von Organismen, die man als Planktonten zusammenfaßt. Wie früher schon (S. 29) ausgeführt, versteht man darunter die Bewohner des Meeres und des Süßwassers, die sich ohne nennenswerte eigene Bewegung von den Strömungen tragen lassen. Es kommt für sie nur darauf an, Vorrichtungen auszubilden, die ihr Absinken im Wasser verhindern oder wenigstens verlangsamen. Theoretisch ergeben sich dazu ohne weiteres zwei Wege. Der erste besteht in der Verringerung des spezifischen Gewichts. Sehen wir uns daraufhin die Planktonten an, so fällt zunächst auf, daß viele von ihnen äußerst wasserreich sind. Bei den Medusen, den Ktenophoren, den Larven der Würmer und Echinodermen besteht der Körper zu etwa 97—99% aus Wasser. Dadurch ist natürlich das Absinken schon sehr verlangsamt. Gelegentlich finden wir aber auch Einrichtungen, welche den Wassergehalt zu verändern gestatten. Bei manchen Radiolarien, den Akantharien, gehen von den starken Stacheln, die das Plasma durchsetzen, an die Oberfläche der Zelle Bündel von Muskelfasern. Kontrahieren sie sich, so ziehen sie die in der Ruhe im Bogen nach innen gekrümmte Zellmembran zwischen den Stacheln nach außen, dadurch vergrößert sich das Volumen. Der so gewonnene Raum wird von Wasser ausgefüllt, das durch die Zellmembran diffundiert. Da diese nun die Eigenschaften einer semipermeablen Membran hat, so geht nur reines, also gegenüber der Salzlösung des Meeres leichteres Wasser hindurch, und es wird so das spezifische Gewicht herabgesetzt. Beim Erschlaffen der Muskeln wird umgekehrt destilliertes Wasser wieder nach außen gepreßt. Mit diesem einfachen Mechanismus vermögen die Radiolarien im Wasser auf- und abzusteigen.

Der gleiche Zweck wird in anderen Fällen durch Produktion von Substanzen erreicht, die leichter sind als Wasser und dadurch dem schwereren Plasma das Gleichgewicht halten. Hierhin gehören die Gasflaschen vieler Siphonophoren. An der Spitze der Kolonie steht eine umgebildete Meduse, deren Glocke bis auf eine schmale Öffnung verschlossen ist. In den Hohlraum wird an der Wasseroberfläche atmosphärische Luft aufgenommen und die Öffnung durch Kontraktion eines Ringmuskels verschlossen. Dann hält die eingeschlossene Luft den Stamm an der Oberfläche schwebend. Will das Tier sinken, so preßt es die Luft zu der Öffnung heraus; dies geschieht z. B. dann, wenn Stürme die Meeresoberfläche erregen. Um wieder aufsteigen zu können, müssen die Tiere neues Gas bilden können; tatsächlich finden wir in der Wand der Luftflasche eigenartige Sekretionszellen, die sogenannte Gasdrüse. In manchen Fällen wird die Luftflasche so mächtig, daß sie das Tier über die Wasseroberfläche emporhebt. So schwimmen einige große Siphonophoren nicht in, sondern auf dem Wasser. Die mächtige Luftflasche bildet dann einen schräg gestellten Kamm aus, der als Segel dient, und so werden die Velellen und Physalien der warmen Meere in großen Schwärmen vom Winde dahingetrieben. In ähnlicher Weise dient Luft als hydrostatischer Apparat in der Schwimmblase unserer Fische; aus dem ganz anderen Typus der Tracheenatmung bei den Insekten haben sich luftgefüllte Blasen entwickelt, die die Larve der Büschelmücke, *Corethra*, bewegungslos im Wasser schwebend erhalten.

Statt der Luft kann als Auftriebsmittel auch Öl benutzt werden. Dies Prinzip finden wir bei den Eiern vieler Fische verwendet. Unsere Dorsche und Schellfische, die Schollen und manche heringsartigen Fische haben planktonische Eier; dabei ist die Menge des Öls so einreguliert, daß sie die Eier genau in der gewünschten Wasserschicht schwebend erhält. Eine sehr eigenartige Verwendung dieses Prinzips treffen wir bei den Larven der eben besprochenen Velellen. Die Eier entstehen bei diesen Röhrenquallen in medusenartigen Individuen, die beim Heranreifen sich von der Kolonie ablösen und in große Tiefen herabsinken. Dort werden die Eier befruchtet. Um wieder an den Wasserspiegel emporzukommen, bildet die junge Larve Öltropfen aus, die sie während der Entwicklung langsam nach oben tragen.

Neben der Herabsetzung des spezifischen Gewichts kann zur Erleichterung des Schwebens ein anderes Verfahren herangezogen werden, nämlich die Vergrößerung der relativen Oberfläche. Diese kann natürlich nur das Absinken verlangsamen, nicht aufheben; es müssen den Tieren also zum dauernden Schweben entweder aufsteigende Strömungen zu Hilfe kommen oder sie müssen sich von Zeit zu Zeit durch aktive Schwimmbewegungen wieder emporarbeiten. Daher finden wir dies Verfahren besonders bei höher organisierten, muskelkräftigeren Formen durchgeführt, wie vor allen den planktonischen Krebstiere n. Für die Wirksamkeit dieses Verfahrens ist ausschlaggebend der Faktor der inneren Reibung. Man versteht darunter kurz gesagt den Widerstand, den die Wasserteilchen ihrer Verdrängung durch den absinkenden Organismus entgegensetzen. Je größer die relative Oberfläche ist, desto beträchtlicher muß dieser Widerstand werden. Wir finden daher, daß nach diesem Prinzip einmal sehr kleine Organismen schweben, bei denen ja die Oberfläche relativ groß ist. Bei größeren Tieren bedingt das Streben nach Oberflächenvergrößerung oft ganz bizarre Formen. So bilden aus diesem Grunde die Pluteuslarven der Echinodermen lange stabförmige Fortsätze, manche Krabbenlarven verbreitern ihren Körper zu einem dünnen, flachen Fallschirm. Sehr beliebt ist die Bildung von Schwebstacheln, besonders bei allen chitinbekleideten Formen wie den Anneliden- und Krebslarven, die dadurch oft ein ganz abenteuerliches Aussehen gewinnen. Das gleiche Verfahren zeigen unter den Protozoen die relativ großen Radiolarien, die eine unendliche Fülle solcher mechanisch aufs feinste durchgearbeiteter Schwebskelette zeigen.

Die innere Reibung des Wassers ist nun von verschiedenen Faktoren abhängig; unter diesen sind besonders bedeutungsvoll die Temperatur und der Salzgehalt. Je kälter (oberhalb 4°) und je salzhaltiger das Wasser ist, um so größer ist die innere Reibung. Die Berücksichtigung dieser Tatsache erklärt verschiedene sehr merkwürdige Erscheinungen. Zunächst einmal, daß die Schwebeinrichtungen der gleichen Organismengruppen in verschiedenen Meeresströmungen verschieden stark ausgebildet sind. Besonders schön läßt sich das, worauf schon früher (S. 29) hingewiesen wurde, bei den Flagellaten der Gattung Ceratium nachweisen. In kaltem und salzreichem Wasser sind ihre Schwebfortsätze kurz; in warmem und salzarmem sehr lang; man kann so in einer Planktonprobe aus der Gestalt der Ceratien mit großer Annäherung Schlüsse auf die Beschaffenheit des betreffenden Wassers ziehen. Andererseits erklärt uns diese Überlegung den Einfluß der Temperatur auf die Verteilung der Planktonten. Man beobachtet nämlich häufig, daß in den kühlen Nachtstunden die oberflächlichen Wasserschichten mit Plankton erfüllt sind, während es sich in der Mittagswärme in die Tiefe zurückzieht. Die Erwärmung des Wassers bedingt eine Abnahme der inneren Reibung, die Formen können sich also in den obersten

Schichten nicht mehr schwebend erhalten und sinken soweit ab, bis wieder Gleichgewicht erreicht ist. Wenn dieser physikalische Faktor auch keineswegs ausschließlich für die Verteilung der Planktontiere maßgebend ist, so spielt er doch sicher eine recht bedeutende Rolle. Seit man darauf geachtet hat, hat man gefunden, daß viele Formen, z. B. die große Cladocere *Leptodora* unserer Süßwasserseen, die man früher für eine reine Tiefenform hielt, nachts bis dicht an die Oberfläche kommt. Ebenso hat man im Meere periodisches Auf- und Absteigen z. B. der Appendikularien gefunden, ähnlich dürfte auch zu erklären sein, daß die im Winter und Frühjahr in den oberflächlichen Wasserschichten des mittelländischen Meeres häufigen Siphonophoren sich im Sommer in größere Tiefen zurückziehen. Das gleiche Prinzip trägt wohl auch mit zur Erklärung der Tatsache bei, daß Formen, die in polaren Gewässern der Oberflächenfauna angehören, unter dem Äquator sich in der Tiefsee wiederfanden.

12. Die Muskelbewegung.

Im Gegensatz zur Zilien- und Geißelbewegung beruht der dritte und höchste Typus der Bewegungsmechanismen auf der Ausbildung innerer Zellstrukturen. Das Charakteristische an der Muskelzelle sind die Fibrillen, schmale, langgestreckte, durch starke Lichtbrechung ausgezeichnete Gebilde, die dem Plasma meist in großer Zahl eingelagert sind. Entsprechend der Entwicklung dieser Strukturen hat auch die Muskelzelle eine gestreckte Gestalt angenommen. Der Vorgang der Kontraktion, wie man die Bewegung einer Muskelzelle zu nennen pflegt, besteht darin, daß die Zelle sich verkürzt und gleichzeitig verdickt. Durch Zusammenfügung zahlreicher Muskelzellen in Längsbündel entstehen langgestreckte Muskeln, deren Verkürzung dann ausgiebige und kräftige Bewegungen hervorruft. So wird das Muskelgewebe zur typischen Bildung der höheren Tiere, fehlt dagegen den Pflanzen vollständig.

Die Art und Weise, auf welche eine solche Kontraktion zustande kommt, ist trotz der zahllosen Arbeiten über Muskelbewegung auch heute noch unklar. Es steht noch nicht einmal fest, bei welchem Teil des Kontraktionsvorganges eigentlich die Hauptumsetzungen stattfinden, bei der Verkürzung oder der Wiederausdehnung. Die neueren Untersuchungen sprechen eher dafür, die Verlängerung als die eigentlich aktive Phase anzusehen. Wohl wissen wir über den Gesamtenergieumsatz wenigstens der höchstentwickelten Muskeltypen, der quergestreiften Muskeln, genau Bescheid und kennen auch einigermaßen die chemischen Vorgänge während der Muskelarbeit, aber über den feineren Verlauf des Prozesses, den Weg, auf dem die chemische Energie in mechanische übergeführt wird, herrscht noch keine Klarheit.

Mit ziemlicher Bestimmtheit kann man wohl sagen, daß die zuerst entwickelte Theorie, wonach der Muskel nach Art unserer Wärmekraftmaschinen seine Bewegungsenergie auf dem Umwege über die Wärme entwickelt, unzutreffend ist; welche der sonst in Betracht kommenden Möglichkeiten, Quellung, osmotische oder Oberflächenenergie aber in Frage kommt, läßt sich einstweilen noch nicht sagen. So ist es auch bisher unmöglich, eine allgemeine Theorie der Bewegung zu geben, so verlockend es wäre, nach den Verhältnissen bei der amöboiden Bewegung alles auf Oberflächenenergie zurückzuführen. Jedenfalls muß man sagen, daß der Muskel eine sehr leistungsfähige Maschine ist, die mit einem Nutzeffekt von 30—40% (für den Skelettmuskel) arbeitet, also unsere künstlichen Maschinen wesentlich übertrifft. Vielleicht ist sogar der bei der Muskelkontraktion unmittelbar erzielte Nutzeffekt noch wesentlich höher.

Die Ausbildung der Muskulatur ist in der Tierreihe jedenfalls recht verschieden. Man pflegt landläufig zwei Muskeltypen zu unterscheiden, die glatten und die quergestreiften Muskeln. Bei den ersten sind die einzelnen Fibrillen in ihrer ganzen Länge gleichmäßig gebildet, bei den anderen setzen sie sich aus verschiedenen Stücken zusammen. Es wechseln dabei im wesentlichen Scheiben, die bei der Betrachtung im Polarisationsmikroskop einfachbrechend sind (isotrope Substanz) mit doppeltbrechenden Scheiben (anisotrope Substanz). Die verschiedenen Typen der quergestreiften Muskeln, z. B. die der Wirbeltiere und der Insekten, unterscheiden sich aber wieder in allerlei histologischen Feinheiten. Noch größer dürften die Unterschiede innerhalb der sogenannten glatten Muskeln sein; es wechselt dort Zahl und Anordnung der Fibrillen sowie ihr Verhältnis zur Menge des Zellplasmas in der mannigfaltigsten Weise. Entsprechend sind auch die Leistungen dieser verschiedenen Typen recht verschieden und eine feinere Durcharbeitung der vergleichenden Muskelphysiologie verspricht noch interessante Ergebnisse. Schon heute können wir eine Anzahl verschiedener Arbeitsarten bei den Muskeln unterscheiden. Es können bei diesen Maschinen gleichsam zwei Hauptwirkungen angestrebt werden, möglichste Geschwindigkeit und Kraft der Einzelbewegung oder möglichst dauernde Leistung. Je nach Bedarf entstehen so ganz verschiedene Formen, die sich in ihrer ganzen Energetik deutlich unterscheiden. Den einen Haupttypus verkörpern die am meisten untersuchten Skelettmuskeln der Wirbeltiere. Sie sind auf Geschwindigkeit eingestellt; demgemäß erfolgt auf Reiz eine sehr rasche und ausgiebige Zusammenziehung, eine Zuckung, auf die aber sofort wieder Erschlaffung folgt. Sucht man einen solchen Muskel zu Dauerleistungen heranzuziehen, so ermüdet er sehr bald, wie es ja jedem von der menschlichen Muskulatur her bekannt ist. Ganz anders verhalten sich die in den letzten Jahren genauer untersuchten Muskeln mancher Wirbelloser, z. B. die Schließmuskeln der Muscheln.

Auf ihre Reizung erfolgt eine sehr langsame Kontraktion, die aber außerordentlich lange anhält. Läßt man diesen Muskel gegen ein Gewicht anarbeiten, indem man etwa am Schalenrande eine Belastung anbringt, so zeigt sich, daß er tage-, selbst wochenlang diese Last zu halten vermag, ohne zu ermüden. Stoffwechselversuche ergaben, daß dabei der Umsatz gegenüber dem unbelasteten Muskel nicht gesteigert ist und nach Ablauf des Versuchs ist der Muskel genau so leistungsfähig wie der unbelastet gebliebene. Es muß also der Arbeitsmechanismus eines solchen Muskels ganz anders sein als der des schnell zuckenden Muskels. Manchmal sind beide Typen in sehr sinnreicher Weise kombiniert; so besteht gerade der Schließmuskel der Muscheln aus zwei schon durch die Farbe deutlich zu unterscheidenden Stücken, einem hellen, durchsichtigen, und einem weißen, trüben Anteil. Der erste ist auf kurze, kräftige Leistungen eingerichtet, er ermöglicht der Muschel, bei plötzlicher Reizung ihre Schale schnell zuzuklappen. Der zweite ist der eben besprochene langsame, aber kräftige Dauermuskel. Man hat nach ihren wesentlichen Funktionen beide Typen auch wohl als Trage- und Arbeitsmuskeln unterschieden. Auch innerhalb der einzenlen Typen gibt es zweifellos sehr feine Abstufungen. So wissen wir, daß die Skelettmuskeln der Vögel und Säugetiere sich oft durch die Farbe unterscheiden. Besonders bei den Vögeln ist der Gegensatz von roten und weißen Muskeln oft sehr deutlich. Jeder weiß ja, daß bei unseren Hühnern die Brustmuskeln weiß, die Schenkelmuskeln rot sind. Nun laufen die Hühnervögel bekanntlich viel und ausdauernd, fliegen jedoch zwar leidlich schnell, aber nur kurze Strecken. Die histologische Untersuchung zeigt, daß bei den roten Muskeln die Plasmamenge im Verhältnis zur Zahl der Fibrillen eine bedeutend größere ist. Gute Flieger haben auch rote Brustmuskeln, ebenso wie bei den laufenden Säugetieren die Beinmuskeln am dunkelsten gefärbt sind. Es bestehen hier also zweifellos sehr enge Beziehungen zwischen Bau und Funktion. Bei hochdifferenzierten Organismen kommt es auf diese Weise zur Trennung verschiedener Typen. So ist für die Wirbeltiere charakteristisch die Ausbildung von glatter neben quergestreifter Muskulatur. Die letztere bedient die Organe der Ortsbewegung, sie liefert die Skelettmuskeln, die erste arbeitet in den dauernd tätigen Organen, bei der Peristaltik des Darmes, in der Wand der Gefäße und anderer Hohlorgane. Nur im Herzen, dem am stärksten beanspruchten Muskel, entwickelt sich ein eigentümlicher Mischtypus, bei dem zu den Grundzügen der glatten Muskeln noch entsprechend der höheren Geschwindigkeit die Querstreifung hinzukommt.

Wie außerordentlich variabel die Leistungen der Muskeln sein können, zeigt am besten eine Tabelle. Es beträgt bei:

Tierart	Zeit einer Zuckung	Zahl der Zuckungen pro Sekunde
Katze, glatte Muskeln der Harnblase . .	50 Sek.	0,02
Kaninchen, Nickhaut.	5 "	0,2
Schildkröte	0,5 "	2,0
Kohlweißling, Flügel	0,11 "	9
Krebsscheere	0,05 "	20
Frosch, Wadenmuskel	0,03 "	30
Vogel, Flügel	0,013 "	70—80
Wespe, Flügel	0,009 "	110
Fliege, Flügel	0,004 "	200—300

Die Geschwindigkeit ist hier also etwa zwischen 1 und 10000 abgestuft. Bei den glatten Muskeln der Wirbellosen kann die Dauer einer Zuckung, d. h. die Periode zwischen zwei Verkürzungen, sich sogar über Stunden und Tage hinziehen, so daß dieser Begriff hier fast gegenstandslos wird. Der Muskel tritt in eine Dauerverkürzung ein, die er fast beliebig lange beibehalten kann. Gerade umgekehrt zur Zuckungsgeschwindigkeit verhält sich der Tragerekord, d. h. das Produkt aus Belastung pro Quadratzentimeter mal der maximalen Zeit, die die Last ohne Schädigung getragen werden kann. Es beträgt:

Tierart	Last	Querschnitt des Muskels	Tragzeit	Tragrekord
Frosch, Gastrocnemius	500 g	0,5 qcm	0,004 h.	3,75
Kröte, Gastrocnemius	400 g	0,5 "	0,05 h.	44,5
Mensch, Beuger des Oberarms . .	31500 g	27,5 "	0,37 h.	425
Muschel, Unio, Schließmuskel . .	490 g	0,15 "	600 h.	1950000
Kaninchen, Ringmuskeln d. Karotis	45 g	0,01 "	26000 h.	100000000

Wie man sieht, sind die Muskeltypen an den Enden der Tabelle physiologisch eigentlich gar nicht mehr vergleichbar, die Tragemuskeln gleichen viel mehr elastischen Bändern, die ein Gewicht fast beliebig lange zu halten vermögen, nur haben sie eben dabei noch die Fähigkeit, sich zu verkürzen.

13. Die Bewegungsformen.

Die Bewegungen, welche mit Hilfe der Muskeln, und zwar speziell der Arbeitsmuskeln ausgeführt werden können, sind natürlich äußerst mannigfaltig; es kann hier nur eine kurze Übersicht über die Haupttypen gegeben werden. Eine sehr einfache Anordnung der Muskelelemente finden wir in den zylindrischen Körpern der Zölenteraten. Dort verläuft eine Muskelschicht, meist die des Ektoderms, in der Längsrichtung die andere, entodermale, zirkulär. Die Verkürzung der ersten zieht den Körper in der Längsrichtung zusammen, die der anderen streckt ihn wieder. Durch einseitige Kontraktion der Längsmuskeln werden Biegungen hervorgerufen.

Hieran schließt sich funktionell der Hautmuskelschlauch, wie wir ihn bei den meisten Würmern finden, unmittelbar an. Bei ihnen hat sich unter dem Epithel eine starke Muskellage entwickelt, die Verkürzung, Streckung und Krümmung des Körpers in der mannigfaltigsten Weise gestattet. Auf diesem Prinzip beruht die spannende Bewegung, wie sie ein Blutegel besonders schön zeigt; das Tier heftet das Vorderende mit dem Saugnapf fest, zieht das Hinterende nach und heftet es fest, dann streckt sich der Körper und der vordere Saugnapf greift wieder zu, so vollzieht sich die Bewegung schrittweise. Ähnlich arbeitet ein Regenwurm, wenn er in seinem Gange auf und ab steigt. Mit seinen Borsten stemmt er einen Körperteil an der Wand fest, zieht dann den dahinter gelegenen zusammen, klemmt ihn seinerseits fest und streckt das Vorderstück. Auch das Kriechen der Schnecken beruht auf dem gleichen Prinzip, man kann dort sehr schön sehen, wie über die Sohlenfläche des Fußes die Verkürzungswellen hinlaufen, wenn man eine Schnecke unter einer Glasplatte entlang kriechen läßt. Kontrahieren sich die Seitenmuskeln an verschiedenen Körperstellen wechselseitig, so legt sich der Körper in wellenförmige Krümmungen; dann entsteht die für das Schwimmen vielfach verwendete schlängelnde Bewegung. So schwimmen die Würmer wie die Fische, und in der gleichen Art bewegen sich die Schlangen über den Boden. Das Schwimmen kann auch noch in ganz anderer Weise mittelst des Hautmuskelschlauches ausgeführt werden, nämlich durch Rückstoß. Dies zeigen uns zum ersten Male die Quallen. Durch kräftige Kontraktion der Ringmuskeln auf der Unterseite ihres glockenförmig gewölbten Schirmes verengern sie plötzlich dessen Innenraum und stoßen dadurch das Wasser heraus. Der Rückstoß treibt sie dann mit der Außenfläche des Schirmes voran durchs Wasser. Besonders schön zeigen diesen Typus die Salpen. Ihr faßförmiger Körper trägt ringförmige Muskelbänder; ziehen sie sich zusammen, so wird bei geschlossenem Munde das im Peribranchialraum enthaltene Wasser nach hinten durch die Kloake ausgestoßen, und das Tier fährt mit der Mundseite voran durchs Wasser. Ähnlich ist auch die Bewegung der Tintenfische, die das in der Mantelhöhle eingeschlossene Wasser durch Zusammenziehung der Ringmuskeln des Mantels durch den Trichter auspressen. Diese ruckweise Bewegung kann sehr fördern; manche Hochseetintenfische können es an Geschwindigkeit und Gewandtheit des Schwimmens durchaus mit echten Fischen aufnehmen.

Ganz anders gestaltet sich die Bewegung, wenn am Körper Anhänge, Extremitäten, auftreten. Dann tritt das Hebelprinzip in Wirksamkeit. Die Gliedmaßen sind gegen den Rumpf, oft auch in sich selbst, in Gelenken beweglich, und diese Hebel stemmen sich gegen das umgebende

Medium. Wir finden diesen Typus vorherrschend bei den Anneliden, den Arthropoden und den Wirbeltieren. Je nach der Beschaffenheit des Mediums hat das Hebelwerk ganz verschiedene Gestalt. Das Wasser mit seinem relativ geringen Widerstand und der leichten Verschieblichkeit erfordert breite, einheitlich stemmende Ruderplatten. So entstehen die Flossen der Fische wie die oft durch Borstenbesatz funktionell verbreiterten Schwimmbeine der Krebse. Ichthyosaurier, Walfische und Delphine zeigen uns, wie auch ursprüngliche Landtiere in Anpassung an das Leben im Wasser diese Hebelform entwickeln. Besonders breit muß das Ruder werden, wenn der Widerstand des Mediums sehr gering ist, daher die großen Luftruder, zu denen sich die Vorderextremitäten der Vögel entwickelt haben. Erdruder sind gleichsam die breiten Grabschaufeln der Maulwürfe und anderer in der Erde scharrender Tiere. Demgegenüber erfordert die Bewegung gegen die feste Erdoberfläche nur eine kleine Stemmfläche, daher die verhältnismäßig schmale Sohlenfläche aller Läufer.

Derartige Hebelbewegungen setzen unbedingt eines voraus, nämlich ein festes Widerlager, an dem die Muskeln angreifen können. Zum aktiven gesellt sich der passive Bewegungsapparat, das Skelett. Dies hat sich in zwei entgegengesetzten Typen entwickelt, als Außenskelett der Arthropoden und als Innenskelett der Wirbeltiere. Die Lagebeziehungen zur Muskulatur sind demnach ganz verschieden; bei den Arthropoden liegen die Muskeln innerhalb der Skelettröhren, bei den Wirbeltieren umgeben sie mantelartig die Skelettstäbe. Dennoch gleichen sich die erzielten Bewegungen ganz auffallend. In beiden Fällen muß das Skelett in einzelne Stücke zerlegt sein, die durch Gelenke gegeneinander bewegt werden können. Bei den Arthropoden geschieht dies dadurch, daß zwischen die fest chitinisierten Teile sich weichere Gelenkfalten einschieben, bei den Wirbeltieren besteht das Skelett aus einzelnen Knochen, die an den Gelenkstellen durch Bänder und Kapseln beweglich verbunden sind. Trotz dieses ganz verschiedenen Baues ist die Bewegung in den Gelenken in beiden Fällen wesentlich gleich; wir finden einerseits Kugelgelenke, in denen die Bewegung nach allen Richtungen uneingeschränkt erfolgen kann, so entsteht eine Rotationsbewegung. Andererseits wird durch die Gestalt der aufeinander gleitenden Gelenkflächen oder durch besondere Führungsschienen die Beweglichkeit eingeschränkt, oft so weit, daß sie nur in einer Ebene und in bescheidenem Ausmaß möglich ist. Dieser Verzicht auf Beweglichkeit bringt dafür den Vorteil einer weit festeren Führung im Gelenk.

Bei der außerordentlich verschiedenartigen Ausbildung der Bewegungskonstruktionen im einzelnen lassen sich zwei wesentliche Grundprinzipien erkennen, das des Kraft- und des Schnelligkeitshebels. Beim ersten setzt der Muskel möglichst entfernt vom Drehpunkte an und verläuft möglichst senkrecht zum Skelettstab, beim Geschwindigkeitshebel rückt umgekehrt der Ansatz möglichst nahe an den Drehpunkt, und der Winkel zur Skelettachse wird möglichst spitz. Gleichzeitig wird im ersten Falle angestrebt, den Hebel möglichst kurz und einheitlich zu machen, um die große Last gut fortschieben zu können. Im zweiten Falle arbeitet die Natur auf möglichste Streckung hin und koppelt mehrere Hebel hintereinander, deren Ausschläge sich summieren. Man kann diese Unterschiede sich sehr schön klar machen, wenn man etwa die Grabschaufel eines Maulwurfs mit dem Laufbein eines Pferdes vergleicht. Genau dasselbe bietet unter den Insekten etwa das Vorderbein der Maulwurfsgrille im Vergleich mit dem Sprungbein einer Heuschrecke.

Werfen wir noch einen kurzen Blick auf die wichtigste Form der tierischen Motilität, die Ortsbewegung, und versuchen, uns über die dabei erzielten Leistungen Rechenschaft zu geben. Als Maß der Leistung soll hierbei in erster Linie die erzielte Geschwindigkeit gelten; der Begriff ist also nicht im physikalischen Sinne gefaßt. Für ihre Beurteilung ist besonders wichtig der Einfluß des Mediums, worin die Bewegung stattfindet.

Das Wasser bietet in dieser Hinsicht insofern günstige Verhältnisse, als der Widerstand, den es der Stemmarbeit bei der Bewegung leistet, relativ groß ist. Man braucht ja nur daran zu denken, mit welcher Kraft man ein Ruder gegen die zähe Masse des Wassers anstemmen kann. Diese Zähigkeit hat andererseits ihre Nachteile, indem auch der durch das Wasser bewegte Körper diesen Widerstand überwinden muß. Die Folge ist, daß alle schnellen Schwimmer eine Torpedoform annehmen mit spitzem Vorderende, glattem, langsam sich verdickendem und nach hinten wieder abschwellendem Rumpf. Dies zeigen nicht nur die eigentlichen Fische, sondern ebenso die schnellen Tintenfische der Hochsee, ferner die Krokodile und die Walfische. Die beim Schwimmen erreichte Geschwindigkeit kann man annähernd daraus berechnen, daß die besten Schwimmer, wie Haie und Delphine, fahrenden Schiffen zu folgen, ja sie sogar während der Fahrt zu umspielen vermögen. Ein mit mäßiger Geschwindigkeit fahrender Dampfer legt in der Stunde etwa 20—25 km zurück, daraus ergäbe sich für die Fische eine Höchstgeschwindigkeit von 6—8 m/sec.

Wesentlich anders liegen die Verhältnisse für die Tiere, die sich auf der Erdoberfläche bewegen Ihr Fortschreiten erfolgt an der Grenze zweier Medien. Einerseits bietet der feste Erdboden eine sehr günstige Stemmfläche, andererseits ist der Widerstand der Luft gegen die Fortbewegung minimal. Infolgedessen hat sie auch auf den Körper der Läufer keine modellierende Wirkung geübt, höchstens bei den ganz schnellen Tieren finden wir einen schlanken, sich gegen den Kopf verschmälernden Bau. Ein wesentliches Hindernis für die Schnelligkeit ist aber das Gewicht der Tiere, das nicht, wie im Wasser, durch den Auftrieb vermindert wird. Infolgedessen wird ein erheblicher Teil der Energie zum Heben des Körpers verbraucht, der nach jedem Antrieb wieder der Unterlage zustrebt, es entsteht der Typus des Sprunges. Je ausgiebiger die Bewegung werden soll, desto mehr müssen sich die Hebelketten der Beine verlängern, eine Erscheinung, die man ja an allen guten Läufern sehr deutlich beobachten kann. Durch diesen Einfluß des Gewichts wird die Leistung der Läufer stark eingeschränkt. Ein kräftiger Sprungmechanismus erfordert starke Muskeln und diese wieder kräftige Knochen. Beide aber sind schwer und gestatten daher keine unbegrenzte Zunahme. So sind die größten Tiere keineswegs die schnellsten, obwohl Elefanten noch recht beachtliche Geschwindigkeit entwickeln können. Die schwersten aller Landtiere, die vorweltlichen Dinosaurier, wandelnde Fleischberge, waren sicher recht träge und langsam. Im Wasser liegen die Dinge ganz anders und für die Zunahme der Muskelmasse weit günstiger; daher treffen wir die Riesen der heutigen Fauna, die großen Haie und die Walfische, wie auch die mächtigen Tintenfische der Tiefsee, unter den Wassertieren, und sie gehören zu den schnellsten Schwimmern. Immerhin scheint es auch für sie eine Höchstgrenze zu geben, die etwa bei 30 m liegt. Die von guten Läufern erreichte Geschwindigkeit übertrifft die der Wassertiere recht bedeutend. Die besten Rennpferde legen 1 km etwa in 1 Minute zurück, was einer Geschwindigkeit von etwa 16 m/sec entsprechen würde. Allerdings gelten solche Werte nur für kurze Strecken, ebenso beim flüchtigen Wild.

Ganz besondere Verhältnisse bietet endlich das dritte Medium, die Luft. Es leistet den geringsten Widerstand, erfordert daher eine besonders große Ruderfläche, begünstigt dann aber wieder sehr die Fortbewegung. Sehr wesentlich ist natürlich wieder die Bedeutung des Eigengewichts. Ungünstiger als im Wasser ist in der Luft, daß keine Einrichtungen existieren, den Körper leichter als das Medium zu machen; erst dem Menschen war es vorbehalten, solche Gase anzuwenden. Alle Flugtiere sind also schwerer als Luft und müssen ohne aktive Bewegung sinken. Zur Verminderung der Sinkgeschwindigkeit finden wir hier wieder ganz ähnliche Einrichtungen wie im Wasser. Sehr bekannte Beispiele bieten uns die Pflanzen, so der Pappus der Löwenzahnsamen oder die Schwebflächen der Ahorn-, Eschen- und Lindenfrüchte. Auch unter den Tieren gibt es ähnliche Fälle, in denen relativ kleine und leichte Formen gewissermaßen als Luftplankton größere Strecken zurücklegen. Bekannt ist der „Altweibersommer", ein Fadenbüschel, von dem sich junge, erst vor kurzer Zeit geschlüpfte Spinnen durch die Luft tragen lassen, um einen neuen, geeigneten Wohnplatz zu finden. Ähnlich können auch die sehr leichten (etwa 0,001 g) und mit langen Haaren besetzten Raupen mancher Schmetterlinge vom leisesten Lufthauche fortgeführt werden.

Auf solche Schwebeinrichtungen mag auch die Entwicklung des aktiven Flugvermögens zurückzuführen sein. Die Flugorgane sind wohl aus Fallschirmen hervorgegangen, flächenhaften Verbreiterungen des Körpers, mit denen sich die Tiere beim Herabspringen von einem Baume schräg abwärts gleitend durch die Luft bewegten. Solche Fallschirme finden wir auch heute noch bei verschiedenen Tiergruppen, den fliegenden Fischen, die mit ihnen bis zu 200 m auf den Luftwellen über dem Meeresspiegel zu schweben vermögen, bei den Flugfröschen, Flugeidechsen und Flughörnchen der tropischen Urwälder. Dadurch, daß diese Schwebfläche gegen den Rumpf beweglich wurde und aktiv die Luft zu schlagen begann, hat sich dann der echte Flügel entwickelt, wie ihn unter den Wirbeltieren nur Vögel und Fledermäuse ausgebildet haben. Auch bei ihm spielt das Gleiten noch eine große Rolle; manche Vögel, wie besonders die Hochseeflieger, Sturmvögel und Albatrosse, verstehen es, sich unter Ausnutzung der aufsteigenden Luftströmungen stundenlang ohne Flügelschlag tragen zu lassen. Voraussetzung ist dabei natürlich eine möglichste Herabsetzung des Gewichts, wie wir sie bei den Vögeln vor allem durch die Aushöhlung der Knochen und ihre Erfüllung mit Luft so weitgehend durchgeführt finden. Daneben boten die wahrscheinlich zunächst als Wärmeschutz entstandenen Federn ein an Leichtigkeit, Elastizität und Festigkeit unübertreffliches Material für die Bildung eines Luftruders. Auch die Körperform zeigt bei den guten Fliegern wieder deutlich ein Streben nach Herabsetzung des Luftwiderstandes.

Je größer die Tragflächen, mit desto geringerer Flugarbeit ist es dem Vogel möglich, sich in der Luft zu erhalten; je kleiner die Flügel, desto mehr muß die Zahl der Flügelschläge wachsen. Dabei geht das Ruderprinzip immer mehr in das des schnell schwirrenden Propellers über. Am schönsten zeigen uns dies die Insekten, aber auch kleine Vögel, wie vor allem die Kolibris, bewegen sich in dieser Weise. Diese Methode stellt außerordentliche Anforderungen an die Flügelmuskulatur; wir sahen ja schon oben, daß die Zuckungsgeschwindigkeit bei den Flügelmuskeln der Insekten den höchsten Wert erreicht und auch histologisch erwiesen sie sich als besonders fein gearbeitet. Bienen und Fliegen zeigen uns diesen Schwirrflug in höchster Vollendung; bekannt sind ja die Schwebfliegen, die man im Sommer in Waldlichtungen unbeweglich an einer Stelle rüttelnd stehen sieht; auf eine Störung verschwinden sie so blitzschnell, daß es unmöglich ist, mit den Augen ihre Bahn zu verfolgen. So wird hier vielleicht die höchste Geschwindigkeit erreicht, aber nur über kurze Strecken. Die großen Ruderflieger vermögen dagegen eine erhebliche Geschwindigkeit lange Zeit beizubehalten, wie sich besonders beim Wanderflug der Vögel zeigt. Dabei ist auch die Geschwindigkeit oft bestimmt worden; bei vorsichtiger Verwertung der Ergebnisse kommt man etwa auf einen Höchstwert von 20 m/sec. Dabei spielen aber die Luftströmungen, die den Flug fördern oder hemmen können, eine sehr wesentliche Rolle, so daß die wirkliche aktive Flugleistung wohl eher kleiner anzusetzen ist. Immerhin zeigt sich, daß in der Luft mit geeigneten Apparaten die höchsten Geschwindigkeiten zu erzielen sind.

14. Die Reizbarkeit. Die inneren Reize. Die Erregung und der Reizverlauf.

Als dritte Grundeigenschaft der lebenden Substanz hatten wir früher die Fähigkeit erwähnt, auf „Reize" zu reagieren, die Reizbarkeit, Irritabilität. Was man dabei unter Reizen verstehen soll, ist nicht ganz leicht zu definieren. Im weitesten Sinne fällt darunter jede Veränderung in der Umgebung, denn sie stört den Gleichgewichtszustand des lebenden Systems und veranlaßt es demgemäß zu Reaktionen. Wir pflegen aber den Begriff meist etwas enger zu fassen und den Zeitfaktor dabei heranzuziehen, so daß Reize als vorübergehende Einflüsse der Umgebung definiert werden könnten, auf die das Plasma in kurzer Zeit mit einer Veränderung reagiert. Doch ist dieser Begriff etwas zu sehr von den Verhältnissen bei den Tieren beeinflußt; bei den Pflanzen treten Reizerscheinungen auf, die sich durch sehr langsamen Verlauf auszeichnen. Es gehen auch ausgesprochene Reizwirkungen von Faktoren der Umgebung aus, die sich überhaupt nicht ändern, so von der Schwerkraft; hier sind es Veränderungen auf Seiten des Organismus, Wachstumserscheinungen oder Lageverschiebungen, die jeweils neue Angriffspunkte für den konstanten äußeren Reiz schaffen. Doch pflegt man im allgemeinen solche „Dauerreize" nicht unter der Rubrik der Reizphysiologie zu behandeln, sondern sie als allgemeine Lebensbedingungen, Einflüsse des Milieus, zu betrachten.

Auch nach ihrer Ausschaltung bleibt die Zahl der möglichen Reize sehr groß. Es kann jede Energieform auf das Plasma einwirken, wenn auch noch nicht feststeht, ob für alle diese, z. B. die ultravioletten oder die Radiumstrahlen, normal Empfindlichkeit besteht. Wichtig ist für uns, daß solche Reize nicht immer von außen zu kommen brauchen. In einem vielzelligen Organismus stehen die einzelnen Teile, letzten Endes die einzelnen Zellen, in einer ständigen Reizverbindung. In letzter Zeit hat man gelernt, diesen „inneren Reizen" eine sehr wesentliche Bedeutung für den geordneten Betrieb der Organismen beizulegen. Man hat mehr und mehr eingesehen, daß das Geschehen an einer Stelle weitgehend das an einer anderen beeinflußt, wodurch hauptsächlich das zustande kommt, was man als Korrelation der Teile im Organismus bezeichnet. Die Wege, auf denen diese inneren Reize laufen, beginnt man jetzt genauer zu analysieren. Zum Teil gehen sie durch das Nervensystem, daneben hat sich aber als immer wichtiger eine direkte chemische Reizung herausgestellt.

Sehr viele, theoretisch ja alle Zellen geben bei ihrer Lebensarbeit Stoffwechselprodukte nach außen ab, die in den Kreislauf gelangen und mit dem Blute den übrigen Zellen zugeführt werden. Es hat sich nun gezeigt, daß diese Reizstoffe, die sogenannten Hormone, sehr bedeutungsvoll in das Getriebe eingreifen können. Für manche Organe besonders ist festgestellt worden, daß sie eine „innere Sekretion" ausüben, deren Produkte wesentliche Vorbedingungen für den normalen Ablauf der Lebensprozesse in anderen Organen sind. Seit alter Zeit schon sind den Medizinern einige Organe bekannt, deren Bedeutung für den Organismus vorwiegend auf dieser inneren Sekretion beruht. Hierhin gehören die Schilddrüse, die Thymus und die Hypophyse. Durch Experimente, bei denen diese Organe ausgeschaltet wurden, sowie durch Krankheitsbilder beim Menschen weiß man, daß ihre Sekrete für den normalen Ablauf der Wachstumsvorgänge, für die Regulierung des Blutdrucks und ähnliches eine sehr bedeutende Rolle spielen. Selbst die geistigen Leistungen werden von ihnen beeinflußt; es war eine sehr traurige Erfahrung, daß nach Entfernung der übermäßig entwickelten Schilddrüse, des Kropfes, eine allgemeine Abnahme der geistigen Leistungen, eine Verblödung, eintrat. Genauere Untersuchungen haben gelehrt, daß diese Organe untereinander in weitgehender Abhängigkeit stehen; es ist eine der wichtigsten Aufgaben der Heilkunde, diese Fäden zu entwirren, da durch geeignete Eingriffe, z. B. durch Zufuhr des Extraktes tierischer Drüsen, sehr günstige Heilerfolge erzielt werden können.

In diesen Komplex von Drüsen mit innerer Sekretion greift noch ein weiteres Organ sehr bedeutungsvoll ein, die Keimdrüse. Auch ihr Einfluß ist schon seit alters her bekannt, besonders wußte man schon lange, daß die Entwicklung der sogenannten sekundären Geschlechtscharaktere weitgehend von der Funktion der Keimdrüsen abhängig sei. Bekannt ist ja in dieser Hinsicht das Verhalten des Menschen, besonders die männlichen Geschlechtscharaktere bedürfen zu ihrer Ausbildung der Funktion der Keimdrüsen. Die Kastration, wie sie bei den verschiedensten Völkern aus mannigfaltigen Gründen früher häufig vorgenommen wurde, zeitigt ganz charakteristische Ausfallserscheinungen, von denen eine der bekanntesten die weiblich hohe Stimme ist, beruhend auf dem Ausbleiben der Umgestaltung des Kehlkopfes zur männlichen Form. Man war vielfach geneigt, diese Wirkung der Keimdrüsen als einen einfachen Wachstumsreiz anzusehen und die stärkere Beeinflussung des männlichen Geschlechts daraus zu erklären, daß bei diesem die Organe eine höhere Ausbildung gewinnen, während sie beim weiblichen auf einem primitiveren, kindlicheren Stadium stehen bleiben (vgl. S. 189). Neuere Untersuchungen haben aber gezeigt, daß es sich bei der inneren Sekretion der Keimdrüsen um einen für jedes Geschlecht spezifischen Wachstumsreiz handelt. Hier sind besonders die neueren Versuche von Steinach bedeutungsvoll. Er entfernte bei jungen

Meerschweinchen die Anlage der Keimdrüsen und setzte den Tieren die des entgegengesetzten Geschlechts ein. Es gelang, sie zum Anheilen zu bringen, und die heranwachsenden Tiere nahmen nun unter ihrem Einfluß die Merkmale des entgegengesetzten Geschlechts an. Die „maskulinisierten" Weibchen erhielten z. B. den stärkeren Knochenbau, die bedeutendere Größe und das struppigere Fell der echten Männchen, die „feminierten" Männchen dagegen wurden klein, zierlich und glatthaarig wie die normalen Weibchen. Männchen, welche nur kastriert waren, blieben zwar auch hinter den normalen in der Ausbildung dieser Merkmale zurück, zeigten sie aber doch höher entwickelt als die feminierten Tiere, so daß ein positiver, weiblich bestimmender Einfluß der Ovarien nicht zu leugnen ist. Interessanterweise greifen diese Einflüsse auch auf das psychische Gebiet über. Das maskulinisierte Weibchen benimmt sich anderen Tieren gegenüber wie ein Männchen, verfolgt die Weibchen und sucht die Kopula zu vollziehen, obwohl ihm die äußeren männlichen Geschlechtsteile natürlich fehlen. Umgekehrt entwickeln die feminierten Männchen nicht nur kräftige Milchdrüsen, sondern nehmen auch die Instinkte echter Weibchen gegenüber den Männchen an. Auch von den Jungen werden sie durchaus als Weibchen bewertet, es ist ein sehr merkwürdiges Bild, wenn sie eifrig und erfolgreich die ursprünglichen Männchen besaugen, die sich dies auch ganz nach Weibchenart gefallen lassen.

Besonders bemerkenswert ist in diesem Falle, daß eine histologische Untersuchung der transplantierten Keimdrüsen zeigt, daß das eigentliche Keimepithel dabei zugrunde geht. Dagegen entwickelt sich das sogenannte Zwischengewebe sehr reichlich, stärker als in normalen Drüsen. Daraus ergibt sich der wichtige Schluß, daß die innere Sekretion, die die sekundären Geschlechtsmerkmale zur Entwicklung bringt, bei den Säugetieren gar nicht von den Keimzellen, sondern von diesem Zwischengewebe ausgeht. Da sich dies an den transplantierten Drüsen stärker als normal entwickeln kann, so übertreffen die sekundären Geschlechtsmerkmale unter Umständen die der normalen Tiere; daraus erklärt sich z. B. auch die Produktion von Milch bei solchen feminierten Männchen, obwohl hier der Reiz von Schwangerschaft und Geburt fehlt.

Je weiter unsere Untersuchungen fortschreiten, desto deutlicher zeigt sich, daß auch über die bisher angeführten Organe hinaus die innere Sekretion eine große Bedeutung hat. So ergibt sich mehr und mehr, daß das Ineinandergreifen der Funktionen der einzelnen Darmabschnitte durch innersekretorische Vorgänge geregelt wird; jeder Teil, der zu arbeiten beginnt, bildet dabei zugleich innere Sekrete, die die Tätigkeit der nachfolgenden Abschnitte einleiten. Vermutlich wird sich mit der Vertiefung unserer Kenntnisse über den Stoffwechsel der vielzelligen Organismen die Rolle dieser Hormone als immer bedeutungsvoller herausstellen. Besonders wichtig ist dabei für die Reizphysiologie, daß die Summe der inneren Reize oft einen Einfluß auf die Reaktion gegen äußere Reize gewinnt. Man denke nur daran, wie sehr z. B.

der Hunger oder die geschlechtliche Erregung die „Stimmung", das Verhalten eines höheren Tieres beeinflussen.

Die Wirkung des Reizes, der einen Organismus trifft, bezeichnet man als eine „Erregung". Deren Voraussetzung liegt jedenfalls in einer chemischen Veränderung am Einwirkungsort des Reizes. Sie wird hervorgerufen durch Zufuhr äußerer Energie in irgendeiner Form. Dabei ergibt sich, daß diese Energiezufuhr einen gewissen Minimalwert übersteigen muß, damit eine Wirkung zustande kommt. Es besteht eine „Reizschwelle". Deren genauere Bestimmung hat nun in sehr schöner Weise gezeigt, daß zur Herbeiführung der Erregung eine bestimmte Menge Arbeit geleistet werden muß. Die Erregung ist nämlich abhängig von der Intensität des Reizes und der Zeit seiner Einwirkung, und zwar gilt der Satz, daß das Produkt aus beiden konstant ist. In einigen Fällen hat sich dieses Gesetz in sehr weitem Umfange als gültig erweisen lassen. Besonders geeignet sind dafür die Pflanzen, da bei ihnen auch lange Einwirkung sehr schwacher Reize eine Reaktion hervorruft. So hat sich ergeben, daß Haferkeimlinge durch einseitige Lichtreize zu Krümmungsbewegungen veranlaßt werden, wenn die Reize folgende Werte haben:

Belichtungsdauer	Lichtintensität (Meterkerzen)	Zeit mal Intensität (Meterkerzen-Sekunden)
43 Stunden	0,00017	26,3
1 Stunde	0,004773	17,2
4 Minuten	0,0898	21,6
4 Sekunden	5,456	21,8
1 Sekunde	18,94	18,9
0,01 Sekunde	1902	19,0
0,001 „	26520	26,5

In diesem ungeheuren Intervall, in dem die Zeiten sich verhalten wie 155000000 : 1 und die Intensitäten umgekehrt wie 1 : 146000000, ist also das Produkt aus beiden, d. h. die geleistete Arbeit, im wesentlichen konstant, im Durchschnitt 21 Meterkerzensekunden. Ähnliche Verhältnisse sind auch sonst gefunden, nur sind die Intervalle bei den schnell reagierenden Tieren viel kleiner. Beim menschlichen Auge hat sich aber feststellen lassen, daß in gewissen zeitlichen Grenzen das Produkt aus Zeit und Intensität für den Schwellenwert der Wahrnehmung eines Lichtreizes gleichfalls konstant ist:

Belichtungsdauer	Lichtintensität	Zeit mal Intensität
0,0125 Sekunde	59,9	0,799
0,050 „	15,31	0,765
0,100 „	9,19	0,919
0,125 „	6,62	0,825

Auch für andere Energieformen, z. B. den Reiz der Schwerkraft, hat sich das gleiche Gesetz als gültig erwiesen.

Die gleiche Abhängigkeit der Erregung von der Menge der zugeführten Energie liegt auch dem sogenannten Weberschen Gesetz zugrunde. Dies beschäftigt sich mit der Unterschiedsempfindlichkeit der Sinneszellen gegen Reize durch die gleiche Energieform und sagt aus, daß zur Erzielung einer Unterschiedsempfindung die beiden Reizintensitäten jeweils in der gleichen Proportion stehen müssen. Wird bei einer Helligkeit des Ausgangslichtes von 10 Meterkerzen z. B. ein Unterschied gegenüber einem anderen Reizlicht von 12 Meterkerzen empfunden, so muß bei der Intensität 100 das zweite Licht auf 120, bei der Intensität 2000 auf 2400 gesteigert werden, um den gleichen Eindruck hervorzurufen. Man hat in neuerer Zeit solche Unterschiedsempfindlichkeit bei Pflanzen und niederen Tieren durch Bewegungsreaktionen geprüft, indem man feststellte, bei welchen Helligkeitsunterschieden eine Bewegung gegen die eine Lichtquelle hin erfolgte. Dabei haben sich bei den verschiedensten Objekten auffällig gleiche Werte ergeben:

Objekt	Verhältnis der Reizlichter
Artemia salina (Phyllopode)	1 : 1,1
Sporangienträger von Phycomyces (Schimmelpilz)	1 : 1,18
Jungfische verschiedener Arten	1 : 1,23
Daphnia	1 : 1,44

Auch hier zeigt sich also, daß zwischen Pflanzen und Tieren kein wesentlicher Unterschied in der Reizbarkeit besteht. Dies ist um so bemerkenswerter, als man gewohnt war, gerade in dem „Sinnesleben" die Tiere als den Pflanzen weit überlegen anzusehen. Tatsächlich ist aber die Empfindlichkeit beider Plasmaarten durchaus ähnlich, für manche Reize, wie Schwerkraft, Berührung, Licht ist die Pflanze sogar außerordentlich empfindlich. Die Ranken von Schlingpflanzen empfinden schon das Auflegen eines Wollfadens als Berührungsreiz, worauf hin sie anfangen, sich zu krümmen. Nur unterscheidet sich die Pflanze entsprechend ihrer allgemein geringeren Beweglichkeit durch die Langsamkeit der Reaktion, sie kann dafür noch Reize verwerten, die an dem schnell veränderlichen Tierplasma spurlos vorübergehen.

Diese schnellere Reaktionsfähigkeit ist es wohl in erster Linie, die bei den Tieren zur Ausbildung besonderer Sinnesorgane geführt hat, die den Pflanzen nur in sehr bescheidenem Maße zukommen. Sie sind natürlich wieder das Produkt einer Spezialisierung, die letzten Endes darin besteht, daß einzelne Zellen ihre Reizschwelle für bestimmte Energiearten stark heruntersetzen. Diese Energieart stellt dann den „adäquaten Reiz" der betreffenden Sinneszelle dar. Dadurch, daß sich solche Zellen zu Gruppen zusammenschließen, entstehen besondere Sinnesorgane. Auch in diesen behalten aber die eigentlichen rezipierenden Zellen einen sehr einfachen und im allgemeinen ähnlichen Bau. Es handelt sich fast immer um Zellen des Ektoderms, die zur Aufnahme des Reizes mit Härchen oder Stäbchen ausgerüstet sind. Das, was ein Sinnesorgan charakterisiert, sind vielmehr die Hilfsapparate zur möglichst guten Ausnutzung des adäquaten Reizes, der beste Beweis dafür ist, daß bei niederen Organismen, wo diese Hilfsapparate noch fehlen, es auf Grund der morphologischen Befunde oft kaum möglich ist, über die Funktion eines Sinnesorgans Aufschluß zu geben.

Beobachten wir etwa unter dem Mikroskop ein Paramaecium, das beim Herumschwimmen in seinem Wassertropfen an ein Hindernis anstößt, so sehen wir ein sehr charakteristisches Bild. Auf den Berührungsreiz hin stellt das Tier zunächst einen Moment die Bewegung ein, dann beginnen die Zilien in umgekehrter Richtung zu schlagen und das Tier fährt von dem Hindernis zurück. In diesem einfachen Vorgang haben wir das Grundschema jedes Reizverlaufs vor uns. Er setzt sich, wie leicht einzusehen, aus drei Teilvorgängen zusammen. Diese sind: einmal die Reizaufnahme an der Berührungsstelle; zweitens die Reizleitung durch das Plasma; drittens der Reizerfolg, die Änderung der Schlagrichtung der Zilien. Analysieren wir nun diese Vorgänge genauer, so zeigen der zweite und der dritte einen sehr wichtigen Unterschied gegenüber dem ersten. Übersteigt nämlich ein Reiz einmal den Schwellenwert, so erfolgt die Reizleitung wie der Endeffekt stets in dem höchsten jeweils möglichen Grade. Dies Gesetz scheint wenigstens zu gelten, wenn man einzelne Zellen auf ihre Reizbarkeit hin untersucht. Wählt man komplexe Organe, etwa einen Muskel, so sieht man, daß mit zunehmender Reizstärke die Zuckungshöhe einige Zeit zunimmt. Dies liegt aber, soweit wir wissen, daran, daß mit zunehmender Reizstärke immer mehr Muskelfasern in Erregung versetzt werden, da ihre Reizschwellen, abhängig wohl von ihrem verschiedenen physiologischen Zustand, verschieden hoch liegen. Es ist also diese Zunahme des Reizerfolgs ein sogenanntes Multiplikationsphänomen, die einzelne Zelle aber arbeitet nach dem „Alles- oder Nichts-Gesetz", d. h. jeder überhaupt wirksame Reiz liefert das Maximum an Reaktion. Daraus ergibt sich die sehr wichtige Tatsache, daß für diese Teile des Erregungsvorgangs die Menge der zugeführten äußeren Energie ohne Einfluß ist. Die Energieumsätze — denn darum handelt es sich natürlich bei der Reizleitung wie beim Endeffekt — erfolgen vielmehr auf Kosten von im Körper vorhandener Energie, der äußere Reiz dient nur als „Auslösung". Dadurch nehmen diese Umsetzungen eine gewisse Sonderstellung unter den Vorgängen im Organismus ein. Der für diese Reaktionen bereitgestellte Energievorrat kann aber durch fortgesetzte Reizung erschöpft werden; dann tritt „Ermüdung" ein und zwar nicht nur an den Erfolgsorganen, wie den Muskeln, sondern auch an den Leitungsapparaten. Dieser Umstand bedarf einer besonderen Erwähnung, weil lange Zeit die Frage diskutiert worden ist, ob die Nerven des Menschen ermüdbar seien. Bei ihnen tritt infolge besonders weit getriebener Anpassung an ihre Aufgabe diese Ermüdung ganz in den Hintergrund, hat sich aber durch besondere Versuchsanordnungen doch nachweisen lassen, und bei den Nerven niederer Tiere ist sie ohne besondere Schwierigkeiten festzustellen.

15. Die Reizleitung. Die Leistungen des Nervensystems. Geistige Unabhängigkeit und Individualität.

Bei den einzelligen Organismen verläuft, wie uns das Beispiel des Paramaeciums zeigte, der ganze Reizvorgang bis zum Endeffekt in einem einheitlichen Plasmakomplex. Wir haben diese Reizwirkungen an anderer Stelle schon kurz als Tropismen kennen gelernt und gesehen, daß alle überhaupt wirksamen Energieformen bereits auf dieses undifferenzierte Plasma einzuwirken vermögen. Die Reaktionen der höheren Tiere unterscheiden sich von den Tropismen nur quantitativ durch die Empfindlichkeit der Aufnahmeorgane, die Schnelligkeit der Reizleitung und die Ausgiebigkeit des Endeffekts. Da bei der Behandlung der Sinnesorgane an anderer Stelle die Physiologie der reizaufnehmenden Gebilde wenigstens kurz berührt werden wird, so sei hier nur noch etwas ausführlicher der Vervollkommnung der reizleitenden Apparate gedacht. Ihre Funktion wird bei den vielzelligen Tieren einem besonderen Organsystem übertragen, dem Nervensystem. Es setzt sich zusammen aus Nerven- oder Ganglienzellen, deren wichtigstes Merkmal lange Ausläufer sind, welche die Leitung des Reizes von Zelle zu Zelle übernehmen. Je größer die Ansprüche an diese Leitung werden, desto länger werden die Bahnen und desto mehr drängen sich die Nervenzellen zu Einheiten zusammen, den Ganglien, zwischen denen sich dann die Fasern als Kommissuren und Konnektive hinziehen. So entsteht ein Zentralnervensystem, das sich durch Leitungsbahnen mit den aufnehmenden und ausführenden Apparaten in Verbindung setzt (vgl. S. 452). In diesem erlangt dann der im Kopfe gelegene Abschnitt eine besonders hohe Ausbildung; er wird zum Gehirn.

Diese Entwicklung ist für die Leistungen in der Tierreihe von höchster Bedeutung. Zunächst steigt mit der Ausbildung des Zentralnervensystems die Geschwindigkeit der Leitung in außerordentlichem Maße. Sie beträgt bei:

Pflanzen (durchschnittlich)	0,001	cm pro Sek.
Tentakel von Drosera	0,013	,, ,, ,,
Blatt von Dionaea (Venus-Fliegenfalle)	0,2	,, ,, ,,
Blattstiel von Mimosa	3,1	,, ,, ,,
Nerven von Anodonta	1,0	,, ,, ,,
N. olfactorius des Hechtes bei 5°	7,0	,, ,, ,,
,, ,, ,, ,, ,, 20°	20,0	,, ,, ,,
Nerven von Aplysia (Meeresschnecke)	40,0	,, ,, ,,
,, ,, Tintenfischen	100,0	,, ,, ,,
,, ,, Limulus	320,0	,, ,, ,,
,, ,, Hummer	1000,0	,, ,, ,,
,, ,, Frosch bei 8,5°	1630,0	,, ,, ,,
,, ,, ,, ,, 18,5°	2860,0	,, ,, ,,
,, ,, Mensch	12000,0	,, ,, ,,

Die Tabelle zeigt einerseits die enormen Unterschiede in der Leitungsgeschwindigkeit und die außerordentliche Überlegenheit, welche Tiere mit hochentwickeltem Zentralnervensystem dadurch in all ihren Beziehungen zur Umgebung erlangen, andererseits erkennt man deutlich, daß zwischen Tieren und Pflanzen auch in dieser Hinsicht kein prinzipieller Gegensatz besteht. Wohl sind im allgemeinen die Geschwindigkeiten bei den Pflanzen sehr viel geringer, in einzelnen Fällen, wie bei den insektenfangenden Pflanzen, steigt aber mit den größeren Ansprüchen auch die Leistung und erreicht unter Umständen Werte, die über die niedrigsten der Tiere hinausgehen. Der auffällig niedrige Wert bei der Muschel Anodonta weist darauf hin, wie scharf auch bei den Tieren Leistung und Bedürfnis in Abhängigkeit stehen, nur bei so bedürfnislosen Tieren wie den Muscheln finden sich so abnorm niedrige Werte für die Reizleitung.

Diese großen Unterschiede beruhen zum Teil sicher auf der spezifischen Verschiedenheit der Leitungsgeschwindigkeit innerhalb des Plasmas bei den einzelnen Tierarten, die mit zunehmender Anpassung an die spezielle Aufgabe immer höher steigt. Andererseits liegt aber auch ein wesentlicher Teil des Erfolges in der Zusammenordnung des ganzen Apparates. Bei den Pflanzen geht die Leitung durch zahlreiche Zellen, ebenso bei den niederen Tieren. Bei den höheren dagegen nimmt diese Zahl immer mehr ab, bis sich die Ausläufer der Ganglienzelle von der Peripherie zum Zentrum hinziehen, so daß der Reiz nur ganz wenige Zellen zu durchlaufen hat. Dadurch wird sehr viel Zeit gewonnen, denn durch Versuche ist festgestellt worden, daß der Reiz sehr viel schneller durch die Nervenfasern läuft, als durch die Plasmakörper der Zellen. Ob dies mit der Ausbildung der Neurofibrillen als speziell reizleitender Apparate zusammenhängt, ist eine noch nicht völlig geklärte Frage.

Die Entwicklung eines Zentralnervensystems hat aber eine Bedeutung, die noch weit über diese Steigerung der Leitungsgeschwindigkeit hinausgeht. Auf seine Ausbildung gründet sich die Einheit der Reaktionen des Organismus, sie schafft erst das „Individuum" in dem uns geläufigen Sinne. Bei den Pflanzen sind, wie jeder weiß, die einzelnen Teile noch im höchsten Maße unabhängig voneinander, sie lassen sich zerteilen, ohne daß die einzelnen Stücke darunter zu leiden brauchen. Ebenso sind bei niederen Tieren die Einzelteile weitgehend voneinander unabhängig. Wir haben schon öfter erwähnt, daß man z. B. eine Hydra in viele Stücke schneiden kann, von denen jedes einzelne selbständig weiterlebt. Je mehr sich nun ein Zentralnervensystem entwickelt, desto mehr Reaktionen treten auf, die nur von dem Tier als Einheit ausgeführt werden können. Bei Echinodermen haben die einzelnen Teile noch sehr große Selbständigkeit. Man kann etwa einem Seeigel ein Stück der Schale herausbrechen, so werden die darauf stehenden Stacheln und Greifapparate ihre Reaktionen fast genau so ausführen, als wenn sie im Verbande des Gesamtorganismus wären. Zerstört man aber das Zentralnervensystem, so fällt die Bewegung der Saugfüßchen in geordneter Reihenfolge weg, wie sie beim Vorwärtskriechen stattfindet. Sie setzt voraus, daß die einzelnen Teile durch nervöse Bahnen miteinander verbunden sind. Das Zentralnervensystem vermittelt so die „Koordination". Das gleiche gilt etwa für die Insekten. Man kann ihnen das Gehirn entfernen, ohne daß sie daran sogleich zugrunde gingen; ja man kann sogar einzelne Segmente herausschneiden, und sie erfüllen dann ihre Aufgaben, z. B. Atembewegungen oder die Bewegung der Beine, in zureichendem Maße. Dagegen ist ein solches Tier meist nicht mehr imstande, normal zu gehen oder zu fliegen; das Zusammenwirken der Muskelgruppen, die dazu in rhythmischer Reihenfolge in Aktion treten müssen, ist gestört, sobald die nervöse Verbindung durch das Zentralnervensystem ausgeschaltet wird. Dabei kann man eine sehr bemerkenswerte Erfahrung machen. Ein solches gehirnloses Tier braucht in seiner Empfindlichkeit gegen Reize durchaus nicht herabgesetzt zu sein. Gerade bei den Insekten kann man vielmehr oft beobachten, daß schon sehr viel leichtere Reize als am unverletzten Tier genügen, um Bewegungen auszulösen. Die Ausschaltung des Zentralnervensystems macht das Tier also empfindlicher, und zwar geschieht dies dadurch, daß dabei „Hemmungen" in Wegfall kommen. Durch die übergeordneten Zentren werden Erregungen, die am Reizort zu lokalen Reaktionen führen würden, unterdrückt; eine sehr zweckmäßige Vervollkommnung, da so eine Menge ganz nutzloser Bewegungen ausgeschaltet und damit unnötiger Energieverbrauch vermieden wird. So greift das Zentralorgan anfeuernd und zügelnd in die Arbeit der Einzelteile ein und prägt erst dadurch dem ganzen Getriebe den Stempel der Einheitlichkeit auf. Bei den höchst zentralisierten Formen führt dies dazu, daß die Einzelteile ohne den Zusammenhang mit dem Zentrum nicht mehr arbeitsfähig sind, wie immer, muß also auch hier der Fortschritt durch Opfer erkauft werden.

Die einfache Verkettung von Reizaufnahme, Reizleitung und Endeffekt, wie wir sie bisher betrachtet haben, pflegt man bei vielzelligen Organismen allgemein als Reflex zu bezeichnen. Untersuchen wir daraufhin die niederen Tiere, so finden wir, daß bei ihnen diese Reflexe in stets gleicher, zwangsläufig durch die Organisation festgelegter Weise sich vollziehen. Dabei stehen vielen von ihnen nur sehr wenige Antwortmöglichkeiten auf die verschiedensten Reize zur Verfügung. Eine Meduse etwa antwortet auf chemische, mechanische, optische, galvanische Reize mit Zusammenziehung der Muskulatur ihrer Schwimmglocke, wodurch Fortbewegung ausgelöst wird. Höchstens kommt es noch bei Reizung an bestimmten Stellen zu schlagenden Bewegungen des Manubriums. Mit diesen einfachen Reaktionen, die es dem Tiere ermöglichen, günstige Existenzbedingungen aufzusuchen, vor schädlichen zu fliehen, sind offenbar ihre Leistungsfähigkeiten erschöpft. Sehr „reflexarm" sind entsprechend ihren Lebensbedingungen meist auch die festsitzenden Tiere. Selbst ein morphologisch einer so hochstehenden Gruppe angehörendes Tier wie eine Aszidie reagiert auf alle möglichen Reize eigentlich nur durch Öffnen oder Schließen der Körperöffnungen.

Mannigfaltigere Reaktionen zeigt uns beispielsweise schon der Regenwurm. Sticht man ihn in das Vorderende, so zieht er sich zurück, auf Berühren des Hinterendes kriecht er vorwärts, seitliche Berührung löst eine Krümmung aus. Hier reagieren also die Muskeln verschieden, je nach der Lokalisation des Reizes. Es zeigen sich aber weiterhin auch Unterschiede in der Empfindlichkeit, das Vorderende reagiert z. B. auf Licht weit feiner als das Hinterende.

Die vergleichende Physiologie vermag uns eine ganze Stufenleiter aufzuzeigen, in der mit zunehmender Vervollkommnung des reizaufnehmenden Apparates wie der effektorischen Organe auch die Reflexmöglichkeiten an Zahl und Komplikation zunehmen. Dabei ist der wichtigste Fortschritt die Herstellung von Reflexketten. Ein Reiz löst nicht nur eine Antwortreaktion aus, sondern es folgen sich eine ganze Serie zweckmäßig ineinandergreifender Bewegungen, von denen jeweils die vorhergehende die folgende auslöst. Dies Verhalten ist für alle höheren Tiere von größter Bedeutung. Veranlasse ich etwa einen Käfer durch Berührung zum Weglaufen, so geschieht dies dadurch, daß er zuerst das linke vordere, rechte mittlere und linke hintere Bein vorsetzt. Darauf greifen das rechte vordere, linke mittlere und rechte hintere Bein aus, so erfolgt ein weiterer Schritt, dem sich in regelmäßigem Wechsel die nächsten anschließen, bis die Bewegung wieder zum Stehen kommt. Die Koordination, welche hierbei sich bemerkbar macht, beruht eben auf dem gesetzmäßigen Ineinandergreifen der Glieder einer Reflexkette. Mit Zunahme der Organisationshöhe werden diese Ketten immer länger und verwickelter und ordnen sich zu oft komplizierten Handlungen zusammen. Dennoch behalten sie ein wichtiges Merkmal des ursprünglichen Reflexes, die Unabänderlichkeit und Zwangsläufigkeit. Ohne scharfe Grenze gehen sie über in die höchsten Typen dieser Gruppe, die man gemeinhin „Instinkte" nennt. Auch für sie gilt, worauf wir früher ausdrücklich hingewiesen haben (vgl. S. 213), daß sie in stets gleicher, für die einzelne Tierart erblich festgelegter Weise verlaufen. Will man Instinkte von Reflexketten abgrenzen, so kann dazu vielleicht das Merkmal dienen, daß man Instinkte als Reflexketten definiert, für deren Ablauf eine bestimmte, durch innere Reize geschaffene Situation, eine „Stimmung", Voraussetzung ist. Nur wenn ein Tier hungrig ist, löst in den meisten Fällen der Anblick einer Beute die Bewegungen aus, die zu ihrer Ergreifung führen; fehlt diese innere Stimmung, so tritt keine Reaktion ein. Sehr charakteristischerweise finden wir daher die meisten Instinkte mit der Geschlechtstätigkeit verknüpft — wir sahen ja schon früher, daß die Funktion der Geschlechtsdrüsen in sehr wichtiger Weise in das innere Getriebe des Organismus eingreift. So kennen wir zahlreiche „Paarungsinstinkte". Ein brünstiges Froschmännchen kann durch leise Berührung der Bauchseite veranlaßt werden, allerlei Gegenstände mit seinen Armen zu umklammern, so wie es normal das Weibchen umfaßt. Spritzt man einem nicht brünstigen Tiere zerriebene Hodensubstanz eines brünstigen ein, so gibt es dann die gleichen Reaktionen, die Abhängigkeit von den inneren Reizen läßt sich so sehr scharf experimentell beweisen. Bei der Besprechung der Brutpflege haben wir von Wirbeltieren und Insekten eine ganze Anzahl solcher komplizierter Instinkte kennen gelernt.

Derartige Instinkte führen auf den auslösenden Reiz hin zu sehr komplizierten, dem Zweck genau angepaßten Handlungen. Dennoch weisen auch sie noch den Typus der Unabänderlichkeit und Zwangsläufigkeit auf, die Tiere sind, wie man es ausgedrückt hat, „Reflexmaschinen". Soll eine noch höhere Leistung erreicht werden, so muß dieser enge Rahmen gesprengt werden. Es muß das Tier die Fähigkeit gewinnen, zu „lernen", d. h. vorhergegangene Reize müssen sein Nervensystem so beeinflussen, daß unter ihrer Nachwirkung der Ablauf einer Handlung verändert wird. So fand Fabre, daß unter den Grabwespen, denen er die Beute wegnahm, wenn sie sie eben vor ihrem Loche niedergelegt hatten (vgl. S. 202), manche Individuen nach einigen Versuchen die wiederholt herangeschleppte Heuschrecke nicht wieder vor dem Loche niederlegten, sondern sogleich mitnahmen. Sie zeigten also Spuren der Verwertung früher erhaltener Eindrücke, ein „Gedächtnis". Auf dieser Fähigkeit beruht der Erfolg von Dressurversuchen. So warf man etwa Raubfischen kleinere Fische als Nahrung vor. Von diesen waren eine Anzahl in Formol getaucht, also ungenießbar; diese wurden rot gefärbt. Nach einiger Zeit nahmen die Raubfische solche roten Futterfische nicht mehr, auch wenn sie nicht durch Formol verdorben waren. Sie hatten also die zwei Eindrücke: schlechter Geschmack und abweichendes Aussehen miteinander kombiniert, eine „Assoziation" gebildet. Ähnlich verfahren wir bei der Abrichtung von Hunden. Man gibt ihnen Futter und pfeift dazu; dies führt schließlich dahin, daß sie auf den Pfiff herbeikommen, auch wenn es nichts zu fressen gibt, weil die Assoziation sich in ihrem Gehirn festgesetzt hat. Ein derartiges Gedächtnis kann sehr verschieden lang sein, wir können seine Nachwirkung über Minuten, Stunden, Tage und Jahre verfolgen, wie zahlreiche Dressurversuche gelehrt haben. Wie weit die Wurzel dieser wichtigen Fähigkeit in der Organismenreihe zurückreicht, ist eine viel umstrittene Frage. Sicher beobachten läßt sich Gedächtnis bei den höchsten Vertretern der höheren Tierstämme, den höheren Krebsen, Spinnen und Insekten, ebenso bei den Tintenfischen und den Wirbeltieren mit zunehmender Vervollkommnung von den Fischen aufwärts. Es ist aber nicht unwahrscheinlich, daß seine einfachsten Stufen viel weiter zurückreichen, ja manche Erscheinungen sprechen dafür, daß selbst bei den Pflanzen etwas Ähnliches vorkommt. Von diesem Gesichtspunkt aus ist die zwangsläufige Festlegung der Antwortreaktionen vielleicht gar nicht so sehr das Primitive, sondern eine zweckmäßige Anpassung, die zur Vereinfachung des Betriebes führt. Es wäre in dieser Beleuchtung nicht überraschend, daß wir die höchste Ausbildung der Instinkte gerade bei den Insekten finden; sie stellen unter allen Tieren den vielleicht am einseitigsten spezialisierten Mechanismus dar.

Die Zunahme der Assoziationsfähigkeit und des Gedächtnisses bedingt eine weitere, sehr wesentliche Komplikation der Reaktionen. Es kann sich ja ein äußerer Reiz mit verschiedenen anderen assoziieren, z. B. ein mechanischer mit einem akustischen, optischen, thermischen usw. Dadurch wird der Ausfall der Reaktion neben dem äußeren auch abhängig von einem inneren Milieu. Man kann bei Versuchen mit derartigen Organismen nicht mehr mit Sicherheit voraussagen, wie sie auf einen Reiz reagieren werden, wenn man nicht etwa durch Dressur genau über ihre Assoziationen Bescheid weiß. Obwohl also die einzelne Assoziation durchaus zwangsläufig geknüpft sein kann, kommt durch ihre Häufung doch eine gewisse Willkür in das Verhalten. Zum Verständnis sei an ein sehr bekanntes Verhalten der Menschen erinnert. Es werden bei uns leicht Träume ausgelöst durch äußere Reize, z. B. dadurch, daß ein Körperteil entblößt wird. Dieser Reiz wird aber ganz verschieden beantwortet, je nach den Gedächtnisbildern, die gerade bei der betreffenden Person im Vordergrunde stehen. Einer träumt vom Sturz ins Wasser, der andere fällt von einem hohen Turme, der dritte fliegt durch die Luft usw.

Hier wirkt also der äußere Reiz nur noch auslösend auf eine Kette von Reaktionen, die allein durch das innere Milieu bedingt sind. Es begegnet uns hier zum viertenmal das Bestreben der Organismen, sich durch Schaffung innerer Mechanismen von den Einflüssen der Umgebung nach Möglichkeit unabhängig zu machen. Dabei tritt aber die Entwicklung der geistigen Individualität in interessanten Gegensatz zur thermischen, osmotischen und chemischen Unabhängigkeit. Auch die erste beruht auf ererbten Faktoren, die Fähigkeit des Gedächtnisses muß dem Organismus mit auf den Weg gegeben sein. Die Summe der Erfahrungen, des Gelernten, welche für die geistige Leistung von höchster Bedeutung ist, hängt aber ab vom Erleben. Es wirken hier also, worauf schon an anderer Stelle hingewiesen wurde (vgl. S. 150), in besonders hohem Maße determinierende und realisierende Faktoren zusammen. Demgegenüber sind die anderen Unabhängigkeiten rein erblich festgelegt. Die thermische und osmotische Konstanz sind großen Gruppen des Tierreichs gemeinsam, die chemische ist spezifisch für die Arten, vielleicht auch für Rassen und Familien, die geistige Unabhängigkeit aber ist für jedes Individuum eine andere, obwohl auch bei ihr viele, für große Gruppen, Völkertypen usw., charakteristische Züge als Grundelemente neben den persönlichen Besonderheiten auftreten.

Einer derartigen Zunahme der geistigen Leistungsfähigkeit geht parallel eine morphologische Vervollkommnung des Zentralnervensystems. Ihr verdankt wohl zum guten Teil das Großhirn der höheren Wirbeltiere seine Massenzunahme und die Vergrößerung der Oberfläche durch Faltenbildung. Eingehende Untersuchungen haben gezeigt, daß in der Großhirnrinde einerseits umfangreiche Gebiete zu Endstationen der sensiblen Bahnen ausgebildet sind, so die Seh-, Hör-, Fühlsphäre u. a. m.. Andererseits haben wir darin die Ausgangspunkte motorischer Bahnen, die Bewegungszentren für Arm, Bein, Augenmuskeln usw.. Daneben bleiben aber große Gebiete, für die man keine solche Zuordnung feststellen kann. Sie werden landläufig als „Assoziationszentren" bezeichnet. Man könnte sie sich etwa wie große Speicherräume vorstellen, in denen die Reize von den verschiedenen Verbindungsgebieten mit der Außenwelt zusammenlaufen. Dort werden die Assoziationen gebildet, weiter miteinander zu höheren Einheiten verknüpft, hier vollzieht sich also das, was man als höhere geistige Leistungen zu bezeichnen pflegt. Je mehr der Mensch erlebt, je zahlreichere Eindrücke er in seinem Gehirn speichern muß, desto weiter werden wahrscheinlich im individuellen Leben diese Gebiete durchorganisiert.

Auf dem höchsten Stadium der geistigen Entwicklung, wie es außer dem Menschen höchstens noch die „intelligentesten" Säugetiere zeigen, bemerken wir nun, wie dies innere geistige Milieu aktiv nach außen zu wirken beginnt. Es tritt das auf, was man im weitesten Sinne als „Phantasie" bezeichnen könnte. Sie äußert sich in scheinbar spontanen Eingriffen in das Getriebe der Umgebung, in einfacher Form etwa in den „Spielen" der Kinder und der höheren Säugetiere, vervollkommnet in den Entdeckungen und Erfindungen, wie sie fast allein dem Menschen zukommen, am großartigsten vielleicht in der Quelle aller weiteren geistigen Entwicklung, der Sprache und der Schrift.

Es ist nicht Sache des Zoologen, über diese kurzen Andeutungen hinaus in das Gebiet der Psychologie überzugreifen. Das, was vom allgemein physiologischen Standpunkte aus vor allem hier betont werden sollte, ist die Entwicklung eines inneren geistigen Milieus, dessen zunehmende Vervollkommnung seinen Besitzer in weitestem Umfange unabhängig macht von den Einwirkungen äußerer Reize. Wie weit dies gehen kann, zeigt vielleicht besonders deutlich das Beispiel Beethovens. Dieser große Musiker war bekanntlich in der letzten Zeit seines Lebens taub, schuf aber gerade dann die größten seiner Kompositionen. Nun ist zweifellos, daß er nie hätte komponieren können, ohne Gehör zu besitzen. Erst mußten auf Grund der äußeren Reize die nötigen Assoziationen gebildet werden. Allmählich treten aber diese äußeren Faktoren ganz in den Hintergrund, die innere Klangwelt wächst so mächtig an, daß die Phantasie in ihr allein ein unerschöpfliches Material für ihre Gestaltungen findet. In anderer Art können uns die Tragweite dieser inneren Faktoren etwa die Erfahrungen veranschaulichen, wie sie an Märtyrern aller Zeiten und Religionen gemacht worden sind. Selbst die stärksten schmerzhaften äußeren Reize prallten an ihrer geistigen Organisation ab, wenn die inneren Faktoren der Schwärmerei und Ekstase in voller Intensität wirksam waren. Aus dem Kriege liegen zahlreiche ähnliche Erfahrungen vor, wie die äußeren Reize der Ermüdung, des Hungers und Durstes neben den inneren der geistigen Anspannung und der Kampferregung ganz ihren Einfluß verlieren. So sehen wir allmählich eine geistige Individualität entstehen, die sich denkend und handelnd als geschlossene Einheit der Umgebung gegenüberstellt. Die Schärfe des Verstandes, der Flug der Phantasie und die Freiheit des Willens lassen sich so vom naturwissenschaftlichen Standpunkte vielleicht als letzte Stufen eines Entwicklungsvorganges ansehen, der schon bei weit einfacher organisierten Tierformen einsetzt. Aber wie alle diese stammesgeschichtlich erworbenen Unabhängigkeiten, ist auch die geistige an die normale Funktion des Betriebes gebunden. Ein längerer Druck auf die Karotiden genügt, um den schärfsten Schluß, die kühnste Spekulation, die feurigste Hingabe auszuschalten oder zu vernichten — durch Absperrung des Sauerstoffs von den Ganglienzellen des Großhirns.

Fünfter Teil.

Vergleichende Anatomie.

---

1. Die Methoden der vergleichenden Morphologie. Homologie und Analogie.

Die bisherigen Betrachtungen beschäftigten sich mit den Grundprinzipien des Lebens als Stoff und Form, sowie den Anschauungen, die man sich über seine Erhaltung, Fortpflanzung und artliche Veränderung gebildet hat. Die speziellere Ausgestaltung der einzelnen Organsysteme wurde dabei nur insofern berücksichtigt, als es zum Verständnis der allgemeinen Probleme notwendig war. Im folgenden soll nun versucht werden, eine vertieftere Anschauung der Formenmannigfaltigkeit in der tierischen Welt zu gewinnen. Die Bezeichnung vergleichende Anatomie, welche für solche Betrachtungen allgemein üblich ist, deckt diese Aufgabe nur zum Teil. Denn es handelt sich nicht nur um die Darstellung der Verhältnisse, welche die Untersuchung der inneren Organe auf anatomischem oder histologischem Wege zutage fördert. Richtiger würde man den Gegenstand als vergleichende Morphologie bezeichnen, da es sich ebensowohl um die Ausbildung der äußeren Form wie der inneren Struktur handelt.

Die vergleichende Morphologie ist, wie jede vergleichende Wissenschaft, synthetisch, sie bestrebt sich, aus den Daten der analytischen Einzeluntersuchungen allgemeine Gesetze abzuleiten. Sie sucht gewissermaßen die Konstruktionsprinzipien aufzustellen, nach denen ein funktionell leistungsfähiger Organismus gebaut sein kann und muß. Dabei stößt sie aber auf eine große Schwierigkeit. Der Organismus ist nämlich nicht nur funktionell bedingt, sondern auch historisch. Die heute lebenden Wesen stellen nicht nur Anpassungen der lebenden Substanz an die möglichst glatte und ausgiebige Erfüllung bestimmter Funktionen dar, sondern jede Form muß dieses Ziel erreichen auf Grund eines historisch überkommenen Bauplans, der sich nur langsam und schrittweise ändern läßt.

Der Zweck einer jeden Organisation ist naturgemäß die möglichst glückliche Erfüllung der Lebensleistungen des Organismus. In dem großen Reiche der Protozoen vollzieht die einzelne Zelle, welche allein das Individuum ausmacht, sämtliche Aufgaben des Lebens. Steigen wir aber empor in das Reich der Metazoen, bei denen sich aus der einfachen Eizelle ein Verband von Hunderten, Tausenden oder Millionen Zellen herausbildet, so sehen wir unter diesen sofort Ungleichheiten auftreten. Das Prinzip der Arbeitsteilung wirkt darauf hin, daß einzelne Zellen oder Zellverbände mehr oder weniger ausschließlich die Erfüllung bestimmter Aufgaben für die Gesamtheit übernehmen. So gliedert sich ein höherer Organismus in eine Anzahl Unterabschnitte von ausgeprägtem morphologischem Charakter, die wir als Organe zu bezeichnen gewohnt sind. Man pflegt diese nach ihren Leistungen zu benennen und spricht von Bewegungs-, Fortpflanzungs-, Sinnesorganen usw. Die vergleichende Anatomie lehrt nun, daß diese Organe zunächst innerhalb der einzelnen Tierkreise in ihren räumlichen Beziehungen wie in ihrer feineren Struktur eine charakteristische Ausbildung und Anordnung zeigen. Man pflegt Organe, die in diesen Punkten bei verschiedenen Tierformen eine wesentliche Übereinstimmung zeigen, als homolog zu bezeichnen. So ist beispielsweise die Lunge des Salamanders homolog der des Menschen, denn beide zweigen sich an der gleichen Stelle vom Verdauungskanal ab und zeigen in den Grundprinzipien ihres Baues wesentliche Übereinstimmung, obwohl graduell das menschliche Atmungsorgan das des Amphibiums an Vollkommenheit weit übertrifft. Die Ursache dafür suchen wir in der allmählichen höheren Ausbildung ursprünglich gleichwertiger Anlagen während der Stammesgeschichte.

Der Zweck eines jeden Atmungsorganes bei luftlebenden Tieren, eine Stelle der Körperoberfläche zu schaffen, an welcher die Blut- oder Gewebsflüssigkeit in möglichst großer Ausdehnung durch eine möglichst dünne Membran mit dem umgebenden Medium in Gasaustausch treten kann, läßt sich jedoch in ganz verschiedener Weise verwirklichen. Wir sehen dies etwa an der Lunge der Weinbergschnecke, eines landlebenden Mollusks und an der der Spinne, eines Gliedertiers. In beiden Fällen wird der gleiche physiologische Endzweck erreicht, die morphologische Anlage des Organs jedoch ist grundlegend verschieden. Bei dem Weichtier ist es ein Teil des den Körper umhüllenden Mantels (vgl. S. 87), bei dem Gliedertier eine in komplizierter Faltung eingestülpte Partie der Bauchhaut (vgl. S. 76, Taf. IV, 16), durch welche sich der Gaswechsel vollzieht. Solche physiologisch gleichwertige, morphologisch ungleichwertige Organe pflegt man im Gegensatz zu den oben betrachteten als analog zu bezeichnen. Wie leicht ersichtlich, läßt sich dies Verhältnis auch so ausdrücken: homologe Organe sind historisch, analoge funktionell bedingt.

Da die sich immer mehr vervollkommnende Anpassung an die Erfüllung einer bestimmten Aufgabe durchgreifend auf die Gestaltung eines Zellverbandes einzuwirken pflegt, so kann es nun vorkommen, daß derartige analoge Organe trotz ihrer ganz verschiedenen Herkunft im Aufbau eine weitgehende Übereinstimmung zeigen. Stellen wir nebeneinander das Auge eines Tintenfisches (vgl. XXXIV, 12, 15), also eines Weichtieres, und eines Fisches, also eines Wirbeltieres, so zeigen beide Bildungen auffallende Ähnlichkeit. Wir finden in beiden Fällen einen lichtbrechenden Apparat, bestehend aus Hornhaut und Linse, mit Irisblende und Einstellvorrichtungen für verschiedene Entfernungen, einen durchsichtigen Glaskörper und eine Netzhaut, welche die Lichtsinneszellen und die Endverzweigungen der Sehnerven enthält. Dementsprechend ist auch die physiologische Leistung beider Organe annähernd gleichwertig. Trotzdem ist ihr morphologischer Grundplan vollkommen verschieden. Das Molluskenauge hat sich aus einer offenen, becherförmigen Einstülpung der Oberhaut entwickelt, das Wirbeltierauge entsteht durch Zusammenwirken einer Gehirnausstülpung mit einer Wucherung der Epidermis und des Bindegewebes. Man pflegt solche Angleichung analoger Organe in ihrer morphologischen Ausbildung als Konvergenz zu bezeichnen. Wie weit sie unter Umständen gehen kann, soll gerade das Beispiel des Auges noch zeigen. Bei den in der Tiefsee lebenden Fischen nimmt unter dem Einfluß der ganz eigenartigen Existenzbedingungen, welche weniger ein genaues Erkennen der sehr schwach beleuchteten Objekte als eine möglichst scharfe Wahrnehmung von Bewegungen zur wichtigsten Aufgabe machen, das Auge oft ganz sonderbare Formen an. Es entstehen die sogenannten Teleskopaugen, röhrenförmig verlängerte, einander parallel nach oben oder nach vorn gerichtete Augenkegel mit mächtiger, weit vorgeschobener Linse und winklig gebogener, in zwei Abschnitten ausgebildeter Netzhaut (XII, 2, 3). Genau die gleiche Bildung mit allen charakteristischen Besonderheiten tritt nun auch bei einem achtarmigen Tintenfisch der Tiefsee in die Erscheinung (XII, 1, 5). Hier hat also der gleiche physiologische Reiz die gleichsinnige Umwandlung der im Grundplane ganz verschiedenen Organtypen bewirkt. Noch auffallender ist, daß die gleiche Entwicklungsrichtung sich demfalls in der Tiefsee an den Augen von Krebsen zeigt. Dort ist nicht nur der ganze Grundplan des Auges, sondern auch der physiologische Vorgang der Bilderzeugung völlig abweichend, und dennoch entstehen auch hier durch Konvergenz weitgehende äußerliche Ähnlichkeiten zur Erfüllung der in gleicher Richtung abgeänderten Aufgaben (XII, 4).

In ganz anderer Weise hat sich die Larve eines Tiefseefisches, *Stylophthalmus*, an die Wahrnehmung von Bewegungen angepaßt: indem die Augenbecher auf lange, seitlich weit vom Kopfe abstehende Stiele gerückt sind (XII, 6). Die Deutsche Tiefsee-Expedition hat uns neben diesem merkwürdigen Fisch auch einen Tintenfisch *Bathothauma*, kennen gelehrt, bei dem das gleiche Ziel in genau derselben Weise erreicht ist (XII, 7). Und auch unter den Gliedertieren kennen wir ein Insekt, die Fliege *Diopsis*, welche ganz abweichend von ihren Stammesverwandten eine offenbar ähnliche Aufgabe in genau der gleichen Weise gelöst hat (XII, 8).

In sehr vielen Fällen wird selbst weitgehende Konvergenz nicht zu Irrtümern über die historische Verwandtschaft der Organismen führen, da neben konvergenten Organsystemen sich meist auch solche finden werden, welche die ursprünglichen Unterschiede der Gruppen deutlich bewahrt haben. Sehr große Bedeutung aber kann diese Erscheinung bei der Verwertung paläontologischer Funde gewinnen. Dort ist uns ja meist als einziges Organsystem das Skelett erhalten. Nun kennen wir z. B. unter den Wirbeltieren Vertreter der verschiedensten Gruppen, welche im Laufe der Erdgeschichte eine schwimmende Lebensweise im Wasser angenommen haben. Vergleichen wir etwa einen Haifisch, einen Knochenfisch, einen Ichthyosaurier und einen Wal. Bei allen weist das Skelett übereinstimmende Merkmale auf, die sich neben der Ausbildung der mächtigen Schwanzflosse und einer Rückenflosse besonders in der ruderartigen Gestaltung der Vorderextremität, der Verkürzung des Halses und dem torpedoartig zugespitzten Schädel kundgeben. Es dürfte sich wohl hier sicher nur um konvergierende Analogien handeln, es fehlt jedoch unter den Paläontologen keineswegs an Stimmen, welche eine direkte stammesgeschichtliche Verknüpfung dieser Formen annehmen, die Sonderform ihrer Skelette also als homolog betrachten. Noch schwieriger liegt die Sache bei einer nur aus der Vorzeit bekannten Wirbeltiergruppe, den *Theromorpha*. Es sind mächtige Landtiere mit kräftig entwickeltem Schädel und hochdifferenziertem Gebiß, das sich in vielen Punkten dem der heute lebenden Raubtiere nähert. Manche wollten deshalb in ihnen auch wirklich die Vorfahren der heutigen Raubtiere sehen, während sie jetzt für große Reptilien erklärt werden, bei denen diese Eigentümlichkeiten durch Anpassung an eine ähnliche Lebensweise entstanden seien. Insofern also die vergleichende Anatomie sich die Aufgabe stellt, den Stammbaum der heute lebenden Tierformen aus ihrer Gestaltung abzuleiten, erwachsen ihr aus diesen Konvergenzen oft recht erhebliche Schwierigkeiten.

In anderer Weise können solche Schwierigkeiten dadurch entstehen, daß umgekehrt durch Abänderung der physiologischen Leistung, den sogenannten Funktionswechsel, eine echte Homologie unkenntlich gemacht wird. Bei den Manteltieren, dem merkwürdigen Seitenzweig des großen Stammes, der zu den Wirbeltieren emporführt, findet man auf der Ventralseite des Vorderdarmes eine eigenartige, mit Schleimdrüsen und Flimmerzellen ausgekleidete Rinne, den Endostyl (vgl. VIII, 5, 8). Sie dient dazu, die mit dem Atemwasser aufgenommenen Nahrungskörper festzuhalten und in den eigentlich verdauenden Abschnitt des Darmkanals zu befördern. Bei den echten Wirbeltieren suchen wir vergeblich nach einer entsprechenden Bildung. Bei den Larven der Zyklostomen jedoch tritt in dem sogenannten Ammozoetesstadium an der gleichen Stelle ein Streifen ganz homologer Zellen auf. Beim Übergang zum ausgebildeten Tiere wuchert aus ihm ein drüsiges Gebilde in die Tiefe, welches den Hauptteil der Schilddrüse liefert. Dieses Organ, das wir bei allen höheren Wirbeltieren wiederfinden und das in der Regulierung des Stoffwechsels durch innere Sekretion wichtige Aufgaben zu erfüllen hat, ist also dem Endostyl homolog. Dies Beispiel zeigt aufs deutlichste, welch große Schwierigkeiten die Feststellung homologer Organe gerade beim Vergleich verschiedener Tiergruppen machen muß, da die physiologischen Leistungen verschiedener Tierstämme immer wesentlich verschieden sind, also sicherlich oft Funktionswechsel stattgefunden hat. Der angeführte Fall lehrt uns weiter, daß die vergleichende Anatomie allein nicht in der Lage ist, derartige Homologien festzustellen; sie bedarf vielmehr zu ihrer Ergänzung der vergleichenden Entwicklungsgeschichte. Nicht ohne Grund ist seit dem Aufkommen des Deszendenzgedankens bis auf den heutigen Tag die Ontogenese der Tiere ein wichtiges Forschungsgebiet geworden.

Selbst mit Heranziehung aller Hilfsmittel dürfte es aber wohl schwerlich gelingen, eine vollkommene Homologisierung der Bauelemente im ganzen Tierreich durchzuführen. Die Verschiedenheit der Lebensbedingungen ist so groß, daß keineswegs in allen Tiergruppen Organe für alle Leistungen vorhanden sind. Früher vorhandene werden unterdrückt, wie beispielsweise Bewegungs- und Sinnesorgane bei vielen Parasiten, oder neue in Anpassung an spezielle Aufgaben erworben. Bei einem Versuch der Homologisierung muß man daher auf die allerersten Entwicklungsstadien zurückgehen. Die sogenannten Keimblättertheorien stellen tatsächlich nichts anderes dar als den Versuch zur Durchführung einer vergleichenden Entstehungsgeschichte der Organsysteme aus homologen Bildungsschichten. In der praktischen Ausgestaltung können aber selbst diese Theorien keine allgemeine Gültigkeit beanspruchen, da wir zu viele Fälle kennen gelernt haben, in denen die gleichen Organsysteme aus verschiedenen Keimblättern ihren Ursprung nehmen. Eine völlige Durchführung der Homologie würde zur Voraussetzung eine Klärung der stammesgeschichtlichen Beziehungen aller Organismen haben. Wie wir in der allgemeinen Morphologie sahen, sind wir davon aber noch weit entfernt; selbst innerhalb der Tierkreise sind die Verwandtschaftsgrade strittig und die Übergänge zwischen den einzelnen Kreisen fast alle hypothetisch. Völlige Homologie wäre nur möglich bei Ableitung aller höheren Tierformen aus einer Wurzel, monophyletisch; daß schon die Erfüllung dieser Bedingung nicht über allen Zweifel erhaben ist, haben wir unter anderem bei Besprechung der Schwämme gesehen (vgl. S. 44).

So sieht sich in der praktischen Darstellung die vergleichende Morphologie in ihren Methoden zu einem Kompromiß zwischen morphologischen und physiologischen Gesichtspunkten gezwungen. Sie behandelt ihren Gegenstand nach Organsystemen, stellt also in der Einteilung den physiologischen Gesichtspunkt in den Vordergrund; für die Ausdeutung der speziellen Strukturen der Einzeltypen ist aber der historische Gesichtspunkt von grundlegender Wichtigkeit. Trotz dieser methodologischen Mangelhaftigkeit ist aber dieses Prinzip praktisch allen anderen Verfahren bei weitem überlegen, und auch wir werden ihm in unseren Ausführungen folgen.

2. Die Schutz- und Stützorgane. Die epithelialen Skelette der Wirbellosen.

Es empfiehlt sich, die Betrachtung mit dem System der Schutz- und Stützorgane zu beginnen, da ihre Ausbildung gewöhnlich die äußere Form der Tiere bestimmt. Naturgemäß werden die Gebilde, welche den Körper stützen und ihm Festigkeit verleihen sollen, in sehr vielen Fällen von den Elementen seiner Oberfläche geliefert. Sie gehen also aus von der Zellschicht, welche man als Oberhaut, Epidermis oder Integument bezeichnet.

Bei vielen niederen Tieren, die sich zeitlebens im Wasser aufhalten und nur geringe Größe erreichen, können besondere Schutz- und Stützorgane vollkommen fehlen. Dann sehen wir vielfach eine einzige Lage von Epithelzellen den Körper begrenzen. Ihre Gestalt kann außerordentlich mannigfaltig sein. Bei den Schwämmen z. B. ist die Körperoberfläche von flachen, langgestreckten, scheibenförmig abgeplatteten Zellen überzogen, einem sogenannten Plattenepithel (XII, 9a). In anderen Fällen werden die Zellen höher, kubisch oder zylindrisch, wie bei vielen Zölenteraten oder Anneliden, z. B. beim Regenwurm (XII, 9b, c). Besonders hohe, langgestreckte Zellen zeichnen die Deckschicht der Aktinien aus. Nicht immer ist dieses Epithel gegen die tiefer gelegenen Schichten scharf abgegrenzt, die Zellen ziehen sich vielmehr mit langen Fortsätzen oder kolbigen Anschwellungen zwischen Bindegewebe und Muskulatur hinein. Ein derartiges Verhalten, wie es z. B. den Hirudineen zukommt, leitet über zu der seltsamen Gestaltung der Epidermis bei Trematoden und Zestoden. Dort sind die Körper der Epithelzellen ganz in der Tiefe versunken, und erreichen nur mit feinen, oft besenreiserartig sich auffasernden Fortsätzen die Oberfläche (XII, 10).

Sehr häufig erfüllt ein solch einfaches Epithel bereits eine gewisse Schutzfunktion dadurch, daß seine Zellen an ihrer Oberfläche eine erhärtende Substanz ausscheiden, welche als einheitliche Decke, Cuticula, den ganzen Körper umhüllt. Oft bleibt sie sehr dünn, in anderen Fällen dagegen kann sie erhebliche Dicke erreichen und eine große Widerstandskraft gegen mechanische und chemische Schädigungen erlangen, wie dies z. B. für die Nematoden zutrifft. Eine solche verdickte Cuticula weist dann stets eine komplizierte Struktur auf. Sie setzt sich aus einer großen Anzahl der Körperoberfläche parallel laufender Schichten zusammen, die durch periodische Abscheidungen der Epithelzellen gebildet werden. Sie sind durchzogen von senkrecht zur Oberfläche aufsteigenden Fasern oder Röhren, in welchen plasmatische Zellsubstanz oder ernährende Flüssigkeit bis in die obersten Lagen vordringen kann (XII, 11). Eine solche Cuticula ist also nicht als totes Abscheidungsprodukt anzusehen, sondern wird noch in die Stoffwechselvorgänge einbezogen.

Über die chemische Natur dieser Schutzhüllen sind wir noch unvollständig unterrichtet. Vielfach handelt es sich um Körper, welche der Zellulose nahestehen, sich aber durch Gehalt an Stickstoff von ihr unterscheiden. Der wichtigste Vertreter dieser Gruppe von Substanzen ist das Chitin, das wir besonders im Tierstamme der Arthropoden allgemein verbreitet finden. Es zeichnet sich durch seine große Widerstandskraft gegen Säuren und Alkalien aus. Neuere Untersuchungen lassen es als wahrscheinlich erscheinen, daß dieses Chitin durch allmähliche Bindung von Stickstoff aus der Zellulose hervorgeht.

Diese Cuticula kann nun noch dadurch verstärkt werden, daß sich Mineralsalze darin niederschlagen. Unter diesen spielt der kohlensaure Kalk die wichtigste Rolle. Dann entstehen außerordentlich feste Panzerbildungen, wie wir sie besonders bei den Krebstieren finden.

Derartige Cuticularbildungen sind dann für die Form der Organismen ausschlaggebend. Sie werden auch gleichzeitig zu Stützapparaten und zu Ansatzpunkten für die Muskulatur. Diese Aufgabe als Bewegungsmechanismus kann ein Panzer aber nur erfüllen, wenn in seine starre Decke bewegliche Gelenkfalten eingelassen sind, die eine Verschiebung der einzelnen Panzerringe gestatten. So entsteht die für den Tierkreis der Arthropoden typische Körpergestalt, ausgezeichnet durch eine Anzahl ringförmiger, fernrohrartig ineinanderschiebbarer Skelettstücke, die den Körper selbst und seine Gliedmaßen umhüllen. Die sehr beschränkte Nachgiebigkeit dieses Hautskeletts bedingt jedoch während des Wachstums seine periodische Entfernung und Erneuerung, die Häutung. Sie wird eingeleitet dadurch, daß an Stelle der zusammenhängenden Chitinschichten von den Epithelzellen nur einzelne Chitinpfeiler abgeschieden werden, die sogenannten Häutungshaare. In die dazwischen entstehenden Hohlräume wird bei der Häutung Flüssigkeit eingepreßt und so der alte Panzer abgesprengt. Er platzt dann gewöhnlich an einer Stelle, meist in der Nackengegend auf, und das Tier arbeitet sich allmählich aus diesem Spalt heraus, so daß der abgeworfene Panzer als Ganzes zurückbleibt. In der zunächst noch elastischen neuen Cuticula dehnt sich dann der Körper aus, bis sie erstarrt und dem Wachstum eine neue Grenze setzt. Diese Perioden der Häutung sind im Leben der Arthropoden besonders kritische Abschnitte, da die Tiere dann nicht nur widerstandslos gegen äußere Angriffe sind, sondern auch infolge der Weichheit des Skelettes ihre Muskeln nur unvollkommen zu gebrauchen vermögen. Die Zeit bis zur Erhärtung des neuen Skelettes kann von einigen Minuten bis zu mehreren Tagen betragen; besonders lange dauert es, wenn eine Verkalkung eintreten muß wie etwa bei unserem Flußkrebs. Die Tiere, in diesem Stadium wegen ihrer weichen Haut Butterkrebse genannt, ziehen sich daher zur Häutung in geschützte Höhlungen des Ufers zurück.

Eine besondere Ausgestaltung erfahren diese Cuticularskelette vielfach noch dadurch, daß infolge besonders lebhafter Ausscheidung einzelner Zellen Gebilde entstehen, die über das allgemeine Niveau der Haut emporragen und eine gewisse Unabhängigkeit erlangen. So entstehen die Haare, Borsten und Dornen (XII, 13), die als mehr oder weniger dichter Besatz auf dem Körper zahlreicher Anneliden und Arthropoden vorkommen. Sie dienen oft als Fortbewegungsapparate, wie die Ruderborsten auf den Parapodien der Polychäten und den Schwimmbeinen der Krebse (XII, 12), in anderen Fällen liefern sie durch ihre harte, spitze, stachelartige Beschaffenheit gute Verteidigungswaffen; die meisten Beispiele dafür bieten neben den höheren Krebsen die Schmetterlings- und Käferlarven. Gelegentlich scheidet auch die Haarbildungszelle eine giftige Flüssigkeit ab, welche durch Kapillarwirkung in dem hohlen Haare emporsteigt und beim Abbrechen der Spitze nach außen hervortritt. So entstehen die Brennhaare, wie sie vielen Raupen zukommen (XII, 13bh). Die Gifte mancher Arten, wie die des Prozessionsspinners, *Pityocampa processionea*, und seiner Verwandten, können auch auf der Haut des Menschen recht unangenehme Reizwirkungen hervorbringen.

Verbreiterte und abgeplattete Haare sind die Schuppen, die besonders den Schmetterlingen, aber auch manchen Käfern und niederen Insekten, z. B. dem Silberfischchen, *Lepisma*, zukommen. Sie werden gleichfalls von einer einzelnen kolbenförmig aufgetriebenen Schuppenbildungszelle abgeschieden und ordnen sich auf den Flügeln der Schmetterlinge zu dachziegelartig übereinandergreifenden Reihen (XII, 14). In ihrem Innern lagert sich häufig Pigment ab, wodurch die lebhaften Farben des Schmetterlingsflügels erzeugt werden. In anderen Fällen verlaufen über die an sich farblose Schuppe dicht nebeneinander zahlreiche mikroskopisch feine Rillen, an denen durch Beugungserscheinungen die sogenannten Schillerfarben auftreten. Durch Kombination solcher Strukturfarben mit Pigmentablagerungen lassen sich die kompliziertesten und prächtigsten Färbungen zuwege bringen. Bei der Mehrzahl der Tiere haben die Farbstoffe, wie gleich hier bemerkt sei, ihren Sitz nicht in den Epithelzellen, sondern dem darunter gelegenen Bindegewebe. Dort treten sternförmige oder netzartig verzweigte, mit Farbstofftröpfchen oder -körnchen erfüllte Zellen auf, die Chromatophoren. Sie haben vielfach die Fähigkeit, auf direkte oder indirekte, durch das sympathische Nervensystem vermittelte Reize sich auszudehnen oder zusammenzuziehen (XII, 15). Dadurch entsteht die bei vielen Tieren, z. B. dem Chamäleon, der Scholle und den Tintenfischen so ausgesprochene Fähigkeit, die Farbe zu ändern. Der Farbwechsel dient zum Teil dem Schutz als Anpassung an die Umgebung wie bei den Plattfischen, zum Teil ist er ein Zeichen für die wechselnden Erregungszustände; so findet man häufig besonders lebhafte Färbung und raschen Wechsel während der Brunstzeit.

Von den eben betrachteten Cuticularskeletten unterscheiden sich die Gehäuse und Schalen im allgemeinen dadurch, daß sie nach ihrer Abscheidung nicht mehr in Stoffwechselverbindung mit dem Organismus bleiben. In diese Abteilung gehört das sogenannte Periderm der Hydrozoen, eine chitinähnliche Substanz, in welche häufig Fremdkörper verkittet werden. Sie umgibt röhrenförmig die Stämme der Polypenkolonie. Während sie bei der Gruppe der *Athecata* (XII, 16) am Ansatz der Polypenköpfchen verschwindet, setzt sie sich bei den *Thecata* als glockenförmige Hülle, Hydrotheca, um den Polypenkopf fort (XII, 17). Eine ganz besondere Bedeutung erlangt die Gehäusebildung bei den Korallenpolypen. In manchen Fällen besteht das Periderm dort aus einer hornartigen Substanz, weit wichtiger aber sind die Kalkskelette, die besonders den riffbildenden Korallen zukommen. Bei ihnen scheidet das Ektoderm jedes Einzelpolypen an der Basis eine Kalkplatte, die Fußplatte, ab (XII, 18), von der sich in die Zwischenräume der Weichsepten, Sarkosepten, Kalkscheidewände, Sklerosepten, erheben. die oft im Mittelpunkte der Fußscheide zu einem zapfenförmigen Kalkvorsprunge, der Columella, zusammenlaufen. Seitlich, aber einwärts von der ektodermalen Körperwand, erhebt sich von der Fußplatte eine ringförmige Kalkwand, das Mauerblatt, von dem nach außen Verlängerungen der Kalksepten ausgehen können. Die Fußplatte kann endlich außen noch ein Stück am Ektoderm emporsteigen, als Epitheka. Bei der fortdauernden ungeschlechtlichen Vermehrung solcher aus Millionen von Tieren zusammengesetzten Korallenkolonien entstehen durch Verbindung der Skelette der Einzeltiere im Laufe der Jahrhunderte die mächtigen Korallenriffe, wie wir sie heute noch lebend in den tropischen Meeren und aus früheren Erdperioden z. B. in den schroffen Berghöhen der Dolomiten erhalten finden.

Röhrenförmige, oft aus schleimiger oder pergamentartiger Grundsubstanz mit eingekitteten Fremdkörpern bestehende Gehäuse werden von zahlreichen Würmern ausgeschieden, besonders den Ringelwürmern des Meeres; doch kommen ähnliche Bildungen auch bei den Regenwürmern der Gattung *Tubifex* vor, die im Schlammgrunde unserer Bäche und Teiche leben.

Eine ganz hervorragende Rolle spielt die Gehäusebildung im Tierkreis der Mollusken. Wir finden dort eine besondere Hautfalte, den sogenannten Mantel, welcher den größten Teil des Körpers umhüllt und an seiner Außenfläche die Schale abscheidet (XII, 19). In den einfachsten Fällen umschließt sie deckelartig die Rückenseite des Tieres, wie wir das etwa bei der Napfschnecke, *Patella*, und dem Seeohr, *Haliotis*, finden.

Diese Schneckenarten leben in der Brandungszone, saugen sich mit ihren kräftigen Fußmuskeln an den Küstenfelsen an und ziehen sich bei Gefahr oder wenn bei Ebbe das Wasser zurückweicht ganz unter die Schale zurück, die sie vor dem Austrocknen und vor Verletzungen schützt. Bei vielen anderen Schneckenarten, deren stark erweiterter Eingeweidesack sich spiralig über dem Rücken aufrollt, folgt das Gehäuse diesen Windungen. So entsteht das charakteristische Schneckenhaus (XII, 21) mit seinen zahllosen Variationen von den flach nebeneinander gelagerten Umgängen der Posthornschnecke, *Planorbis*, über die niedrig kegelförmigen Windungen unserer Weinbergschnecke, *Helix pomatia*, bis zu dem hochaufgetürmten Gehäuse der Turmschnecke, *Cerithium*.

Bei den Muscheln wird die Schale zweiklappig dadurch, daß der zuerst ausgeschiedene Teil, der gleichfalls in der Mitte des Rückens angelegt wird, nicht verkalkt, sondern zu beiden Seiten des Muschelkörpers verkalkende Anwachsstreifen sich angliedert. Dieser mittlere, elastisch bleibende Teil wird zum Schloßband, das die beiden Schalenhälften der Muschel verbindet und in halb geöffnetem Zustande zu erhalten bestrebt ist; dies zeigt jede abgestorbene Muschel, bei der die gegenwirkende Kraft der Schließmuskeln vernichtet ist (XII, 20).

Eine ganz eigenartige Entwicklung schlägt das Gehäuse der Tintenfische ein. Auch hier umgibt es zunächst napfförmig den hochgewölbten Rücken; im Laufe der Entwicklung zieht sich aber das Tier aus dem hintersten Teile der Schale zurück und scheidet in die leerbleibende Kammer Gas ab. Der Mantel sondert in dem Bereich, in dem er sich von der alten Schale abgehoben hat, eine neue ab, die mit der alten nur auf dem Scheitelpunkte in der Umgebung eines röhrenförmigen Hautfortsatzes, des Sipho, in Verbindung steht. Auf die Bildung dieser ersten Kammer folgt durch abermalige Abhebung des Mantels die einer zweiten und so fort, bis ein ganzes System gaserfüllter Hohlräume entstanden ist, das dem Tiere als Schwebapparat dient. Unter den heute lebenden Cephalopoden kommt eine so hoch entwickelte Schale nur der uralten Gattung *Nautilus* zu (VI, 8), in der Vorzeit der Erde war sie jedoch die Regel. Wir kennen dorther Formen mit gerade gestreckter Schale wie die Gattung *Orthoceras*, viel häufiger sind jedoch besonders in der späteren Zeit die Formen mit spiralig aufgerolltem Kammersystem, die *Ammoniten*. Bei den jetzt lebenden Tintenfischen hat diese Schale meist eine Rückbildung erfahren, der Gasgehalt der Kammern ist geschwunden und ihre Zahl hat stark abgenommen. Dafür hat sich an dem kopfwärts gelegenen Ende ein langgezogener deckelartiger Fortsatz gebildet, der von der Rückenhaut des Tieres umwachsen wird. Schließlich schwindet die eigentliche Schale fast vollkommen und nur dieser Deckel, das Proostracum, bleibt mit geschichteten Kalksepten, den Resten der Kammern, als Phragmoconus übrig und liefert den sogenannten

Schulp (VI, 9). Bei der bekannten *Sepia officinalis* ist er noch verkalkt, bei der nahe verwandten Gattung *Loligo*, den Kalmaren des Mittelmeeres, bleibt nur noch die organische Grundsubstanz als durchsichtige Hornmasse übrig, und bei den Oktopoden schwindet auch der letzte Rest.

Der Aufbau der Molluskenschale ist ziemlich verwickelt (XIII, 1). Zu äußerst finden wir eine dünne, meist grünlich-bräunlich gefärbte chitinöse Grundsubstanz, das Konchiolin. Sie wird beim Wachstum der Schale zuerst als dünnes, elastisches Häutchen von den hohen Epithelzellen des Mantelrandes abgeschieden. Nach innen davon folgen Kalkschichten. Von diesen besteht die äußere, die sogenannte Prismenschicht, aus senkrecht oder schräg zur Oberfläche gerichteten Kalksäulen, die innere Lage dagegen aus zahlreichen sehr dünnen, parallel zur Oberfläche geschichteten Blättern. Sie führt wegen des schönen Glanzes, der durch Reflexion an diesen Blätterlagen entsteht, den Namen Perlmutterschicht. Schieben sich während der Bildung der Perlmutterschicht Fremdkörper zwischen Mantel und Schale ein, so werden sie ebenfalls mit Perlmuttersubstanz umhüllt und geben dann die Perlen. Die als Lieferanten der echten Perlen viel begehrten Perlmuscheln, *Meleagrina margaritifera*, leben in den tropischen Meeren, besonders an der Küste von Ceylon, im Persischen Golf und an einigen Gruppen des Malayisch-Australischen Inselmeeres. Sie sitzen dort etwa nach Art unserer Austern in Bänken zusammen, werden zu bestimmten Jahreszeiten durch Taucher abgelöst und in Körben heraufbefördert. Neben dem von reinen Zufälligkeiten abhängigen Gehalt an freien Perlen ist die Perlmutterschicht der Schalenwand von wesentlicher wirtschaftlicher Bedeutung, da sie die mannigfaltigste technische Verwendung findet. Gegenüber dem Ertrag der Meeresperlfischerei tritt die Gewinnung von Perlen der Flußperlmuschel, *Margaritana*, einer nahen Verwandten unserer gewöhnlichen Malermuschel, *Unio*, besonders in neuerer Zeit ganz in den Hintergrund.

Eine sehr eigenartige Gehäusebildung zeichnet den Tierstamm der Tunikaten oder Manteltiere aus (XIII, 2). Dort scheiden die Epithelzellen eine mehr oder weniger durchsichtige, gallertartig weiche bis knorpelharte Substanz aus, die aus einem Stoff besteht, der mit der pflanzlichen Zellulose weitgehende Übereinstimmung zeigt. Bei den festsitzenden Ascidien wandern nachträglich in diesen Mantel Bindegewebszellen und Blutgefäße ein und beteiligen sich an seinem Aufbau und seiner Ernährung, so daß er eine verwickelte Struktur und dabei erhebliche Dicke und Massigkeit gewinnt. Bei der kleinen Gruppe der geschwänzten Manteltiere, *Appendicularia*, scheiden die Zellen der Kopfregion eine sehr weiche gallertartige Masse ab, die nachträglich durch eindringende Flüssigkeit vom Körper abgehoben wird und ihn wie ein Floß umgibt, das seinen Erbauer um das Mehrfache an Größe übertreffen kann. Die Öffnungen, welche in das Innere führen, sind mit komplizierten Reusenapparaten ausgestattet, durch welche die kleinsten Lebewesen aus dem Meerwasser abfiltriert werden, um der Appendikularie als Nahrung zu dienen (vgl. S. 99, Taf. VIII, 7).

3. Die epithelialen Skelette der Wirbeltiere. Schuppen, Haare, Federn.

Von dem Hautskelett der Wirbellosen unterscheidet sich das der Wirbeltiere insofern, als seine schützende Decke nicht durch Abscheidung der Epithelzellen zustande kommt, sondern durch einen Umwandlungsprozeß der Zellen selbst. Wir finden dabei auch in diesem Tierkreise eine allmähliche Entwicklung im Laufe der Stammesgeschichte. Bei der Urform der Wirbeltiere, dem Amphioxus, treffen wir noch ein einfaches, zylindrisches, weiches Epithel. Bei den Rundmäulern und den Fischen nimmt die Zahl der Zellschichten zu und die oberflächlichen Lagen platten sich immer mehr ab, bleiben aber noch immer weich und plasmahaltig. Ähnlich liegen die Verhältnisse auch noch bei den Amphibien, man denke z. B. an die weiche, glatte Haut unserer Wassermolche. Bei den höheren Formen dagegen entwickelt sich durchweg ein charakteristischer chemischer Umwandlungsprozeß in den oberen Zellagen, die sogenannte Verhornung. Wir finden im Grunde des vielschichtigen Epithels (XIII, 3), das sich meist in wellenförmiger Linie scharf von dem Unterhautbindegewebe, der sogenannten Lederhaut oder dem Corium, absetzt, hohe zylindrische bis kubische Zellen, an denen sich während des ganzen Lebens rege Teilungen abspielen. Danach führt diese Schicht den Namen Keimschicht, Stratum germinativum oder Malpighi. Sie geht nach der Oberfläche meist ziemlich plötzlich in die Hornschicht, Stratum corneum, über. Dort flachen sich die Zellen stark ab, bis sie in den oberflächlichsten Schichten zu ganz dünnen Schüppchen werden. Gleichzeitig treten in ihnen Tröpfchen einer fettähnlichen Substanz auf, die Eleïdintröpfchen; diese fließen weiterhin zusammen und wandeln sich in die feste, elastische Hornsubstanz, das Keratin, um. Diese Verhornung dient neben dem Schutze gegen mechanische Verletzungen besonders als Abschluß gegen Verdunstung; wir finden sie daher ganz überwiegend bei den auf dem Lande lebenden Wirbeltieren. Es kommen jedoch schon bei Fischen regelmäßige Hornbildungen vor, so die Hornstrahlen in den Flossen der Selachier; auch bei den Zyklostomen scheidet das Epithel der Mundhöhle dicke Hornplatten mit zahnartigen Spitzen aus, die sogenannten Hornzähne. Bei den Knochenfischen kommt zur Laichzeit bei den Männchen eine Bildung von verhornenden Knoten in der Epidermis vor, die sogenannten Laichperlen, wie sie die Karpfenarten besonders am Kopf und den Flossen ausbilden. Unter den Landtieren zeigen die ungeschwänzten Amphibien noch sehr unbedeutende Verhornung, während sie bei Sauropsiden und Säugern stets kräftig entwickelt ist. Die Epidermis kann sich dann aus hunderten von Zellagen aufbauen und eine große Festigkeit erreichen, wie das besonders bei den Dickhäutern und den sekundär an das Wasserleben angepaßten Säugetieren, Robben und Walen, der Fall ist. Zur besseren Ernährung solcher dicken Schichten springt dann die Lederhaut mit gefäßreichen Zapfen, den sogenannten Cutispapillen, tief in die Epithellagen vor.

Eine starke Ausbildung der Hornschicht führt zu genau denselben Konsequenzen wie die des Kutikularskeletts, zur Häutung. Diese erfolgt entweder dauernd und gleichmäßig, so daß einzelne Hautschüppchen sich abstoßen, wie das beim Menschen geschieht, oder so, daß periodisch die ganze oberste Hornlage im Zusammenhang abgeworfen wird. Besonders typisch geschieht das bei den Reptilien, bei den Schlangen z. B. platzt die Haut an den Kieferrändern und das Tier stülpt beim Herauskriechen die alte Haut vollständig um (Natternhemd). Bei den Klapperschlangen bleibt dabei die stark verhornte Umkleidung der Schwanzspitze lose am Körper sitzen; bei jeder Häutung gliedert sich ein neues Überbleibsel an und bei schneller Bewegung erzeugen dann diese lose hängenden Hornringe das oft beschriebene rasselnde Geräusch.

Die Dicke der Hornschicht ist an den verschiedenen Körperteilen meist recht verschieden. Eine besonders starke Ausbildung erreicht sie gewöhnlich an den Enden der Extremitäten, die zum Auftreten und allerhand anderen mechanischen Leistungen verwendet werden. So entstehen die dicken Sohlenschwielen, wie sie vielen laufenden Wirbeltieren zukommen. Als besondere Differenzierung bildet sich um das Endglied der Finger eine Hornscheide, die Kralle. Bei den Amphibien ist sie nur ausnahmsweise entwickelt, so bei dem krallenfingerigen Molch, *Onychodactylus*, und dem Spornfrosch, *Xenopus*. Bei den Reptilien umgibt eine kräftig ausgebildete Lage von Hornsubstanz das ganze Endglied der Zehe. Immerhin ist auch hier die dorsale Seite, die Krallenplatte, dicker und fester als die ventrale, die Krallensohle (XIII, 6). Die Zehenhaut überlagert den Ansatzpunkt der Kralle dachförmig als Krallenwall, darunter findet sich eine ringförmige Vertiefung, das Krallenbett. Dort sind die Kutispapillen besonders hoch und die Hornbildung ist besonders kräftig, so daß von hier aus die an der Spitze abgenutzte Kralle immer nachgeschoben wird.

Von diesem einfachsten Typus, der auch bei den Vögeln ganz allgemein verbreitet ist, lassen sich die mannigfaltigen Bildungen der Säugetiere ohne Schwierigkeit ableiten. Es gilt für sie allgemein, daß die Krallensohle im Verhältnis zur Krallenplatte verkürzt erscheint, da sich auf der Unterseite ein weicher Sohlenballen entwickelt. So entsteht die Kralle der Raubtiere (XIII, 7), die bei vielen Formen, so besonders den Katzenarten, noch die Eigentümlichkeit hat, daß sie durch die Zehenmuskulatur in eine Tasche zurückgezogen werden kann. Sie wird dadurch geschont und behält ihre scharfe Spitze, die bei ihrem Gebrauch als Hiebwaffe so wichtig ist.

Durch Abplattung und Verbreiterung entwickelt sich aus der Kralle der Nagel, das Kennzeichen der Affen (XIII, 8). Er läßt eine zunehmende Neigung zur Ausbildung des Sohlenballens, der als Tastapparat dient, und damit zur Verkürzung der Krallensohle erkennen, eine Entwicklung, die beim Menschen ihren Höhepunkt erreicht (XIII, 9). Die stärkste Ausbildung erreicht die Hornschicht in den Hufen. Dort entwickelt sich um das Endglied die Krallenplatte zu der vorderen, schräg abwärts gerichteten Hufmauer; auf der Rückseite, etwas vertieft, liegt die Krallensohle, auch Sohlenhorn genannt, und daran schließt sich der ebenfalls verhornende Sohlenballen, das Strahlhorn (XIII, 10).

An anderen Partien des Körpers treten starke Verhornungen vorwiegend als Verteidigungs- und Angriffswaffen auf; so sind zahlreiche Reptilien mit Stacheln und Dornen aus Hornsubstanz ausgerüstet (*Moloch horridus*, *Phrynosoma*). Das Nashorn, *Rhinoceros*, entwickelt einen oder zwei mächtige Hornzapfen auf der Oberseite des Vorderschädels, und in ähnlicher Weise entstehen die Hörner der Rinder und ihrer Verwandten. Bei diesen entwickelt sich der Hornbelag auf einem knöchernen Auswuchs des Schädels, so daß er im Innern hohl ist (*Cavicornia*). Eine andere lokale Hornwucherung sind die Barten mancher Wale, die als mächtige, leicht spiralgewundene, schmale Platten vom Gaumendach gegen die Zunge herabhängen und als Filtrierapparat zum Fange der kleinen Meeresorganismen dienen, von denen sich diese riesigen Säuger allein ernähren. Diese Barten sind nichts anderes, als übermäßig entwickelte Gaumenfalten, wie wir sie auch in unserer Mundhöhle und weit stärker bei anderen Säugern, z. B. den Huftieren, als Reibplatten zur Gegenwirkung gegen die Zunge antreffen.

Treten solche lokale Verdickungen der Hornschicht in gleichmäßiger Verteilung über den ganzen Körper auf, so bezeichnet man sie als Schuppen. Die einzelne Schuppe sitzt gewöhnlich einer zungenförmigen Kutispapille auf und ist schräg nach rückwärts gerichtet, so daß die Schuppenreihen sich dachziegelartig überdecken (XIII, 4). Die frei zutage liegende Oberseite ist dabei stärker verhornt als die sich taschenförmig einsenkende Unterseite. Form und Anordnung der Schuppen, welche ein besonderes Kennzeichen für Eidechsen und Schlangen (*Squamata*) darstellen, wechselt in den verschiedenen Körpergegenden. Am Kopfe sowie in der Halsgegend und vor der Kloakenöffnung verbreitern sie sich oft zu vieleckigen Hornplatten, die dicht aneinander schließen. Ganz allgemein wird diese Ausbildung von Hornschilden bei Krokodilen und Schildkröten. Dort erreichen die einzelnen Hornplatten oft mächtige Größe und bilden einen geschlossenen Panzer auf Rücken- und Bauchseite (*Loricata*). Jede einzelne Platte sitzt dann nicht einer einzelnen Kutispapille, sondern einem ganzen Papillenfeld auf. Bei den Schildkröten alternieren die Nähte dieses Schuppenpanzers ganz regelmäßig mit denen eines darunter gelegenen Knochenpanzers, wodurch eine doppelte Sicherung gegen ein Aufbrechen der schützenden Hülle erzielt wird (XIII, 5). Bei Vögeln und Säugetieren sind die Schuppen viel weniger verbreitet; wir finden sie aber ganz typisch ausgebildet an den unbefiederten Läufen der Vögel und dem fast haarlosen Schwanz der Ratten. Außerordentlich stark entwickelt sind sie bei den danach genannten Schuppentieren (*Manis*), die wandelnden Tannenzapfen gleichen und den Gürteltieren (*Dasypus*).

Das Zurücktreten der Schuppen in den höchsten Wirbeltierklassen hängt damit zusammen, daß sich bei ihnen Horngebilde eigener Art entwickelten, die Haare und Federn. Als Anlage eines Haares tritt zunächst eine knospenartige Wucherung in den untersten Lagen der Epidermis auf (XIII, 12). Diese senkt sich zapfenförmig in die Lederhaut ein; ihr entgegen wächst dann eine Kutispapille, die das untere Ende des Epithelzapfens wie die Spitze eines Handschuhfingers nach innen einstülpt. So entsteht die Haarzwiebel, auch Haarwurzel genannt (XIII, 15), weil von hier aus durch rege Zellvermehrung ein verhornender Epithelzapfen gebildet wird, der sich zunächst in der röhrenartigen Einsenkung der Haaranlage, dem Haarfollikel, emporschiebt und endlich über die Oberfläche herausragt. Das eigentliche Haar besteht aus drei Schichten, der großzelligen Markschicht, der Rindenschicht mit flacheren, in der Längsrichtung des Haares gestreckten Zellen und dem dünnen, durchsichtigen Oberhäutchen (XIII, 11). In Rinden- und Markschicht lagern sich Pigmente ein, die dem Haar seine Färbung verleihen, füllt sich die absterbende Markschicht mit Luft, so erscheint das Haar durch Totalreflexion weiß. Das Haar wird umgeben von zwei Hüllschichten, zunächst der inneren Wurzelscheide, die von der Haarzwiebel aus gebildet wird. Sie begleitet das Haar nur bis zu der Einmündung der Talgdrüsen, die von der Seitenwand des Haarfollikels sich in die Kutis einsenken. Das Epithel des röhrenförmig eingesenkten Haarbalges stellt die äußere Wurzelscheide dar, die an der Basis in die Haarzwiebel übergeht.

Die Ausbildung des Haarkleides ist bei den einzelnen Säugetieren sehr verschieden. Es stellt in erster Linie einen Wärmeschutzapparat dar, dadurch, daß sich zwischen den Haaren eine stagnierende Luftschicht fängt, die durch ihr schlechtes Wärmeleitungsvermögen den Körper in kalter Umgebung vor Wärmeverlust schützt. Naturgemäß ist demnach die Behaarung der in arktischen Gegenden lebenden Säugetiere bedeutend stärker als in den Tropen; es findet außerdem mit dem Wechsel der Jahreszeit auch ein Ersatz des lichteren Sommerpelzes durch den stärkeren Winterpelz statt. Zu diesem Zwecke setzt die regelmäßig fortlaufende Zellteilung in der Haarwurzel eine Zeitlang aus: das Haar wird locker und fällt aus; darauf beginnt der Teilungsprozeß von neuem und erzeugt ein neues Haar. Die unmittelbare Decke des Körpers bilden die feinen, dichtstehenden Wollhaare, die stärkeren Stichel- oder Grannenhaare legen sich darüber als Schutzdecke gegen Regen und Wind. Diese stärkeren Haare ordnen sich in bestimmten Richtungen, den sogenannten Haarströmen. Meist sind die einzelnen Haare so in die Haut eingesenkt, daß sie am Rücken und auf der Oberseite der Extremitäten mit den Spitzen nach abwärts gerichtet sich überdecken, wodurch ein leichteres Abfließen des Regenwassers erreicht wird. Bei den Faultieren, *Bradypodidae*, die gewohnheitsmäßig mit dem Rücken abwärts an Zweigen angeklammert hängen, sind in charakteristischer Anpassung die Grannenhaare am Bauche stark entwickelt und von der Mittellinie beiderseits nach abwärts gescheitelt. Bei manchen Säugetieren tritt ein mehr oder weniger vollständiger Schwund der Behaarung ein, so auch beim Menschen, bei dem jedoch noch eine vollständige, flaumartige Behaarung des Embryos (Lanugo) von seiner Abstammung von vollbehaarten Vorfahren Zeugnis ablegt. Fast haarlos sind ferner die tropischen Dickhäuter und die an das Wasserleben angepaßten Waltiere. Bei den vor und während der Eiszeit in Europa lebenden Dickhäutern, dem Mammut, *Elephas primigenius*, und dem *Rhinoceros tichorhinus*, finden wir als Kälteanpassung einen langwolligen Pelz./

Verschmelzung mehrerer Haaranlagen kennen wir nur in einem einzigen Falle, bei den großen, borstenartigen Haaren, welche die Schwanzquaste des Elefanten bilden. Wo sonst außergewöhnlich große Haare, Stacheln oder Borsten auftreten, wie etwa im Haarkleid des Stachelschweins oder Igels, entstehen sie auf einer einzigen Kutispapille, die aber eine kompliziertere Form annimmt. Sie legt sich nämlich in zahlreiche Falten, so daß sie auf dem Querschnitt sternförmig erscheint (XIII, 16). Dadurch wird eine Vergrößerung der Oberfläche erreicht, die eine bessere Ernährung des Haarschaftes ermöglicht. In den vertieften Rinnen der Kutispapille bilden sich besonders starke Leisten von Hornsubstanz, die dem verdickten Stachel größere Festigkeit verleihen.

Die Entwicklung derartiger Papillen, die kannelierten griechischen Säulen gleichen, kann uns das Verständnis für die Ausbildung der Federn erleichtern. Auch diese Hautgebilde nehmen ihren Ausgang von der Epidermis. Es bildet sich zuerst eine schuppenartige Erhebung (XIII, 13); diese gestaltet sich aber bald zu einer tiefen Einsenkung um, in deren untere, zwiebelförmig anschwellende Partie eine sehr lange und kräftige Kutispapille hineinwächst (XIII, 17). Von der Federwurzel aus entsteht in ganz ähnlicher Weise wie beim Haar eine Mark- und Rindenschicht, auf welche eine, dem Oberhäutchen entsprechende Federscheide folgt. Diese wird aber beim Herauswachsen der Feder durchbrochen und schließlich ganz abgeworfen. Die Kutispapille der jungen Feder ist nun in ganz ähnlicher Weise kanneliert wie die eines Stachelhaares; die in den einzelnen Rinnen emporwachsenden Säulen weichen aber oben auseinander und so entsteht die in zahlreiche kurze Spitzen zerschlitzte Feder des jugendlichen Vogels, die Dunenfeder. Wenn sie später von der definitiven Feder abgelöst wird, so ändert sich die Form der Papille dadurch, daß eine der Rinnen sich ganz besonders vertieft (XIII, 14). Sie liefert den späteren Schaft der Feder, die Rhachis; die übrigen Rinnen konvergieren gegen die Basis der Rhachis hin, so daß die von ihnen gebildeten Hornstrahlen als Seitenzweige, Rami, dem Schaft ansitzen. Jeder dieser Seitenzweige umgibt sich nach dem gleichen Prinzip wieder mit Zweigen zweiter Ordnung, den Radii. Auf diese Art entsteht an der ausgebildeten Feder die Spule oder Calamus, welche der Rhachis entspricht und die Fahne, Vexillum, die von Rami und Radii gebildet wird (XIII, 18). Bei den großen Deck- und Schwungfedern hält die Fahne fest zusammen, so daß man nur mit Gewalt die einzelnen Äste auseinanderreißen kann. Dies wird dadurch erreicht, daß die distalen Radien eines Ramus mit hakenförmig gekrümmten Zähnchen, Radioli oder Zilien, in einen Falz der proximal gerichteten Radien des nächsthöheren Ramus eingreifen. Wo diese Verbindung fehlt, bleibt die Fahne locker wie etwa die einer Straußenfeder. Von jeder Kutispapille werden eigentlich zwei Federn ausgebildet, von denen aber die eine, der Afterschaft, Hyporhachis, meist ganz klein bleibt, nur bei den straußartigen Vögeln erreicht er die gleiche Länge wie der Hauptschaft. Der eigentümliche Kiwi Neuseelands, *Apteryx*, mit seinem haarartigen Federkleid behält auch als Erwachsener die zerschlitzten Dunenfedern bei.

Die Federn dienen zunächst in gleicher Weise wie die Haare als Wärmeschutz; man unterscheidet dabei die kurzen, lockeren, dem Körper dicht anliegenden Dunenfedern von den äußeren, festeren, sich dachziegelartig überlagernden Deckfedern. Bezeichnenderweise ist bei den Raub- und Schwimmvögeln mit lockeren, kunstlosen Nestern das Dunengefieder der ausschlüpfenden Jungen stark ausgebildet, bei den Singvögeln mit warm gepolsterten Bauten dagegen kaum angelegt. Zum besseren Schutz gegen Durchnässung wird das Gefieder ständig eingefettet durch das Sekret einer großen, zweilappigen, über dem After gelegenen Hautdrüse, der Bürzeldrüse, das von dem Vogel mit dem Schnabel im Gefieder verteilt wird. Als weitere wichtige Leistung kommt für die Vogelfedern ihre Verwendung zum Fluge in Betracht, es bilden sich dazu auf Arm und Hand besonders lange und kräftige Federn, die Schwungfedern, aus, der Schwanz erhält ebenfalls eine Reihe besonders starker Federn, die Steuerfedern.

Trotz der weitgehenden Übereinstimmung in Bau und Entwicklung gehen Federn und Haare wahrscheinlich doch nicht aus der gleichen stammesgeschichtlichen Anlage hervor. Die Feder entspricht wohl sicher einer umgebildeten Reptilienschuppe. Beide Gebilde können sich auch völlig vertreten, wie an den Läufen der Vögel, wo an Stelle der Federn typische Schuppen stehen. Wo wir dagegen bei Säugetieren Schuppen finden, ersetzen sie nicht die Haare, sondern liegen zwischen ihnen und zwar so, daß jeweils eine Anzahl von Haaren in bogenförmiger Anordnung hinter dem Rande einer Schuppe steht. Besonders deutlich sieht man das an den beschuppten Schwänzen der Mäusearten. Auch bei den Säugern, welche keine Schuppen mehr tragen, findet man bei aufmerksamer Betrachtung die gleiche gesetzmäßige Gruppenstellung der Haare (XIII, 20). Es erweckt den Anschein, daß in den haarfreien Zwischenräumen ursprünglich Schuppen sich befanden, tatsächlich lassen sich auch bei den Embryonen mancher Arten, so bei dem Baumstachelschwein, *Erethizon*, noch Schuppenreste nachweisen (XIII, 19). Vielleicht sind die Haare im Laufe der Stammesentwicklung aus knospenartigen Hautsinnesorganen hervorgegangen, wie wir sie heute noch in der Oberhaut der Fische und Amphibien und bei den höheren Formen in den Geschmackspapillen der Zunge wiederfinden. Die Entwicklung ist bei ihnen eine ganz ähnliche wie beim Haar: zunächst eine Zellwucherung und dann eine Einsenkung der Epidermis in das Corium (Kutis). Die Zellen der zwiebelartigen Anschwellung im Grunde wandeln sich teils in Sinnesapparate, teils in verhornende Deckzellen um, und letztere können sehr gut den Ausgangspunkt der Haarentwicklung gebildet haben. Daß auch jetzt noch manche Haare, die Tast- und Spürhaare, als Sinnesapparate Verwendung finden, kann vielleicht als Hinweis auf die Richtigkeit dieser Ableitung angesehen werden.

4. Die ektodermalen Drüsengebilde. Die Leuchtorgane.

Neben der Ausbildung einer schützenden Decke kommt der Oberhaut als besondere Aufgabe die Lieferung der verschiedensten Sekrete zu. Eigentlich ist ja schon die Bildung des Kutikularskeletts ein derartiger Sekretionsprozeß. Doch pflegt man gemeinhin als Sekretionszellen oder Drüsenzellen nur solche zu bezeichnen, die sich durch besondere morphologische Merkmale von ihren Nachbarzellen unterscheiden. Derartige Hautdrüsen sind im ganzen Tierreich weit verbreitet. Im einfachsten Falle findet man sie unregelmäßig zwischen den übrigen Epithelzellen zerstreut. Unter ihren Ausscheidungsprodukten spielt der Schleim, eine mehr oder weniger zähe, fadenziehende Substanz, eine sehr bedeutende Rolle. Sehr reich an Schleimdrüsen sind z. B. die Mollusken (XIV, 1); man braucht nur eine unserer gewöhnlichen Wegschnecken zu reizen und sieht sofort die Körperoberfläche sich mit einer dicken Schleimdecke überziehen, die ein vortreffliches Schutzmittel gegen mechanische Angriffe, besonders aber auch gegen chemische Schädigungen und gegen Austrocknung darstellt. Sehr eigenartig ist bei unseren großen Nacktschnecken, *Arion* und *Limax*, die

Haut des Rückens von einem verwickelten Furchensystem durchzogen. Dies stellt gleichsam eine Berieselungsanlage dar, die den wässerigen Schleim auf vielen Umwegen nach abwärts gelangen läßt, wo er sich zum Schluß noch in einem Graben über dem Fußrande sammelt. Sehr schleimig ist auch die Haut vieler Würmer, so die der gewöhnlichen Regenwürmer. Zur Zeit der Fortpflanzung entwickelt sich bei ihnen im vorderen Drittel des Körpers ein ringförmiger Wulst großer Schleimzellen, wodurch diese Gegend schon makroskopisch deutlich sichtbar sich vorwölbt, das sogenannte Clitellum. Diese Drüsenzellen scheiden einen zähen, an der Luft erhärtenden Schleim ab, der bei der Kreuzbefruchtung die beiden Partner aneinanderkittet. Nach der Befruchtung ziehen sich die Tiere aus dem Schleimring zurück und dieser schnurrt zu einer zitronenförmigen Kapsel zusammen, welche die Eier umhüllt. Ähnliche Schleimmassen dienen vielen Meereswürmern zum Bau ihrer pergamentartigen, oft mit Fremdkörpern durchsetzten Wohnröhren. Gelegentlich senken sich solche einzellige Drüsen aus der eigentlichen Epithelschicht tief zwischen Bindegewebe und Muskulatur des Körpers ein, wie es z. B. bei den Hirudineen der Fall ist.

Nicht selten nimmt ein derartiges Schleimsekret giftige Beschaffenheit an. Bei den Stechrochen, *Trygon*, befindet sich auf dem langen, peitschenförmigen Schwanz ein starker, mit feinen Widerhaken besetzter Stachel. Die Oberhaut bildet an seiner Basis eine tiefe Tasche, in welcher zahlreiche Drüsenzellen liegen. Berühren die Fischer unvorsichtig die fast ganz im Sande vergrabenen Tiere, so schlagen sie mit dem Schwanze nach dem Angreifer und treiben ihren Stachel oft tief in die Haut. Dabei ergießt sich der Hautschleim, durch den Druck ausgepreßt, in die Wunde und kann heftige Entzündungen, bei den großen Arten der Südsee vielleicht sogar den Tod verursachen. Ähnliche Gifttaschen umgeben den ersten Strahl der Rückenflosse bei dem an unseren Küsten nicht seltenen Petermännchen, *Trachinus*, und kehren auch an den stachelartigen Fortsätzen der Kiemendeckel mancher Welsarten, *Arius*, wieder. Im Reiche der Insekten finden wir etwas Ähnliches in den Brennhaaren zahlreicher Raupen (vgl. S. 335). Eine morphologisch sehr ähnliche Einrichtung stellen die Duftschuppen vieler Schmetterlinge dar; auch hier bildet eine Zelle zunächst eine Kutikularabscheidung und erfüllt sie dann mit einem flüssigen Sekret, das leicht flüchtige ätherische Öle enthält. Durch Kanäle wird dieses Sekret in den oft aufgefaserten Oberteil der Schuppe geleitet und verdunstet dort. Die Sekrete haben einen auch für unsere Geruchsorgane deutlich wahrnehmbaren, oft recht angenehmen Geruch. Sie finden sich vorwiegend bei den Männchen und dienen wohl sicher als Anlockungsmittel für das andere Geschlecht; außerdem kommen sie vielen Ameisen- und Termitengästen als sogenannte Trichome zu (vgl. S. 214).

Ein festes Sekret einzelliger Hautdrüsen ist das Wachs, dessen Abscheidung gleichfalls bei zahlreichen Insekten vorkommt. So wird das Bienenwachs, das Baumaterial der Bienenwaben, als Platten von Gruppen von Drüsenzellen abgeschieden, die auf der Bauchseite des 7.—10. Hinterleibsegmentes gelegen sind. Ähnlich entsteht der schützende Überzug des Rückens der Schildläuse, *Coccidae*, unter dem das Tier vollkommen von der Außenwelt abgeschlossen und gegen Nässe und Verletzungen geschützt ist. Einzelne nicht zusammenfließende Wachsfäden bedecken den Körper bei vielen Zikaden und Blattläusen, so bei der Blutlaus, *Schizoneura lanigera*, deren Kolonien man oft als weiße Flecke an der Rinde unserer Obstbäume findet.

Derartige feste Sekrete leiten hinüber zu geformten Ausscheidungen oft komplizierter Natur, wie sie bei manchen Wirbellosen vorkommen. So lagern die Hautzellen der Turbellarien gerade oder sichelförmig gekrümmte Stäbchen ab, die Rhabditen (XIV, 2, 3). Bei Reizung des Tieres werden sie ausgestoßen und zerfließen auf der Haut zu einer schützenden, wahrscheinlich auch giftig wirkenden Schleimschicht. Bei der Gruppe der Knidarier unter den Zölenteraten kommen sogenannte Nesselzellen zur Ausbildung (XIV, 4). Dort scheiden die Epithelzellen langgestreckte, ovale oder kugelige Kapseln im Innern ab. Diese sind von einer doppelten Membran umgeben, deren äußere das ganze Gebilde umschließt, während die innere sich an einem Pol in einen hohlen, nach dem Zentrum der Kapsel eingestülpten Schlauch fortsetzt. Wird die Zelle, welche außer der Nesselkapsel noch einen Sinnesfortsatz, das Knidozil, trägt, von einem entsprechenden Reiz getroffen, so wird wahrscheinlich durch den konzentrischen Druck eines Mantels von Muskelfibrillen von der äußeren Kapselmembran ein Deckel abgesprengt. Aus der Öffnung wird der Schlauch der inneren Membran wie ein sich umstülpender Handschuhfinger hervorgeschleudert und kann sich dabei mit Widerhaken, die an seinem Anfangsteil stehen, in den Körper eines Beutetieres einbohren. Durch die Wand des sich ausstülpenden Schlauches diffundiert dann das die Kapsel ausfüllende Sekret, das eine giftige, lähmende Wirkung hat, in die Wunde. Durch das Zusammenwirken zahlloser solcher mikroskopischer Waffen, die oft zu Nesselbatterien auf den Tentakeln vereinigt stehen, können die Knidarier selbst verhältnismäßig große Beutetiere überwältigen; manche von ihnen erzeugen sogar beim Menschen empfindliche und langanhaltende Entzündungen. Dies wird besonders von der großen, in tropischen Meeren lebenden Röhrenqualle *Physalia* berichtet, deren Fangfäden eine Länge von mehreren Metern erreichen können. Die Bildung der Nesselkapseln und der Vorgang des Ausschleuderns des Nesselfadens sind trotz vieler darauf gerichteter Spezialuntersuchungen noch immer nicht völlig klargestellt. Bei der Umstülpung des Fadenschlauches handelt es sich in vielen Fällen sicher um das Aufquellen von Spiralleisten an der ursprünglich nach innen gekehrten Außenwand des Schlauches bei Berührung mit dem Seewasser. Sie ziehen dabei den noch nicht gequollenen Fadenteil mechanisch weiter heraus und bewirken so automatisch die Umkrempelung des ganzen Gebildes.

Entsteht an irgendeiner Körperstelle ein erhöhtes Bedürfnis nach Ausscheidung eines Sekretes, so sehen wir dort die Drüsenzellen sich eng zusammendrängen und unter Umständen sich von der Oberfläche des Epithels in die Tiefe einsenken. Diese Entstehung mehrzelliger Drüsen läßt sich z. B. unter den Wirbeltieren gut verfolgen. Bei *Myxine*, einem Vertreter der Zyklostomen, ist die ganze Haut sehr reich an unregelmäßig verstreuten Schleimdrüsen. Auf der Bauchseite des vorderen Körperendes ist aber die Absonderung besonders lebhaft und wir treffen dort in zwei Längsreihen neben der Mittellinie angeordnet beutelförmige Einsenkungen der Haut, die sogenannten Schleimsäcke, die völlig mit Drüsenzellen ausgekleidet sind. Ähnliches sehen wir in der Haut der Amphibien. Beim Salamander und beim Frosch läßt ein Längsschnitt durch die Haut (XIV 5) rundliche, von Schleimzellen ausgekleidete Säcke erkennen, die regelmäßig über die Haut verteilt sind und durch enge, mit Plattenepithel eingefaßte Poren auf der Körperoberfläche münden. An einigen Stellen erreichen sie besondere Größe, so in der Nackengegend der Kröten, wo sie die sogenannte Parotis bilden. Ihr Sekret hat seine Beschaffenheit geändert, es ist ätzend und giftig geworden und dient den Tieren als Abschreckungs- und Verteidigungsmittel. Auch bei den an Schleimdrüsen so reichen Mollusken finden wir nicht selten Drüsensäcke ausgebildet. Im Fuße der Schnecken und Muscheln kommt fast immer eine vordere und hintere Fußdrüse vor (XIV, 6). Ihr Sekret dient gelegentlich besonderen Zwecken, so bei der Miesmuschel, *Mytilus edulis*, und verwandten Arten. Sie scheidet dort ein zähes, nach dem Austreten erhärtendes Sekret ab, dessen Fäden von einem röhrenförmig ausgehöhlten Fortsatz des Fußes, dem sogenannten Spinnfinger, aufgenommen und an irgendeiner Unterlage angeklebt werden. Man bezeichnet das hornartige, bräunliche bis hellgelbe Sekret als Byssus. Die Miesmuscheln heften sich damit in großen Kolonien an die Steine und das Holzwerk des Ufers, wie man an unseren Küsten leicht beobachten kann. Während bei den Krustazeen Hautdrüsen sehr zurücktreten, finden wir sie in den übrigen Klassen der Arthropoden ganz allgemein. Bei den Myriapoden liegen an den Seiten der Rückenplatten Drüsensäcke, die ein giftiges oder übelriechendes Sekret ausscheiden und als Wehrdrüsen aufzufassen sind. Ferner kommen bei ihnen drüsenartige, ausstülpbare Säcke, die sogenannten Koxalsäcke, an der Basis der Beine vor. Wir finden solche ganz ähnlich bei der zwischen Myriapoden und Insekten vermittelnden *Scolopendrella* und bei vielen Apterygoten, wo sie an den rückgebildeten Beinen des Abdomens sitzen. Bei den höheren Insekten fehlen die Abdominalbeine und damit auch die Drüsen.

Vielleicht lassen sich auf ähnliche Abstammung die Spinndrüsen zurückführen, die an der Basis eines anderen Beinpaares, nämlich der zur Nahrungsaufnahme herangezogenen Unterlippe oder zweiten Maxille münden. Sie zeichnen sich dadurch aus, daß sie sich oft als lange Schläuche mit dünnem Ausführgang weit ins Innere des Körpers erstrecken. Eine ähnliche Bildung existiert schon bei dem Vorläufer der Tracheaten, *Peripatus.* Unter den echten Insekten kommen sie ausschließlich den Larven zu, in besonders hoher Ausbildung jenen, welche zum Schutze des Puppenstadiums einen Kokon spinnen (XIV, 7). Die höchste Ausbildung erreichen sie bei den danach benannten Spinnern (*Bombycidae*) unter den Lepidopteren. Bei der bekanntesten Art, dem Seidenspinner, *Bombyx mori*, dessen über 1 Kilometer langer, in regelmäßigen Achtertouren aufgewundener Seidenfaden ja technisch verwertet wird, umgeben die Drüsen in dichten, vielfach aufgewundenen Schlingen fast den ganzen Darm.

Ebenso reich an Spinnsekret sind die danach benannten Spinnentiere, *Arachnoidea.* Bei den echten Spinnen liegen im Hinterleib mehrere unter sich verschieden gestaltete Spinndrüsen, welche vor der Afteröffnung in dem sogenannten Spinnfelde auf zwei bis drei Paaren umgewandelter Abdominalfüße, den Spinnwarzen, münden (XIV, 8). Jeder einzelne Drüsenschlauch mündet durch ein besonders chitinöses Spinnröhrchen (XIV, 9), oft liegen Hunderte davon auf einer Spinnwarze nebeneinander. Mit dem letzten Beinpaar, dessen Endklauen zu feinzackigen Kämmen umgestaltet sind (XIV, 10), nehmen die Spinnen die Fäden ab und verarbeiten sie entweder zur Austapezierung ihrer Erdröhren oder zu trichterförmigen Fanggruben oder endlich zu den kunstvollen Radnetzen, wie sie die allbekannte Kreuzspinne, *Epeira*, verfertigt. Auch bei den keine Netze fertigenden Spinnen wird das Spinnsekret zur Herstellung oft sehr kunstvoll gefügter Eiersäcke verwendet, die entweder geschützt aufgehängt oder von den Muttertieren herumgetragen werden wie bei den bekannten Wolfsspinnen, *Lycosidae*, unserer Wälder.

Drüsensäcke ganz anderer Bestimmung und wohl auch anderen stammesgeschichtlichen Ursprungs sind die Giftdrüsen in den Klauen des ersten Maxillarfußes der Scolopender (XIV, 11) und der Cheliceren der Spinnen, sowie der große Giftsack am Hinterleibsende der Skorpione.

In der Haut der Säugetiere treten uns besonders zwei Drüsentypen entgegen, die Schweiß- und die Talgdrüsen. Erstere stellen lange, meist unverzweigte, im Bindegewebe vielfach aufgeknäuelte Schläuche dar (XIV, 13), während die anderen sich nach kurzem Verlaufe in Seitenzweige teilen, an denen bläschenförmige Endsäckchen sitzen (XIV, 14). Man pflegt den ersten Drüsentypus ganz allgemein als den tubulösen, den zweiten als den azinösen zu bezeichnen, doch finden sich bei Schweiß- und Talgdrüsen der Säugetiere allerlei Übergänge zwischen beiden Extremen. Wichtiger ist wahrscheinlich der Unterschied, daß bei der Bildung des Sekretes die Zellen der Talgdrüsen zugrunde gehen, so daß sie durch neue ersetzt werden müssen (holokrine Drüsen), während die Zellen der Schweißdrüsen ihr Sekret in Tropfenform ausstoßen und nach einer gewissen Regenerationszeit zur Bildung neuen Sekretes befähigt sind (merokrine Drüsen). Die Talgdrüsen, welche zur Einfettung der Haut und des Pelzes dienen, münden fast immer in die Wurzelscheide der Haare, oft eine größere Zahl an einem Haar. An Stellen, wo die Haare rückgebildet sind, wie z. B. an den Schleimhauträndern der menschlichen Lippen, finden wir dann nur noch ihre Follikel mit kräftig ausgebildeten Talgdrüsen.

Das flüssige Sekret der Schweißdrüsen besitzt in den meisten Fällen einen charakteristischen Geruch. Vermutlich stehen daher zu ihnen jene Drüsen in Beziehung, welche eine besonders stark riechende Absonderung liefern, obwohl der Bau der Drüsen und die Konsistenz des Sekretes vielfach Abweichungen zeigt. Diese Drüsen stehen meist im Dienste der geschlechtlichen Funktion und dienen als Lock- oder Erregungsmittel, vorzugsweise sind die Männchen damit ausgerüstet. Dahin gehören die moschusartige Sekrete produzierenden Drüsen: der Moschusbeutel des Moschushirsches, der in der Bauchhaut vor der Geschlechtsöffnung liegt, die Moschusdrüse des Bibers, welche in den Präputialsack mündet und das früher medizinisch verwendete Bibergeil (Castoreum) liefert, die Zibetdrüse der Zibetkatze (XIV, 12), die zwischen Geschlechtsöffnung und After gelegen ist u. a. m.

Es kommen derartige Moschussekrete auch in anderen Gruppen der Wirbeltiere vor, so z. B. auch bei der Moschusente und beim Krokodil; bei letzterem liegen sie merkwürdigerweise am Unterkiefer. Besonders reich an solchen Geruchsdrüsen ist die Gruppe der Nagetiere, besonders der Mäuse. Dort münden sie hauptsächlich in den Endabschnitt des Geschlechtsapparates ein.

Auf umgewandelte Talgdrüsen läßt sich wahrscheinlich eine besonders wichtige Gruppe von Hautdrüsen der Säugetiere zurückführen, die Milchdrüsen. Bei der ursprünglichsten Säugetierform, dem Schnabeltier, *Ornithorhynchus*, welches noch Eier legt, befindet sich auf der Bauchseite ein haararmes Drüsenfeld. Dies sondert zur Fortpflanzungszeit ein fettreiches, halb flüssiges Sekret ab, das von dem noch sehr unentwickelt ausschlüpfenden Jungen aufgeleckt wird (XIV, 16). Bei dem Ameisenigel, *Echidna*, trägt der Bauch eine halbkreisförmige Falte, in welche das Junge nach der Geburt aufgenommen wird. Darin münden auf jeder Seite, nach einem Punkte konvergierend, mächtige Drüsenpakete, deren Sekret auch hier aufgeleckt wird (XIV, 15). Bei den Beuteltieren vertieft sich diese Hautfalte zu dem bekannten Beutel, in dem die Jungen noch längere Zeit nach der Geburt herumgetragen werden; die Hautdrüsen haben sich hier zu mehreren Gruppen geordnet, deren Mündungen im Halbkreise auf der Innenfläche des Beutels liegen. Das Sekret ist flüssig und milchartig, wir haben es hier also schon mit echten Milchdrüsen zu tun. An der Drüsenmündung befindet sich eine grubenförmige Hautvertiefung, die Zitzentasche, und auf ihrem Grunde eine kegelförmige Erhebung (XIV, 17). Zur Zeit des Säugens verstreicht die Vertiefung und der Mündungskegel springt als Zitze nach außen vor, so daß er von dem Jungen mit dem Maule gefaßt und zum Saugen verwendet werden kann (XIV, 18). Bei den höheren Säugetieren tritt, vielleicht als Rest der Beutelfalte, zu jeder Seite des Bauches eine Längsfalte auf, die Milchleiste, und in ihr eine Anzahl Drüsenfelder, die Milchpunkte. Von diesen entwickelt sich eine wechselnde Zahl, im Maximum elf Paare, zu Milchdrüsen, während die übrigen rückgebildet werden. Dadurch, daß diese Rückbildung bald am vorderen, bald am hinteren Ende der Milchleiste eintritt, stehen die definitiven Milchdrüsen bald in der Brust-, bald in der Leistengegend. Die Zahl der Drüsen entspricht etwa der der Jungen eines Wurfes. Eigentümlichkeiten der Lebensweise können Abweichungen von der gewohnten Lage herbeiführen; so rücken die Zitzen bei dem Wasserschwein (*Hydrochoerus*), das während des Schwimmens seine Jungen säugt, hoch an den Seiten bis fast auf den Rücken hinauf, bei den Walfischen liegt das einzige Zitzenpaar in der Leistengegend in einer tiefen Tasche, in die das Junge beim Saugen seine Schnauze steckt.

Die Ausbildung der Zitzen ist bei den einzelnen Gruppen der Säugetiere verschieden (XIV, 19—21). Bei den Raubtieren fehlt eine besondere Einsenkung und die Drüsen münden auf einem Zitzenkegel, der sich direkt aus der umgebenden Haut erhebt (XIV, 20). Bei den Affen und den Menschen ist das definitive Bild ähnlich, doch wird hier die eigentliche Zitze von einer im Bau und Pigmentierung abweichenden Hautpartie, dem sogenannten Warzenhof, umgeben, der wahrscheinlich der abgeflachten Zitzentasche entspricht (XIV, 19). Bei den Huftieren bildet sich ein besonderer zylindrischer Kanal, der sogenannte Strichkanal, an der Spitze des Euters; er entspricht bei dieser sehr abgeleiteten Drüsenform aber wahrscheinlich nicht der ursprünglichen Tasche, sondern ist durch Zusammenfließen der einzelnen Ausführgänge entstanden (XIV, 21).

Besondere Besprechung verdient noch eine Form der Hautdrüsen, die ein leuchtendes Sekret produzieren. Die Fähigkeit zu leuchten, ist in der Tierreihe weit verbreitet, in besonders hohem Maße kommt sie den Meeresorganismen zu. Die allbekannte Erscheinung des Meerleuchtens, bei dem die obersten Wasserschichten von einer dichten Menge von Organismen erfüllt sind, die vor allem bei mechanischer Reizung wie Wellenschlag oder die Bewegung eines Schiffes in mattem, grünlichbläulichem Lichte erstrahlen, wird in gemäßigten Breiten in erster Linie durch einen

Zystoflagellaten, *Noctiluca miliaris*, hervorgebracht. In den Tropen vertritt ihn ein anderer Flagellat, *Pyrocystis*, der besonders im Brackwasser sich gelegentlich in ungeheuren Mengen entwickelt. Neben diesen niedersten Organismen, welche durch ihr massenhaftes Auftreten die ganze Meeresoberfläche mit sanftem Licht erfüllen, treten einzelne Formen von Metazoen auf, die als einzelne Lichtpunkte von meist grünlichbläulichem, seltener gelbem bis rötlichem Licht erscheinen. Hierhin gehören eine Anzahl Quallen, darunter eine große Schirmqualle, *Pelagia noctiluca*, sowie verschiedene Rippenquallen, wie die *Beroe*-Arten und der zu einem breiten Bande ausgezogene Venusgürtel, *Cestus veneris*. Von den Krebstieren sind es verschiedene Arten von Kopepoden, deren dichte Schwärme stellenweise, besonders im hohen Norden, ein sehr lebhaftes Leuchten hervorbringen. Die glanzvollste Erscheinung unter den pelagischen Leuchttieren sind ohne Zweifel die Feuerwalzen, *Pyrosoma*, aus dem Stamme der Tunikaten. Besonders in warmen Meeren trifft man ihre zylindrischen Kolonien, die bis zu 4 m Länge erreichen und bei Berührung in intensivem, bei einigen Arten rötlichem Lichte erglühen, wie große feurige Kugeln.

Auch unter den festsitzenden Grundformen verfügen einige über kräftiges Leuchtvermögen, so die Seefedern, *Pennatulidae*, die zur Gruppe der Weichkorallen gehören und so hell leuchten sollen, daß man bei ihrem Lichte in zwei bis drei Meter Entfernung lesen kann. Weiterhin sind es zahlreiche Schlangensterne aus der Gattung *Amphiura* und Verwandte, die Bohrmuschel, *Pholas dactylus*, der Ringelwurm *Acholoë* und andere mehr, an denen bisher ein Leuchtvermögen nachgewiesen wurde. In allen diesen Fällen handelt es sich um Drüsenzellen der Epidermis, die einzeln oder in Gruppen vereinigt an der Oberfläche liegen oder als lange Schläuche sich in die Tiefe senken (XV, 1). Sie produzieren ein zähflüssiges, eiweißreiches Sekret, das entweder schon im Innern der Zelle oder bei der Entleerung ins Wasser aufleuchtet. Eine ganz besondere Bedeutung gewinnt das Leuchtvermögen für die Tiere der Tiefsee. Dort fehlt, zum mindesten unterhalb 500 m, von außen eindringendes Licht vollkommen, dennoch müssen Lichterscheinungen dort unten nicht allzu selten sein, da wir in der Tiefseefauna verhältnismäßig sehr wenig blinde Organismen finden, viel weniger, als in der Fauna der Höhlen. Tatsächlich kennen wir auch, vorzugsweise unter den Fischen, zahlreiche Arten mit Leuchtvermögen. Es haben sich aber hier kompliziert gebaute Leuchtorgane entwickelt, deren Ableitung keineswegs immer einfach ist. Unter den Fischen finden wir Formen, bei denen das Organ eine große, zusammengesetzte Drüse mit wohl entwickeltem Ausführgang darstellt, umgeben von einem Pigmentmantel und einer mehrschichtigen Lage vieleckiger, flachgedrückter Zellen, die als Reflektor wirkt (XV, 3). Bei anderen schwindet der Ausführgang und es bleibt ein allseitig geschlossener Drüsenkörper übrig, vor den sich des öfteren ein kugeliger Haufen stark lichtbrechender Zellen als Linse einschiebt (XV, 4). Derartige Organe sind oft recht umfangreich und stehen mit Muskeln in Verbindung, durch welche sie innerhalb der Haut drehbar sind, also abgeblendet werden können. Ob sich die zahlreichen kleinen Leuchtorgane, wie sie in Reihen an den Rumpfseiten besonders der Stomiatiden und Skopeliden angeordnet sind, auf derartige Drüsen zurückführen lassen, erscheint zweifelhaft; wahrscheinlich sind hier Gruppen von Epithelzellen in die Tiefe gesunken und zu Leuchtzellen umgewandelt, ohne daß jemals eine Verbindung mit der Außenwelt nach Art eines Drüsenganges bestanden hätte (XV, 5).

Ähnlich liegen die Verhältnisse bei den Zephalopoden und Krustazeen; auch hier finden wir einen zentralen Körper drüsenartiger Zellen, umschlossen vom Pigmentmantel und Reflektor, meist ist auch eine bindegewebige Linse entwickelt (XV, 6). Bei den Schizopoden der Gattung Euphausia kommt dazu noch ein merkwürdiges, lamellös geschichtetes Zentralorgan, der sogenannte Streifenkörper (XV, 7).

Viel weniger verbreitet ist das Leuchtvermögen bei den Landtieren. Abgesehen von einigen Würmern wie dem leuchtenden Regenwurm *Photodrilus* sind es eigentlich nur Insekten, besonders die bekannten Leuchtkäfer, *Lampyridae*. Bei ihnen wird das Licht zweifellos nicht von eigentlichen Drüsenzellen hervorgebracht, sondern von umgebildeten Zellen des Fettkörpers, die in Klumpen oder Streifen dicht unter dem Epithel liegen. Die Körperdecke ist über ihnen durchsichtig, in den tiefer liegenden Fettkörperzellen lagern sich Kristalle von Harnsäure und Guanin ab, die wahrscheinlich als Reflektoren wirken (XV, 2). Über die chemischen Vorgänge beim Leuchten sind wir noch unvollkommen unterrichtet, doch dürfte es sich wohl stets um Oxydationsprozesse handeln. Der notwendige Sauerstoff wird den in der Tiefe liegenden Organen mit dem Blute zugeführt, bei den Insekten durch feinste Endverzweigungen der Tracheen, welche die Leuchtorgane in reichstem Maße erfüllen.

Welchem Zweck das Leuchten dient, ist gleichfalls nicht immer leicht zu sagen. Manchmal mag das plötzliche, kurze Aufblitzen zur Abschreckung von Verfolgern dienen, gelegentlich auch zu ihrer Irreführung. So haben die tropischen Lampyriden, welche in kurzen Intervallen Lichtblitze entsenden, einen unregelmäßigen Zickzackflug, durch den sie einen Verfolger, der auf den aufleuchtenden Punkt zustößt, leicht täuschen können. Ähnlich ist der Erfolg vielleicht bei den Tintenfischen der Gattung *Heterotheutis*, die aus einer dem Tintenbeutel aufliegenden Drüse eine Wolke leuchtenden Schleimes ausstoßen können; sie zieht den Verfolger auf sich, während die Tiere selbst sich im Dunkeln in Sicherheit bringen. In anderen Fällen dient das Licht zweifellos zum Anlocken von Beutetieren, so bei Leuchtfischen aus dem Malayischen Archipel, *Photoblepharon*, bei denen die großen Leuchtdrüsen wie Autolaternen unter den Augen stehen und einen Lichtkegel nach vorn senden. Daß Meeresorganismen in ähnlicher Weise wie unsere Dämmerungsinsekten durch Licht angelockt werden, hat sich deutlich durch das Versenken von Glühlampen in das Wasser nachweisen lassen.

In anderen Fällen dient das Licht zweifellos zur Auffindung der Geschlechter, so bei unseren Johanneswürmchen, *Lampyris noctiluca* und *splendidula*. Dort fliegt das Männchen, während das flügellose Weibchen im Grase sitzt und durch Emporkrümmen des Hinterleibes das Licht seiner auf der Bauchseite gelegenen Leuchtorgane nach oben wirft. Man kann leicht beobachten, wie bei dem Nahen eines leuchtenden Männchens das Licht des Weibchens intensiver wird und wie andererseits die Männchen durch den leuchtenden Punkt am Boden veranlaßt werden, sich herabzusenken. Vielleicht dienen auch die zahlreichen am Rumpfe verteilten Leuchtorgane der Tiefseefische ähnlichen Zwecken. Sie geben bei ihrem Aufblitzen eine bestimmte Zeichnung, die sich scharf von der meist sammetschwarzen Haut abhebt und bei den einzelnen Arten charakteristisch verschieden ist, so daß sich möglicherweise die einzelnen Arten an diesen Lichtsignalen erkennen.

5. Die Bindegewebsskelette.

Schutz- und Stützskelette, wie wir sie bisher ausschließlich als Produkt der körperbedeckenden Epithelschicht kennen lernten, können nun auch vom Bindegewebe geliefert werden. Dieser Skelettypus erreicht bei den Wirbeltieren seine höchste Ausbildung. Er findet sich aber auch unter den Wirbellosen in den Stämmen der Echinodermen und der Zölenteraten.

Bei den Echinodermen treten in der organischen Grundsubstanz des Unterhautbindegewebes Ablagerungen von kohlensaurem Kalk auf. Sie bleiben entweder isoliert wie die charakteristischen Anker und Platten der Holothurien, die jeweils zu zweit verbunden in weiten Abständen in der lederartigen Körperwand dieser Tiere liegen (XV, 9), oder sie vereinigen sich zu Kalkplatten wie bei Seesternen und Schlangensternen. Dort entsteht, besonders an den Armen, ein Skelett regelmäßig angeordneter Platten, die durch Muskeln gegeneinander bewegt werden (XV, 8). Bei den Seeigeln schließen sich diese Platten zu einer festen Kapsel zusammen (XV, 11), doch finden wir auch dort bewegliche Skelettstücke, die Kalkplatten des Mundskelettes und die Stacheln, die auf kleinen, halbkugeligen Erhebungen der Schale sitzen und durch im Kreis angeordnete Muskelbündel nach den verschiedensten Richtungen bewegt werden können. Die Struktur dieser Kalkplatten ist bei den Echinodermen sehr locker und porös, ein Zeichen ihrer Entstehung durch Verschmelzung gesonderter Anlagen.

Unter den Zölenteraten zeigen besonders die Schwämme ein wohlausgebildetes Bindegewebsskelett. Bei der Entstehung des Schwammkörpers schiebt sich zwischen die beiden Epithelschichten des Ektoderms und Entoderms eine Lage von Stützgewebe ein, welche durch Einwanderung einzelner Epithelzellen entsteht, ein sogenanntes Mesenchym. In diesem treten bald skelettbildende Zellen auf, welche in ihrer organischen Grundsubstanz kohlensauren Kalk oder Kieselsäure abscheiden (Kalkschwämme bzw. Kieselschwämme). Diese Ablagerungen bilden regelmäßige Figuren, entweder gerade oder leichtgebogene Nadeln oder drei- bzw. vierstrahlige Sterne (XV 12); besonders bei den Kieselschwämmen treten auch kompliziertere, oft sehr zierliche Skelettelemente auf (XV, 13).

Unter den Knidariern zeigen die Hydropolypen die ersten Anfänge eines Stützgewebes darin, daß sich zwischen Ektoderm und Entoderm eine strukturlose Ausscheidung der Epithelzellen einschiebt, die Stützlamelle. Sie verdickt sich im Schirm der Hydromedusen ganz außerordentlich und quillt zu einer sehr wasserreichen Gallerte auf. Bei manchen Siphonophoren und ähnlich bei den Ktenophoren entwickeln sich in ihr Faserbildungen, es wandern Zellen ein und so entsteht eine widerstandsfähige, oft knorpelartig erhärtende Stützschicht. Ähnlich liegen die Verhältnisse bei den Skyphopolypen und Skyphomedusen und bei den Korallenpolypen. Dort treten aber in der Gruppe der Oktokorallen auch Kalkbildungen auf, als Stäbe oder Platten von unregelmäßig gezackten Umrissen (XV, 10). Sie liegen entweder lose in der gallertigen Grundmasse oder schließen sich zu größeren Skelettstücken zusammen.

Eine besondere Rolle spielt unter den Bindegewebsskeletten der Knorpel, den unter den Wirbellosen nur die Mollusken zeigen. Er findet sich unter den Schnecken weit verbreitet als sogenannter Zungenknorpel auf der Ventralseite des Schlundkopfes, wo er die Stütze und das elastische Widerlager für die Reibplatte der Radula bildet. Bei den Tintenfischen erweitert er sich zu dem Kopfknorpel, der den Ösophagus umwächst und das Gehirn bedeckt, sowie Fortsätze in die Augenkapsel aussendet. Dazu tritt bei den Dekapoden noch der sogenannte Nackenknorpel, ferner Rücken- und Flossenknorpel, die sich als einzelne Platten und Stäbe in der Dorsalseite des Mantels entwickeln (XV, 14).

Bei den Wirbeltieren tritt uns das Skelett in drei Typen entgegen, als Chorda-, Knorpel- und Knochengewebe. Das Chordagewebe besteht aus großen, blasigen Zellen, deren Plasma bis auf einzelne Stränge schwindet und die sich mit großen Flüssigkeitsräumen erfüllen (XV, 15). Sie ordnen sich im einfachsten Falle wie Münzen in einer Geldrolle hintereinander zu einem langen Stabe, der von einer kräftigen, elastischen Hülle umgeben wird. Das Ganze gewinnt so Ähnlichkeit mit pflanzlichen Bauelementen, bei denen wir gleichfalls die feste, elastische Zellulosemembran und von

Flüssigkeit erfüllte Hohlräume finden. Die mechanischen Leistungen dieses Gewebes beruhen auf dem Binnendruck des salzreichen Zellsaftes, und ähnlich liegen die Verhältnisse auch für die Chorda. Unter den Wirbellosen stellt einen gewissen Parallelfall zur Chorda die entodermale Tentakelachse vieler Hydroiden dar, die gleichfalls aus einer Reihe großer, blasiger Zellen mit ähnlicher mechanischer Leistung aufgebaut ist.

Im Knorpel und Knochen fällt die mechanische Leistung ausschließlich der von den Zellen ausgeschiedenen Zwischensubstanz (Interzellularsubstanz) zu. Die eigentlichen Zellen liegen in relativ weiten Abständen als kleine Plasmabezirke mit verhältnismäßig großem Kern. Die organische Zwischensubstanz des Knorpelgewebes, das Chondrin, ist entweder glasartig durchsichtig und leicht bläulich gefärbt (hyaliner Knorpel, XV, 16) oder durchzogen von Bindegewebsfibrillen und elastischen Fasern (Faserknorpel [XV, 17]). Auch die Knochenzellen scheiden zunächst eine eiweißartige Grundsubstanz aus, das Osseïn; in dieses schlägt sich dann später phosphorsaurer Kalk nieder. Während der Abscheidung, die in konzentrischen Schichten erfolgt, senden die Zellen verästelte plasmatische Ausläufer in die Grundsubstanz, so daß im ausgebildeten Knochengewebe die Zellen eine eigentümliche Sternform haben (Knochenkörperchen [XVI, 2]). Derartiges kommt übrigens auch bei Knorpelzellen vor, z. B. bei Mollusken.

Beim Aufbau des Wirbeltierskelettes beobachtet man nun, daß der Knorpel mehr oder weniger vollständig von Knochengewebe verdrängt wird. Dies kann so geschehen, daß in den Knorpel Gefäßstränge eindringen, die sich mit einem Mantel von knochenbildenden Bindegewebszellen (Osteoblasten) umgeben (XVI, 1). Diese greifen den Knorpel an, zerstören ihn allmählich und setzen an seine Stelle Balken von Knochensubstanz. An der Grenze der Verknöcherungszone zeigt der Knorpel ein ganz charakteristisches Bild. Seine Zellen ordnen sich gegen den Knochen hin in Längsreihen und quellen dabei stark auf; zwischen ihnen dringen in regelmäßigen Zügen die Gefäße mit ihrem Osteoblastenmantel vor. Im ausgebildeten Knochen ergibt sich daraus eine konzentrische Anordnung der Knochenlamellen um die Gefäßzüge (Haverssche Kanäle [XVI, 2]).

Dieser enchondralen Verknöcherung steht die perichondrale gegenüber, bei welcher in dem den Knorpel umhüllenden Bindegewebe (Perichondrium) sich ein Mantel von Osteoblasten bildet, die Schichten von Knochensubstanz auf die Knorpeloberfläche abscheiden. Am gleichen Knochen können verschiedene Teile nach verschiedenen Typen entstehen, so bildet sich die Rindenschicht der Diaphyse unserer Röhrenknochen perichondral, die Epiphyse und die Markschicht (Spongiosa) der Diaphyse enchondral.

In der feineren Anordnung der Knochenbälkchen zeigen sich in bemerkenswerter Weise Bauprinzipien durchgeführt, die größte Festigkeit

Analogie. Cuticularskelette der Wirbellosen.

1) Tiefseetintenfisch, Amphitretus, mit Teleskopaugen (nach Chun Mantel und Trichter ergänzt). 2) Tiefseefisch Argyropelecus, mit Teleskopaugen 1½ : 1 (nach Chun). 3) Längsschnitt durch das Teleskopauge eines Tiefseefisches, Argyropelecus (nach Brauer). 4) Längsschnitt durch das Doppelauge eines Tiefseekrebses, Stylocheiron (nach Chun, schematisiert). 5) Längsschnitt durch das Auge des Tiefseetintenfisches, Amphitretus (nach Chun). 6) Stylophthalmus paradoxus, Fischlarve (nach Brauer). 7) Bathothauma (nach Chun). 8) Diopsis (aus Cuvier). 9) a) Plattenepithel, b) kubisches, c) zylindrisches Epithel. 10) Versenktes Epithel von Cestoden. 11) Chitincuticula. 12) Ruderfuß einer Daphnia. 13) Haar, Borste, Brennhaar. 14) Schuppen. 15) Chromatophoren, a) expandiert, b) kontrahiert. 16) Athecat. 17) Thecat. 18) Hexakoralle. 19) Mollusk mit Schale, Schema. 20) Muschel, quer. 21) Schnecke mit Gehäuse.

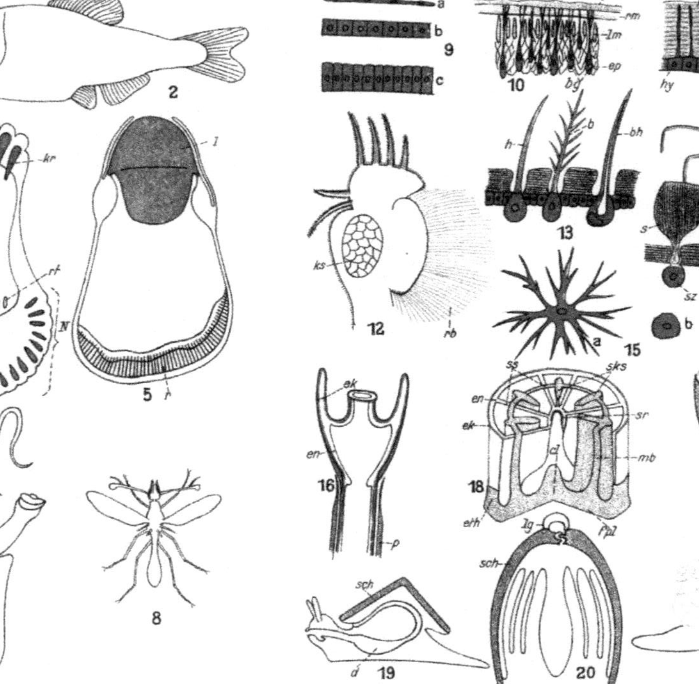

b = Borste *bg* = Bindegewebe *bh* = Brennhaar *C* = Cuticula *cl* = Columella *d* = Darm *ek* = Ektoderm *en* = Entoderm *ep* = Epithelzellen *eth* = Epithek *fpl* = Fußplatte *H* = Hauptauge *h* = Haar *hy* = Hypodermis *kr* = Kristallkegel *ks* = Kiemensäckchen *l* = Linse *lg* = Schloßband *lm* = Längsmuskeln *mb* = Mauerblatt *N* = Nebenauge *nr* = Nebenretina *p* = Periderm *r* = Retina *rb* = Ruderborsten *rm* = Ringmuskeln *rt* = Retinula *s* = Schuppe *sch* = Schale *sks* = Sklerosepten *sr* = Schlundrohr *ss* = Sarcosepten *sz* = Schuppenbildungszelle

Verlag von VEIT & COMP. in Leipzig.

Hautskelett. Haare und Federn.

1) Schale und Mantel einer Muschel, quer. **2)** Mantel einer Ascidie. **3)** Epidermis eines Säugers. **4)** Reptilienschuppen. **5)** Testudo tabulata, Haut- und Knochenpanzer. **6)** Reptilienkralle. **7)** Raubtierkralle. **8)** Nagel der Affen. **9)** Nagel des Menschen. **10)** Huf. (6—10 Schemata aus Bütschli.) **11)** Haar, quer. **12)** Haaranlage. **13)** Federanlage. **14)** Feder, quer. **15)** Haar, längs. **16)** Igelborste, quer. **17)** Feder, längs. **18)** Feder, Schaft mit Rami, Radii und Radioli (11, 12, 13, 15, 17, 18 aus Bütschli). **19)** Schuppen und Haare beim Embryo von Castor canadensis. **20)** Haarstellung bei Coelogenys paca.

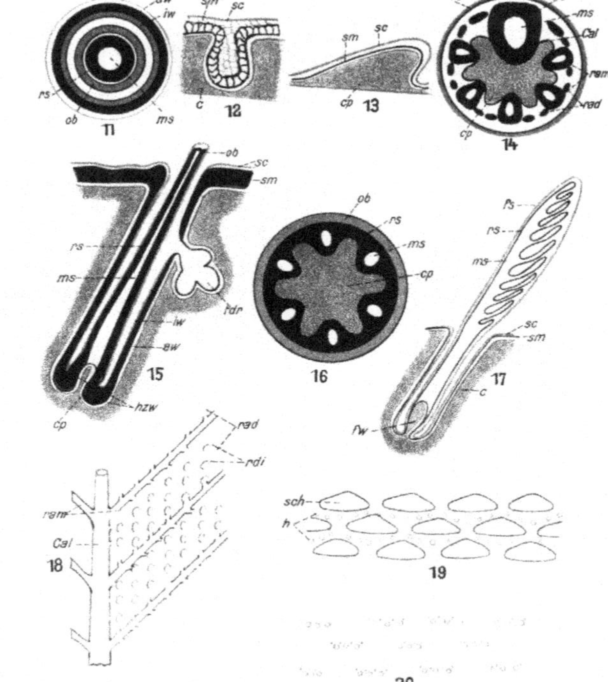

am = äußeres Mantelepithel *aw* = äußere Wurzelscheide *bg* = Bindegewebe *bz* = Bindegewebszellen *c* = Cutis *Cal* = Calamus *co* = Conchiolinschicht *cp* = Cutispapille *ep* = Epithelzellen *fe* = Längsfibrillen *fq* = Querfibrillen *fs* = Federscheide *fw* = Federwurzel *gf* = Gefäß *h* = Haar *hfm* = Hufmauer *hpz* = Hautpanzer *hzw* = Haarzwiebel *im* = inneres Mantelepithel *iw* = innere Wurzelscheide *kb* = Krallenbett *kp* = Krallenplatte *kpz* = Knochenpanzer *ks* = Krallensohle *kw* = Krallenwall

ms = Markschicht *nb* = Nagelbett *np* = Nagelplatte *ns* = Nagelsohle *nw* = Nagelwall *ob* = Oberhäutchen *ph* = Phalangen *pm* = Perlmutterschicht *pr* = Prismenschicht *rad* = Radii *ram* = Rami *rdi* = Radioli *rs* = Rindenschicht *sb* = Sohlenballen *sc* = Stratum corneum *sch* = Schuppe *sh* = Sohlenhorn *sm* = Stratum Malpighi *sth* = Strahlhorn

Verlag von VEIT & COMP. in Leipzig.

Hautdrüsen der Wirbellosen. Hautdrüsen der Wirbeltiere.

1) Molluskenhaut mit Schleimdrüsen. **2** u. **3)** Rhabditen von Turbellarien (nach v. Graff). **4)** Nesselzellen. **5)** Drüsensäcke aus der Haut eines Amphibiums. **6)** Byssusdrüse (schematisiert nach Seydel). **7)** Spinndrüsen einer Raupe. **8)** Spinnfeld mit Spinnwarzen einer Spinne. **9)** Einzelnes Spinnröhrchen. **10)** Ende des letzten Beines einer Radspinne mit Spinnklauen (nach Herman). **11)** Maxillarfuß mit Giftdrüse von Scolopendra. **12)** Zibeth- und Afterdrüsen der Zibethkatze (nach Bütschli). **13)** Schwimmdrüsen. **14)** Talgdrüsen. **15)** Echidna mit Milchdrüsen (nach Haacke-Bütschli). **16—21)** Zitzentypen (z. T. aus Bütschli), 16) Ornithorhynchus, 17) Beuteltier mit eingezogener Zitze, 18) desgl. mit ausgestülpter Zitze, 19) Mensch, 20) Raubtier, 21) Huftier.

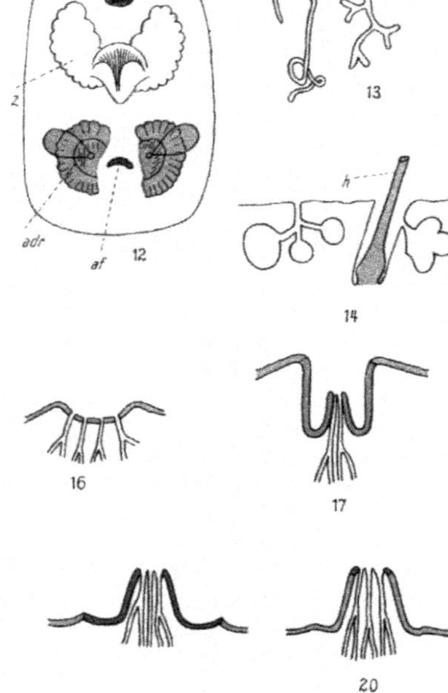

adr = Afterdrüsen *af* = After *b* = Beutel *bg* = Bindegewebe *by* = Byssusfäden *d* = Darm *dr* = Drüsensäcke *ep* = Epithel *gk* = Giftklauen *gö* = Geschlechtsöffnung *gs* = Giftsack *h* = Haar *md* = Milchdrüse *sdr* = Schleimdrüse *spe* = Speicheldrüse *spf* = Spinnfeld *spi* = Spinndrüse *spkl* = Spinnklauen *spw* = Spinnwarze *z* = Zibethdrüse

Verlag von VEIT & COMP. in Leipzig.

Leuchtorgane. Bindegewebsskelette.

1) Leuchtdrüsen von Pholas (nach Förster). **2**) Leuchtorgan von Lampyris. **3**) Leuchtorgan von Gonostoma (nach Brauer). **4**) Leuchtorgan von Astronesthes (nach Brauer). **5**) Leuchtorgan von Myctophum (nach Brauer). **6**) Leuchtorgan von Abraliopsis (nach Chun). **7**) Leuchtorgan von Nematoscelis (nach Chun). **8**) Arm eines Seesterns quer. **9**) Anker und Platte von Synapta. **10**) Kalkkörper von Alcyonium. **11**) Teil des Skelettes eines Seeigels. **12**) Sycon (nach F. E. Schulze). **13**) Kieselnadel einer Hexactinellide. **14**) Knorpelskelett eines Dekapoden (nach Bütschli). **15**) Chorda eines Selachierembryos. **16**) Hyaliner Knorpel. **17**) Faserknorpel.

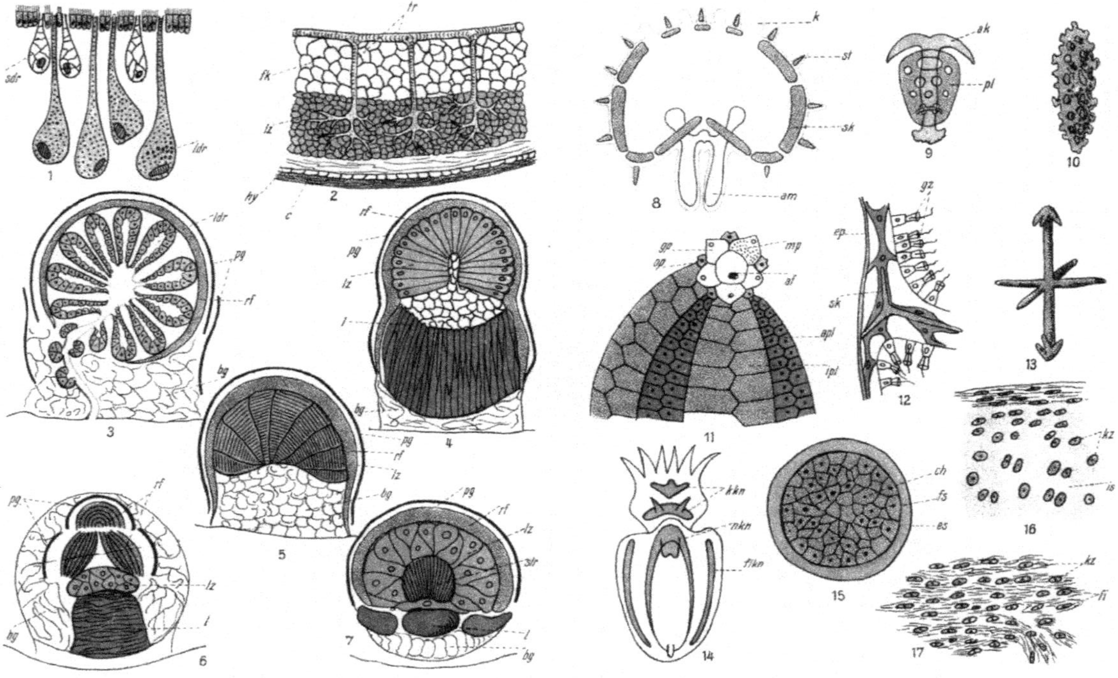

af = After *ak* = Anker *am* = Ambulakralfurche *apl* = Ambulakralplatten *bg* = Bindegewebe *c* = Cuticula *ch* = Chorda *ep* = Epithel *es* = elastische Chordascheide *fi* = Fibrillen *fk* = Fettkörper *flkn* = Flossenknorpel *fs* = Faserscheide *gp* = Genitalplatten *gz* = Geißelzellen *hy* = Hypodermis *ipl* = Interambulakralplatten *is* = Interzellularsubstanz *k* = Kiemenblättchen *kkn* = Kopfknorpel *kz* = Knorpelzellen *l* = Linse *lds* = Leuchtdrüsen *lz* = Leuchtzellen *mp* = Madreporenplatte *nkn* = Nackenknorpel *op* = Ocellarplatten *pg* = Pigment *pl* = Platte *rf* = Reflektor *sdr* = Schleimdrüse *sk* = Skelett *st* = Stachel *str* = Streifenkörper

Verlag von VEIT & COMP. in Leipzig.

gegen Druck und Zug mit größter Leichtigkeit vereinigen. Man hat den Verlauf der Balkensysteme in der Spongiosa mit der Anordnung der Gerüstelemente in unseren technischen Konstruktionen verglichen und gefunden, daß sie den theoretisch günstigsten Werten sehr nahe kommen. Bei homologen Knochen ist diese Anordnung oft sehr verschieden je nach der Beanspruchung, so z. B. im Oberarm der Vögel und Säugetiere. Bei Knochenbrüchen ordnen sich die Spongiosabälkchen durch Abtragung bzw. Neubildung den neuen Druck- und Zuglinien ein, es folgt also offenbar das Wachstum den durch mechanische Beanspruchung gegebenen Reizen. .

Zu dem bindegewebigen Stützskelett, das im Innern des Körpers gelegen ist, gesellt sich bei zahlreichen Wirbeltieren noch ein Schutzskelett im Unterhautbindegewebe der Lederhaut, Corium. Wir treffen es allgemein verbreitet in der Klasse der Fische. Bei dem größten Teil der heute lebenden Fische, den Knochenfischen (*Teleostei*), stellen die sogenannten Schuppen dünne, halbdurchsichtige, blattförmige Gebilde dar, die dicht unter der Epidermis in bindegewebigen Taschen, den Schuppentaschen, stecken und sich reihenweise dachziegelförmig überlagern. Man erkennt an ihnen Reihen von konzentrischen Streifen, welche die Anwachslinien bei der allmählichen Vergrößerung der Schuppe darstellen und an denen man ähnlich wie an den Jahresringen der Bäume das Alter des Fisches ablesen kann. Dazu kommen noch radiäre Liniensysteme, die vom Mittelpunkt der Schuppe allseitig ausstrahlen. Die Ränder der Schuppen sind entweder ringsum glatt (Rundschuppe, Zykloidschuppe [XVI, 3]) oder der verdeckte Teil ist mit zahnartigen Fortsätzen versehen (Kammschuppe, Ktenoidschuppe [XVI, 4]). An den Schuppen der jetzt lebenden Teleostier ist von Knochenstruktur nicht mehr viel zu merken, sie erscheinen nur als Lagen verkalkten Bindegewebes. Es läßt sich aber zeigen, daß sie durch allmähliche Rückbildung aus echten Knochenplatten hervorgegangen sind. Diese entstanden wohl ursprünglich als basale Knochenplatten an den Hautzähnen der Haifische (XVI, 5) (vgl. S. 396). Wir finden sie noch wohlausgebildet bei den Ganoidfischen, wo sie große, von Gefäßen durchzogene Knochenplatten darstellen, die außen von einer eigentümlichen schmelzartigen Schicht, dem Ganoin, überzogen sind (XVI, 6, 7). Diese Schuppen überdecken sich gewöhnlich noch nicht, sondern liegen entweder dicht nebeneinander als Reihen von rhombischen Platten wie beim Knochenhecht, *Lepidosteus*, oder als vereinzelte Plattenreihen in der im übrigen weichen Haut wie bei den Stören, *Chondrostei*. Bei den Dipnoern bildet sich die echte Knochensubstanz zurück und schwindet bei den eigentlichen Knochenfischen fast völlig; an ihre Stelle treten Lagen verkalkenden Bindegewebes (XVI, 8, 9).

Ähnliche Knochenplatten kommen auch unter den höheren Wirbeltieren vor, so unter den Amphibien bei den Gymnophionen, und unter den

Reptilien bei Krokodilen und Schildkröten. Bei letzteren überdecken sie Rücken und Bauch als geschlossener, aus einer geringen Anzahl großer Platten bestehender Panzer, der außen von den früher besprochenen Hornschilden bedeckt wird. Die Verbindungsstellen der einzelnen Horn- und Knochenplatten entsprechen sich nicht, sondern alternieren miteinander (vgl. Taf. XIII, 5), ein Zeichen, daß ihr Zusammentreten sekundärer Natur ist. Dieser Hautpanzer tritt auch in Beziehung zum Achsenskelett, indem er mit der Wirbelsäule und dem Brustbein verwächst. Derartige Beziehungen von Haut- und Innenskelett treten nun ganz besonders im Bereich des Schädels auf. Es entstehen dadurch die sogenannten Deck- oder Belegknochen, welche aus dem Hautpanzer in die Tiefe rücken und zu Bestandteilen des Hirnschädels werden. Die Ableitung derartiger Knochenstücke ist bei den einzelnen Tierformen oft recht schwierig und unsicher.

Das bindegewebige Stütz- und Schutzskelett der Wirbeltiere setzt sich aus vier Teilen zusammen. Zunächst dem Achsenskelett oder Zerebrospinalskelett, welches in der Umgebung des Rückenmarks bzw. Gehirns zur Ausbildung kommt. Mit ihm in enge Beziehung tritt das Viszeralskelett, das sich in der Umgebung des Vorderdarms entwickelt und ursprünglich zur Stütze der Kiemen diente. In den gegliederten Körperanhängen entwickelt sich das Extremitätenskelett und unter der Körperoberfläche das Hautskelett, von dem sich auch die Zähne ableiten.

6. Chorda dorsalis und Wirbelsäule.

Als ursprünglichster Bestandteil des Achsenskeletts tritt uns die Chorda dorsalis oder Rückensaite entgegen. Sie kommt nicht nur allen Wirbeltieren, wenigstens in der Embryonalentwicklung, zu, sondern findet sich auch als einziges Skelettelement beim Amphioxus und den Tunikaten, die man danach mit den Wirbeltieren als Chordatiere, *Chordata*, zusammenfaßt. Eine Andeutung dieses Chordaskeletts treffen wir sogar schon bei wurmähnlichen Tieren, den Enteropneusten und Pterobranchiern, die man deshalb auch wohl als *Prochordata* oder *Hemichordata* bezeichnet. Dort sehen wir aus dem Anfangsteil des Darmes einen röhrenförmigen Fortsatz in die Kopfregion einwachsen, dessen Zellen eine blasige Beschaffenheit annehmen und wohl als elastischer Stützapparat dienen können. Auch bei den echten Chordaten entwickelt sich die Chorda als eine Ausstülpung der dorsalen Wand des Darmes (vgl. S. 95, VII, 12). Es erhebt sich von vorn nach hinten fortschreitend eine Faltenbildung, die sich endlich abschnürt und zwischen Nervenrohr und Darmrohr zu liegen kommt. Die Zellen dieser Chorda ordnen sich bei den Tunikaten und beim Amphioxus geldrollenartig in einer Reihe hintereinander und umgeben sich mit einer elastischen Scheide. Bei den Zyklostomen und vielen niederen Fischen, wo die Chorda als Hauptbestandteil des Achsenskeletts erhalten bleibt, vermehrt sich die Zahl der Zellagen und innerhalb der elastischen Scheide tritt eine dicke Schicht fibrillären Gewebes auf, die sogenannte Faserscheide (XV, 15). Sie ist im allgemeinen zellenlos und ein Ausscheidungsprodukt der Chordazellen, bei den Haifischen aber wandern nachträglich Zellen aus dem umgebenden Bindegewebe in sie hinein. Außen wird die Chorda von einem Bindegewebsmantel umhüllt, welcher dorsal die Anlage des Rückenmarks und ventral die der Aorta und der Kaudalvene umgreift. In diesem perichordalen Bindegewebe treten nun bei den Wirbeltieren Verknorpelungen bzw. Verknöcherungen auf, die zur Bildung einer metamer gegliederten Wirbelsäule führen. Bei den höheren Formen finden wir einheitlich erscheinende Knochengebilde, die Wirbel; die Entwicklung lehrt aber, daß sich diese erst sekundär aus ursprünglich unabhängigen Anlagen zusammengeschlossen haben. Die primitivsten Wirbelanlagen zeigen uns die Störe, *Chondrostei* (XVI, 10, 11). Dort treten in jedem Segment, also in dem Bereich zwischen zwei Spinalnerven, je zwei obere und untere Knorpelstücke auf. Von diesen entwickeln sich jeweils die hinteren kräftiger. Die oberen umgreifen das Rückenmark und bilden die oberen oder Neuralbögen, die unteren umschließen in ähnlicher Weise die großen Gefäße und werden zu den unteren oder Hämalbögen. Die vorderen Stücke bleiben als kleine dreieckige Knorpelplatten, Schaltknorpel oder Intercalaria, selbständig. Neural- und Hämalbögen sitzen der elastischen Chordascheide auf, treten aber untereinander nicht in Verbindung. Eigentliche Wirbelkörper finden wir hier demnach noch nicht, diese treten vielmehr zuerst bei den Haien, *Selachii*, auf (XVI, 12, 13). Dort bildet sich nämlich in der inneren Faserscheide der Chorda eine Knorpelplatte, welche in der Mitte jeden Segmentes am stärksten ausgebildet ist. Sie schnürt dort die Chorda ringförmig ein, manchmal sogar vollständig durch, gegen die Segmentgrenzen flacht sie sich immer mehr ab, so daß dort die Chorda fast uneingeschränkt erhalten bleibt. Es entstehen auf diese Art charakteristische, garnrollenartige Wirbelkörper, die an beiden Enden tief trichterförmig ausgehöhlt sind (amphizöle Wirbel). Um diese Wirbelkörper herum legen sich nun die oberen und unteren Bögen, die einander entgegenwachsen und in den Seitenteilen verschmelzen. Die Interkalaria bleiben selbständig und werden zu recht umfangreichen Knorpelplatten, die an der Ausbildung der Kanäle für Rückenmark und Gefäßstämme bedeutenden Anteil nehmen.

Bei den Knochenfischen finden wir Wirbelkörper, die ganz ähnlich sanduhrförmig amphizöl gestaltet sind (XVI, 14, 15). Die Verknöcherung nimmt dort aber ihren Ausgang von dem perichordalen Bindegewebe, bleibt also außerhalb der Chordascheide. Demgemäß treten auch die Bögen in viel innigere Beziehung zu diesen Wirbelkörpern, sie verwachsen mit ihnen zu einem einheitlichen Gebilde. An den Neuralbögen treten hier zum ersten

Male am vorderen und hinteren Ende je ein Paar von Gelenkfortsätzen auf. Die Gelenkflächen sind bei den vorderen, den Präzygapophysen, nach vorn und oben, bei den hinteren, den Postzygapophysen, nach hinten und unten gerichtet. Es wird auf diese Art eine gelenkige Verbindung der Wirbel untereinander hergestellt, die bei allen höheren Wirbeltieren in gleicher Weise zur Ausbildung kommt. Die Intercalaria verlieren ihre Selbständigkeit und gehen in die Bildung des Wirbelkörpers ein. Der Grad ihrer Ausbildung während des Embryonallebens ist bei den einzelnen Gruppen verschieden und noch nicht überall hinreichend festgestellt.

Bei den Amphibien vollzieht sich die Bildung der Wirbel in ähnlicher Weise (XVI, 16, 17). Es wachsen aber zwischen je zwei Wirbeln Knorpelplatten als Auswüchse der knorpeligen Anlagen der Wirbelkörper in die Tiefe und schnüren die Chorda vollständig durch. Später sondern sie sich durch Auftreten eines Spaltraumes in zwei Gelenkflächen, von denen meist die nach hinten gerichtete ausgehöhlt, die vordere vorgewölbt ist (opisthozöle Wirbel). Neural- und Hämalbogen verwachsen schon frühzeitig mit der Anlage des Wirbelkörpers, so daß es schwierig ist, den ihnen zugehörigen Bezirk genau anzugeben. Doch ist es wahrscheinlich, daß zwei seitliche Fortsätze, von welchen der obere als Diapophyse, der untere als Parapophyse bezeichnet wird, entwicklungsgeschichtlich den Hämalbogen zugehören, obwohl später die Diapophyse ganz im Bereich der Neuralbögen liegt. Das durch den Zusammenschluß der Neuralbögen über dem Rückenmark gebildete Wirbelstück zieht sich zu einem mehr oder weniger langen Dornfortsatz, Processus spinosus, aus.

Bei den Reptilien und Vögeln, *Sauropsidae*, ist die Zusammensetzung der Wirbel ganz die gleiche (XVI, 18, 19). Auch hier haben wir eine gelenkige Verbindung der Wirbelkörper, nur ist meistenteils der gewölbte Gelenkkopf nach hinten, die Gelenkpfanne nach vorn gerichtet (prozöle Wirbel). Bei den Säugetieren dagegen wächst zwischen die Wirbelkörper eine Bindegewebsplatte hinein, die sich als Zwischenwirbelscheibe dauernd erhält. In ihrem Zentrum bleibt ein Rest der Chorda als Nucleus pulposus bestehen, während sie im Wirbelkörper vollkommen verschwindet. Auch bei den Sauropsiden ist sie dort nur in früher Embryonalzeit noch nachzuweisen. Diapophysen und Parapophysen entwickeln sich in gleicher Weise wie bei den Amphibien, doch treten die Parapophysen immer mehr zurück, so daß sie bei den Säugetieren gewöhnlich nur noch als Gelenkflächen an der Seite des Wirbelkörpers selbst nachzuweisen sind.

In enger Beziehung zur Wirbelsäule stehen bei den meisten Wirbeltieren Knochen- bzw. Knorpelspangen, welche die Leibeshöhle umgreifen und als Stütze der Eingeweide dienen, die Rippen, Costae. Ob sie nach Art der Fischgräten ursprünglich als selbständige Skelettstücke in den Bindegewebszügen zwischen der Muskulatur entstehen oder sich als Auswüchse vom

Achsenskelett aus bilden, ist noch nicht sicher entschieden; für letztere Ansicht spricht, daß sie durchweg auf knorpeliger Grundlage entstehen, während die Gräten Bindegewebsverknöcherungen darstellen.

Die knorpeligen Rippen der Haie entspringen von ziemlich weit dorsal gelegenen Seitenfortsätzen der Wirbel und erstrecken sich etwa horizontal gerichtet in die bindegewebige Scheidewand, welche die oberen und unteren Muskelbündel trennt. Die der Knochenfische dagegen setzen weiter ventral an den Hämalbögen an und wenden sich nach abwärts, wo sie dicht unter dem Peritoneum die Leibeshöhle umspannen. Offenbar sind beide Gebilde nicht ohne weiteres zu homologisieren, dafür spricht auch, daß bei einer altertümlichen Knochenfischgruppe, den Crossopterygiern, z. B. *Polypterus*, beide Rippenformen nebeneinander vorkommen. Im allgemeinen setzt man die Rippen der höheren Wirbeltiere den Rippen der Teleostier, den sogenannten unteren Rippen, gleich. Auffallend ist aber, daß sie nicht wie die Fischrippen nur an einem Wirbelfortsatz, der Parapophyse, eingelenkt sind, sondern sich am proximalen Ende gabeln und auch mit dem oberen Wirbelfortsatz, der Diapophyse, in Verbindung treten. Es wäre also nicht ausgeschlossen, worauf Bütschli hinweist, daß sie durch Zusammenlagerung und teilweise Verschmelzung der oberen und unteren Rippen entstanden sind.

Selten finden wir Rippenanlagen gleichmäßig über den größten Teil der Wirbelsäule verteilt wie etwa bei den Schlangen, meist kommen sie in voller Ausbildung nur der Brustregion zu. Dort verbinden sich während des Embryonallebens die Enden einer Anzahl von Rippen zu knorpeligen Längsleisten, durch deren Verschmelzung in der Mittellinie das Brustbein, Sternum, entsteht. Es kann dann entweder in ganzer Ausdehnung verknöchern oder einzelne isolierte Knochenkerne enthalten, wie bei vielen Amphibien und Säugetieren. Die Ausbildung des Brustbeins steht in direkter Beziehung zum Auftreten des Schultergürtels, der Stütze der Vorderextremitäten, dessen ventral gerichtete Fortsätze, Coracoid und Clavicula, mit dem Brustbein in Verbindung treten, oft durch Vermittlung eines besonderen Skelettstückes, Episternum. Die höchste Ausbildung erreicht das Brustbein bei den Vögeln, wo es als Ansatz für die mächtigen Flugmuskeln des Oberarms dient. Zu ihrer Befestigung erhebt sich in der Mittellinie des Brustbeins ein Knochenkamm, die Crista sterni. Je besser das Flugvermögen, desto kräftiger die Crista; bei flugunfähigen Vögeln wie den Straußen fehlt sie vollkommen.

Länge und Gliederung der Wirbelsäule ist in den einzelnen Wirbeltiergruppen außerordentlich verschieden. Unter den Schlangen kommen Formen mit 400—500 Wirbeln vor, bei den Fröschen sinkt ihre Zahl auf 10. Die Wirbelsäule der Fische läßt im wesentlichen nur zwei Abschnitte erkennen, den rippentragenden Rumpfteil und den rippenlosen Schwanzteil, in dem sich auf den Hämalbögen lange Dornfortsätze erheben, die teilweise als Widerlager für die Träger der After- und Schwanzflosse Verwendung finden. Bei den Vierfüßern kommt eine weitere Gliederung dadurch zustande, daß sich der Beckengürtel der Hinterbeine an die Wirbelsäule anlehnt. Zu seiner Befestigung bildet sich die Kreuzbeinregion (Sakralregion) heraus. Bei den Amphibien besteht sie nur aus einem Wirbel, bei Reptilien sind es meist zwei, bei den Säugern gewöhnlich drei bis fünf. Zur kräftigeren Befestigung können die Sakralwirbel miteinander mehr oder weniger verschmelzen, es entsteht so das Kreuzbein (Os sacrum). Die größte Ausdehnung erlangt dies bei Formen mit aufrechtem Gang, weil dort die Anheftungsstelle des Beckens hinter der Fallinie des Schwerpunktes liegt. Es werden daher bei den Vögeln neun bis zwanzig Wirbel in die Bildung des Kreuzbeins einbezogen, und ähnliches gilt für manche fossile Dinosaurier. Die vor dem Kreuzbein gelegene Region gliedert sich wieder in die rippentragende Brustregion und die rippenlose Lendenregion. Die Zahl der Wirbel schwankt in diesen beiden Regionen, besonders bei den Sauropsiden sehr stark. Bei den Säugetieren zählen beide zusammen 16—29 Wirbel; das Verhältnis von Brust- zu Lendenwirbeln verschiebt sich aber auch bei ihnen mannigfach. Von den Rippen der Brustregion vereinigt sich, wie schon erwähnt, ein Teil mit dem Sternum, echte Rippen, eine wechselnde Anzahl dar uffolgender enden frei in der Leibeswand, falsche Rippen. Stets läßt sich an den Rippen ein vorderer knorpeliger von einem hinteren knöchernen Teil unterscheiden; sie bilden meist miteinander einen kopfwärts offenen Winkel. Die beiden Hälften sind gegeneinander mehr oder weniger beweglich, was für die Volumenänderung des Thorax bei der Atmung von großer Bedeutung ist. Bei den Vögeln ist ihre Verbindung ein echtes Gelenk. Besondere hakenförmig gebogene Fortsätze, Processus uncinati, greifen bei vielen Sauropsiden vom distalen Ende einer knöchernen Rippe schräg aufwärts gerichtet über die dahinter gelegene über und bewirken so eine feste Verbindung des ganzen Brustkorbes.

Vor dem ersten Brustwirbel, der eine mit dem Sternum vereinigte Rippe trägt, beginnt die Halswirbelsäule, die bis zur Schädelbasis reicht. Bei den niederen Landwirbeltieren schwankt die Zahl ihrer Wirbel außerordentlich mit der Länge des Halses. So hatten die fossilen Plesiosaurier bis zu 70 Halswirbel, und auch unter den Vögeln kommen noch langhalsige Formen mit 25 Halswirbeln vor (Schwäne). Bei den Säugetieren dagegen treffen wir fast durchgehends sieben Halswirbel, nur die Faultiere machen eine Ausnahme, die Gattung *Choloepus* hat nur sechs, *Bradypus* dagegen acht bis neun Halswirbel. Die verschiedene Länge des Halses beruht hier also auf verschiedener Form der Wirbel, bei der Giraffe sind es sehr lang gestreckte Zylinder, bei den Walen dagegen ganz schmale Platten. Nicht selten trägt auch dieser Abschnitt der Wirbelsäule Rippen (Halsrippen), bei den Krokodilen z. B. sind sie an den hinteren Halswirbeln kräftig ausgebildet. Vielfach erhält sich nur ihr oberstes Stück, das dann mit dem Wirbel verwächst. Dieser Seitenfortsatz weist dann ein Loch auf, durch welches die Arteria vertebralis an der Wirbelsäule entlang zieht. Diese Öffnung ist entstanden durch die gabelige Verbindung des oberen Rippenendes mit der Dia- und Parapophyse. Über die besondere Umgestaltung der beiden vordersten Halswirbel wird bei der Betrachtung des Schädels noch weiter zu sprechen sein.

7. Der Grundplan des Schädels. Der Fischschädel.

Den vordersten Teil des Achsenskeletts bildet der Schädel, Cranium. Er schließt sich vorn an die Halswirbelsäule an und umgibt als knöcherne Kapsel das Gehirn, so wie die Fortsätze der Wirbelsäule das Rückenmark umhüllen. Bei diesen Beziehungen lag der Gedanke nahe, den Schädel als einen umgewandelten Abschnitt der Wirbelsäule zu betrachten. Diese sogenannte Wirbeltheorie des Schädels, die von den Morphologen des beginnenden 19. Jahrhunderts, im besonderen von Oken und Goethe begründet wurde, enthält insofern Richtiges, als tatsächlich ein Teil der Schädelkapsel sich auf verschmolzene Wirbelelemente zurückführen läßt. Dies gilt jedoch nur für das hinterste Stück, die sogenannte Okzipitalregion, in welche auch die Chorda eindringt. Der weit umfangreichere Vorderabschnitt bildet sich aber aus eigenen Elementen, die stammesgeschichtlich sich wahrscheinlich auf Stützelemente der großen Sinnesorgane des Kopfes, besonders der Nase und der Ohren, zurückführen lassen. An diese Elemente, welche zusammen den Hirnschädel, Cerebralcranium, bilden, schließen sich als drittes Glied Skeletteile an, die in der ventralen Leibeswand als Stütze der Kiemen und der Mundöffnung zur Ausbildung kommen. Sie liefern den sogenannten Gesichtsschädel, Visceralcranium.

Die Grundlage des Schädels besteht bei allen Wirbeltieren aus Knorpel; er wird im Laufe der Ontogenese mehr oder weniger vollständig durch Knochen umhüllt und ersetzt. In frühen Embryonalstadien zeigt sich als Grundlage des Hirnschädels zunächst ein sehr einfaches System von Knorpelspangen (XVII, 1). Wir finden zu beiden Seiten der Chorda, die zugespitzt in der Hinterhauptsregion endet, die sogenannten Parachordalia. Diese Knorpelplatten lassen gelegentlich noch erkennen, daß sie durch Verschmelzung gesonderter Wirbelanlagen entstanden sind. Um wieviel solcher Wirbel es sich handelt, ist allerdings nicht mehr sicher festzustellen. Im Bereich des prächordalen Schädels schließen sich an die Parachordalia die sogenannten Trabeculae an, welche sich nach vorn zusammenneigen und zwischen sich eine Öffnung zum Durchtritt der Hypophysis cerebri lassen. Gesondert davon legt sich je eine Knorpelkapsel um die Nase und um die Region des inneren Ohres (Labyrinthregion). Im weiteren Wachstum verbinden sich nun diese Elemente. Die Parachordalia umwachsen die Chorda, ihre beiden Hälften vereinigen sich ebenso wie die der Trabeculae und liefern die Schädelbasis (XVII, 3). Von dieser Basalplatte erheben sich vom Ohr bis zur Nasengegend seitliche Knorpelbögen, die schließlich sich über dem Gehirn zum Schädeldach vereinigen (XVII, 2). So entsteht die knorpelige Schädelkapsel, wie wir sie im besonderen bei den Knorpelfischen zeitlebens wohlausgebildet finden. Ein solcher Knorpelschädel eines Haies etwa (XVII, 4) zeigt vorn eine starke Auftreibung, in welcher das mächtig entwickelte Geruchsorgan liegt, davor verlängert er sich in das spitz zulaufende Rostrum. Im hinteren Schädelteil bilden die mächtigen Ohrkapseln zwei große Vorsprünge. Zwischen Nase und Ohr ist der Knorpelschädel stark eingeschnürt zur Aufnahme der Augen. Seine Seitenwände werden dort eng zusammengepreßt und bilden das sogenannte Interorbitalseptum. Besondere Knorpelanlagen treten in der Umgebung des Augapfels nicht auf.

Auf dieser knorpeligen Grundlage entwickelt sich nun der knöcherne Schädel der höheren Tiere dadurch, daß einerseits im Knorpel selbst Knochenkerne auftreten und ihn allmählich verdrängen (Ersatzknochen). Andererseits lagern sich Knochenelemente, die nicht knorpelig vorgebildet sind, dem Knorpel von außen auf (Beleg- oder Deckknochen). Sie gehen aus Hautverknöcherungen hervor, wie wir sie weit verbreitet bei niederen Wirbeltieren antrafen (vgl. S. 358), können aber in der Ontogenese der höheren Formen diesen Zusammenhang oft nur noch sehr andeutungsweise zeigen, so daß im Einzelfalle die Deutung eines Knochenelementes recht unsicher werden kann. Man pflegt vielfach diese Hautknochen als sekundäre den Ersatzknochen als primären Verknöcherungen gegenüber zu stellen. Stammesgeschichtlich treten sie jedoch zuerst auf, während der Knorpelschädel erst später verknöchert, wären also in diesem Sinne als primär zu bezeichnen.

Durch Vereinigung dieser Deck- und Belegknochen setzt sich das Cerebralcranium aus einer Fülle von einzelnen Elementen zusammen, die sich am übersichtlichsten ihrer Lage nach in fünf Regionen gliedern lassen (XVII, 5—7):

1. Die Hinterhauptsregion besitzt als Ersatzknochen die Occipitalia, von denen wir ein ventrales Basioccipitale, zwei seitliche Exoccipitalia oder Occipitalia lateralia und ein dorsales Supraoccipitale unterscheiden. Sie bilden gemeinsam die Umgrenzung des Hinterhauptsloches, Foramen magnum, durch welches das Rückenmark in das Gehirn übergeht. Als Deckknochen finden sich auf der Dorsalseite einige Knochenpaare, die man als Dermoccipitalia bezeichnet. Auf die Ventralseite erstreckt sich bisweilen ein großer Belegknochen der Schädelbasis, das Parasphenoid.

2. Die Labyrinthregion enthält Verknöcherungen, die sich im Bereich der knorpeligen Ohrkapsel entwickeln und die man danach als Otica bezeichnet. Es können bis zu fünf solcher Ersatzknochen auftreten; von diesen liegen das Pro- und das Opisthoticum auf der Ventralseite, ersteres nach vorn, letzteres nach hinten gerichtet. An das Opisthoticum schließt sich seitlich und dorsal das Epioticum, auf der Oberseite des Schädels finden wir hinten das Pteroticum und vorn das Sphenoticum.

3. Die hintere Keilbeinregion enthält als basalen Ersatzknochen das Basisphenoid, dem sich seitlich die paarigen Alisphenoide anschließen. Den Abschluß des Schädeldaches bilden Belegknochen, die meist paarigen Parietalia. An diese schließen sich seitlich fast stets zwei andere Belegknochen, das Squamosum hinten und das Postfrontale vorn. Sie überlagern die Ohrkapsel in der Region, wo das Pteroticum bzw. Sphenoticum entstehen und ersetzen diese Knochen in sehr vielen Fällen. Als Belegknochen der Basis treffen wir wieder das Parasphenoid.

4. Die vordere Keilbeinregion ist sehr ähnlich zusammengesetzt. Basal liegt das Präsphenoid, seitlich davon die Orbitosphenoide, beides Ersatzknochen. Das Schädeldach wird wieder von einem Belegknochen, dem Frontale, eingenommen, dem sich nach vorn und seitlich zwei andere Belegknochen, das Präfrontale und das Lacrimale, anschließen. An der Basis finden wir auch hier das Parasphenoid.

5. Die vorderste Region, die Ethmoidalregion, enthält als Ersatzknochen das unpaare Mesethmoid und die seitlichen Exethmoidea (Ethmoidea lateralia). Das Schädeldach bilden als Belegknochen die Nasalia, ventral liegt der paarige oder unpaare Vomer.

Auch der Gesichtsschädel entwickelt sich auf knorpeliger Grundlage. In dem Bindegewebe, welches den Vorderdarm umschließt, bilden sich eine Anzahl von Knorpelspangen, die Kiemenbogen, zwischen denen die Kiemenspalten sich nach außen öffnen. Ihre Zahl vermindert sich bei den höheren Formen stark, entsprechend der Abnahme der Kiemenspalten. Bei den Haien finden wir im Höchstfalle noch sieben, bei den höheren Fischen meist fünf, bei den Landwirbeltieren noch vier angelegt. Zu ihnen gesellen sich dann noch zwei vordere Bögen, welche hauptsächlich zur Bildung des Gesichtsschädels beitragen, der Kieferbogen und der Zungenbein-(Hyoid-)Bogen. Bei den Haien setzt sich der Kieferbogen jederseits aus zwei Knorpelstücken zusammen, dem Palatoquadratknorpel oben und dem Mandibularknorpel unten. Sie fassen die Mundöffnung zwischen sich, stellen also die erste Anlage von Ober- und Unterkiefer dar (XVII, 4). Der nach hinten folgende Zungenbeinbogen setzt sich gleichfalls aus zwei Stücken zusammen, dem Hyomandibulare oben und dem Hyoid unten; letzteres kann sich wieder in eine Anzahl von Einzelknochen zerlegen. Vor dem Kieferbogen liegen bei den Haien jederseits noch drei kleinere Knorpelstückchen, die sogenannten Lippenknorpel. Ihre Deutung ist zweifelhaft, möglicherweise sind sie die Reste von zwei Kiemenbogen, die noch vor dem Kieferbogen sich befanden. Sie tragen bei den Haien keine Zähne und entstehen in der Ontogenese später als die übrigen Knorpelteile, so daß es sich vielleicht auch nur um sekundär entwickelte Stützapparate für die vordere Mundpartie handelt.

Im Bereiche dieser Knorpelspangen treten nun bei den höheren Wirbeltieren sowohl Ersatz- wie Belegknochen auf. Diese ordnen sich in vier Reihen, von denen je eine dem Hyoidbogen und dem Mandibularknorpel entspricht, während die zwei übrigen auf den Palatoquadratknorpel zurückzuführen sind.

1. Im Zungenbeinbogen entsteht ein Hyomandibulare, dem sich ventral eine Reihe von Hyoidea anschließt, von denen das Ceratohyale das stattlichste ist. Sämtliche Knochen dieses Bogens sind Ersatzknochen.

2. Im Mandibularbogen entwickelt sich an der Gelenkstelle mit dem Oberkiefer das Articulare, darunter das Angulare, beides Ersatzknochen, davor als Hauptstück das Dentale und an dessen Innenseite das Operculare, beides Deckknochen.

Von den Knochen, die im Bereich des Palatoquadratums entstehen, wird die innere Reihe gebildet von

3. dem Palatinum und Pterygoid. Ihre Abstammung ist verschieden, indem sie bald als Ersatzknochen, bald als Deckknochen sich entwickeln. Gelegentlich treten an Stelle eines einheitlichen Pterygoides mehrere Knochenstücke, ein Ento- und Ectopterygoid, die Deckknochen sind, und ein Metapterygoid, das sich als Ersatzknochen anlegt. Nur bei den Reptilien kommt als besondere Bildung ein Epipterygoid vor.

4. Der äußere Bogen oder Oberkieferbogen besteht aus lauter Belegknochen, nämlich dem Zwischenkiefer oder Prämaxillare, dem Oberkiefer, Maxillare, und dem Jochbein, Jugale. Möglicherweise sind diese drei ursprünglich als Belegknochen der Lippenknorpel entstanden, gehören also gar nicht der Palatoquadratregion an.

Am hinteren Ende des Palatoquadratknorpels entwickelt sich schließlich ein Ersatzknochen, an dem einerseits der Unterkiefer eingelenkt ist und der andererseits die Verbindung mit dem Hirnschädel vermittelt, das Quadratum. Als Belegknochen kommt in derselben Region das Paraquadratum zur Entwicklung.

Die gegenseitige Lagebeziehung der besprochenen Knochenelemente geht am besten aus den beigegebenen Schemata hervor, die insofern einen Idealfall darstellen, als niemals alle angegebenen Knochenstücke gleichzeitig an einem Schädel vorkommen.

Unter den heute noch lebenden Wirbeltieren läßt sich die allmähliche Entwicklung des Schädels in der Stammesgeschichte noch gut verfolgen. Amphioxus, dem jede knorpelige Skelettanlage fehlt, weist auch noch gar keinen Schädel auf. Reines Knorpelskelett treffen wir bei den Zyklostomen und den Selachiern. Die Schädelknorpel der Zyklostomen sind nur sehr unvollkommen entwickelt und lassen sich nur teilweise auf die Bestandteile des Knorpelschädels der höheren Formen zurückführen, so daß es unklar bleibt, ob man es bei ihnen mit primitiven oder durch die halb parasitische Lebensweise degenerierten Formen zu tun hat. Die völlig geschlossene Knorpelkapsel des Selachierschädels, deren Grundplan wir bereits kennen gelernt haben, kehrt mehr oder weniger vollständig in der Entwicklung der höheren Formen wieder. In der Reihe, welche von den Knorpelfischen über die mannigfaltigen Gruppen der sogenannten Ganoidfische zu den Knochenfischen führt, läßt sich die allmähliche Verknöcherung ausgezeichnet verfolgen. Bei den Stören (*Chondrostei*) erhält sich der Knorpelschädel noch in vollem Umfang während des ganzen Lebens (XVIII, 1). Es lagern sich ihm aber eine große Anzahl Knochenplatten auf, deren Zusammenhang mit den Knochenschilden der Rumpfhaut sich ohne weiteres nachweisen läßt (XVIII, 2). Die Zahl dieser Deckknochen ist bedeutend größer als bei den höheren Formen, vermutlich ist durch Verschmelzung mehrerer Elemente die Zahl allmählich reduziert worden. Ganz ähnliche Bilder zeigt uns auch das Cerebralcranium von *Amia*, einem Vertreter der primitiven Knochenfische, *Holostei*. Dort sehen wir aber gleichzeitig im Knorpelschädel eine Anzahl von Ersatzknochen auftreten (XVIII, 3), die ihn beim erwachsenen Tier weitgehend verdrängen. Die höchste Stufe erreicht der Verknöcherungsprozeß bei den echten Knochenfischen, *Teleostei*, wo eine fast vollständige knöcherne Schädelkapsel zur Ausbildung kommt (XVIII, 4—6). Der gleiche Prozeß spielt sich auch am Viszeralschädel ab; während bei den Haien Kiefer und Kiemenbögen noch rein knorpelig bleiben, treten bei den Stören in bzw. auf dem Knorpel eine Anzahl von Knochen auf, die sich bei den Holostei und Teleostei zu ganzen Knochenreihen vervollständigen und den Knorpel äußerlich ganz zum Verschwinden bringen.

Die charakteristischen Merkmale dieser Knochenfischschädel liegen entsprechend ihrer Entstehung einmal in der außerordentlich großen Zahl der Einzelknochen. Sie beruht vorwiegend auf der reichen Gliederung des Deckknochenapparates. Eine besondere Erwähnung verdient darunter das Parasphenoid. Es bildet die Grundlage der Schädelbasis und erstreckt sich wie ein großer Strebepfeiler vom Hinterhaupt, bei den Stören sogar von der Gegend der vordersten Halswirbel, bis zur Ethmoidalregion. Der Schädel wird dadurch vollständig fest mit der Wirbelsäule verbunden, was biologisch verständlich ist als Anpassung an die Durchschneidung des Wassers beim Schwimmen. Bei vielen Fischen findet man, daß der vorderste Halswirbel fest in die Occipitalregion eingekeilt ist. Von der großen Zahl der ursprünglichen Deckknochen der primitiven Fische erhalten sich bei den

Knochenfischen neben den oben besprochenen typischen Belegknochen des Schädels vorwiegend zwei Gruppen. Einmal die sogenannten Orbitalia, die als mehr oder weniger geschlossener Ring das Auge umgeben, und sich nach rückwärts bis in die Schläfenregion fortsetzen können (XVIII, 3, 6). Man kann eine wechselnde Anzahl von Supra-, Infra- und Postorbitalia unterscheiden, von ihnen verdienen die letzteren besondere Beachtung, da ein Postorbitale auch bei höheren Formen nicht selten erhalten bleibt.

Die zweite Gruppe bildet den sogenannten Kiemendeckel oder Opercularapparat, der sich nach rückwärts an das Hyomandibulare anschließt. Zusammen mit einer Anzahl von Knochenstrahlen, den Radii branchiostegi, die am Ceratohyale des Hyoidbogens ansetzen und eine bewegliche Hautfalte, die sogenannte Kiemenhaut, stützen, bildet der Kiemendeckel die vordere und obere Begrenzung der Kiemenhöhle und gewährleistet den regelmäßigen Abfluß des durch die Mundhöhle aufgenommenen Atemwassers nach hinten.

Von besonderer Bedeutung ist jedoch die Art der Aufhängung des Kieferapparates am Hirnschädel. Diese wird nämlich vermittelt durch den oberen Teil des Zungenbeinbogens, das Hyomandibulare. Dies legt sich in der Labyrinthregion an den Hirnschädel an und steht am anderen Ende durch einen besonderen Schaltknochen, das Symplecticum, mit dem Quadratum in fester Verbindung. Dieser Mechanismus (Hyostylie) entwickelt sich bei den Haien und ist schon unter den Ganoidfischen allgemein verbreitet.

8. Der Schädel der Amphibien und Sauropsiden.

Die vierfüßigen landlebenden höheren Wirbeltiere kennzeichnen sich in erster Linie durch die gelenkige Verbindung des Schädels mit der Wirbelsäule, die ein Neigen und Drehen des Kopfes ermöglicht, eine Anpassung an die veränderten Lebensbedingungen. Weiterhin unterscheiden sie sich von den Fischen dadurch, daß die Zahl ihrer Schädelknochen durchweg wesentlich geringer ist. Die Deckknochen treten mehr und mehr zurück, während das bei den niederen Formen noch stark ausgebildete Knorpelkranium in steigendem Maße durch Ersatzknochen verdrängt wird. Der Kieferapparat ist stets direkt mit dem Hirnschädel verbunden (Autostylie), und zwar mit Ausnahme der Säugetiere vermittelst des Quadratums. Das Hyomandibulare verschwindet völlig und rückt nach der meist vertretenen Auffassung in das Innere des Ohres, wo es als Columella auris der Schalleitung zwischen Trommelfell und Labyrinth dient.

Einen Übergang zum Schädelbau der Tetrapoden stellen vielleicht die Lungenfische (*Dipnoi*) dar, insofern bei ihnen gleichfalls Autostylie vorliegt. Sie unterscheiden sich im übrigen von allen höheren Wirbeltieren durch das völlige Fehlen von Prämaxillare und Maxillare.

Die Schädeltypen der drei oberen Wirbeltierklassen, der Amphibien, Sauropsiden und Säuger stehen sicherlich in keiner direkten Verbindung, sondern leiten sich unabhängig von einander von einer primitiven Urform her.

Am Anfang der Amphibienreihe finden wir die fossilen Stegozephalen. Sie besaßen noch einen sehr vollkommenen Hautpanzer auf dem Kopfe, der in vieler Hinsicht dem der Störe glich, während Ersatzknochen noch sehr wenig entwickelt waren. Die jetzt lebenden Amphibienformen haben diese Hautknochen zum großen Teil verloren, so daß ihr ganzer Schädel noch vorwiegend knorpelig ist (XIX, 1—3). Wir finden bei ihnen in der Hinterhauptregion als einzige Verknöcherung die paarigen Occipitalia lateralia. Jedes von diesen trägt eine Gelenkfläche zur Verbindung mit dem vordersten Halswirbel; diese paarigen Condyli occipitales scheiden den Amphibienschädel unverkennbar von dem der Sauropsiden (XIX, 3). In der Labyrinthregion tritt ebenfalls nur eine Verknöcherung auf, das Prooticum, das sich als große rundliche Platte zu beiden Seiten der Schädelbasis anlegt. Basis und Seitenteile des hinteren Keilbeinabschnittes bleiben knorpelig, ebenso die Basis des vorderen, an den Seiten treten darin aber als Ersatzknochen Orbitosphenoide auf. Sie rücken bei den froschartigen Amphibien, den Anuren, dicht zusammen und umgreifen ringförmig den vorderen Teil des Hirnschädels, der nach der Nasenkapsel zieht (sogenanntes Gürtelbein des Frosches, das vielfach auch als Ethmoid bezeichnet wird). Als Dach des Keilbeinabschnittes legt sich hinten das Parietale, vorn das Frontale an, beide verschmelzen vielfach, so beim Frosch, zu einem einheitlichen Frontoparietale. Seitlich davon liegen hinten die Postfrontalia, vorn die Präfrontalia; beide können gelegentlich fehlen. Die Stütze der Schädelbasis bildet das mächtige Parasphenoid; es reicht von der Nasengegend bis zum Hinterhaupt und sendet dort zwei stabartige Fortsätze unter die Ohrkapsel, so daß es im ganzen T-form erhält. In der Ethmoidalregion schließt sich ihm vorn der paarige Vomer an, während das Dach der Nase von den Nasalia gebildet wird.

Im Kieferapparat treffen wir eine ziemlich vollständige Verknöcherung. Die einzelnen Bogen stellen lange, dünne Spangen dar, die durch weite Zwischenräume getrennt ziemlich lose am Hirnschädel befestigt sind. Der innere Oberkieferbogen (Gaumenbogen) setzt sich aus Palatinum und Pterygoid zusammen, die gelegentlich zu einem Palatopterygoid verschmelzen können. Sie entstehen beide als Deckknochen. Im äußeren Bogen treffen wir Prämaxillare und Maxillare. Sie stehen mit dem Gelenkteil des Kieferbogens durch das sogenannte Quadrato-Maxillare in Verbindung, ein sehr eigenartiges Gebilde, das zum größten Teil aus einer spangenartigen Bindegewebsverknöcherung besteht, in die aber ein

Teil der knorpeligen Anlage des Quadratums als Ersatzknochen einbezogen wird. Der Hauptteil des Quadratums, welcher die Verbindung mit dem Hirnschädel einerseits und die Gelenkfläche für den Unterkiefer andererseits bildet, bleibt knorpelig, es lagert sich ihm aber außen ein oft ansehnliches Paraquadratum auf. Der Unterkiefer setzt sich in üblicher Weise aus Articulare, Angulare, Dentale und Operculare zusammen.

Bei den Sauropsiden macht die Ersatzverknöcherung starke Fortschritte, während die Deckknochen mehr und mehr zurücktreten (XIX, 4—6). Besonders gilt dies für das Parasphenoid, das seine Selbständigkeit verliert und zu einem schmalen, stachelartigen Fortsatz des Basisphenoids reduziert wird (XIX, 5). In einzelnen finden wir in der Hinterhauptregion einen vollausgebildeten Knochenring um das Foramen magnum, bestehend aus Basioccipitale, Occipitalia lateralia und Supraoccipitale. Dadurch, daß das Basioccipitale sich zwischen die Condylen der Occipitalia lateralia einschiebt, entsteht der für die Sauropsiden bezeichnende kugelige oder querovale Gelenkkopf zur Verbindung mit der Wirbelsäule (XIX, 6). In der Labyrinthregion entwickeln sich Pro- und Opisthoticum. Die hintere Keilbeinregion weist als Ersatzknochen Basi- und Alisphenoide, die vordere nur die Orbitosphenoide auf. Als Deckknochen finden wir wieder Parietale und Frontale, neben denen mit großer Regelmäßigkeit hinten Squamosum und Postfrontale, vorne Präfrontale und Lacrimale zur Ausbildung gelangen. Ein Kennzeichen der meisten Reptilien ist das Foramen parietale, das auf dem Schädeldach in der Mitte der oft zu einem Knochen verschmolzenen Parietalia gelegen ist und zur Verbindung des sogenannten Parietalorgans (Scheitelauge) mit dem Gehirn diente. In der Ethmoidalregion tritt als Ersatzknochen nur bei den Vögeln ein Mesethmoid auf, dagegen sind Vomer und Nasalia fast überall ausgebildet.

Das Visceralskelett weist im allgemeinen die gleichen Bestandteile auf wie bei den Amphibien. Als besondere Bildung kommen aber den Reptilien zwei Knochenstücke zu. Einmal das Epipterygoid, auch als Columella cranii bezeichnet. Es steigt senkrecht in der Seitenwand des Hirnschädels empor und verbindet sich mit dem Parietale; vielleicht steht es in stammesgeschichtlichen Beziehungen zu dem Metapterygoid der Fische. Das Transversum bildet einen horizontalen Strebepfeiler zwischen innerem und äußerem Oberkieferbogen, es zieht sich vom Pterygoid schräg nach vorn und außen zum Maxillare.

Auch die Reptilien leiten sich vermutlich von Formen her, die im Bau ihres Schädels mit den Stegozephalen nahe Beziehungen besaßen. Von hier aus lassen sich in der Entwicklung zwei Richtungslinien verfolgen. Die eine führt zu Schildkröten und Krokodilen, Formen mit massigem geschlossenem Schädel und einem fest mit der Hirnschädelwand verbundenem

Quadratum; in der anderen entwickelten sich Eidechsen, Schlangen und Vögel, bei denen das Gefüge der Knochen sich lockerte und das Quadratum meist gelenkig am Hirnschädel befestigt ist. Zwischen beiden vermittelt die Gruppe der Rhynchocephalen, die heute allein von der Brückenechse, *Sphenodon* (*Hatteria*), gebildet wird. Es handelt sich dabei um biologische Anpassung. Schildkröten und Krokodile sind meist große und kräftige Tiere, welche sich entweder von abgebissenen Pflanzenteilen ernähren oder tierische Beute mit den Zähnen zerkleinern. In beiden Fällen werden an die Beißkraft hohe Ansprüche gestellt, was den kompakten Schädelbau und die feste Einfügung des Kieferbogens bedingt. Die andere Gruppe besteht vorwiegend aus kleineren und zierlich gebauten Formen, welche ihre Nahrung unzerkleinert hinabschlingen und dazu eines erweiterungsfähigen, beweglich am Hirnschädel aufgehängten Kieferapparates bedürfen.

Während in der ersten Gruppe die Schädelwand vom Parietale bis zum Jugale des Oberkieferbogens vielfach eine geschlossene Kapsel darstellt (XIX, 7, 9), treten bei der anderen zwischen diesen Knochenteilen Durchbrüche auf, so daß zur Seite der eigentlichen Hirnkapsel ein nur mit Haut bedeckter Raum entsteht, die Schläfengrube. Selten ist sie ganz offen, sondern wird meist von ein bzw. zwei Knochenspangen überspannt, den Jochbögen. Wir finden sie in typischster Ausbildung bei der Hatteria (XIX, 4—6). Dort wird der obere Jochbogen gebildet vom Squamosum und Postfrontale mit Einschaltung eines Postorbitale, der untere vom Paraquadratum und Jugale. Beide Bögen stehen unter sich durch senkrechte Strebepfeiler in Verbindung, so daß zwei rundliche Schläfenlöcher entstehen. Von diesen wird das obere umgrenzt medial vom Parietale, vorn vom Postfrontale und Postorbitale, lateral von letzterem und dem Squamosum, das sich hinten wieder an das Parietale anschließt. Der Oberrand des unteren Schläfenloches wird gebildet vom oberen Jochbogen, daran schließt sich vorn das Postorbitale und ein Fortsatz des Jugale, lateral der untere Jochbogen und hinten ein zum Squamosum aufsteigender Fortsatz des Paraquadratums. Das Quadratum, das bei Hatteria noch fest mit dem Hirnschädel verbunden ist, stützt sich hauptsächlich auf das Squamosum, daneben aber auch auf einen Fortsatz des Occipitale laterale und trägt seinerseits das Pterygoid und das Paraquadratum, die Endstücke der beiden Oberkieferbogen. An seiner Gelenkfläche artikuliert in der üblichen Weise der Unterkiefer. Je lockerer nun der Bau des Schädels wird, desto schmäler werden die Jochbögen und schwinden zum Teil, bei den Eidechsen der untere (XIX, 11), bei den Vögeln der obere (XIX, 10) und bei den Schlangen beide (XIX, 12, 13). Während bei den Vögeln das Quadratum fest mit dem Hirnschädel verbunden bleibt, wird es bei Eidechsen und Schlangen beweglich. Bei letzteren wird sogar die gelenkige Verbindung mit dem Hirnschädel noch weiter ausgebaut, indem das Squamosum seinerseits ein Gelenk mit dem Parietale bildet. Die Schlangen erhalten auf diese Art ein ungemein erweiterungsfähiges Maul, was noch dadurch unterstützt wird, daß die beiden Dentalia des Unterkieferbogens sich nicht wie gewöhnlich vorn knöchern verbinden, sondern nur durch ein elastisches Band zusammengehalten werden. Gleichzeitig wandeln sich auch Pterygoid und Palatinum mehr und mehr zu langen dünnen Spangen um, die mit dem Hirnschädel nur am Vorderende in Verbindung stehen. Das Extrem erreicht diese Entwicklungsrichtung bei den Giftschlangen. Dort ist der Oberkiefer zu einem rundlichen Knöchelchen reduziert, in dem der große, hakenförmig gebogene Giftzahn steckt. Dieses Maxillare ist gelenkig am Grunde des Hirnschädels befestigt, ebenso wie der Pterygo-Palatinbogen. Öffnet die Giftschlange zum Biß das Maul durch Herabziehen des Unterkiefers, so überträgt sich dieser Druck durch das bewegliche Quadratum auf das Pterygoid, das an der Schädelbasis nach vorn gleitet. Durch das lange, stabförmige Transversum wird der Druck auf das Maxillare fortgepflanzt und dreht dieses in seinem Gelenk, so daß die Spitze des Giftzahnes, die in der Ruhe nach hinten eingeschlagen war, jetzt nach vorn aus dem Maule hervorragt (XIX, 12). Durch diesen Mechanismus macht sich die Giftschlange also automatisch zum Biß oder richtiger zum Stich bereit in dem Augenblick, wo sie das Maul öffnet. Eine ähnliche gelenkige Verbindung des Visceralskelettes mit der Schädelbasis existiert auch bei den Papageien. Dort kann der Oberschnabel, der vorwiegend aus Prämaxillare und Maxillare besteht, in einem Gelenk zwischen Nasalia und Frontalia gedreht werden, und dies geschieht gleichfalls beim Öffnen des Unterkiefers, wobei die Pterygoide die Vermittlung übernehmen.

Bei Schildkröten und Krokodilen bahnt sich eine Entwicklung an, die wir auch bei den Säugern allgemein durchgeführt finden, die Bildung eines knöchernen Gaumens. Er entsteht dadurch, daß Prämaxillare und Maxillare horizontale Platten nach innen gegen die Schädelbasis senden. Diese drängen einerseits die ursprünglich paarigen Vomera, andererseits die Palatina und Pterygoide vor sich her und gegen die Mittellinie zusammen. Der Vomer wird so mehr und mehr in das Innere der Nasenhöhle verlagert und bildet sich zu der knöchernen Nasenscheidewand um, und Prämaxillare und Maxillare bilden den Boden der Nase bzw. das Dach der Mundhöhle. Weiter hinten treten die Nasengänge zwischen den Palatina in die Mundhöhle ein. Diese hintere Öffnung (Choanen) wird aber dadurch immer weiter nach hinten verlagert, daß sich vom Palatinum und Pterygoid seitlich absteigende Fortsätze entwickeln, die den Nasenrachengang ganz umgreifen und sich in der Mitte wieder mehr oder weniger vollständig vereinigen (XX, 8, 9). Auf diese Art rückt bei den Krokodilen die innere Nasenöffnung bis tief in den Rachenraum, etwa gegenüber dem Eingang in den Kehlkopf. Diese Partie kann durch eine segelförmige Hautfalte ganz von der Mundhöhle abgesperrt werden, eine biologisch sehr zweckmäßige Einrichtung, die es den Krokodilen gestattet, ihre luftatmende Beute mit dem Maule unter Wasser zu ziehen und zu ersticken, während sie selbst durch die auf die Oberseite der Schnauze verschobenen äußeren Nasenlöcher Luft atmen und in die Lunge weiterbefördern können.

Die hohe Ausbildung der Augen bedingt schon bei manchen Reptilien eine starke Zusammenpressung der Schädelkapsel zwischen Nasen- und Ohrregion. Ihr Maximum erreicht sie bei den Vögeln, die an relativer Größe der Augen alle anderen Wirbeltiere übertreffen. Der von Gehirnsubstanz ausgefüllte Innenraum des Hirnschädels, der bei den Amphibien noch bis an die Nase reicht, wird dadurch mehr und mehr reduziert und an seine Stelle tritt eine knöcherne, zum Teil auch nur bindegewebige senkrechte Scheidewand, das Interorbitalseptum (XIX, 10). Bei den Vögeln begegnen wir einer starken Zunahme der Gehirnmasse; die dadurch notwendige Vergrößerung des Schädelvolumens wird in der Weise gewonnen, daß die seitlichen Teile der Hirnkapsel, die Ali- und Orbitosphenoide unten und die absteigenden Partien des Frontale und Parietale oben sich stärker nach außen wölben (XIX, 10). An dieser seitlichen Begrenzung der Hirnkapsel beteiligt sich auch das Squamosum in ausgedehntem Maße. Gleichzeitig nimmt das Supraoccipitale an Umfang zu und wölbt sich weiter nach hinten, so daß die Durchtrittsstelle des Rückenmarks mehr auf die Unterseite des Schädels verlagert wird (XX, 1, 2). Der Vogelschädel zeichnet sich im besonderen noch dadurch aus, daß die Nahtverbindungen seiner einzelnen Teile schon sehr früh verknöchern und dadurch der ganze Schädel zu einer einheitlichen Kapsel wird.

9. Der Säugerschädel. Die Verbindung des Schädels mit der Wirbelsäule. Kiemenbogen und Zungenbein.

Der Säugetierschädel kennzeichnet sich vor allem durch die gänzlich andere Art der Aufhängung des Kieferapparates (XX, 10, 11). Das Quadratum und der Gelenkknochen des Unterkiefers, das Articulare, sind aus dem Kieferapparat ausgeschieden und zu den Gehörknöchelchen, Hammer (Articulare) und Amboß (Quadratum) geworden (vgl. S. 469). Es bleibt somit vom Unterkiefer wesentlich nur das Dentale übrig und dieses gelenkt direkt am Squamosum. Auch die Verbindung des Oberkieferbogens nach hinten durch das Jugale geht auf das Squamosum über, während das Paraquadratum vielleicht zum knöchernen Gerüst des äußeren Ohres, dem Tympanicum, sich entwickelt. Palatinum und Pterygoid gliedern sich mehr und mehr der

Sphenoidalregion der Schädelbasis an, letzteres wird dabei in manchen Fällen zu einem Fortsatz des Sphenoids reduziert.

Ein weiterer wesentlicher Punkt ist die Ausbildung der Nasenregion, die durch den hochentwickelten Geruchssinn der meisten Säugetiere bedingt wird (XX, 3, 6). Der innere Hohlraum der Nase dehnt sich weit nach hinten aus, so daß die Ethmoidalregion bis an den vorderen Abschluß der Hirnhöhle herangeschoben wird. Dadurch, sowie durch die Zunahme des Volumens der Schädelhöhle infolge der Ausbildung des Großhirns, werden die Augen seitlich auseinandergedrängt und es kommt nicht zur Entwicklung des für die Sauropsiden so wichtigen Interorbitalseptums. Die Grenze von Nasen- und Schädelhöhle bildet das Siebbein (Ethmoid). Es setzt sich zusammen aus einer unpaaren, senkrecht gestellten Platte (Lamina perpendicularis), welche dem Mesethmoid der Sauropsiden entspricht, und den seitlich anschließenden Platten der Lamina cribrosa, die aus den Ethmoidalia lateralia hervorgehen. Die Bezeichnung Lamina cribrosa rührt davon her, daß durch diese Platte die zahlreichen Fäden der Geruchsnerven in die Nasenhöhle eintreten. In der Nasenhöhle selbst entwickeln sich zur Stütze der Riechschleimhaut zahlreiche dünne Knochenlamellen. Man bezeichnet sie im allgemeinen als Nasenmuscheln (Conchae). Die obersten dieser Lamellen gehen vom Siebbein aus (Ethmo-turbinalia); sie bilden das sogenannte Siebbeinlabyrinth; eine legt sich als gesonderter Knochen (Turbinale) in der Seitenwand der Nasenhöhle an, während die unterste Muschel dem Oberkiefer zugehört (Maxilloturbinale). Zahl und Ausdehnung der Muscheln schwankt mit der Höhe des Geruchsvermögens. Wichtig ist, daß vielfach die Nasenhöhle mit Hohlräumen der benachbarten Knochen in Verbindung tritt; sie entwickeln sich besonders im Oberkiefer (Antrum highmori), im Stirnbein und weniger im vorderen Keilbeinabschnitt. Nach unten wird die Nasenhöhle vom knöchernen Gaumen abgeschlossen, dessen Bildung durchaus der der plakoiden Reptilien entspricht.

Der Teil des Schädels, welcher die eigentliche Hirnkapsel bildet, wird in seinen Lagebeziehungen vorwiegend durch die zunehmende Entwicklung des Gehirns bestimmt. Wir treffen an ihm wesentlich die von den Sauropsiden her bekannten Knochen wieder, nur zeigen sie eine Neigung zur Verschmelzung (XX, 3—7). In der Hinterhauptsregion treten wie gewöhnlich Basioccipitale, Occipitalia lateralia und Supraoccipitale auf. Zu bemerken ist, daß das Basioccipitale hier nicht wie bei den Sauropsiden sich an der Gelenkverbindung mit der Wirbelsäule beteiligt, dadurch treten wieder paarige Condyli occipitales auf, wie bei den Amphibien. Doch entsprechen sich diese Bildungen nicht, da durch vergleichende Untersuchungen, besonders des Nervensystems, festgestellt ist, daß in die Bildung der Hinterhauptregion der Säugetiere mindestens drei Wirbel einbezogen worden sind, die bei den Amphibien noch selbständig waren. Die Occipitalia lateralia laufen häufig in hinter dem Gehörgang liegende, nach abwärts gerichtete Fortsätze, Processus paramastoidei, aus.

In der Labyrinthregion entwickelt sich ein umfangreiches Knochenstück, das Felsenbein, Petrosum. Es bildet die knöcherne Kapsel des inneren Ohres und entsteht ontogenetisch aus einer Anzahl von Knochenkernen, die wohl mehreren Otica entsprechen. Den größten Anteil an der Bildung des Petrosum hat sicherlich das Prooticum, wahrscheinlich beteiligt sich aber auch das Opisthoticum, das dann den sogenannten Warzenfortsatz, Processus mastoideus, liefert. Die vordere und hintere Keilbeinregion kennzeichnet sich dadurch, daß ihre Knochenelemente weitgehend verschmelzen. An der Schädelbasis tritt hinten, wie bei den Sauropsiden, ein Basisphenoid und die paarigen Alisphenoide auf, in der vorderen Keilbeinregion gesellt sich zu den paarigen Orbitosphenoiden ein Präsphenoid, das den Säugern allein zukommt. Diese vier Elemente verbinden sich nicht selten zu einem einheitlichen Knochen, dem Keilbein, Sphenoideum (XX, 5). Das alte Parasphenoid ist bei den Säugern ganz geschwunden, nur bei den niedersten Formen läßt sich im Embryonalstadium eine Anlage dazu nachweisen, die aber schon früh mit dem Basisphenoid verschmilzt. Die paarigen Seitenteile des Sphenoids werden durch die Ausdehnung der Schädelhöhle aus der senkrecht aufsteigenden mehr und mehr in eine horizontale Stellung gedrängt, ihre äußeren Flügel beteiligen sich hauptsächlich an der inneren unteren Begrenzung der Augenhöhle.

Das Dach der Keilbeinregion bilden die Frontalia und Parietalia, die sich zu mächtigen gewölbten Knochen entwickeln. Besonders das Frontale reicht weit an der seitlichen Schädelwand herunter und bildet die innere obere Wand der Augenhöhle. Es setzt sich dabei an die Stelle des alten Postfrontale, das bei den Säugern als selbständiger Knochen fehlt; vermutlich ist es in der Bildung des Frontale aufgegangen. Strittig ist auch die Deutung eines im vorderen Winkel der Augenhöhle gelegenen Knochens, der meist als Lacrimale bezeichnet wird, aber vielleicht dem Präfrontale der niederen Formen entspricht. Zwischen Parietalia und Supraoccipitale tritt häufig als den Säugern eigentümlicher Knochen ein paariges oder unpaares Interparietale auf, das gelegentlich mit dem Supraoccipitale verschmilzt. Eine ganz besondere Bedeutung gewinnt, wie schon oben angedeutet, das Squamosum. Es beteiligt sich einerseits in steigendem Maße an der Bildung der seitlichen Hirnschädelwand und liefert außerdem die Gelenkfläche für den Unterkiefer. Zur Verbindung mit dem Oberkieferbogen sendet es nach vorn dem Jugale einen Processus zygomaticus entgegen. Der so gebildete Jochbogen entspricht wohl im wesentlichen dem oberen der Reptilien. Dadurch, daß Frontale und Jugale sich je durch einen senkrecht gestellten Fortsatz verbinden, entsteht bei manchen Säugern, besonders den Primaten, eine Scheidewand zwischen Augenhöhle und Schläfengrube.

Kurze Erwähnung verdienen endlich knöcherne Auswüchse der Frontalia, welche die Knochenzapfen der Gehörne, beziehentlich die Geweihe liefern. Letztere haben die Eigentümlichkeit, daß sie an einer dicht über der Schädeloberfläche gelegenen Stelle, dem Rosenstock, periodisch durch Bindegewebswucherung eingeschnürt, dadurch zum Absterben gebracht und abgeworfen werden. Bekanntlich sind die Geweihe vorwiegend Kennzeichen des männlichen Geschlechts.

Der Schädel des Menschen stellt in der Entwicklung der Schädelform der Säugetierreihe ein Extrem dar. Einerseits erreicht die Entwicklung des Schädelvolumens ihren höchsten Grad, andererseits tritt in reichstem Maße Verschmelzung der einzelnen Knochenelemente ein. Die Zahl der Schädelknochen des Menschen ist auffällig gering. Es entsprechen dabei:

1. Occipitale — Basioccipitale, Occipitalia lateralia, Supraoccipitalia, Interparietale;
2. Sphenoid — Basisphenoid, Alisphenoide, Präsphenoid, Orbitosphenoide, Pterygoid;
3. Temporale — Squamosum, Paraquadratum, Petrosum;
4. Parietalia — Parietalia;
5. Frontale — Frontalia, Postfrontalia?
6. Ethmoid — Mesethmoid (Lamina perpendicularis), Ethmoidea lateralia (Lamina cribrosa und Lamina papyracea), Ethmoturbinalia;
7. Lacrimale — Präfrontale?
8. Maxilla — Prämaxillare und Maxillare;
9. Jugale — Jugale;
10. Vomer — Vomer;
11. Palatinum — Palatinum;
12. Mandibula — Dentale.

Besonders bemerkenswert ist hierbei die Bildung des Schläfenbeins, Temporale, aus drei Elementen ganz verschiedener phylogenetischer Herkunft, sowie die Verschmelzung des Zwischenkiefers mit dem Oberkiefer, deren Entdeckung durch Goethe ein glänzendes Beispiel für die konsequent durchgeführte Anwendung vergleichend anatomischer Denkweise darstellt.

Die Steigerung des Hirnvolumens spricht sich in einer außerordentlichen Zunahme der Schädelwölbung aus. Frontale und Parietalia erreichen ganz außerordentliche relative Dimensionen, am Occipitale entwickelt sich durch Verschmelzung von Interparietale und Supraoccipitale die mächtige Squama occipitis. Ihr unterster Abschnitt steigt nicht, wie sonst gewöhnlich, nach oben, sondern ist horizontal nach hinten umgelegt, so daß das Foramen magnum nicht mehr an das Hinterende, sondern auf die Unterseite des Schädels zu liegen kommt. In ähnlicher Weise sind auch die Seitenteile des Sphenoids zu horizontalen flügelartigen Platten geworden und die Seitenbegrenzung der Hirnkapsel wird allein vom Frontale, Parietale und dem mächtigen Squamosum (Squama temporalis) gebildet. Besonders auffallend ist die Veränderung in der Stellung des Gesichtsschädels Während die Nasenregion bei den übrigen Säugern in ziemlich direkter Verlängerung der Hirnkapsel nach vorn sich erstreckt, ist sie beim Menschen auf die Unterseite des Hirnschädels gerückt. Der vordere Teil des Frontale fällt als Stirnfläche fast senkrecht ab und die Lamina cribrosa des Siebbeins ist aus einer schräg nach vorn aufsteigenden Stellung in die horizontale übergegangen. Die Nasalia sind sehr rückgebildet, die Oberkieferknochen stark verkürzt und nach abwärts gerichtet, so daß der zahntragende Kieferrand kaum noch über die Stirn vorragt.

Wir sehen diese Entwicklung in der Stammesreihe der Affen angebahnt und können sie auch in der Urgeschichte des Menschen verfolgen, soweit uns bisher Knochenreste prähistorischer Menschen vorliegen. Die beistehenden Umrißlinien zeigen sehr deutlich die Aufrichtung der Stirn und die Zunahme der Schädelwölbung vom Schimpansen und *Pithecanthropus* über die Neandertaler, welche am Ausgang der Tertiärzeit lebten, zu den diluvialen Menschen (Rasse von Spy) und den Europäern.

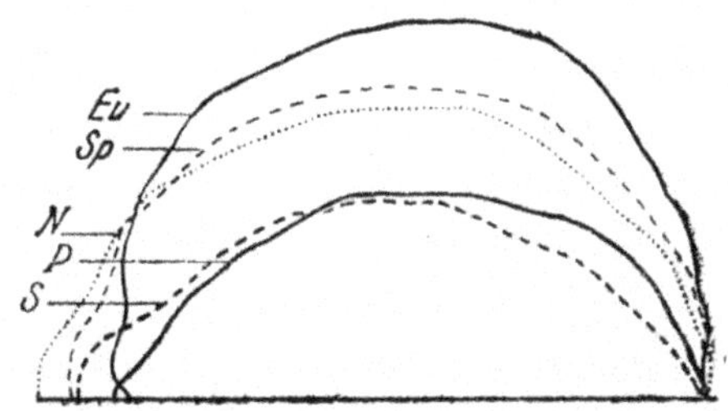

Textfig. 6. Formen der Schädelkalotte bei Affen und Menschenrassen. *S* Schimpanse. *P* Pithecanthropus. *N* Neanderthaler. *Sp* Rasse von Spy. *Eu* Europäer. (Nach Fischer aus Kultur der Gegenwart.)

Einer kurzen Darstellung bedarf noch die Verbindung des Schädels mit der Wirbelsäule. Bei den Fischen war sie, wie wir sahen, sehr innig, indem sich einerseits der vorderste Wirbel fest in die Occipitalregion einkeilte und andererseits auf der Schädelbasis das Parasphenoid auf die Halswirbelsäule übergriff. Nicht selten sind auch die vorderen Halswirbel untereinander mehr oder weniger verwachsen (Störe). Bei den Landtieren ändert sich dies entsprechend den biologischen Verhältnissen, die eine freiere Beweglichkeit des Kopfes zum Umherblicken wie zum Ergreifen der Nahrung erfordern. Es tritt eine gelenkige Verbindung zwischen Hinterhaupt und dem ersten Halswirbel, dem Atlas, ein. Dieser entwickelt bei den Amphibien zwei breite seitliche Gelenkflächen für die paarigen Condyli occipitales, bei den Sauropsiden gestaltet er sich zu einem schmalen, ausgehöhlten Knochenring, in dem das Kugelgelenk des Hinterhauptes gleitet. Neben diesem Atlanto-Occipital-Gelenk, in dem hauptsächlich die Nickbewegung des Kopfes zustande kommt, entwickelt sich noch ein zweites innerhalb der Halswirbelsäule selbst. Die Halswirbel sind allgemein sehr beweglich miteinander verbunden, wie man sich an den ausgiebigen Windungen eines Vogelhalses überzeugen kann. Zwischen erstem und zweitem Halswirbel, Atlas und Epistropheus, entwickelt sich jedoch noch ein besonderer Bewegungsmechanismus, in welchem die seitliche Drehung des Kopfes stattfindet. Sie geschieht so, daß der ringförmige Atlas um einen Knochenzapfen an der Vorderfläche des Körpers des Epistropheus rotiert. Entwicklungsgeschichtlich ist dieser Zahnfortsatz nichts anderes als der Körper des Atlas. Entsinnen wir uns, daß die Wirbelkörper bei den höheren Wirbeltieren aus besonderen Knochenkernen hervorgehen und sich erst später mit den Anlagen der Wirbelbogen vereinigen, so erscheint dieses Verhalten weniger überraschend. Am Atlas läßt sich tatsächlich nachweisen, daß er nur aus den Bogenstücken besteht, bei vielen Reptilien bleiben diese noch getrennt, während sie bei Vögeln und Säugetieren zu einem einheitlichen Ring verschmelzen. Zur Drehung um den Epistropheus trägt die Innenseite der Hämalbogen eine Gelenkfläche; durch ein Band, welches sich quer durch den Atlasbogen spannt, wird ein Abgleiten des Epistropheuszahnes gegen das Rückenmark verhindert. Dieses Drehgelenk ist besonders vollkommen bei den Säugetieren entwickelt, da bei ihnen im paarigen Atlanto-Occipitalgelenk nur eine Nickbewegung stattfinden kann und die Bewegungen innerhalb der Halswirbelsäule bei der Verbindung durch Zwischenwirbelscheiben viel weniger ausgiebig sind, als bei der gelenkigen Verbindung der Sauropsiden.

Bei der bisherigen Besprechung sind diejenigen Teile des Viszeralskeletts ganz außer acht gelassen worden, welche sich nicht an der Bildung des Schädels beteiligen. Es ist dies der Zungenbeinbogen und die darauf folgenden Kiemenbogen. Beim Amphioxus finden wir von ihnen ebensowenig eine Spur wie von dem eigentlichen Schädel. Bei den Zyklostomen treten hinter der Knorpelkapsel des Schädels eine große Zahl von Knorpelstücken auf, die sich zu einem eigenartig gegitterten Korb um die zahlreichen Kiemenöffnungen anordnen. Den typischen Bauplan finden wir erst bei den Selachiern; dort folgen auf den Zungenbeinbogen meist fünf, in einzelnen Fällen sechs bis sieben Kiemenbogen. Sie sind dem Zungenbeinbogen vollkommen homolog gebaut und bestehen aus mehreren Knorpelstücken, deren Reihe dorsal neben der Wirbelsäule beginnt und ventral in der Mittellinie meist mit einem unpaaren Verbindungsstück, der sogenannten Copula, zusammenstößt. Die mittleren Teile tragen nach hinten gerichtete Knorpelfortsätze, welche den Radii branchiostegi des Zungenbeinbogens entsprechen.

Der gleiche Apparat findet sich im Prinzip bei allen Gruppen der Knochenfische, nur verknöchert er in ihrer Reihe bis zu den Teleostei hinauf vollständig (XX, 12). Aus der Copula des Zungenbeinbogens entwickelt sich ein in die Zunge vorspringender Knochenstab, das Os entoglossum. Auch die Zahl von fünf Kiemenbogen wird meist festgehalten, doch verkümmert der letzte vielfach, gelegentlich vermindert sich die Zahl auch auf vier oder sogar drei. Als Neubildungen treten Zähne auf, welche auf den miteinander verbundenen obersten Stücken des ersten bis vierten Kiemenbogens einerseits und auf dem rückgebildeten fünften Bogen andererseits stehen (obere bzw. untere Schlundzähne). Sie sind entweder als Mahlzähne oder als hakenförmige Fangzähne entwickelt und dienen oft als Ersatz für die wenig entwickelten Zähne in der vorderen Mundhöhle.

Bei den lungenatmenden Wirbeltieren fällt mit der Rückbildung der Kiemen auch der Kiemenbogenapparat einer weitgehenden Rück- und Umbildung anheim. Sehr gut läßt sich dies bei den Amphibien verfolgen. Dort wird bei den kiemenatmenden Froschlarven noch ein etwas modifizierter, aber aus vier wohlentwickelten Bogen bestehender Kiemenbogenapparat angelegt. Bei der Metamorphose zum Frosch werden die eigentlichen Bogen fast ganz rückgebildet, nur ihre ventralen Stücke verschmelzen zu einer großen Knorpelplatte, dem Zungenbein. Von diesem erheben sich vorn zwei lange, gebogene Hörner, die aus dem Zungenbeinbogen hervorgegangen sind. Sie erstrecken sich dorsal bis dicht an den Hirnschädel und befestigen sich mit einem Band in der Ohrgegend, in deren Bildung ja der oberste Teil des Zungenbeinbogens, das Hyomandibulare, einbezogen worden ist (vgl. S. 368).

Ähnlich liegen die Verhältnisse auch bei Sauropsiden und Säugetieren. Überall finden wir ein Zungenbein, dessen Form sehr wechseln kann und das mehr oder weniger deutlich seine Zusammensetzung aus den Copulis des Zungenbeinbogens und der ersten beiden Kiemenbogen erkennen läßt. Seitlich sitzen daran ein bis drei Paare von Fortsätzen, deren Ausbildung sehr wechselt. Bei den Sauropsiden ist meist der erste Kiemenbogen besonders entwickelt; gelegentlich kann er eine fast übermäßige Ausbildung gewinnen, besonders bei Vögeln mit lang hervorstreckbarer spitzer Zunge, wie Spechte und Papageien. Dort krümmen sich die freien Enden der Zungenbeinhörner ganz um die Schädelkapsel herum und enden auf dem Schädeldach zwischen den Augen, können sogar nach vorn in die Nasenhöhle eindringen. Dadurch, daß dieser Apparat in einer Bindegewebshülle durch Muskeln hin- und hergezogen werden kann, läßt sich die Zunge um ein Mehrfaches der Kopflänge aus dem Schnabel hervorschieben. Ähnlich liegen die Verhältnisse bei der gleichfalls sehr beweglichen Zunge der Schlangen.

Bei den Säugern ist im Gegensatz hierzu das vordere Hörnerpaar, welches dem Zungenbeinbogen entspricht, für gewöhnlich am stärksten ausgebildet (XX, 13). Es wendet sich ebenfalls so wie bei den Amphibien nach der Ohrgegend und steht mit ihr meist durch ein Ligament in Verbindung. Beim Menschen und ebenso bei vielen Affen verknöchert dieses Verbindungsstück zum Griffelfortsatz, Processus styloideus, des Petrosums, dafür bleibt das am Zungenbeinkörper entstehende vordere Horn kurz und tritt durch ein langes Ligamentum stylohyoideum mit dem Griffelfortsatz in Verbindung.

Die drei letzten Kiemenbogen, welche sich nicht an der Bildung des Zungenbeins beteiligen, gehen bei den Säugern nicht vollständig zugrunde, sondern liefern die Kehlkopfknorpel. Ein Rest dieser Beziehung spricht sich in der Verbindung aus, welche die hinteren Hörner des Zungenbeinbogens mit dem vorderen Ende des Thyreoidknorpels verknüpft. In diesem liegen beim Menschen die kleinen Cartilagines triticeae; der Schildknorpel leitet sich vom zweiten bis dritten Kiemenbogen ab, letzterer liefert wahrscheinlich auch die Arytaenoidknorpel (vgl. S. 430).

10. Das Extremitätenskelett. Die Flossen.

Zu dem Achsenskelett gesellt sich bei den Wirbeltieren eine zweite Gruppe von Stützsubstanzen, das Skelett der Extremitäten. Wir können seine allmähliche Entwicklung in der Stammesreihe Schritt für Schritt verfolgen, ebenso wie die außerordentlich mannigfaltigen Umformungen, die es in der Anpassung an die verschiedene Verwendung der Gliedmaßen erleidet. Dadurch ist dieses System seit langem ein Lieblingsgebiet der vergleichenden Anatomie.

Bei dem Ausgangspunkt der Entwicklung, dem Amphioxus, finden wir noch keine Spur von eigentlichen Extremitäten; er besitzt nur einen senkrecht gestellten Flossensaum (XXI, 1), der über den ganzen Rücken hinzieht, das hintere Körperende umgreift und auf der Bauchseite sich bis vor die Afteröffnung erstreckt. Seine Höhe ist in den verschiedenen Regionen verschieden; hinter dem Kopf beginnt er als niedrige Falte, ist in der Mitte des Rückens ziemlich hoch und nimmt gegen den Schwanz hin ab. Dort steigt er wieder ziemlich plötzlich an und umgibt das hintere Körperende oben und unten als breiter Saum; nach vorn läuft er auf der Bauchfläche dann wieder in eine flache Falte aus. Dieser ganze Flossensaum dient hier zweifellos zur Erhaltung der aufrechten Stellung des Tieres beim Schwimmen; er entspricht etwa dem Kiel der Schiffe.

Aus diesem gleichmäßigen Flossensaum entwickelt sich das System der unpaaren Flossen der Fische einfach dadurch, daß er sich in mehrere Abschnitte zerlegt. So entstehen die Rücken-, Schwanz- und After-

Bindegewebsskelett der Wirbeltiere. Wirbelsäule.

1) Verknöcherung (aus Ellenberger). 2) Knochen, quer. 3) Cycloidschuppe (nach Vogt). 4) Ctenoidschuppe (nach Vogt). 5—9) Schuppenschemata, 5) Placoidschuppe, 6) Knochenganoiden, 7) Knorpelganoiden, 8) Dipnoer, 9) Teleosteer. 10—21) Längs- und Querschnitt der Wirbelsäule, schematisch, teilweise in Anlehnung an Bütschli. 10, 11) Stör, 12, 13) Hai, 14, 15) Knochenfisch, 16, 17) Molch, 18, 19) Krokodil, 20, 21) Säuger.

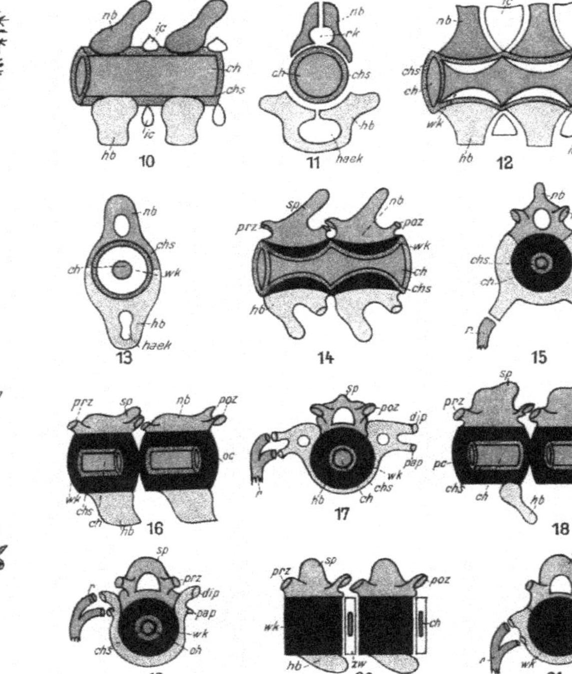

bpl = Basalplatte *ch* = Chorda *chs* = Chordascheide *dip* = Diapophyse *dt* = Dentin *eb* = Zahnschmelz *ep* = Epithel *ga* = Ganoin *haek* = Haemalkanal *hb* = Haemalbogen *hk* = Haverssche Kanäle *ic* = Intercalaria *kk* = Knochenkörperchen *kn* = Knochengrundsubstanz *nb* = Neuralbogen *obl* = Osteoblasten *oc* = opisthozöler Wirbel *pap* = Parapophyse *pc* = procoeler Wirbel *pch* = Perichondrium *poz* = Postzygapophyse *prz* = Präzygapophyse *r* = Rippe *rk* = Rückenmarkskanal *rkn* = ruhender Knorpel *sp* = Processus spinosus *vbg* = verkalktes Bindegewebe *vkn* = veränderter Knorpel *wk* = Wirbelkörper *zw* = Zwischenwirbelscheibe

Verlag von VEIT & COMP. in Leipzig.

Entwicklung und Grundplan des Schädels.

1) Anlage des Knorpelcraniums. 2) Querschnitt in der Gegend der Parachordalia. 3) Bildung der knorpligen Schädelkapsel. 4) Knorpelcranium von Acanthias (nach Gegenbaur). 5–7) Schemata der Zusammensetzung des Knochenschädels. 5) Seitenansicht. 6) Ventralansicht. 7) Dorsalansicht.

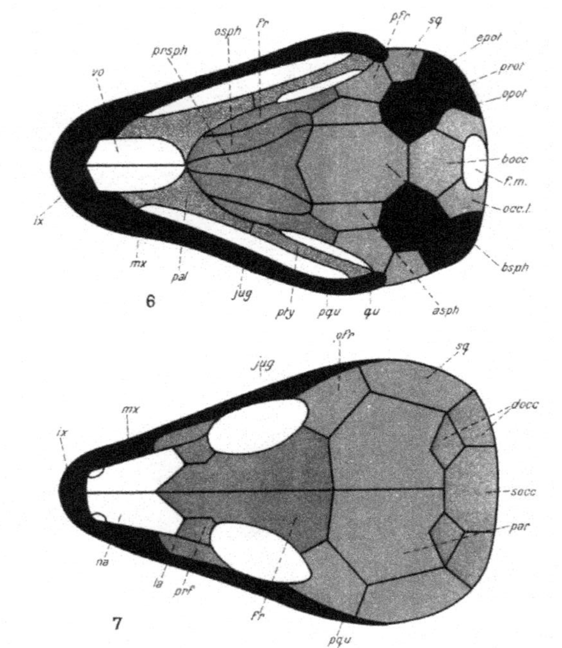

ang = Angulare *art* = Articulare *asph* = Alisphenoid *Au* = Auge *bocc* = Basioccipitale *bsph* = Basisphenoid *ch* = Chorda *docc* = Dermoccipitale *dt* = Dentale *epot* = Epioticum *eth. l.* = Ethmoidale laterale *fr* = Frontale *G* = Gehirn *hy* = Hypophyse *hyd* = Hyoid *hym* = Hyomandibulare *ix* = Intermaxillare *jug* = Jugale *la* = Lacrimale *lkn* = Lippenknorpel *md* = Mandibulare *meth* = Mesethmoid *mx* = Maxillare *N* = Nase *nas* = Nasale *nk* = Nasenkapsel *O* = Ohr *occ. l.* = Occipitale laterale *ok* = Ohrkapsel *op* = Operculare *opot* = Opisthoticum *osph* = Orbitosphenoid *pal* = Palatinum *par* = Parietale *pch* = Parachordalia *pfr* = Postfrontale *pq* = Palatoquadratum *pqu* = Paraquadratum *prf* = Präfrontale *prot* = Prooticum *prsph* = Präsphenoid *pty* = Pterygoid *q* = Quadratum *r* = Rostrum *socc* = Supraoccipitale *sq* = Squamosum *tr* = Trabeculae *vo* = Vomer *w* = Wirbelanlagen

Verlag von VEIT & COMP. in Leipzig.

Schädel der Fische.

1) Knorpelschädel des Störs mit Visceralbögen von der Seite (nach Widman und Bütschli). 2) Schädel des Störs von dorsal mit den Deckknochen des Hautpanzers (nach Bütschli). 3) Schädel von Amia mit Deck- und Ersatzknochen (nach Bütschli). 4—6) Schädel des Schellfisches, 4) von der Seite, 5) von unten, 6) von oben (mit Benutzung von Hertwig und Bütschli).

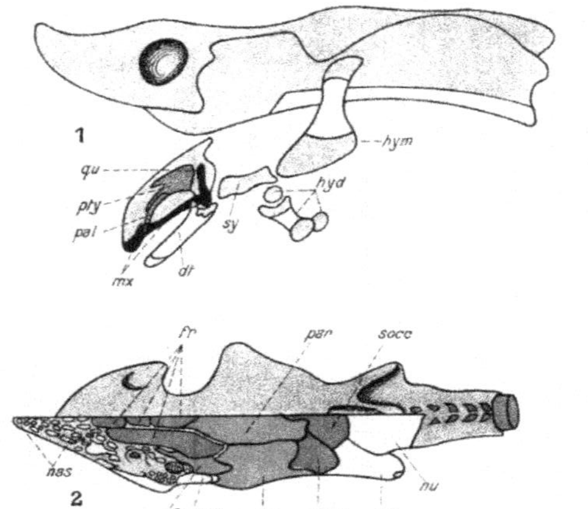

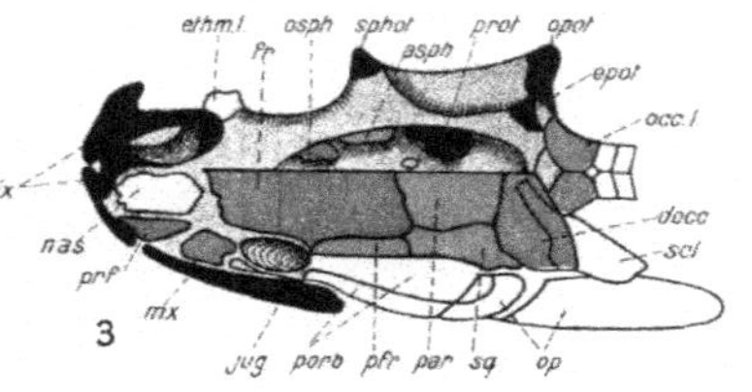

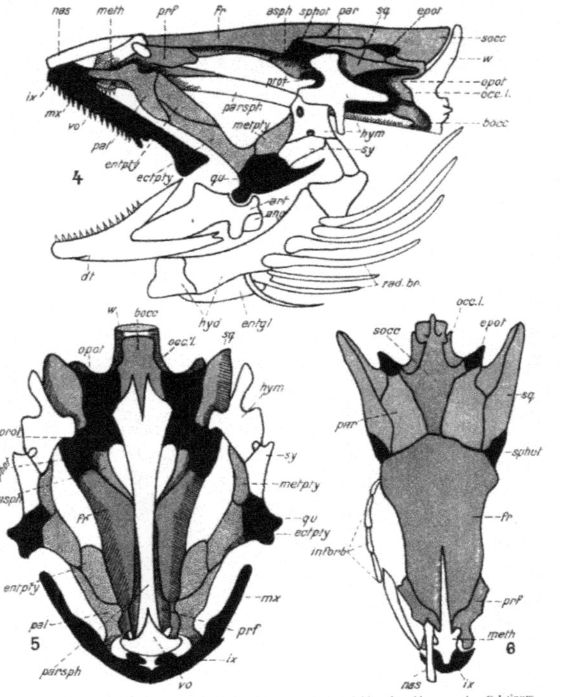

ang = Angulare *art* = Articulare *asph* = Alisphenoid *bocc* = Basioccipitale *docc* = Dermoccipitale *dt* = Dentale *ectpty* = Ektopterygoid *entgl* = Entoglossum *entpty* = Entopterygoid *epot* = Epioticum *ethm. l.* = Ethmoidale laterale *fr* = Frontale *hyd* = Hyoidea *hym* = Hyomandibulare *inforb* = Inframbitalia *jug* = Jugale *ix* = Intermaxillare *meth* = Mesethmoid *metpty* = Metapterygoid *mx* = Maxillare *nas* = Nasale *nu* = Nuchale *occ. l.* = Occipitale laterale *op* = Opercularia *opot* = Opisthoticum *osph* = Orbitosphenoid *pal* = Palatinum *par* = Parietale *parsph* = Parasphenoid *pfr* = Postfrontale *porb* = Postorbitale *prf* = Präfrontale *prot* = Prooticum *pty* = Pterygoid *qu* = Quadratum *rad. br.* = Radii branchiostegi *scl* = Supraclaviculare *socc* = Supraoccipitale *sphot* = Sphenoticum *sq* = Squamosum *sy* = Symplecticum *vo* = Vomer *w* = erster Wirbel

Verlag von VEIT & COMP. in Leipzig.

Schädel der Amphibien und Reptilien.

1—3) Schädel des Frosches, 1) von der Seite, 2) von hinten, 3) von unten. **4—6)** Schädel der Brückenechse, Hatteria, 4) von der Seite, 5) von unten, 6) von hinten. **7—8)** Schädel der Schildkröte, 7) von der Seite, 8) von hinten. **9)** Schädel eines Kaiman von unten. **10** Adlerschädel von der Seite. **11)** Eidechsenschädel, Varanus, von der Seite. **12)** Giftschlangenschädel von der Seite. **13)** Schlangenschädel, Python, von unten. Alle Figuren nach Präparaten z. T. mit Benutzung von Bütschli und Hertwig.

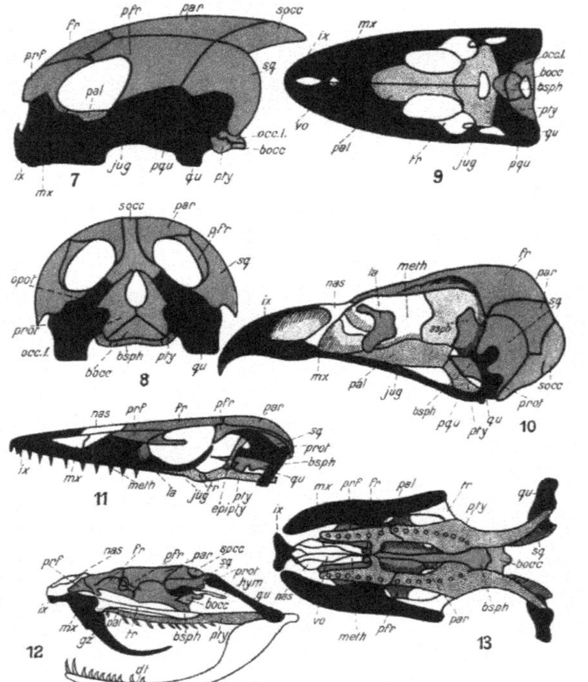

ang = Angulare *bocc* = Basioccipitale *bsph* = Basisphenoid *dt* = Dentale *epipty* = Epipterygoid *fr* = Frontale *frpar* = Frontoparietale *gz* = Giftzahn *hyd* = Hyoidbogen *hym* = Hyomandibulare (Columella) *jug* = Jugale *ix* = Intermaxillare *la* = Lacrimale *meth* = Mesethmoid *mma* = Mentomandibulare *mx* = Maxillare *nas* = Nasale *occ. l.* = Occipitale laterale *opot* = Opisthoticum *pal* = Palatinum *par* = Parietale *parsph* = Parasphenoid *pfr* = Postfrontale *porb* = Postorbitale *pqu* = Paraquadratum *prf* = Präfrontale *prot* = Prooticum *qu* = Quadratum *qumx* = Quadratomaxillare *socc* = Supraoccipitale *sq* = Squamosum *tr* = Transversum *vo* = Vomer

Verlag von VEIT & COMP. in Leipzig.

Schädel der Vögel u. Säuger. Knöcherner Gaumen. Gehörknöchelchen. Kiemenbögen u. Zungenbein.

1) Vogelschädel von hinten. 2) Vogelschädel von unten. 3) Hirschschädel von der Seite. 4) Affenschädel-Basis von innen. 5 Affenschädel von unten. 6) Hirschschädel, medianer Längsschnitt. 7) Hirschschädel von hinten. 8, 9) Schemata zur Bildung des knöchernen Gaumens und des Nasenganges. (Alle Figuren nach Präparaten z. T. mit Benutzung von Bütschli.) 10, 11) Bildung der Gehörknöchelchen. 10) Reptil. 11) Säuger (nach Gaupp). 12) Kiemenbogenskelett vom Schellfisch (nach Bütschli). 13) Zungenbeinapparat des Pferdes (nach Bütschli).

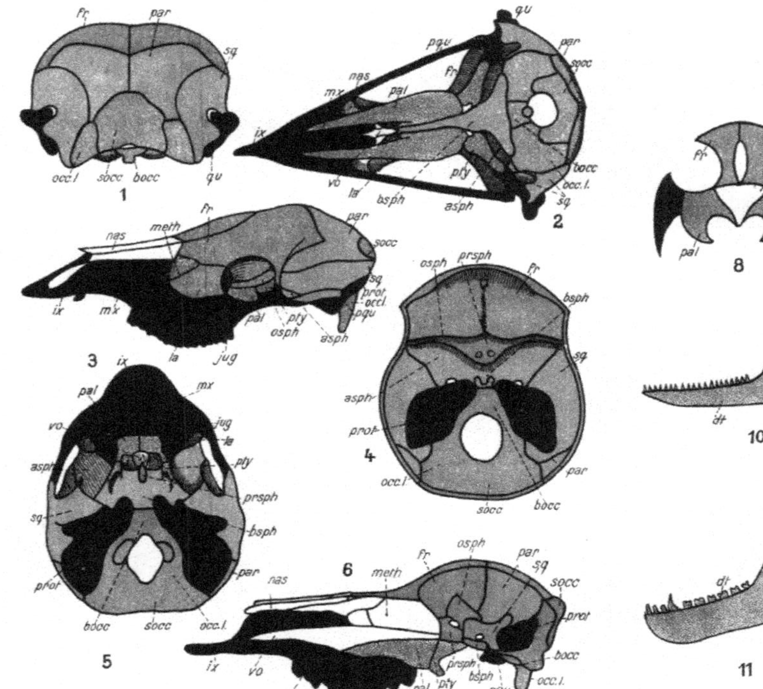

art = Articulare (Hammer) *asph* = Alisphenoid *bocc* = Basioccipitale *bsph* = Basisphenoid *dt* = Dentale *entgl* = Entoglossum *fr* = Frontale *hyd* = Hyoidbogen *hym* = Hyomandibulare (Columella) *ix* = Intermaxillare *jug* = Jugale *kb* = Kiemenbogen *la* = Lacrimale *meth* = Mesethmoid *max* = Maxillare *nas* = Nasale *occ. l.* = Occipitale laterale *osph* = Orbitosphenoid *o. sz* = Obere Schlundzähne *pal* = Palatinum *par* = Parietale *prot* = Prooticum (Petrosum) *prsph* = Präsphenoid *pqu* = Paraquadratum (Tympanicum) *pty* = Pterygoid *qu* = Quadratum (Ambos) *socc* = Supraoccipitale *sq* = Squamosum *u. sz* = Untere Schlundzähne *vo* = Vomer

Verlag von VEIT & COMP. in Leipzig.

flossen (XXI, 3). Ihre Zahl und Form wechselt sehr, manchmal haben wir einen noch fast einheitlichen Flossensaum, wie z. B. beim Aal, *Anguilla*, beim Zitteraal, *Gymnotus*, und der Quappe, *Lota*, in anderen Fällen löst sich der Rückensaum in mehrere Flossen auf, sehr oft in zwei, wie etwa bei den Barschen, *Percidae*, oder Lachsen, *Salmonidae*; bei den Schellfischen, *Gadidae*, sind es drei, beim Flösselhecht, *Polypterus*, und bei den Makrelen, *Scombridae*, eine ganze Anzahl kleiner Einzelflossen. Die Afterflosse ist meist einfach, nur die Schellfische haben zwei; bei vielen Haien fehlt sie vollständig. Besonders hoch entwickelt ist die Schwanzflosse, die durch die mächtige Muskulatur des hinteren Körperendes getrieben als hauptsächlichstes Fortbewegungsmittel dient. Sie kann entweder, wie der ursprüngliche Flossensaum, hinten spitz zulaufen, in anderen Fällen ist sie abgerundet, gerade abgeschnitten, ausgebogt oder läuft in einen unteren und oberen Zipfel aus, die je nach der Bewegungsart verschieden lang sein können. Interessanterweise treten bei höheren Wirbeltieren, die wieder zum Leben im Wasser übergehen, ähnliche Flossenbildungen durch Konvergenz auf. So bei den Ichthyosauriern unter den Reptilien, deren Flossen auffällig denen der Haie ähneln (XXI, 4). Unter den wasserlebenden Säugetieren entwickeln manche Wale eine senkrechte Rückenflosse, ihre mächtige Schwanzflosse ist dagegen horizontal gestellt. Ein ganz ähnlicher Flossensaum wie dem Amphioxus kommt den wasserlebenden Molchen und den Kaulquappenlarven der Frösche zu.

Im Flossensaum des Amphioxus liegt als Stützapparat eine eigentümliche Modifikation des Bindegewebes, die sogenannten Gallertpapillen. Bei den Fischen entwickelt sich echtes Skelettgewebe, die Flossenträger. Sie senken sich in der Mittellinie von Rücken und Bauch zwischen die Muskulatur ein und gewinnen den Anschluß an die Wirbelsäule. Bei den Haien, wo sie, wie das ganze Skelett, knorpelig sind, ruhen sie direkt den oberen Bogen auf und ersetzen gleichsam die Dornfortsätze der höheren Formen; bei den Knochenfischen verknöchern sie und schieben sich zwischen die Dornfortsätze ein, mit deren oberen Enden sie durch Bänder fest vereinigt sind (XXI, 6). Auf den Flossenträgern ruht das Skelett der freien Flosse. Es wird bei den Haifischen und manchen niederen Knochenfischen von elastischen Hornstrahlen geliefert, bei den Knochenfischen entsteht es aus umgewandelten Schuppen. Diese legen sich reihenweise je zu einem Paar von rechts und links zusammen, so daß ein vielgliedriger Flossenstrahl entsteht, dessen einzelne Platten durch Bindegewebe zusammengehalten werden. Dies ergibt die sogenannten gegliederten oder weichen Flossenstrahlen; die ungegliederten harten Flossenstacheln entstehen durch Verschmelzung und Verdickung der Schuppenglieder. Beide Arten sind vielfach so angeordnet, daß Rücken- und Afterflosse mit einer geringen Zahl harter Strahlen beginnen, an die sich nach hinten zahlreiche weiche anschließen. Manchmal besteht auch die erste Rückenflosse allein aus harten, die zweite hauptsächlich oder ganz aus weichen Strahlen. Die Stacheln werden von den Fischen oft als Waffe benutzt; so sitzen auf dem peitschenförmigen Schwanz der Stechrochen, *Trygon*, ein oder mehrere mächtige, mit Widerhaken versehene Stacheln, mit denen sie beim Schlagen empfindliche Wunden beizubringen vermögen. Viele Knochenfische richten, wenn sie sich bedroht fühlen, ihre Stacheln auf, wie z. B. der Stichling, *Gasterosteus*; sie besitzen dann oft an der Wurzel des Stachels ein Sperrgelenk, das die gewaltsame Niederlegung des Stachels verhindert (XXI, 7—9).

Die Schwanzflosse, die immer nur aus weichen Strahlen besteht, besitzt keine Flossenträger, sondern ihre Strahlen stützen sich direkt auf die Wirbelsäule. Nach der Beziehung zur Wirbelsäule kann man verschiedene Typen von Schwanzflossen unterscheiden. Liegt die Wirbelsäule wie bei dem ursprünglichen Flossensaum in der Mitte des Schwanzes und die Flossenstrahlen oben und unten symmetrisch, so bezeichnet man diesen Typus als diphyzerk (XXI, 10). Er ist sicher der ursprünglichste, kommt unter den heute lebenden Fischen aber nur den Lungenfischen, *Dipnoi*, zu und ist dort wahrscheinlich erst wieder sekundär entstanden. Bei der heterozerken Schwanzflosse (XXI, 12) liegt die Wirbelsäule asymmetrisch und zwar so, daß sie in den oberen Lappen der Schwanzflosse aufgebogen ist. Demgemäß haben sich die ventralen Flossenstrahlen zur Bildung des unteren Schwanzlappens länger ausdehnen müssen als die oberen. Diesen Typus zeigen am schönsten die Haie und die Störe. Dort ist der obere Lappen der Schwanzflosse länger und kräftiger als der untere, wirkt dementsprechend stärker und treibt das Tier bei der Vorwärtsbewegung gleichzeitig nach unten. Bei den Flugfischen, *Exocoetus*, Teleostiern, die durch die Arbeit ihrer Schwanzflosse getrieben schräg nach vorwärts aus dem Wasser schießen, ist umgekehrt der untere Lappen bedeutend länger. Bei der heterozerken Schwanzflosse der Ichthyosaurier setzt sich bemerkenswerterweise die Wirbelsäule in den unteren Lappen fort (XXI, 13).

Durch Rückbildung des asymmetrischen Endes der Wirbelsäule entsteht die homozerke Schwanzflosse (XXI, 11), die fast allen Knochenfischen zukommt. Sie kann äußerlich völlig symmetrisch erscheinen, am Skelett findet man aber noch den etwas aufgebogenen Rest der Wirbelsäule, dessen Glieder meist zu einer senkrechten Knochenplatte, dem Urostyl, verschmolzen sind. Auf ihm ruhen dann, meist auch noch etwas asymmetrisch, die Flossenstrahlen.

Ähnlich wie die Entwicklung der senkrechten Flossen ist aller Wahrscheinlichkeit nach auch die der wagrechten verlaufen. Wir kennen hier kein Tier, welches noch einen wagrechten, ohne Unterbrechung vom Vorderkörper bis zum Schwanz verlaufenden Flossensaum besäße; es sprechen aber zahlreiche vergleichend anatomische und entwicklungsgeschichtliche

Beobachtungen dafür, daß ein solcher Flossensaum, der wie der Schlingerkiel eines Bootes eine zu starke Neigung nach einer Seite verhinderte, der Ausgangspunkt der paarigen Flossen war (XXI, 2). Sie treten uns niemals in mehr als zwei Paaren entgegen, den vorderen Brust- und hinteren Bauchflossen. Ihre Ansatzlinie am Rumpf ist meist ziemlich kurz, abgesehen von den riesigen Brustflossen des Rochen, die sich bis über den Kopf ausdehnen können (XXI, 5). Außerdem ist sie fast stets schräg gestellt, so daß das Vorderende mehr dorsal liegt als das Hinterende. Dies hängt mit ihrer physiologischen Leistung zusammen. Abgesehen wiederum von den Rochen, deren mächtige Brustflossen wie Flügel gebraucht werden, dienen die paarigen Flossen nämlich nicht als Propulsionsapparat, sondern als Höhensteuer und als Bremsen, deren Aufrichtung den vorwärtsschießenden Fischkörper durch Erhöhung des Wasserwiderstandes zum Stillstand bringt, beziehentlich bei einseitiger Anwendung seitwärts dreht. Der Fischkörper entspricht in seinen Umrissen und in der Anordnung seiner Flossen am allermeisten in der ganzen Tierreihe den Prinzipien unserer lenkbaren Luftschiffe.

In der Embryonalentwicklung sieht man nun, daß die Anlagen der paarigen Flossen zunächst an einer sehr großen Zahl von Segmenten auftreten und erst allmählich zur kurzen Basis der definitiven Flossen zusammenrücken. Hierin liegt ein unverkennbarer Hinweis auf ihre stammesgeschichtliche Entwicklung aus einem viel ausgedehnteren Flossensaum.

Auch in der Anlage des Skeletts zeigen die primitivsten paarigen Flossen große Übereinstimmung mit den senkrechten. Es tritt auch hier eine Reihe hintereinander gelegener Skelettstäbe auf, die den Flossenträgern entsprechen und hier als Radien bezeichnet werden (XXI, 14—16). Diese besitzen aber nicht die Möglichkeit, sich an die Wirbelsäule anzuschließen. Um eine feste Verankerung herbeizuführen, verschmelzen daher ihre inneren Enden und bilden eine zunächst knorpelige Basalplatte. Von dieser können dann Fortsätze ausgehen, die ventral und dorsal den Rumpf umgreifen und sich untereinander oder mit Teilen des Achsenskelettes verbinden. So entstehen die Anlagen des Schulter- bzw. des Beckengürtels.

Die primitivsten Verhältnisse finden wir bei manchen Haifischen. Dort besteht der Beckengürtel jederseits nur aus einer mächtigen, knorpeligen Basalplatte, die ventral durch einen Knorpelfortsatz (Processus pubicus) vereinigt sind (XXI, 15, XXII, 1). Am Schultergürtel dagegen finden wir immer neben der Basalplatte den ventralen und den dorsalen Fortsatz ausgebildet (XXII, 3). An die Basalplatten schließen sich nach außen die freien Teile der Radien an, deren Zahl stark reduziert ist, meist auf fünf; sie sind mit der Basalplatte gelenkig verbunden (XXI, 15, 16). In der freien Endfläche der Flosse finden wir genau wie bei den senkrechten Flossen Hornstrahlen (XXI, 14, 16), oder bei den höheren Fischen modifizierte Schuppenstrahlen. Es tritt der gleiche Unterschied von weichen und harten Strahlen auf, auch hier stehen die harten Strahlen meist zu ein bis zwei am Vorderende der Flosse. Sie sind ebenfalls aufrichtbar, gelegentlich mit Sperrgelenken versehen und werden, besonders von manchen Welsen, als gefährliche Verteidigungswaffen benutzt.

Bei der Verknöcherung des Gürtelapparates zerfällt an der vorderen Extremität die ursprünglich einheitliche Knorpelspange in eine Anzahl von Knochenstücken, die teils als Ersatz-, teils als Deckknochen sich ausbilden (XXII, 2). Der Gelenkteil enthält als Ersatzknochen die Scapula, die sich auch in die dorsale Spange hineinzieht. In der ventralen Spange entsteht als Ersatzknochen das Coracoid. Belegknochen entwickeln sich hauptsächlich auf der dorsalen Spange, vor allem die Clavicula, daneben das Cleithrum und mehrere Supraclavicularia. Von diesen vermittelt das vorderste die Verbindung des Schultergürtels mit dem Schädel in der Gegend der Dermoccipitalia bzw. des Squamosum. Der Beckengürtel der Knochenfische bleibt viel einfacher und gewinnt keine Verbindung mit dem Achsenskelett, meist besteht er nur aus ein bis zwei spangenförmigen Knochen, die gewöhnlich ventral verwachsen. Diese losere Einfügung des Beckengürtels erklärt es auch, daß die hinteren Flossen in der Reihe der Knochenfische eine Verschiebung nach vorn durchmachen; man hat dies früher als Einteilungsprinzip verwendet, und von Bauch-, Brust- und Kehlflossern gesprochen. In letzterem Falle sind die Bauchflossen sogar ventral zwischen den Brustflossen hindurchgewandert. Bei dieser Verlagerung nach vorn gewinnen sie dann direkte Beziehungen zum Schultergürtel und gliedern sich ihm unmittelbar oder durch Vermittlung eines starken Bandes an. Oft sind die Bauchflossen durch Anpassung an spezielle Leistungen modifiziert, bei den Selachiern z. B. sind ihre letzten Strahlen beim Männchen stark verlängert und dienen als Kopulationsapparat. In verschiedenen Gruppen der Knochenfische rücken sie in der Mittellinie des Bauches dicht aneinander und bilden einen Saugnapf.

11. Die Tetrapodenextremität. Der Gürtelapparat.

Aus den breiten Ruderflossen der Fische muß sich beim Übergang zum Landleben die gestreckte, in mehreren Hebelsystemen bewegliche Extremität der vierfüßigen Landwirbeltiere entwickelt haben. Der Weg dazu bestand ohne Zweifel in einer Streckung, wodurch die freie Endfläche, der Fuß, weiter vom Körper abgerückt wurde, und außerdem in einer festeren Verankerung des Gürtelapparates am Achsenskelett (XXIII, 4—8). Die Extremität der Landwirbeltiere läßt demgemäß immer drei Abschnitte unterscheiden, den Gürtel, den Stiel und die freie Endfläche.

Der Gürtel setzt sich fast überall aus drei Knochenstücken zusammen, die an der vorderen Extremität als Schulterblatt (Scapula), Rabenschnabelbein (Coracoid) und Schlüsselbein (Clavicula), — an der hinteren als Darmbein (Os ilium), Sitzbein (Os ischii) und Schambein (Os pubis) bezeichnet werden. Im einzelnen unterliegen alle den mannigfaltigsten Umgestaltungen und Rückbildungen, je nach der biologischen Aufgabe der betreffenden Extremität.

Der Schultergürtel der Amphibien (XXII, 4, 5) hat eine sehr ausgedehnte knorpelige Grundlage, die ähnlich wie bei den Fischen spangenartig den Vorderkörper umgreift. Es fehlt ihr aber, abgesehen vielleicht von den fossilen Stegozephalen, die Befestigung der dorsalen Spange am Schädel. Dafür treten die ventralen Spangen jederseits in der Mittellinie zusammen und gewinnen gleichzeitig Anschluß an das aus der Verschmelzung der vorderen Rippenenden hervorgegangene Sternum (vgl. S. 361). Kopfwärts vom eigentlichen Sternum tritt dabei zwischen den Coracoiden häufig noch ein besonderer Knochen, das Episternum, auf. In der ursprünglichen Knorpelspange entwickeln sich wie bei den Fischen zwei Ersatzknochen, die Scapula und das Coracoid. Die Scapula erstreckt sich dorsal von der Gelenkfläche für den Stiel der Extremität (Schultergelenk) gegen die Wirbelsäule. Ihr oberer Teil bleibt in großer Ausdehnung knorpelig, gelegentlich entsteht in diesem Abschnitt ein besonderer Knochenkern, die Suprascapula. In der ventralen Spangenhälfte nimmt das Coracoid nur den hinteren Teil ein, der vordere, der gewöhnlich durch eine breite Lücke in der Knorpelplatte vom eigentlichen Coracoid getrennt ist, bleibt als knorpeliges Procoracoid erhalten. Beide Teile werden an ihrem dem Sternum zugekehrten Rande durch eine Knorpelleiste verbunden, die gelegentlich zu einem besonderen Knochen, dem Epicoracoid, werden kann. Bei vielen Urodelen und bei einem großen Teile der Kröten verbinden sich die Innenränder des Coracoidalapparates beider Seiten nicht miteinander, sondern überdecken sich, beziehentlich falzen sich ineinander, so daß die beiden Hälften des Schultergürtels gegeneinander bewegt werden können. Der dritte Knochen, die Clavicula, entsteht im Gegensatz zu den beiden anderen als Hautverknöcherung, ebenso wie auch das Episternum. Sie lagert sich bei den Amphibien meist dem Procoracoid (XXII, 5) auf und umschließt dieses, vielleicht beteiligt sich auch der Procoracoidknorpel etwas an der Verknöcherung, so daß ein Mischknochen entstehen würde.

Bei den Reptilien finden wir im allgemeinen ähnliche Verhältnisse (XXII, 6). Der Coracoidteil ist hier oft von mehreren Löchern durchsetzt, gelegentlich auch aus zwei Knochen aufgebaut, so daß die Abgrenzung der einzelnen Stücke ziemlich unsicher ist. Die Clavicula liegt hier nicht dem vorderen Teil des Coracoidapparates, also etwa einem Procoracoid, auf, sondern entwickelt sich kopfwärts davon als reiner Hautknochen, der einerseits mit der Scapula, andererseits mit einem Episternum in Verbindung steht. Bei den Krokodilen sind Clavicula und Episternum vollständig verschwunden. Bei den Schildkröten tritt die Scapula mit dem Rückenpanzer, das Coracoid mit dem Bauchpanzer in feste Verbindung, der ganze Apparat ist also unbeweglich geworden. Claviculae und Episternum bleiben als reine Hautknochen Bestandteile des Bauchpanzers.

Bei den Vögeln finden wir im allgemeinen Übereinstimmung mit den Reptilien, doch fehlt hier stets ein gesondertes Episternum. Die Verbindung mit dem Brustbein wird dann allein durch die Coracoide hergestellt, die Claviculae verbinden sich miteinander zu dem Gabelknochen (Furcula), der ein federndes Widerlager beim Niederschlagen des Flügels bildet (XXII, 7, 8). Sie ist mit dem Sternum meist durch ein Band, selten knöchern verbunden. Bei den Straußen und anderen Laufvögeln fehlt das Schlüsselbein vollständig.

Unter den Säugern besitzt das Schnabeltier, *Ornithorhynchus*, einen Schultergürtel, der ganz auffallend dem primitiver Reptilien gleicht (XXII, 9). Er zeigt alle drei Knochen in typischer Ausbildung und dazu noch ein Episternum. Bei den höheren Säugern fehlt dies wohl immer; ihr besonderes Kennzeichen ist außerdem die Rückbildung des Coracoids. Es verliert seine Verbindung mit dem Sternum, verwächst mit der Scapula und bildet deren Processus coracoideus (XXII, 10). Die ventrale Verbindung wird dann allein von der Clavicula hergestellt, die sich vorn an das Sternum anlegt und von da zur Scapula hinüberzieht, wo sie sich an einen kräftigen Fortsatz, das Akromion, anlegt. Bei vielen Säugern, vor allen den guten Läufern, wie den Huftieren und einem großen Teil der Raubtiere, wird auch das Schlüsselbein rückgebildet, es bleibt also von dem ganzen Schulterapparat nur die Scapula übrig. Diese ist dann ohne jede knöcherne Verbindung mit dem Achsenskelett und nur durch Muskeln, besonders den Musculus serratus anticus, an den Rippen aufgehängt. Dadurch ist sie ausgezeichnet geeignet, als federndes Widerlager die Stöße aufzufangen, die bei dem Vorschnellen des Körpers durch die Hinterbeine hervorgebracht werden.

Der Beckengürtel zeigt im Vergleich mit den Fischen bei allen Landwirbeltieren eine sehr viel höhere Entwicklung. Dies steht im Zusammenhang damit, daß die hintere Extremität als hauptsächlichstes Lauf- und Sprungorgan für die Fortbewegung die wichtigste Rolle spielt. Zu diesem Zwecke tritt der Beckengürtel in feste Verbindung mit der Wirbelsäule; entweder wie bei manchen Amphibien mit einer Rippe oder mit den Wirbeln selbst. Diese bilden sich dann besonders kräftig aus, verschmelzen auch unter Umständen zu mehreren miteinander, was zur Entstehung des Kreuzbeins führt (vgl. S. 362).

Die primitivsten Verhältnisse finden wir unter den geschwänzten

Amphibien (XXII, 11, 12). Dort besteht der Beckengürtel aus einer breiten Knorpelspange; ihr dorsaler, kürzerer Schenkel steigt senkrecht empor und legt sich an die hinterste Rippe an. In ihm entsteht als Ersatzknochen das Ilium. In der breiten, ventralen Platte verknöchert meist nur der hintere Teil zum Os ischii, seltener, so bei den Anuren, tritt auch im vorderen Abschnitt jederseits ein Knochenkern auf, das Os pubis. Beide liegen aber vollkommen eingebettet in die knorpelige Grundmasse (XXII, 13, 14). Dort, wo ventraler und dorsaler Schenkel zusammenstoßen, entwickelt sich das Acetabulum, die Pfanne des Hüftgelenks. Nach vorn vom Pubis läuft die Beckenplatte vielfach in einen spitzen Fortsatz aus, den Epipubis-Fortsatz, der in ähnlicher Ausbildung schon vielen Knorpelfischen und den Dipnoern zukommt.

Bei den Reptilien ist die Verknöcherung bedeutend weiter fortgeschritten, so daß wir immer die drei typischen Knochen jederseits antreffen (XXII, 15, 16). Pubis und Ischii liegen nicht mehr in einer einheitlichen Knorpelplatte, sondern sind durch eine große Öffnung, das Foramen obturatorium, getrennt. Erhält sich der Innenrand der ursprünglichen Knorpelplatte, so sind die ventralen Enden der beiden Knochen durch eine Längsspange verbunden; schwindet diese, so fließen die Foramina obturatoria zusammen und Pubis und Ischii jeder Seite sind mit dem entsprechenden Knochen der Gegenseite durch eine besondere Symphyse verbunden (XII, 15). Manchmal schwindet auch diese an einem oder beiden Knochen, so daß die ventrale Verbindung beider Beckenhälften ganz fehlt. Dies geschieht besonders dann, wenn die Verbindung des Beckens mit der Wirbelsäule sehr fest ist, wie etwa bei Dinosauriern (XXII, 17) und Vögeln. Eine sehr eigentümliche Umgestaltung zeigt das Becken vieler fossiler Dinosaurier (*Ornithischia*). Dort wenden sich nämlich Pubis und Ischii einander parallel nach hinten, so daß sie fast dem mächtig entwickelten Ilium parallel laufen. Gleichzeitig entwickelt sich am oberen Ende des Pubis dicht vor dem Hüftgelenk ein Fortsatz, der nach vorn und unten zieht, also die Stellung einnimmt, die bei den anderen Gruppen das eigentliche Pubis hat. Man war daher lange über seine vergleichend anatomische Bildung unklar, hat ihn aber jetzt sicher als eine besondere Bildung erkannt, die den Namen Präpubis trägt, während das eigentliche Schambein hier als Postpubis bezeichnet wird. Ansätze zu einem solchen Präpubis finden wir auch in den anderen Reptilienordnungen.

Dieses Verhalten ist deshalb besonders interessant, weil es weitgehend mit dem übereinstimmt, das wir in der ganzen Gruppe der Vögel finden. Man hat daraus, wohl mit Recht, auf eine nähere phylogenetische Beziehung von Dinosauriern und Vögeln geschlossen, so verschieden die Endglieder der Reihen auch sein mögen. Auch bei den Vögeln finden wir Pubis und Ischii zu langen, schlanken Spangen ausgezogen, die einander parallel, schräg nach hinten und unten ziehen (XXII, 18, 19). Ein Präpubis fehlt dagegen hier. Scham- und Sitzbein enden hinten frei in der Muskulatur der Leibeswand, das Becken ist also nach unten offen. Der Grund dafür liegt wohl in der Größe der Eier, die den gewöhnlichen engen Beckenausgang nicht passieren könnten. Wenigstens finden wir bei den Straußen, die relativ kleine Eier legen, die Schambeine wieder durch eine Symphyse verbunden. Dafür gewinnen Pubis und Ischii oft dadurch Halt, daß sie sich untereinander und mit dem hinteren Teile des Ilium durch knöcherne Querbrücken verbinden. Das auffallendste Merkmal des Vogelbeckens ist jedoch die kolossale Entwicklung des Ilium. Es bildet jederseits eine breite Knochenplatte, die sich an der Wirbelsäule entlang zieht und mit einer großen Zahl, bis zu 20, Wirbeln in feste, knöcherne Verbindung tritt. Die beiden Ilia stoßen von den Seiten her zusammen und überlagern dachförmig das Kreuzbein. Diese ganz außergewöhnliche Ausdehnung der Verbindung mit dem Achsenskelett wird bedingt durch den aufrechten Gang der Vögel auf den Hinterbeinen. Bei der schräg nach vorn geneigten Haltung des ganzen Körpers fällt der Schwerpunkt vor den Unterstützungspunkt und das Tier müßte nach vorn umkippen, wenn der Drehpunkt an der Wirbelsäule dicht über dem Hüftgelenk läge. Durch die Ausbildung des langen und starren Kreuzbeins wird es aber ermöglicht, den Körper aufrecht zu erhalten. Die Wichtigkeit dieses mechanischen Momentes ergibt sich daraus, daß überall innerhalb des Sauropsidenstammes, wo sich die Neigung entwickelt, auf den Hinterbeinen zu gehen, auch eine Verstärkung und Ausdehnung des Iliums und Kreuzbeins auftritt. Am schönsten zeigt sich auch dies wieder bei den Dinosauriern (XXII, 17).

Das Becken der Säuger schließt sich in seinen Grundzügen durchaus an das der Reptilien an. Zwischen Pubis und Ischii treffen wir wieder das Foramen obturatorium, das durch eine knöcherne Längsleiste zwischen den Ventralenden beider Knochen vollkommen abgeschlossen wird (XXII, 20, 21). Die Ossa pubis stoßen stets in einer Symphyse zusammen, die Ossa ischii bleiben dagegen bei allen höheren Säugetieren getrennt. Das Os ilium wird zu einer ziemlich langen Knochenplatte, die sich an einem Kreuzbein befestigt, das aus der Verschmelzung von drei bis fünf Wirbeln hervorgegangen ist. Es verbreitert sich, besonders bei den Affen, zu einem schaufelförmigen Knochen, der von dorsal her die Baucheingeweide bedeckt. Beim Menschen ist diese Schaufel des Darmbeins besonders ausgebildet, weil sie beim aufrechten Gange als Stütze der Eingeweide dient; sie ist zu diesem Zwecke ausgehöhlt und mit ihrem oberen Rande nach außen gebogen. Dem Becken der Beuteltiere sitzt jederseits ein schräg nach vorn ziehender Knochenstab an, der zur Stütze der Beutelfalten dient, der sogenannten Beutelknochen. Er entspricht wahrscheinlich nicht, wie man vermuten könnte, einem Präpubis, sondern eher dem Epipubis der primitiven Wirbeltiere.

12. Die freie Extremität der Tetrapoden.

Die freie Extremität setzt sich aus einer Anzahl von Hebeln zusammen, die von proximal nach distal an Zahl zunehmen (XXIII, 1). Am Gürtelapparat setzt zunächst ein Knochenstab an, der Oberarm, Humerus, vorn, und der Oberschenkel, Femur, hinten. An diese schließen sich zwei parallel verlaufende Knochen, Radius und Ulna vorn, Tibia und Fibula hinten. Diese gehen dann durch Vermittlung der Hand- bzw. Fußwurzel in die Strahlen der freien Endfläche über, deren Grundzahl offenbar fünf ist. Wie eine derartige Hintereinanderreihung aus der ursprünglichen Nebeneinanderordnung der Basalstücke bei den Fischen hervorgegangen sein kann, lehrt uns die eigenartig umgebildete Flosse der Dipnoer (XXI, 14). Dort hat sich einer der Radien sehr verlängert und verdickt und ist zur zentralen Stütze der lanzettförmigen Flosse geworden. Die übrigen Radien sind auf ihn heraufgerückt, so daß sie annähernd symmetrisch zu seinen beiden Seiten liegen, sie tragen dann die Hornstrahlen der freien Endfläche. Durch Reduktion der Zahl dieser seitlichen Stücke und Verlängerung der einzelnen Elemente mag aus einer ähnlichen Grundform die typische fünfstrahlige Extremität hervorgegangen sein.

Der eigentliche Stielabschnitt wird nur von den ersten beiden Längsreihen gebildet. Er fügt sich im Schulter- bzw. Hüftgelenk an den Gürtel an und trägt in Hand- und Fußgelenk die freie Endfläche. Seine beiden Abschnitte sind gegeneinander im Ellenbogen- bzw. Kniegelenk beweglich. Bei den niederen Wirbeltieren ist der Stiel in sich geknickt, Oberarm und Oberschenkel stehen mehr oder weniger wagrecht, Unterarm und Unterschenkel dagegen annähernd senkrecht (XXIII, 2, 7). Dabei zeigen Ellenbogen und Kniegelenk von Anbeginn eine entgegengesetzte Stellung, beim Ellenbogen ist die offene Seite des Gelenkwinkels nach vorn, beim Kniegelenk nach hinten gerichtet (XXIII, 5). Daraus ergeben sich zwei ganz verschiedene Wirkungsweisen der Hebelsysteme, die Hinterbeine eignen sich besonders dazu, durch plötzliche Streckung den Körper nach vorn zu werfen, die Vorderbeine dagegen fangen durch Beugung im Ellenbogen den Stoß des niederfallenden Rumpfes auf, oder sie ziehen, nach vorn greifend, den Körper an die Hand heran. Die Hinterbeine entwickeln sich demgemäß hauptsächlich zu Lauf- und Sprungbeinen, die vorderen dienen besonders zum Klettern.

An der Bildung des Ellenbogen- bzw. Kniegelenkes beteiligt sich von den beiden Knochen des zweiten Stielabschnittes jeweils vorwiegend nur einer, im Unterarm ist es der äußere, die Ulna, im Unterschenkel dagegen der innere, die Tibia. Während die Tibia durchweg stärker ist als die Fibula, nimmt die Ulna distal an Umfang ab, so daß die Verbindung der Handwurzel mit dem Unterarm hauptsächlich vom Radius hergestellt wird. Die Knochen des Unterschenkels sind miteinander durch Bänder fest vereinigt, die des Vorderarms dagegen in vielen Fällen gegeneinander beweglich, so daß sich der Radius in einem Gelenk an seinem oberen Ende um die Ulna drehen kann. Die beiden Knochen liegen also entweder parallel oder sie überkreuzen sich. Im letzteren Fall ist die Sohlenfläche der Hand gegen den Boden gerichtet (Pronation), im ersteren nach aufwärts (Supination (XXIII, 3). Die gekreuzte Stellung ist also offenbar die ursprünglichere, was wohl mit einer Drehung des Humerus um seine Längsachse während der phylogenetischen Entwicklung zu erklären ist. Primitive Formen, wie Eidechsen und Krokodile, tragen die Beine im Ellenbogenbzw. Kniegelenk rechtwinklig geknickt, so daß der Oberarm horizontal, der Unterarm senkrecht steht (XXIII, 2a). Die Unterarmknochen liegen dabei vor einander, der Radius vorn. Beim Übergang zum Laufen der Säuger streckt sich das Ellenbogengelenk und wendet die offene Seite seines Winkels zugleich nach vorn, so daß der Radius jetzt außen, die Ulna innen liegt (XXIII, 2b). Die Hand dreht sich aber im entgegengesetzten Sinne nach vorn, so daß die Radial-(Daumen-)Seite nach innen, die Ulna- (Kleinfinger-) Seite nach außen kommt. Notwendig muß sich daraus eine Überkreuzung von Radius und Ulna ergeben, wobei der Radius vor der Ulna vorübergeht. An der hinteren Extremität dagegen drehen sich Knie- und Fußgelenk im gleichen Sinne (XXIII, 5), an beiden Stellen kommt die dem Radius entsprechende Tibia nach innen zu liegen, so daß hier beide Knochen parallel bleiben. Von der Drehbewegung des Radius um die Ulna machen nur diejenigen Wirbeltiere Gebrauch, die ihre Hand in mannigfacher Weise verwenden, z. B. zum Klettern oder Greifen. Bei reinen Läufern bleiben die Knochen des Unterarms stets gekreuzt und sind dann oft in dieser Stellung fest verwachsen. Eine andere Art der Beweglichkeit zeigen unter den Säugern manche Klettertiere und besonders die Vögel. Dort können Radius und Ulna in der Längsrichtung aneinander entlang gleiten; schiebt sich die außen gelegene Ulna am Radius nach vorn, so wird dadurch die Hand nach innen gewendet, richtet sich also beim Klettern gegen den zu umfassenden Gegenstand. Bei den Vögeln dient dieser Mechanismus zur automatischen Entfaltung des Flügels (XXIII, 14, 15). In der Ruhelage sind dort Oberarm, Unterarm und Hand durch zweimalige Knickung parallel nebeneinandergelegt. Wird der Flügel durch Streckung des Ellenbogengelenks entfaltet, so schiebt sich dabei die Ulna nach abwärts und spreizt automatisch auch die Handschwinge. Es ist sehr interessant, daß der gleiche Mechanismus bei dem auf ganz anderer Grundlage entstandenen Insektenflügel wiederkehrt.

Länge und Ausbildung der einzelnen Stücke des Extremitätenstieles wechseln je nach der biologischen Leistung. Bei Krafthebeln werden sie kurz und gedrungen, bei Geschwindigkeitshebeln lang und schlank.

Ersteres finden wir beispielsweise bei den Vorderbeinen grabender Säugetiere, wie des Maulwurfs, der Gürteltiere oder Ameisenbären; langgestreckt sind sie dagegen bei den Läufern, so unter den Säugern ganz besonders bei den Huftieren; das Extrem erreicht diese Bildung bei den Hinterbeinen der Sprungtiere, so bei den Fröschen, den Vögeln, den Känguruhs und den Springmäusen. In diesen Fällen entwickelt sich eine außerordentliche Ungleichheit zwischen vorderer und hinterer Extremität. Gleichzeitig mit der Streckung tritt vielfach eine Verschmelzung der beiden Knochen des zweiten Stielabschnittes ein (XXIV, 12). Wir finden sie an den Hinterbeinen des Frosches und in gleicher Weise bei denen der Vögel. Die Rückbildung betrifft hier stets in erster Linie die Fibula, oft erhält sich von ihr nur ein Stück des oberen Endes, bei manchen Huftieren verschwindet sie sogar ganz. An den Vorderbeinen bleibt dagegen das obere Ende der Ulna zur Gelenkbildung mit dem Humerus stets wohl erhalten (Olecranon), während das untere mehr und mehr schwinden kann.

An den Stiel schließt sich endlich die freie Endfläche der Extremität an, die Hand bzw. der Fuß. Beide ruhen bei den primitiven Formen mit ihrer ganzen Unterfläche dem Boden auf, die Tiere sind Sohlengänger (plantigrad). Dies gilt für alle Amphibien und die Reptilien mit Ausnahme mancher Dinosaurier, sowie die meisten niederen Säugetiere, ferner für die Bären unter den Raubtieren, die Affen und den Menschen. Mit zunehmender Anpassung an schnelle Fortbewegung richten sich die Extremitäten mehr und mehr auf, so daß sich auch Fußwurzel und Mittelfuß vom Boden erhebt. Die Tiere treten nur noch mit den Zehen auf, sie werden digitigrad. Hierhin gehören manche Dinosaurier und alle Vögel, unter den Säugetieren besonders die Raubtiere. Die höchste Entwicklung in dieser Reihe finden wir bei den flüchtigsten Läufern unter den Säugetieren, den Huftieren. Dort erheben sich auch die Zehen vom Boden, so daß nur noch ihr Endglied mit seinem Huf auftritt, die Tiere sind unguligrad.

Je nach ihrer Verwendung ist die freie Endfläche entweder zu einer Einheit zusammengefaßt oder ihre einzelnen Strahlen mehr oder weniger unabhängig. Dort, wo der Fuß als Flosse gebraucht wird, sind seine einzelnen Strahlen entweder durch Schwimmhäute verbunden, wie bei vielen Wasservögeln und den Seehunden, oder sie sind ganz und gar in eine zusammenhängende Haut- und Muskelmasse eingeschlossen. Dies gilt für die Flossen der Seeschildkröten, der Pinguine und der Wale, in besonders hohem Maße auch für die fossilen Ichthyosaurier (XXIII, 9—11). Zu ganz anderem Zweck hat sich die vollständige Umwachsung der Hand bei den Faultieren entwickelt; sie reicht dort bis zu den mächtigen gebogenen Endkrallen, so daß ein einheitlicher Klammerhaken entsteht, mit dem das Tier sich an den Baumästen verankert. Bei den Fledermäusen spannt sich zwischen den Fingern und von der Hand zum Arm und Rumpf eine Flughaut. In den meisten Fällen aber ragen die vordersten Abschnitte der einzelnen Strahlen, die Finger oder Zehen, frei hervor. Selten geht die Spaltung durch den Mittelfuß bis an die Fußwurzel heran, wie bei den Eidechsen (XXIII, 13). Unter den Zehen nimmt die erste gelegentlich eine Sonderstellung ein dadurch, daß sie besonders beweglich ist und den anderen gegenübergestellt werden kann (Daumen). Bei manchen Vögeln trifft dies auch für die letzte Zehe zu wie die Wendezehe der Spechtvögel, und ähnliches gilt für die Chamäleons, bei denen sich die Zehen zu je zwei und zwei gegenüberstehen.

Die mannigfaltigen Verwendungsarten bedingen die verschiedensten Umgestaltungen im Skelett der freien Endfläche, die sich häufig in Verschmelzungen, viel seltener in Spaltungen und besonders oft in Rückbildungen einzelner Knochenabschnitte äußern. Aus all den so entstandenen Formen läßt sich jedoch ein Grundplan der Hand bzw. des Fußes herauslesen, auf den sich fast alle Einzelformen, besonders mit Hilfe embryologischer Untersuchungen, zurückführen lassen (XXIII, 1). Man unterscheidet danach an der freien Endfläche die Hand- bzw. Fußwurzel, die Mittelhand bzw. Mittelfuß und die Finger bzw. Zehen. Am kompliziertesten gestaltet ist das Skelett des Wurzelabschnittes. Es setzt sich aus 9—10 Knochenstücken zusammen, die im wesentlichen in zwei Reihen angeordnet sind. Die proximale, die sich dem Unterarm bzw. Unterschenkel unmittelbar anschließt, besteht aus drei Knochen, dem Radiale (Tibiale), Intermedium und Ulnare (Fibulare). Ihre Lage zu den Knochen des Extremitätenstiels ergibt sich aus den Namen. Die zweite Reihe besteht aus fünf Carpalia (Tarsalia); zwischen beide Reihen schieben sich noch ein bis zwei Centralia. Auf die Handwurzel folgt die Mittelhand (Mittelfuß), bestehend aus fünf Metacarpalia (Metatarsalia) und auf diese die fünf Finger, deren jeder aus einer wechselnden Zahl von Phalangen bestehen kann. Je vielseitiger die Verwendung einer Extremität ist, desto ursprünglicher erhält sich im allgemeinen das Knochengerüst, während einseitige Anpassung oft zu vollkommener Verwischung des Grundplans führt.

Unter den Amphibien treffen wir sehr ursprüngliche Verhältnisse bei den wasserlebenden Schwanzlurchen. Die hinteren Beine entsprechen oft genauer dem Schema (XXIV, 7), während die Vorderbeine durch Rückbildung des fünften Strahls sich davon entfernen. Bei den Froschlurchen treten dagegen schon erhebliche Veränderungen auf (XXIV, 1). An den Vorderbeinen verwachsen Radius und Ulna und der Carpus wird stark reduziert. Die Hinterextremität verlängert sich zu einem mächtigen Sprungbein (XXIV, 8, 12a). Dies prägt sich auch im Tarsus dadurch aus, daß Tibiale und Fibulare sich zu zwei langen, durch Bandmassen fest verbundenen Knochen strecken, die sich an die verschmolzenen Unterschenkelknochen anlegen. Intermedium und Centralia sind verschwunden und die Reihe der Tarsalia auf zwei kleine Knochenstückchen reduziert. Auch die Finger haben sich mächtig in die Länge gestreckt, die Zahl der Phalangen beträgt, von der 1. zur 5. Zehe gerechnet, 2, 2, 3, 4, 3. Vor der ersten Zehe liegen gewöhnlich noch einige Knochenstückchen, die man als Reste einer 6. Zehe gedeutet hat; es ist aber, besonders beim Vergleich mit den sicherlich primitiveren Urodelen, sehr unwahrscheinlich, daß es sich dabei um ursprüngliche Verhältnisse handelt.

Unter den Reptilien ist die Hand der Rhynchocephalen noch sehr ursprünglich, sie zeigt alle typischen Knochenstücke, in der Jugend sogar noch 2 Centralia (XXIV, 2). Ähnlich liegen die Verhältnisse bei den Schildkröten. Bei den Sauriern ist das Intermedium, wahrscheinlich durch Verschmelzung mit dem Radiale, als selbständiger Knochen verloren gegangen (XXIV, 3). Bei den Krokodilen hat sich dagegen die Handwurzel sehr vereinfacht; von der ersten Reihe sind nur Radiale und Ulnare als zwei stattliche, langgestreckte Knochen erhalten geblieben, Centralia fehlen und die Carpalia sind auf zwei Knochenscheiben reduziert (XXIV, 4). Es kommt so eine Bildung zustande, die sehr an die Fußwurzel der Frösche erinnert. Die zur Flosse umgestaltete Hand der Ichthyosaurier (XXIII, 9) ist außer durch die Verkürzung und enge Zusammendrängung aller Knochenteile besonders dadurch bemerkenswert, daß die Zahl der Phalangen sehr stark, bei einigen Arten bis auf 20 gestiegen ist. Dazu treten Spaltungen der einzelnen Strahlen auf, so daß in manchen Fällen bis zu 10 Endstrahlen vorhanden sein können. Auch hier handelt es sich sicherlich um eine sekundäre Vermehrung zur Vergrößerung der Oberfläche. Sehr eigentümlich war auch der Arm der fossilen Flugsaurier gestaltet. Der Unterarm war sehr verlängert und daran saßen an einem ziemlich vollständig entwickelten Carpus vier Strahlen. Von diesen war der vierte stark verlängert und spannte die Flughaut, die sich längs des Armes und der Körperseiten bis auf die hintere Extremität erstreckte. Die drei vorderen Finger dagegen waren kurz, frei und bekrallt.

Die Hinterbeine der Reptilien zeigen stets eine starke Umbildung des Tarsus. Aus der Verschmelzung von Tibiale, Intermedium und Centrale entsteht ein einheitlicher Knochen, das sogenannte Tritibiale. Daneben erhält sich bei Schildkröten und Krokodilen (XXIV, 10) das Fibulare noch als selbständiger Knochen, bei Rhynchocephalen und Sauriern ist es mit dem Tritibiale vereinigt, so daß die ganze erste Reihe nur aus einem Knochen besteht, der sich eng an den Unterschenkel anschließt (XXIV, 11). Die Reihe der Tarsalia wird verschieden weit reduziert und verwächst zum Teil mit den Metatarsalia. Dadurch wird die Bewegung in der Fußwurzel in der Hauptsache auf das Gelenk zwischen erster und zweiter Reihe, das sogenannte Intertarsalgelenk, beschränkt. Die Zahl der Zehen an Vorder- und Hinterfüßen beträgt bei den Reptilien meist fünf, selten ist sie auf vier reduziert. Die Zahl der Phalangen schwankt zwischen zwei und fünf.

Bei den Vögeln hat die Abweichung vom Grundplan des Extremitätenskeletts ihren höchsten Grad erreicht. Die Vorderextremität ist zum Flügel umgebildet. Dabei bleibt der Stiel gut erhalten, dagegen wird die freie Endfläche auf drei Strahlen reduziert, die den Strahlen 1—3 der übrigen Wirbeltiere entsprechen. Von diesen ist 1 und 3 verkümmert, der zweite dagegen sehr lang gestreckt (XXIII, 10, 14, 15). In der Handwurzel bleiben nur zwei Knochen selbständig, die der Proximalreihe angehören. Mehrere Carpalia, deren Anlage man beim Embryo noch nachweisen kann, verschmelzen später mit den Metacarpalia. Die Knochen der Mittelhand selbst verbinden sich gleichfalls zu einem einheitlichen Knochen. Die Zahl der Phalangen ist auf 1 (bis 2), 2 (bis 3) und 1 reduziert. Fast noch eigenartiger ist die Umgestaltung der Hinterextremität (XXIII, 12; XXIV, 12b, c). Dort bleibt der Femur ziemlich kurz und ist ganz in die Wand des Rumpfes einbezogen. Dadurch wird der Unterstützungspunkt des Körpers weiter nach vorn verlegt. Tibia und Fibula verwachsen unter starker Reduktion der Fibula. Gleichzeitig verbinden sich die Knochen der proximalen Fußwurzelreihe, die wie bei den Reptilien aus Tritibiale und Fibulare bestehen, mit dem distalen Ende der Tibia. Umgekehrt vereinigen sich die zwei bis drei Knochenanlagen, welche in der distalen Fußwurzelreihe auftreten, mit den Metatarsalia. Beim erwachsenen Vogel existieren also überhaupt keine freien Fußwurzelknochen mehr (XXIV, 12c), dennoch wird die Bewegung zwischen Fuß und Unterschenkel in dem ursprünglichen Intertarsalgelenk ausgeführt. Im Mittelfuß fehlt stets der fünfte Strahl, die Metatarsen 2—4 strecken sich stark in die Länge und verschmelzen miteinander zu dem sogenannten Laufknochen. Das Fußwurzelgelenk wird dadurch hoch über den Erdboden erhoben. Der Metatarsus 1 nimmt an dieser Verschmelzung nicht teil, er trägt eine nach hinten gerichtete opponierte Zehe, die aber oft rückgebildet wird, auch die vierte Zehe ist besonders bei den Klettervögeln opponierbar (sogenannte Wendezehe der Spechte). Unter den Straußen bildet der afrikanische auch die zweite Zehe zurück, läuft also nur auf der dritten und vierten. Die Zahl der Phalangen beträgt für gewöhnlich 2, 3, 4, 5.

Die Säugetiere zeigen im allgemeinen viel ursprünglichere Verhältnisse, die sich an die der Amphibien und primitiven Reptilien anschließen. So liefert auch der Bau der Extremitäten einen Hinweis darauf, daß der Säugerstamm sich in sehr frühen Erdperioden von noch wenig differenzierten Wirbeltieren abgezweigt haben muß. Besonders bemerkenswert ist die gute Erhaltung der Hand- und Fußwurzel, beim Menschen z. B. (XXIV, 5) enthält die Handwurzel noch alle ursprünglichen Knochen mit Ausnahme der Centralia; beim Orang-Utan ist sogar einer dieser Knochen erhalten. Allerdings sind, wie gewöhnlich bei den Säugern, die Carpalia 4 und 5 zu einem Knochen verschmolzen. Die ursprünglichsten Verhältnisse bleiben dort bestehen, wo die Hand zu verschiedenen Leistungen verwendet wird. Dann bildet sich die Rotationsbewegung am Unterarm besonders gut aus, in der Reihe der Affen tritt als Anpassung an das Klettern wieder eine opponierbare erste Zehe, der Daumen, auf. Bei den Läufern streckt sich die ganze Extremität, besonders der Unterarm, wobei Radius und Ulna mehr oder weniger vollständig verschmelzen. Die Handwurzel bleibt ziemlich vollständig erhalten (XXIV, 6), dagegen reduziert sich die Zahl der Strahlen. Es lassen sich dabei zwei Reihen aufstellen, deren eine zu den Unpaarhufern, *Perissodactyla*, die andere zu den Paarhufern, *Artiodactyla*, führt. Stets schwindet zuerst der Strahl 1, dann 5; 2 und 4 verkürzen sich bei den Einhufern und rücken an dem sehr verlängerten Metatarsus 3 empor, so daß sie nicht mehr den Boden erreichen. Dabei bilden sie mehr und mehr erst die Phalangen, dann auch die Metacarpalia zurück, so daß bei dem Endglied der Reihe, dem Pferde, nur noch Reste der Metacarpalia als sogenannte Griffelbeine mit dem Metacarpus 3 verbunden sind. Bei den Paarhufern bleiben die 3. und 4. Zehe gleichmäßig gut erhalten, dagegen reduzieren sich die 2. und 5. mehr und mehr; bei den Kamelen und Giraffen verschwinden sie ganz. Eine sehr eigenartige Umbildung entwickelt sich bei den Fledermäusen, *Chiroptera*. Dort streckt sich der Radius unter Verkümmerung der Ulna sehr in die Länge. Die Handwurzel ist stark rückgebildet, von den Strahlen sind der 2. bis 5. sehr verlängert. Sie spannen die Flughaut; der erste Strahl dagegen bleibt kurz und trägt am Ende eine Kralle. Die Umbildung zu einer Flosse, wie sie bei den Seekühen, *Sirenia*, und Walen, *Cetacea*, auftritt (XXIII, 11) führt zu einer Verkürzung und engen Zusammenlagerung der einzelnen Knochenstücke. Bei den Bartenwalen, *Balaenidae*, wird der 2. und 3. Strahl mächtig verlängert und kann bis zu 14 Phalangen enthalten, die Verhältnisse erinnern also stark an die der Ichthyosaurier. Nur wird die Flosse hier nicht verbreitert, sondern im Gegenteil durch Reduktion der äußeren Elemente auf beiden Seiten verschmälert.

Die Verhältnisse der hinteren Extremität sind denen der vorderen in vieler Hinsicht sehr ähnlich. Die Fußwurzel ist insofern noch ursprünglicher, als sich hier sehr oft ein Centrale erhält (XXIV, 9). Dagegen verschmelzen Tibiale und Intermedium meist zum sogenannten Talus, das mächtig entwickelte Fibulare wird als Calcaneus bezeichnet. Bei den Huftieren verschmelzen wieder Tibia und Fibula unter starker Reduktion der letzteren; die Rückbildung der Zehen geht in den Reihen der Paar- und Unpaarhufer im wesentlichen der an den Vorderbeinen parallel (XXIV, 12d). Die allmähliche Umbildung in dieser Richtung läßt sich an fossilen Funden aus der Tertiärperiode Schritt für Schritt verfolgen und liefert, wie bekannt, einen der auffallendsten Belege für die Deszendenztheorie. Bei den Springmäusen, *Dipus*, verlängern sich die Hinterbeine ganz außerordentlich und die Metatarsen 2—4 verschmelzen ganz ähnlich wie bei den Vögeln zu einem Laufknochen. Bei den kletternden Formen tritt wieder eine opponierbare 1. (große) Zehe auf. Bei den Walen endlich wird die ganze hintere Extremität bis auf Reste des Beckens rückgebildet. Erwähnung verdient schließlich noch, daß sich im Kniegelenk der Säuger eine besonders kräftige Verknöcherung in der Strecksehne des Unterschenkels entwickelt, die Kniescheibe, Patella. Ähnliche Sehnenverknöcherungen, die sogenannten Sesambeine treten in wechselnder Anzahl auch auf der Unterseite von Hand und Fuß auf, das konstanteste und größte davon ist das sogenannte Erbsenbein (Pisiforme) an der Ulnarseite der Handwurzel. Ähnliche Bildungen kommen übrigens auch bereits in den anderen Wirbeltierklassen vor.

13. Die Zähne.

Der letzte Teil des Skelettsystems der Wirbeltiere, dessen Betrachtung uns noch übrig bleibt, sind die Zähne. Sie gehören ursprünglich dem Hautskelett an und setzen sich aus epithelialen und bindegewebigen Bestandteilen zusammen. Bei den primitivsten Fischen, den Selachiern, treten sie zuerst auf und sind dort als Hautzähne oder Plakoidschuppen über den ganzen Körper verteilt (vgl. S. 357). Ihre Entwicklung geht von einer Bindegewebspapille aus, die zapfenförmig gegen das Epithel vorwächst. Deren äußerste Zellage wandelt sich zu einer Schicht hoher Zylinderzellen um, den Odontoblasten, diese scheiden nach außen eine Kappe polygonaler Säulen von Knochensubstanz ab, das Dentin (XXIV, 14). Im Innern jeder Säule verläuft ein Plasmafortsatz der ausscheidenden Zelle. Auf diese Grundsubstanz des Zahnes scheiden die darüberliegenden Epithelzellen eine dünnere Lage von Zahnschmelz ab, einer glänzenden, außerordentlich harten und widerstandsfähigen Substanz. Der fertige Zahn durchbricht die Haut und ragt mit seiner kegelförmigen Spitze hervor, an seinem Grunde bildet sich später aus dem Bindegewebe eine Platte echter Knochensubstanz, die Basalplatte. Im weiteren Verlauf der Stammesgeschichte bilden sich die Hautzähne zurück, erhalten sich aber in der ganzen Wirbeltierreihe in dem ektodermalen Anfangsteil des Darmes, der Mundhöhle. Der Mundzahn unterscheidet sich aber von den Zähnen der äußeren Haut dadurch, daß ihm die Basalplatte fehlt. So stecken die kegelförmigen Dentinzapfen zunächst lose im Unterhautbindegewebe. Sie gehen daher beim Gebrauch leicht verloren und werden fortwährend durch neugebildete ersetzt. Besonders schön kann man dies am Kieferrande der Haifische beobachten

(XXIV, 15). Dort steht jeweils die Reihe der fertig ausgebildeten Zähne oben auf dem Kieferrande, an der Innenseite des Kiefers folgen sich mehrere Reihen von Ersatzzähnen, die in dem Maße nach außen rücken, als die funktionierende Reihe sich abnutzt. Bei den meisten Haien sind die Zähne dreieckig und vorn zugeschärft, oft mit Nebenspitzen versehen und am Rande ausgesägt, so daß ein außerordentlich gefährliches Gebiß zustande kommt, dessen Wirkungen ja besonders von den Menschenhaien, *Carcharias*, bekannt sind. Viele kleinere Haie dagegen und besonders die Rochen, *Rajidae*, die sich von Stachelhäutern, Schnecken und Muscheln ernähren, haben ein Gebiß, das aus zahlreichen Reihen abgeplatteter stumpfer Zähne besteht, die wie Pflastersteine nebeneinander liegen. Bei den Knochenfischen entwickeln sich die Zähne außerordentlich mannigfaltig, sie können auf allen Knochen stehen, die die Mundhöhle begrenzen, sogar auf den Kiemenbogen als sogenannte Schlundzähne (vgl. S. 379). Ihre Form ist je nach der biologischen Leistung außerordentlich verschieden, bald sind es lange, nach innen gekrümmte Fangzähne, bald meißelförmige Schneidezähne zum Abbeißen von Pflanzen, bald stiftchenförmige Reusen- oder Bürstenzähne. Manchmal verschmelzen auch mehrere Zahnanlagen zu einem schnabelartig schneidenden Kieferrand, wie er den Papageifischen, *Scaridae*, zum Abnagen der Korallenpolypen dient. Bei den Amphibien ist das Gebiß im allgemeinen nicht sehr stark ausgebildet, wir finden kleine Hakenzähne außer auf den Kieferknochen auch auf Pterygoid, Palatinum und Vomer. Innerhalb der Reptilienreihe macht die Entwicklung der Zähne wesentliche Fortschritte, vor allen Dingen dadurch, daß sie immer engere Beziehungen zu den unterliegenden Knochen gewinnen (XXV, 1). Sie sitzen nicht mehr lose in der Haut, sondern ruhen direkt dem Knochen auf und gewinnen so ein festes Widerlager, wodurch ihre Wirkung beim Biß sehr erhöht wird. Sitzen sie auf der oberen Kante des Kiefers, so bezeichnet man ihre Träger als acrodont, dies gilt für die meisten Eidechsen. Bei vielen Schlangen rücken die Zähne an der Innenseite des Kiefers herab, so daß sie ihm mit einem Teil ihrer Längsseite angefügt sind, die Tiere sind pleurodont. Den höchsten Typus erreichen die Krokodile, dort ist jeder Zahn in eine tiefe Grube (Alveole) des Kiefers eingelassen und dadurch fest verankert. Man bezeichnet diesen Typus als thecodont. Gleichzeitig mit dieser besseren Befestigung geht eine Reduktion der Zahl der Zähne einher. Während sie bei Schlangen und Eidechsen noch auf allen Knochen der Mundhöhle stehen können, oft auf den einzelnen in mehrfachen Reihen, finden wir sie bei den Krokodilen nur noch in einfacher Reihe auf den drei Knochenpaaren des Ober- und Unterkiefers. Die Form der Zähne ist auch hier sehr wechselnd, hauptsächlich handelt es sich um kegelförmige Beißzähne zum Zerkleinern der Nahrung wie bei Krokodilen und vielen Eidechsen, oder um hakenförmige Fangzähne wie bei den Schlangen;

sie dienen nur zum Festhalten der Beute, die unzerkleinert hinabgewürgt wird. Eine besondere Modifikation dieser Fangzähne stellen die Giftzähne der Giftschlangen (XXV, 2—4) dar. Sie sitzen im Oberkiefer und stehen im Zusammenhang mit einer Giftdrüse, deren Sekret durch einen Kanal zur Spitze des Zahnes geleitet wird. Dieser liegt an der Vorderfläche des Zahnes und stellt entweder eine offene Rinne dar (Furchenzahn) (XXV, 3), oder es entsteht durch Zusammenrücken der Ränder dieser Furche eine Röhre, die sich dicht über der Spitze des Zahnes öffnet (Röhrenzahn) (XXV, 4). Je nach Stellung und Ausbildung der Zähne unterscheidet man ungiftige Schlangen mit ungefurchten Zähnen (aglyph) von den Furchenzähnern. Unter diesen stehen sich opisthoglyphe und proteroglyphe gegenüber. Bei ersteren sind einige Zähne im hinteren Teil des Oberkiefers gefurcht, bei den anderen im vorderen. Bei den Röhrenzähnern (Solenoglyphen) ist jeweils nur ein funktionierender Giftzahn vorhanden, hinter dem einige in Bildung begriffene Ersatzzähne stehen. Der Oberkiefer ist hier zu einem kleinen Knöchelchen geworden, das nur den Giftzahn trägt und beweglich ist, so daß der Giftzahn beim Öffnen des Maules nach vorn aufgerichtet wird und beim Zufahren der Schlange in das Beutetier eingestochen wird (vgl. S. 372, Taf. XIX, 12). Die Giftigkeit der Schlangen ist keineswegs einfach der Ausbildungshöhe des Giftzahnes proportional; unter den Proteroglyphen befinden sich einige der allergefährlichsten Giftschlangen, wie die Brillenschlange, *Naja tripudians* und ihre Verwandten, ferner die Korallenschlangen des tropischen Amerika, *Elaps*, und die zum Teil sehr giftigen Seeschlangen, *Platurus*. Erwähnenswert ist, daß ein Giftapparat mit Furchenzähnen auch bei einer Eidechse vorkommt, dem im Süden von Nordamerika lebenden *Heloderma;* dort sind es aber die vorderen Zähne des Unterkiefers, an deren Vorderfläche sich eine Giftrinne entwickelt hat. Bei den Schildkröten sind die Zähne vollständig verschwunden und durch Hornscheiden auf den Kieferrändern ersetzt. Das gleiche gilt für alle jetzt lebenden Vögel, während unter den fossilen Formen mehrere Gruppen bekannt geworden sind, die wohlentwickelte Zähne in den Kiefern trugen.

Bei den Säugetieren erreichen die Zähne die höchste Ausbildung. Sie sind dort immer in Alveolen der Kiefer eingelassen und in ihnen durch eine besondere Schicht von Knochensubstanz, den sogenannten Zement, befestigt (XXV, 5). Es kommt damit hier ein neuer Bestandteil zu dem ursprünglichen Zahn hinzu, die Wurzel, der gegenüber die aus Dentin und Schmelz bestehenden Teile als Krone und Hals bezeichnet werden. Ansätze dazu finden sich übrigens schon bei den Labyrinthodonten unter den fossilen Stegozephalen, sowie bei manchen Reptilien. Durch die Ausbildung der Wurzel, die entweder einfach oder in mehrere Äste gespalten sein kann (XXV, 6), wird die ursprünglich weite Verbindung des Zahninnern, der sogenannten Pulpahöhle, mehr und mehr eingeengt. Dadurch wird die Ernährung herabgesetzt und der Zahn stellt nach voller Ausbildung der Wurzel sein weiteres Wachstum ein. Dafür bleibt der einzelne Zahn viel länger leistungsfähig, und es findet ein Wechsel nur in sehr beschränktem Maße statt. Während der Embryonalentwicklung der Säuger senkt sich in der Mundhöhle eine Epithelfalte in die Tiefe, die sogenannte Zahnleiste (XXIV, 14, 16). Sie tritt bald mit den Kieferknochen in Verbindung, und von ihr aus wachsen die Anlagen der einzelnen Zähne, die Zahnkeime oder Zahnsäckchen, gegen die Oberfläche vor (XXIV, 17). Im allgemeinen erschöpft sich aber die Zahnleiste nicht mit der Abgabe nur einer Serie von Zahnkeimen, sondern es bleibt noch Reservematerial in der Tiefe zurück, das nach einiger Zeit heranzuwachsen beginnt und den zuerst gebildeten Zahn verdrängt und ersetzt. Gewöhnlich folgen sich bei den Säugern zwei solche Generationen von Zähnen, das Milchgebiß und das bleibende Gebiß. Man hat aber bei manchen Beuteltieren noch eine Serie von Zähnen gefunden, die dem Milchgebiß vorausgehen und andererseits gelegentlich Zähne beobachtet, die einer vierten, dem bleibenden Gebiß folgenden Generation angehören. Beim Übergang vom Milchgebiß zum bleibenden werden nicht alle Zähne gewechselt, viele Beuteltiere behalten fast das ganze Milchgebiß bei und wechseln nur den letzten Prämolar. Andererseits enthält beispielsweise beim Menschen das Milchgebiß überhaupt keine Molaren, diese treten vielmehr erst mit der Ausbildung des definitiven Gebisses auf. Bei manchen Edentaten ist das ganze Milchgebiß rudimentär und wird vom bleibenden ersetzt, ohne überhaupt in Funktion getreten zu sein. Manchmal kommt auch der Fall vor, daß die einzelnen Zähne des gleichen Gebisses zu sehr verschiedener Zeit auftreten; dies gilt z. B. für den Menschen, bei dem sich die Ausbildung des Milchgebisses wie des bleibenden über Jahre hinzieht; der letzte Molar, der Weisheitszahn, kommt ja erst gegen das 20. Jahr zum Durchbruch. Besonders merkwürdig sind die zeitlichen Unterschiede bei den Elefanten. Dort kommt die Reihe der Backzähne erst ganz allmählich von vorn nach hinten zur Entwicklung, so daß der nächstfolgende immer erst dann fertig ausgebildet ist, wenn sein Vorgänger stark abgenutzt und dem Ausfallen nahe ist.

Mit der dauerhafteren Befestigung und der Abnahme der Zahl geht bei den Säugetieren eine Differenzierung der Zähne in den verschiedenen Kieferabschnitten Hand in Hand, die in Anpassung an bestimmte Leistungen entstanden ist. Aus dem im wesentlichen gleichartigen (homodonten) Gebiß der niederen Wirbeltiere wird das ungleichartige (heterodonte). Auch dies kann bis zu einem gewissen Grade schon bei Reptilien vorkommen. Man pflegt im Säugetiergebiß drei Zahntypen zu unterscheiden, die Schneidezähne, Eckzähne und Mahlzähne. Das Fortschreiten dieser Differenzierung läßt sich innerhalb des Säugetierstammes noch wohl verfolgen. Unter den älteren fossilen Formen ist sie noch viel weniger ausgebildet und es zeigen sich dort Übergangsformen zwischen den jetzt scharf gesonderten Gebißtypen. Auch unter den jetzt lebenden Säugetieren gibt es noch Formen mit ziemlich homodontem Gebiß wie die Insektenfresser, *Insectivora*, z. B. den Igel; bei anderen Gruppen, wie den Edentaten und Cetaceen, ist die Gleichartigkeit allerdings wohl auf sekundäre Vereinfachung zurückzuführen.

Die Schneidezähne (Incisivi) stehen im vordersten Teil der Kiefer, im oberen Kieferbogen vorwiegend im Zwischenkiefer. Ihre Zahl beträgt bei den höheren Säugetieren nicht mehr als drei in jeder Kieferhälfte, bei den pflanzenfressenden Beuteltieren, die danach als Polyprotodontia bezeichnet werden, steigt sie auf 5—6. Gelegentlich werden sie rückgebildet, so fehlen sie z. B. im Zwischenkiefer der Wiederkäuer; das Abrupfen des Grases geschieht dort durch Andrücken der Oberlippe gegen die flach vorgestreckten Schneidezähne des Unterkiefers. Ihre Gestalt ist fast stets meißelförmig, nur selten kegelförmig, wie bei den Stoßzähnen der Elefanten. Diese ganz außergewöhnlich entwickelten Zähne zeichnen sich dadurch aus, daß sie keine Wurzeln bilden, infolgedessen dauert auch ihr Wachstum während des ganzen Lebens an. Das gleiche gilt für die Schneidezähne der Nagetiere. Dort wird das freie Ende beim Kauen ständig abgenutzt, weil es nur an der Vorderseite mit Schmelz bedeckt ist. Unterbleibt diese Abnutzung, etwa durch Ausfallen des gegenwirkenden Zahnes, so wachsen auch die Nagezähne zu mächtigen gekrümmten Hauern aus.

Auf die Schneidezähne folgt in jeder Kieferhälfte ein Eckzahn (Caninus). Er ist kegelförmig (XXV, 8a) und besonders kräftig, so daß er gewöhnlich deutlich über die übrige Zahnreihe vorspringt. Er dient demgemäß hauptsächlich als Waffe, wie bei den Schweinen, Raubtieren und Affen, den Nagern und Wiederkäuern fehlt er gewöhnlich.

Die Mahlzähne, die man wieder in Prämolares und Molares einteilt, sind hauptsächlich zur Zerkleinerung der Nahrung bestimmt; sie erlangen die komplizierteste Gestalt dadurch, daß sich auf ihrer Kaufläche spitze oder stumpfe Höcker erheben. Bei manchen fossilen Säugern und bei dem heute lebenden *Ornithorhynchus* bildet sich eine große Zahl unregelmäßig gestellter großer Höcker (multituberkularer Zahn) (XXV, 7). Die Backzähne der übrigen lebenden Säuger leiten sich dagegen von einem Typus ab, der schon bei den ältesten fossilen Säugern vorkommt und ausgezeichnet ist durch drei kegelförmige Spitzen, die in jedem Zahn in der Längsrichtung des Kiefers hintereinander stehen (XXV, 8b). Aus diesem trikonodonten Zahn entwickelt sich der trituberkulare dadurch, daß die beiden Außenspitzen sich aus der gleichen Linie mit der mittleren Spitze herausschieben, und zwar im Oberkiefer nach innen, im Unterkiefer nach außen (XXV, 10). Zu diesen drei Spitzen tritt dann vielfach noch eine vierte, breite und niedrige am hinteren Ende, das Talon (XXV, 8c). Sind die Spitzen scharf und schneidend, so bezeichnet man den Zahntypus als sekodont, wir finden ihn bei den Insektenfressern und bei den Raubtieren. Dort entwickelt sich besonders die ursprüngliche Mittelspitze zu einem dreieckigen Sägezahn, der in der ganzen Wirbeltierreihe nur bei den Haifischen seinesgleichen findet. Immer entwickelt sich ein Backzahn besonders stark und wird dann als Reißzahn (XXV, 9) bezeichnet. Es ist im Oberkiefer immer der letzte Prämolar, im Unterkiefer dagegen der erste Molar. Mit zunehmender Spezialisierung des Raubtiergebisses verschwinden die vor dem Reißzahn liegenden Prämolaren mehr und mehr. Nach ganz anderer Richtung entwickelt sich das stumpfhöckerige, bunodonte Mahlgebiß der übrigen Säugetierordnungen. In der Affenreihe bleiben die vier stumpfen Höcker getrennt (XXV, 8d), wie dies die menschlichen Backzähne gut zeigen, unter den Huftieren entwickeln sich von ihnen aus Schmelzleisten. Treten dabei je ein äußerer und innerer Höcker zusammen, so daß zwei quergestellte Erhebungen entstehen, so bezeichnet man das Gebiß als lophodont (XXV, 8e, 11), bildet jeder Höcker eine V-förmige, mit der offenen Seite nach außen gerichtete Figur, so nennt man es selenodont (XXV, 8f). Beide Typen entwickeln sich in der Reihe der Huftiere, lophodont sind z. B. die Zähne der Elefanten, selenodont die der Hirsche. In beiden Fällen kann sich die Oberfläche noch dadurch außerordentlich komplizieren, daß die Schmelzleisten Ausbuchtungen tragen oder sich in einzelne Unterabteilungen zerlegen. In die Falten wächst dann von den Seitenwänden der Zähne Zement hinein (XXV, 12). Wird die Oberfläche abgekaut, so entsteht durch den Wechsel von Schmelz- und Zementschichten ein sehr kompliziertes Bild, besonders bei den sehr umfangreichen Zähnen vieler Wiederkäuer und der Elefanten. In manchen Säugetierordnungen bilden sich endlich die Zähne ganz zurück, wie bei den Bartenwalen und einigen Familien der danach benannten Edentaten.

14. Die Muskulatur und die elektrischen Organe.

Zu den formgebenden Stütz- und Skelettsubstanzen tritt als notwendige Ergänzung das Organ der aktiven Bewegung, die Muskulatur. Wir verstehen darunter Formelemente von langgestreckter Gestalt, die dadurch Änderungen der Körperform hervorrufen, daß sie sich unter gleichzeitiger Dickenzunahme in der Längsrichtung verkürzen. Die eigentliche aktive Fortbewegung ist bei den Metazoen wesentlich an die Ausbildung der Muskelzellen geknüpft. Sie treten uns bereits bei den einfachsten Zölenteraten entgegen. Dort bilden die Epithelzellen beider Körperschichten langgestreckte dünne Fortsätze aus, in denen eine zylindrische, stark lichtbrechende Faser, eine Muskelfibrille, auftritt. Diese Fortsätze legen sich der Stützlamelle auf, so daß sie in jeder Körperschicht einander parallel gerichtet sind. Bei den Hydropolypen verlaufen sie im Ektoderm meist in der Längsrichtung, im Entoderm ringförmig (XXV, 13). Die Zusammenziehung der ektodermalen Fasern wird den Körper also in der Längsrichtung verkürzen, die der entodermalen unter gleichzeitiger Dickenabnahme wieder ausstrecken. Doch braucht diese Verteilung keineswegs immer gewahrt zu bleiben; schon bei den Hydromedusen z. B. kommt neben den Längsfibrillen eine besonders kräftige Ringmuskulatur im Ektoderm der Subumbrella vor, auf deren Verkürzung die rhythmische Verengerung der Glockenhöhle und damit die Fortbewegung des Tieres beruht. Werden größere Leistungen gefordert, so können diese dadurch erreicht werden, daß die Stützlamelle sich in Falten legt, wodurch eine größere Anzahl von Muskelfibrillen an einer bestimmten Stelle Platz findet. Dies bekannte Prinzip der Oberflächenvergrößerung sehen wir bei den Zölenteraten in den sehr kontraktilen Stämmen der Siphonophorenkolonien und in den Längsmuskeln verwirklicht, die in den Septen der Aktinien verlaufen und die Einziehung der Mundscheibe bewirken. Auf dem Querschnitt eines solchen Septums sieht man an einer verdickten Stelle eine reiche Faltung der Stützlamelle mit engem Fibrillenbelag, die sogenannte Muskelfahne (XXV, 14).

Während die einfachsten Muskelfibrillen noch in sogenannten Epithelmuskelzellen liegen, die mit dem größten Teil ihres Plasmakörpers an der Begrenzung des Körpers teilnehmen, rücken mit der stärkeren Ausbildung der kontraktilen Elemente die Zellen mehr und mehr in die Tiefe und liegen schließlich als langgestreckte, zylindrische, echte Muskelzellen unter den eigentlichen Epithelzellen. Schiebt sich zwischen Entoderm und Ektoderm ein Zwischengewebe, so wandern die Muskelzellen dort hinein und spannen sich nun in den verschiedensten Richtungen zwischen den Körperoberflächen aus. Dabei nehmen sie oft Sternform an oder ihre Längsenden gabeln sich und spalten sich in besenreiserartige Fortsätze auf. Solche Zellen, deren scharfe Abgrenzung von Bindegewebs- und Nervenzellen oft große Schwierigkeiten macht, treffen wir besonders bei den Schwämmen und den Rippenquallen. Ganz ähnlich tritt uns die Muskulatur bei den Tieren mit primärer Leibeshöhle entgegen. Auch dort wandern aus Ektoderm wie Entoderm einzelne Zellen in die Tiefe, die sich dann in allen Richtungen durch die Leibeshöhle spannen. Besonders deutlich sieht man das bei vielen Larvenformen vor der Anlage des Zöloms und als dauernde Bildung bei den Rotatorien. Bei den Plattwürmern ordnen sich die Muskelzellen zum großen Teil unter dem Epithel in Längszügen, zirkulären und sich in zwei Richtungen überkreuzenden Diagonalfasern (XXV, 16). Zahl, Anordnung und Ausbildung der einzelnen Schichten kann dabei sehr wechseln. Es entsteht auf diese Weise eine Bildung, die man wegen ihrer innigen Beziehungen zur äußeren Körperwand als Hautmuskelschlauch bezeichnet. Durch das Zusammenarbeiten der verschiedenen Fasersysteme können die mannigfaltigsten kriechenden, schlängelnden oder spannenden Bewegungen zustande kommen. Am reinsten zeigen diesen Typus unter den niederen Würmern die Nematoden und Nemertinen, bei den eigentlichen Plattwürmern gesellen sich dazu noch Muskelzüge, die das Körperparenchym in schräger und besonders dorsoventraler Richtung durchziehen. Abgegliederte Teile dieser Muskulatur schließen sich dann an die inneren Organe, besonders den Anfangsteil des Darmes und die Ausführungswege des Geschlechtsapparates.

Bei den Tieren mit sekundärer Leibeshöhle entwickelt sich die Muskulatur aus der Wand der Zölomanlage. Dabei geht im allgemeinen aus dem äußeren Blatt, das sich der Körperwand anlegt, die eigentliche Bewegungsmuskulatur oder somatische Muskulatur hervor, aus der inneren dagegen die Muskulatur der Eingeweide, die splanchnische Muskulatur. Beide entwickeln sich oft nach Bau und Leistung verschieden; die somatische ist stärker, schneller und histologisch durch Querstreifung ausgezeichnet, die splanchnische langsamer, dafür aber ausdauernder und meist frei von Querstreifen. Bei den Ringelwürmern finden wir wieder einen typischen Hautmuskelschlauch, zusammengesetzt aus einer Ringmuskelschicht außen und einer Längsmuskelschicht innen. Die einzelnen Muskelabschnitte entstehen metamer geordnet aus den Wänden der einzelnen Zölomsäcke, schließen sich dann aber zu einem einheitlichen System zusammen. Oft tritt eine gewisse Gliederung auf; so ordnen sich die Längsmuskeln häufig in vier große Bündel (XXV, 19). Bei den Arthropoden differenziert sich dieses System sehr viel reicher infolge der Bildung des Chitinpanzers und der damit verbundenen Gliederung in einzelne Skelettstücke. Während die Ringmuskelschicht mehr und mehr schwindet, da infolge der festen Körperwand ihre Zusammenziehung ohne Wirkung bleiben muß, zerfällt die Längsmuskulatur in metamer gegliederte Abschnitte, welche die einzelnen Segmentringe gegeneinander bewegen. Solche Muskeln können sich nur von einem Segment zum benachbarten oder durch mehrere Glieder hinziehen, sie können dorsal, seitlich oder ventral liegen, mehr oder weniger schräg oder sogar dorsoventral verlaufen, kurz, es kann ein ungemein mannigfaltiges System entstehen, das im einzelnen je nach der Bewegungsart des betreffenden Tieres variiert. Jede Präparation eines Krebses oder eines Insekts läßt die Grundzüge dieser Muskulatur klar hervortreten.

Besonders kompliziert wird das Bild noch durch die Ausbildung der Extremitäten. Schon bei den Anneliden zweigen sich vom Hautmuskelschlauch Fasersysteme ab (XXV, 19), die in die Parapodien eintreten und dort besonders die Borsten bewegen. Mit der Gliederung der Extremitäten bei den Arthropoden gliedert sich auch ihre Muskulatur und zwar nach den gleichen Prinzipien wie die des Körpers. Eine besondere Bedeutung gewinnt bei den Insekten die Flügelmuskulatur. Die dünne Chitinplatte des Flügels selbst enthält keine Muskeln, diese wirken vielmehr auf die Chitinstücke ein, mit denen der Flügel an der Thoraxwand eingelenkt ist. Es bildet sich ein ganzes System von Muskelzügen heraus, die entweder am Flügel selbst ansetzen oder durch Formveränderung der Thoraxsegmente seine Lage beeinflussen (direkte und indirekte Flugmuskeln). Diese Muskeln erfüllen zusammen mit denen, welche in die Beine eintreten, fast den ganzen Thoraxraum, vielfach werden durch Bildung besonderer Chitinbogen und Fortsätze für sie eigene Ansatzpunkte geschaffen.

Bei den Mollusken, denen ein gegliedertes Skelett fehlt, tritt uns die Muskulatur wieder als Hautmuskelschlauch entgegen. Ähnlich wie bei den Plattwürmern entwickelt sich aber außerdem in dem Parenchym, das den größten Teil der Leibeshöhle verdrängt, ein vielfach gekreuztes Netz von Muskelfasern, unter denen dorsoventrale Züge die wichtigste Rolle spielen (XXV, 17). Als Hauptbewegungsorgan bildet sich auf der Ventralseite der Fuß aus, der entweder mit einer breiten Kriechsohle versehen ist oder, beilförmig zugeschärft, zum Bohren und Graben verwendet wird. In ihn strahlen Dorsoventralmuskeln ein, die bei den beschalten Formen das Rückziehen des Fußes in die Schale besorgen. Ursprünglich ist dieses System paarig, bei den Schnecken entwickelt sich daraus durch Rückbildung der einen Seite der Kolumellar- oder Spindelmuskel, der in der hohlen Achse der Spindel bis fast zur Spitze verläuft. Bei den Muscheln gehen aus abgegliederten Teilen dieser Muskulatur die Schließmuskeln hervor, die vorn und hinten oder nur an einer Seite zwischen den beiden Schalenhälften ausgespannt sind. Bei den Tintenfischen, wo der Fuß zu dem Armapparat und dem Trichter umgebildet ist, haben sich die Dorsoventralmuskeln zu einem System mächtiger Rückziehmuskeln entwickelt, die von der Rückenseite zum Kopfknorpel und zum Trichter verlaufen.

Im Kreise der Echinodermen spielt die Muskulatur eigentlich nur bei den Holothurien eine größere Rolle; dort besteht sie aus einem System kräftiger Ringmuskeln, unter denen fünf Bündel von Längsmuskeln verlaufen (XXV, 15). Bei den übrigen Gruppen, die in starre Skelettpanzer eingeschlossen sind, wird die Fortbewegung hauptsächlich vom Ambulakralsystem besorgt. Der Hautmuskelschlauch hat sich daher in einzelne Bündel aufgelöst, die zur Bewegung der Panzerplatten gegeneinander dienen und bei den Seeigeln ein kompliziertes System zur Bewegung der Stacheln bilden. Eine etwas größere Rolle spielt die Muskulatur wieder in den sehr beweglichen Armen der Schlangensterne; sie ist dort vor allem in zwei dorsalen Längsbündeln ausgebildet.

Im Stamme der Chordaten finden wir bei den Tunikaten einen typischen Hautmuskelschlauch mit Längs- und Ringsmuskulatur, bei den

Salpen sind besonders die Ringmuskeln in Form einzelner Reifen oder schräg verlaufender Muskelbänder entwickelt, deren Zusammenziehung das Wasser aus dem faßförmigen Körper heraustreibt und durch den Rückstoß das Tier fortbewegt. Beim Amphioxus entwickelt sich eine mächtige Rumpfmuskulatur, die in der dorsalen Hälfte des Körpers den ganzen Raum zwischen Haut und Chorda ausfüllt und, nach ventral sich verschmälernd, die Leibeshöhle und den Peribranchialraum umgreift. Die Muskulatur entwickelt sich hier, und prinzipiell ähnlich bei den echten Wirbeltieren, aus dem dorsalen Teil der Mesodermanlage, den sogenannten Urwirbeln (XXV, 20). Sie werden metamer gesondert angelegt, während der ventrale Teil, der die Leibeshöhle liefert, zu einem einheitlichen Raume verschmilzt. Die Muskelelemente umwachsen dann, von den Urwirbeln ausgehend, die Leibeshöhle, bis sie von beiden Seiten in der Mittellinie (Linea alba der Wirbeltiere) zusammenstoßen. Die segmentale Entwicklung der Muskulatur dokumentiert sich auch beim ausgebildeten Amphioxus durch bindegewebige Scheidewände, die Myosepten. Sie sind ursprünglich quer zwischen den einzelnen Muskelsegmenten ausgespannt, verschieben sich aber im Laufe der Entwicklung so, daß sie in der horizontalen Ebene der Chorda am weitesten kopfwärts liegen, dorsal und ventral gegen das Schwanzende zurückweichen. Die einzelnen Muskelabschnitte zwischen je zwei Septen, die sogenannten Myocommata, nehmen dadurch Trichterform an und stecken wie Tüten mit nach vorn gerichteten Spitzen ineinander. Auch die Rumpfmuskulatur der Fische (XXV, 18) und der wasserlebenden niederen Amphibien zeigt im wesentlichen noch die gleiche Anordnung; bei den Fischen wird die Gestalt der Myocommata besonders kompliziert dadurch, daß die einzelnen Myosepten während ihres dorsoventralen Verlaufes mehrfach winkelig geknickt sind (XXVI, 6). Bei den höheren Wirbeltieren löst sich diese ursprünglich einheitliche Längsmuskulatur mehr und mehr in einzelne Schichten und Züge auf, die mannigfaltige Beziehungen zum Skelett gewinnen. Meist erhalten sich zwei deutliche Längszüge; dorsal das System der langen Rückenmuskeln (Longissimus dorsi), die zu beiden Seiten der Dornfortsätze der Wirbel verlaufen, und ventral der Musculus rectus abdominis. In ihm bleiben bis herauf zu den Säugetieren als Reste der alten Myosepten bindegewebige Querstreifen, die Inscriptiones tendineae, sichtbar. Aus den seitlichen Partien der alten Längsmuskulatur gehen die Musculi obliqui und der Transversus hervor. Mit der Ausbildung der Extremitäten entwickelt sich ein immer reicher gegliedertes System von Muskeln, die vom Rumpf zu den Gürteln und zur freien Extremität verlaufen. Sie gehen, soweit man nach den Befunden bei niederen Formen urteilen kann, durch knospenartige Wucherung aus den Muskelsegmenten des Rumpfes hervor. Obwohl die Wirbeltiermuskeln in ihrer Beziehung zum Skelett denen der Arthropoden prinzipiell entgegengesetzt sind — die einen liegen außerhalb der Skelettstäbe, die anderen innerhalb der Skelettröhren —, entwickelt sich doch zur Ausführung der notwendigen Hebelbewegungen ein ganz ähnlich gegliedertes System. Dies zeigt am besten der Vergleich der Muskulatur eines Insektenbeines mit der eines Froschbeines (XXVI, 1, 2).

Neben diesem System, das zur Bewegung der Skelettstücke gegeneinander in den Gelenken dient, entwickeln sich vielfach noch besondere Hautmuskeln, die sich gleichfalls letzten Endes von den Rumpfsegmenten ableiten lassen. Sie verlaufen im Unterhautbindegewebe, umgeben die dort liegenden Drüsen und treten an Schuppen, Haare und Federn heran, deren Bewegung und Aufrichtung sie dienen. Gelegentlich entwickeln sie sich besonders stark wie beim Igel, wo sie die Stacheln aufrichten und außerdem ebenso wie bei den Gürteltieren zum Zusammenkugeln des Körpers dienen.

An die Betrachtung der Muskulatur schließt sich zweckmäßig die von Gebilden, die in genetischer Beziehung zu ihr stehen, der elektrischen Organe. Wir finden die merkwürdige Eigenschaft, elektrische Schläge auszuteilen, in irgendwie nennenswertem Grade nur bei den Fischen; die Angaben über elektrische Leistungen bei Schnecken und Insekten sind sehr unsicher. Dagegen treffen wir bei den Fischen dies Vermögen ziemlich verbreitet; unter den Knorpelfischen sind es die Rochen, und zwar besonders die Familie der Zitterrochen (*Torpedinidae*), in geringerem Grade die gewöhnlichen Rochen (*Rajidae*), unter den Knochenfischen der Zitteraal (*Gymnotus*) und der Zitterwels (*Malapterurus*), die beide in die Gruppe der Karpfenartigen gehören, ferner unter den Hechtartigen die *Mormyridae*; ganz vereinzelt steht ein Stachelflosser, *Asteroscopus*. Die Torpediniden sind Meeresfische, ebenso Asteroscopus, die anderen Bewohner tropischer Süßwässer.

Bei den Rochen liegt das elektrische Organ zu beiden Seiten der Kiemen als eine etwa bohnenförmige Scheibe, die sich von der Rücken- zur Bauchfläche durchzieht (XXVI, 4, 5). Bei den Rajaarten, *Gymnotus*, den Mormyriden zieht es sich in der Schwanzregion zu beiden Seiten der Körpers hin (XXVI, 6), bei *Asteroscopus* liegt es in der erweiterten Augenhöhle und bei *Malapterurus* umhüllt es mantelartig den Rumpf.

Die genauere Untersuchung zeigt, daß alle Organe sich aus Reihen von Plasmascheiben, den sogenannten elektrischen Platten zusammensetzen (XXVI, 3). Jede besteht aus einer Plasmaschicht, der auf einer oder beiden Seiten zahlreiche Kerne eingelagert sind. Die Platten sind in Reihen hintereinander geordnet, die sich durch die ganze Länge des Organs ziehen; dabei nimmt entweder jede Platte die ganze Breite ein, wie bei *Asteroscopus*, oder es stehen mehrere bis zahlreiche Säulenreihen nebeneinander. Bei den Schwanzorganen liegen die Säulen in der Längsrichtung des Körpers, bei den Zitterrochen stehen sie dorsoventral, bei *Malapterurus* sind die einzelnen

Unpaare und paarige Flossen.

1) Flossensaum des Amphioxus. 2) Schema zur Ableitung der senkrechten und horizontalen Flossen von Längsleisten. 3) Flossen der Knochenfische (Abramis). 4) Flossen von Ichthyosaurus. 5) Flossen der Rochen. 6) Skelett der Rückenflosse des Knochenfisches. 7) Sperrstacheln von Zeus faber (nach Thilo). 8) Sperrstachel des Monacanthus, niedergelegt, im Längsschnitt. 9) Derselbe aufgerichtet, mit Muskeln (nach Thilo). 10) Diphyzerke, 11) homozerke, 12) heterozerke Schwanzflosse von Fischen. 13) Heterozerke Schwanzflosse des Ichthyosaurus. 14) Brustflosse von Ceratodus (aus Bütschli). 15) Bauchflosse von Chlamydoselache (nach Garman). 16) Brustflosse von Mustelus (nach Bütschli).

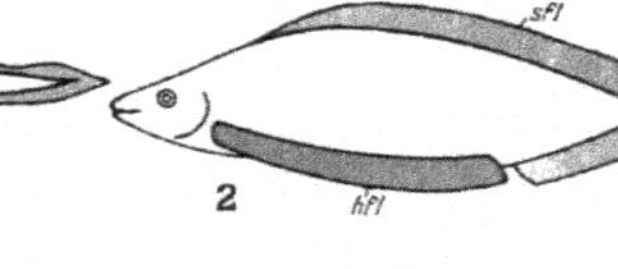

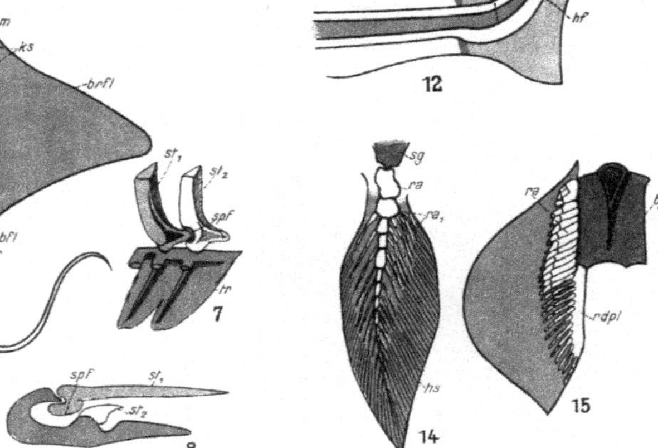

af = After *afl* = Afterflosse *bfl* = Bauchflosse *bg* = Beckengürtel *bm* = Beugemuskel *brfl* = Brustflosse *df* = Dornfortsatz *fl* = Flossensaum *hf* = Hämale Dornfortsätze *hfl* = Horizontaler Flossensaum *hs* = Hornstrahlen *ks* = Kiemenspalten *m* = Mund *r* = Rippen *ra* = Radien 1. Ordnung ra_1 = Radien 2. Ordnung *rdpl* = Platte aus verschmolzenen Radien *rfl* = Rückenflosse *schfl* = Schwanzflosse *sfl* = senkrechter Flossensaum *sg* = Schultergürtel *sm* = Streckmuskel *spf* = Sperrfortsatz *str* = Flossenstrahlen *st* = Flossenstachel *tr* = Flossenträger *wk* = Wirbelkörper

Verlag von VEIT & COMP. in Leipzig.

Schultergürtel. Beckengürtel.

1) Beckengürtel der Selachier. **2)** Schultergürtel der Knochenfische. **3)** Schultergürtel der Selachier, **4)** der Urodelen, **5)** der Anuren, **6)** der Reptilien, **7, 8)** der Vögel, **9)** der Monotremen, **10)** der höheren Säuger. **11, 12)** Beckengürtel der Urodelen, **13, 14)** der Anuren, **15, 16)** der Reptilien, **17)** der Dinosaurier, **18, 19)** der Vögel, **20, 21)** der Säuger (z. T. mit Benutzung von Bütschli)

bk = Beutelknochen *cl* = Clavicula *cor* = Coracoid *cor. f* = Coracoidfortsatz *cr. st* = Crista sterni *epp* = Epipubis *epst* = Episternum *f* = Femur *fc* = Furcula *h* = Humerus *il* = Os Ilium *is* = Os Ischii *pb* = Os pubis *pr. cor* = Processus coracoideus *prp* = Praepubis *r* = Rippe *rad* = Radialia *sc* = Scapula *sc. f* = Scapularfortsatz *sch* = Schädel *scl* = Supraclavicula *ssc* = Suprascapula *st* = Sternum *sy* = Symphyse *ws* = Wirbelsäule

Verlag von VEIT & COMP. in Leipzig.

Freie Extremität der Tetrapoden. Stiel und freie Endfläche.

1) Schema der freien Extremität. 2) Entstehung der Kreuzung von Radius und Ulna bei der Streckung der Vorderextremität im Ellenbogengelenk. 3) Pronation und Supination. 4) Schema der Fischextremitäten. 5) Schema der Tetrapoden-(Säuger-)extremitäten. 6—8) Befestigung und Stellung der Vorderextremität bei Fischen, Reptilien und Säugern. 9—11) Zu Flossen umgewandelte Tetrapodenextremitäten, 9) vom Ichthyosaurus (aus Bütschli), 10) vom Pinguin (aus Hesse-Doflein), 11) vom Walfisch. 12) Bein eines Vogels. 13) Hinterbein einer Eidechse. 14) Vogelarm gebeugt. 15) Desgl. gestreckt (aus Bütschli).

carp = Carpalia *ct* = Centrale *f* = Femur *fi* = Fibula *fib* = Fibulare *h* = Humerus *r* = Rippen *ra* = Radius *rad* = Radiale *sg* = Schultergürtel *st* = Sternum *tars* = Tarsalia
int = Intermedium *lk* = Laufknochen *mtcp* = Metacarpalia *mtts* = Metatarsalia *phal* = Phalangen *ti* = Tibia *tib* = Tibiale *tritib* = Tritibiale *ul* = Ulna *uln* = Ulnare *ws* = Wirbelsäule

Verlag von VEIT & COMP. in Leipzig.

Hand- und Fußwurzel. Zahnentwicklung.

Handwurzel von **1)** Rana (aus Bütschli). **2)** Hatteria. **3)** Varanus (aus Bütschli). **4)** Alligator (aus Bütschli). **5)** Homo. **6)** Equus. Fußwurzel von **7)** Spelerpes. **8)** Rana. **9)** Homo. **10)** Alligator (aus Bütschli). **11)** Varanus (aus Bütschli). **12)** Hinterbeine von: a) Frosch (aus Bütschli), b) Vogelembryo, c) Vogel, d) Pferd. **13)** Hautzahn. **14)** Zahnleiste eines Selachiers. **15)** Unterkiefer mit funktionierenden und Ersatzzähnen eines Haies. **16)** Zahnleiste eines Säugers mit 1. und 2. Zahnanlage. **17)** Zahnsäckchen eines Säugers.

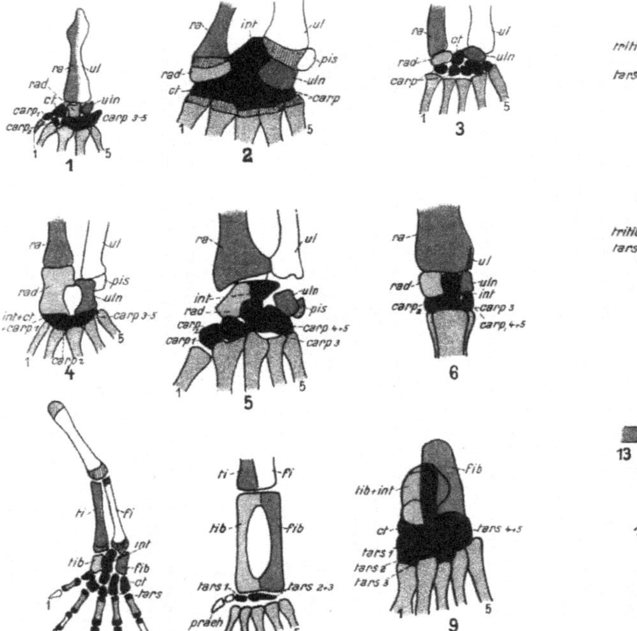

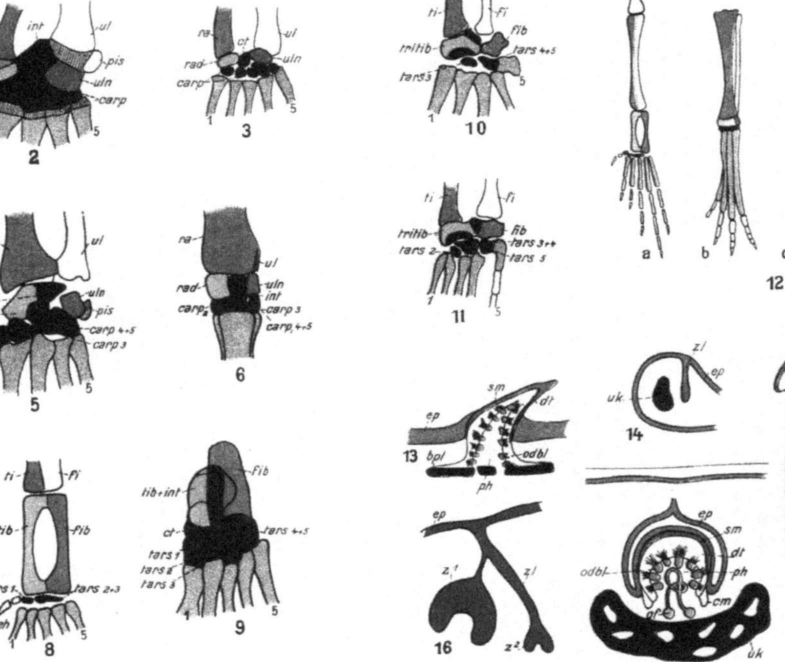

bpl = Basalplatte *carp* = Carpalia *cm* = Cement *ct* = Centrale *dt* = Dentin *ep* = Epithel *ez* = Ersatzzahn *fi* = Fibula *fib* = Fibulare *fz* = funktionierender Zahn *gf* = Blutgefäß *int* = Intermedium *odbl* = Odontoblasten *ph* = Pulpahöhle *pis* = Pisiforme *praeh* = Praehallux (6. Zehe) *ra* = Radius *rad* = Radiale *sm* = Schmelz *tars* = Tarsalia *ti* = Tibia *tib* = Tibiale *tritib* = Tritibiale *uk* = Unterkiefer *ul* = Ulna *uln* = Ulnare *z* = Zahnanlage *zl* = Zahnleiste

Verlag von VEIT & COMP. in Leipzig.

1) Gebißtypen der Reptilien, a) acrodont, b) pleurodont, c) thecodont. **2)** Giftzahn einer solenoglyphen Schlange. **3)** Querschnitt durch einen proteroglyphen Zahn. **4)** Desgl. durch einen solenoglyphen Zahn. **5)** Schneidezahn eines Säugers im Längsschnitt. **6)** Mahlzahn längs. **7)** Multituberculärer Zahn von Ornithorhynchus (aus Weber). **8)** Entwicklung der Mahlzahntypen, a) Eckzahn, b) trituberculärer Zahn, c) Entstehung des Talon, d) bunodonter Typus, e) lophodonter Typus, f) selenodonter Typus (z. T. nach Weber). **9)** Reißzahn eines Raubtiers. **10)** Stellung der Zähne des Ober- und Unterkiefers im trikonodonten Gebiß. **11)** Lophodonter Zahn des Tapirs. **12)** Durchschnitt durch einen lophodonten Zahn. **13)** Epithelmuskulatur von Hydra. **14)** Muskelfahne einer Actinie. **15)** Hautmuskelschlauch einer Holothurie. **16)** Parenchymatöse Muskulatur einer Turbellarie. **17)** Muskulatur von Chiton. **18)** Muskulatur eines Fisches. **19)** Muskulatur eines Anneliden. **20)** Muskelanlagen (Urwirbel) der Amphioxuslarve.

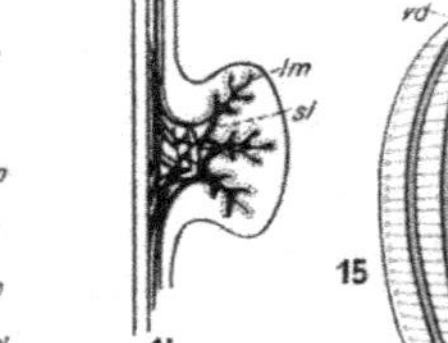

b = Borsten *bm* = Bauchmark *ch* = Chorda *cm* = Cement *cmf* = Cementfalten *coel* = Coelom *d* = Darm *dt* = Dentin *ed* = Enddarm *ek* = Ektoderm *en* = Entoderm *ep* = Epithel *gd* = Giftdrüse *gk* = Giftkanal *go* = Gonade *k* = Kiemen *kn* = Knochen *kr* = Kalkring *l* = Leber *lm* = Längsmuskeln *myc* = Myocoel *n* = Nervenstränge *nph* = Nephridien *ok* = Oberkiefer *ph* = Pulpahöhle *pp* = Parapodium *rck* = Rückenmark *rm* = Ringmuskeln *rp* = Rippen *sch* = Schale *sl* = Stützlamelle *sm* = Schmelz *som* = somatische Muskulatur *spm* = splanchnische Muskulatur *tm* = Transversalmuskeln *uk* = Unterkiefer *uw* = Urwirbel *vd* = Vorderdarm *w* = Wirbel *wz* = Wurzel

Verlag von VEIT & COMP. in Leipzig.

Platten quer zur Körperachse gestellt, liegen aber nicht sehr regelmäßig hintereinander (XXVI, 7). Die einzelnen Platten sind voneinander durch eine Gallertschicht getrennt; ihre Breitseiten tragen oft Höcker und Zotten und zwar besonders die hintere, bei *Gymnotus* auch die vordere; beim Zitterwels sind diese Fortsätze wenig, bei den Zitterrochen gar nicht ausgebildet. Jede Platte steht mit einer oder mehreren Nervenfasern in Verbindung, die an eine Breitseite herantreten und sich darauf zu einem dichten Netz verzweigen. Bei *Malapterurus* tritt der Nerv von hinten an eine trichterförmige Einsenkung der Platte heran und endet darin mit einem seltsam aufgeknäuelten Endknopf.

Die Ontogenese lehrt, daß die eigentümlichen Organe aus umgewandelter Körpermuskulatur hervorgehen. Besonders überzeugend ließ sich dies bei den *Raja*-Arten nachweisen (XXVI, 8—11). Dort legen sich an der Stelle des elektrischen Organs zunächst echte Muskelzellen an. Bald schwillt aber deren Vorderende zu einer Keule an, die sich zu einer Platte verbreitert. Gleichzeitig schwindet die Querstreifung der Fibrillen, ihr hinteres Ende verdünnt sich und verkümmert zu einem Stiel, der der fertigen Platte ansitzt. Im Plasma der Platte erhält sich bei den *Raja*-Arten eine eigentümliche, lamellöse Schichtung; sie soll durch Vereinigung der einfach brechenden Schichten der nebeneinander liegenden Fibrillen entstehen. Auch bei den Torpediniden läßt sich die Entstehung aus Muskelelementen nachweisen, doch verschwinden hier die Fibrillen viel früher und vollständig. Bei den anderen Organen ist die Ontogenese noch nicht erforscht. Bei den Mormyriden liegen im Organ noch echte quergestreifte Muskelfasern, so daß hier die Entstehung aus der Muskulatur keinem Zweifel unterliegt. Für die übrigen Organe geht dies aus ihrer Lage hervor; durch Vergleich mit verwandten, nicht elektrischen Formen läßt sich zeigen, daß bestimmte Muskeln ausfallen und an ihre Stelle die elektrischen Platten getreten sind (vgl. Taf. XXV, 18 und XXVI, 6). Bei den Zitterrochen sind dies Teile der Schlundmuskulatur; dies geht auch aus der Versorgung der elektrischen Organe durch Zweige des Facialis, Glossopharyngeus und Vagus hervor. Bei *Asteroscopus* sind es merkwürdigerweise Teile der Augenmuskeln; das Organ wird demgemäß vom Oculomotorius versorgt. Bei den übrigen sind es Teile des Seitenrumpfmuskels, die von Spinalnerven versorgt werden.

Eine Ausnahme macht nur der Zitterwels. Dort scheint nämlich das Organ nicht aus Muskeln hervorzugehen, denn es liegt in der Haut und es fehlt kein Muskel, für den es eingetreten sein könnte. Man neigt jetzt zu der Ansicht, daß es aus einzelligen Hautdrüsen hervorgegangen sei. Damit würde die Lage und die unregelmäßige Anordnung der Platten gut übereinstimmen, leider ist die Entwicklung noch unbekannt. Das Organ wird vom vorderen Teile des Rückenmarks versorgt, eigentümlicherweise von einer einzigen Ganglienzelle auf jeder Seite. Diese ist so groß, daß man sie auf Schnitten bequem mit bloßem Auge erkennen kann; der einzige von ihr ausgehende Achsenzylinder ist nicht besonders stark, aber von einer Unmenge von Hüllen umgeben, die der Faser eine auffällige Dicke geben.

Die Ableitung von der Muskulatur läßt die elektrische Wirkung des Apparates weniger erstaunlich erscheinen. Es ist bekannt, daß bei der Erregung jedes Muskels Potentialdifferenzen auftreten, die man durch Ableitung zu einem Galvanometer messen kann und die beim Skelettmuskel einen nicht unerheblichen Wert (0,02—0,05 Daniell) erreichen. Während sich diese Spannungen unter gewöhnlichen Verhältnissen im Körper sofort nach der Erregung ausgleichen, werden sie hier zusammengefaßt dadurch, daß die einzelnen elektrischen Platten in jeder Reihe wie die Platten einer Voltaschen Säule hintereinander geschaltet sind. Da die Zahl der Platten in einer Säule sehr groß sein kann, so lassen sich auf diese Art bedeutende elektrische Kräfte erzeugen. Bei *Gymnotus* ist die Zahl der Platten einer Reihe auf 6000—8000 geschätzt worden; dies würde eine Gesamtstärke von etwa 360 Daniell ergeben. Für *Malapterurus* ist bei der Erregung eine Spannung von 200 Volt gefunden worden, was auf die Platte etwa 0,048 Volt ergeben würde, ein Wert, der gut mit den Beobachtungen am Muskel übereinstimmt; ähnliches hat sich auch für den Zitterrochen ergeben. Die Entladung scheint nach Art eines Tetanus der Muskeln zu erfolgen; es folgen sich 100—150 Erregungen in der Sekunde.

Die Nervenzuleitung würde nach dieser Vorstellung der zum Muskel entsprechen und das Nervennetz aus einer verbreiterten motorischen Endplatte entstanden sein. Charakteristisch ist, daß sich bei allen Organen die Seite, an welche der Nerv herantritt, während des Schlages negativ verhält; der Schlag geht also von der Nerven- zur Gegenseite. Bei den Zitterrochen läuft er danach vom Bauch zum Rücken, bei den Zitteraalen und Mormyriden vom Schwanz zum Kopfe, bei den Rajiden umgekehrt.

Wenn wir das elektrische Organ des Zitterwelses von Drüsen ableiten, so steht dem physiologisch nichts im Wege, da auch bei der Drüsentätigkeit elektrische Ströme von etwas geringerer Intensität wie bei den Muskeln nachgewiesen sind. Mit der anderen Ableitung stimmt überein, daß hier im Gegensatz zu allen anderen Formen die Seite des Nerveneintritts sich beim Schlage positiv verhält.

Woher die eigentümliche Verteilung der elektrischen Organe in der Tierreihe rührt, läßt sich nicht angeben. Da die quergestreiften Muskeln viel höhere Aktionsströme geben als die glatten, so ist zu begreifen, daß elektrische Organe sich nur aus quergestreiften Skelettmuskeln entwickelt haben. Warum dies aber in der Arthropodenreihe mit ihrer hochentwickelten, leistungsfähigen Muskulatur nie eingetreten ist, bleibt unerklärt. Das ausschließlich Wassertiere elektrische Organe haben, kann man verstehen, da nur im Wasser die nötigen Bedingungen für die Ausbreitung der elektrischen Erregungen gegeben sind.

Die Wirkung der Organe bei den elektrischen Fischen ist so stark, daß sie selbst kräftige Männer zu Boden werfen kann. Die Tiere besitzen darin also sicher ein gutes Verteidigungs- und Angriffsmittel; sie lähmen oder töten durch einige kräftige Schläge die Tiere in ihrer Umgebung und können sie dann bequem verzehren.

15. Die vegetativen Organsysteme. Die Verdauungsorgane.

Beruht auf der Ausbildung der sogenannten animalischen Organe, die der aktiven und passiven Bewegung dienen, die Form und äußere Gliederung des Körpers, so beherrschen die vegetativen Organsysteme die innere Gliederung in den einzelnen Tiergruppen. Man faßt unter dieser Bezeichnung die Organe zusammen, die dem Stoffwechsel dienen, also in erster Linie den Darmkanal für die Aufnahme fester und flüssiger Nahrung, ferner die Atmungsorgane für die Aufnahme des Sauerstoffs. Die verarbeitete Nahrung wird durch die Zirkulationsorgane im Körper verteilt, die Endprodukte des Stoffwechsels endlich wieder durch die Exkretionsorgane ausgeschieden. In enger Beziehung zu diesen Systemen steht schließlich noch der Geschlechtsapparat, der die Bereitung und Ausfuhr der Fortpflanzungszellen besorgt.

Von den vegetativen Organsystemen betrachten wir zunächst das der Verdauung, den Darmkanal. Bei den Zölenteraten finden wir, wie früher gezeigt (vgl. S. 37), noch den Urdarm, d. h. die durch den Gastrulationsprozeß entstandene Höhle, die gleichzeitig als Darm und Leibeshöhle funktioniert. Sie stellt im einfachsten Falle, der etwa bei den Hyroidpolypen verwirklicht ist, einen Sack mit nur einer Öffnung, dem Urmund (Blastoporus) dar. Dieser dient demgemäß gleichzeitig als Mund wie als After. Eine Auflösung der Nahrung findet im Innern des Hohlraums nur unvollkommen statt; sie wird nur in kleine Brocken aufgespalten, diese werden dann von den Wandzellen aufgenommen und in ihnen erst verdaut (intrazelluläre Verdauung). Bei den höher organisierten Formen springen Falten (Septen der Anthozoen) oder Zotten (Täniolen der Siphonophoren und Skyphozoen) in den Innenraum vor (XXVII, 1). Bei den Aktinien gewinnen die Ränder der Septen eine besondere Entwicklung, indem sich ein Abschnitt zu langen Fäden auszieht, den Mesenterialfilamenten. Sie hängen in das Lumen des Zentralmagens hinein und drängen sich bei der Verdauung zwischen die Nahrungsbrocken ein, so daß ihre Zellen die Bruchstücke leicht aufnehmen können. Als eigentlich verdauende Darmhöhle kann man bei den

Zölenteraten nur den sogenannten Zentralmagen ansehen, das von ihm ausgehende Kanalsystem dient viel mehr der Verteilung der Nahrungssäfte.

Eine ähnlich verwickelte Gestaltung des inneren Hohlraums hat sich bei den Schwämmen, *Spongiae*, entwickelt. Auch dort finden wir im einfachsten Falle einen sackförmigen Körper mit großem zentralen Hohlraum. Diesem wird aber das Wasser — und damit die Nahrung — durch seitliche Poren in der Leibeswand zugeführt (vgl. S. 43). Mit zunehmender Dicke der Körperwand entwickelt sich aus diesen zuführenden Gängen ein vielverzweigtes System mit kugelförmigen Aussackungen, den Geißelkammern (XXVII, 3). In diesen liegen dann die eigentlich verdauenden Entodermzellen, hohe, geißeltragende Zylinderzellen, während der zentrale Hohlraum nur ein flaches Plattenepithel trägt. Die Öffnung dieser zentralen Kammer, das sogenannte Osculum, dient bei den Schwämmen stets allein der Ausfuhr des Wassers und der verbrauchten Stoffe, wirkt also als After.

Auch bei den niederen Würmern ohne Zölom, bei denen die Wand des Darmes ja auch noch von dem primären Entoderm des Urdarms gebildet wird, liegen die Verhältnisse sehr ähnlich. Der Darm der Plattwürmer stimmt in allen wesentlichen Punkten mit dem der Ktenophoren unter den Zölenteraten überein (vgl. S. 55, Taf. III, 14). Es fehlt ihm ein After, der Urmund führt bei den ursprünglichen Formen in einen Zentralmagen, der durchaus dem sogenannten Trichter der Rippenquallen entspricht und von dem ein System von Kanälen ausgeht, die sich ungezwungen auf die Seitengefäße dieser Tiere zurückführen lassen (XXVII, 2). Die Urmundöffnung liegt auf der abgeplatteten Bauchseite, die dem Mundpol der Ktenophoren entspricht. Je mehr in der Gruppe die kriechende Fortbewegung sich ausbildet, desto mehr rückt der Mund an das neue Vorderende.

Bei den Rundwürmern finden wir schon einen wesentlichen Fortschritt, nämlich einen typischen Röhrendarm, der von vorn nach hinten den Körper durchzieht und hinten eine zweite Öffnung, den After, erhält (vgl. S. 59, Taf. IV, 2).

Ähnlich gestaltet sich der Darmkanal nun bei allen höheren Tieren. Fast stets ist es ein einfaches Rohr mit zwei Öffnungen, Mund und After. Bei den frei beweglichen Formen liegen diese am Vorder- bzw. Hinterende des Körpers, bei den festsitzenden rücken sie dagegen auf dieselbe Seite, der Darm beschreibt also eine Schleife. Wir können diese Anpassung in den verschiedensten Gruppen beobachten, bei den Bryozoen (XXVII, 14) unter den Würmern, den Zirripedien (XXVII, 13) unter den Krustazeen, den Krinoiden (XXVII, 15) unter den Echinodermen und den Tunikaten (XXVII, 12) unter den Chordaten. Auch die Mollusken zeigen vielfach einen schleifenförmigen Darm (Schnecken, Zephalopoden [XXVII, 10]), seine Ausbildung hängt dort teils mit der eigenartigen Entwicklung des

Eingeweidekomplexes, teils mit der merkwürdigen Fortbewegung durch Rückstoß zusammen, wie sie die Tintenfische zeigen.

Ganz allgemein wird die Nahrung im Darm der höheren Tiere verflüssigt und nur die gelösten Stoffe von den Wandzellen aufgenommen (extrazelluläre Verdauung). Der Rückstand, der der Verdauung widersteht, wird durch peristaltische Bewegungen der Darmmuskeln nach hinten befördert und aus dem After entleert. Die Fermente, welche die Auflösung der Nahrung besorgen, werden von Drüsenzellen der Darmwand abgeschieden. Entweder sind diese gleichmäßig über den ganzen Darmkanal verteilt oder sie häufen sich im vorderen Teile an, während der hintere nur noch der Resorption dient. Manchmal senken sich auch ganze Drüsenkomplexe in die Tiefe und entleeren ihr Sekret gemeinsam durch einen Ausführgang in das Lumen des Darmes. So entstehen die Speicheldrüsen und das Pankreas der Wirbeltiere (XXVIII, 3). Auch die Leber nimmt in gleicher Weise ihre Entstehung, sie ist aber keine eigentliche Fermentdrüse, obwohl ihr Sekret, die Galle, bei der Verdauung eine wesentliche Rolle spielt; ihre Hauptaufgabe liegt in der Verarbeitung der gelösten Nahrung, die ihr mit dem Blute zugeführt wird.

Je nach seinen Aufgaben gliedert sich der eigentlich verdauende Teil des Darmes in verschiedene Abschnitte. Oft finden wir am Anfang einen erweiterten Teil, den Magen, in dem hauptsächlich die Verflüssigung der Nahrung stattfindet. Dazu muß die Nahrung längere Zeit dort verweilen, dieser Abschnitt stellt also einen Speicherraum dar und gewinnt als solcher gelegentlich großen Umfang. Den Wirbeltieren kommt er fast immer zu, nur manche Fische lassen kaum eine Erweiterung erkennen. Sehr große Ausdehnung gewinnt er bei den Pflanzenfressern mit ihrer massigen, langsam verdaulichen Nahrung. Dort kann er sich in mehrere Abschnitte gliedern, in deren jedem besondere Prozesse ablaufen. Am höchsten ist seine Entwicklung unter den Wiederkäuern. Dort gelangt die während des Weidens nur oberflächlich zerkleinerte Nahrung zunächst in den großen Pansen (Rumen) (XXVIII, 7). Dort wird sie, wahrscheinlich unter wesentlicher Mitwirkung von zelluloselösenden Bakterien, erweicht, gelangt dann in den Netzmagen (Reticulum) und wird von da während der Ruhe wieder in die Mundhöhle zurückbefördert, um noch einmal gründlich zermahlen zu werden. Danach gleitet sie durch eine besondere Rinne direkt in den dritten Magen, den Blättermagen oder Psalter (Omasus) und von hier in den Labmagen (Abomasus). In diesen letzteren findet die eigentliche fermentative Verdauung statt, sie sind im strengen Sinne allein dem Magen der übrigen Wirbeltiere zu vergleichen, während die beiden ersten eigentlich kropfartige Aussackungen der Speiseröhre darstellen, also eher mit dem Kropf vergleichbar sind, wie wir ihn bei vielen Vögeln, z. B. den Tauben, finden (XXVIII, 6).

Auf den Magen folgt der Mittel- oder Dünndarm, in dem hauptsächlich die chemische Verarbeitung der verflüssigten Nahrung und ihre Resorption stattfindet. Er ist der längste Abschnitt des gesamten Darmes, besonders bei Pflanzenfressern um ein Vielfaches länger als der Körper und dementsprechend in zahlreiche Windungen gelegt. Ihm folgt der Dickdarm, der für die eigentliche Verdauung gewöhnlich keinen wesentlichen Wert mehr hat, sondern einen Speicherraum für den Kot vor seiner Entleerung darstellt. Bei den Säugetieren hat er oft noch einen Anhang, den Blinddarm, der wiederum bei Wiederkäuern eine besondere Entwicklung erreicht.

An den Stellen, wo die hauptsächliche Verdauung und Resorption stattfindet, wird vielfach eine Vergrößerung der Oberfläche angestrebt. Dies geschieht entweder dadurch, daß sich die Darmwand in Falten legt, die nach innen gegen das Lumen vorspringen. So kommt es zur Ausbildung der sogenannten Spiralfalte der Selachier (XXVIII, 4), die sich wie eine Wendeltreppe durch den Darm zieht und die Nahrung zwingt, sich in Schraubenwindungen fortzubewegen, wodurch sie mit einer viel größeren Oberfläche in Berührung kommt, als beim geraden Durchgleiten. Bei den höheren Wirbeltieren übernehmen die Aufgabe der Spiralfalte die Zotten des Mitteldarms, die konzentrisch von allen Seiten vorspringen und die Oberfläche der Schleimhaut ganz außerordentlich vergrößern (XXVIII, 5).

Bei den Wirbellosen tritt an die Stelle der inneren Falten oft die Bildung äußerer Aussackungen. Wir finden sie unter den Würmern z. B. bei den Blutegeln (XXVII, 7) und bei manchen Polychäten. Besonders entwickelt sind sie bei Arthropoden und Mollusken. Bei den niederen Krebsen finden wir weitverbreitet Leberhörnchen (XXVII, 5) oder Leberschläuche, die sich als einfache oder paarige Schläuche zu beiden Seiten des Mitteldarms hinziehen, in dessen Anfang oder Endteil sie münden. Bei den höheren Krebsen wird der Schwerpunkt immer mehr in diese Aussackungen verlegt, sie nehmen an Zahl und Ausdehnung zu und übertreffen schließlich die Fläche der eigentlichen Darmwand bei weitem. Beim Flußkrebs (XXVI, 6) ist die Entwicklung so weit gegangen, daß die verdauende Oberfläche des Darmes selbst auf ein Minimum in der Umgebung der Einmündungsstellen der riesigen Anhänge beider Seiten rückgebildet ist. Man hat diese Aussackungen früher als Leber, später als Mitteldarmdrüse bezeichnet, beides nicht mit vollem Recht. Mit der Leber der Wirbeltiere stimmen sie in der Leistung nicht überein, da sie einmal keine Galle bereiten und auch die chemischen Umsetzungen nur zum Teil die gleichen sind; der Ausdruck „Mitteldarmdrüse" ist aber auch nur zum Teil zutreffend, denn es handelt sich nicht nur um Drüsenzellen, die Fermente absondern, sondern auch um Resorptionszellen. Man sollte also einfach Mitteldarmanhänge sagen. Außer bei den Krustazeen sind sie im Arthropodenstamme noch unter den Spinnen (XXVIII, 1) und Skorpionen weit verbreitet; dort erfüllen sie den größten

Teil des Hinterleibes. Die Insekten haben sie dagegen weit weniger entwickelt; wir finden dort gewöhnlich nur einige kurze Anhänge am Anfang des Mitteldarmes, gelegentlich auch zahlreiche kurze Zotten auf der Außenfläche des ganzen Mitteldarmes. Bei den Mollusken ist die sogenannte Leber überall wohl entwickelt und gleicht in Bau und Funktion durchaus der der Arthropoden (XXVII, 9, 10). Ebenso finden wir sie bei den Stachelhäutern, z. B. den Seesternen (vgl. Taf. III, 6, 7), und auch bei den Wirbeltieren kommt etwas Ähnliches vor: viele Fische haben am Ende des Magens sogenannte Pylorusanhänge (XXVIII, 2), oft in stattlicher Anzahl und Größe, so die Schellfische.

Zu dieser eigentlich verdauenden Fläche des Darmes, die vom Entoderm geliefert wird, treten bei den meisten Tieren noch Abschnitte, die vom Ektoderm herzuleiten sind. Am vorderen und oft auch am hinteren Ende des Darmkanals bilden sich während der Ontogenese Einstülpungen, die den ektodermalen Vorderdarm (Stomodäum) und Enddarm (Proktodäum) herstellen.

Während das Proktodäum keine größere Bedeutung gewinnt und nur zur Aufspeicherung der Endprodukte der Verdauung dient, entwickeln sich im Vorderdarm Einrichtungen, die zum Erfassen und Zerkleinern der Nahrung dienen. Nur selten fehlt dies Stück und das Entoderm beginnt an der Mundöffnung; in diesem Falle, wie bei den Echinodermen (XXVII, 11, 15), vermissen wir auch Zerkleinerungsapparate, soweit sie nicht von der Körperwand in der Umgebung des Mundes gebildet werden.

Ein ektodermaler Vorderdarm kommt schon bei Zölenteraten vor, das sogenannte Schlundrohr der Skyphozoen und Anthozoen (XXVII, 1). Auch der sogenannte Magen der Ktenophoren ist ektodermaler Herkunft und entspricht durchaus dem Schlundrohr, während der eigentliche Magen vom sogenannten Trichter dargestellt wird (vgl. Taf. III, 12). Hier spielt der Vorderdarm für das Erfassen der Nahrung noch keine wesentliche Rolle, dies geschieht vielmehr hauptsächlich mit den Tentakeln; nur manche Rippenquallen bedienen sich zum Packen der Beute des muskulösen Mundrandes, so die räuberischen *Beroë*-Arten. Dagegen ist der Pharynx der Turbellarien (XXVII, 2) schon ein echtes Fangorgan, das weit vorgestreckt werden kann und mit seinen muskulösen Wandungen Bissen von der Beute abzukneifen imstande ist. Auch viele Anneliden, besonders die räuberischen Polychäten, haben einen vorstülpbaren Pharynx; dieser ist dann noch zum Ergreifen der Beute mit zwei seitlichen Chitinhaken ausgestattet (XXVII, 4). Bei den Blutegeln wandelt sich der Vorderdarm in einen Saugnapf um, in dessen Wand bei den Kieferegeln Zahnplatten auftreten, die nach Art einer Kreissäge wirken und die Haut der überfallenen Tiere durchschneiden (XXVII, 7). Ähnliches tritt bei den Nematoden auf, die sich mit ihren Sauglippen an der Darmschleimhaut ihrer Wirte festheften. Auch die Mollusken haben einen muskulösen Pharynx, der bei manchen Raubschnecken vorstreckbar ist. Fast stets findet sich an seiner Ventralfläche eine Reibplatte, die Radula, mit deren Zähnchen die Nahrung zerkleinert werden kann. Dazu tritt bei den Tintenfischen noch ein Paar kräftiger, vogelschnabelartiger Kiefer (XXVII, 10).

Auch bei den Wirbeltieren wird die Mundhöhle bis in den Anfangsteil des Ösophagus vom Ektoderm ausgekleidet. Darin entwickeln sich als wichtigste Apparate die Zähne, deren Ausbildung und Anordnung je nach ihrer Verwendung schon früher erörtert wurde (vgl. S. 396). Sie werden beim Ergreifen der Nahrung unterstützt von den Lippen, muskulösen Vorwölbungen des Mundrandes, die z. B. bei den Wiederkäuern zum Abrupfen des Grases sehr wichtig sind; dabei arbeitet die Oberlippe gegen die flach vorgestreckten unteren Schneidezähne. Dort, wo Zähne fehlen, werden sie durch den Schnabel ersetzt, eine Hornbekleidung der Kieferränder, die besonders bei Vögeln und Schildkröten entwickelt ist.

Besonders wertvoll ist oft auch eine muskulöse Vorwölbung des Mundbodens, die Zunge. Sie dient einmal dazu, die Speise gegen die Zähne anzudrücken, um bei ihrer Zerkleinerung mitzuhelfen, oft übernimmt sie aber eine viel wichtigere Rolle. So dient sie bei manchen Vögeln, wie den Enten, als Filter. Ihr Rand trägt verhornte Rillen, welche mit anderen Rillen in den Seitenwänden des Schnabels ineinandergreifen. Die Ente erlangt nun ihre Beute, kleine Wassertiere und Pflanzenteile, dadurch, daß sie Wasser in die Mundhöhle aufnimmt und es mit der Zunge durch die Seiten des Schnabels wieder auspreßt, wobei die Nahrungskörper in den Falten zurückbleiben. Ganz ähnlich verfahren unter den Säugetieren die Bartenwale; sie pressen das Wasser mit der Zunge durch stark verlängerte Leisten des harten Gaumens, die Barten, die als lange, gekrümmte Hornblätter zu beiden Seiten der Zunge vom Gaumendach herabhängen. Beim Frosch dient die Zunge als Fangapparat; sie ist nicht am hinteren Ende, sondern an der Spitze mit dem Mundboden verwachsen und kann durch Muskelzug aus dem Munde herausgeklappt werden (XXVIII, 3). Ihre breite Dorsalfläche streift dabei das Munddach und bedeckt sich mit dem Schleim zahlreicher Drüsenzellen, so daß Insekten, gegen die sie geschleudert wird, daran kleben bleiben. Dies Verfahren ist unter den landlebenden Amphibien in größerer oder geringerer Vollkommenheit weit verbreitet, seine höchste Entwicklung erreicht es jedoch bekanntermaßen bei den Chamäleons unter den Reptilien. Dort ist aus der Zunge eine richtige Schleuder geworden, die in der Ruhe zusammengezogen auf dem pfriemenförmig zugespitzten Os entoglossum des Zungenbeins ruht. Beim Gebrauch wird sie durch plötzliche Kontraktion von Ringmuskeln davon abgeschnellt und zugleich gestreckt, so daß ihr kolbiges Vorderende um mehr als Kopflänge aus dem Maule hervorfliegt. Bei Schlangen und Eidechsen ist die Zunge dünn und spitz, bei den Schlangen vorn gespalten; sie dient dort hauptsächlich als Tastorgan. Durch Verlängerung und ausgiebige Beweglichkeit der Zungenbeinhörner kann sie weit aus dem Maule hervorgestreckt werden. Im höchsten Maße ist dies bei den Spechten der Fall; sie bedienen sich ihrer Zunge, die mit zähem Klebschleim bedeckt ist, um Insekten aus ihren Gängen in Baumstämmen herauszuholen. Genau das gleiche tut unter den Säugern der Ameisenbär, der in einem schmalen, eigentümlich rüsselartig verlängerten Kopf eine dünne, wurmförmige Zunge trägt. Er scharrt mit seinen mächtigen Krallen Ameisen- und Termitenbauten auf und läßt die Bewohner an seiner Zunge festkleben. Manche Papageien, die Loris, *Trichoglossidae*, besitzen eine pinselartig ausgefranste Zunge, mit der sie den Nektar aus Röhrenblüten saugen.

Zur Durchfeuchtung und Bindung der Nahrungsballen beim Kauen enthält der Vorderdarm ferner Drüsen, die Speicheldrüsen. Ihr Sekret besteht vorwiegend aus Schleim und Wasser, spielt also für die chemische Verarbeitung bei den Wirbeltieren keine wichtige Rolle.

Eine besondere Ausdehnung erlangen die ektodermalen Darmabschnitte bei den Arthropoden. Sie überwiegen oft den entodermalen Teil bei weitem, beim Flußkrebs ist dieser, wie wir sahen, auf das winzige Stück an der Mündung der Mitteldarmanhänge beschränkt (XXVII, 6). Stomodäum wie Proktodäum sind mit Chitin ausgekleidet. Dies wird im Vorderdarm zur Schaffung von Zerkleinerungsvorrichtungen ausgenutzt. So entstehen die mannegfach gestalteten „Kaumägen" der Arthropoden. Sie haben demnach mit dem Magen der übrigen Tierklassen nichts zu tun. Funktionell vergleichbar isi ihnen nur der muskulöse, mit derber Hornschicht ausgekleidete Kaumagen der Vögel, in dem vielfach Steine die Rolle der Mahlzähne spielen (XXVIII, 6). Für die Kaumägen gilt ganz allgemein, daß das Chitin sich an einigen Stellen verdickt und zu Zähnen oder Reibplatten entwickelt, die durch Muskeln gegeneinander bewegt werden. Im Magen des Flußkrebses sind es eine unpaare Dorsalplatte und zwei seitliche Zähne, bei den Insekten meist in Ringen angeordnete, oft ausgezackte Zahnreihen (XXVIII, 7). Ein Borstenbesatz mit aufwärtsgerichteten Haaren wirkt darin zugleich als Filter, so daß nur fein zerkleinerte Speisen in den Mitteldarm gelangen können. Bei den Krustazeen entwickelt sich diese Filtervorrichtung in einem besonderen, auf den Kaumagen folgenden Abschnitt (XXVIII, 9—12). Die Nahrung passiert darin eine Art Presse, die von muskulösen Falten der Seitenwände und einer leistenartigen Erhebung auf der Mitte der Ventralseite gebildet wird. Dieser Stauraum wird umgeben von Längsrinnen, in welche die flüssige Nahrung nur nach Passieren eines Systems von Reusenhaaren gelangen kann. Bei den höchst entwickelten Apparaten, wie beim Flußkrebs, ist diese Reusenkammer noch wieder durch Längsleisten aufgeteilt, so daß nur Flüssigkeit, die völlig frei von festen Bestandteilen ist, in die Abflußrinnen gelangen kann, welche die Nahrung direkt den Mitteldarmdrüsen zuführen. Die Rückstände aus der Filterpresse werden durch einen chitinösen Trichter unmittelbar vom Stomodäum in das Proktodäum befördert.

Die erste Zerkleinerung der Nahrung wird bei den Arthropoden gar nicht im Vorderdarm besorgt, sondern vor seinem Eingang durch die Mundgliedmaßen. Dies sind modifizierte Extremitäten, die ihrer Aufgabe durch besondere Umgestaltung angepaßt sind. Ein ursprüngliches Arthropodenbein setzt sich aus einem Stammglied, dem Basipodit, und zwei parallel gestellten Endgliedern, dem Entopodit und Exopodit, zusammen, die ihrerseits wieder aus mehreren Stücken bestehen. Je nach den Aufgaben des Beines entwickeln und erhalten sich diese Abschnitte in verschiedener Weise; es ist eines der instruktivsten Gebiete der vergleichenden Morphologie, die Homologien zwischen den einzelnen Teilen der verschiedenen Typen festzustellen. Beide Äste in etwa gleichmäßiger Ausbildung kommen den Schwimmbeinen der Krustazeen zu; sie entwickeln sich dann zu breiten, langbeborsteten Ruderplatten (XXVIII, 14). Bei den niederen Krebsen wie den Phyllopoden entwickeln sich zur Vergrößerung der Oberfläche am Innenrand zahlreiche Lappen, die Endite (XXVIII, 13). Wird das Bein nur zum Schreitbein benutzt, wie bei den zehn Thorakalbeinen der Dekapoden und bei den sechs Brustbeinen der Insekten, so bildet sich der Exopodit zurück. Bei den Mundgliedmaßen erhält sich ein ziemlich ursprünglicher Typus, aber kompliziert durch Anhänge an der Innenseite. Am besten kann man die Ausbildung bei den höheren Krebsen verfolgen, wo sich zwischen Gangbeinen und eigentlichen Mundgliedmaßen eine Reihe von Zwischenstufen, die Maxillarfüße, einschieben (XXVIII, 15—17). Man erkennt dann, wie der Entopodit sich zu einem langen Tasteranhang, dem Palpus, entwickelt, der an der eigentlichen Kauarbeit nicht teilnimmt; der Exopodit dagegen bildet sich bei den eigentlichen Mundgliedmaßen ganz zurück. Am Basipoditen entwickelt sich schließlich der wichtigste Teil des ganzen Mundbeines, ein bis zwei breite, schaufelartige Endite, welche die eigentlichen Zerkleinerungsapparate darstellen. Die Ausbildung dieser einzelnen Teile ist in den verschiedenen Typen verschieden, je nachdem, in welcher Weise sie sich an der Kauarbeit beteiligen. Bei den Arachnoideen haben wir echte Gangbeine, an deren Basis sich nur ein Kaufortsatz entwickelt hat. Bei den Skorpionen geschieht dies an den beiden vordersten Beinpaaren, bei den Spinnen hauptsächlich an den Pedipalpen, dem zweiten Extremitätenpaar des Kopfes. Sind mehrere Kauladen vorhanden, so werden nur die vordersten zu eigentlichen Zerkleinerungsapparaten, die folgenden sind schwächer chitinisiert, breit und schüsselförmig; sie schieben sich beim Kauen unter die Mundöffnung und fangen die herabgleitenden Brocken auf. So entsteht ein korbförmiges Mundgerüst, wie wir es besonders schön bei niederen Krebsen, z. B. dem Apus unter den Phyllopoden, sehen.

Bei Krebsen und Insekten beschränkt sich die Zahl der eigentlichen Mundgliedmaßen auf drei, die Mandibel und die beiden Maxillen. Die Mandibel ist das eigentliche Kauwerkzeug; sie ist demgemäß sehr stark chitinisiert, kurz und gedrungen. Meist besteht sie nur aus dem Basipoditen mit einem Fortsatz, während Exo- und Entopodit rückgebildet sind. Nur selten erhält sich ein Taster (Entopodit) (XXVIII, 18, 21). Die Maxillen sind schwächer gebaut, da sie vorwiegend als Auffangschüsseln dienen. Sie tragen fast stets einen vielgliedrigen Taster, der Innenteil besteht aus zwei Lappen, dem Lobus externus und internus (XXVIII, 19, 20, 22, 23). Je nach der Art der Ernährung erleiden nun diese Teile, besonders bei den Insekten, die mannigfaltigsten Umgestaltungen. Beim einfachsten Typus der kauenden Mundteile, den am schönsten die Heuschrecken und Schaben, *Orthoptera*, zeigen (XXVIII, 24, 25), finden wir eine kräftige tasterlose Mandibel und zwei schüsselförmige Maxillen. Die beiden hinteren Maxillen sind in der Mittellinie mit ihren Stammteilen verschmolzen, dadurch entsteht die sogenannte Unterlippe (Labium). Von oben wird der ganze Kauapparat überdeckt von einem abgegliederten, unpaaren Teil der Kopfkapsel, der Oberlippe (Labrum). Außer den Orthopteren zeigen diesen Typus vor allem die Käfer, *Coleoptera*, ferner die Netzflügler, *Neuroptera*, und Köcherfliegen, *Trichoptera*, allerdings in mannigfachen Modifikationen. Bei den Hautflüglern, *Hymenoptera*, entwickelt sich daraus der leckende Typus (XXVIII, 26, 27). Hier bleiben die Mandibeln in ihrer Form erhalten, da sie auch von den Bienen zum Kauen, z. B. bei der Anlage der Zellen aus Lehm oder Wachs, benutzt werden. Die Maxillen dagegen strecken sich in die Länge. Dabei werden die verschmolzenen Lobi interni der zweiten Maxille zur sogenannten Zunge, einem langgestreckten, nach unten eingeschlagenen und pinselartig mit Haaren besetzten Mittelstück, zwischen dessen Borsten der Nektar der Blüten durch Kapillarwirkung emporsteigt. Die Wurzel der Zunge wird umschlossen von einer doppelten Scheide, die innere gebildet von den Tastern der zweiten, die äußere von den Lobi externi der ersten Maxille. Beide zusammen bilden ein Saugrohr, in dem der Nektar emporsteigt, wenn die in der Mundhöhle gelegene Saugpumpe zu arbeiten beginnt (XXVII, 8). Diese besteht aus radiär gestellten Muskeln, die an einer Chitinplatte des Schlunddaches angreifen. Durch ihren Zug wird diese Platte gehoben und damit das Lumen des Schlundes erweitert. Dieser besitzt zwei Ventilfalten, deren eine ihn gegen den Saugrüssel, die andere gegen den Kaumagen abschließen kann. Wird die Platte bei Verschluß der zweiten Klappe gehoben, so muß Flüssigkeit durch den Rüssel angesaugt werden, verengt sich das Lumen wieder unter Schluß des vorderen und Öffnung des hinteren Ventils, so wird der aufgesaugte Honig in den Magen weiterbefördert. Die Vervollkommnung des ganzen Apparates läßt sich innerhalb des Bienenstammes schrittweise verfolgen; je länger der Rüssel wird, in desto längere Blütenrohre kann das Tier gelangen. Es ist eine in der darwinistischen Literatur viel erörterte Tatsache, daß sich dadurch sehr fein ausgearbeitete Wechselbeziehungen zwischen Blumen und Hymenopteren ergeben haben, so daß manche Blüten nur von ganz bestimmten Insekten aufgesucht und befruchtet werden.

Eine ähnliche Saugwirkung wird in anderer Weise bei den Schmetterlingen, *Lepidoptera*, erreicht, die neben den Bienen unter den Blütenbesuchern die wichtigste Rolle spielen (XXVIII, 30, 31). Dort verkümmern die Mandibeln fast vollständig, da kein Schmetterling im ausgebildeten Zustande beißt oder kaut. Ebenso erhalten sich von der Unterlippe eigentlich nur die Taster. Dafür ziehen sich die Lobi externi der ersten Maxillen zu zwei Halbröhren aus, die durch Falze ineinandergreifen. Im Vorderdarm entwickelt sich wieder eine ganz ähnlich konstruierte Saugpumpe, wie bei den Bienen. Der Saugrüssel erreicht hier besonders bei den Schwärmern, *Sphingidae*, eine Länge, die über 20 cm hinausgehen kann, also die des ganzen Körpers wesentlich übertrifft. Derartige Tiere vermögen selbst in Blüten mit den längsten Sporen einzudringen, ihre einzigen Konkurrenten sind dabei in den Tropen die Kolibris, *Trochilidae* und die Honigsauger, *Nectariniidae*, mit ihren langen, schmalen, gekrümmten Schnäbeln.

Die stärkste Umbildung erfahren die Mundgliedmaßen bei den stechenden Insekten. Zu ihnen gehören vor allen die Mücken und Fliegen, *Diptera*, sowie die Wanzen und Blattläuse, *Rhynchota*. Auch dort bildet sich stets ein Saugrohr (XXVIII, 28, 29), das zum Aufsaugen des Tier- oder Pflanzensaftes aus der Stichwunde dient. Es wird gebildet von der Unterlippe, deren Seitenränder sich emporkrümmen, so daß sie eine etwa zu drei Vierteln geschlossene Rinne bilden. Als Dach legt sich darauf das lang ausgezogene Labrum. Im Innern dieser Rinne liegen die eigentlichen Stechborsten. Sie werden geliefert von den Mandibeln und den ersten Maxillen, zu denen sich oft noch ein vom Mundboden abgegliederter Auswuchs, der Hypopharynx, gesellt. Im einzelnen ist bei den stechenden Insekten die Ausbildung und die Zahl der Stechborsten sehr verschieden, oft auch in beiden Geschlechtern. Es ist ja bekannt, daß bei den Mücken nur die Weibchen Blut saugen; dementsprechend besitzen die Männchen überhaupt keine Stechborsten. Eine besondere Modifikation weisen die Halbflügler oder Schnabelkerfe, *Rhynchota*, auf. Dort entsteht neben dem äußeren von Unter- und Oberlippe gebildeten Saugrohr noch ein inneres, das ähnlich wie bei den Schmetterlingen durch die ineinandergefalzten ersten Maxillen hergestellt wird. Es besitzt jedoch zwei getrennte Kanäle, in deren oberem der Pflanzen- bzw. Tiersaft aufsteigt, während im unteren das Sekret der Speicheldrüsen in den Stichkanal fließt.

Speicheldrüsen sind bei den Krebsen wenig entwickelt, kommen dagegen den Insekten und Spinnentieren fast immer zu. Oft gewinnen sie eine große Ausdehnung, so daß die Drüsenschläuche bis weit in das Abdomen hineinreichen. Viele Insekten haben mehrere Paare von Speicheldrüsen, deren Sekret verschiedene Zusammensetzung hat. Eine besonders hohe Entwicklung erreichen sie bei den Bienen (XXVII, 8); dort hängt die Entwicklung der Larven wesentlich von der Beimischung des eiweißreichen Speichelsekretes zum Futter ab, das die Futterbienen verabreichen. Auch bei den Mollusken sind Speicheldrüsen weit verbreitet, gelegentlich liefern sie Gift, wie die hinteren Drüsen (XXVII, 10) der Tintenfische, oder Säure, wie die sogenannten Säuredrüsen vieler Meeresschnecken, mit deren Hilfe diese die Kalkpanzer der Echinodermen und Muscheln auflösen, von denen sie sich ernähren.

Bei den Echinodermen, die keinen ektodermalen Vorderdarm besitzen, fehlen auch besondere Zerkleinerungsapparate, nur bei den Seeigeln wird aus Teilen des Hautpanzers ein Kauapparat, die sogenannte Laterne des Aristoteles, aufgebaut (XXVII, 11).

16. Die Anlage des Gefäßsystems.

Die im Darmkanal verflüssigte und chemisch zersetzte, „verdaute“ Nahrung wird von den Darmzellen aufgenommen, „resorbiert“, und muß nun im Körper verteilt werden. Diese Aufgabe erfüllt das Zirkulations- oder Blutgefäßsystem. Bei den Zölenteraten fehlt, wie wir sahen, noch jede Spur davon; es wird aber funktionell ersetzt durch die Verzweigungen des Urdarms, das Gastrovaskularsystem (vgl. S. 40). Bei den höheren Metazoen, die eine Leibeshöhle besitzen, dient diese zum Umtrieb der Ernährungsflüssigkeit. Bei den niederen Würmern, die nur eine primäre Leibeshöhle haben, tritt die ernährende Flüssigkeit aus der Darmwand in diese über und wird einfach durch die Bewegung der Körpermuskeln überall verteilt. Es existieren also noch keine besonderen Blutbahnen und ein bestimmt gerichteter Kreislauf. Wo die primäre Leibeshöhle weit ist, wie bei Nematoden und Rotatorien, bewegt sich das Blut unregelmäßig hin und her, wo aber die Leibeshöhle größtenteils durch Parenchym erfüllt ist, sind für den Blutlauf schmale Spalten ausgespart. Bei den Turbellarien und Trematoden wird sicher die hauptsächlichste Verteilung noch durch die Verzweigungen des Darmes besorgt, die, wie wir sahen, durchaus dem Gastrovaskularsystem der Ktenophoren entsprechen. Das Auftreten der sekundären Leibeshöhle ändert diese Verhältnisse von Grund aus. Gehen wir von den Verhältnissen bei den Anneliden aus, die besonders klar liegen, so sehen wir, wie sich die Zölombläschen zuerst auf der Ventralseite neben dem Darm ausbilden. Sie umwachsen dann den Darm vollständig, so daß ihre beiden Hälften in den dorsalen und ventralen Mesenterien zusammenstoßen (vgl. S. 65, Taf. IV, 4). Dabei wird die primäre Leibeshöhle mehr und mehr verdrängt. Es erhalten sich aber noch Reste von ihr. Einmal ein Raum um den Darm und weiterhin Spalträume zwischen den Mesenterien und den Dissepimenten. In diesen Resten der primären Leibeshöhle zirkuliert auch bei den Tieren mit Zölom die ernährende Flüssigkeit, mit anderen Worten: Das Blutgefäßsystem der höheren Tiere ist altes Blastozöl. Dieser wichtige Satz läßt sich im Prinzip für alle Tiergruppen durchführen.

Bei den Anneliden ist das so entstandene System sehr einfach und regelmäßig gestaltet (XXIX, 1, 7). Es setzt sich zusammen aus dem sogenannten Darmblutsinus, der die Darmwand umgibt, ferner aus zwei großen Längsstämmen, die über und unter dem Darm verlaufen. Sie liegen zwischen den Mesenterien und stehen mit dem Darmblutsinus durch Gefäßbrücken in Verbindung. Weiterhin verlaufen Äste zwischen den Blättern der Dissepimente, sie ziehen zur Haut und verteilen sich dort zwischen Epithel und Hautmuskelschlauch. In diesem System findet nun eine echte Zirkulation statt, da seine Wände Muskelfasern enthalten. Diese stammen aus der Wand des Zöloms, das ja die Reste des Blastozöls umschließt und gehören zur splanchnischen Muskulatur. Die kontraktile Schicht entwickelt sich nun an einigen Stellen besonders kräftig, so daß dort das Blut den Hauptantrieb für seinen Kreislauf erhält: es entsteht das Herz. Aus dieser Ableitung ist leicht einzusehen, daß das Herz an sich an ganz verschiedenen Stellen des Systems zu liegen kommen kann. Bei den Anneliden ist es meist der dorsale Längsstamm, das Rückengefäß, das am stärksten kontraktil ist. Daneben entwickeln sich aber auch kontraktile Stellen in segmental angeordneten Schlingen, die, den Darm umgreifend, Rücken- und Bauchgefäß verbinden. Sie sind dadurch entstanden, daß der Darmblutsinus sich nicht im ganzen Umfang des Darmes erhalten, sondern sich zu je einer solchen Schlinge in jedem Segment zusammengezogen hat. Bei den Oligochäten, z. B. beim Regenwurm, sind diese Schlingen das hauptsächlichste propulsive Element, der Regenwurm hat also eine ganze Anzahl von Herzen. Das so entstehende Gefäßsystem ist ein im wesentlichen geschlossenes: Das Blut strömt im Rückengefäß nach vorn, biegt in den vordersten Darmschlingen ventral um und kehrt im Bauchgefäß nach hinten zurück, wo es in den hinteren Darmschlingen wieder zum Rückengefäß emporsteigt.

Auch die Echinodermen haben ein ähnlich einfach gebautes Zirkulationssystem (XXIX, 2). Der Darm ist von einem Blutsinus umgeben, aus dem sich bei Seeigeln und Seewalzen zwei Längsstämme entwickeln, welche vorn und hinten in einen Ring übergehen, der den Darm umgreift. Vom vorderen, dem Schlundring, gehen dann fünf Stämme ab, die unter dem Nervenstrang in den Radien verlaufen. Die Zirkulation ist aber bei diesen Tieren sehr wenig entwickelt, demgemäß fehlt ein Herz vollständig.

Bei den Arthropoden und Mollusken finden wir im Prinzip die

gleichen Verhältnisse, wie bei den Anneliden, sie sind aber nicht so leicht erkennbar wegen der Umgestaltungen, die das Zölom durchmacht. Bei den Mollusken (XXIX, 9—13) wird es durch die Entwicklung von Parenchym sehr eingeengt und auf eine Anzahl relativ unbedeutender Hohlräume reduziert. Aus einem führt die Niere nach außen, einer enthält die Gonaden und einer umschließt das Herz. Dies liegt wieder meist dorsal vom Darm und entspricht dem Rückengefäß der Anneliden. Seine Wand bildet sich auch hier durch Zusammentreten der beiden Hälften der Zölomanlage, deren splanchnisches Blatt die Herzmuskulatur liefert, während das somatische Blatt die Außenwand des Herzbeutels (Pericard) darstellt. Vom Herzen aus gehen Gefäßstämme, die aber nicht, wie bei den Anneliden, geschlossen bleiben, sondern in ein großes Lakunensystem münden, das durch Zurückdrängung des Zöloms vom Blastozöl übrig bleibt. Wir finden davon zunächst wieder einen großen Darmblutsinus (XXIX, 13), außerdem aber weite Hohlräume, die sich zwischen die Organe, die Muskulatur und das Bindegewebe einschieben. Das Herz treibt das Blut in diese Gewebslücken hinein, aus ihnen sammelt es sich wieder in größeren Stämmen, die zum Herzen zurückkehren. Vor ihrem Eintritt in das Herz erweitern sie sich zu dünnwandigen Säcken, den Vorhöfen, von denen bei den symmetrisch gebauten Mollusken je einer zu jeder Seite des Herzens liegt (XXIX, 9, 12). Bei den Schnecken wird mit der Rückbildung der bei der Einrollung nach innen gelangenden rechten Seite auch der rechte Vorhof rückgebildet. Sehr eigentümlich liegen die Verhältnisse bei den Muscheln. Dort finden wir ein typisches muskulöses Herz mit zwei Vorhöfen, das von einem weiten Pericard umgeben wird. Mitten durch das Ganze zieht aber der Enddarm, so daß er auch die Herzkammer durchbohrt (XXIX, 9, 11). Man kann sich die Entwicklung dieser merkwürdigen Lage am besten so vorstellen, daß man annimmt, es habe sich von dem alten Gefäßsystem ein vorderer Teil des dorsalen und ein hinterer des ventralen Gefäßes erhalten, die durch eine Querschlinge um den Darm verbunden waren. Diese stark verbreiterte Querschlinge lieferte dann den Hauptteil des Herzens (XXIX, 10). Behält man im Auge, daß der Herzbeutel ein Teil des Zöloms ist, so erscheint es auch nicht wunderbar, daß in vielen Fällen die Nieren aus ihm ihren Ursprung nehmen wie bei den Muscheln (XXIX, 9), oder daß er mit der Gonadenhöhle in Verbindung steht wie bei primitiven Molluskenformen, den Solenokonchen. Alle diese Räume sind ja Teile eines ursprünglich einheitlichen Systems.

Nach anderer Richtung weicht die Ausgestaltung des Gefäßsystems bei den Arthropoden vom Annelidenschema ab (XXIX, 3—5, 8). Wie uns die Embryologie der Krebse und Insekten lehrt, legt sich das Zölom zunächst gleichfalls als ein ventrales Blasenpaar in jedem Segment an. Diese Blasen wachsen nach oben und umgreifen den Darm, wodurch dieser seine splanchnische Muskulatur erhält. Später löst sich aber die dorsale Wand des Zöloms auf, indem sie zahlreiche Zellen abgibt, und so wird die primäre Leibeshöhle nicht völlig verdrängt, sondern erhält sich weit offen. Durch die Auflösung der dorsalen Zölomwand treten nun beide Hohlräume miteinander in Verbindung, so daß die definitive Leibeshöhle der Arthropoden doppelten Ursprungs ist. Wenn diese Auflösung der Zölomwand einsetzt, sieht man aus ihr eine Anzahl von Zellen austreten, die sich über dem Darm zu zwei Halbrinnen zusammenordnen, welche ihre offene Seite einander zukehren. Diese beiden Zellreihen, die man als Herzbildner, Cardioblasten, bezeichnet, rücken aufeinander zu und legen sich mit den freien Rändern aneinander. So fassen sie einen Hohlraum zwischen sich, dieser ergibt das Lumen der Herzkammer. Aus den Resten der Zölomwand bildet sich unter dem Herzen eine lückenhafte Scheidewand; sie grenzt einen Raum über dem Darm ab, der auch hier als Pericard bezeichnet wird, weil in ihm das Herz liegt, der aber dem Pericard der Mollusken nicht streng vergleichbar ist. Das Gefäßsystem ist natürlich auch hier kein geschlossenes; vom Herzen, das vom Blute von hinten nach vorn durchströmt wird, gehen Gefäßstämme aus, die sich in die Leibeshöhle öffnen (XXIX, 4, 8). Sie sammeln sich wieder aus den Lakunen in rückführende Stämme, die ins Pericard münden. Aus diesen nimmt dann die Herzkammer das Blut durch segmental angeordnete Spaltöffnungen auf (XXIX, 3).

Auch das Zirkulationssystem der Chordaten tritt uns ursprünglich in einer Form entgegen, die mit dem Annelidenschema große Ähnlichkeit hat. Beim Amphioxus (XXX, 1) verdrängt die Zölomanlage nach ihrer Abschnürung vom Darm gleichfalls die primäre Leibeshöhle. Auch hier bleiben um den Darm ein Blutsinus und zwischen den Mesenterien Spalträume erhalten, aus denen sich ein dorsaler und ein ventraler Längsstamm entwickelt. Wie beim Annelid sind sie durch Querschlingen verbunden, die in segmentalen Abständen den Darm umgreifen. Hier ist aber die Strömungsrichtung anders: Das Blut fließt im ventralen Stamme nach vorn und im dorsalen nach hinten. Ebenfalls im Gegensatz zu den Anneliden entwickelt sich hier das Ventralgefäß zum Herzen, das das Blut nach vorn und durch die vorderen Darmschlingen nach oben treibt. Ähnlich wie bei den Anneliden ist aber auch hier die Anlage von vorn herein geschlossen.

Prinzipiell gleich wie beim Amphioxus entsteht das Gefäßsystem auch bei den Wirbeltieren (XXX, 2), es ist also auch hier ein Rest des Blastozöls. Eigenartig ist nur, daß im Innern des Herzschlauches eine Ansammlung von Zellen auftritt, die sich zu einer besonderen Wandschicht, dem Endothel des Herzens und der Gefäße, entwickelt. Auch die Tunikaten haben ein ähnlich gebautes Zirkulationssystem mit ventral gelegenem Herzen (XXIX, 14), nur ist hier der ganze Apparat sehr reduziert und gegen die Leibeshöhle nicht abgeschlossen.

Um eine vorgeschriebene Strömungsrichtung einzuhalten, genügt nicht das Auftreten muskulöser Gefäße, sondern in diesen muß das Blut in bestimmter Richtung geleitet werden. Dies besorgen die Klappen, die wir bei allen vollkommeneren Gefäßsystemen finden. Im Herzen selbst kann man sie am schönsten bei den Arthropoden studieren, wo man ihre Arbeit auch am lebenden Tiere, z. B. bei durchsichtigen Larven von Eintagsfliegen, *Ephemeridae*, sehr gut zu verfolgen vermag. Das Herz setzt sich hier aus einer Anzahl segmental hintereinander gelegener Kammern zusammen (XXIX, 5). Die Vorderwand jeder Kammer springt wie ein unten abgestutzter Trichter in die davor gelegene ein. Kontrahiert sich nun eine Kammer, so treibt das Blut von innen die Wände dieses Trichters auseinander und strömt in die weiter vorn gelegene Kammer ein. Die Wände der Klappe aber, die in die hintere Nachbarkammer führt, werden dabei zugedrückt und das Blut am Zurückfließen verhindert. Außer diesen Klappen sind noch zwei seitliche in jeder Kammer vorhanden, durch die das Blut aus dem Vorhof einströmen kann. Hier ist der Trichter gegen das Innere der Herzkammer gerichtet, erschlafft diese, so saugt sie das Blut aus dem Vorhof an, kontrahiert sie sich, so wird die Klappe zugedrückt und es kann kein Blut nach außen entweichen. Ganz ähnliche Vorrichtungen finden wir auch bei den Mollusken am Übergang der Vorhöfe zur Herzkammer und ebenso ist der Blutstrom bei den Wirbeltieren geregelt. Nur sind es dort nicht immer Trichterklappen, sondern oft taschenförmige Falten der Wand, die meist zu drei auf einem Querschnitt eines Gefäßes liegen. Sie legen sich beim Durchpaß des Blutes in der einen Richtung der Wand an, beim Rückstrom blähen sie sich, so daß ihre Ränder sich aneinander legen und das Lumen verschließen. Wegen ihrer Gestalt werden sie in der Wirbeltieranatomie auch vielfach als Semilunarklappen bezeichnet. Sie kommen in dieser Tiergruppe ebenso in den größeren Stämmen vor, die vom Herzen wegführen, wie in den zurückkehrenden. Im Herzen selbst finden wir Klappen, die nach dem Trichterprinzip arbeiten; damit sie beim Verschluß nicht vom Blutstrom gegen die Vorkammer durchgebogen werden, setzen an ihren freien Enden Sehnen wie Haltetaue an, die von besonderen, in das Lumen des Herzens vorspringenden Papillarmuskeln gehalten werden.

17. Die Atmungsorgane.

Das Zirkulationssystem steht nun nicht nur im Dienste der Aufgabe, die aus dem Darm austretenden Nährstoffe im Körper zu verteilen, sondern leistet dasselbe auch für den Sauerstoff. Dieser gasförmiger Betriebsstoff wird dem Organismus ebenso, wie durch den Darm die feste und flüssige Nahrung, durch besondere Organe zugeführt, die Atmungs- oder Respirationsorgane. Sie beruhen stets auf dem Prinzip, eine möglichst dünne, für Gase durchlässige und gleichzeitig möglichst ausgedehnte Oberfläche zu schaffen, durch welche der Sauerstoff diffundieren kann. Bei Tieren mit dünner und weicher Körperhaut, wie den Coelenteraten, finden wir demgemäß noch keine besonderen Atmungsorgane. Ebenso gilt dies unter den höheren Metazoen für die Plattwürmer. Auch in den übrigen Tierkreisen finden wir gelegentlich Tiere ohne besondere Atmungsapparate. So dienen bei den Echinodermen wahrscheinlich die dünnwandigen Füßchen, die bei ihrer großen Zahl eine stattliche Oberfläche bieten, zugleich als Atmungsorgane, hier nimmt also das Ambulakralsystem an der Verteilung des Sauerstoffs teil. Bei den Seeigeln sehen wir, daß die nach oben gerichteten Ambulakralfüßchen, welche sich an der Fortbewegung viel weniger beteiligen, hauptsächlich die Atmung übernehmen. Bei den Seesternen treten in der Rückenhaut dafür besondere dünnwandige Ausstülpungen auf (vgl. Taf. XV, 8), und bei den Seewalzen (Holothurien), die das Ambulakralsystem ziemlich rückgebildet haben, finden wir dafür die sogenannten Wasserlungen (XXX, 11), sackförmige verästelte Ausstülpungen des Enddarms, die in der Leibeshöhle liegen und rhythmisch mit Wasser vollgepumpt werden.

Wo in den anderen Gruppen besondere Respirationsorgane fehlen, handelt es sich durchweg um kleine Tiere, da nach bekannten Gesetzen bei kleinen Tieren die Oberfläche relativ größer ist und den Sauerstoffbedarf decken kann. So haben zahlreiche kleinere Anneliden, unter den Krebsen die Copepoden, unter den Arachniden die Milben, unter den Insekten manche Apterygoten keine besonderen Atmungsorgane. Bei den übrigen finden wir Stellen der Körperwand, die zur Vergrößerung der Oberfläche in Falten gelegt sind und zu denen von innen das Blut reichlich zutritt, so daß ein möglichst ergiebiger Austausch von Gasen stattfinden kann. Je nachdem, ob das äußere Medium, aus dem der Sauerstoff aufgenommen wird, Wasser oder Luft ist, pflegen wir diese Atmungsorgane als Kiemen oder Lungen zu bezeichnen.

Die Körperstellen, an denen sich solche Organe entwickeln, sind ganz verschieden. Bei den Anneliden sitzen sie an der Basis der Parapodien (XXIX, 1). Dort finden wir flache blattförmige oder ausgefranste Anhänge, die oft nach dem Rücken umgeschlagen sind und reich von Blut durchströmt werden. Bei den festsitzenden Anneliden sind nur die Parapodien der vorderen Segmente, daneben aber hauptsächlich die Tentakel des Kopfabschnittes als Atmungsapparate entwickelt und dann zu langen, spiralig angeordneten Fäden geworden, die büschelartig den Kopf umstellen, wenn er aus der Wohnröhre vorgestreckt wird. Da sich aus den Parapodien die Beine der Arthropoden entwickeln, so treffen wir dort die Kiemen an den Extremitäten. Bei den Phyllopoden sind es dünnwandige Säckchen, die an der Außenseite der Schwimmfüße auftreten (vgl. Taf. XXVII, 5). Bei den höheren Krebsen sitzen ähnliche Bildungen an der Basis der Thorakalbeine. Der Flußkrebs z. B. trägt an der Wurzel jedes der zehn Brustbeine ein Büschel langer Kiemenfransen, die zur Seite des Panzers, der Kopf und Brust gemeinsam umschließt, unter einem Kiemendeckel verborgen sind (XXIX, 3). Gelegentlich sind dann die betreffenden Beinpaare rückgebildet und nur die Kiemen erhalten. So sitzen bei vielen Flohkrebsen, *Amphipoda*, an der Unterseite des Cephalothorax Kiemensäckchen — die Embryologie zeigt, daß ihnen ursprünglich Beinanlagen zugehören, die nicht zur Entwicklung kommen. Bei den Asseln, *Isopoda*, sind oft die Beine des Hinterleibs lediglich als Atemplatten entwickelt und unter einer Art Kiemendeckel geschützt.

Bei den Mollusken treffen wir unter den Nacktschnecken des Meeres auch Formen, die auf dem Rücken freie, oft zierlich verästelte Kiemenbäume tragen (XXX, 8). Meist liegen aber hier die Kiemen in der Mantelhöhle verborgen. Bei den primitiven Amphineuren sind es lange Fransen, die wie die Zinken eines Kammes dicht nebeneinander in einer Reihe stehen, sogenannte Kammkiemen (Ctenidien) (XXX, 3). Bei den Muscheln verbinden sich die freien Enden der Zinken und es treten auch Querbrücken in ihrer ganzen Länge auf; so entstehen die Gitterkiemen (XXX, 4), die in ähnlicher Ausbildung auch Schnecken und Tintenfischen zukommen. Bei den Muscheln liegen sie als lange doppelte Falten in der ganzen Länge der Mantelhöhle (XXIX, 9, 11), bei den Schnecken und Tintenfischen sind sie mit schmaler Basis angewachsen, die einzelnen Zinken sitzen wie Blättchen an einem gemeinsamen Stamme (XXIX, 12, 13).

Auch die im Wasser lebenden Vertebraten sind mit Kiemen ausgestattet. Echte äußere Büschelkiemen finden wir bei den Larven niederer Fische (XXX, 9) wie der Selachier und Ganoiden und ebenso bei Amphibienlarven zu beiden Seiten des Halses. Später schwinden sie und machen den inneren Kiemen Platz, die wir am typischsten bei den Fischen ausgebildet sehen. Sie sitzen in den Kiemenspalten, Öffnungen, die vom Lumen des Schlundes nach außen führen. Ihre Wand wird gestützt von den Skelettspangen der Kiemenbögen, von denen schon früher ausführlich die Rede gewesen ist (vgl. S. 378). Die eigentlichen Kiemen sind wieder nach der Art von Fiederblättchen angeordnet (XXX, 10). Das durch den Mund aufgenommene Wasser strömt an ihnen vorbei; durch reusenartig dem Eingang der Kiemenspalte vorgelagerte Dornen wird verhindert, daß Nahrungskörper vom Wasserstrom mit in die Kiemenspalten gerissen werden. Bei den Selachiern mündet jede Kiemenspalte frei nach außen, bei den Knochenfischen werden sie von einer Gruppe von Hautknochen, dem Kiemendeckel, überlagert und geschützt, an dessen Hinterwand sich dann die äußere Kiemenöffnung befindet. Die Zahl der Kiemenspalten ist bei den primitivsten Selachiern 6—7; bei den höheren 5, bei den Knochenfischen sinkt sie oft auf 4, gelegentlich noch weiter. Von jedem Kiemenbogen gehen nach beiden Seiten in die benachbarten Kiemenspalten Kiemen aus, so daß in jeder eine Doppelreihe von Fiederblättchen sitzt, mit Ausnahme der letzten, wo nur die vom vorderen Kiemenbogen ausgehende entwickelt ist. Auch in dem einer Kiemenspalte entsprechenden Gange zwischen Zungenbein und erstem Kiemenbogen, dem sogenannten Spritzloch, findet sich bei niederen Fischen eine Kiemenanlage, die aber nach ihrer Gefäßversorgung zu urteilen kaum respiratorische Bedeutung hat.

Beim Amphioxus finden wir eine viel größere Zahl von Kiemenspalten, 100 und mehr auf jeder Seite. Dafür fehlen ihm echte Kiemen; die Wand der Kiemenspalten ist vielmehr ungefaltet und mit Wimperepithel bedeckt, das den Wasserstrom von innen nach außen erzeugt. Beim jungen Amphioxus münden die Kiemenspalten nach außen, beim älteren bildet sich am Bauche jederseits eine Falte, die gegen die Mittellinie vorwächst und eine tiefe Tasche bildet, den Peribranchialraum oder das Atrium. In diesen so geschaffenen Sack münden beim erwachsenen Lanzettfischchen die Kiemenspalten (XXX, 5). Prinzipiell ganz gleiche Verhältnisse treffen wir bei den Tunikaten, nur wird hier die Zahl der Kiemenspalten noch größer und ihr Bau verwickelter. Der Vorderarm ist dann zu einem Sack erweitert, der den größten Teil des Körpers ausmacht und allseitig von Kiemenlöchern durchbohrt ist (XXIX, 6, 14).

Für die Lungen der luftatmenden Tiere ist charakteristisch, daß ihre Oberfläche stets nach innen eingefaltet ist. Der Grund liegt darin, daß bei dem ständigen Luftstrom die zarten Epithelzellen der Austrocknung ausgesetzt wären, wenn sie nicht in einem Hohlraum lägen, in dem die Luft dauernd durch den bei der Atmung mit ausgeschiedenen Wasserdampf gesättigt ist. In einem Falle kann man verfolgen, wie dieselbe Anlage sich von einer Kieme zur Lunge umbildet, bei den Arachnoideen. Der im Meere lebende Schwertschwanz, *Limulus*, den man nach seinem Bau als Vorläufer der Spinnentiere ansieht, hat an der Basis der Beine blattförmige Kiemen, wie die Krebse (vgl. Taf. V, 5). Bei den Spinnen treten an der gleichen Stelle blattartige Falten auf, die sich aber nach innen in eine Höhle einlagern und dort wie die Blätter eines Buches nebeneinander legen (XXIX, 8). So entsteht die Fächerlunge. Sonst bilden sich die Lungen stets ganz unabhängig von Kiemen, die etwa bei Vertretern der gleichen Tiergruppe vorhanden sind. Sie können an den verschiedensten Körperstellen auftreten. Bei den Spinnen liegen sie, wie wir sahen, an der Bauchseite des Hinterleibs, bei den Lungenschnecken ist es der vordere Teil der Mantelhöhle, der sich unter dem Schutze der Schale zu einer geräumigen Atemhöhle erweitert, in die nur ein enges, durch Muskelzug verschließbares Atemloch hineinführt (XXX, 6). Bei manchen Landkrabben dient die Kiemenhöhle als Atemsack (XXX, 12), ähnlich ist es auch bei vielen Fischen, die länger an der Luft zu leben vermögen, wie die Labyrinthfische, manche Welsarten u. a. m. Dort verlängert sich die Kiemenhöhle in einen Sack, der zu den Seiten des Körpers manchmal bis weit in den Rumpf reichen kann. Seine Schleimhaut ist dicht mit Blutgefäßen durchzogen und springt in Falten gegen das Lumen vor (XXX, 7). Bei den Labyrinthfischen ist ein Teil der Atemhöhle mit Epithel ausgekleidet, das von den Kiemen selbst stammt, die sich flach ausgebreitet haben, während ihr anderer Teil als echte Wasserkiemen erhalten bleibt, hier geht also am gleichen Tier Kieme und Lunge ineinander über.

Eine ganz eigenartige Ausbildung des Atemapparates zeigen unter den Wirbellosen die Tracheaten, d. h. die höheren Spinnen, die Myriapoden und Insekten. Dort stülpt sich die Haut in zahlreichen Schläuchen ein, die durchaus an Drüsen erinnern (vgl. S. 77). Bei *Peripatus*, der eigenartigen Übergangsform zwischen Anneliden und Myriapoden, sind sie in großer Zahl unregelmäßig über den ganzen Körper verteilt, die einzelnen Schläuche bleiben dafür kurz und unverzweigt. Bei den höheren Formen treten nur eine beschränkte Zahl von Öffnungen auf, ursprünglich zwei in jedem Segment. Sie liegen in einer Reihe hintereinander zu beiden Seiten des Körpers als sogenannte Stigmen. Ihre Öffnung ist mit einem Verschlußapparat sowie mit feinen Reusenhaaren zur Verhinderung des Eindringens von Fremdkörpern versehen. Die einzelnen Tracheen verästeln sich reich und umspinnen alle inneren Organe, so daß die Außenluft hier den ganzen Körper durchströmt (XXX, 13). Als Abkömmlinge des Ektoderms sind sie mit Chitin ausgekleidet und daher sehr fest und elastisch, so daß sie gleichzeitig an Stelle der Mesenterien als Halt der Eingeweide Verwendung finden. Die Chitinwand zeigt spiralige Verstärkungsleisten, die für den Atmungsvorgang von wesentlicher Bedeutung sind. Durch Zusammendrücken des ganzen Körpers bzw. der einzelnen Segmente wird nämlich die Luft aus den Tracheen verdrängt; beim Nachlassen des Druckes dehnen sich die elastischen Wände wieder aus und es strömt neue Luft durch die Stigmen ein. Bei allen höheren Formen sind die Tracheen der einzelnen Segmente durch einen Längsstamm auf jeder Seite verbunden (XXIX, 5; XXX, 13). Dann kann auch die Zahl der Stigmen reduziert werden, so fehlen sie fast stets im Kopf, oft auch im Thorax, gelegentlich sind sie auf ein Paar im hinteren oder vorderen Körperteil beschränkt, wie z. B. bei vielen Dipterenlarven. Bei denjenigen Insekten, die während des ganzen Lebens oder als Larven im Wasser leben, verschließen sich die Stigmen gewöhnlich bis auf ein Paar, das dann nicht selten auf besonderen Atemröhren mündet, die aus dem Wasser ragen. Solche Atemröhren besitzen z. B. die Mückenlarven unserer stehenden Gewässer (Culexarten), besonders lang ausgezogen sind sie bei der Larve der Schlammfliege, *Eristalis*, die auf dem Grunde von allerlei Abwässern lebt. Manchmal geben solche Larven auch die Atmung atmosphärischer Luft ganz auf, dann schließt sich das Tracheensystem völlig. Die Sauerstoffaufnahme erfolgt dann aus dem Wasser und zwar entweder durch die ganze Körperoberfläche, wobei das Tracheensystem vollständig rückgebildet wird, oder durch sogenannte Tracheenkiemen. Dies sind Hautausstülpungen, die ganz nach Art echter Kiemen gebaut, aber im Innern von Tracheenstämmen durchzogen sind, welche sich fein verästeln. Der Gasaustausch erfolgt dann von der Außenluft gegen die Luft in den Tracheen. Das bekannteste und am leichtesten zu beobachtende Beispiel von Tracheenkiemen bieten die Larven der Eintagsfliegen; dort sind sie als Blätter an einer wechselnden Zahl von Abdominalsegmenten entwickelt; man kann darin schon mit der Lupe die durch Totalreflexion dunkel erscheinenden Tracheenstämme sehr gut erkennen (XXX, 13). In seltenen Fällen treten bei Insektenlarven auch echte, von Blut durchflossene Kiemen auf, sie können dann als Schläuche oder verzweigte Fäden an den verschiedensten Stellen des Körpers sitzen.

Das Respirationsorgan der luftlebenden Wirbeltiere ist bekanntlich die Lunge. Sie geht im Gegensatze zu den bisher betrachteten Typen nicht vom Ektoderm, sondern vom Entoderm des Schlundes aus. Wir finden dort schon bei den Fischen eine Einsenkung, die sich in einen blasenartigen Hohlraum fortsetzt; dieser dient aber nicht dem Gaswechsel, sondern der Regulierung des spezifischen Gewichts und damit der Lage des Fisches im Wasser, es ist die Schwimmblase. Sie liegt als langgestreckter Sack über dem Darm, meist ist sie einheitlich, oft, wie bei den Karpfen, in zwei Teile geschnürt, die nur durch einen engen Gang zusammenhängen. Sehr wahrscheinlich hat die Lunge mit der Schwimmblase phylogenetische Beziehungen, auch funktionell kann die Schwimmblase als Lunge dienen. Dies ist in erster Linie bei den danach benannten Lungenfischen, *Dipnoi*, der Fall (XXX, 14). Dort ist sie reich mit Gefäßen versorgt, die in Falten der Schwimmblasenwand eindringen, so daß die an die Luft angrenzende Oberfläche stark vergrößert wird. Mit Hilfe dieses Apparates vermögen die Lungenfische längere Zeit rein von atmosphärischer Luft zu leben und sich in Gewässern zu halten, wo das Wasser durch Fäulnis so sauerstoffarm geworden ist, daß andere Fische darin zugrunde gehen. Während bei der echten Schwimmblase der Verbindungsgang mit dem Schlunde dorsal in diesen einmündet, liegt die Öffnung bei einigen der Lungenfische ventral, wie bei der Lunge, sie vermitteln also auch in dieser morphologischen Hinsicht zwischen beiden Organtypen (XXX, 14, 15). In vielen Fällen hat die Schwimmblase gar keine Verbindung mit dem Schlunde mehr, so daß sie ihren Inhalt nicht mehr nach außen abgeben kann. Sie muß ihre Aufgabe dann auf etwas andere Weise lösen. Die Regulation des spezifischen Gewichts, welche die wichtigste Funktion der echten Schwimmblase ist, erfolgt so, daß das Tier Luft aus der Schwimmblase entleert, wenn es sinken will und umgekehrt solche aufnimmt, um sein spezifisches Gewicht zu erleichtern und dadurch zu steigen. Mit Hilfe dieses Apparates gelingt es den Fischen, sich ohne besondere Muskelanstrengung in einer Wasserschicht schwebend zu erhalten. Ist der Schwimmblasengang geschlossen, so wird das Gas aus dem Blute aufgenommen bzw. an dieses abgegeben. Dafür ist an einer Stelle der Wand eine Art Gasdrüse entwickelt, der sogenannte rote Körper. Es ist eine dünne Stelle der Wand, die reich mit Gefäßen versorgt ist und wie eine Art Kieme wirkt.

Die eigentlichen Lungen sind in der primitivsten Ausbildung bei den Amphibien dünnwandige Säcke, die mit einem kurzen gemeinsamen Gang durch einen Längsschlitz in der ventralen Schlundwand münden (XXX, 8). Ihr Hohlraum ist einheitlich, in der Wand verläuft ein reiches Netz von Blutgefäßen. Je größere Ansprüche nun an den Gasaustausch in der Lunge gestellt werden, desto mehr vergrößert sich ihre Oberfläche. Die Wand der Säcke legt sich in Falten, die tiefer und tiefer ins Innere vorspringen und ein Netzwerk bilden, in dessen Wänden die Blutgefäße verlaufen. Gleichzeitig verlängert sich der Verbindungsgang mit dem Schlunde, es entsteht die Luftröhre, Trachea. Man kann diese Entwicklung im Stamme der Reptilien gut verfolgen (XXX, 19), wo sie bei den Krokodilen den Höhepunkt erreicht. Manchmal ist es nur der vordere Teil, an dem sich die Falten ausbilden, der hintere bleibt einfach sackförmig. Er dient dann als Luftreservoir und kann so nebenbei die gleiche Aufgabe erfüllen, wie die Schwimmblase. Dies kommt besonders bei den Schlangen vor, die viel ins Wasser gehen, wie etwa unsere Ringelnatter, *Tropidonotus natrix*. Bei den Vögeln entwickeln sich von der Lunge ausgehend Luftsäcke, die gleichfalls der Herabsetzung des spezifischen Gewichtes zur Erleichterung des Fluges dienen. Sie verteilen sich in der ganzen Leibeshöhle zwischen den Eingeweiden, dringen unter die Muskeln und sogar in das Mark der Knochen ein. Bei den Vögeln vereinigen sich die einzelnen Luftkammern zu einem Netzwerk von Gängen, das die schwammige, bluterfüllte Grundsubstanz der Lunge durchzieht (XXX, 20). Bei den Säugern verzweigt sich die zuführende Luftröhre zu Bronchien; diese teilen sich im Innern der Lunge weiter zu Bronchioli auf, an denen zuletzt die Endbläschen, Alveolen, sitzen (XXX. 21). Auf diese Weise wird bei den beiden höchsten Wirbeltierklassen eine riesige innere Oberfläche für den Gaswechsel geschaffen.

Der Luftwechsel in der Lunge erfolgt so, daß bei der Einatmung durch Erweiterung der Leibeshöhle Luft angesaugt wird; diese wird dann beim Zusammensinken der Körperwand wieder ausgepreßt. Die Erweiterung geschieht bei den Sauropsiden vor allem durch Heben und nach außen Drehen der Rippen. Bei den Vögeln spielt dies eine geringe Rolle, da die Lunge fest mit der Thoraxwand verbunden und daher wenig erweiterungsfähig ist. Hier wird die Luft durch die Lunge geblasen dadurch, daß beim Flug die Brustmuskeln im Niederschlagen die unter ihnen gelegenen Luftsäcke komprimieren und ihren Inhalt durch die Lunge nach außen treiben; wird der Flügel gehoben, so dehnen sich die Luftsäcke wieder aus und saugen neue Luft durch die Lunge an. Bei den Säugetieren entsteht ein besonderer Atemmuskel, das Zwerchfell. Es ist als kuppelförmig gewölbte Membran quer durch die Leibeshöhle gespannt, die es in Brust- und Bauchhöhle scheidet. Der Brustfläche des Zwerchfells schließt sich die Unterseite der Lungen dicht an; kontrahiert sich der Zwerchfellmuskel, so flacht sich seine Wölbung ab, die Brusthöhle wird geräumiger, die Lungen dehnen sich aus und saugen Luft an. Das Einsaugen der Luft, die Inspiration, erfolgt also aktiv, es beteiligt sich daran außer dem Zwerchfell auch die Rippen- und bei gesteigerter Atmung die Thorax- und Oberarmmuskulatur. Die Ausatmung, Exspiration, kommt passiv durch Zusammensinken des Thorax zustande, kann aber bei besonderer Intensität auch durch Muskeldruck verstärkt werden.

Der Zutritt der Luft zur Luftröhre erfolgt bei den höheren Wirbeltieren durch die Nase. Bei den im Wasser lebenden, wie z. B. den Krokodilen, den Flußpferden und den Walen, rücken dann die Nasenlöcher ganz auf die Oberseite der Schnauze; die Tiere können so fast völlig verschwinden und doch Luft bekommen. Damit beim Tauchen kein Wasser in die Nase dringt, hat sie vielfach Verschlußklappen. Gelegentlich ist die Nasenrachenhöhle durch eine besondere Klappe am Zungengrunde abgeschlossen, wie bei den Krokodilen. Diese packen ihre Beute mit den Zähnen und halten sie unter Wasser fest, bis sie erstickt ist, während sie selbst durch die Nase Luft bekommen. In anderer Weise wird bei den Walfischen durch Hineinrücken des Kehlkopfs in den Nasenrachenraum eine direkte Verbindung der Nasenhöhle mit der Luftröhre herstellt.

Am Eingange der Luftröhre entwickelt sich in der Wirbeltierreihe noch ein Schallapparat, der Kehlkopf. Bei den Amphibien liegt dort nur eine einfache, von Knorpel gestützte Längsspalte, in welche von den Seiten zwei Schleimhautfalten vorspringen. Wird Luft durch den Kehlkopf getrieben, so kann an diesen Falten, den Stimmbändern, ein Ton entstehen, wenn sie durch Muskeln hinreichend gespannt sind und kräftig angeblasen werden. Bei den höheren Wirbeltieren entwickelt sich der Kehlkopf zu einem geräumigen Hohlraum, der von Knorpelspangen umgeben ist (XXX, 16, 17). Diese gehen aus den Anlagen der hinteren Kiemenbogen hervor. Bei den Säugetieren, wo der Apparat die höchste Ausbildung erreicht, bildet die Hauptstütze des Kehlkopfs der Schildknorpel (Cartilago thyrioidea), dahinter liegt die kleinere ringförmige Cartilago cricoidea. An der Dorsalseite liegen zwei kleine Knorpelchen, die Gießbeckenknorpel (Cartilagines arytaenoideae). Zwischen diesen und dem Schildknorpel sind die Stimmbänder ausgespannt (XXX, 17). Sie können verschieden straff gespannt werden dadurch, daß die Gießbeckenknorpel, die dreieckig sind, durch Muskeln um ihre am Schildknorpel befestigte Kante gedreht werden. Geht die Drehung nach außen, so werden die an der Innenkante befestigten Stimmbänder stärker gespannt, der Ton wird höher, dreht sich der Knorpel nach innen, so läßt die Spannung nach und der Ton wird tiefer. Durch Resonanzapparate kann der Schall noch verstärkt werden. Bei den Fröschen finden wir die bekannten Schallblasen, die am Boden der Mundhöhle liegen; bei den Säugetieren entwickeln sich taschenförmige Einsenkungen oberhalb der Stimmbänder, die Morgagnischen Taschen, die wahrscheinlich Reste von Kiemenspalten sind, zu Resonanzorganen.

Bei den Vögeln tritt an die Stelle des Kehlkopfes (Larynx) ein eigener Stimmapparat, der Syrinx. Er liegt an der Gabelung der Trachea in die Bronchien, erhält seine Stütze von den Knorpelringen der Trachea und entwickelt Stimmbänder, die durch eine verwickelte Muskulatur bewegt werden. Bei den guten Fliegern unter den Vögeln beteiligt sich auch die Luftröhre an der Herabsetzung des spezifischen Gewichtes, sie legt sich in mehrere Schlingen, die weit in die Bauchhöhle reichen können; bei den Kranichen lagert sie sich zum Teil in den hohlen Kamm des Brustbeins.

18. Der Ausbau des Kreislaufs für die Sauerstoffübertragung.

Die Ausbildung besonderer Respirationsorgane ist nun von größtem Einfluß auf die Gestaltung des Gefäßsystems. Es hat jetzt neben dem Transport der gelösten Nahrung auch den des Sauerstoffs zu leisten. Zunächst entstehen in den Kiemen Gefäßnetze, in denen der Austausch zwischen Blut und Atemwasser stattfindet. Der Sauerstoff wird dort entsprechend seinem Partialdruck in der Blutflüssigkeit gelöst, bei größerem Bedarf mit Hilfe von Metalleiweißverbindungen gespeichert (Hämoglobin, Hämocyanin, vgl. S. 280). Die Metallsalze enthalten den Sauerstoff in einer lockeren Adsorptionsverbindung, die sich schon durch ihre Färbung zu erkennen gibt: das Oxyhämoglobin ist hellrot, das Oxyhämocyanin hellblau, das reduzierte Hämoglobin dunkelrot, das entsprechende Hämocyanin farblos. So kann man hier schon nach dem Aussehen sauerstoffhaltiges arterielles und sauerstoffarmes venöses Blut unterscheiden. Je größer der Sauerstoffbedarf eines Organismus ist, desto exakter ist der Umlauf des Blutes geregelt; es wird vom Herzen in den Körper getrieben, sammelt sich dann wieder in Bahnen, die zu den Respirationsorganen führen und kehrt von da zum Herzen zurück. Man pflegt ganz allgemein die Gefäße, die vom Herzen ausgehen, als Arterien, die zurückführenden als Venen zu bezeichnen. Dabei muß man sich aber immer bewußt sein, daß diese reine Richtungsangabe nichts mit dem Sauerstoffgehalt des Blutes zu tun hat; es kann sehr wohl in Arterien venöses und in Venen arterielles Blut fließen.

Bei den Arthropoden geht vom dorsalen Herzen eine verschiedene

Anzahl von Arterien aus; sie ergießen ihr Blut in die Lakunen der Leibeshöhle. Daraus sammelt es sich dann in den Kiemengefäßen, wird dort arteriell und kehrt in den Kiemenvenen zum Herzen zurück (XXIX, 3, 4). Das Herz führt hier also rein arterielles Blut. Ein gutes Beispiel eines hochentwickelten Kreislaufs unter den Krebsen bietet der Flußkrebs (XXIX, 4), sehr ähnlich sieht das Gefäßsystem der Skorpione und Spinnen aus (XXIX, 8). Viel unvollkommener ist es dagegen bei den Insekten. Dort wird ja der Sauerstoff durch die Tracheen direkt im Körper verteilt, so daß diese Aufgabe für die Gefäße ziemlich wegfällt. Die Ausbildung beider Systeme steht daher hier ganz ausgesprochen in einem reziproken Verhältnis, meist beschränkt sich das Gefäßsystem auf ein dorsales Herz. Besondere Bahnen entwickeln sich manchmal in den Extremitäten, dort können sogar gelegentlich eigene Propulsionsorgane auftreten (Beinherzen mancher Hemipteren).

Die Mollusken bekunden ihre enge Zusammengehörigkeit mit den Arthropoden auch in der Anlage des Zirkulationssystems. Wir finden auch hier das dorsale arterielle Herz, von dem eine Anzahl Gefäße in den Körper gehen. Aus den Lakunen der primären Leibeshöhle treten dann die Kiemenarterien zusammen, die sich in den Kiemen verästeln; das arteriell gewordene Blut sammelt sich wieder in den Kiemenvenen und wird von ihnen dem Herzen zugeleitet (XXIX, 9, 11). Einen besonders hoch entwickelten Typus weisen die Tintenfische auf; bei ihnen entsteht nämlich an der Basis der Kiemen noch ein besonderes Kiemenherz, das demgemäß venöses Blut führt (XXIX, 12, 13). Die Zirkulation bei den luftatmenden Lungenschnecken ist prinzipiell ganz die gleiche wie die der übrigen Mollusken.

Bei den Wirbeltieren ist im Gegensatz zu allen anderen Gruppen das Herz ursprünglich venös. Wie wir sahen, wird beim Amphioxus der ventrale Längsstamm zum pulsierenden Zentralorgan des Kreislaufs (XXX, 1). Von ihm steigt das Blut vorn durch eine Anzahl von Gefäßschlingen, die den Darm umgreifen, zum Rückengefäß auf. Aus diesen Vorderdarmschlingen entwickeln sich die Kiemengefäße, da sie dicht an den Kiemenlöchern vorbeiziehen, welche die Wand des Vorderdarmes durchbrechen. Das ins Rückengefäß eintretende Blut ist also arteriell, es durchläuft nun den Körper, gibt dabei seinen Sauerstoff ab und kehrt, venös geworden, in den ventralen Längsstamm zurück. Bei den Fischen finden wir prinzipiell noch ganz die gleichen Verhältnisse (XXX, 2; XXXI, 1). Nur ist die kontraktile Region auf den vorderen Teil des Ventralstammes beschränkt worden, dort entwickelt sich ein stark muskulöses Herz. Von ihm geht das Blut in einem gemeinsamen Stamm nach vorn, dem Truncus arteriosus oder der Aorta ascendens; diese teilt sich dann in eine Anzahl von Kiemenbogengefäße; entsprechend der Zahl der Kiemenbogen sind es bei den niederen Haien 5—7, bei den höheren und bei den Knochenfischen 4—5. Das aus den Kiemenkapillaren wieder gesammelte Blut vereinigt sich in einem dorsalen

Längsstamm, der über dem Darm unter der Wirbelsäule nach hinten zieht, der Aorta dorsalis (descendens). Sie verzweigt sich in zahlreiche Gefäße, die das Blut im Körper verteilen. Aus ihnen sammeln sich Venen, die nicht dem ventralen Längsstamm entsprechen — dieser erhält sich nur als die unbedeutende Vena subintestinalis — und führen das Blut von hinten zum Herzen zurück. Das Herz selbst gliedert sich in zwei Abschnitte, den Vorhof (Atrium) und die Kammer (Ventrikel). In das Atrium treten die Venen, nachdem sie sich in einem erweiterten Abschnitt, dem Sinus venosus, gesammelt haben. Durch Kontraktion des Vorhofes wird das Blut in den Ventrikel getrieben. Dieser besitzt die stärkste Muskulatur, er treibt das Blut in den Stamm der Kiemengefäße, die Aorta ascendens. Das vorderste Stück der Kammer spitzt sich bei den ursprünglichen Fischen zu und enthält mehrere Reihen von Semilunarklappen. Es wird als Conus arteriosus bezeichnet. Bei den höheren Fischen verschwindet es mehr oder weniger vollständig und wird durch eine klappentragende Erweiterung des Anfangsteiles des Truncus arteriosus ersetzt, den Bulbus arteriosus. Wie aus dieser Schilderung hervorgeht, ist der Vorhof des Wirbeltierherzens als ursprünglicher Teil des kontraktilen Längsstammes durchaus nicht dem Vorhof der Mollusken homolog.

Die ursprüngliche Lage der einzelnen Herzabschnitte ändert sich im Laufe der Phylogenese. Der Vorhof rückt nämlich nach vorn, dorsal an der Kammer vorbei, so daß er erst neben, dann mehr und mehr vor ihr liegt. Das Herz erhält dadurch eine U-Form. Der Sinus venosus wird dabei mitgezogen und liegt später auf der Dorsalseite der Kammer.

Diese einfache Beschaffenheit des Herzens ändert sich nun, wenn die Kiemenatmung aufhört und durch die Lungenatmung ersetzt wird. Das Blut strömt dann immer noch durch die ursprünglichen Kiemengefäße nach vorn und sammelt sich dorsal in der Aorta descendens. Man bezeichnet jetzt diese Bögen danach auch als Aorten- oder Arterienbögen. In ihnen findet aber nun keine Arterialisierung des Blutes mehr statt. Diese wird vielmehr von einem besonderen Gefäß übernommen, das sich vom letzten Arterienbogen abzweigt und zur Lunge zieht, der Arteria pulmonalis. Sie löst sich in der Lunge in Kapillaren auf, aus ihnen sammelt sich eine Vena pulmonalis jeder Seite, die direkt zum Herzen zurückkehrt. So entsteht neben dem großen Körperkreislauf, der dem ursprünglichen Verlauf bei den Fischen entspricht, ein kleiner Lungenkreislauf (XXXI, 2). Der erste führt venöses, der zweite arterielles Blut ins Herz zurück; dies erhält also jetzt gemischtes Blut. Die weitere Entwicklung in der Wirbeltierreihe strebt nun danach, diese beiden Systeme immer vollständiger zu trennen. Dies geschieht dadurch, daß das Herz durch eine Längsscheidewand in eine rechte venöse und linke arterielle Hälfte zerlegt wird. Bei den Amphibien ist die Trennung noch sehr unvollkommen, nur der Vorhof ist mehr oder weniger gründlich in einen rechten und linken getrennt. In den rechten münden die Körpervenen, bzw. der Sinus venosus, in den linken die Venae pulmonales. Jeder Vorhof öffnet sich durch ein klappentragendes Ostium gegen den noch einheitlichen Ventrikel. Durch eine eigentümliche Anordnung der Muskulatur und der Vorhofsklappen wird aber dafür gesorgt, daß keine vollständige Durchmischung des Blutes eintritt. Dies tritt nun in den Truncus arteriosus über, der durch ein System von Scheidewänden in drei Räume zerlegt wird. Der vorderste erhält hauptsächlich arterielles Blut, er setzt sich fort in die Kopfarterien, Carotiden, die aus dem ersten Arterienbogen hervorgehen (XXXI, 2a, 2b). Der zweite bildet die Hauptwurzeln der Aorta, er wird danach als Aortenbogen im engeren Sinne bezeichnet. Neben ihm beteiligt sich daran bei den niederen Amphibien noch der dritte (XXXI, 2a), er wird aber bei den höheren und allen Amnioten rückgebildet. Dieser Abschnitt erhält gemischtes Blut, der vierte Bogen aber fast rein venöses. Er steht mit der Aorta noch durch einen schmalen Gang, den Ductus Botalli, in Verbindung, der aber auch bei den höheren Amphibien rückgebildet ist und bei den Amnioten nur in der Embryonalentwicklung der Säuger eine Rolle spielt. Der Hauptteil des vierten Bogens liefert die Arteria pulmonalis. Durch diese Stromregulierung wird erreicht, daß trotz des einheitlichen Ventrikels das arterielle und venöse Blut zweckmäßig verteilt wird; das sauerstoffreichste geht in den Kopf zum Gehirn.

Bei den Reptilien finden wir als Hauptfortschritt, daß der Truncus arteriosus aufgeteilt ist (XXXI, 3). Es entspringt vor allem der vierte Bogen, die Arteria pulmonalis, jetzt unabhängig von den anderen aus der rechten Hälfte des Ventrikels. Die beiden Aortenbögen sind bis zur Wurzel getrennt, merkwürdigerweise überkreuzen sie sich, so daß der nach rechts laufende aus der linken Ventrikelhälfte, der nach links gewendete aus der rechten entspringt. Gleichzeitig bahnt sich auch im Ventrikel die Bildung einer Scheidewand an; bei den Krokodilen ist sie fast völlig durchgeführt, so daß rechte und linke Herzhälfte nur durch eine Öffnung, das Foramen Panizzae, miteinander kommunizieren. Die linke Ventrikelhälfte, die mit dem linken Vorhof in Verbindung steht, führt nun das arterielle, die rechte das venöse Blut. Dadurch wird es verständlich, daß die Carotiden bei der Teilung der Aortenwurzeln auf den rechten Bogen rücken, der aus dem linken Herzen entspringt. Der linke Aortenbogen, der venöses Blut enthält, zeigt eine Neigung zur Rückbildung, er ist stets schwächer als der arterielle und führt nur einen Teil seines Blutes in den gemeinsamen Stamm der Körperaorta (Aorta descendens), der größere Teil zweigt sofort an der Vereinigungsstelle als Darmarterie (Arteria mesenterica) ab.

Bei Vögeln und Säugetieren ist endlich die Trennung der beiden Kreisläufe völlig durchgeführt (XXXI, 3b, 4). Die Herzkammer ist durch eine Scheidewand in rechten und linken Ventrikel geteilt. Aus dem rechten entspringt allein die Arteria pulmonalis, die entsprechende Aortawurzel ist rückgebildet. Es gibt also hier nur noch eine Aorta, die aus dem linken Ventrikel kommt; sie wendet sich bei den Vögeln nach rechts, wie bei den Reptilien, bei den Säugern dagegen nach links. Aus der Aorta entspringen dann wieder die Carotiden.

Das Gefäßsystem der Wirbeltiere war, wie wir sahen, von vornherein ein geschlossenes. Zum Austausch der Nahrungsstoffe und des Sauerstoffs zwischen Blut und Gewebszellen lösen sich die Arterien in ein Netz feinster Gefäße, die Kapillaren auf, in denen das Blut sehr langsam strömt, so daß bequem eine Diffusion eintreten kann. Aus diesen sammelt sich das Blut wieder in den größeren Venenstämmen. Ein solches Kapillarsystem haben wir bereits in der Lunge kennen gelernt, wo es der Sauerstoffaufnahme dient. Daneben kommt es nun auch vor, daß die Venen in sich noch einmal in Kapillaren zerfallen und sich wieder sammeln. Dies geschieht einmal in der Leber zur Verarbeitung der aus dem Darm aufgenommenen Nahrung und zweitens in der Niere zur Ausscheidung der Exkretstoffe aus dem Blut. Man bezeichnet solche Stellen als Pfortadersysteme. Im Zusammenhang mit ihrer Bildung entwickelt sich das Venensystem innerhalb der Wirbeltierreihe zu recht verschiedener Form. Schon beim Amphioxus spielt für die Rückführung des Blutes nicht der hintere Abschnitt des ventralen Längsgefäßes die Hauptrolle, sondern es entwickeln sich daneben zwei Paar sogenannte Kardinalvenen (XXX, 1), die zu beiden Seiten des Körpers von vorn, Venae cardinales anteriores, und hinten, Venae cardinales posteriores, dem Ventralgefäß parallel laufen und ihr Blut durch eine Anzahl von Quergefäßen ihm zuführen. Bei den Fischen entwickelt sich dieses System stärker und verdrängt mehr und mehr die Vena subintestinalis, den Rest des Ventralgefäßes. Von den Querstämmen bildet sich einer auf der Höhe des Herzens besonders aus, er wird zum Ductus Cuvieri, der von beiden Seiten sein Blut in den Sinus venosus ergießt. Von der Subintestinalvene erhält sich nur der hintere und der vorderste Abschnitt (XXXI, 1). Der hintere, die Schwanzvene (Vena caudalis) führt das Blut aus der Schwanzregion ab, sie gabelt sich vorn und ihre Hälften treten als Venae renales advehentes zu den Nieren, wo sie sich in Kapillaren auflösen. Aus diesem Nierenpfortadersystem sammeln sich dann die Venae renales revehentes als Wurzeln der hinteren Cardinalvenen. Der vorderste Abschnitt der Subintestinalvene wird zur Vena hepatica; er nimmt das Blut aus der Leber auf, wohin es vom Darm durch eine besondere Vene, die Vena portae, geführt wird. Diese zerfällt in der Leber in die Kapillaren des Leberpfortadersystems. Ein Teil des Blutes aus der Schwanzregion, sowie das von den Bauchflossen kommende geht nicht in den Nierenpfortaderkreislauf, sondern läuft dicht unter der Bauchhaut als Venae abdominales direkt zum Ductus Cuvieri.

Bei den höheren Wirbeltieren wird nun auch das System der Cardinalvenen wieder abgelöst, wenigstens in seinem hinteren Teil. Von der Vena hepatica auswachsend entsteht ein großes unpaares Längsgefäß, welches die Aorta descendens begleitet, also dorsal vom Darm liegt, die untere Hohlvene, Vena cava (posterior). Sie nimmt bei Amphibien und teilweise noch bei Reptilien das Blut aus dem Nierenpfortadersystem auf. In dies tritt auch ein Teil des Blutes ein, das aus den hinteren Extremitäten durch die Venae iliacae zurückgeführt wird. Der andere Teil vereinigt sich bei den Amphibien in der Mittellinie und zieht dicht unter der Bauchwand als unpaare Vena abdominalis nach vorn, wo er in den Leberpfortaderkreislauf eintritt (XXXI, 2). Die aus den Venae renales revehentes entstandene Vena cava durchsetzt die Leber, ohne sich in Kapillaren aufzulösen, nimmt dann die Vena hepatica auf und mündet in den Sinus venosus. Die Venae cardinales posteriores führen viel weniger Blut, erhalten sich aber in ganzer Ausdehnung. Die Venae cardinales anteriores bleiben dagegen in vollem Umfang erhalten, sie werden auch als Venae jugulares bezeichnet. Bei den Reptilien bleibt die Sachlage im wesentlichen die gleiche. Die Cava tritt immer mehr in den Vordergrund, die Cardinales posteriores schwinden noch mehr. Auch die hier paarige Vena abdominalis tritt an Bedeutung zurück. Bei den Vögeln schwindet der Nierenpfortaderkreislauf, die Vena iliacae gehen unmittelbar in die Wurzeln der Cava über. Auch bei den Säugern ist dies der Fall; bei ihnen erleidet das System der Cardinalvenen noch eine weitere Rückbildung. Die linke Vena jugularis wendet sich nach rechts und mündet mit der rechten gemeinsam als Vena cava superior in den rechten Ductus Cuvieri. Ebenso verliert die linke hintere Cardinalvene ihre direkte Verbindung mit dem Sinus venosus und ergießt sich in die rechte. Nach diesem Verhalten werden beide als V. azygos (rechts) und hemiazygos (links) bezeichnet. Dadurch wird die linke vordere Cardinalvene und der entsprechende Ductus Cuvieri sehr blutarm; sein Zufluß kommt nur noch aus der Muskelwand des Herzens, es entsteht der Sinus coronarius cordis. Die Vena abdominalis schwindet ebenfalls ganz, nur im Embryo spielt sie als Nabelvene eine große Rolle.

19. Die Exkretionsorgane.

Als letztes der vegetativen Organsysteme haben wir das Exkretionssystem zu betrachten, welches die Aufgabe hat, die Endprodukte des Stoffwechsels der Gewebe aus dem Körper zu entfernen. Der Bau der Exkretionsorgane ist in der ganzen Tierreihe von bemerkenswerter Gleichförmigkeit. Es handelt sich stets um schlauchförmige, mehr oder weniger stark gewundene Organe, welche aus der Leibeshöhle nach außen führen. Sie treten uns im wesentlichen in zwei Ausbildungsformen entgegen. Bei der ersten, den sogenannten Protonephridien (XXXIII, 1), ist das Lumen des Schlauches

Gefäßsystem der Wirbeltiere.

Schemata des Arterien- und Venensystems von: **1)** Selachier. **2)** Amphibium. **3)** Reptil. **4)** Säuger.

Entwicklung der Kiemenbogengefäße bei: 1a) Fischen, 2a) urodelen, 2b) anuren Amphibien, 3a) Eidechsen, 3b) Vögeln, 4a) Säugern (nach Boas aus Claus-Grobben).

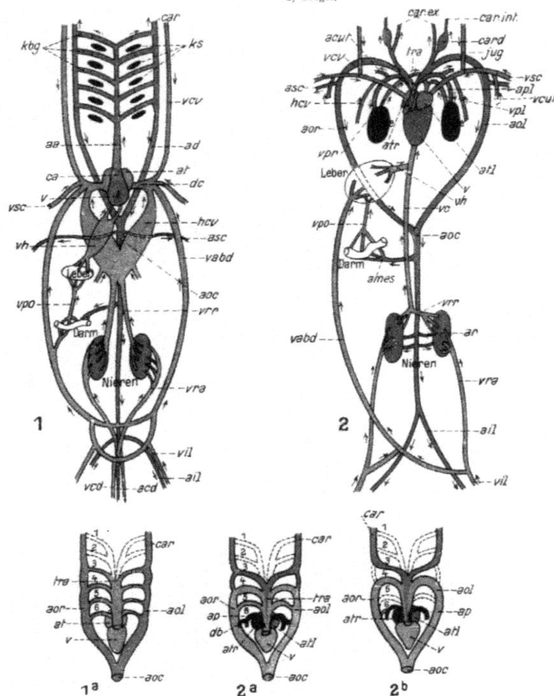

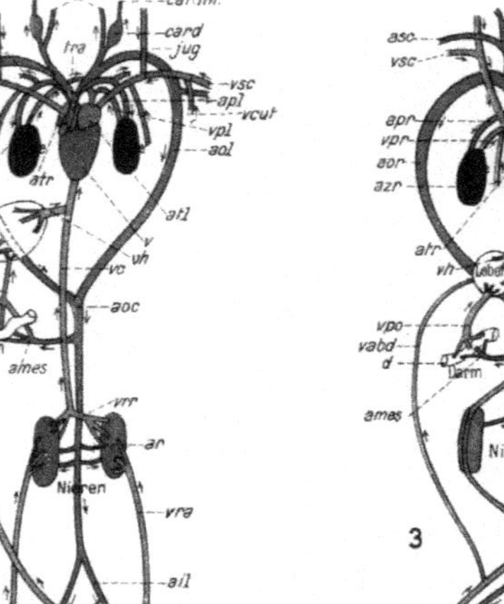

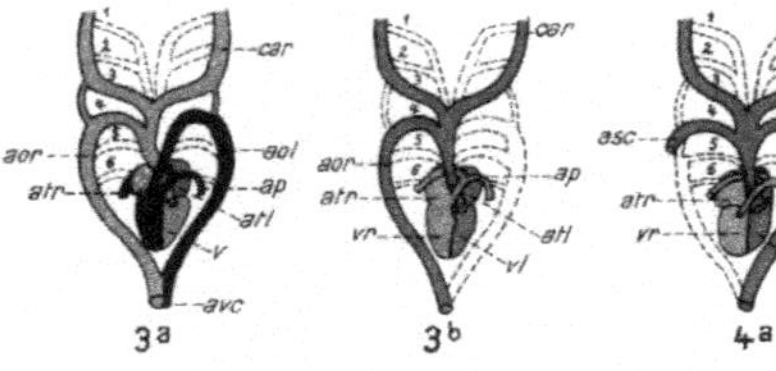

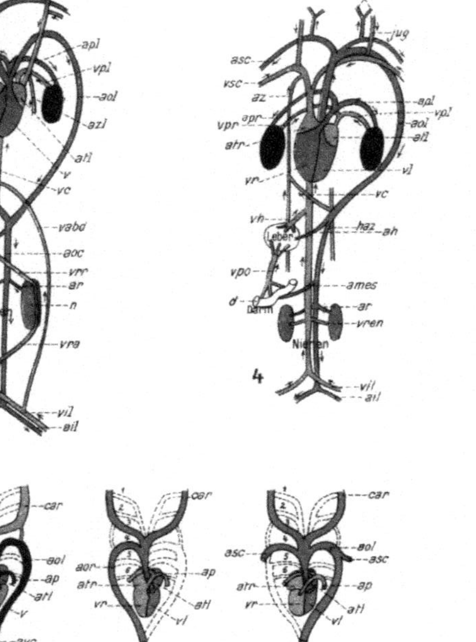

aa = Aorta ascendens *acd* = Art. caudalis *acut* = Art. cutanea *ad* = Aorta descendens *ah* = Art. hepatica *ail* = Art. iliaca *ames* = Art. mesenterica *aoc* = Aorta communis *aol* = linker Aortenbogen *aor* = rechter Aortenbogen *apl. l.* = l. Art. pulmonalis *apl. r.* = r. Art. pulmonalis *ar* = Art. renalis *asc* = Art. subclavia *at* = Vorhof *atl* = linker Vorhof *atr* = rechter Vorhof *az* = Vena azygos *avl* = l. Vena vertebralis *avr* = r. Vena vertebralis *ca* = Conus arteriosus *car* = Art. carotis *card* = Carotidendrüse *car. ex.* = Art. carotis externa *car. int.* = Art. carotis interna *d* = Darm *db* = Ductus Botalli

dc = Ductus Cuvieri *haz* = Vena hemiazygos *hcv* = hintere Cardinalvene *jug* = Vena jugularis *kbg* = Kiemenbogengefäße *ks* = Kiemenspalten *l* = Leber *lu* = Lunge *n* = Niere *tra* = Truncus arteriosus *v* = Herzkammer *vabd* = Vena abdominalis *vc* = Vena cava *vcd* = V. caudalis *vcv* = vordere Cardinalvene *vcut* = V. cutanea *vh* = V. hepatica *vil* = V. iliaca *vl* = linke Herzkammer *vpl* = l. V. pulmonalis *vpo* = V. portae *vpr* = r. V. pulmonalis *vr* = r. Herzkammer *vra* = V. renalis advehens *vren* = V. renalis *vrr* = V. renalis revehens *vsc* = V. subclavia

Verlag von VEIT & COMP. in Leipzig.

Gefäßsystem der Wirbeltiere. Kiemen.

1) Gefäßsystem des Amphioxus. 2) Gefäßsystem eines Fisches. 3) Kammkieme. 4) Gitterkieme eines Mollusks. 5) Kiemenregion des Amphioxus, quer (aus Claus, verändert). 6) Mantelhöhle und Lungengefäße von Helix. 7) Kiemengegend und Atemhöhle eines Labyrinthfisches (quer). 8) Hautkiemen einer Nacktschnecke. 9) Äußere Kiemen der Larve von Protopterus. 10) Kiemenblättchen mit Gefäßen eines Knochenfisches. 11) Wasserlungen einer Holothurie.

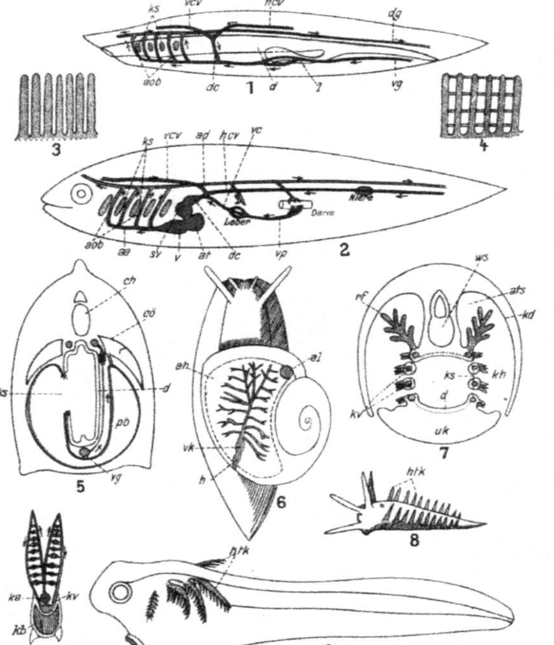

aa = Aorta ascendens *ad* = Aorta descendens *ah* = Atemhöhle *akg* = abführendes Kiemengefäß *al* = Atemloch *alv* = Alveole *aob* = Aortenbogen *ar* = Arytaenoidknorpel *at* = Vorhof des Herzens *ats* = Atemsack *br* = Bronchus br_1 = Bronchiolus *ch* = Chorda *cö* = Coelomwand *cr* = Cricoidknorpel *d* = Darm *dc* = Ductus Cuvieri *dg* = Dorsalgefäß *ep* = Kehldeckel *h* = Herz *hcv* = hintere Cardinalvene *htk* = Hautkiemen *ka* = Kiemenarterie *kb* = Kiemenbogen *kd* = Kiemendeckel *kh* = Kiemenhöhle *ki* = Kieme *kk* = Kehlkopf *ks* = Kiemenspalte *kv* = Kiemenvene

Tracheen, Lungen, Kehlkopf.

12) Atemhöhle eines luftatmenden Krebses (Birgus, nach Lang). 13) Tracheenkieme einer Ephemeridenlarve. 14) Lunge eines Dipnoers. 15) Lungeneingang eines Dipnoers (Protopterus). 16) Kehlkopf des Menschen, quer. 17) Kehlkopf, längs. 18) Lunge und Luftwege eines Amphibiums. 19) Desgl. eines Reptils. 20) Desgl. eines Vogels. 21) Desgl. eines Säugers.

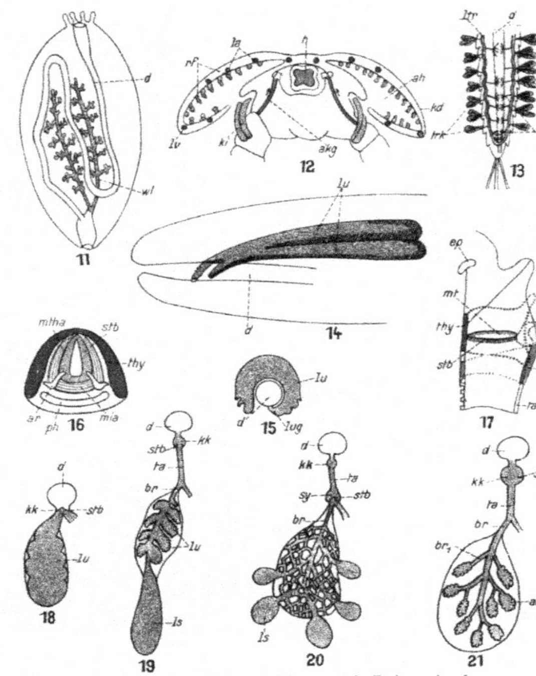

l = Leber *la* = Lungenarterie *ls* = Luftsack *ltr* = Längsstamm der Tracheen *lu* = Lunge *lug* = Lungengang *lv* = Lungenvene *mia* = Musculus interarytaenoideus *mt* = Morgagnische Tasche *mtha* = Musculus thyreoarytaenoideus *pb* = Peribranchialraum *rf* = respiratorische Hautfalten *stb* = Stimmband *sv* = Sinus venosus *sy* = Syrinx *ta* = Trachea *trk* = Tracheenkiemen *thy* = Schildknorpel *uk* = Unterkiefer *v* = Herzkammer *vc* = Vena cava *vcv* = vordere Kardinalvene *vg* = Ventralgefäß *vk* = Vorkammer *vp* = Vena

Gefäßsystem der Wirbellosen.

Blutgefäßsystem 1) eines Anneliden (nach Lang), 2) eines Seeigels, 3) des Flußkrebses (Querschnitt nach Lang), 4) des Flußkrebses (Übersicht nach Huxley), 5) der Biene (nach Zander), 6) Kiemendarm einer Aszidie (Querschnitt nach Heider). 7) Gefäßsystem eines Anneliden. 8) Gefäßsystem der Spinne (nach Leuckart). 9) Gefäßsystem der Muschel, Querschnitt (verändert nach Lang). 10) Entstehung des Herzens der Muschel (nach Heider). 11) Gefäßsystem der Muschel, Seitenansicht. 12) Herz und Kiemenherzen eines Tintenfisches. 13) Gefäßsystem eines Tintenfisches. 14) Gefäßsystem einer Aszidie (nach Heider).

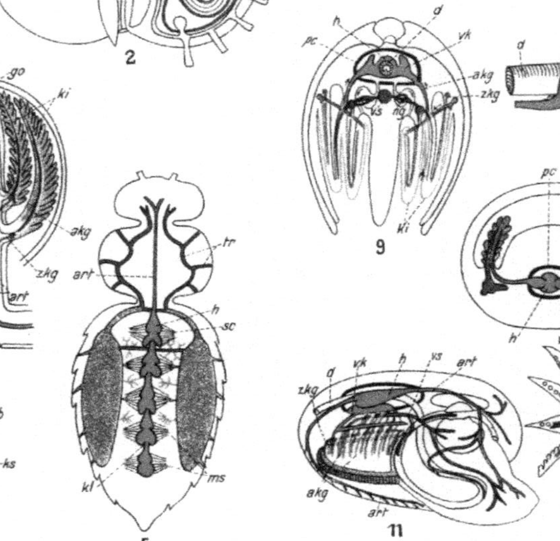

art = Arterien *akg* = abführendes Kiemengefäß *bm* = Bauchmark *cl* = Cloake *cö* = Cölomwand *d* = Darm *dg* = Dorsalgefäß *diss* = Dissepiment *dsch* = Gefäßschlinge um den Darm *end* = Endostyl *fl* = Fächerlunge *go* = Gonade *h* = Herz *kd* = Kiemendarm *kg* = Kiemengefäße *kh* = Kiemenherz *ki* = Kiemen *kl* = Klappen *ks* = Kiemenspalten *mdd* = Mitteldarmdrüse *ms* = Flügelmuskeln des Herzens *ng* = Nierengefäße *pb* = Peribranchialraum *pc* = Pericard *pp* = Parapodium *rad* = Radiärgefäß *so* = Spaltöffnungen *tr* = Tracheen *vg* = Ventralgefäß *vk* = Vorkammer *vs* = Venensinus *zkg* = zuführendes Kiemengefäß

Verlag von VEIT & COMP. in Leipzig.

Darmkanal der Wirbeltiere. Kau- u. Filterapparate.

Verdauungssystem **1**) einer Spinne, **2**) eines Fisches, **3**) eines Frosches. **4**) Spiraldarm der Selachier. **5**) Dünndarm mit Zotten. **6**) Vogeldarm mit Kropf und Kaumagen (aus Claus). **7**) Wiederkäuermagen (aus Claus). **8**) Kaumagen von Gryllotalpa. **9—12**) Filtermagen von Krebsen (nach Jordan). 9) Nebalia quer. 10) Nebalia längs. 11) Idothea (Assel). 12) Flußkrebs. **13**) Ruderbein eines Phyllopoden. **14**) Typen der zweiastigen Extremität. **15—17**) 1.—3. Maxillarfüße des Flußkrebses (nach Giesbrecht). **18**) Mandibel. **19**) 1. Maxille, **20**) 2. Maxille des Flußkrebses (nach Giesbrecht). **21**) Mandibel, **22**) 1. Maxille, **23**) 2. Maxille (Unterlippe) eines Insekts (Schema). **24, 25**) Mundteile der Küchenschabe. **26, 27**) Mundteile der Hummel. **28, 29**) Desgl. der Mücke. **30, 31**) Desgl. eines Schmetterlings (z. T. aus Hertwig).

Mundgliedmaßen.

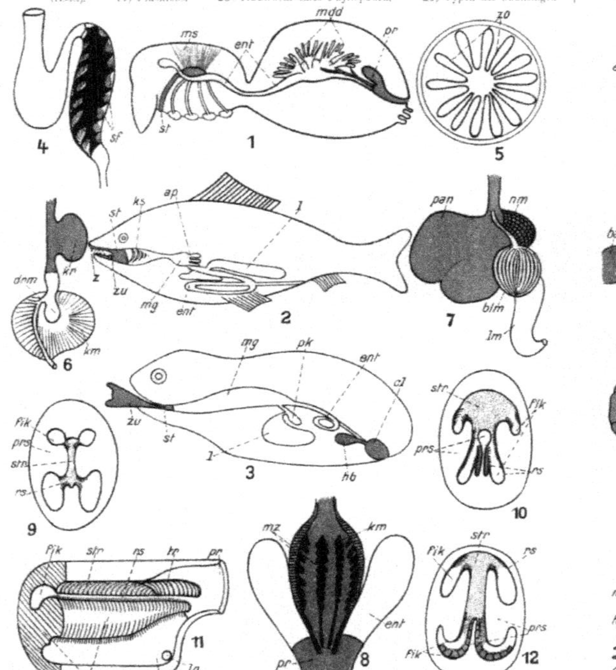

ap = Appendices pyloricae *at* = Antennen *ba* = Basipodit *blm* = Blättermagen *ca* = Cardo *cl* = Cloake *drm* = Drüsenmagen *en* = Endit *end* = Entopodit *ep* = Epipodit *ent* = entodermaler Darmteil *ex* = Exopodit *fik* = Filterkammer *g* = Galea *gl* = Glossa *hy* = Hypopharynx *km* = Kaumagen *kr* = Kropf *ks* = Kiemenspalten *l* = Leber *la* = Oberlippe *lac* = Lacinia *lb* = Unterlippe *lg* = Eingang zur Mitteldarmdrüse *lm* = Labmagen *m* = Mentum *md* = Mandibel *mdd* = Mitteldarmdrüse *mg* = Magen *ms* = Muskeln *mx* = 1. Maxille *mz* = Magenzähne *nm* = Netzmagen *pa* = Palpus *pal* = Palpus labialis *pam* = Palpus maxillaris *pan* = Pansen *pgl* = Paraglossa *pk* = Pankreas *pr* = Proktodäum *prs* = Filterpresse *rs* = Reuse *sf* = Spiralfalte *sm* = Submentum *sp* = Stipes *st* = Stomodäum *str* = Stauraum *tr* = trichterförmiger Ausgang des Stauraumes in das Proktodäum *z* = Zähne *zo* = Zotten des Dünndarms *zu* = Zunge

Verlag von VEIT & COMP. in Leipzig.

Verdauungssystem der Wirbellosen.

Verdauungssystem 1) einer Steinkoralle, 2) eines Strudelwurmes, 3) eines Schwammes, 4) eines Anneliden, 5) eines nieder.n Krebses (Daphnia), 6) eines höheren Krebses (Astacus), 7) eines Blutegels, 8) eines Insekts (Biene, nach Zander), 9) einer Muschel, 10) eines Tintenfisches, 11) eines Seeigels, 12) einer Ascidie, 13) eines Cirripeds, 14) einer Bryozoe, 15) eines Crinoids.

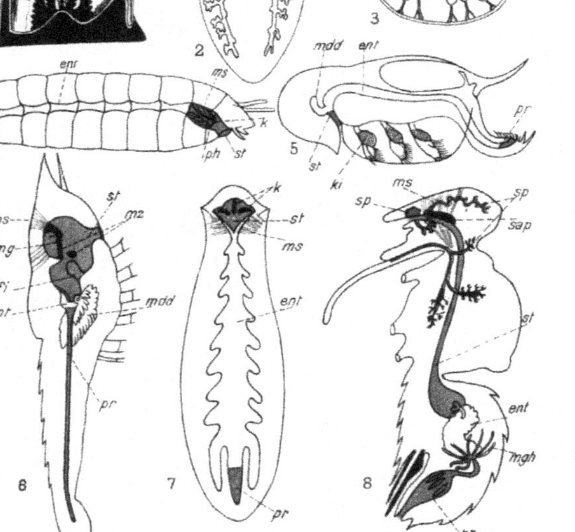

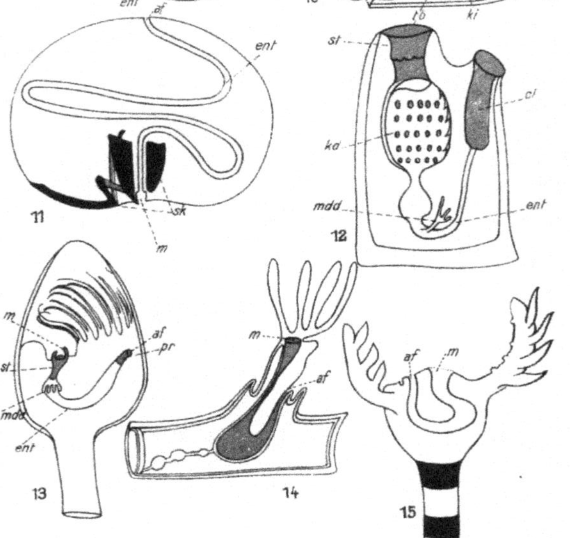

af = After *cl* = Cloake *ent* = entodermaler Darmteil *fi* = Filterapparat *gk* = Geißelkammern *hsp* = hintere Speicheldrüsen *k* = Kiefer *kd* = Kiemendarm *ki* = Kiemen *ks* = Kalksepten *m* = Mund *mdd* = Mitteldarmdrüse *mf* = Mesenterialfilamente *mg* = Magen *mgh* = Malpighische Gefäße *ms* = Muskeln *mz* = Magenzähne *osc* = Osculum *ph* = Pharynx *pr* = Proctodäum *rad* = Radula *sap* = Saugpumpe *sk* = Skelett *sp* = Speicheldrüsen *sr* = Schlundrohr *st* = Stomodäum *tb* = Tintenbeutel *ws* = Weichsepten

Verlag von VEIT & COMP. in Leipzig.

Muskulatur. Elektrische Organe.

1) Thorax- und Beinmuskulatur eines Käfers (Dytiscus) (kombiniert nach Bauer). 2) Beinmuskulatur des Frosches. 3) Elektrische Platte von Gymnotus (nach Ballowitz). 4) Elektrisches Organ und Nerven von Torpedo (nach Fritsch). 5) Elektrisches Organ von Torpedo auf dem Querschnitt (nach Fritsch). 6) Querschnitt durch Gymnotus (nach Sachs). 7) Elektrische Platten von Malapterurus (nach Ballowitz). 8—11) Entwicklung der elektrischen Platte aus Muskelzellen von Raja (schematisiert nach Engelmann).

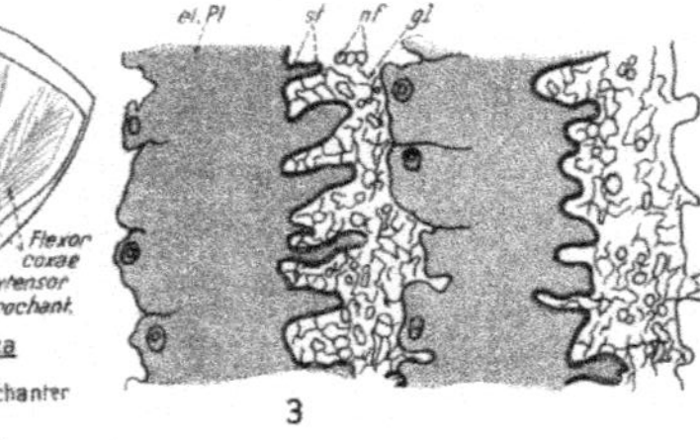
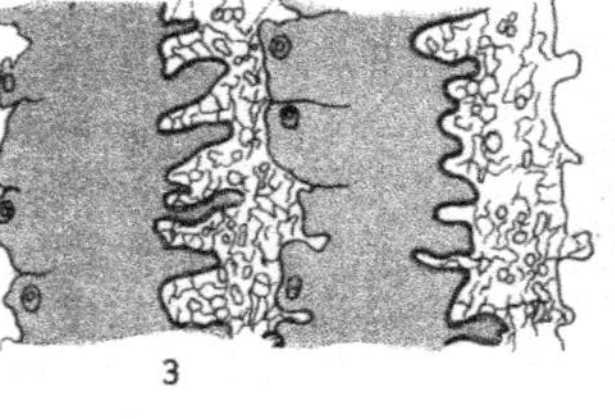
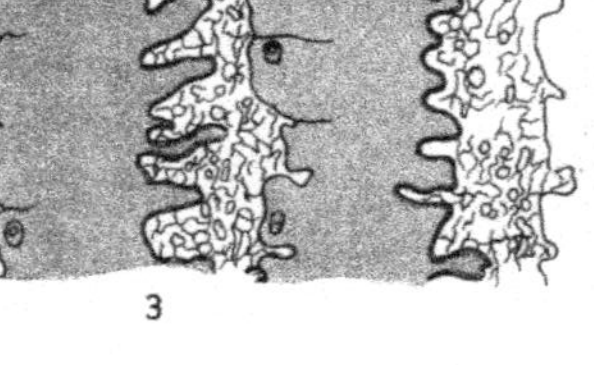
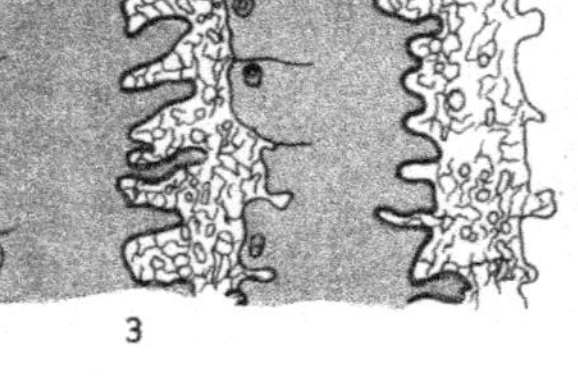
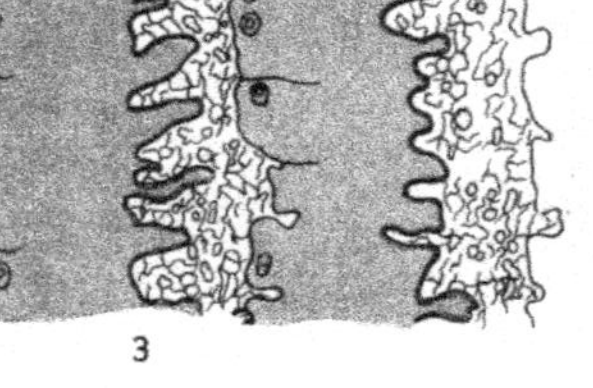
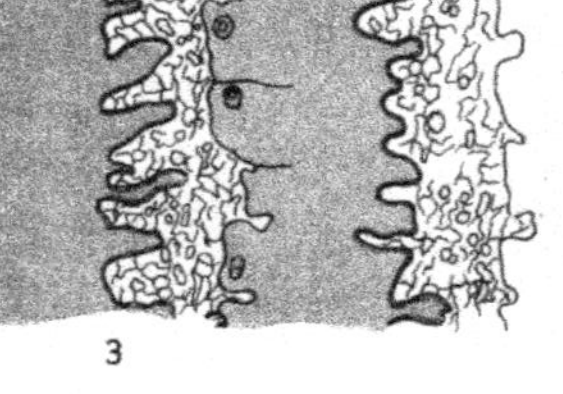
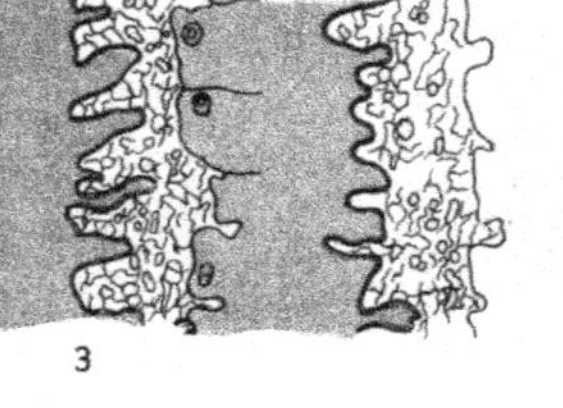
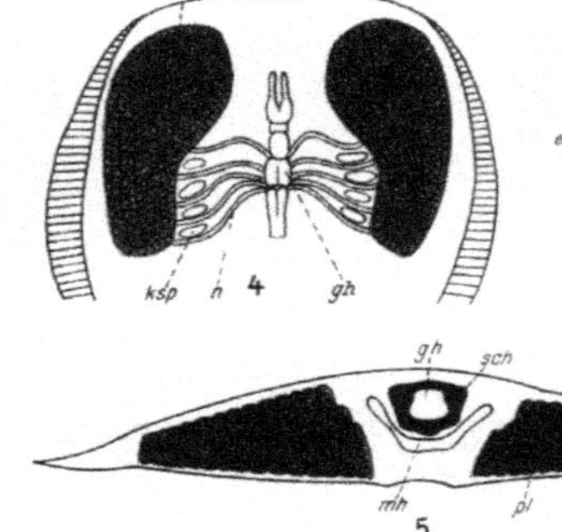
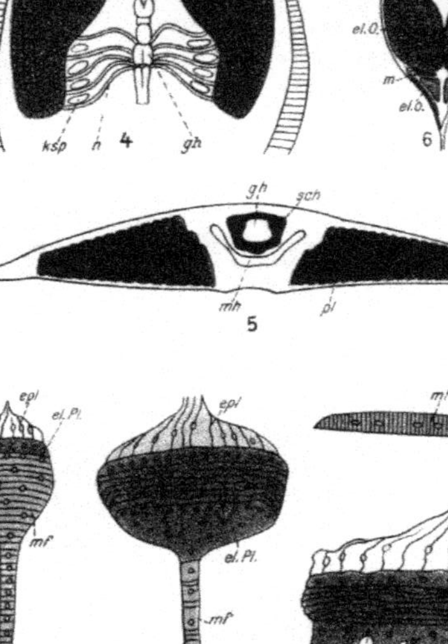
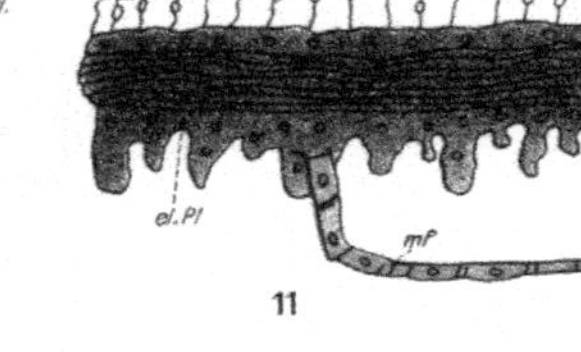

el. O. = elektrisches Organ   el. Pl. = elektrische Platte   epl = motorische Endplatte   gh = Gehirn   gl = Gallertschicht   ksp = Kiemenspalten   m = Rumpfmuskeln   mh = Mundhöhle   n = Nerven   nf = Nervenfasern   pl = Plattenreihe des elektrischen Organs   sch = Schädel   st = Stäbchensaum der elektrischen Platte   ws = Wirbelsäule

Verlag von VEIT & COMP. in Leipzig

an seinem gegen die Leibeshöhle gerichteten Ende durch Zellen verschlossen, so daß der Übertritt der Exkretionsstoffe in den Nierenkanal nur durch das Plasma der Zellen erfolgen kann. Die Verschlußzellen dieser Protonephridien sind stets durch den Besitz von Wimpern oder Geißeln ausgezeichnet, welche in das Lumen des Nierenkanals hineinschlagen und dort einen lebhaften abführenden Flüssigkeitsstrom unterhalten. Die Form dieser Terminalzellen ist sehr wechselnd, oft sind sie unregelmäßig polyedrisch, wie bei vielen Plattwürmern, in anderen Fällen keulenförmig, oder sie besitzen einen kleinen kugeligen Körper mit einem langen dünnen röhrenförmigen Fortsatz, der dem Nierenkanal aufsitzt und in dem eine lange Geisel schwingt. Der letzte Typus, den wir hauptsächlich bei Anneliden und interessanterweise auch beim Amphioxus finden, wird als Solenocyten (XXXIII, 2) bezeichnet.

Nach der Verteilung in der Tierreihe erweisen sich die Protonephridien als der ursprünglichere Typus. Wir finden sie überall da, wo nur die primäre Leibeshöhle entwickelt ist, also bei den Plattwürmern (XXXII, 1; XXXIII, 11), Rädertieren (XXXIII, 10) und den Larvenformen, der höheren Tierkreise, speziell der Anneliden und Mollusken (vgl. S. 64, Taf. IV, 6; VI, 13).

Mit der Ausbildung des Zöloms setzt der zweite Typus, der der Nephridien im engeren Sinne ein. Er kennzeichnet sich dadurch, daß das innere Ende des Nierenkanals sich in die Leibeshöhle mit einer trichterförmigen Mündung, dem Nephrostom oder Nierentrichter öffnet (XXXIII, 3), dessen Zellen mit Wimperhaaren besetzt sind. Hier besteht also die Möglichkeit eines direkten Transportes von Exkretionsstoffen aus der Leibeshöhle nach außen. Vielleicht hängt die Ausbildung dieser Einrichtung damit zusammen, daß bei den Tieren mit Nephridien vielfach Zellen auftreten, die sich mit Exkretstoffen beladen und dann in die Leibeshöhle ausgestoßen werden (Speichernieren). Zu ihrer Beseitigung muß naturgemäß eine direkte Verbindung nach außen geschaffen werden. Wir können die Ausbildung dieser Nephridien innerhalb der Anneliden gut verfolgen, wo nebeneinander bei verschiedenen Gruppen Protonephridien oder echte Nephridien entwickelt sind (XXXIII, 5, 6). Es kommt im Prinzip bei den Anneliden in jedem Segment ein Paar Nephridien zur Ausbildung, wonach man diese auch als Segmentalorgane bezeichnet hat (XXXII, 4). Ihr Bau kann im einzelnen sehr verwickelt werden, indem der Nierenkanal in mehrfache Windungen gelegt ist, deren Lumen verschieden eng und deren Wandzellen von verschiedener histologischer Beschaffenheit sein können. Dies hängt damit zusammen, daß der Austausch der Exkretstoffe keineswegs auf das Nephrostom beschränkt ist, vielmehr wahrscheinlich zum weitaus größten Teil nach Art der Protonephridien durch die Wandzellen erfolgt.

Auf den Nephridientypus der Anneliden lassen sich auch die Exkretionsorgane der Arthropoden und Mollusken zurückführen. Ihre Zahl ist dort wesentlich geringer, dafür aber der Umfang des Einzelorgans bedeutend größer. Bei den Krustazeen erhalten sich nur zwei funktionsfähige Nephridienpaare, die dem Segment der zweiten Maxille oder der zweiten Antenne angehören. Der erste Typus findet sich hauptsächlich bei den niederen Krebsen, so die Schalendrüse der Daphniden, der zweite bei den höheren, so die sogenannte grüne Drüse des Flußkrebses (XXXII, 8); in manchen Fällen kommen auch beide Paare nebeneinander vor. Der Bau dieser Organe stimmt in allen Punkten mit dem der Anneliden überein, nur öffnet sich das innere Ende nicht in die Leibeshöhle, sondern es sitzt ihm ein mehr oder weniger geräumiges Endsäckchen auf. Dieses ist jedoch entwicklungsgeschichtlich nichts anderes als ein abgeschlossen bleibender Teil der Zölomanlage, die ja bei Arthropoden in der Hauptsache sich gegen die primäre Leibeshöhle öffnet. Ganz ähnlich liegen die Verhältnisse bei den Mollusken (XXXII, 5, 6, 10). Auch dort ist stets nur ein Paar Nephridien vorhanden — bei den Schnecken wird sogar vielfach eins davon rückgebildet — und auch diese öffnen sich nach innen in einen abgekapselten Teil des Zöloms, das Pericard.

Zum besseren Durchtritt der Exkretstoffe sehen wir nun diese umfangreicher werdenden Nephridien besondere Beziehungen zum Gefäßsystem gewinnen. Dies bahnt sich einmal bei den höheren Krebsen an. Dort gewinnt das Endsäckchen bedeutende Ausbildung und legt sich vielfach zur Vergrößerung der Oberfläche in tiefe Falten, welche von Blutflüssigkeit umspült werden; so entsteht eine große Diffusionsfläche zwischen Blut- und Nierenflüssigkeit (XXXIII, 4). In etwas anderer Weise wird der gleiche Zweck bei den Mollusken erreicht. Dort ist es die Schlinge des Nephridialkanals selbst, deren erster Abschnitt sich zu einem geräumigen Sack erweitert, in dessen Inneres blutgefäßführende Falten der Wand hineinhängen. Die höchste Ausbildung erreicht dieser Typus in den Harnsäcken der Cephalopoden, in welche baumförmig reich verästelte Wandfalten, die sogenannten Venenanhänge, vorspringen (XXXII, 10).

Auch die Nieren der Wirbeltiere lassen sich durchaus auf das Schema der Nephridien zurückführen. Wir finden als erste Anlage eine Reihe von metamer angeordneten Nephridialkanälen, welche mit Nephrostomen in die Leibeshöhle münden und mit ihren äußeren Enden sich zu einem Sammelgang vereinigen, der nach hinten zieht und in die Kloake mündet. Im einzelnen tritt uns das Exkretionssystem der Wirbeltiere in drei Ausbildungsformen entgegen, welche sich phylogenetisch und ontogenetisch ablösen (XXXIII, 8). Das erste ist das System der Vorniere (Pronephros), das bei den Cyclostomen noch im erwachsenen Zustande funktioniert, bei den höheren Formen dagegen nur in der Embryonalperiode ausgebildet ist. Diese Vorniere besteht aus einer wechselnden Anzahl von Vornierenkanälchen und einem Sammelgang, dem Vornierengang. Kaudal von den Vornierenkanälchen legen sich nun eine Anzahl weiterer metamer geordneter Nierenkanälchen an, welche zusammen die Urniere (Mesonephros) bilden. Sie münden in den Vornierengang aus, der damit zum Urnierengang wird. Nach seinem Entdecker wird dieser auch oft als Wolffscher Gang bezeichnet. Diese Urniere ist das hauptsächlichste Exkretionsorgan der Fische und Amphibien. Bei den Amnioten dagegen wird sie durch den dritten Typus, die definitive Niere (Metanephros) abgelöst. Auch diese setzt sich aus zahlreichen einzelnen Nierenkanälchen zusammen, gewinnt aber einen besonderen Ausführungsgang, der aus dem Wolffschen Gang hervorsproßt, den Harnleiter oder Ureter.

Auch diese Nephridien der Wirbeltiere gewinnen nun besondere Beziehungen zum Blutgefäßsystem. Schon beim Amphioxus findet sich in der Nachbarschaft eines jeden Nierenkanälchens ein Blutgefäßnetz und in gleicher Weise sieht man schon bei der Vorniere Gefäßzweige, die von der Aorta ausgehen, an die Nierenkanälchen herantreten und dort in ein vielfach gewundenes, eng verknäueltes Gefäß übergehen, den sogenannten Malpighischen Knäuel (XXXIII, 7). Das Nierenkanälchen sendet diesem Gefäßknäuel einen Sproß entgegen, in dessen blasenförmiges Endstück der Malpighische Knäuel sich einstülpt. In dieser Endblase, der sogenannten Bowmanschen Kapsel erfolgt dann der Durchtritt der Exkretionsstoffe; der ganze so entstandene Apparat wird als Glomerulus bezeichnet.

Je zahlreicher und besser diese Glomeruli sich ausbilden, desto mehr treten die Nephrostome an Bedeutung zurück. Wir finden sie in der Urniere der Amphibien noch wohl ausgebildet und funktionierend, ihre Zahl kann sogar durch sekundäre Sprossung von den einzelnen Nephridialkanälen auf mehrere Tausend in einer Niere steigen. Der Urnierenanlage der Amnioten fehlen dagegen die Nephrostome vielfach und in der definitiven Niere kommen sie niemals mehr zur Ausbildung. Dafür erreicht dort der Austausch mit dem Blut die höchste Entwicklung, denn außer an die Glomeruli treten auch an die vielfach gewundenen Schleifen der Harnkanälchen Blutgefäße heran. Von den Säugetieren im speziellen wissen wir, daß an letzteren Stellen fast ausschließlich der Durchtritt der Exkretstoffe erfolgt, während die Glomeruli hauptsächlich der Wasserausscheidung dienen (XXXIII, 9).

Bei einigen Tiergruppen finden wir Exkretionsorgane, die sich nur schwer oder gar nicht auf den Typus der Nephridien zurückführen lassen. So sind bei den Nematoden (XXXII, 16, 17) die Nieren als zwei Kanäle entwickelt, welche zu beiden Seiten des Körpers zwischen der Muskulatur in den sogenannten Seitenlinien verlaufen. Sie bestehen jederseits nur aus einer riesigen Zelle, die von einem Kanal durchzogen wird, welcher mit dem der anderen Seite zusammen auf der Bauchfläche der Schlundgegend mündet. Irgendwelche Wimperapparate fehlen vollkommen. Läßt sich dieser Typus noch mit einer gewissen Wahrscheinlichkeit auf ein Protonephridium zurückführen, so stellen die Exkretionsorgane vieler landlebender Arthropoden, nämlich der Spinnen und Insekten, wohl sicher eine eigene Bildung dar. Sie bestehen in einer wechselnden Anzahl blind geschlossener Schläuche (XXXII, 7), welche in den hinteren Darmabschnitt münden, und zwar merkwürdigerweise bei den Spinnen in den letzten Teil des entodermalen Mitteldarmes, bei den Insekten dagegen in den Anfang des ektodermalen Enddarmes. Nach ihrem Entdecker werden sie als Malpighische Gefäße bezeichnet. Auch hier erfolgt die Aufnahme der Exkretstoffe durch die Wandzellen und es fehlt jede Spur einer Bewimperung. Die Zahl der Malpighischen Gefäße ist meist gering, 2,4 oder 6, kann aber z. B. bei manchen Heuschrecken auf mehrere 100 steigen, die entweder einzeln oder mit einem gemeinsamen Stiel in den Darm münden.

20. Die Geschlechtsorgane.

Mit den Exkretionsorganen tritt das System der Fortpflanzungsorgane vielfach in so enge Beziehungen, daß man sich in der vergleichenden Anatomie gewöhnt hat, sie mit dem gemeinsamen Namen des Urogenitalsystems zusammenzufassen. Diese Verbindung ist jedoch eine sekundär erworbene und bezieht sich lediglich auf die ausleitenden Wege.

Bei den niedersten Metazoen können wir von Geschlechtsorganen im eigentlichen Sinne noch gar nicht reden. Die Fortpflanzungsprodukte entwickeln sich vielmehr zur Zeit der Geschlechtsreife an den verschiedensten Körperstellen zwischen den übrigen Geweben. Bei den Schwämmen (XXXII, 2) geschieht dies in dem mesenchymatischen Zwischengewebe, bei den Cnidariern im Ektoderm oder Entoderm (XXXII, 3). Irgendwelche Ausführgänge existieren noch nicht, sondern die reifen Geschlechtszellen gelangen durch Platzen der Wand entweder direkt ins Freie oder in das Gastrovascularsystem. Auch bei den niederen Würmern zeigen die Geschlechtsorgane noch den sogenannten diffusen Typus, d. h. es bilden sich an verschiedenen Körperstellen Ansammlungen von Geschlechtszellen, ohne scharfe Abgrenzung von den übrigen Geweben. Es entsteht dagegen hier ein System von Sammelgängen, die durch eine gemeinsame Mündung meist auf der Ventralseite sich öffnen. Bei vielen Turbellarien (XXXII, 1) zeigen diese Gonaden eine typisch metamere Anordnung. Wie wir früher gesehen haben (vgl. S. 66, Taf. IV 12, 14), hat man diese Erscheinung als Ausgangspunkt für einen Erklärungsversuch zur Entstehung der Segmentierung benutzt, die sogenannte Gonozöltheorie. Stellt man sich nämlich vor, daß in jeder solchen Gonade ein Hohlraum auftritt, so erhält man die paarigen, durch segmentale Scheidewände getrennten Zölomhöhlen, wie sie typisch uns bei den Anneliden entgegentreten. Wie weit diese Theorie zutreffend und allgemein gültig ist, sei dahingestellt, jedenfalls weist sie auf die wichtige Tatsache hin, daß bei allen Tieren, welche ein Zölom besitzen, die Geschlechtszellen sich in seiner Wandung entwickeln. Es kann die Bildungsstätte auch in diesem Falle zunächst eine diffuse sein, so entstehen bei den meisten Anneliden (XXXII, 4) die Geschlechtsprodukte in unscharf begrenzten Wucherungen der Zölomwand. Mit eintretender Reife fallen sie in die Leibeshöhle und werden aus ihr durch besondere Ausführgänge, die Gonodukte, entleert. Während bei den Polychäten fast alle Segmente Geschlechtsprodukte erzeugen, reduziert sich diese Zahl bei den Oligochäten mehr und mehr, der Regenwurm beispielsweise besitzt nur noch zwei Paar Hoden und ein Paar Ovarien (vgl. S. 67, Taf. IV, 10).

Bei den Anneliden bahnt sich nun zum ersten Male die Beziehung der Geschlechtsorgane zu den Exkretionsorganen an. Die Ausführungsgänge beider führen ja aus dem Zölom nach außen, und so kann leicht der Fall eintreten, daß sie sich verbinden und zwar münden dann, soweit wir entwicklungsgeschichtlich wissen, die Gonodukte in die Nephridien ein. Dies kann sowohl eintreten bei denjenigen Anneliden, welche noch Protonephridien besitzen, als bei denen mit echten Nephridien. Im ersteren Falle (XXXIII, 5, 5a) sitzt dem Protonephridialkanal seitlich der Gonodukt an, der mit einer trichterförmigen bewimperten Öffnung in die Leibeshöhle mündet; im zweiten Falle (XXXIII, 6, 6a) geht die Verschmelzung viel weiter und die beiden Trichter vereinigen sich zu einem umfangreichen Endorgan (Nephromixium).

Bei Arthropoden und Mollusken treffen wir nun wohlabgegrenzte Geschlechtsorgane, und diese Erscheinung hängt wohl letzten Endes mit der Umbildung des Zöloms zusammen. Wie wir sahen, wird bei den Mollusken (XXXII, 5, 6, 10) das Zölom stark reduziert und beschränkt sich wesentlich auf drei nicht sehr umfangreiche Räume, die Niere, den Herzbeutel und die Gonadenhöhle. Letztere wird nun von den Geschlechtsprodukten fast vollkommen ausgefüllt und so entsteht eine typische, mit eigener Wandung von der Umgebung abgegrenzte Geschlechtsdrüse. Vielfach verschmelzen die ursprünglich paarigen Zölomanlagen und es entsteht dann eine unpaare Gonade. Aus dieser führen dann aber paarige Gonodukte nach außen (XXXII, 6), nur selten wie bei den Schnecken und den Cephalopoden wird einer davon rückgebildet.

Auch bei den Arthropoden (XXXII, 7, 8) finden wir abgekapselte Gonadensäcke, die wohl überall letzten Endes von der Zölomwand abstammen. Ein Anzeichen dafür ist, daß sie immer unmittelbar in die Gonodukte übergehen. Bei den Insekten erkennt man diese Beziehung auch noch daran, daß die Spitze der Geschlechtsdrüse durch einen Endfaden mit der Herzwand, einem Teil des Zölomepithels, zusammenhängt. Fast stets ist bei den Arthropoden ein Paar von Geschlechtsdrüsen entwickelt, die gelegentlich wie z. B. beim Flußkrebs teilweise verschmelzen können. Ob die metamere Ausbildung, wie sie bei den Ovarien mancher niederer Kruster und Insekten auftritt, auf ursprünglicher Segmentierung beruht, ist mindestens zweifelhaft.

Auch bei den Wirbeltieren entstehen die Gonaden in der Wand des Zöloms. Diese wölbt sich dort bruchsackartig vor (XXXII, 11, 13; XXXIII, 7), so daß eine wohlabgegrenzte Keimdrüse zur Ausbildung kommt. Eine Ausführung der Geschlechtsprodukte durch Gänge, die direkt mit der Gonade zusammenhängen, finden wir nur unter den Fischen und vor allem bei den Teleostiern (XXXII, 12). Bei manchen von ihnen, z. B. den Lachsen, fallen die Geschlechtsprodukte einfach in die Leibeshöhle und werden daraus durch besondere Mündungen, die Pori abdominales, entleert. Meist aber erhebt sich von der Hinterwand des Zöloms eine Falte, welche die Gonade umwächst und zunächst eine Rinne, später einen geschlossenen Kanal bildet, der unmittelbar von der Keimdrüse zur Mündungsstelle führt. Dies gilt für beide Geschlechter in gleicher Weise. Bei den anderen Gruppen dagegen, unter den Fischen bereits vor allem bei den Selachiern, tritt zwischen beiden Geschlechtern ein grundlegender Unterschied auf, dadurch, daß beim Männchen die Urniere zum ausleitenden Apparat für das Sperma wird. Es wachsen (XXXIV, 2) vom vorderen Teile der Urniere Kanälchen in den Hoden hinein und treten dort mit den Samenkanälchen in Verbindung. Durch diese Gänge, Vasa efferentia, wird das Sperma in den vorderen Abschnitt der Urniere geleitet, tritt dort in die Harnkanälchen ein und fließt in ihnen bis zum Urnierengang, durch den es dann nach außen entleert wird. Er funktioniert demnach als Harn-Samenleiter. Bei Selachiern und Amphibien versieht die Urniere beide Funktionen als harnbereitender und samenleitender Apparat nebeneinander. Oft bahnt sich dafür eine räumliche Trennung an, indem der vordere Abschnitt sich verschmälert und lediglich der Samenleitung dient, während der hintere Abschnitt als eigentliches Harnorgan erhalten bleibt. Besonders deutlich ist die Trennung in eine exkretorische und eine Geschlechts-Urniere bei den Selachiern (XXXIV, 2) und bei den Urodelen unter den Amphibien ausgesprochen. Offenbar ist aber der ganze Mechanismus physiologisch nicht besonders zweckmäßig und hierin liegt wohl ein wesentlicher Grund, daß die Urniere bei allen Amnioten ihre exkretorische Funktion aufgibt. Sie bleibt aber beim Männchen dauernd als ausleitender Apparat erhalten und wird zum Nebenhoden. Sie verkürzt sich dabei und legt sich dem Hoden eng an. Der Wolffsche Gang erhält sich demgemäß ebenfalls als Samenleiter (Vas deferens) (XXXIV, 3—6).

Im weiblichen Geschlecht entwickeln sich die Dinge wesentlich anders. Dort tritt nämlich ein besonderer Gonodukt auf, der die Eier, welche durch Platzen der Ovarienwand in die Leibeshöhle gelangen, aufnimmt und nach außen leitet. Dieser sogenannte Müllersche Gang entsteht entwicklungsgeschichtlich in unmittelbarer Nachbarschaft des Wolffschen Ganges und man findet vielfach die Auffassung vertreten, daß er durch Abspaltung aus ihm hervorgeht. Der Nachweis dafür ist aber durchaus nicht einwandfrei geführt. Wahrscheinlicher ist wohl, daß es sich um einen gesonderten Gonodukt handelt. Vielleicht sind die von Boveri begründeten Vorstellungen geeignet, hier Klarheit zu schaffen. Beim Amphioxus münden nämlich, wie er nachwies, die Nephridialkanälchen unabhängig voneinander in den Peribranchialraum aus (XXXII, 11). Boveri meint nun, daß dieser ganze Raum dem späteren Wolffschen Gang gleichzusetzen sei. In denselben Raum aber gelangen auch die Geschlechtsprodukte durch Platzen der Zölomwand. Es ist nun sehr gut denkbar, daß bei der Verengerung des Peribranchialraums zum Wolffschen Gange die kleinen Spermatozoen mit dem Harn zusammen ausgeleitet werden konnten, daß dagegen für die Eier, welche bei fast allen Wirbeltieren groß und dotterreich sind, ein eigener Ausführgang geschaffen werden mußte. Er muß dann bei der Umbildung des Peribranchialraumes zum Urnierengang in unmittelbarer Nachbarschaft des letzteren liegen, ohne doch im eigentlichen Sinne aus ihm hervorzugehen. Leitet man den Müllerschen Gang direkt vom Wolffschen ab, so ist schwer verständlich, warum diese Teilung auch im männlichen Geschlecht auftritt und sich dort der Müllersche Gang nicht nur bei den Selachiern und Amphibien (XXXIV, 2) wohlausgebildet erhält, sondern bis zu den Säugetieren hinauf in rudimentärer Form auftritt (Uterus masculinus der Säuger (XXXIV, 6). Bei der Annahme eines selbständigen Organes dagegen ist dies Verhalten ohne weiteres zu begreifen. Dieser Müllersche Gang oder Ovidukt stellt einen langen, oft stark gefalteten Kanal dar, dessen inneres Ende mit einer großen Öffnung, dem Ostium tubae, in das Zölom mündet (XXXIV, 7—10). Er erhält sich bei allen höheren Wirbeltieren in prinzipiell gleicher Weise, nur bei den Vögeln wird der rechte zurückgebildet. Auch bei den Weibchen der Amnioten finden wir noch Reste der Urniere, die aber nach der Ausbildung der definitiven Niere ohne Funktion sind, da sie mit dem Geschlechtsapparat keine Beziehungen gewinnen. Sie werden zum Nebeneierstock (Parovarium) und sind bis zu den Säugern hinauf nachweisbar. Ebenso erhalten sich Reste des Wolffschen Ganges, münden aber nur in seltenen Fällen noch nach außen (XXXIV, 8, 9).

Eine besondere Behandlung erfordern nun noch die Endabschnitte des Urogenitalsystems der Wirbeltiere. Bei den Teleostiern haben wir insofern sehr klare Verhältnisse, als alle Gänge voneinander unabhängig sind (XXXIV, 1, 7). Hinter dem After münden zunächst die Gonodukte und dicht hinter diesen, oft mit ihnen zusammen auf einer sogenannten Genitalpapille, die Urnierengänge. Bei den übrigen Gruppen entwickelt sich eine ektodermale Einstülpung, die Kloake, in die Darm und Urogenitalapparat gemeinsam münden. Dazu gesellt sich noch ein Sammelapparat für den Harn, die Harnblase. Diese ist nur bei den Knochenfischen eine Erweiterung des

Harnleiters, bei allen anderen entsteht sie als ventrale Ausstülpung der Kloakenwand, hat also ursprünglich gar nichts mit dem Harnapparat zu tun (XXXIV, 1, 3). Zunächst münden nun die Urogenitalgänge hinter dem Darm (dorsal) in die Kloake (XXXIV, 2, 3, 8), im Laufe der Phylogenese zeigen sie aber das Bestreben, auf die Ventralseite zu rücken. Sehr schön läßt sich dies bei den Reptilien beobachten. Dort münden sie bei den Eidechsen noch hinter dem Darm, bei den Schildkröten dagegen ventral davon in den Ausgang der Harnblase (XXXIV, 4, 5). Diese zeigt mehr und mehr die Tendenz, sich vom Darm zu trennen und einen gesonderten Raum, den Sinus urogenitalis, zu bilden. Diese Entwicklung erreicht ihren Höhepunkt bei den Säugern. Dort hat sich zwischen Darm und Sinus urogenitalis eine Scheidewand gebildet, der Damm, und Ureter und Vas deferens bzw. Ovidukt münden jetzt vor dem After. Dabei ist der Ureter ganz auf den oberen Teil der Harnblase gerückt, die Lagebeziehungen haben sich also gegenüber denen der Knochenfische genau umgekehrt (XXXIV, 6, 10).

Der männliche und weibliche Apparat erfahren nun in der Tierreihe eine ganz verschiedene Ausbildung, die durch die sehr verschiedene biologische Leistung bedingt ist. Die männlichen Geschlechtszellen sind zahlreicher, aber sehr klein, die weiblichen dagegen in den meisten Fällen durch die Anhäufung von Nährstoffen für den sich entwickelnden Embryo sehr groß. Die Anreicherung mit Dottermaterial hat vielfach zu besonderen Einrichtungen im weiblichen Geschlechtsapparat geführt. Im einfachsten Falle entnehmen die wachsenden Eizellen das Nährmaterial der umspülenden Flüssigkeit. Damit hängt zusammen, daß oft die Oberfläche des Ovars durch Faltenbildung sehr vergrößert wird, wie es die weibliche Keimdrüse eines Frosches zeigt (XXXIII, 16). Oft springen die reifenden Eier weit in die Leibeshöhle vor wie bei Sauropsiden und Spinnen (XXXIII, 17). In anderen Fällen wie z. B. bei Säugetieren wird das äußerlich glattwandige Ovar von Bindegewebssträngen durchzogen, in denen Blutgefäße verlaufen (XXXIII, 18). Selten kommt sogar eine direkte Ernährung der Eier durch Blutgefäße zustande; bei den Tintenfischen wird die Oberfläche des Eies durch blutgefäßführende Bindegewebsfalten von allen Seiten eingebuchtet, so daß auf einem Schnitt eine eigentümliche Sternfigur entsteht (XXXIII, 15).

In vielen Fällen treten uns aber auch besondere Vorrichtungen zur Ernährung der Eier entgegen. Sie sind in zwei ganz verschiedenen Typen ausgebildet. In einem Falle werden Eizellen selbst als Nährmaterial verwendet. Dies finden wir schon unter den Zölenteraten, z. B. bei Hydra. Dort entsteht (XXXIII, 13) im Ektoderm zunächst eine etwa scheibenförmige Ansammlung junger Keimzellen. Von diesen wächst eine, meist die im Mittelpunkt gelegene, stärker heran. Nach einiger Zeit stellen die äußeren Zellen ihr Wachstum ein, ihr Plasma wandelt sich in Dottersubstanz um, die Grenzen gegen die mittlere Eizelle schwinden und so verleibt sich die heranwachsende Zelle nach und nach ihre Geschwisterzellen ein. Die gleiche Einrichtung abortiver Eizellen, die zu Nährzellen werden, findet sich weitverbreitet bei den Arthropoden. Im Ovarium der Entomostraken wie z. B. der Daphniden treten die Eizellen in Gruppen von je vier auf (XXXIII, 14). Von diesen wird jeweils die dritte zum definitiven Ei, das die drei anderen als Nährzellen verbraucht. Bei der Bildung der Wintereier, die viel dotterreicher sind, als die sich parthenogenetisch entwickelnden Sommereier (vgl. S. 218), werden mehrere Keimzellgruppen zur Bildung eines Eies verwendet. Ähnlich liegen die Verhältnisse im Ovar der Insekten (XXXIII, 12a—c). Dies besteht gewöhnlich aus zahlreichen Eiröhren (XXXII, 7). Jede Einzelröhre beginnt mit einer Endkammer, in der große Mengen jugendlicher Zellen liegen. Diese wachsen während des Vorrückens gegen den Eileiter heran und ordnen sich in einer Reihe. Während bei manchen Insekten wie z. B. den meisten Orthopteren (XXXIII, 12a) Eikammer auf Eikammer folgt, in deren jeder ein von Follikelzellen umgebenes Ei liegt, schiebt sich bei anderen wie den Coleopteren zwischen jede Eikammer eine Nährkammer ein (XXXIII, 12b), in der sieben abortiv werdende Eizellen liegen. Diese sind zunächst kaum kleiner als die definitive Eizelle und wachsen lebhaft. Nach einiger Zeit bemerkt man aber eine Rückbildung, die sich besonders in Degeneration des Kernes ausspricht. Schließlich wandelt sich der Zelleib in Dottermaterial um, das von der Eizelle dadurch aufgenommen wird, daß sie einen Plasmafortsatz in die Nährkammer hineinsendet. Am Schlusse der Entwicklung sind die Nährzellen völlig verschwunden. Bei den Blattläusen unter den Rhynchoten erfolgt die Ernährung der definitiven Eizellen von der Endkammer aus (XXXIII, 12c). Jede der Eizellen, die in einer Reihe hintereinander von Follikelzellen umgeben folgen, steht durch einen Nährstrang mit der Endkammer in Verbindung und durch diesen wird Dotter, der durch Zerfall von jugendlichen Keimzellen entsteht, dem Ei zugeleitet.

Bei vielen Würmern hat die Bildung von Nährzellen zu sehr eigentümlichen Differenzierungen der Geschlechtsdrüsen geführt. Bei den Rotatorien sehen wir das Ovar in zwei Teile zerfallen (XXXIII, 10). Von diesen produziert nur der eine echte Eizellen, der andere dagegen Dotterzellen. Diese werden dem Ei beigefügt, wenn es in den Eileiter eingetreten ist. So kommt es zur Bildung sogenannter Dotterstöcke, wie wir sie am typischsten bei den Plattwürmern ausgebildet finden. Schon bei den Turbellarien finden wir nur ein im Vorderkörper gelegenes Ovar, dagegen eine ganze Reihe metamer angeordneter Dotterstöcke (XXXII, 1). Sie münden in den gemeinsamen Eileiter ein. Vergleicht man diese Anordnung mit der Ausbildung des männlichen Apparates, wo regelmäßig metamer angeordnete Hoden auftreten, so drängt sich einem der Gedanke auf, daß die Dotterstöcke ursprünglich Ovarien gewesen sein müssen, deren Eizellen alle zu Nährzellen degeneriert sind. Die gleiche Trennung eines Ovars und zahlreicher Dotterstöcke kommt auch den Trematoden (XXXIII, 11) und Cestoden zu. Dort münden Dottergänge und Ausführgang des Ovars zusammen in die Schalendrüse, den Ootyp. Die Dotterzellen legen sich darin der Eizelle mantelförmig an und werden mit ihr gemeinsam von den Drüsenzellen der Ootypwand mit einer Schale umhüllt. Die Verwendung der Dotterzellen als Nährmaterial erfolgt dann erst während der Entwicklung des Embryos.

Auf ganz anderer Grundlage erfolgt die Versorgung des Keimes mit Nährmaterial dort, wo durch besondere Drüsen die eigentliche Eizelle von nahrhaften Sekreten umhüllt wird. Dies geschieht bei vielen Mollusken. Bei der Weinbergschnecke z. B. liegen in der Wand des Eileiters zahlreiche Drüsenzellen, die sogar einen besonderen Anhang, die Eiweißdrüse, bilden (XXXIII, 19). Sie liefern ein flüssiges Eiweißsekret, das die Eizelle umhüllt, das ganze wird dann im unteren Abschnitt des Ovidukts von einer Kalkschale umgeben. Genau so ist im Prinzip die Nährstoffversorgung bei Reptilien und Vögeln. Im Hühnerei (XXXIV, 12) stellt das Eigelb die eigentliche, auch schon an Reservestoffen sehr reiche Eizelle dar; diese wird dann vom Eiweiß, dem Sekret der Eileiterdrüsen umhüllt, und auf dieses folgt die Kalkschale. Auch bei den Selachiern finden wir vielfach ähnliche Verhältnisse, nur besteht die äußere Hülle aus einer elastischen hornartigen Substanz.

Ganz besondere Modifikationen treten endlich am weiblichen Geschlechtsapparat ein, wenn die Entwicklung des Embryo im mütterlichen Körper erfolgt, die Tiere also lebendig gebärend sind. Dann muß zunächst ein Raum geschaffen werden, in dem die Entwicklung der Jungen vor sich gehen kann. Nur in sehr seltenen Fällen wie bei manchen Fischen dient dazu das Ovar selbst, meist der Eileiter. Er erweitert sich dann zu einer geräumigen Höhle, die man gewöhnlich als Uterus bezeichnet. Wir finden etwas derartiges unter den Wirbeltieren schon beim Frosch. Dort sammeln sich darin die Eier an, bis sie jeweils in größeren Portionen zusammen abgesetzt werden. Bei manchen Salamandern durchlaufen sie aber darin einen größeren oder geringeren Teil ihrer Entwicklung, beim Alpensalamander, S. atra, werden sie als vollentwickelte Tiere geboren (vgl. S. 165). Ähnlich liegen die Dinge unter den Reptilien bei der Blindschleiche. Auch viele Insekten zeigen den gleichen Typus; wir finden alle Stadien von dem Fall, daß nur die eigentliche Embryonalentwicklung im Uterus durchlaufen und das Tier als typische Larve geboren wird bis dahin, daß die ganze Larvenentwicklung sich im mütterlichen Körper abspielt (vgl. S. 195).

Unter den Selachiern finden wir einen sehr eigentümlichen Modus derartiger Ernährung. Es handelt sich um Rochen der Gattung *Pteroplatea* (XXXIV, 11). Dort erhebt sich nämlich die Wandung des Uterus zu langen Zotten. Diese dringen durch das weit geöffnete Spritzloch, die vorderste Kiemenspalte des Embryos, in die Darmhöhle ein und sondern dort ein ernährendes Sekret ab.

Diese Erscheinung leitet hinüber zu der vollkommensten Einrichtung für die Ernährung des Embryos, der Bildung einer Plazenta. Wir verstehen darunter einen Gewebskomplex, in welchem die mütterlichen und kindlichen Gefäße in ausgiebigen Austausch treten können. Sie erscheint in der Wirbeltierreihe in zwei Typen, als Dottersack- und Allantoisplazenta. Erstere kommt als ausschließliches Ernährungsorgan mehreren Familien der Selachier zu. Dort hebt sich während der Entwicklung der Embryo mehr und mehr vom Ei ab, so daß dies schließlich als große gestielte Blase von seiner Bauchseite herabhängt, der sogenannte Dottersack. In der Wand dieses Dottersackes bilden sich bei allen Selachiern zur Resorption des Dotters mächtige Gefäße, welche die ganze Oberfläche mit einem engmaschigen Netz überziehen und den Dottersackkreislauf bilden.

Bei manchen Haien legt sich nun dieser Dottersack dicht der Wandung des Uterus an (XXXIV, 13) und bildet Zotten, welche in grubenartige Vertiefungen der Uterusschleimhaut einwachsen. Die Gefäße der Uteruswand erweitern sich an dieser Stelle zu großen Bluträumen, in welche die Dottersackzotten hineinhängen, so daß eine große Oberfläche zum Austausch gelöster Stoffe geboten ist.

Bei den Säugetieren übernimmt die Aufgabe des Dottersackes die Allantois, eine mächtige Ausstülpung des Darmes, die an der Stelle der späteren Harnblase entsteht. Sie findet sich schon bei Reptilien und Vögeln und legt sich dort dicht der Eischale an, um als embryonales Atmungsorgan durch ein reiches Gefäßnetz die Sauerstoffaufnahme zu vermitteln. Bei den Säugetieren, wo die Eischale fehlt, gelangt sie statt dessen an die Wand des Uterus und bildet dort in ganz entsprechender Weise wie der Dottersack Zotten aus, welche sich mit der Schleimhaut des Uterus zu einer Plazenta verbinden (XXXIV, 14). Diese Bildung tritt aber nur bei niederen Formen an der ganzen Oberfläche ein (diffuse Plazenta), meist nur an einigen Bezirken. Entweder an zahlreichen kleinen, unregelmäßig zerstreuten Flecken, die dann als Cotyledonen bezeichnet werden; eine solche Plazenta cotyledonaria kommt den meisten Wiederkäuern zu. Bei den Raubtieren dagegen bildet die Plazenta einen Gürtel um den Embryo (Plazenta zonaria) und bei den höheren Affen und den Menschen wird sie scheibenförmig (Plazenta discoidalis). Wichtiger als diese Unterschiede in der Anordnung sind die in der Ausgestaltung der Plazenta. Bei den in dieser Hinsicht primitiveren Formen, z. B. den Huftieren und vielen Halbaffen, bleibt nämlich die Verbindung des mütterlichen und kindlichen Gewebes ziemlich lose, so daß bei der Geburt die Zotten der Allantois aus der Uteruswand ohne Verletzung herausgezogen werden können. Bei den hierin höher Organisierten, z. B. den Raubtieren, Nagern, Affen und dem Menschen dagegen ist die Durchdringung eine so innige, daß bei der Geburt die oberflächliche Schicht der Uteruswand mit entfernt wird und eine große stark blutende Wunde entsteht. Man pflegt diesen Typus der Plazenta als Plazenta decidua zu bezeichnen und stellt danach innerhalb der Säugetiere die mammalia non deciduata den deciduata gegenüber.

Die Ausbildung des Uterus bringt bei den Säugetieren eine wesentliche Umgestaltung der weiblichen Geschlechtswege hervor. Bei den Monotremen und den niederen Beuteltieren haben wir noch zwei Ovidukte, die unabhängig voneinander münden (XXXIV, 15a, b). Bei allen höheren Formen vereinigen sie sich in einer taschenförmigen Erweiterung, der Vagina. Daran schließt sich bei den Nagetieren noch ein sogenannter Uterus duplex (XXXIV, 15c), d. h. in jedem der beiden Ovidukte entwickelt sich das von der Vagina ausgehende Stück selbständig zum Uterus, in dem oft eine ganze Anzahl von Embryonen hintereinandergereiht gleichzeitig zur Ausbildung kommen. Bei den höheren Säugern verschmelzen diese Uteri mehr und mehr, zunächst in ihrem unteren Teil, wodurch ein Uterus bicornis entsteht wie bei Carnivoren (XXXIV, 15d), bei Affen und Menschen wird die Verschmelzung vollständig und wir erhalten einen kuppelförmig gewölbten Uterus simplex (XXXIV, 15e). An diesem sitzt dann nur beiderseits noch ein verhältnismäßig kurzes und enges Stück des Ovidukts, die Tube, welche sich gegenüber dem Ovar mit dem Ostium tubae in die Bauchhöhle öffnet.

21. Das Nervensystem. Die Zentren.

Zu den animalen Organsystemen, dem Skelett und der Muskulatur einerseits und den vegetativen Organen des Stoffwechsels und der Fortpflanzung andererseits tritt als drittes großes System das der Reizaufnahme und Reizleitung, die Sinnesorgane und das Nervensystem. Der Ausgangspunkt dafür ist bei den einfachsten Metazoen vermutlich in einer Zellart zu suchen, die ein Sinneshaar zur Aufnahme von Reizen der Außenwelt besaß und an ihrer Basis durch lange Ausläufer mit anderen Zellen in Verbindung stand. Aus dieser ursprünglichen Sinnesnervenzelle entwickelten sich einerseits durch Ausbildung des reizaufnehmenden Apparates die Sinneszellen, die sich zu Sinnesorganen zusammenschlossen. Andere Zellen sanken in die Tiefe und bildeten ihre Ausläufer in immer höherem Maße aus, sie wurden so zur Grundlage des Nervensystems, den Nerven- oder Ganglienzellen. Diese Herkunft macht es verständlich, daß Sinnesorgane und Nervensystem bei allen Tierklassen aus dem Epithel stammen, und zwar fast ausschließlich aus dem Ektoderm, das ja durch seine Lage am meisten den Reizen der Außenwelt ausgesetzt ist.

Die einfachste Form eines Nervensystems finden wir bei den Zölenteraten. Dort liegt in der Tiefe des Epithels auf der Stützlamelle ein Netz von Ganglienzellen (XXXVI, 4). Sie haben einen kleinen, vieleckigen Zellkörper, von dem eine Anzahl Ausläufer ausgehen, die nach allen Richtungen auf der Stützlamelle hinlaufen und mit den Ausläufern anderer Ganglienzellen in direkte protoplasmatische Verbindung treten. Diese Tatsache ist von großer Bedeutung, denn bei dem höchstentwickelten und am gründlichsten untersuchten Nervensystem, dem der Wirbeltiere, besteht bis heute Unsicherheit darüber, ob seine Elemente mit ihren Ausläufern ineinander übergehen oder sich nur berühren, so daß der Nervenreiz gewissermaßen wie ein elektrischer Funke von einer Leitung zur anderen überspringen müßte. Es ist daher sehr wichtig, zu wissen, daß in den einfacher gebauten ursprünglichen Systemen ohne Zweifel eine direkte Verbindung besteht.

In einem solchen Nervennetz etwa eines Polypen oder einer Meduse pflanzt sich nun ein an irgendeiner Stelle aufgenommener Reiz nach allen Richtungen gleichmäßig fort. Man kann etwa einer Meduse zahlreiche Einschnitte beibringen, so daß sie sich zu einem langen Bande auseinanderziehen läßt; solange nur eine ganz schmale Brücke zwischen den einzelnen Teilen besteht, läuft ein Reiz von einem Ende des Bandes zum anderen weiter. Die Leitung in einem solchen diffusen Nervennetz ist aber sehr langsam; nicht nur, weil der Reiz dabei viele Umwege nehmen muß, sondern weil er zahlreiche Ganglienzellen passiert. Dies hat, wie wir aus den Erfahrungen an höheren Nervensystemen wissen, stets eine Verlangsamung der Leitung zur Folge. Es macht sich daher in allen Tierstämmen das Bestreben geltend, eine direkte Leitung zu schaffen, es kommt zur Ausbildung eines Zentralnervensystems. Schon bei den Medusen unter den Zölenteraten (XXXV, 1) finden wir derartiges, einen aus langen Fasern bestehenden Nervenring, der sich am Rande der Glocke in der Nachbarschaft der Sinnesorgane entwickelt. Bei den höheren Bilateraltieren entwickelt sich dagegen eine verschieden große Anzahl von Längsstämmen. Sie stehen zunächst mit dem übrigen Netz in allseitiger Verbindung und stellen nichts anderes dar, als eine größere Anhäufung von Ganglienzellen, deren Ausläufer vorwiegend einander parallel von vorn nach hinten verlaufen. Gleichzeitig rückt aber dieses System mehr und mehr vom Ektoderm ab und versinkt gewissermaßen in dem darunterliegenden Mesoderm. Solche einfach gebaute Nervensysteme kommen der ganzen Gruppe der Plattwürmer (XXXV, 2, 3) zu, wir finden sie aber in gleicher Art auch bei den Larven von Anneliden (XXXV, 4) und bei primitiven Mollusken, wie den Chitonen (XXXV, 12). Zahl und Lage der Längsstämme kann sehr verschieden sein, bei den Planarien liegen sie hauptsächlich auf der Bauchseite, bei den Chitonen zwei ventral und zwei seitlich dorsal und bei der tonnenförmigen Larve des Anneliden *Lopadorhynchus* stellen sie einen ganzen Korb dar, der ringsum unter dem Epithel hinzieht. Das Vorderende dieser Stränge gewinnt fast stets eine besondere Ausbildung, weil dort die Zuleitung von den Sinnesorganen im Kopfe einstrahlt. Häufig verbinden sich die vorderen

Enden durch Querstränge, welche den Vorderdarm umgreifen, den sogenannten Schlundring.

Je schärfer sich nun diese direkten Leitungsbahnen von dem diffusen oberflächlichen Netz abheben, und je reicher ihre Ausgestaltung im einzelnen wird, desto klarer prägt sich das Zentralnervensystem aus. Es tritt uns in der Tierreihe hauptsächlich in drei Typen entgegen. Der erste entwickelt sich bei Anneliden und Arthropoden und wird als Bauchmark bezeichnet. Wie dieser Name besagt, liegt das Zentralnervensystem hier ventral, bei manchen Anneliden noch im Epithel, bei den meisten von ihnen und bei allen Arthropoden dicht darunter. Stets finden wir zwei Längsstränge, die meist ganz dicht nebeneinander in der Mittellinie des Bauches verlaufen; selten wie z. B. bei *Peripatus* sind sie weit voneinander getrennt. Bedeutungsvoll ist nun, daß die Ganglienzellen nicht mehr gleichmäßig über die Stränge verteilt sind, sondern sich in besonderen Anschwellungen, den Ganglien, zusammendrängen. Diese haben eine typisch metamere Anordnung, so daß im Prinzip jedem Segment des Körpers ein Ganglienpaar zukommt (XXXV, 5). Die nebeneinanderliegenden Ganglien der beiden Stränge sind durch einen queren Faserzug (Kommissur) verbunden, in der Längsrichtung verlaufen von Ganglion zu Ganglion Längsfaserbündel, die Konnektive. Dadurch entsteht ein typisches Bild, das derartig gebauten Zentralnervensystemen die Bezeichnung Strickleiternervensystem eingetragen hat (vgl. S. 62, Taf. IV, 11). Das vorderste Ganglienpaar liegt im Gegensatz zu allen anderen nicht ventral, sondern dorsal oberhalb des Darmes und wird danach als Oberschlundganglion bezeichnet. Die von ihm ausgehenden Konnektive umgreifen den Vorderdarm (sogenannte Schlundkommissur) und treten an das erste ventrale Ganglion, das Unterschlundganglion, heran. Mit der Entwicklung der Sinnesorgane des Kopfes gewinnen die Schlundganglien, besonders das Oberschlundganglion immer größeren Umfang, vor allem bei den Insekten (XXXV, 7) erreichen sie hohe Ausbildung und einen sehr verwickelten inneren Bau. Man kann in dem Gehirn eines Insekts eine ganze Anzahl verschiedener Fasersysteme unterscheiden und bemerkt eine immer feinere Ausgestaltung einzelner Teile, die in ganz ähnlicher Weise der zunehmenden geistigen Leistungsfähigkeit der Tiere parallel geht, wie bei den Wirbeltieren. Besonders ein am vorderen Ende des Oberschlundganglions gelegenes System von Ganglienzellen und Faserbündeln, die sogenannten pilzhutförmigen Körper (XXXVI, 1), zeigt innerhalb der Insektenreihe charakteristische Unterschiede in der Ausbildung und ist am höchsten entwickelt bei den sozialen Hymenopteren, bei denen ohne Zweifel auch die kompliziertesten psychischen Leistungen vorkommen.

Während bei den Anneliden die ursprüngliche metamere Anordnung der Ganglienpaare fast vollständig erhalten bleibt, finden wir bei den Arthropoden vielfach die Tendenz, ganze Gangliengruppen zur Verschmelzung zu bringen. So vermindert sich bei vielen Insekten die Zahl der abdominalen Ganglien (XXXV, 7), sie rücken nach vorn zusammen und verschmelzen untereinander, gelegentlich auch mit den Ganglien des Thorax, zu einem großen Nervenknoten. Der gleichen Erscheinung begegnen wir in der Arachnidenreihe bei Spinnen (XXXV, 8) und Milben und unter den Krustazeen bei den Krabben.

Auch bei den Mollusken entwickelt sich aus den einfachen Längsstämmen der Chitonen ein System von Ganglien, die aber bei diesen ungegliederten Tieren keine segmentale Anordnung gewinnen. Es entstehen vielmehr drei Paare großer Zentren (XXXV, 9). Von diesen liegt eines, das Zerebralganglion, über dem Vorderarm, entspricht also dem Oberschlundganglion der Anneliden, die beiden anderen liegen ventral, weiter vorn im Fußabschnitt das Pedalganglion, hinten unter dem Darm das Viszeralganglion. Alle sind untereinander durch Längskonnektive und paarweise durch Querkommissuren verbunden. Während sie bei den Muscheln weit auseinanderliegen, rücken sie bei vielen Schnecken und besonders bei den Tintenfischen (XXXV, 10) eng um den Vorderdarm zusammen, es entsteht ein Schlundring. Neben den Hauptganglien treten in wechselnder Selbständigkeit noch einige andere Ganglien auf, von denen die wichtigsten die in der Nachbarschaft der Kiemen gelegenen Pleuralganglien sind.

Während bei den Muscheln die Ganglien verhältnismäßig geringes Volumen erlangen, erreichen sie bei den Tintenfischen einen großen Umfang und komplizierten Bau, so daß man wohl berechtigt ist, von einem Gehirn zu sprechen. Bei den Schnecken erleidet auch das Nervensystem durch die eigenartige Verdrehung des Eingeweidekomplexes eine Verlagerung, die zur Überkreuzung der Kommissuren führt. Sekundär kann sie wieder rückgängig gemacht werden, so daß eine neue Symmetrie entsteht (vgl. S. 86, Taf. VI, 7).

In der Reihe, die zu den Wirbeltieren emporführt, finden wir bei den Echinodermen ein sehr einfaches, noch rein epitheliales Nervensystem. Es erhält sich ein diffuser Hautplexus in großem Umfang und mit sehr eigenartiger Differenzierung, die in Beziehung zu den Stacheln und Pedicellarien der Körperoberfläche tritt, woraus sehr merkwürdige Reaktionsarten dieser Tiere folgen. Die Hauptstämme des zentralen Systems sind bei den erwachsenen Tieren entsprechend ihrem radiären Bau fünfstrahlig geordnet und bilden einen Schlundring um den Vorderdarm (XXXV, 11). Bei den Chordaten tritt ganz allgemein die Entwicklung der Nervenzentren auf der Dorsalseite ein (XXXV, 13, 14), es kommt zur Bildung eines Rückenmarks. Das Ektoderm des Embryos faltet sich dabei zu einer Rinne ein, die sich bald zu einem Rohr, dem Neuralrohr, schließt (vgl. Taf. VII, 12, 13). Durch diese von der Entwicklung der anderen Typen völlig abweichende Anlage erklärt sich der Gegensatz in der Lagerung der Ganglienzellen zu den Fasersträngen. Während sie bei Anneliden, Arthropoden und Mollusken mantelförmig das Ganglion umhüllen, in dessen Innern die Fasern verlaufen, liegen beim Wirbeltier umgekehrt die Fasern außen und die Ganglienzellen innen (XXXVI, 5, 6). Dadurch, daß die Ausläufer der Ganglienzellen sich hier mit einer fettigen Markscheide umgeben, entsteht ein Unterschied in der Farbe, nach dem man die weiße Fasersubstanz von der grauen zellhaltigen Substanz unterscheidet. Bei den Wirbellosen bezeichnet man die Faserzüge nach dem Bilde, das sie beim Querschnitt bieten, oft als die (Leydigsche) Punktsubstanz, neuerdings auch als Neuropil. Die röhrenförmige Anlage des Nervensystems bahnt sich anscheinend schon bei den Enteropneusten an, wo sich das sogenannte Kragenmark ebenfalls als Rohr in die Tiefe senkt. Ähnlich wie das Bauchmark der Arthropoden, verkürzt sich auch das Rückenmark der Wirbeltiere in vielen Fällen. Die austretenden Nervenfasern müssen sich dann nach hinten wenden, um ihr Versorgungsgebiet zu erreichen; sie verlaufen dabei zunächst noch im Rückenmarkskanal der Wirbelsäule und treten erst später zwischen den Gelenkfortsätzen heraus. So entsteht die Cauda equina, deren Länge je nach der Konzentration des Rückenmarks sehr verschieden ist. Besonders weit zieht sich das Rückenmark bei solchen Formen zusammen, die sich einrollen können, beim Igel z. B. reicht es nur bis zur Brustregion.

Im Gegensatz zu der Ganglienbildung bei den Wirbellosen kann man am Rückenmark der Vertebraten keine Gliederung in einzelne Ganglienpaare erkennen, vielmehr trifft man auf dem Querschnitt überall zahlreiche Nervenzellen. Eine segmentale Veranlagung verrät sich aber im regelmäßig metameren Austritt der peripheren Nerven, der Spinalnerven. In diesem Zentralnervensystem weist nun wieder der vordere Abschnitt eine besonders hohe Entwicklung auf, er wird zum Gehirn. Schon beim Embryo sieht man sich dies anbahnen, dadurch, daß der Zentralkanal, der innere Hohlraum des Nervenrohres, am Vorderende zu drei Bläschen anschwillt. Es setzen sich so die drei primären Hirnbläschen ab (XXXVI, 7, 8), von denen das erste als Vorderhirn (Proencephalon), das zweite als Mittelhirn (Mesencephalon), das dritte als Hinterhirn (Metencephalon) bezeichnet wird. Das erste und letzte davon sondern sich im Laufe der Embryonalentwicklung noch einmal in zwei Teile, so daß wir zum Schlusse fünf Hirnabschnitte unterscheiden: Vorder-, Zwischen-, Mittel-, Klein- und Nachhirn (XXXVI, 9).

Das Nachhirn, auch als Medulla oblongata bezeichnet, stellt die direkte Fortsetzung des Rückenmarks dar und stimmt mit ihm in den Grundzügen des Baues wesentlich überein. Ähnlich wie aus dem Rückenmark tritt auch aus dem Nachhirn eine größere Zahl von Nervenpaaren aus, die sogenannten Hirnnerven. In der Medulla oblongata liegen die Zentren für die wichtigsten Regulationen der Stoffwechselvorgänge, besonders Atmung und Kreislauf. Eine Verletzung an dieser Stelle führt daher zum Untergang des Tieres.

Das Kleinhirn, Cerebellum, dient der Aufrechterhaltung des Gleichgewichts und der Koordination der Bewegung. Es regelt also nicht nur die Arbeit der Muskelgruppen bei den verschiedenen Fortbewegungsarten, sondern beeinflußt auch den Spannungszustand der Muskulatur, der immer zur Erhaltung einer bestimmten Gleichgewichtslage erforderlich ist.

Im Bereiche des Hinterhirns weist der Zentralkanal des Nervensystems eine starke Erweiterung auf, den 4. Ventrikel oder die Rautengrube. Dort verdünnt sich die dorsale Wand des Nervenrohrs zu einer einfachen Epitheldecke, welche keine Ganglienzellen enthält. Sie wird von Blutgefäßen, die aus der das Gehirn umschließenden Gefäßhaut stammen, nach innen eingestülpt, und so hängt ein ganzes Gefäßbündel in den Zentralkanal hinein (Plexus chorioideus). Aus ihm ergänzt sich die den Zentralkanal erfüllende Zerebrospinalflüssigkeit.

Im Bereiche des Mittelhirns verengert sich der Zentralkanal wieder zu einer engen Spalte, dem Aquaeductus Sylvii. Die Decke des Mittelhirns ist gewöhnlich sehr dick und reich an Nervenzellen, dort liegen bei den höheren Wirbeltieren die Endausbreitungen der vom Auge kommenden Nerven, wonach dies Gebiet auch als Tectum opticum bezeichnet wird. Meist ist es durch eine Längsfurche in zwei ovale Vorsprünge geteilt, die Corpora bigemina, bei den Säugetieren zerlegen sich diese weiter durch eine Querfurche in die Corpora quadrigemina. Aus dem Bereiche des Mittelhirns entspringt das dritte und vierte Paar der Hirnnerven.

Die beiden Teile des Vorderhirns nehmen dadurch eine besondere Stellung ein, daß sie in engsten Beziehungen zu den beiden großen Sinnesorganen des Vorderkopfes stehen, der Nase und dem Auge. Aus dem Zwischenhirn, Diencephalon, entwickelt sich die Augenblase, deren Stiel später zum Nervus opticus wird. Ursprünglich stellt dieser also einen Teil der Gehirnwand dar und wird auch anfänglich von einer Fortsetzung des Zentralkanals durchzogen, die im Laufe der Ontogenese verschwindet. Die beiden Augenstiele kreuzen sich auf der Ventralseite des Zwischenhirns (Chiasma nervorum opticorum) und strahlen dann in die Seitenwand ein, die dadurch stark verdickt wird. Man bezeichnet diesen Abschnitt, der das Lumen des Zentralkanals seitlich eng zusammenpreßt, als Thalami optici. Von oben nach unten ist dagegen der Zentralkanal hier sehr ausgedehnt. Diese Erweiterung heißt dritter Ventrikel. Ähnlich wie über dem vierten Ventrikel bildet auch hier die dorsale Wand eine dünne Tela chorioidea, von welcher ein Plexus in den Hohlraum des dritten Ventrikels und von da in die Seitenventrikel des Vorderhirns sich erstreckt.

Vom Zwischenhirn gehen außer dem Nervus opticus noch einige weitere Ausstülpungen aus. Nach unten erstreckt sich das sogenannte Infundibulum, das zur Hypophyse führt, einem eigentümlichen Organ, das sich zur Hälfte aus nervöser Substanz der Gehirnwand, zum anderen Teil aus einer drüsigen Ausstülpung des Munddaches aufbaut. Von der Decke des Zwischenhirns entspringt vor der Tela chorioidea die Epiphyse, ebenfalls eine schlauchförmige, ursprünglich vielleicht paarige Ausstülpung, in deren Wand Nerven verlaufen, die zum Scheitelauge, dem Parietal- bezw. Pinealorgan, ziehen. Entsprechend der geringen Ausbildung dieser Organe bei den höheren Wirbeltieren, ist dort auch die Epiphyse wenig ausgebildet. Zwei seitlich von ihr gelegene gefäßreiche Ausstülpungen werden als Paraphysen bezeichnet.

Das Vorderhirn, Telencephalon, tritt in der ganzen Wirbeltierreihe als paarige Vorwölbung des Zwischenhirns auf. An seiner Ventralseite liegt die Endigung der Riechnerven, wonach man diesen ganzen Abschnitt auch als Lobus olfactorius bezeichnet. Das Vorderhirn wird durchzogen von Fortsetzungen des Zentralkanals, dem ersten und zweiten Ventrikel oder den Seitenventrikeln. Ihr Boden wird durch die Endausbreitung der Geruchsnerven stark verdickt und springt als halbkugeliger Wulst, das Corpus striatum, in das Lumen vor. Demgegenüber bleibt die Decke bei den niederen Formen dünn und arm an Nervenzellen. Bei den höheren dagegen zeigt sie eine mächtige Entwicklung und bildet das Pallium oder die Hemisphären des Großhirns, die mit den zunehmenden psychischen Leistungen an Umfang anwachsen und bei den Säugetieren das gesamte übrige Gehirn an Masse bei weitem übertreffen.

Betrachten wir die Entwicklung der verschiedenen Gehirnabschnitte bei den einzelnen Gruppen der Wirbeltiere, so finden wir die primitivsten Verhältnisse bei den Zyklostomen (XXXVII, 1). Dort ist der umfangreichste Abschnitt die Medulla oblongata, entsprechend ihrer großen Bedeutung für die lebenserhaltenden vegetativen Funktionen. Ein Kleinhirn ist fast gar nicht entwickelt, im Zusammenhang mit der geringen Beweglichkeit der im Grunde wühlenden oder halb parasitisch lebenden Tiere. Auch das Mittelhirn ist noch verhältnismäßig klein, dagegen das Zwischenhirn sehr umfangreich. Es besitzt ein wohlausgebildetes Infundibulum mit großer Hypophyse und entsprechend der guten Erhaltung des Parietalorgans auch eine große Epiphyse. Die beiden Hälften des Vorderhirns sind dagegen sehr wenig entwickelt und bestehen lediglich aus der Endausbreitung des Riechapparates, ein Pallium ist kaum in Spuren angedeutet. Sehr viel höher ist schon die Entwicklung des Fischgehirns. Bei den Selachiern (XXXVII, 3) fällt einmal die eigentümliche Entwicklung der vorderen Hirnabschnitte auf. Die paarigen Vorderhirnblasen sind entsprechend der guten Ausbildung des Geruchsvermögens sehr umfangreich, ihr hinteres Stück ist in verschieden großem Umfange verschmolzen, so daß ein unpaarer Vorderhirnteil entsteht, der sich unmittelbar an das Zwischenhirn anschließt. Dieses tritt im Verhältnis viel mehr in den Hintergrund, während das Mittelhirn eine kräftige Entwicklung und wohlausgebildete Corpora bigemina zeigt. Ganz außerordentlich ist die Entfaltung des Kleinhirns, die sicher im Zusammenhang mit der hochentwickelten Schwimmkunst der Selachier steht. Das Kleinhirn legt sich als umfangreicher Wulst nach hinten über den vierten Ventrikel, nach vorn vielfach über das Mittelhirn. Seine Rinde ist von hinten nach vorn in zahlreiche Falten gelegt, wodurch die Oberfläche sehr vergrößert wird, das erste Auftreten von Gehirnfurchen und Windungen. Auch bei den Knochenfischen (XXXVII, 2) liegen die Verhältnisse ähnlich, nur ist bei ihnen der Geruchsteil des Vorderhirns meist weniger entwickelt, dafür bildet das Tectum opticum des Mittelhirns zwei mächtige Corpora bigemina aus, ein Hinweis auf die Bedeutung des Sehorgans in der Biologie dieser Tiere. Das Kleinhirn ist gleichfalls stattlich entwickelt, wenn auch äußerlich nicht so auffallend wie bei den Selachiern, dafür stülpt es sich nach vorn unter dem Tectum opticum tief in den dritten Ventrikel ein als sogenannte Valvula cerebelli. Für diese hohe Entwicklung ist wie bei den Selachiern neben der komplizierten Bewegungsart des Schwimmens die Ausbildung eines umfangreichen Sinnesapparates, der Organe der Seitenlinie als Ursache anzusehen.

Das Gehirn der Amphibien (XXXVII, 4, 6) ist in vieler Hinsicht primitiver als das der Fische. Das Kleinhirn stellt nur eine unbedeutende Lamelle am Vorderrande des vierten Ventrikels dar, das Mittelhirn hat ziemlich unbedeutende Corpora bigemina und die Hemisphären des Vorderhirns bleiben sehr klein, alles Hinweise auf die geringe Sinnesschärfe und Beweglichkeit dieser Tiere. In der Decke der Hemisphären treffen wir hier aber zum ersten Male die für das Pallium typischen Ganglienzellen. Bei den Reptilien (XXXVII, 5) finden wir dagegen eine viel höhere Ausbildung des Gehirns, die sich vor allen Dingen in einer bedeutend stärkeren Entwicklung des Palliums ausspricht. Die Hemisphären des Vorderhirns werden dadurch zu stattlichen Vorwölbungen, die das Zwischenhirn seitlich und von oben überlagern, so daß nur die entsprechend der Ausbildung des Parietalorgans wohlentwickelte Epiphyse zwischen ihnen emporragt. Auch das Mittelhirn mit seinen mächtigen Corpora bigemina übertrifft das Zwischenhirn bei weitem an Umfang. Die Medulla oblongata ist an und für sich recht kräftig entwickelt, tritt aber gegenüber den vorderen Hirnabschnitten mehr zurück. Das Kleinhirn ist stets deutlich ausgebildet, doch wechselt sein Umfang in den einzelnen Reptiliengruppen je nach der Beweglichkeit; entsprechend der Rückbildung der Organe der Seitenlinie steht es an relativem Umfang hinter dem der Fische zurück.

Eine ganz außerordentlich hohe Entwicklung erlangt das Cerebellum dagegen bei den Vögeln (XXXVII, 7), entsprechend der komplizierten Bewegung beim Fliegen. Wir finden dort gleichzeitig, wie bei den Selachiern,

Furchenbildung; eine ganze Reihe querer Einschnürungen durchziehen das Dach des Kleinhirns und geben ihm ein gegliedertes Aussehen, wonach man diesen Abschnitt auch als den Wurm bezeichnet. Das Mittelhirn ist mächtig entwickelt im Zusammenhang mit der hohen Ausbildung des Sehvermögens. Man sieht die Endausbreitungen des Sehnerven um die Seiten des Zwischenhirns herum als Tractus optici zum Tectum opticum verlaufen. Trotz seiner hohen Ausbildung wird das Mittelhirn von der Oberfläche des Gesamthirns ziemlich verdrängt, dadurch daß sich von vorn die großen Hemisphären, von hinten das Kleinhirn darüberlegen. Das Zwischenhirn verschwindet fast ganz, auch die Epiphyse ist rückgebildet, nur das Infundibulum und die Hypophyse treten zwischen den Schenkeln des Chiasma hervor.

Bei den Säugetieren wird das Gesamtbild des Gehirns durch die Ausbildung der Hemisphären beherrscht. Diese legen sich mantelförmig über Zwischen- und Mittelhirn und ziehen sich zu beiden Seiten des Kleinhirns nach hinten und unten (XXXVII, 9, 10), so daß auch von der Seite von den ursprünglichen Hirnteilen kaum noch etwas wahrzunehmen ist. Das Kleinhirn seinerseits, das ebenfalls mächtig entwickelt ist, überlagert von oben den größten Teil der Medulla oblongata. An den Hemisphären läßt sich stets mehr oder weniger deutlich eine Gliederung in drei Abschnitte, den Stirn-, Scheitel- und Hinterhauptslappen, nachweisen, zu ihnen tritt bei den höchsten Formen und beim Menschen noch der nach vorn und unten verlaufende Schläfenlappen. Die Oberfläche der Hemisphären ist bei den meisten Beuteltieren und den niedersten Plazentaliern noch glatt, bei den höheren weist sie Furchen und Windungen auf, die in einer gewissen Parallele mit der psychischen Leistungsfähigkeit an Zahl zunehmen (XXXVII, 8, 9). Dabei besteht aber auch andererseits eine Beziehung zum Hirngewicht. So beträgt z. B. bei kleinen Säugern das Gewicht des Gehirns etwa $^1/_{40}$ des Gesamtgewichts, beim Hund $^1/_{150}$, beim Elefanten $^1/_{300}$, beim Wal $^1/_{10000}$. Wenn also Elefanten und Wale ein auffallend fein gefurchtes Gehirn haben, so muß hier offenbar die Faltung die im Ganzen relativ kleine Oberfläche ersetzen. Man darf also diese Furchen in ihrer Bedeutung nicht einfach denen des Menschen gleichsetzen, bei dem das Hirngewicht etwa $^1/_{50}$ des Gesamtgewichts beträgt. In der Oberfläche der Hemisphären entwickelt sich nun eine immer zunehmende Zahl von Ganglienzellen, die zusammen die graue Hirnrinde bilden. Diese Rindenpartien stellen gewissermaßen die letzte Station des gesamten motorischen und sensorischen Apparates des Tierkörpers dar. Durch systematisch durchgeführte Entfernung von Teilen der Hirnrinde hat man die Aufgaben der einzelnen Rindenfelder ziemlich genau kennen gelernt, so unterscheidet man eine Sehsphäre, eine Riechsphäre, motorische Zentren für die Bewegung der Extremitäten, die Sprache usw. Es bleiben dabei aber große Teile der Hirnrinde unbeteiligt, und diese bilden nach der jetzt meist vertretenen Anschauung die sogenannten Assoziationszentren, in denen die Verknüpfung der Einzelelemente zu höheren psychischen Einheiten stattfindet.

Dieses ganze System der Rindenzellen steht nun durch zahlreiche Fasern mit dem gesamten übrigen Gehirn in Verbindung. Einmal verbinden sich die einzelnen Teile beider Hemisphären untereinander; so entsteht das große Kommissurensystem des Balkens (Corpus callosum) (XXXVII, 11), das zwischen den beiden Hemisphären über dem Dach des Zwischen- und Mittelhirns liegt. Außerdem ziehen aber auch große Faserstränge zu den übrigen Hirnteilen, die man als Hirnschenkel (Crura cerebri) zu bezeichnen pflegt. Sie treten auf der Ventralseite des Großhirns als zwei kräftige Bündel hervor, umfassen die Hypophyse und ziehen auf der Unterfläche des Hirnstammes nach hinten. Ein Teil tritt zum Tectum opticum des Mittelhirns, ein anderer zum Kleinhirn, wieder andere verlaufen durch die Medulla oblongata bis ins Rückenmark. Dadurch erhalten alle diese Teile einen wesentlichen Zuwachs und verändern Umfang und Form gegenüber den anderen Wirbeltierklassen. Besonders gilt dies vom Kleinhirn. Dort tritt zu einem mittleren quergefaltetem Abschnitt, dem Wurm, welcher allein fast dem gesamten Kleinhirn der niederen Wirbeltiere entspricht, noch ein Paar seitlicher Anhänge, die Hemisphären des Kleinhirns. Sie sind bei Selachiern und Vögeln nur durch geringe Ansätze, die sogenannten Flocculi, angedeutet. Bei den Säugern gewinnen sie mächtigen Umfang und bilden eine graue Rindensubstanz mit kompliziert gefurchter Oberfläche (XXXVII, 8—10). In diese Seitenteile strahlt hauptsächlich das Kommissurensystem von den Großhirnhemisphären ein, außerdem bilden sie unter sich und mit dem Rückenmark ein eigenes Kommissurensystem aus, das schleifenförmig um die Ventralseite der Medulla oblongata herumgreift, die Brücke (Pons varoli) (XXXVII, 11).

Die übrigen altertümlichen Bestandteile des Gehirns treten gegenüber diesen Neubildungen stark zurück, obwohl sie im Vergleich mit den anderen Wirbeltiergruppen wohl entwickelt sind. Besonders reduziert erscheint das Zwischenhirn, dessen Epiphyse ganz rückgebildet ist. Am Dach des Mittelhirns fällt besonders die Ausgestaltung des Tectum opticum zu dem Corpora quadrigemina ins Auge.

Überblicken wir die Entwicklung des Gehirns in der Wirbeltierreihe, so finden wir einerseits Bestandteile, die bei allen Formen im wesentlichen gleich bleiben, andererseits solche, die eine aufsteigende Entwicklung zeigen. Edinger hat danach das Gehirn sehr zweckmäßig in Althirn, Palaeencephalon, und Neuhirn, Neencephalon, geteilt. Als Althirn erscheinen dabei alle Teile, die an die Funktionen der großen Sinnesorgane geknüpft sind und solche, die die Einstrahlungen der Hirnnerven aufnehmen. Das Neuhirn dagegen liefert den Apparat für die höheren psychischen Leistungen.

Es wird daher wesentlich durch die Entwicklung der grauen Hirnsubstanz des Palliums gebildet, mit deren Wachstum sich dann auch die verbindenden Fasersysteme vervollkommnen müssen.

22. Die peripheren Nerven.

Im gleichen Maße, wie sich ein zentrales Nervensystem herausbildet, entsteht ein System von Leitungsbahnen, welche diese Zentren mit der Peripherie in Verbindung setzen. Diese Bahnen bestehen aus den direkten Ausläufern der Ganglienzellen und können bei großen Tieren eine außerordentliche Länge erreichen, die mehrere Meter betragen kann. Am peripheren Ende treten sie entweder an Sinnesorgane oder an motorische Apparate, Drüsen und ähnliches heran; sie vermitteln also einerseits die Leitung eines aufgenommenen Reizes in zentripetaler Richtung, andererseits übertragen sie einen Arbeitsimpuls in zentrifugaler Richtung auf einen motorischen oder sekretorischen Endapparat. Erstere Bahnen pflegt man ganz allgemein als sensible, die zweiten als motorische zu bezeichnen. Der Erfolg dieser direkten Verbindung besteht vor allem in einer wesentlichen Verkürzung der Reaktionszeit, da einerseits der Weg kürzer wird, besonders aber durch die Ausschaltung des Durchgangs durch mehrere Ganglienzellen die in diesen notwendig eintretende Verzögerung wegfällt. Zudem steigert sich mit der phylogenetischen Vervollkommnung des ganzen Apparates die spezifische Leitungsgeschwindigkeit der einzelnen Nervenfaser von wenigen Zentimetern bis zu etwa 100 m in der Sekunde (vgl. S. 321).

Je mehr dieses System sich ausbildet, desto mehr verliert der diffuse Nervenplexus des Epithels an Bedeutung. Daß er aber auch bei hochentwickelten Tieren noch ganz leistungsfähig ist, geht sehr einleuchtend aus einem Versuche von Bethe hervor. Dieser zerstörte bei der Ackerschnecke *Limax* die nervöse Verbindung des Vorder- und Hinterkörpers einmal dadurch, daß er die großen Längskonnektive durchtrennte, im anderen Falle dadurch, daß er sämtliche Gewebe durchschnitt und nur die Konnektive unversehrt ließ. Reizte er nach dieser Operation das Hinterende, so erhielt er an beiden Tieren eine Reaktion des Vorderkörpers, sie trat aber bei dem ersten Tiere sehr viel später auf und die Erregungswelle breitete sich langsam in der Muskulatur aus, auch bedurfte es wesentlich stärkerer Reize, während das zweite Tier sich nicht nennenswert von einem unverletzten unterschied. Im ersten Falle war der Reiz durch das diffuse Nervennetz gegangen, das also noch vollkommen zur Übertragung über den ganzen Körper ausreicht.

Wir sehen die peripheren Nerven gewöhnlich bei den höher entwickelten Zentralnervensystemen strahlenförmig von den Ganglien ausgehen. Bei den Mollusken treten sie demgemäß aus den drei Hauptganglienpaaren heraus, bei dem Strickleiternervensystem der Anneliden und Arthropoden aus den Ganglienknoten der einzelnen Segmente. Eine ähnliche segmentale Anordnung zeigt sich auch im Zentralnervensystem der Wirbeltiere. Dort tritt in jedem Metamer aus dem Rückenmark ein Paar von sogenannten Spinalnerven aus, sie entspringen aus dem Querschnitt mit zwei getrennten Wurzeln, einer dorsalen (hinteren) und einer ventralen (vorderen). Beim Amphioxus (XXXVI, 2) verlaufen diese noch vollkommen unabhängig voneinander. Die dorsale versorgt hauptsächlich die Haut und ihre Sinneszellen, ist also überwiegend sensibel, enthält aber auch, was wesentlich zu beachten ist, motorische Fasern für Muskeln in der Wand des Peribranchialraumes. Die ventrale Wurzel spaltet sich sofort in eine große Zahl von Einzelfasern auf, welche die Körpermuskulatur jedes Segmentes versorgen. Bei den höheren Wirbeltieren vereinigen sich beide Wurzeln kurz nach ihrem Austritt aus dem Wirbelkanal zu einem gemeinsamen Stamme (XXXVI, 3), der demgemäß gemischter Natur ist, d. h. sensible und motorische Elemente enthält. Der dorsalen Wurzel liegt dabei stets eine Anhäufung von Ganglienzellen an, das sogenannte Spinalganglion. Es entsteht beim Embryo gewöhnlich aus einem Streifen von Epithelzellen, die aus den Seiten des Medullarrohres hervorwachsen, der sogenannten Spinalleiste. Daß die Spinalganglien beim Amphioxus fehlen, beruht wohl darauf, daß die Ganglienzellen noch diffus über den Nerven verteilt sind.

Auch bei den höheren Wirbeltieren versorgen die Spinalnerven in segmentaler Anordnung Haut und Muskulatur des Rumpfes. Eine besonders starke Ausbildung zeigen sie in den Gebieten, an denen die Extremitäten ansetzen. Jedes Glied wird von einer größeren Zahl von Spinalnerven versorgt, bei den breiten Flossenansätzen der Fische können es 10—50 sein, bei den Beinen der Landwirbeltiere sind es meistens 3—5. Die Nervenstämme treten bald nach ihrem Austritt aus dem Rückenmark miteinander in Verbindung, die vorderen bilden den Plexus brachialis, die hinteren den Plexus lumbalis, und erst daraus entwickeln sich die großen Stämme, welche zum Arm, bzw. Bein ziehen. Die stärkere Entwicklung der Spinalnerven in diesen Regionen bewirkt auch eine Anschwellung des Rückenmarks, die Intumescentia cervicalis im Bereich der Arme, die Intumescentia lumbalis im Bereich der Beine. Bei manchen Reptilien, besonders den fossilen Dinosauriern, erreichte die Lendenanschwellung eine solche Größe, daß sie das ganze Gehirn an Umfang übertraf.

Außer den zu Haut und Muskulatur gehenden Ästen entspringt mit jedem Spinalnerv aus dem Rückenmark ein Ast, der sich an den inneren Organen verzweigt. Diese Stämme, die miteinander meist in Verbindung treten, bilden das sogenannte sympathische Nervensystem. Sie sind für die Lebensprozesse von größter Bedeutung, da sie die Tätigkeit der glatten Muskulatur regeln. Ihnen untersteht also die Peristaltik des Darmes und die Muskelbewegung im Urogenitalapparat, besonders aber auch die

Spannung der glatten Muskeln in den Gefäßwänden. Die Reize, nach welchen diese Muskelbewegungen reguliert werden, werden mit besonderen Sinnesorganen, die an den Eingeweiden zerstreut liegen, aufgenommen, es enthält also das sympathische System nicht nur motorische, sondern auch sensible Elemente. Morphologisch sind seine Nervenfasern dadurch ausgezeichnet, daß sie im Gegensatze zu den Spinalnerven keine Markscheide besitzen. Bei fast allen höheren Wirbeltieren verbinden sich die einzelnen, mit den Spinalnerven austretenden Sympathicusäste durch einen Längsstrang, den sogenannten Grenzstrang. Er verläuft an der Aorta entlang. An der Stelle, wo ein Verbindungszweig von einem Spinalnerven (Ramus communicans) in ihn einmündet, liegt eine Ganglienanschwellung. Das vordere Ende des Grenzstranges reicht bis in die Schädelhöhle und tritt dort mit den Gehirnnerven in Verbindung. Besonders innig sind die Beziehungen des Sympathicus zu dem Eingeweideteil des Nervus vagus.

Auch bei den Wirbellosen findet sich ein Abschnitt des Nervensystems, der mit dem Sympathicus der Wirbeltiere gewisse Übereinstimmungen zeigt. So treten bei den Mollusken auf der Unterseite des Zerebralganglions zwei Stränge nach vorn aus, die auf dem Schlundkopf zu einem Buccalganglion anschwellen. Von dort verlaufen dann Fasern am Darm entlang bis in die Magengegend. Dort schwellen sie zu einem weiteren Ganglion (G. gastricum) an, von dem zahlreiche Nerven an die Eingeweide ausstrahlen. Auch bei den Anneliden und Arthropoden entspringt aus dem vorderen Teil des Bauchmarks ein unpaarer Strang, der im Kopf ein Frontalganglion bildet und an den Vorderdarm herantritt (XXXVI, 1). Außerdem tritt bei den Insekten in jedem Segment ein unpaarer Nerv aus, der nach innen vom Zentralnervensystem verläuft und Äste an die Eingeweide und besonders die Tracheen abgibt.

Den Spinalnerven des Rückenmarks entspricht auch der größte Teil der Nervenstämme, welche aus dem Gehirn austreten. Mit Ausnahme des ersten (Nervus olfactorius) und des zweiten (Nervus opticus), die eine Sonderstellung einnehmen, gehören sie dem hinteren Bereiche des Gehirns an, und entstammen ursprünglich vielleicht alle der Medulla oblongata. Man hat vielfach versucht, sie vollständig den Spinalnerven gleichzusetzen und aus ihrer Zahl und Anordnung auf die Segmente zu schließen, welche am Aufbau des Kopfes teilgenommen haben. Doch ist diese Aufgabe kaum mit Sicherheit zu lösen, da im Laufe der Phylogenese sicherlich manche Verschiebungen und Rückbildungen an ihnen stattgefunden haben. Ihre Entwicklung hat vermutlich von vornherein dadurch besondere Wege eingeschlagen, daß wie bei den Spinalnerven des Amphioxus die vorderen und hinteren Wurzeln getrennt blieben. Von den jetzt noch bestehenden Hirnnerven entspricht der größere Teil dorsalen Wurzeln, während die zugehörigen ventralen im Zusammenhang mit der Rückbildung der Muskulatur der betreffenden Segmente verschwunden sind.

Sicher ventralen Wurzeln entsprechen der dritte (Nervus oculomotorius), vierte (Nervus trochlearis) und sechste (Nervus abducens) Hirnnerv (XXXVI, 10, 11). Sie innervieren gemeinsam die sechs Augenmuskeln und zwar der N. oculomotorius vier (Rectus superior, inferior, internus und Obliquus inferior), der Nervus trochlearis den Obliquus superior und der N. abducens den Rectus externus. Der N. oculomotorius verläßt das Gehirn an der Unterseite des Mittelhirns, der N. abducens an der Unterseite der Medulla oblongata. Der N. trochlearis dagegen tritt vor dem Cerebellum aus der Decke des Mittelhirns aus, doch liegen die Ganglienzellen, aus denen er hervorgeht, gleichfalls auf der Ventralseite.

Im Gegensatze zu diesen rein motorischen Hirnnerven sind die übrigen gemischter Natur und lassen dadurch, wie durch das Auftreten eines Ganglions ihre Abstammung von dorsalen Wurzeln vermuten. Man kann sie für den Überblick zweckmäßig in zwei Gruppen einteilen, die Trigeminus- und die Vagusgruppe.

Die Trigeminusgruppe umfaßt den fünften (N. trigeminus), siebenten (N. facialis) und achten (N. acusticus) Hirnnerven. Der Trigeminus ist ein außerordentlich kräftiger Nerv, der seinen Namen davon hat, daß er kurz nach dem Austritt aus der Schädelhöhle sich in drei Zweige teilt. Der vordere (Ramus ophthalmicus) verläuft oberhalb des Auges bis zur Nasengegend, der zweite (Ramus maxillaris) am Oberkiefer, der dritte (Ramus mandibularis) am Unterkiefer und in die Mundhöhle. Vor dieser Aufspaltung bildet der Trigeminus ein großes Ganglion, das G. semilunare (gasseri). Der Nerv enthält vorwiegend sensible Fasern, die von der Haut des gesamten Kopfes kommen, doch führt besonders der dritte Ast auch motorische Fasern. Im Gegensatze dazu ist der siebente Nerv, der N. facialis, bei den höheren Wirbeltieren vorwiegend motorisch. Er innerviert den größten Teil der Gesichtsmuskulatur, enthält aber stets auch sensible Elemente für einen Teil der Mundhöhle. Bei den niederen Wirbeltieren, besonders den Fischen, hat er dagegen einen umfangreichen sensiblen Abschnitt, von dem die Sinnesorgane in den sogenannten Seitenkanälen des Kopfes versorgt werden. Auch der N. facialis bildet kurz nach seinem Austritt aus der Medulla oblongata ein Ganglion, das bei den Fischen oft mit dem des Trigeminus verschmilzt. Wo es selbständig ist, wird es als Ganglion geniculi bezeichnet.

Der Nervus acusticus entspringt stets in unmittelbarer Nachbarschaft des N. facialis und ist vielleicht nur als ein abgegliederter Teil seines sensiblen Abschnittes zu betrachten. Er tritt kurz nach seinem Ursprung aus der Medulla an das Gehörorgan heran und teilt sich dort in zwei Äste, den Ramus vestibularis für den statischen Apparat des Utriculus und der Bogengänge und den Ramus cochlearis, den eigentlichen Gehörsnerv für den Sacculus und die Cochlea bzw. Lagena.

Die zweite große Gruppe der dorsalen Hirnnerven setzt sich zum mindesten bei den höheren Wirbeltieren gleichfalls aus drei Nerven zusammen, dem neunten (N. glossopharyngeus), zehnten (N. vagus) und elften (N. accessorius). Alle drei entspringen dicht nebeneinander aus dem hinteren Teile der Medulla oblongata, so daß ihre Wurzeln oft garnicht zu trennen sind. Der N. glossopharyngeus versorgt mit sensiblen Fasern die Schleimhaut des hinteren Teiles der Mundhöhle und die Sinnesorgane am Zungengrunde, er ist also der Geschmacksnerv. Sein motorischer Anteil beteiligt sich an der Innervation der Schlundmuskulatur. Der N. vagus setzt sich ohne Zweifel aus einer Anzahl ursprünglich unabhängiger Nervenstämme zusammen, die dem Bereich je eines Kiemenbogens angehören. Ihre Ursprünge sind dann im Verlaufe der Phylogenese zu einem gemeinsamen Stamme zusammengerückt. Dieser entsendet seine Zweige bei den Fischen zu den Kiemenbogen vom 2. abwärts — der erste ist der Bereich des Glossopharyngeus — und liefert ihnen sowohl sensible wie motorische Elemente. Die Wurzeln bilden gleich nach ihrem Austritt ein mächtiges Ganglion, das G. branchiale. Von der Kiemenportion geht nach hinten ein starker Zweig ab, der Ramus intestinalis, der am Ösophagus entlang verläuft und seine Zweige an den vorderen Teil des Darmes bis zum Magen und Anfangsteil des Dünndarmes, sowie an das Herz und die Schwimmblase verteilt. Bei den landlebenden Wirbeltieren bildet sich der Kiementeil zurück, es erhalten sich von ihm nur motorische Äste für die Kehlkopfmuskulatur (Rami laryngei); der Ramus intestinalis dagegen gewinnt noch an Bedeutung dadurch, daß er die Lunge mit sensiblen Fasern versorgt. Auf den Beziehungen des Nervus vagus zu den Zentralorganen des Kreislaufs und der Atmung beruht in erster Linie die Lebenswichtigkeit der Medulla oblongata. Bei den Fischen enthält der Nervus vagus außerdem noch eine sehr umfangreiche Portion, die sich weit über den Rumpf erstreckt und die Sinnesorgane der Seitenlinie versorgt, den Ramus lateralis. Er verläuft dicht unter der Haut bis an die Schwanzwurzel, kann sich auch unter Umständen entsprechend der Verzweigung der Seitenlinie in mehrere Äste gabeln. Man hat vielfach versucht, das ganze System der Nerven, welche die Sinnesorgane der Seiten- und Kopfkanäle versorgen, als einen einheitlichen Hirnnerven, den Nervus lateralis, aufzufassen, doch es ist wohl wahrscheinlicher, daß es sich um von Anfang an getrennte Abteilungen mehrerer Hirnnerven handelt. Wie die Betrachtung der Sinnesorgane noch genauer ergeben wird (vgl. S. 468), gehört jedenfalls auch der N. acusticus diesem System an. Entsprechend der Ausbildung von Seitenorganen bei den wasserlebenden Amphibien finden wir dort auch den Nervus lateralis, bei den landlebenden ist er, mindestens im erwachsenen Zustande, rückgebildet und fehlt den Amnioten vollständig.

Der N. accessorius kommt nur den höheren Wirbeltieren als selbständiger Hirnnerv zu, bei den niederen ist er noch deutlich ein Teil des

Urogenital-Apparat.

Schemata der Exkretions- und Geschlechtsorgane von 1) einem Turbellar, 2) einem Schwamm, 3) einer Anthozoe, 4) einem Annelid, 5, 6) einer Muschel, 7) einem Insekt (Biene), 8) einem Krebs (Flußkrebs), 9) einem Seeigel, 10) einem Tintenfisch, 11) Amphioxus, 12) einem Knochenfisch, 13) Amphioxus quer, 14) Nematodenmännchen, 15) Nematodenweibchen, 16, 17) Exkretionsapparat eines Nematoden quer und längs.

am = Ambulakralsystem *coe* = Coelom *d* = Darm *ds* = Dotterstöcke *ef* = Endfaden *gdr* = Giftdrüse *gk* = Geißelkammern *h* = Hoden *hb* = Harnblase *hz* = Herz *k* = Kiemen *kz* = Keimzellen *mp* = Malpighische Gefäße *n* = Nephridien *od* = Ovidukt *ov* = Ovarium *pb* = Peribranchialraum *pc* = Pericard *pn* = Protonephridium *rs* = Receptaculum seminis *sp* = Spicula *ut* = Uterus *va* = Venenanhänge *vd* = Vas deferens *vg* = Vagina *vs* = Venensinus

Verlag von VEIT & COMP. in Leipzig.

Nephridien und Gonodukte. Nähr- und Dotterzellen.

1) Schema eines Protonephridiums. 2) Solenocyten eines Anneliden (nach Goodrich). 3) Schema eines Nephridiums. 4) Nephridium eines Malakostraken. 5, 5a) Verbindung von Protonephridium und Gonodukt. 6, 6a) Verbindung von Nephridium und Gonodukt (nach Goodrich). 7) Wirbeltierembryo mit Urniere (nach Wiedersheim, verändert). 8) Nierenentwicklung der amnioten Wirbeltiere. 9) Nierenkanälchen der Säugetiere. 10) Harn- und Geschlechtsorgane eines Rädertiers. 11) Harn- und Geschlechtsorgane eines Trematoden (nach Lang). 12) Ovarien von Insekten a) ohne Nährzellen (Orthopteren), b) mit Nährkammern (Coleopteren), c) mit Nährzellen in der Endkammer (Hemipteren). 13) Ei- und Nährzellen von Hydra. 14) Ei- und Nährzellen von Daphnia (nach Claus). 15) Ei mit ernährenden Gefäßen eines Cephalopoden (nach Korschelt-Heider). 16) Ovarium des Frosches. 17) Ovarium einer Spinne. 18) Ovarium eines Säugers. 19) Geschlechtsorgane der Weinbergschnecke (nach Lang).

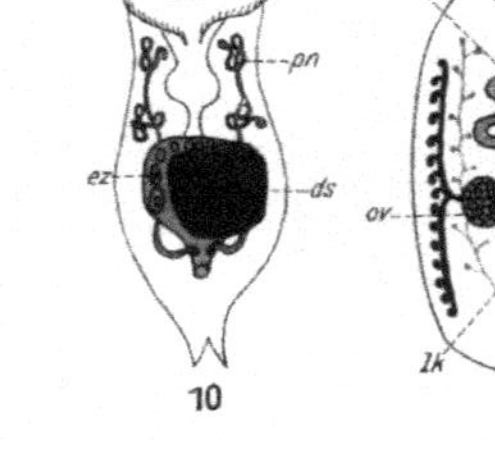

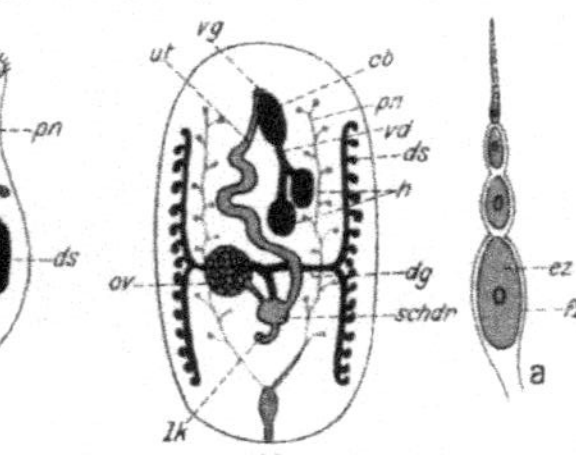

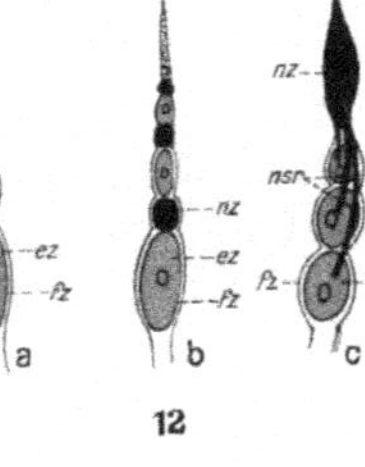

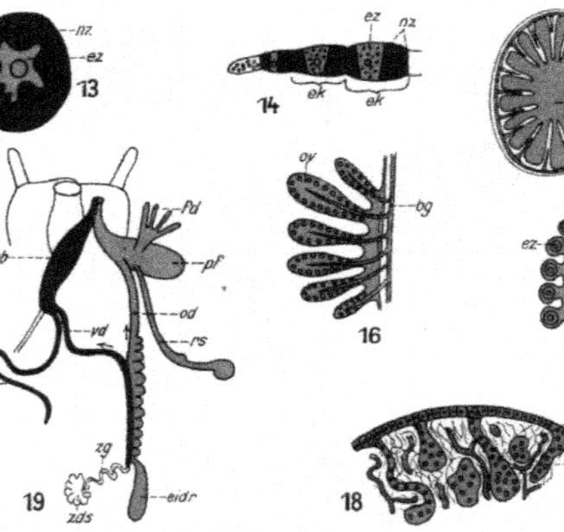

ao = Aorta *bg* = Blutgefäße *cb* = Cirrusbeutel *coe* = Coelom *d* = Darm *dg* = Dottergang *ds* = Dotterstock *eidr* = Eiweißdrüse *ek* = Eikammer *es* = Endsäckchen *exz* = Exkretionszelle *ez* = Eizelle *fd* = fingerförmige Drüse *fl* = Flagellum *fz* = Follikelzellen *gd* = Gonodukt *gl* = Glomerulus *go* = Gonade *h* = Hoden *hs* = Henlesche Schleife *kstr* = Keimstrang *lk* = Laurerscher Kanal *msn* = Mesonephros *mtn* = Metanephros *n* = Nephridium *nk* = Nährkammer *nsr* = Nährstränge *nst* = Nephrostom *nz* = Nährzellen *od* = Ovidukt *ov* = Ovarium *pf* = Liebespfeilsack *pn* = Protonephridium *prn* = Pronephros *py* = Nierenpyramide *rs* = Receptaculum seminis *rz* = Röhrenzellen *schdr* = Schalendrüse tc_1, tc_2 = Tubuli contorti 1. und 2. Ordnung *ur* = Ureter *us* = Ursegment *ut* = Uterus *vd* = Vas deferens *vg* = Vagina *wg* = Wolffscher Gang *wf* = Wimperflamme *zdr* = Zwitterdrüse *zg* = Zwittergang

Verlag von VEIT & COMP. in Leipzig.

Harn- und Geschlechtsgänge der Wirbeltiere.

1–10) Schema der Beziehungen von Enddarm, Exkretions- und Geschlechtsorganen bei den Wirbeltieren (z. T. nach Gaupp), 1) Knochenfisch ♂, 2) Selachier, 3) Frosch ♂. 4) Eidechse ♂, 5) Schildkröte ♂, 6) Säuger ♂, 7) Knochenfisch ♀, 8) Frosch ♀, 9) Reptil ♀, 10) Säuger ♀. **11)** Embryo eines Stechrochen, Pteroplatea (aus Goodrich nach Wood-Mason und Alcock).

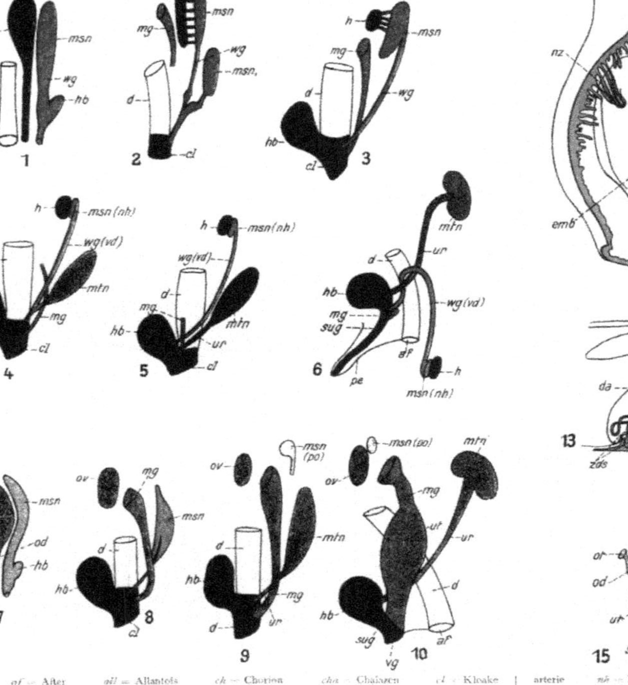

Uterus und Plazenta.

12) Hühnerei (aus Claus-Grobben). **13)** Dottersackplazenta eines Haies. **14)** Allantoisplazenta eines Säugers. **15)** Uterusformen der Säuger, a) Monotremen, b) Beuteltiere, c) Uterus duplex, d) Uterus bicornis, e) Uterus simplex (nach Weber).

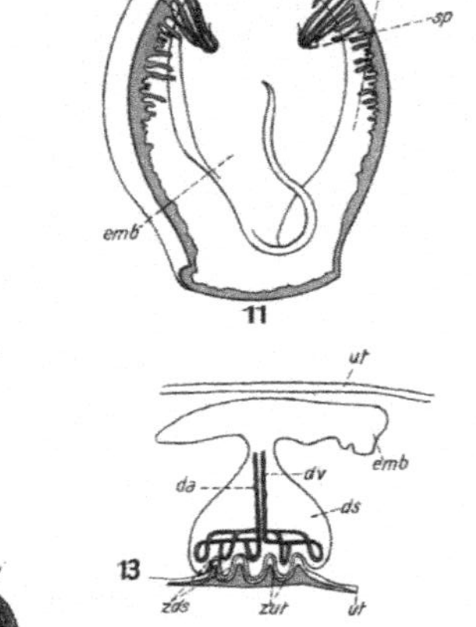

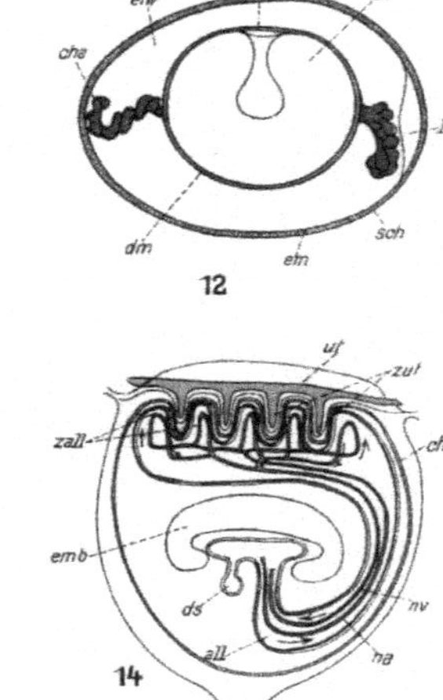

af = After *all* = Allantois *ch* = Chorion *cha* = Chalazen *cl* = Kloake *d* = Darm *da* = Dottersackarterie *dm* = Dottermembran *do* = Dotter *ds* = Dottersack *dv* = Dottersackvene *eiw* = Eiweiß *em* = Eimembran *emb* = Embryo *h* = Hoden *hb* = Harnblase *ksch* = Keimscheibe *lk* = Luftkammer *mg* = Müllerscher Gang *msn* = Urniere msn_1 = abgespaltener Teil der Urniere *mtn* = definitive Niere *na* = Nabelarterie *nh* = Nebenhoden *nv* = Nabelvene *nz* = Nährzotten *od* = Ovidukt *ov* = Ovarium *ot* = Ostium tubae *pe* = Penis *po* = Parovarium *sch* = Kalkschale *sp* = Spritzloch *sug* = Sinus urogenitalis *ur* = Ureter *ut* = Uterus *vd* = Vas deferens *vg* = Vagina *wg* = Wolffscher Gang *zall* = Allantoiszotten *zds* = Dottersackzotten *zut* = Uteruszotten

Verlag von VEIT & COMP. in Leipzig.

Nervensystem.

Schemata des Nervensystems von: 1) Meduse. 2) Turbellar. 3) Trematode (nach Gaffron). 4) Larve von Lopadorhynchus (nach E. Meyer und Bütschli). 5) Annelid. 6) Flußkrebs. 7) Insekt (Biene). 8) Spinne. 9) Muschel. 10) Tintenfisch. 11) Seeigel. 12) Chiton. 13) Fisch. 14) Ascidie.

bst = Bauchstrang *ce* = Cerebralganglion *cm* = Zentralmagen *d* = Darm *dlst* = dorsaler Längsstrang *g* = Ganglion *gh* = Gehirn *k* = Kieme *km* = Kommissur *lst* = Längsstrang *nr* = Nervenring *oschl* = Oberschlundganglion *pe* = Pedalganglion *ra* = Radiärkanal *ran* = Radiärnerv *rk* = Ringkanal *rm* = Rückenmark *rn* = Ringnerv *sa* = Stirnauge *schkm* = Schlundkommissur *schlr* = Schlundring *sg* = Saugnapf *slst* = seitlicher Längsstrang *uschl* = Unterschlundganglion *vi* = Visceralganglion *vlst* = ventraler Längsstrang *wk* = Wimperkranz

Nervensystem. Gehirn. Periphere Nerven der Wirbeltiere.

1) Gehirn eines Insekts (nach Viallanes). 2) Spinalnerv von Amphioxus. 3) Spinalnerv eines Wirbeltiers. 4) Nervennetz eines Coelenteraten. 5) Bauchmark eines Anneliden. 6) Rückenmark eines Wirbeltiers. 7) Primäre Hirnbläschen des Huhns (nach Kollmann). 8) Primäre Hirnbläschen des Menschen (nach Kollmann). 9) 5-teiliges Hirn des menschlichen Embryos (nach Kollmann). 10) Kopfnerven eines wasserlebenden niederen Wirbeltiers. 11) Desgl. eines landlebenden höheren Wirbeltiers (mit Benutzung von Wiedersheim und Bütschli).

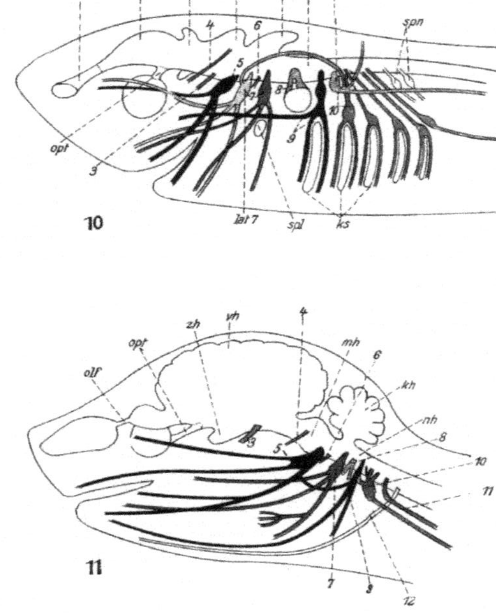

at = Fühlernerv *ch* = Chorda *ck* = Zentralkörper *dw* = dorsale Wurzel *ek* = Ektoderm *ent* = Entoderm *g. opt.* = Ganglion opticum *gz* = Ganglienzellen *hyp* = Hypophyse *kh* = Kleinhirn *ks* = Kiemenspalten *lat 7, 10* = Lateralisteil des 7. bzw. 10. Hirnnerven *mh* = Mittelhirn *nh* = Nachhirn *np* = Neuropil *npo* = Neuroporus *olf* = N. olfactorius *opt* = N. opticus *pk* = pilzhutförmige Körper *rm* = Rückenmark *sa* = Stirnaugen *spl* = Spritzloch *sy* = Sympathicus *vh* = Vorderhirn *vw* = ventrale Wurzel *ws* = weiße Substanz *zh* = Zwischenhirn *I–III* = primäre Hirnbläschen *3–12* = Hirnnerven

Verlag von Veit & Comp. in Leipzig.

Gehirn der Wirbeltiere.

Gehirn von: 1) Petromyzon (nach Edinger). 2) Eines Knochenfisches (nach Wiedersheim). 3) Eines Selachiers (nach Wiedersheim). 4) Eines Amphibiums im Längsschnitt (nach Bütschli). 5) Eines Reptils (nach Wiedersheim). 6) Eines Amphibiums im Längsschnitt (nach Edinger). 7) Eines Vogels (nach Wiedersheim). 8) Eines Känguruhs (nach Bütschli). 9) Eines Menschenaffen (nach Bütschli). 10) Eines Kaninchens (nach Wiedersheim). 11) Eines höheren Säugers im Längsschnitt (nach Edinger).

Vorderhirn = blau Zwischenhirn = rot Mittelhirn = gelb Kleinhirn = grün Nachhirn = orange

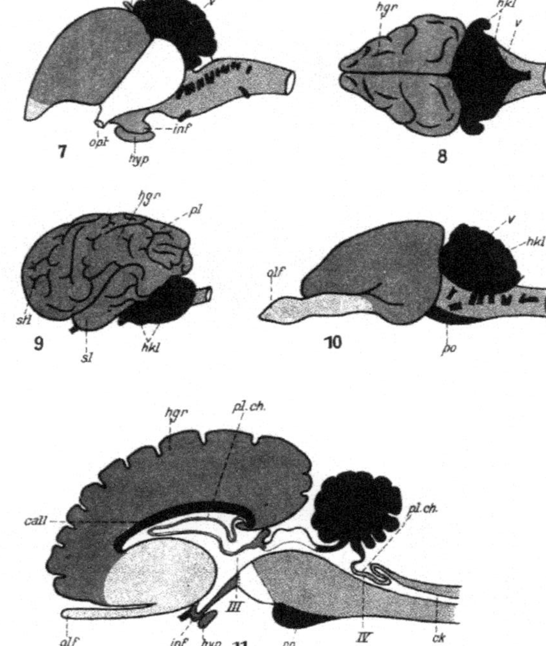

aq. S. = Aquaeductus Sylvii call = Balken ck = Zentralkanal des Rückenmarks pa = Paraphyse pl = Scheitellappen des Großhirns pl. ch. = Plexus chorioideus
ep = Epiphyse hgr = Hemisphären des Großhirns hkl = Hemisphären des Kleinhirns sl = Schläfenlappen des Großhirns stl = Stirnlappen des Großhirns v = Wurm des Kleinhirns
hyp = Hypophyse inf = Infundibulum olf = Olfactorius opt = Opticus I—IV = 1.—4. Ventrikel

Verlag von VEIT & COMP. in Leipzig.

N. vagus. Er ist reiner Muskelnerv, der bei den Säugetieren den Musculus trapezius und sternocleidomastoideus versorgt.

Eine eigentümliche Stellung nimmt endlich der letzte, zwölfte Hirnnerv ein, der als N. hypoglossus bezeichnet wird. Bei den Fischen und zwar besonders bei den Selachiern und niederen Knochenfischen folgen auf den N. vagus eine Anzahl dünner Nervenstämme, die wegen ihrer Zwischenstellung zwischen Gehirn und Rückenmark als spino-occipitale Nerven bezeichnet werden. Sie sind entschieden in Rückbildung begriffen wie die ganzen Segmente, zu denen sie gehören; dies spricht sich schon in ihrer wechselnden Anzahl aus. Sie bilden mit den ersten echten Spinalnerven zusammen einen Plexus cervicalis, aus dessen vorderem Teil Äste für die Schlundmuskulatur hervorgehen. Bei den echten Knochenfischen und ebenso bei den Amphibien ist diese Nervengruppe völlig verschwunden und demgemäß der Umfang des Plexus cervicalis sehr verringert. Wir finden aber auch beim Frosch, daß sich aus ihm ein Nervenstamm abzweigt, der nach vorn verläuft und in die Muskulatur der Zunge eintritt. Dieser Nervus hypoglossus, der also bei den Amphibien ein echter Spinalnerv ist, wird bei den Amnioten in die Schädelkapsel einbezogen und zum zwölften Gehirnnerven. Es liegt darin einer der bedeutungsvollsten Beweise dafür, daß die Grenze von Schädel und Wirbelsäule bei den Amnioten an einer anderen Stelle liegt, als bei den Amphibien und daß bei den höheren Wirbeltieren noch eine Anzahl Segmente in der Kopfbildung aufgegangen sind.

23. Die Sinnesorgane. Die Organe für mechanische und chemische Reize.

Während sich aus dem primitiven Nervenplexus des ursprünglichsten reizleitenden Apparates ein immer vollkommeneres Nervensystem entwickelt, gestalten sich auch die reizaufnehmenden Apparate zu immer höher komplizierten und feiner differenzierten Sinnesorganen aus. Man ist gewohnt, aus der Sinnesphysiologie des Menschen fünf verschiedene Gruppen von Sinneswahrnehmungen zu unterscheiden, die des Gefühls, Geruchs, Geschmacks, Gehörs und Gesichts. Wir finden diese verschiedenen Qualitäten aber keineswegs in der ganzen Tierreihe durch besondere Organe repräsentiert. Vermutlich sind bei niederen Formen die reizaufnehmenden Apparate nicht so streng spezialisiert, sondern reagieren auf verschiedene Reize, z. B. mechanische und chemische in gleicher Weise. Wahrscheinlich sind bei niederen Organismen auch noch gar nicht alle Sinnesqualitäten entwickelt, das Gehörvermögen z. B. fehlt wohl sicher vielen Wirbellosen, vielleicht sogar einem Teil der Wirbeltiere. Wir sind auf diesem Gebiete in unseren Deutungen außerordentlich unsicher, da die physiologischen Versuche oft keine klare

Auskunft geben und der Bau der Sinnesorgane nicht immer einen sicheren Rückschluß auf ihre Funktion zuläßt. Dies hängt damit zusammen, daß die reizaufnehmenden Zellen fast aller Sinnesorgane sich letzten Endes auf einen Typus zurückführen lassen. Es handelt sich um gewöhnlich langgestreckte, spindelförmige Zellen, die an ihrem nach außen gerichteten Ende einen oder mehrere Stäbchen- oder Stiftchenfortsätze tragen und an ihrem anderen Ende sich meist in eine Nervenfaser fortsetzen. Will man eine einigermaßen zweckmäßige Übersicht über die Sinnesorgane gewinnen, so empfiehlt es sich, sie nach den Arten der Energie zu charakterisieren, für deren Aufnahme sie bestimmt sind. Man erhält dann drei große Gruppen, nämlich: Organe zur Aufnahme von mechanischer, chemischer und strahlender Energie.

Am weitesten verbreitet und gewöhnlich am einfachsten gebaut sind die Organe der ersten Gruppe, deren einfachste Form man meist als Tastorgane bezeichnet. Wir finden sie schon überall bei den niedersten Organismen in Form von Tasthaaren oder Borsten, die entweder diffus über die Körperoberfläche verteilt oder an einzelnen Punkten zu Gruppen vereinigt sein können. Sehr reich daran ist z. B. die Haut mancher Würmer, und auch bei Mollusken haben sie weite Verbreitung. Besonders hohe Ausgestaltung gewinnen sie bei den Arthropoden, deren Chitinskelett für solche Apparate eine besonders geeignete Grundlage abgibt. Bei Krustazeen und Insekten finden wir die mannigfaltigsten Formen von Spürhaaren und Tastborsten. Meist sind sie lang und spitz, oft gefiedert (XXXVIII, 1), nicht selten beweglich in einer Grube der Cuticula eingelassen. Stets liegt an ihrer Basis eine große kolbige Sinneszelle, von der eine Nervenfaser bis zur Spitze des Haares empor verläuft. Besonders reich an Tastapparaten sind gewöhnlich die Fühler, die bei allen Arthropoden zum Abtasten der Umgebung verwendet werden, wie man etwa bei Insekten, z. B. Ameisen, sehr leicht beobachten kann. Unter den mancherlei merkwürdigen Ausgestaltungen, die diese Apparate für besondere Tastwahrnehmungen erfahren haben, ist wohl keine eigenartiger, als die der Luftdruckmesser, die sich hauptsächlich am Rande der Flügelunterseite vieler Schmetterlinge finden (XXXVIII, 2). Sie sind genau nach dem Prinzip der Aneroidbarometer gebaut: eine kreisrunde oder ovale, flach gewölbte Chitinkuppel ist in einen dünnen elastischen Falz eingelassen; unter ihrer Mitte ragt das Stäbchen einer Sinneszelle so empor, daß es dicht unter dem höchsten Punkte der Wölbung endet. Fliegt der Schmetterling, so wird durch den Druck des Flügels gegen die Luft die Kuppel niedergedrückt und das Sinneshaar gereizt. Die Stärke des Druckes gibt einen Maßstab für die Geschwindigkeit des Fluges, evtl. auch für die ungleichmäßige Beanspruchung beider Flügelpaare bei Steuerbewegungen.

Auch bei den Wirbeltieren sind derartige Tastapparate anzutreffen.

hierhin gehören z. B. die außerordentlich empfindlichen Spürhaare der Katzen und anderer Raubtiere, die sich nicht nur in der Umgebung des Maules, sondern auch an anderen Stellen, z. B. an Extremitäten finden (Sinushaare). Bei Fischen und Amphibien treffen wir in der Haut verteilt Gruppen solcher Tasthaare, die sogenannten Sinnesknospen (XXXVIII, 3). Es handelt sich um gewöhnlich etwas eingesenkte Zellgruppen, die außer den eigentlichen Sinneszellen mit ihren Stäbchen noch aus langzylindrischen Stützzellen aufgebaut sind. Sie verteilen sich über die ganze Körperoberfläche, sind aber besonders reichlich am Kopf und vor allem an den Tastfäden entwickelt, die um die Mundöffnung vieler Fische wie der Welse und zahlreicher Karpfenarten stehen.

Meist wird jedoch bei den Wirbeltieren die Tastempfindung durch eine ganz eigenartige Gruppe von Sinnesorganen vermittelt, die gar keine mit einem Endstäbchen versehenen Sinneszellen besitzen. Diese sogenannten Drucksinnesorgane sind wahrscheinlich hervorgegangen aus freien Nervenendigungen, die aus dem Bindegewebe zwischen den Epithelzellen emporsteigen. Sie werden offenbar dadurch erregt, daß sie bei Druck auf die umgebenden Epithelzellen zusammengepreßt werden. Derartige freie Nervenendigungen, die wohl vorwiegend auf mechanische, daneben aber auch vielleicht auf chemische Reize reagieren, finden sich auch bei Wirbellosen mit weicher Körperoberfläche weit verbreitet. Bei den Wirbeltieren entwickeln sich aus ihnen scheibenartig abgeplattete (XXXVIII, 4) oder knopf- bis kolbenförmige oft ziemlich umfangreiche Sinnesorgane, in deren Achse das Endgeflecht eines sensiblen Nerven liegt (XXXVIII, 5, 6). Die äußere Hülle wird von zwiebelschalenartig angeordneten Bindegewebszellen gebildet. Solche Tastkörperchen von im einzelnen etwas verschiedenem Bau sind im Unterhautbindegewebe der Wirbeltiere weit verbreitet. Je nach ihrer Anzahl in der Flächeneinheit ist die Druckempfindlichkeit verschiedener Körperstellen außerordentlich verschieden. Besonders zahlreich sind sie es in den Tastballen der Finger und im Schnabel vieler Wasservögel, mit dem diese ihre Nahrung im Schlamme des Grundes suchen. Organe von ganz ähnlichem Bau, die sogenannten Vater-Pacinischen Körperchen, kommen auch in den inneren Organen und zwar in den Mesenterien der Eingeweide und in den Muskeln vor. Dort sind sie offenbar bei der wechselnden Spannung dieser Organe verschieden starkem Druck von der Umgebung ausgesetzt, sie vermitteln dem Organismus Reize, die für die Aufrechterhaltung seiner Lage im Raum und für koordinierte Bewegungen wie für die Regulation der Peristaltik der Eingeweide von großer Bedeutung sind.

Derartige Drucksinnesorgane, nach einem etwas anderen Prinzip gebaut, kommen auch im Körper der Arthropoden in weiter Verbreitung vor. Es sind die Chordotonalorgane (XXXVIII, 16). Sie bestehen aus einem Zuge von Bindegewebsfasern, der von einem Segment des Körpers zum anderen verläuft, also bei verschiedenen Stellungen dieser Segmente zueinander verschiedenen Spannungen ausgesetzt ist. In diese Bindegewebsfasern eingelassen liegen die langgestreckten Fortsätze von zwei bis drei Sinneszellen, in deren jedem sich ein stiftchenförmiges, stark lichtbrechendes Körperchen befindet. Auch hier wird offenbar der wechselnde Druck der verschieden stark gespannten Bindegewebsfasern von den Sinneszellen aufgenommen und an die zentrale Ganglienkette weiter gegeben. Man findet solche Chordotonalorgane nicht nur zwischen verschiedenen Körpersegmenten, sondern auch zwischen den einzelnen Abschnitten eines Beines ausgespannt.

Eine besondere Abart der Tastorgane stellen die Einrichtungen dar, welche dazu bestimmt sind, mechanische Reize aufzunehmen, die durch Lageveränderung des Organismus ausgelöst werden. Dies sind die statischen Organe oder Organe des Gleichgewichtssinnes. Das Prinzip, nach dem sie gebaut sind, ist in der ganzen Tierreihe sehr ähnlich. Stets handelt es sich um feste Körper, die einen Druck auf die Tasthaare von Sinneszellen ausüben. Dadurch, daß sich die Lage des Gewichtes, des sogenannten Statolithen, verschiebt, werden andere Sinneszellen erregt als bei der Ruhelage und dadurch Bewegungen ausgelöst, die auf die Wiederherstellung der Normallage abzielen. Am schönsten läßt sich dies Prinzip am statischen Organ der Ctenophoren erläutern (XXXVIII, 7). Dort liegt an dem der Mundöffnung entgegengesetzten Körperende eine Grube, die von verschmolzenen Wimpern glockenförmig überwölbt wird. Im Innern treffen wir einen kugelförmigen Haufen von Körnern aus kohlensaurem Kalk; in ihn sind vier starke, elastische Borsten eingesenkt, die sich paarweise gegenüberstehen und den Statolithen federnd in der Schwebe halten. Schwimmt die Rippenqualle mit dem Sinnespol senkrecht nach oben gerichtet im Wasser, so sind alle 4 Federn gleichmäßig belastet. Neigt sich der Körper aber nach einer Seite, so wird die abwärts gerichtete Feder stärker belastet und der so ausgelöste Reiz pflanzt sich zu den zwei Reihen von Schwimmplättchen dieses Quadranten fort. Dadurch, daß sie nun stärker nach abwärts schlagen, wird diese Seite aufgerichtet und so die Normallage wieder hergestellt. Wird sie bei der Drehbewegung überschritten, so löst die Verschiebung des Statolithen automatisch eine verstärkte Tätigkeit der Schwimmplättchen der Gegenseite aus und so wird nach einigen Pendelbewegungen die Gleichgewichtslage hergestellt. Ähnlich gebaute Organe sind bei den Medusen weit verbreitet; die Statolithen liegen dort am Schirmrande, entweder in offenen Gruben oder in geschlossenen Bläschen, Statozysten. Bei den Trachomedusen (XXXVIII, 8) sind sie wie Klöppel einer Glocke aufgehängt, die bei Lageveränderungen an die Sinneshaare der Wandung anschlagen. Bei den Mollusken treffen wir gleichfalls blasenförmige Gleichgewichtsorgane mit Statolithen, sie liegen meist am vorderen Körperende in der Nachbarschaft der zentralen Ganglien. Bei den Arthropoden begegnet uns derselbe Typus bei den freischwimmenden Schizopoden, wo große Statocysten im Schwanzfächer liegen (XXXVIII, 9). Beim Flußkrebs stellen sie eine Grube an der Basis der ersten Antenne dar; dort wird merkwürdigerweise der Statolith nicht von Körper gebildet, sondern der Krebs verschafft ihn sich dadurch, daß er irgendwelche schwere Gegenstände, z. B. Sandkörnchen, in die Statozyste hineinsteckt. Der Physiologe Kreidl hat diese Gewohnheit zu einem geistreichen Experiment benutzt, das die Wirkungsweise des Organs sehr hübsch zeigt. Er gab frisch gehäuteten Krebsen, die mit ihrer alten Haut auch die Statolithen verloren hatten, statt des gewohnten Sandgrundes Eisenfeilspäne ins Aquarium. Die Tiere benutzten diese auch als Statolithen. Brachte nun Kreidl einen Magneten in die Nähe, so konnte er die Krebse zu völlig ungewohnten Stellungen bringen, da durch die Anziehung des Magneten die Druckrichtung der Statolithen sich änderte und die Tiere bestrebt waren, diejenige Stellung einzunehmen, bei welcher der Druck ebenso verteilt war, wie mit einem gewöhnlichen Statolithen in der Normallage. Wurde der Magnet z. B. von oben herangebracht, so wendeten sich die Krebse mit dem Rücken nach abwärts.

Auch die Wirbeltiere besitzen statische Organe von hoher Leistungsfähigkeit und ähnlicher Anordnung. Zum Verständnis ihrer Entstehung empfiehlt es sich von den eigentümlichen Tastapparaten auszugehen, die wir bei den Fischen und wasserlebenden Amphibien als Organe der Seitenlinie bezeichnen. Dort stehen am Rumpfe entlang und in mehreren Reihen am Kopfe verteilt (XXXVIII, 11) Organe, welche die größte Ähnlichkeit mit den Sinnesknospen besitzen, die wir schon bei den echten Tastorganen kennen lernten. Sie stellen scheibenförmige Polster dar, die sich aus Sinneszellen mit Tasthaaren und dazwischengeschalteten zylindrischen Stützzellen zusammensetzen. Offenbar sind es auch zunächst echte Tastapparate, die z. B. bei den Amphibienlarven ganz oberflächlich in der Haut liegen und wohl dazu dienen können, den Tieren beim Durchstreifen des Pflanzengewirrs ihrer Wassertümpel Tasteindrücke zu vermitteln. Bei den Fischen entwickelt sich aber daraus ein besonderes Sinnesorgan, das Bewegungen im umgebenden Wasser wahrzunehmen gestattet. Die Organe senken sich dort in die Tiefe, so daß zunächst Rinnen und beim Zusammenschlusse der seitlichen Epithelwände über der Einstülpung Kanäle entstehen, die nur durch einzelne Poren mit dem umgebenden Wasser in Verbindung stehen (XXXVIII, 10). Im Innern der Kanäle befindet sich eine von Drüsen der Wand abgeschiedene schleimige Flüssigkeit. Bewegt sich nun in der Nähe eines Fisches ein Gegenstand durchs Wasser, so wird durch die Verdrängung des Wassers eine Druckwelle von ihm ausgehen und an den Körper des Fisches anschlagen. Dieser Druck wird auf die Flüssigkeit im Innern der Seitenkanäle übertragen, pflanzt sich in ihr fort und die so ausgelösten Flüssigkeitsverschiebungen erregen die Sinneszellen. In ähnlicher Weise wird der Fisch imstande sein, mit Hilfe dieser Organe festzustellen, wann er an einem festen Körper vorüberschwimmt, der die durch die Bewegungen des Fisches ausgelösten Druckwellen reflektiert. Dieser den Fischen eigentümliche Sinn kann gelegentlich außerordentlich fein ausgebildet sein und z. B. den Tiefseefischen den Gesichtssinn mehr oder weniger ersetzen. Wir finden dann sehr geräumige Kanäle mit mächtigen Sinnespolstern besonders am Kopf ausgebildet. Oft sind einzelne Strecken dieser Kanäle noch durch Membranen abgegrenzt und der Fisch kann wahrscheinlich mit diesem Apparat nicht nur nach der Stärke des Druckes die Größe und die Geschwindigkeit eines vorüberschwimmenden Organismus erkennen, sondern auch aus der Reihenfolge der gereizten Organe die Richtung, woher er kommt.

Ganz ähnlich wie diese Seitenkanäle entwickelt sich nun auch der statische Apparat aller Wirbeltiere. Es tritt nämlich beim Embryo an den Seiten des Hinterkopfes eine grubenförmige Einsenkung auf, die allmählich in die Tiefe rückt und zu dem sogenannten Hörbläschen wird. Dieses ist mit einer Flüssigkeit, der Endolymphe, erfüllt und steht mit der Außenwelt durch die ursprüngliche Einstülpungsstelle, den Canalis endolymphaticus in Verbindung. In der Wand des Hörbläschens entwickeln sich Sinneszellen, die durchaus denen in den Seitenorganen gleichen. In der weiteren Entwicklung schließt sich nun der ursprüngliche Eingangskanal und der Apparat gestaltet sich dadurch aus, daß aus dem ursprünglichen Hörbläschen, das nun als Utriculus bezeichnet wird, Gänge hervorsprossen, die man als die Bogengänge oder halbzirkelförmigen Kanäle bezeichnet. Die Cyclostomen besitzen nur einen bzw. zwei (XXXVIII, 12) solche Kanäle, bei den übrigen Wirbeltieren finden wir stets drei, die annähernd in den drei Richtungen des Raumes angeordnet sind (XXXVIII, 13—15). Jeder Kanal besitzt an seinem Abgange vom Utriculus eine Erweiterung, die Ampulle, und in dieser liegen die Sinneszellen zu einer sogenannten Crista statica angeordnet. Auf ihnen ruht ein Statolith, der wie bei vielen Wirbellosen aus kohlensaurem Kalk besteht. Jede Drehung des Körpers muß, je nach Richtung, in welcher sie erfolgt, diesen Sinnesapparat der drei Bogengänge in verschiedener Weise beeinflussen. Daß tatsächlich die Orientierung im Raum und die Koordination der Bewegungen von diesem Apparat abhängen, ist durch seine experimentelle Ausschaltung in zahlreichen Fällen erwiesen. Der ganze Apparat wird vom Ramus vestibularis des Nervus acusticus versorgt und wir erkennen jetzt, in wie naher funktioneller Beziehung dieser Nerv zu den Ästen des N. facialis und des N. vagus steht, welche die Seitenkanäle versorgen (vgl. S. 462, Taf. XXXVI, 10).

Gleichzeitig mit der Entwicklung der Bogengänge schnürt sich von dem Utriculus ein zweites Bläschen ab, der Sacculus (XXXVIII, 13). An diesem entsteht ein stab- oder flaschenförmiger Fortsatz, die

Lagena (XXXVIII, 14). Bei den Säugetieren rollt sich diese spiralig nach Art eines Schneckenhauses auf und liefert die Schnecke (Cochlea) (XXXVIII, 15). Dadurch, daß dieser Apparat eine Verbindung mit der Umgebung gewinnt, die es ihm gestattet, Schallwellen zu perzipieren, wird er zu einem Gehörorgan. Den Zugang für die Schallwellen liefert die erste Kiemenspalte, das sogenannte Spritzloch der Fische. Sie wird bei den landlebenden Wirbeltieren zum Gehörgang. Ihre innere Öffnung, die in die Rachenhöhle mündet, ist die Tuba eustachii, die äußere Öffnung wird durch eine schwingende Membran, das Trommelfell, verschlossen (XXXVIII, 19). Die Übertragung der Schallschwingung zum eigentlichen Gehörapparat übernehmen Knochen; bei den Amphibien und Sauropsiden das umgewandelte Hyomandibulare, die Columella, bei den Säugetieren tritt dazu noch das Articulare (Hammer, Malleus) und das Quadratum (Ambos, Incus) (vgl. S. 373, Taf. XX, 11). Die Columella wird hier als Steigbügel, Stapes, bezeichnet. Das ganze Gehörorgan und statische Organ ist bei den Amnioten in die Knochen der Gehörregion eingeschlossen. So entsteht um die mit Endolymphe gefüllten Räume, die man in ihrer Gesamtheit als häutiges Labyrinth bezeichnet, eine Knochenumhüllung, die ihre Form genau wiederholt, das knöcherne Labyrinth (XXXVIII, 19). Beide berühren sich aber nicht unmittelbar, sondern zwischen Knochenwand und Endolymphräumen liegen Hohlräume, die gleichfalls mit einer Flüssigkeit, der Perilymphe, ausgefüllt sind. In der Schnecke begleiten diese Perilymphräume den Schneckenfortsatz des Sacculus ober- und unterhalb als Scala tympani bzw. vestibuli. Dort, wo das knöcherne Labyrinth dem Gehörgang anliegt, hat es zwei fensterförmige Öffnungen, die mit Membranen überspannt sind. An die dem Trommelfell zunächst gelegene Fenestra ovalis heften sich die Gehörknöchelchen mit der Endplatte des Steigbügels an. Die Schwingungen des Trommelfells pflanzen sich also auf die Membran der Fenestra ovalis und durch diese auf die Perilymphe fort, laufen die Scala vestibuli hinauf, die Scala tympani hinab und schwingen an der Fenestra rotunda aus. Auf diesem Wege wird auch die Endolymphe des Schneckenfortsatzes in Schwingungen versetzt, und diese erregen die Sinneszellen des sogenannten Cortischen Organs. Diese sind letzten Endes auch nichts anderes als Tastzellen, die, mit Stützzellen untermischt, auf einer Grundplatte, der Basilarmembran, aufruhen und von einer schützenden Deckplatte überlagert werden. Der in der Spindel der knöchernen Schnecke verlaufende Ramus cochlearis des Nervus acusticus nimmt diese Erregungswellen auf. Dadurch, daß je nach der Schwingungszahl der Schallwellen verschiedene Bezirke des über die ganze Schnecke verteilten Cortischen Organs gereizt werden, kommen die gesonderten Erregungen für verschiedene Töne zustande.

Die Frage, wie weit in der Wirbeltierreihe ein echtes Gehörvermögen ausgebildet ist, läßt sich nur schwer mit Sicherheit beantworten. Besonders bei den Fischen ist die Antwort noch unsicher, da einerseits infolge des primitiven Baues ihrer Lagena und bei dem Fehlen eines schalleitenden Apparates die morphologischen Vorbedingungen für das Zustandekommen eines Gehörreizes ungünstig sind und es andererseits ziemliche Schwierigkeiten macht, im Wasser Schallwellen zu erzeugen, ohne gleichzeitig mechanische Reize auszulösen. Noch schwieriger liegt die Frage bei den Wirbellosen. Wir werden in erster Linie dort einen Gehörsinn erwarten, wo von den Tieren selbst Töne erzeugt werden. Dies ist bei vielen Insekten der Fall. Oft erzeugt dann nur das eine Geschlecht die Töne, und es läßt sich durch Beobachtung feststellen, daß sie als Reize zum Zusammenfinden der Geschlechter wirken (vgl. S. 187). Man hat nun speziell bei den Heuschrecken, deren Männchen durch Anstreichen der Flügel gegeneinander oder mit den Hinterbeinen die bekannten zirpenden Geräusche hervorbringen, Organe gefunden, die sich als Gehörapparate deuten lassen (XXXVIII, 17, 18). Sie sind auf ganz anderer Basis entstanden, als bei den Wirbeltieren und stellen umgewandelte Chordotonalorgane dar. Denken wir uns, daß die Sinneszellen dieser Organe nicht einer Bindegewebsfaser eingelagert, sondern einer schwingenden Membran aufgelagert sind, so kann man sich wohl vorstellen, daß ihre Sinnesstiftchen in Erregung geraten, wenn diese Membran durch Schallwellen erschüttert wird. Tatsächlich finden wir nun bei den Heuschrecken schwingende Membranen, die aus der Körperwand hervorgehen und in einen elastischen Chitinring eingespannt sind. Auf ihrer Innenseite liegen große Tracheenblasen, welche die Schwingungen aufnehmen, und auf diesen sind Gruppen von Sinneszellen ausgebreitet, deren Bau durchaus dem der Chordotonalzellen gleicht. Bei den Feldheuschrecken liegt der ganze Apparat an der Seite des ersten Abdominalsegmentes, bei den Laubheuschrecken in der Tibia des ersten Beinpaares.

Die Sinnesorgane, welche auf chemische Reize reagieren, pflegt man gewöhnlich nach den beim Menschen vorliegenden Verhältnissen als Geschmacks- und Geruchsorgane zu unterscheiden, und zwar reagieren normal die ersteren auf flüssige, die zweiten auf gasförmige Reizstoffe. Vergleichend anatomisch läßt sich dieser Unterschied kaum aufrecht erhalten. Bei Wassertieren z. B. gelangen alle Reizstoffe in gelöster Form an die Sinnesorgane heran und doch läßt sich in der Art ihrer Reaktionen kein wesentlicher Unterschied gegenüber den luftlebenden Tieren nachweisen. Um einen rein äußerlichen Unterschied zu machen, hat man so definiert, daß die auf Fernwirkung eingestellten Organe als Geruchsorgane, die zur chemischen Untersuchung der Nahrung dienenden, am Eingang des Verdauungskanals liegenden als Geschmacksorgane bezeichnet werden sollen. Auch morphologisch stimmen die chemischen Sinnesorgane so weitgehend überein, daß sich daraus kein durchgreifender Unterschied ableiten läßt.

Doch weisen neuere Untersuchungen darauf hin, daß sich aus der chemischen Natur der Reizstoffe vielleicht ein allgemein giltiger Unterschied zwischen Geruch und Geschmack gewinnen läßt.

Ein Witterungsvermögen, d. h. eine Reaktion auf chemische Reize, die von entfernteren Gegenständen ausgehen, finden wir schon bei niederen Tieren. So wittern z. B. unter den Ctenophoren die räuberischen *Beroe*-Arten ihre Beute und umschwimmen sie im Aquarium in immer enger werdenden Spiralen, bis sie sie schließlich ergreifen. Unter den Plattwürmern besitzen die Turbellarien gleichfalls ein wohlausgebildetes Geruchsvermögen. Hier erkennt man auch die zugehörigen Sinnesorgane, einzeln stehende Zellen mit Stäbchenfortsätzen, die am Vorderende des Körpers liegen und zu denen eine Nervenfaser tritt. Ganz ähnliche Zellen liegen in den Fühlern der Schnecken, bei den Tintenfischen stehen sie in Gruppen vereinigt in einer Grube unter den Augen, bei den Muscheln ist ein besonderes Geruchsorgan entwickelt, das als Osphradium bezeichnet wird. Es liegt am hinteren Körperende dicht unter dem Viszeralganglion, dort, wo der Strom des Atemwassers in die Mantelhöhle eintritt. In geringerer Ausbildung kommt dies Organ auch den übrigen Mollusken zu.

Bei den Wirbeltieren sammeln sich die Riechzellen zunächst auch in einer Grube, die beiderseits etwas dorsal und seitlich von der Mundöffnung gelegen ist. Bei den Selachiern steht sie mit den Mundwinkeln durch eine Rinne in Verbindung. Diese Nasengrube senkt sich meist tief ein und wird zu einem geräumigen Sack, dessen Wände bei den meisten Fischen zur Vergrößerung der Oberfläche in zahlreiche Falten gelegt sind (XXXIX, 2). Der Sack wird von ringförmigen Muskelfasern umgeben, die ihn zusammenpressen und das Wasser herausdrücken können, wodurch stetig neues Wasser den Riechzellen zur Untersuchung zugeführt wird. Die Schleimhaut dieses Nasensackes enthält spindelförmige Sinneszellen, deren jede ein ganzes Büschel kurzer Sinneshaare trägt, ferner Stützzellen und dazwischen becherförmige Drüsenzellen, die ein schleimiges Sekret ausscheiden. Bei den luftatmenden Wirbeltieren modifiziert sich das Organ dadurch, daß die Nasensäcke innere Öffnungen nach der Rachenhöhle zu gewinnen, die Choanen. Die Luft wird dann bei der Einatmung durch die Nase gesaugt, so daß irgendwelche chemische Reizstoffe die Riechschleimhaut passieren müssen. Bei den höheren Wirbeltieren entwickelt sich das Witterungsvermögen zu großer Vollkommenheit. Durch die Bildung des harten Gaumens wird bei vielen Sauropsiden und allen Säugern die Choanenöffnung weit nach hinten verlagert (vgl. S. 372, Taf. XX, 8, 9) und eine oft sehr umfangreiche Nasenhöhle von der Mundhöhle abgegliedert (XXXIX, 1). Zur Vergrößerung der Oberfläche entwickeln sich auch hier Schleimhautfalten, die von Knochenfortsätzen der umgebenden Schädelknochen bzw. von besonderen neu auftretenden Knochen, den Turbinalia, gestützt werden. So entstehen die Nasenmuscheln (Conchae) (vgl. S. 374, Taf. XX, 3, 6). Je höher ausgebildet das Riechvermögen, desto verwickelter ist die Faltenbildung. Es zeigt sich aber, daß nicht die ganze Nasenhöhle mit Riechzellen besetzt ist, diese beschränken sich vielmehr auf den hinteren oberen Teil. Der vordere untere Teil, in den das vom Oberkiefer ausgehende Maxilloturbinale, die untere Muschel, hineinragt, dient nur als Vorraum, in dem die Atemluft erwärmt wird. Damit hängt zusammen, daß wir die komplizierteste Oberflächengestaltung dieser unteren Muschel bei den Seehunden finden, die ganz vorwiegend in kalten Zonen leben. Der Bau der Riechschleimhaut gleicht durchaus dem der niederen Wirbeltiere, sehr zahlreich sind immer die Drüsenzellen, welche die Aufgabe haben, das der Verdunstung so stark ausgesetzte Epithel feucht zu halten.

Die höchste Entwicklung erreicht das Riechvermögen wohl bei den Arthropoden. Dort hat es seinen Sitz vorwiegend in den Fühlern. Bei den Krustazeen, deren feines Witterungsvermögen deutlich daraus hervorgeht, daß sie sich besonders leicht in Reusen fangen lassen, die mit riechenden Stoffen beködert sind, stehen an den Enden der einzelnen Fühlerglieder zwischen den gewöhnlichen Borsten eigentümliche blasse kegelförmige Gebilde. Die helle Farbe rührt davon her, daß ihre Chitindecke besonders dünn ist, so daß leicht ein Durchtritt chemischer Stoffe erfolgen kann. Im Innern ist der Sinneskegel von dem Plasmafortsatz einer Sinneszelle erfüllt, in dem eine Nervenfaser bis zur Spitze verläuft (XXXIX, 3a). Ganz ähnliche Bildungen treffen wir auch in den Fühlern der luftlebenden Arthropoden. Oft kompliziert sich aber bei diesen der Apparat dadurch, daß die Sinneskegel sich verkürzen und in eine grubenförmige Vertiefung der Fühleroberfläche eingesenkt sind. So entstehen die Geruchsgruben (XXXIX, 3b, 3c), die besonders bei den Insekten ganz außerordentlich verbreitet sind. Manchmal fließen eine Anzahl solcher Gruben zusammen und es entsteht dann eine sogenannte Siebplatte, so genannt, weil ihre Oberfläche von zahlreichen Poren, den Öffnungen der Einzelgruben durchbohrt ist. Hier sind die Sinneskegel gewöhnlich ganz rückgebildet und die Nervenfasern enden frei im Plasma des Grundes der Grube (XXXIX, 3d). Bei vielen Insekten ist der gesamte Fühler eng mit solchen Geruchsorganen besetzt. Wenn zudem die Oberfläche des Fühlers noch durch Bildung von Falten oder Kämmen vergrößert wird, so kann die Zahl der Sinnesorgane ganz außerordentlich hoch werden, ihre Leistung ist dementsprechend ganz erstaunlich. Es ist eine bekannte Tatsache, daß die Männchen vieler Schmetterlinge die Weibchen auf eine Entfernung von gelegentlich mehreren Kilometern zu wittern vermögen (vgl. S. 184). Ebenso lockt der Geruch toter Tiere allerlei Aaskäfer aus weiter Entfernung herbei.

Die Geschmacksorgane finden wir bei den meisten Tieren in der

Mundhöhle selbst angeordnet. Bei den niederen Tieren stehen dort nur vereinzelte Sinneszellen, ein eigentliches Geschmacksorgan ist dagegen das sogenannte Subradularorgan der Mollusken, das, wie der Name sagt, im Grunde der Radulatasche liegt. Bei den Wirbeltieren ordnen sich die Schmeckzellen zu sogenannten Geschmacksknospen zusammen. Ihr Bau gleicht auffallend dem der Sinnesknospen, die wir als Tastapparate auf der Haut und in den Seitenlinien angeordnet fanden. Bei den Fischen verteilen sich diese Geschmacksknospen in der ganzen Mundschleimhaut bis zu den Kiemenbögen, bei den höheren Wirbeltieren beschränken sie sich im wesentlichen auf die Zunge. Dort sitzen sie an den Zungenpapillen und zwar besonders an den Papillae foliatae der seitlichen Zungenränder und an den Papillae circumvallatae im Zungengrunde. Dort stehen sie zu Gruppen in der kreisförmigen Einsenkung, welche jede solche Papille umfaßt (XXXIX, 4).

Bei den Arthropoden finden wir, entsprechend der eigenartigen Methode der Zerkleinerung der Nahrung mit Hilfe der Gliedmaßen, die Geschmacksorgane weniger im Innern der Mundhöhle selbst, als auf den Tastern der Mundgliedmaßen. Sie sind dort ganz nach Art der Geruchsorgane gebaut und es bleibt einigermaßen willkürlich, welcher der beiden Gruppen von chemischen Sinnesorganen man die Gebilde im einzelnen Falle zurechnen will. Doch sind auch im Innern der Mundhöhle bei vielen Insekten Sinneszellen beschrieben worden, die man wohl am besten als Schmeckzellen deuten kann. Sie stehen hauptsächlich auf dem Mundboden und besonders gern auf der davon abgegliederten Hautfalte, die als Hypopharynx bezeichnet wird.

24. Die Organe des Lichtsinns.

Die höchste und mannigfaltigste Entwicklung unter allen Sinnesorganen gewinnen die zur Aufnahme der Lichtenergie, die Sehorgane. Wir finden Lichtempfindlichkeit schon bei den niedersten Organismen, selbst bei den Protozoen, deutlich entwickelt. Sie äußert sich in einem Hinstreben oder Abwenden vom Licht (positiver bzw. negativer Phototropismus). Schon bei manchen Protozoen kann man konstatieren, daß bestimmte Plasmabezirke durch Lichtstrahlen besonders erregbar sind. Verfolgt man z. B. die Bewegungen mancher Bakterien oder der *Euglena*-Arten unter den Flagellaten mit dem Mikroskop, so sieht man, daß die Reaktion beim Übergang von hell in dunkel dann ausgelöst wird, wenn das Vorderende des Körpers in die veränderte Beleuchtung gerät. Bei den Euglenen finden wir an diesem Vorderende einen roten Pigmentfleck (XXXIX, 5). Das Pigment umhüllt becherförmig die offenbar besonders lichtempfindliche

Plasmapartie, so daß das Licht in diese nur von vorn gelangen kann. Ein solcher Apparat ermöglicht in einfachster Weise eine Einstellung des Körpers und der Bewegung gegen eine Lichtquelle, also ein primitivstes Richtungssehen.

Bei den niederen Metazoen finden wir die gleiche Lichtempfindlichkeit weit verbreitet, ohne daß dafür besondere Sinnesorgane ausgebildet zu sein brauchen. Besonders bei Tieren, welche im Dunkeln leben, sei es im Boden oder im Innern von Pflanzen oder in tieferen Wasserschichten, treffen wir meist eine starke Empfindlichkeit für hell und dunkel. Sehr interessant ist in dieser Beziehung das Verhalten mancher Muscheln, die im Schlamm des Meeres vergraben liegen und nur ihre Atemröhren (Siphonen) herausstrecken. Diese sind dann in hohem Maße lichtempfindlich, ohne daß anatomisch besondere Sehorgane in ihnen nachzuweisen wären. Durch die Untersuchungen von v. Heß wissen wir, daß diese Organe sogar auf Licht verschiedener Wellenlänge eines Spektrums mit verschiedener Intensität reagieren. Die Reaktionskurve, die man aus solchen Messungen ableiten kann, stimmt durchaus mit der für die Helligkeitsreaktion aller eigentlichen Sehorgane überein. Auch die gesamte Körperhaut des Regenwurms besitzt ausgesprochene Lichtempfindlichkeit, doch wird sie hier durch besondere morphologisch nachweisbare Lichtsinneszellen übermittelt, diese stellen einen ganz besonderen Typus dar, insofern, als sie nicht ein Sinnesstäbchen besitzen, sondern eine eigentümliche Vakuole im Zellkörper, das sogenannte Phaosom (XXXIX, 6).

Für alle echten Sehorgane ist die Verbindung zweier Bestandteile charakteristisch, der eigentlichen Sehzellen und des Pigmentes. Die Sehzellen sind durchweg nach dem üblichen Typus der Sinneszelle gebaut, d. h. sie tragen Stiftchenfortsätze. Diese stehen entweder einzeln am peripheren Ende der langgestreckten Sinneszelle, wie bei den Stäbchen und Zapfen der Wirbeltiernetzhaut, oder es bildet sich ein ganzer Bürstensaum, der dann entweder an der Schmalseite oder an einer Längsseite der Zelle liegen kann. Letzteren Modus treffen wir besonders in den Sehzellen der Facettenaugen bei Arthropoden. Das Pigment liegt entweder in besonderen Zellen, die sich als Stützelemente zwischen die eigentlichen Sehzellen einschieben, oder es entwickelt sich in diesen selbst. Beide Wege sind funktionell gleichwertig, da es sich nur um einen einseitigen Abschluß des Lichtes von den empfindlichen Sehstäbchen handelt, der ebenso gut im Plasma der Zellen selbst, als durch Nachbarzellen erfolgen kann.

Solche primitivste Sehorgane ermöglichen natürlich auch nur ein Richtungssehen, das auf der Unterscheidung von hell und dunkel beruht. Wir finden sie weit verbreitet unter den Zölenteraten. Dort liegen am Schirmrande der Medusen im Ektoderm an der Basis der Tentakel Pigmentflecke, die sogenannten Ozellen. In ihrem Innern finden wir typische Sinneszellen mit Stäbchen und dazwischen gelagert Pigmentzellen. Als weitere Vervollkommnung hat sich hier sogar schon gelegentlich eine linsenförmige, durchsichtige Sekretlage nach außen von den Sehzellen gebildet (XXXIX, 7), die als Sammellinse wirkt und dadurch die Empfindlichkeit des Apparates steigert. Eine sehr eigentümliche Stellung nehmen die Lichtsinnesorgane der Planarien ein. Dort sind nämlich die Sehorgane nicht, wie sonst stets, Teile des Ektoderms, sondern liegen in der Tiefe des Körperparenchyms am Rande des Vorderkörpers in sehr wechselnder Zahl von Paaren. Ihr feinerer Bau zeigt wieder einen Pigmentbecher (XXXIX, 9), in dessen Hohlraum die Sinneszellen liegen. Sie sind eigentümlich hakenartig umgebogen, so daß ihr mit zahlreichen Sinnesborsten besetztes peripheres Ende dem Grunde des Pigmentbechers zugewendet ist. Das Licht muß also den Körper der Sehzelle durchsetzen, ehe es an den empfindlichen Endapparat gelangt. Wir haben hier zum ersten Male den Typus des invertierten Auges.

Bei den höheren Metazoen entwickeln sich die Sehorgane durchweg im Ektoderm. Es lagern sich Gruppen von Stäbchenzellen zusammen und senken sich grubenförmig in die Tiefe, wohl um vor mechanischen Verletzungen besser geschützt zu sein. So entsteht das Napf- oder Becherauge (XXXIX, 8, 10), das wir in den mannigfaltigsten Modifikationen bei Mollusken und Anneliden finden. Dieser Augentypus kann unter Umständen schon die weit höhere Leistung vollbringen, richtige Bilder der Umgebung zu entwerfen. Wenn nämlich die Eingangsöffnung für die Lichtstrahlen in den Augenbecher sehr eng wird, so wirkt der Apparat als Camera obscura und entwirft ein verkleinertes umgekehrtes Bild der Gegenstände auf der Summe der Sehzellen, die wir nun als Netzhaut oder Retina bezeichnen. Dieser Typus findet sich am vollkommensten im Auge des *Nautilus*, des ursprünglichsten Zephalopoden (XXXIX, 10). Dort bilden die Augen zwei große kuglige, mit Seewasser erfüllte Becher, in die eine enge Öffnung hineinführt. Diese läßt sich durch Ringmuskeln erweitern und verengern und ihre Wandzellen enthalten Pigment. So entsteht eine Abblendungsvorrichtung, die Iris. Ein solches Auge muß aber naturgemäß sehr lichtschwach sein, da die Camera obscura eben nur bei enger Blende scharfe Bilder zu liefern vermag. Ein weit besseres Resultat läßt sich durch die Einschaltung von Sammellinsen erzielen, welche durch die Brechkraft an ihren Oberflächen Strahlen, die von einem Punkte ausgehend divergent auf das Auge fallen, konvergent machen und wieder an einem Punkte auf der Netzhaut vereinigen. Derartige Linsenbildungen entstehen bei einer Fortbildung des Becherauges, wie es vor allem bei den Mollusken öfters auftritt, dem Blasenauge. Hier haben sich die vorderen Ränder der Epitheleinsenkung vereinigt, so daß eine vollkommen von der Außenwelt abgeschlossene Blase entsteht. Die Zellen der hinteren Blasenwand bilden die Retina, der Hohlraum ist erfüllt mit einem Sekret, das von Drüsenzellen, besonders der vorderen Wand, abgeschieden wird. Diese durchsichtige Masse entspricht etwa dem Glaskörper des Wirbeltierauges, aus ihr differenziert sich dann oft eine festere, geschichtete Sekretkugel, die als Linse wirkt. Sie ist meist sehr umfangreich und füllt den größten Teil der Augenblase aus. Ein solches Blasenauge liegt z. B. in der Fühlerspitze unserer Weinbergschnecke (XXXIX, 11). Es ist dort sicher nicht sehr leistungsfähig und entwirft höchstens sehr unvollkommene Bilder, in anderen Fällen können aber die Blasenaugen sehr hoch entwickelt sein, so bei den Polychäten, besonders den freischwimmenden räuberischen Alciopiden (XXXIX, 14). Das Licht hat in einem solchen Auge, ehe es an die Linse gelangt, noch zwei durchsichtige Epithelschichten zu durchsetzen, einmal die äußere Körperdecke, die der Hornhaut entspricht, und zweitens die vordere Wand der Augenblase. Aus diesem Blasenauge hat sich als höchster Typus unter den Wirbellosen das Auge der höheren Tintenfische entwickelt (XXXIX, 12). Wir finden in ihm wieder die Augenblase, deren hintere Wand die Netzhaut bildet, und von deren Vorderwand die Linse abgeschieden wird. Diese stellt aber hier nur eine Halbkugel dar, deren Wölbung nach hinten ins Innere der Augenblase gerichtet ist. Sie wird zu einer vollen Kugel ergänzt dadurch, daß die äußere Epithelschicht eine zweite Halblinse mit nach vorn gerichteter Wölbung erzeugt. Auf diese Weise kommt eine durch eine zweifache Epithelschicht gespaltene Doppellinse zustande. Zu beiden Seiten der vorderen Linsenhälfte springt die Körperwand in einer ringförmigen Falte vor, welche die Iris liefert. Und auf diese folgt nach einer tiefen, taschenförmigen Einsenkung noch eine weitere Epithelfalte, welche das ganze Auge überdeckt und als Cornea wirkt. Bei den niederen Formen, den Ögopsiden, läßt diese eine weite Öffnung frei, durch welche das Seewasser bis an den vorderen Linsenscheitel gelangen kann, bei den höheren, den Myopsiden und den Oktopoden, schließt sie sich bis auf einen engen Kanal oder vollständig. Das so entstandene Auge besitzt eine Schichtenfolge, die trotz der sehr verschiedenen Ontogenese auffallend mit der der Wirbeltiere übereinstimmt (vgl. S. 330).

Im Wirbeltierauge entwickelt sich die Retina nicht als eine Einsenkung des Ektoderms der Körperwand, sondern als eine Ausstülpung der Gehirnwand, ist also indirekt vom Ektoderm abzuleiten. Aus der Wand des Zwischenhirns stülpt sich jederseits eine Blase hervor (XXXIX, 17), die bald vom Gehirn gegen die Körperoberfläche rückt und nur durch einen engeren Stiel, den späteren Nervus opticus, mit ihm zusammenhängt. Der innere Hohlraum der Blase steht mit dem dritten Ventrikel in Verbindung. Diese Augenblase wird zum Augenbecher dadurch, daß ihre vordere und ihre untere Wand von zwei verschiedenen Gewebswucherungen eingestülpt werden. Vorn geschieht dies durch die Anlage der Linse. Diese geht aus einer Wucherung des Körperepithels hervor, die sich in die Tiefe senkt. und schließlich als Linsensäckchen abschnürt (XXXIX, 17, 19, 20, 21). Seine Zellen wandeln sich zu eigentümlich langgestreckten, durchsichtigen Blättern um, deren übereinandergeschichtete Lagen die durchsichtige Linsenmasse darstellen. Durch das Indietiefedringen dieser Linsenanlage wird die Vorderwand der Augenblase nach hinten umgestülpt, so daß sie einen tiefen Becher bildet und sich der Rückwand unmittelbar anlehnt. Die ursprüngliche Vorderwand liefert nun hier das eigentliche Sehepithel, während die Rückwand einen Pigmentmantel bildet. Dadurch erhalten wir hier eine invertierte Retina, deren lichtempfindliche Endapparate, die Stäbchen und Zapfen, der Rückwand des Auges zugekehrt sind. Während dieser Vorgänge ist auch von der Ventralseite eine Einwucherung in das Innere der Augenblase erfolgt (XXXIX, 20, 21). Sie geht aus von den Hüllschichten, welche die Augenanlage umgeben. Wie die gesamte Gehirnanlage, ist auch die Augenanlage von zwei bindegewebigen Hüllen umschlossen. Die äußere, die sogenannte Dura mater des Gehirns, wird beim Auge als Sklera bezeichnet, sie liefert die feste und dabei elastische Außenwand des Augapfels, der die Augenmuskeln ansitzen. Die innere, die Pia mater, beim Auge als Chorioidea bezeichnet, enthält in der Hauptsache die Gefäße des Auges. Von dieser Chorioidea aus wuchert nun auf der ganzen Ventralseite der Augenanlage bis in den Bereich des Nervus opticus eine Zellplatte gegen das Innere vor und stülpt die Wand der Augenblase vor sich her. Diese sogenannte Chorioidalspalte schließt sich später durch sekundäre Verwachsungsprozesse. Das so ins Innere der Augenblase gelangte Mesodermgewebe liefert den Glaskörper, eine Ansammlung gallertiger, halb flüssiger Zellen, welche den Raum zwischen Netzhaut und Linse erfüllen (XXXIX, 13). Der Umstülpungsrand des Augenbechers springt ein Stück über die Linse vor und liefert die Iris, die kreisförmige Öffnung in dieser wird als Pupille bezeichnet. Vor der Iris wölbt sich der vom äußeren Körperepithel überzogene Vorderteil der Sklera als durchsichtige Hornhaut vor. Den Raum zwischen Hornhaut und Linse bezeichnet man als vordere Kammer, sie ist von einer klaren Flüssigkeit, dem sogenannten Kammerwasser erfüllt. Hinter der Iris wird die Wand des Augenbechers nach innen vorgebuchtet dadurch, daß die Chorioidea hier einen Muskel enthält, den Ziliarmuskel. An dieser Stelle ist auch die Linse durch zahlreiche feine Bindegewebsfäden aufgehängt, sie bilden die sogenannte Zonula zinnii.

Damit in einem höher organisierten Auge ein wirklich brauchbares Bild der Umgebung zustande kommt, ist es notwendig, daß die durch die Linse gebrochenen Lichtstrahlen sich an der Stelle des Augenhintergrundes vereinigen, wo lichtempfindliche Sehstäbchen liegen. Die Lage des Vereinigungspunktes ist im allgemeinen abhängig von der Entfernung des Gegenstandes, welcher die Lichtstrahlen aussendet. Je näher dieser liegt, um so divergenter werden die auf die Linse fallenden Strahlen sein und um so weiter hinten werden sie sich vereinigen. Je entfernter der Gegenstand, um so weiter vorn wird sein Bild im Auge liegen. Um unter diesen Umständen ein scharfes Sehen zu erzielen, sind zwei Wege möglich. Einmal können die lichtempfindlichen Elemente in Stufenreihen hintereinander geordnet sein, so daß auch bei ziemlichen Unterschieden in der Lage des Vereinigungspunktes der Lichtstrahlen das Bild auf Sehstäbchen auffällt. Dieser Weg ist in den Stirnaugen mancher Insekten, den sogenannten Ocellen, eingeschlagen. Dort haben die zylindrischen Retinazellen verschiedene Länge, so daß ihre Sehstäbchen in verschiedener Höhe liegen. In sehr eigenartiger Weise ist das gleiche Problem im Auge der Heteropoden, freischwimmender Meeresschnecken, gelöst (XXXIX, 18). Dort sind die Retinazellen gekrümmt, so daß ihre freien Enden nicht neben sondern hintereinander liegen. Auf diese Art kommen mehrere Reihen von Sehstäbchen zustande, meist sind es auf dem Durchschnitt 4 oder 5, die an verschiedenen Stellen des Augenhintergrundes liegen. Es leuchtet aber ein, daß ein derartiger Apparat nur ein sehr lückenhaftes Bild der Umgebung zu liefern vermag, da an den meisten Stellen des Augenhintergrundes sich gar keine lichtempfindlichen Elemente vorfinden, die dorthin fallenden Strahlen also wirkungslos bleiben.

Ein weit zweckmäßigeres Verfahren besteht darin, daß die ins Auge fallenden Strahlen, gleichviel aus welcher Entfernung sie kommen, sich immer in der gleichen Ebene der Netzhaut vereinigen. Diese Akkommodation läßt sich auf zwei Wegen erreichen. Einmal kann die Entfernung der Linse vom Augenhintergrunde verändert werden. Vereinigen sich Strahlen, welche von einem dicht vor dem Auge gelegenen Punkt ausgehen, erst hinter der Netzhaut, so kann durch Vorschieben der Linse das Bild an die richtige Stelle gebracht, das Auge also für die Nähe eingestellt werden. Umgekehrt gelingt es durch Zurückziehen der Linse, Strahlen, die aus großer Entfernung kommen und sich sonst vor der Netzhaut vereinigt hätten, an die richtige Stelle zu bringen. Von dieser Methode der Linsenverschiebung machen z. B. die Fische Gebrauch. Ihr Auge mit seiner großen kugeligen Linse ist in der Ruhe für die Nähe eingestellt, an der Rückwand der Linse setzt aber seitlich ein Muskel an (XXXIX, 15), der Retractor lentis oder die Campanula halleri, der die Linse nach hinten und innen zieht und das Auge für die Ferne einstellt. Während also die Fische in der Ruhe kurzsichtig sind, sind umgekehrt die Cephalopoden gewöhnlich für die Ferne eingestellt. Sie besitzen dafür am Auge einen Muskel, welcher die Linse nach vorn zieht, also das Auge für nahe Gegenstände einstellt. Bei den Amphibien finden wir gleichfalls Einrichtungen, welche die Linse nach vorn zu schieben gestatten. Sie sind hier hauptsächlich bei den Formen ausgebildet, welche abwechselnd in der Luft und im Wasser leben. Beim Übergang ins Wasser fällt nämlich die Brechung an der Hornhaut weg, da Wasser und Hornhautsubstanz sich in ihren Brechungsexponenten sehr viel weniger unterscheiden als Luft und Hornhaut. Ein Tier, das in der Luft richtig für die Ferne eingestellt wäre, würde im Wasser weitsichtig werden, die Lichtstrahlen würden sich erst hinter der Retina vereinigen. Dem wird durch Vorschieben der Linse abgeholfen. Ähnliche Einrichtungen kommen auch den amphibisch lebenden Reptilien zu mit Ausnahme der Schlangen. Bei diesen sowie bei Vögeln und Säugetieren wird die Akkommodation nach einem zweiten Prinzip hergestellt, nämlich nicht durch Verschieben der Linse, sondern durch Änderung ihres Krümmungsradius. Krümmen sich die Linsenoberflächen stärker, so rückt das entworfene Bild nach vorn, flacht sich die Linse ab, so rückt es nach hinten. Der erste Vorgang dient zum Einstellen für die Nähe, der zweite für die Ferne. Diese Änderung der Krümmung wird bei Schlangen und Vögeln dadurch erzielt, daß die Iris sich zusammenzieht und dabei einen Druck auf die Außenteile der vorderen Linsenfläche ausübt (XXXIX, 16). Dies bewirkt eine Zunahme der Krümmung des vorderen Linsenscheitels, damit eine Erhöhung ihrer Brechkraft und Einstellung für die Nähe. Bei den Säugetieren wird die Akkommodation durch den Ziliarmuskel herbeigeführt, der in der Chorioidea dort verläuft, wo die Linse durch die Zonula zinnii befestigt ist (XXXIX, 13). Die Fasern dieses Aufhängeapparates sind in der Normallage des Auges etwas gespannt, dadurch wird die Krümmung der Linse abgeflacht und das Auge für die Ferne eingestellt. Kontrahiert sich der ringförmige Ziliarmuskel, so rücken die Wände des Augenbechers einander näher, die Zonula zinnii wird entspannt, die Linse wölbt sich stärker und das Auge wird für die Nähe eingestellt.

Alle bisher betrachteten Augen, so verschieden auch ihr Bauplan im einzelnen sein mag, arbeiten nach dem Prinzip der Camera obscura und entwerfen von dem Gegenstand ein verkleinertes umgekehrtes Bild. Diesem Typus steht unter den bilderzeugenden Apparaten in der Tierreihe ein anderer gegenüber, das zusammengesetzte oder Facettenauge der Arthropoden. Wir finden es in ganz ähnlicher Ausbildung bei Krebsen wie bei Spinnentieren, Tausendfüßern und Insekten. Es ist sehr bemerkenswert, daß in diesen Stämmen, die sicherlich schon an der Wurzel auseinandergehen, offenbar unabhängig ganz ähnliche Bildungen entstanden sind.

Das wichtigste Kennzeichen dieser Sehapparate liegt darin, daß sie zusammengesetzt sind, d. h. aus einer Anzahl nebeneinanderliegender Einzelaugen bestehen, deren Einzelbilder sich zum Gesamtbild der Umgebung vereinigen (XL, 10). Die Zahl der Einzelaugen oder Ommatidien kann sehr verschieden sein, von 3—5, wie bei manchen Ameisen, bis zu 30—50000, wie bei manchen Libellen, Käfern und Nachtschmetterlingen. Jedes Einzelauge besteht aus lichtbrechendem Apparat und lichtempfindlichen Sehzellen. Legen wir das höchstentwickelte Facettenauge der Krebse und Insekten unserer Betrachtung zugrunde, so treffen wir außen zunächst (XL, 6, 7) die Hornhaut (Cornea), eine durchsichtige Modifikation des Chitins. Sie wird wie jede Chitinhülle von Epidermiszellen ausgeschieden; es sind in jedem Ommatidium zwei. Bei den Krustazeen bleiben sie als Corneagenzellen unter der Hornhaut liegen, bei den Insekten rücken sie nach Abscheidung der Cornea in die Tiefe und ergeben die Hauptpigmentzellen. An die Cornea schließt sich als zweiter Teil des lichtbrechenden dioptrischen Apparates der Bereich der Kristallkegel an. Sie werden gleichfalls von Hautzellen ausgeschieden, den sogenannten Semperschen Zellen. Ihre phylogenetische Entwicklung vollzieht sich stufenweise. Manchen Augen fehlen sie ganz, (akone Augen, Libellen XL, 6b), bei anderen sind die Semperschen Zellen mächtig ausgebildet, haben eine kegelförmige Gestalt und durchsichtiges Plasma, (pseudokone Augen, Fliegen XL, 6c); bei den eukonen Augen der Käfer, Schmetterlinge, Bienen usw. entsteht endlich im Innern der Semperschen Zellen der feste, durchsichtige, stark lichtbrechende Kristallkegel (XL, 6d). Zu jedem Ommatidium gehören 4 Kristallzellen, deren Kegel sich zu einem einheitlichen Gebilde zusammenschließen. An den lichtbrechenden Apparat gliedert sich der Bereich der Sehzellen an, die Retinula. Sie besteht aus mehreren Sehzellen; ihre Grundzahl ist vermutlich 8, selten sind es mehr, oft verkümmern aber eine bis zwei davon, wobei sie gegen die Tiefe des Auges rücken. Jede einzelne Sehzelle ist langgestreckt zylindrisch, sie trägt aber kein Sehstäbchen am schmalen Ende, sondern einen Besatz kurzer Stiftchen, den sogenannten Stäbchensaum an einer Langseite. Die Stäbchensäume der einzelnen Zellen sind einander zugekehrt und bilden gemeinsam einen in der Achse der Retinula gelegenen Stab, das Rhabdom (XL, 7b, c), das durch eine besondere Plasmamodifikation, die Hessesche Schaltzone, vom übrigen Zellkörper abgesetzt wird. Aus jeder Retinulazelle geht eine Nervenfaser hervor, welche die das Auge nach innen abschließende Grenzmembran durchsetzt und in das Augenganglion übergeht. Jedes Ommatidium ist weiterhin von Pigment umgeben. Im Bereiche der Kristallkegel finden wir das sogenannte Irispigment, es liegt in zahlreichen schmalen, zylindrischen Zellen, den Nebenpigmentzellen, welche von der Cornea zwischen den Kristallkegeln bis in den vorderen Teil der Retinula hinabreichen. Bei den Insekten kommen dazu noch, wie wir sahen, die beiden Hauptpigmentzellen, die sich schalenförmig um den hinteren Teil des Kristallkegels legen, so daß nur seine Spitze frei bleibt (XL, 7a). Im Augenhintergrunde liegt das Retinapigment, entweder in besonderen zwischen den Ommatidien stehenden Pigmentzellen oder in der Außenhälfte des Protoplasmas der Retinula zellen selbst.

Ein derartig konstruiertes Auge arbeitet nun so, daß jedes Einzelommatidium nicht für sich das Bild eines größeren Abschnittes der Umgebung aufnimmt, sondern nur die Strahlen, welche aus einem engumgrenzten Bezirke der Außenwelt kommen. Diese einzelnen Ausschnitte werden durch die nebeneinanderstehenden Ommatidien mosaikartig zusammengesetzt und so entsteht aus einzelnen Bausteinen ein Übersichtsbild der Umgebung, das aber nicht umgekehrt, sondern aufrecht ist. Diese Tatsache wurde bereits von dem großen Physiologen Johannes Müller im wesentlichen richtig erkannt und in seiner Theorie des musivischen Sehens verfochten. Später wurde sie auf Grund unzulänglicher Beobachtungen verlassen und erst durch die Arbeiten des Morphologen Grenacher und des Physiologen Exner wieder zur Anerkennung gebracht.

Die Entstehung dieses merkwürdigen Sehapparates ist offenbar so zu denken, daß sich eine Anzahl von ursprünglich selbständigen Augen zu gemeinsamer Arbeit zusammengeschlossen haben. Wir finden solche Einzelaugen allein oder neben den Facettenaugen weitverbreitet bei den Arthropoden, z. B. den Spinnen und den Myriapoden sowie den Larven der höheren Insekten; auch bei den Imagines stehen meist zwischen den Facettenaugen 1—3 einzelne Stirnaugen, Ocelli. Der Entwicklungsgang ist vermutlich der gewesen, daß eine größere Zahl solcher Einzelaugen immer näher aneinanderrückte. Gleichzeitig veränderte sich ihr Aufbau durch Verminderung und enge Zusammendrängung der Sehzellen, dabei verschmälerte und vertiefte sich der Augenbecher, so daß das Sehfeld des Einzelauges immer kleiner wurde (XL, 1—3). Schließlich entstanden als besonderer lichtbrechender Apparat, der für die Zwecke eines solchen Auges weit besser geeignet war, als eine Linse, die Kristallzellen mit den Kristallkegeln. Bei den Myriapoden können wir diesen Entwicklungsgang von den 4 einfachen Becheraugen bei *Scolopendra* (XL, 1) über die immer zahlreicheren und enger zusammentretenden Augen bei *Lithobius* und *Julus* zu dem Facettenauge von *Scutigera* (XL, 4) noch deutlich verfolgen. Ein sehr primitives Facettenauge, dessen Ähnlichkeit mit den Larvenaugen der höheren Insekten (XL, 2, 3) ohne weiteres einleuchtet, zeigt unter den Urinsekten, *Apterygota* das Silberfischchen, *Lepisma* (XL, 5). Auch unter den Spinnentieren, die fast alle Einzelaugen haben, finden wir bei den merkwürdigen meerbewohnenden Schwertschwänzen, *Xiphosura*, ein Facettenauge.

Der Gang des Lichtstrahles im Einzelauge ist hier von wesentlich anderen Bedingungen abhängig, als bei den Linsenaugen. Dort erfolgt die Brechung fast ausschließlich an den Oberflächen der Linse und der Hornhaut, hier dagegen ganz vorwiegend im Innern der Kristallkegel. Wie vor allem Exner nachgewiesen hat, sind diese nicht homogen, sondern bestehen aus Schichten verschiedener Brechkraft. Sie sind angeordnet nach dem Prinzip des sogenannten Linsenzylinders, d. h. sie ordnen sich in konzentrischen Lagen um die Achse des Kristallkegels, und zwar so, daß die Schichten von innen nach außen an Brechkraft abnehmen. Dadurch werden Strahlenbündel, welche parallel der Achse auf den Kristallkegel fallen, so abgelenkt, daß sie sich in einem bestimmten Abstand, den man als die Brennweite des Linsenzylinders bezeichnet, in einem Punkte vereinigen (XL, 8b). Andererseits werden Strahlen, die schief auf die Vorderfläche des Zylinders auffallen, so abgelenkt, daß sie in der Ebene der Brennweite der Achse parallel sind. Ist die Länge des Zylinders größer als seine Brennweite, etwa gleich der doppelten Brennweite, so gehen die Strahlen in der zweiten Hälfte den spiegelbildlich gleichen Weg wie in der ersten. Parallel auffallende Strahlen würden also die hintere Fläche wieder parallel, aber gekreuzt verlassen. Strahlen, welche schräg auf den Mittelpunkt der vorderen Linsenfläche auffallen, treten aus dem Mittelpunkt der Hinterfläche unter dem gleichen Winkel und in der gleichen Ebene aus, aber nach derselben Seite, von der sie gekommen sind. Dieses Prinzip ermöglicht es, von der Krümmung der Grenzflächen fast vollkommen abzusehen, wir finden dementsprechend bei Wasser- wie bei Landtieren Corneafacetten von ganz verschiedenem Krümmungsradius.

In der physiologischen Leistung unterscheiden wir ein Appositionsauge und ein Superpositionsauge. In ersterem grenzen die Retinulazellen unmittelbar an den Kristallkegel (XL, 6b—d, 11a) und sind so von Pigment umscheidet, daß nur die Strahlen zur Verwendung kommen, welche durch die enge Öffnung jedes einzelnen Kristallkegels in das zugehörige Rhabdom eintreten. Da diese Strahlenbündel fast für jedes Ommatidium verschieden sind, weil bei der Kleinheit der Einzelfacetten nur solche Strahlen zur Perzeption gelangen, die ganz oder fast senkrecht auffallen, so überdecken sich die Einzelbilder nur sehr wenig und ergeben in ihrer Gesamtheit ein ziemlich scharfes Bild der Umgebung.

Bei dem Superpositionsauge sind die Retinulazellen durch einen ziemlich weiten Abstand von den Kristallkegeln getrennt und diese Zone ist frei von Pigment (XL, 6a). Es können dadurch Strahlen, welche von einem Punkte der Umgebung ausgehen, mehrere Ommatidien passieren, nach den oben dargelegten Gesichtspunkten werden sie unter der Voraussetzung, daß die Länge des Kristallkegels etwa seiner doppelten Brennweite entspricht, im Augenhintergrunde wieder annähernd zu einem Punkte vereinigt (XL, 11b). Sind sie einmal in das Rhabdom eingetreten, so werden sie durch totale Reflexion darin festgehalten bzw. durch Pigment absorbiert. Ein solches Auge hat gegenüber dem Appositionsauge den Vorteil, daß es bedeutend mehr Lichtstrahlen ausnutzen kann. Dafür wird das Bild aber nicht so scharf, denn, falls die Vereinigung der von einem Punkte der Umgebung ausgehenden Strahlenbündel nicht genau in einem Punkte stattfindet, der in der Ebene der Rhabdomspitzen liegt, so müssen sich Zerstreuungskreise bilden. Wir finden solche Superpositionsaugen daher besonders bei Wassertieren und bei

Insekten, welche in der Dämmerung rege sind, da hier die Notwendigkeit vorliegt, das schwache Licht möglichst gut auszunützen.

Bei Tieren, die unter sehr wechselnder Beleuchtung leben, kann das Auge abwechselnd als Appositionsauge oder Superpositionsauge verwendet werden. Dies geschieht durch Wanderung des Pigments. Ist das Licht schwach, so zieht sich als Pigment der Irispigmentzellen nach vorn zwischen die Kristallkegel, das Retinapigment nach hinten zwischen die Endteile der Retinulazellen zurück. Das Auge dient als Superpositionsauge. Ist das Licht sehr stark, so wandern umgekehrt Iris- und Retinapigment aufeinander zu und umhüllen röhrenförmig das ganze Ommatidium, so daß jedes Rhabdom nur die Lichtstrahlen erhält, die durch seine zugehörige Corneafacette gegangen sind (XL, 11c). Man kann sich von dieser Pigmentwanderung leicht überzeugen, wenn man geeignete Tiere entweder im vollen Sonnenlicht oder im Schatten abtötet, man wird dann auf Schnitten das Pigment in den beiden verschiedenen Stellungen finden. Solche Tiere mit Pigmentwanderung sind vor allem die Dämmerung liebenden Insekten, z. B. die Schwärmer unter den Schmetterlingen. Sie haben dadurch den Vorteil, daß sie auch bei hellem Tageslicht nicht geblendet werden.

Bezüglich der Schärfe des entstehenden Bildes lassen sich die Facettenaugen wohl nicht mit den höchst entwickelten Linsenaugen vergleichen. Dafür haben sie zwei andere Vorteile. Einmal bedürfen sie keiner Akkommodation, da ja im wesentlichen nur die senkrecht auffallenden Lichtstrahlen zur Verwendung kommen, welche in stets gleicher Weise die ganze Länge des Rhabdoms durchsetzen. Die Tiere vermögen demgemäß auch Gegenstände scharf zu sehen, die sich im Abstande weniger Millimeter vor ihren Augen befinden. Ja, es werden sogar diese nahen Gegenstände vermutlich viel schärfer gesehen, da sich das Bild eines Gegenstandes, wie leicht einzusehen, auf um so mehr Einzelommatidien verteilt, je näher er dem Auge rückt. Zweitens eignet sich das Facettenauge in hervorragender Weise zur Wahrnehmung von Bewegungen. Verschiebt sich in dem Gesichtsfeld ein Gegenstand, so werden dadurch gleichzeitig eine große Zahl von Einzelommatidien in Erregung versetzt, also ein sehr starker Reiz ausgelöst. Es ist ja auch eine bekannte Tatsache, daß Insekten außerordentlich scharf auf Bewegungen in ihrer Umgebung reagieren, jeder Sammler weiß, wie vorsichtig man beim Fangen in dieser Hinsicht sein muß. Besonders stark ist die Reaktion naturgemäß beim Superpositionsauge, weil dort durch das Auftreten der Zerstreuungskreise gleichzeitig von jedem Punkte der Umgebung eine größere Zahl von Ommatidien gereizt werden. In diesem Kreise erhalten die zentral gelegenen Ommatidien, zu denen der Strahl durch die eigene Corneafacette oder die dichtbenachbarten gelangt, das hellste Licht, die peripheren das schwächere. Auch diese Abstufung muß die Reizwirkung erhöhen. Wir finden daher bei manchen Krebsen und Insekten den merkwürdigen Typus der Doppelaugen (XLI, 9). In jedem Facettenauge ist dort ein Abschnitt als Superpositionsauge ausgebildet, mit langen, großen Ommatidien und wenig Pigment, die zweite als Appositionsauge mit kurzen engen Ommatidien und dichter Pigmenthülle. Dieser Typus wurde zuerst bei den sogenannten Turbanaugen der Eintagsfliegen studiert. Dort sind bei den Männchen die nach oben gerichteten Augenpartien stark verlängert, sie dienen speziell zum Wahrnehmen der Weibchen, die über den Männchen in der Luft schweben. Seitdem hat man solche Doppelaugen in den verschiedensten Gruppen der Krebse und Insekten nachgewiesen mit einer Fülle verschiedenster Anpassungen, je nach den vorliegenden biologischen Aufgaben, bald in beiden Geschlechtern gleichmäßig, bald auf eins beschränkt.

Tastorgane. Organe der Seitenlinie. Statische Organe. Gehörorgane.

1) Glatte und gefiederte Tastborste eines Insekts. **2)** Luftdruckmesser auf dem Flügel eines Schmetterlings (nach Frelling). **3)** Sinnesknospe aus der Haut eines Fisches. **4)** Scheibenförmige, **5 u. 6)** kolbenförmige Drucksinnesorgane von Wirbeltieren (aus Claus-Grobben, 5) Vater-Pacinisches, 6) Herbstsches Körperchen). **7)** Statocyste einer Ctenophore (nach Chun). **8)** Statocyste einer Trachomeduse (nach Hertwig). **9)** Statocyste aus dem Schwanzfächer von Mysis (nach Bethe). **10)** Schema des Seitenkanals eines Fisches. **11)** Seiten- und Kopfkanäle eines Knochenfisches. **12—15)** Statische Organe der Wirbeltiere, 12) von Myxine, 13) eines Knochenfisches, 14) eines Krokodils, 15) eines Säugers. **16)** Chordotonalorgan v. Corethra (nach Graber). **17 u. 18)** Gehörorgane einer Laubheuschrecke längs und quer (nach Schwabe). **19)** Gehörorgan des Menschen (nach Weber)

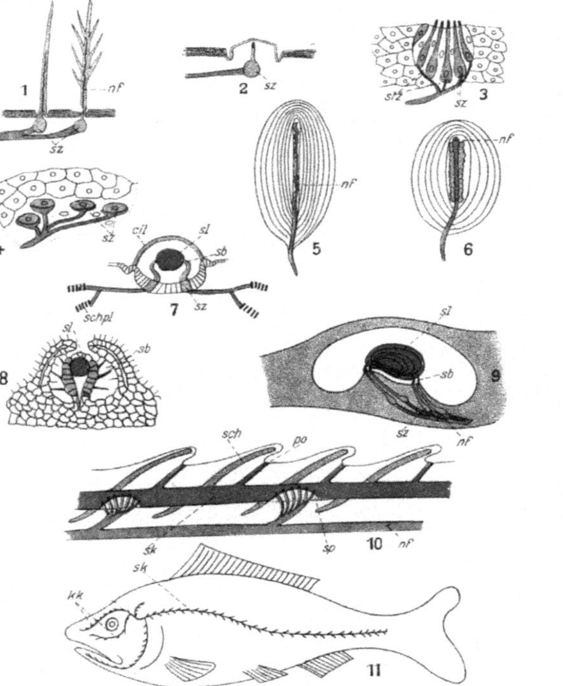

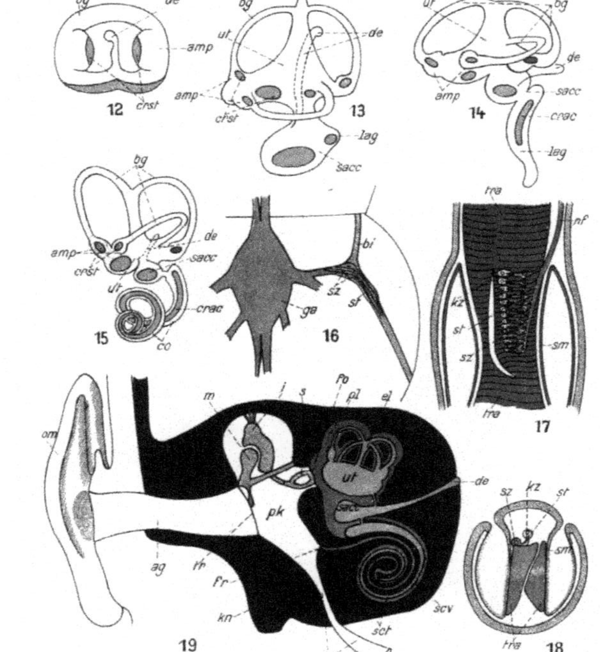

ag = äußerer Gehörgang *amp* = Ampulle *bg* = Bogengänge *bi* = Bindegewebsstrang *cil* = Cilienkuppel *co* = Schnecke *crac* = Crista acustica *crst* = Crista statica *de* = Ductus endolymphaticus *el* = Endolymphe *fo* = Fenestra ovalis *fr* = Fenestra rotunda *ga* = Ganglion *i* = Ambos *kk* = Kopfkanäle *kn* = Knochen (Petrosum) *kz* = Kappenzelle *lag* = Lagena *m* = Hammer *nf* = Nervenfasern *om* = Ohrmuschel *pl* = Perilymphe *po* = Porenkanal *s* = Steigbügel *sacc* = Sacculus *sb* = Sinnesborste *sch* = Schuppe *schpl* = Schwimmplättchen *sct* = Scala tympani *scv* = Scala vestibuli *sk* = Seitenkanal *sl* = Statolith *sm* = schwingende Membran *sp* = Sinnespolster *st* = Sinnesstäbchen *stz* = Stützzellen *sz* = Sinneszellen *tr* = Trommelfell *tra* = Trachee *ut* = Utriculus

Verlag von VEIT & COMP. in Leipzig.

Geruchs- und Geschmacksorgane. Sehorgane.

1) Schema der Nase eines Säugers. 2) Nase eines Fisches. 3) Geruchsorgan von Insekten, a) Geruchskegel, b, c) Geruchsgruben, d) Porenplatte. 4) Papilla circumvallata mit Geschmacksknospen (nach Engelmann). 5) Vorderende von Euglena (aus Doflein). 6) Sehzelle des Regenwurms (nach Hesse). 7) Ocellus von Lizzia (nach Hertwig). 8) Augenbecher von Patella (aus Hesse). 9) Auge von Planaria (nach Hesse). 10) Auge von Nautilus (nach Balfour). 11) Auge von Helix (nach Hesse). 12) Auge von Sepia (nach Hensen). 13) Auge des Menschen (nach Toldt). 14) Auge von Nauphanta (Polychaet) (nach Greeff und Hesse). 15) Fischauge. 16) Vogelauge. 17) Anlage der Augenblasen der Wirbeltiere (aus Kollmann). 18) Auge von Pterotrachea (aus Hesse). 19) Augenbecher und Linsenanlage des Menschen (aus Kollmann). 20, 21) Bildung der Chorioidalspalte, Totalbild und Längsschnitt (aus Kollmann).

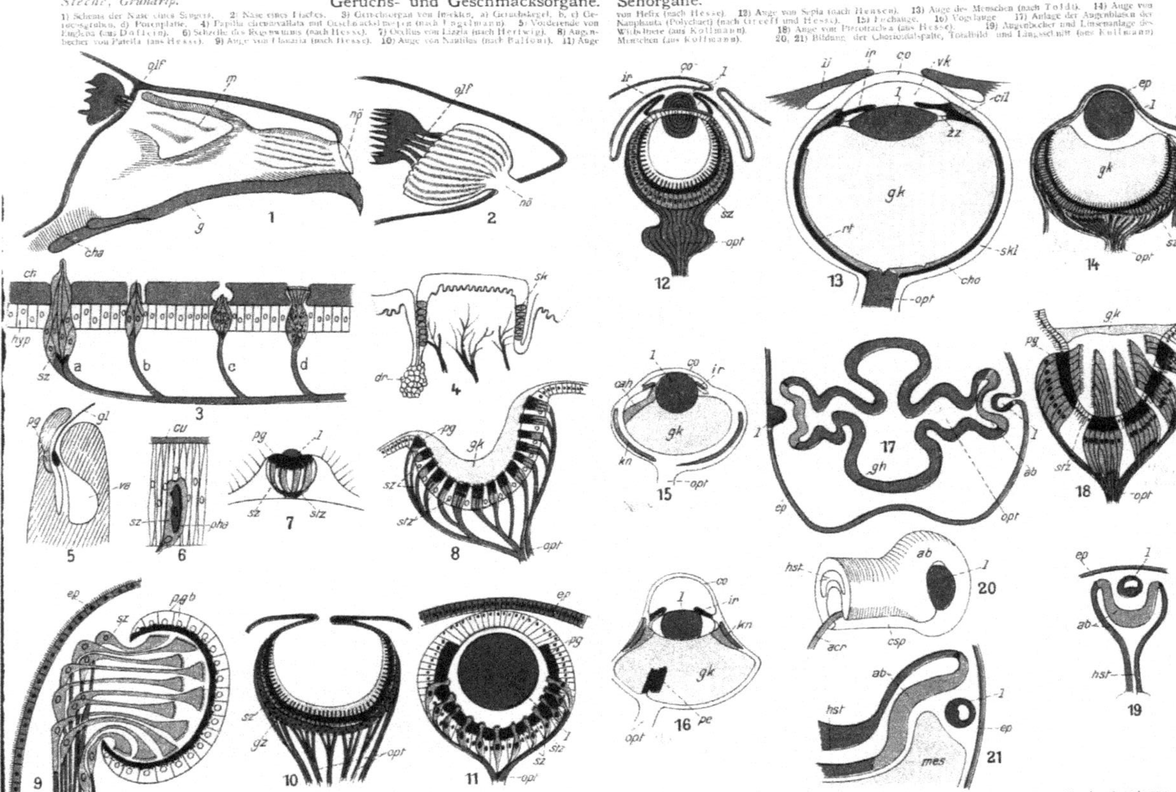

ab = Augenbecher acr = Arteria centralis retinae cah = Campanula halleri ch = Chitin cha = Choanen cho = Chorioidea cil = Ciliarmuskel co = Cornea csp = Chorioidalspalte cu = Cuticula dr = Drüse dz = Drüsenzelle, die den Glaskörper abscheidet ep = Epithel g = harter Gaumen gh = Gehirn gk = Glaskörper gl = Geißel gz = Ganglienzellen …

kn = Knochen des Skleralrings l = Linse li = Augenlider m = Nasenmuschel mes = Mesodermeinwucherung nö = Nasenöffnung olf = Nervus olfactorius opt = Nervus opticus pe = Pecten pg = Pigment pgb = Pigmentbecher pha = Phaosom rt = Retina sk = Sinnesknospe skl = Sklera stz = Stützzellen sz = Sinneszellen …

Sehorgane der Arthropoden. Fazettenaugen.

1) Auge von Scolopendra (nach Demoll). 2) Larvenauge von Dytiscus (nach Günther). 3) Larvenauge eines Schmetterlings (nach Pankrat-Hesse aus Demoll schematisiert). 4) Ommatidium aus dem Fazettenauge von Scutigera (nach Grenacher). 5) Ommatidium von Lepisma (nach Hesse). 6) Schemata der Ommatidien von Krebsen und Insekten a) Krebsauge, b) acones Auge (Libelle), c) pseudocones Auge (Fliege), d) eucones Auge (Schmetterling). 7) Querschnitt durch Ommatidien a) durch die Gegend der Hauptpigmentzellen, b) distaler, c) proximaler Teil der Retinula. 8) Schema des Strahlenganges a) durch eine Sammellinse, b) durch einen Linsenzylinder (nach Exner). 9) Doppelauge eines Tiefseekrebses, Stylocheiron (vereinfacht nach Chun). 10) Fazettenauge eines Insekts, ein Keil herausgeschnitten (nach Hesse). 11) Strahlengang im Fazettenauge a) Appositionsauge, b) Superpositionsauge, c) Superpositionsauge in Hellstellung des Pigments.

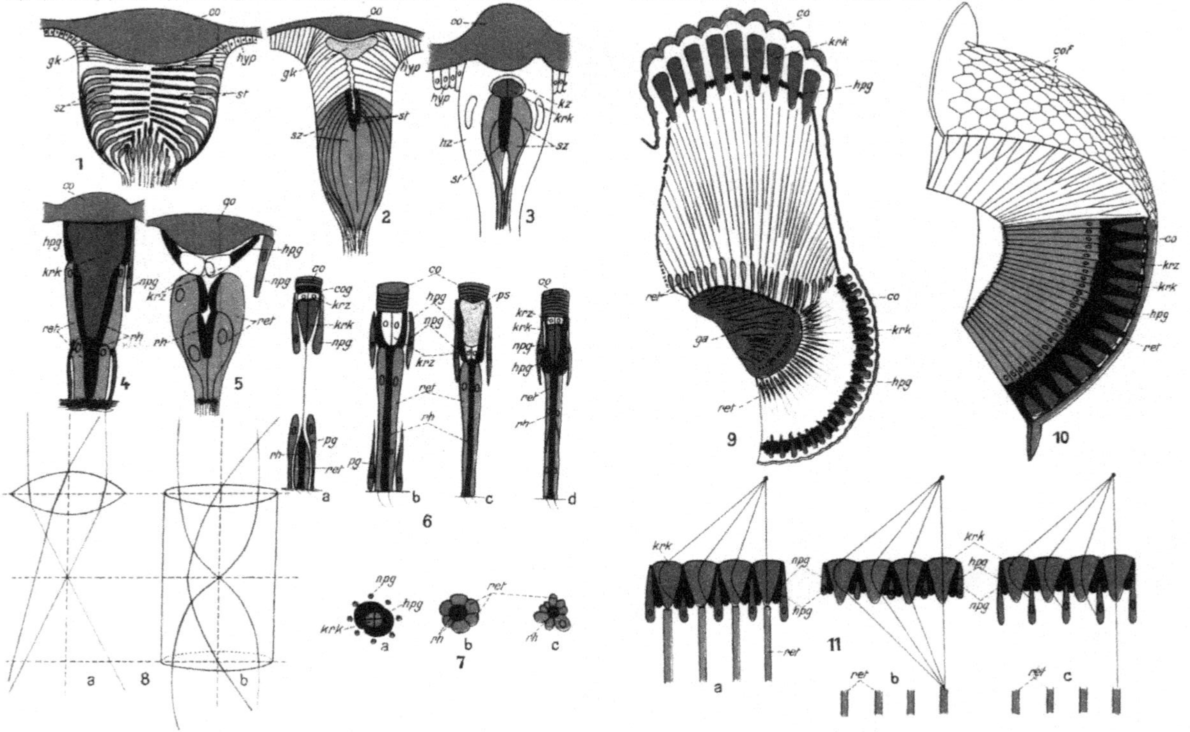

co = Cornea *cof* = Corneafazetten *cog* = Corneagenzellen *go* = Ganglion opticum *gk* = Glaskörper *hpg* = Hauptpigmentzellen *hyp* = Hypodermis *hz* = Hüllzellen *krk* = Kristallkegel *krz* = Kristallkegelzellen *npg* = Nebenpigmentzellen *pg* = Retinapigmentzellen (bzw. Tapetumzellen) *ps* = Pseudoconus *ret* = Retinula *rh* = Rhabdom (bzw. Rhabdomere) *st* = Stäbchen der Sehzellen *sz* = Sehzellen

Verlag von VEIT & COMP. in Leipzig.

Register.

(Diejenigen Stellen, an denen eine Tiergruppe oder ein Organsystem im Zusammenhang besprochen ist, sind durch fetten Druck hervorgehoben.)

CPSIA information can be obtained
at www.ICGtesting.com
Printed in the USA
LVHW032011171022
730904LV00007B/215